El Criticón

Letras Hispánicas

Baltasar Gracián

El Criticón

Edición de Santos Alonso

SÉPTIMA EDICIÓN

CATEDRA

LETRAS HISPANICAS

Portada: *El sueño del caballero* (detalle),
de Antonio de Pereda,
pintado hacia 1653.

© Ediciones Cátedra (Grupo Anaya, S. A.), 2000
Juan Ignacio Luca de Tena, 15. 28027 Madrid
Depósito legal: M. 30.474-2000
I.S.B.N.: 84-376-0257-2
Printed in Spain
Impreso en Fernández Ciudad, S. L
Catalina Suárez, 19. 28007 Madrid

Índice

EL CRITICÓN

PRIMERA PARTE

EN LA PRIMAVERA DE LA NIÑEZ Y EN EL ESTÍO DE LA JUVENTUD

Segunda parte

JUIZIOSA CORTESANA FILOSOFÍA EN EL OTOÑO DE LA VARONIL EDAD

Tercera parte

EN EL INVIERNO DE LA VEJEZ

Introducción

La vida de Gracián

En 1657, un año antes de la muerte del autor, se publicaba en Madrid la tercera parte de *El Criticón*. En ella, hablando de las monstruosidades de la vida humana, escribía Gracián: «Entre todas, la más portentosa es el estar el engaño en la entrada del mundo y el desengaño a la salida.» (Crisi V.) Ésa es la impresión más importante que, como lector, he sacado después de leer y releer repetidamente la obra de este genio español. Cincuenta y ocho años hay en su vida que no son sino cincuenta y ocho años de desengaño, de búsqueda de la inmortalidad. Todo el pesimismo que haya en su vida y en su obra tiene su fundamento en la anterior afirmación, o lo que es igual, esta afirmación condensa el resultado de su vida y de su obra. Como hombre del Barroco contemplaba el devenir humano como un engaño, como una intrascendente ilusión, de cuya esencia sólo eran conscientes los prudentes.

Nace Baltasar Gracián en un pueblecito de la provincia de Zaragoza llamado Belmonte de Calatayud, a unos once kilómetros de Calatayud. Allí se encuentra su partida de bautismo con la fecha de 8 de enero de 1601. Dicha fecha pudo ser o no el día de su nacimiento; sin embargo, ya desde el siglo XVIII Latassa y Ortín, en su *Biblioteca nueva de los escritores aragoneses* (1799), la registra como tal. Además, había costumbre entonces de bautizar a los niños el mismo día que nacían, por lo que todos los críticos aceptan que fue ese día, el 8 de enero de 1601, cuando nació el gran escritor.

Fue hijo de un médico, «de una casa y familia infanzona. El padre Felipe Gracián, clérigo menor, asistente de su religión en Roma; el padre Pedro Gracián, trinitario, que murió en la flor de su edad, y el padre fray Raymundo Gracián, carmelita descalzo, varones religiosos y literatos, fueron hermanos suyos» (Latassa y Ortín, pág. 267). Estas notas nos dan idea del núcleo familiar y religioso en que se cría Gracián. Más aún, Francisco Gracián, padre de Baltasar, tenía un hermano capellán en la Iglesia de San Pedro de los Reyes de Toledo. Con él convive nuestro escritor sus primeros años: «... el Licenciado Antonio Gracián, mi tío, con quien yo me crié en Toledo». (*Agudeza y Arte de Ingenio*, XXV.) No obstante, las noticias sobre sus primeros años son escasas. Si es verdad que estudió en Toledo, hemos de suponer, sin embargo, que antes lo hiciera en Calatayud, al menos sus primeros estudios.

A partir de 1619 las noticias sobre su vida ya ofrecen mayor seguridad. En mayo de ese año ingresa en el noviciado jesuita de la provincia de Aragón que se encontraba en Tarragona y dos años más tarde profesa los primeros votos perpetuos. Una vez celebrada la profesión, regresa a Calatayud y estudia Filosofía con el padre Jaime Albert, hombre que como escritor y predicador podía perfectamente situarse dentro de la corriente barroca.

Poco tiempo estará en Calatayud, porque en 1623 viaja a Zaragoza y comienza los estudios de Teología. Durante cuatro cursos, hasta 1627, Gracián se prepara profundamente en el conocimiento de los textos bíblicos y en las diversas ramas de la ciencia teológica, de forma que, una vez concluidos, se ordena sacerdote y regresa a Calatayud. Allí se dedicará a enseñar Letras Humanas y Gramática. No cabe duda que este ejercicio de profesor de Gramática dejó profunda huella en él, hasta el punto de que se puede pensar que en esta época comienza a establecer los primeros borradores de la *Agudeza y Arte de Ingenio.*

El 15 de mayo de 1630, Gracián está en Valencia para comenzar su año de tercera probación, segundo noviciado prescrito por Ignacio de Loyola para los sacerdotes jesuitas antes de emitir sus últimos votos. Al cabo de ese año de probación, es destinado a Lérida como profesor de Teología Moral. Alterna esta labor con la de consultor del Colegio jesuita para asesorar al rector en los asuntos más graves e informar a Roma sobre la vida del Colegio. En Lérida pasa Gracián dos años.

En 1633, Gracián es profesor de Filosofía en la Universidad de Gandía, y lo será hasta 1636. Estos años son importantes: por una parte, profesa solemnemente los cuatro votos, pero, por otra, surgen diferencias entre Gracián y los jesuitas —no es éste lugar para extenderse en ellas— que llevan su ánimo a un estado de decaimiento y melancolía. Era el año 1635.

Es destinado a Huesca como predicador y confesor en el Colegio el año 1636. Huesca es para Gracián como su patria literaria. Huesca es como un paraíso de paz, después de los problemas con la orden, donde toma contacto importante con los libros de diversa índole y con el círculo de Vicencio Juan de Lastanosa, personaje que se unirá desde ahora necesariamente al nombre de nuestro autor.

En Huesca, y en 1637, se publica *El Héroe,* en una edición doble, con una dedicatoria a Felipe IV y otra a Lastanosa. Gracián firma el libro como «Lorenzo Gracián». Sin embargo, los jesuitas de Aragón no dudaron en atribuir la obra al padre Gracián. La publicación, que se había realizado sin recibir de Roma la censura de la orden, era directamente contraria a la regla de Loyola. Por esta y otras razones, en mayo de 1638, el provincial de los jesuitas recibe una queja contra Gracián.

El Político se publica en Zaragoza en 1640. Lo publica Diego Dormer y aparece con el pseudónimo de «Lorenzo Gracián», con dedicatoria al duque de Nochera, a quien acompaña en viaje a Madrid y más tarde a Pamplona.

El año 1642 representa mucho en la vida de Gracián: primeramente va a Madrid para interceder ante el conde-duque de Olivares por el duque de Nochera, contrario en sentimientos a los de Olivares sobre la guerra de Cataluña, comenzada en 1640, procesado y preso. Gracián predica con éxito en Madrid, y allí aparece la primera edición del *Arte de Ingenio,* hecha por Roberto Lorenzo. En segundo lugar, llega a Tarragona como vicerrector de la casa de probación. Son tiempos difíciles: su estancia coincide con la guerra de Cataluña.

Al cabo de dos años, en septiembre de 1644, se dirige a Valencia, dedicándose a la predicación. Es entonces cuando prepara *El Discreto* y la nueva edición de la *Agudeza y Arte de Ingenio. El Discreto* lo aprueba en Huesca el canónigo Manuel de Salinas, que en tantas ocasiones aparece en la *Agudeza,* y lo edita Juan Nogués. Conserva el pseudónimo de «Lorenzo Gracián» y está dedicado por Lastanosa al príncipe Baltasar Carlos. Estamos en el año de 1646. A finales de ese año, nuestro autor asiste como capellán militar en Lérida, acompañando al marqués de Leganés y su ejército, con lo que vuelve a tomar contacto con la guerra de Cataluña, aunque en diciembre está ya en Huesca.

En 1647 aparece una obra capital de Gracián, *Oráculo Manual y Arte de Prudencia,* en Huesca, y por Juan Nogués, bajo el pseudónimo de «Lorenzo Gracián» y con una dedicatoria de Lastanosa a Luis Méndez de Haro. Asimismo, la *Agudeza y Arte de Ingenio* se publica en Huesca en 1648 por Juan Nogués, dedicándola Lastanosa al conde de Aranda.

En 1651 lo hallamos en Zaragoza, donde hace la dedicatoria de la *Predicación fructuosa* del padre Jerónimo Continente al obispo de Huesca Esteban de Esmir. Pero más importante para nosotros es la publicación en dicha ciudad de la parte I de *El Criticón,* por Juan Nogués, y con dedicatoria a Pablo de Parada. El pseudónimo de Gracián se complica: «García de Marlones», juego fonético de sus dos apellidos. En Zaragoza se dedica a la labor de predicador, confesor del colegio y profesor de Sagrada Escritura. Pero a pesar de que «... enseñó Letras Humanas, Filosofía y Teología con un crédito no vulgar. Poseyó todas las proporciones para la Oratoria Sagrada; y sus funciones le merecieron singular alabanza» (Latassa, pág. 267), lo cierto es que en 1652 Gracián vuelve a tener problemas que nos demuestran lo contrario. En una carta del padre Goswin Nickel, general de la Orden, al viceprovincial de Aragón, padre Jacinto Riquer, se dice: «Avísanme que el padre Balthasar Gracián ha sacado a luz con nombre ajeno y sin licencia algunos libros poco graves y que desdicen mucho de nuestra profesión, y que, en lugar de darle la penitencia que por ello merecía, ha sido premiado encomendándole la Cátedra de Escritura del Colegio de Çaragoza.» Y añade: «Del padre Balthasar Gracián se nos ha escrito que no satisface al oficio de maestro de Escritura.» (Citado por Miguel Batllori en las *Obras Completas de Gracián,* BAE, págs. 158-9.)

Gracián sigue en Zaragoza en 1653, cuando se publica en Huesca, por Juan Nogués, la parte II de *El Criticón.* Vuelve a usar el pseudónimo de «Lorenzo Gracián» y dedica la obra a don Juan de Austria. Cabe destacar, del año 1654, el que Gracián aprobara el *Entretenimiento de las musas,* de Francisco de la Torre, que se imprime en Zaragoza y del que aparecen varios ejemplos poéticos en la *Agudeza.*

La obra graciana *El Comulgatorio* se publica al año siguiente en Zaragoza por Juan Ybar y está dedicada a la marquesa de Valdueza. La obra no podía acarrear a Gracián disgusto alguno, ya que aparece como autor «el padre Baltasar Gracián, de la Compañía de Jesús, letor de Escritura», y con la aprobación correspondiente. Si la obra, literariamente hablando, es la menos importante, sí lo es para su vida de religioso: Gracián tiene ya cincuenta y cuatro años y ha luchado mucho, ha tenido muchos problemas con la Orden, y los seguirá teniendo hasta su muerte, y esta obra pudo ser un alivio en las relaciones. Además, Gracián sigue de predicador, confesor y profesor de Escritura en el Colegio de Zaragoza, con lo que *El Comulgatorio* bien pudo ser un fruto de esta labor.

En 1657 aparece en Madrid lo último publicado por Gracián en vida, *El Criticón,* parte tercera, por Pablo del Val, bajo pseudónimo y dedicada a Lorenzo Francés de Urritigoiti. El padre Nickel, pese a la publicación de *El Comulgatorio,* sigue quejándose de la falta de fruto que proporcionan las clases de Escritura que imparte el autor. Llegamos así al último año de vida de Baltasar Gracián: 1658. Su comienzo no podía ser peor para él. La publicación de las tres partes de *El Criticón* le ocasiona una reprensión pública, con ayuno a pan y agua, el cese en su cátedra de Escritura y el salir «desterrado» de Zaragoza. Estos hechos malean su salud, y tras un breve espacio de tiempo como consultor del Colegio de Tarazona y prefecto del espíritu, muere en dicha ciudad el 6 de diciembre de 1658.

La vida de Gracián no tiene, posiblemente, nada de sorprendente. En esto se parece a Calderón. Gracián no lleva una vida escandalosa como Lope de Vega o llena de penurias, prisiones y deudas como Cervantes, Quevedo o Góngora. Ésta es una diferencia importante entre las vidas de los mayores genios de nuestra literatura. Gracián, el máximo prosista del siglo de oro junto a Cervantes y Quevedo es, entre todos ellos, el que aparenta una mayor aristocracia en su discurrir por este mundo. No es un hombre formado en ventas y posadas, en cárceles y deudas; Gracián se forma entre libros, en círculos intelectuales y frecuenta las academias literarias. Sus obras son fruto de profundas lecturas y largas meditaciones o conversaciones. Quizá le venga de aquí lo artificioso de su lenguaje. Desde su primera obra, *El Héroe,* hasta la última, *El Criticón,* se nota un gran trabajo, una gran elaboración exenta de toda aparente inspiración o milagro literario.

Si comparamos la vida y la obra de nuestro autor quizá tengamos que afirmar que la vida del hombre es menos interesante que las obras del escritor, pero tendremos que seguir diciendo que la clave de la obra está en la vida. Su *Agudeza* es fruto de su labor de profesor de Gramática, la temática de sus tratados es fruto de sus lecturas, la influencia bíblica en *El Criticón* es fruto de su labor en Escritura, la intencionalidad moralizante y didáctica es fruto de su labor docente de Teología Moral, y, en fin, si Gracián conjuga esta intencionalidad moralizante y didáctica con la consciencia de la decadencia hispánica, como le ocurrió a Quevedo, es porque su vida fue un continuo desengaño, cargado de pesimismo y hasta de amargura, como hemos visto. No obstante su formación cerrada en libros y bibliotecas, lo cierto es que Gracián captó todo el espíritu barroco, en su obra y en su persona, de manera que fue el escritor genial que cerró con broche de oro el mejor siglo de nuestra literatura.

La obra

Si tenemos en cuenta el número de obras publicadas y su longitud, con excepción de *El Criticón,* la producción de Gracián no es realmente extensa. En total, son siete libros publicados a lo largo de veintiún años. Ahora bien, si miramos el contenido de los mismos, tendremos que concluir que la intensa labor desarrollada bastaría para llenar toda una vida. No puede hablarse de escritos juveniles: cuando publica su primera obra, *El Héroe,* nuestro autor se encuentra en una edad lo suficientemente madura como para que su cerebral elaboración no sea considerada un milagro literario, y su formación lleva el peso de muchos años de dedicación, de estudio, de lecturas reposadas, de conversaciones gustosas y de experiencia en el conocimiento de la naturaleza y psicología humanas. Los profundos contenidos y las sorprendentes construcciones expresivas no son una casualidad, sino el resultado de un tremendo trabajo de elaboración, de corrección y de precisión semántica.

Aparentemente, los libros gracianos ofrecen bastantes diferencias entre sí. Sin embargo, como ocurre en todos los hombres que siguen las directrices de su intelecto, las ideas adquieren en muchas ocasiones carácter de obsesión. Desde la primera a la última obra, todas ellas participan de unas líneas básicas en que se fundamenta el quehacer literario y que orientan su finalidad. Deslindar estas directrices no es tarea fácil tratándose de un hombre atormentado e inteligente como Gracián. Del mismo modo que los críticos no se han puesto de acuerdo a la hora de clasificarlo dentro de uno u otro movimiento, conceptismo o culteranismo, tampoco será nada fácil ver exactamente la intención de sus desesperadas reflexiones.

Tomando como referencia los contenidos, los entusiastas del pensamiento dirán que la obsesión de Gracián a lo largo de sus páginas es la intención didáctica, nota nada original, porque desde la temprana Edad Media se viene repitiendo en la literatura española; la educación del hombre con vistas a una completa formación de la persona sería el móvil esencial de su obra: la formación del hombre perfecto en prendas y cualidades configura los capítulos de *El Héroe,* la del hombre políticamente ideal es la intención de *El Político,* la del hombre social la ofrece *El Discreto,* la del hombre religioso se encuentra en *El Comulgatorio,* la del hombre intelectual en la *Agudeza y Arte de Ingenio* y la del hombre completo, resumen y paradigma de todas las demás prendas, en el *Oráculo Manual y Arte de Prudencia.*

Sin embargo, un lector avisado que profundice en la actuación lingüística graciana, posiblemente llegue al escepticismo más absoluto y no vea en Gracián el pedagogo que muchos han querido ver, sino un ser apasionado por el lenguaje y el estilo, por la condensación sintáctica que ofrece como consecuencia una intensificación semántica. Posiblemente dude de la intención moralizante del autor y sí vislumbre una finalidad bien distinta: el amor al puro juego lingüístico y a la ironía, la búsqueda de la sorpresa en la expresión sin ir más lejos, la intención de hacer sólo literatura, y literatura difícil que ponga a prueba la capacidad receptiva del lector.

Para los primeros, es decir, para aquellos lectores que prefieran beber en el pensamiento graciano, las siete obras ofrecen un gran abanico de reflexiones, con las que podrán estar o no de acuerdo, pero que abarcan todas las vertientes del vivir humano ética, moral y socialmente entendidas.

El Héroe (1637) pasa revista a veinte cualidades o primores que van dedicadas a la persona humana individual. Cuando Gracián habla de «héroe» no está pensando, por supuesto, en el significado normal y vulgar de la palabra: «héroe» es el hombre perfecto, dotado de prendas y cualidades sublimes que le identifican con un ser único, irrepetible, sin acercarse en ningún caso a un superhombre. Todas estas cualidades son posibles en el hombre: aspiración en la excelencia al primero o al mejor, sustentada en la personalidad, la voluntad, el entendimiento, el sentimiento, el gusto, el don de gentes, la clarividencia o despejo, el natural don de mando, la simpatía, la no afectación, la buena elección de los empeños o actividades, etc. Para cada cualidad, Gracián propone como modelos seres eminentes de la historia de la humanidad, que no representan al hombre perfecto, sino a individuos poseedores de una de las cualidades analizadas.

Se ha apuntado por diversos autores que Gracián sigue una moda de la época consistente en escribir obras políticas o morales, obras cortesanas, en definitiva, que siguen los pasos de *El Cortesano* de Castiglione, de *El Príncipe* de Maquiavelo, de Botero, de Boccalini, de Alciato, etc. No voy a negarlo, ya que nuestro autor conocía perfectamente, no sólo las obras de los italianos, sino también de los españoles, como Saavedra Fajardo o fray Antonio de Guevara, que dedican escritos a tratados morales o políticos. Sin embargo, cabría preguntarse si el propósito de Gracián es realmente dar un modelo de héroe y de hombre perfecto, por el mero hecho de seguir una tradición literaria y moral o, por el contrario, debemos pensar que *El Héroe* se escribe en un momento en que fallan y se resquebrajan muchos principios universales para los españoles, cuando se rompe la unión entre cristiandad y Europa, cuando Velázquez retrata los bufones de palacio a falta de modelos más convincentes, cuando la decadencia española conduce al escepticismo y las revueltas de Portugal y Cataluña ponen en peligro la unidad nacional.

Según esto, hay en Gracián un espíritu regenerador semejante a otros hombres del xvi y xvii, pero que, a diferencia de ellos, en las distintas manifestaciones del arte, llámense Quevedo o Velázquez, que muestran angustia y pesimismo ante el comienzo de la decadencia y luchan con la sátira y el desparpajo contra ella, Gracián, consciente de dicha decadencia, satírico, pesimista y amargado, pretende crear en sus primeras obras modelos regeneradores ante la triste perspectiva de España. Este espíritu hace de *El Héroe,* no sólo la primera obra de Gracián en el tiempo, sino la piedra angular donde descansan todas las demás.

El Político don Fernando el Católico (1640) concretiza las cualidades de *El Héroe* en una persona. Si en la primera veíamos una posición regeneradora ante la decadencia, en ésta aparece la nostalgia de pasadas épocas mejores para retratar un modelo para esa regeneración de España, manteniéndose así la intención moral y didáctica.

El Político obedece a una estructura dialéctica en función de una tesis que ha de defender: el rey Fernando fue el mayor rey hasta hoy y creó la mayor monarquía. Para ello, aducirá Gracián la intervención divina incluso, con tal de dejar bien claro su destino para las más altas empresas. Describirá sus dotes políticas y diplomáticas, sus dotes para la elección de ministros; hablará de sus victorias militares y políticas y concluirá que solo Fernando podría salvar la monarquía y volvería a hacerlo si llegara a perderse. La obra es una biografía política, un encomio político, con una base importante en la moda biográfica renacentista y barroca al igual que habían hecho, entre otros, fray Antonio de Guevara, Quevedo o Saavedra Fajardo. El encomio es tal vez exagerado y determina el que sea en conjunto una de las obras menos atractivas de Gracián: la dialéctica descansa en un paralelismo entre lo positivo y lo negativo, hasta el punto que si se aduce una cualidad positiva de algún personaje histórico, tenemos la seguridad que Fernando le supera; y, al contrario, si la cualidad es negativa sirve para reafirmar su ausencia en el rey católico.

El Discreto (1646) prosigue la línea iniciada en *El Héroe,* tanto en su contenido como en su estilo, aunque podría ser calificado de heterogéneo con diversas variaciones sobre el tema de la educación del hombre. Veinticinco capítulos lo conforman y en cada uno se comenta un realce; los veinticinco realces formarían al hombre de prendas cortesano, social, cuerdo y de buen seso para enjuiciar las cosas y ponerlas en su justo sitio. Cada realce es independiente en sí mismo y entre todos constituyen una colección de ensayos.

La heterogeneidad de las cualidades que hacen a un hombre «discreto» es clara desde el momento que unas son individuales o personales (genio e ingenio, hombre de espera, buen entendedor, hombre de buena elección, diligente e inteligente, etc.), otras de un hombre en sociedad (señorío, galantería, hombre de plausibles noticias, hombre de buen dejo, etc.) y otras son negaciones de defectos (no ser desigual, no estar siempre de burlas, no ser malilla, etc.).

En segundo lugar, la heterogeneidad viene provocada por el estilo y el género empleado en cada capítulo. El mismo Gracián coloca un subtítulo en cada uno de ellos: elogio, discurso académico, alegoría, memorial, razonamiento académico, carta, diálogo, sátira, encomio, apólogo, etc. *El Discreto,* la mejor obra de Gracián según Romera-Navarro, puede tomarse como un compendio del hacer literario graciano. En él examina costumbres e ideas, prolongación de las ideas de *El Héroe* y *El Político* y anticipo del amargo análisis social de *El Criticón,* y participa, en cuanto al estilo, de la economía lingüística de *El Héroe* y el *Oráculo Manual* en unos capítulos y de la fluidez aparente de *El Criticón* en otros.

El *Oráculo Manual y Arte de Prudencia* (1647) es una colección de aforismos «qve se discvrren en las obras de Lorenço Gracián», según se dice en la portada; lo publicó Lastanosa y por tal motivo se puso en duda la paternidad de Gracián sobre esta obra. La duda carece de fundamento por varias razones. La primera es que el estilo es típicamente graciano; más aún, la expresión suma, diría yo, del estilo graciano por su máxima intensificación semántica y su tremenda economía en la expresión. La segunda razón es que Gracián era lo suficientemente independiente como para no desligarse de uno de sus libros, y más tratándose de éste, que puede considerarse como la quintaesencia de su pensamiento y de su escritura. La tercera es muy simple: ¿qué tiene que ver el escritor de una obra con el editor de la misma? Lastanosa había publicado anteriormente *El Político* y *El Discreto,* y posteriormente la *Agudeza y Arte de Ingenio,* y a nadie se le ocurre dudar de su paternidad graciana.

La amplitud ideológica del libro es enorme. En él se recogen los comentarios de prendas que un héroe o un discreto, en definitiva sabio, han de tener, como la sabiduría, la ciencia, la erudición, la agudeza, el genio y el ingenio, el despejo, la discreción, etc. Como prudente, el hombre se debe exigir la espera, la detención, el reparo, el silencio, el reconsejo, la cordura, la cautela, la política, etc., y sólo así conseguirá el crédito, la fama, la estimación y la gloria. En otro sentido, el *Oráculo Manual* constituye una reflexión sobre el engaño y la doblez, el desengaño y el escarmiento, la verdad y la mentira, el hombre y el mundo, la fortuna, la vida y la muerte, etc.

El *Oráculo Manual* es, sin lugar a dudas, una de las obras más atractivas y sugestivas de nuestra literatura. Si *El Criticón* es la vida misma mediante la acción, el *Oráculo* es la vida misma como norma. Sus trescientos aforismos expresan mucho más de lo que superficialmente dicen, lo cual es razón suficiente para que el libro en su conjunto sea de difícil lectura, y el lector se encuentra ante un campo para explorar que requiere bastante aventura, pero que en ningún caso le dejará defraudado.

El aforismo en Gracián tiene semejanza con todas las formas existentes hasta entonces para expresar brevemente un pensamiento: participa del sentido imperativo y ejemplar de los apotegmas (son numerosos los aforismos que llevan el verbo, en imperativo o presente de subjuntivo, en el primer lugar de la frase), del didactismo de los proverbios, de la ética de las máximas y los axiomas, y del valor universal de los epigramas. No obstante, a los que más se acerca es, unas veces a las sentencias, otras a los proverbios, y sobre todo a los epigramas: cualquier aspecto nimio y concreto le conduce a Gracián a formular una verdad general, valedera en todo momento y para todos los hombres.

La *Agudeza y Arte de Ingenio* (1648), edición aumentada por el mismo Gracián del *Arte de Ingenio* (1642), constituye uno de los tratados de retórica más importantes del Siglo de Oro y en él, como dice en la portada, «se explican todos los modos, y diferencias de Concetos, con exemplares escogidos de todo lo más bien dicho, assi sacro como humano», teniendo presente que concepto, según el mismo Gracián, es «un acto del entendimiento, que exprime la correspondencia que se halla entre los objetos», tanto «conformidad, simpatía o repugnancia», como «proporción o improporción», es decir, lo que normalmente se conoce como figuras retóricas o recursos estilísticos. El asunto, efectivamente, lo componen todos los artificios literarios ejemplificados con textos de todos los cauces de la cultura humana. En la *Agudeza* existen los elementos necesarios para elaborar una retórica o una preceptiva literaria barroca.

Y digo barroca porque no se trata de una retórica conceptista, como escribía Menéndez Pelayo en su *Historia de las Ideas Estéticas en España,* ni de una retórica culterana o gongorina, a pesar de la gran admiración de Gracián hacia

Góngora. La mejor prueba de ello es que Gracián ejemplifica con todo tipo de escritores, Séneca, Marcial, Tácito, Cicerón, Plinio, don Juan Manuel, Garcilaso, Camoens, Mateo Alemán, Góngora, los Argensola, Lope, Quevedo, Carrillo de Sotomayor, etc. (el etcétera sería largo), es decir, con escritores concisos y con escritores cultistas. A través de sus textos, Gracián desarrolla sus propias explicaciones sobre las metáforas, los símiles, los juegos de conceptos, las paradojas, las alusiones, las paronomasias, los estilos, etc., figuras utilizadas por unos y otros escritores, a los que unas veces llamará «cultos» y otras «conceptuosos».

El Comulgatorio representa al héroe ascético de prácticas y virtudes centradas en la Eucaristía. El modelo sigue la línea proyectada en las otras obras de Gracián; así, lo que *El Héroe* es para la fama, *El Político* para la historia y *El Discreto* para la sociedad o *El Criticón* para la inmortalidad, *El Comulgatorio* lo es para la vida cristiana. *El Comulgatorio* es también una serie de consideraciones acumuladas en torno a nombres y ejemplos. Sin embargo, no aparecen elementos fantásticos, mitológicos, ficticios, etc. La continuidad, no sólo es ideológica y estructural, como hemos visto, sino también en cuanto al lenguaje y el estilo. *El Comulgatorio* utiliza los mismos recursos que las demás obras, porque «el estilo es el que pide el tiempo», según el propio Gracián en «Al Letor».

El intento de Gracián en esta obra es el de hacer meditar, y posiblemente lo ha conseguido. Su contenido escriturístico, dogmático, moral y social nos relaciona, como decíamos al hablar de la vida de nuestro autor, con el Gracián profesor de Escritura en Zaragoza y nos obliga a insistir, cómo no, en el valor didáctico, pedagógico y práctico que domina en las obras gracianas.

El Comulgatorio lo componen 50 meditaciones y su estructura, en cuatro puntos, se desarrolla de la siguiente manera: en el punto primero se parte de un hecho bíblico en que un personaje se acerca a Cristo (así debe hacer el cristiano); en el segundo punto este personaje entra en contacto con Cristo (al igual que el cristiano al comulgar); en el punto tercero plantea Gracián los frutos que se consiguen por el contacto con Cristo; en el cuarto, acción de gracias, el cristiano debe dar gracias al igual que el personaje bíblico.

El Criticón

Gracián hubiera pasado a la historia literaria si sólo hubiera escrito *El Discreto* o el *Oráculo Manual*. Sin embargo, su obra maestra es *El Criticón*. *El Criticón* recoge toda la obra anterior en forma de novela: su crítica mordaz, su pesimismo, su doctrina existencialista, su estilo, etc., en grado sumo. En el aspecto formal «en ella se estructura, como sistema novelístico, toda una serie de elementos dados o esbozados en su obra anterior»[1] y en el aspecto de contenido «es la última y al mismo tiempo la obra más rica de Gracián; en ella resume y amplía el análisis del hombre y la filosofía de la vida de los escritos anteriores»[2].

La importancia de *El Criticón* traspasó nuestras fronteras haciendo de la obra un hito universal. Críticos extranjeros se hacían eco en el siglo XIX y comienzos del XX de lo poco conocido que era nuestro autor, sobre todo en España (Azorín lo llamó inexactamente «un Nietzsche español» cuando debía ser al contrario); muestra de ello son las palabras de Michaelis de Vasconcellos: «ingeniosissimo e nunca assaz louvado auctor do Criticón»[3] o la expresiva frase de Coster: «saludemos en el autor del Criticón a uno de los maestros de la lengua española»[4].

El Criticón es una alegoría prolongada, una novela filosófica en que se mezclan la narración y la doctrina, lo novelesco y la sátira social, los personajes y la crítica, los símbolos y la cultura, los conceptos y el estilo. *El Criticón* recorre varios países (España, Francia, Alemania e Italia), con un

---

[1] Antonio Prieto, en su edición de *El Criticón*, Madrid, Iter, 1970, pág. XXXI.

[2] Gerhart Schroeder, *Baltasar Gracians «Criticón». Eine Untersuchung zur Beziejung zwischen Manierismus und Moralistik*, Münich, 1966, pág. 8.

[3] Carolina Michaelis de Vasconcellos, «Gracián e Sá de Miranda», *Revista Crítica de Historia y Literatura...*, julio 1897, número 7, pág. 212.

[4] Adolphe Coster, *Baltasar Gracián*, Zaragoza, Institución Fernando el Católico, 1947, pág. 265.

hilo argumental vitalista, filosófico, repasando la niñez (la primavera de la vida), la juventud (el estío), la madurez (el otoño), y la vejez (el invierno). En la niñez y la juventud están presentes el engaño y la ilusión, el desenfreno, la inconsciencia. En la madurez y la vejez aparece la desilusión, el desengaño, la amargura después de una visión desoladora de la vida.

Este género de novela de crítica moral y sátira social se pondrá de moda en el siglo XVIII y de esta manera Gracián se anticipa al siglo de las luces. Con toda seguridad podemos decir que Gracián representa el puente entre el didactismo medieval y de la ascética por un lado y lo dieciochesco por otro.

Dos son los personajes que hacen este viaje filosófico. Andrenio (hombre instintivo, o común, distinto del crítico, juego léxico con la raíz griega ανδρ-) y Critilo (persona reflexiva, o de juicio equilibrado, también del griego κριτ-) luchan con el mundo como símbolos de los instintos y de la razón, de lo espontáneo y de lo reflexivo, de la pasión y de la voluntad, convirtiendo la novela en una novela de la vida, porque ellos van envejeciendo (aunque el tiempo no exista, como veremos), y en una novela de la persona, porque Andrenio y Critilo son la misma persona (hay un momento en que Critilo dice de Andrenio que es «mi otro yo»); es decir, «novelización de la doctrina tomista de la prudencia, configurada en el eje Andrenio (o el apetito) —Critilo (o la razón)» [5].

Andrenio es otra «tabula rasa» donde repentinamente van llegando conocimientos, el primero de todos el propio reconocerse. Andrenio, solitario en la isla cuando le encuentra el náufrago Critilo, es el salvaje que sale de la ignorancia por medio de la razón, que se extasía ante la naturaleza y que desarrolla su aprendizaje a través del viaje de la vida en compañía de Critilo.

La entrada de Andrenio es la entrada en la vida y la entrada en el «engaño». Todas las crisis o capítulos de la Parte I nos mantienen en ese engaño prolongado de la niñez y de la juventud: «El despeñadero de la vida», «La fuente de los engaños», «Los encantos de Falsirena», etc. La llegada de la madurez en la edad varonil nos introduce en el pensar,

---

[5] Arturo del Hoyo, *Baltasar Gracián*, Buenos Aires, Columba, 1965, pág. 8.

en la filosofía, en el comienzo del «desengaño» mediante el Saber, en «El museo del Discreto» (Parte segunda, Crisi IV), y Gracián muestra desdén aristocrático por el vulgo, por la hipocresía, etc. Este filosofar prosigue con la vejez que descubre el engaño del mundo y la verdad descifrada, penetrando en la «isla de la inmortalidad» (Parte tercera, Crisi XII) los que hayan conseguido una trayectoria vital digna.

Sólo una actitud racional y voluntarista, personificada en Critilo, logra salvar al hombre. Este carácter voluntarista, que llegó a apasionar a Schopenhauer, entre otros, convierte a *El Criticón* en una obra filosófica fundamental en la historia de la cultura universal. Así pues, «si tuviéramos que definir la obra de Gracián *(El Criticón),* diríamos que se trata de una epopeya (...), en la que aprendemos a cautelarnos de los peligros del trato humano, a convertirnos de hombres en personas mediante la derrota de nuestras pasiones y el cultivo de la virtud y a salvar nuestro nombre del olvido, alcanzando fama perdurable»[6].

Concepto y forma atrevida unidos hacen de *El Criticón,* junto con el *Quijote,* la mejor novela española de todos los tiempos. Guillermo de Torre[7], al citar una docena de obras capitales, «parejas de las más grandes que puedan encontrarse en cualquier otra época o idioma», aduce las novelas *El Quijote, El Criticón* y el *Lazarillo de Tormes,* al lado de obras poéticas como *Las Coplas,* de Jorge Manrique, o la *Fábula de Polifemo y Galatea,* y dramáticas como *El burlador de Sevilla, La Celestina* o *La vida es sueño.* La correspondencia entre vida y erudición —sacada de sus lecturas— es perfecta en *El Criticón:* la vida borra el espacio, y el pensamiento-erudición sumerge el tiempo de las cuatro edades del hombre en una unidad casi singular.

El Criticón, *obra universal*

Una obra literaria adquiere un valor universal cuando nos ofrece insuperables condiciones artísticas para ser considerada obra maestra, cuando su creador configura los caracteres

---

[6] Enrique Moreno Báez, *Nosotros y nuestros clásicos,* Madrid, Gredos, 1968, pág. 134.

[7] Guillermo de Torre, *La difícil universalidad española,* Madrid, Gredos, 1965, pág. 57.

de sus personajes de forma singular, con una vida propia radicalmente diferente a las de los restantes personajes literarios, y cuando además representa el espíritu humano —o alguna de sus manifestaciones, ya positivas, ya negativas— en su protagonista o protagonistas, representación con carácter general, valedera para todos los hombres o para todas las épocas, a pesar de los cambios históricos, sociales o de pensamiento. Así, Electra representa desde siempre la obsesión de la venganza, Medea los celos y la venganza, Celestina la avaricia, Otelo los celos, Pedro Crespo el honor, Hamlet la indecisión, don Quijote el idealismo, etc.

El Criticón es obra universal por doble motivo. Cada uno de sus personajes representa algo tan común a todos los hombres y todas las épocas como la voluntad racional o el recto juicio (Critilo) y la pasión instintiva o lo común (Andrenio). Pero Gracián no queda ahí. Al igual que Cervantes, condensó toda el alma humana en sus dos personajes; si don Quijote era el idealismo y Sancho el realismo, tendencias naturales del alma humana, cuyo equilibrio de fuerzas daría como resultado el hombre perfecto, Critilo y Andrenio forman al hombre psicológicamente vital, el primero manifiestamente reflexivo y el segundo como espíritu primario; la unión y el equilibrio de ambas fuerzas darán el triunfo inmortal al hombre.

El pesimismo existencial y el expresionismo

«Si la contingencia lleva consigo la deformidad, se glosa con mas acierto, y sutileza» (Agudeza, XII). La concepción graciana de la vida, no obstante su voluntarismo, no es optimista. Ante la amargura que emana de *El Criticón* y las monstruosidades que nos presenta, no comprendemos la opinión de Ovejero y Maury de que «el que, sin haber leído otra obra de Gracián, abre *El Criticón,* no pensará habérselas con ningún descontento del mundo en que vive, al leer la narración de Andrenio, prosado himno a las magnificencias del universo»[8]. No ponemos en duda las alabanzas hacia el universo, admirable creación de Dios para Gracián, pero no es menor verdad que nuestro autor en *El Criticón* demuestra continuamente su descontento con el mundo y la vida hu-

---

[8] Eduardo Ovejero y Maury, «El Criticón de Baltasar Gracián», *E. Moder.,* CCXCVII, núm. 297 (1913), año 25, pág. 11.

mana, deformes, llenos de disparates, engaños y contingencia en los que cae el incauto Andrenio.

Si la técnica literaria de Gracián es una técnica de contrastes, no lo es menos su concepción vital y su misma persona. ¿Cómo se explica, por ejemplo, su notable erudición, sus contenidos sacados de libros y conversaciones, en oposición al conocimiento de las personas, costumbres, hechos históricos, de donde emana toda su amargura pesimista?

Está claro, en primer lugar, que las obras gracianas anteriores a *El Criticón* son producto de sus lecturas, de su observación y de su labor pedagógica. *El Criticón,* en cambio, aparte de sus aportaciones de mera erudición, nos presenta una desolación vital, un Gracián derrotado, aunque el final sea glorioso: la entrada en la inmortalidad (lo cual sin parece una pequeña traición al desarrollo global de la novela).

El asunto ha sido tratado por otros críticos, desde los que dicen que «Gracián fue un buen observador. No se explicaría, de otra manera, su profunda penetración en las costumbres de su tiempo. Observó la sociedad, al pueblo, los distintos estamentos de aquélla» [9], hasta los que afirman categóricamente que Gracián no tiene nada de realista: «... Gracián nada tiene de artista realista. No trae nada de fuera; lo saca de dentro, de su poderosa imaginación. Es artista, no de fuera adentro, como los realistas; sino de dentro afuera, como los verdaderos filósofos» [10].

De ambas tendencias tiene Gracián. Negarle su condición de filósofo, de artista de dentro afuera, de cerebral, es negar la esencia misma de Gracián; pero negar, asimismo, que hay realismo en Gracián sería tan grave como negárselo a Goya, a Valle-Inclán o a los expresionistas contemporáneos. Gracián es un escritor frío, no emotivo, cerebral; la vida y sus engaños, que cercan nuestra existencia, se han de vencer con el saber y el entendimiento, a base de tretas y mecanismos, de dobleces. «Nunca es la emoción tema esencial para su obra, ayuna de amores. El campo humano es para nuestro aragonés una comarca más embestible que cultivable» [11].

---

[9] Víctor García Arroyo, «El pensamiento educativo de Gracián en *El Criticón*», *Revista Calasancia,* VI (1960), pág. 30.

[10] Julio Cejador, en su edición de *El Criticón,* Madrid, Renacimiento, 1913-14, pág. XX.

[11] Américo Castro, *Teresa la Santa; Gracián y los separatismos; con otros ensayos,* Barcelona, Alfaguara, 1972, pág. 256.

Pero Gracián es también un escritor realista, más aún, expresionista. La decadencia de los Habsburgo en España, descubierta por los escritores barrocos (Cervantes, Quevedo, etcétera) no quedó ajena a la pluma de Gracián. Si a ello añadimos la propia experiencia personal de desengaño ante la vida y problemas con los jesuitas, se aclarará la respuesta de Gracián. La respuesta de Gracián es el monstruo caprichoso, fantástico, casi onírico. En la Crisi I de la Parte tercera, desfilan monstruos que andan sin tener pies, que se desnudan de ropas y de miembros, que colocan los ojos sobre la mesa, etcétera. Asimismo, por la Crisi IX de la segunda parte desfilan serpientes que inficcionan el mundo con el aliento, monstruos que revientan de cólera, madres que comen a sus hijas, monstruos sin ojos, sin cabeza, etc. Multitud de figuras extrañas, animales-hombres y hombres-animales, sátiros, arpías y otras monstruosidades invaden las páginas de El Criticón. Algo así sucederá más tarde en los caprichos, disparates y pinturas negras de Goya.

El pesimismo es el origen de estas visiones fantásticas. La reforma de Trento provocó un florecimiento en la ascética, en el desprecio del mundo, y una aspiración ultraterrena no conocidos hasta entonces. De esta tendencia se hace eco, como se sabe, la picaresca y se nota fundamentalmente en Alemán y en Espinel. Las palabras textuales de Karl Vossler ilustrarán lo que vamos diciendo: «a finales de la época se echa de ver en muchos escritores, especialmente Quevedo y Gracián, una repentina intensificación de la agudeza y virulencia satíricas y que el arte de la caricatura crece considerablemente sobre el nivel medio de los anteriores realistas. Ello significa que los motivos fantásticos irrumpen de nuevo en el seno de los realistas, mezclándose con ellos y amenazando, incluso, con ahogarlos. El impulso que lleva a estas desfiguraciones de la realidad y a estas exageraciones de todo cuanto feo y disonante existe en la tierra, procede sin duda de la religión. Ésta, en efecto, se había ido haciendo a finales del siglo de oro cada vez más ascética y antiterrena»... [12]

La deformación de la realidad, más fecunda en Gracián que en Quevedo, no es una huida de la realidad; al contrario, es lucha contra ella. Posiblemente haya caricatura en Quevedo, como la hubo en Velázquez, pero Gracián va más

---

[12] Karl Vossler, *Introducción a la Literatura Española del Siglo de Oro,* Madrid, Espasa-Calpe, pág. 68.

lejos. La caricatura podía producir risa en el vulgo (los bufones y los médicos, los príncipes y los poetas güeros); por eso, Gracián no utiliza la caricatura, consciente de la risa del vulgo. Gracián deforma escogiendo el lado malo de la vida, lo más desagradable. Si a Gracián le queda algo del espíritu regenerador de las primeras obras resulta ensombrecido por la deformación de la realidad, de la vida, de la política. Si Quevedo, con la caricatura, dejaba en ridículo a los estamentos sociales, con una crítica y una sátira despiadadas, Gracián se sirve de la deformación expresionista, una con la sátira y la crítica social, para, realmente, no «dejar títere con cabeza», con un bisturí frío, racional, filosófico. El que lea y relea El Criticón, introduciéndose en él con avidez, sin un espíritu crítico, perderá indefectiblemente la alegría de seguir viviendo. Gracián y Quevedo han sido considerados como predecesores del pesimismo radical y metafísico del Romanticismo, del posromanticismo y del nihilismo actual, sobre todo Gracián, a través de Schopenhauer y de Nietzsche.

Esta concepción monstruosa de la vida, esta visión tan penosa de la realidad en Gracián, es un eslabón importante, capital, en lo que se ha llamado la «España negra», tónica general en nuestro arte y nuestra literatura, que comienza en la Edad Media con las danzas de la muerte y prosigue en el Renacimiento con La Celestina, el Lazarillo y la ascética, y en el Barroco con la picaresca, con Alemán, Quevedo, Velázquez, Valdés Leal, Gracián, enlaza con el genio de Goya y viene a parar en la obra de Valle-Inclán, Solana, Regoyos o Camilo José Cela.

Esta España negra, esta vida negra, no podía dar como resultado en Gracián un estilo de escribir ampuloso, sofisticado, florido y optimista, sino lo contrario, lo que en realidad fue, un estilo breve, ceñido y enjuto, y «del mismo modo que Gracián lleva a sus últimas consecuencias el desengaño y la melancolía del Barroco, llevará también a sus límites extremos las posibilidades conceptistas» [13].

El mundo de oposiciones gracianas nos sale de nuevo al paso y como resumen: junto a un manifiesto voluntarismo, que parece augurar una victoria de la razón, aparece en El Criticón un pesimismo amargo; ante un filósofo teorizador se nos muestra un Gracián realista y más aún expresionista;

---

[13] José Manuel Blecua, «El estilo de Gracián», AFA, serie B, I (1945), pág. 12.

junto a un escritor no emotivo, frío y cerebral se encuentra un auténtico insatisfecho, inconformista y destructor de lo establecido.

La sátira y lo picaresco

El espíritu destructivo de Gracián, visto en la deformación, se complementa con la sátira. La sátira, que nació en Roma y que hizo proclamar a Quintiliano «sátira tota nostra est», se prolongó en autores greco-romanos como Luciano, Marcial y Juvenal, autores muy conocidos por Gracián, llega al Renacimiento de mano de los reformadores religiosos contra la flojedad del clero o la superstición y al Barroco de Quevedo y Gracián contra el triste panorama de la vida española, retratada ya por la picaresca.

El aspecto satírico de la obra graciana se apoya en la universalidad y trascendencia de la vida humana. A lo largo de todas las edades recorre sus vicios característicos y los personajes más típicos de la sociedad con quienes topan nuestros dos peregrinos de la vida. La salvación del hombre está fuera de este mundo y al final de la vida, en la inmortalidad, pero todo el aparato novelesco de *El Criticón* camina por los derroteros de la tierra, lo que, como dice Blecua, «le servirá a Gracián para dirigir con acertadísima puntería los más agudos dardos contra todo. Nada ni nadie se librará de su sátira» [14].

El mundo como teatro, el engaño a la entrada del mundo, la ignorancia de la niñez, los falsos encantos de la sexualidad juvenil, la hipocresía de la corte, la soberbia vana de la madurez, la no resignación de la vejez, etc., documentado todo con innumerables ejemplos, constituyen las pruebas en las que basa Gracián su acusación a la vida y su cortante sátira. En esto nos sigue recordando a Quevedo; sin embargo, frente a la socarronería pesimista de Quevedo se alza la filosofía, la trascendentalidad y la razón-voluntad de Gracián.

Expresionismo y sátira, deformación y crítica de costumbres conectan *El Criticón* con la novela picaresca. Las simpatías de Gracián hacia Alemán o Quevedo (aparecen elogios

---

[14] José Manuel Blecua, en su selección y estudio de *El Criticón*, Zaragoza, Ebro, 1971, 5.ª ed., pág. 17.

en la *Agudeza)* tenía que notarse. Las coincidencias de ideas y propósitos de *El Criticón* con el *Guzmán* o el *Buscón* son evidentes en muchos casos. Como los novelistas picarescos, concibe Gracián una acción, aunque mínima, en forma de vagabundear, de peregrinaje, de caminos, de paradas, de intrigas, de engaños, de desengaños, de situaciones difíciles, etcétera. También, como ellos, tiene Gracián una visión desoladora de la vida y del mundo, concepción casi heraclitana hacia la destrucción. Por último, se parece a ellos, más aún les supera, en las digresiones morales que aparecen en medio de la acción novelesca, las más de las veces en forma de alegorías, influjo, como se ha dicho repetidamente, que le viene a la picaresca del Concilio de Trento.

Pero si Gracián se parece en algunos aspectos a la picaresca, también es cierto que se diferencia de ella en mayor proporción. Se diferencia fundamentalmente en la forma de tratar a los personajes, en los ambientes y en la técnica narrativa. Las diferencias entre Critilo y Andrenio por un lado y don Pablos y Guzmán por otro son palpables; en primer lugar, porque Critilo y Andrenio no son «pícaros». Un pícaro suele ser un auténtico sinvergüenza que es engañado, pero él paga con la misma moneda siempre que le es posible. La tesis de Américo Castro, recogida y ampliada por Montesinos, de que la picaresca tiende a desvalorizar la vida y los contenidos de cultura, contrariamente a los paradigmas éticos que intenta imitar el humanista, y de que la moral picaresca es la que exalta máximamente la norma ética para operar, con relación a ella, una desvalorización de las actividades humanas, consiguiendo así justificar la conducta propia, real o posible, la propia laxitud, la propia indisciplina [15], es perfectamente aplicable a los pícaros pero no a Critilo y Andrenio, ya que ni *El Criticón* pretende desvalorizar la vida (puede que sí los contenidos de cultura), sino todo lo contrario (recuérdese lo dicho sobre el voluntarismo y la razón), ni Critilo y Andrenio justifican sus propias caídas o indisciplinas desvalorizando el obrar humano, sino que en ellos hay arrepentimiento y cambio de conducta, lo que constituye no sólo una exaltación de la norma ética, sino también del valor de las propias actividades humanas. «Nada hay en el mundo que merezca respeto (...) Si el pícaro roba,

---

[15] Sigo el artículo de José Fernández Montesinos, «Gracián o la picaresca pura», *C y R*, julio 1933, núm. 4, págs. 44-49.

una ojeada en torno tranquiliza su conciencia: todos roban», dice Montesinos (pág. 46). En cambio para Critilo y Andrenio lo que hagan los demás no justifica su conducta, la vida es lucha, merece la pena para lograr la inmortalidad final. «Entre pícaros (como dice Montesinos), cuando se consuman reales picardías, esta posición ética es sobremanera clara»[16], no entre personas como Critilo y Andrenio. En un pícaro hay venganza ante un descalabro y no hay arrepentimiento ante una debilidad propia; cuando, sobre todo Andrenio, que es el más débil, cae en una debilidad, muestra arrepentimiento, así como no recurre a la revancha vengativa después de un descalabro. Tanto los pícaros como Critilo y Andrenio son víctimas del propio existir, pero mientras los personajes de *El Criticón* ponen a prueba su autodestrucción o su salvación, los pícaros arrastran con ellos, si pueden, a los demás; mientras que la vida no les ha servido a los pícaros para nada (al final se encuentran como al principio), las caídas en los engaños de la vida y su posterior arrepentimiento les sirve a Critilo y Andrenio para conseguir la inmortalidad.

¿Se puede identificar, según esto, la moral picaresca con la moral que plantea *El Criticón*, aun no habiendo pícaros, como pretende Montesinos, cuando la justificación moral de los propios errores de la picaresca se convierte en arrepentimiento en *El Criticón* y el callejón sin salida para el pícaro se convierte en salvación mediante la inmortalidad para Critilo y Andrenio? Ahora bien, tiene razón Montesinos al hacer coincidir la visión desolada que del mundo y de la vida tienen Alemán y Gracián, como falsedad, engaño, etc.; en ambos se da el parecer de que la virtud es perseguida, el vicio aplaudido y de que todos vivimos en asechanzas; tanto el *Guzmán* como *El Criticón* son novelas de peregrinación, de andanzas incesantes y de caminos. Asimismo, son certeras y más interesantes las anotaciones de Montesinos a la moral despiadada del *Oráculo Manual,* que sí está cercana a la moral picaresca; en el *Oráculo Manual* sí que no hay pícaros, pero se da esa moral de treta y de ardid para sujetar al prójimo, esa acción hostil de la milicia contra la malicia del hombre (en palabras de Gracián) o como el gato para el ratón y la araña para la culebra (en palabras de Alemán). «Como Guzmán de Alfarache —dice Montesinos en la pá-

---

[16] José Fernández Montesinos, *op. cit.,* pág. 49.

gina 62— va huyendo hacia adelante de su instinto indomable, Gracián, medroso de su espíritu, huye hacia el cuerpo de guardia a enfrentarse con hipotéticos enemigos de fuera. Moral picaresca: fuga que se disfraza de embestida.»

Critilo y Andrenio, además, no son personajes de carne y hueso; son paradigmas —dice Blecua [17]—. En las páginas de *El Lazarillo* se nota un olor a pan y ésa es máxima preocupación de su personaje; en todo el peregrinar de Marcos de Obregón hay también una preocupación por buscarse el sustento; don Pablos pasea por la calle Mayor gallardamente con el ánimo de conquista; son todos ellos personas de carne y hueso, que sienten necesidades fisiológicas. Critilo y Andrenio no pasan hambre, ni una sola vez se dice que necesitan comer, ni tienen que luchar por satisfacer sus necesidades físicas. Si, como arquetipos de la persona moral y psicológica, se parecen a alguien, ésos son don Quijote y Sancho, pero aun aquí se diferencian de ellos en que los personajes cervantinos, aun siendo arquetipos, comen, beben y hacen «sus necesidades».

En la novela picaresca hay un personaje central, el pícaro, que nos narra su vida en forma lineal y en primera persona, para captar persuasivamente la atención del receptor; en cambio, en *El Criticón* los personajes son dos, no sólo Andrenio como quiso ver alguien, tan importante uno como otro, y la forma narrativa está en tercera persona.

Por último, los ambientes nada tienen que ver con los de la picaresca. Lo que tienen de reales y vivientes los picarescos, aunque en *El Buscón,* por ejemplo, estén caricaturizados, lo tienen de irreales y fantástico-monstruosos los de *El Criticón.* Los caminos están idealizados, no hay una descripción de ellos, y mucho menos detallada. Las casas no son mesones ni posadas ni casas de ladrillos o adobes; son palacios fantasmagóricos, cuevas que nada tienen que ver con la tierra, casas auténticamente raras, producto todo de la fantasía desbordante de Gracián que nos recuerda a cada paso al escritor griego Luciano.

---

[17] José Manuel Blecua, «El estilo de Gracián...», *op. cit.,* página 15.

La alegoría y la técnica novelesca

El Criticón, quedó dicho, es una alegoría prolongada. La alegoría se encuentra en el plan general de la obra en el que los personajes (Critilo, Andrenio, Felisinda, Falsirena, Artemia, Virtelia, Hipocrinda, Vejecia, etc.) y los lugares de España, Francia, Alemania e Italia, por donde pasan los protagonistas, lugares realistas o fantásticos, representan un valor moral, ya sea positivo, ya negativo. La motivación monemática de las palabras ocupa en este sentido un valor preferente.

Romera-Navarro, que ha estudiado ampliamente las alegorías de *El Criticón,* define la alegoría «como un método de sugerir la verdad o representarla imaginativamente» [18]; García López precisa aún más: «la alegoría tiende a encuadrar el mundo caótico y fluctuante de los fenómenos en un sistema rígido de representaciones» [19]. Según esto, parecería que Gracián huye de la realidad. No es así, sin embargo. El realismo deformador de *El Criticón,* el expresionismo, se halla en muchas de las alegorías, las cuales le sirven, como mero recurso literario que floreció desde la Edad Media y llegó, pasando por episodios de las novelas pastoriles y de caballerías, a la prosa y la poesía mística del siglo XVI, si bien se enriqueció desde todos los puntos de vista, para precisar aún más los contenidos morales y éticos y enriquecer las connotaciones literarias.

Es decir, si en el plan general *El Criticón* es una alegoría de la vida humana, en múltiples episodios aparece la alegoría como elemento imprescindible y punto de partida de la acción. En ellas, la fantasía de Gracián se desborda y trasciende toda la acritud amarga de su crítica. La función no es la de disimular o encubrir la verdad, sino la de aclararla. Gracián lo sabía y sus palabras en la *Agudeza* (Discurso LV: «El ordinario modo de disfraçar la verdad para mejor insinuarla sin contraste, es el de las Parábolas y Alegorías») pueden explicar el número abultado de setenta y tres ale-

---

[18] Miguel Romera-Navarro, «Estudios sobre Gracián», *Hispanic Studies,* vol. II, University of Texas, Austin, 1950, pág. 71.
[19] José García López, en su antología de Baltasar Gracián, Barcelona, Labor, 1974, pág. 56.

gorías en la obra. Con excepción de las Crisis I, II y III de la primera parte, cuando Critilo encuentra a Andrenio y ambos relatan su pasado vivir, todas las demás contienen al menos una alegoría, llegando la Crisi VII de la primera parte a contener seis.

Lejos de huir realidades, las alegorías van dirigidas a la vida misma, con evidente carácter pragmático, como auténticas pruebas dialécticas en el tono filosófico de la obra. Su ritmo varía un poco con relación a las de anteriores obras gracianas. El ritmo es ágil, de forma que cuando la alegoría termina y sigue el curso de la acción, da la impresión de haber dejado atrás un paréntesis cerrado y compacto, algo parecido a las novelas cortas del *Quijote* o las digresiones morales del *Guzmán de Alfarache*. Su densidad y variedad, su riqueza de elementos didácticos y filosóficos, extraña que no gustaran a Unamuno, el cual atacaba al *Criticón*, injustamente creo, en 1920: «Lástima grande (...) su longitud y latitud, que quitan mucho a su profundidad, dilatándola y desvaneciéndola», añadiendo más adelante: «Todo, apólogos y alegorías y parábolas y paradojas es *El Criticón*»[20]. Pero ni el mismo Unamuno, filosófica y estilísticamente, quedará ajeno al influjo de Gracián.

El carácter alegórico de la obra y sus múltiples alegorías particulares plantean, desde hace tiempo, la duda sobre el carácter novelístico de *El Criticón*: ¿hasta qué punto es una auténtica novela?, ¿de qué se sirve Gracián para llevar a cabo ese viaje novelesco? Guillermo de Torre, por ejemplo, afirma que «*El Criticón,* sin ser cabalmente una novela, tampoco se aleja tanto de lo novelesco. Lo prueba la fertilísima, inagotable imaginación que el autor muestra, ideando innumerables lances y episodios, con raíz verídica y observaciones realistas en muchos casos, aunque su atmósfera general y su proyección última sean alegóricas»[21]; en cambio, para Romera Navarro, *El Criticón,* como novela filosófica, es «el más genial modelo de las letras europeas. El tal argumento tiene la sencillez y claridad del arte helénico»[22]. *El Criticón,* creo, es una novela, aunque diferente de la novela tra-

---

[20] Miguel de Unamuno, «Leyendo a Gracián», en *De esto y de aquello,* Madrid, Espasa-Calpe, 1973, págs. 92 y 95.
[21] Guillermo de Torre, *La difícil universalidad...,* op. cit., página 75.
[22] Miguel Romera-Navarro, *Estudios...,* op. cit., págs. 28-29.

dicional, que tiene puntos de contacto con la novela picaresca y con la novela bizantina, que tiene la esencia de la novela filosófica y que, como en toda novela, presenta una acción, una intriga, unos personajes y un hilo argumental, aunque no estén tan marcados como en la novela cervantina, por ejemplo. Lo que *El Criticón* pierde en detallismo, lo gana en simbología y fantasía creadora.

Entre los elementos novelescos, los personajes de *El Criticón,* que ya quedaron matizados al hablar de lo picaresco, son arquetipos, símbolos, no sufren en el aspecto físico, sino en el psicológico-moral y su deambular por la vida se encuentra en una nebulosa. No obstante, cumplen la función, importante dentro de la novela, de enlazar los acontecimientos. En una novela tradicional el argumento domina a los personajes, es superior a ellos. *El Criticón* opera de manera contraria, son los personajes los que superan al argumento, los que encadenan sucesos y acontecimientos, que sin Critilo y Andrenio quedarían totalmente aislados.

Se distingue Gracián de la novela existente hasta entonces en el tratamiento de la acción. La novela sigue una linealidad que comienza en la niñez y acaba en la vejez; sin embargo, la acción no está bien diferenciada. El hilo argumental, tan conceptual y abstracto, dejaría la posibilidad de mezclar hechos entre las distintas edades, como en el juego de la baraja, sin que por ello se perturbe la totalidad. La acción no es natural, no nace del propio vivir de los personajes, sino que se va añadiendo a los personajes como elemento accesorio. A Gracián, efectivamente, «le falta el amor a la acción que en todos ellos (los novelistas) prevalece y posee una muy característica condensación junto a la amplitud ordinaria de los demás (...). Es la acción del todo imaginada, fruto de circunstancias exteriores, con intriga y peripecias convencionales que el autor va inventando libremente (...). El lector no pierde jamás de vista a los dos viajeros» [23].

Lo que ocurre con la acción, puede decirse del espacio y del paisaje. Nos encontramos ante unos lugares inespaciales por su imprecisión. Le falta a Gracián la plasticidad descriptiva de otros novelistas, e incluso poetas. Los lugares que atraviesan Critilo y Andrenio son catalogados a través de sus habitantes y sus costumbres, de sus vicios y sus virtudes. Igualmente, podríamos intercambiarlos sin perjudicar a la to-

---

[23] Miguel Romera-Navarro, *Estudios..., op. cit.,* págs. 27 y 29.

talidad. Con razón dice Díaz-Plaja que «los paisajes del *Criticón* son como los de una luna, deshumanizados, helados de inexpresión» [24]. En la mente de nuestro autor no estuvo presente la idea de hacer una novela colorista, sino una obra de pensamiento en forma novelesca.

Sin embargo, el espacio y el paisaje existen en *El Criticón*. En ellos acaecen viajes, aventuras y tempestades entrelazadas, como en *El filósofo autodidacta* y el *Robinson Crusoe,* posterior a *El Criticón,* que nos recuerdan al tipo de novela bizantina. Critilo y Andrenio sufren esclavitudes, cárceles, naufragio (Critilo), aunque no amores hacia una dama de carne y hueso por la que soportan todos sus trabajos, y tienen hasta un final feliz, como les sucedió a Periandro y Auristela en el *Persiles* cervantino. Igualmente, se asemeja a la novela bizantina en que «la psicología de los personajes, el estudio del carácter, está reducido a escala mínima. La creación de caracteres no entró en el plan del autor. Quiso darnos sólo tipos representativos, genéricos y tipos simbólicos» [25]. Sin embargo, como ocurría con la picaresca, tampoco aquí podremos llamar a *El Criticón* novela bizantina o de aventuras. Si realmente tiene semejanzas con este tipo de novela no es por su temática (qué lejos está la novela bizantina del trascendentalismo existencial del *Criticón),* sino por la técnica del entrelazar los acontecimientos.

El Criticón es una obra inespacial e intemporal. El indefinido y el imperfecto, éste en menor escala, pueden despistar al lector. Los tiempos verbales no reflejan ni mucho menos el tiempo real. «Gracián intenta (como dice Antonio Prieto) un tiempo intemporal, suspendido, codificado en eterna validez a través de la alegoría y el símbolo» [26], de manera que tanto el pasado narrativo como el presente utilizado en los diálogos expresan lo mismo: una imprecisión temporal. Parece Gracián envolver las sensaciones y los acontecimientos en un tiempo absoluto, con existencia real independiente de los sucesos, como decían los racionalistas de la época, y encerrar el tiempo interior de la conciencia humana, así como el exterior, según la teoría de Bergson, en el tiempo lingüístico.

---

[24] Guillermo Díaz-Plaja, *El espíritu del Barroco,* Barcelona, Apolo, 1940, pág. 87.

[25] Miguel Romera-Navarro, *Estudios..., op. cit.,* pág. 31.

[26] Antonio Prieto, en su edición de *El Criticón, op. cit.,* página XLIII.

La verdad es que Gracián no juega con el pasado, el presente y el futuro; todo, absolutamente todo, está presente aquí y ahora, con la eterna validez de que hablaba Prieto. El tiempo exterior no se percibe: Critilo y Andrenio no miden el paso del tiempo con sus sensaciones o emociones.

La única explicación que se nos ocurre a esta imprecisión de los personajes, de la acción, del espacio y del tiempo es la simbología que arrastra consigo la obra. «Gracián representa una visión del hombre y de la naturaleza en que lo individual ha desaparecido dentro de los casilleros generalizadores del orden de los símbolos» [27].

Los personajes, como ya he apuntado anteriormente, son símbolos de algún valor moral, a veces exagerados fantásticamente, como una creación nueva caprichosa, pero siempre al servicio de la enseñanza que quiere exponer. La personificación de las cosas y de los animales domina sobre su descripción en el espacio, espacio también simbólico, también personalizado, ya que nos faltan la precisión y los rasgos individuales de los lugares. El tiempo, por último, está también dentro de la simbología. El carácter de universalidad de la obra, de validez eterna, obliga al tiempo crónico de *El Criticón* a representar dos aspectos fundamentales: por una parte, el eterno devenir heraclitano hacia la destrucción, como dijimos en otro lugar, y por otra parte, la permanente presencia de esa destrucción en todas las épocas y en todos los hombres. Por eso, el tiempo es un símbolo de la vida humana más que un juego entre pasado, presente y futuro.

El perspectivismo

El perspectivismo constituye uno de los elementos más importantes en la técnica de oposición y contraste en la obra graciana. El mundo de oposiciones, la realidad antitética, habita entre las personas de Critilo y de Andrenio. «El perspectivismo debe considerarse como un rasgo hispano» [28], nos dice Schroeder, que comienza en la lejana Edad Media con las obras de tipo debate o disputa (*Elena y María, alma y*

---

[27] Ángel Valbuena Prat, *Historia de la Literatura Española*, tomo II, Barcelona, Gustavo Gili, 6.ª ed., 1960, pág. 651.

[28] Gerhart Schroeder, *Baltasar Gracians «Criticón»*, *op. cit.* página 9.

cuerpo, agua y vino, etc.), y que llega a su punto cumbre en el Barroco de Cervantes y Gracián. No podía tener Gracián mejor modelo que el *Quijote* para su objetivo dualista.

El hecho de que en *El Criticón* hay dos formas de ver el mundo, dos perspectivas, la de Critilo, quizá personificación de Gracián, que representa la razón crítica, la desilusión y el sabio desengaño, y la de Andrenio, que representa la ingenua ignorancia ante los peligros del mundo y el instinto primario, es algo que se tiene por sabido y dicho. Mientras Andrenio fracasa en toda empresa, cae en todo tipo de tretas y peligros, a causa de su ceguera racional y alucinado por las glorias falsas del mundo, Critilo es el hombre fuerte que descubre, con una mirada avisada y prudente, los más desastrosos espejismos, las más horribles realidades detrás de las más atrayentes pantallas, y actúa de acuerdo con la razón y siguiendo la máxima graciana de «sé heroico y serás eterno, vive a la fama y serás inmortal» *(Criticón,* Crisi XII, Parte tercera).

El eterno devenir heraclitano es fundamental para el perspectivismo de *El Criticón*. Si todo cambia, y solamente si todo cambia, es posible esa dualidad perspectivística. Si todo permanece, es imposible que haya más de una perspectiva racional. Al hablar del expresionismo, quedó claro el carácter cambiante y autodestructivo del mundo en *El Criticón*. Sólo así nos explicaremos su perspectivismo.

Baquero Goyanes, en su magnífico artículo, apunta una idea original y atrayente: «En boca de Andrenio pone Gracián los más característicos tópicos imperiales (...). Su perspectiva —encarnada en la de Critilo—, es muy otra (...), es ya un hombre de una generación que siente en su carne y en su angustia el desplomarse histórico de España: El juego perspectivístico permite, pues, al escritor lamentar la situación actual de la monarquía española y presentar poco menos que con engañoso espejismo el recuerdo de las glorias imperiales, sólo captables desde la perspectiva ingenua, pueril y alucinada de Andrenio»[29]. El mundo filosófico de Gracián y su concepción del mundo está encerrado en Critilo, el personaje más importante, y sólo comprendemos que

---

[29] M. Baquero Goyanes, «Perspectivismo y sátira en *El Criticón*», *Homenaje a Baltasar Gracián*, Zaragoza, Institución «Fernando el Católico», CSIC, 1958, pág. 51.

alguien diga que el protagonista es Andrenio si realmente no ha entendido *El Criticón*.

La presentación de estas dos perspectivas, de estas dos formas de ver las cosas, más opuestas que diferentes, tiene lugar en la narración del autor, pero cobran verdadera vida para el lector en el diálogo [30]. Los ejemplos que podrían aducirse como prueba son numerosos, pero uno nos bastará para ello. En la Crisi XI de la parte tercera, Gracián nos presenta en su narración a la Muerte: «... ostentando aquel su tan extraño aspecto a media cara; de tal suerte que era de flores la una mitad y la otra de espinas, la una de carne blanda y la otra de huessos; muy colorada aquélla y fresca (...), muy seca y muy marchita ésta», donde el perspectivismo está ya apuntado. A continuación, las dos perspectivas de Critilo y Andrenio se actualizan en el diálogo; Critilo y Andrenio ven la muerte de manera opuesta:

> ... dixo Andrenio:
> —¡Qué cosa tan fea!
>
> Y Critilo:
> —¡Qué cosa tan bella!
> —¡Qué monstruo!
> —¡Qué prodigio!
> —De negro viene vestida.
> —No, sino de verde.
> —Ella parece madrastra.
> —No, sino esposa.
> —¡Qué desapacible!
> —¡Qué agradable!
> —¡Qué pobre!
> —¡Qué rica!
> —¡Qué triste!
> —¡Qué risueña!

Gracián parece tener ante sus ojos los personajes del *Quijote*, a pesar de que no nombre jamás en sus obras a Cervantes, ni para bien ni para mal. Sin embargo, como ya decía, don Quijote y Sancho son arquetipos psicológicos; en cambio, Critilo y Andrenio son arquetipos morales de la

---

[30] Idea semejante aporta Klaus Heger, «Mientras la descripción del autor da a conocer las dos perspectivas al lector como latentes, el diálogo las actualiza». (En *Baltasar Gracián. Estilo lingüístico...*, *op. cit.*, pág. 59.)

persona humana. Ocurre igual en el perspectivismo: «la mayor diferencia entre el perspectivismo cervantino y el de Gracián reside en la índole preferentemente psicológica del primero, en contraste con el tono acentuadamente ético del segundo» [31].

La doble visión del *Quijote* parte siempre de la persona. En la primera parte, como se sabe, es don Quijote quien deforma la realidad (los molinos son gigantes, los rebaños son ejércitos o la bacía de barbero es el yelmo), mientras Sancho representa la visión realista. En la segunda parte, la realidad es falseada por los personajes que circundan a don Quijote y Sancho (recuérdese el episodio de la Dueña Dolorida en el palacio de los duques) representando, no obstante, aquéllos la visión realista. Pero, en definitiva, las dos perspectivas tienen una base psicológica, son las personas las que ven el mundo así, sin que él lo sea.

El Criticón discurre por otros cauces. El mundo lo ven los personajes con doble perspectiva tan sólo porque el mundo la tiene. El perspectivismo tiene su base en el mundo exterior, no en el mundo interior de la persona. En el ejemplo aducido, no son simplemente Critilo y Andrenio los que ven la doble cara de la muerte; la muerte tiene dos caras en sí misma, lo que ocurre es que Critilo ve una mitad y Andrenio la otra. El mundo es engañoso, tiene dos caras; el mundo está hecho de opuestos —como dice Gracián— y el perspectivismo lo refleja en sus dos personajes.

El lenguaje y el estilo

Partiendo de la utilización de las figuras retóricas por los escritores del siglo XVII, los críticos han tomado a lo largo del tiempo diversas posiciones respecto a los fenómenos conceptista y culteranista o cultista. Variadas han sido las opiniones, e incluso contrarias. Conceptismo y Cultismo han sido considerados como totalmente distintos por Menéndez Pelayo, Farinelli, Correa Calderón, Guillermo de Torre y Félix Monge, entre otros. Un segundo grupo, entre los que se en-

[31] M. Baquero Goyanes, *Perspectivismo..., op. cit.,* pág. 53.

cuentran Croce, Rafael Lapesa, Valbuena Prat, Menéndez Pidal, Rafael Seco, etc., concluyen que ambas tendencias son hermanas e inseparables, bien por la semejante utilización de figuras retóricas, bien por la tendencia en ambas hacia la dificultad. Para un tercer grupo, el conceptismo es la base del barroco y el culteranismo tiene su fundamento en el conceptismo, diferenciándose sólo en pequeños detalles; entre otros, piensan así Coster, Lázaro Carreter, García Berrio y Alexander A. Parker, y aducen que Góngora y los culteranos eran también conceptistas porque empleaban recursos conceptistas: metáforas, contraposiciones, equívocos, etc. Una cuarta postura puede estar representada por Edward Sarmiento, que identifica el Barroco con el Culteranismo porque «el cultivo del concepto es una parte integral del gongorismo o literatura barroca» [32].

Conceptismo y Culteranismo, se quiera o no se quiera, son aspectos de una misma época, inseparables. Negar la diferente forma de escribir de Góngora (en las *Soledades* y el *Polifemo),* Quevedo y Gracián sería caer en un grave error, pero afirmar que las dos tendencias constituyen dos bloques totalmente antagónicos, distintos, dentro de un mismo Barroco, nos parece error mayor. Es más lo que les une que lo que les separa. La creación de conceptos (comparaciones, símiles, metáforas, juegos de palabras, antítesis, etc.) que parece ser para muchos críticos lo específico de los conceptistas, se da también en los cultistas. De todos es sabido la maestría de Góngora en la creación de metáforas y de contraposiciones, cosas que, según Gracián, originan la fuente de los conceptos [33]. La creación de conceptos y las figuras de pensamiento se dan entre cultistas y conceptistas; toda su diferencia estriba en el mayor uso de unos sobre los otros, características de autor, no de estilo ni época.

Lo que los críticos, por otra parte, suelen dar como plenamente cultista se resume a tres cosas: los giros latinizan-

---

[32] Edward Sarmiento, «Sobre la idea de una escuela de escritores conceptistas en España», *Homenaje a Baltasar Gracián, op. cit.,* páginas 152-153.

[33] «Éstas son las agradables Proporciones y Improporciones del discurso; concordancia y disonancia del concepto. Fundamento y raíz de casi toda la Agudeza, y a que se viene a reducir todo el artificio conceptuoso, porque ó comienza ó acaba en esta armonía de los objetos correlatos» (B. Gracián, *Agudeza y Arte de Ingenio,* V).

tes (cultismos e hipérbaton), las alusiones mitológicas y las metáforas genéricas. Neologismos y giros latinizantes como el hipérbaton aparecen en los conceptistas; tanto Quevedo como Gracián crearon palabras nuevas y utilizaron el hipérbaton. Los conceptistas, al menos Gracián y en *El Criticón* sobre todo, educados con una formación clásica, también acudieron a la mitología clásica. En cuanto a las metáforas genéricas usadas por Góngora, como nieve, oro, cristal, etc., también son asiduas en los conceptistas (veremos a Gracián usando metáforas del tipo perla, cristalino centro del mar, cisne, ríos de plata, montes de oro, golfos de perlas, islas de ámbares, etc.), y es que los conceptistas usaban todo tipo de metáforas mixtas y puras. Si unos usan estos recursos más que otros, es característica de autor, no de escuela.

Si conceptistas y cultistas se diferencian, basta con leer a unos y otros, ¿en qué se basan sus peculiaridades?: la escisión entre cultistas y conceptistas, escritores de una misma época, surge no por los recursos que utilizan unos y otros, sino por simple y distinta forma de amplificación o intensificación lingüística; mientras los cultistas y Góngora fundamentan su escribir en una amplificación o intensificación sintáctica, los conceptistas lo hacen en una amplificación o intensificación semántica; mientras los cultistas, diciéndolo de otra manera, juegan con la estructura superficial del lenguaje (a una estructura profunda le corresponden varias superficiales) los conceptistas juegan con su estructura profunda (a una estructura superficial le corresponden varias estructuras profundas).

Fijándonos en los recursos retóricos y estilísticos, bien puede decirse que Góngora es conceptista o que Gracián es cultista; sólo nos daremos cuenta de que no es así, que Góngora es un manierista post-renacentista y que Quevedo y Gracián son auténticos conceptistas, cuando analizamos el lenguaje en sus dos estructuras: Góngora intensifica su sintaxis, sus sintagmas, para lograr una estructura amplificada superficialmente, y Quevedo y Gracián intensifican su significado para lograr una amplificación en la estructura profunda del lenguaje, es`decir, una preñez de significado en las palabras, a veces más allá de lo posible, y varios significados para una sola estructura superficial.

La amplificación sintáctica de Góngora siempre recordará a otros dos andaluces renacentistas: Juan de Mena y Fernando de Herrera. En ese sentido es Góngora post-renacentista y seguidor, aunque jugando con ellas y exagerándolas, de las teorías literarias renacentistas que tenían entre otros modelos a Virgilio y a Cicerón. Es en ese mismo sentido en el que se puede decir que el movimiento barroco por excelencia es el Conceptismo, ya que lo que distingue a Gracián y los conceptistas de Góngora es lo únicamente post-renacentista de éste.

En cambio, el Conceptismo se aparta de los modelos renacentistas y se fija en modelos como Tácito, Séneca y Marcial. Nos encontramos ante una aportación, no nueva históricamente hablando, pero sí con relación a su hermano el Cultismo y el Renacimiento anterior: la intensificación semántica en el lenguaje.

En lo dicho hasta ahora estriba la esencial diferencia entre unos y otros. Lo demás puede analizarse sobre este punto de partida. Las figuras retóricas las usan unos y otros: antítesis, equívocos, metáforas, comparaciones, símiles, paronomasias, hipérbatos, progresiones, juegos de palabras, elipsis, paradojas, etc. Ahora bien, ¿hay una metáfora conceptista y otra manierista? «Como material más inmediato —dice Rafael Lapesa— Góngora aprovecha metáforas que el uso había convertido en lugares comunes (oro 'cabello', perlas 'dientes', 'rocío', etc.) capaces, a pesar de su desgaste, de constituir la base de un lenguaje poético que alejara las cosas de su vulgar realidad, reflejando sólo sus aspectos nobles»[34]. Esta metáfora, que se podría llamar gongorina, se da, sin embargo, también en Gracián, como se ha visto anteriormente. También señala Lapesa que existen en Góngora metáforas caricaturescas como las de Quevedo.

Sin embargo, hay una metáfora conceptista que, lejos de separar a conceptistas y cultistas por el solo uso de la metáfora, los separa por ser la metáfora conceptista un instrumento de intensificación semántica, no reflejo de aspectos nobles como la cultista. «El primer grado de la ecuación entre el plano real y el imaginario, o metáfora pura, es menos del agrado de Góngora que el segundo grado del continuo interferirse de los planos, o metáfora mixta»[35]. Son los casos típicos gongorinos de:

---

[34] Rafael Lapesa, *Historia de la Lengua Española,* Madrid, Escelicer, 7.ª ed., 1968, pág. 227.
[35] Helmut Hatzfeld, *Estudios sobre el Barroco,* Madrid, Gredos, 2.ª ed., 1966, pág. 99.

> —media luna las armas de su frente,
> y el sol todos los rayos de su pelo—

o

> Un monte era de miembros eminente
> éste que...
> de un ojo ilustra el orbe de su frente.

de la *Soledad* primera y del *Polifemo,* respectivamente.

Es la metáfora mixta del tipo «A es B», que también usan Gracián y los conceptistas, en la que los dos términos, el metafórico y el metaforizado, están presentes para el lector. Analizadas las metáforas de los dos grandes poemas de Góngora, sacamos dos conclusiones importantes: la primera es que Hatzfeld tiene razón, ya que en el *Polifemo* existen 35 metáforas mixtas frente a 25 metáforas puras y en las *Soledades* aparecen 58 metáforas mixtas frente a 50 metáforas puras, mientras que Gracián usa, como veremos, muchas más metáforas puras que mixtas; es la segunda que, aun en las metáforas puras de Góngora, no se da exactamente la fórmula «B en lugar de A», ya que la mayoría son metáforas en aposición, donde el término metaforizado no desaparece del todo, aunque esté algo distante del metafórico, sino que está como complementado por éste sintácticamente. Es el caso de:

> Donde espumoso el mar siciliano
> el pie argenta de plata al Lilibeo,
> *bóveda* o de las fraguas de Vulcano
> o *tumba* de los huesos de Tifeo.

en el *Polifemo.*

«Cuando Gracián —sigue diciendo Hatzfeld— llama a un barco 'un ataúd anticipado', o a un hombre que salva a un náufrago 'amarras de un secreto imán', o a un ave 'la sutileza alada', no se diferencia de las (metáforas) preciosas francesas»[36]. Es el tipo de metáfora pura, de metáfora sorprendente, «B en lugar de A», donde un término se transforma en el otro y produce el concepto; es la relación entre los objetos la que produce el concepto y, según la simple teoría de la información, cuanto más escondida esté esa relación, es decir, cuantos menos datos de información dé, más contenido podrá sacar el lector, con lo que se logra la amplifi-

---

[36] Helmut Hatzfeld, *Estudios..., op. cit.,* pág. 101.

45

cación del significado. Ésta es la auténtica metáfora ingeniosa-conceptista.

La voluntad de estilo basada en la oscuridad de expresión, el esfuerzo de todos por alejarse de la expresión propia, espontánea, que sustituyen por otra trabajosamente encontrada, constituye otro punto de unión entre conceptistas y cultistas y que los separa a ambos del Renacimiento. Literariamente, cabe pensar que lo sublime no puede comunicarse de otra forma, no puede comunicarse en forma vulgar, o lo que es igual, la belleza se toma como fin en sí misma. El trabajo de búsqueda de una expresión original produce, en esos casos, un placer de «problema vencido». La oscuridad o dificultad en el lenguaje barroco, tanto conceptista como cultista, parece terminar y justificarse en sí misma, dejando aparte motivos estéticos, psicológicos o de otro tipo. Consiste la oscuridad en la búsqueda de un lenguaje de excepción, a veces forzado, aun a costa de lo que sea.

A pesar de que Coster identifique la oscuridad y la rareza de pensamiento como elementos esenciales del conceptismo [37] (habría que decir que son esenciales en el conceptismo y en el cultismo), Pidal afirma que Gracián «profesa firme aversión a la claridad (...) por el placer especulativo de penetrarla, y el evitar la comprensión del vulgo. Gracián propugna lo difícil, no lo oscuro (...). No busca Gracián las palabras exquisitas como los culteranos; no atiende a las superficies brillantes de las mismas, sino a la significación» [38], separando así dificultad y oscuridad.

La dificultad, aun siendo patrimonio del Barroco, se utiliza de distinta manera por cultistas y conceptistas. Los primeros son difíciles, generalmente, en la estructura superficial del lenguaje mediante amplificaciones sintácticas como las perífrasis, un uso más acentuado que el de los conceptistas del hipérbaton, de los cultismos y de las alusiones mitológicas, es decir, mediante las superficies brillantes de las palabras, que decía Pidal, lo que no quiere decir que carezcan de contenido. Los segundos, en cambio, son difíciles por su concisión sintáctica que se corresponde con la amplificación o intensificación semántica de múltiples significados en las

---

[37] Adolphe Coster, *Baltasar Gracián, op. cit.,* pág. 196.
[38] Ramón Menéndez Pidal, «Oscuridad, dificultad entre culteranistas y conceptistas», en *Castilla. La tradición, el idioma,* Madrid, Espasa-Calpe, 4.ª ed., 1966, pág. 228.

palabras, bien sean irónicos o satíricos, bien sean graves o pesimistas. Aunque he tomado como sinónimos dificultad y oscuridad, podría acabar diciendo que para los conceptistas sería más apropiado el término de dificultad, por lo que a profundidad de pensamiento se refiere, y para los cultistas el de oscuridad intencionada, como ya en la época la calificaba Juan de Jáuregui en su *Antídoto contra las Soledades de don Luis de Góngora.*

Gracián es un escritor conceptista porque se le puede aplicar todo lo dicho hasta ahora. Su lenguaje y su estilo están en función de una intensificación del significado, aún más importante que la continua creación de figuras retóricas o conceptos y que la voluntad de estilo basada en la dificultad de la expresión. El lenguaje presenta, fundamentalmente, una estructura sintáctica fraccionada y elíptica (en ningún caso amplificada como Góngora) a la vez que una estructura semántica rica, compleja y difícil para conseguir una mayor intensificación del significado, que vienen dadas por la elipsis continua de los elementos, el asíndeton, el ritmo binario o estructura bimembre de las frases, etc., llegando sus párrafos a ser normalmente una sucesión de auténticos apotegmas. Puede hablarse, por tanto, de una prosa verdaderamente anticiceroniana.

Desde el punto de vista monemático o morfológico, la amplificación semántica la consigue Gracián mediante una constante elaboración lingüística, laboratorio de palabras motivadas, inusitadas y sorprendentes, y de una expresión tan económica como el sistema matemático, en que a mínimos elementos de información corresponde mayor cantidad de información semántica. La búsqueda de esas palabras motivadas por la derivación y composición está justificada al descubrir la palabra justa o la precisión semántica del concepto. Así aparecen palabras como conreyes, connatural, archicorazón, archicítara, descomido, desañar, despenado, reconsejo, reagudo, contraolor, contraardid, contracifra, solizar (por brillar el sol), critiquez, caduquez, ricazo, nonadilla, etc., añadiendo además todos los nombres propios forjados por la pluma de Gracián como Falimundo, Falsirena, Sofisbella, Vejecia, etc.

Desde el punto de vista lexical es notable la preponderancia de las palabras plenas de significado o lexemáticas sobre las palabras vacías o morfemáticas, recurso importante para la intensificación semántica del texto. Las frases descansan

47

sobre dos pilares firmes, el nombre y el verbo, que se reúnen muchas veces en auténticas acumulaciones o enumeraciones. Hasta el verbo «ser», tan presente en la obra graciana, adquiere una plenitud de significado que puede no tenga hoy, pero sí en el siglo XVII, como lo demuestra la gramática de Port Royal, publicada en 1660, a los dos años de morir Gracián, que afirmaba que la principal forma de nuestro pensamiento es el juicio, que se construye con «ser», y que el principal uso del verbo es el de significar afirmación o aserción. El adjetivo y el adverbio contribuyen con su aparición a esa plenitud semántica del texto. Es, en cambio, frecuente la eliminación o desaparición continua de las partes no significativas de la oración, palabras morfemáticas, como los determinantes (especialmente el artículo), los relatores, los nexos, etc., como material inerte.

Desde el punto de vista sintáctico, los parágrafos se fragmentan, se vuelven concisos y carecen de cláusulas eslabonadas mediante razonamientos lógicos. Siempre procura Gracián una reducción sintáctica que obligará al lector a buscar las relaciones ocultas en las frases, así como las múltiples posibilidades semánticas. Su estructura sintáctica descansa en las oraciones simples y, sobre todo, en la sencillez de las oraciones coordinadas y yuxtapuestas. La única razón que justifica esta forma de construir las frases es que utiliza unidades lingüísticas plenas de sentido y deja aparte las unidades incompletas. Toda proposición subordinada carece de sentido completo, al tiempo que complica la sintaxis. Para Gracián las proposiciones han de ser semánticamente completas y autosuficientes, lo cual simplifica la sintaxis, pero amplifica e intensifica su contenido semántico. En una relación de subordinación, las proposiciones giran en torno a una, la más importante; en cambio, en una relación coordinativa, todas las proposiciones cumplen su finalidad semántica con igual intensidad. Coordinación y yuxtaposición producen las más de las veces una organización bimembre en el sintagma. Los sintagmas y las oraciones se agrupan de dos en dos miembros, que unas veces se unen sin más, copulativamente, otras se oponen contrastivamente, otras se co-relacionan, otras se comparan entre sí, etc. Dentro del proceso, la simetría lleva a un ritmo rápido binario, semejante al que ya había utilizado fray Antonio de Guevara en el siglo XVI.

Desde el punto de vista semántico, el lenguaje graciano ofrece las mayores posibilidades que se han dado hasta ahora en nuestra literatura. No se conforma Gracián con el primer significado, con el significado denotativo, y siempre se han de buscar todas las connotaciones ocultas. Las obras gracianas, particularmente *El Criticón,* son una prueba para el lector, que ha de escarbar, incluso detrás de las aparentes trasparencias, para llegar a la esencia misma del pensamiento de su autor. La intensificación del significado se multiplica en este sentido, ya que la dilogía o ambivalencia semántica es el constante quehacer de nuestro autor; siempre que pueda, jugará con la polisemia, con las denotaciones y connotaciones de las frases y de las palabras. Conviene aclarar que no intentará la ambigüedad por la ambigüedad; lo que a primera vista pudiera conducir a esa conclusión (una estructura superficial del lenguaje que corresponde a varias estructuras profundas), no es sino un intento efectivo de precisión y riqueza semánticas: Gracián, contra lo que pudiera parecer, no pretende oscurecer el significado del lenguaje cuando juega con la polisemia, sino aclarar todo el conocimiento posible del mundo y ofrecer al lector toda la serie de posibilidades de percepción.

El lenguaje y el estilo de Gracián son, quizá, los más concisos de nuestra literatura. Con la densidad de contenido tan profunda que presenta su prosa, ésta no puede ser producto de la espontaneidad, sino de la elaboración, de la voluntad de estilo, de las correcciones reposadas, siguiendo casi al pie de la letra los consejos de Horacio en la Epístola a los Pisones. Gracián está muy atento a la forma, no sólo al significado, porque, en definitiva, elaborando la forma, suprimiendo y cambiando, redundará en beneficio de la precisión y la intensificación semántica. Es conciso en virtud de un premeditado artificio, de una clara conciencia de escritor. La búsqueda, por otra parte, de la originalidad y su odio a lo transparente y a lo vulgar, hacen de su arte un arte minoritario, encontrando en él y en la dificultad un punto de elevación y de distinción sobre el nivel cero de la lengua normal. La búsqueda, en fin, de una riqueza y de un valor particular en el léxico, con las más recónditas connotaciones, con los más variados sentidos, configura al Gracián más importante. Gracián, en su voluntad de estilo y su conciencia de escritor, sugiere más que dice e informa más que expresa. Cuando se buscan y se encuentran esas sugerencias y esa información, las posibilidades informativas son mucho mayores por ser más inesperadas.

La clave del estilo graciano se encuentra en su semántica y en su sintaxis. Si importante es el lenguaje connotativo y polisémico, no menos importante en su estilo es la estructuración bimembre de sus oraciones y parágrafos. Todo tipo de estructura bimembre utiliza Gracián: paralelística, basada en la coordinación y yuxtaposición («Las aguas limpian y fecundan, los vientos purifican y vivifican»; Crisi 3), antitética o contrapuesta («el que tiene da en no dar, y el que no tiene desperdicia»; Crisi 5), comparativa («el confusso ruido de essos mares, cuyas olas más rompían en mi coraçon, que en estas peñas»; Crisi 1), adversativa («Según esso —dixo Andrenio—, el hombre no es el rey del mundo, sino el esclavo de la muger?»; Crisi 6), distributiva («allí porque no se perciban los bienes que se reciben, y aquí porque no se sientan los males que se conjuran»; Crisi 1), disyuntiva («que a los grandes hombres los mismos peligros o les temen o les respetan»; Crisi 1), consecutiva («y es tanto grado esta sutileza alada que ellas solas llegan a remedar la voz humana», Crisi 3), apotegmática y proverbial («con la mudança del lugar se muda también de fortuna»; Crisi 4), tensiva progresiva («cisne en lo ya cano y más en lo canoro»; Crisi 1), metafórica («Son los ojos puertas fieles por donde entra la verdad»; Crisi 9), de juegos de palabras («que prendían los árboles donde no prendieron las varas»; Crisi 8); etc.

En cualquiera de estas estructuras bimembres se ve claramente que el segundo miembro no es redundante del primero, como pudiera parecer, sino que intensifica aún más la semántica del primer miembro; es decir, no es producto de un lenguaje amplificado sintácticamente, sino que Gracián persigue con ello una mayor precisión y amplificación del significado. En el fondo, consiste esta forma de escribir, no en una estructura estática en que los dos miembros apuntan separadamente sus propios mensajes, sino una estructura dinámica en la que el primer miembro está en función del segundo y éste precisa la semántica de aquél.

Nuestra edición

La presente edición tiene como base, en lo referente al texto, la edición príncipe de *El Criticón,* cuyas tres partes se publicaron en 1651, 1653 y 1657, y cuyos ejemplares se encuentran en la Biblioteca Nacional de Madrid con las signaturas R.34741, R34750 y R34751; también he tenido en cuenta la segunda edición de la primera parte, 1658, por haberse publicado en vida de Gracián, cuyo ejemplar se encuentra en la Facultad de Filosofía de la Universidad Complutense de Madrid, y que en ocasiones corrige posibles erratas de la primera edición. Asimismo, para la fijación de algunas erratas evidentes y la aclaración de algunas alusiones y frases oscuras, he recurrido a la edición crítica de Miguel Romera-Navarro, publicada en Filadelfia entre 1938 y 1940.

El texto conserva las grafías de la edición príncipe, que mantienen un uso sistemático: z y ç por c, x por j, g por j y viceversa, grupos cultos, s por x, s y ss, etc. En cambio, he modernizado aquellas grafías vacilantes que además no significaban ya una distinción fonológica; por ejemplo, la alternancia b/v (bala/vala), h/ø (hinchaçón/inchaçón), u/v (un/vn), y/i (ayre/aire) y q/c (quando/cuando). Asimismo, he modernizado la puntuación, ya que la del siglo XVII es totalmente desorientadora comparada con la actual.

Las anotaciones sólo pretenden ayudar al lector a aclarar el sentido de las frases y las alusiones mitológicas e históricas. No se intenta descubrir la riquísima erudición y las fuentes del *Criticón;* para ello, debe consultarse la edición de Romera-Navarro. Mi mayor deseo es que la obra, tan rica y difícil, se llegue a entender totalmente.

Finalmente, por innecesarias, he suprimido las palabras marginales que aparecen en la primera y segunda partes de la edición príncipe.

Bibliografía selecta

Estudios

ALONSO, Santos, *Tensión semántica (lenguaje y estilo) de Gracián,* Zaragoza, Institución «Fernando el Católico», CSIC, 1981.

ARANGUREN, José Luis L., «La moral de Gracián», *RUM,* VII (1958), págs. 331-354.

ARCO, Ricardo del, «Las ideas literarias de Baltasar Gracián y los escritores aragoneses», *AFA,* III (1950), págs. 27-80.

ASTRANA MARÍN, Luis, «Baltasar Gracián. Bellezas de *El Criticón*», en *El Cortejo de Minerva,* págs. 246-251, Madrid, Espasa-Calpe, 1.ª ed. (no figura fecha).

AYALA, Jorge M., *Reflejo y reflexión. Baltasar Gracián: un estilo de filosofar,* Zaragoza, Centro Regional de Estudios Teológicos de Aragón, 1979.

AZORÍN, «Baltasar Gracián», en *Lecturas Españolas,* págs. 54-58, Madrid, Espasa-Calpe, 8.ª ed., 1957.

BAQUERO GOYANES, M., «Perspectivismo y sátira en *El Criticón*», *HBG,* págs. 27-56.

BATLLORI, Miguel, *Gracián y el Barroco,* Roma, Edizioni di Storia e Letteratura, 1958.

BATLLORI, Miguel, y PERALTA, Ceferino, *Baltasar Gracián en su vida y en sus obras,* Zaragoza, Institución «Fernando el Católico», CSIC, 1969.

— Estudio preliminar en las *Obras Completas* de Gracián, tomo I, Madrid, BAE, 1969.

BELL, Aubrey F. G., *Baltasar Gracián,* Oxford University Press, 1921.

BLECUA, José Manuel, «El estilo de *El Criticón* de Gracián», *AFA,* serie B, I (1945), págs. 5-32.

— Estudio sobre Gracián, en Baltasar Gracián. *El Criticón,* Zaragoza, Ebro, 1971, 5.ª ed.

BORGHINI, Vittorio, *Baldassar Gracián, scrittore morale e teórico del concettismo,* Milán, Áncora, 1947.

CARRASCO URGOITI, María Soledad, *La figura del guía en «El Criticón»,* Burdeos, Actas del V Congreso Internacional de Hispanistas I, 1977.

CASTRO, Américo, *Teresa la santa; Gracián y los separatismos; con otros ensayos,* págs. 249-307, Madrid-Barcelona, Alfaguara, 1972.

CEJADOR, Julio, Prólogo a *El Criticón,* edición transcrita y revisada de..., Madrid, Renacimiento, 1913-1914 (2 vols.)

CORREA CALDERÓN, Evaristo, *Baltasar Gracián. Su vida y su obra,* Madrid, Gredos, 2.ª ed. aumentada, 1970.

— Introducción a «Baltasar Gracián». *Obras Completas.* Introducción, recopilación y notas de..., Madrid, Aguilar, 1944.

Coster, Adolphe, *Baltasar Gracián*, Zaragoza, Institución «Fernando el Católico», CSIC, 1947.

Croce, Benedetto, «Los tratadistas italianos del Conceptismo y Baltasar Gracián», *La Lectura*. Revista de Ciencias y Letras II, XII (1912), págs. 246-267.

Cuesta Dutari, N., «Para un texto más correcto del *Criticón*», *BBMP*, XXXI, núms. 1 y 2 (1955), págs. 19-50.

Curso Monográfico. *Baltasar Gracián, escritor aragonés del siglo XVII*. C. M. de la Universidad Literaria y el Ateneo de Zaragoza, Imprenta del Hospicio, 1926.

Díaz Plaja, Guillermo, *El espíritu del Barroco. Tres interpretaciones*, Barcelona, Apolo, 1940.

— «Una introducción a Gracián», en *El estilo de San Ignacio y otras páginas*, Barcelona, Noguer, 1956, págs. 129-147.

Farinelli, Arturo, «Baltasar Gracián: estudio crítico», *Revista Crítica de Historia y Literatura Españolas, Portuguesas e Hispanoamericanas*, año I, núm. 2, 1896.

Fernández Montesinos, José, «Gracián o la picaresca pura», *C y R*, núm. 4 (1933), págs. 39-63.

Garasa, Delfín Leocadio, «Algunas notas a *El Criticón* de Baltasar Gracián», *Filología*, II (1950), págs. 80-85.

— «Apostillas sobre el estilo de Baltasar Gracián», *Universidad*, Santa Fe, Argentina, núm. 39 (1959), págs. 58-88.

García Berrio, Antonio, *España e Italia ante el Conceptismo*, Publicaciones de la Universidad de Murcia, Departamento de Lengua y Literatura Españolas, *RFE*, Anejo LXXXVII, Murcia, 1968.

García Gómez, Emilio, «Un cuento árabe, fuente común de Abentofáil y de Gracián», *RABM*, XLVII (1926), págs. 1-67 y 241-269.

García López, J., Prólogo a *Baltasar Gracián. Antología*, Barcelona, Labor, Barcelona, 1947.

García Mercadal, José, *Baltasar Gracián. Estudio y antología*, Compañía Bibliográfica Española, Madrid, 1967.

Gringoire, Pedro, *Baltasar Gracián*, Introducción, selección y notas de..., México, Secretaría de Educación Pública, 1944.

Guardiola Alcover, Conrado, *Baltasar Gracián: recuento de una vida*, Zaragoza, Librería General, 1980.

Hafter, Monroe Z., *Gracián and Perfection* (Spanish Moralists of the Seventeenth Century), Harvard University Press, Cambridge, Massachusetts, 1966.

Hatzfeld, Helmut, *Estudios sobre el Barroco*, Madrid, Gredos, 2.ª ed., 1966.

Heger, Klaus, *Baltasar Gracián. Estilo lingüístico y doctrina de valores. Estudio sobre la actitud literaria del Conceptismo*, Zaragoza, Institución «Fernando el Católico», CSIC, 1960.

Hoyo, Arturo del, *Baltasar Gracián*, Buenos Aires, Columba, 1965.

54

IVENTOSCH, Herman, *Moral allegorical names in Gracian's Criticón*, University of Kansas. Reimpreso de *NAMES*, vol. 9 (1961), págs. 215-233.

KASSIER, Theodore Laurence, *The truth disguised. Allegorical structure and technique in Gracián's «Criticón»*, Londres, Tamesis Books Limited, 1976.

KRAUSS, Werner, *La doctrina de la vida según Baltasar Gracián*, Madrid, Rialp, 1962.

LAPESA, Rafael, *Historia de la Lengua Española*, Madrid, Escelicer, 7.ª ed., 1968.

LÁZARO CARRETER, Fernando, «Sobre la dificultad conceptista», en *Estudios dedicados a Menéndez Pidal*, VI, 1956, páginas 355-386.

LEVISI, Margarita, «Notas sobre las dualidades en *El Criticón*», *Revista de Estudios Hispánicos*, V, 1971, págs. 333-347.

LIÑÁN Y HEREDIA, Narciso José de, *Baltasar Gracián, 1601-1658*. Juegos florales de Zaragoza de 1901. Imprenta del Asilo de Huérfanos, Madrid, 1902.

MALDONADO DE GUEVARA, Francisco, *El ocaso de los héroes en «El Criticón»*, Zaragoza, Institución «Fernando el Católico», CSIC, 1945.

MARAVALL, José Antonio, «Las bases antropológicas del pensamiento de Gracián», *RUM*, VII (1958), págs. 403-445.

MATEO, J., y ANGUIANO, J., *Sobre Gracián. Ensayo de crítica etnoliteraria*, Zaragoza, Colección Raíz, I, 1960.

MENÉNDEZ PIDAL, Ramón, «Oscuridad, dificultad entre culteranistas y conceptistas», en *Castilla. La tradición, el idioma*, Madrid, Espasa-Calpe, 4.ª ed., 1966.

MONGE, Félix, «Culteranismo y conceptismo a la luz de Gracián», en *Homenaje*, Van Goor Zonen, La Haya, 1966, págs. 355-381.

OVEJERO Y MAURY, Eduardo, «*El Criticón* de Baltasar Gracián», *EMod.*, Madrid, CCXCVII, núm. 297, septiembre 1913, año 25, págs. 5-27.

PARKER, Alexander A., «La agudeza en algunos sonetos de Quevedo. Contribución al estudio del Conceptismo», en *Estudios dedicados a Menéndez Pidal*, III, Madrid, 1952, págs. 345-360.

PORQUERAS MAYO, Alberto, *La colección de Baltasar Gracián en la Biblioteca de la Universidad de Illinois: fondos raros (siglos XVII, XVIII y XIX)*, en colaboración con Joseph L. Laurenti, Burdeos, Edit. Bière, 1977.

PRIETO, Antonio, *Estudio a la edición de «El Criticón» de Baltasar Gracián*, Madrid, Iter Ediciones, 1970.

RAMOS FOSTER, Virginia, *Baltasar Gracián*, Boston, Twayne Publishers, 1975 (Twayne's World Authors Series Spain, 337).

REYES, Alfonso, Prólogo a *Los Tratados (El Héroe, El Discreto, El Oráculo) de Gracián*. Edición y Prólogo de..., Madrid, Casa Editorial Calleja, 1918.

Romera-Navarro, Miguel, «Autores latinos en *El Criticón*», *HR*, II, 1934, págs. 102-133.

— «Citas bíblicas en *El Criticón*», *HR*, I, 1933, págs. 323-334.

— «El humorismo y la sátira de Gracián», *HR*, X, 1942, páginas 126-146.

— *Estudios sobre Gracián. Hispanic Studies,* vol. II, The University of Texas Press. University of Texas, Austin, 1950.

— Estudio preliminar a la edición crítica de *El Criticón,* Filadelfia, University of Pensylvania Press, 1938-40.

— «Las alegorías de *El Criticón*», *HR*, IX, 1941, núm. 1, páginas 151-175.

— «Una página curiosa del *Criticón*». Introducción y texto de..., *HR*, IV, 1936, págs. 367-371.

Sánchez Alonso, Benito, «Sobre Baltasar Gracián» (Notas linguoestilísticas), *RFE*, 1962, XLV, págs. 161-225.

Sarmiento, Edward, «Sobre la idea de una escuela de escritores conceptistas en España», *HBG*, págs. 145-153, Zaragoza, Institución «Fernando el Católico», CSIC, 1958.

Schroeder, Gerhart, *Baltasar Gracians «Criticón».* Eine Untersuchung zur Beziehung zwischen Manierismus und Moralistik. München, Wilheln Fink (1966). Freiburger Schriften zur Romanischen Philologic. B.2.

Seco, Rafael, Prólogo a *El Criticón* (3 vols.), Madrid, Compañía Iberoamericana de Publicaciones (sin fecha).

Senabre, Ricardo, *Gracián y «El Criticón»,* Salamanca, Universidad de Salamanca, 1979.

Sobejano, Gonzalo, «Nuevos estudios en torno a Gracián», *Clavileño,* V (1954), núm. 26, págs. 23-32.

Tarán, Isabel C., «Sobre la estructura narrativa de *El Criticón*», en L. E. Davis e I. C. Tarán (eds.), *The Analysis of Hispanic Texts: Current Trends in Methodology,* Nueva York, Bilingual Press, 1976.

Torre, Guillermo de, «El universo intelectual de Gracián», en *La difícil universalidad española,* Madrid, Gredos, 1965, páginas 48-75.

Vossler, Karl, «Introducción a Gracián», en *Revista de Occidente,* t. XLIX (1935), CXLVII, págs. 330-348.

Walton, L. B., «Two allegorical journeys: a comparison between Bunyan's "Pilgrim's Progress" and Baltasar Gracian's *El Criticón*», *BHS*, XXXVI (1959), págs. 28-36.

Welles, Marcia L., *Style and structure in Gracián's «El Criticón»,* Chapel Hill, U. N. C. Department of the Romance Languages, 1976 (North Carolina Studies in the Romance Languages and Literatures. Essays, vol. 7).

Yndurain, Francisco, «Gracián, un estilo», *HBG,* Zaragoza, Institución «Fernando el Católico», CSIC, 1958, págs. 163-188.

56

Ediciones de *El Criticón*

1. Edición príncipe:
* *El Criticón. Primera parte. En la primavera de la niñez, y en el estío de la ivventud. Avtor García de Marlones.* Y lo dedica al valeroso cavallero don Pablo de Parada, de la Orden de Christo, general de la Artillería y governador de Tortosa, con licencia, en Zaragoza, por Ivan Nogués, y a su costa. Año M.DC.LI.
* *El Criticón. Segvnda parte. Ivyziosa cortesana filosofía, en el otoño de la varonil edad. Por Lorenzo Gracián.* Y lo dedica al serenissimo señor don Ivan de Austria, con licencia, en Huesca, por Iuan Nogués. Año 1653. A costa de Francisco Lamberto. Mercader de libros. Véndese en la Carrera de San Gerónimo.
* *El Criticón. Tercera parte. En el invierno de la vejez, por Lorenzo Gracián,* y lo dedica al doctor don Lorenço Frances de Vrritigoyti, Dean de la Santa Iglesia de Siguença. Con privilegio, en Madrid, por Pablo de Val. Año de 1657. A costa de Francisco Lamberto. Véndese en su casa, en la Carrera de San Gerónimo.
2. *El Criticón,* por Lorenzo Gracián, Lisboa, Primera parte, 1656; Segunda parte, 1657; Tercera parte, 1661. En la oficina de Henrique Valente de Oliveira.
3. *El Criticón. Primera parte* (...). Su autor, Lorenço Gracián, en Madrid, por Pablo de Val, año 1658, véndese en casa de la viuda de Francisco Lamberto, en la Carrera de San Gerónimo.
4. *Tres partes de El Criticón* (...). Su autor, Lonrenço Gracián, en Barcelona, por Antonio Lacavalleira, año 1664.
5. *Tres partes de El Criticón* (...). Su autor, Lorenço Gracián, en Barcelona, por Antonio Lacavalleira, año 1682.
6. *El Criticón,* edición transcrita y revisada de Julio Cejador, Madrid, Renacimiento, 1913-1914 (2 vols.) (Obras maestras de la Literatura Universal.)
7. *El Criticón.* Prólogo de Rafael Seco, Madrid, Compañía Iberoamericana de Publicaciones, S. A., 1929, Librería Fernando Fe. Las cien mejores obras de la Literatura Española, volúmenes 66, 67 y 68.
8. Lorenzo Gracián, *El Criticón,* edición transcrita, revisada y anotada por Félix F. Corso. Librería Perlado Editores, Madrid-Buenos Aires, 1938 (2 vols.) Biblioteca Clásica Universal.
9. *El Criticón,* edición crítica y comentada por Miguel Romera-Navarro, Filadelfia, University of Pensylvania Press, 1938-1940 (3 vols.)

10. *El Criticón,* introducción de Guillermo de Torre, Buenos Aires, Losada, 1941 (2 vols.)
11. *El Criticón,* edición al cuidado del padre Ismael Quiles, S. I., Buenos Aires, Espasa-Calpe, 1943, Colección Austral, 400. (La octava y última edición en Madrid y en 1975.)
12. *El Criticón,* Barcelona, Editorial Fama, 1950.
13. *El Criticón,* nota prologal de Carlos Ayala y revisión del texto de Jaime Uyá, Barcelona, Zeus, 1968 (2 vols.)
14. *El Criticón,* estudio, notas y comentarios por Antonio Prieto, Madrid, Iter Ediciones, 1970.
15. *El Criticón,* edición, introducción y notas de Evaristo Correa Calderón, Madrid, Espasa-Calpe, 1971 (3 vols.)
16. *El Criticón,* Barcelona, Editorial Ramón Sopena, 1972.
17. *El Criticón,* introducción de Federico Carlos Sáinz de Robles, Círculo de Amigos de la Historia, Barcelona, 1976. (Basada en la edición de 1973 de Editions Ferni, Ginebra), 2 vols.
18. *El Criticón,* Barcelona, Orbis, 1983.

Antologías de El Criticón

1. Pasajes selectos de *El Criticón,* Letras Españolas, t. XX, Colección de obras selectas de nuestros autores clásicos. Publicada bajo la dirección de Juan Hurtado, J. de la Serna y Ángel González Palencia, Madrid, Bruno del Amo, editor, Editorial Voluntad (sin fecha).
2. *El Criticón.* Selección y notas de José Manuel Blecua, Zaragoza, Ebro, 1960. (La sexta y última edición es de 1975.)

El Criticón se encuentra, asimismo, en las ediciones de las Obras Completas de Gracián, que enumeramos a continuación: 1, Madrid, Imprenta Real, 1663 (2 vols.); 2, Madrid, por Pablo de Val, 1664 (2 vols.); 3, Amberes, por Geronymo y Iuanbaut, 1669 (2 vols.); 4, Madrid, Imprenta Real de la Santa Cruzada, 1674 (2 vols.); 5, Barcelona, por Antonio Lacavalleira, 1683 (2 volúmenes); 6, Barcelona, Juan Solís, impresor, 1700 (2 vols.); 7, Amberes, por Henrico y Cornelio Verdussen, 1702 (2 vols.); 8, Madrid, por Antonio Gonçález de Reyes, 1720 (2 vols.); 9, Amberes, por Juan Bautista Verdussen, 1725 (2 vols.); 10, Sevilla, a costa de Juan Leonardo, 1732 (2 vols.); 11, Barcelona, por Joseph Giralt, 1734 (2 vols.); 12, Barcelona, por Pedro Escuder y Pablo Nadal, 1748 (2 vols.); 13, Barcelona, en la imprenta de María Ángela Martí y Galí Viuda, 1757 (2 vols.); 14, Madrid, Aguilar, 1944 (Introducción, recopilación y notas de Evaristo Correa Calderón); 15, Madrid, Aguilar, 1960 —la tercera edición es de 1967—. (Estudio preliminar, bibliografía y notas de Arturo del Hoyo.)

EL CRITICÓN

PRIMERA PARTE

*En la primavera de la niñez y en el estío
de la juventud*

EL CRITICON

PRIMERA PARTE

EN

LA PRIMAVERA

DE LA NIÑEZ,

Y EN

EL ESTIO DE LA IVVENTVD.

AVTOR

GARCIA DE MARLONES.

Y LO DEDICA

AL VALEROSO CAVALLERO

Don PABLO DE PARADA;

DE LA ORDEN DE CHRISTO,
General de la Artilleria , y Governador de Tortosa.

CON LICENCIA.

En ZARAGOZA, por IVAN NOGVES, y a su costa
Año M.DC.LI.

A don Pablo de Parada [1]

Caballero de Christo, General de la Artillería y Gobernador de Tortosa

Si mi pluma fuera tan bien cortada como la espada de V. S. es cortadora, aun pareciera escusable la ambición del patrocinio: ya que no llegue a tanto, solizita una muy valiente defensa. Nació con V. S. el valor en su patria Lisboa, creció en el Brasil entre plausibles bravezas y ha campeado en Cataluña entre célebres victorias. Rechazó V. S. al bravo Mariscal de la Mota [2] en los assaltos que dió a Tarragona por el puesto de San Francisco, que V. S. con su tercio y su valor tan bizarramente defendió. Desalojó después al que llamaban el invencible Conde de Ancuhurt [3], sacándole de las trinche-

---

[1] Pablo de Parada. Las noticias sobre este caballero portugués nos las da el mismo Gracián en el Discurso XXVIII de la *Agudeza y Arte de Ingenio*. Allí escribe que defendió Tarragona en la guerra de Cataluña cuando la sitió el mariscal de la Mota, participó en la batalla de Lérida y descercó la ciudad, estando Gracián a su lado.

[2] Felipe de Houdancourt, conde de la Motte (1605-1657), mariscal francés. Fue enviado por Richelieu a Cataluña en 1641 para asumir el mando de las tropas francesas que ayudaban a los catalanes sublevados contra Felipe IV y fue muy pronto el sustituto de Brezé como virrey de Cataluña (1642). Casi en el momento de la muerte de Richelieu.

[3] Enrique de Lorena, conde de Harcourt (1601-1666), mariscal de Francia en el periodo de la Guerra de los Treinta Años. Mandó, en 1639 y 1640, el ejército francés del Piamonte que

61

ras sobre Lérida, acometiendo con su regimiento de la Guarda el fuerte Real, que ocupó y defendió contra el general rezelo. Y desta calidad pudiera referir otras muchas facciones, aconsejadas primero de la prudencia militar de V. S. y executadas después de su gran valor. Emula dél la felicidad, le assistió a V. S. siendo general de la flota para que la conduxesse a España con tanta prosperidad y riqueza. Y de aquí se ha ocasionado aquella altercación entre los grandes ministros, si es V. S. mejor para las armadas de mar o para las de tierra, siendo eminente en todas. Por no hazer sospechosas estas verdades (aunque tan sabidas) con el afecto de amigo, quisiera hablar por boca de algún enemigo, pero ninguno le hallo a V. S. Sólo uno que, para desconocer obligaciones, quiso afectarlo, no pudo; pues él mismo dezía (brava cosa) que quisiera dezir mal deste hombre y no halló qué poder dezir. Pero lo que yo más celebro es que, siendo V. S. hombre tan sin embeleco, se haya hecho lugar en la mayor estimación de nuestro siglo. El cielo la prospere.

Beso la mano de V. S. su más apassionado

GARCÍA DE MARLONES [4]

A quien leyere

Esta filosofía cortesana, el curso de tu vida en un discurso, te presento hoy, letor juizioso, no malicioso, y aunque el título está ya provocando zeño, espero que todo entendido se ha de dar por desentendido, no sintiendo mal de sí. He procurado juntar lo seco de la filosofía con lo entretenido de

hubo de oponerse a las tropas españolas del marqués de Leganés y del príncipe Tomás de Saboya. En tiempo de Mazarino fue nombrado virrey francés de Cataluña en sustitución de la Motte (1644) y hubo de combatir nuevamente contra las tropas de Felipe IV. Fue sustituido por Condé.

[4] Con esta firma salió a luz esta primera parte en 1651, que es un anagrama de sus dos apellidos Gracián y Morales. En la segunda edición, 1658, reaparece, como en sus anteriores obras publicadas, la firma de Lorenço Gracián.

la invención, lo picante de la sátira con lo dulce de la épica, por más que el rígido Gracián lo censure juguete de la traça en su más sutil que provechosa *Arte de ingenio*[5]. En cada uno de los autores de [6] buen genio he atendido a imitar lo que siempre me agradó: las alegorías de Homero, las ficciones de Esopo, lo doctrinal de Séneca, lo juizioso de Luciano, las descripciones de Apuleyo, las moralidades de Plutarco, los empeños de Heliodoro, las suspensiones del Ariosto, las crisis del Boquelino y las mordacidades de Barclayo[7]. Si lo habré conseguido, siquiera en sombras, tú lo has de juzgar. Comienço por la hermosa naturaleza, passo a la primorosa arte, y paro en la útil moralidad. He dividido la obra en dos partes, treta de discurrir lo penado[8], dexando siempre picado el gusto, no molido; si esta primera te contentare, te ofrezco luego la segunda, ya dibujada, ya colorida, pero no retocada, y tanto más crítica cuanto son más juiziosas las otras dos edades de quienes se filosofa en ella.

---

[5] Obra graciana aparecida en 1642 que salió aumentada y definitiva en 1648 como *Agudeza y Arte de Ingenio.*

[6] *Del,* en 1651; *de,* en 1658. Creo más apropiado *de.*

[7] Trajano Boccalini, escritor satírico italiano (1556-1613) que se distinguió por su mordacidad (escribió varias obras, entre ellas *Pietra del paragone político),* y John Barclay, escritor inglés (1582-1621), autor entre otras de las novelas *Satyricon,* satírica, y *Argenis,* político-alegórica, son dos autores estimados por Gracián, al igual que los anteriormente citados.

[8] *Penado:* «Vale también lo mismo que penoso. Es hispanismo.» *(Dic. Aut.)*

CRISI [1] PRIMERA

Náufrago Critilo encuentra con Andrenio, que le da prodigiosamente razón de sí

Ya entrambos mundos habían adorado el pie a su universal monarca el católico Filipo [2]; era ya real corona suya la mayor vuelta que el sol gira por el uno y otro hemisferio, brillante círculo en cuyo cristalino centro yaze engastada una pequeña isla, o perla del mar o esmeralda de la tierra: diola nombre augusta emperatriz, para que ella lo fuesse de las islas, corona del Oceano. Sirve, pues, la isla de Santa Elena (en la escala del un mundo al otro) de descanso a la portátil Europa [3], y ha sido siempre venta franca, mantenida de la divina próvida clemencia en medio de inmensos golfos, a las católicas flotas del Oriente [4].

Aquí, luchando con las olas, contrastando [5] los vientos y

---

[1] *Crisi:* vocablo trasladado por Gracián del griego χρίσις, crítica o juicio, y empleado por él en anteriores obras.

[2] El católico Filipo no es otro que Felipe IV, rey contemporáneo de Gracián. El título de católico prosiguió para los Austrias españoles desde los Reyes Católicos.

[3] *Portátil Europa:* juega Gracián con dos significados, el deducible de los viajes de los europeos a América y el de la mitología (Europa, hija de Fénix o del rey fenicio Agenor, a la que Zeus, en forma de toro, se llevó por mar a Creta).

[4] Las flotas españolas, del rey católico, que iban al Oriente. Téngase en cuenta que las flotas portuguesas, las que iban al Oriente, son españolas: Portugal y España se separarán definitivamente en 1668.

[5] *Contrastar:* «Resistir, estar con firmeza y constancia, mante-

más los desaires de su fortuna, mal sostenido de una tabla, solicitaba puerto un náufrago, monstruo de la naturaleza y de la suerte, cisne en lo ya cano y más en lo canoro [6], que assí exclamaba entre los fatales confines de la vida y de la muerte:

—¡Oh vida, no habías de començar, pero ya que començaste, no habías de acabar! No hay cosa más deseada ni más frágil que tú eres, y el que una vez te pierde, tarde te recupera: desde hoy te estimaría como a perdida. Madrastra se mostró la naturaleza con el hombre, pues lo que le quitó de conocimiento al nacer le restituye al morir [7]: allí porque no se perciban los bienes que se reciben, y aquí porque se sientan los males que se conjuran. ¡Oh tirano mil vezes de todo el ser humano aquel primero que con escandalosa temeridad fió su vida en un frágil leño al inconstante elemento! Vestido dizen que tuvo el pecho de azeros, mas yo digo que revestido de yerros [8]. En vano la superior atención [9] separó las naciones con los montes y los mares si la audacia de los hombres halló puentes para trasegar su malicia. Todo cuanto inventó la industria humana ha sido perniciosamente fatal y en daño de sí misma: la pólvora es un horrible estrago de las vidas, instrumento de su mayor ruina, y una nave no es otro [10] que un ataúd anticipado. Parecíale a la muerte teatro angosto de sus tragedias la tierra y buscó modo cómo triunfar en los mares, para que en todos elementos se muriesse: ¿qué otra grada [11] le queda a un desdichado para perecer después que pisa la tabla de un bagel, cadahalso merecido de su atrevimiento? Con razón censuraba el Catón aun de sí mismo entre las tres necedades de su vida el ha-

---

niéndose contra alguna cosa.» *(Dic. Aut.)* «Vale también hacer oposición y frente, combatir y lidiar.» *(Dic. Aut.)*

[6] Frase al estilo de Góngora para significar la ancianidad del náufrago: cisne por la blancura de sus cabellos, pero más porque el cisne cuando va a morir canta dulcemente.

[7] Nace sin conocimiento el hombre para vivir engañado y muere con él para desengañarse cuando ya es tarde, es pensamiento muy graciano.

[8] Juego de palabras entre pecho de aceros (valeroso) y yerros (errores), teniendo como base el significado de metal.

[9] La superior atención no es otro que Dios.

[10] *Otro:* genérico que hoy diríamos «otra cosa».

[11] Es decir, ya no le queda una grada o escalón que le sostenga y le salve cuando se embarca en un bajel.

berse embarcado por la mayor [12]. ¡Oh suerte, oh cielo, oh fortuna!, aun creería que soy algo, pues assí me persigues; y cuando comienças no paras hasta que apuras [13]: válgame en esta ocasión el valer nada para repetir [14] de eterno.

Desta suerte hería los aires con suspiros, mientras açotaba las aguas con los braços, acompañando la industria con Minerva [15]. Pareció ir sobrepujando el riesgo, que a los grandes hombres los mismos peligros o les temen o les respetan; la muerte a vezes rezela el emprenderlos, y la fortuna les va guardando los aires: perdonaron los áspides a Alcides [16], las tempestades a César, los azeros a Alexandro y las balas a Carlos Quinto. Mas ¡ay!, que como andan encadenadas las desdichas, unas a otras se introduzen, y el acabarse una es de ordinario el engendrarse otra mayor; cuando creyó hallarse en el seguro regaço de aquella madre común, volvió de nuevo a temer que enfurecidas las olas le arrebataban para estrellarle en uno de aquellos escollos, duras entrañas de su fortuna: Tántalo de la tierra, huyéndosele de entre las manos cuando más segura la creía, que un desdichado no sólo no halla agua en el mar, pero ni tierra en la tierra.

Fluctuando estaba entre uno y otro elemento, equívoco entre la muerte y la vida, hecho víctima de su fortuna, cuando un gallardo joven, ángel al parecer y mucho más al obrar, alargó sus braços para recogerle en ellos, amarras de un secreto imán, si no de hierro [17], assegurándole la dicha con la vida. En saltando en tierra, selló sus labios en el suelo, logrando seguridades, y fixó sus ojos en el cielo, rindiendo

---

[12] Apunta Romera-Navarro, en su edición de *El Criticón* que las otras dos necedades, además de haber embarcado pudiendo ir por tierra, fueron confiar a una mujer un secreto y haber pasado un día ocioso. La fuente está en Plutarco, *Vida de Catón el Censor*.

[13] *Apurar:* «Vale también concluir, rematar y acabar con una cosa dándola fin.» *(Dic. Aut.)*

[14] «Repetir, en escuelas para graduarse, es hacer un acto que llaman repetición.» *(Cov.)* Así que sería «para graduarme de eterno».

[15] Uniendo la industria con la mente, con la inteligencia. Minerva es la diosa de la Sabiduría.

[16] *Alcides:* sobrenombre de Hércules, el más famoso de los héroes de la antigüedad pagana. Hijo de Júpiter y Alcmena, de gran corpulencia y fuerza, se hizo célebre por diversas hazañas entre las que destacan los doce trabajos.

[17] Hoy diríamos «aunque no de hierro».

agradecimientos. Fuesse luego con los braços abiertos para el restaurador de su vida, queriendo desempeñarse [18] en abraços y en razones. No le respondió palabra el que le obligó con las obras, sólo daba demonstraciones de su gran gozo en lo risueño y de su mucha admiración en lo atónito del semblante. Repitió abraços y razones el agradecido náufrago, preguntándole de su salud y fortuna, y a nada respondía el assombrado isleño. Fuele variando idiomas, de algunos que sabía, mas en vano, pues, desentendido de todo, se remitía a las extraordinarias aciones, no cesando de mirarle y de admirarle, alternando estremos de espanto [19] y de alegría. Dudara con razón el más atento ser inculto parto de aquellas selvas, si no desmintieran la sospecha lo inhabitado de la isla, lo rubio y tendido de su cabello, lo perfilado de su rostro, que todo le sobreescribía [20] europeo: del traje no se podían rastrear indicios, pues era sola la librea de su inocencia [21]. Discurrió más el discreto náufrago, si acaso viviría destituido de aquellos dos criados del alma, el uno de traer y el otro de llevar recados, el oir y el hablar. Desengañóle presto la experiencia, pues al menor ruido prestaba atenciones prontas sobre el imitar con tanta propriedad los bramidos de las fieras y los cantos de las aves, que parecía entenderse mejor con los brutos que con las personas: tanto pueden la costumbre y la crianza. Entre aquellas bárbaras aciones rayaba como en vislumbres la vivacidad de su espíritu, trabajando el alma por mostrarse: que donde no media el artificio, toda se pervierte la naturaleza [22].

Crecía en ambos a la par el deseo de saberse las fortunas y las vidas, pero advirtió el entendido náufrago que la falta de un común idioma les tiranizaba esta fruición. Es el hablar efecto grande de la racionalidad, que quien no discurre

---

[18] *Desempeñar:* «Vale también libertar de los empeños o deudas contraídas.» *(Dic. Aut.)* Aquí la deuda es haberle salvado la vida.

[19] *Espanto,* no significa terror aquí: «Vale asimismo admiración y asombro, no causado de miedo, sino de reparo y consideración de alguna novedad y singularidad.» *(Dic. Aut.)*

[20] *Sobreescribir:* «Escribir algún mote, inscripción o nota sobre alguna cosa, para darla a conocer.» *(Dic. Aut.)*

[21] Estaba desnudo. Su traje era su inocencia.

[22] Es decir, donde no interviene el arte, la naturaleza se pervierte. «Permite» dice la edición de 1651; creemos más oportuno el «pervierte» de 1658.

no conversa. Habla, dixo el filósofo, para que te conozca. Comunícase el alma noblemente produziendo conceptuosas imágenes de sí en la mente del que oye, que es propriamente el conversar. No están presentes los que no se tratan, ni ausentes los que por escrito se comunican: viven los sabios varones ya passados y nos hablan cada día en sus eternos escritos, iluminando perenemente los venideros. Participa el hablar de lo necesario y de lo gustoso, que siempre atendió la sabia naturaleza a hermanar ambas cosas en todas las funciones de la vida; consíguense con la conversación, a lo gustoso y a lo presto, las importantes noticias, y es el hablar atajo único para el saber: hablando, los sabios engendran otros, y por la conversación se conduze al ánimo la sabiduría dulcemente. De aquí es que las personas no pueden estar sin algún idioma común para la necessidad y para el gusto, que aun dos niños arrojados de industria en una isla se inventaron lenguaje para comunicarse y entenderse [23]. De suerte que es la noble conversación hija del discurso, madre del saber, desahogo del alma, comercio de los coraçones, vínculo de la amistad, pasto del contento y ocupación de personas.

Conociendo esto el advertido náufrago, emprendió luego el enseñar a hablar al inculto joven, y púdolo conseguir fácilmente favoreciéndole la docilidad y el deseo [24]. Començó por los nombres de ambos, proponiéndole el suyo, que era el de Critilo [25], y imponiéndole a él el de Andrenio [26], que llenaron bien, el uno en lo juizioso, y el otro en lo humano. El deseo de sacar a luz tanto concepto por toda la vida represado y la curiosidad de saber tanta verdad ignorada picaban la docilidad de Andrenio. Ya començaba a pronunciar, ya preguntaba y respondía, probábase a razonar ayudándose de palabras y de acciones, y tal vez [27] lo que començaba la

---

[23] La anécdota se refiere a Jacobo IV de Escocia, quien realizó la experiencia con dos niños, los cuales encontraron la lengua hebrea. (Sigo a Romera-Navarro.)

[24] Entiéndase «la docilidad y el deseo de saber del inculto joven».

[25] *Critilo:* de la misma raíz griega que crisi; κριτής, juez, o κριτικός, capaz de juzgar. Critilo, pues, significará el hombre de juicio equilibrado.

[26] *Andrenio:* del griego ἀνήρ, ἀνδρός, hombre en general, común, distinto completamente al «crítico» de recto juicio.

[27] *Tal vez:* no tiene significado de duda, como hoy, sino que «tal» es un indefinido en su acepción de «alguna»; *tal vez* sería

lengua lo acababa[23] de exprimir el gesto. Fuele dando noticia de su vida a centones[29] y a remiendos, tanto más estraña cuanto menos entendida, y muchas vezes se achacaba al no acabar de percibir lo que no se acababa de creer. Mas cuando ya pudo hablar seguidamente y con igual copia de palabras a la grandeza de sus sentimientos, obligado de las vivas instancias de Critilo y ayudado de su industria, començó a satisfazerle desta suerte:

—Yo —dixo— ni sé quién soy, ni quién me ha dado el ser, ni para qué me lo dio: ¡qué de vezes, y sin vozes, me lo pregunté a mí mismo, tan necio como curioso! Pues si el preguntar comiença en el ignorar, mal pudiera yo responderme. Argüíame tal vez[30] para ver si empeñado me excedería a mí mismo; duplicábame, aun no bien singular[31], por ver si apartado de mi ignorancia podría dar alcance a mis deseos. Tú, Critilo, me preguntas quién soy yo, y yo deseo saberlo de ti. Tú eres el primer hombre que hasta hoy he visto y en ti me hallo retratado más al vivo que en los mudos cristales de una fuente que muchas vezes mi curiosidad solicitaba y mi ignorancia aplaudía. Mas si quieres saber el material sucesso de mi vida, yo te lo referiré, que es más prodigioso que prolixo. La vez primera que me reconocí y pude hazer concepto de mí mismo me hallé encerrado dentro de las entrañas de aquel monte que entre los demás se descuella, que aun entre peñascos debe ser estimada la eminencia. Allí me ministró[32] el primer sustento una de estas que tú llamas fieras y yo llamaba madre, creyendo siempre ser ella la que me había parido y dado el ser que tengo; corrido lo refiero de mí mismo.

---

lo que hoy «alguna vez» o «en alguna ocasión». Así lo empleará Gracián repetidamente.

[23] Por errata evidente, en 1651 pone «acaba»; «acabava», en 1658.

[29] *Centón:* manta burda que usaba la milicia, llena de remiendos; de ahí que «Metaphoricamente se llama assimismo toda obra compuesta de cláusulas ajenas mal unidas, y sin la debida coordinación». *(Dic. Aut.)*

[30] Tal vez, «alguna vez», «en alguna ocasión».

[31] Duplicábame, aun cuando no era ni uno siquiera. «Singular» tiene para Gracián siempre el significado de hombre-persona.

[32] *Ministrar:* «Significa también prevenir y dar a la mano a otro alguna cosa: como Ministrar dinero, ministrar especies, &c.» *(Dic. Aut.)*

—Muy proprio es —dixo Critilo— de la ignorancia pueril el llamar a todos los hombres padres y a todas las mugeres madres; y del modo que tú hasta una bestia tenías por tal, creyendo la maternidad en la beneficencia, assí el mundo en aquella su ignorante infancia a cualquier criatura su bienhechora llamaba padre, y aun la aclamaba dios.

—Assí yo —prosiguió Andrenio— creía madre la que me alimentaba fiera a sus pechos; me crié entre aquellos sus hijuelos, que yo tenía por hermanos, hecho bruto entre los brutos, ya jugando y ya durmiendo. Diome leche diversas vezes que parió, partiendo conmigo de la caça y de las frutas que para ellos traía. A los principios no sentía tanto aquel penoso encerramiento, antes con las interiores tinieblas del ánimo desmentía las exteriores del cuerpo, y con la falta de conocimiento dissimulaba la carencia de la luz, si bien algunas vezes brujuleaba unas confusas vislumbres que dispensaba el cielo, a tiempos, por lo más alto de aquella infausta caverna. Pero, llegando a cierto término de crecer y de vivir, me salteó de repente un tan extraordinario ímpetu de conocimiento, un tan grande golpe de luz y de advertencia, que revolviendo sobre mí començé a reconocerme haziendo una y otra reflexión sobre mi proprio ser: ¿Qué es esto, dezía, soy o no soy? Pero, pues vivo, pues conozco y advierto, ser tengo. Mas, si soy, ¿quién soy yo?, ¿quién me ha dado este ser y para qué me lo ha dado?; para estar aquí metido, grande infelizidad sería. ¿Soy bruto como éstos? Pero no, que observo entre ellos y entre mí palpables diferencias: ellos están vestidos de pieles; yo desabrigado, menos favorecido de quien nos dio el ser. También experimento en mí todo el cuerpo muy de otra suerte proporcionado que en ellos: yo río y yo lloro, cuando ellos aúllan; yo camino derecho, levantando el rostro hazia lo alto, cuando ellos se mueven torcidos y inclinados hazia el suelo. Todas estas son bien conocidas diferencias, y todas las observaba mi curiosidad y las confería [33] mi atención conmigo mismo. Crecía de cada día el deseo de salir de allí, el conato de ver y de saber; si en todos natural y grande, en mí, como violentado, insufrible. Pero lo que más me atormentaba era ver que aquellos brutos, mis compañeros, con es-

---

[33] *Conferir:* «Vale también tratar, comunicar y consultar algún negocio o materia con otro, examinando las razones que hai en pro y en contra, para assegurar el acierto en la resolución.» *(Dic. Aut.)*

traña ligereza trepaban por aquellas iniestas paredes, entrando y saliendo libremente siempre que querían, y que para mí fuessen inaccessibles, sintiendo con igual ponderación que aquel gran don de la libertad a mí solo se me negase. Probé muchas vezes a seguir aquellos brutos arañando los peñascos, que pudieran ablandarse con la sangre que de mis dedos corría; valíame también de los dientes, pero todo en vano y con daño, pues era cierto el caer en aquel suelo regado con mis lágrimas y teñido en mi sangre. A mis vozes y a mis llantos acudían enternecidas las fieras, cargadas de frutas y de caça, con que se templaba en algo mi sentimiento y me desquitaba en parte de mis penas. ¡Qué de soliloquios hazía tan interiores, que aun este alivio del hablar exterior me faltaba! ¡Qué de dificultades y de dudas trababan entre sí mi observación y mi curiosidad, que todas se resolvían en admiraciones y en penas! Era para mí un repetido tormento el confuso ruido dessos mares, cuyas olas más rompían en mi coraçón que en estas peñas. Pues, ¿qué diré cuando sentía el horrísono fragor de los nublados y sus truenos? Ellos se resolvían en lluvia, pero mis ojos en llanto. Lo que llegó ya a ser ansia de reventar y agonía de morir era que a tiempos, aunque para mí de tarde en tarde, percibía acá fuera unas vozes como la tuya (al començar con grande confussión y estruendo, pero después poco a poco más distintas) que naturalmente me alboroçaban y se me quedaban muy impressas en el ánimo. Bien advertía yo que eran muy diferentes de las de los brutos que de ordinario oía, y el deseo de ver y de saber quién era el que las formaba, y no poder conseguirlo, me traía a extremos de morir. Poco era lo que unas y otras vezes percibía, pero discurríalo tan mucho como de espacio. Una cosa puedo assegurarte: que con que imaginé muchas vezes y de mil modos lo que habría acá fuera, el modo, la disposición, la traça, el sitio, la variedad y máquina [34] de cosas, según lo que yo había concebido, jamás di en el modo, ni atiné con el orden, variedad y grandeza desta gran fábrica que vemos y admiramos.

—¿Qué mucho? —dixo Critilo—, pues si aunque todos los entendimientos de los hombres que ha habido ni habrá se juntaran antes a traçar esta gran máquina del mundo y se les consultara cómo había de ser, jamás pudieran atinar a

---

[34] *Máquina:* «Se toma también por muchedumbre, copia y abundancia de alguna cosa.» *(Dic. Aut.)*

disponerla; ¡qué digo el universo!: la más mínima flor, un mosquito, no supieran formarlo. Sola la infinita sabiduría de aquel supremo Hazedor pudo hallar el modo, el orden y el concierto de tan hermosa y perene variedad. Pero, dime, que deseo mucho saberlo de ti y oírtelo contar, ¿cómo pudiste salir de aquella tu penosa cárcel, de aquella sepultura anticipada de tu cueva? Y, sobre todo, si es possible el exprimirlo, ¿cuál fue el sentimiento de tu admirado espíritu aquella primera vez que llegaste a descubrir, a ver, a gozar y admirar este plausible teatro del universo?

—Aguarda —dixo Andremio—, que aquí es menester tomar aliento para relación tan gustosa y peregrina.

CRISI SEGUNDA

El gran teatro del Universo

Luego que el supremo Artífice tuvo acabada esta gran fábrica del mundo, dizen trató[1] repartirla, alojando en sus estancias sus vivientes. Convocólos todos[2], desde el elefante hasta el mosquito; fueles mostrando los repartimientos y examinando a cada uno cuál dellos escogía para su morada y vivienda. Respondió el elefante que él se contentaba con una selva, el caballo con un prado, el águila con una de las regiones[3] del aire, la ballena con un golfo, el cisne con un estanque, el barbo con un río y la rana con un charco. Llegó el último el primero, digo el hombre, y examinado de su gusto y de su centro, dixo que él no se contentaba con menos que con todo el universo, y aun le parecía poco. Quedaron atónitos los circunstantes de tan exorbitante ambición, aunque no faltó luego un lisongero que defendió nacer de la grandeza de su ánimo; pero la más astuta de todos:

—Esso no creeré yo —les dixo— sino que procede de la ruindad de su cuerpo. Corta le parece la superficie de la tierra, y assí, penetra y mina sus entrañas en busca del oro y

---

[1] La omisión de preposición entre verbo personal más infinitivo era normal en el español clásico. Gracián, en su lucha contra los elementos secundarios de la oración, no ahorrará esfuerzos, como veremos repetidamente.

[2] Era corriente, y más en Gracián, omitir «a» ante objeto directo plural.

[3] Según la concepción de los físicos, el aire se dividía en regiones, como hoy decimos las capas de la atmósfera.

de la plata para satisfazer en algo su codicia; ocupa y embaraça el aire con lo empinado de sus edificios, dando algún desahogo a su soberbia; surca los mares y sonda sus más profundos senos, solizitando las perlas, los ámbares y los corales para adorno de su bizarro desvanecimiento; obliga todos los elementos a que le tributen cuanto abarcan: el aire sus aves, el mar sus pezes, la tierra sus caças, el fuego la sazón (para entretener, que no satisfazer, su gula), y aun se quexa de que todo es poco. ¡Oh monstruosa codicia de los hombres!

Tomó la mano[4] el soberano dueño y dixo:

—Mirad, advertid, sabed que al hombre lo he formado yo con mis manos para criado mío y señor vuestro, y, como rey que es, pretende señorearlo todo. Pero entiende, ¡oh hombre! (aquí hablando con él), que esto ha de ser con la mente, no con el vientre; como persona, no como bestia. Señor has de ser de todas las cosas criadas, pero no esclavo de ellas; que te sigan, no te arrastren. Todo lo has de ocupar con el conocimiento tuyo y reconocimiento mío; esto es, reconociendo en todas las maravillas criadas las perfecciones divinas y passando de las criaturas al Criador.

A este grande espectáculo de prodigios (si ordinario para nuestra acostumbrada vulgaridad, extraordinario hoy para Andrenio) sale atónito a lograrlo en contemplaciones, a aplaudirlo en pasmos y a referirlo de esta suerte:

—Era el sueño —proseguía— el mismo vulgar refugio de mis penas, especial alivio de mi soledad; a él apelaba de mi continuo tormento y a él estaba entregado una noche (aunque para mí siempre lo era) con más dulçura que otras, presagio infalible de alguna infelizidad cercana. Y assí fue, pues me lo interrumpió un extraordinario ruido que parecía salir de las más profundas entrañas de aquel monte: comovióse todo él, temblando aquellas firmes paredes; bramaba el furioso viento, vomitado en tempestades por la boca de la gruta; començaron a desgajarse con horrible fragor aquellos duros peñascos y a caer con tan espantoso estruendo, que parecía quererse venir a la nada toda aquella gran máquina[5] de peñas.

---

[4] *Tomar la mano:* «Phrase, que además del sentido recto, significa comenzar a razonar y discurrir, sobre alguna materia que se ventilaba.» (*Dic. Aut.*)

[5] Véase nota 34, Crisi I.

—Basta [6] —dixo Critilo— que aun los montes no se libran de la mudança, expuestos al contraste de un terremoto y sujetos a la violencia de un rayo, contrastando la común instabilidad su firmeza.

—Pero si las mismas peñas temblaban, ¡qué haría yo? —prosiguió Andrenio—. Todas las partes de mi cuerpo parecieron quererse desencasar [7] también, que hasta el coraçón, dando saltos, no hize poco en detenerlo; fuéronme destituyendo los sentidos y halléme perdido de mí mismo, muerto y aun sepultado entre peñas y entre penas. El tiempo que duró aquel eclipse del alma, paréntesis de mi vida, ni pude yo percibirlo ni de otro alguno saberlo. Al fin, ni sé cómo, ni sé cuándo, volví poco a poco a recobrarme de tan mortal deliquio, abrí los ojos a la que començava abrir el día [8], día claro, día grande, día felicíssimo, el mejor de toda mi vida: notélo bien con piedras [9] y aun con peñascos. Reconocí luego quebrantada mi penosa cárcel y fue tan indecible mi contento, que al punto començé a desenterrarme, para nacer de nuevo a todo un mundo en una bien patente [10] ventana que señoreaba todo aquel espacioso y alegríssimo hemisferio. Fui acercándome dudosamente a ella, violentando mis desseos, pero ya assigurado; llegué a asomarme del todo a aquel rasgado balcón del ver y del vivir; tendí la vista aquella vez primera por este gran teatro [11] de tierra y cielo: toda el alma con estraño ímpetu, entre curiosidad y alegría, acudió a los ojos, dexando como destituidos los demás miembros, de suerte que estuve casi un día insensible, imoble y como muerto, cuando más vivo. Querer yo aquí exprimirte el intenso sentimiento de mi afecto, el conato de mi mente y de mi espíritu, sería emprender cien impossibles juntos; sólo te digo que

---

[6] Gracián elide continuamente con este verbo un infinitivo: «pensar», «decir», etc.

[7] *Desencasar:* «Lo mesmo que desencaxar, quando se aparta un huesco que encasa en otro.» *(Cov.)*

[8] Frase semejante a la de Cervantes: «La del alba sería...»

[9] En la antigüedad se marcaban con piedras los días felices y los desgraciados.

[10] *Patente,* en su significado latino de «abierto». Particularmente, he comprobado que es latinismo originario de Gracián.

[11] «Theatro. Metaphoricamente se llama el lugar donde alguna cosa está expuesta a la estimación o censura universal. Dícese freqüentemente el theatro del Mundo.» *(Dic. Aut.)*

aún me dura, y durará siempre, el espanto [12], la admiración, la suspensión y el pasmo que me ocuparon toda el alma.

—Bien lo creo —dixo Critilo—, que cuando los ojos ven lo que nunca vieron, el coraçón siente lo que nunca sintió.

—Miraba el cielo, miraba la tierra, miraba el mar, ya todo junto, ya cada cosa de por sí, y en cada objeto déstos me transportaba sin acertar a salir dél, viendo, observando, advirtiendo, admirando, discurriendo y lográndolo [13] todo con insaciable fruición.

—¡Oh, lo que te invidio —exclamó Critilo— tanta felicidad no imaginada, privilegio único del primer hombre y tuyo: llegar a ver con novedad y con advertencia la grandeza, la hermosura, el concierto, la firmeza y la variedad desta gran máquina criada! Fáltanos la admiración comúnmente a nosotros porque falta la novedad, y con ésta la advertencia. Entramos todos en el mundo con los ojos del ánimo cerrados y cuando los abrimos al conocimiento, ya la costumbre de ver las cosas, por maravillosas que sean, no dexa lugar a la admiración. Por esso, los varones sabios se valieron siempre de la reflexión, imaginándose llegar de nuevo al mundo, reparando en sus prodigios, que cada cosa lo es, admirando sus perfecciones y filosofando artificiosamente [14]. A la manera que el que passeando por un deliciosíssimo jardín passó divertido [15] por sus calles, sin reparar en lo artificioso de sus plantas ni en lo vario de sus flores, vuelve atrás cuando lo advierte y comiença a gozar otra vez poco a poco y de una en una cada planta y cada flor, assí nos acontece a nosotros que vamos passando desde el nacer al morir sin reparar en la hermosura y perfección de este universo; pero los varones sabios vuelven atrás, renovando el gusto y contemplando cada cosa con novedad en el advertir, si no en el ver.

—La mayor ventaja mía —ponderaba Andrenio— fue llegar a gozar este colmo de perfecciones a desseo y después de una privación tan violenta.

—Felicidad fue tu prisión —dixo Critilo—, pues llegaste por ella a gozar todo el bien junto y desseado, que cuando

---

[12] Véase nota 19, Crisi I.

[13] *Lograr:* «Significa también gozar.» *(Dic. Aut.)* Esta acepción la recoge también el *Dic. Acad.*

[14] *Artificiosamente,* en la particular semántica graciana, artísticamente o ingeniosamente.

[15] *Divertido:* «Estar divertido, no estar uno en lo que haze.» *(Cov.)*

las cosas son grandes y a desseo, dos vezes se logran [16]. Los mayores prodigios, si son fáciles y a todo querer, se envilecen; el uso libre haze perder el respeto a la más relevante maravilla [17] y en el mismo sol fue favor que se ausentasse de noche para que fuesse deseado a la mañana. ¡Qué concurso de afectos sería el tuyo, qué tropel de sentimientos! ¡Qué ocupada andaría el alma repartiendo atenciones y dispensando afectos! Mucho fue no reventar de admiración, de gozo y de conocimiento.

—Creo yo —respondió Andrenio— que ocupada el alma en ver y en atender, no tuvo lugar de partirse, y atropellándose unos a otros los objetos, al passo que la entretenían la detenían. Pero ya en esto, los alegres mensageros de esse gran monarca de la luz, que tú llamas Sol, coronado augustamente [18] de resplandores, ceñido de la guarda de sus rayos, solicitaban mis ojos a rendirle veneraciones de atención y de admiración. Començó a ostentarse por esse gran trono de cristalinas espumas y con una soberana callada magestad se fue señoreando de todo el hemisferio, llenando todas las demás criaturas de su esclarecida presencia. Aquí yo quedé absorto y totalmente enagenado de mí mismo, puesto en él, émulo del águila más atenta.

—¡Oh, qué será —alçó aquí la voz Critilo— aquella inmortal y gloriosa vista de aquel infinito Sol divino, aquel llegar a ver su infinitamente perfectíssima hermosura!, ¡qué gozo, qué fruición, qué dicha, qué felicidad, qué gloria!

—Crecía mi admiración —prosiguió Andrenio— al passo que mi atención desmayaba, porque al que desseé distante ya le temía cercano; y aun observé que a ningún otro prodigio se rindió la vista sino a éste, confessándole inacesible y, con razón, solo [19].

—Es el sol —ponderó Critilo— la criatura que más ostentosamente retrata la magestuosa grandeza del Criador. Llámase sol porque en su presencia todas las demás lumbreras se retiran: él solo campea. Está en medio de los celestes orbes como en su centro, coraçón del lucimiento y manantial

---

[16] Véase nota 13 de esta Crisi.

[17] Es decir, cuando una cosa es estimada por todos y usada por todos pierde su valor, aunque sea maravillosa.

[18] 1651, agustamente; 1658, augustamente.

[19] Juego de palabras entre «sol» y «solo» (solo y único), como se verá a continuación.

perene de la luz; es indefectible, siempre el mismo; único en la belleza, él haze que se vean todas las cosas y no permite ser visto, celando su decoro y recatando su decencia; influye y concurre con las demás causas a dar el ser a todas las cosas, hasta el hombre mismo; es afectadamente [20] comunicativo de su luz y de su alegría, esparciéndose por todas partes y penetrando hasta las mismas entrañas de la tierra; todo lo baña, alegra, ilustra, fecunda y influye; es igual, pues nace para todos, a nadie ha menester de sí abaxo, y todos le reconocen dependencias; él es, al fin, criatura de ostentación, el más luciente espejo en quien las divinas grandezas se representan.

—Todo el día —dixo Andrenio— empleé en él, contemplándole ya en sí, ya en los reflexos de las aguas, olvidado de mí mismo.

—Ahora no me espanto —ponderó Critilo— de lo que dixo aquel otro filósofo: que había nacido para ver el sol [21]. Dixo bien, aunque le entendieron mal y hizieron burla de sus veras. Quiso dezir este sabio que en esse sol material contemplaba él aquel divino, realçadamente filosofando que si la sombra es tan esclarecida, cuál será la verdadera luz de aquella infinita increada belleza!

—Mas ¡ay! —dixo lamentándose Andrenio—, que al uso de acá baxo, la grandeza de mi contento se convirtió presto en un exceso de pesar al ver, digo, al no verle [22], trocóse la alegría del nacer en el horror del morir, el trono de la mañana en el túmulo de la noche: sepultóse el sol en las aguas y quedé yo anegado en otro mar de mi llanto. Creí no verle más, con que quedé muriendo. Pero volví presto a resucitar entre nuevas admiraciones a un cielo coronado de luminarias, haziendo fiesta a mi contento. Assigúrote que no me fue menos agradable vista ésta, antes más entretenida cuanto más varia.

—¡Oh gran saber de Dios! —dixo Critilo—, que halló modo cómo hazer hermosa la noche, que no es menos linda que el día. Impropios nombres la dio la vulgar ignorancia

---

[20] *Afectar:* «Vale apetecer y procurar alguna cosa con ansia y ahínco.» *(Cov.) Afectadamente,* con ansia y ahínco.

[21] Romera-Navarro, en su edición, anota que el filósofo es Anaxágoras. Para «espanto», véase nota 19, Crisi I.

[22] Porque se había puesto. Juega Gracián con «ver que no le veía».

llamándola fea y desaliñada, no habiendo cosa más brillante y serena; injúrianla de triste, siendo descanso del trabajo y alivio de nuestras fatigas. Mejor la celebró uno de sabia, ya por lo que se calla, ya por lo que se piensa en ella[23], que no sin enseñança fue celebrada la lechuza en la discreta Atenas por símbolo del saber[24]. No es tanto la noche para que duerman los ignorantes cuanto para que velen los sabios. Y si el día executa, la noche previene.

—En otra gran fruición, y más a lo callado, me hallaba muy hallado con la noche, metido en aquel laberinto de las estrellas, unas centelleantes, otras luzientes. Íbalas registrando todas, notando su mucha variedad en la grandeza, puestos, movimientos y colores, saliendo unas y ocultándose otras.

—Ideando[25] —dixo Critilo— las humanas, que todas caminan a ponerse.

—En lo que yo mucho reparé —dixo Andrenio— fue en su maravillosa disposición. Porque ya que el soberano Artífice hermoseó tanto esta artesonada bóveda del mundo con tanto florón y estrella, ¿por qué no las dispusso, dezía yo, con orden y concierto, de modo que entretexieran vistosos lazos y formaran primorosas labores? No sé cómo me lo diga ni cómo lo declare.

—Ya te entiendo —acudió Critilo—. Quisieras tú que estuvieran dispuestas en forma ya de un artificioso recamado, ya de un vistoso jardín, ya de un preciosso joyel, repartidas con arte y correspondencia.

—Sí, sí, esso mismo. Porque, a más de que campearan otro tanto y fuera un espectáculo muy agradable a la vista, brillantíssimo artificio, destruía con esso del todo el divino Ha-

---

[23] Equívoco: llama sabia a la noche por lo que se calla, como dirá de la mujer, pero también por lo que uno calla y piensa durante la noche.

[24] La lechuza, rapaz y nocturna, era el «ave de Minerva», diosa del saber, porque vela y medita durante la noche. En otros lugares he leído que el ave de Minerva era el búho, también rapaz y nocturna.

[25] *Idea:* «Díxose idea (…) porque el que ha de hazer alguna cosa imitando el original, modelo o patrón, le es forçoso tenerle delante, para irle mirando y contemplando.» *(Cov.)* De este significado de idea podemos decir que «idear» vale como «imitar» o «representar». Las estrellas, en el texto, imitan o representan a las estrellas humanas, que todas acaban por fenecer.

zedor aquel necio escrúpulo de haberse hecho acaso [26] y declaraba de todo punto su divina providencia.

—Reparas bien —dixo Critilo—, pero advierte que la divina sabiduría que las formó y las repartió desta suerte atendió a otra más importante correspondencia, cual lo es la de sus movimientos y aquel templarse las influencias. Porque has de saber, que no hay astro alguno en el cielo que no tenga su diferente propriedad, assí como las yerbas y las plantas de la tierra: unas de las estrellas causan el calor, otras el frío; unas secan, otras humedecen; y desta suerte alternan otras muchas influencias y con essa essencial correspondencia unas a otras se corrigen y se templan. La otra disposición artificiosa, que tú dizes fuera afectada y uniforme, quédese para los juguetes del arte y de la humana niñería. Deste modo, se nos haze cada noche nuevo el cielo y nunca enfada el mirarlo: cada uno proporciona [27] las estrellas como quiere; a más de que en esta variedad natural y confusión grave parecen tanto más que el vulgo las juzga inumerables, y con esto queda como en enigma la suprema assistencia, si bien para los sabios muy clara y entendida.

—Celebraba yo mucho aquella gran variedad de colores —dixo Andrenio—: unas campean blancas, otras encendidas, doradas y plateadas; sólo eché menos [28] el color verde, siendo el más agradable a la vista.

—Es muy terreno —dixo Critilo—. Quédanse las verduras para la tierra: acá son las esperanças, allá la feliz possessión. Es contrario esse color a los ardores celestes, por ser hijo de la humedad corruptible. ¿No reparaste en aquella estrellita que haze punto en la gran plana del cielo, objeto de los imanes, blanco de sus saetas? [29] Allí el compás de nuestra atención fixa la una punta y con la otra va midiendo

---

[26] *Acaso:* «Sucesso impensado, contingencia, casualidad ú desgracia»; adv. «Vale lo mismo que sin pensar, casualmente, y sin esperarlo, ni imaginarse» (*Dic. Aut.*).

[27] *Proporcionar:* «Disponer y ordenar alguna cosa, de suerte que tenga la debida proporción y correspondencia en sus partes, ó que no le falte ni sobre para acomodarse al fin para que se destina.» (*Dic. Aut.*)

[28] «Echar menos», por «echar de menos», es frase que continuamente aparece en *El Criticón* y que ya se usaba en el siglo XVI.

[29] Refiérese, claro está, y más hablando de imanes, a la Estrella Polar.

los círculos que va dando en vueltas, aunque de ordinario rodando, nuestra vida.

—Confiéssote que se me había passado por pequeña —dixo Andrenio—, a más de que ocupó luego toda mi curiosidad aquella hermosa reina de las estrellas, presidente de la
noche, substituta del sol y no menos admirable, essa que tú
llamas Luna. Causóme, si no menos gozo, mucha más admiración con sus uniformes variedades, ya creciente, ya menguante, y poco rato llena.

—Es segunda presidente del tiempo —dixo Critilo—. Tiene a medias el mando con el sol. Si él haze el día, ella la
noche; si el sol cumple los años, ella los meses; calienta el
sol y seca de día la tierra, la luna de noche la refresca y
humedece; el sol gobierna los campos, la luna rige los mares: de suerte que son las dos balanças del tiempo. Pero lo
más digno de notarse es que, assí como el sol es claro espejo
de Dios y de sus divinos atributos, la luna lo es del hombre
y de sus humanas imperfecciones: ya crece, ya mengua; ya
nace, ya muere; ya está en su lleno, ya en su nada, nunca
permaneciendo en un estado; no tiene luz de sí, participala
del sol, eclípsala la tierra cuando se le interpone; muestra
más sus manchas cuando está más luzida; es la ínfima de los
planetas en el puesto y en el ser, puede más en la tierra
que en el cielo: de modo que es mudable, defectuosa, manchada, inferior, pobre, triste, y todo se le origina de la ve-
zindad con la tierra.

—Toda esta noche, y otras muchas —dixo Andrenio—,
passé en tan gustoso desvelo, haziéndome tantos ojos como
el cielo mismo: yo por mirarle y él para ser visto. Mas ya
los clarines de la aurora, en cantos de las aves, començaron
a hazer salva a la segunda salida del sol, tocando a despejar
estrellas y despertar flores [30]. Volvió él a nacer y yo a vivir
con verle. Saludéle con afectos ya más tibios.

—Que aun el sol —dixo Critilo— a la segunda vez ya no
espanta [31], ni a la tercera admira.

—Sentí menos viva la curiosidad, cuanto más despierta la
hambre. Y assí, después de agradecidos aplausos, valiéndome
de su luz (en que conocí que era criatura [32] y que como

---

[30] Por frases como ésta se llamó a Gracián, creemos equivoca-
damente, gongorino.
[31] Véase nota 1, Crisi I.
[32] Entiéndase el sol.

paje de luz me servía), traté de descender a la tierra, obligándome la assistencia del cuerpo a faltar al ánimo [33], abatiéndome de la más alta contemplación a tan materiales empleos. Fui baxando, digo, humillándome, por aquella mal segura escala que formaron las mismas ruinas, que de otro modo fuera impossible, y esse favor más reconocí al cielo. Pero antes de estampar la primera huella en tierra, me falta ya el aliento y aun la voz; y assí, te ruego me socorras de palabras para poder exprimir la copia de mis sentimientos, que otra vez te convido a nuevas admiraciones, aunque en maravillas terrenas.

---

[33] Por el hecho de rebajarse del cielo a la tierra.

CRISI TERCERA

La hermosa Naturaleza

Condición tiene de linda la varia naturaleza, pues quiere ser atendida y celebrada. Imprimió para ello en nuestros ánimos una viva propensión de escudriñar sus puntuales efectos. Ocupación pésima la llamó el mayor sabio [1], y de verdad lo es cuando para en sola una inútil curiosidad. Menester es se realze a los divinos aplausos, alternados con agradecimientos; y si la admiración es hija de la ignorancia, también es madre del gusto. El no admirarse procede del saber en los menos, que en los [2] más del no advertir. No hay mayor alabança de un objeto que la admiración (si calificada) [3], que llega a ser lisonja porque supone excessos de perfección, por más que se retire a su silencio. Pero está ya muy vulgarizada, que nos suspenden las cosas, no por grandes, sino por nuevas [4]; no se repara ya en los superiores empleos por conocidos, y assí andamos mendigando niñerías en la novedad para acallar nuestra curiosa solicitud con la extravagancia. Gran hechizo es el de la novedad, que como todo lo tenemos tan visto, pagámonos de juguetes nuevos, assí de la naturaleza como

---

[1] Salomón.

[2] Errata en 1651, «lo más».

[3] *Calificar:* «Vale asimismo ennoblecer, ilustrar, acreditar alguna persona o cosa.» *(Dic. Aut.)*

[4] Es decir, ha pasado a dominio del vulgo la admiración, de manera que sólo son objeto de admiración las cosas nuevas, aunque no sean importantes.

del arte, haziendo vulgares agravios a los antiguos prodigios por conocidos. Lo que ayer fue un pasmo hoy viene a ser desprecio; no porque haya perdido de su perfección, sino de nuestra estimación; no porque se haya mudado, antes porque no, y porque se nos haze de nuevo. Redimen esta civilidad[5] del gusto los sabios con hazer reflexiones nuevas sobre las perfecciones antiguas, renovando el gusto con la admiración. Mas si ahora nos admira un diamante por lo extraordinario, una perla peregrina, ¿qué ventaja sería en Andrenio llegar a ver de improvisso un lucero, un astro, la luna, el sol mismo, todo el campo matizado de flores y todo el cielo esmaltado de estrellas? Díganoslo él mismo, que assí proseguía su gustosa relación:

—En este centro de hermosas variedades, nunca de mí imaginado, me hallé de repente dando más passos con el espíritu que con el cuerpo, moviendo más los ojos que los pies. En todo reparaba como nunca visto y todo lo aplaudía como tan perfecto; con esta ventaja, que ayer, cuando miraba el cielo, sola empleaba la vista, mas aquí todos los sentidos juntos, y aun no eran bastantes para tanta fruición: quisiera tener cien ojos y cien manos para poder satisfacer curiosidades del alma, y no pudieran[6]. Discurría embelesado mirando tanta multitud de criaturas, tan diferentes todas en propriedades y en essencias, en la forma, en el color, efectos y movimientos; cogía una rosa, contemplaba su belleza, percibía su fragancia, no hartándome de mirarla y admirarla; alargaba la otra mano a alguna fruta, empleando de más en más el gusto, ventaja que llevan los frutos a las flores. Halléme a poco rato tan embaraçado de cosas, que hube de dexar unas para lograr[7] otras, repitiendo aplausos y renovando gustos. Lo que yo mucho celebraba era el ver tanta multitud de criaturas con tanta diferencia entre sí, tanta pluralidad con tan rara diversidad, qué ni una hoja de una planta ni una pluma de un páxaro se equivoca[8] con las de otra especie.

—Es que atendió —ponderó Critilo— aquel sabio Haze-

---

[5] *Civilidad:* ant. «Miseria, mezquindad, grosería, vulgaridad, vileza.» *(Dic. Acad.)*

[6] Nótese la elipsis: aunque tuviera los cien ojos y las cien manos no podrían satisfacerme las curiosidades del alma.

[7] Véase nota 13, Crisi 2.

[8] *Equivocarse:* «semejarse tanto una cosa con otra que puedan confundirse». *(Dic. Aut.* y *Dic. Acad.)*

dor no sólo a la precissa necessidad del hombre, para quien todo esto se criaba, sino a la comodidad y regalo, ostentando en esto su infinita liberalidad para obligarle a él que con la misma generosidad le sirva y le venere.

—Conocí luego —prosiguió Andrenio— muchas de aquellas frutas, por habérmelas traído mis brutos a la cueva, mas tuve especial gusto de ver cómo nacen y se crían en sus ramas, cosa que jamás pude atinar, aunque lo discurrí mucho; burláronme otras no conocidas con su desazón y açedía.

—Esse es otro bien admirable assunto de la divina providencia —dixo Critilo—, pues previno que no todos los frutos se sazonassen juntos, sino que se fuessen dando vez según la variedad de los tiempos y necessidad de los vivientes: unos comiençan en la primavera, primicias más del gusto que del provecho, lisonjeando antes por lo temprano que por lo sazonado; sirven otros, más frescos, para aliviar el abrasado estío, y los secos, como más durables y calientes, para el estéril invierno; las hortalizas frescas templan los ardores del julio, y las calientes confortan contra los rigores del diciembre; de suerte, que acabado un fruto, entra el otro, para que con comodidad puedan recogerse y guardarse, entretemiendo todo el año con abundancia y con regalo. ¡Oh próvida bondad del Criador! y ¿quién puede negar aun en el secreto de su necio coraçón tan atenta providencia?

—Hallábame —proseguía Andrenio— en medio de un tan agradable laberinto de prodigios en criaturas gustosamente perdido, cuando más hallado [9]; sin saber dónde acudir, dexábame llevar de mi libre curiosidad siempre hambrienta; cada empleo era para mí un pasmo, cada objeto una nueva maravilla. Cogía esta [10] y aquella flor, solicitado de su fragancia, lisonjeado de su belleza, no me hartaba de verlas y de olerlas, descogiendo [11] sus hojas y haziendo prolixa anotomía de su artificiosa composición, y de aquí passaba a aplaudir toda junta la belleza que en todo el universo resplandeze. De modo, ponderaba yo, que si es hermosa una flor, mucho más todo el prado; brillante y linda una estrella,

---

[9] Es decir, «perdido» ante tanta variedad de seres recién conocidos; «más hallado» por haber nacido al conocimiento y a la vida.

[10] «Essa», en 1651; «esta», en 1658.

[11] *Descoger:* «Desplegar, extender, o soltar lo que está plegado, arrollado o recogido.» *(Dic. Aut.)*

pero mucho más vistoso y lindo todo el cielo: porque ¿quién no admira, quién no celebra tanta hermosura junta con tanto provecho?

—Tienes buen gusto —dixo Critilo—, mas no seas tú uno de aquellos que frecuentan cada año las florestas, atentos no más que a recrear los materiales sentidos, sin emplear el alma en la más sublime contemplación. Realça el gusto a reconocer aquella beldad infinita del Criador que en esta terrestre se representa, infiriendo que si la sombra es tal, ¡cuál será su causa y la realidad a quien sigue! Haz el argumento de lo muerto a lo vivo, y de lo pintado a lo verdadero; y advierte que, cual suele el primoroso artífice en la real fábrica de un palacio no sólo atender a su estabilidad y firmeza, a la comodidad de la habitación, sino a la hermosura también y a la elegante sinmetría para que le pueda gozar el más noble de los sentidos, que es la vista, assí aquel divino Arquitecto desta gran casa del orbe no sólo atendió a su comodidad y firmeza, sino a su hermosa proporción. De aquí es que no se contentó con que los árboles rindiessen solos frutos, sino también flores; júntese el provecho con las delicias: fabriquen las abejas sus dulces panales, y para esto soliciten de una en una toda flor; distílense las aguas saludables y odoríferas, que recreen el olfato y conforten el coraçón: tengan todos los sentidos su gozo y su empleo.

—Mas ¡ay! —replicó Andrenio—, que lo que me lisonjearon las flores primero tan fragrantes, me entristecieron después ya marchitas.

—Retrato al fin —ponderó Critilo— de la humana fragilidad. Es la hermosura agradable ostentación del començar: nace el año entre las flores de una alegre primavera, amanece el día entre los arreboles de una risueña aurora y comiença el hombre a vivir entre las risas de la niñez y las lozanías de la juventud; mas todo viene a parar en la tristeza de un marchitarse, en el horror de un ponerse y en la fealdad de un morir, haziendo continuamente del ojo la inconstancia común al desengaño especial [12].

---

[12] Si «hacer del ojo» significa «guiñar el ojo», la frase completa significaría: la inconstancia común (o sea, la no permanencia de las cosas) guiña irónicamente el ojo al desengaño en común acuerdo para burlarse del hombre. Idea muy querida de Gracián es la de que el engaño se encuentra a la entrada del mundo (nacer) y el desengaño a la salida (muerte).

—Después de haber solazado la vista deliciosamente —dixo Andrenio— en un tan estraño concurso de beldades, no menos se recreó el oído con la agradable armonía de las aves. Íbame escuchando sus regalados cantos, sus quiebros, trinos, gorjeos, fugas, pausas y melodía, con que hazían en sonora competencia bulla el valle, brega [13] la vega, trisca el risco y los bosques vozes, saludando lisonjeras siempre al sol que nace. Aquí noté, con no pequeña admiración, que a solas las aves concedió la naturaleza este privilegio del cantar, alivio grande de la vida, pues no hallé bruto alguno de los terrestres, con que [14] los examiné uno a uno, que tuviesse la voz agradable; antes todos las forman, no sólo insuaves, pero positivamente molestas y desapacibles: debe ser por lo que tienen de bestias.

—Es que las aves —acudió Critilo—, como moradoras del aire, son más sutiles, no sólo le cortan con sus alas sino que le animan con sus picos; y es en tanto grado esta sutileza alada, que ellas solas llegan a remedar la voz humana, hablando como personas, si ya no es que digamos, realçando más este reparo [15], que a las aves, como vezinas al cielo, se les pega, aunque materialmente, el entonar las alabanças divinas. Otra cosa quiero que observes, y es que no se halla ave alguna que tenga el letífero veneno, como muchos de los animales, y aquellos más que andan arrastrando [16] cosidos con la tierra, que della sin duda se les pega esta venenosa malicia, avisando al hombre se realce y se retire de su proprio cieno.

—Gusté mucho —ponderaba Andrenio— de verlas tan bizarras, tan matizadas de vivos colores, con tan vistosa y vana [17] plumagería.

—Y entre todas —añadió Critilo—, assí aves como fieras, notarás siempre que es más galán y más vistoso el macho

---

[13] *Brega:* «Qüestion, reyerta, riña o pendencia (...) con vocería, confusión o alboroto, por suceder mui freqüentemente en parages públicos.» *(Dic. Aut.)* Aquí sería solamente la vocería, la confusión y el alboroto.

[14] Hoy diríamos «aunque».

[15] *Reparo:* «Significa también advertencia, consideración o reflexión.» *(Dic. Aut.)*

[16] Adviértase: «arrastrar», no reflexivo, era corriente entonces.

[17] *Vano:* «Significa también arrogante, presuntuoso, u desvanecido.» *(Dic. Aut.)*

que la hembra, apoyando [18] lo mismo en el hombre, por más que lo desmienta la femenil inclinación y lo dissimule la cortesía.

—Lo que yo mucho admiraba, y aun lo celebro —dixo Andrenio—, es este tan admirable concierto con que se mueve y se gobierna tanta y tan varia multitud de criaturas sin embaraçarse unas a otras, antes bien, dándose lugar y ayudándose todas entre sí.

—Esse es —ponderó Critilo— otro prodigioso efecto de la infinita sabiduría del Criador, con la cual dispuso todas las cosas en peso, con número y medida; porque, si bien se nota, cualquier cosa criada tiene su centro en orden al lugar, su duración en el tiempo y su fin especial en el obrar y en el ser. Por esso verás que están subordinadas unas a otras conforme al grado de su perfección. De los elementos [19], que son los ínfimos en la naturaleza, se componen los mistos, y entre éstos los inferiores sirven a los superiores. Essas yerbas y essas plantas que están en el más baxo grado de la vida, pues sola gozan la vejetativa, moviéndose y creciendo hasta un punto fixo de su perfección en el durar y crecer, sin poder passar de allí, éstas sirven de alimento a los sensibles vivientes, que están en el segundo orden de la vida, gozando de la sensible sobre la vejetante, y son los animales de la tierra, los pezes del mar y las aves del aire: ellos pazen la yerba, pueblan los árboles, comen sus frutas, anidan en sus ramas, se defienden entre sus troncos, se cubren con sus hojas y se amparan con su toldo. Pero unos y otros, árboles y animales, se reduzen a servir a otro tercer grado de vivientes, mucho más perfetos y superiores, que sobre el crecer y el sentir añaden el raciocinar, el discurrir y entender; y éste es el hombre, que finalmente se ordena y se dirige para Dios, conociéndole, amándole y sirviéndole. Desta suerte, con tan maravillosa disposición y concierto, está todo ordenado, ayudándose las unas criaturas a las otras para su aumento y conservación. El agua necesita de la tierra que la sustente, la tierra del agua que la fecunde, el aire se aumenta del agua, y del aire se ceba y alienta el fuego. Todo está assí ponde-

---

[18] *Apoyar:* «Confirmar, probar, sostener alguna opinión o doctrina.» *(Dic. Acad.)*

[19] *Elemento:* «El principio de las cosas y en que pueden venir a resolverse, como la tierra, el agua, el aire y el fuego, que son los que comúnmente se entienden por elementos.» *(Dic. Aut.)*

rado y compassado para la unión de las partes y ellas en orden a la conservación de todo el universo. Aquí son de considerar también con especial y gustosa observación los raros modos y los convenientes medios de que proveyó a cada criatura la suma providencia para el aumento y conservación de su ser, y con especialidad a los sensibles vivientes, como más importantes y perfectos, dándole a cada uno su natural instinto para conocer el bien y el mal, buscando el uno y evitando el otro, donde son más de admirar que de referir las exquisitas habilidades de los unos para engañar y de los otros para escapar del engañoso peligro.

—Aunque todo para mí era una prodigiosa continuada novedad —dixo Andrenio—, renové la admiración al esplayar el ánimo con la vista por essos inmensos golfos. Parécese que envidioso el mar de la tierra, haziéndose lenguas en sus aguas, me acusaba de tardo y a las vozes de sus olas me llamaba atento a que empleasse otra gran porción de mi curiosidad en su prodigiosa grandeza. Cansado, pues, yo de caminar, que no de discurrir, sentéme en una destas más eminentes rocas, repitiendo tantos pasmos cuantas el mar olas. Ponderaba mucho aquella su maravillosa prisión, el ver un tan horrible y espantoso monstruo reduzido a orillas y sujeto al blando freno de la menuda arena. ¿Es possible, dezía yo, que no haya otra muralla para defensa de un tan fiero enemigo sino el polvo?

—Aguarda —dixo Critilo—, dos bravos elementos encarceló suavemente fuerte la prevención divina que, a estar sueltos, hubieran ya acabado con la tierra y con todos sus pobladores: encerró el mar dentro de los límites de sus arenas, y el fuego en los duros senos de los pedernales; allí está de tal modo encarcelado que, a dos golpes que le llamen, sale pronto, sirve y, en no siendo menester, se retira o se apaga; que si esto no fuera, no había mundo para dos días, pereciera todo, o sumergido o abrasado.

—No me podía saciar —dixo Andrenio—, volviendo al agua, de mirar su alegre transparencia, aquel su continuo movimiento, hidrópica [20] la vista de los líquidos cristales.

—Dizen que los ojos —ponderó Critilo— se componen de los dos humores, acueo y cristalino, y éssa es la causa porque gustan tanto de mirar las aguas, de suerte que sin

---

[20] *Hidrópico:* «Fig. insaciable. Sediento con exceso.» *(Dic. Acad.)*

cansarse estará embebido un hombre todo un día viéndolas brollar [21], caer y correr.

—Sobre todo —dixo Andremio— cuando advertí que iban surcando sus entrañas cristalinas tantos pezes, tan diversos de las aves y de las fieras, puedo dezir con toda propriedad que quedó mi admiración agotada. Aquí sobre esta roca, a mis solas y a mi ignorancia, me estaba contemplando esta armonía tan plausible de todo el universo, compuesta de una tan estraña contrariedad que, según es grande, no parece había de poder mantenerse el mundo un solo día. Esto me tenía suspenso, porque ¿a quién no pasma ver un concierto tan estraño, compuesto de oposiciones?

—Assí es —respondió Critilo—, que todo este universo se compone de contrarios y se concierta de desconciertos: uno contra otro, exclamó el filósofo [22]. No hay cosa que no tenga su contrario con quien pelee, ya con vitoria, ya con rendimiento; todo es hazer y padecer: si hay acción, hay repasión [23]. Los elementos, que llevan la vanguardia, comiençan a batallar entre sí; síguenles los mistos, destruyéndose alternativamente; los males assechan a los bienes, hasta la desdicha a la suerte. Unos tiempos son contrarios a otros, los mismos astros guerrean y se vencen, y aunque entre sí no se dañan a fuer de príncipes, viene a parar su contienda en daño de los sublunares vassallos. De lo natural passa la oposición a lo moral; porque ¿qué hombre hay que no tenga su émulo?, ¿dónde irá uno que no guerree? En la edad, se oponen los viejos a los moços; en la complexión, los flemáticos a los coléricos; en el estado, los ricos a los pobres; en la región, los españoles a los franceses; y assí, en todas las demás calidades, los unos son contra los otros. Pero qué mucho, si dentro del mismo hombre, de las puertas adentro de su terrena casa, está más encendida esta discordia.

—¿Qué dizes?, ¿un hombre contra sí mismo?

---

[21] *Brollar:* «Bullir y hervir, como hace el agua quando está mui caliente. Dícese propiamente del agua quando mana y salta hacia arriba de las venas de la tierra.» *(Dic. Aut.)*

[22] Romera-Navarro, en su edición, aduce que Gracián recuerda a Séneca. Pienso que, aun admitiendo que la fuente directa sea Séneca, habría que recurrir a otro filósofo: Heráclito.

[23] *Repasión:* «término filosófico. La recepción del agente de la acción, con que el passo obra contra él». *(Dic. Aut.)* Cita este texto de Gracián.

—Sí, que por lo que tiene de mundo, aunque pequeño[24], todo él se compone de contrarios. Los humores comiençan la pelea: según sus parciales elementos, resiste el húmido radical al calor nativo, que a la sorda le va limando y a la larga consumiendo[25]. La parte inferior está siempre de ceño con la superior y a la razón se le atreve el apetito, y tal vez la atropella. El mismo inmortal espíritu no está essento desta tan general discordia, pues combaten entre sí, y en él, muy vivas las passiones: el temor las ha contra el valor, la tristeza contra la alegría; ya apetece, ya aborrece; la irascible se baraxa con la concupiscible[26]; ya vencen los vicios, ya triunfan las virtudes, todo es arma y todo guerra. De suerte, que la vida del hombre no es otro[27] que una milicia sobre la haz de la tierra. Mas ¡oh maravillosa, infinitamente sabia providencia de aquel gran Moderador de todo lo criado, que con tan continua y varia contrariedad de todas las criaturas entre sí, templa, mantiene y conserva toda esta gran máquina del mundo!

—Esse portento de atención divina —dixo Andrenio— era lo que yo mucho celebraba, viendo tanta mudança con tanta permanencia, que todas las cosas se van acabando, todas ellas perecen, y el mundo siempre el mismo, siempre permanece.

—Traçó las cosas de modo el supremo Artífice —dixo Critilo— que ninguna se acabasse que no començasse luego otra; de modo que de las ruinas de la primera se levanta la segunda. Con esto verás que el mismo fin es principio, la destrucción de una criatura es generación de la otra. Cuando parece que se acaba todo, entonces comiença de nuevo: la naturaleza se renueva, el mundo se remoça, la tierra se establece[28] y el divino gobierno es admirado y adorado.

—Más adelante —dixo Andrenio— fui observando con no menor reparo la varia disposición de los tiempos, la alterna-

---

[24] Recuerda Gracián que el hombre es un microcosmos, como pensaron los filósofos griegos.

[25] Los humores, cualquiera de los líquidos del cuerpo, mantienen lucha de contrarios: resisten unos contra otros, con lo que se desgastan, y a la larga se consumen.

[26] Recuérdese la teoría sobre el alma de Platón que la dividía en racional, irascible y concupiscible. *Barajar:* «Reñir, contender, tener pendencias y altercar.» *(Dic. Aut.)*

[27] Genérico por «otra cosa».

[28] *Establecer:* «Ordenar, constituir» *(Dic. Aut.),* es decir, la tierra se constituye de nuevo.

ción de los días con las noches, del invierno con el estío, mediando las primaveras porque no se passasse de un estremo a otro.

—Aquí sí que se declaró bien la divina assistencia —ponderó Critilo— en disponer, no sólo los puestos y los centros de las cosas, sino también los tiempos. Sirve el día para el trabajo y para el descanso la noche. En el invierno arraigan las plantas, en la primavera florecen, en el estío fructifican y en el otoño se saçonan y se logran. ¿Qué diremos de la maravillosa invención de las lluvias?

—Esso admiré yo mucho —dixo Andrenio—: ver descender el agua tan repartida, con tanta suavidad y provecho.

—Y tan a saçón —añadió Critilo—, en los dos meses que son llaves del año: el octubre para la sementera y el mayo para la cogida. Pues la variedad de las lunas no favorece menos a la abundancia de los frutos y a la salud de los vivientes, porque unas son frías, otras abrasadas, airosas, húmedas y serenas, según los doze meses. Las aguas limpian y fecundan, los vientos purifican y vivifican, la tierra estable donde se sustenten los cuerpos, el aire flexible para que se muevan y diáfano para que puedan verse. De suerte que sola una omnipotencia divina, una eterna providencia, una inmensa bondad pudieran haber dispuesto una tan gran máquina, nunca bastantemente admirada, contemplada y aplaudida.

—Verdaderamente que es assí —prosiguió Andrenio—, y assí lo ponderaba yo, aunque rudamente. Todos los días y las horas era mi gustoso empleo andarme de un puesto en otro, de una en otra eminencia, repitiendo admiraciones y repasando discursos [29], volviendo a contemplar una y muchas vezes cada objeto, ya el cielo, ya la tierra, essos prados y essos mares, con insaciable entretenimiento. Pero donde mi atención insistía era en las trazas con que la eterna sabiduría supo executar cosas tan dificultosas con tan fácil y primoroso artificio.

—Gran traza suya fue la firmeza de la tierra en el medio, como fundamento estable y seguro de todo el edificio —ponderó Critilo—, ni fue menor invención la de los ríos, admirables por cierto en sus principios y fines: aquéllos con perenidad y éstos sin redundancia; la variedad de los vientos, que se perciben y no se sabe de donde nacen y acaban; la

---

[29] *Discurso:* «Vale también razonamiento...» o «Vale también reflexión sobre algunos principios y conjeturas» *(Dic. Aut.).*

hermosura provechosa de los montes, firmes costillas del cuerpo muelle de la tierra, aumentando su hermosa variedad: en ellos se recogen los tesoros de las nieves, se forjan los metales, se detienen las nubes, se originan las fuentes, anidan las fieras, se empinan los árboles para las naves y edificios, y donde se guarecen las gentes de las avenidas de los ríos, se fortalezen contra los enemigos y gozan de salud y de vida. Todos estos prodigios, ¿quién sino una infinita sabiduría pudiera executarlos? Assí que, con razón confiessan todos los sabios que, aunque se juntaran todos los entendimientos criados y alambicaran sus discursos, no pudieran enmendar la más mínima circunstancia ni un átomo de la perfecta naturaleza. Y si aquel otro rey, aplaudido de sabio porque conoció cuatro estrellas (tanto se estima en los príncipes el saber), se arrojó a dezir que si él hubiera assistido al lado del divino Hazedor en la fábrica del universo, muchas cosas se hubieran dispuesto de otro modo y otras mejorado [30], no fue tanto efecto de su saber, cuanto defecto de su nación, que, en este achaque del presumir, aun con el mismo Dios no se modera.

—Aguarda —dixo Andrenio—, óyeme esta última verdad, la más sublime de cuantas he celebrado: yo te confiesso que, aunque reconocí y admiré en esta portentosa fábrica del universo estos cuatro prodigios entre muchos, tanta multitud de criaturas con tanta diferencia, tanta hermosura con tanta utilidad, tanto concierto con tanta contrariedad, tanta mudança con tanta permanencia (portentos todos dignos de aclamarse y venerarse), con todo esto, lo que a mí más me suspendió fue el conocer un Criador de todo, tan manifiesto en sus criaturas y tan escondido en sí, que aunque todos sus divinos atributos se ostentan (su sabiduría en la traça, su omnipotencia en la execución, su providencia en el gobierno, su hermosura en la perfección, su inmensidad en la assistencia, su bondad en la comunicación, y assí de todos los demás), que, assí como ninguno estuvo ocioso entonces, ninguno se esconde ahora. Con todo esso, está tan oculto este gran Dios, que es conocido y no visto, escondido y manifiesto, tan lexos y tan cerca; esso es lo que me tiene fuera de mí, y todo en él, conociéndole y amándole.

[30] Este rey, aplaudido de Sabio y conocedor de las estrellas, no es otro que Alfonso X el Sabio; sus *Libros del Saber de Astronomía* justifican el apelativo.

—Es muy connatural —dixo Critilo— en el hombre la inclinación a su Dios, como a su principio y su fin, ya amándole, ya conociéndole. No se ha hallado nación, por bárbara que fuesse, que no haya reconocido la divinidad (grande y eficaz argumento de su divina essencia y presencia), porque en la naturaleza no hay cosa de valde ni inclinación que se frustre. Si el imán busca el norte, sin duda que le hay donde se quiete; si la planta al sol, el pez al agua, la piedra al centro y el hombre a Dios, Dios hay que es su norte, centro y sol a quien busque, en quien pare y a quien goze. Este gran Señor dio el ser a todo lo criado, mas él de sí mismo le tiene, y aun por esso es infinito en todo género de perfección, que nadie le pudo limitar ni el ser, ni el lugar, ni el tiempo. No se ve, pero se conoce; y, como soberano Príncipe, estando retirado a su inaccessible incomprehensibilidad, nos habla por medio de sus criaturas. Assí que con razón definió un filósofo este universo espejo grande de Dios. «Mi libro», le llamaba el sabio indocto, donde en cifras de criaturas estudió las divinas perfecciones [31]. Convite es, dixo Filón Hebreo [32], para todo buen gusto, donde el espíritu se apacienta. Lira acordada, le apodó Pitágoras, que con la melodía de su gran concierto nos deleita y nos suspende. Pompa de la magestad increada, Tertuliano, y armonía agradable de los divinos atributos, Trismegisto.

—Éstos son —concluyó Andrenio— los rudimentos de mi vida, más bien sentida que relatada; que siempre faltan palabras donde sobran sentimientos. Lo que yo te ruego ahora es que, empeñado de mi obediencia, satisfagas mi desseo contándome quién eres, de dónde y cómo aportaste a estas

---

[31] El Sabio indocto fue desde siempre Job.
[32] De los sabios que cita, conviene anotar sobre: Filón, judío, nacido en Alejandría y muerto hacia el 45 de nuestra era. Son pocas las noticias biográficas que se han conservado sobre Filón. Sabemos que descendía de una familia ilustre, que San Jerónimo dice fue sacerdotal. Sus escritos son filosóficos, comentarios sobre el Pentateuco de Moisés y escritos históricoapologéticos. // Trismegisto (aunque en el texto ponga Trismegistro). Sobrenombre que daban los griegos al Mercurio egipcio o Hermes, a quien consideraban como el inventor de las letras y de las artes. También los alquimistas le miran como el descubridor del arte de transformar los metales. Personaje de existencia problemática y desde luego desconocida, que sintetiza o condensa la ciencia antigua, en cierto modo, como Homero representa la poesía.

orillas por tan estraño rumbo. Dime si hay más mundo y más personas, infórmame de todo, que serás tan atendido como desseado.

A la gran tragedia de su vida que Critilo refirió a Andrenio, nos convida la siguiente crisi.

CRISI CUARTA

El despeñadero de la Vida

Cuentan que el Amor fulminó quexas y exageró sentimientos delante de la Fortuna, que esta vez no se apeló como solía a su madre, desengañado de su flaqueza.

—¿Qué tienes?, ciego niño —le dixo la Fortuna.

Y él:

—¡Qué bien viene esso con lo que yo pretendo!

—¿Con quién las has?

—Con todo el mundo.

—Mucho me pesa, que es mucho enemigo, y según esso, nadie tendrás de tu parte.

—Tuviéssete yo a ti, que esso me bastaría: assí me lo enseña mi madre y assí me lo repite cada día.

—¿Y te vengas?

—Sí, de moços y de viejos.

—Pues sepamos qué es el sentimiento.

—Tan grande como justo.

—¿Es acaso el prohijarte a un vil herrero, teniéndote por concebido, nacido y criado entre hierros [1]?

—No, por cierto, que no me amarga la verdad.

—¿Tampoco será el llamarte hijo de tu madre?

—Menos, antes me glorio yo de esso; que ni yo sin ella,

---

[1] El Amor, Cupido, es hijo de Venus y prohijado por Vulcano, esposo de Venus. Gracián juega nuevamente con «hierros», los que forja el dios del fuego Vulcano y los yerros de los amores adúlteros de su madre Venus con Marte.

ni ella sin mí: ni Venus sin Cupido, ni Cupido sin Venus.

—Ya sé lo que es —dixo la Fortuna.

—¿Qué?

—Que sientes mucho el hazerte heredero de tu abuelo el mar en la inconstancia y engaños.

—No, por cierto, que éssas son niñerías.

—Pues si éstas son burlas, ¡qué serán las veras!

—Lo que a mí me irrita es que me levanten testimonios.

—Aguarda, que ya te entiendo. Sin duda es aquello que dizen, que trocaste el arco con la muerte [2] y que desde entonces no te llaman ya amor, de amar, sino de morir: amor a morte; de modo que amor y muerte todo es uno. Quitas la vida, robas hasta las entrañas, hurtas los coraçones, trasponiéndolos donde aman más que donde animan.

—Todo esso es verdad.

—Pues si esto es verdad, ¿qué quedará para mentira?

—Ahí verás que no paran hasta sacarme los ojos, a pesar de mi buena vista, que siempre la suelo tener buena; y si no, díganlo mis saetas. Han dado en dezir que soy ciego (¿hay tal testimonio, hay tal disparate?) y me pintan muy vendado: no sólo los Apeles [3], que esso es pintar como querer, y los poetas, que por obligación mienten y por regla fingen, pero que los sabios y los filósofos estén con esta vulgaridad no lo puedo sufrir. ¿Qué passión hay, dime por tu vida, Fortuna amiga, que no ciegue? ¿Qué?, el airado, cuando más furioso, ¿no está ciego de la cólera? ¿Al codicioso no le ciega el interés? ¿El confiado no va a ciegas, el perezoso no duerme, el desvanecido no es un topo para sus menguas, el hipócrita no trae la viga en los ojos? ¿El soberbio, el jugador, el glotón, el bebedor y cuantos hay, no se ciegan con sus passiones? Pues ¿por qué a mí más que a los otros me han de vendar los ojos, después de sacármelos, y querer que por antonomasia me entienda [4] el ciego? Y más, siendo esto tan al contrario: que yo me engendro por la vista, viendo

---

[2] Amor y muerte, dos palabras muy unidas en el barroco, sobre todo en la poesía. Véase Quevedo, por ejemplo.

[3] Apeles. El más célebre de los pintores, no sólo de Grecia, sino de toda la antigüedad, que vivió en la primera mitad del siglo IV a. de C. Pintor de Filipo y de Alejandro. Apeles fue también pseudónimo de un pintor quiteño del siglo XVII, autor de varios cuadros de mérito e imitador de Murillo.

[4] *Entender:* «Se toma también por oír, percebir lo que se habla u dice.» (*Dic. Aut.*)

crezco, del mirar me alimento, y siempre querría estar viendo, haziéndome ojos [5] como el águila al sol, hecho lince de la belleza. Éste es mi sentimiento .¿Qué te parece?

—Que me pareces —respondió la Fortuna—. Lo mismo me sucede a mí, y assí, consolémonos entrambos. A más de que, mira, Amor: tú y los tuyos tenéis una condición bien rara, por la cual con mucha razón y con toda propiedad os llaman ciegos, y es que a todos los demás tenéis por ciegos; creéis que no ven, ni advierten, ni saben. De modo que piensan los enamorados que todos los demás tienen los ojos vendados. Ésta, sin duda, es la causa de llamarte ciego, pagándote con la pena del Talión.

Quien quisiere ver esta filosofía confirmada con la experiencia, escuche esta agradable relación que dedica Critilo a los floridos años, y más al escarmiento.

—Mándasme renovar —dixo— un dolor que es más para sentido que para dicho. Cuan gustosa ha sido para mí tu relación, tan penosa ha de ser la mía. Dichoso tú que te criaste entre las fieras y ¡ay de mí! que entre los hombres, pues cada uno es un lobo para el otro, si ya no es peor el ser hombre. Tú me has contado cómo viniste al mundo; yo te diré cómo vengo dél, y vengo tal, que aun yo mismo me desconozco; y assí, no te diré quien soy, sino quien era. Dizen que nací en el mar, y lo creo, según es la inconstancia de mi fortuna.

Al pronunciar esta palabra mar, puso los ojos en él y al mismo punto se levantó a toda prisa. Estuvo un rato como suspenso, entre dudas de reconocer y no conocer; mas luego, alçando la voz y señalando:

—¿No ves, Andrenio —dixo—, no ves? Mira allá, acullá lexos. ¿Qué ves?

—Veo —dixo éste— unas montañas que vuelan, cuatro alados monstruos marinos, si no son nubes que navegan.

—No son sino naves— dixo Critilo—, aunque bien dixiste nubes, que llueven oro en España [6].

Estaba atónito Andrenio, mirándoselas venir con tanto gusto como desseo. Mas Critilo començó a suspirar, ahogándose entre penas.

---

[5] *Hacerse ojos:* «Estar solícito y atento, para conseguir o executar alguna cosa que se desea, o para verla y examinarla.» *(Dic. Aut.)*

[6] Refiérese a las naves españolas que traían el oro de América.

—¿Qué es esto? —dixo Andrenio—. ¿No es ésta la desseada flota que me dezías?

—Sí.

—¿No vienen allí hombres?

—También.

—¿Pues de qué te entristeces?

—Y aun por esso. Advierte, Andrenio, que ya estamos entre enemigos: ya es tiempo de abrir los ojos, ya es menester vivir alerta. Procura de ir con cautela en el ver, en el oír y mucha más en el hablar; oye a todos y de ninguno te fíes; tendrás a todos por amigos, pero guardarte has de todos como de enemigos.

Estaba admirado Andrenio oyendo estas razones, a su parecer tan sin ella, y arguyóle desta suerte:

—¿Cómo es esto? Viviendo entre las fieras, no me preveniste de algún riesgo, ¿y ahora cón tanta exageración me cautelas? ¿No era mayor el peligro entre los tigres, y no temíamos, y ahora de los hombres tiemblas?

—Sí —respondió con un gran suspiro Critilo—, que si los hombres no son fieras es porque son más fieros, que de su crueldad aprendieron muchas vezes ellas. Nunca mayor peligro hemos tenido que ahora que estamos entre ellos. Y es tanta verdad ésta, que hubo rey que temió y resguardó un favorecido suyo de sus cortesanos (¡qué hiziera de villanos!) más que de los hambrientos leones de un lago [7]; y assí, selló con su real anillo la leonera para assegurarle de los hombres cuando le dexaba entre las hambrientas fieras. ¡Mira tú cuáles serán éstos! Verlos has, experimentarlos has, y dirásmelo algún día.

—Aguarda —dixo Andrenio—, ¿no son todos como tú?

—Sí y no.

—¿Cómo puede ser esso?

—Porque cada uno es hijo de su madre y de su humor, casado con su opinión; y assí, todos parecen diferentes: cada uno de su gesto y de su gusto. Verás unos pigmeos en el ser y gigantes de soberbia; verás otros al contrario, en el cuerpo gigantes y en el alma enanos; toparás con vengativos, que la guardan toda la vida y la pegan aunque tarde, hiriendo como el escorpión con la cola; oirás, o huirás, los habladores, de

---

[7] Refiérese a la historia bíblica de Daniel y los leones.

ordinario necios, que dexan de cansar [8] y muelen; gustarás [9] que unos se ven, otros se oyen; se tocan, y se gustan [10], otros de los hombres de burlas, que todo lo hazen cuento sin dar jamás en la cuenta; embaraçarte han los maníacos [11] que en todo se embaraçan. ¿Qué dirás de los largos en todo, dando siempre largas? Verás hombres más cortos que los mismos navarros [12], corpulentos sin sustancia; y, finalmente, hallarás muy pocos hombres que lo sean: fieras, sí, y fieros [13] también, horribles monstruos del mundo que no tienen más que el pellejo y todo lo demás borra, y assí son hombres borrados.

—Pues dime, ¿con qué hazen tanto mal los hombres, si no les dio la naturaleza armas como a las fieras? Ellos no tienen garras como el león, uñas como el tigre, trompas como el elefante, cuernos como el toro, colmillos como el xabalí, dientes como el perro y boca como el lobo: pues ¿cómo dañan tanto?

—Y aun por esso —dixo Critilo— la próvida naturaleza privó a los hombres de las armas naturales y como a gente sospechosa los desarmó: no se fió de su malicia. Y si esto no hubiera prevenido, ¡qué fuera de su crueldad! Ya hubieran acabado con todo. Aunque no les faltan otras armas mucho más terribles y sangrientas que éssas, porque tienen una lengua más afilada que las navajas [14] de los leones, con

---

[8] *Cansar:* «Fatigar a otro, haciéndole que se muela, se moleste o pierda el sossiego.» *(Dic. Aut.)* Según esta definición, «molerse» es consecuencia de cansar; habrá que tomar «dexan de» con la acepción de «acabar» porque la consecuencia es «dejar a los interlocutores molidos».

[9] *Gustar:* «Se halla usado algunas veces por lo mismo que experimentar.» *(Dic. Aut.)*

[10] *Tocar:* «Significa también comunicársele a alguno un mal, o contagio physico, o moral.» *(Dic. Aut.)* Es decir, se contagian otros de los hombres de burlas «y se gustan». Juega Gracián con los sentidos: ha dicho «uno se ven, otros se oyen»; para seguir con los sentidos, utiliza «tocarse» por «contagiarse» y concluye con el gusto en dos sentidos, siendo el primero el del sentido del gusto y el segundo, el más importante aquí, el de estar satisfechos de ser hombres de burlas.

[11] *Maníaco:* «Se aplica a la persona inútil, de corta habilidad o talento.» *(Dic. Aut.)*

[12] Que los navarros eran cortos, al igual que los vizcaínos y los de otras zonas cantábricas, era proverbial entre nuestros clásicos.

[13] Fieras por salvajes, y fieros por su semblante o apariencia.

[14] *Navajas:* «Fig. colmillo de jabalí y de algunos otros anima-

que desgarran las personas y despedaçan las honras; tienen una mala intención más torcida que los cuernos de un toro y que hiere más a ciegas [15]; tienen unas entrañas más dañadas que las víboras, un aliento más venenoso que el de los dragones, unos ojos invidiosos y malévolos más que los del basilisco, unos dientes que clavan más que los colmillos de un xabalí y que los dientes de un perro, unas narizes fisgonas (encubridoras de su irrisión) [16] que exceden a las trompas de los elefantes. De modo que sólo el hombre tiene juntas todas las armas ofensivas que se hallan repartidas entre las fieras y assí él ofende más que todas. Y, porque lo entiendas, advierte que entre los leones y los tigres no había más de un peligro, que era perder esta vida material y perecedera; pero entre los hombres hay muchos más y mayores: ya de perder la honra, la paz, la hazienda, el contento, la felizidad, la conciencia y aun el alma. ¡Qué de engaños, qué de enredos, traiciones, hurtos, homicidios, adulterios, invidias, injurias, detracciones y falsedades que experimentarás entre ellos! Todo lo cual no se halla ni se conoce entre las fieras. Créeme que no hay lobo, no hay león, no hay tigre, no hay basilisco que llegue al hombre: a todos excede en fiereza. Y assí dizen por cosa cierta, y yo la creo, que habiendo condenado en una república un insigne malhechor a cierto género de tormento muy conforme a sus delitos (que fue: sepultarle vivo en una profunda hoya llena de profundas sabandijas, dragones, tigres, serpientes y basiliscos, tapando muy bien la boca porque pereciesse sin compassión ni remedio), acertó a passar por allí un estrangero, bien ignorante de tan atroz castigo, y sintiendo los lamentos de aquel desdichado, fuesse llegando compasivo y, movido de sus plegarias, fue apartando la losa que cubría la cueva: al mismo punto saltó fuera el tigre con su acostumbrada ligereza, y cuando el temeroso pasagero creyó ser despedazado, vio que mansamente se le ponía a lamer las manos, que fue más que besárselas; saltó tras él la serpiente, y cuando la temió enroscada

---

les.» (Dic. Acad.) Gracián lo relaciona con la lengua de los murmuradores, que tambíen se llaman «navajas». (Dic. Aut.)

[15] Alude, ciertamente, a la forma de embestir de los toros, que lo hacen con los ojos cerrados, es decir, a ciegas.

[16] «Encubridoras de su irrisión» habrá que interpretarlo así: las narices son tan largas (al ser fisgona se mete en todos los sitios), que encubren su «irrisión» («desprecio, burla o zumba, que se hace de alguna cosa». Dic. Aut.).

entre sus pies, vio que los adoraba; lo mismo hizieron todos los demás, rindiéndosele humildes y dándole las gracias de haberles hecho una tan buena obra, como era librarles de tan mala compañía cual la de un hombre ruin, y añadieron que, en pago de tanto beneficio, le avisaban huyesse luego, antes que el hombre saliesse, si no quería perecer allí a manos de su fiereza; y al mismo instante echaron todos ellos a huir, unos volando, otros corriendo. Estábase tan inmoble el pasagero cuan espantado, cuando salió el último el hombre, el cual, concibiendo que su bienhechor llevaría algún dinero, arremetió para él y quitóle la vida para robarle la hazienda, que éste fue el galardón del beneficio [17]. Juzga tú ahora cuáles son los crueles, los hombres o las fieras.

—Más admirado, más atónito estoy de oír esto —dixo Andrenio— que el día que vi todo el mundo.

—Pues aún no hazes concepto cómo es —ponderó Critilo—. ¿Y ves cuán malos son los hombres? Pues advierte que aún son peores las mugeres y más de temer: ¡mira tú cuáles serán!

—¿Qué dizes?

—La verdad.

—Pues ¿qué serán?

—Son, por ahora, demonios, que después te diré más. Sobre todo te encargo, y aun te juramento, que por ningún caso digas quién [18] somos, ni cómo tú saliste a luz, ni cómo yo llegué acá, que sería perder no menos que tú la libertad y yo la vida. Y aunque hago agravio a tu fidelidad, huélgome de no haberte acabado de contar mis desdichas, en esto sólo dichosas, assegurando descuidos [19]. Quede doblada la hoja para la primera ocasión, que no faltarán muchas en una navegación tan prolixa.

Ya en esto se percibían las vozes de los navegantes y se divisaban los rostros. Era grande la vozería de la chusma, que en todas partes hay vulgo y más insolente donde más holgado. Amainaron velas, echaron áncoras y començó a saltar la

---

[17] Romera-Navarro nos da la fuente de la anécdota: el *Libro de los ensemplos*.

[18] «Quien» era lo normal en el siglo XVII, aunque desde finales del XVI se va extendiendo «quienes».

[19] Las desdichas son dichosas sólo porque no se las ha relatado todas y así no las conoce, y porque, parece decir Gracián, el mal se aprende, y si no se conoce, se previenen los descuidos de Andrenio.

gente en tierra. Fue recíproco el espanto[20] de los que llegaban y de los que les recibían. Desmintieron[21] sus muchas preguntas con dezir se habían quedado descuidados y dormidos cuando se hizo a la vela la otra flota, conciliando[22] compassión y aun agassajo.

Estuvieron allí detenidos algunos días caçando y refrescando, y hecha ya agua y leña, se hizieron a la vela en otras tantas alas para la desseada España. Embarcáronse juntos Critilo y Andrenio hasta en los coraçones en una gran carraca[23], assombro[24] de los enemigos, contraste de los vientos y yugo del Oceano. Fue la navegación tan peligrosa cuan larga, pero servía de alivio a la narración de sus tragedias, que a ratos hurtados prosiguió Critilo desta suerte:

—En medio destos golfos nací, como te digo, entre riesgos y tormentas. Fue la causa que mis padres, españoles ambos y principales, se embarcaron para la India con un grande cargo, merced del gran Filipo que en todo el mundo manda y premia[25]. Venía mi madre con sospechas de traerme en sus entrañas (que començamos a ser faltas de una vil materia[26]); declaróse luego el preñado bien penoso y cogióla el parto en la misma navegación, entre el horror y la turbación de una horrible tempestad, para que se doblasse su tormento con la tormenta. Salí yo al mundo entre tantas aflicciones, presagios de mis infelizidades: tan temprano començó a jugar con mi vida la fortuna arrojándome de un cabo del mundo al otro. Aportamos a la rica y famosa ciudad de Goa, corte del imperio católico en el Oriente, silla augusta de sus virreyes, emporio universal de la India y de sus riquezas. Aquí mi

---

[20] Véase nota 19, Crisi I.

[21] *Desmentir:* «Vale también desvanecer y dissimular alguna cosa para que no se conozca.» *(Dic. Aut.)*

[22] *Conciliar:* «Vale también atraher, grangear, ganar las voluntades, los ánimos, la benevolencia, o el odio y aborrecimiento, con el bien o el mal obrar.» *(Dic. Aut.)*

[23] Entiéndase la primera acepción que da el *Dic. Aut.:* «Especie de navío mui grande y tardo en la navegación.»

[24] *Assombro.* Entiéndase el primer significado que da el *Diccionario Aut.:* «El espanto, terror y confusión que ocasiona lo inopinado y terrible de algún objeto, accidente o novedad no esperada.»

[25] Probable equívoco entre premiar, de dar premios, y premiar, de apremiar.

[26] Refiérese a las faltas de menstruación (vil materia) que en la mujer es señal de embarazo.

padre fue aprisa acaudalando fama y bienes, ayudado de su industria y de su cargo. Mas yo, entre tanto bien, me criaba mal; como rico y como único, cuidaban más mis padres fuesse hombre que persona. Pero castigó bien el gusto, que recibieron en mis niñezes, el pesar que les di con mis mozedades, porque fui entrando de carrera por los verdes prados de la juventud, tan sin freno de razón cuan picado de los viles deleites: cebéme en el juego, perdiendo en un día lo que a mi padre le había costado muchos de adquirir, desperdiciando ciento a ciento lo que él recogió uno a uno; passé luego a la bizarría, rozando galas y costumbres, engalanando el cuerpo lo que desnudaba el ánimo de los verdaderos arreos, que son la virtud y el saber. Ayudábanme a gastar el dinero y la conciencia malos y falsos amigos, lisongeros, valientes, terceros [27] y entremetidos, viles sabandijas de las haziendas, polillas de la honra y de la conciencia. Sentía esto mi padre, pronosticando el malogro de su hijo y de su casa; mas yo, de sus rigores, apelaba a la piadosa impertinencia de una madre que, cuando más me amparaba, me perdía. Pero donde acabó de perder mi padre las esperanças, y aun la vida, fue cuando me vio enredado en el obscuro laberinto del amor. Puse ciegamente los ojos en una dama que (aunque noble y con todas las demás prendas de la naturaleza, de hermosa, discreta y de pocos años, pero sin las de la fortuna, que son hoy las que más se estiman) començé a idolatrar en su gentileza, correspondiéndome ella con favores. Lo que sus padres me desseaban yerno, los míos la aborrecían nuera. Buscaron modos y medios para apartarme de aquella afición, que ellos llamaban perdición; trataron de darme otra esposa, más de su conveniencia que de mi gusto. Mas yo, ciego, a todo enmudecía. No pensaba, no hablaba, no soñaba en otra cosa que en Felisinda [28], que assí se llamaba mi dama, llevando ya la mitad de la felicidad en su nombre. Con estos y otros muchos pesares acabé con la vida de mi padre, castigo ordinario de la paternal conivencia: él perdió la vida y yo amparo, aunque no lo sentí tanto como debía. Llorólo mi madre por entrambos, con tal

---

[27] *Terceros:* en el sentido que da Covarrubias de alcahuete o alcahueta, es decir, los que se dedican a concertar amoríos no legítimos.
[28] La relación entre Felisinda y felicidad, como explica Critilo a continuación, no necesita aclaración.

excesso, que en pocos días acabó los suyos, quedando yo más libre y menos triste; consoléme presto de haber perdido padres por poder lograr esposa, teniéndola por tan cierta como desseada; mas, por atender a filiales respetos, hube de violentar mi intento por algunos días, que a mí me parecieron siglos. En este breve ínterin de esposo, ¡oh inconstancia de mi suerte!, se barajaron de modo las materias, que la misma muerte, que pareció haber fazilitado mis desseos, los vino a dificultad más y aun los puso en estado de impossibles. Fue el caso, o la desdicha, que en este breve tiempo muri ; también un hermano de mi dama, moço galán y único, mayorazgo de su casa, quedando Felisinda heredera de todo. Y fénix a todas luces, juntándose la hazienda y la hermosura, doblaron su estimación, creció mucho en solo un día, y más su fama, adelantándose a los mejores empleos [29] desta corte. Con un tan impensado incidente, alteráronse mucho las cosas, mudaron de cara las materias; sola Felisinda no se trocó, y si lo fue, en mayor fineza. Sus padres y sus deudos, aspirando a cosas mayores, fueron los primeros que se entibiaron en favorecer mi pretensión, que tanto la habían antes adelantado. Passaron sus tibiezas a desvíos, encendiendo más con esto recíprocas voluntades. Avisábame ella de cuanto se trataba, haziéndome de amante secretario [30]. Declaráronse luego otros competidores, tan poderosos como muchos, pero amantes heridos más de las saetas que les arrojaba la aljaba de su dote que el arco del amor: con todo, me daban cuidado, que es todo temores el amor. El que acabó de apurarme fue un nuevo rival que, a más de ser moço, galán y rico, era sobrino del virrey, que allá es dezir a par de numen y ramo de divinidad [31]: porque allí, el gustar un virrey es obligar y sus pensamientos se executan aun antes que se imaginen. Començó a declararse pretensor de mi dama, tan confiado como poderoso. Competíamos los

---

[29] *Empleo:* «Se llama entre los galanes la dama a quien uno sirve y galantea.» *(Dic. Aut.)* Hoy diríamos «partido».

[30] *Secretario:* Tómese como derivado de «secreto» en la acepción que dan en primer lugar el *Dic. Aut.* y el actual académico: «El sugeto a quien se le comunica algún secreto, para que se calle y guarde inviolablemente.»

[31] «A par de numen y ramo de la divinidad.» *A par:* «Vale también con semejanza o igualdad.» *(Dic. Aut.)* Según eso, habría que interpretar la frase como «semejante a un dios o a un descendiente de dioses».

dos al descubierto, assistidos cada uno, él del poder y yo del amor. Parecióle a él y a los suyos que era menester más diligencia para derribar mi pretensión, tan arraigada como antigua, y para esto dispusieron las materias; despertando a quien dormía [32], prometieron su favor y industria a unos contrarios míos porque me pusiessen pleito en lo más bien parado de mi hazienda, ya para torcedor de mi voluntad, ya para acobardar a los padres de Felisinda. Vime presto solo y enredado en dos dificultosos pleitos, del interés y del amor, que era el que más me desvelaba. No fue bastante este temor de la pérdida de mi hazienda para hazer volver un passo atrás mi afición, que, como la palma, crecía más a más resistencia. Pero lo que en mí no pudo, obró en los padres y deudos de mi dama, que, poniendo los ojos en mayores conveniencias del interés y del honor, trataron... mas ¿cómo lo podré dezir?; no sé si acertaré: mejor será dexarlo.

Instó Andrenio en que prosiguiesse. Y él:

—¡Eh!, que es morir, pues resolvieron matarme, dando mi vida a mi contrario, que lo era mi dama [33]. Avisóme ella la misma noche desde un balcón, como solía; consultando y pidiéndome el remedio, derramó tantas lágrimas, que encendieron en mi pecho un incendio [34], un volcán de desesperación y de furia. Con esto, al otro día, sin reparar en inconvenientes ni en riesgos de honra y de vida, guiado de mi passión ciega, ceñí, no un estoque, sino un rayo penetrante de la aljaba del amor, fraguado de zelos y de azeros; salí en busca de mi contrario y, remitiendo las palabras a las obras y las lenguas a las manos, desnudamos los estoques de la compassión y de la vaina; fuímonos el uno para el otro y a pocos lances le atravessé el azero por medio del coraçón, sacándole el amor con la vida; quedó él tendido y yo preso, porque al punto dio conmigo un enxambre de ministros, unos picando en la ambición de complazer al virrey y los más en la codicia de mis riquezas. Dieron luego conmigo en un ca-

---

[32] *Despertar a quien duerme:* «Phrase que significa hacer u decir alguna cosa por donde otro venga en conocimiento de lo que no se acordaba y de que puede resultar daño y perjuicio.» *(Dic. Aut.)*

[33] Según se desprende de lo que se expresa a continuación, habrá que interpretar la frase como: resolvieron matarme (metafóricamente) al entregar mi vida, que lo era mi dama, a mi contrario.

[34] Obsérvese la ingeniosa paradoja: las lágrimas provocan un incendio.

laboço, cargándome de hierros, que éste fue el fruto de los míos [35]. Llegó la triste nueva a oidos de sus padres, y mucho más a sus entrañas, deshaziéndose en lágrimas y vozes. Gritaban los parientes la vengança y los más templados justicia; fulminaba el virrey una muerte en cada estremo [36]; no se hablaba de otro; los más condenándome, los menos defendiéndome, y a todos pesaba de nuestra loca desdicha. Sola mi dama se alegró en toda la ciudad, celebrando mi valor y estimando mi fineza. Començóse con gran rigor la causa, pero siempre por tela de juizio [37], y lo primero, a título de secreto [38], dieron saco verdadero a mi casa, cebándose la vengança en mis riquezas como el irritado toro en la capa del que escapó: solas pudieron librarse algunas joyas por retiradas al sagrado de un convento donde me las guardaban. No se dio por contenta mi fortuna en perseguirme tan criminal, sino que, también civil [39], me dio luego sentencia en contra en el pleito de la hazienda. Perdí bienes, perdí amigos, que siempre corren parejas. Todo esto fuera nada si no me sacudiera el último revés, que fue acabarme de todo punto. Aborrezidos [40] los padres de Felisinda de su desgracia, ecos ya de las mías, habiendo perdido en un año hijo y yerno, determinaron dexar la India y dar la vuelta a la corte, con esperanças de

---

[35] Nuevamente el juego de palabras: Cargándome de hierros (cadenas), que éste fue el fruto de los míos (yerros: errores).

[36] «Fulminaba el virrey una muerte en cada extremo.» «Fulminar: En el sentido literal vale arrojar y lanzar rayos; y metaphóricamente significa expressar enojos y executar rigores.» (Dic. Aut.) El mismo diccionario recoge como frases hechas «fulminar la sentencia» (es pronunciarla), «fulminar el proceso» (es hacerle y substanciarle, hasta ponerle en estado de sentencia), etc... Todo ello quiere decir que el virrey proclamaba una pena de muerte en cada extremo (de dolor, se entiende) de los parientes.

[37] Es decir, pero siempre con dudas sobre la causa, ya que «estar en tela de juicio» es «tener dudas sobre la cosa de que se trata». (Dic. M. Mol.)

[38] Secresto: «lo mismo que sequestro». (Dic. Aut.) Al poner «secrestar», el mismo diccionario especifica «en lo forense». Sería algo así como el actual «embargo» o «requisa».

[39] Aparte del significado jurídico acorde con lo de criminal, civil significa «desestimable, mezquino, ruin, y de baxa condición y procederes». (Dic. Aut.)

[40] Aborrecidos: Tómese, no como participio de aborrecer, sino como adjetivo y según el significado que da el Dic. Acad.: «Dícese del que está aburrido.»

un gran puesto, por sus servicios merecido y con favores del virrey fazilitado. Convirtieron en oro y plata sus haberes y en la primera flota, con toda su hazienda y casa, se embarcaron para España, llevándoseme...

Aquí interrumpieron las palabras los solloços, ahogándose la voz en el llanto.

—Lleváronseme dos prendas del alma de una vez, con que fue doblado y mortal mi sentimiento: la una era Felisinda y otra más que llevaba en sus entrañas, desdichada ya por ser mía. Hiziéronse a la vela y aumentaban el viento mis suspiros. Engolfados ellos y anegado yo en un mar de llanto, quedé en aquella cárcel eternizado en calaboços, pobre y de todos, sino de mis enemigos, olvidado. Cual suele el que se despeña un monte abaxo ir sembrando despojos, aquí dexa el sombrero, allá la capa, en una parte los ojos y en otra las narizes, hasta perder la vida, quedando reventado en el profundo; assí yo, luego que deslizé en aquel despeñadero de marfil, tanto más peligroso cuanto más agradable, començé a ir rodando y despeñándome de unas desdichas en otras, dexando en cada tope, aquí la hazienda, allá la honra, la salud, los padres, los amigos y mi libertad, quedando como sepultado en una cárcel, abismo de desdichas. Mas no digo bien, pues lo que me acarreó de males la riqueza, me restituyó en bienes la pobreza. Puédolo dezir con verdad, pues aquí hallé la sabiduría (que hasta entonces no la había conocido), aquí el desengaño, la experiencia y la salud de cuerpo y alma. Viéndome sin amigos vivos, apelé a los muertos [41], di en leer, començé a saber y a ser persona (que hasta entonces no había vivido la vida racional, sino la bestial), fui llenando el alma de verdades y de prendas, conseguí la sabiduría y con ella el bien obrar, que ilustrado una vez el entendimiento, con fazilidad endereza la ciega voluntad: él quedó rico de noticias y ella de virtudes. Bien es verdad que abrí los ojos cuando no hubo ya que ver, que assí acontece de ordinario. Estudié las nobles artes y las sublimes ciencias, entregándome con afición especial a la moral filosofía, pasto del juizio, centro de la razón y vida de la cordura. Mejoré de amigos, trocando un moço liviano por un Catón severo y un necio por un Séneca; un rato escuchaba a Sócrates y otro al divino Platón. Con esto passaba con alivio y aun con gusto

---

[41] Entiéndase por «amigos muertos» a los autores de los libros; por eso dice seguidamente «di en leer».

aquella sepultura de vivos, laberinto de mi libertad. Passaron años y virreyes y nunca passaba el rigor de mis contrarios; entretenían mi causa, queriendo, ya que no podían conseguir otro castigo, convertir la prisión en sepultura. Al cabo de un siglo de padecer y sufrir, llegó orden de España (solizitado [42] en secreto de mi esposa) que remitiessen allá mi causa y mi persona. Púsolo en execución el nuevo virrey, menos contrario si no más favorable, en la primera flota. Entregáronme con título de preso a un capitán de un navío, encargándole más el cuidado [43] que la assistencia. Salí de la India el primer pobre, pero con tal contento, que los peligros de la mar me parecieron lisonjas. Gané luego amigos, que con el saber se ganan los verdaderos; entre todos, el capitán de la nave de superior se me hizo confidente, favor que yo estimé mucho, celebrando por verdadero aquel dicho común que con la mudança del lugar se muda también de fortuna. Mas aquí has de admirar un prodigio del humano engaño, un estremo de mal proceder; aquí, la porfía de una contraria fortuna y a dónde llegaron mis desdichas. Este capitán y caballero, obligado por todas partes a bien proceder, maleado de la ambición, llevado del parentesco con el virrey mi enemigo y sobornado (a lo que yo más creo) de la codicia vil de mi plata y mis alhajas, reliquias de aquella antigua grandeza (¡mas a qué no incitará los humanos pechos la execrable sed del oro!), resolvióse executar la más civil [44] baxeza que se ha oído. Estando solos una noche en uno de los corredores de popa, gozando de la conversación y marea [45], dio conmigo, tan descuidado como confiado, en aquel profundo de abismos; començó él mismo a dar vozes para hazer desgracia de la traición, y aun llorarme, no arrojado sino caído [46]. Al ruido y a las vozes acudieron mis amigos ansiosos por ayudarme, echando cables y sogas; pero en vano, porque

---

[42] Solicitado, en masculino, se refiere a «orden», que en aquel tiempo se solía dar como masculino.

[43] Cuidado, no como asistencia, sino como custodia y vigilancia.

[44] Véase nota 39 de esta Crisi.

[45] *Marea:* «El viento blando, benigno y suave que sopla de la mar, de cuyo nombre se formó esta voz.» (*Dic. Aut.*)

[46] Entiéndase la frase: començó a dar voces el capitán para dar a entender que había ocurrido una desgracia (que se había caído Critilo al agua) y no una traición (que lo había arrojado el mismo capitán). El disimulo de la traición está acrecentado por el llanto de éste.

en un instante passó mucho mar el navío, que volaba, dexándome a mí luchando con las olas y con una dos vezes amarga muerte [47]. Arrojáronme algunas tablas por último remedio y fue una dellas sagrada áncora que las mismas olas, lastimadas de mi inocencia y desdicha, me la ofrecieron entre las manos: asíla tan agradecido cuan desesperado y, besándola, la dixe: ¡Oh despojo último de mi fortuna, leve apoyo de mi vida, refugio de mi última esperança, serás siquiera un breve ínterin de mi muerte! Desconfiado de poder seguir el navío fugitivo, me dexé llevar de las olas al albedrío de mi desesperada fortuna. Tirana ella una y mil vezes, aún no contenta de tenerme en tal punto de desdichas, echando el resto a su fiereza, conjuró contra mí los elementos en una horrible tormenta para acabarme con toda solemnidad de desventuras: ya me arrojaban tan alto las olas, que tal vez temí quedar enganchado en alguna de las puntas de la luna o estrellado en aquel cielo; hundíame luego tan en el centro de los abismos, que llegué a temer más el incendio que el ahogo. Mas ¡ay!, que los que yo lamentaba rigores fueron favores; que a vezes llegan tan a los estremos los males, que passan a ser dichas. Dígolo, porque la misma furia de la tempestad y corriente de las aguas me arrojaron en pocas horas a vista de aquella pequeña isla tu patria, y para mí gran cielo, que de otro modo fuera impossible poder llegar a ella, quedando en medio de aquellos mares rendido de hambre y hartando las marinas fieras: en el mal estuvo el bien. Aquí, ayudándome más el ánimo que las fuerças, llegué a tomar puerto en essos braços tuyos, que otra vez y otras mil quiero enlaçar, confirmando nuestra amistad en eterna.

Desta suerte dió fin Critilo a su relación, abraçándose entrambos, renovando aquella primera fruición y experimentando una secreta simpatía de amor y de contento.

Emplearon lo restante de su navegación en provechosos exercicios, porque a más de la agradable conversación, que toda era una bien proseguida enseñança, le dio noticias de

---

[47] «... una dos vezes amarga muerte». Puede entenderse esta frase de dos maneras; una, que amén de ser amarga la muerte en sí lo es asimismo por ocurrir en el agua salada (amarga) del mar; otra, que además de ser amarga la muerte en sí, lo es también al suceder como consecuencia de una traición. Romera-Navarro piensa en la primera interpretación; creo que es más profunda y más propia de Gracián la segunda.

todo el mundo y conocimiento de aquellas artes que más realzan el ánimo y le enriquezen, como la gustosa historia, la cosmografía, la esfera[48], la erudición y la que haze personas: la moral filosofía. En lo que puso Andrenio especial estudio fue en aprender lenguas: la latina, eterna tesorera de la sabiduría, la española, tan universal como su imperio, la francesa, erudita, y la italiana, elocuente, ya para lograr los muchos tesoros que en ellas están escritos, ya para la necessidad de hablarlas y entenderlas en su jornada del mundo. Era tanta la curiosidad de Andrenio como su docilidad, y assí, siempre estaba confiriendo[49] y preguntando de las provincias, repúblicas, reinos y ciudades, de sus reyes, gobiernos y naciones; siempre informándose, filosofando y discurriendo con tanta fruición como novedad, desseando llegar a la perfección de noticias y de prendas.

Con tan gustosa ocupación, no se sintieron las penalidades de un viaje tan penoso y al tiempo acostumbrado aportaron a este nuestro mundo. En qué parte y lo que en él les sucedió, nos lo ofrece referir la crisi siguiente.

[48] *Esfera:* «es un instrumento hecho de arillos de cedaço, o de otra materia, con círculos mayores y menores, donde se figuran las partes del cielo, polos, coluros, círculo ártico y antártico, trópicos, equinocial; todos éstos se imaginan con longitud, sin latitud, sólo el círculo del zodíaco tiene latitud». *(Cov.)* «Esfera» habrá que tomarla, ya que habla Gracián de disciplinas pedagógicas, por astronomía.

[49] *Conferir:* «Vale también tratar, comunicar y consultar algún negocio o materia con otro.» *(Dic. Aut.).*

CRISI QUINTA

Entrada del Mundo

Cauta, si no engañosa, procedió la naturaleza con el hombre al introduzirle en este mundo, pues trazó que entrasse sin género alguno de conocimiento para deslumbrar [1] todo reparo: a escuras llega, y aun a ciegas, quien comiença a vivir, sin advertir que vive y sin saber qué es vivir. Críase niño, y tan rapaz, que cuando llora, con cualquier niñería le acalla y con cualquier juguete le contenta. Parece que le introduze en un reino de felizidades y no es sino un cautiverio de desdichas; que cuando llega a abrir los ojos del alma, dando en la cuenta de su engaño, hállase empeñado sin remedio, véese metido en el lodo de que fue formado: y ya, ¿qué puede hazer sino pisarlo, procurando salir dél como mejor pudiere? Persuádome que, si no fuera con este universal ardid, ninguno quisiera entrar en un tan engañoso mundo y que pocos aceptaran la vida después si tuvieran estas noticias antes. Porque ¿quién, sabiéndolo, quisiera meter el pie en un reino mentido y cárcel verdadera a padecer tan muchas como varias penalidades: en el cuerpo, hambre, sed, frío, calor, cansancio, desnudez, dolores, enfermedades; y en el ánimo, engaños, persecuciones, envidias, desprecios,

---

[1] Tómese «deslumbrar» en la acepción que da el *Dic. Aut.*: «vale dexar a uno dudoso, incierto y confuso, de suerte que no conozca el verdadero designio u intento, que se tiene para conseguir alguna cosa»; en este caso, la naturaleza priva al hombre de conocimiento para que desconozca todo reparo, es decir, todo remedio o toda advertencia.

deshonras, ahogos, tristezas, temores, iras, desesperaciones; y salir al cabo condenado a miserable muerte, con pérdida de todas las cosas, casa, hazienda, bienes, dignidades, amigos, parientes, hermanos, padres y la misma vida cuando más amada? Bien supo la naturaleza lo que hizo y mal el hombre lo que aceptó. Quien no te conoce, ¡oh vivir!, te estime; pero un desengañado tomará antes haber sido trasladado de la cuna a la urna, del tálamo al túmulo. Presagio común es de miserias el llorar al nacer, que aunque el más dichoso cae de pies, triste possessión toma; y el clarín con que este hombre rey entra en el mundo no es otro que su llanto, señal que su reinado todo ha de ser de penas; pero ¿cuál puede ser una vida que comiença entre los gritos de la madre que la da y los lloros del hijo que la recibe? Por lo menos, ya que le faltó el conocimiento, no el presagio de sus males; y si no los concibe, los adivina.

—Ya estamos en el mundo —dixo el sagaz Critilo al incauto Andrenio, al saltar juntos en tierra—. Pésame que entres en él con tanto conocimiento, porque sé te ha de desagradar mucho. Todo cuanto obró el supremo Artífice está tan acabado que no se puede mejorar; mas todo cuanto han añadido los hombres es imperfecto. Crióle Dios muy concertado y el hombre lo ha confundido; digo, lo que ha podido alcançar, que aun donde no ha llegado con el poder, con la imaginación ha pretendido trabucarlo. Visto has hasta ahora las obras de la naturaleza y admirádolas con razón; verás de hoy adelante las del artificio, que te han de espantar. Contemplado has las obras de Dios; notarás las de los hombres y verás la diferencia. ¡Oh cuán otro te ha de parecer el mundo civil [2] del natural y el humano del divino! Ve prevenido en este punto, para que ni te admires de cuanto vieres ni te desconsueles de cuanto experimentares.

Començaron a discurrir por un camino tan trillado como solo y primero, mas reparó Andrenio que ninguna de las humanas huellas miraba hazia atrás: todas passaban adelante, señal de que ninguno volvía. Encontraron a poco rato una cosa bien donosa y de harto gusto: era un exército desconcertado de infantería [3], un escuadrón de niños de diferentes

---

[2] Téngase en cuenta que *civil,* además de oponerse a «natural», significa asimismo «desestimable, mezquino, ruin, y de baxa condición y procederes» *(Dic. Aut.).*

[3] Se habrá dado cuenta el lector del doble significado que da a «infantería», ejército de a pie y de infantes (niños).

estados y naciones, como lo mostraban sus diferentes trajes. Todo era confussión y vozería. Íbalos primero recogiendo y después acaudillando una muger bien rara, de risueño aspecto, alegres ojos, dulces labios, palabras blandas, piadosas manos, y toda ella caricias, halagos y cariños. Traía consigo muchas criadas de su genio y de su empleo para que los assistiessen y sirviessen; y assí, llevaban en braços los pequeñuelos, otros de los andadores y a los mayorcillos de la mano, procurando siempre passar adelante. Era increíble el agasajo con que a todos acariciaba aquella madre común, atendiendo a su gusto y su regalo, y para esto llevaba mil invenciones de juguetes con que entretenerlos. Había hecho también gran provisión de regalos, y en llorando alguno, al punto acudía afectuosa, haziéndole fiestas y caricias, concediéndole cuanto pedía a trueque de que no llorasse; con especialidad cuidaba de los que iban mejor vestidos, que parecían hijos de gente principal, dexándoles salir [4] con cuanto querían. Era tal el cariño y agasajo que esta al parecer ama piadosa les hazía, que los mismos padres la traían sus hijuelos y se los entregaban, fiándolos más della que de sí mismos.

Mucho gustó Andrenio de ver tanta y tan donosa infantería, no acabando de admirar y reconocer al hombre niño. Y tomando en sus braços uno en mantillas, dezíale a Critilo:

—¿Es possible que éste es el hombre? ¡Quién tal creyera, que este casi insensible, torpe y inútil viviente ha de venir a ser un hombre tan entendido a vezes, tan prudente y tan sagaz como un Catón, un Séneca, un Conde de Monterrey! [5]

—Todo es estremos el hombre —dixo Critilo—. Ahí verás lo que cuesta el ser persona. Los brutos luego lo saben

---

[4] *Salir con algo:* «Vale conseguir lo que se desea o solicita.» (*Dic. Aut.*)

[5] Conde de Monterrey. Se refiere quizá al sexto conde de Monterrey, Manuel de Acevedo y Zúñiga, contemporáneo de Gracián, ya que murió a los dos años de publicarse esta primera parte, en 1653. Cuñado del conde duque Olivares, fue virrey de Nápoles de 1631 a 1637 y se señaló por su codicia indelicada, que le dio entre sus contemporáneos fama de inmoral. Pero si nos fijamos en la alabanza de Gracián, podría tratarse de su padre, quinto conde de Monterrey, Gaspar de Acevedo y Zúñiga, muerto en 1606, virrey de Nueva España primero, y del Perú después, destacando su probidad y su desprendimiento.

ser, luego corren, luego saltan; pero al hombre cuéstale mucho porque es mucho [6].

—Lo que más me admira —ponderó Andrenio— es el indecible afecto desta rara muger: ¿qué madre como ella?, ¿puédese imaginar tal fineza? Desta felizidad carecí yo, que me crié dentro de las entrañas de un monte y entre fieras; allí lloraba hasta reventar, tendido en el duro suelo, desnudo, hambriento y desamparado, ignorando estas caricias.

—No envidies —dixo Critilo— lo que no conoces, ni la llames felizidad hasta que veas en qué para. Destas cosas toparás muchas en el mundo, que no son lo que parecen, sino muy al contrario. Ahora comienças a vivir; irás viviendo y viendo.

Caminaban con todo este embaraço sin parar ni un instante, atravesando países, aunque sin hazer estación alguna, y siempre cuesta abaxo, atendiendo mucho la que conduzía el pigmeo escuadrón a que ninguno se cansasse ni lo passasse mal; dábales de comer una vez sola, que era todo el día [7].

Hallábanse al fin de aquel paraje metidos en un valle profundíssimo rodeado a una y otra banda de altíssimos montes, que dezían ser los más altos puertos deste universal camino. Era noche, y muy oscura, con propiedad lóbrega. En medio desta horrible profundidad, mandó hazer alto aquella engañosa hembra y, mirando a una y otra parte, hizo la señal usada: con que al mismo punto (¡oh maldad no imaginada!, ¡oh traición nunca oída!) començaron a salir dentre aquellas breñas y por las bocas de las grutas exércitos de fieras, leones, tigres, osos, lobos, serpientes y dragones, que arremetiendo de improviso dieron en aquella tierna manada de flacos y desarmados corderillos, haziendo un horrible estrago y sangrienta carnizería, porque arrastraban a unos, despedazaban a otros, mataban, tragaban y devoraban cuantos podían; monstruo había que de un bocado se tragaba dos niños y, no bien engullidos aquéllos, alargaba las garras a otros dos; fiera había que estaba desmenuçando con los dientes el primero y despedaçando con las uñas el segundo, no dando treguas a su fiereza. Discurrían todas por aquel lastimoso teatro babeando sangre, teñidas las bocas y las ga-

---

[6] Entiéndase la frase: Ser bruto es fácil, por eso los brutos (animales) rápidamente llegan a serlo; en cambio, ser persona es mucho, por eso al hombre le cuesta tanto llegar a serlo.

[7] O sea, que era darles de comer a todas horas.

rras en ella. Cargaban muchas con dos y con tres de los más pequeños y llevábanlos a sus cuevas para que fuessen pasto de sus ya fieros cachorrillos. Todo era confusión y fiereza, espectáculo verdaderamente fatal y lastimero. Y era tal la candidez o simplicidad de aquellos infantes tiernos, que tenían por caricias el hazer presa en ellos y por fiesta el despedaçarlos convidándolas ellos mismos risueños y provocándolas con abraços.

Quedó atónito, quedó aterrado Andrenio viendo una tan horrible traición, una tan impensada crueldad; y, puesto en lugar seguro, a diligencias de Critilo, lamentándose dezía:

—¡Oh traidora, oh bárbara, oh sacrílega muger, más fiera que las mismas fieras!; ¿es possible que en esto han parado tus caricias?, ¿para esto era tanto cuidado y assistencia? ¡Oh inocentes corderillos, qué temprano fuisteis víctima de la desdicha!, ¡qué presto llegasteis al degüello! ¡Oh mundo engañoso!, ¿y esto se usa en ti?, ¿destas hazañas tienes? Yo he de vengar por mis propias manos una maldad tan increíble.

Diziendo y haziendo, arremetió furioso para despedaçar con sus dientes aquella cruel tirana; mas no la pudo hallar, que ya ella, con todas sus criadas, habían dado la vuelta en busca de otros tantos corderillos para traerlos vendidos al matadero; de suerte que ni aquéllas cessaban de traer, ni éstas de despedaçar, ni de llorar Andrenio tan irreparable daño.

En medio de tan espantosa confussión y cruel matança, amaneció de la otra parte del valle, por lo más alto de los montes, con rumbos[8] de aurora, una otra muger (y con razón otra[9] que, tan cercada de luz como rodeada de criadas, desalada cuando más volando[10], descendía a librar tanto infante como perecía. Ostentó su rostro muy sereno y grave: que dél y de la mucha pedrería de su recamado ropaje despedía tal inundación de luzes, que pudieron muy bien suplir, y aun con ventajas, la ausencia del rey del día. Era hermosa por estremo y coronada por reina entre todas aquellas beldades sus ministras. ¡Oh dicha rara!; al mismo punto que

---

[8] *Rumbo:* «Se toma también por pompa, ostentación y aparato costoso.» (*Dic. de Aut.*)

[9] Es decir, diferente a la primera en todo, e incluso distinta al concepto que Gracián tenía de la mujer.

[10] Juego de palabras existente en «desalada» (=sin alas) y «volando» (=a toda velocidad).

la descubrieron las encarnizadas fieras, cesando de la matança, se fueron retirando a todo huir y, dando espantosos aullidos, se hundieron en sus cavernas. Llegó piadosa ella y començó a recoger los pocos que habían quedado, y aun éssos, muy mal parados de araños y de heridas. Íbanlos buscando con gran solizitud aquellas hermosíssimas donzellas, y aun sacaron muchos de las oscuras cuevas y de las mismas gargantas de los monstruos, recogiendo y amparando cuantos pudieron. Y notó Andrenio que eran éstos de los más pobres y de los menos assistidos de aquella maldita hembra; de modo que en los más principales, como más luzidos, habían hecho las fieras mayor riza. Cuando los tuvo todos juntos, sacólos a toda prisa de aquella tan peligrosa estancia, guiándolos de la otra parte del valle, el monte arriba, no parando hasta llegar a lo más alto, que es lo más seguro. Desde allí se pusieron a ver y contemplar con la luz que su gran libertadora les comunicaba el gran peligro en que habían estado y hasta entonces no conocido. Teniéndolos ya en salvo, fue repartiendo preciosíssimas piedras, una a cada uno, que, sobre otras virtudes contra cualquier riesgo, arrojaban de sí una luz tan clara y apacible que hazían de la noche día; y lo que más se estimaba era el ser indefectible. Fuelos encomendando a algunos sabios varones, que los apadrinassen y guiassen siempre cuesta arriba hasta la gran ciudad del mundo.

Ya en esto, se oían otros tantos alaridos de otros tan niños que, acometidos en el funesto valle de las fieras, estaban pereciendo. Al mismo punto, aquella piadosa reina, con todas sus amaçonas, marchó volando a socorrerlos.

Estaba atónito Andrenio de lo que había visto, parangonando tan diferentes sucessos, y en ellos la alternación de males y de bienes de esta vida.

—¡Qué dos mugeres éstas tan contrarias! —dezía—. ¡Qué assuntos tan diferentes! ¿No me dirás, Critilo, quién es aquella primera, para aborrecerla, y quién esta segunda, para celebrarla?

—¿Qué te parece —dixo— de esta primera entrada del mundo? ¿No es muy conforme a él y a lo que yo te dezía? Nota bien lo que acá se usa. ¡Y si tal es el principio, dime cuáles serán sus progressos y sus fines!: para que abras los ojos y vivas siempre alerta entre enemigos. Saber deseas quién es aquella primera y cruel muger que tú tanto aplaudías: créeme que ni el alabar ni el vituperar ha de ser hasta el fin. Sabrás que aquella primera tirana es nuestra mala inclinación, la propensión al mal. Ésta es la que luego se apodera de un niño, previene a la razón y se adelanta [11], reina y triunfa en la niñez tanto, que los proprios padres, con el intenso amor que tienen a sus hijuelos, condescienden con ellos; y porque no llore el rapaz, le concenden cuanto quiere, déxanle hazer su voluntad en todo y salir con la suya siempre: y assí, se cría vicioso, vengativo, colérico, glotón, terco, mentiroso, desenvuelto, llorón, lleno de amor proprio y de ignorancia, ayudando de todas maneras a la natural siniestra inclinación. Apodéranse con esto de un muchacho sus passiones, cobran fuerça con la paternal conivencia, prevalece la depravada propensión al mal, y ésta, con sus caricias, trae un tierno infante al valle de las fieras a ser presa de los vicios y esclavo de sus passiones. De modo que cuando llega la razón, que es aquella otra reina de la luz, madre del desengaño, con las virtudes sus compañeras, ya los halla depravados, entregados a los vicios, y muchos dellos sin remedio; cuéstale mucho sacarlos de las uñas de sus malas inclinaciones y halla grande dificultad en encaminarlos a lo alto y seguro de la virtud, porque es llevarlos cuesta arriba. Perecen muchos y quedan hechos oprobio de su vicio, y más los más ricos, los hijos de señores y de príncipes, en los cuales el criarse con más regalo es ocasión de más vicio; los que se crían con necessidad, y tal vez entre los rigores de una madrastra, son los que mejor libran, como Hércules [12], y ahogan estas serpientes de sus passiones en la mísma cuna.

—¿Qué piedra tan preciosa es esta —preguntó Andrenio— que nos ha entregado a todos con tal recomendación?

—Has de saber —le respondió Critilo— que lo que fabulosamente atribuyeron muchos a algunas piedras, aquí se halla ser evidencia, porque ésta es el verdadero carbunclo que resplandece en medio de las tinieblas, assí de la ignorancia como del vicio; éste es el diamante finíssimo que entre los golpes del padecer y entre los incendios del apetecer está más fuerte y brillante; ésta es la piedra de toque que exami-

---

[11] Entiéndase la frase: Ésta es la que luego (en seguida) se apodera de un niño, previene a (llega antes que) la razón y se adelanta (saca ventaja). El verbo «prevenir» conserva el significado etimológico, no registrado como tal por Covarrubias y Autoridades, de «llegar antes».

[12] Hércules. Véase nota 16, Crisi I.

na el bien y mal; ésta, la imán [13] atenta al norte de la virtud; finalmente, ésta es la piedra de todas las virtudes que los sabios llaman el dictamen de la razón, el más fiel amigo que tenemos.

Assí iban confiriendo [14], cuando llegaron a aquella tan famosa encruzijada donde se divide el camino y se diferencia el vivir: estación célebre por la dificultad que hay, no tanto de parte del saber cuanto del querer, sobre qué senda y a qué mano se ha de echar. Viose aquí Critilo en mayor duda, porque siendo la tradición común ser dos los caminos (el plausible, de la mano izquierda, por lo fácil, entretenido y cuesta abaxo; y al contrario el de mano derecha, áspero, desapacible y cuesta arriba), halló con no poca admiración que eran tres los caminos, dificultando más su elección.

—¡Válgame el cielo! —dezía—, ¿y no es éste aquel tan sabido bivio [15] donde el mismo Hércules se halló perplexo sobre cuál de los dos caminos tomaría?

Miraba adelante y atrás preguntándose a sí mismo:

—¿No es ésta aquella docta letra de Pitágoras [16], en que cifró toda la sabiduría, que hasta aquí procede igual y después se divide en dos ramos, uno espacioso del vicio y otro estrecho de la virtud, pero con diversos fines, que el uno va a parar en el castigo y el otro en la corona? Aguarda —dezía—, ¿dónde están aquellos dos aledaños de Epicteto, el *abstine* en el camino del deleite y el *sustine* en el de la virtud? [17] Basta que habemos llegado a tiempos que hasta los caminos reales se han mudado.

—¿Qué montón de piedras es aquel —preguntó Andrenio— que está en medio de las sendas?

[13] Imán era de género ambiguo; sobreentendiendo «piedra imán».

[14] Véase nota 49, Crisi IV.

[15] *Bivio*: del latín *bivium*, camino que se divide en dos; compuesto de 'bis' y 'vía'. No lo registra ningún diccionario castellano; por tanto, es palabra sacada directamente del latín. Refiérese nuestro autor a la encrucijada de los dos caminos de la vida, el de la virtud y el del vicio, como dirá más adelante.

[16] La «Y», símbolo para Pitágoras del bivio, con sus dos caminos, el de la virtud y el del vicio.

[17] Epicteto, filósofo estoico del siglo I de la era cristiana. Llevado como esclavo a Roma, fue liberado por Nerón y protegido por Marco Aurelio y Adriano. //. *Abstine*, imperativo de *abstinere*; «abstente, prívate» del deleite; *sustine*, imperativo de *sustinere*, «mantente» en la virtud.

—Lleguémonos allá —dixo Critilo—, que el índice del numen vial juntamente nos está llamando y dirigiendo. Éste es el misterioso montón de Mercurio [18], en quien significaron los antiguos que la sabiduría es la que ha de guiar y que por donde nos llama el cielo habemos de correr: esso está vozeando aquella mano.

—Pero el montón de piedras, ¿a qué propósito? —replicó Andrenio—: ¡estraño despejo del camino, amontonando tropiezos!

—Estas piedras —respondió suspirando Critilo— las arrojan aquí los viandantes, que en esso pagan la enseñança: ésse es el galardón que se le da a todo maestro, y entiendan los de la verdad y virtud que hasta las piedras se han de levantar contra ellos. Azerquémonos a esta coluna, que ha de ser el oráculo en tanta perplexidad.

Leyó Critilo el primer letrero, que con Horacio dezía: *Medio hay en las cosas; tú no vayas por los estremos.* Estaba toda ella, de alto a baxo, labrada de relieve con estremado artificio, compitiendo los primores materiales de la simetría con los formales [19] del ingenio; leíanse muchos sentenciosos aforismos y campeaban historias alusivas. Íbalas admirando Andrenio y comentándolas Critilo con gustoso acierto. Allí vieron al temerario joven montando en la carroza de luzes, y su padre le dezía: *Vé por el medio, y correrás seguro.*

—Éste fue —declaró Critilo— un moço que entró muy orgulloso en un gobierno y, por no atender a la mediocridad prudente (como le aconsejaban sus ancianos), perdió los estribos de la razón, y tantos vapores quiso levantar en tributos, que lo abrasó todo, perdiendo el mundo y el mando [20].

Seguíasse Icaro desalado en caer, passando de un estremo a otro, de los fuegos a las aguas, por más que le vozeaba Dédalo [21]: *¡Vuela por el medio!*

---

[18] Mercurio, dios del comercio, que traslada de lugar los objetos, mensajero de Júpiter, guía de caminantes, conductor de almas. En los caminos se ponía la estatua de Mercurio y ante ella ocurría lo que dice Critilo: los caminantes arrojaban piedras como pago por la enseñanza y como devoción a su protector.

[19] Formal, en oposición a material, es decir, espiritual.

[20] Romera-Navarro, en su edición, piensa que se refiere al rey don Sebastián de Portugal, que emprendió la conquista de África y murió en la batalla de Alcazarquivir en 1578.

[21] Dédalo construyó el laberinto de Creta que le sirvió de cárcel. Pensando salir del laberinto, en cuyo centro estaba el terri-

—Éste fue otro arrojado —ponderaba Critilo— que no contento con saber lo que basta, que es lo conveniente, dio en sutilezas mal fundadas, y tanto quiso adelgazar, que le mintieron[22] las plumas y dio con sus quimeras en el mar de un común y amargo llanto: que va poco de pennas[23] a penas. Aquél es el célebre Cleóbulo, que está escribiendo en tres cartas consecutivas esta palabra sola, *Modo*[24], al rey que en otras tres le había pedido un consejo digno de su saber para reinar con acierto. Mira aquel otro de los siete de la Grecia eterniçado sabio por sola aquella sentencia: *Huye en todo la demasía;* porque siempre dañó más lo más que lo menos.

Estaban de relieve todas las virtudes con plausibles empressas en targetas y roleos[25]. Començaban por orden, puesta cada una en medio de sus dos viciosos estremos, y en lo baxo la Fortaleza, assegurando el apoyo a las demás, recostada sobre el cogín de una coluna media entre la Temeridad y la Cobardía. Procediendo assí todas las otras, remataba la Prudencia como reina y en sus manos tenía una preciosa corona con esta lema: *Para el que ama la mediocridad de oro*[26]. Leíanse otras muchas inscripciones que formaban laços y servían de difiniciones al Artificio y al Ingenio. Coronaba toda esta máquina elegante la Felicidad muy serena, recodada en sus varones sabios y valerosos, ladeada[27] también de sus dos

---

ble Minotauro, hizo para él y su hijo Ícaro unas alas de cera recubiertas de plumas para con ellas volar. Cuando ya se hubieron amaestrado, se elevaron por los aires; mas, entusiasmado Ícaro con lo bien que volaba, cometió la imprudencia de aproximarse al sol; derretidas sus alas, se precipitó en el profundo mar.

[22] *Mentir,* como habrá pensado el lector, «vale también engañar o frustrar alguna cosa». *(Dic. Aut.)*

[23] *Penna:* pluma de las alas y la cola. Es palabra latina, no registrada en castellano, que le sirve para la paronomasia pennas/penas.

[24] *Modo:* «vale también moderación o templanza en las acciones o palabras». *(Dic. Aut.)*

[25] *Tarjetas y roleos.* La primera significa «Adorno plano y oblongo que se figura sobrepuesto a un miembro arquitectónico, y que lleva por lo común inscripciones, empresas o emblemas»; la segunda significa «voluta». *(Dic. Acad.)*

[26] Es la doctrina del justo medio que se puede leer en la Epístola a los Pisones (Poética) de Horacio.

[27] *Ladearse:* «Andar o ponerse al lado de alguien.» *(Dic. Acad.)*

estremos, el Llanto y la Risa, cuyos atlantes eran Heráclito y Demócrito, llorando siempre aquél y éste riendo [28].

Mucho gustó Andrenio de ver y de entender aquel maravilloso oráculo de toda la vida. Mas ya en esto se había juntado mucha gente en pocas personas, porque los más, sin consultar otro numen que su gusto, daban por aquellos estremos llevados de su antojo y su deleite. Llegó uno y, sin informarse, muy a lo necio, echó por otro estremo bien diferente del que todos creyeron, que fue por el de presumido, con que se perdió luego. Tras éste venía un vano que, tan mal y sin preguntar, pero con lindo aire, tomó el camino más alto; y como él estaba vacío de hueco y el viento iba arreciando, vencióle presto y dio con él allí abaxo, con vengança de muchos [29]: que, como iba tan alto, el subir y el caer fue a vista y a risa de todo el mundo. Había un camino sembrado de abrojos, y cuando se persuadió Andrenio que ninguno iría por él, vio que muchos se apassionaban y había puñadas sobre cuál sería el primero. El carril de las bestias era el más trillado, y preguntándole a un hombre (que lo parecía) cómo iba por allí, respondió que por no irse solo. Junto a éste estaba otro camino muy breve, y todos los que iban por él hazían gran prevención de manjares y de regalos, mas no caminaban mucho, que más son los que mueren de ahíto que de hambre. Pretendían algunos ir por el aire, pero desvanecíaseles la cabeça, con que caían; y éstos de ordinario no daban en cielo ni en tierra [30]. Encarrilaban muchos por

---

[28] Heráclito, filósofo griego, llorando siempre quizá por el «todo fluye, nada permanece»; o mejor, por su teoría de lucha de contrarios. Demócrito, también filósofo griego, siempre ha sido llamado el filósofo que se ríe.

[29] Obsérvese el sutilísimo juego de palabras: vano/aire/viento/vacío de hueco. El lector habrá comprendido el doble significado de «aire», aspecto exterior de una persona (por eso dice «lindo aire») y su significado habitual que sirve para complementar el semantismo de «vano» (inútil; hinchado, pero sin sustancia; es decir, lleno de aire o vacío de hueco, como dice el mismo Gracián). Es irónico que el que está lleno de aire, sea vencido por el viento. //. «Con vengança de muchos», habrá que interpretarlo como: ya que el vano y orgulloso sube tan alto que desprecia a los demás, cuando cae es como si muchos (los despreciados por él) se estuvieran vengando.

[30] Recorriendo como está los pecados capitales, éstos que pretenden ir por el aire no son sino los soberbios, que no caen en el cielo ni en la tierra, sino en la nada.

un passeo muy ameno y delicioso, íbanse de prado en prado muy entretenidos y placenteros, saltando y bailando, cuando a lo mejor caían rendidos, sudando y gritando, sin poder dar un passo, haziendo malíssimas caras por haberlas hecho buenas. De un passo se quexaban todos que era muy peligroso, infestado siempre de ladrones; y con que lo sabían, echaban no pocos por él, diziendo que ellos se entenderían con los otros: y al cabo, todos se hazían ladrones, robándose unos a otros. Preguntaban unos (con no poca admiración de Andrenio y gusto de Critilo, por topar quien reparasse y se informasse), pedían cuál era el camino de los perdidos: creyeron que para huir dél, y fue al contrario, que en sabiéndolo, tomaron por allí la derrota.

—¿Hay tal necedad? —dixo Andrenio.

Y viendo entre ellos algunos personages de harta importancia, preguntáronles cómo iban por allí, y respondieron que ellos no iban, sino que los llevaban [31]. No era menos calificada la de otros que todo el día andaban alrededor, moliéndose y moliendo, sin passar adelante ni llegar jamás al centro [32]. No hallaban el camino otros: todo se les iba en començar a caminar, nunca acababan, y luego paraban, no acertando a dar un passo, con las manos en el seno, y si pudieran aun metieran los pies: éstos jamás llegaban al cabo con cosa. Dixo uno que él quería ir por donde ningún otro hubiesse caminado jamás: nadie le pudo encaminar; tomó el de su capricho y presto se halló perdido.

—¿No adviertes —dixo Critilo— que casi todos toman el camino ageno y dan por el estremo contrario de lo que se pensaba? El necio da en presumido y el sabio haze del que no sabe [33]; el cobarde afecta [34] el valor (y todo es tratar de armas y pistolas) y el valiente las desdeña; el que tiene da en no dar y el que no tiene desperdicia; la hermosa afecta

---

[31] Alude a los de la pereza.

[32] Alude a los de la envidia.

[33] *Hacer:* «Junto con algunos nombres de oficios y la preposición *de,* vale exercer los tales oficios como si los tuviera, o fuera de ellos el que los exerce.» *(Dic. Aut.)* El sabio, por tanto, actúa como el que no sabe. O «Junto con los artículos Él, La, Lo, y algunos nombres, significa exercer actualmente lo que los nombres significan, y las más veces representarlo: como en las farsas hacer el Rey, el Gracioso...» *(Dic. Aut.)*

[34] *Afectar,* según la acepción del *Dic. Acad.:* «Apetecer y procurar alguna cosa con ansia y ahínco.»

el desaliño y la fea revienta por parecer; el príncipe se humana y el hombre baxo afecta divinidades; el elocuente calla y el ignorante se lo quiere hablar todo; el diestro no osa obrar y el çurdo no para. Todos, al fin, verás que van por estremos, errando el camino de la vida de medio a medio. Echemos nosotros por el más seguro, aunque no tan plausible, que es el de una prudente y feliz medianía, no tan dificultoso como el de los estremos por contenerse siempre en un buen medio.

Pocos les quisieron seguir, mas luego que se vieron encaminados sintieron una notable alegría interior y una grande satisfacción de la conciencia. Advirtieron más: que aquellas preciosas piedras [35], ricas prendas de la razón, començaron a resplandecer tanto, que cada una parecía un brillante luzero haziéndose lenguas en rayos y diziendo: «¡Éste es el camino de la verdad y la verdad de la vida!» Al contrario, todas las de aquellos que siguieron sus antojos se vieron perder su luz; de modo que parecieron quedar de todo punto ofuscadas y ellos eclipsados: tan errado el dictamen como el camino.

Viendo Andrenio que caminaban siempre cuesta arriba, dixo:

—Este camino más parece que nos lleva al cielo que al mundo.

—Assí es —le respondió Critilo—, porque son las sendas de la eternidad, y aunque vamos metidos en nuestra tierra, pero muy superiores a ella, señores de los otros y vezinos a las estrellas; ellas nos guíen, que ya estamos engolfados entre Cilas y Caribdis del mundo [36].

Esto dixo al entrar en una de sus más célebres ciudades, gran Babilonia de España [37], emporio de sus riquezas, teatro augusto de las letras y las armas, esfera de la nobleza y gran plaça de la vida humana.

---

[35] Se refiere a las piedras mencionadas páginas atrás que arrojaban de sí una luz como el día.

[36] Escila, escollo de Italia, en el estrecho de Mesina, cerca del Torbellino de Caribdis, llamado hoy Calofaro. «Entre Escila v Caribdis» es expresión que explica la situación del que no puede evitar un peligro sin caer en otro. Es tópico en el Siglo de Oro.

[37] Se refiere a Madrid, a quien muchas veces se la llamaba Babilonia. Los datos que nos dará en la siguiente Crisi nos aseguran aún más en lo dicho.

Quedó espantado[38] Andrenio de ver el mundo, que no le conocía; mucho más admirado que allá cuando salió a verlo de su cueva. Pero ¿qué mucho?, si allí lo miraba de lexos y aquí tan de cerca; allí contemplando, aquí experimentando: que todas las cosas se hallan muy trocadas cuando tocadas[39]. Lo que más novedad le causó fue el no topar hombre alguno, aunque los iban buscando con afectación[40], en una ciudad populosa y al sol de medio día.

—¿Qué es esto? —dezía Andrenio—, ¿dónde están estos hombres?, ¿qué se han hecho? ¿No es la tierra su patria, y tan amada, el mundo su centro, y tan requerido?[41] Pues ¿cómo lo han desamparado?, ¿dónde habrán ido que más valgan?

Iban por una y otra parte solízitamente buscándolos sin poder descubrir uno tan solo, hasta que... Pero cómo y dónde los hallaron, nos lo contará la otra crisi.

---

[38] Véase nota 19, Crisi I.

[39] Ya habrá comprendido el lector la elipsis: va mucho de ver las cosas a experimentarlas; cambian mucho las cosas de cuando las veíamos a cuando las tocamos.

[40] Con ansia y ahínco. Véase nota 34 de esta Crisi.

[41] Si habla de su patria tan amada hay que pensar que «requerido» sería como hoy «requetequerido», y no del actual «requerir».

CRISI SEXTA

Estado del Siglo

Quien oye dezir mundo concibe un compuesto de todo lo criado muy concertado y perfecto, y con razón, pues toma el nombre de su misma belleza: mundo quiere dezir lindo y limpio [1]; imagínase un palacio muy bien traçado al fin por la infinita sabiduría, muy bien executado por la omnipotencia, alhajado por la divina bondad para morada del rey hombre, que como partícipe de razón presida en él y le mantenga en aquel primer concierto en que su divino Hazedor le puso. De suerte que mundo no es otra cosa que una casa hecha y derecha por el mismo Dios y para el hombre, ni hay otro modo cómo poder declarar su perfección. Assí había de ser, como el mismo nombre lo blasona, su principio lo afiança y su fin lo assegura; pero cuán al contrario sea esto y cuál le haya parado el mismo hombre, cuánto desmienta el hecho al dicho, pondérelo Critilo, que con Andrenio se hallaban ya en el mundo, aunque no bien hallados en fee [2] de tan personas.

En busca iban de los hombres sin poder descubrir uno, cuando al cabo de rato y cansancio toparon con medio, un medio hombre y medio fiera. Holgóse tanto Critilo cuanto se inmutó Andrenio, preguntando:

---

[1] *Mundo,* según su significado latino, es limpio, empleado en los Siglos de Oro.
[2] *Fee,* fe. O sea, se hallaban en el mundo, aunque no eran tan personas como debieran.

—¿Qué monstruo es éste tan estraño?

—No temas —respondió Critilo—, que éste es más hombre que los mismos: éste es el maestro de los reyes y rey de los maestros, éste es el sabio Quirón[3]. ¡Oh, qué bien nos viene y cuán a la ocasión!, pues él nos guiará en esta primera entrada del mundo y nos enseñará a vivir, que importa mucho a los principios.

Fuesse para él, saludándole, y correspondió el centauro con doblada humanidad[4], díxole cómo iban en busca de los hombres y que después de haber dado cien vueltas no habían podido hallar uno tan solo.

—No me espanto —dixo él—, que no es éste siglo de hombres; digo, aquellos famosos de otros tiempos. ¿Qué, pensabais hallar ahora un don Alonso el Magnánimo[5] en Italia, un Gran Capitán en España, un Enrico Cuarto[6] en Francia haziendo corona de su espada y de sus guarniciones lises? Ya no hay tales héroes en el mundo, ni aun memoria dellos.

—¿No se van haziendo? —replicó Andrenio.

—No llevan traça, y para luego es tarde[7].

—Pues de verdad que ocasiones no han faltado: ¿cómo no se han hecho? —preguntó Critilo.

—Porque se han deshecho. Hay mucho que dezir en esse punto —ponderó el Quirón—. Unos lo quieren ser todo y al cabo son menos que nada: valiera más no hubieran sido.

---

[3] Quirón, centauro, hijo de Saturno. Se le atribuían grandes conocimientos de medicina. Fue maestro de Esculapio, dios y maestro de este arte.

[4] Nótese la paradoja: doblada humanidad en un centauro, mitad hombre, mitad caballo. «Conrespondió» dice el texto de 1651.

[5] Alfonso V el Sabio o el Magnánimo. Rey de Aragón (1396-1458). Salvó el peligro de la separación de Sicilia (1416); aseguró la posesión de Cerdeña (1420). Se apoderó de la ciudad de Nápoles (1442) y el Papa le dio la investidura (1443). El resto de su vida la pasó allí como un príncipe italiano y se distinguió como mecenas de las artes y las letras.

[6] Enrique IV. Rey de Francia (1553-1610), primer monarca de la dinastía borbónica. Casado con Margarita de Valois, a la muerte de su cuñado Enrique III, una parte del ejército le proclamó rey de Francia. No fue rey hasta que no abjuró del protestantismo. Se le atribuye, después de entrar en París, la frase «París bien vale una misa».

[7] «Y para luego es tarde», es decir, es urgente que haya héroes ahora.

Dizen también qué corta mucho la envidia con las tixerillas de Tomeras [8]; pero yo digo que ni es esso, ni essotro, sino que mientras el vicio prevalezca no campeará la virtud, y sin ella no puede haber grandeza heroica. Creedme que esta Venus tiene arrinconadas a Belona y a Minerva [9] en todas partes y no trata ella sino con viles herreros que todo lo tiznan y todo lo yerran [10]. Al fin, no nos cansemos, que él no es siglo de hombres eminentes, ni en las armas ni en las letras. Pero dezidme, ¿dónde los habéis buscado?

Y Critilo:

—¿Dónde los habemos de buscar sino en la tierra? ¿No es ésta su patria y su centro?

—¡Qué bueno es esso! —dixo el centauro—. ¡Mirá [11] cómo los habíais de hallar! No los habéis de buscar ya en todo el mundo, que ya han mudado de hito [12]: nunca está quieto el hombre, con nada se contenta.

—Pues menos los hallaremos en el cielo —dixo Andrenio.

—Menos, que no están ya ni en cielo ni en tierra.

—Pues ¿dónde los habemos de buscar?

—¿Dónde?: en el aire.

—¿En el aire?

—Sí, que allí se han fabricado castillos, en el aire, torres de viento, donde están muy encastillados sin querer salir de su quimera.

—Según esso —dixo Critilo—, todas sus torres vendrán a serlo de confusión, y por no ser Janos de prudencia, les picarán las cigüeñas manuales [13] señalándolos con el dedo y di-

---

[8] Frotardo, abad de San Ponce de Tomeras, a quien, según la leyenda, acudió Ramiro II el Monje para consultarle el menosprecio que sufría de los nobles aragoneses. El abad salió al jardín y cortó los tallos que sobresalían, como respuesta. Ramiro II decapitó a los nobles y colgó sus cabezas del techo en forma de campana. La campana de Huesca no deja de ser leyenda.

[9] Belona. Esposa o hija de Marte y diosa de la guerra entre los romanos. Minerva, diosa de la sabiduría y patrona de las artes y los oficios, identificada con Atenea.

[10] Vuelve a hablar de los amores de Venus y Vulcano. Véase nota 1, Crisi IV.

[11] *Mirá,* mirad. «El imperativo cantad, tened, salid, alternaba con cantá, tené, salí.» (R. Lapesa, *Historia de la Lengua Española.)*

[12] *Mudar de hito:* «Phrase que vale mudar de assiento, no estar fixo en una parte.» *(Dic. Aut.)*

[13] Dice Covarrubias: «un término de irr(i)sion, que oy dia se

ziendo: «Este ¿no es aquel hijo de aquel otro?» De suerte que con lo que ellos echaron a las espaldas, los demás les darán en el rostro.

—Otros muchos —prosiguió el Quirón— se han subido a las nubes, y aun hay quien no levantándose del polvo pretende tocar con la cabeça en las estrellas; passéanse no pocos por los espacios imaginarios, camaranchones de su presunción, pero la mayor parte hallaréis acullá sobre el cuerno de la luna[14], y aun pretenden subir más alto, si pudieran.

—¡Tiene razón —vozeó Andrenio—, acullá están, allá los veo! Y aun allí andan empinándose, tropeçando unos y cayendo otros, según las mudanças suyas y de aquel planeta, que ya les haze una cara, y ya otra; y aun ellos también no cesan entre sí de armarse çancadillas, cayendo todos con más daño que escarmiento.

—¿Hay tal locura? —repetía Critilo—. ¿No es la tierra su lugar propio del hombre, su principio y su fin? ¿No les fuera mejor conservarse en este medio, y no querer encaramarse con tan evidente riesgo? ¿Hay tal disparate?

—Sí, lo es grande —dixo el semihombre—; materia de harta lástima para unos y de risa para otros, ver que el que ayer no se levantaba de la tierra, ya le parece poco un palacio; ya habla sobre el hombro[15] el que ayer llevaba la carga en él; el que nació entre las malvas, pide los artesones de cedro; el desconocido de todos, hoy desconoce a todos; el hijo tiene el puntillo de los muchos que dio su padre; el que ayer no tenía para pasteles, asquea el faisán; blasona de linages el de conocido solar[16]; el vos es señoría. Todos pretenden subir y ponerse sobre los cuernos de la luna, más pe-

---

usa en Italia, que para dezir de uno que detrás dél le van haziendo cocos y burlas, dizen la Ciconia; y trae origen que, yéndole detras, hazian con la mano y los dedos una forma de pico de cigüeña como que le abre y le cierra, y juntamente haziéndole gestos. Y esto es lo que quiso dezir Persio, Satyra Prima: O Iane a tergo, quem nulla ciconia pinsit. (Oh Jano, a quien ninguna cigüeña golpeó por la espalda.) Por quanto figuravan a Jano con dos caras, una delante y otras atrás».

[14] «Levantar o subir a uno sobre el cuerno de la Luna. Es alabarle excesivamente.» *(Dic. Aut.)*

[15] Hoy diríamos «mira por encima del hombro».

[16] *Solar:* «El suelo de la casa antigua de donde descienden hombres nobles.» *(Cov.)*

ligrosos que los de un toro, pues estando fuera de su lugar es forçoso dar abaxo con exemplar infamia.

Fuélos guiando a la Plaça Mayor, donde hallaron passeándose gran multitud de fieras, y todas tan sueltas como libres, con notable peligro de los incautos: había leones, tigres, leopardos, lobos, toros, panteras, muchas vulpexas; ni faltaban sierpes, dragones y basiliscos.

—¿Qué es esto? —dixo turbado Andrenio—, ¿dónde estamos? ¿Es ésta población humana o selva ferina?

—No tienes que temer; que cautelarte[17], sí —dixo el centauro.

—Sin duda que los pocos hombres que habían quedado se han retirado a los montes —ponderó Critilo—, por no ver lo que en el mundo passa, y que las fieras se han venido a las ciudades y se han hecho cortesanas.

—Assí es —respondió Quirón—. El león de un poderoso, con quien no hay poderse averiguar[18], el tigre de un matador, el lobo de un ricaço, la vulpeja de un fingido, la víbora de una ramera, toda bestia y todo bruto han ocupado las ciudades; éssas rúan[19] las calles, passean las plaças, y los verdaderos hombres de bien no osan parezer, viviendo retirados dentro de los límites de su moderación y recato.

—¿No nos sentaríamos en aquel alto —dixo Andrenio— para poder ver, cuando no gozar, con seguridad y con señorío?

—Esso no —respondió Quirón—. No está el mundo para tomarlo de assiento.

—Pues arrimémonos aquí a una destas colunas —dixo Critilo.

—Tampoco, que todos son falsos los arrimos desta tierra. Vamos passeando y passando.

Estaba muy desigual el suelo, porque a las puertas de los poderosos, que son los ricos, había unos grandes montones que relucían mucho.

—¡Oh, qué de oro! —dixo Andrenio.

Y el Quirón:

—Advierte que no lo es todo lo que reluce.

---

[17] *Cautelarse:* «prevenirse, precaverse» *(Dic. Acad.);* o sea, obrar con cautela.
[18] *Averiguarse:* «Componerse, ajustarse con uno, reducirle y sujetarle a la razón... (...) de ordinario se le junta la partícula *no*» (como aquí). *(Dic. Aut.)*
[19] *Ruar:* «Vale también passear la calle.» *(Dic. Aut.)*

Llegaron más cerca y conocieron que era basura dorada.

Al contrario, a las puertas de los pobres y desvalidos había unas tan profundas y espantosas simas, que causaban horror a cuantos las miraban; y assí, ninguno se acercaba de mil leguas: todos las miraban de lexos. Y es lo bueno que todo el día, sin cessar, muchas y grandes bestias estaban acarreando hediondo estiércol y lo echaban sobre el otro, amontonando tierra sobre tierra.

—¡Cosa rara —dixo Andrenio—, aun economía no hay! ¿No fuera mejor echar toda esta tierra en aquellos grandes hoyos de los pobres, con que se emparejara el suelo y quedara todo muy igual?

—Assí había de ser para bien ir —dixo el Quirón—. Pero ¿qué cosa va bien en el mundo? Aquí veréis platicado aquel célebre impossible tan disputado de los filósofos, conviniendo todos en que no se puede dar vacío en la naturaleza; he aquí que en la humana esta gran monstruosidad cada día sucede. No se da ya en el mundo a quien no tiene, sino a quien más tiene. A muchos se les quita la hazienda porque son pobres, y se les adjudica a otros porque la tienen. Pues las dádivas, no van sino a donde hay, ni se hazen los presentes a los ausentes. El oro dora la plata y ésta acude al reclamo de otra. Los ricos son los que heredan, que los pobres no tienen parientes; el hambriento no halla un pedaço de pan y el ahíto está cada día convidado; el que una vez es pobre, siempre es pobre: y desta suerte, todo el mundo lo hallaréis desigual.

—Pues ¿por dónde iremos? —preguntó Andrenio.

—Echemos por el medio y passaremos con menos embaraço y más seguridad.

—Paréceme —dixo Critilo— que veo ya algunos hombres; por lo menos, que ellos lo piensan ser.

—Essos lo serán menos —dixo Quirón—, verlo has presto.

Assomaban ya por un cabo de la plaça ciertos personages que caminaban, de tan graves, con las cabeças hazia baxo por el suelo, poniéndose del lodo, y los pies para arriba muy empinados, echando piernas [20] al aire sin acertar a dar un passo: antes, a cada uno caían, y aunque se maltrataban har-

---

[20] *Echar piernas:* «Significa por metáphora preciarse de lindo, de mui galán y también de valiente y guapo.» *(Dic. Aut.)* Aquí viene bien el significado, ya que Gracián anota al margen «Necios ensalçados».

to, porfiaban en querer ir de aquel modo tan ridículo como peligroso. Començó Andrenio a admirar y Critilo a reír.

—Hazed cuenta —dixo el Quirón— que soñáis despiertos. ¡Oh, qué bien pintaba el Bosco!; ahora entiendo su capricho. Cosas veréis increíbles. Advertid que los que habían de ser cabeças por su prudencia y saber, éssos andan por el suelo, despreciados, olvidados y abatidos; al contrario, los que habían de ser pies por no saber las cosas ni entender las materias, gente incapaz, sin ciencia ni experiencia, éssos mandan. Y assí va el mundo, cual digan dueñas [21]: mejor fuera dueños. No hallaréis cosa con cosa [22]. Y a un mundo que no tiene pies ni cabeça, de merced se le da el descabeçado [23].

No bien passaron éstos, que todos passan, cuando venían otros (y eran los más) y que se preciaban de muy personas. Caminaban hazia atrás y a este modo todas sus acciones las hazían al revés.

—¡Qué otro disparate! —dixo Andrenio—. Si tales caprichos hay en el mundo, llámese casa de orates hermanados [24].

---

[21] *Cual digan dueñas:* «Modo de hablar para dar a entender que alguno quedó mal, o fue maltratado, principalmente de palabras.» *(Dic. Aut.)* Pero Gracián, en su afán irónico, sobre todo con las mujeres, aplica el dicho casi literalmente: «Así va el mundo de mal, según mandan las mujeres.» Por eso añade «mejor fuera dueños», no sólo porque ser dueño de alguna cosa es otra frase hecha, «modo de hablar con que se significa el poder o libertad que se tiene para obrar» *(Dic. Aut.),* sino porque, en clara oposición a dueñas (mujeres) y no ocultando su misoginia, piensa que el mundo, para ir bien, debe ser gobernado por hombres, no por mujeres o por mediohombres (como se viene quejando a lo largo de la Crisi) y más pensando que en la época «dueña» podía aplicarse a los hombres dominados por sus mujeres o a los afeminados. Nos dará Gracián la razón más adelante, en la nota 30.

[22] *No hay cosa con cosa:* «Phrase con que se da a entender que todo está desordenado y descompuesto.» *(Dic. Aut.)*

[23] *Descabeçado:* «Significa también desalumbrado, sin propósito, desconcertado y fuera de razón.» *(Dic. Aut.)* Nótese, asimismo, la elipsis «se le da el nombre de descabeçado»; *de merced,* es decir, por no llamarle otra cosa peor.

[24] Si, según el *Dic. Aut. orate* es «persona desbaratada, sin assiento ni juicio», y *hermanar,* lo mismo que hoy, «igualar una cosa con otra, para que hagan uniformidad y consonancia» (y cita un texto de *El Criticón),* está claro que desea expresar que el mundo es una casa de locos igualados en la que nadie sobresale por cuerdo.

—¿No nos puso —ponderó Critilo— la próvida naturaleza los ojos y los pies hazia delante para ver por donde andamos y andar por donde vemos con seguridad y firmeza? Pues ¿cómo éstos van por donde no ven y no miran por donde van?

—Advertid —dixo Quirón— que los más de los mortales, en vez de ir adelante en la virtud, en la honra, en el saber, en la prudencia y en todo, vuelven atrás. Y assí, muy pocos son los que llegan a ser personas: cual y cual[25], un Conde de Peñaranda[26]. ¿No veis aquella muger lo que forceja, cejando[27] en la vida?: no querría passar de los veinte, ni aquella otra de los treinta, y en llegando a un cero se hunden allí, como en trampa de los años, sin querer passar adelante; aun mugeres no quieren ser: siempre niñas. Mas ¡cómo estira dellas aquel vejezuelo coxo[28], y la fuerça que tiene! ¿No veis cómo las arrastra llevándolas por los cabellos? Con todos los de aquella otra se ha quedado en las manos, todos se los ha arrancado. ¡Qué puñada le ha pegado a la otra! No la ha dexado diente. Hasta las cejas las harta de años. ¡Oh, qué mala cara le hazen todas!

—Aguardá[29], ¿mugeres? —dixo Andrenio—, ¿dónde están?, ¿cuáles son, que yo no las distingo de los hombres?

---

[25] *Cual y cual,* es decir, personas contadas.

[26] Bracamonte y Guzmán, Gaspar de, conde de Peñaranda. Protegido por Olivares, fue miembro de los Consejos de Castilla y Órdenes y de la Cámara de Castilla, y desde 1658 (desaparecido ya Olivares), consejero de Estado. Presidió el Consejo de Indias (...), desempeñó el virreinato de Nápoles. Pero su actuación más destacada en el reinado de Felipe IV fue de carácter diplomático y correspondió a la época en que estuvo en el Congreso de Westfalia (1645-1648) en calidad de plenipotenciario. Fue un travieso diplomático, malévolo y mordaz; a él se debe principalmente el abandono de Francia por los holandeses en las negociaciones de Westfalia y la paz definitiva concertada por Holanda en Münster con los españoles (1648).

[27] *Cejando:* Con el significado de «retroceder, andar hacia atrás» *(Dic. Acad.),* se entiende en los años de la vida, como se verá después.

[28] Según el contexto, ese vejezuelo cojo no es otro que el Tiempo. A Cronos o Saturno, dios del tiempo, destronado por Zeus como rey del Olimpo, se le representa como anciano cuyos atributos son la guadaña —el tiempo es segador—, unas grandes alas —el tiempo vuela— y un reloj de arena. Lo de cojo fue invención de los satíricos.

[29] *Aguardá,* aguardad. Véase nota 11 de esta Crisi.

¿Tú no me dixiste, ¡oh Critilo!, que los hombres eran los fuertes y las mugeres las flacas, ellos hablaban recio y ellas delicado, ellos vestían calçón y capa, y ellas basquiñas? Yo hallo que todo es al contrario, porque, o todos son ya mugeres, o los hombres son los flacos y afeminados; ellas, las poderosas [30]. Ellos tragan saliva, sin osar hablar, y ellas hablan tan alto que aun los sordos las oyen; ellas mandan el mundo, y todos se les sugetan. Tú me has engañado.

—Tienes razón —aquí suspirando Critilo—, que ya los hombres son menos que mugeres. Más puede una lagrimilla mugeril que toda la sangre que derramó el valor; más alcança un favor de una muger que todos los méritos del saber. No hay vivir con ellas, ni sin ellas. Nunca más estimadas que hoy: todo lo pueden y todo lo pierden. Ni vale haberlas privado la atenta naturaleza del decoro de la barba, ya para nota, ya por dar lugar a la vergüença [31], y todo no basta [32].

—Según esso —dixo Andrenio—, ¿el hombre no es el rey del mundo, sino el esclavo de la muger?

—Mirad —respondió el Quirón—, él es el rey natural, sino que ha hecho a la muger su valido, que es lo mismo que dezir que ella lo puede todo. Con todo esso, para que las conozcáis, aquéllas son que cuando más han menester el juizio y el valor, entonces les falta más. Pero sean excepción de mugeres las que son más que hombres: la gran Princesa de Rosano y la excelentíssima señora Marquesa de Valdueza [33].

Más admiración les causó uno que, yendo a caballo en una vulpeja, caminaba hazia atrás, nunca seguido, sino torciendo y revolviendo a todas partes; y todos los del séquito, que no eran pocos, procedían del mismo modo, hasta un perro viejo que de ordinario le acompañaba.

—¿Veis éste? —advirtió Quirón—; pues yo os asseguro que no se mueve de necio.

[30] Esto confirma lo dicho en la nota 21 de esta Crisi.
[31] Es decir, la naturaleza privó a las mujeres de la barba para conocerlas bien, para que no pudieran ocultar el color rojo de la vergüenza.
[32] *Y todo no basta:* es decir, aun así no es suficiente ni para descubrirlas, ni para que la vergüenza les haga cambiar.
[33] Princesa de Rossano, rica heredera italiana llamada Olimpia Aldobrandini, muerta en 1681. En cuanto a la marquesa de Valdueza hay que decir que a ella dedicó Gracián *El Comulgatorio,* «dedicado a la Excelentíssima Señora D. Elvira Ponce de León, Marquesa de Valdueza, y Camarera mayor de la Reyna, nuestra Señora», en el año 1655.

—Yo lo creo —dixo Critilo—, que todos me parece van por estremos en el mundo. ¿Quién es éste, dinos, que pica más en falso que en falto?

—¿No habéis oído nunca nombrar el famoso Caco? Pues éste lo es de la política: digo, un caos de la razón de Estado. Deste modo corren hoy los estadistas, al revés de los demás; assí proceden en sus cosas para desmentir toda atención agena, para deslumbrar discursos[34]. No querrían que por las huellas les rastreassen sus fines: señalan a una parte y dan en otra; publican uno y executan otro[35]; para dezir no, dizen sí; siempre al contrario, çifrando en las encontradas señales su vencimiento[36]. Para éstos es menester un otro Hércules que, con la maña y la fuerça, averigüe sus pisadas y castigue sus enredos[37].

Observó de buena nota Andrenio que los más hablaban a la boca[38], y no al oído, y que los que escuchaban, no sólo no se ofendían de semejante grosería, sino que antes bien gustaban tanto dello que abrían las bocas de par en par, haziendo de los mismos labios orejas, hasta distilárseles el gusto.

—¿Hay tal abuso? —dixo el mismo—. Las palabras se oyen, que no se comen ni se beben, y éstos todo se lo tragan[39]; verdad es que nacen en los labios, pero mueren en el oído y se sepultan en el pecho. Éstos parece que las mascan y que se relamen con ellas.

—Gran señal —dixo Critilo— de poca verdad, pues no les amargan[40].

-----

[34] Véase nota 1, Crisi V.

[35] *Genéricos:* «uno... otro...», una cosa... otra.

[36] *Vencimiento,* tomado como acto de vencer.

[37] Se refiere a la conocida historia de Caco, hijo de Vulcano, ladrón del rebaño de Hércules y a quien éste dio muerte en su guarida, una vez descubierto el robo.

[38] Frase análoga a «hablar al oído». Más adelante dice el personaje Quirón: «¿no veis que ya se usa hablarle a cada uno al sabor de su paladar?».

[39] Obsérvese lo ingenioso de la frase: antes había dicho que los más hablaban a la boca, es decir, adulando a los que escuchaban; los que escuchaban lo hacían con tanto gusto que se comían las adulaciones, no contentos con oír, como si los labios fueran orejas; ahora, juega con un doble significado de tragar, no sólo se comen y beben las palabras, sino que también se las tragan todas, es decir, se lo creen todo.

[40] Porque las verdades, según el dicho popular, duelen o amargan.

136

—¡Oh! —dixo Quirón—, ¿no veis que ya se usa hablarle a cada uno al sabor de su paladar? ¿No adviertes, ¡oh Andrenio!, aquel señor cómo se está saboreando con las lisonjas de açúcar? ¡Qué hartazgo se da de adulación! Créeme que no oye, aunque lo parece, porque todo se lo lleva el viento. Repara en aquel otro príncipe qué haze de engullir mentiras: todo se lo persuade; mas hay una cosa: que en toda su vida dexó de creer mentira alguna, con que escuchó tantas, ni creyó verdad, aunque oyó tan pocas. Pues aquel otro necio desvanecido ¿de qué piensas tú que está tan hinchado? ¡Eh!, que no es de substancia: no es sino aire y vanidad.

—Ésta debe ser la causa —ponderó Critilo—, que oyen tan pocas verdades los que más debrían: ellas amargan, y como ellos las escuchan con el paladar, o no se las dizen, o no tragan alguna; y la que acierta a passar les haze tan mal estómago, que no la pueden digerir.

Lo que les ofendió mucho fue el ver unos vilíssimos esclavos de sí mismos arrastrando eslabonados hierros: las manos (no con cuerdas, ni aun con esposas) atadas para toda acción buena, y más para las liberales; el cuello, con la argolla de un continuo, aunque voluntario, ahogo; los pies, con grillos que no les dexaban dar un passo por el camino de la fama; tan cargados de hierros cuan desnudos de açeros [41]. Y con una nota tan descarada, estaban muy entroniçados, cortejados y aplaudidos, mandando a hombres muy hombres, ingenuos y principales, gente toda de noble condición; éstos servían a aquéllos, obedeciéndoles en todo, y aun los llevaban en peso, poniendo el hombro a tan vil carga. Aquí ya dio vozes Andrenio, sin poderlo tolerar:

—¡Oh, quién pudiera llegar —dezía— y barajar aquellas suertes! ¡Oh, cómo derribara yo a puntillaços aquellas mal empleadas sillas y las trocara en lo que habían de ser [42] y ellos tan bien merecen!

—No grites —dixo Quirón—, que nos perdemos.

—¿Qué importa, si todo va perdido?

---

[41] *Aceros:* «Metaphóricamente significa esfuerzo, ardimiento, valor y denuedo.» *(Dic Aut.),* lo cual sirve a Gracián para el juego de palabras en «hierros» (cadenas y errores).

[42] Anota Romera-Navarro en su edición, y con razón: «Trátase de las sillas de manos llamadas también *toldillos,* que Andrenio trocaría gustoso en sillas de montar, o albardas, para los lomos de aquellos asininos señorones. *Tan bien,* escrito "también" en las ediciones de 1651 y 1658.»

—¿No ves tú que son éstos los poderosos, los que &c.? [43]

—¿Éstos?

—Sí, estos esclavos de sus apetitos, siervos de sus deleites, los Tiberios, los Nerones, los Calígulas, Heliogábalos y Sardanápalos, éssos son los adorados; y al contrario, los que son los verdaderos señores de sí mismos, libres de toda maldad, éssos son los humillados. En consecuencia desto, mira aquellos muy sanos de corazón tendidos en el suelo y aquellos otros tan malos muy en pie; los de buen color en todas sus cosas andan descaecidos y aquellos a quienes su mala conciencia les ha robado el color, por lo que robaron, están empinados; los de buenas entrañas no se pueden tener ni conservar y los que las tienen dañadas corren; los que les huele mal el aliento están alentados, los coxos tienen pies y manos, todos los ciegos tienen palo [44]: de suerte que todos los buenos van por tierra y los malos andan ensalçados.

—¡Oh, qué bueno va el mundo! —dixo Andrenio.

Pero lo que les causó gran novedad, y aun risa, fue ver un ciego que no veía gota (aunque sí bebía muchas), con unos ojos más oscuros que la misma vileza, con más nubes [45] que un mayo; con toda esta ceguera, venía hecho guía de muchos que tenían la vista clara; él los guiaba ciego y ellos le seguían mudos, pues en nada le repugnaban.

—¡Ésta sí —exclamó Andrenio— que es brava ceguera!

—Y aun torpe también —dixo Critilo—. Que un ciego guíe a otro, gran necedad es, pero ya vista, y caer ambos en una profundidad de males; pero que un ciego de todas maneras quiera guiar a los que ven, ésse es disparate nunca oído.

—Yo —dixo [Andrenio] [46] —no me espanto que el ciego pretenda guiar a los otros, que, como él no ve, piensa que todos los demás son ciegos y que proceden del mismo modo, a tientas y a tontas; mas ellos, que ven y advierten el peligro común, que con todo esso le quieran seguir, tropeçando a

---

[43] En la Crisi IV de la tercera parte dedicará largo espacio para los «etcétera», &c, que expresan más que las palabras.

[44] *Todos los ciegos tienen palo.* Ha de interpretarse «palo» no sólo como «palos de ciego», sino también como la frase «tener palo», proveniente por elipsis graciana de «tener el mando y el palo»: «Phrase que vale tener absoluto poder y dominio sobre alguna cosa.» *(Dic. Aut.)*

[45] Son las manchas blancas que salen en el ojo.

[46] Todas las ediciones ponen Critilo por errata.

cada punto y dando de ojos [47] a cada passo hasta despeñarse en un abismo de infelizidades, éssa es una increíble necedad y una monstruosa locura.

—Pues advertid —dixo Quirón— que éste es un error muy común, una desesperación transcendental, necedad de cada día y mucho más de nuestros tiempos. Los que menos saben, tratan de enseñar a los otros; unos hombres embriagos [48] intentan leer cáthedra de verdades. De suerte que habemos visto que un ciego, de la torpe afición de una muger tan fea cuan infame, llevó infinitas gentes tras sí, despeñándose todos en un profundo de eterna calamidad; y ésta no es la octava maravilla, el octavo monstruo [49] sí, que el primer passo de la ignorancia es presumir saber, y muchos sabrían si no pensassen que saben.

Oyeron en esto un gran ruido, como de pendencia, en un rincón de la plaça, entre diluvios del populacho. Era una muger, origen siempre del ruido, muy fea, pero muy aliñada: mejor fuera prendida [50]. Servíala de adorno todo un mundo, cuando ella le descompone todo. Metía a vozes su mal pleito y a gritos se formaba cuando más se deshazía [51]. Habíalas contra otra muger muy otra en todo, y aun por esso su contraria. Era ésta tan linda cuan desaliñada, mas no descompuesta; iba casi desnuda: unos dezían que por pobre, otros que por hermosa; no respondía palabra, que ni osaba ni la oían; todo el mundo la iba en contra, no sólo el vulgo, sino los más principales, y aun... [52], pero más vale enmudecer con ella. Todos se conjuraron en perseguirla; passando de las bur-

---

[47] *Dar de ojos:* «Caer de pechos en el suelo.» *(Dic. Aut.)*

[48] *Embriago:* «Borracho o embriagado. Es voz de poco uso.» *(Dic. Aut.)*

[49] Clarísima alusión a Enrique VIII de Inglaterra y su separación del catolicismo en 1531.

[50] *Prendida:* en la acepción, claro está, de presa, por el desorden que provoca. Pero Gracián le da, en clara disemia, otro significado que registra el *Dic. Aut.* en textos precisamente gracianos: «prender, vale también adornar, ataviar y engalanar las mugeres. Dixose assí porque para esto se ponen muchos alfileres». Dicho Diccionario da a «prendida», con texto de Gracián, la acepción de engalanada, ataviada, etc.

[51] Entiéndase la frase: a gritos reclamaba y se formaba su mal pleito, cuando más se deshacía ella en gritos.

[52] Romera-Navarro supone que calla el nombre de «príncipes». Había otros nombres más innombrables, los eclesiásticos; lógico, después de nombrar al vulgo y a los principales.

las a las veras, de las vozes a las manos, començaron a maltratarla; y cargó tanta gente, que casi la ahogaban, sin haber persona que osasse ni quisiesse volver por ella.

Aquí, naturalmente compassivo, Andrenio fue a ponérsele al lado, mas detúvole el Quirón, diziendo:

—¿Qué hazes? ¿Sabes con quién te tomas [53] y por quién vuelves? ¿No adviertes que te declaras contra la plausible Mentira, que es dezir contra todo el mundo, y que te han de tener por loco? Quisiéronla vengar los niños con sólo dezirla [54], mas como flacos y contra tantos y tan poderosos, no fue possible prevalezer: con lo cual quedó de todo punto desamparada la hermossísima Verdad, y poco a poco, a empellones, la fueron todos echando tan lexos que aun hoy no parece ni se sabe dónde haya parado.

—Basta [55] que no hay justicia en esta tierra —dezía Andrenio.

—¡Cómo no! —le replicó el Quirón—, pues de verdad que hay hartos ministros suyos: justicia hay, y no puede estar muy lexos estando tan cerca la Mentira.

Assomó en esto un hombre de aspecto agrio, rodeado de gente de juizio; y assí como le vio, se fue para él la Mentira a informarle con muchas razones de la poca que tenía. Respondióla que luego firmara la sentencia en su favor, a tener plumas [56]. Al mismo instante, ella le puso en las manos muchos alados pies, con que volando firmó el destierro de la Verdad, su enemiga, de todo el mundo.

—¿Quién es aquel —preguntó Andrenio— que para andar derecho lleva por apoyo el torcimiento en aquella flexible vara?

—Éste —respondió Quirón— es juez.

—Ya el nombre se equivoca con el vendedor del Justo [57].

---

[53] *Tomarse con uno:* «Reñir o tener contienda o cuestión con él.» *(Dic. Acad.)* «Con quién te tomas» va referido a la Mentira, como se verá después, y «por quién vuelves», se entiende para defenderla, va referido a la Verdad.

[54] La Verdad, como se aclarará después.

[55] Sobreentendido un infinitivo como pensar, afirmar, etc., detrás de «basta». Véase nota 6, Crisi II.

[56] Es decir, inmediatamente firmaría la sentencia si tuviera plumas para hacerlo volando, con rapidez. Juega Gracián con el doble significado de pluma, de escribir para firmar y de ave para volar.

[57] Buscando el parecido fonético de juez con Judas, el vende-

Notable cosa, que toca[53] primero para oír después. ¿Qué significa aquella espada desnuda que lleva delante, y para qué la lleva?

—Essa —dixo Quirón— es la insignia de la dignidad y juntamente instrumento del castigo: con ella corta la mala yerba del vicio.

—Más valiera arrancarla de cuaxo —replicó Critilo—. Peor es a vezes segar las maldades, porque luego vuelven a brotar con más pujança y nunca mueren del todo.

—Assí había de ser —respondió Quirón—, pero ya los mismos que habían de acabar los males son los que los conservan, porque viven dellos.

Mandó luego ahorcar, sin más apelación, un mosquito y que lo hiziessen cuartos porque había caído el desdichado en la red de la ley. Pero a un elefante que las había atropellado todas[59], sin perdonar humanas ni divinas, le hizo una gran bonetada[60] al passar cargado de armas prohibidas (bocas de fuego, buenas lanças, gançúas, chuçones)[61] y aun le dixo que aunque estaba de ronda, si era servido, le irían acompañando todos sus ministros hasta dexarle en su cueva. ¡Qué passo éste para Andrenio! Y no paró aquí, sino que a otro desventurado, que encogiéndose de hombros no osaba hablar alto, lo mandó passear[62]. Y preguntando unos por qué le açotaban, respondían otros:

---

dor del Justo, relaciona a ambos por sus acciones. No queda bien parado el representante de la justicia.

[58] *Toca* con doble significado: sea el primero la señal que hace el juez al imponer silencio «para oír después»; sea el segundo el que da, tratándose de jueces, Covarrubias: «tormento de toca, el que se da en el potro con ciertas medidas de agua, que passa por la toca», y que se aplicaba a los procesados.

[59] Entiéndase la elipsis de «leyes», humanas y divinas.

[60] *Bonetada:* «La cortesía que se hace a otro mui cumplido quitándose el bonete o sombrero y baxándole hasta el suelo, inclinando el cuerpo al mismo tiempo.» (*Dic. Aut.*)

[61] *Boca de fuego:* «Se llama generalmente toda arma que se carga y hace su efecto con pólvora; pero con especialidad se entiende de las que se manejan con la mano, como escopeta, pistola, trabuco, etc.» (*Dic. Aut.*) *Chuzo:* «arma blanca ofensiva, que consta de un hasta de madera de dos varas o más de largo, con un hierro fuerte en el remate, redondo y agudo». (*Dic. Aut.*)

[62] *Passear las calles:* «Phrase que da a entender que a alguno le han sacado a azotar por Justicia, u a otro castigo semejante.» (*Dic. Aut.*)

141

—Porque no tiene espaldas [63]; que, a tenerlas, él hombreara como aquellos que van allí cargados dellas, con más cargas a más cargos.

Desapareció el juez, cuando començó a llevarse los ojos y los aplausos un valiente hombre que pudiera competir con el mismo Pablo de Parada [64]. Venía armado de un temido peto conjugado por todos tiempos, números y personas; traía dos pistolas, pero muy dormidas en sus fundas, a lo descansado; caballo desorejado, y no por culpas suyas; dorado espadín en sólo el nombre, hembra en los hechos, nunca desnuda por lo recatada; coronábase de plumas, avechucho de la bizarría, que no del valor.

—Éste —preguntó Andrenio—, ¿es hombre, o es monstruo?

—Bien dudas —acudió el Quirón—, que algunas naciones la primera vez que le vieron le imaginaron todo una cosa, caballo y hombre. Éste es soldado; assí lo estuviera en las costumbres: no anduviera tan rota la conciencia [65].

—¿De qué sirven éstos en el mundo?

—¿De qué? Hazen guerra a los enemigos.

—¡No la hagan mayor a los amigos!

—Éstos nos defienden.

—¡Dios nos defienda de ellos!

—Éstos pelean, destroçan, matan y aniquilan nuestros contrarios.

—¿Cómo puede ser esso, si dizen que ellos mismos los conservan?

—Aguarda, que yo digo lo que debrían hazer por oficio, pero está ya el mundo tan depravado, que los mismos remediadores de los males los causan en todo género de daños. Éstos, que habían de acabar las guerras, las alargan; su empleo es pelear, que no tienen otros juros [66] ni otra renta,

---

[63] *Tener o no tener espaldas:* frase muy corriente en la época, que debe sobreentenderse «tener guardadas las espaldas», es decir, tener uno detrás a alguien que le defiende. En el texto, este desventurado no tiene a nadie que le ampare, y por eso el castigo es seguro.

[64] Sobre Pablo de Parada, véase nota 1 de los preliminares.

[65] Obsérvese la disemia de «soldado»: como militar y como forma del participio del verbo «soldar», con que dice que ojalá tuviera entereza en las costumbres y no tan rota la conciencia.

[66] *Juro:* «Se entiende oy regularmente por cierta especie de pensión annual que el Rey concede a sus vasallos consignándola

y como acabada la guerra quedarían sin oficio ni beneficio, ellos popan al enemigo porque papan[67] dél. ¿Para qué han de matar las centinelas al Marqués de Pescara[68], si viven dél? Que hasta el atambor sabe estos primores. Y assí, veréis que la guerra, que a lo más tirar estas nuestras barras[69] pudiera durar un año, dura doze, y fuera eterna si la felicidad y el valor no se hubieran juntado hoy en un Marqués de Mortara[70]. Lo mismo sienten todos de aquel otro que también viene a caballo para acaballo todo. Este tiene por assumpto y aun obligación hazer de los malos, buenos; pero él obra tan al revés, que de los buenos haze malos, y de los malos, peores. Éste trae guerra declarada contra la vida y la muerte, enemigo de entrambas, porque querría a los hombres ni mal muertos ni bien vivos, sino malos, que es un malíssimo medio. Para poder él comer, haze de modo que los otros no coman; él engorda cuando ellos enflaquezen; mientras están entre sus manos, no pueden comer; y si escapan de ellas, que sucede pocas vezes, no les queda qué comer. De suerte que éstos viven en gloria cuando los demás en pena. Y assí, peores son que los verdugos, porque aquéllos[71] ponen toda

---

en sus rentas Reales o alguna de ellas; ya sea por merced graciosa, perpetua o temporal, para dotación de alguna cosa que se funda o por recompensa de servicios hechos.» *(Dic. Aut.)*

[67] Paranomasia muy apropiada: «popar, vale adular o lisongear a alguno» *(Dic. Aut.),* y «papar, comer cosas blandas sin mascar...; en estilo familiar, se entiende por comer absolutamente» *(Dic. Aut.).*

[68] Aunque hay dos importantes marqueses de Pescara, padre e hijo, creo que Gracián se refiere al padre, Fernando de Ávalos (1490-1525). Tomó parte en casi todas las guerras que tuvieron como teatro el territorio italiano entre 1512 y 1521. Contribuyó a la conquista del Milanesado en 1521, a la derrota de los franceses en Bicocca (1522) y a la toma de Génova. Fue uno de los artífices de la victoria de Pavía (24 de febrero de 1525).

[69] Equívoco claro con «tirar», significando «arrojar» y «durar», y «barras», significando el juego de tirar a la barra y las del escudo aragonés, de ahí que diga «nuestras».

[70] Francisco de Orozco, marqués de Mortara (comienzos del siglo XVII-1668). Participó activamente en la Guerra de Cataluña, primero bajo las órdenes del marqués de Leganés y luego derrotando al virrey La Motte. En 1650 fue nombrado virrey y capitán general de Cataluña y dirigió la parte final de la guerra, ya victoriosa para las armas de Felipe IV.

[71] *Aquéllos:* los verdugos; y más adelante, *éstos:* los médicos. No era raro en la época cambiar así los demostrativos.

su industria en no hazer penar y con lindo aire hazen que le falte al que pernea[72]; pero éstos todo su estudio ponen en que pene y viva muriendo el enfermo; y assí, aciertan los que les dan los males a estajo[73]. Y es de advertir que donde hay más doctores, hay más dolores. Esto dize dellos la ojeriza común, pero engáñase en la vengança vulgar, porque yo tengo por cierto que del médico nadie puede dezir ni bien ni mal: no antes de ponerse en sus manos, porque aun no tiene experiencia; no después, porque no tiene ya vida. Pero advertid que no hablo del médico material, sino de los morales, de los de la república y costumbres, que en vez de remediar los achaques y indisposiciones por obligación, ellos mismos los conservan y aumentan, haziendo dependencia de lo que había de ser remedio[74].

—¿Qué será —dixo Andrenio— que no vemos passar ningún hombre de bien?

—Essos —acudió Quirón— no passan, porque eternamente duran: permanece inmortal su fama. Hállanse pocos, y éstos están muy retirados: oímoslos nombrar como al unicornio en la Arabia y la fénix[75] en su Oriente. Con todo, si queréis ver alguno, buscad un Cardenal Sandoval en Toledo, un Conde de Lemos gobernando Aragón, un Archiduque Leopoldo en Flandes. Y si queréis ver la integridad, la rectitud, la verdad y todo lo bueno en uno, buscad un don Luis de Haro en el centro que merece[76].

---

[72] El que pernea y sin aire al morir es el ahorcado.

[73] *Estajo,* no figura en Covarrubias y Autoridades, sí en el *Dic. Acad.* como antiguo y hoy vulgar por «destajo». La frase quiere decir que los médicos solo curan (aciertan) los males cuando les pagan a destajo, es decir, cuando les pagan durante un tiempo determinado, se les necesite o no.

[74] Ya lo habrá entendido el lector: a los médicos les interesa, no curar o remediar a los enfermos, sino conservarlos y aumentarlos para que sigan dependiendo de ellos y prosigan así las ganancias.

[75] *Unicornio:* Animal fabuloso que fingieron los antiguos poetas, de figura de caballo y un cuerno recto en la mitad de la frente. //. *Fénix,* ave fabulosa, que los antiguos creyeron que era única y que renacía de sus cenizas. De sus cenizas salía una especie de gusano que se convertía después en ave. Los dos animales son lugares comunes en el Siglo de Oro.

[76] Don Francisco Fernández de Castro, IX conde de Lemos (1613-1662). Sucedió a su padre en el título condal cuando éste verificó su retirada al Claustro (1629). Fue virrey de Aragón y

Estaban en la mayor fuga del ver y estrañar monstruosidades, cuando Andrenio, al hazer un grande estremo, alçó los ojos y el grito al cielo como si le hizieran ver las estrellas:

—¿Qué es esto? —dixo—: yo he perdido el tino de todo punto. ¡Qué cosa es andar entre desatinados! Achaque de contagio: hasta el cielo me parece que está trabucado y que el tiempo anda al revés. Pregunto, señores, ¿es día o es noche? Mas no lo metamos en pareceres, que será confundirlo más.

—Espera —dixo el Quirón—, que no está el mal en el cielo, sino en el suelo: que no sólo anda el mundo al revés en orden al lugar, sino al tiempo. Ya los hombres han dado en hazer del día noche, y de la noche día: ahora se levanta aquél, cuando se había de acostar; ahora sale de casa la otra con la estrella de Venus y volverá cuando se ría della la aurora. Y es lo bueno que los que tan al revés viven, dizen ser la gente más ilustre y la más luzida. Mas no falta quien afirma que, andando de noche como fieras, vivirán de día como brutos.

—Esto ha sido —dixo Critilo— quedarnos a buenas noches nosotros; y no me pesa, porque no hay cosa de ver.

—¡Que a éste llamen mundo! —ponderaba Andrenio—. Hasta el nombre miente [77], calcóselo al revés: llámese inmundo y de todas maneras disparatado.

—Algún día —replicó Quirón— bien le convenía su nombre, en verdad que era definición cuando Dios quería y lo dexó tan concertado.

—Pues ¿de dónde le vino tal desorden? —preguntó Andrenio—. ¿Quién lo trastornó de alto a baxo como hoy le vemos?

—En esso hay mucho que dezir —respondió Quirón—. Harto lo censuran los sabios y lo lloran los filósofos. Asseguran unos que la Fortuna, como está ciega y aun loca, lo

---

de Cerdeña en la época de Felipe IV. //. Leopoldo Guillermo, archiduque de Austria, hijo del emperador Fernando II, fue efectivamente gobernador de los Países Bajos en época de Felipe IV. //. Luis Méndez de Haro (1598-1661), de la estirpe de los marqueses de Carpio. Era hijo de doña Francisca Guzmán, hermana del conde duque de Olivares. Llevó a cabo una oposición política contra su tío el conde duque, y fue a la caída de éste (1643) el verdadero sucesor en la privanza del monarca. Tomó parte muy importante en la Paz de los Pirineos (1659).

[77] Porque en latín *mundus* significa «limpio».

revuelve todo cada día, no dexando cosa en su lugar ni tiempo. Otros dizen que cuando cayó el lucero de la mañana aquel aciago día [78], dio tal golpe en el mundo que le sacó de sus quicios, trastornándole de alto a baxo. Ni falta quien eche la culpa a la muger, llamándola el duende universal que todo lo revuelve. Mas yo digo que donde hay hombres no hay que buscar otro achaque: uno solo basta a desconcertar mil mundos, y el no poderlo era lo que lloraba el otro grande inquietador [79]. Mas digo que, si no previniera la divina sabiduría que no pudieran llegar los hombres al primer móvil, ya estuviera todo barajado, ya anduviera el mismo cielo al revés: un día saliera el sol por el Poniente y caminara al Oriente, y entonces fuera España cabeça del mundo [80] sin contradición alguna, que no hubiera quien viviera con ella. Y es cosa de notar que, siendo el hombre persona de razón, lo primero que executa es hazerla a ella esclava del apetito bestial. Deste principio se originan todas las demás monstruosidades, todo va al revés en consecuencia de aquel desorden capital: la virtud es perseguida, el vicio aplaudido; la verdad muda, la mentira trilingüe; los sabios no tienen libros y los ignorantes librerías enteras; los libros están sin doctor y el doctor sin libros; la discreción del pobre es necedad y la necedad del poderoso es celebrada; los que habrían de dar vida, matan; los moços se marchitan y los viejos reverdecen [81]; el derecho es tuerto; y ha llegado el hombre a tal punto de desatino, que no sabe cuál es su mano derecha, pues pone el bien a la izquierda, lo que más le importa echa a las espaldas, lleva la virtud entre pies [82] y en lugar de ir adelante vuelve atrás.

—Pues si esto es assí, como lo vemos —dixo Andrenio—, ¿para qué me has traído al mundo, oh Critilo! ¿No me estaba yo bien a mis solas? Yo resuelvo volverme a la cueva

---

[78] El lucero de la mañana no es otro que Lucifer, el ángel caído. Se le identifica con el planeta Venus, el lucífero o Lucifer, como le llamaron los antiguos, lucero de la mañana.
[79] Alejandro Magno ha sido quizá el más grande inquietador de los mundos.
[80] Sería España cabeza del mundo irónicamente, cuando todo estuviera tan trocado que el sol caminara al contrario de como lo hace; es decir, nunca.
[81] Alusión a los viejos verdes.
[82] *Entre pies,* es decir, pisándola o sin hacerla caso, lo contrario de llevar una cosa entre manos.

de mi nada. ¡Alto, huigamos de tan insufrible confussión, sentina, que no mundo!

—Esso es lo que ya no se puede —respondió Critilo—. ¡Oh, cuántos volvieran atrás si pudieran! No quedaran personas en el mundo. Advierte que vamos subiendo por la escalera de la vida y las gradas de los días que dexamos atrás, al mismo punto que movemos el pie, desaparecen: no hay por donde volver a baxar ni otro remedio que passar adelante.

—Pues ¿cómo hemos de poder vivir en un mundo como éste? —porfiaba afligiéndose Andrenio—; y más para mi condición (si no me mudo), que no puedo sufrir cosas mal hechas: yo habré de reventar sin duda.

—¡Eh, que te harás a ello en cuatro días —dixo Quirón—, y serás tal como los otros!

—Esso no: ¿yo loco, yo necio, yo vulgar?

—Ven acá —dixo Critilo—, ¿no podrás tú passar por donde tantos sabios passaron, aunque sea tragando saliva?

—Debía estar de otra data [83] el mundo.

—El mismo fue siempre que es; assí le hallaron todos y assí le dexaron. Vive un entendedor Conde de Castrillo y no revienta, un entendido Marqués Carreto [84] y passa [85].

—Pues ¿cómo hazen para poder vivir, siendo tan cuerdos?

—¿Cómo?: ver, oír y callar.

—Yo no diría dessa suerte, sino ver, oír y reventar.

—No dixera más Heráclito.

—Ahora dime, ¿nunca se ha tratado de adobar el mundo?

—Sí, cada día lo tratan los necios.

—¿Por qué necios?

—Porque es tan impossible como concertar a Castilla y descomponer a Aragón. ¿Quién podrá recabar que unos no tengan nepotes, y otros privados, que los franceses no sean

[83] *Data:* «Se suele tomar también por calidad. Úsase mui de ordinario en la phrase ʿestar una cosa de mala dataʾ.» *(Dic. Aut.)*
[84] Conde de Castrillo. Don García de Haro, catedrático y rector de Salamanca. Protegido de Olivares, presidente del Consejo de Indias y virrey de Nápoles (1653-58). Compartió el Gobierno con el duque de Medina de las Torres en los últimos años de Felipe IV. //. Marqués de Grana del Carretto, según Romera-Navarro, fue un italiano embajador del emperador de Alemania en Madrid, entre 1641-1646, y uno de los que más contribuyeron a la caída de Olivares (1643).
[85] *Passar,* en el sentido de «sufrir, tolerar o padecer». *(Dic. Aut.)*

tiranos, los ingleses tan feos en el alma cuan hermosos en el cuerpo, los españoles soberbios, y los ginoveses &c.

—No hay que tratar [86], yo me vuelvo a mi cueva y a mis fieras, pues no hay otro remedio.

—Yo te le he de dar —dixo el Quirón— tan fázil como verdadero, si me escuchas en la crisi siguiente.

---

[86] *No hay que tratar,* es decir, «no hay nada que hablar», significado que registra el *Dic. Aut.*

CRISI SÉPTIMA

La fuente de los Engaños

Declararon todos los males al hombre por su enemigo común, no más de por tener él razón. Estando ya para darle la batalla, dizen que llegó al campo la Discordia, que venía, no del infierno, como algunos pensaron, ni de los pabellones militares, como otros creyeron, sino de casa de la hipócrita Ambición. En estando allí, hizo de las suyas: movió una reñida competencia sobre quién había de llevar la vanguardia, no queriendo ceder ningún vicio esta ventaja del valor y del valer. Pretendía la Gula, por primera passión del hombre, que comiença a triunfar desde la cuna. La Lascivia llevábalo por lo valiente, jactándose de la más poderosa passión, refiriendo sus victorias, y favorecíanla muchos. La Codicia alegaba ser la raíz de todos los males. La Soberbia blasonaba su nobleza, haziéndose oriunda del cielo[1], y ser el vicio más de hombres, cuando los demás son de bestias. La Ira lo tomaba fuertemente. Desta suerte peleaban entre sí y todo paraba en confusión. Tomó la mano[2] la Malicia y hízoles una pesadamente grave arenga: encargóles sobre todo la unión, aquel ir encadenados todos, y tocando el punto de la dificultad, les dixo:

—Essa biçarría del embestir, sabida cosa es que toca a mi hija primogénita la Mentira: ¿quién dudó jamás en esso?

---

[1] La soberbia fue el primer pecado del mundo, el de los ángeles rebeldes, como es conocido de todos.
[2] Véase nota 4, Crisi II.

Ella es la autora de toda maldad, fuente de todo vicio, madre del pecado, arpía que todo lo inficiona, fitón[3] que todo lo anda, hidra de muchas cabeças, Proteo de muchas formas, centimano que a todas manos pelea, Caco que a todos desmiente, progenitora al fin del Engaño, aquel poderoso rey que abarca todo el mundo entre engañadores y engañados, unos de ignorancia y otros de malicia. La Mentira, pues, con el Engaño embistan la incauta candidez del hombre cuando moço y cuando niño valiéndose de sus invenciones, ardides, estratagemas, assechanças, traças, ficciones, embustes, enredos, embelecos, dolos, marañas, ilusiones, trampas, fraudes, falacias y todo género de italiano proceder[4]; que de este modo, entrando los demás vicios por su orden, sin duda que tarde o temprano, a la mocedad o a la vejez, se conseguirá la deseada vitoria.

Cuánta verdad sea ésta confírmelo lo que les sucedió a Critilo y Andrenio a poco rato que se habían despedido del sagaz Quirón; el cual, habiéndolos sacado de aquel confuso Babel, registro de todo el mundo, y introduzídolos en el camino más derecho, volvióse a encaminar otros; y ellos passaron adelante en el peregrino viaje de su vida.

Iba muy aconhortado[5] Andrenio con el único remedio que le diera para poder vivir, y fue que mirasse siempre el mundo, no como ni por donde le suelen mirar todos, sino por donde el buen entendedor Conde de Oñate[6]: esso es, al contrario de los demás, por la otra parte de lo que parece; y con esso, como él anda al revés, el que le mira por aquí le

---

[3] *Fitón,* según la enciclopedia Espasa, es un coleóptero de la familia de los cerambícidos.

[4] Tramposos, embusteros o usureros, eran los italianos para Gracián y otros clásicos. En la parte III de *El Criticón,* que discurre en Italia, lo veremos repetidamente.

[5] *Aconhortado:* «Lo mismo que confortado, o animado. Es voz antiquada.» *(Dic. Aut.)* Con razón dice voz anticuada el *Dic. Aut.* porque a partir de la edición de 1658, en lugar de «aconhortado» se pone «consolado». El *Dic. Acad.* registra la voz «aconhortar» como antigua y remite a «conhortar». Romera-Navarro en su edición prefiere poner «consolado», de la edición de 1658.

[6] Íñigo Vélez de Guevara y Tassis, conde de Oñate (?-1658). Fue embajador en Saboya, Viena y Roma, virrey de Nápoles, y en la corte tuvo los cargos de correo mayor y presidente del Consejo de las Órdenes. Conspiró contra el conde duque de Olivares y contra don Luis de Haro.

ve al derecho, entendiendo todas las cosas al contrario de lo que muestran. Cuando vieres un presumido de sabio, cree que es un necio; ten al rico por pobre de los verdaderos bienes; el que a todos manda es esclavo común, el grande de cuerpo no es muy hombre, el gruesso tiene poca substancia, el que haze el sordo oye más de lo que querría, el que mira lindamente [7] es ciego o cegará, el que huele mucho huele mal a todos [8], el hablador no dize cosa, el que ríe regaña [9], el que murmura se condena [10], el que come más come menos [11], el que se burla tal vez se confiessa [12], el que dize mal de la mercadería la quiere [13], el que haze el simple sabe más [14], al que nada le falta él se falta a sí mismo, al avaro tanto le sirve lo que tiene como lo que no tiene [15]; el que gasta más razones tiene menos, el más sabio suele ser menos entendido [16]; darse buena vida es acabar [17]; el que la ama la aborre-

---

[7] *Lindo,* «usado como sustantivo, se toma por el hombre afeminado, presumido de hermoso...» *(Dic. Aut.)* En «lindamente» juega con su significado y el que mira lindamente (perfectamente, pero mejor, presumidamente) es ciego o cegará.

[8] *Oler,* en sentido metafórico que registra el *Dic. Aut.:* «inquirir, con curiosidad y diligencia lo que hacen otros para aprovecharse de ello, u para algún otro fin, y assí se dice, anda oliendo lo que passa en casas ajenas». Es decir, el que fisga mucho es para hablar mal de los demás (huele mal a todos).

[9] *Regañar:* «Formar el perro cierto sonido en demostración de saña, sin ladrar y mostrando los dientes.» *(Dic. Aut.)* También se enseñan los dientes al reír.

[10] O lo que es igual, murmura para que se fijen en otros, no en él y en sus culpas, y así no puedan condenarle. El truco sale mal y acaba condenado.

[11] O sea, que el que gasta más en comer acaba no teniendo ni para comer.

[12] Es decir, el que se burla de las faltas de los demás, está en el fondo confesando las suyas.

[13] Habla mal de ella para que no la compren los demás.

[14] O lo que es igual, el más inteligente es el que, cuando es conveniente, se hace pasar por tonto.

[15] Al avaro le da igual lo que no tiene (que no puede usar de ello) como lo que tiene (porque, de hecho, no lo disfruta).

[16] *Entendido* en dos sentidos: el más sabio suele ser menos entendido por ser sabio, es el primer sentido; el que se cree el más sabio es el que menos entiende, es el segundo.

[17] Si darse buena vida es «entregarse a los gustos, delicias y passatiempos» *(Dic. Aut.),* el que así vive acaba, es decir, lleva camino de perdición o de muerte por su vida desarreglada.

ce [18], el que te unta los cascos ésse te los quiebra [19], el que te haze fiestas te ayuna [20]; la necedad la hallarás de ordinario en los buenos pareceres; el muy derecho es tuerto [21], el mucho bien haze mal [22], el que escusa passos da más; por no perder un bocado se pierden ciento; el que gasta poco gasta doblado [23], el que te haze llorar te quiere bien: y al fin, lo que uno afecta y quiere parecer, esso es menos [24].

Desta suerte iban discurriendo, cuando interrumpió su filosofar otro monstruo, aunque no lo estrañaron, porque en este mundo no se topa sino una monstruosidad tras otra. Venía hazia ellos una carroza (cosa bien rara en camino tan dificultoso, aunque tan derecho), pero ella era tan artificiosa y de tan enteras vueltas [25], que atropellaba toda dificultad. Las pías [26] que la tiraban, más remendadas que pías, eran dos serpientes, y el cochero una vulpeja. Preguntó Critilo si era carroça de Venecia [27], pero dissimuló el cochero, hazien-

[18] Es decir, el que pretende que los demás vean que la ama, cualquier cosa que sea, ése la aborrece.

[19] *Untar los cascos:* «lisonjear mucho a uno, alabándole sus acciones con demasía y afectada ponderación» *(Dic. Aut.).* Es decir, el que más te adula, ése puede que te traicione.

[20] *Ayunarle a uno:* «temerle o respetarle» *(Dic. Aut.).* O sea, el que se muestra muy contento y festivo es el que más le teme o le respeta.

[21] Habrá que entenderlo como «el que parece muy derecho, está muy torcido» (tuerto, participio irregular de torcer).

[22] O sea, el que tiene mucho bien, si hace mal uso de él, acabará convirtiéndolo en mal.

[23] Hoy diríamos: «lo barato sale caro».

[24] Hoy diríamos: «Dime de lo que presumes y te diré de lo que careces.»

[25] *Vuelta:* «Se toma también por acción, ú expressión del genio, u natural de alguno, áspera y sensible, especialmente de quien no se esperaba.» *(Dic. Aut.)* Cogerle a uno las vueltas: «adivinarle sus planes y propósitos, o conocerle el carácter, el humor y las mañas» *(Dic. Acad.).*

[26] *Pía:* «el caballo u yegua cuya piel es manchada de varios colores, como a remiendos» *(Dic. Aut.).* Obsérvese la agudeza semántica: las pías (de varios colores, como a remiendos) eran más remendadas (remendar es también corregir lo malo) que pías (piadosas, misericordiosas), pues eran dos serpientes, símbolo de la maldad.

[27] La carroza procedía de Italia, incluso su nombre. Lógico llamar así a un carro falso y engañoso, aludiendo a la falsedad de los italianos.

do del desentendido. Venía dentro un monstruo, digo, muchos en uno, porque ya era blanco, ya negro; ya moço, ya viejo; ya pequeño, ya grande; ya hombre, ya muger; ya persona, y ya fiera: tanto, que dixo Critilo si sería éste el celebrado Proteo. Luego que llegó a ellos, se apeó con más cortesías que un francés novicio [23], primera especie de engaño, y con más cumplimientos que una despedida aragonesa les dió la bienvenida, ofreciéndoles de parte de su gran dueño su palacio, donde descansassen algunos días del trabajo de tan enfadoso camino. Agradecidos ambos a tan anticipado favor, le preguntaron quién era el tal señor que, sin conocerlo ni conocerlos, assí los obligaba.

—Es —dixo— un gran príncipe que, si bien su señorío se estiende por toda la redondez de la tierra, pero aquí al principio del mundo, en esta primera entrada de la vida, tiene su metrópoli. Es un gran rey y con toda propiedad monarca, pues tiene vassallos reyes; que son bien pocos los que no le rinden parias. Su reino es muy florido, donde, a más de que se premian las armas y se estiman las letras, quien quisiere entender de raíz la política, el modo, el artificio, curse esta corte; aquí le enseñarán el atajo para medrar y valer en el mundo, el arte de ganar voluntades y tener amigos; sobre todo, el hazer parecer las cosas, que es el arte de las artes.

Picado el gusto, picábanle los pies a Andrenio por ir allá: no veía la hora de hallarse en una corte tan política. Y, obligado del agasajo, estaba ya dentro la carroza, dando la mano a Critilo y estirándole a que entrasse; mas éste, como iba con pies de oro [29], volvió a informarse cómo se nombraba aquel príncipe, que siendo tan grande como dezía, no podía dexar de tener gran nombre.

—Muchos tiene —respondió el ministro, mudando a cada palabra su semblante—, nombres y renombres tiene, y aunque en cada provincia el suyo y para cada acción; pero el verdadero, el más propio, pocos le saben: que muy pocos llegan a verle y menos a conocerle. Es príncipe de mucha autoridad, que no es de essos de a dozena en provincia; guarda gran recato, no se permite [30] assí vulgarmente, que consiste

[23] Proverbial era y es la aristocrática cortesía francesa.
[29] Por encarecer aún más la prudencia de Critilo, lo dice en vez de «pies de plomo».
[30] *Permitirse:* «Dexarse ver, mosrtrarse benigno y favorable.» *(Dic. Aut.)*

su mayor estimación en el retiro y en no ser descubierto. Al cabo de muchos años llegan algunos a verle, y esso por gran ventura; que otros, ni en toda la vida.

Ya en esto les había sacado del camino derecho y metido en otro muy intrincado y torcido. Cuando lo advirtió Critilo, començó a malearse[31], pero ya no era fázil volver atrás y desenredarse, assegurándoles la guía[32] que aquél era el atajo del medrar, que le siguiessen, que él les ofrecía sacarlos a luzimiento, y que advirtiessen que casi todos los passajeros echaban por allí.

—No es esso lo mejor —dixo Critilo—; antes lo trivial le haze sospechoso.

Y previno a Andrenio fuesse muy sobre sí y doblasse la cautela.

Llegaron ya a la gran fuente de la gran sed, tan nombrada como desseada de todos los fatigados viandantes, famosa por su artificio, injuria de Juanelo[33], y célebre por la perenidad de sus líquidos cristales. Estaba en medio de un gran campo y aun no bastante para la mucha gente que concurría solizitando alivio a tanta sed y fatiga. Veíase en aquella ocasión tan coronada de sedientos passajeros que parecía haberse juntado todo el mundo: que bien pocos de los mortales faltaban. Brollaba[34] el agua por siete caños en gran abundancia, aunque no eran de oro, sino de hierro, circunstancia que notó bien Critilo, y más cuando vio que, en vez de grifos y leones, eran sierpes y eran canes. No había estanque donde el agua rebalsasse, porque no sobraba gota donde se desperdiciaban tantas, assegurando todos cuantos la gustaban era la más dulce que en su vida habían bebido; y con este cebillo, sobre el cansancio, no cesaban de brindarse, hidrópicos de su dulçura. Para la gente de cuenta, que siempre éstos son contados, había cálizes de oro, que una agradable ninfa, tabernera de

---

[31] El sentido de «malearse» como «pensar mal» lo habrá notado el lector. Luego dirá Critilo que el camino es sospechoso.

[32] *Guía* tenía entonces género ambiguo.

[33] Juanelo Turriano. Mecánico italiano, nacido en Cremona y muerto en Toledo en 1585. Ejerció el oficio de relojero en su ciudad natal y vino a España llamado por Carlos I. Inventó una máquina (el artificio de Juanelo) para elevar las aguas del Tajo en Toledo. Parece que se le nombró «ingeniero mayor» de Felipe II.

[34] *Brollar:* «Dícese propiamente del agua quando mana, y salta hacia arriba de las venas de la tierra.» *(Dic. Aut.)*

Babilonia, con estremada cortesía les ministraba, y las más vezes bailándoles el agua delante [35]. Aquí Andrenio, tan apretado de la sed cuan obligado del agasajo, sin más reparo se precipitó al agua. Poca pudo passar, que le gritó Critilo:

—¡Aguarda, espera, mira primero si es agua!

—Pues ¿qué ha de ser? —replicó él.

—Bien puede ser veneno, que aquí todo es de temer.

—Agua veo yo que es, y muy clara y bien risueña.

—Esso —replicó Critilo— es lo peor; aun del agua clara ya no hay que fiar, pues con todo esse claro proceder adultera las cosas, representándolas mayores de lo que son, y a vezes más altas, y otras las esconde en el profundo: ya ríe, y ya murmura, que no hiziera más un áulico [36].

—Déxame siquiera enjuagar —replicó Andrenio—, que estoy que perezco.

—No hagas tal, que el enjuagar siempre fue reclamo de beber.

—¿Siquiera no podría bañarme estos ojos, limpiándome del polvo que me ciega y del sudor que me ensucia?

—Ni aun esso. Créeme y remítete siempre a la experiencia, con enseñança tuya y riesgo ageno: nota el efecto que hará en estos que ahora llegan, míralos bien primero antes que beban, y vuelve a reconocerlos después de haber bebido.

Llegaba en esto una gran tropa de passajeros que, más sedientos que atentos, se lançaron al agua. Començaron a bañarse lo primero y estregarse los ojos blandamente; pero, cosa rara y increíble, al mismo punto que les tocó el agua en ellos se les trocaron de modo que, siendo antes muy naturales y claros, se les volvieron de vidro de todas colores: a uno, tan açules, que todo cuanto veía le parecía un cielo y que estaba en gloria; éste era un gran necio que vivía muy satisfecho de sus cosas. A otro se le volvieron cándidos como la misma leche; todo cuanto veía le parecía bueno, sin género alguno de malicia; de nadie sospechaba mal, y assí todos le engañaban; todo lo abonaba, y más si eran cosas de sus amigos: hombre más sencillo que un polaco. Al contrario, a otro se le pusieron más amarillos que una hiel, ojos

---

[35] *Bailar el agua delante:* «Phrase vulgar que equivale a dar gusto en todo a uno, assistirle y servirle con grande puntualidad v diligencia, procurando hacer quanto sea, o pueda ser de su agrado.» *(Dic. Aut.)*

[36] *Aulico:* «Lo mismo que cortesano y palaciego.» *(Dic. Aut.)*

de suegra y cuñada; en todo hallaba dolo y reparo, todo lo echaba a la peor parte, y cuantos veía juzgaba que eran malos y enfermos: éste era uno más malicioso que juizioso [37]. A otros se les volvían verdes, que todo se lo creían y esperaban conseguir: ojos ambiciosos [38]. Los amartelados cegaban de todo punto y de agenas legañas. A muchos se les paraban [39] sangrientos, que parecían calabreses [40]. Cosa rara que, aunque a algunos daba buena vista, veían bien y miraban mal: debían ser envidiosos.

No sólo se les alteraban los ojos en orden a la calidad, sino a la cantidad y figura de los objetos; y de suerte que a unos todas las cosas les parecían grandes, y más las propias, a lo castellano; a otros todo les parecía poco, gente de mal contentar. Había uno que todas las cosas le parecían estar muy lejos, acullá cien leguas, y más los peligros, la misma muerte: éste era un incauto. Al contrario, a otro le parecía que todo lo tenía muy cerca y los mismos impossibles muy a mano; todo lo facilitaba: pretendiente había de ser. Notable vista era la que les comunicaba a muchos, que todo les parecía reírseles y que todos les hazían fiestas y agasajo: condición de niños. Estaba uno muy contento porque en todo hallaba hermosura, pareciéndole que veía ángeles: éste dixeron que era o portugués o nieto de Macías [41]. Hombre había que en todo se veía a sí mismo, necio antiferonte [42]. A otro se le equivocó la vista de modo que veía lo que no miraba: bizco de intención y de voluntad torcida. Había ojos de ami-

---

[37] Del color amarillo dice Covarrubias: «Entre las colores se tiene por la más infelice, por ser la de la muerte, y de la larga y peligrosa enfermedad.» Gracián trasláda el color de los males al retrato del malicioso.

[38] Por ser el verde color de esperanza.

[39] *Pararse:* «Vale también ponerse en otro estado diferente del que se tenía, por algún accidente que sobreviene.» *(Dic. Aut.)*

[40] Proverbial era el bandidaje de Calabria en Italia como el de Sierra Morena en España.

[41] Melosos siempre han sido portugueses y gallegos, incluido Macías el Enamorado, trovador gallego del siglo XV, muerto trágicamente en 1534. Más famoso que por sus versos lo fue por su amor hacia una dama de alga alcurnia, llamada Elvira, cuyo marido, celoso, le quitó la vida.

[42] Todo lo contrario al rey Ferón. Hijo de Sesostris, rey de Egipto. El dios Nilo, a quien había insultado, le dejó ciego, pero después recobró la vista y consagró dos obeliscos en el templo del Sol.

gos y ojos de enemigos muy diferentes; ojos de madre, que los escarabajos le parecían perlas, y ojos de madrastra, mirando siempre de mal ojo; ojos españoles, verdinegros, y azules los franceses.

Todos estos monstruosos efectos causó aquel venenoso licor en los que se lavaron con él; que en otros que llegaron a tomarle en la boca y enjuagarse, ya obró más prodigiosas violencias, pues las lenguas, que antes eran de carne sólida y substancial, las trocó en otras de bien extraordinarias materias: unas de fuego, que abrasaban el mundo, y otras de aguachirle muy a la clara; muchas de viento, que parecían fuelles en llenar las cabeças de mentiras, de soplos y de lisonjas. Algunas que habían sido de seda, las volvía de bayeta, y las de terciopelo en raso. Transformaba otras en lenguas de burlas, nada substanciales, y las más de borra, que se embaraçaban mucho en dezir lo que convenía. A muchas mugeres les quitó del todo las lenguas, pero no el habla, que antes hablaban más cuando más deslenguadas.

Començó uno a hablar muy alto.

—Éste —dixo Andrenio— español es.

—No es sino un presuntuoso —dixo Critilo—, que los que habían de hablar más quedo, hablan de ordinario más alto.

—Assí es —dixo uno con una voz muy afeminada que parecía francés, y no era sino un melindroso.

Salióle al encuentro otro que parecía hablar entre boca de noche [43], y todos creyeron era tudesco, mas él mismo dixo:

—No soy sino uno destos que, por hablar culto, hablo a escuras.

Zezeaba uno tanto que hazía rechinar los dientes, y todos convinieron en que era andaluz o gitano. Otros se escuchaban y eran los que peor dezían. Muy alborotado començó uno a inquietarlo todo y revolver el mundo, sin saber él mismo porqué: sólo dixo que era su natural; creyeron todos era mallorquín, mas no era sino un bárbaro furioso. Hablaba uno y nadie le entendía; passó plaça de vizcaíno, mas no lo era, sino uno que pedía. Perdió de todo punto la habla un otro, procurando darse a entender por señas, y todos se reían dél.

—Éste, sin duda —dixo Critilo—, quiere dezir la verdad y no acierta o no se atreve.

---

[43] *Hablar entre boca de noche,* hablar a oscuras o de modo cultista, como aclara Gracián a continuación.

Hablaban otros muy ronco y con voz muy baxa.

—Éstos —dixo— habían de ser del parlamento [44], pero no son sino del consejo de sí mismos.

Algunos hablaban gangoso, si bien no faltaba quien les entendía la ganga [45]; tartamudeando, los que negaban, los que ni bien dezían de sí, ni bien de no. Muchos no hablaban seguido y muy pocos se mordían la lengua. Pronunciaban algunos como botijas [46], a lo enfadado, y más a lo enfadoso; éstos entonado, aquéllos mirlado, especialmente cuando querían engañar. Fue de modo que ninguno quedó con su voz, ni buena ni verdadera. No había hombre que hablasse llanamente, igual, consiguiente [47] y sin artificio: todos murmuraban, fingían, malsinaban, mentían, engañaban, chismeaban, injuriaban, blasfemaban y ofendían. Desde aquí asseguran que a los franceses, que bebieron más que todos y les brindaron [48] los italianos, les quedó el no hablar como escriben ni el obrar lo que dizen; de modo que es menester atenderles mucho a lo que pronuncian y escriben, entendiéndolo todo al revés.

Pero donde mostró su eficacia el licor pestilencial fue en aquellos que bebieron dél, porque al mismo punto que le tragaron (cosa lastimosa, pero cierta) todo el interior se les revolvió y mudó, de suerte que no les quedó aquella substancia verdadera que antes tenían, sino que quedaron llenos de aire, rebutidos de borra: hombres de burla, todo mentira y embeleco. Los coraçones se les volvieron de corcho, sin jugo de humanidad ni valor de personas; las entrañas se les endurecieron más que de pedernales; los sesos de algodón, sin

---

[44] *Parlamento:* «El Consejo Real en Francia.» *(Cov.)*

[45] *Gangoso:* «El que habla por las narizes, con voz como la de la ganga.» *(Cov.) Ganga:* «Es un cierto género de ave palustre, dicha assí por el sonido de la voz.» *(Cov.)* Sin embargo, aquí habrá que entender «ganga» no como el ave, aunque juegue con su significado relacionado con gangoso, sino en la acepción que da el *Dic. Aut.:* «Analógicamente vale lo mismo que maula, o cosa sin provecho o útil»; y «maula», según el mismo *Diccionario,* significa «engaño».

[46] Es decir, entrecortada y atropelladamente, como sale el agua de los botijos.

[47] *Consiguiente:* «… también se dice consequente» *(Dic. Aut.),* lo mismo que consiguientemente era como consequüentemente.

[48] *Brindar:* «Convidar, y en cierta manera provocar a uno para que beba.» *(Dic. Aut.)*

fondo de juizio; la sangre agua, sin color ni calor; el pecho de cera, no ya de azero; los nervios de estopa, sin bríos; los pies de plomo para lo bueno y de pluma para lo malo; las manos de pez, que todo se les apega; las lenguas de borra[49]; los ojos de papel[50]; y todos ellos, engaño de engaños y todo vanidad.

Al desdichado Andrenio, una sola gota que tragó (que la demás se la hizo verter Critilo) le hizo tal operación, que quedó vazilando siempre en la virtud.

—¿Qué te parece? —le dixo Critilo.

—¡Qué perenidad ésta de engaños, qué manantial de mentiras en el mundo!

—Mira qué bueno hubieras quedado si hubieras bebido a hartar, como hazen los más. ¿Piensas tú que valen poco unos ojos claros, una lengua verdadera, un hombre substancial, un Duque de Osuna, una persona que lo sea, un Príncipe de Condé?[51] Créeme, y estima el serlo, que es un prodigio de fénis.

—¿Hay tal sucesso? —dezía Andrenio—, ¿quién tal creyera de una agua tan mansa?

---

[49] Lengua de borra. Si la borra es la parte más grosera y corta de la lana (*Dic. Acad.*), la expresión valdría como lengua de estropajo, que habla y pronuncia mal, y no se entiende lo que dice.

[50] Que no ven o ven mal, oponiendo, creo, el papel al trasparente cristalino o a la trasparente córnea del ojo. Compárese con «lenguas de borra».

[51] Duque de Osuna. Puede referirse a Pedro Téllez Girón (1574-1624), conocido por el Grande. Tercer duque de Osuna, fue virrey de Sicilia. Su virreinato fue uno de los mejores de la historia de la isla. Cuando sube al trono Felipe IV, Olivares ordena la prisión del duque (1621). O puede referirse a Juan Téllez Girón (1597-1656), contemporáneo de Gracián, y también virrey de Sicilia, destacando su persecución de la piratería. //. Luis II, cuarto príncipe de Condé (1621-1686). Se le ha llamado el Gran Condé. Su prestigio militar como jefe de los ejércitos franceses durante la guerra de los Treinta Años fue extraordinario. Obtuvo sobre los tercios españoles de los Países Bajos la importante victoria de Rocroy (1643) y en Alemania las de Friburgo (1644) y Nordlingen (1645), contra las fuerzas del bando imperial. Afirmada en Francia la situación de Mazarino, Condé pasó al servicio de la España de Felipe IV y actuó hasta la Paz de los Pirineos (1659), como jefe de las tropas españolas en los Países Bajos.

—Essa es la peor.

—¿Cómo se llama esta fuente? —preguntó a unos y otros, y ninguno supo responderle.

—No tiene nombre —dixo el Proteo—, que en no ser conocida consiste su eficacia.

—Pues llámese —dixo Critilo— la Fuente de los Engaños, donde el que una vez bebe, después todo se lo traga y todo lo trueca.

Quisiera volver atrás Critilo, mas no pudo, ni vino en ello Andrenio, ya maleado, instando en passar adelante el Proteo y diziendo:

—¡Ea!, que más vale ser necio con todos que cuerdo a solas.

Fuelos desviando, que no guiando, por unos prados amenos donde se estaba dando verdes [52] la juventud. Caminaban a la fresca de árboles frondosos, todos ellos descoraçonados [53], gran señal de infrutíferos. Divisábase ya la gran ciudad por los humos, vulgar señal de habitación humana, en que [54] todo se resuelve. Tenía estremada apariencia, y mejor cuanto más de lejos. Era increíble el concurso que de todas las provincias y a todos tiempos acudían a aquel paradero de todos, levantando espesas nubes de polvo que quitaban la vista. Cuando llegaron a ella, hallaron que lo que parecía clara por fuera, era confusa dentro; ninguna calle había derecha ni despejada: modelo de laberintos y centro de minotauros [55]. Fue a meter el pie el arrojado Andrenio y diole un grito Critilo:

—¡Abre los ojos primero, los interiores digo, y porque adviertas donde entras, mira!

Baxóse a tierra y, escarbando en ella, descubrió laços y más laços de mil maneras, hasta hilos de oro y de rubios cabellos; de suerte que todo el suelo estaba sembrado de trampas encubiertas.

—Nota —le dixo— dónde y cómo entras; considera a ca-

---

[52] *Darse un verde:* «Phrase que vale holgarse, u divertirse por algún tiempo con alusión a las caballerías, que lo toman en la primavera.» *(Dic. Aut.)*

[53] Es decir, con el tronco abierto por sus muchos años, llamados árboles de corazón abierto.

[54] Habrá entendido el lector que su antecedente son «los humos» en que todo lo humano se resuelve.

[55] *Minotauro:* monstruo con cabeza de toro y cuerpo de hombre. Encerrado en el laberinto de Creta construido por Minos, se alimentaba de carne humana. Fue Teseo quien le dio muerte.

da passo que dieres dónde pones el pie y procura assentarlo. No te apartes un punto de mi lado si no quieres perderte. Nada creas de cuanto te dixeren, nada concedas de cuanto te pidieren, nada hagas de cuanto te mandaren. Y en fee [56] desta lición, echemos por esta calle, que es la del callar y ver para vivir.

Eran todas las casas de oficiales [57]; no se veía un labrador, gente que no sabe mentir. Vieron cruzar de una parte a otra muchos cuervos muy domésticos y muy hallados con sus amos. Estrañólo Andrenio y aun lo tuvo por mal agüero, mas díxole el Proteo:

—No te espantes, que destas malas aves dixo una muy aguda necedad Pitágoras prosiguiendo aquel su opinado disparate de que Dios castigaba los malos, en muerte, trasladando sus almas a los cuerpos de aquellos brutos a quienes habían simboliçado en vida: las de los crueles metía a tigres, las de los soberbios a leones, las de los deshonestos a xabalíes, y assí de todos. Dixo, pues, que las almas de los oficiales, especialmente aquellos que nos dexan en cueros cuando nos visten, las daba a cuervos; y como siempre habían mentido diziendo: «Mañana, señor, estará acabado: para mañana sin falta», ahora, prosiguiendo en su misma canción, van repitiendo por castigo y por costumbre aquel su *¡cras, cras!* [58] que nunca llega.

En lo más interior ya de la ciudad vieron muchos y grandes palacios muy ostentosos y magníficos.

—Aquel primero —les dixeron antes de preguntarlo— es de Salomón: allí está embelesado entre más de trecientas mugeres, equivocándose entre el cielo y el infierno. En aquella que parece fortaleza, y no es sino una casa bien flaca, mora Hércules, hilando con Onfale la camisa o mortaja de su fama [59]. Acullá, Sardanápalo, vestido de muger y revestido de

---

[56] Véase nota 2, Crisi VI.
[57] *Oficiales,* en el sentido de aquellos que se ocupan y trabajan en algún oficio; lo aclarará Gracián al hablar a continuación de los oficiales que nos visten, o sea, los sastres.
[58] *Cras:* palabra latina, usada en castellano medieval, que significa «mañana». Juega Gracián bellamente, ya que ha nombrado a los cuervos, con el sonido que ellos hacen, semejante al «¡cras, cras!»
[59] Onfala, reina de Lidia, que compró como esclavo a Hércules. La leyenda nos dice que por espacio de este tiempo estuvo

su flaqueza. Más hazia acá, Marco Antonio el desdichado, por más que le diga la ventura una gitana [60]. En aquel arruinado alcáçar no vive, sino que acaba, el godo Rodrigo, desde cuyo tiempo quedaron fatales los condes para España [61]. Aquella otra, la mitad de oro y la mitad de lodo amassado con sangre humana, es la casa áurea de Nerón el estremado, començando por una prodigiosa clemencia y acabando en una portentosa crueldad. Acullá haze ruido el más cruel de los Pedros [62], que no sólo los dientes, pero todos los huessos está crugiendo de rabia. Aquellos otros palacios se están fabricando ahora a toda prisa; no se sabe aún para quién son, aunque muchos se lo sospechan; lo cierto es que se edificaron para quien no edifica, y estas obras son para los que no las hazen [63].

—Este lado del mundo embaraçan los engañados —les dixo un vestido de verde—; aquel otro lo ocupan los engañadores: aquéllos se ríen déstos y éstos de aquéllos, que al cabo del año ninguno queda deudor.

Mostró grandes ganas Andrenio de passar de la otra banda y verlo todo, no estando siempre entre los engañados. Pero no topaban otro [64] que tiendas de mercaderes, y muy a escuras [65]. Unas vendían borra y más borra para hazer parecer, para suplir faltas, aun de las mismas personas; otras, cartones para hazer figuras. Había una llena de pieles de raposas, y asseguraban eran más estimadas que las martas cebellinas [66].

---

entregado Hércules a los placeres y la malicia, vistiendo ropas de mujer y entretenido en hilar. Hércules y Onfala se amaron, y estos amores han dado asunto a muchas obras de la antigüedad. A Onfala se la considera como una de las diosas de la voluptuosidad y de la generación.

[60] *Gitana* se refiere a Cleopatra, ya que, según el *Dic. Aut.,* los gitanos procedían de Egipto.

[61] Se refiere al conde don Julián.

[62] Pedro I de Castilla, llamado el Cruel (1334-1369). Aunque coincidieron en la época otros dos Pedros, llamados también «el Cruel», Pedro IV de Aragón y Pedro I de Portugal, fue el de Castilla el más nombrado como tal.

[63] Es decir, se edifican para los que no edifican, física o moralmente, y las obras son para quienes no las hacen igualmente.

[64] *Genérico:* «otro», otra cosa.

[65] Tiendas de mercaderes, oscuras, para engañar al cliente.

[66] La frase es ingeniosa: eran más estimadas las pieles de zorra (símbolo de la astucia) que las de las martas cebellinas, de las más estimadas por su finura.

Creyéronlo cuando vieron entrar, y salir, en ella hombres famosos, como Temístocles [67] y otros más modernos. Vestíanse muchos dellas a falta de pieles de león, que no se hallaban; pero los sagazes servíanse dellas por aforro de los mismos armiños [68]. Vieron en una tienda gran cantidad de antojos [69] para no ver o para que no viessen. Compraban muchos los señores para los que los llevan a cuestas, con que los tienen quietos y enfrenados [70]; las casadas los compraban para que no se viessen sus antojos y hazer creer a los maridos se les antojan las cosas [71]. También había para engrandezer y para multiplicar. De modo que había de viejos y de moços, de hombres y de mugeres, y éstos eran los más caros. Toparon una tienda llena de corchos [72] para hazer personas, y realmente, aunque se empinaban con ellos y parecían más de lo que eran, pero todo era poca substancia. Lo que le contentó mucho a Andrenio fue una guantería.

—¡Qué gran invención —dixo— ésta de los guantes, para todo tiempo!, contra el calor y contra el frío, defienden del sol y del aire: aunque no sea sino para dar que hazer a algunos que en todo el día no hazen otro que calçárselos y descalçárselos.

—Sobre todo —dixo Critilo—, para que a poca costa echen buen olor las personas [73]; que de otra suerte cuesta mucho y tal vez un ojo de la cara.

---

[67] Temístocles. General y político ateniense (525-460 a. C.), famoso sobre todo por su victoria naval en Salamina.

[68] Otra frase ingeniosa: primero dice que, a falta de pieles de león (símbolo del valor), muchos se visten de piel de raposa (astucia), aunque se les note; luego especifica que aún son más astutos (sagaces) aquellos a quienes no se les nota, que la llevan debajo de sus ropas como forros.

[69] Antojos: «palabra normal para nombrar las lentes» (Dic. Aut.). La frase quiere decir que muchos los compraban para desfigurar la visión, bien la suya para no ver lo que no quieren, bien la de otros para que no viesen lo que ellos hacen.

[70] Es una ampliación de la nota anterior.

[71] Juega ahora Gracián con «antojos» y «anteojos», que se escribían igual. Las casadas los compraban, bien para ellas disimular sus antojos, bien para ponérselos a los maridos y hacerles creer que eran ellos los que tenían antojos.

[72] Corchos: «Usado el plural, se suele tomar por los chapines» (Dic. Aut.), como aquí, chapines para levantar el cuerpo del suelo y parecer más alto; por eso dice «para hazer personas».

[73] Eran muy utilizados los guantes de ámbar o perfumados.

—¡Qué bien lo entendéis! —replicó el guantero—. Si dixéradeis que sirven ya para envainar las uñas [74], que no les puedan mirar a las manos, esso sí; ni falta quien se los calça para caçar.

—¿Cómo puede ser esso —dixo Critilo—, si el mismo refrán lo contradize? [75]

—No hagáis caso de esso, señor mío, que ya hasta los refranes mienten, o los desmienten. Lo que yo sé dezir es que más monta ahora lo que se da para guantes que en otro tiempo para un vestido.

—Dadme acá uno solo —dixo Critilo—, que yo quiero assentarlo [76].

Después de haber passado las calles de la Hipocresía, de la Ostentación y Artificio, llegaron ya a la Plaça Mayor, que era la de Palacio, porque estuviesse en su centro. Era espacioso y nada proporcionado, ni estaba a escuadría [77]: todo ángulos y traveses, sin perspectiva ni igualdad. Todas sus puertas eran falsas y ninguna patente [78]; muchas torres, más que en Babilonia, y muy airosas; las ventanas verdes, color alegre por lo que promete y el que más engaña. Aquí vivía, o aquí yacía, aquel tan grande como escondido monarca, que muy entretenido assistía estos días a unas fiestas dedicadas a engañar el pueblo no dexándole lugar para discurrir en cosas mayores. Estaba el príncipe viéndolas baxo celosía, ceremonia inviolable, y más este día que hubo unos juegos de manos, obra de gran sutileza, muy de su gusto y genio, toda tropelía.

Estaba la plaça hecha un gran corral [79] del vulgo, enjambre de moscas en el çumbir y en el assentarse en la basura de las costumbres, engordando con lo podrido y hediondo de las morales llagas. A tan mecánico [80] aplauso, subió en puesto

[74] Envainar las uñas, para que no se las vean, quizá largas de robar.
[75] El ponerse guantes para cazar contradice, desde luego, el refrán «gato con guantes no caza».
[76] «Assentar la mano, o el guante. Vale lo mismo que castigar a alguno.» *(Dic. Aut.)*
[77] «Escuadría. Medida en cuadro, que haga o tenga los ángulos rectos.» *(Dic. de Aut.)* Hoy diríamos «escuadra».
[78] *Patente,* abierta. Véase nota 1, Crisi II.
[79] *Corral,* en su doble acepción de teatro o escenario y lugar de las casas donde están las gallinas, la leña, etc., y que suele estar desordenado.
[80] *Mecánico:* «Se toma también por cosa baxa, soez e indecoro-

superior (más descarado que autoriçado, cuales suelen ser todos los que sobresalen en las plaças) un elocuentíssimo embustero, que después de una bien paloteada [81] arenga, començó a hazer notables prestigios [82], maravillosas sutilezas, teniendo toda aquella inumerable vulgaridad abobada. Entre otras burlas bien notables, les hazía abrir las bocas y asseguraba les metía en ellas cosas muy dulces y confitadas, y ellos se lo tragaban; pero luego les hazía echar cosas asquerosíssimas, inmundicias horribles, con gran desaire dellos y risa de todos los circunstantes. El mismo charlatán daba a entender que comía algodón muy blanco y fino, mas luego, abriendo la boca, lançaba por ella espeso humo, fuego y más fuego, que aterraba. Tragaba otras vezes papel y luego iba sacando muchas cintas de seda, listones de resplandor: y todo era embeleco, como se usa.

Gustó mucho Andrenio y començó a solemnizarlo.

—Basta [83] —dixo Critilo— que tú también te pagas de las burlas, no distinguiendo lo falso de lo verdadero. ¿Quién piensas tú que es este valiente embustero? Éste es un falso político llamado el Maquiavelo, que quiere dar a beber sus falsos aforismos a los ignorantes [84]. ¿No ves cómo ellos se los tragan, pareciéndoles muy plausibles y verdaderos? Y, bien examinados, no son otro [85] que una confitada inmundicia de vicios y de pecados: razones, no de Estado, sino de establo. Parece que tiene candidez en sus labios, pureza en su lengua, y arroja fuego infernal que abrasa las costumbres y quema las repúblicas. Aquellas que parecen cintas de sedas son las políticas leyes con que ata las manos a la virtud y las suelta al vicio; éste es el papel del libro que publica y el que masca [86], todo falsedad y apariencia, con que tiene embelesados

---

sa.» (Dic. Aut.) El aplauso es bajo, soez e indecoroso porque así es la gente que lo produce: el vulgo, como dijo antes.

[81] Palotear: «Metaphóricamente vale hablar mucho.» (Dic. Aut.) El mismo diccionario, al reseñar «parloteada» (de parlotear: Hablar mucho y sin sustancia unos con otros), pone este texto de Gracián corrigiendo paloteada por parloteada.

[82] Prestigio: «El engaño, ilusión o apariencia con que los prestigiadores emboban al pueblo.» (Dic. Aut.)

[83] Véase nota 6, Crisi II.

[84] Maquiavelo y su famosísimo libro Il Principe.

[85] Genérico: «otro», otra cosa.

[86] Mascar: «Significa también pronunciar y hablar con dificultad, cortando las cláusulas o voces: ya sea por natural impedi-

a tantos y tontos. Créeme que aquí todo es engaño; mejor sería desenredarnos presto dél.

Mas Andrenio apelóse al entretenimiento del otro día, que lo publicaron por de mucho deporte [87].

No bien amaneció (que allí aun el día nunca es claro) cuando se vio ocupada toda la plaça de un gran concurso de gente, con que no faltó quien dixo estaba de bote en bote vacía [88]. La fiesta era una farsa con muchas tramoyas y apariencias, célebre espectáculo en medio de aquel gran teatro de todo el mundo. No faltó Andrenio, de los primeros, para su gusto, ni Critilo, para su provecho. En vez de la música, ensaladilla [89] del gusto, se oyeron pucheros, y en lugar de los acordes instrumentos y vozes regaladas, se oyeron lloros; al cabo dellos (si se acaban) salió un hombrecillo: digo, que començaba a ser hombre. Conocióse luego ser estrangero en lo desarrapado. Apenas se enjugó las lágrimas, cuando se adelantó a recibirle un grande cortesano haziéndosele muy amigo, dándole la bien venida. Ofrecióle largamente cuanto pudiera el otro desear en tierra agena (y él no cumplir en la propia) con tal sobra de palabras que el estrangero se prometió las obras [90]. Convidóle lo primero a su casa, que se veía allí a un lado tan llena de tramoyas cuan vacía de realidades. Començó a franquearle riquezas en galas, que era de lo que él más necessitava, por venir desnudo; pero con tal artificio, que lo que con la una mano le daba, con la otra se lo quitava con increíble presteza. Calábase un sombrero coronado de diamantes y prontamente arrojaban un ançuelo sin saber cómo ni por dónde y pescábanselo con sobrada cortesía; lo mismo hizieron de la capa, dexándole gentilhombre [91].

---

mento o por no querer declarar enteramente alguna cosa, sino dexarla indecisa.» *(Dic. Aut.)* Hoy diríamos *mascullar*.

[87] *Deporte*: «Diversión, holgura, passatiempo.» *(Dic. Aut.)*

[88] Entiéndase vacía de personas (en el sentido moral) a pesar del gran concurso de gente.

[89] *Ensaladilla*: «Se llama también un joyel compuesto y matizado de diferentes piedras preciosas: como diamantes, rubíes, esmeraldas.» *(Dic. Aut.)*

[90] Entiéndase la frase: tanto le ofreció el cortesano, sin que pudiera cumplir lo prometido, y con tantas palabras que el extranjero se lo creyó («se prometió las obras»).

[91] Juego entre *gentil hombre y cuerpo gentil*: «Phrase adverbial con que se da a entender la cortedad de hacienda y medios de alguno, que no possee otra cosa que lo que trahe sobre sí.» *(Dic. Aut.)*

Poníale delante una riquíssima joya, mas luego con gran destreza se la barajaba, suponiéndole[92] otra falsa, que era tirarle piedras[93]. Estrenábale[94] una gala muy costosa y en un cerrar y abrir de ojos se convertía en una triste mortaja, dexándole en blanco[95]. Y todo esto, con gran risa y entretenimiento de los presentes, que todos gustan de ver el ageno engaño. Faltándoles el conocimiento para el propio, ni advertían que mientras estaban embelesados mirando lo que al otro le passaba, les saqueaban a ellos las faldriqueras y tal vez las mismas capas. De suerte que al cabo, el mirado y los que miraban todos quedaban iguales, pues desnudos en la calle y aun en tierra.

Salió en esto otro agassajador, y aunque más humano, hechura del primero. Parecía de buen gusto, y assí le dixo tratasse de emplearlo. Mandó parar la mesa a quien nunca para[96]. Sacaron muchos platos, aunque los más comen simplato[97], arrastraron sillas, y al punto que el convidado fue a sentarse en una (que no debiera tomarlo tan de assiento), falseóle a lo mejor; y al caer él, se levantó la risa en todo el teatro[98]. Acudió compassiva una muger, y por lo joven muy robusta, y ayudándole a levantar, le dixo se afirmasse en su rolliço braço; con esto pudo proseguir, si no hallara falsificada la vianda, porque al descoronar la empanada, hallaba sólo el eco, y del pernil el *nihil*[99]. Las aves sólo tenían el nombre

---

[92] *Suponer.* En su sentido etimológico latino de «poner en lugar de otro, sustituir falsamente» (*Dic. Latino-Español* de Raimundo de Miguel).

[93] *Tirarle piedras:* habrá que entenderlo como un nuevo juego ingenioso; como le había dado una joya (piedra preciosa) y se la sustituye por una falsa (piedra común) era como lanzarle piedras, o sea, castigarle.

[94] *Estrenar:* «ant. Regalar, galardonar, dar estrenos» (*Dic. Acad.*).

[95] Ingenioso juego de la palabra «blanco», blanco por la mortaja y «dexar en blanco a uno: se dice para significar que a alguno se le dexa sin lo que pretendía, u deseaba» (*Dic. Aut.*).

[96] El agasajador de buen gusto, a quien se le indica que lo emplee, ordena al Gusto, que nunca para porque sobre gustos no hay nada escrito, que prepare la mesa.

[97] Juego original: hablando de platos, los más comen «simplato», que podría tomarse también como alimento de los simples.

[98] *Teatro* puede significar local, pero mejor será darle aquí el significado de «concurrencia».

[99] Utiliza la palabra latina por razón fonética: de la empanada

de perdiganas[100]. Todo crudo y sin sustancia. Al caer, se quebró el salero, con que faltó la sazón, y el agüero no[101]. El pan, que parecía de flor, era con piedras, que aun no tenía salvados. Las frutas, de Sodoma, sin fruto. Sirviéronle la copa de todas maneras penada[102], y tanto, que más fue papar viento que beber vino que fue[103]. En vez de música, era la vaya que le daban[104].

A lo mejor del banquete, cansóse o quiso cansarse el falso arrimo (al fin, por lo femenil, flaco y falso), dexóle caer y contó al revés todas las gradas hasta llegar a tierra y ponerse del lodo. Ninguno de cuantos assistían se comidió[105] ayudarle. Miró él a todas partes si alguno se compadecería y vio cerca un viejo cano; rogóle que pues no era hombre de burlas, como lo prometía su madurez, quisiesse darle la mano. Respondióle que sí y aun le llevaría en hombros; executólo oficioso, mas él era coxo cuando no volaba[106], y no menos falso que los demás. A pocos passos tropeçó en su misma muleta, con que cayó en una encubierta trampa de flores y verduras, gran parte de la fiesta; aquí lo dexó caer, cogiéndole de vuelo la ropa que le había quedado: allí se hundió donde nunca más fue visto ni oído pereciendo su memoria con sonido, pues se levantó la grita de todo aquel mecánico teatro[107]. Hasta Andrenio, dando palmadas, solemniçaba la burla de los unos

---

sólo halló el eco, del pernil también el eco, pero fonético, mediante la consonancia pernil/nihil, además de significar «nada».

[100] *Perdigana:* «(Aragón, Rioja) Perdigón.» *(Dic. de María Moliner.)* El perdigón es el pollo de perdiz. Perdiganas encierra en sí un calambur, perdí-ganas.

[101] Si se quiebra un salero, falta la sal, pero no falta el mal agüero que comporta para la gente el hecho de romperse un salero.

[102] «Copa penada, la que da la bevida con dificultad.» *(Cov.)*

[103] Obsérvese el juego del verbo «fue»: con tal copa penada, más que vino se bebía viento; por eso dice «vino» (bebida y de venir) que ya no es, porque «fue» (de ser y de ir).

[104] *Vaya:* «Burla, ú mofa, que se hace de alguno, un chasco que se le da.» *(Dic. Aut.)*

[105] *Comedirse:* «Anticiparse a hazer algún servicio o cortesía, sin que se lo adviertan o pidan.» *(Cov.)*

[106] El cojo, como dirá más adelante, y como quedó anotado en la Crisi VI, nota 28, es el Tiempo, que cuando no vuela, ya que tiene alas, es cojo.

[107] Véase nota 98 de esta Crisi.

y la necedad del otro. Volvióse hazia Critilo y hallóle que no sólo no reía como los demás, pero estaba sollozando.

—¿Qué tienes? —le dixo Andrenio—. ¿Es possible que siempre has de ir al revés de los demás? Cuando los otros ríen, tú lloras; y cuando todos se huelgan, tú suspiras.

—Assí es —dixo él—. Para mí, ésta no ha sido fiesta, sino duelo; tormento, que no deporte [108]. Y si tú llegasses a entender lo que es esto, yo asseguro me acompañarías en el llanto.

—Pues ¿qué es esto —replicó Andrenio— sino un necio que, siendo estrangero, se fía de todos, y todos le engañan, dándole el pago que merece su indiscreta fazilidad? De esso, yo más quiero reír con Demócrito que llorar con Heráclito [109].

—Y dime —le replicó Critilo—, y si fuesses tú ésse de quien te ríes, ¿qué dirías?

—¿Yo, de qué suerte? ¿Cómo puedo ser él, si estoy aquí vivo y sano, y no tan necio?

—Esse es el mayor engaño —ponderó Critilo—. Sabe, pues, que aquel desdichado estrangero es el hombre de todos, y todos somos él. Entra en este teatro de tragedias llorando; comiénçanle a cantar y encantar con falsedades; desnudo llega y desnudo sale, que nada saca después de haber servido a tan ruines amos. Recíbele aquel primer embustero, que es el Mundo, ofrézele mucho y nada cumple, dale lo que a otros quita para volvérselo a tomar con tal presteza que lo que con una mano le presenta, con la otra se lo ausenta, y todo para en nada. Aquel otro que le convida a holgarse es el Gusto, tan falso en sus deleites cuan cierto en sus pesares; su comida es sin sustancia y su bebida venenos. A lo mejor, falta el fundamento de la Verdad, y da con todo en tierra. Llega la Salud, que cuanto más le assegura más le miente. Aquellos que le dan prisa son los Males; las Penas le dan vaya [110] y grita [111] los Dolores: vil canalla toda de la Fortuna. Finalmente, aquel viejo peor que todos, de malicia envejecida, es el Tiempo, que le da el traspié y le arroja en la sepultura, donde le dexa muerto, solo, desnudo y olvidado. De suerte que, si bien se nota, todo cuanto hay se burla del

---

[108] Véase nota 87 de esta Crisi.
[109] Véase nota 28, Crisi V.
[110] Véase nota 104 de esta Crisi.
[111] *Grita,* como nombre sustantivo, no como verbo: «Las bo-es que se dan en confuso, y de allí gritería.» *(Cov.)*

miserable hombre: el mundo le engaña, la vida le miente, la fortuna le burla, la salud le falta, la edad se passa, el mal le da prisa, el bien se le ausenta, los años huyen, los contentos no llegan, el tiempo vuela, la vida se acaba, la muerte le coge, la sepultura le traga, la tierra le cubre, la pudrición le deshaze, el olvido le aniquila: y el que ayer fue hombre, hoy es polvo, y mañana nada. Pero ¿hasta cuándo perdidos habemos de estar, perdiendo el precioso tiempo? Volvamos ya a nuestro camino derecho, que aquí, según veo, no hay que aguardar sino un engaño tras otro engaño.

Mas Andrenio, hechiçado de la vanidad, había hallado gran cabida en Palacio. Entraba, y salía, en él, idolatrando en la fantástica grandeza de un rey sin nada de realidad: estaba más embelesado cuando más embelecado. Vendíanle los favores, hasta la memoria, con que llegó a prometerse una fortuna extraordinaria. Hazía vivas instancias por verle y besarle los pies, que aun no tenía: ofreciéronle que sí una tarde, que sin llegar siempre lo fue [112].

Volvió Critilo a proponer las conveniencias de su ida, ya persuadiendo y ya rogando; túvole finalmente, si no convencido, enfadado de tanto «¡Sin falta!» con tantas [113]. Llegaron ya a la puerta de la ciudad con resolución de dexarla; mas, ¡oh desdicha continuada!, hallaron guardas en ella que a nadie dexaban salir y a todos entrar. Con esto, hubieron de volver atrás: Critilo, apesarado de su poca suerte; y Andrenio, arrepentido de arrepentido [114]. Volvió de nuevo a su necedad en pretensiones; iba y venía a Palacio, y aunque para cada día había su escusa, nunca el cumplimiento ni el desengaño. No cesaba Critilo de pensar en su remedio, pero el extraordinario modo como lo consiguió diremos adelante, entretanto que se da noticia de las maravillas de la celebrada Artemia.

---

[112] Ofreciéronle que le vería una tarde, que siempre fue tarde porque nunca llegó dicha tarde prometida.

[113] Enfadado, entiéndase, por tanto escuchar que «sin falta» conocería al rey, junto con tantas faltas de cumplimiento de la promesa.

[114] Es decir, arrepentido por haberse arrepentido de desistir en ver al rey.

CRISI OCTAVA

Las maravillas de Artemia

Buen ánimo contra la inconstante fortuna, buena naturaleza contra la rigurosa ley, buena arte contra la imperfecta naturaleza y buen entendimiento para todo. Es el arte complemento de la naturaleza y un otro segundo ser que por estremo la hermosea y aun pretende excederla en sus obras. Préciase de haber añadido un otro mundo artificial al primero; suple de ordinario los descuidos de la naturaleza, perficionándola en todo: que sin este socorro del artificio, quedara inculta y grosera. Éste fue sin duda el empleo del hombre en el paraíso cuando le revistió el Criador la presidencia de todo el mundo y la assistencia en aquél para que lo cultivasse; esto es, que con el arte lo aliñasse y puliesse. De suerte que es el artificio gala de lo natural, realçe de su llaneza; obra siempre milagros. Y si de un páramo puede hazer un paraíso, ¿qué no obrará en el ánimo cuando las buenas artes emprenden su cultura? Pruébelo la romana juventud [1], y más de cerca nuestro Andrenio, aunque por ahora tan ofuscado en aquella corte de confusiones, cuya libertad solizitaron los desvelos de Critilo con la feliqidad que veremos.

Érase una gran reina, muy celebrada por sus prodigiosos hechos, confinante con este primer rey, y por el consiguiente tan contraria suya que de ordinario traían guerra declarada y

---

[1] Refiérese a la juventud de la Roma clásica, educada en las buenas artes.

muy sangrienta. Llamábase aquélla, que no niega su nombre ni sus hechos, la sabia y discreta Artemia[2], muy nombrada en todos los siglos por sus muchas y raras maravillas; si bien se hablaba de ella con grande variedad, porque aunque los entendidos sentían (y, entre ellos, el primero el tan valeroso como discreto Duque del Infantado)[3] de sus acciones como quien ellos son y ella merece, pero lo común era dezir ser una valiente maga, una grande hechizera, aunque más admirable que espantosa. Muy diferente de la otra Cirçe, pues no convertía los hombres en bestias[4], sino al contrario, las fieras en hombres. No encantaba las personas, antes las desencantaba.

De los brutos hazía hombres de razón; y había quien asseguraba haber visto entrar en su casa un estólido jumento y dentro de cuatro días salir hecho persona. De un topo hazer un lince era fácil para ella; convertía los cuervos en cándidas palomas, que era ya más dificultoso, así como hazer parecer leones las mismas liebres y águilas los tagarotes; de un búho hazía un gilguero. Entregábanle un caballo y cuando salía de sus manos no le faltaba sino hablar, y aun dizen que realmente enseñaba a hablar las bestias; pero mucho mejor a callar, que no era poco recabarlo de ellas.

Daba vida a las estatuas y alma a las pinturas; hazía de todo género de figuras y figurillas personas de substancia. Y, lo que más admiraba, de los titivilicios[5], cascabeles[6] y

---

[2] Fácil es relacionar el nombre de Artemia con el «ars» latino que significa «talento, arte, ciencia», a quienes Artemia personifica.

[3] Rodrigo Díaz de Vivar, séptimo duque del Infantado, nieto de doña Ana Mendoza, a la que heredó el título. Capitán general de Caballería y virrey de Sicilia, muerto en 1657.

[4] *Circe*. Diosa, hija del Sol y de la ninfa Persea, célebre por su hermosura y sus sortilegios. Habitaba en la Isla de Ea, donde acogió a Ulises y a sus compañeros, y convirtió a éstos en cerdos para mejor retener al héroe, si bien luego les devolvió su primitiva forma.

[5] Palabra, creo, sacada directamente del latín *titivillitium:* «un nada, cosa de ningún valor». O también formada de «titi», «especie de mico mui pequeño de cuerpo» *(Dic. Aut.)* y «vilicio», derivado de «vil», bajo o despreciable; el compuesto recuerda metafóricamente la palabra latina.

[6] *Cascabel:* «Metaphóricamente se llama el hombre de poco juicio, bullicioso y que habla mucho.» *(Dic. Aut.)*

esquiroles[7] hazía hombres de assiento y muy de propósito, y a los chisgarabises infundía gravedad. De una personilla hazía un gigante y convertía las monerías en madurezes; de un hombre de burlas formaba un Catón severo. Hazía medrar un enano en pocos días, que llegaba a ser un Tifeo[8]. Los mismos títeres convertía en hombres substanciales y de fondo, que no hiziera más la misma prudencia. Los ciegos del todo transformaba en Argos y hazía que los interessados no fuessen los postreros en saber las cosas. Los dominguillos[9] de borra, los hombrecillos de paja, convertía en hombres de veras. A las víboras ponçoñosas, no sólo les quitaba todo el veneno, pero hazía triaca muy saludable dellas.

En las personas exercitaba su saber y su poder con más admiración cuanto era mayor la dificultad, porque a los más incapazes infundía saber, que casi no ha dexado bobos en el mundo, y sí algunos maliciosos. Daba, no sólo memoria a los entroniçados, pero entendimiento a los infelizes; de un loco declarado hazía un Séneca, y de un hijo de vezino un gran ministro; de un alfenique un capitán general tan valiente como un Duque de Alburquerque[10], y de un osado moço un virrey excelentíssimo del mismo Nápoles[11]; de un pigmeo un gigantón de las Indias; de unos horribles monstruos hazía ángeles, cosa que estimaban mucho las mugeres.

Viéronla a vezes, de repente, hazer de un páramo un pensil y que prendían los árboles donde no prendieran las varas[12] mismas. Donde quiera que ponía el pie formaba lue-

---

[7] *Esquirol:* «(Aragón). Ardilla.» *(Dic. de M. Moliner.)* Hombres ardilla, por poca cosa y ligeros, como las ardillas.

[8] Tifeo era uno de los gigantes o jayanes fabulosos de la mitología griega.

[9] *Dominguillo:* «es cierta figura de soldado desarrapado hecho de handrajos y embutido en paja, al qual ponen en la plaça con vna lancilla o garrocha para que el toro se ceue en él y le levante en los cuernos peloteandole» *(Cov.).*

[10] Francisco Fernández de la Cueva (1619-1676). Fue el octavo duque de Alburquerque. Ocupó los cargos de general de las galeras de España, virrey de Nueva España durante siete años. En 1667 se le designó para el virreinato de Sicilia y en 1670 por decisión de la reina gobernadora, doña Mariana de Austria, fue depuesto en el cargo, regresando a España.

[11] Véase nota 6, Crisi VII.

[12] Juego en «prender» y en «varas». En «prender», significando «prender las plantas» y «apresar», y en «varas» significando

go una corte y una ciudad tan culta como la misma Florencia; ni le era impossible erigir una triunfante Roma.

Desta suerte y a esta traza, contaban de ella que no acababan cosas tan maravillosas como plausibles. Llegó esta noticia al no sordo Critilo cuando más desahuciado estaba. Informóse muy por menudo de quién era Artemia, dónde y cómo reinaba, y concibió al punto que en hablarla consistía su remedio. No pudo recabar de Andrenio, ni con ruegos ni razones, que le siguiesse. Y assí él, después de haber velado sobre el caso, traçó huirse; y no tuvo tanta dificultad como imaginaba, que en este orden de cosas el que quiere puede. Rompió con todo, que es el único medio, y saltó por el portillo de dar en la cuenta, aquél que todos cuantos abren los ojos le hallan. Salió, al fin, tan dichoso como contento, y ya libre, metióse en camino para la corte de la desseada Artemia a consultarla el rescate de su amigo, que llevaba más atravessado en su coraçón cuando más dél se apartaba.

Encontró por el camino muchos que también iban allá, unos por curiosidad y otros por su provecho, que eran más cuerdos. Contaban todos cosas y casos portentosos: que amansaba los leones y que con dos palabras que les dezía los tornaba humanos y sufridos; que desencantaba las serpientes y las hazía andar derechas; tomaba de ojo a los basiliscos, quitándoles las niñas, porque no matassen ni miradas ni mirando [13]: que todas eran cosas bien útiles y raras.

—Todo esso es nada —dixo uno— con el prevalecer contra las mismas sirenas y transformarlas en matronas, aquel convertir en tórtolas las lobas; y lo más que se puede imaginar, que de una Venus bestial hizo una virgen vestal.

—Esso es gran cosa —dixeron todos.

Campeaba ya su artificioso [14] palacio, muy superior a todo, y con estar en puesto tan eminente, hazía subir las aguas de los ríos a dar la obediencia a su poderosa maña con un raro artificio, exemplar de aquel otro del famoso artífice que al

---

«ramas de los árboles» y «la que por insignia de jurisdicción trahen los ministros de justicia en la mano, por la cual son conocidos y respetados». (*Dic. Aut.*)

[13] *Basilisco:* Animal fabuloso al cual se atribuía la propiedad de matar con la mirada. Juega Gracián con «niñas» como mujeres que matan de amores al ser miradas y como niñas del ojo del basilisco que matan mirando.

[14] Ya hemos anotado que para Gracián artificioso es artístico.

mismo Tajo dio un corte de aguas cristalinas[15]. Estaba todo él coronado de flores en jardines, prodigios también fragrantes, porque las espinas eran rosas y las maravillas[16] de todo el año; hasta los olmos daban peras y uvas los espinos; de los más secos corchos sacaba jugo y aun néctar; y los peros, en Aragón tan indigestos, aquí se nacían confitados. Oíanse en los estanques cantar los cisnes en todo tiempo; hízosele muy de nuevo a Critilo, porque en otras partes de tal suerte enmudecen que aun en la hora de la muerte, aunque comúnmente se dize que cantan, ninguno se halla que los haya oído.

—Es —le dixeron— que como son tan cándidos, si cantan ha de ser la verdad, y como éssa es tan mal oída, han dado en el arbitrio de enmudecer[17]; sólo en aquel trance, apretados de la conciencia o porque ya no tienen más que perder, cantan alguna verdad. Y de aquí se dixo que tal predicador o tal ministro hablaron claro, el secretario Fulano desbuchó muchas verdades, el otro consejero descubrió su pecho: estando todos para morir.

A la puerta estaba un león que le había convertido en una mansíssima oveja, y un tigre en un cordero. Por los balcones había muchas parleras, digo aves, en conversación, manteniendo la tela[18] los papagayos, aunque los tordos se picaban de su nombre[19]. Los gatos y los alanos de su casa ya no arañaban apretados[20] ni mordían rabiosos, sino que, reconociendo leales su gran dueño, besaban sus generosas plantas.

---

[15] Sobre Juanelo y su artificio, véase nota 33, Crisi VII. Nótese el corte que se da en el Tajo, cuando un tajo es un corte.

[16] *Maravilla:* «una hierba que produce una flor azul listada de rayos rojos, de figura de una campanilla; las flores se marchitan inmediatamente que las da el sol» *(Dic. Aut.).* Maravillas que duran el año, ése es el prodigio de Artemia.

[17] Los cándidos (juego entre blanco e ingenuo) dirán la verdad si hablan; pero como la verdad duele, no se la dejan decir. Sólo dicen la verdad (cantan), en el trance de muerte, como dice seguidamente.

[18] *Mantener la tela:* «el que se pone a satisfazer a todos» *(Cov.).*

[19] *Picarse:* «preciarse o jactarse» *(Dic. Aut.).* Los tordos se jactan de su nombre porque «dixose tordo, a tarditate, según San Isidoro Gosnerio, per onomatopeiam a cantu. Esta avecica tiene la lengua harpada y por esto imita la voz humana, y no sólo una voz, pero muchas juntas en armonía» *(Cov.).*

[20] *Apretar:* «Vale asimismo acosar, seguir con fuerza. Significa también maltratar, oprimir, ocasionar mal y daño.» *(Dic. Aut.)*

Estábanles aguardando a la puerta muchas y bien aliñadas donzellas, aunque mecánicas [21] y de escalera abaxo; otras más nobles y liberales le subieron arriba y le ensalçaron a la oficina en que la discretíssima Artemia, assistida de los varones eminentes (señalándole a cada uno su puesto el grande apreciador de las eminencias don Vicencio de Lastanosa) [22], estaba actualmente ocupada en hazer personas de unos leños. Tenía un rostro muy compuesto, ojos penetrantes; su hablar, aunque muy medido, muy gustoso; sobre todo, tenía estremadas manos que daban vida a todo aquello en que las ponía; todas sus facciones muy delicadas, su talle muy airoso y bien proporcionado, y en una palabra, toda ella de muy buen arte.

Recibió con agradable bizarría a Critilo, celebrándole por muy de su genio, sacándolo por la pinta, y añadió que con razón se llamó el rostro faz, porque él mismo está diziendo lo que haze, y *facies,* en latín, lo que *facíes* [23]. Llegó Critilo a saludarla, logrando favores tan agradables. Estrañó ella que un varón discreto viniesse, no ya solo, mas sí tanto, que la conversación, dezía, es de entendidos y ha de tener mucho de gracia, y de las gracias, ni más ni menos de tres [24]. Aquí, distilando el coraçón en lágrimas, Critilo:

—Otros tantos —respondió— solemos ser: un otro camarada que dexo por dexado y siempre se nos junta otro tercero de la región donde llegamos, que tal vez nos guía, y tal nos pierde, como ahora; que por esso vengo a ti, ¡oh gran remediadora de desdichas!, solicitando tu favor y tu poder para rescatar este otro yo, que queda mal cautivo, sin saber de quién ni cómo.

—Pues si no sabes dónde le dexas, ¿cómo le hemos de hallar?

—Aquí entran tus prodigios —replicó él—: a más de que

[21] Tratándose del palacio de Artemia, se refiere a las artes mecánicas y luego nombrará a las más nobles y liberales.

[22] Vicencio Juan de Lastanosa (1607-1684), escritor y arqueólogo. Fue señor de Figueras y gentilhombre de la casa de su Majestad, entusiasta protector de los artistas, sobre todo de Gracián, como hemos apuntado en la introducción.

[23] Juego entre facies (cara) y facíes (imperfecto medieval en -íe).

[24] Tres eran las Gracias, hijas de Venus y de Baco, cuyo poder se extendía sobre cuanto tenía relación con el agrado de la vista. Según Hesíodo eran Aglaé (la resplandeciente), Eufrosina (la gozosa) y Talía (la floreciente).

ahí queda en la corte (juráralo yo que había de ser su perdición) de un rey famoso sin ser nombrado, poderoso por lo universal y singular por lo desconocido.

—¡Tate! —dixo ella—, ya estás entendido (que fue favor substancial): él queda sin duda en la Babilonia, que no corte, de mi grande enemigo Falimundo [25], porque ahí perece el mundo entero y todos acaban porque no acaban [26]. Pero, mejor ánimo en la peor fortuna, que no nos ha de faltar ardid contra el engaño.

Mandó llamar uno de sus mayores ministros, gran confidente suyo, que acudió tan pronto como voluntario; parecía hombre de propósito, y aun ilustre, por lo claro y verdadero. A éste le confió la empresa, informándole muy bien Critilo de lo passado y Artemia de lo hazedero. Entrególe juntamente un espejo de puríssimo cristal, obra grande de uno de los siete griegos, explicándole su manejo y eficacia. Y él empeñó su industria: vistióse al uso de aquel país, con la misma librea que los criados de Falimundo, que era de muchos dobleces, pliegues, aforros y contraforros, senos, bolsillos, sobrepuestos, alhorzas [27] y capa para todas las cosas. Desta suerte se partió pronto a cumplir el preciso mandato.

Quedó Critilo tan hallado como favorecido en la corte de Artemia, muy entretenido y aun aprovechado, viéndola cada día obrar mayores prodigios; porque la vio convertir un villano zafio en un cortesano galante, cosa que parecía impossible; de un montañés hizo un gentilhombre, que fue también gran primor del arte, y no menor hazer de un vizcaíno un elocuente secretario [28]. Convertía las capas de bayeta raídas en terciopelos, y aun en felpas; un manteo deslucido de un pobre estudiante en una púrpura eminente, y una gorra en una mitra. Los que servían en una parte hazía mandassen otra y tal vez el mundo todo, pues de un zagal que guardaba

---

[25] *Falimundo:* nombre formado por «falir» («ant. Engañar una persona a otra», *Dic. María Moliner)* y el sufijo -mundo, que aparece en muchos nombres propios. Personifica al Engaño.

[26] Con elipsis: «acaban (perecen) porque no acaban de conseguir lo que quieren». Esto le pasaba a Andrenio, que acudía todos los días al palacio de Falimundo.

[27] *Alhorza,* alforza: pliegue o doblez. Tanto esta palabra como las restantes definen el reino de Falimundo, el reino del Engaño.

[28] Porque los vizcaínos, como ya hemos anotado, eran tenidos como cortos de inteligencia y además hablaban mal el castellano.

una piara hizo un pastor universal [29]: obrando con más poder a mayor distancia, porque se le vio levantar un moço de espuelas a Betlengabor [30], y de un lacayo un señor de la Tença [31]. Y de tiempos passados contaban mayores cosas, pues la vieron transformar las aguijadas en cetros [32] y hazer un César de un escribano [33]. Mejoraba los rostros mismos, de modo que de la noche a la mañana se desconocían, mudando los pareceres de malos en buenos, y éstos en mejores. De hombres muy livianos hazía hombres graves, y de otros muy flacos, hombres de mucha substancia. Y era de modo que todos los defectos del cuerpo suplía: hazía espaldas [34], era pies y manos [35] para unos, y daba ojos a otros, dientes y cabellos; y lo que es más, remendaba coraçones, haziéndolos de las mismas tripas [36]: que todos eran milagros de su artificio. Pero lo que más admiró a Critilo fue verla coger entre las manos un palo, un tronco, y irle desbastando hasta hazer dél un hombre que hablava de modo que se le podía escuchar; discurría y valía, al fin, lo que bastava para ser persona.

Pero dexémosle tan bien entretenido y sigamos un rato al prudente anciano que camina en busca de Andrenio a la corte del famoso rey Falimundo.

Duravan aún los juegos bacanales. Andavan las máscaras más validas que en la misma Barcelona [37]; no huvo hombre

---

[29] Romera-Navarro piensa que se trata de Félix Peretti (1521-1590) que fue papa con el nombre de Sixto V.

[30] Bethlen Gábor (Gabriel). Príncipe de Transilvania (1580-1629), que invadió Hungría en 1620 y se proclamó rey. Vencido por el emperador Fernando II, renunció al título. Belengábor trae la edición de 1651; Betlengábor la de 1658.

[31] Señor de la Tenza era el emperador de Japón (Romera-Navarro).

[32] Labrador era el rey Wamba cuando le hicieron rey.

[33] Es decir, hacer un César de un hombre de letras. Téngase en cuenta que César fue también escritor.

[34] Entiéndase en su doble sentido. «Hacer espaldas: Significa por translación resguardar y encubrir a uno para que consiga su intento.» (Dic. Aut.)

[35] Ser sus pies y sus manos: «Phrase con que se a entender que alguna persona descansa y alivia a otro en sus dependencias y negociados, de modo que sin él fuera mui dificultoso el despacharlos.» (Dic. Aut.)

[36] Por el dicho, aunque cambiándolo como siempre Gracián, «hacer de tripas corazón».

[37] En las fiestas, se entiende.

ni muger que no saliesse con la suya, y todas eran agenas [38]. Había de todos modos [39], no sólo de diablura, pero de santidad y de virtud, con que engañaban a muchos simples: que los sabios claramente les dezían se las quitassen. Y es cosa notable que todos tomaban las agenas, y aun contrarias, porque la vulpeja salía con máscara de cordero, la serpiente de paloma, el usurero de limosnero, la ramera de rezadora y siempre en romerías [40], el adúltero de amigo del marido, la tercera de saludadora, el lobo del que ayuna, el león de cordero, el gato con barba a lo romano [41] con hechos de tal, el asno de león mientras calla, el perro rabioso de risa por tener falda [42], y todos de burla y engaño.

Comenzó el viejo a buscar a Andrenio por aquellas encrucijadas, que no calles; y aunque llevaba las señas tan individuales, él estaba ya tan trocado que no le conociera el mismo Critilo, porque ya los ojos no los tenía ni claros ni abiertos como antes, sino muy oscuros y casi ciegos, que los ministros de Falimundo ponen toda su mira en quitarla; ya no hablaba con su voz, sino con la agena; no oía bien y todo iba a mal andar: que si los hombres son otros de la noche a la mañana, ¡qué sería en aquel centro de la mentira! Con todo, valiéndose de su industria, y por otras señales más seguras de la ocasión y del tiempo, vino a tener lengua [43] dél. Hallóle un día perdiendo muchos en mirar cómo otros perdían sus haziendas, y aun las conciencias. Había un gran partido de pelota, propio entretenimiento del mundo, y assí,

---

[38] Nuevo juego antitético suya/ajena: cada cual salía con *su* máscara pero todas eran *de otro* (representaban a otro u otra).

[39] O sea, había máscaras de todas clases.

[40] «Romería de cerca mucho vino y poca cera. Refr. que da a entender que muchas veces toman por pretexto las devociones para la diversión y el placer.» *(Dic. Aut.)*

[41] *Gato:* «Se toma asimismo por el ladrón ratero, que hurta con astucia y engaño.» *(Dic. Aut.)* Quizá juega aquí Gracián con la barba a lo romano, que utilizaban también los judíos (de fama, ladrones); asimismo, «Romano llaman al gato manchado a listas de pardo y negro» *(Dic. Aut.).* La frase «con hechos de tal» hace pensar en lo primero.

[42] Frase tal vez muy ingeniosa: de igual manera que el perro rabioso simula calma cuando tiene falda, carne sin hueso, para echarse a la boca, el hombre violento se pone la máscara de la risa para pasar como una delicada y apacible mujer, ya que la risa, al ser femenina tiene falda como la mujer.

[43] «Tomar lengua, informarse.» *(Cov.)*

se jugaba en su gran calle a dos bandas muy contrarias, porque los unos de los jugadores eran blancos y los otros negros, unos altos y otros baxos, éstos pobres, aquéllos ricos, y todos diestros, como quien no haze otro [44] eternamente. Las pelotas eran de viento [45], tan grandes como cabeças de hombres, que un pelotero llenaba de viento por ojos y por oídos, dexándolas tan huecas como hinchadas. Cogíalas el que las sacaba a plaça [46] y, diziendo que jugaba con toda verdad (pues todo es burla y todo juego), daba con la pelota por aquellos aires con más presteza cuanto más impulso; rebatíala el otro sin dexarla reposar un instante; todos la sacudían de sí con notable destreza, que en esso consistía su ganancia; ya estaba tan alta que se perdía de vista, ya tan baxa que iba rodando por aquellos suelos entre el lodo y la basura; uno la daba del pie y otro de mano [47], pero los más con unas que parecían lenguas y eran palas; ya andaba entre los de arriba, ya entre los de abaxo, padeciendo grandes altibaxos. Gritaba uno que ganaba quinze [48]; y era assí, que a los quinze años suele ser la ganancia del vicio y la pérdida de la virtud. Otro dezía treinta [49]; y tenía por ganado el juego, cuando a tanta edad no se sabe. Deste modo la fueron peloteando hasta que cayó en tierra reventada, donde la pisaron: que en esto había de parar, y tan a su costa ganaron unos y se entretenían todos.

---

[44] Genérico: «otra cosa».

[45] *Pelota de viento* era una clase de pelota: «... que llamaron follis; esta se jugava en lugares espaciosos, assi en calle como en corredores largos». *(Cov.)*

[46] *Sacar a plaza*: «Publicar y hacer notoria alguna cosa que estaba oculta, o se ignoraba.» *(Dic. Aut.)* Obsérvese la ironía de Gracián: el que sacaba decía que lo hacía con toda la verdad (pero todo era mentira) y los demás se escabullían para no recibir la verdad aunque no lo era.

[47] *Dar de pie*: «despreciar y apartar de sí con enfado y desprecio alguna cosa»; *dar de mano*: «despreciar a alguno o alguna cosa» *(Dic. Aut.)*.

[48] *Quince*, juego de cartas: «... cuyo fin es hacer quince puntos con las cartas que se reparten una a una, y si no se hacen, gana el que tiene más puntos sin passar de las quince. Juegasse regularmente envidando» *(Dic. Aut.)*.

[49] *Treinta*, juego de cartas: «... en que repartidas dos o tres cartas entre los que juegan, van pidiendo más hasta hacer treinta puntos, contando las figuras por diez, y las demás cartas por lo que pintan» *(Dic. Aut.)*

—Éstas —dixo Andrenio, volviéndose hazia quien le buscaba— parecen cabeças de hombres.

—Y lo son —respondió el viejo—, y una de ellas es la tuya; de hombres, digo, descabeçados, más llenas de viento que de entendimiento, y otras de borra, de enredos y mentiras. Rebútelas el mundo de su vanidad, cógenlas aquellos de arriba, que son los contentos y felizidades, y arrójanlas a los de abaxo, que son sus contrarios, los pesares y calamidades con todo género de mal; ya está el hombre miserable entre unos, ya entre otros, ya abatido, ya ensalçado; todos le sacuden y le arrojan, hasta que, reventado, viene a parar entre la açada y la pala en el lodo y la hediondez de un sepulcro.

—¿Quién eres tú, que tanto ves?

—¿Quién eres tú, que estás tan ciego?

Fuéssele poco a poco introduziendo, ganóle la voluntad para ganarle el entendimiento. Fuele descubriendo Andrenio sus esperanças y las grandes promesas de valer. Vista la saçón, díxole el viejo:

—Ten por cierto que por esse camino jamás llegarás a ver este rey, cuanto menos hablarle; dependes de su querer y él nunca querrá, que le va el ser en no ser conocido. El medio que sus ministros toman para que le veas es cegarte [50]; ¡mira tú cuán poco miras! Hagamos una cosa: ¿qué me darás y yo te le mostraré esta misma tarde?

—¿Burlas de mí? —le dixo Andrenio.

—No, porque siempre estoy de veras. No quiero otra cosa de ti sino que le mires bien cuando te le mostrare.

—Esso es pedirme lo que deseo.

Señalaron hora y acudieron puntuales, el uno como deseoso y el otro verdadero; y cuando Andrenio creyó le llevaría a Palacio y le introduziría por el favor o por el secreto, vio que le sacaba fuera, apartándole más. Quiso volverse, pareciéndole mayor embuste éste que todos los passados. Detúvole el Prudente, diziendo:

—Advierte que lo que no se puede ver cara a cara, se

---

[50] Prefiero dejar la frase afirmativa, con lo que la paradoja es más sutil. Además, así la expresan las ediciones de 1651 y 1658; las demás ediciones colocan la negación delante de «le veas», incluida la de Romera-Navarro con lo que no estoy de acuerdo, porque no es necesaria; si el medio que utilizan para que Andrenio vea a Falimundo es la ceguera, ¿cómo le va a ver?; con razón completa Gracián la frase «mira tú cuán poco miras».

procura por indirecta. Subamos a aquella eminencia, que levantados de tierra yo sé que descubriremos mucho.

Subieron a lo alto, que caía enfrente de las mismas ventanas de Falimundo. Estando aquí, dixo Andrenio:

—Paréceme que veo mucho más que antes.

De que se holgó harto el compañero, porque en el ver y conocer consistía su total remedio. Hazíase ojos [51] Andrenio mirando hazia Palacio por ver si podría bruxulear alguna realidad, mas en vano, que estaban las ventanas unas con celosías muy espesas y otras con vidrieras.

—No ha de ser desse modo —dixo el viejo—, sino al contrario, volviendo las espaldas, que las cosas del mundo todas se han de mirar al revés para verlas al derecho.

Sacó en esto el espejo del seno y, desenvolviéndole de un cendal, púsosele delante, encarándole muy bien a las ventanas contrarias de Palacio.

—Mira ahora —le dixo—, contempla bien y procura satisfacer tu desseo.

¡Cosa rara y inaudita!; començó a espantarse y a temer tanto Andrenio, que casi desmayaba.

—¿Qué tienes?, ¿qué ves? —le preguntó el anciano.

—¡Qué he de ver!, lo que no quisiera ni creyera. Veo un monstruo, el más horrible que vi en mi vida, porque no tiene pies ni cabeça; ¡qué cosa tan desproporcionada, no corresponde parte a parte, ni dize uno con otro [52] en todo él!; ¡qué fieras manos tiene, y cada una de su fiera [53], ni bien carne ni pescado, y todo lo parece!; ¡qué boca tan de lobo [54], donde jamás se vio verdad! Es niñería la quimera en su cotejo: ¡qué agregado de monstruosidades! ¡Quita, quítamele delante, que moriré de espanto!

Pero el prudente compañero le dezía:

—Cúmpleme la palabra, nota aquel rostro, que a la primera vista parece verdadero, y no es de hombre, sino de vulpeja;

---

[51] *Hacerse ojos.* «Estar solícito y atento, para conseguir o executar alguna cosa que se desea, o para verla y examinarla.» (*Dic. Aut.*)

[52] Es decir, no coordina las palabras o su sentido.

[53] Entiéndase «cada una de su fiera», como explica Gracián después, que unas veces parece la mano de un animal, y otras de otro.

[54] *Boca de lobo:* «Expressión común y vulgar para significar la noche que es mui oscura; como suelen ser las del invierno.» (*Dic. Aut.*)

182

de medio arriba es serpiente; tan torcido tiene el cuerpo y sus entrañas tan revueltas, que basta a revolverlas; el espinazo tiene de camello y hasta en la nariz tiene corcova; el remate es de sirena, y aun peor, tales son sus dexos. No puede ir derecho; ¿no ves como tuerce el cuello?; anda acorvado[55], y no de bien inclinado. Las manos tiene gafas[56], los pies tuertos, la vista atravessada. Y a todo esto, habla en falsete, para no hablar ni proceder bien en cosa alguna.

—¡Basta —dixo Andrenio—, que reviento!

—Y basta que a ti te sucede[57] lo que a todos los otros —dixo el viejo—, que en viéndole una vez tienen harto, nunca más le pueden ver: esso es lo que yo desseaba.

—¿Quién es este monstruo coronado? —preguntó Andrenio—, ¿quién este espantoso rey?

—Éste es —dixo el anciano— aquel tan nombrado y tan desconocido de todos, aquel cuyo es todo el mundo por sola una cosa que le falta[58]; éste es aquel que todos platican[59] y le tratan, y ninguno le querría en su casa, sino en la agena; éste es aquel gran caçador con una red tan universal que enreda todo el mundo; éste es el señor de la mitad del año, primero, y de la otra mitad después; éste, el poderoso (entre los necios) juez a quien tantos se apelan, condenándose; éste, aquel príncipe universal de todos, no sólo de hombres, pero de las aves, de los pezes y de las fieras; éste es, finalmente, el tan famoso, el tan sonado, el tan común Engaño.

—No hay más que aguardar —dixo Andrenio—. Vámonos de aquí, que ya estoy más lejos dél cuando más cerca[60].

—Aguarda —dixo el viejo—, que quiero que conozcas toda su parentela.

---

[55] «Acorvado», encorvado.

[56] *Gafas:* «que padece la enfermedad llamada gafedad, o lepra (contración o encogimiento de los nervios, que impide el movimiento de las manos y pies)» *(Dic. Aut.).* Pero Gracián, juega también con el significado de gafas como anteojos, y dirá por eso «pies tuertos» (pies torcidos, participio irr. de torcer), teniendo presente que no saben donde ir porque no ven.

[57] Hoy diríamos «suceda», en subjuntivo.

[58] La única cosa que le falta al Engaño es la verdad.

[59] *Platicar:* «Practicar.» *(Dic. Aut.)* A continuación dejamos «querría», de la edición de 1658, y no «quería», de 1651, por evidente errata de ésta.

[60] Es decir, cuando estoy más cerca de él, más lejos quiero estar.

Ladeó un poco el espejo y apareció una urca[61] más furiosa que la de Orlando, una vieja más embelecadora que la de Sempronio[62].

—¿Quién es esta Meguera?[63] —preguntó Andrenio.

—Ésta es su madre, la que le manda y gobierna; ésta es la Mentira.

—¡Qué cosa tan vieja!

—Ha muchos años que nació.

—¡Qué cosa tan fea! Cuando se descubre, parece que cojea.

—Por esso le alcançan luego.

—¡Qué de gente le acompaña!

—Todo el mundo.

—Y de buen porte.

—Éssos son los más allegados.

—¿Y aquellos dos enanos?

—El Sí y el No, que son sus meninos.

—¡Qué de promessas, qué de ofrecimientos, escusas, cumplimientos, favores! Hasta las alabanças la acompañan.

Torció el espejo a un lado y a otro y descubrieron mucha gente honrada[64], aunque no de bien.

—Aquélla es la Ignorancia, su abuela; la otra, su esposa, la Malicia; la Necedad, su hermana; aquellos otros, sus hijos y hijas, los Males, las Desdichas, el Pesar, la Vergüença, el Trabajo, el arrepentimiento, la Perdición, la Confussión y el Desprecio. Todos aquellos que le están al lado son sus hermanos y primos, el Embuste, el Embeleco y el Enredo, grandes hijos deste siglo y desta era. ¿Estás contento, Andrenio? —le preguntó el viejo.

[61] *Urca:* «Orca. Cetáceo.» En el *Orlando furioso* de Ariosto aparece este monstruo que se alimentaba de carne de mujeres hermosas. La edición de 1651 escribe «Huerca» y «hurca» la de 1658.

[62] La vieja embelecadora de Sempronio, criado de Calisto, no es otra que la Celestina.

[63] Meguera, mejor Megera. Una de las tres furias, Eménides o Erinias, divinidades infernales del remordimiento y de la reparación moral, ejecutoras de las órdenes de los grandes dioses para el castigo de los culpables en esta vida y su tortura en la otra. Eran hijas de Aqueronte y de la Noche. Las otras dos se llamaban Tisifone y Alecto.

[64] Al añadir «aunque no de bien» habrá que interpretar «honrada» en su sentido irónico, que trae Autoridades: «Honrado. Irónicamente se toma por bellaco, pícaro, travieso»; y más si acompañan al Engaño.

—Contento no, pero desengañado sí. Vamos, que los instantes se me hazen siglos; una misma cosa me es dos vezes tormento, primero desseada y después aborrecida.

Salieron ya por la puerta de la luz[65] de aquel Babel del Engaño. Iba Andrenio a medio gusto, que nunca llega a ser entero. Examinóle el viejo de su nueva pena y respondióle:

—¡Qué quieres!, que aún no me he hallado todo.

—¿Qué te falta?

—La mitad.

—¿Qué, algún camarada?

—Más.

—¿Algún hermano?

—Aún es poco.

—¿Tu padre?

—Por ahí, por ahí: un otro yo, que lo es un amigo verdadero.

—Tienes razón, mucho has perdido si un amigo perdiste, y será bien dificultoso hallar otro. Pero, dime, ¿era discreto?

—Sí, y mucho.

—Pues no se habrá perdido para sí. ¿No supiste qué se hizo?

—Díxome iba a la corte de una reina, tan sabia como grande, llamada Artemia.

—Si era entendido, como dizes, yo lo creo, allá habrá aportado. Consuélate, que allá vamos también, que quien te sacó del Engaño ¿dónde te ha de llevar sino al Saber, digo, a la corte de tan discreta reina?

—¿Quién es esta gran muger y tan señora, nombrada en todas partes? —preguntó Andrenio.

Y el anciano:

—Con razón la llamas señora, que no hay señorío sin saber. Començando por su nobilíssima prosapia, dízense della cosas grandes: asseguran unos que desciende del mismo Cielo y que salió del celebro soberano; otros dizen ser hija del Tiempo y de la Observación, hermana de la Experiencia; ni falta quien, por otro estremo, porfía que es hija de la Necessidad, nieta del Vientre; pero yo sé bien que es parto del Entendimiento. Vivió antiguamente (que no es niña, sino muy persona en todo), como tan favorecida de las monar-

---

[65] Creo que no hay que pensar en ninguna puerta concreta, como se ha dicho. Gracián habla de la puerta de la luz por ser la puerta de salida del reino del Engaño.

quías, en sus mayores cortes. Começó en los assirios, passó a los egipcios y caldeos, fue muy estimada en Atenas (gran teatro de la Grecia), en Corinto y en Lacedemonia; passó después a Roma con el Imperio, donde, en competencia del valor, la laurearon, cediendo los arneses a las togas. Los godos, gente inculta, la começaron a despreciar, desterrándola de todo su distrito; apuróla y aun pretendió acabar con ella la bárbara morisma [66] y húbose de acoger a la famosa tetrarquía de Carlomagno, donde estuvo muy acreditada. Mas hoy, a la fama de la mayor, la más dilatada y poderosa monarquía española, que ocupa entrambos mundos, se ha mudado a este augusto centro de su estimación.

—¿Cómo no habita en su famosa corte, aplaudida de todas las naciones de tan universal imperio, venerada de sus cultos cortesanos, y no aquí en medio de la intolerable villanía? —replicó Andrenio—; que si son dichosos los que habitan las ciudades, más lo serán ellos cuanto mayores ellas.

—Porque quiere probarlo todo —respondió el anciano—. Íbale muy mal en las cortes, donde tiene más enemigos cuanto mayores vicios; vivió ya entre los cortesanos, donde experimentó tan a su costa las persecuciones de la infelizidad y de la malicia, la falta de verdad, la sobra de embeleco, y aun averiguó que había allá más necedad cuanto más presumida. Muchas vezes la he oído dezir que si allí hay más cultura, aquí más bondad; si allí más puestos, aquí más lugar; allí empleos, aquí tiempo; allí se passa, aquí se logra [67], y que esto es vivir y aquello acabar.

—Con todo esso —replicó Andrenio—, yo más quisiera haberlas con bellacos que con tontos; malo es todo, pero de verdad que la necedad es intolerable, y más para entendidos: perdóneme la sabia Artemia.

Relumbraba ya su alcázar, cielo equivocado [68], bordado todo de inscripciones y coronado de vítores. Fueron bien recibidos, con agradecimientos el viejo y Andrenio con abraços, assegurándole certezas quien no le regateaba permisiones. Aquí, en honra de sus dos huéspedes, obró Artemia sus más célebres prodigios; y no sólo en los otros, sino en ellos mis-

---

[66] Parece injusta la alusión de Gracián hacia los árabes y su cultura habiendo tenido en España tal esplendor.

[67] Lograr: «gozar» (Dic. Aut.)

[68] Equivocado porque es como un cielo que no está en lugar propio del cielo.

mos, y más en Andrenio, que necessitaba de sus realces. Viose muy persona en poco tiempo y muy instruido para adelante; que si un buen consejo es bastante para hazer dichosa toda la vida, ¿qué obrarían en él tantos y tan importantes? Comunicáronla su vida y su fortuna, noticia de superior gusto para ella, por lo raro. Alternó, curiosa, muchas preguntas a Andrenio, haziéndole repetir una y muchas vezes aquella su primera admiración cuando salió a ver el mundo, la novedad que le causó este gran teatro del universo.

—Una cosa deseo mucho oírte —le dixo a Andrenio—, y es: entre tantas maravillas criadas como viste, entre tantos prodigios como admiraste, ¿cuál fue el que más te satisfizo?

Lo que respondió Andrenio nos lo diga la otra crisi.

CRISI NONA

Moral anotomía del Hombre

Eternizaron con letras de oro los antiguos en las paredes de Delfos, y mucho más con caracteres de estimación en los ánimos de los sabios, aquel célebre sentimiento de Biante [1]: *Conócete a ti mismo.* Ninguna de todas las cosas criadas yerra su fin, sino el hombre; él solo desatina, ocasionándole este achaque la misma nobleza de su albedrío. Y quien comiença ignorándose, mal podrá conocer las demás cosas. Pero ¿de qué sirve conocerlo todo, si a sí mismo no se conoce? Tantas vezes degenera en esclavo de sus esclavos cuantas se rinde a los vicios. No hay salteadora. Esfinge que assí oprima al viandante (digo, viviente) como la ignorancia de sí, que en muchos se condena estupidez, pues ni aún saben que no saben, ni advierten que no advierten.

Desta común necedad pareció excepción Andrenio cuando assí respondió a la curiosa Artemia:

—Entre tanta maravilla como vi, entre tanto empleo [2] como aquel día logré, el que más me satisfiço (dígolo con rezelo, pero con verdad) fui yo mismo, que cuanto más me reconocía más me admiraba.

—Esso era lo que yo deseaba oírte —aplaudió Artemia—,

---

[1] Bías o Biante de Priena. Uno de los siete sabios de Grecia que floreció a fines del siglo VI a. C. Sus compatriotas le consideraban como un oráculo; se han conservado algunas máximas suyas.

[2] *Empleo:* «Significa también el entretenimiento... en que ocupa el tiempo.» *(Dic. Aut.)*

y assí lo ponderó el augustíssimo [3] de los ingenios cuando dixo que entre todas las maravillas criadas para el hombre, el mismo hombre fue la mayor de todas. Assí también lo generaliza el príncipe de los filósofos [4] en su tan assentada máxima que siempre es más aquello por quien otro es tal. De modo que si para el hombre fueron criadas tan preciosas las piedras, tan hermosas las flores y tan brillantes las estrellas, mucho más lo es el mismo hombre para quien fueron destinadas: él es la criatura más noble de cuantas vemos, monarca en este gran palacio del mundo, con possessión de la tierra y con espectativa del cielo, criado de Dios, por Dios y para Dios.

—A los principios —proseguía Andrenio—, rudamente me reconocía, pero cuando pude verme a toda luz y por estraña suerte acabé de contemplarme en los reflexos de una fuente; cuando advertí era yo mismo el que creí otro, no podré explicarte la admiración y gusto que allí tuve: remirábame, no tanto necio, cuanto contemplativo. Lo primero que observé fue esta disposición de todo el cuerpo, tan derecha, sin que tuerça a un lado ni a otro.

—Fue el hombre —dixo Artemia— criado para el cielo, y assí, crece hazia allá; y en essa material rectitud del cuerpo está simboliçada la del ánimo, con tal correspondencia, que al que le faltó por desgracia la primera sucede con mayor faltarle la segunda [5].

—Es assí —dixo Critilo—: donde quiera que hallamos corvada la disposición, rezelamos también torcida la intención; en descubriendo ensenadas en el cuerpo, tememos haya doblezes en el ánimo; el otro a quien se le anubló alguno de los ojos, también suele cegarse de passión, y lo que es digno de más reparo, que no les tenemos lástima como a los ciegos, sino rezelo de que no miran derecho; los coxos suelen tropeçar en el camino de la virtud, y aun echarse a rodar, coxeando la voluntad en los afectos; faltan los mancos en la perfección de las obras, en hazer bien a los demás. Pero

---

[3] Se refiere a San Agustín.

[4] El príncipe de los filósofos desde el Renacimiento era Platón.

[5] Sobreentiéndase «desgracia» después de mayor. Muy hiperbólica y fuera de lugar es la afirmación, ya que, según la frase, el que mayor perfección tuviera en el cuerpo mayor la tendría en el alma. También son hiperbólicas las afirmaciones, en su misma línea, del párrafo siguiente; no sabemos por qué, por ejemplo, los cojos físicos han de cojear en la virtud.

la razón, en los varones sabios, corrige todos estos pronósticos siniestros.

—La cabeça —dixo Andrenio— llamo yo, no sé si me engaño, alcáçar del alma, corte de sus potencias.

—Tienes razón —confirmó Artemia—, que assí como Dios, aunque assiste en todas partes, pero con especialidad en el cielo, donde se permite su grandeza, assí el alma se ostenta en este puesto superior, retrato de los celestes orbes. Quien quisiere verla búsquela en los ojos; quien oírla, en la boca; y quien hablarla, en los oídos. Está la cabeça en el más eminente lugar, ya por autoridad, ya por oficio, porque mejor perciba y mande.

—Y aquí he notado yo con especial atención —dixo Critilo— que aunque las partes desta gran república del cuerpo son tantas (que solos los huessos llenan los días del año; y esta numerosidad, con tal armonía, que no hay número que no se emplee en ellas, como, digamos, cinco son los sentidos, cuatro los humores, tres las potencias, dos los ojos), todas vienen a reduzirse a la unidad de una cabeça, retrato de aquel primer móvil divino a quien viene a reduzirse por sus gradas toda esta universal dependencia.

—Ocupa el entendimiento —dixo Artemia— el más puro y sublime retrete [6], que aun en lo material fue aventajado como mayorazgo de las potencias, rey y señor de las acciones de la vida, que allí se remonta, alcança, penetra, sutiliza, discurre, atiende y entiende. Estableció su trono en una ilessa candidez, librea propia del alma, estrañando toda oscuridad en el concepto y toda mancha en el afecto, masa suave y flexible, apoyando [7] dotes de docilidad, moderación y prudencia. La memoria atiende a lo passado, y assí se hizo tan atrás cuanto el entendimiento adelante [8]; no pierde de vista lo que fue, y porque echamos comúnmente atrás lo que más nos importa, previno este descuido haziendo Jano [9] a todo cuerdo.

---

[6] *Retrete:* «Quarto pequeño en la casa o habitación, destinado para retirarse.» *(Dic. Aut.)*

[7] *Apoyar,* en el sentido que da el *Dic. Aut.* de «afianzar» o el de la Academia, «confirmar».

[8] Se refiere a su localización en el cerebro.

[9] Jano, rey de Italia, con quien reinó juntamente Saturno cuando fue expulsado del Cielo. El dios le concedió el don de ver en lo pasado y en lo porvenir, y por eso se le representa con dos caras.

—Los cabellos me parecieron más para el ornato que para la necessidad —ponderó Andrenio.

—Son raízes deste humano árbol —dixo Artemia—: arráiganle en el cielo y llévanle allá de un cabello [10]; allí han de estar sus cuidados y de allá ha de recibir el sustancial sustento. Son librea de las edades por lo que tienen de adorno, variando con los colores los afectos. Es la frente cielo del ánimo, ya encapotado, ya sereno, plaça de los sentimientos; allí salen a la vergüença los delitos, sobran [11] las faltas y plaçéanse [12] las passiones: en lo estirado la ira, en lo caído la tristeça, en lo pálido el temor, en lo rojo la vergüença, la doblez en las arrugas y la candidez en lo terso, la desvergüença en lo liso y la capacidad en lo espacioso.

—Pero los que a mí —dixo Andrenio— más me llenaron en esta artificiosa fábrica del hombre fueron los ojos.

—¿Sabes —dixo Critilo— cómo los llamó aquel grande restaurador de la salud, entretenedor de la vida, indagador de la naturaleza, Galeno? [13]

—¿Cómo?

—Miembros divinos, que fue bien dicho, porque si bien se nota, ellos se revisten de una magestuosa divinidad que infunde veneración, obran con una cierta universalidad que parece omnipotencia, produziendo en el alma todas cuantas cosas hay en imágines y especies [14], assisten en todas partes remedando inmensidad, señoreando en un instante todo el hemisferio.

—Con todo, reparé yo mucho en una cosa —dixo Andrenio—, y es que, aunque todo lo ven, no se ven a sí mismos,

---

[10] *Llevar a uno de un cabello:* «Phrase que denota la docilidad de alguno a ser llevado con facilidad donde quisieren. Y también ir con gusto y hacer con voluntad lo que otro dice.» *(Dic. Aut.)* Juega Gracián con la frase: los cabellos, por estar arriba, llevan al hombre hacia el cielo «de un cabello», con docilidad.

[11] *Sobran las faltas:* Juego verbal sobrar-faltar, con significado oscuro, después de decir «allí salen los delitos»; entenderemos «sobrar» por «sobrepujar» *(Dic. Aut.),* es decir, «destacarse».

[12] *Plaçear:* «Publicar o hacer manifiesta alguna cosa.» *(Diccionario Aut.)* Es decir, manifestar públicamente.

[13] Galeno. Médico y filósofo griego (131-210), después de Hipócrates el primer médico de la antigüedad.

[14] «Especie», como algo producido en el alma, habrá que interpretarlo, no como seres de la misma esencia, sino como «la imagen o representación de sí que envía el objeto». *(Dic. Aut.)*

191

ni aun las vigas que suelen estar en ellos, condición propia de necios: ver todo lo que passa en las casas agenas, ciegos para las propias. Y no fuera poca conveniencia que el hombre se mirara a sí mismo, ya para que se temiera y moderara sus passiones, ya para que reparara sus fealdades.

—Gran cosa fuera —dixo Artemia— que el colérico viera su horrible ceño y se espantara de sí mismo, que un melindroso y un adamado vieran sus afeminados gestillos, y se correrían el altivo con todos los demás necios. Pero atendió la cauta naturaleza a evitar mayores inconvenientes en el verse: temióle necio (no se enamorara de sí, aun el más monstruo) y todo ocupado en verse, ninguna otra cosa mirara. Basta que se mire a las manos antes que le miren otros, remire sus obras (que es preciso) y atienda a sus acciones, que sean tan muchas como perfectas; mírese también a los pies, hollando su vanidad, y sepa dónde los pone y dónde los tiene, vea en qué passos anda, que esso es tener ojos.

—Assí es —replicó Andrenio—, mas para tanto ver, poco parecen dos ojos, y éssos tan juntos; de una alhaja tan preciosa lleno había de estar todo este animado palacio. Pero ya que hayan de ser dos, no más, pudiéranse repartir, y que uno estuviera delante para ver lo que viene y el otro atrás para lo que queda: con esso, nunca perdieran de vista las cosas.

—Ya algunos —respondió Critilo— arguyeron a la naturaleza de tan imaginario descuido y aun fingieron un hombre, a su parecer muy perfecto, con la vista duplicada; y no servía sino de ser hombre de dos caras, doblado más que duplicado [15]. Yo, si hubiera de añadir ojos, antes los pusiera a los lados, encima de los oídos, y muy abiertos, para que viera quién se le pone al lado, quién se le entremete a amigo; y con esso, no perecieran tantos de aquel mortal achaque del costado [16], viera el hombre con quién habla, con quién se ladea [17], que es uno de los más importantes puntos de la vida, y vale más estar solo que mal aconsejado. Pero advierte que dos ojos bien empleados, bastantes son para todo: ellos miran derechamente lo que viene cara a cara y de reojo lo

---

[15] Después de referirse a Jano (vista duplicada) afirma que no sirvió como dos hombres, duplicado, sino que fue de dos caras, doblado o falso, engañoso.

[16] Ese mortal achaque de costado es la traición, como explica seguidamente.

[17] *Ladearse con uno:* «Andar o caminar al lado de uno.» *(Dic. Acad.)*

que a traición. Al atento bástale una ojeada para descubrir cuanto hay. Y aun por esso fueron formados los ojos en esferas, que es la figura más apta para el exercicio de ver: no cuadrada, no haya rincones, no se esconda lo que más importa que se vea. Bien están en la cara, porque el hombre siempre ha de mirar adelante y a lo alto. Y si hubiera otros en el celebro, fuera ocasión de que al levantar los unos al cielo, abatiera los otros a la tierra, con cisma de afectos.

—Otra maravilla he observado en ellos —dixo Andrenio—, que es el llorar, y me parece andan muy necios, porque ¿qué remedia los males el llorarlos? No sirve sino de aumentar penas. El reírse de todo el mundo, aquel no dársele cosa de cuanto hay, esso sí que es saber vivir.

—¡Ah!, que como los ojos —dixo Artemia— son los que ven los males, y tantos, ellos son los que los lloran. Siempre verás que quien no siente, no se siente; mas quien añade sabiduría, añade tristeza [18]. Essa vulgaridad del reír quédese para la necia boca, que es la que mucho yerra. Son los ojos puertas fieles por donde entra la verdad, y anduvo tan atentamente escrupulosa la naturaleza que, para no dividirlos, no se contentó con juntarlos en un puesto, sino que los hermanó en el exercicio; no permite que vea el uno sin el otro, para que sean verídicos contestes [19]; miren juntos una misma cosa, no vea blanco el uno y negro el otro; sean tan parecidos en el color, en el tamaño y en todo, que se equivoquen [20] entre sí y desmientan la pluralidad.

—Al fin —dixo Critilo—, los ojos son en el cuerpo lo que las dos lumbreras en el cielo y el entendimiento en el alma: ellos suplen todos los demás sentidos y todos juntos no bastan a suplir su falta; no sólo ven, sino que escuchan, hablan, vozean, preguntan, responden, riñen, espantan, aficionan, agasajan, ahuyentan, atraen y ponderan: todo lo obran. Y lo que es más de notar, que nunca se cansan de ver, como ni los entendidos de saber, que son los ojos de la república.

—Notablemente anduvo próvida la naturaleza —dixo An-

---

[18] Habría que añadir «por no ser entendido»; es pensamiento típico de Gracián.

[19] *Conteste:* «el testigo que declara, sin discrepar en nada, lo mismo que ha declarado otro, sin variar en el hecho ni en sus circunstancias» *(Dic. Aut.).*

[20] *Equivocarse una cosa con otra:* «Vale semejarse a ella y parecer una misma, siendo distintas.» *(Dic. Aut.)*

drenio— en señalar su lugar a cada sentido, más o menos eminente según su excelencia: a los más nobles mejoró en los primeros puestos y puso a vista los sublimes exercicios de la vida; al contrario, los indecentes y viles, aunque necessarios, los desterró a los más ocultos lugares, apartándolos de la vista.

—Mostróse —dixo Critilo— gran celadora de la honestidad y decoro, que aun los femeniles pechos los puso en puesto que pudiessen alimentar los hijos con decencia.

—Después de los ojos, señaló en segundo lugar a los oídos —dixo Andrenio—, y me parece muy bien que le tengan tan eminente. Pero aquello de estar al lado, te confiesso, me hizo disonancia, y parece fue facilitar la entrada a la mentira; que, assí como la verdad viene siempre cara a cara, ella a traición ingiérese de lado. ¿No estuvieran mejor baxo los ojos y éstos examinaran primero lo que se oye, negando la entrada a tanto engaño?

—¡Qué bien lo entiendes! —dixo Artemia—. Lo que menos convenía era que los ojos estuvieran con los oídos: tengo por cierto que no quedara verdad en el mundo. Antes, si yo los hubiera de disponer de otro modo, los retirara cien dedos de la vista o los pusiera atrás en el celebro, de modo que oyera un hombre lo que detrás dél se dize, que aquello es lo verdadero. ¡Qué buena anduviera la justicia si ella viera la belleza que se escusa, la riqueza que se defiende, la nobleza que ruega, la autoridad que intercede y las demás calidades de los que hablan! Sea ciega, que esso es lo que conviene. Bien están los oídos en un medio: no adelante, porque no oigan antes con antes [21], ni detrás, porque no perciban tarde.

—Otra cosa dificulté [22] yo mucho —replicó Andrenio—, y es que assí como los ojos tienen aquella tan importante cortina de los párpados, que verdaderamente está muy en su lugar para negarse cuando no quieren ser vistos o cuando no gustan de ver muchas cosas que no son para vistas, ¿por qué los oídos no han de tener también otra compuerta, y éssa muy

---

[21] *Antes con antes:* «Phrase con que se significa alguna importuna anticipación u diligencia fuera de tiempo e intempestiva.» *(Dic. Aut.)*

[22] Está claro que «dificultar» se emplea aquí no con el significado habitual de «poner dificultades u obstáculos», sino en el de «plantear dudas o argumentos o réplicas» *(Dic. Aut.)*.

sólida, muy doble y ajustada, para no oír la mitad de lo que se habla? Con esto, escusarseía [23] un hombre necedades y ahorraría pesadumbres, único preservativo de la vida. Aquí, yo no puedo dexar de condenar de descuidada la naturaleza, y más cuando vemos que la lengua la recluyó entre una y otra muralla con razón, porque una fiera bien es que esté entre verjas de dientes y puertas tan ajustadas de los labios. Sepamos por qué los ojos y la boca han de llevar esta ventaja a los oídos, y más estando tan espuestos al engaño.

—Por ningún caso convenía —dixo Artemia— que se le cerrasse jamás la puerta al oír: es la de la enseñança, siempre ha de estar patente [24]. Y no sólo se contentó la atenta naturaleza con quitar essa compuerta que tú dizes, pero negó al hombre, entre todos los oyentes, el exercicio de abatir y levantar las orejas; él solo las tiene inmobles, siempre alerta, que aun la pareció inconveniente aquella poca detención que en aguçarlas se tuviera. A todas horas dan audiencia, aun cuando se retira el alma a su quietud; entonces es más conveniente que velen estas centinelas, y si no, ¿quién avisara de los peligros?; durmiera el alma a lo poltrón, ¿quién bastara a despertarla? Esta diferencia hay entre el ver y entre el oír, que los ojos buscan las cosas como y cuando quieren, mas al oído ellas le buscan; los objetos del ver permanezen, puédense ver, si no ahora, después; pero los del oír van deprisa, y la ocasión es calva [25]. Bien está dos vezes encerrada la lengua y dos vezes abiertos los oídos, porque el oír ha de ser al doble que el hablar [26]. Bien veo yo que la mitad, y aun las tres partes de las cosas que se oyen, son impertinentes y aun dañosas; mas para esso hay un gran remedio, que es hazer el sordo, que se puede y es el mejor dellos: esto es, hazer orejas de cuerdo, que es la mayor ganancia. A más de que hay algunas razones tan sin ella, que no bastan párpados, y entonces es menester tapiar los oídos con ambas

---

[23] *Escusarseía,* forma antigua por «escusaríase». También era normal «escusarse hía», con el verbo haber separado.

[24] «Patente», abierta. Véase nota 10, Crisi II.

[25] Según el conocido refrán «la ocasión la pintan calva»; es decir, hay que hacerse con ella en el momento, porque una vez que pasa ya no aprovecha.

[26] O sea, es mejor escuchar que hablar. Bien es verdad que, como dice a continuación Artemia, escuchar cuando merezca la pena.

manos; que, pues suelen ayudar a oír [27], ayuden también a desoír. Préstenos su sagacidad la serpiente, que cosiendo el un oído con la tierra, tapa el otro con el fin [28], dando a todo buena salida.

—Esto no me puedes negar —instó Andrenio—, que estuviera muy bien un rastillo [29] en cada oído como en guarda, y con esso no entraran tan libremente tantos y tan grandes enemigos, silbos de venenosas serpientes, cantos de engañosas sirenas, lisonjas, chismes, çiçañas y discordias, con otros semejantes monstruos escuchados.

—Tienes razón en esso —dixo Artemia—, y para esso formó la naturaleza las orejas como coladeros de palabras, embudos del saber. Y si lo notas, ya previno de antemano esse inconveniente disponiendo este órgano en forma de laberinto tan caracoleado, con tantas vueltas y revueltas, que parecen rastillos y traveses [30] de fortaleza, para que deste modo entren coladas las palabras, purificadas las razones y haya tiempo de [31] discernir la verdad de la mentira. Luego hay su campanilla muy sonora donde resuenen las vozes y se juzgue por el sonido si son faltas o son falsas [32]. ¿No has notado también que dio la naturaleza despedida por el oído a aquel licor amargo de la cólera? ¿Pensarás tú, a lo vulgar, que fue esto para impedir el passo a algunas sabandijas, que topando con aquella amargura pegajosa se detengan y perezcan? Pues advierte que mucho más pretendió con esso, más alto fin tuvo, contra otras más perniciosas previno aquella defensa: topen las palabras blandas de la Cirze [33] con aquella amargura del recatado disgusto, deténganse allí los dulzes en-

---

[27] Se refiere, naturalmente a las manos, que nos ayudan a oír mejor colocándolas como pabellón en la oreja.

[28] *Fin,* cola de la serpiente. Con los dos oídos tapados, la serpiente da a todo buena salida, es decir, no hace caso de nada.

[29] «Rastillo. Lo mismo que rastrillo» *(Dic. Aut.),* instrumento para limpiar (aquí sería para seleccionar lo que entra por los oídos).

[30] *Través:* «En la fortificación lo mismo que flanco.» *Flanco:* «La parte del baluarte que hace angulo entrante con la cortina y saliente con la frente el qual suele llamarse trabés.» *(Dic. Aut.)*

[31] *De,* falta en la edición de 1651; no falta en la de 1658.

[32] Paranomasia: por el sonido conocerá si las palabras son falsas (recordando lo que se hace con las monedas) o faltas («se llama también el defecto que la moneda tiene del peso que debía tener por ley», *Dic. Aut.);* es decir, palabras no cumplidas.

[33] Véase nota 4, Crisi VIII.

gaños del lisongero, hallen el desabrimiento de la cordura con que se templen.

—Y aun porque a muchos se les habían de gastar los oídos de oír dulce —ponderó Critilo—, previno aquel antídoto de amargura. Finalmente, dos son los oídos para que pueda el sabio guardar el uno virgen para la otra parte [34]; haya primera y segunda información, y procure que, si se adelantó a ocupar la una oreja la mentira, se conserve la otra intacta para la verdad, que suele ser la postrera.

—No parece —dixo Andrenio— tan útil el olfato cuanto deleitable: más es para el gusto que para el provecho. Y siendo assí, ¿por qué ha de ocupar el tercer puesto tan a la vista y aventajándose a otros que son más importantes?

—¡Oh, sí! —replicó Artemia—, que es el sentido de la sagacidad, y aun por esso las narizes crecen por toda la vida; coincide con el respirar, que es tan necessario como esso; discierne el buen olor del malo y percibe que la buena fama es el aliento del ánimo: daña mucho un aire corrupto, inficiona las entrañas. Huele, pues, la atenta sagacidad de una legua la fragancia o la hediondez de las costumbres, porque no se apeste el alma; y aun por esso está en lugar tan eminente. Es guía del ciego, gusto que le avisa del manjar gastado [35] y haze la salva [36] en lo que ha de comer. Goza de la fragancia de las flores y recrea el celebro con la suavidad que despiden las virtudes, las hazañas y las glorias. Conoce los varones principales y los nobles, no en el olor material del ámbar, sino en el de sus prendas y excelentes hechos, obligados a echar mejor olor de sí que los plebeyos.

—En gran manera anduvo próvida la naturaleza —dixo Andrenio— en dar a cada potencia dos empleos, uno más principal y otro menos, penetrando oficios [37] para no multiplicar instrumentos. Desta suerte, formó con tal disposición las narizes que se pudiessen despedir por ellas con decencia las superfluidades de la cabeça.

[34] Esto es, para que no haga caso de la primera información que le dan, ya que por otra parte le pueden informar lo contrario.
[35] *Gastar:* «Se toma muchas veces por podrirse alguna cosa.» (*Dic. Aut.*) Y más tratándose de manjares.
[36] *Salva:* «La prueba que se hace de la comida, o bebida, cuando se administra a los Reyes, para assegurar que no hai peligro alguno en ellas.» (*Dic. Aut.*) Para el ciego, la salva es su olfato.
[37] Es decir, repartiendo los oficios entre las potencias para no multiplicar el número de éstas.

—Esso es en los niños —dixo Critilo—, que en los ya varones más se purgan los excessos de las passiones del ánimo, y assí sale por ellas el viento de la vanidad, el desvanecimiento, que suele causar vahídos peligrosos y en algunos llega a trastornar el juizio. Desahógase también el coraçón y evapóranse los humos de la fogosidad con mucha espera [38], y tal vez a su sombra se suele dissimular la más picante risa. Ayudan mucho a la proporción del rostro y por poco que se desmanden afean mucho. Son como el gñomon [39] del relox del alma, que señalan el temple de la condición: las leoninas denotan el valor, las aguileñas la generosidad, las prolongadas la mansedumbre, las sutiles la sabiduría y las gruessas la necedad.

—Después del ver, del oír y del oler, dicho se estaba —ponderó Andrenio— que se había de seguir el hablar poco. Paréceme que es la boca la puerta principal desta casa del alma; por las demás entran los objetos, mas por ésta sale ella misma y se manifiesta en sus razones.

—Assí es —dixo Artemia—, que en esta artificiosa *fachata* [40] del humano rostro dividida en sus tres órdenes iguales, la boca es la puerta de la persona real, y por esso tan assistida de la guarda de los dientes y coronada del varonil decoro [41]; aquí assiste lo mejor y lo peor del hombre, que es la lengua; llámase assí por estar ligada [42] al coraçón.

—Lo que yo no acabo de entender —dixo Andrenio— es a qué propósito juntó en una misma oficina la sabia naturaleza el comer con el hablar. ¿Qué tiene que ver el un exercicio con el otro? La una es ocupación baxa y que se halla en los brutos; la otra es sublime y de solas las personas. A más que de ahí se originan inconvenientes notables; y el primero, que la lengua hable según el sabor que se le pega, ya dulce, ya amargo, agrio o picante; queda muy material de la comida: ya se roça, ya tropieza, habla gruesso [43], se

<hr>

[38] Elide Gracián el artículo: «con la mucha espera».

[39] *Gñomon:* «El estylo o varita de hierro con que se señalan las horas en los reloxes de sol.» (*Dic. Aut.*)

[40] *Fachata,* por latinismo, de «facies», o a la italiana, «facciata».

[41] Varonil decoro, que corona la boca, es el bigote.

[42] Hace Gracián el juego entre «ligada» y «ligula», diminutivo de «lingua» (como «lingula»).

[43] «Hablar gordo (o grueso). Echar fieros y bravatas, amenazando a uno.» (*Dic. Aut.*)

equivoca, se vulgariza y se relaja. ¿No estuviera mejor sola ella, hecha oráculo del espíritu?

—Aguarda —dixo Critilo—, que dificultas [44] bien y casi me hazes reparar. Mas con todo esso, apelando a la suma providencia que rige la naturaleza, una gran conveniencia hallo yo en que el gusto coincida con el hablar, para que de essa suerte examine las palabras antes que las pronuncie: másquelas tal vez [45], pruébelas si son sustanciales, y si advierte que pueden amargar, endúlcelas también; sepa a qué sabe un no y qué estómago le hará al otro: confítelo con el buen modo. Ocúpese la lengua en comer, y aun si pudiera, en otros muchos empleos, para que no toda se empleasse en el hablar. Siguen a las palabras las obras; en los braços y en las manos hase de obrar lo que se dize, y mucho más, que si el hablar ha de ser a una lengua, el obrar ha de ser a dos manos.

—¿Por qué se llaman assí? —preguntó Andrenio—, que según tú me has enseñado vienen del verbo latino *maneo* [46], que significa quietud, siendo tan al contrario, que ellas nunca han de parar.

—Llamáronlas assí —respondió Critilo—, no porque hayan de estar quietas, sino porque sus obras han de permanecer o porque dellas ha de manar todo el bien; ellas manan del coraçón como ramas cargadas de frutos de famosos hechos, de hazañas inmortales; de sus palmas nacen los frutos vitoriosos; manantiales son del sudor precioso de los héroes y de la tinta eterna de los sabios. ¿No admiras, no ponderas aquella tan acomodada y artificiosa composición suya?; que, como fueron formadas para ministras y esclavas de los otros miembros, están hechas de suerte que para todo sirvan: ellas ayudan a oír, son substitutos de la lengua, dan vida con la acción a las palabras, son [47] de la boca ministrando la comida

---

[44] *Dificultas*, véase nota 22 de esta Crisi.

[45] El significado de «tal vez» parece ser aquí «siempre» por el contexto.

[46] Vuelve a jugar Gracián con la etimología, aunque no sea verdadera; tan sólo se guía por el sonido. Mano viene de *manus* y *maneo* significa, como dice Andrenio, permanecer. Más abajo, Critilo da sus razones sobre la falsa etimología y vuelve a jugar con maneo, mano y manar.

[47] «Son», con elipsis de «ministros», por estar implícita en el verbo «ministrando», y, sobre todo, por evitar repetición fonética.

y al olfato las flores, hazen toldo a los ojos para que vean; hasta ayudar a discurrir [48], que hay hombres que tienen los ingenios en las manos. De modo que todo passa por ellas: defienden, limpian, visten, curan, componen, llaman y tal vez, rascando, lisonjean [49].

—Y porque todos estos empleos —dixo Artemia— vayan ajustados a la razón, depositó en ellas la sagaz naturaleza la cuenta, el peso y la medida. En sus diez dedos está el principio y fundamento del número; todas las naciones cuentan hasta diez, y de ahí suben multiplicando. Las medidas todas están en sus dedos, palmo, codo y braçada. Hasta el peso está seguro en la fidelidad de su tiento, sospesando y tanteando. Toda esta puntualidad fue menester para avisar al hombre que obre siempre con cuenta y razón, con peso y con medida. Y realçando más la consideración, advierte que en esse número de diez se incluye también el de los preceptos divinos, porque los lleve el hombre entre las manos. Ellas ponen en execución los aciertos del alma, encierran en sí la suerte de cada uno, no escrita en aquellas vulgares rayas, executadas sí en sus obras. Enseñan también escribiendo, y emplea en esto la diestra sus tres dedos principales, concurriendo cada uno con una especial calidad: da la fortaleza el primero y el índice la enseñança, ajusta el medio, correspondiendo al coraçón, para que resplandezcan en los escritos el valor, la sutileza y la verdad. Siendo, pues, las manos las que echan el sello a la virtud, no es de maravillar que, entre todas las demás partes del cuerpo, a ellas se le haga cortesía (correspondiendo con estimación) sellando en ella los labios para agradecer y solizitar el bien. Y porque de pies a cabeça contemplemos el hombre tan misterioso, no es menos de observar su movimiento. Son los pies basas de su firmeza sobre quienes assientan dos columnas, huellan la tierra despreciándola y tocan della no más de lo preciso para sostener el cuerpo, van caminando y midiendo su fin, pisan llano y seguro.

—Bien veo yo y aun admiro —dixo Andrenio— la solidez con que atendió a firmar [50] el cuerpo la naturaleza, que en

[48] Ayudan a discurrir cuando apoyamos la cabeza en la mano, como *El pensador* de Rodin, y hay hombres que tienen los ingenios en las manos, los artistas.

[49] *Lisonjear:* «Methaphóricamente significa deleitar y agradar.» *(Dic. Aut.)*

[50] *Firmar:* «Vale también lo mismo que afirmar.» *(Dic. Aut.)*

nada se descuida, y para que no cayesse hazia delante, donde se arroja, puso toda la planta, y porque no peligrasse a un lado ni a otro le apuntaló con ambos pies. Pero no me puedes negar que se descuidó en assegurarle hazia atrás, siendo más peligrosa esta caída, por no poder acudir las manos a exponerse al riesgo con su ordinaria fineza. Remediárase esto con haber igualado el pie de modo que quedara tanto atrás como adelante, y se aumentaba la proporción.

—No mentes tal cosa —replicó Artemia—, que fuera darle ocasión al hombre para no ir adelante en lo bueno. Sin esso, hay tantos que se retiran de la virtud, ¿qué fuera si tuvieran apoyo en la misma naturaleza? Este es el hombre por la corteza; que aquella maravillosa composición interior, la armonía de sus potencias, la proporción de sus virtudes [51], la consonancia de sus afectos y passiones, éssa quédese para la gran filosofía. Con todo, quiero que conozcas y admires aquella principal parte del hombre, fundamento de todas las demás y fuente de la vida: el coraçón.

—¿Coraçón? —replicó Andrenio—, ¿qué cosa es y dónde está?

—Es —respondió Artemia— el rey de todos los demás miembros y por esso está en medio del cuerpo como en centro muy conservado, sin permitirse [52] ni aun a los ojos. Llámase assí de la palabra latina cura, que significa cuidado [53], que el que rige y manda siempre fue centro dellos. Tiene también dos empleos: el primero, ser fuente de la vida, ministrando valor en los espíritus a las demás partes, pero el más principal es el amar, siendo oficina del querer.

—Ahora digo —ponderó Critilo— que con razón se llama coraçón, que exprime [54] el cuidadoso; por esso está siempre abrasándose como fénix.

—Su lugar es en el medio —prosiguió Artemia— porque ha de estar en un medio el querer: todo ha de ser con razón, no por estremos. Su forma es en punta hazia la tierra,

---

[51] *Virtud,* en su acepción de «la facultad natural del alma en orden a las operaciones del cuerpo, y assi se dice virtud expulsiva, digestiva, etc.» *(Dic. Aut.).*

[52] *Permitirse:* «Dexarse ver.» *(Dic. Aut.)*

[53] *Corazón* no proviene, como se sabe, de «cura», cuidado, sino de «cor».

[54] *Exprimir:* «Vale también especificar, decir con claridad y expressamente las cosas, para su perfecta noticia y conocimiento» *(Dic. Aut.),* es decir, «significar».

porque no se roze con ella, sólo la apunte, bástale un indivisible [55]; al contrario, hazia el cielo está muy espacioso, porque de allá reciba el bien, que él solo puede llenarle. Tiene alas [56], no tanto para que le refresquen, cuanto para que le realcen. Su color es encendido, gala de la caridad. Críale mejor sangre para que con el valor se califique la nobleza. Nunca es traidor, necio sí, pues previene antes las desdichas que las felizidades. Pero lo que más es de estimar en él, que no engendra escrementos como las otras partes del cuerpo, porque nació con obligaciones de limpieza, y mucho más en lo formal [57] del vivir; con esto, está aspirando siempre a lo más sublime y perfecto.

Desta suerte fue la sabia Artemia filosofando y ellos aplaudiendo. Pero dexémoslos aquí tan bien empleados, mientras ponderamos los estremos que hizo el engañoso y ya engañado Falimundo.

Picado en lo vivo de que le hubiessen sacado del laberinto de sus enredos (con tanta pérdida de reputación) al perdido Andrenio y algunos otros tan ciegos como él, con tal ardid, de tan mala consecuencia para lo venidero, trató de la venganza y con excesso. Echó mano de la Envidia, gran assesina de buenos y aun mejores, sujeto muy a propósito para cualquier ruindad, que siempre anda entre ruines; comunicóla su sentimiento, exageró el daño y diola orden fuesse sembrando çizaña en malicias por toda aquella dilatada villanía. No le fue muy dificultoso, porque asseguran ha siglos que la Vulgaridad maliciosa vive y reina entre villanos desde aquella ocasión en que las dos hermanas, la Lisonja y la Malicia, dexando los patrios lares de su nada, las sacó a volar su madre, la ruin Intención, con ambiciones de valer en el mundo. La Lisonja, dizen, fue a las cortes, aunque no muy derecha, y que lo acertó para sí, errándolo para todos; porque allí se fue introduziendo tanto, que en pocas horas, no ya días, se levantó con la privança universal. La Malicia, aunque procuró introduzirse, no probó bien ni fue bien vista ni oí-

---

[55] El indivisible que solo la apunta es el punto.

[56] *Ala del corazón*: aurícula. Bien le vino la palabra a Gracián (no se utilizaba aurícula: no la trae Covarrubias ni el *Diccionario de Autoridades*), ya que, al utilizar «alas», juega con el sentido de que con el corazón nos elevamos hacia los ideales supremos; en ese sentido de elevación hay que entender «le realcen»... Esto no podía haberlo expresado con «aurícula».

[57] *Formal*, significando espiritual.

da; no ossaba hablar, que era reventar para ella; andaba sin libertad, y assí trató de buscarla; conoció que no era la corte para ella, tomóse la honra [58] (para mejor quitarla) y desterróse voluntariamente. Dio por otro estremo, que fue meterse a villana, y salióla tan bien que al punto se vio adorada de toda la verídica necedad. Allí triunfa, porque allí habla, discurre (aunque a lo zonço) y pega valientes mazadas de necedades, que ella llama verdades. Llegó esto a tanto excesso de crédito y afecto que, porque no se les hurtassen o matassen, traçaron los villanos meterla dentro de sus entrañas, donde la hallan siempre los que menos querrían.

En tan buena saçón, llegó la Envidia y començó a sembrar su veneno. Iba dexándose caer rezelos en varillas [59] contra Artemia; dezía que era otra Cirze (si no peor cuanto más encubierta con capa de hazer bien) que había destruido la naturaleza quitándola en su llaneza su verdadera solidez y, con la afectación, aquella natural belleza; ponderaba que se había querido alzar a mayores, arrinconando a la otra [60] y usurpándola el mayorazgo de primera.

—Advertid que después que esta fingida reina se ha introduzido en el mundo, no hay verdad, todo está adulterado y fingido, nada es lo que parece, porque su proceder es la mitad del año con arte y engaño y la otra parte con engaño y arte. De aquí es que los hombres no son ya los que solían, hechos al buen tiempo y a lo antiguo, que fue siempre lo mejor. Ya no hay niños, porque no hay candidez. ¿Qué se hizieron aquellos buenos hombres, con aquellos sayos de la inocencia, aquella gente de bien? Ya se han acabado aquellos viejos machuchos tan sólidos y verdaderos: el sí era sí y el no era no. Ahora, todo al contrario, no toparéis sino hombrecillos maliciosos y bulliciosos, todo embeleco y fingimiento, y ellos dizen que es artificio. Y el que más tiene desto vale más; ésse se haze lugar en todas partes, medra en armas y aun en letras. Con esto, ya no hay niños: más malicia alcança hoy uno de siete años que antes uno de setenta. ¡Pues las mugeres!: de pies a cabeça una mentira continuada, aliño de cornejas, todo ageno y el engaño propio. Tiene esta men-

[58] *Tomarse la honra* era desterrarse voluntariamente el caballero que se tenía por agraviado del rey, dice Romera-Navarro.
[59] Es decir, la Envidia iba sembrando su veneno o pullas como varillas, de las que pinchan y hacen daño, contra Artemia; por ejemplo, diciendo que Artemia era otra Circe.
[60] La otra Circe, la mitológica, la hechicera.

tida reina arruinadas las repúblicas, destruidas las casas, acabadas las haziendas, porque se gasta al doble en los trajes de las personas y en el adorno de las casas: con lo que hoy se viste una muger, se vestía antes todo un pueblo. Hasta en el comer nos ha perdido con tanta manera de manjares y sainetes [61], que antes todo iba a lo natural y a lo llano. Dize que nos ha hecho personas; yo digo que nos ha deshecho: no es vivir con tanto embeleco [62], ni es ser hombres el ser fingidos. Todas sus traças son mentiras y todo su artificio es engaño.

Incitó tanto los ánimos de aquel vulgacho, que en un día se amotinaron todos y, dando vozes, sin entenderse ni entender, fueron a cercarle el palacio, vozeando: «¡Muera la hechiçera!» Y aun intentaron pegarla fuego por todas partes.

Aquí conoció la sabia reina cuán su enemiga es la Villanía. Convocó sus valedores; halló que los poderosos ya habían faltado, mas no faltándose a sí misma, traçó vencer con la maña tanta fuerça. El raro modo con que triunfó de tan vil canalla, el bien executado ardid con que se libró de aquel exército villano, léelo en la crisi siguiente.

---

[61] *Sainete:* «por extensión vale también qualquier bocadito delicado y gustoso al paladar» *(Dic. Aut.).*

[62] Puede haber elipsis, «no es vivir el vivir con tanto embeleco», frase análoga a la siguiente, o pudo dar un semantismo pleno al verbo ser, «no vale vivir con tanto embeleco».

CRISI DÉZIMA

El mal passo del salteo

Vulgar desorden es entre los hombres hazer [de los] fines medios[1] y de los medios hazer fines: lo que ha de ser de passo toman de assiento y del camino hazen descanso; comiençan por donde han de acabar y acaban por el principio. Introduxo la sabia y próvida naturaleza el deleite para que fuesse medio de las operaciones de la vida, alivio instrumental de sus más enfadosas funciones; que fue un grande arbitrio para fazilitar lo más penoso del vivir. Pero aquí es donde el hombre más se desbarata, pues, más bruto que las bestias, degenerando de sí mismo, haze fin del deleite y de la vida haze medio para el gusto: no come ya para vivir, sino que vive para comer; no descansa para trabajar, sino que no trabaja por dormir; no pretende la propagación de su especie, sino la de su luxuria; no estudia para saberse, sino para desconocerse; ni habla por necessidad, sino por el gusto de la murmuración. De suerte que no gusta de vivir, sino que vive de gustar. De aquí es que todos los vicios han hecho su caudillo al deleite: él es el muñidor de los apetitos, precursor de los antojos, adalid de las passiones, y el que trae arrastrados los hombres, tirándole a cada uno su deleite.

Atienda, pues, el varón sabio a enmendar tan general desconcierto. Y para que estudie en el ageno daño, oiga lo que le sucedió al sagaz Critilo y al incauto Andrenio.

---

[1] *Hazer fines de los medios,* en todas las ediciones, que no concuerda con lo que sigue para formar el retruécano.

—¿Hasta cuándo, ¡oh canalla inculta!, habéis de abusar de mis atenciones? —dixo enojada Artemia, más constante cuando más arriesgada—. ¿Hasta cuándo ha de burlarse de mi saber vuestra barbaridad? ¿Hasta dónde ha de llegar en despeñarse vuestra ignorante audacia? Júroos que, pues me llamáis encantadora y maga, que esta misma tarde, en castigo de vuestra necedad, he de hazer un conjuro tan poderoso que el mismo sol me vengue retirando sus luzientes rayos: que no hay mayor castigo que dexaros a escuras en la ceguera de vuestra vulgaridad.

Tratólos como ellos merecían y conocióse bien que con la gente vil obra más el rigor que la bizarría, pues quedaron tan aterrados cuan persuadidos de su mágica potencia; y ya helados, no trataron de pegar fuego al palacio, como lo intentaban. Acabaron de perderse de ánimo cuando vieron que realmente el mismo sol comenzó a negar su luz eclipsándose por puntos, y temiendo no se conjurasse también contra ellos la tierra en terremotos (que a vezes todos los elementos suelen mancomunarse contra el perseguido), dieron todos a huir desalentados, achaque ordinario de motines, que si con furor se levantan, con panático[2] terror se desvanecen; corrían a escuras, tropeçando unos con otros, como desdichados.

Tuvo, con esto, tiempo de salir la sabia Artemia con toda su culta familia; y lo que más ella estimó fue el poder escapar de aquel bárbaro incendio los tesoros de la observación curiosa que ella tanto estima y guarda en libros, papeles, dibujos, tablas, modelos y en instrumentos varios. Fuéronla cortejando y assistiendo nuestros dos viandantes Critilo y Andrenio. Iba éste espantado[3] de un portento semejante, teniendo por averiguado que se estendía su mágico poder hasta las estrellas y que el mismo sol la obedecía; mirábala con más veneración y dobló el aplauso. Pero desengañóle Critilo diziendo cómo el eclipse del sol había sido efecto natural de las celestes vueltas, contingente[4] en aquella saçón, previsto de Ar-

---

[2] *Panático*, por fanático. Romera-Navarro piensa que sería el mismo caso que cuando se dice «pantasma» por «fantasma» en dialecto aragonés. Además, «terror fanático» aparece en la Crisi V, Tercera Parte.

[3] *Espantado*, asombrado. Véase nota 19, Crisi I.

[4] Es decir, que sucedió porque en aquel momento tenía que suceder según las circunstancias. *Contingente:* «Lo que puede suceder... y sobrevenir según el estado de las cosas y la calidad de ellas» (*Dic. Aut.*), no por arte de magia como cree Andrenio.

temía por las noticias astronómicas, y que se valió dél en la ocasión, haziendo artificio lo que era natural efecto.

Discurrióse mucho dónde irían a parar, consultándolo Artemia con sus sabios, resuelta de no entrar más en villa [5] alguna: y assí lo cumple hasta hoy. Propusiéronse varios puestos. Inclinábase mucho ella a la dos vezes buena Lisboa [6], no tanto por ser la mayor población de España, uno de los tres emporios de la Europa (que si a otras ciudades se les reparten los renombres, ella los tiene juntos, fidalga, rica, sana y abundante), cuanto porque jamás se halló portugués necio, en prueba de que fue su fundador el sagaz Ulises [7]. Mas retardóla mucho, no su fantástica nacionalidad, sino su confussión, tan contraria a sus quietas especulaciones. Tirábala [8] después la coronada Madrid, centro de la monarquía, donde concurre todo lo bueno en eminencias, pero desagradábala otro tanto malo, causándola asco, no la inmundicia de sus calles, sino de los coraçones, aquel nunca haber podido perder los resabios de villa y el ser una Babilonia de naciones no bien alojadas.

De Sevilla, no había que tratar, por estar apoderada de ella la vil ganancia, su gran contraria, estómago indigesto de la plata [9], cuyos moradores ni bien son blancos ni bien negros, donde se habla mucho y se obra poco, achaque de toda Andaluzía. A Granada también la hizo la cruz [10], y a Córdoba un calvario. De Salamanca se dixeron leyes [11], donde no tanto

---

[5] Villa, no como ciudad, sino como lugar donde mora la villanía que se sublevó contra Artemia.

[6] Por serlo la ciudad y porque lo dice su nombre; «boa» significa buena en portugués.

[7] La leyenda puede estar fundamentada en la fonética: el nombre antiguo de Lisboa, Ulyssipona, es semejante al de Ulises.

[8] *Tirar.* «Vale también imitar, assemejarse, o parecerse una cosa a otra.» *(Dic. Aut.)*

[9] Se refiere a las riquezas que venían de América y habían de pasar por Sevilla.

[10] *Hacerle la cruz a uno:* «Frase con que damos a entender que nos queremos librar o guardar de él» *(Dic. Acad.)*; es decir, Artemia tachó a Granada con una cruz. Córdoba sale peor, la tacha con un calvario de cruces. Las dos quedaron descartadas para su viaje.

[11] Veo en la frase un juego con «leyes», significando por un lado que en Salamanca se estudiaban leyes y por otro «echar leyes a uno» es «condenarlo» *(Dic. Acad.),* que es lo mismo que

se trata de hazer personas cuanto letrados, plaça de armas contra las haziendas.

La abundante Zaragoça, cabeça de Aragón, madre de insignes reyes, basa de la mayor columna y columna de la fe católica en santuarios y hermosa en edificios, poblada de buenos, assí como todo Aragón de gente sin embeleco, parecíale muy bien; pero echaba mucho menos la grandeza de los coraçones y espantábala aquel proseguir en la primera necedad [12]. Agradábala mucho la alegre, florida y noble Valencia, llena de todo lo que no es substancia; pero temióse que con la misma fazilidad con que la recibirían hoy la echarían mañana. Barcelona, aunque rica cuando Dios quería, escala de Italia, paradero del oro, regida de sabios entre tanta barbaridad, no la juzgó por segura, porque siempre se ha de caminar por ella con la barba sobre el hombro [13]. León y Burgos estaban muy a la montaña, entre más miseria que pobreza [14]. Santiago, cosa de Galicia [15]. Valladolid le pareció muy bien y estuvo determinada de ir allá, porque juzgó se hallaría la verdad en medio de aquella llaneza, pero arrepintióse como la corte, que huele aún a lo que fue y está muy a lo de Campos [16]. De Pamplona no se hizo mención, por tener más de corta que de corte, y como es un punto, toda es puntos y puntillos Navarra [17].

«decir leyes de alguien». La condena viene por lo que dice Gracián a continuación.

[12] Alude, claro está, a la famosa cabezonería aragonesa. La «primera necedad» no es sino la primera opinión que lanzan y de la que no se apean.

[13] *Traer la barba sobre el hombro:* «viuir recatado y con rezelo como hazen los que tienen enemigos, que van boluiendo el rostro a un lado y a otro de donde nació el refrán» *(Cov.).*

[14] Posiblemente ya fuera proverbial la tacañería de los leoneses y castellanos. Así habría que interpretar «miseria».

[15] Nombrar Galicia era (y sigue siendo casi) nombrar pobreza.

[16] Tierra de Campos se llamaba y se llama a la comarca sur de Palencia, de León y norte de Valladolid.

[17] Hermoso juego de Gracián. Después de decir que Navarra tiene más de corta (poco inteligente, como se pensaba de todo el Cantábrico) que de corte (en sus dos acepciones, de monarquía y de costura), añade, jugando con el vocablo «corte», que como es un punto (de costura, pero sobre todo de pequeña que es), toda es puntos («Hombre de puntos o puntoso», dice Covarrubias, «demasiado sensible al punto de honor o de estimación») y puntillos (que corrige a «puntos» en el sentido de que es sensible al punto de honor en las cosas más leves y nimias).

Al fin, fue preferida la imperial Toledo, a voto de la Católica Reina, cuando dezía que nunca se hallaba necia sino en esta oficina de personas, taller de la discreción, escuela del bien hablar, toda corte, ciudad toda, y más después que la esponja de Madrid le ha chupado las hezes, donde aunque entre, pero no duerme la villanía. En otras partes tienen el ingenio en las manos, aquí en el pico: si bien censuraron algunos que sin fondo y que se conocen pocos ingenios toledanos de profundidad y de sustancia. Con todo, estuvo firme Artemia, diziendo:

—¡Ea!, que más dize aquí una muger en una palabra que en Atenas un filósofo en todo un libro. Vamos a este centro, no tanto material cuanto formal[18] de España.

Fuesse encaminando allá con toda su cultura. Siguiéronla Critilo y Andrenio, con no poco provecho suyo, hasta aquel puesto donde se parte camino para Madrid. Comunicáronla aquí su precisa conveniencia de ir a la corte en busca de Felisinda, redimiendo[19] su licencia a precio de agradecimientos. Concediósel[a][20] Artemia en bien importantes instrucciones, diziéndoles:

—Pues os es preciso el ir allá, que no conviene de otra suerte, atended mucho a no errar el camino, porque hay muchos que llevan allá.

—Según esso, no nos podemos perder —replicó Andrenio.

—Antes sí, y aun por esso, que en el mismo camino real se perdieron no pocos; y assí, no vais[21] por el vulgar de ver, que es el de la necedad, ni por el de la pretensión, que es muy largo, nunca acabar; el del litigio es muy costoso, a más de ser prolixo; el de la soberbia es desconocido[22], y allí de nadie se haze caso y de todos casa[23]; el del interés es de pocos, y éssos estrangeros[24]; el de la necessidad es peligroso,

---

[18] *Formal,* espiritual.
[19] *Redimir:* «Vale también por comprar alguna cosa.» (*Diccionario Aut.)*
[20] «Concedióseles», trae la edición de 1651, y «concedióselos», la de 1658. Está claro que se refiere a «licencia».
[21] Hoy diríamos «vayáis».
[22] *Desconocido:* «Vale también ingrato, u mal correspondiente.» (*Dic. Aut.)*
[23] *Casa:* «Vale assímismo la familia de criados y sirvientes que assisten y sirven como domésticos al señor y cabeza o dueño de ella.» (*Dic. Aut.)* Es decir, valdría «casa», por «servidumbre».
[24] Alude al interés que cobraban los banqueros extranjeros por

que hay gran multitud de halcones en alcándaras de varas[25]; el del gusto está tan sucio, que passa de barros y llega el lodo a las narizes[26], de modo que en él se anda apenas[27]; el del vivir[28] ya de prisa y llégase presto al fin; por el del servir es morir[29]; por el del comer nunca se llega[30]; el de la virtud no se halla, y aun se duda[31]; sólo queda el de la urgencia[32], mientras durare. Y creedme que allí ni bien se vive ni bien se muere. Atended también por dónde entráis, que va no poco en esto; porque los más entran por Santa Bárbara y los menos por la calle de Toledo[33]; algunos refinos, por la Puente[34]; entran otros y otras por la Puerta del Sol y paran en Antón Martín[35]; pocos por lava pies y mu-

---

los préstamos para las guerras españolas, sobre todo los italianos.

[25] Es decir, la necesidad puede dar como resultado el delito, por eso es peligroso y los halcones (aves de presa) en las alcándaras no son sino la justicia al acecho. Varas, las de los ministros de justicia.

[26] Esta frase tan breve admite, creo, varias interpretaciones, complementarias entre sí. Parte Gracián de un hecho físico: el camino del gusto está tan sucio, tan embarrado, que se puede atollar uno hasta las narices en el lodo. En segundo lugar juega con la palabra «barros», tumores, «cierta señal colorada que sale al rostro, y particularmente a los que empieçan a barbar» *(Cov.)*, corrigiendo que los tumores son más que barros, ya que se han extendido tanto que el lodo alcanza las narices. La tercera interpretación es consecuencia de las anteriores: el gusto está tan sucio que ya no existe, ya que el gusto reside en la boca y el lodo se ha extendido hasta más arriba, hasta las narices.

[27] Se anda apenas, a-penas, con dificultad y con penas, consecuencia de lo que anotamos anteriormente.

[28] Entiéndase «el de darse buena vida de deleites», lo que consume el organismo.

[29] Servir a los demás como esclavo no conduce a nada.

[30] Nunca se llega a nada, habría que decir, porque sale cara la gula.

[31] Se duda si se podrá hallar o si existe.

[32] El camino de la urgencia, necesidad apremiante, lo ha desechado antes por peligroso.

[33] Sigo a Romera-Navarro: los más entran por Santa Bárbara descalzos, porque allí se encontraba el convento de los descalzos, y los menos por la calle de Toledo con medios de vida, porque en esa calle están los tenderos, posadas, oficios, etc.

[34] La Puente de Segovia.

[35] Sigo a Romera-Navarro: entran otros y otras por la Puerta del Sol, lugar de reunión de galanes y busconas, y paran en el

chos por unta manos [36]. Y lo ordinario es no entrar por las puertas, que hay pocas y éssas cerradas, sino entremetiéndose.

Con esto, se dividieron, la sabia Artemia al trono de su estimación y nuestros dos viandantes para el laberinto en la corte.

Iban celebrando en agradable conferencia las muchas y excelentes prendas de la discreta Artemia, muy fundados en repetir los prodigios que habían visto, ponderando su felicidad en haberla tratado, la utilidad que habían conseguido. En esta conversación iban muy metidos, cuando sin advertirlo dieron en el riesgo de todos, uno de los peores passos de la vida. Vieron que allí cerca había mucha gente detenida, assí hombres como mugeres, todos maniatados, sin osar rebullirse viéndose despojar de sus bienes.

—Perdidos somos —dixo Critilo—. Aguarda, que habemos dado en uñas de salteadores; que los suele haber crueles en estos curiales caminos. Aquí están robando sin duda, y aun si con esso se contentassen, ventura sería en la desdicha; pero suelen ser tan desalmados, que quitan las vidas y llegan a desollar los rostros a los passageros, dexándolos del todo desconocidos.

Quedó helado Andrenio, anticipándose el temor a robarle el color y aun el aliento. Cuando ya pudo hablar:

—¿Qué hazemos —dixo— que no huimos? Escondámonos, que no nos vean.

—Ya es tarde a lo de Frigia, que es lo necio [37] —respondió Critilo—, que nos han descubierto y nos vozean.

Con esto, passaron adelante a meterse ellos mismos en la trampa de su libertad y en el lazo de su cuello. Miraron a una y otra banda y vieron una infinidad de passageros de todo porte, nobles, plebeyos, ricos, pobres, que ni perdonaban a las mugeres, toda gente moça y todos amarrados a

---

hospital para males venéreos de Antón Martín, al cuidado de la Orden de San Juan de Dios.

[36] Pocos por Lavapiés, es decir, pocos limpios, y muchos por unta manos, por el soborno.

[37] Frigia, zona conquistada por los griegos en Asia Menor, donde se encontraba Troya, y luego por los persas. Puede significar que es necedad esconderse cuando ya han sido descubiertos, al igual que los frigios, imposibilitados para esconderse estando entre dos colosos, Grecia y Persia. Quizá apunte que, una vez descubiertos, el esconderse es mayor necedad que la de los frigios, de estupidez nombrada.

los troncos de sí mismos. Aquí, suspirando Critilo y gimiendo Andrenio, fueron mirando por todo aquel horrible espectáculo quiénes eran los crueles salteadores, que no podían atinar con ellos; miraban a unos y a otros, y todos los hallaban enlaçados.

—Pues ¿quién ata?

En viendo alguno de mal gesto, que eran los más, sospechaban dél.

—¿Si será este —dixo Andrenio— que mira atravessado, que assí tiene el alma?

—Todo se puede creer de un mirar equívoco —respondió Critilo—, pero más temo yo de aquel tuerto, que nunca suelen hazer éstos cosa a derechas a juizio de la Reina Católica, y era grande [38]. Guárdate de aquel de muchos labios y mala labia, que nos haze morro [39] siempre. Pues aquel otro de las narizes remachadas, tan cruel como iracundo, y si de color de membrillo, cómitre amulatado [40].

—No será sino aquel del ojo regañado [41], que tiene andado mucho para verdugo.

—¿Y qué le falta aquel encapotado [42] que mira hosco, amenaçando a todos de tempestad?

Oyeron uno que çeçeaba y dixeron:

—Éste es, sin duda; que a todos va avisando con su çe çe a que se guarden dél. Pero no, sino aquel que habla aspirando, que parece se traga los hombres cuando alienta.

Oyeron a uno hablar gangoso y dieron a huir, entendiéndole la ganga [43] por valiente de Baco y Venus. Toparon con

---

[38] Y era grande su juicio, entiéndase.

[39] Morro, por sus gruesos labios y por hacer morro, ya que morro «se aplica al gato, por la figura onomatopéya del ruido que hace quando arrulla; y assí se dice que hace la morra» (Dic. Aut.)

[40] Cómitre: «Cierto Ministro que hai en las Galeras, a cuyo cargo está el castigo y rigor usado con remeros y forzados.» (Dic. Aut.) Es típico que los guardianes de presos tengan aspecto cruel, y más si son mestizos o mulatos de narices remachadas.

[41] Ojo regañado: «... que tiene un frunce que lo desfigura y le impide cerrarse por completo» (Dic. Acad.).

[42] Encapotar: «Metaphóricamente significa baxar los ojos, cubriéndolos algo con los párpados, poner el rostro mui ceñido y grave, con visos de enojado.» (Dic. Aut.)

[43] Véase nota 45, Crisi VII. Valiente, en su acepción de miembro del ejército de Baco y Venus, como cuando decimos, por ejemplo, «los valientes del Gran Capitán». El ejército de Baco

212

otro peor, que hablaba tan ronco, que sólo se entendía con los jarros [44]. En hablando alguno alterado, presumían dél, y si en catalán, con evidencia. Desta suerte, fueron reconociendo a unos y otros, y a todos los veían rendidos, ninguno delincuente.

—¿Qué es esto —dezían—, dónde están los robadores de tantos robados? Pues aquí no hay de aquellos que hurtan a repique de tixera, ni los que nos dexan en cueros cuando nos calçan, los que nos despluman con plumas, los que se descomiden cuando miden, ni los que pesan tan pesados [45]. ¿Quién embiste aquí, quién pide prestado, quién cobra, quién executa? Nadie encubre, nadie lisonjea, no hay ministros, no hay de la pluma [46]: pues ¿quién roba? ¿Dónde están los tiranos de tanta libertad?

Esto dezía Critilo, cuando respondió una gallarda hembra, entre muger y entre ángel:

—Ya voy, aguardaos mientras acabo de atar estos dos presumidos que llegaron antes.

Era, como digo, una bellíssima muger, nada villana y toda cortesana [47]: hazía buena cara a todos y muy malas obras. Su frente era más rasa [48] que serena; no miraba de mal ojo y a todos hazía dél [49]; las narizes tenía blancas, señal de que no se le subía el humo a ellas [50]; sus mexillas eran rosas sin espinas, ni mostraba los dientes, sino otros tantos aljófares al

---

y Venus estará formado por los que se dan buena vida de placer, de vino, etc...

[44] Es decir, con la bebida. También es proverbial que los alcohólicos y borrachos hablan ronco.

[45] Como ha podido apreciar el lector, Gracián pasa revista a los que roban: sastres (con la tijera cortan los tejidos y las bolsas), zapateros (nos dejan desnudos calzándonos cueros), escribientes (por lo de las plumas), mercaderes y comerciantes (miden y pesan los productos desvergonzadamente, poniéndose pesados para vender).

[46] Vuelve a repetir lo mismo que en la nota anterior, teniendo en cuenta que «lisonjear» se refiere a los mercaderes y comerciantes y «ministros» a los jueces que roban dejándose sobornar.

[47] Disemia: mujer cortesana, en oposición a villana, y cortesana, ramera.

[48] «Raso, sa. Plano, desembarazado de estorbos.» (Dic. Aut.) Es decir, «desenvuelta» aplicado a la mujer.

[49] Véase la nota 12, Crisi III.

[50] Subirse el humo a las narizes: «Phrase que denota ser mal sufrido, y que con facilidad se enoja y altera.» (Dic. Aut.)

reírse de todos. Tan agradable, que era ocioso el atar, pues con sola su vista cautivaba. Su lengua era sin duda de açúcar, porque sus palabras eran de néctar, y las dos manos hazían un blanco de los afectos, y con tenerlas tan buenas, a nadie daba buena mano ni de mano [51]; y aunque tenía braço fuerte, de ordinario lo daba a torçer [52], equivocando el abraçar con el enlaçar. De suerte que de ningún modo parecía salteadora quien tan buen parecer tenía. No estaba sola, antes muy assistida de un escuadrón volante de amaçonas, igualmente agradables, gustosas y entretenidas, que no cessaban de atar a unos y a otros, executando lo que su capitana les mandaba.

Era de reparar que a cada uno le aprisionaban con las mismas ataduras que él quería, y muchos se las traían consigo y las prevenían para que los atassen. Assí que, a unos aprisionaban con cadenas de oro, que era una fuerte atadura; a otros, con esposas de diamantes [53], que era mayor. Ataron a muchos con guirnaldas de flores, y otros pedían que con rosas, imaginando era más [54] coronarles las frentes y las manos. Vieron uno que le ataron con un cabello rubio y delicado, y aunque él se burlaba al principio, conoció después era más fuerte que una gúmena. A las mugeres, de ordinario las ataban, no con cuerdas, sino con hilos de perlas, sartas de corales, listones de resplandor [55], que parecían algo y valían nada. A los valientes, al mismo Bernardo [56] le aprisionaron después de muchas bravatas, con una banda, quedando él muy ufano; y lo que más admiró fue que a otros sus camaradas los atrahillaron con plumages y fue una prisión muy segura. Ciertos grandes personages pretendieron los atassen con unos cordoncillos de que pendían veneras, llaves y eslabones, y porfiaban hasta reventar. Había grillos de oro para

---

[51] «Dar la mano, favorecer. Darle de mano, desviarle de sí.» (Cov.)

[52] Representa a los vicios, como veremos; su poder era grande, pero ese poder consiste realmente en acomodarse a cada humano.

[53] Esposas, con doble significado. Siempre será la esposa la que aprisiona con sus antojos (diamantes) al hombre.

[54] Más: entiéndase «más bien».

[55] Entiéndase cintas de seda brillantes.

[56] Bernardo del Carpio. Famoso y legendario héroe leonés del siglo IX, al que se atribuyen fabulosas hazañas, entre ellas en la batalla de Roncesvalles, y cantado por la épica y el Romancero.

ınos y de hierro para otros, y todos quedaban igualmente
contentos y aprisionados. Lo que más admiró fue que, fal-
tando laços con que maniatar a tantos, los enlaçaban con braços de mugeres, y muy flacas, a hombres muy robustos; al
mismo Hércules, con un hilo delgado y muy al uso, y a
Sansón con unos cabellos que le cortaron de su cabeça. Querían ligar a uno con una cadena de oro que él mismo traía
y les rogó no hiziessen tal, sino con una soga de esparto
crudo, extremo raro de avaricia. A otro camarada déste le
apretaron las manos con los cerraderos de su bolsa y asegu-
raron eran de hierro. Añudaron a uno con su propio cuello,
que era de cigüeña; a otro, con un estómago de avestruz;
hasta con sartas de salados, sabrosos eslabones, ataban algunos; y gustaban tanto de su prisión, que se chupaban los
dedos. Salían otros de juizio, de contento de verse atados
por las frentes con laureles y con yedras; pero ¿qué mucho,
si otros se volvieron locos en tocando las cuerdas?

Desta suerte iban aprisionando aquellas agradables saltea-
doras a cuantos passaban por aquel camino de todos, echando laços a unos a los pies, a otros al cuello, atábanles las
manos, vendábanles los ojos y llevábanlos atados tirándoles
del coraçón [57]. Con todo esso, había una muy desagradable
entre todas, que cuantos ataba se mordían las manos, boca-
deándose las carnes hasta roerse las entrañas [58]; atormentá-
balos a éstos con lo que otros se holgaban, y de la agena
gloria hazían infierno. Otra había biçarramente furiosa, que
apretaba los cordeles hasta sacar sangre, y ellos gustaban
tanto desto, que se la bebían unos a otros [59]. Y es lo bueno
que después de haber maniatado a tantos, asseguraban ellas
que no habían atado persona [60].

Llegaron ya a querer hazer lo mismo de Critilo y de Andrenio. Preguntáronles con qué género de atadura querían
ser maniatados. Andrenio, como moço, resolvióse presto y
pidió le atassen con flores, pareciéndole sería más guirnalda

---

[57] *Tirándoles del coraçón,* ya que se trata de los vicios y los
vicios tiran de la voluntad de cada uno.

[58] Aunque no lo diga, habla de los envidiosos, a quienes co-
rroe las entrañas la envidia, ya que dice a continuación que la
gloria ajena era el infierno propio.

[59] Refiérese a los vengativos, que se beberían la sangre del
contrario.

[60] *No habían atado persona,* entendiendo «persona» como alguien que pudiera ser considerado como tal.

que laço; mas Critilo, viendo que no podía passar por otro [61] dixo que le atassen a él con cintas de libros, que pareció bien extraordinaria atadura, pero al fin lo era, y assí se executó.

Mandó luego tocar a marchar aquella dulce tirana, y aunque parecía que los llevaban a todos rastrando [62] de unas cadenillas asidas a los coraçones, pero de verdad ellos se iban: que no era menester tirarles mucho. Volaban algunos llevados del viento, casi todos con buen aire, desliçándose muchos, tropeçando los más y despeñándose todos. Halláronse presto a las puertas de uno que ni bien era palacio ni bien cueva, y los que mejor lo entendían dixeron era venta, porque nada se da de balde y todo es de passo. Estaba fabricada de unas piedras tan atractivas, que atraían a sí las manos y los pies, los ojos, las lenguas y los coraçones, como si fueran de hierro; con lo cual se conoció eran imanes del gusto, trabadas con una unión tan fuerte, que les venía de perlas. Era sin duda la agradable posada tan centro del gusto cuan páramo del provecho y un agregado de cuantas delicias se pueden imaginar; dexaba muy atrás la casa de oro de Nerón, con que quiso dorar los hierros de sus azeros [63]; escurecía tanto el palacio de Heliogábalo, que lo dexó a malas noches [64]; y el mismo alcáçar de Sardanápalo parecía una çahurda de sus inmundicias. Había a la puerta un gran letrero que dezía: *El bien deleitable, útil y honesto.* Reparó Critilo y dixo:

—Este letrero está al revés.

—¿Cómo al revés? —replicó Andrenio—. Yo al derecho lo leo.

—Sí, que había de dezir al contrario: el bien honesto, útil y deleitable.

—No me pongo en esso; lo que sé dezir es que ella es la

---

[61] Genérico: «otra cosa».

[62] *Rastrar.* «Lo mismo que arrastrar, que es como ahora se dice.» *(Dic. Aut.)*

[63] Se habrá notado la disemia en hierros (significando también los errores de Nerón), y en aceros (significando también «esfuerzo, ardimiento, valor y denuedo», según el *Dic. Aut.*).

[64] Gracián corrige un dicho popular ilógico que registra Covarrubias: «Quedarse a buenas noches, quedarse a oscuras, cuando alguno ha muerto la luz.» Gracián, más lógico, dice «a malas noches» para significar que destruyó su resplandor y su prestigio.

asa más deliciosa que hasta hoy he visto: ¡qué buen gusto
uvo el que la hizo!

Tenía en la fachada siete columnas, que aunque parecía
desproporción, no era sino emulación de la que erigió la
Sabiduría [65]. Éstas daban entrada a otras siete estancias y
habitaciones de otros tantos príncipes de quienes era agente
la bella salteadora; y assí, todos cuantos cautivaba con sumo
gusto los iba remitiendo allá, a elección de los mismos prisio-
neros. Entraban muchos por el cuarto del oro, y llamábase assí
porque estaba todo enladrillado de texos de oro y barras de
plata, las paredes de piedras preciosas; costaba mucho de
subir y al cabo era gusto con piedras [66]. El más eminente y
superior a todos era el más arriesgado, y no obstante esso,
la gente más grave quería subir a él. El más baxo era el más
gustoso, tanto, que tenía las paredes comidas; que, dezían,
eran de açúcar sus piedras, la argamasa amerada con exquisitos vinos y el yesso tan cocido que era un bizcocho; muchos gustaban de entrar en éste y se preciaban ser gente de
buen gusto. Al contrario, había otro que campeaba roxo, em-
pedrado de puñales, las paredes de azero; sus puertas eran
bocas de fuego y ·sus ventanas troneras, los passamanos de
las escaleras eran passadores [67] y de los techos, en vez de
florones, pendían montantes [68]; y con todo esso, no faltaban
algunos que se alojaban en él, tan a costa de su sangre. Otro

---

[65] Se refiere a las siete famosas columnas bíblicas de la Sabiduría, a las que emulan estas siete que son las de los siete
pecados capitales, los «otros tantos príncipes» que nombra seguidamente.

[66] Se trata, primeramente, de los viciosos por las riquezas:
oro, plata, piedras preciosas. «Al cabo era gusto con piedras»
expresa el equívoco entre piedras preciosas y las piedras calcá-
reas que se forman en la vejiga de la orina, en la de la bilis
o en los riñones. Relaciónese el mal· humor de los avaros con la
bilis y las piedras del hígado. A continuación, hasta el punto
y aparte, describe Gracián los restantes pecados capitales, por
este orden: soberbia, gula, ira, envidia, pereza y lujuria.

[67] *Pasador:* «Género de saeta, porque passa el escudo y lo que
topa.» *(Cov.)*

[68] *Montante,* estando en la estancia de la ira, puede significar
las dos cosas que registra el *Dic. Aut.:* «Espada ancha, y con
gavilanes mui largos, que manejan los Maestros de armas con
ambas manos, para separar las batallas en el juego de la esgrima» y «En el blasón se dice de los crecientes, cuyas puntas
están hacia el xefe del escudo», como adorno de la estancia.

se veía de color azul cuya hermosura consistía en desluzir los demás y desdorar agenas perfecciones; adornábase su arquitectura de canes, grifos y dentellones [69]; su materia eran dientes, no de elefante, sino de víboras, y aunque por fuera tenía muy buena vista, pero por dentro asseguraban tenía roídas las entrañas de las paredes; mordíanse por entrar en él unos a otros. El más cómodo de todos era el más llano, y aunque no había en todo él escalera que subir, estaba lleno de rellanos y descansos, muy alhajado de sillas, y todas poltronas; parecía casa de la China, sin ningún alto [70]; su materia era de conchas de tortugas; todo el mundo se acomodaba en él tomándolo muy de assiento: con esto, iban tan poco a poco y él era tan largo, que nunca llegaban al cabo, con ser todo paraderos. El más hermoso era el verde, estancia de la primavera, donde campeaba la belleza; llamábase el de las flores y todo era flor [71] en él, hasta la valentía y la de la edad ni faltaba la del berro [72]; había muchos Narcisos alternados con las violas [73]; coronábanse todos, en entrando, de rosas que bien presto se marchitaban, quedando las espinas, y aun todas sus flores paraban en çarças y sus verduras en palo; con todo, era una estancia muy requerida, donde todos los que entraban se divertían harto.

Obligábanles a Critilo y Andrenio a entrar en alguna de aquellas estancias, la que más fuesse de su gusto. Éste, como tan loçano y en la flor de su vida, encaminóse a la de las flores, diziendo a Critilo:

---

[69] Lo mismo ocurre en la estancia de la envidia, con los dentellones: «Architectura. Cierta especie de moldura, que ordinariamente se pone debaxo de la corona de la cornisa dórica» (*Dic. Aut.*); y también vale aquí como la dentellada de los envidiosos.

[70] *Alto.* «Se llaman en las casas los suelos que están fabricados unos sobre otros, y dividen los quartos y viviendas; y assí se dice la casa tiene dos, tres, quatro y cinco altos.» (*Dic. Aut.*)

[71] *Todo era flor,* es decir, todo era engaño. «Entre fulleros, trampa y engaño que se hace en el juego.» (*Dic. Acad.*)

[72] «Andarse a la flor del berro es darse al vicio y a la ociosidad entreteniéndose en una parte y en otra, como haze el ganado quando está bien pacido y harto, que llegando al berro corta dél tan solamente la florecita.» (*Cov.*)

[73] *Viola:* flor. Podemos tomarla en dos acepciones: como «violeta» o como voz aragonesa, «En Aragón vale lo mismo que alhelí» (*Dic. Aut.*). Obsérvese el juego de Narcisos; ser mitológico

—Entra tú por donde gustares, que al cabo de la jornada todos vendremos a un mismo paradero.

Instábanle a Critilo que escogiesse, cuando dixo:

—Yo nunca voy por donde los demás, sino al revés. No me escuso de entrar, pero ha de ser por donde ninguno entra.

—¿Cómo puede ser esso —le replicaron—, si no hay puerta por donde no entren muchos cada instante?

Reíanse otros de su singularidad y preguntaban:

—¿Qué hombre es éste, hecho al revés de todos?

—Y aun por esso pienso serlo —respondió él—; yo he de entrar por donde los otros salen, haziendo entrada de la salida: nunca pongo la mira en los principios, sino en los fines.

Dio la vuelta a la casa, y ella la dio tal, que no la conocía, pues toda aquella grandeza de la fachada se había trocado en vileza, la hermosura en fealdad y el agrado en horror, y tal, que parecía por esta parte, no fachada, sino echada [74], amenazando por instantes su ruina. No sólo no atraían las piedras a los huéspedes, sino que se iban tras ellos, sacudiéndoles, que hasta las del suelo se levantaban contra ellos. No se veían jardines por esta acera tan açar [75], campos sí de espinas y de malezas.

Advirtió Critilo, con no poco espanto suyo, que todos cuantos viera entrar antes riendo, ahora salían llorando. Y es bien de notar cómo salían: arrojaban a unos por las ventanas que correspondían al cuarto de los jardines, y daban en aquellas espinas tal golpe, que se les clavaban por todas las coyunturas [76], quedando llenos de dolores tan agudos que, estando en un infierno, levantaban el grito hasta el cielo. Los

---

[74] *Echada*, jugando con fachada. Si la fachada es la cara de un edificio que se nos presenta a nuestra cara, echada puede tomarse como arrojada de nuestra presencia, en el sentido [...] echazada por desagradable; o también, teniendo en cuent[...] elipsis de «echada por tierra» puede tomarse como derrib[...] oposición a fachada levantada, amenazando la ruina de [...] edificio.

[75] *Açar* es nombre, no adjetivo, pero funciona por [...] lo típico recurso conceptista y Quevedo gran m[...] Llámase también lado.» (*Dic. Aut.*) El empl[...] hace mejor juego fonético que azarosa.

[76] *Coyunturas* son las articulaciones de h[...]

que habían subido más altos daban mayor caída. Uno désto
cayó de lo más alto de palacio, con tanta fruición de los de
más como pena suya, que todos estaban aguardando cuándo
cairía; quedó tan mal parado, que no fue más persona n
pudo hazer del hombre [77].

—¡Bien merece —dezían todos los de dentro y fuera—
tanto mal quien a nadie hizo bien!

El que causó gran lástima fue uno que tuvo más de luna
que de estrella; éste, al caer, se clavó un cuchillo por la gar
ganta, escribiendo con su sangre el escarmiento sin segur
do [78]. Vio Critilo que por la ventana antes del oro, ya de
lodo, despeñaban a muchos desnudos y tan abrumados qu
parecían haberles molido las espaldas con saquillos de are
nas de oro; otros, por las ventanas de la cozina, caían e
cueros [79]; y todos daban de vientre en aquel suelo abominar
do tales crudezas. Sólo uno vio salir por la puerta, y adm
rado Critilo únicamente, se fue para él, dándole la singula
norabuena; al saludarle, reparó que quería conocerle.

—¡Válgame el cielo! —dezía—, ¿dónde he visto yo est
hombre? Pues yo le he visto, y no me acuerdo.

—¿No es Critilo? —preguntó él.

—Sí, y tú ¿quién eres?

—¿No te acuerdas que estuvimos juntos en casa de la sa
bia Artemia?

—Ya doy en la cuenta: ¿tú eres aquel de *omnia mea me*
cum porto?

—El mismo, y aun esso me ha librado deste encanto.

—¿Cómo pudiste escapar una vez dentro?

—Fácilmente —respondió—, y con la misma facilidad t
desataré a ti, si quieres. ¿Ves todos aquellos ciegos ñudo

---

[77] «... ni pudo hazer del hombre», es decir, ni pudo hacer e
papel de hombre. Hacer de algo es hacer un papel, representa
(véase nota 33, Crisi V).

[78] El que tuvo más de luna que de estrella (suerte), y escribi
su sangre el escarmiento fue don Álvaro de Luna, privad
n II de Castilla y a quien éste mandó degollar; «sin se
o dice por el rey Juan II y porque no tuvo ocasión d
escarmiento, con el primero fue suficiente.

de vino, ya que estamos en la estancia de la gula
ede significar asimismo que a los glotones poc
desnudos, en cueros, porque se visten con lo

que echa la voluntad con un sí? Pues todos los v
deshazer con un no; todo está en que ella quiera[80].

Quiso Critilo, y assí, se vio luego libre de libros.

—Mas, dime, ¡oh Critilo!, y tú ¿cómo no entraste en
común cautiverio?

—Porque, siguiendo otro consejo de la misma Artemia, no
puse el pie en el principio hasta tocar con las manos el fin.

—¡Oh dichoso hombre!, pero mal dixe hombre, que no
eres sino entendido. ¿Qué se hizo aquel tu compañero más
moço y menos cauto?

—Ahora te quería preguntar dél si le viste allá dentro, que
sin freno de razón se abalançó allá, y temo que como tal será
arrojado.

—¿Por qué puerta entró?

—Por la del[81] gusto.

—Es la peor de todas; saldrá tarde, echarle ha el tiempo
consumido de todas maneras.

—¿No habría algún medio para su remedio? —replicó
Critilo.

—Sólo uno, y ésse fácilmente dificultoso.

—¿Cómo es esso?

—Queriendo. Que haga como yo, que no aguarde a que le
echen, sino tomándose la honra[82], y más el provecho, salir él,
que será por la puerta despenado, y no por las ventanas des-
peñado.

—Una cosa te quisiera suplicar, y no me atrevo, porque
parece más necedad que favor.

—¿Qué es?

—Que pues tienes ya tomado el tino a la casa, volviesses
a entrar, y como sabio lo desengañasses y librasses.

---

[80] Para entender el párrafo hay que tener en cuenta que, tratándose de vicios, nosotros mismos, con que la voluntad diga sí,
formamos los ciegos nudos que nos atan; al contrario, con que
nuestra voluntad diga no, nos libraremos las ataduras del vicio.
Por eso, Critilo, que había querido ser maniatado de su libros,
queda libre de ellos a continuación con sólo un act de su voluntad.

[81] *Del*, 1658; «la de su», 1651. Creemos que sería interpretar
«del» porque si dijera «la de su gusto» s puede ser cual-
que Andrenio entró por la puerta que qui es la peor de to-
quiera); en cambio, al decir a continua gusto».
das» se refiere a una en concreto, «1 58, Crisi IX.

[82] «Salir tomándose la honra.» V

o será de provecho, porque aunque le halle y le hable
.e dará crédito sin el afecto. Mejor se moverá por ti, y
.s te ves obligado, que te pedirán la palabra [83], mejor es
.e tú entres y le saques.

—Bien entraría —dixo Critilo—, aunque lo siento, pero
temo que como me falta la experiencia, me he de cansar
en balde y no le podré hallar, corriendo riesgo de ahogarnos
todos. Hagamos una cosa: vamos los dos juntos, que bien es
menester la industria doblada; tú, como noticioso, me guia-
rás, y yo, como amigo, le convenceré, y saldremos todos con
vitoria.

Parecióle bien el ardid; fueron a executarlo, mas la guarda, que la hay a la salida, teniendo por sospechoso al Sabio,
le detuvo.

—Aquél, sí —dixo señalando a Critilo—, que tengo orden de que entre y que le inste.

Mas él, volviendo atrás, se retiró con el Sabio al reconsejo. Fuesse informando de las entradas y salidas de la casa,
de sus vueltas y revueltas; y ya muy determinado iba a entrar, cuando de medio camino volvió atrás y dixo al Sabio:

—Una cosa se me ha ofrecido, y es que troquemos de
vestidos ambos; toma el mío, conocido de Andrenio, que
será recomendación, y assí disfraçado podrás desmentir [84] la
guarda entre dos luzes [85]; quedaré yo con el tuyo ayudando
a la disimulación y aguardando por instantes siglos.

No le desagradó al Sabio la invención. Vistióse a lo de
Critilo, con que pudo entrar rogado [86]. Quedó éste viendo
caer unos y otros, que no paraban un punto, por aquellos
despeñaderos del dexo [87]. Vio un pródigo que lo despeñaban

---

[83] Te pedirán palabra, confirmación, de que te ves obligado con
Andrenio.

[84] *Desmentir:* «Vale también desvanecer y dissimular alguna
cosa para que no se conozca: como desmentir las sospechas, los
indicio...» *(Dic. Aut.)*

[85] *Entre dos luces:* «Phrase adverbial, que significa al amanecer o a... ...nochecer.» *(Dic. Aut.)*

[86] Pud... ...Critilo), ...ntrar rogado porque, al ir vestido como Critilo (a lo
hiciera, ya ...lo le dejaban pasar, sino que le rogaban que lo
nía orden de... ...e trataba de Critilo, para quien el guardián te-
...entrara.

[87] *Dexo.* «M... ...ricamente se toma por el bueno u mal efecto que queda ...na pasión del ánimo: como de la virtud
o el vicio.» *(Dic...*

222

nugeres por el ventanage de las rosas en las espinas, y como venía en carnes el desdichado, maltratóse mucho, hízose las narizes, cuando más se las deshizo [88]; començó a hablar gangoso y duróle toda la vida, diziendo todos los que le oían:

—No es cosa rara que éste hable con las narizes, por no tenerlas [89]; justo castigo es de sus imprudentes mocedades.

Fue tal el asco que éste y todos los de su séquito tuvieron de su misma inmundicia, que no paraban de escupir al vil deleite en vengança y por remedio (que hubiera sido mejor antes). Los que rodaban por las espaldas del descanso tardaban en el mismo caer, pero mucho más en el levantarse, que de pereza aun no vivían; gentes muy para nada, sólo sirven para hazer número y gastar los víveres; nada hazen con buen aire y en él se paraban al caer, apoyando mórulas a Zenón [90], pero una vez caídos, siempre quedaban por tierra. Daban fieros gritos los que rodaban por el cuarto de las armas, que parecía el de los locos; venían muy maltratados y eran tales los golpes que daban y recibían, que escupían luego sangre de sus valientes pechos, vomitando la que habían bebido antes a sus enemigos, que es bravo quebradero de cabeça una vengança. Solos los del cuarto del veneno se estaban a la mira, holgándose de lo que los demás se lamentaban; y había hombre déstos que, porque se quebrasse el otro un braço y se sacasse un ojo, perdía él los dos; reían de lo que los otros lloraban, y lloraban de lo que reían; y era cosa rara que lo que a la entrada enflaquecieron, engordaban a la salida, gustando mucho de hazer aplauso de desdichas y campanear agenas desventuras.

Estaba Critilo mirando aquel mal paradero de todos. Al cabo de un día de siglos, vio assomar a Andrenio a la ven-

---

[88] «Hazerse las narizes es desrostrárselas, que en rigor es deshazérselas.» (Cov.)

[89] Porque tener buenas narices es tener buen olfato, y consecuentemente, buen juicio. Este personaje no las tiene porque las perdió, así como el buen juicio en su imprudente mocedad; véase nota 43 de esta Crisi.

[90] Zenón de Elea, filósofo griego del siglo V a. C., conocido por las antinomias entre el ser inmutable y el movimiento: si el ser es uno e inmutable, el cambio o movimiento carece de sentido (Aquiles no podría alcanzar a la tortuga). Viene al caso porque éstos se paraban en el aire al caer, lo cual concuerda con las mórulas (detenciones) de Zenón.

tana de las flores en espinas; asustóse mucho, temiendo su
despeño; no le osaba llamar por no descubrirse, pero zeñá-
bale[91] acordándole el desengaño. Cómo baxó y por dónde,
adelante lo veremos.

---

[91] *Ceñar:* «Hacer señas de desagrado poniendo ceño. Es voz
de mui raro uso.» *(Dic. Aut.)*

CRISI UNDÉZIMA

El golfo cortesano

Visto un león, están vistos todos, y vista una oveja, todas; pero visto un hombre, no está visto sino uno, y aun ésse no bien conocido. Todos los tigres son crueles, las palomas sencillas y cada hombre de su naturaleza diferente. Las generosas águilas siempre engendran águilas generosas, mas los hombres famosos no engendran hijos grandes, como ni los pequeños, pequeños. Cada uno tiene su gusto y su gesto, que no se vive con sólo un parecer. Proveyó la sagaz naturaleza de diversos rostros para que fuessen los hombres conocidos, sus dichos y sus hechos (no se equivocassen los buenos con los ruines), los varones se distinguiessen de las hembras y nadie pretendiesse solapar sus maldades con el semblante ageno. Gastan algunos mucho estudio en averiguar las propiedades de las yerbas, ¡cuánto más importaría conocer las de los hombres, con quienes se ha de vivir o morir! Y no son todos hombres los que vemos, que hay horribles monstruos y aun acroceraunios[1] en los golfos de las grandes poblaciones: sabios sin obras, viejos sin prudencia, moços sin sugeción, mugeres sin vergüença, ricos sin misericordia, pobres sin humildad, señores sin nobleza, pueblo[s] sin apre-

---

[1] Errata en el texto: «acroceraumnios», inexistente incluso en latín con *mn*. Es palabra latina, no existente en castellano, acroceraunius, que pertenece a los Montes Acroceraunios, de Epiro, Montes del Diablo, de la Quimera. Está claro que si Gracián habla de monstruos, acroceraunios es metáfora aplicada a los habitantes de las grandes ciudades que semejan diablos o quimeras.

mio, méritos sin premio, hombres sin humanidad, personas sin subsistencia[2].

Esto ponderaba el Sabio a vista de la corte, después de haber rescatado a Andrenio con un tan exemplar arbitrio. Cuando Critilo le aguardaba a la puerta libre, le atendió[3] a la ventana empeñado en el común despeño. Mas consolóse con que nadie le impelía; antes, quitándose la guirnalda de la frente, la fue destexiendo y, atando unas ramas con otras, hizo soga, por la cual se guindó[4] y, sin daño alguno, se halló en tierra por gran felizidad. Al mismo tiempo assomó por la puerta el Sabio, doblándole a Critilo el contento. Pero sin detenerse, ni aun para abraçarse, picaron, como tan picados; sólo Andrenio, volviendo la cabeça a la ventana, dixo:

—Quede ahí pendiente esse lazo, escala ya de mi libertad, despojo eterniçado del[5] desengaño.

Tomaron su derrota para la corte a dar, dezía el Sabio, de Caribdis en Cila[6]; acompañóles hasta la puerta llevado de la dulce conversación, el mejor viático[7] del camino de la vida.

—¿Qué cosa y qué casa ha sido ésta? —dezía Critilo—. Contadme lo que en ella os ha passado.

Tomó la mano[8] el Sabio, a cortesía de Andrenio, y dixo:

—Sabed que aquella engañosa casa, al fin venta del mundo, por la parte que se entra en ella es del gusto y por la que se sale del gasto. Aquella agradable salteadora es la famosa Volusia[9], a quien llamamos nosotros delectación y los latinos *voluptas,* gran muñidora de los vicios, que a cada uno de los mortales le lleva arrastrado su deleite. Ésta los cautiva, los aloja (o los aleja) unos en el cuarto más alto de

---

[2] Podría ser errata por «substancia», más propio del pensamiento de Gracián y expresión harto repetida por él. Ponemos en plural «pueblos» por estar los restantes nombres en plural.

[3] *Atender:* «Vale advertir (...), reparar.» *(Cov.)*

[4] *Guindarse:* «descolgarse de alguna parte por cuerda, soga, maroma u otro artificio» *(Dic. Aut.).*

[5] La edición de 1651 trae «al» y la de 1658 «del». Escribimos «del» porque antes ha dicho «escala de mi libertad».

[6] Véase nota 36, Crisi V.

[7] *Viático:* «La prevención en especie, u en dinero, de lo necessario para el sustento que lleva u se le da al que hace viage.» *(Dic. Aut.)*

[8] *Tomar la mano:* «Phrase, que además del sentido recto, significa comenzar a razonar.» *(Dic. Aut.)*

[9] *Volusia,* de voluptas, placer o deleite. Diosa de los placeres sensuales.

la soberbia, otros en el más baxo de la desidia, pero ninguno en el medio, que en los vicios no le hay. Todos entran como visteis, cantando, y después salen solloçando, sino son los envidiosos, que proceden al revés. El remedio para no despeñarse al fin es caer en la cuenta al principio: gran consejo de la sabia Artemia que a mí me valió harto para salir bien.

—Y a mí mejor para no entrar —replicó Critilo—, que yo con más gusto voy a casa del llanto que de la risa, porque sé que las fiestas del contento fueron siempre vigilias del pesar. Créeme, Andrenio, que quien comiença por los gustos acaba por los pesares.

—Basta [10] que este nuestro camino —dixo él— todo está lleno de trampas encubiertas, que no sin causa estaba el Engaño a la entrada. ¡Oh casa de locos, y cómo lo es quien haze de ti caso!, ¡oh encanto de cantos [11] imanes, que al principio atraen y a la postre despeñan!

—Dios os libre —ponderaba el Sabio—, de todo lo que comiença por el contento, nunca os paguéis de los principios fáziles; atended siempre a los fines dificultosos y al contrario. La razón desto supe yo en aquella venta de Volusia en este sueño que os ha de hazer despertar. Contáronme tenía dos hijos la Fortuna muy diferentes en todo, pues el mayor era tan agradablemente lindo cuanto el segundo desapaciblemente feo; eran sus condiciones y propiedades muy conformes a sus caras, como suele acontecer. Hízoles su madre dos vaquerillos [12] con la misma atención: al primero, de una rica tela que texió la Primavera sembrada de rosas y de claveles, y entre flor y flor alternó una G, tantas como flores, sirviendo de ingeniosas çifras en que unos leían gracioso, otros galán, gustoso, gallardo, grato y grande, aforrado en cándidos armiños, todo gala, todo gusto, gallardía y gracia; vistió al segundo muy de otro genio, pues de un bocací funesto [13]

---

[10] Con elipsis de un infinitivo: decir, pensar... Véase nota 6, Crisi II.

[11] Debería haber puesto «piedras imanes», ya que el imán es una piedra. Sin embargo, utiliza «canto», sinónimo de piedra, para hacer paronomasia con «encanto» y también en sentido de «canto musical», que produce encanto o encantamiento.

[12] *Vaquerillo:* «... el sayo vaquero pequeño», escribe el *Diccionario Aut.,* citando este texto de Gracián.

[13] *Bocací:* «Tela de lino de varios colores, especialmente negro, encarnado o verde, que parece está engomado por lo tiesso.» *(Dic. Aut.)* Es tela basta, añade el *Dic. Acad.,* y Gracián, para

227

recamado de espinas, y entre ellas otras tantas efes donde cada uno leía lo que no quisiera, feo, fiero, furioso, falto y falso, todo horror, todo fiereza. Salían de casa de su madre a la plaça o a la escuela, y al primero en todo, todos cuantos le veían le llamaban, abríanle las puertas de sus coraçones; todo el mundo se iba tras él, teniéndose por dichosos los que le podían ver, cuanto más haber. El otro desvalido no hallaba puerta abierta, y assí, andaba a sombra de texados [14], todos huían dél; si quería entrar en alguna casa, dábanle con la puerta en los ojos, y si porfiaba, muchos golpes, con lo cual no hallaba donde parar; vivía (o moría) quien tan triste llegó a [15] no poderse sufrir él a sí mismo, y assí, tomó por partido despeñarse para despenarse, escogiendo antes morir para vivir que vivir para morir. Mas como la discreción es pasto de la melancolía, pensó una traça, que siempre valió más que la fuerça: conociendo cuán poderoso es el Engaño y los prodigios que obra cada día, determinó ir en busca suya una noche, que hasta la luz y él se aborrecían. Començó a buscarle, mas no le podía descubrir; en mil partes le dezían estaría y en ninguna le topaba. Persuadióse le hallaría en casa de los engañadores, y assí fue primero a la del Tiempo. Éste le dixo que no, que antes él procuraba desengañar a todos, sino que le creen tarde. Passó a la del Mundo, tenido por embustero, y respondióle que por ningún caso, que él a nadie engaña (aunque lo desea), que los mismos hombres son los que se engañan a sí mismos, se ciegan y se quieren engañar. Fue a la misma Mentira, que la halló en todas partes; díxola a quién buscaba y respondióle ella:

—Anda, necio, ¿cómo te tengo yo de dezir la verdad?

—Según esso, la Verdad me lo dirá, dixo él; pero ¿dónde la hallaré? Más dificultoso será esso, que si al Engaño no le puedo descubrir en todo el mundo, ¡cuánto menos la Verdad!

Fuesse a casa la Hipocresía, teniendo por cierto estaría allí; mas ésta le engañó con el mismo engaño, porque torciendo el cuello a par de la intención, encogiéndose de hom-

---

mayor contraste con el hijo hermoso, dice «bocací funesto», es decir, negro y como de muerto o luto.

[14] *Andar a sombra de tejado:* «Es ocultarse, ir con cuidado y recelo.» *(Dic. Aut.)*

[15] La edición de 1651 pone «al», «a» la de 1658. Pensamos que es errata «al», que tendría valor temporal, cuando aquí está claro su valor de dirección.

ɔros, frunciendo los labios, arqueando las cejas, levantando
os ojos al cielo que todo un hombre ocupa [16], con la voz
muy mirlada le asseguró no conocía tal personage ni le ha-
ɔía hablado en su vida, cuando [17] estaba amigada con él. Par-
:ió a casa de la Adulación, que era un palacio, y ésta le dixo:

—Yo, aunque miento, no engaño, porque echo las men-
:iras tan grandes y tan claras, que el más simple las cono-
:erá; bien saben ellos que yo miento, pero dizen que con
:odo esso se huelgan, y me pagan [18].

—¡Que es possible, se lamentaba, que esté el mundo lleno
le engaños y que yo no le halle! Parece ésta pesquisa de
Aragón [19]. Sin duda, estará en algún casamiento: vamos allá.

Preguntó al marido, preguntó a la muger, y respondiéronle
ambos habían sido tantas y tan recíprocas de una y otra
ɔarte las mentiras, que ninguno podía quexarse de ser el engañado. ¿Si estaría en casa los mercaderes entre mohatras pa-
jiadas y desnudos acreedores? Respondiéronle que no, por-
jue no hay engaño donde ya se sabe que le hay. Lo mismo
lixeron los oficiales [20], que fue de botica en botica, assegurándole en todas que al que ya lo sabe y quiere, no se le
maze agravio. Estaba desesperado sin saber ya dónde ir.

—Pues yo le he de buscar, dixo, aunque sea en casa el
liablo.

Fuesse allá, que era una Génova, digo una Ginebra [21]. Mas
éste se enojó fieramente y dando vozes endiabladas dezía:

---

[16] Tratándose de una cara, la de la Hipocresía, el cielo que
ɔcupa todo hombre es el techo. Se trata de una ironía más del
autor.

[17] Rara construcción para la sintaxis actual. «Cuando» no es
temporal, como se ve por el sentido de la frase, sino concesivo,
«aunque». Que la Hipocresía sea amiga del Engaño y no le conozca, es una frase ingeniosa que se aclarará más adelante por
boca de los mercaderes y de la Sabiduría.

[18] Es decir, los adulados quedan satisfechos, aun sabiendo que
son mentiras las adulaciones, razón por la que rinden culto a
la Adulación.

[19] Desde los fueros de 1247 estaban abolidos en Aragón ciertos
medios de pesquisa criminal, como el tormento, la prueba del
hierro candente, etc. (Romera-Navarro, en su edición de *El Criticón*.)

[20] Oficiales, los que saben un oficio como quedó ya dicho,
y botica, por tanto, cualquier tienda donde están los oficiales.

[21] La casa del diablo es una Génova, volviendo nuevamente al
ataque contra la usura de los banqueros italianos; es una Ginebra

—¿Yo engaño, yo engaño? ¡Qué bueno es esso para mí! Antes yo hablo claro a todo el mundo, yo no prometo cielos sino infiernos acá y allá fuegos, que no paraísos; y con todo esso, los más me siguen y hazen mi voluntad; pues ¿en qué está el engaño?

Conoció, dezía, esta vez la verdad y quitósele delante. Echó por otro rumbo, determinó ir a buscarle a casa los engañados, los buenos hombres, los crédulos y cándidos, gente toda fázil de engañar; mas todos ellos le dixeron que por ningún caso estaba allí, sino en casa los engañadores, que aquéllos son los verdaderos necios, porque el que engaña a otro, siempre se engaña y daña más a sí mismo.

—¿Qué es esto?, dezía; los engañadores me dizen que los engañados se llevaron; éstos me responden que aquéllos se quedan con él. Yo creo que unos y otros le tienen en su casa y ninguno se lo piensa.

Yendo desta suerte, le topó a él la Sabiduría, que no él a ella, y como sabidora de todo, le dixo:

—Perdido, ¿qué buscas otro que a ti mismo?, ¿no ves tú que el Engaño no le halla quien le busca y que en descubriéndole ya no es él? Vé a casa alguno de aquellos que se engañan a sí mismos, que allí no puede faltar.

Entró en casa de un confiado, de un presumido, de un avaro, de un envidioso, y hallóle muy dissimulado con afeites de verdad. Comunicóle sus desdichas y consultóle su remedio. Miróselo el Engaño muy bien, cuanto peor, y díxole:

—Tú eres el Mal, que tu mala catadura te lo dize; tú eres la maldad, más fea aún de lo que pareces. Pero ten buen ánimo, que no faltará diligencia ni inteligencia. Huélgome se ofrezcan ocasiones como ésta para que luzga [22] mi poder. ¡Oh, qué par haremos ambos! Anímate, que si el primer passo en la medicina es conocer la raíz del mal, yo la descubro en tu dolencia como si la tocasse con las manos. Yo conozco muy bien los hombres, aunque ellos no me conocen a mí; yo sé bien de qué pie coxea su mala voluntad, y advierte que no te aborrecen a ti por ser malo, que no por cierto, sino porque lo pareces por esse mal vestido que tú llevas; essos abrojos son los que les lastiman, que si tú

---

porque «Metaphóricamente significa ruido confuso de voces humanas, sin que ninguna pueda percibirse con claridad» *(Dic. Aut.).*

[22] *Luzga,* luzca. Forma que aún se conservaba en el Siglo de Oro.

ueras cubierto de flores, yo sé te quisieran. Pero déxame
hazer, que yo barajaré las cosas de modo que tú seas el
adorado de todo el mundo y tu hermano aborrecido; ya la [23]
tengo pensada, que no será la primera ni la última.

Assiéndole de la mano, se fueron pareados a casa de la
Fortuna. Saludóla con todo el cumplimiento que él suele y
encandilóla tan bien, que fue menester poco para una ciega [24]. Ofreciósele por moço de guía, representándola su necessidad [25] y las muchas conveniencias; abonóle el hijuelo de
fiel y de entendido (pues sabe muchos puntos más que el
diablo su discípulo); sobre todo, que no quería otra paga
sino sus venturas [26]. Y no se engañaba, que no hay renta
como la puerta falsa de la ambición. Calidades eran todas
muy a cuento, si no muy a propósito para moço de ciego;
y assí, le admitió la Fortuna en su casa, que es todo el
mundo. Començó al mismo instante a revolverlo todo, sin dexar cosa en su lugar, ni aun tiempo [27]. Guíala siempre al revés: si ella quiere ir a casa un virtuoso, él la lleva a la de
un malo y otro peor; cuando había de correr, la detiene, y
cuando había de ir con tiento, vuela; barájale las acciones,
trueca todo cuanto da; el bien que ella querría dar al sabio,
haze lo dé al ignorante; el favor que va a hazer al valiente,
lo encamina al cobarde. Equivócale las manos cada punto
para que reparta las felizidades y desdichas en quien no las
merece; incítala a que esgrima el palo sin sazón, y a tontas
y a ciegas la haze sacudir palos de ciego en los buenos y virtuosos: pega un revés de pobreza al hombre más entendido
y da la mano a un embustero, que por esso están hoy tan
validos. ¡Qué de golpes la ha hecho errar! Acabó de uno

---

[23] Supliéndose «maña» o «treta».
[24] Recuérdese que la Fortuna tiene los ojos vendados. Por eso,
seguidamente, el Engaño ofrece a la ciega Fortuna como lazarillo
(moço de guía) al mismo Mal. Ésa es la treta que tenía pensada
el Engaño.
[25] *Representándola su necesidad*, es decir, convenciéndola de
que necesitaba un lazarillo.
[26] El Engaño no quiere otra paga que las venturas (los triunfos) que la Fortuna proporcione al Mal, ya que redundarán en
el propio beneficio del Engaño.
[27] Como ha dicho «sin dexar cosa en su lugar», prosigue «ni
aun en el tiempo», es decir, no dejó nada ordenado, ni en el
espacio, ni el tiempo.

con un don Baltasar de Zúñiga [28] cuando había de començ[ar]
a vivir; acabó con un Duque del Infantado, un Marqués d[e]
Aytona y otros semejantes cuando más eran menester. Di[o]
un revés de pobreza a un don Luis de Góngora, a un Agus[tín]

---

[28] Anotamos juntamente a todos los personajes que nombra [a]
continuación: Baltasar de Zúñiga (15?-1622), era segundo hijo d[e]
la marquesa de Monterrey. Desde muy joven sirvió en los Ejé[r]
citos de España. En 1599, embajador en Flandes, y en 160[3]
en Francia. En 1608 fue embajador en el Imperio. Vuelto a E[s]
paña fue miembro de los Consejos de Estado y de Guerra y
poco después, ayo del príncipe Felipe (IV). Cuando muere F[e]
lipe III, Zúñiga, primer ministro, llevó exteriormente la polític[a]
aunque con Olivares detrás. //. Sobre el duque del Infantad[o]
véase nota 3, Crisi VIII. //. Francisco de Moncada, marqué[s]
de Aytona (?-1635), fue virrey de Aragón y embajador en la Cor[r]
te Imperial. Mandó los ejércitos españoles de los Países Bajos e[n]
los últimos años de la soberanía de Isabel Clara Eugenia, y a l[a]
muerte de ésta, en 1653, cuando estos territorios volvieron a l[a]
Corona española, actuó como gobernador interino de aquello[s]
estados. (Aunque Gracián puede referirse a Guillermo Ramón d[e]
Moncada (?-1670), hijo del anterior y sucesor en el mismo títul[o]
Contribuyó a la caída de Olivares. Fue virrey de Galicia y lueg[o]
de Cataluña (1647-1652), cuando el ejército francés actuaba en fa[
vor de los catalanes sublevados. Tenía el mando del ejército par[a]
reconquistar Cataluña donde tuvo como adversario al príncip[e]
de Condé. Al morir Felipe IV, formó parte de la junta de Go[
bierno destinada a asesorar a Mariana de Austria durante la mi[
noría de Carlos II). //. Agustín de Barbosa. Jurisconsulto y pre[
lado portugués (1590-1649) que siguió el partido español des[
pués de la revolución de 1640 y fue recompensado por Felipe I[V]
con el obispado de Ugento, en el reino de Nápoles. //. León X
perteneciente a la familia Médicis, consagrado papa en 1513 y
muerto en 1521. Encaminó todos sus esfuerzos a liberar el do[
minio pontifical del yugo extranjero y contrajo alianzas con Car[
los V y Francisco I. Protegió las Letras, las Artes y las Cien[
cias. //. Francisco I de Francia (1494-1547), rival de Carlos V
vencido en Pavía y favorecedor de las Letras y las Ciencias. //
Andrea Caracciolo, marqués de Torrecuso (1590-1653), genera[l]
participante en la guerra de Cataluña. //. Martín de Aragón, hij[o]
natural del Conde de Luna, participante en las campañas de Ita[
lia hasta su muerte (1639). //. Martín Azpilcueta (1491-1586)
Célebre teólogo y jurisconsulto español, llamado el doctor Navarro[,]
en atención a la provincia de su nacimiento. Profesor de De[
recho en la ciudad de Tolosa y Cahors, consejero en el Parla[
mento de París, aunque no llegó a aceptar la plaza. Profesor de
Salamanca y rector de la Universidad de Coimbra. Rechazó la
mitra arzobispal de Santiago.

ín de Barbosa y otros hombres eminentes. Cuando debiera
azerles muchas mercedes, erró el golpe también. Y escu-
ábase el bellacón diziendo:

—Vinieran éssos en tiempo de un León Dézimo, de un rey
'rancisco de Francia, que éste no es su siglo.

¡Qué disfavores no hizo a un Marqués de Torrecuso! Y jac-
ábase dello diziendo:

—¿Qué hiziéramos sin guerra? Ya estuviera olvidada [29].

También fue errar el golpe darle un balazo a don Martín
le Aragón, conociéndose bien presto su falta. Iba a dar la
'ortuna un capelo a un Azpilcueta Navarro, que hubiera hon-
ado el Sacro Colegio, mas pególa en la mano un tal golpazo,
ue lo echó en tierra, acudiendo a recogerlo un cleriçón [30],
' riéndose el picarón dezía:

—¡Eh!, que no pudiéramos vivir con estos tales; bástales
u fama. Estos otros sí, que lo reciben humildes y lo pagan
gradecidos.

Fue a dar a la monarquía de España muchas felizidades por
erla tan católica, como había hecho siempre dándole las In-
lias y otros muchos reinos y victorias, y el belitre [31] la dio
al encontrón, que saltaron acullá a Francia con espanto de
odo el mundo; y él se escusaba con dezir que se había aca-
ado ya la semilla de los cuerdos en España y de los teme-
arios en Francia. Y por desmentir el odio que le acumulaba
a su malicia, dio algunas vitorias a la república de Vene-
ia contra el poder otomano, y sola, sin Liga (cosa que ha
dmirado al mundo), escusándose con el Tiempo, que se
ansa ya de llevar a cuestas la felizidad otomana más a
uerça que de industria. Desta suerte, fue barajando todas las
osas y casos, tanto, que asší las dichas como las desdichas
e hallaban en los que menos las merecían. Llegando ya a
xecutar su primer intento, observó, allá a la noche, cuan-
lo la Fortuna desnudaba sus dos hijos (que de nadie los
iaba), dónde ponía los vestidos de cada uno: que esso siem-
re era con cuidado en diferentes puestos, porque no se con-
undiessen; acudió, pues, el Engaño y sin ser sentido trocó

---

[29] Se refiere a la Fortuna, de la que viene hablando y de la
ue seguirá hablando, y no a la guerra.
[30] *Cleriçón:* «El monaguillo que sirve en el altar o en el choro
 los clérigos y el que trahe hábitos eclesiásticos sin ser sacer-
lote o tener alguna de las órdenes mayores. Es término vulgar y
axo.» *(Dic. Aut.).*
[31] *Belitre:* «Pícaro, ruin.» *(Dic. Acad.)*

los vestidos, mudó los del Bien al puesto del Mal, y los de Mal al del Bien. A la mañana, la Fortuna, tan descuidada como ciega, vistió a la Virtud el vaquerillo de las espinas sin más reparar, y al contrario, el de las flores púsoselo al Vicio, con que quedó éste muy galán (y él que se ayudó con los afeites [32] del Engaño). No había quien lo conociesse todos se iban tras él, metíanle en sus casas, creyendo lleva ban el Bien. Algunos lo advirtieron a costa de la experiencia y dixéronlo a los otros: pocos lo creyeron y, como le veían tan agradable y florido, prosiguieron en su engaño. Desde aquel día la Virtud y la Maldad andan trocadas y todo el mundo engañado o engañándose; los que abraçan la maldad por aquel cebillo del deleite, hállanse después burlados, dan tarde en la cuenta y dizen arrepentidos:

—No está aquí el verdadero bien; éste es el mal de los males: luego errado habemos el camino.

Al contrario, los que desengañados apechugan con la virtud aunque al principio les parece áspera y sembrada de espinas pero [33] al fin hallan el verdadero contento y alégranse de te ner tanto bien en sus conciencias. ¡Qué florida le parece a éste la hermosura y qué lastimado queda después con mil achaques! ¡Qué lozana al otro la moçedad, pero cuán presto se marchita! ¡Qué plausible se le representa al ambicioso la dignidad, vestido viene el cargo de estimación, mas qué pesado le halla después gimiendo so la carga! ¡Qué gustosa imagina el sanguinario la vengança, cómo se relame en la san gre del enemigo, y después, si le dexan, toda la vida anda basqueando [34] lo que los agraviados no pueden digerir! Has ta el agua hurtada es más sabrosa. Chupa la sangre del po brecillo el ricazo de rapiña, mas después ¡con qué violencia la trueca al restituirla!: dígalo la madre del milano [35]. Traga el glotón exquisitos manjares, saboréase con los preciosos vi nos, y después ¡cómo lo grita en la gota! No pierde el des-

---

[32] *Afeite:* «El adereço que se pone alguna cosa para que pa rezca bien, y particularmente el que las mugeres se ponen en la cara, manos y pechos.» *(Cov.)*

[33] Hoy diríamos «sin embargo».

[34] *Basquear:* «Tener arcadas y bascas; padecer náuseas como para vomitar.» *(Dic. Aut.)*

[35] Según Romera Navarro, alude a un emblema de Alciato: un milano glotón, atacado de vómito, piensa ser sus entrañas lo que sale de su boca; su madre le replica que es lo que ha hurtado.

honesto coyuntura en su bestial deleite y pág[a]lo [36] con dolor de todas las de su flaco cuerpo. Abraça espinas en riquezas el avaro, pues no le dexan dormir, y sin poderlas gozar dexa en ellas lastimado el coraçón. Todos éstos pensaron traer a su casa el Bien vestido del gusto, y de verdad que no es sino el Mal solapado; no el contento, sino el tormento tan bien merecido de su engaño. Pero, al contrario, ¡qué dificultosa y cuesta arriba se le haze al otro la virtud, y después qué satisfación la de la buena conciencia! ¡Qué horror el de la abstinencia!, y en ella consiste la salud del cuerpo y alma. Intolerable se le representa la continencia, y en ella se halla el contento verdadero, la vida, la salud y la libertad. El que se contenta con una medianía, ésse vive. El manso de coraçón possee la tierra: desabrido se le propone el perdón del enemigo, pero ¡qué paz se le sigue y qué honra se consigue! ¡Qué frutos tan dulces se cogen de la raíz amarga de la mortificación! Melancólico parece el silencio, mas al sabio nunca le pesó de haber callado. De suerte que, desde entonces, la Virtud anda vestida de espinas por fuera y de flores por dentro, al contrario del Vicio. Conozcámoslos y abraçémonos con aquélla a pesar del engaño tan común cuan vulgar.

A vistas estaban ya de la corte, y mirando Andrenio a Madrid con fruición grande, preguntóle el Sabio:

—¿Qué ves en cuanto miras?

—Veo —dixo él— una real madre de tantas naciones, una corona de dos mundos, un centro de tantos reinos, un joyel de entrambas Indias, un nido del mismo Fénix y una esfera del Sol Católico, coronado de prendas en rayos y de blasones en luzes.

—Pues yo veo —dixo Critilo— una Babilonia de confussiones, una Lutecia [37] de inmundicias, una Roma de mutaciones, un Palermo de volcanes, una Constantinopla de nieblas, un Londres de pestilencias y un Argel de cautiverios.

—Yo veo —dixo el Sabio— a Madrid madre de todo lo bueno, mirada por una parte, y madrastra por la otra; que assí como a la corte acuden todas las perfecciones del mundo, mucho más todos los vicios, pues los que vienen a ella nunca traen lo bueno, sino lo malo, de sus patrias. Aquí yo

---

[36] «Pagólo», traen las ediciones de 1651 y 1658. Debe ir en presente, como el verbo anterior.

[37] Babilonia había llamado a Madrid, en la Crisi V. Lutecia, nombre antiguo de la ciudad de París, que se ha hecho extensivo para denominar a Francia en lenguaje poético.

no entro, aunque se diga que me volví del puente Milvio [38]

Y con esto, despidióse. Fueron entrando Critilo y Andrenio como industriados [39], por la espaciosa calle de Toledo. Toparon luego una de aquellas tiendas donde se feria el saber Encaminóse Critilo a ella y pidió al librero si tendría un ovillo de oro [40] que vendelles. No le entendió, que leer los libros por los títulos no haze entendidos, pero sí un otro que allí estaba de assiento, graduado cortesano por años y suficiencia:

—¡Eh!, que no piden —le dixo— sino una aguja de marear [41] en este golfo de Cirçes.

—Menos lo entiendo ahora —respondió el librero—. Aquí no se vende oro ni plata, sino libros, que son mucho más preciosos.

—Esso, pues, buscamos —dixo Critilo—, y entre ellos alguno que nos dé avisos para no perdernos en este laberinto cortesano.

—De suerte, señores, que ahora llegáis nuevos. Pues aquí os tengo este librillo, no tomo, sino átomo, pero que os guiará al norte de la misma felizidad.

—Éssa buscamos.

—Aquí le tenéis; a éste le he visto yo hazer prodigios, porque es arte de ser personas y de tratar con ellas.

Tomóle Critilo, leyó el título, que dezía: *El Galateo Cortesano* [42].

—¿Qué vale? —preguntó.

---

[38] El puente Milvio fue el escenario de la batalla del mismo nombre donde el emperador Constantino derrotó en las afueras de Roma al emperador Magencio, quien se ahogó en el Tíber (octubre del 312).

[39] *Industriado:* «Lo assí enseñado, adestrado e instruido.» *(Dic. Aut.)*

[40] Alusión al ovillo que Teseo utilizó para salir del laberinto de Creta, proporcionado por Ariadna, hija de Minos, después de matar al Minotauro. Critilo quiere uno semejante para no perderse en Madrid. Lo explica Gracián seguidamente.

[41] Juego con *marear,* en dos acepciones: «Gobernar y dirigir al navío... para conseguir la felicidad en el viage» *(Dic. Aut.)* a través del golfo de Cirçes, y «vender en público... u despachar las mercaderías» *(Dic. Aut.),* ya que entran en Madrid, Babilonia de confusiones.

[42] Piensa Romera Navarro, en su edición del *Criticón,* que *El Galateo Cortesano* sería una fusión de dos títulos, *Galateo Español,* de Gracián Dantisco, y *El Cortesano,* de Castiglione.

—Señor —respondió el librero—, no tiene precio: mucho le vale al que le lleva. Estos libros no los vendemos, sino que los empeñamos por un par de reales, que no hay bastante oro ni plata para apreciarlos.

Oyendo esto el Cortesano, dio una tan descompuesta risada, que causó no poca admiración a Critilo y mucho enfado al librero. Y preguntóle la causa.

—Porque es digno de risa lo que dezís —respondió él— y cuanto este libro enseña.

—Ya veo yo —dixo el librero— que el *Galateo* no es más que la cartilla del arte de ser personas y que no enseña más del abecé, pero no se puede negar que sea un brinquiño [43] de oro, tan plausible como importante; y aunque pequeño, haze grandes hombres, pues enseña a serlo.

—Lo que menos haze es esso —replicó el Cortesano—. Este libro (dixo tomándole en las manos) aún valdría algo si se platicasse todo al revés de lo que enseña. En aquel buen tiempo cuando los hombres lo eran, digo buenos hombres, fueran admirables estas reglas; pero ahora, en los tiempos que alcançamos, no valen cosa. Todas las liciones que aquí encarga eran del tiempo de las ballestas, mas ahora, que es el de las gafas [44], creedme que no aprovechan. Y para que os desengañéis, oíd ésta de las primeras: dize, pues, que el discreto cortesano, cuando esté hablando con alguno, no le mire al rostro, y mucho menos de hito en hito como si viesse misterios en los ojos. ¡Mirad qué buena regla ésta para estos tiempos, cuando no están ya las lenguas asidas al coraçón! Pues ¿dónde le ha de mirar?, ¿al pecho? Esso fuera si tuviera en él la ventanilla que deseaba Momo [45]. Si aun mirándole a la cara que haze, al semblante que muda, no puede

---

[43] *Bringuillo o bringuiño:* «Alhaja pequeña.» (*Dic. Aut.*)

[44] Compara Gracián épocas pasadas con la suya. Decir «del tiempo de las ballestas», que en el siglo XVII ya no se usaban, es semejante al actual «del tiempo del cuplé». «El tiempo de las gafas» juega con varios sentidos: gafa era «un instrumento que sirve para armar la ballesta» (*Dic. Aut.*); «gafas» es lo mismo que «anteojos» o «antojos», luego ahora es el tiempo de los caprichos; asimismo, ahora es el tiempo de los anteojos (recuérdese a Quevedo), con lo que la gente tenía mejor vista para el engaño, contra el que no valen las lecciones.

[45] Momo, divinidad griega, hijo de la Noche, dios de la locura y de la burla, que fue expulsado del Olimpo a causa de sus sarcasmos, deseó que el hombre tuviera una ventana en el pecho para ver lo que fraguaba en el corazón.

el más atento sacar traslado del interior, ¿qué sería si no le mirasse? Mírele y remírele, y de hito en hito, y aun plegue a Dios que dé en el hito [46] de la intención y crea que ve misterios; léale el alma en el semblante, note si muda colores, si arquea las cejas: bruxeléele el coraçón. Esta regla, como digo, quédese para aquella cortesía del buen tiempo, si ya no la entiende algún discreto por activa, procurando conseguir aquella inestimable felizidad de no tener que mirar a otro a la cara [47]. Oíd esta otra, que a mí me da gran gusto siempre que la leo: pondera el autor que es una bárbara asquerosidad, después de haberse sonado las narizes, ponerse a mirar en el lienzo la inmundicia como si echassen perlas o diamantes del zelebro.

—Pues éssa, señor mío —dixo Critilo— es una advertencia tan cortesana cuan precissa, si ya no prolixa, mas para la necedad nunca sobran avisos.

—Que no —replicó el Cortesano—, que no lo entendéis. Perdóneme el autor y enseñe todo lo contrario. Diga que sí, que miren todos y vean lo que son en lo que echan; advierta el otro presumido de bachiller y conózcase que es un rapaz mocoso que aún no discurre ni sabe su mano derecha, no se desvanezca; entienda el otro que se estima de nasudo [48] y de sagaz que no son sentencias ni sutilezas las que piensa, sino crasizies que distila del alambique de su nariz aguileña; persuád[a]se [49] la otra linda que no es tan ángel como la mienten ni es ámbar lo que alienta, sino que es un albañar afeitado [50]; desengáñese Alexandro que no es hijo de Júpiter, sino de la pudrición, y nieto de la nada; entienda todo divino que es muy humano, y todo desvanecido que por más viento que tenga en la cabeça y por más humo, todo viene a

---

[46] *Dar en el hito:* «Phrase vulgar, con que se da a entender se acertó en alguna cosa, o se dio en el punto de la dificultad. Dixose del juego del hito, porque el que acierta al clavo gana.» *(Dic. Aut.)* De ahí nuestro «dar en el clavo».

[47] Es decir, que no tenga que, servilmente, estar siempre pendiente de otro, mirando qué quiere o qué no quiere, como si fuera su esclavo.

[48] *Nasudo:* «De nariz grande» *(Dic. Acad.);* estimarse de nasudo es estimarse de sagaz y agudo.

[49] *Persuádese,* en indicativo, dice la edición de 1651. Es errata evidente, pues en el contexto van todos en subjuntivo.

[50] Véase nota 32 de esta misma Crisi.

resolverse en asco, y cuando más sonado [51], más mocoso. ¡Eh!, conozcámonos todos y entendamos que somos unos sacos de hediondez: cuando niños mocos, cuando viejos flemas y cuando hombres postemas. Esta otra que se sigue es totalmente superflua: dize que por ningún caso el cortesano, estando con otros, se saque la cera de los oídos, ni la esté retorciendo con los dedos como quien haze fideos. Pregunto, señores, ¿quién hay que pueda hazer esto? ¿A quién han dexado ya cera en los oídos unos y otras, aquéllos y éstas, cuanto menos, que sobre para hazer fideos? Mas sin cera está la era [52]. Lo que él había de encargar es que no nos la sacassen tanto embestidor, tanta arpía, tanto agarrador, tanto escribano, y otros que callo. Pero con la que estoy muy mal es con aquella otra que enseña que es grande vulgaridad, estando en un corrillo o conversación, sacar las tixerillas del estuche y ponerse muy de propósito a cortar las uñas. Ésta la tengo por muy perniciosa doctrina, porque a más de que ellos se tienen buen cuidado de no cortárselas ni aun en secreto, cuanto menos en público, fuera mejor que mandara se las cortaran delante de todo el mundo, como hizo el almirante en Nápoles, pues todo él está escandaliçado de ver algunos cuán largas las tienen [53]. Que sí, sí, saquen tixeras, aunque sean de tundir, mas no de trasquilar [54], y córtense essas uñas de rapiña y atúsenlas hasta las mismas manos cuando las tienen tan largas. Algunos hombres hay caritativos que suelen acudir a los hospitales a cortarles las uñas a los pobres enfermos: gran caridad es, por cierto; pero no fuera malo ir a las casas de los ricos y cortarles aquellas uñas gavilanes con que se hizieron hidalgos de rapiña y desnuda-

---

[51] *Sonado,* no sólo por lo de «sonarse la nariz» sino por «nombrado, famoso».

[52] *No quedar cera en el oído:* «Phrase que pondera la pobreza y miseria a que han reducido a alguna persona, estafandola de suerte que no le ha quedado nada de quanto tenía.» *(Dic. Aut.)* Cera, por tanto, es lo mismo que bienes; *sin cera está la era* querrá decir que no queda ya nada, o bien metafóricamente, en la era no hay trigo, ya que no hay cera para hacer fideos.

[53] Tener las uñas largas siempre ha significado afición al robo.

[54] *Tundir:* «Cortar el pelo de los paños e igualarle con la tixera», pero también «Metaphoricamente vale castigar con golpes, palos o azotes». *Trasquilar:* «Cortar el pelo a trechos, sin orden, ni arte», pero también «Metaphoricamente vale menoscabar, u disminuir alguna cosa, quitando o separando parte de ella» *(Dic. Aut.).*

ron a estos pobrecitos y los pusieron por puertas [55], y aun los echaron en el hospital. Tampoco tenía que encargar aquello de quitar el sombrero con tiempo: gran liberalidad de cortesía es ésta; no sólo quitan ya el sombrero, sino la capa y la ropilla, hasta la camisa, hasta el pellejo, pues desuellan al más hombre de bien, y dizen que le hazen mucha cortesía; guardan otros tanto esta regla, que se entran de gorra [56] en todas partes. A esta traça, os asseguro que no hay regla con regla [57]. Ésta que leo aquí es sin duda contra toda buena moralidad, yo no sé cómo no la han prohibido: dize que cuando uno se passea, no vaya con cuidado a no pisar las rayas, ni atienda a poner el pie en medio, sino donde se cayere. ¡No digo yo! En lugar de aconsejar al cortesano que atienda mucho a no pisar la raya de la razón ni a passarla, que esté muy a la raya de la ley de Dios, que lo contrario es quemarse, y que no passe los límites de su estado, que por esso tantos han caído; que no pise la regla, sino en espacio [58], que esso es compasarse y medirse; que no alargue más el brazo ni el pie de lo que puede. Todo esto le aconsejaría yo. Que mire dónde pone el pie y cómo lo assienta, vea dónde entra y dónde sale, pise firme siempre en el medio y no vaya por estremos, que son peligrosos en todo: y esso es andar bien. Señor, que no vaya hablando consigo, que es necedad. Pues ¿con quién mejor puede hablar que consigo mismo? ¿Qué amigo más fiel? Háblese a sí y dígase la verdad, que ningún otro se la dirá; pregúntese y oiga lo que le dize su conciencia, aconséjese bien, dé y tome consigo [59], y crea que todos los demás le engañan y que ningún otro le guardará secreto, ni aun la camisa al rey don Pedro [60]. Que no pe-

---

[55] *Por puertas:* «... significa con tanta necessidad y pobreza, que es necessario pedir limosna» *(Dic. Aut.).*

[56] *Entrar de gorra:* por la cara, como hoy. Pero aquí contrasta con «sin sombrero», es decir, si es norma quitarse el sombrero, entran de gorra.

[57] *No hay regla con regla;* lo mismo que «no hay cosa con cosa», ya visto; es decir, que no hay pies ni cabeza.

[58] Espacio y regla; está claro que se refiere a terminología musical, porque dice «esso es compasarse y medirse»; y así, el *Dic. Aut.* define espacio como: «En la música es el intervalo que hai entre una regla y otra, donde se ponen las notas o figuras, unas en regla y otras en espacio.» Sin embargo, es metáfora en cuyo fondo está el sentido moral de regla.

[59] *Dar y tomar:* «Disputar, contender y argumentar.» *(Dic. Aut.)*

[60] Cuenta Romera-Navarro de Pedro III de Aragón la anéc-

gue de golpes hablando, que es aporrear alma y cuerpo. Dize bien, si el otro escucha; pero ¿si haze el sordo, y a vezes a lo que más importa? Pues ¿qué, si duerme? Menester es despertarle. Y hay algunos que aun a mazadas no les entran las cosas, ni se hazen capazes de la razón. ¿Qué ha de hazer un hombre si no le entienden ni le atienden? Por fuerça ha de haber maços [61] en el hablar, ya que los hay en el entender. Que no hable recio ni muy alto, que desdize de la gravedad. Según con quien habla. Crea que no son buenas palabras de seda para orejas de buriel [62]. Pues ¿qué otra ésta: que no haga acciones con las manos cuando habla, ni brazee, que parece que nada, ni saque el índice, que parece que pesca? No fuera malo aquí distinguir de los que las tienen malas a los que buenas; y las que se precian de ellas toman aquí el cielo con las manos [63]. Con licencia deste autor, yo diría lo contrario, que haga y diga, no sea todo palabras; haya acción y execución también, hable de veras; si tiene buena mano, póngala en todo. Assí como tiene algunas reglas superfluas, otras tiene muy frías, como lo es ésta: que no se acerque mucho cuando hablare, ni salpique, que verdaderamente hay algunos poco atentos en esto que debrían avisar antes de abrir la boca y dezir ¡agua va!, para que se apartassen los oyentes o se vistiessen los albornozes; y de ordinario, éstos hablan sin descampar. Yo, señores, por más dañoso tengo el echar fuego por la boca que agua, y más son los que arrojan llamas de malignidad, de murmuración, de çiçaña, de torpeza y aun de escándalo: harto peor es echar espumajos sin dezir primero ¡cólera va! Reprehenda el vomitar veneno, que ya niñería es el escupir: poco mal puede hazer una rociada de perdigones; Dios nos libre de la bala rasa de la injuria, de

dota, basándose en el Discurso XXX de la *Agudeza y Arte de Ingenio:* si el rey Pedro notara que su camisa conocía el menor secreto de su pecho, él mismo se la quitaría y la quemaría.

[61] *Mazo:* «Se llama metaphoricamente al hombre basto, rústico y grossero.» *(Dic. Aut.)*

[62] *Buriel:* «Significa también, en el más común uso, el paño tosco, basto y burdo de que comúnmente se visten los labradores, pastores y gente pobre.» *(Dic. Aut.)* La frase sería: las palabras suaves no son buenas para oídos de gente ignorante y burda; a ésos hay que hablarles alto y recio.

[63] Si no pueden accionar con las manos, no pueden enseñarlas las que se precian de ellas. Por eso toman el cielo con las manos: «Phrase que denota la cólera o ira grande, que se ha recibido por alguna pesadumbre.» *(Dic. Aut.)*

la jara de una varilla [64], de la bomba de una traición, de las picas en picones [65] y de la artillería del artificio maldiciente. También hay algunas muy ridículas, como aquella otra: que cuando hablare con alguno, no le esté passando la mano por el pecho ni madurando los botones de la ropilla hasta hazerlos caer a puro retorzerlos. ¡Eh, que sí!, déxeles tomar el pulso en el pecho y dar un tiento al coraçón, déxeles examinar si palpita; tienten también si tienen almilla [66] en los botones, que hay hombres que aun allí no la tienen; tírenle de la manga al que se desmanda y de la haldilla al que se estira, porque no salga de sí. Esta que se sigue, en ninguna república se platica, ni aun en la de Venecia; era del tiempo antiguo: que no coma a dos carrillos, que es una grande fealdad. Veis aquí una lición que las más lindas la platican menos, antes dizen que están más hermosas de la otra suerte y se les luze más [67]. Que no ría mucho ni muy alto dando grandes risadas. Hay tantas y tales monstruosidades en el mundo, que no basta ya reír debaxo la nariz [68], aunque frescamente a su sombra. Va otra semejante: que no coma con la boca cerrada. Por cierto, sí. ¡Qué buena regla ésta para este tiempo, cuando andan tantos a la sopa! [69] Aun de esse modo no está seguro el bocado, que nos lo quitan de la misma boca: ¡qué sería a boca abierta! No habría menester más el otro que come y bebe de cortesía [70]. A más de que en

[64] *Jara:* «Es una especie de saeta que se tira con la vallesta» *(Covarrubias),* es decir, la saeta, de una varilla verbal que penetra como si fuera una puñalada.

[65] *Picón:* «El chasco, zumba o burla que se hace para picar o incitar a otro a que execute alguna cosa.» *(Dic. Aut.)*

[66] La almilla es la «pieza que está en el interior de una cosa sirviendo de refuerzo o de soporte» *(Dic. de M. Moliner).* La almilla de los botones es la parte interior de los botones forrados.

[67] Nótese cómo en aquel tiempo las mujeres para estar más lucidas y hermosas debían estar bien cebadas. Aunque me atrevo a pensar que se refiere al despilfarro de la mujer en vestidos, joyas, etc., para estar más hermosas, que se comen el dinero a dos carrillos.

[68] Reírse bajo la nariz es por burla de algo, encubiertamente. Lo que dice Gracián es que hay tantas cosas de las que hacer burla que no es necesario hacerlo encubiertamente.

[69] *Andar a la sopa:* «Mendigar la comida de casa en casa y de convento en convento.» *(Dic. Aut.)*

[70] Es decir, no necesitaría de más el que come y bebe de regalo, de gorra.

ninguna ocasión importa tanto tenerla cerrada y con candados que cuando se come y se bebe: assí lo observó el célebre Marqués Espínola cuando le convidó a su mesa el atento Enrico [71]. Y para ser nimio y menudo de todas maneras, encarga ahora que su cortesano de ningún modo regüelde, que aunque es salud, es grosería. Créame y déxeles que echen fuera el viento de que están ahítos, y más llenos cuando más vacíos. ¡Oxalá acabaran de despedir de una vez todo el que tienen en aquellas cabeças!, que tengo para mí que por esso al que estornuda le ayuda Dios a echar el viento de su vanidad y le damos la norabuena. Conozcan en la hediondez del aliento cómo se gasta el aire cuando no está en su lugar [72]. Sólo un consejo me contentó mucho del *Galateo* y me pareció muy substancial, para que se verifique aquel dicho común que no hay libro sin algo bueno: encarga, pues, por capital precepto y como el fundamento de toda su obra cortesana que el galante Galateo procure tener los bienes de fortuna para vivir con luzimiento, que sobre esta basa de oro le han de levantar la estatua de cortesía, discreción, galantería, despexo y todas las demás prendas de un varón culto y perfecto, y advierta que si fuere pobre jamás será ni entendido, ni cortés, ni galante, ni gustoso. Y esto es lo que yo siento del *Galateo*.

—Pues si ésse no os contenta —dixo el librero—, porque no instruye sino en la cortesía material, no da más de una capa de personas, una corteza de hombres, aquí está la juiziosa y grave instrucción del prudente Juan de Vega a su hijo cuando le enviaba a la corte. Realçó essa misma instrucción, que no la comentó, muy a lo señor y portugués, que es cuanto dezirse puede, el Conde de Portalegre en semejante ocasión de enviar otro hijo a la corte [73].

---

[71] Ambrosio de Espínola, general español de origen italiano, duque de Sexto y primer marqués de los Balbases (1569-1630). Rindió a Ostende y dirigió las campañas que culminaron en Maestricht y Breda, rendición ésta inmortalizada por Velázquez en *Las Lanzas*. El atento Enrico es Enrique IV de Francia, véase nota 5, Crisi VI.

[72] Habla del viento que tienen en las cabezas, por eso dice ahora cómo pierde energías cuando no está en los pulmones, su lugar.

[73] Juan de Vega. En 1535 tomó parte de la expedición cntra Túnez y la Groleta. Embajador de Carlos V en Roma. En 1547, virrey de Sicilia, organizó la lucha contra Dragut, rindiéndose

—Es grande obra —dixo el Cortesano—, y sobrado grande, pues es sólo para grandes personages, y yo no tengo por buen oficial al que quiere calçar a un enano el çapato de un gigante.

—Creedme que no hay otro libro ni arte más a propósito, que parece la escribió viendo lo que en Madrid passa.

—Ya sé que me tendréis por paradoxo y aun estoico[74], pero más importa la verdad: digo que el libro que habéis de buscar y leerlo de cabo a cabo es la célebre *Ulisiada* de Homero. Aguardá[75], no os admiréis hasta que me declare. ¿Qué, pensáis que el peligroso golfo que él describe es aquel de Sicilia, y que las sirenas están acullá en aquellas Sirtes con sus caras de mugeres y sus colas de pescados, la Cirze encantadora en su isla y el soberbio cíclope en su cueva? Sabed que el peligroso mar es la corte, con la Cila de sus engaños y la Caribdis[76] de sus mentiras. ¿Veis essas mugeres que passan tan prendidas de libres y tan compuestas de disolutas?[77] Pues éssas son las verdaderas sirenas y falsas hembras, con sus fines montruosos y amargos dexos; ni basta que el cauto Ulises se tapie los oídos: menester es que se ate al firme mástil de la virtud y encamine la proa del saber al puerto de la seguridad, huyendo de sus encantos. Hay encantadoras Cirzes que a muchos que entraron hombres los han convertido en brutos[78]. ¿Qué diré de tantos cíclopes, tan necios como arrogantes, con solo un ojo, puesta la mira en su

---

África en 1551. Finalmente, fue virrey de Cataluña hacia 1564. //. Juan de Silva, cuarto conde de Portalegre. Político y escritor español (1528-1601). Embajador en Portugal, se captó las simpatías del rey don Sebastián, al que acompañó en su desgraciada expedición a África, en que fue hecho prisionero y rescatado por Felipe II.

[74] Citando este mismo texto, el *Dic. Aut.* dice: «*Paradoxo*. Extraño u extravagante en su modo de opinar o sentir» y «*Estoico*. Por alusión se llama el que professa una vida retirada en sus palabras y acciones... y no fácil en los dictámenes».

[75] *Aguardá*, aguardad. Véase nota 11, Crisi VI.

[76] Escila y Caribdis. Véase nota 36, Crisi V.

[77] Ingenioso juego de palabras: mujeres que pasan tan prendidas (privadas de libertad, pero también de «adornar, ataviar y engalanar», *Dic. Aut.*), de libres (sin compromiso, pero también «licenciosa, poco modesta, atrevida y desvergonzada», *Dic. Aut.*); y tan compuestas (bien vestidas y arregladas, pero también con gran parte de disolutas).

[78] Sobre la hechicera Circe, véase nota 4, Crisi VIII.

gusto y presunción? Este libro os digo que repasséis, que é¹ os ha de encaminar para que como Ulises escapéis de tant‹ escollo como os espera y tanto monstruo como os amenaça

Tomaron su consejo y fueron entrando en la corte, experi mentando al pie de la letra lo que el Cortesano les había prevenido y Ulises enseñado. No encontraron pariente, ni amigo, ni conocido, por lo pobre. No podían descubrir su deseada Felisinda. Viéndose, pues, tan solos y tan desfavorecidos, determinó Critilo probar la virtud de ciertas piedras orientales muy preciosas que había escapado de sus naufragios; sobre todo, quiso hazer experiencia de un finíssimo diamante, por ver si vencería tan grandes dificultades su firmeza, y una rica esmeralda, si conciliaba las voluntades, como escriben los filósofos. Sacólas a luz, mostrólas, y al mismo punto obraron maravillosos efectos, porque començaron a ganar amigos: todos se les hazían parientes y aun había quien dezía eran de la mejor sangre de España, galanes, entendidos y discretos. Fue tal el ruido que hizo un diamante que se les cayó en un empeño de algunos centenares, que se oyó por todo Madrid, con que los embistieron enjambres de amigos, de conocidos y de parientes, más primos que un rey, más sobrinos que un papa.

Pero el caso más agradablemente raro fue el que le sucedió a Andrenio desde la Calle Mayor a Palacio. Llegóse a él un pagecillo, galán de librea y libre de desenfado, que desenvainando una hoja en un billete le dexó tan cortado, que no acertó a descartarse Andrenio [79]; antes, brujuleándole, descubrió una prima su servidora en la firma; dábale la bien venida a la corte y muchas quexas de que siendo tan propio se hubiesse portado tan estraño; suplicábale se dexasse ver, que allí estaba aquel page para que le guiasse y le sirviesse. Quedó atónito Andrenio oyendo el reclamo de prima, cuando él no creía tener madre. Y llevado más de su curioso deseo que del ageno agassajo, assistido del pagecillo, tomó el rumbo para la casa.

Lo que aquí vio en maravillas y le sucedió en portentos, dirá la siguiente crisi.

---

[79] Habrá observado el lector otro juego ingenioso: *Descartarse.* «Vale... excusarse de algo que se le impone o manda hacer» (*Dic. Aut.*); es decir, Andrenio no puede excusarse (descartar la carta) porque ha quedado muy cortado, bien porque le han desenvainado la hoja de la carta como si fuera la hoja de una espada, bien por el contenido de la carta.

CRISI DUODÉZIMA

Los encantos de Falsirena [1]

Fue Salomón el más sabio de los hombres y fue el hombre a quien más engañaron las mugeres; y con haber sido el que más las amó, fue el que más mal dixo dellas: argumento de cuán gran mal es del hombre la muger mala y su mayor enemigo. Más fuerte es que el vino, más poderosa que el rey, y que compite con la verdad, siendo toda mentira. Más vale la maldad del varón que el bien de la muger, dixo quien más bien dixo, porque menos mal te hará un hombre que te persiga que una muger que te siga. Mas no es un enemigo solo, sino todos en uno [2], que todos han hecho plaça de armas en ella; de carne se compone, para descomponerle; el mundo la viste, que para poder vencerle a él se hizo mundo della; y la que del mundo se viste, del demonio se reviste en sus engañosas caricias: Gerión [3] de los enemigos, triplicado laço de la libertad que difícilmente se rompe. De aquí, sin duda, procedió el apellidarse todos los males hembras, las furias, las parcas, las sirenas y las arpías, que todo lo es una muger mala. Házenle guerra al hombre diferentes tentaciones en sus edades diferentes, unas en la mocedad y otras en la vejez, pero la muger en todas. Nunca está seguro de

---

[1] *Falsirena,* falsa sirena.

[2] Es decir, en la mujer están el mundo, el demonio y la carne, como dice a continuación.

[3] *Gerión.* Gigante, hijo de Calirroe, monstruo de tres cabezas, que reinaba en el Epiro y a quien robó las vacas Hércules en su sexto trabajo. Se le llamaba «el mugidor».

ellas, ni moço, ni varón, ni viejo, ni sabio, ni valiente, ni aun santo; siempre está tocando al arma este enemigo común y tan casero, que los mismos criados del alma la ayudan: los ojos franquean la entrada a su belleza, los oídos escuchan su dulçura, las manos la atraen, los labios la pronuncian, la lengua la vozea, los pies la buscan, el pecho la suspira y el coraçón la abraça. Si es hermosa, es buscada; si fea, ella busca. Y si el cielo no hubiera prevenido que la hermosura de ordinario fuera trono de la necedad, no quedara hombre a [4] vida, que la libertad lo es.

¡Oh, cómo le previno el escarmentado Critilo al engañado Andrenio, mas qué poco le aprovechó! Partió ciego a buscar luz a la casa de los incendios; no consultó a Critilo, temiéndole severo; y assí, solo y mal guiado de un pagezillo, que suelen ser las pajuelas de encender el amoroso fuego, caminó un gran rato torciendo calles y doblando esquinas.

—Mi señora —dezía el rapaz— la honestíssima Falsirena vive muy fuera del mundo, agena del bullicio cortesano, ya por su natural recato, haziendo desierto de la corte, ya por poder gozar de la campaña en sus alegres jardines.

Llegaron a una casa que en la apariencia aun no prometía comodidad, cuanto menos magnificencia, estrañándolo harto Andrenio. Mas luego que fue entrando, parecióle haber topado el mismo alcázar de la aurora, porque tenía las entradas buenas a un patio muy desahogado, teatro capaz de maravillosas apariencias [5], y aun toda la casa era harto desenfadada. En vez de firmes Atlantes en columnas, coronaban el atrio hermosas ninfas, por la materia y por el arte raras, assegurando sobre sus delicados hombros firmeza a un cielo alternado de serafines, pero sin estrella [6]. Señoreaba el centro una agradable fuente, equívoca de aguas y fuegos, pues era un Cupidillo que cortejado de las Gracias, ministrándole arpones todas ellas, estaba flechando cristales abrasadores, ya llamas, y ya linfas [7]; íbanse despeñando por aquellos nevados tazones de alabastro, desliçándose siempre y huyendo de los

---

[4] Hoy diríamos «con».
[5] Y como tales apariencias, engañosas.
[6] *Sin estrella*, sin buena estrella o fortuna por ser engañosa.
[7] *Linfa*: «Poético, agua.» *(Dic. Aut.)* Es muy sospechoso este trozo tan subido de tono poético aplicado a un palacio engañoso. Posiblemente sea una burla del lenguaje poético cargado de retórica.

que las seguían, y murmurando después de los mismos que lisonjearon antes[8].

Donde acababa el patio, començaba un Chipre tan verde, que pudiera darlo al más buen gusto, si bien todas sus plantas eran más lozanas que frutíferas, todo flor y nada fruto. Coronábase de flores vistosamente odoríferas, parando todo en espirar humos fragantes. El vulgo de las aves le recibió con salva de armonía, si ya no fue darle la vaya[9], silbándole a porfía el Çéfiro y Favonio, que él lo tuvo todo por donaire. Era el jardín con toda propiedad un pensil, pues a cuantos le lograban[10] suspendía. Fuese açercando Andrenio al mejor centro de su amenidad, donde estaba la Primavera deshilando copos en jazmines, digo la vana Venus deste Chipre, que nunca hay Chipre sin Venus[11]. Salió Falsirena a recibirle hecha un sol muerto de risa y, formando de sus braços la media luna, le puso entre las puntas de su cielo. Mezcló favores con quexas, repitiendo algunas vezes:

—¡Oh primo mío sin segundo! ¡Oh señor Andrenio! Seáis tan bien venido como deseado. Mas ¿cómo —dezía, mudando a cada palabra su afecto, ensartando perlas hilo a hilo y mentiras en cadena—, cómo os lo ha permitido el coraçón, que estando aquí esta casa tan vuestra, os hayáis desterrado a una posada? Siquiera por las obligaciones de parentesco, cuando no por la conveniencia del regalo. Viéndoos estoy y no lo creo: ¡qué retrato tan al vivo de vuestra hermosa madre! A fe que no la desmentís en cosa; no me harto de miraros. ¿De qué estáis tan encogido? Al fin, como tan fresco[12] cortesano...

—Señora —respondió—, yo os confiesso que estoy turbadamente admirado de oíros dezir que seáis mi prima, cuando yo ignoro madre, desconociendo a quien tanto me ha desconocido. Yo no sé que tenga pariente alguno, tan hijo soy de

---

[8] Alusión a la veleidad en el amor, lo mismo lisonjean que al momento murmuran.

[9] *Darle vaya,* hacerle burla. Véase nota 104, Crisi VII.

[10] *Lograr,* gozar. Véase nota 13, Crisi II.

[11] Aunque Venus tuvo muchos templos dedicados en Grecia, fue el de Pafos, en Chipre, heredado de los fenicios, el más importante. La alusión se completa reparando en que Chipre fue famosa por sus vinos desde antiguo: nunca hay Chipre sin Venus es lo mismo que no hay vino sin amor.

[12] No en sentido de «desenvuelto», sino de «reciente», porque hace poco que ha llegado a la civilización.

la nada. Mirad bien no os hayáis equivocado con algún otro más dichoso.

—Que no —dixo—, señor Andrenio, no por cierto. Muy bien os conozco y sé quién sois, y cómo nacisteis en una isla en medio de los mares. Muy bien sé que vuestra madre, mi tía y señora... ¡Ah, qué linda era, y aun por esso tan poco venturosa! ¡Oh, qué gran muger y qué discreta! Pero ¿qué Danae escapó de un engaño?, ¿qué Elena de una fuga?, ¿qué Lucrecia de una violencia y qué Europa de un robo? [13] Viniendo, pues, Felisinda, que éste es su dichoso nombre...

Aquí Andrenio se conmovió entrañablemente oyendo nombrar por madre suya la repetida esposa de Critilo. Notólo luego Falsirena y porfió en saber la causa.

—Porque he oído hartas vezes esse nombre —dixo Andrenio.

Y ella:

—Ahí veréis que no os miento en cuanto digo. Estaba, pues Felisinda casada en secreto con un tan discreto cuan amante caballero que quedaba preso en Goa, si bien en su coraçón le traía, y a vos por prenda suya en sus entrañas. Executáronla los dolores del parto en una isla, debiendo al cielo dobladas providencias [14], con que pudo salvar su crédito, no fiándolo ni de sus mismas criadas, enemigas mayores de un secreto. Sola, pues, aunque tan assistida de su valor y su honra, os echó a luz cuando os arrojó de sus entrañas al suelo, más blando que ellas; allí, mal envuelto entre unas martas que la servían a ella de galán abrigo, os encomendó en la cuna de la yerba al piadoso cielo, que no se hizo sordo, pues os proveyó de ama en una fiera; que no fue la primera vez, ni será la última, que substituyeron maternas ausencias. ¡Oh, cómo me lo contaba ella muchas vezes y, con más lágrimas que palabras, me ponderaba su sentimiento! ¡Lo que se ha de alegrar cuando os vea! Ahora os restituirá las ca-

---

[13] Danae, princesa de Argos, madre de Perseo y engañada por Polidectes. //. Elena, esposa de Menelao, rey de Esparta, robada por Paris que la llevó a Troya, lo cual provocó la guerra entre griegos y troyanos. //. Lucrecia, célebre dama romana, esposa de Colatino, violada por Sexto Tarquino, hijo de Tarquino el Soberbio; se suicidó de una puñalada. //. Europa, véase nota 3, Crisi I.

[14] La providencia divina fue grande (doblada) al permitir que diera a luz en una isla, ella sola, y assí pudo salvar su honor (su crédito).

ricias en abraços que allí os negó, violentada de su honor.

Estaba atónito Andrenio escuchando el sucesso de su vida y careando tan individuales circunstancias con las noticias que él tenía; reventando en lágrimas de ternura, comenzó a destilar el coraçón en líquidos pedaços por los ojos [15].

—Dexemos —dixo ella—, dexemos tristezas ya passadas, no vuelvan en llanto a moler el coraçón. Subamos arriba, veréis mi pobre y ya dichoso albergue. ¡Hola!, prevenid dulces, que nunca faltan en esta casa.

Fueron subiendo por unas gradas de p[ó]rfidos (ya p[é]rfidos [16], que al baxar serían ágatas) a la esfera del sol en lo brillante y de la luna en lo vario. Registraron muchas cuadras [17], muy desenfadadas todas, tan artesonados los techos, que remedando cielos, hizieron a tantos ver a su despecho las estrellas. Había viviendas para todos tiempos, sino para el passado, y todas eran muy buenas pieças, repitiendo ella:

—Todo es tan vuestro como mío.

Mientras duró la dulçíssima merienda le cantaron Gracias y le encantaron Cirzes.

—En todo caso habéis de quedar aquí —dixo la prima—, aunque tan a costá de vuestro gusto. Dispóngase luego el traeros la ropa, que aunque aquí no os hará falta, pero [18] basta ser vuestra. No tenéis que salir para ello, que mis criados, con una señal, la cobrarán y pagarán lo que se debiere.

—Será preciso —replicó Andrenio— que yo vaya, porque habéis de saber que no soy solo y que la merced que me hazéis ha de ser doblada. Daré razón a Critilo mi padre.

—¿Cómo es esso de padre? —dixo asustada [19] Falsirena.

Y él:

—Llamo padre a quien me haze obras de tal, y tengo por

---

[15] Frase más propia de la poesía, por ironía, quizá.

[16] En todas las ediciones antiguas, pone «gradas de pérfidos, ya pórfidos», lo cual no tiene sentido, ya que «pórfido» es roca compacta y dura. De todas formas hay un juego ingenioso: gradas de pórfidos que se convertirán en ágatas (roca) pero ellos bajarán (lo veremos) pérfidos y a-gatas.

[17] *Cuadra*: «La sala o pieza de la casa, habitación o edificio.» *(Dic. Aut.)*

[18] Hoy pondríamos «sin embargo».

[19] No creo que sea razón suficiente para asustarse Falsirena, el que Andrenio llame padre a Critilo, a no ser que entienda «padre» con connotaciones de mancebía, como trae María Moliner en su diccionario.

cierto, según vuestras noticias, que es mi padre verdadero, porque es el esposo de Felisinda, aquel caballero que en Goa quedó presso.

—¿Esso más? —dixo Falsirena—. Id luego al punto y volved al mismo con Critilo, y traed la ropa en todo caso. Mirad, primo, que no comeré un solo bocado ni reposaré un instante hasta volver a veros.

Partió Andrenio, seguido del mismo pagecillo, della espía y dél recuerdo. Halló a Critilo ya cuidadoso; fuesse a echar a sus pies, besándole apretadamente las manos, repitiendo muchas vezes:

—¡Oh, padre!, ¡oh, señor mío!, que ya el coraçón me lo dezía.

—¿Qué novedad es ésta? —preguntó Critilo.

—Que no es nuevo en mí —respondió— el teneros por padre, que la misma sangre me lo estaba vozeando en las venas. Sabed, señor, que vos sois quien me ha engendrado y después hecho persona: mi madre es vuestra esposa Felisinda; que todo me lo ha contado una prima mía, hija de una hermana de mi madre, que ahora vengo de verla.

—¿Cómo es esso de prima? —preguntó Critilo—. Esse nombre de prima no me suena bien [20].

—Sí hará [21], porque es muy cuerda. Venid, señor, a su casa que allí volveremos a oír esta novedad siempre gustosa.

Estaba suspenso Critilo entre el oír tan individuales circunstancias y el temer tantos engaños en la corte, pero como es fázil creer lo que se desea, dexóse convencer a título de informarse, y assí se fueron juntos a casa de Falsirena.

Parecía ya otra, siempre mejorada, y aunque ahora muy a lo grave y autoriçado, pero [22] siempre con apariencias de un cielo.

—Seáis muy bien llegado —dixo ella—, señor Critilo, a esta vuestra casa, que sólo ignorarla os ha podido escusar de no haberla honrado antes. Ya os habrá referido mi primo las obligaciones recíprocas de nuestro parentesco, y cómo su madre y vuestra esposa la hermosa Felisinda era mi tía y mi señora, y mucho más amiga que parienta. Harto sentí yo su falta, y aún la lloro.

---

[20] No le suena bien porque «prima» solía ser sinónimo de prostituta. Compárese la *Celestina* a quien solían llamarla sus pupilas «tía» y entre ellas eran, claro está, «primas».

[21] Sobreentendido «sí lo hará» (el sonar bien).

[22] Hoy diríamos «sin embargo».

Aquí, sobresaltado Critilo:

—Pues ¿cómo —dixo—, es muerta?

—Que no, señor —respondió—, no tanto mal; basta la ausencia. Sus padres sí murieron, y aun de pena de ver que nunca quiso elegir esposo entre ciento que la competían. Quedó a la sombra y tutela de aquel gran príncipe que hoy assiste en Alemania embajador del Católico[23]; allá passó con la Marquesa, como parienta y encomendada, donde sé que vive y muy contenta; assí Dios nos la vuelva, como espero. Quedé yo aquí con mi madre, hermana suya, y aunque solas, muy acomodadas de honra y hazienda; mas como no vienen solas las desdichas, de cobardes[24], faltóme también mi madre, sin duda del sentimiento de su ausencia. Assístenme los parientes[25] y a todo el mundo debo harto. Es la virtud mi empleo, procuro conservar la honra heredada, que deben más unas personas que otras a sus antepassados. Ésta, señores, es mi casa; de hoy adelante vuestra para toda la vida, y sea la de Néstor[26]. Ahora quiero que veáis la mejor de mis galerías.

Y fuelos conduciendo hasta desembarcar en un puerto de rosas y de claveles. Aquí les fue mostrando en valientes tablas, obra de prodigiosos pinçeles, todo el sucesso de su vida y sus tragedias, con no poco espanto[27] de ambos, correspondiendo a estremos del arte con estremos de admiración. No ya solo Andrenio, pero el mismo Critilo quedó vencido de su agasajo y convencido de su información. Después de alternar disculpas con agradecimientos, trató de traer su ropa, y entre ella algunas piedras muy preciosas, ruinas ya de aquella su rica casa. Hizo alarde dellas, y como fruta de damas,

---

[23] El embajador en la corte imperial fue el segundo marqués de Castel-Rodrigo, don Manuel de Melo y Corterreal (?-1652), que fue también gobernador de los Países Bajos en 1644.

[24] De puro cobardes, no vienen solas las desdichas, tienen que venir unas cuantas juntas.

[25] Posiblemente signifique «parientes» aquí aquellos que la mantienen como querida, ya que dice que debe a todo el mundo harto.

[26] Entiéndase «y sea tan larga como la de Néstor», uno de los principales héroes de la Ilíada y el más anciano de los reyes griegos que participaron en la guerra de Troya. Era rey de Pilos.

[27] *Espanto,* asombro. Véase nota 19, Crisi I. Asombro porque son las vidas de Critilo y Andrenio las que están contemplando; sólo así queda convencido Critilo, tan difícil de engañar. No puede ser la vida de ella porque eso no les causaría asombro.

brindó con todas las de su buen gusto a Falsirena; aquí ella, aunque las celebró mucho, mandó sacar otras tantas y muy a lo biçarro dixo que las gozasse todas; replicó Critilo fuesse servida de guardarlas, y ella lo cumplió bien.

Suspiraba Critilo por su deseada Felisinda, y assí un día, sobre mesa, propuso su jornada para Alemania, donde estaba; mas Andrenio, cautivo ya de la afición de su prima, divirtió [78] la plática, disgustando mucho de la ausencia. Ella, más a lo sagaz, habiendo alabado la resolución, puso largas a título de conveniencia. Mas ofrecióse luego ocasión y saçón de ir sirviendo a la gran Fénis de España que iba a coronarse de águila del imperio [29]. No tuvo escusa Andrenio y, entre tanto que se disponía la partida, propuso Falsirena el preciso lance de ir a ver aquellos dos milagros del mundo, el Escurial del arte y el Aranjuez de la naturaleza, paralelos del Sol de Austria según gustos y tiempos. Pero estaba tan ciego de su passión Andrenio, que no le quedaba vista para ver otro [30], aunque fuessen prodigios. Hazía instancias Falsirena, y Critilo esfuerços, mas en vano, que él dio en sordo, de ciego. Resolvióse al fin Critilo, aunque fuesse solo, en pagar a la curiosidad una tan justa deuda, que después executa en tormento de no haber visto lo que todos celebran y aun la propia imaginación castiga toda la vida representando por lo mejor aquello que se dexó de ver.

Partióse solo para admirar por muchos. Halló en aquel gran templo del Salomón Católico [31], assombro del hebreo, no sólo satisfación a lo concebido, sino pasmo en el excesso; allí vio la ostentación de un real poder, un triunfo de la piedad católica, un desempeño [32] de la arquitectura, pompa de la curiosidad, ya antigua, ya moderna, el último esfuerço de las

---

[23] *Divertir:* «Apartar, desviar, alejar.» *(Dic. Acad.)*

[29] Reina de Hungría y emperatriz de Alemania fue María de Austria, hija de Felipe III y de Margarita de Austria, al casarse con el emperador Fernando III. Vivió de 1606 a 1646. El texto de 1651 dice «al imperio»; mejor es «del» que trae la edición de 1658.

[30] *Otro,* genérico, por «otra cosa».

[31] Si habla del Escorial, el Salomón Católico es Felipe II, apodado «el Prudente».

[32] *Desempeño:* «Metaphoricamente vale primor, esmero, complemento de grandeza, poder o arte en qualquier cosa.» *(Dic. Aut.)* El *Diccionario* cita este texto precisamente.

artes, y donde la grandeza, la riqueza y la magnificencia llegaron de [33] una vez a echar el resto.

De aquí passó a Aranjuez, estancia perpetua de la Primavera, patria de Flora, retiro de su amenidad en todos los meses del año, guardajoyas de las flores y centro de las delicias a todo gusto y contento. Dexó en ambas maravillas empeñada la admiración para toda la vida.

Volvió a Madrid muy satisfecho de prodigios. Fuesse a hospedar a casa de Falsirena, pero hallóla más cerrada que un tesoro y más sorda que un desierto; repitió aldabadas el impaciente criado, resonando el eco de cada una en el coraçón de Critilo. Enfadados los vezinos, le dixeron:

—No se canse, ni nos muela, que ahí nadie vive, todos mueren.

Assustado Critilo, replicó:

—¿No vive aquí una señora principal que, pocos días ha, dexé yo sana y buena?

—Esso de buena —dixo uno riéndose— perdonadme que no lo crea.

—Ni señora —añadió otro— quien toda su vida gasta en moçedades.

—Ni aun muger —dixo el tercero— quien es una arpía, si ya no es peor muger de estos tiempos.

No acababa de persuadirse Critilo lo que no desseaba; volvió a instar:

—Señores, ¿no vive aquí Falsirena?

Llegóse en esto uno y díxole:

—No os canséis ni recibáis enfado. Es verdad que ha vivido ahí algunos días una Cirze en el çurcir y una sirena en el encantar, causa de tantas tempestades, tormentos y tormentas, porque a más de ser ruin, asseguran que es una famosa hechizera, una célebre encantadora, pues convierte los hombres en bestias; y no los transforma en asnos de oro, no, sino de su necedad y pobreza. Por essa corte andan a millares convertidos (después de divertidos) en todo género de brutos. Lo que yo sé dezir es que, en pocos días que aquí ha estado, he visto entrar muchos hombres y no he visto salir uno tan sólo que lo fuesse. Y por lo que esta sirena

---

[33] *De,* falta en la edición de 1651; aparece en la de 1658. Lo dejamos por ser más precisa la expresión, posiblemente corregida por el mismo Gracián. Lo mismo ocurre con la «a», delante de Aranjuez, de la línea siguiente.

tiene de pescado, les pesca a todos el dinero, las joyas, los vestidos, la libertad y la honra; y para no ser descubierta, se muda cada día, no en la condición ni en las costumbres, sino de puestos: del un cabo de la villa salta al otro, con lo cual es impossible hallarla, de tan perdida. Tiene otra igual astucia la brúxula con que se rige en este golfo de sus enredos, y es que en llegando un forastero rico, al punto se informa de quién es, de dónde y a qué viene, procurando saber lo más íntimo, estudia el nombre, averíguale la parentela. Con esto, a unos se les miente prima, a otros sobrina, y a todos por un cabo o por otro parienta. Muda tantos nombres como puestos: en una parte es Cecilia por lo Cila [34], en otra Serena por lo sirena, Inés porque ya no es [35], Teresa por lo traviessa, Tomasa por lo que toma y Quiteria por lo que quita. Con estas artes los pierde a todos, y ella gana y ella reina.

No acababa de satisfazerse Critilo, y deseando entrar en la casa, preguntó si estaría a mano la llave.

—Sí —dixo uno—, yo la tengo encomendada por si llegan a verla.

Abrió, y al punto que entraron, dixo Critilo:

—Señores, que no es ésta la casa, o yo estoy ciego; porque la otra era un palacio por lo encantado.

—Tenéis razón, que los más son dessa suerte.

—Aquí no hay jardines, no, sino montones de moral basura; las fuentes son albañares y los salones çahúrdas.

—¿Haos pescado algo esta sirena? Dezidnos la verdad.

—Sí, y mucho, joyas, perlas y diamantes, pero lo que más siento es haber perdido un amigo.

—No se habrá perdido para ella, sino para sí mismo: habrálo transformado en bestia, con que andará por essa corte vendido.

—¡Oh, Andrenio mío —dixo suspirando—, dónde estarás!, ¡dónde te podré yo hallar!, ¡en qué habrás parado!

Buscóle por toda la casa, que fue passo de risa para los

---

[34] *Cila,* Escila: ninfa del mar de Sicilia, a quien Circe transformó en un monstruo de seis cabezas. Lanzaba tan espantosos rugidos, que ella misma, horrorizada, se precipitó al mar, cerca de la roca que tomó su nombre.

[35] Gracián juega con la palabra, como si Inés estuviera formada por el prefijo in-(no) y el verbo -es. Sin embargo, no está tan clara la relación Teresa/traviesa, a no ser por su consonancia, tan querida de Gracián.

otros y para él de llanto; y despidiéndose de ellos, tomó la derrota para su antigua posada. Dio mil vueltas a la corte preguntando a unos y a otros, y nadie le supo dar razón, que de bien pocos se da en ella. Perdía el juizio alambicándole en pensar traças cómo descubrirle. Resolvió al cabo volver a consultar a Artemia.

Salió de Madrid como se suele, pobre, engañado, arrepentido y melancólico. A poco trecho que hubo andado, encontró con un hombre bien diferente de los que dexaba: era un nuevo prodigio, porque tenía seis sentidos, uno más de lo ordinario. Hízole harta novedad a Critilo, porque hombres con menos de cinco ya los había visto, y muchos, pero con más, ninguno: unos sin ojos, que no ven las cosas más claras, siempre a ciegas y a tienta paredes, y con todo esso nunca paran, sin saber por donde van; otros que no oyen palabra, todo aire, ruido, lisonja, vanidad y mentira; muchos que no huelen poco ni mucho, y menos lo que passa en sus casas, con que arroja harto mal olor a todo el mundo, y de lexos huelen lo que no les importa; éstos no perciben el olor de la buena fama, ni quieren ver ni oler a sus contrarios, y teniendo narizes para el negro humo de la honrilla, no las tienen para la fragrancia de la virtud. También había encontrado no pocos sin género alguno de gusto, perdido para todo lo bueno, sin arrostrar jamás a cosa de substancia, hombres desabridos en su trato, enfadados y enfadosos; otros de mal gusto, siempre aniñado, escogiendo lo peor en todo; y aun otros muy de su gusto y nada del ageno. Otra cosa asseguraba más notable, que había topado hombres (si assí pueden nombrarse) que no tenían tacto, y menos en las manos, donde más suele prevalecer, y assí proceden sin tiento en todas sus cosas, aun las más importantes; éstos de ordinario todo lo yerran apriessa, porque no tocan las cosas con las manos ni las experimentan.

Éste de Critilo era todo al contrario, que a más de los cinco sentidos muy despiertos, tenía otro sexto mejor que todos, que aviva mucho los demás y aun haze discurrir y hallar las cosas, por recónditas que estén; halla traças, inventa modos, da remedios, enseña hablar, haze correr y aun volar y adivinar lo por venir: y era la necessidad. ¡Cosa bien rara, que la falta de los objetos sea sobra de inteligencia! Es ingeniosa, inventiva, cauta, activa, perspicaz y un sentido de sentidos.

En reconociéndole, dixo Critilo:

—¡Oh, cómo nos podemos juntar ambos! Huélgome de haberte topado, que aunque todo me suele venir mal, esta vez estoy de día [36].

Contóle su tragedia en la corte.

—Esso creeré yo muy bien —dixo Egenio, que éste era su nombre, ya definición [37]—, y aunque yo iba a la gran feria del mundo, publicada en los confines de la juventud y edad varonil, aquel gran puerto [38] de la vida, con todo, por servirte, vamos a la corte, que te assegure de poner todos mis seis sentidos en buscarle y que, hombre o bestia (que será lo más seguro), le hemos de descubrir.

Entraron con toda atención, buscándole lo primero en aquellos cómicos corrales, vulgares plaças, patios y mentideros [39]. Encontraron luego unas grandes azémilas atadas unas a otras, siguiendo la que venía detrás las mismas huellas de la que iba delante, sucediéndola en todo, muy cargadas de oro y plata, pero gimiendo baxo la carga, cubiertas con reposteros [40] bordados de oro y seda, y aun algunas de brocados; tremolaban en las testeras muchas plumas, que hasta las bestias se honran con ellas; movían gran ruido de petrales.

—¿Si sería alguna déstas? —dixo Critilo.

—De ningún modo —respondió Egenio—. Estos son (digo, eran) grandes hombres, gente de cargo y de carga, y aunque los ves tan biçarros, en quitándoles aquellos ricos jaezes, parecen llenos de feíssimas llagas de sus grandes vicios, que los cubría aquella argentería brillante.

—Aguarda, ¿si sería alguno destos otros que van arrastrando carretas gruñidoras, por lo villanas?

---

[36] *Esta vez estoy de día:* frase no registrada en los diccionarios, pero que por el sentido sería el equivalente a nuestro «hoy es mi día», en señal de gozo.

[37] Definición, porque *Egenio* (de *egenius*, que todavía existe en el *Dic. Acad.*), significa «necesitado», que prosigue la teoría graciana de que la necesidad es el comienzo de la sabiduría.

[38] *Puerto,* al decir en los confines de la juventud y edad varonil, como se verá más adelante, significa «lugares que están al confín del Reino..., donde están establecidas las Aduanas para cobrar los derechos de los géneros que entran de fuera» *(Dic. Aut.).*

[39] *Mentidero:* «El sitio o lugar, donde se junta la gente ociosa á conversación. Llamóse assí, porque regularmente se cuentan en el fábulas y mentiras.» *(Dic. Aut.)*

[40] *Repostero:* «Se llama también un paño quadrado con las armas del Príncipe o Señor; el qual sirve para poner sobre las cargas de las azémilas...» *(Dic. Aut.)*

—Tampoco, éssos tienen los ojos baxo las puntas [41], y por esso sufren tanto.

—Allí parece que nos ha llamado un papagayo: ¿si sería él?

—No lo creas, ésse será algún lisongero que jamás dixo lo que sentía, algún político destos que tienen uno en el pico y otro en el coraçón [42], algún hablador que repite lo que le dixeron, destos que hazen del hombre y no lo son: todos se visten de verde, esperando el premio de sus mentiras, y lo consiguen de verdad [43].

—¿Tampoco será aquel compuesto mogigato que esconde uñas y ostenta barbas?

—Déstos hay muchos —dixo Egenio— que caçan a lo beato [44], no sólo cogen lo mal alçado, sino lo más guardado; pero no juzguemos tan temerariamente, digamos que son gente de pluma [45].

—¿Y aquel perro viejo que está allí ladrando?

—Aquél es un mal vezino, algún maldiciente, un émulo, un mal intencionado, un melancólico, uno de los que passan de los sesenta.

—Sé que no sería aquel ximio que nos está haziendo gestos en aquel balcón.

—¡Oh, gran hipócrita!, que quiere parecer hombre de bien y no lo es. Algún haçañero [46], que suelen hazer mucho del

[41] Teniendo los ojos bajo las puntas, puntas se refiere a los cuernos («Puntas. Se llaman assimismo las hastas del toro». *Diccionario Aut.*), y como cornudos, sufren tanto.

[42] Es decir, políticos que hablan una cosa por la boca y otra muy distinta es la que sienten en su corazón.

[43] Entiéndase el párrafo: pasan por hombres y no lo son (sobre «hacen del hombre», véase nota 33, Crisi V), por eso todos se visten de verde, del color de la esperanza, pero no sólo porque ofrecen esperanzas a los demás que nunca cumplen, ya que los lisonjeros, los políticos y los que fingen ser hombres prometen mucho y luego es nada, sino también porque son ellos los que esperan los premios.

[44] *A lo beato,* hipócritamente. Ya que «beato» es el que exagera las prácticas religiosas y luego no concuerda su vida con ellas.

[45] Como se refiere a letrados y escribanos («gente de pluma») no sólo cogen lo mal alzado (lo robado) por los delincuentes, sino lo más guardado (lo ahorrado) por la gente honrada, cobrando sus honorarios.

[46] *Hazañero:* «Melindroso, y que con afectación, ademanes y

hombre y son nada; el maestro de cuentos, licenciado del chiste, que como siempre están de burlas, nunca son hombres de veras; gente, toda ésta, de chança y de poca substancia.

—¿Qué tal sería que estuviesse entre los leones y tigres del Retiro?

—Dúdolo, que aquélla toda es gente de arbitrios y execuciones.

—¿Ni entre los cisnes de los estanques?

—Tampoco, que éssos son secretarios y consejeros que, en cantando bien, acaban.

—Allí veo un animal inmundo que pródigamente se está revolcando en la hedionde de un asquerosíssimo cenagal, y él piensa que son flores.

—Si alguno había de ser, era ésse —respondió Egenio—, que estos torpes y lascivos, anegados en la inmundicia de sus viles deleites, causan asco a cuantos hay [47]; y ellos tienen el cieno por cielo, y oliendo mal a todo el mundo, no lo advierten; antes tienen la hediondez por fragancia y el más sucio albañar por paraíso. Déxamelo reconocer de lexos. Ahora digo que no es él, sino un ricazo que con su muerte ha de dar un buen día a herederos y gusanos.

—¿Que es possible —se lamentaba Critilo— que no le podamos hallar entre tantos brutos como vemos, entre tanta bestia como topamos?; ni arrastrando el coche de la ramera, ni llevando en andas al que es más grande que él, ni a cuestas al más pesado, ni al que va dentro la litera en mal latín y tan fuera della en buen romance [48], ni acarreando inmundicia de costumbres. ¿Que es possible que tanto desfiguren un hombre estas cortesanas Cirzes?, ¿que assí puedan dementar los hijos, haziendo perder el juizio a sus padres?, ¿que no se contenten con despojarlos de los arreos del cuerpo, sino de los del ánimo, quitándoles el mismo ser de personas? Y dime, Egenio amigo, cuando le hallássemos hecho

palabras se alborota y escandaliza de cosas de poca importancia e indiferentes.» (*Dic. Aut.*)

[47] *Hay:* existen.

[48] Juego de palabras: «litera», silla de manos o lecho, en mal latín, porque si fuera bueno significaría «letra» (littera). «Fuera della en buen romance», fuera de «letra», fuera del saber, analfabeto. Interpreto esto como una sátira contra los que pasan por señores, con su carroza y todo, y son unos brutos en el conocimiento.

un bruto, ¿cómo le podríamos restituir a su primer ser de hombre?

—Ya que le topássemos —respondió—, que esso no sería muy dificultoso. Muchos han vuelto en sí perfectamente, aunque a otros siempre les queda algún resabio de lo que fueron. Apuleyo estuvo peor que todos y con la rosa del silencio curó [49]: gran remedio de necios, si ya no es que rumiados los materiales gustos y considerada su vileza, desengañan mucho al que los masca. Las camaradas de Ulises estaban rematadas fieras, y comiendo las raízes amargas del árbol de la virtud cogieron el dulce fruto de ser personas. Daríamosle a comer algunas hojas del árbol de Minerva [50], que se halla muy estimado en los jardines del culto y erudito Duque de Orliéns [51]; y si no, las del moral prudente [52], que yo sé que presto volvería en sí y sería muy hombre.

Habían dado cien vueltas con más fatiga que fruto, cuando dixo Egenio:

—¿Sabes qué he pensado? Que vamos a la casa donde se perdió, que entre aquel estiércol habemos de hallar esta joya perdida.

Fueron allá, entraron y buscaron.

—¡Eh!, que es tiempo perdido —dezía [Critilo] [53]—, que ya yo le busqué por toda ella.

—Aguarda —dixo Egenio—, déxame aplicar mi sexto sentido, que es único remedio contra este sexto achaque [54].

Advirtió que de un gran montón de suciedad lasciva salía un humo muy espeso.

---

[49] Apuleyo (Lucio), escritor romano del siglo II, autor de *El asno de oro*, sátira de costumbres; se dudó si él mismo se había convertido en asno. Dice la portada de la edición española de 1543: «... y tornó lo de hombre en asno; y andando hecho asno vido, y oyo las maldades (...) y ansi anduuo hasta que a cabo de vn año comio de vnas rosas y tornóse hombre».

[50] Los artistas ponen en la diestra de Minerva, diosa de la sabiduría, una rama de olivo, dando a entender que, aunque ostente yelmo y coraza, es una diosa amante de la paz.

[51] J. B. Gastón, hermano de Luis XIII (1608-1660), único representante de una de las cuatro familias Orléans de Francia, la tercera.

[52] El moral es símbolo de la prudencia por brotar tarde y no florecer hasta el verano, cuando ya no hay heladas.

[53] Egenio, dicen los textos de 1651 y 1658 por errata.

[54] El sexto achaque es la lujuria, por el sexto mandamiento. Adviértase que toda la Crisi gira en torno a este vicio.

—Aquí —dixo— fuego hay.

Y apartando toda aquella inmundicia moral, apareció una puerta de una horrible cueva. Abriéronla, no sin dificultad, y divisaron dentro, a la confusa vislumbre de un infernal fuego, muchos desalmados cuerpos tendidos por aquellos suelos. Había moços galanes de tan corto seso cuan largo cabello; hombres de letras, pero necios; hasta viejos ricos [55]. Tenían los ojos abiertos, mas no veían. Otros los tenían vendados con mal piadosos lienços. En los más no se percibía otro [56] que algún suspiro: todos estaban dementados y adormecidos, y tan desnudos, que aun una sabanilla no les habían dexado siquiera para mortaja. Yacía en medio Andrenio, tan trocado, que el mismo Critilo su padre le desconocía. Arrojóse sobre él llorando y vozeándole, pero nada oía; apretábale la mano, mas no le hallaba ni pulso ni brío. Advirtió entre tanto Egenio que aquella confussa luz no era de antorcha, sino de una mano que de la misma pared nacía, blanca y fresca, adornada de hilos de perlas que costaron lágrimas a muchos, coronados los dedos de diamantes muy finos, a precio de falsedades; ardían los dedos como candelas, aunque no tanto daban luz cuanto fuego que abrasaba las entrañas.

—¿Qué mano de ahorcado es ésta? —dixo Critilo.

—No es sino del verdugo —respondió Egenio—, pues ahoga y mata.

Removióla un poco y al mismo punto començaron a rebullir ellos.

—Mientras ésta ardiere, no despertarán.

Probóse a apagarla alentando fuertemente, mas no pudo, que éste es el fuego de alquitrán, que con viento de amorosos suspiros y con agua de lágrimas más se aviva. El remedio fue echar polvo y poner tierra en medio; con esto se extinguió aquel fuego más que infernal y al punto despertaron los que dormían valientemente [57], digo aquellos que por

---

[55] Está expresado con ironía. No se trata de ricos adinerados, sino de ricos en la primera acepción del *Dic. Aut.* «de conocida y estimable bondad» o también, del mismo diccionario, «gustoso, sabroso, agradable».

[56] *Otro,* genérico, «otra cosa».

[57] No puede ser en su significado normal, sino en el de «con demasía, u excesso» *(Dic. Aut.).* O bien, tomado irónicamente, en su sentido normal, referido a los soldados (los hijos de Marte) que se dan tan a menudo a los placeres del amor (hermanos de Cupido).

ser hijos de Marte son hermanos de Cupido; los ancianos muy corridos, diziendo:

—¡Basta que este vil fuego de la torpeza no perdona ni verde ni seco! [58]

Los sabios, execrando su necedad, dezían:

—Que Paris afrente a Palas... era moço y ignorante; pero los entendidos, éssa es doblada demencia [59].

Andrenio, entre los Benjamines de Venus mal heridos, atravesado el coraçón de medio a medio, en reconociendo a Critilo se fue para él.

—¿Qué te parece —le dixo éste— cuál te ha parado una tan mala hembra? Sin hazienda, sin salud, sin honra y sin conciencia te ha dexado: ahora conocerás lo que es.

Aquí todos a porfía començaron a execrarla: uno la llamaba Cila de marfil, otro Caribdis de esmeralda, peste afeitada [60], veneno en néctar.

—Donde hay juncos —dezía uno— hay agua, donde humo fuego y donde mugeres demonios.

—¿Cuál es mayor mal que una muger —dezía un viejo— sino dos, porque es doblado?

—Basta [61] que no tienen ingenio sino para mal —dezía Critilo.

Pero Andrenio:

—Callad —les dixo—, que con todo el mal que me ha causado, confiesso que no las puedo aborrecer, ni aun olvidar. Y os assseguro que de todo cuanto en el mundo he visto, oro, plata, perlas, piedras, palacios, edificios, jardines, flores, aves, astros, luna y el sol mismo, lo que más me ha contentado es la muger.

—¡Alto! —dixo Egenio—, vamos de aquí, que ésta es locura sin cura, y el mal que yo tengo que dezir de la muger mala es mucho. Doblemos la hoja [62] para el camino.

---

[58] Porque el fuego del amor carnal se da en jóvenes y viejos; incluso éstos tienen más fama de lujuriosos.

[59] Porque lógico es que los jóvenes prefieran a Venus (diosa de la belleza) como Paris, el héroe homérico, y desprecien a Palas (Minerva, diosa de la sabiduría); pero ¿se puede permitir que lo hagan los viejos?

[60] Con afeites. Véase nota 32, Crisi XI.

[61] Sobreentendido un infinitivo: «decir, pensar, etc.». Véase nota 6, Crisi II.

[62] «Doblar la hoja. Además del sentido literal, metaphoricamente vale suspender un negocio por algún motivo para volver a

Salieron todos a la luz de dar en la cuenta, desconocidos de los otros, pero conocidos de sí. Encaminóse cada uno al templo de su escarmiento a dar gracias al noble desengaño, colgando en sus paredes los despojos del naufragio y las cadenas de su cautiverio.

---

tratar de él en otra ocasión» *(Dic. Aut.);* se basa en lo que hacemos cuando interrumpimos la lectura de un libro y marcamos dónde hemos quedado doblando la hoja. Egenio interrumpe la conversación para cuando estén en camino.

CRISI DEZIMATERCIA

La feria de todo el Mundo

Contaban los antiguos que cuando Dios crió al hombre encarceló todos los males en una profunda cueva acullá lexos, y aun quieren dezir que en una de las Islas Fortunadas, de donde tomaron su apellido [1]; allí encerró las culpas y las penas, los vicios y los castigos, la guerra, la hambre, la peste, la infamia, la tristeza, los dolores, hasta la misma muerte, encadenados todos entre sí. Y no fiando de tan horrible canalla, echó puertas de diamante con sus candados de azero. Entregó la llave al albedrío del hombre, para que estuviesse más assegurado de sus enemigos y advirtiesse que, si él no les abría, no podrían salir eternamente. Dexó, al contrario, libres por el mundo todos los bienes, las virtudes y los premios, las felizidades y contentos, la paz, la honra, la salud, la riqueza y la misma vida.

Vivía con esto el hombre felizíssimo. Pero duróle poco esta dicha; que la muger, llevada de su curiosa ligereza, no podía sosegar hasta ver lo que había dentro la fatal caverna. Cogióle un día bien aciago, para ella y para todos, el coraçón al hombre, y después la llave; y sin más pensarlo, que la muger primero executa y después piensa, se fue resuelta a abrirla. Al poner la llave, asseguran, se estremeció el universo; corrió el cerrojo y al instante salieron de tropel todos

---

[1] Las Islas Fortunadas son de siempre las Canarias. Fortuna, que hoy significa buena suerte, antiguamente era «desgracia» (*Dic. M. Moliner*); ello explica que con todos los males allí se llamasen Fortunadas.

los males, apoderándose a porfía de toda la redondez de la tierra.

La Soberbia, como primera en todo lo malo, cogió la delantera, topó con España, primera provincia de la Europa. Parecióla tan de su genio, que se perpetuó en ella; allí vive y allí reina con todos sus aliados: la estimación propria, el desprecio ageno, el querer mandarlo todo y servir a nadie, hazer del Don Diego y vengo de los godos [2], el luzir, el campear, el alabarse, el hablar mucho, alto y hueco, la gravedad, el fausto, el brío, con todo género de presunción; y todo esto desde el noble hasta el más plebeyo. La Codicia, que la venía a los alcançes, hallando desocupada la Francia, se apoderó de toda ella, desde la Gascuña hasta la Picardía; distribuyó su humilde familia por todas partes: la miseria, el abatimiento de ánimo, la poquedad, el ser esclavos de todas las demás naciones aplicándose a los más viles oficios, el alquilarse por un vil interés, la mercancía laboriosa, el andar desnudos y descalços con los çapatos baxo el braço, el ir todo barato con tanta multitud [3]; finalmente, el cometer cualquier baxeza por el dinero; si bien dizen que la Fortuna, compadecida, para realçar tanta vileza, introduxo su nobleza, pero tan bizarra, que hazen dos estremos sin medio. El Engaño trascendió [4] toda la Italia, echando hondas raízes en los italianos pechos; en Nápoles hablando y en Génova tratando [5], en toda aquella provincia está muy valido con toda su parentela: la mentira, el embuste y el enredo, las invenciones, traças y tramoyas; y todo ello dizen es política y tener *brava testa*. La Ira echó por otro rumbo, passó al África y a sus islas adyacentes, gustando de vivir entre alarbes [6] y entre fieras. La Gula, con su hermana la Embriaguez,

---

[2] *Hacer de don Diego,* presumir de galán, aunque sea estúpido y mentecato, como nos lo presentará Moreto tres años más tarde en *El lindo don Diego* (1654).

[3] Como habla del codicioso, se ha de pensar en el avaro que anda con lo más barato teniendo tanta multitud de todo, por no gastar.

[4] *Trascender:* «Lo mismo que transcender por passar de un lugar a otro.» (*Dic. Aut.*)

[5] Se refiere, claro, a los engaños de los mercaderes genoveses en el trato de los negocios.

[6] *Alarbe:* «Vale tanto como hombre bárbaro, rudo, áspero, bestial, o sumamente ignorante. Dícese por comparación a la brutalidad y fiereza que se experimentó en los Árabes o Alárabes que posseyeron a España.» (*Dic. Aut.*)

asegura la preciosa Margarita de Valois[7], se sorbió toda la Alemania alta y baxa, gustando y gastando en banquetes los días y las noches, las haziendas y las conciencias; y aunque algunos no se han emborrachado sino una sola vez, pero les ha durado toda la vida; devoran en la guerra las provincias, abasteçen los campos[8], y aun por esso formaba el emperador Carlos Quinto de los alemanes el vientre de su exército. La Inconstancia aportó a Inglaterra, la Simplicidad a Polonia, la Infidelidad a Grecia, la Barbaridad a Turquía, la Astucia a Moscovia, la Atrocidad a Suecia, la Injusticia a la Tartaria, las Delicias a la Persia, la Cobardía a la China, la Temeridad al Japón; la Pereza aun esta vez llegó tarde, y hallándolo todo embaraçado, hubo de passar a la América a morar entre los indios. La Luxuria, la nombrada, la famosa, la gentil pieza, como tan grande y tan poderosa, pareciéndola corta una sola provincia, se estendió por todo el mundo, ocupándolo de cabo a cabo; concertóse con los demás vicios, aviniéndose tanto con ellos, que en todas partes está tan valida que no es fázil averiguar en cuál más: todo lo llena y todo lo inficiona. Pero como la muger fue la primera con quien embistieron los males, todos hizieron presa en ella, quedando rebutida de malicia de pies a cabeça.

Esto les contaba Egenio a sus dos camaradas cuando, habiéndolos sacado de la corte por la puerta de la luz, que es el sol mismo[9], les conducía a la gran feria del mundo, publicada para aquel grande emporio que divide los amenos prados de la juventud de las ásperas montañas de la edad varonil, y donde de una y otra parte acudían ríos de gentes, unos a vender, otros a comprar, y otros a estarse a la mira, como más cuerdos.

Entraron ya por aquella gran plaça de la conveniencia, emporio universal de gustos y de empleos, alabando unos lo que abominan otros. Assí como assomaron por una de sus muchas entradas, acudieron a ellos dos corredores de oreja[10]

    [7] Seguramente se trate de Margarita de Valois (1553-1615), esposa de Enrique IV de Francia, autora de unas *Memorias*, y no de la famosa autora del Heptamerón, reina de Navarra (1492-1549), a la que se conocía por Maragarita de Angulema.

    [8] Entiéndase «de soldados los campos de batalla», por la alusión a la guerra y a Carlos V, que formaba su ejército de alemanes.

    [9] Salen de la corte, Madrid, por la puerta de la luz, que es el sol mismo; es decir, por la Puerta del Sol.

    [10] *Corredor de oreja:* «Metaphoricamente se le da este nombre

que dixeron ser filósofos, el uno de la una banda, y el otro de la otra, que todo está dividido en pareceres. Díxoles Sócrates, assí se llamaba el primero:

—Venid a esta parte de la feria y hallaréis todo lo que haze al propósito para ser personas.

Mas Simónides [11], que assí se llamaba el contrario, les dixo:

—Dos estancias hay en el mundo, la una de la honra y la otra del provecho: aquélla yo siempre la he hallado llena de viento y humo, y vacía de todo lo demás; esta otra, llena de oro y plata, aquí hallaréis el dinero, que es un compendio de todas las cosas. Según esto, ved a quién habéis de seguir.

Quedaron perplexos, altercando a qué mano echarían; dividiéronse en pareceres assí como en afectos, cuando llegó un hombre que lo parecía, aunque traía un tejo de oro en las manos, y llegándose a ellos, les fue assiendo de las suyas y refregándoselas en el oro, reconociéndolas después.

—¿Qué pretende este hombre? —dixo Andrenio.

—Yo soy —respondió— el contraste de las personas, el quilatador de su fineza.

—Pues ¿qué es de la piedra de toque? [12]

—Ésta es —dixo, señalando el oro.

—¿Quién tal vio? —replicó Andrenio—. Antes el oro es el que se toca y se examina en la piedra lidia [13].

—Assí es, pero la piedra de toque de los mismos hombres es el oro: a los que se les pega a las manos, no son hombres verdaderos, sino falsos. Y assí, al juez que le hallamos las manos untadas, luego le condenamos de oidor a tocador [14];

---

al chismoso, que lleva y trahe cuentos de una parte a otra» (*Dic. Aut.*); o bien: «El que solicita letras para otras partes, u dinero prestado para hombres de negocios.» (*Dic. Aut.*)

[11] Simónides de Ceos, poeta lírico griego del siglo V a. C. como Sócrates, que se distinguió en los brindis, en los cantos para la danza y en los panegíricos de los hombres ilustres muertos, lo que da idea del interés que le proporcionaban sus creaciones.

[12] Piedra de toque es la que emplean los plateros para saber la calidad de los metales y sus quilates y «por traslación, todo aquello que conduce al conocimiento de la bondad o malicia de alguna cosa» (*Dic. Aut.*), aquí, las personas.

[13] Alusión a Creso, monarca más notable de Lidia, en Asia Menor, célebre por el oro y las riquezas que poseía.

[14] Juega Gracián con «oidor» («qualquiera de los ministros togados, destinados... para oír en justicia a las partes, y decidir». *Dic. Aut.*) y «tocador» (el que toca un instrumento musical o

el prelado que atesora los cincuenta mil pesos de renta, por bien que lo hable [15] no será el boca de oro, sino el bolsa de oro; el cabo con cabos bordados y mucha plumagería, señal que despluma a los soldados y no los socorre como el valiente borgoñón don Claudio San Mauricio [16]; el caballero que rubrica su executoria con sangre de pobres en usuras, de verdad que no es hidalgo; la otra que sale muy biçarra cuando el marido anda deslucido, muy mal parece: y en una palabra, todos aquellos que yo hallo que no son limpios de manos, digo que no son hombres de bien. Y assí, tú, a quien se te ha pegado el oro dexando rastro en ellas (dixo a Andrenio), cree que no lo eres, echa por la otra banda; pero éste (señalando a Critilo), que no se le ha pegado ni queda señalado con el dedo, éste persona es; eche por la banda de la entereza.

—Antes —replicó Critilo—, para que él lo sea también, importará me siga.

Començaron a discurrir por aquellas ricas tiendas de la mano derecha. Leyeron un letrero que dezía: *Aquí se vende lo mejor y lo peor.* Entraron dentro y hallaron se vendían lenguas; para callar las mejores, para mordérselas, y que se pegaban al paladar. Un poco más adelante estaba un hombre zeñando [17] que callassen, tan lexos de pregonar su mercadería.

—¿Qué vende éste? —dixo Andrenio.

Y él al punto le puso en boca [18].

—Pues deste modo, ¿cómo sabremos lo que vendes?

—Sin duda —dixo Egenio— que vende el callar.

—Mercadería es bien rara y bien importante —dixo Critilo—. Yo creí se había acabado en el mundo. Ésta la deben traer de Venecia, especialmente el secreto, que acá no se coge. ¿Y quién le gasta?

—Esso estáse dicho —respondió Andrenio—, los anacore-

---

pregona): al oidor o magistrado que tenga manos untadas (sobornadas), le condena a ser «tocador», acusado que pregona o confiesa su culpa, dejando de ser el que la oye.

[15] Habrá observado el lector que se refiere a la oratoria sagrada, tratándose de un prelado.

[16] Capitán de caballería del condado de Borgoña.

[17] *Ceñar:* «Hazer señas de desagrado poniendo ceño.» *(Dic. Aut.)*

[18] Entiéndase «y él al punto le puso punto en boca», recomendación de guardar silencio.

tas, los monjes (con *e* digo)[19], porque ellos saben lo que vale y aprovecha.

—Pues yo creo —dixo Critilo— que los más que lo usan no son los buenos, sin[o][20] los malos: los deshonestos callan, las adúlteras disimulan, los assesinos punto en boca, los ladrones entran con çapato de fieltro, y assí todos los malhechores.

—Ni aun éssos —replicó Egenio—, que está ya el mundo tan rematado que los que habían de callar hablan más y hazen gala de sus ruindades. Veréis el otro que funda su caballería en bellaquería, que no le agrada la torpeza si no es descarada; el acuchillador se precia de que sus valentías den en rostro[21]; el lindo, que se hable de sus cabellos; la otra que se descuida de sus obligaciones y sólo cuida de su cara cara, plaçea[22] las galas cuando más la descomponen; el mal ladrón pretende cruz[23] y el otro pide el título que sea sobreescrito de sus baxezas: deste modo, todos los ruines son los más ruidosos.

—Pues, señores, ¿quién compra?

—El que apaña piedras[24], el que haze y no dize, el que haze su negocio y Harpócrates[25], a quien nadie reprehende.

—Sepamos el precio —dixo Critilo—, que querría comprar cantidad, que no sé si lo hallaremos en otra parte.

---

[19] No sólo quiere especificar que son los monjes, y no las monjas por el difícil callar de las mujeres, ya que no sería necesario aclarar «con e digo», sino que puede referirse a «menge», persona autorizada para ejercer la medicina, «médico» (*Dic. Acad.*), que gasta del silencio por aquello de no arriesgarse al dar el pronóstico.

[20] Por errata, las ediciones de 1651 y 1658 ponen «sin».

[21] «El acuchillador es el que da cuchilladas con la espada» (*Dic. Aut.*) y se precia de darlas en el rostro del contrario, así como sus valentías, porque dar en rostro: «Vale lo mismo que enfadar, ya sea diciendo lo que no se quiere oir, ya poniéndose delante el que enfada.» (*Dic. Aut.*)

[22] *Placear:* «Publicar o hacer manifiesta alguna cosa» (*Dic. Aut.*), es decir, en este caso «lucir las galas para que las vean».

[23] *Cruz,* claro está, de mérito, condecoración.

[24] *Apañar* significa «coger, tomar, u ocupar por fuerza lo que es de otro» (*Dic. Aut.*), es decir, compra silencio o soborna el que roba piedras preciosas para no ser delatado, o bien para no declarar donde las esconde.

[25] Compra silencio Harpocrates y nadie se lo reprende porque nació con el dedo en la boca indicando silencio.

—El precio del 'silencio —les respondieron— es silencio también.

—¿Cómo puede ser esso? Si lo que se vende es callar, ¿la paga cómo ha de ser callar?

—Muy bien, que un buen callar se paga con otro: éste calla porque aquél calle, y todos dizen callar, y callemos.

Passaron a una botica cuyo letrero dezía: *Aquí se vende una quinta essencia de salud.*

—¡Gran cosa! —dixo Critilo.

Quiso saber qué era y dixéronle que la saliva del enemigo.

—Éssa —dixo Andrenio— llámola yo quinta essencia de veneno, más letal que el de los basiliscos; más quisiera que me escupiera un sapo, que me picara un escorpión, que me mordiera una víbora; saliva del enemigo, ¿quién tal oyó? Si dixera del amigo fiel y verdadero, éssa sí que es remedio único de males.

—¡Eh!, que no lo entendéis —dixo Egenio—. Harto más mal haze la lisonja de los amigos, aquella passión con que todo lo hazen bueno, aquel afecto con que todo lo disimulan, hasta dar con un amigo enfermo de sus culpas en la sepultura de su perdición. Creedme que el varón sabio más se aprovecha del licor amargo del enemigo bien alambicado, pues con él saca las manchas de su honra y los borrones de su fama; aquel temor de que no lo sepan los émulos, que no se huelguen, haze a muchos contenerse a la raya de la razón.

Llamáronles de otra tienda a gran prisa que se acabava la mercadería, y era verdad, porque era la ocasión. Y pidiendo el valor, dixeron:

—Ahora va dada[26], pero después no se hallará un solo cabello por un ojo de la cara, y menos la que más importa.

Gritava otro:

—¡Daos prisa a comprar, que mientras más tardáis, más perdéis, y no podréis recuperarlo por ningún precio!

Éste redimía[27] tiempo.

—Aquí —dezía otro— se da de balde lo que vale mucho.

---

[26] *Dada*, es decir, regalada, que no cuesta nada.

[27] Redimía tiempo en el sentido de que lo dejaba libre para que otros lo compraran. Mete prisa porque cuanto más tiempo pierdan en comprarlo, menos comprarán, pues el pasado es irrecuperable.

—¿Y qué es?

—El escarmiento.

—¡Gran cosa! ¿Y qué cuesta?

—Los necios le compran a su costa; los sabios, a la agena.

—¿Dónde se vende la experiencia? —preguntó Critilo—; que también vale mucho.

Y señaláronle acullá lexos en la botica de los años.

—¿Y la amistad? —preguntó Andrenio.

—Éssa, señor, no se compra, aunque muchos la venden: que los amigos comprados no lo son y valen poco.

Con letras de oro dezía en una: *Aquí se vende todo y sin precio.*

—Aquí entro yo —dixo Critilo.

Hallaron tan pobre al vendedor, que estaba desnudo y toda la tienda desierta: no se veía cosa en ella.

—¿Cómo dize [28] esto con el letrero?

—Muy bien —respondió el mercader.

—Pues ¿qué vendéis?

—Todo cuanto hay en el mundo.

—¿Y sin precio?

—Sí, porque con desprecio: despreciando cuanto hay, seréis señor de todo; y al contrario, el que estima las cosas no es señor dellas, sino ellas dél. Aquí el que da se queda con la cosa dada, y le vale mucho, y los que la reciben quedan muy pagados con ella.

Averiguaron era la cortesía y el honrar a todo el mundo.

—¡Aquí se vende —pregonaba uno— lo que es proprio, no lo ageno!

—¿Qué mucho es esso? —dixo Andrenio.

—Sí es, que muchos os venderán la diligencia que no hazen, el favor que no pueden y, aunque pudieran, no le hizieran.

Fuéronse encaminando a una tienda, donde con gran cuidado los mercaderes les hizieron retirar, y con cuantos se allegaban hazían lo mismo.

—¿O vendéis, o no? —dixo Andrenio—. Nunca tal se ha visto, que el mismo mercader desvíe los compradores de su tienda. ¿Qué pretendéis con esso?

Gritáronles otra vez se apartassen y que comprassen de lexos.

---

[28] *Decir* (con). «Vale conformar, corresponder una cosa con otra.» *(Dic. Aut.)*

—Pues ¿qué vendéis aquí? O es engaño, o es veneno.

—Ni uno, ni otro; antes la cosa más estimada de cuantas hay, pues es la misma estimación, que en roçándose se pierde, la familiaridad la gasta y la mucha conversación la envilece.

—Según esso —dixo Critilo—, la honra de lexos, ningún profeta en su patria, y si las mismas estrellas vivieran entre nosotros, a dos días perdieran su luzimiento; por esso los passados son estimados de los presentes y los presentes de los venideros.

—Aquélla es una rica joyería —dixo Egenio—. Vamos allá, feriaremos algunas piedras preciosas, que ya en ellas solas se hallan las virtudes y la fineza.

Entraron y hallaron en ella al discretíssimo Duque de Villahermosa [29], que estaba actualmente pidiendo al lapidario le sacasse algunas de las más finas y de más estimación. Dixo que sí, que tenía algunas bien preciosas. Y cuando aguardaban todos algún balax [30] oriental, los diamantes al tope [31], la esmeralda, que alegra por lo que promete, y todas por lo que dan, sacó un pedaço de azabache tan negro y tan melancólico como él es, diziendo:

—Ésta, señor excelentíssimo, es la piedra más digna de estimación de cuantas hay, ésta la de mayor valor; aquí echó la naturaleza el resto; aquí el sol, los astros y los elementos se unieron en influir fineza.

Quedaron admirados de oír tales exageraciones nuestros feriantes, pero callaban donde el discreto Duque estaba, y él les dixo:

—Señores, ¿qué es esto? ¿Éste no es un pedaço de azabache? Pues ¿qué pretende este lapidario con esto? ¿Tiénenos por indios?

—Ésta —volvió a dezir el mercader— es más preciosa que el oro, más provechosa que los rubíes, más brillante que el carbunclo; ¡qué tienen que ver con ella las margaritas! [32] ¡Ésta es la piedra de las piedras!

---

[29] Refiérese al octavo duque de Villahermosa, Fernando de Gurrea y de Borja (1613-1665).

[30] *Balaj o balaje:* «Rubí de color morado.» *(Dic. M. Moliner.)*

[31] «Al tope, término de plateros... con que se significa el modo de estar una cosa junta, o pegada con otra, sin unión artificial.» *(Dic. Aut.)*

[32] *Margarita:* «Lo mismo que perla. Aplícase regularmente a las más preciosas.» *(Dic. Aut.)*

Aquí, no pudiéndolo ya sufrir el de Villahermosa, le dixo:

—Señor mío, ¿éste no es un trozo de azabache?

—Sí, señor —respondió él.

—Pues ¿para qué tan exorbitantes encarecimientos? ¿De qué sirve esta piedra en el mundo? ¿Qué virtudes le han hallado hasta hoy? Ella no vale para alegrar la vista como las brillantes y transparentes, ni aprovecha para la salud, porque no alegra como la esmeralda, ni conforta como el diamante, ni purifica como el zafir [33], no es contraveneno como el bezar [34], ni facilita el parto como la del águila [35], ni quita dolor alguno. Pues ¿de qué sirve sino para hazer juguetes de niños?

—¡Oh, señor! —dixo el lapidario—, perdone Vuestra Excelencia, que no es sino para hombres, y muy hombres, porque es la piedra filosofal, que enseña la mayor sabiduría y en una palabra muestra a vivir, que es lo que más importa.

—¿De qué modo?

—Echando una higa [36] a todo el mundo y no dándosele nada de cuanto hay, no perdiendo el comer ni el sueño, no siendo tontos: y esso es vivir como un rey, que es lo que aún no se sabe.

—Dádmela acá —dixo el Duque—, que la he de vincular en mi casa.

—¡Aquí se vende —gritaba uno— un remedio único para cuantos males hay!

---

[33] Se pensaba en virtudes curativas de estas piedras: la esmeralda, el diamante y el zafiro.

[34] *Bezar:* «Piedra que se cría en las entrañas de cierta cabra montés en las Indias; y aunque no son todas conformes en el color, las que vienen del Oriente tienen el color de la oliva, y como el de la berengena.» *(Dic. Aut.)*

[35] *Piedra del Águila:* «Piedra de que se hallan dos especias, que se distinguen con los nombres de macho y hembra. El macho es del tamaño de una agalla y de color algún tanto roxo, dentro del qual se siente y suena otra piedra mui dura. La hembra tiene figura oval, y es del color ceniciento. Desmenúzase fácilmente, y lo que contiene dentro de sí es como barro o arena. Tienen la virtud la una y la otra de provocar o retener el parto, conforme al uso que se hace de ellas. Llámase del Águila, porque se hallan en el nido destas aves.» *(Dic. Aut.)*

[36] *Higa:* «... acción que se hace con la mano cerrado el puño, mostrando el dedo pulgar por entre el dedo índice y el de enmedio, con la qual se señalaba a las personas infames y torpes, o se hacía burla o desprecio de ellas» *(Dic. Aut.).*

Acudía tanta gente, que no cabían de pies, aunque sí de cabeças [37]. Llegó impaciente Andrenio y pidió le diessen de la mercadería presto.

—Sí, señor —le respondieron—, que se conoce bien la habéis menester: tened paciencia.

Volvió de allí a poco a instar le diessen lo que pedía.

—Pues, señor —le dixo el mercader—, ¿ya no se os ha dado?

—¿Cómo dado?

—Sí, que yo lo he visto por mis ojos —dixo otro.

Enfurecíase Andrenio negando.

—Dize verdad, aunque no tiene razón —respondió el mercader—, que aunque se la han dado, él no la ha tomado: tened espera.

Iba cargando la gente, y el amo les dixo:

—Señores, servíos de despejar y dar lugar a los que vienen, pues ya tenéis recado [38].

—¿Qué es esto —replicó Andrenio—, burláisos de nosotros? ¡Qué linda flema, por cierto! Dadnos lo que pedimos y nos iremos.

—Señor mío —dixo el mercader—, andad con Dios, que ya os han dado recado, y aun dos vezes.

—¿A mí?

—Sí, a vos.

—No me han dicho sino que tuviesse paciencia.

—¡Oh, qué lindo! —dixo el mercader, dando una gran risada—; pues, señor mío, éssa es la preciosa mercadería, éssa es la que prestamos y éssa es el remedio único para cuantos males hay; y quien no la tuviere, desde el rey hasta el roque, váyase del mundo: tanto valí cuanto sufrí.

—Aquí lo que se vende —dezía otro— no hay bastante oro ni plata en el mundo para comprarlo.

—Pues ¿quién feriará?

—Quien no la pierda —respondieron.

—¿Y qué cosa es?

—La libertad: gran cosa aquello de no depender de voluntad agena, y más de un necio, de un modorro; que no hay tormento como la imposición de hombres sobre las cabeças.

[37] Por no caber de pie y sí de cabeza es que eran gente de poca cabeza o ignorantes.

[38] Lógicamente, lo mismo que «ya estáis servido», ya que recado «Vale también prevención, provisión de todo lo necessario para un fin» (Dic. Aut.).

274

Entró un feriante en una tienda y díxole al mercader le vendiesse sus orejas [39]. Riéronlo mucho todos, sino Egenio, que dixo:

—Es lo primero que se ha de comprar: no hay mercadería más importante; y pues habemos feriado lenguas para no hablar, compremos aquí orejas para no oír y unas espaldas de ganapán o molinero [40].

Hasta el mismo vender hallaron se feriaba, porque saber uno vender sus cosas vale mucho, que ya no se estiman por lo que son, sino por lo que parecen; los más de los hombres ven y oyen con ojos y oídos prestados, viven de información de ageno gusto y juizio.

Repararon mucho en que todos los famosos hombres del mundo, el mismo Alexandro en persona, que lo era [41], los dos césares Julio y Augusto y otros deste porte, y de los modernos el invicto señor don Juan de Austria [42], frecuentaban mucho una botica en que no había letrero. Llevólos a ella su mucha curiosidad. Preguntaron a unos y a otros qué era lo que allí se vendía, y nadie lo confessaba; creció más su deseo. Advirtieron que los sabios y entendidos eran los mercaderes.

—Aquí gran misterio hay —dixo Critilo.

Llegóse a uno y muy en secreto le pidió [43] qué era lo que allí se vendía. Respondióle:

—No se vende, sino que se da por gran precio.

—¿Qué cosa es?

—Aquel inestimable licor que haze inmortales a los hombres, y entre tantos millares como ha habido y habrá los haze conocidos, quedando los demás sepultados en el perpetuo olvido, como si nunca hubiera habido tales hombres en el mundo.

—¡Preciosíssima cosa! —exclamaron todos—. ¡Oh, qué buen gusto tuvieron Francisco Primero de Francia, Matías

---

[39] Para no oír impertinencias, como explica Egenio seguidamente.

[40] Porque son espaldas que todo lo soportan. Recuérdese el dicho «echarse algo a las espaldas».

[41] *Que lo era,* persona, en su sentido más ético.

[42] Don Juan de Austria, hijo natural de Felipe IV, a quien dedica la segunda parte del *Criticón,* aunque queda la duda de que se refiera al vencedor de Lepanto.

[43] *Pedir:* «Vale también preguntar o informarse de otro de alguna cosa.» *(Dic. Aut.)*

Corvino [44] y otros! Dezidnos, señor, ¿no habría para nosotros siquiera una gota?

—Sí la habrá, con que deis otra.

—¿Otra de qué?

—De sudor propio, que tanto cuanto uno suda y trabaja, tanto se le da de fama y de inmortalidad.

Pudo bien Critilo feriarla, y assí les dieron una redomilla [45] de aquel eterno licor. Miróla con curiosidad, y cuando creyó sería alguna confección de estrellas o alguna quinta essencia del luzimiento del sol, de troços de cielo alambicados, halló era una poca tinta mezclada con azeite; quiso arrojarla, pero Egenio le dixo:

—No hagas tal; y adviarte que el azeite de las vigilias de los estudiosos, la tinta de los escritores, juntándose con el sudor de los varones haçañosos y tal vez con la sangre de las heridas, fabrican la inmortalidad de su fama. Desta suerte la tinta de Homero hizo inmortal a Aquiles, la de Virgilio a Augusto, la propia a César, la de Horacio a Mezenas, la del Jovio al Gran Capitán, la de Pedro Mateo a Enrique Cuarto de Francia [46].

—Pues ¿cómo todos no procuran una excelencia como ésta?

—Porque no todos tienen essa dicha ni esse conocimiento.

Vendía Tales Milesio [47] obras sin palabras y dezía que los hechos son varones y las palabras hembras. Horacio carecía [48] especialmente de ignorancia y asseguraba ser la sabiduría

---

[44] Matías I Corvino, llamado «el Grande» (1443-1490). Rey de Hungría. Conquistó Viena al emperador Federico III, derrotó varias veces a los turcos en Bosnia y Servia, fundó la Universidad de Presburgo y la Biblioteca Corvina, y acogió en su corte a numerosos literatos y artistas.

[45] *Redoma:* «Vasija... de vidrio... la qual es ancha de abaxo, y va estrechándose y angostándose hacia la boca.» *(Dic. Aut.)* «Redomilla, la redoma pequeña.» *(Dic. Aut.)*

[46] Pedro Matthíeu, poeta e historiógrafo francés (1563-1621). Fue cronista de Enrique IV y dejó numerosas obras, tanto poéticas fácilmente versificadas, como históricas; pero debió la celebridad a sus «Píldoras doctas», colección de máximas morales. //. Jovio es el italiano Pablo Giovio.

[47] Tales de Mileto. Filósofo griego (h. 624-h. 547 a. C.) Es el más ilustre de los llamados siete sabios de Grecia. Suponía que el agua es el origen de todas las cosas.

[48] «Carencias» trae la edición de 1651; «carecía» la de 1658.

276

primera. Pítaco [49], aquel otro sabio de la Grecia, andaba poniendo precios a todos, y muy moderados, igualando las balanças, y en todas partes encargaba su *ne quid nimis* [50].

Estaban muchos leyendo un gran letrero en una tienda que dezía: *Aquí se vende el bien a mal precio* [51]. Entraban pocos.

—No os espantéis —dixo Egenio—, que es mercadería poco estimada en el mundo.

—Entren los sabios —dezía el mercader—, que vuelven bien por mal, y negocian con esso cuanto quieren.

—Aquí hoy no se fía —dezía otro— ni aun del mayor amigo, porque mañana será enemigo.

—Ni se porfía —dezía otro.

Y aquí entraban poquíssimos valencianos [52], como ni en las del secreto. Había al fin una tienda común donde de todas las demás acudían a saber el valor y la estimación de todas las cosas. Y el modo de apreciarlas era bien raro, porque era hazerlas pieças, arrojarlas en un pozo, quemarlas, y al fin perderlas; y esto hazían aun de las más preciosas, como la salud, la hazienda, la honra, y en una palabra, cuanto vale.

—¿Esto es dar valor? —dixo Andrenio.

—Señor, sí —le respondieron—, que hasta que se pierden las cosas no se conoce lo que valen.

Passaron ya a la otra acera desta gran feria de la vida humana a instancias de Andrenio y despechos de Critilo, pero muchas vezes los sabios yerran para que no revienten los necios. Había también muchas tiendas, pero muy diferentes, correspondiendo en emulación una desta parte a la de la otra. Y assí dezía en la primera un letrero: *Aquí se vende el que compra.*

—Primera necedad —dixo Critilo.

—¡No sea maldad! —replicó Egenio.

Iba ya a entrar Andrenio, y detúvole diziendo:

—¿Dónde vas?, que vas vendido.

Miraron de lexos y vieron cómo se vendían unos a otros,

---

[49] Pítaco, otro de los siete sabios de Grecia (652-570 a. C.). Ejerció la dictadura algún tiempo y se distinguió como guerrero, político, filósofo y poeta.

[50] *Ne quid nimis,* nada con demasía. O, como había dicho Gracián ya en la Crisi V, «Huye en todo la demasía».

[51] Puede significar, como dice el mercader a continuación, lo que el refrán «no hay mal que por bien no venga». También puede significar «a muy bajo precio».

[52] Fama les da Gracián de pendencieros a los valencianos.

hasta los mayores amigos. Dezía en otra: *Aquí se vende lo que se da.* Unos dezían eran mercedes, otros que presentes destos tiempos [53].

—Sin duda —dixo Andrenio— que aquí se da tarde, que es tanto como no dar.

—No será sino que se pide lo que da —replicó Critilo—, que es muy caro lo que cuesta la vergüença de pedir, y mucho más el exponerse a un *no quiero.*

Pero Egenio averiguó eran dádivas del villano mundo.

—¡Oh, qué mala mercadería! —gritaba uno a una puerta.

Y con todo esso, no cesaban de entrar a porfía; y los que salían, todos dezían:

—¡Oh, maldita hazienda! Si no la tenéis, causa deseo; si la tenéis, cuidados; si la perdéis, tristeza.

Pero advirtieron había otra botica llena de redomas vacías, cajas desiertas, y con todo esso, muy embaraçada de gente y de ruido. A este reclamo acudió luego Andrenio, preguntó qué se vendía allí, porque no se veía cosa, y respondiéronle que vientos, aire, y aun menos.

—¿Y hay quién lo compre?

—Y quien gasta en ello todas sus rentas. Aquella caja está llena de lisonjas, que se pagan muy bien; en aquella redoma hay palabras que se estiman mucho; aquel bote es de favores, de que se pagan no pocos; aquella arca grande está rellena de mentiras, que se despachan harto mejor que las verdades, y más las que se pueden mantener por tres días, y *en tempo de guerra,* dize el italiano, *bugía como terra* [54].

—¿Hay tal cosa? —ponderaba Critilo—. ¡Que haya quien compre el aire y se pague dél!

—¿Desso os espantáis? —les dixeron—. Pues en el mundo ¿qué hay sino viento? El mismo hombre, quitadle el aire y veréis lo que queda. Aun menos que aire se vende aquí y muy bien que se paga.

Vieron que actualmente estaba un boquirrubio [55] dando muchas y muy ricas joyas, galas y regalos, que siempre an-

---

[53] Se refiere, claro está, a las mercedes reales y los regalos que se ofrecían como soborno.

[54] Escrito mal: «in tempo di guerra, bugía come terra» (en tiempo de guerra, mentira como tierra), por lo grande o frecuente, se entiende.

[55] *Boquirrubio:* «En lo literal, significa el que tiene la boca rubia, pero no tiene uso, y solamente se toma por la persona vana, simple y fácil de engañar.» *(Dic. Aut.)*

278

dan juntos, a un demonio de una fea por quien andaba perdido. Y preguntado qué le agradaba en ella, respondió que el airecillo.

—¿De modo, señor mío —dixo Critilo—, que aun no llega a ser aire y enciende tanto fuego?

Estaba otro dando largos ducados porque le matassen un contrario.

—Señor, ¿qué os ha hecho?

—No ha llegado a tanto; hame dicho, de suerte, que por una palabrilla...

—¿Y era afrentosa?

—No, pero el airecillo con que lo dixo me ofendió mucho.

—¡De modo que aun no llega a ser aire lo que os cuesta tan caro a vos y a él!

Gastaba un gran príncipe sus rentas en truhanes y bufones, y dezía que gustaba mucho de sus gracias y donaires. Desta suerte se vendían tan caros puntillos de honra, el modillo, el airecillo y el donaire [56]. Pero lo que les espantó mucho fue ver una muger tan fiera que passaba plaça de furia infernal y de arpía en arañar a cuantos llegaban a su tienda, y gritaba:

—¿Quién compra, quién compra pesares, quebraderos de cabeça, quita sueños, rejalgares [57]; malas comidas y peores cenas?

Entraban exércitos enteros (y era lo malo, que haziendo alarde) y salían passando crugía [58], y los que vivos, que eran bien pocos, salían corriendo sangre, más acribillados de heridas que un Marqués del Borro [59]. Y con verlos, no cessaban de entrar los que de nuevo venían. Estábase Critilo espantado mirando tal atrocidad, y díxole Egenio:

—Sabe que cuantos males hay le ponen algún cebillo al hombre para pescarle: la codicia oro, la luxuria deleites, la

---

[56] Conocido juego barroco: airecillo y donaire (don-aire).

[57] *Rejalgar:* «combinación muy venenosa de arsénico y azufre» (*Dic. Acad.*).

[58] *Crugía:* «El passo o camino de tablas que hai en las galeras para comunicarse de la popa a la proa.» *Pasar crugía:* «... se da a entender que alguno lo passa con miseria y mal tratamiento. Hace alusión a que en las galeras se castiga a los soldados haciéndoles passar por la cruxía... y cada uno de los forzados les da al passar con un cordel o vara» (*Dic. Aut.*).

[59] El Marqués del Borro, Alejandro (1600-1656), fue un general italiano que tomó parte en la Guerra de Cataluña.

soberbia honras, la gula comidas, la pereza descansos; sólo la ira no da sino golpes, heridas y muertes, y con todo esso, tantos y tontos la compran tan cara.

Pregonaba uno:

—¡Aquí se venden esposas!

Llegaban unos y otros preguntando si eran de hierro o mugeres.

—Todo es uno, que todas son prisiones.

—¿Y el precio?

—De balde, y aun menos.

—¿Cómo puede ser menos?

—Sí, pues se paga porque las lleven.

—Sospechosa mercadería: ¿mugeres y pregonadas? —ponderó uno—. Éssa no llevaré yo; la muger, ni vista ni conocida.

—Pero también será desconocida [60].

Llegó uno y pidió la más hermosa. Diéronsela a precio de gran dolor de cabeza; y añadió el casamentero:

—El primer día os parecerá bien a vos; todos los demás, a los otros.

Escarmentado otro, pidió la más fea.

—Vos la pagaréis con un continuo enfado.

Convidábanle a un moço que tomasse esposa, y respondió:

—Aún es temprano.

Y un viejo:

—Ya es tarde.

Otro que se picaba de discreción pidió una que fuesse entendida. Buscáronle una feíssima, toda huessos y que todos le hablaban [61].

—Venga una, señor mío, que sea mi igual en todo —dixo un cuerdo—, porque la muger, me asseguran, es la otra mitad del hombre y que realmente antes eran una misma cosa entrambos, mas que Dios los separó porque no se acordaban de su divina providencia; y que ésta es la causa de aquella tan vehemente propensión que tiene el hombre a la muger, buscando su otra mitad.

—Casi tiene razón —dixeron—, pero es cosa dificultosa

---

[60] *Desconocido:* «Vale también ingrato, u mal correspondiente.» *(Dic. Aut.)*

[61] Equívoco: hablar a una mujer es «tratarla ilícita y deshonestamente» *(Dic. Aut.),* y más siendo «entendida» (con todos), y si «todos» se refiere a «huessos», significa que, como ella era toda huesos, todos le rugían al andar.

hallarle a cada uno su otra mitad; todas andan barajadas comúnmente: la del colérico damos al flemático, la del triste al alegre, la del hermoso al feo, y tal vez la del moço de veinte años al caduco de setenta, ocasión de que los más viven arrepentidos.

—Pues esso, señor casamentero —dixo Critilo—, no tiene disculpa, que bien conocida es la desigualdad de quinze años a setenta.

—¡Qué queréis! Ellos se ciegan y lo quieren assí.

—Pero ellas, ¿cómo passan por esso?

—Es, señor, que son niñas y desean ser mugeres, y si ellos caducan, ellas niñean [62]. El mal es que, en no teniendo mocos, no gustan de gargajos [63]; mas esso no tiene remedio. Tomad ésta conforme la deseáis.

Miróla y halló que en todo era dos o tres puntos más corta; en la edad, en la calidad, en la riqueza, en todo; y reclamando no era tan ajustada como deseaba:

—Llevadla —dixo—, que con el tiempo vendrá a ajustarse; que de otra manera passaría y sería mucho peor. Y tened cuidado de no darla todo lo necessario, porque, en teniéndolo [64], querrá lo superfluo.

Fue alabado mucho uno que, diziéndole viesse la que había de ser su muger, respondió que él no se casaba por los ojos, sino por los oídos [65]. Y assí llevó en dote la buena fama.

Convidáronles a la casa del Buen Gusto, donde había convitón.

—Será casa de gula —dixo Andrenio.

—Sí será —respondió Critilo—, pero los que entran parecen comedores, y los que salen, comidos [66].

Vieron cosas raras. Había sentado un gran señor rodeado de gentilhombres, enanos, entremetidos, truhanes, valientes y lisonjeros, que parecía el arca de las sabandijas. Comió bien,

---

[62] *Niñear:* «Executar niñadas o portarse como si fuera niño.» (*Dic. Aut.*)

[63] Explica el punto anterior: ellas niñean porque, dejando de ser niñas (en no teniendo mocos) no gustan de cuidar a los viejos decrépitos, sino de divertirse con los jóvenes.

[64] Clarísima errata en 1651, «tendiéndolo»; 1658, «teniéndolo».

[65] No se casaba por su belleza sino por su buena reputación.

[66] En sus dos acepciones, comidos porque han comido y comidos por otros, en el sentido de que se han aprovechado de ellos.

pero echáronle la cuenta muy larga, porque dixeron comí:
cien mil ducados de renta; él, sin réplica, passaba por ello
Reparó Critilo y dixo:

—¿Cómo puede ser esto? No ha comido la centésima par
te de lo que dizen.

—Es verdad —dixo Egenio— que no los come, sino estos
que le van alrededor.

—Pues, según esso, no digan que tiene el duque cien mil
de renta, sino mil, y los demás de dolor de cabeça.

Había bravos papasales[67], otros que papaban viento y dezían que engordaban, pero al cabo todo paraba en aire. Todo
se lo tragaban algunos y otros todo se lo bebían; muchos
tragaban saliva y los más mordían cebolla[68]; y al cabo, todos
los que comían quedaban comidos hasta de los gusanos.

En todas estas tiendas no feriaron cosa de provecho; sí, en
las otras de mano derecha, preciosos bienes, verdades de
finíssimos quilates, y sobre todo a sí mismos; que el sabio,
consigo y Dios, tiene lo que basta. Desta suerte, salieron
de la feria hablando como les había ido. Egenio, ya otro, porque rico, trató de volver a su alojamiento, que en esta vida
no hay casa propia. Critilo y Andrenio se encaminaron a passar los puertos[69] de la edad varonil en Aragón, de quien
dezía aquel su famoso rey que en naciendo fue asortado[70]
para dar tantos Santiagos[71], para ser conquistador de tantos
reinos, comparando las naciones de España a las edades, que
los aragoneses eran los varones.

Parte Segunda: En el Otoño de la edad varonil

---

[67] *Papasal:* «Se dice de qualquiera cosa insubstancial o que solo
sirve de entretenida», dice el *Dicc. Aut.* poniendo este texto graciano. Papaban sal, como otros comían viento.

[68] Las dos frases vienen a significar lo mismo: estaban enor-
memente disgustados interiormente, pero sin poder exteriorizar-
lo ni encontrar remedio.

[69] Puerto, lugar de aduanas en las fronteras. Véase nota 38,
Crisi XIII.

[70] *Asortado,* escogido. Según Romera-Navarro es neologismo graciano salido del italiano «assortito». No figura en ningún diccionario español.

[71] *Dar un Santiago:* «Acometer fuertemente, embestir de repente al enemigo. Es tomado de la costumbre antigua de España de
invocar a Santiago al tiempo de acometer al enemigo.» *(Dic. Aut.)*
Se refiere a Jaime I el Conquistador de tantos reinos.

SEGUNDA PARTE

*Juiziosa cortesana filosofía en el otoño
de la varonil edad*

EL CRITICON

SEGVNDA PARTE.

IVYZIOSA CORTESANA

FILOSOFIA,

EN

EL OTOÑO DE LA

VARONIL EDAD.

POR

LORENZO GRACIAN.

Y

LO DEDICA

AL SERENISSIMO SEÑOR

D. IVAN DE AVSTRIA.

CON LICENCIA,

En Huesca: por Iuan Nogués. Año 1653.

A costa de Francisco Lamberto, Mercader de Libros.
Vendese en la Carrera de San Geronimo.

SERENÍSSIMO SEÑOR:

Arco vistoso y bien visto el que tantas tempestades serena, brillante rayo del Planeta Cuarto [1] y rayo ardiente de la guerra: hoy, en emulación de las azeradas hojas de Belona, siempre augustas, siempre vitoriosas en la hercúlea mano de V. A., llegan a tan florecientes plantas éstas de Minerva, prometiéndose eternidades de seguridad a sombra de tan inmortal plausible lucimiento. De hojas a hojas va la competencia, y no estraña, pues con igual felicidad suelen alternarse las fatigas de Palas valiente y las delicias de Palas estudiosa, y más en un César novel, gloria de Austria y blasón de España. La edad, Señor, varonil, mal delineada en estos borrones, bien ideada en los aciertos de la anciana juventud de V. A., vincula su patrocinio en quien toda la Monarquía Católica su desempeño, inaugurando [2] que quien cuando había de ser joven es tanto hombre, cuando llegue a ser hombre será un jayán del valor, un héroe de la virtud y un fenis de la fama.

B.L.P.[3] de V.A.

Lorenço Gracián

---

[1] El rayo es don Juan de Austria (1629-1679), a quien se dirige el autor, hijo bastardo de Felipe IV. El Planeta cuarto es el rey, a quien llama incluso Marte, cuarto de los planetas y dios de la Guerra.
[2] *Inaugurar:* «Conjeturar, adivinar.» *(Dic. Aut.)*
[3] Beso los pies de Vuestra Alteza.

CRISI PRIMERA

Reforma universal

Renuncia el hombre inclinaciones de siete en siete años: ¡cuánto más alternará genios en cada una de sus cuatro edades! Comiença a medio vivir quien poco o nada percibe: ociosas passan las potencias en la niñez, aun las vulgares (que las nobles, sepultadas yazen en una puerilidad insensible); punto menos que bruto, aumentándose con[1] las plantas y vegetándose con las flores. Pero llega el tiempo en que también el alma sale de mantillas, exerce ya la vida sensitiva, entra en la jovial juventud, que de allí tomó apellido[2]: ¡qué sensual, qué delicioso! No atiende sino a holgarse el que nada entiende, no vaca[3] al noble ingenio, sino al delicioso genio[4]: sigue sus gustos, cuando tan malo le tiene. Llega al fin, pues siempre tarde, a la vida racional y muy de hombre, ya discurre y se desvela; y porque se reconoce hombre, trata de ser persona, estima el ser estimado, anhela al valer, abraça la virtud, logra la amistad, solicita el saber, atessora noticias y atiende a todo sublime empleo.

---

[1] Entiéndase «juntamente con», es decir, «al mismo tiempo que».

[2] Es decir, la juventud tomó el apellido de «sensitiva» o «jovial» de la vida sensitiva. También podría ser que relacionara juventud y jovial.

[3] *Vacar:* «Significa assimismo dedicarse o entregarse totalmente a algun exercicio determinado.» *(Dic. Aut.)*

[4] Nótese la antítesis de «genio», temperamento natural, con «ingenio», entendimiento racional. Son dos términos muy queridos por Gracián y que veremos repetidamente.

Acertadamente discurría quien comparaba el vivir del hombre al correr del agua, cuando todos morimos y como ella nos vamos deslizando. Es la niñez fuente risueña: nace entre menudas arenas, que de los polvos de la nada salen los lodos del cuerpo, b[r]olla[5] tan clara como sencilla, ríe lo que no murmura, bulle entre campanillas de viento, arrúllase entre pucheros y cíñese de verduras que le fajan[6]. Precipítase ya la mocedad en un impetuoso torrente: corre, salta, se [a]rroja y se despeña, tropeçando con las guijas, rifando[7] con las flores, va echando espumas, se enturbia y se enfurece. Sossiégase, ya río, en la varonil edad: va passando tan callado cuan profundo, caudalosamente vagaroso, todo es fondos sin ruido; dilátase espaciosamente grave, fertiliza los campos, fortaleze las ciudades, enriquece las provincias y de todas maneras aprovecha. Mas ¡ay!, que al cabo viene a parar en el amargo mar de la vejez, abismo de achaques, sin que le falte una gota[8]; allí pierden los ríos sus bríos, su nombre[9] y su dulçura; va a orça el carcomido baxel, haziendo agua por cien partes y a cada instante zozobrando entre borrascas tan deshechas que le deshazen, hasta dar al través con dolor y con dolores en el abismo de un sepulcro, quedando encallado en perpetuo olvido.

Hallábanse ya nuestros dos peregrinos del vivir, Critilo y Andrenio, en Aragón, que los estrangeros llaman la buena España, empeñados en el mayor reventón[10] de la vida. Acababan de passar sin sentir, cuando con mayor sentimiento, los alegres prados de la juventud, lo ameno de sus verduras, lo florido de sus lozanías, y iban subiendo la trabajosa cuesta de la edad varonil, llena de asperezas, si no malezas: emprendían una montaña de dificultades. Hazíasele muy cuesta arriba a Andrenio, como a todos los que suben a la virtud,

[5] *Brollar,* manar. Véase nota 21, Crisi III, Primera Parte. *Biolla,* pone la edición de 1653.

[6] Con el doble sentido de «poner una faja» y, el del lenguaje informal, «pegar a alguien una bofetada o cosa semejante» (*Dic. M. Moliner*). En la línea siguiente el texto de 1653 pone «se orroja», errata evidente.

[7] *Rifar:* «Reñir o contender con alguno.» (*Dic. Aut.*)

[8] Juega Gracián con la palabra «gota»: al mar de la vejez no le falta una gota y, entre los achaques, se encuentra la enfermedad de la gota.

[9] Además de la paronomasia «ríos», «bríos», añade que en la vejez los ríos pierden su nombre «río», de «reír».

[10] Lo dice luego: «la trabajosa cuesta de la edad varonil».

que nunca hubo altura sin cuesta; iba azezando [11] y aun sudando; animábale Critilo con prudentes recuerdos y consolábale en aquella esterilidad de flores con la gran copia de frutos de que se veían cargados los árboles, pues tenían más que hojas, contando las de los libros [12]. Subían tan altos, que les pareció señoreaban cuanto contiene el mundo, muy superiores a todo.

—¿Qué te parece desta nueva región? —dixo Critilo—. ¿No percibes qué aires éstos tan puros?

—Assí es —respondió Andrenio—. Paréceme que ya llevamos otros aires. ¡Qué buen puesto éste para tomar aliento y assiento!

—Sí, que ya es tiempo de tenerle.

Pusiéronse a contemplar lo que habían caminado hasta hoy.

—¿No atiendes qué de verduras dexamos atrás, tan pisadas como passadas? ¡Cuán baxo y cuán vil parece todo lo que habemos andado hasta aquí! Todo es niñería respecto de la gran provincia [13] que emprendemos. ¡Qué humildes y qué baxas se reconocen todas las cosas passadas! ¡Qué profundidad tan notable se advierte de aquí allá! Despeño sería querer volver a ellas. ¡Qué passos tan sin provecho cuantos habemos dado hasta hoy!

Esto estaban filosofando, cuando descubrieron un hombre muy otro de cuantos habían topado hasta aquí, pues se estaba haziendo ojos para notarlos, que ya poco es ver. Fuesse acercando y ellos advirtiendo que realmente venía todo rebutido de ojos de pies a cabeça, y todos suyos y muy despiertos.

—¡Qué gran mirón éste! —dixo Andrenio.

—No, sino prodigio de atenciones —respondió Critilo—. Si él es hombre, no es destos tiempos; y si lo es, no es marido ni aun pastor, ni trae cetro ni cayado [14]. Mas ¿si sería Argos? [15] Pero no, que ésse fue del tiempo antiguo, y ya no se usan semejantes desvelos.

---

[11] *Acezar:* «Respirar con dificultad, como hacen los perros quando están fatigados del calor, ó cansados de correr, que por otra voz se dice jadear.» *(Dic. Aut.)*

[12] Da más importancia a los frutos que a las hojas, incluidas las de los libros.

[13] La provincia es la edad varonil.

[14] Ataca la poca vigilancia de los maridos y de los pastores (reyes y eclesiásticos).

[15] Argos, Rey de Argos, apodado Panoptes (el que todo lo ve).

—Antes sí —respondió él mismo —, que estamos en tiempos que es menester abrir el ojo, y aun no basta, sino andar con cien ojos; nunca fueron menester más atenciones que cuando hay tantas intenciones, que ya ninguno obra de primera[16]. Y advertid que de aquí adelante ha de ser el andar despabilados, que hasta agora todos habéis vivido a ciegas, y aun a dormidas.

—Dinos, por tu vida, tú que ves por ciento y vives por otros tantos, ¿guardas aún bellezas?[17]

—¡Qué vulgaridad tan rancia! —respondió él—. ¿Y quién me mete a mí en impossibles? Antes me guardo yo dellas y guardo a otros bien entendidos.

Estaba atónito Andrenio, haziéndose ojos también, o en desquite o en imitación; y reparando en ello Argos, le dixo:

—¿Ves o miras?, que no todos miran lo que ven.

—Estoy —respondió— pensando de qué te pueden servir tantos ojos; porque en la cara están en su lugar para ver lo que passa, y aun en el colodrillo para ver lo que passó; pero en los hombros ¿a qué propósito?

—¡Qué bien lo entiendes! —dixo Argos—. Éssos son más importantes, los que más estimaba don Fadrique de Toledo[18].

—Pues ¿para qué valen?

—Para mirar un hombre la carga que se echa a cuestas, y más si se casa o se arrasa, al acetar el cargo y entrar en el empleo: ahí es el ver y tantear la carga, mirando y remirando, midiéndola con sus fuerças, viendo lo que pueden sus hombros; que el que no es un Atlante, ¿para qué se ha de meter

---

Según la fábula tenía cien ojos, de ellos cincuenta siempre abiertos. Fue muerto por Mercurio que le adormeció con los sones de su flauta.

[16] Entiéndase «de primera intención».

[17] Porque entre otras cosas, fue el guardián de Io, sacerdotisa de Juno.

[18] Fadrique de Toledo (1580-1634), fue el hijo segundo del marqués de Villafranca, don Pedro de Toledo. En 1619 fue nombrado general de la armada del Océano, don Pedro de Toledo. En 1619 fue nombrado general de la armada del Océano. En 1621 obtuvo una señalada victoria en el cabo San Vicente sobre una flota holandesa, etc. Los honores y mercedes de que le hicieron objeto Felipe III y Felipe IV —entre otros, el título de Villanueva de Valdueza— suscitaron el recelo del conde-duque de Olivares, que no descansó hasta conseguir que don Fadrique fuera procesado.

a sostener las estrellas? Y el otro, que no es un Hércules, ¿para qué se entremete a sustituto del peso de un mundo? Él dará con todo en tierra. ¡Oh!, si todos los mortales tuviessen destos ojos, yo sé que no se echarían tan a carga cerrada las obligaciones que después no pueden cumplir. Y assí, andan toda la vida gimiendo so la carga incomportable: el uno, de un matrimonio sin patrimonio; el otro, del demasiado punto sin coma [19]; éste, con el empeño en que se despeña; y aquél, con el honor que es horror. Estos ojos humerales abro yo primero muy bien antes de echarme la carga a cuestas, que el abrirlos después no sirve sino para la desesperación o para el llanto.

—¡Oh, cómo tomaría yo otros dos! —dixo Critilo—; no sólo para no cargar de obligaciones, pero ni aun encargarme de cosa alguna que abrume la vida y haga sudar la conciencia.

—Yo confiesso que tienes razón —dixo Andrenio—, y que están bien los ojos en los hombros, pues todo hombre nació para la carga. Pero dime, éssos que llevas en las espaldas ¿para qué pueden ser buenos? Si ellas de ordinario están arrimadas [20], ¿de qué sirven?

—Y aun por esso —respondió Argos—, para que miren bien dónde se arriman. ¿No sabes tú que casi todos los arrimos del mundo son falsos, chimeneas tras tapiz, que hasta los parientes falsean y se halla peligro en los mismos hermanos? Maldito el hombre que confía en otro, y sea quien fuere. ¿Qué digo amigos y hermanos?: de los mismos hijos no hay que assegurarse, y necio del padre que en vida se despoja [21]. No dezía del todo mal quien dezía que vale más tener que dexar en muerte a los enemigos que pedir en vida a los amigos. Ni aun en los mismos padres hay que confiar, que algunos han echado dado falso [22] a los hijos; ¡y cuántas madres hoy venden las hijas! Hay gran cogida de falsos amigos y poca acogida en ellos, ni hay otra amistad que dependencia: a lo mejor falsean y dexan a un hombre en el lodo

---

[19] Anda el otro con exagerado punto de honra, cuando no tiene qué comer.

[20] *Arrimarse:* «Metaphóricamente es allegarse a alguno, valerse de su patrimonio y autoridad para aprovecharse de su favor y amparo.» (*Dic. Aut.*) Es decir, tener las espaldas arrimadas es tenerlas protegidas.

[21] *Se despoja,* lega sus bienes.

[22] *Echar dado falso:* «Lo mismo que engañar.» (*Dic. Aut.*)

en que ellos le metieron. ¿Qué importa que el otro os haga espaldas en el delito, si no os haze cuello [23] después en el degüello?

—Buen remedio —dixo Critilo— no arrimarse a cabo alguno, estarse solo, vivir a lo filósofo y a lo feliz.

Rióse Argos y dixo:

—Si un hombre no se busca algún arrimo, todos le dexarán estar y no vivir. Ningunos más arrimados hoy que los que no se arriman [24]: aunque sea un gigante en méritos, le echarán a un rincón; assí puede ser más benemérito que nuestro obispo de Barbastro, más hombre de bien que el mismo patriarca, más valiente que Domingo de Eguía, más docto que el cardenal de Lugo: nadie se acordará dél [25]. Y aun por esso, toda conclusión se arrima a buen poste [26] y todo jubileo a buena esquina. Creedme que importan mucho estas atenciones respaldares [27].

—Éssos sean los míos —dixo Andrenio— y no los de las rodillas; desde ahora los renuncio allí: ¿y para qué sino para cegarse con el polvo y quedar estrujados en el suelo?

—¡Qué mal lo discurres! —respondió Argos—. Éssos son

---

[23] Es decir, de poco vale que alguien te haga espaldas («resguardar y encubrir a uno», *Dic. Aut.*) en el delito, si no te reemplaza con su cuello cuando te degüellen por él.

[24] Juega Gracián ahora con dos significados de «arrimarse». *Arrimar:* «Vale también dexar para siempre, y como abandonar» (*Dic. Aut.*), es el primero, y el que dábamos en la nota 20 de esta Crisi, el segundo. La frase sería, pues, «los más abandonados son hoy los que no buscan protección».

[25] Don Miguel de Escartín, obispo desde 1647 a 1656. Domingo Osorio de Eguía, capitán que participó en la Guerra de Cataluña. Fama de docto tuvo el cardenal Juan de Lugo (1583-1660).

[26] *Conclusiones:* «Puntos o proposiciones theológicas, Juristas, Canonistas, Philosóphicas o Médicas que se defienden públicamente en las Escuelas.» (*Dic. Aut.*) Antes de que se les diera el grado de Bachilleres eran obligados los alumnos a defender sus conclusiones, actos públicos que se anunciaban poniendo la convocatoria en un poste. Recordando el refrán «quien a buen árbol se arrima, buena sombra le cobija», Gracián piensa que toda conclusión, para su buena defensa, debía arrimarse a un buen apoyo ante el tribunal, a un buen poste. Lo mismo ocurre con el jubileo que se anunciaba.

[27] *Respaldar:* adjetivo que no figura como tal en los diccionarios de *Aut.* y *Acad.* Significa «que sirve de respaldo». No es rara la adjetivación de nombres en Gracián.

hoy los más pláticos[28], porque más políticos. ¿Es poco mirar un hombre a quién se dobla, a quién hinca la rodilla, qué numen adora, quién ha de hazer el milagro? Que hay imágenes viejas, de adoración passada, que no se les haze ya fiesta, figuras del descarte barajadas de la fortuna. Estos ojos son para brujulear quién triunfa, para hazerse hombre, ver quién vale y ha de valer.

—De verdad que no me desagradan —dixo Critilo— y que en las cortes me dizen se estiman harto. Por no tener yo otros como ellos, voy siempre rodando; esta mi entereza me pierde.

—Una cosa no me puedes negar —replicó Andrenio—, que los ojos en las espinillas no sirven sino para lastimarse. Señor, en los pies están en su lugar, para ver un hombre dónde los tiene, dónde entra y sale, en qué passos anda; pero en las piernas, ¿para qué?

—¡Oh, sí!, para no echarlas ni hazerlas[29] con el poderoso, con el superior. Atienda el sagaz con quién se toma, mire con quién las ha, y en reconociéndole la cuesta[30], no parta peras con él, cuanto menos piedras. Si éstos hubiera tenido aquel hijo del polvo, no se hubiera metido entre los braços de Hércules, nunca hubiera luchado con él, ni los rebeldes titanes se hubieran atrevido a descomponerse con el Júpiter de España[31]; que estas necias temillas[32] tienen abrumados a muchos. Prométoos que para poder vivir es menester armarse

---

[28] *Plático:* «Diestro y experimentado en alguna cosa. Dícese con más propiedad práctico.» (*Dic. Aut.*)

[29] *Echar piernas:* «Significa por metáphora preciarse de lindo, de mui galán y también de valiente y guapo.» (*Dic. Aut.*) *Hacer piernas,* «… se dice de los hombres que presumen de galanes o bien hechos» (*Dic. Aut.*).

[30] *Cuesta,* ventaja. Este significado se ve en el refrán «Tener la cuesta y las piedras. Significa estar ventajoso y superior al enemigo, o a otro» (*Dic. Aut.*).

[31] El «hijo del polvo» es Antonio Pérez, secretario de Felipe II y personaje admirado por Gracián, porque «Pérez» es «hijo de Pedro» y «Pedro» es «piedra, polvo». Antonio Pérez se enfrentó con Juan de Austria al ordenar la muerte de su secretario Escobedo. Gracián llama Hércules a Juan de Austria y Júpiter de España a Felipe II, contra quien se sublevaron los Países Bajos (rebeldes titanes). (Sigo la interpretación de Romera-Navarro).

[32] *Temilla,* diminutivo de *tema.* «Vale también porfía, obstinación ó contumacia en un propósito, ú aprehensión.» (*Dic. Aut.*)

un hombre de pies a cabeça, no de ojetes [33], sino de ojazos muy despiertos: ojos en las orejas, para descubrir tanta falsedad y mentira; ojos en las manos, para ver lo que da y mucho más lo que toma; ojos en los braços, para no abarcar mucho y apretar poco; ojos en la misma lengua, para mirar muchas vezes lo que ha de dezir una; ojos en el pecho, para ver en qué lo ha de tener [34]; ojos en el coraçón, atendiendo a quien le tira o le haze tiro [35]; ojos en los mismos ojos, para mirar cómo miran; ojos y más ojos y reojos, procurando ser el mirante [36] en un siglo tan adelantado.

—¿Qué hará —ponderaba Critilo— quien no tiene sino dos, y éssos nunca bien abiertos, llenos de lagañas y mirando aniñadamente con dos niñas? [37] ¿No nos venderías (que ya nadie da, si no es el señor don Juan de Austria) [38] un par de éssos que te sobran?

—¿Qué es sobrar? —dixo Argos—. De mirar nunca hay harto; a más de que no hay precio para ellos: sólo uno, y ésse es un ojo de la cara.

—Pues ¿qué ganaría yo en esso? —replicó Critilo.

—Mucho —respondió Argos—: el mirar con ojos agenos, que es una gran ventaja, sin passión y sin engaño, que es el verdadero mirar. Pero vamos, que yo os ofrezco que antes que nos dividamos habéis de lograr otros tantos como yo, que también se pegan (como el entendimiento, cuando se trata con quien le tiene).

—¿Dónde nos quieres llevar? —preguntó Critilo—; ¿y qué hazes aquí en esta plaga [39] del mundo, que todo él se compone de plagas?

---

[33] *Ojetes,* los del jubón ojeteado o «jubete»: «Jubón cubierto de mallas de hierro que usaron los soldados españoles hasta fines del siglo xv.» (*Dic. M. Moliner.*)

[34] *Tener pecho:* «Phrase que vale tener espera o paciencia.» (*Dic. Aut.*)

[35] Hacer tiro es, lógicamente, hacer blanco, o también herir.

[36] Calambur ingenioso: el-mirante, ya que habla de ojos, y almirante, cargo militar de la marina. Romera-Navarro relaciona este cargo con otro, el adelantado que va a continuación.

[37] Juego de «aniñadamente» (ingenuamente) y las dos niñas de los ojos.

[38] «Es», en presente, nos previene que no se refiere a Juan de Austria, hermano de Felipe II, sino al hijo bastardo de Felipe IV, a quien dedica esta Segunda Parte.

[39] Nuevo equívoco, porque «plaga» también «en la geographia significa lo mismo que clima o zona» (*Dic. Aut.*).

—Soy guarda —respondió— en este puerto de la vida tan dificultoso cuan realçado, pues començándole todos a passar moços, se hallan al cabo hombres, aunque no lo sienten tanto como las hembras, con que de moças que antes eran, se hallan después dueñas; mas ellas reniegan de tanta autoridad [40] y, ya que no tienen remedio, buscan consuelo en negar; y es tal su pertinacia, que estarán muchas canas [41] de la otra parte y porfían que comienzan ahora a vivir. Pero callemos, que lo han hecho crimen de descortesía y dizen: «Más querríamos nos desañassen que desengañassen [42].»

—¿De modo —dixo Critilo— que eres guarda de hombres?

—Sí, y muy hombres, de los viandantes, porque ninguno passe mercaderías de contra bando de la una provincia a la otra. Hay muchas cosas prohibidas que no se pueden passar de la juventud a la virilidad: permítense en aquélla y en ésta están vedadas so graves penas. A más de ser toda mala mercadería y perdida, por ser mala hazienda, cuéstales a algunos muy cara la niñería, porque hay pena de infamia y tal vez de la vida, especialmente s[i] [43] passan deleites y mocedades. Para oviar este daño tan pernicioso al género humano, hay guardas muy atentas que corren todos estos parages cogiendo los que andan descaminados. Yo soy sobre todos, y assí os aviso que miréis bien si lleváis alguna cosa que no sea muy de hombres y la depongáis, porque, como digo, a más de ser cosa perdida, quedaréis afrentados cuando seáis reconocidos; y advertid que por más escondida que la llevéis os la han de hallar, que del mismo coraçón redundará luego a la boca y los colores al rostro.

Demudóse Andrenio; mas Critilo, por desmentir indicios, mudó de plática y dixo:

---

[40] *Dueñas:* «Se entienden comúnmente aquellas mugeres viudas y de respeto que se tienen en palacio y en las casas de los señores para autoridad de las antesalas y guarda de las demás criadas.» *(Dic. Aut.)*

[41] Juego de palabras: estarán canas (ancianas) y a muchas canas («medida que se usa en Cataluña y otras partes, y consta de dos varas», *Dic. Aut.)* de la otra parte, de la juventud. *Pertinancia* pone la edición de 1653 por errata evidente.

[42] *Desañarse,* des-añarse, quitarse años. Prefieren que les quiten años para gozar del mundo, que las desengañen de él diciendo que no son jóvenes.

[43] *Se,* trae el texto. *Oviar,* que viene a continuación, es el actual *obviar.*

—En verdad que no es tan áspera la subida como habíamos concebido: siempre se adelanta la imaginación a la realidad. ¡Qué sazonados están todos estos frutos!

—Sí —respondió Argos—, que aquí todo es madurez; no tienen aquella acedía de la juventud, aquel desabrimiento de la ignorancia, lo insulso de su conversación, lo crudo de su mal gusto. Aquí ya están en su punto, ni tan passados como en la vejez ni tan crudos como en la mocedad, sino en un buen medio.

Topaban muchos descansos con sus assientos baxo de frondosos morales muy copados, cuyas hojas, según dezía Argos, hazen sombra saludable y de gran virtud para las cabeças, quitándoles a muchos el dolor de ella[44]; y asseguraba haberlos plantado algunos célebres sabios para alivio en el cansado viaje de la vida. Pero lo más importante era que a trechos hallaban algún refresco de saber[45], confortativos de valor[46], que se dezía haberlos fundado allí a costa de su sudor algunos varones singulares, dotándolos de renta de doctrina. Y assí, en una parte les brindaron quintas essencias de Séneca, en otra divinidades de Platón, néctares de Epicuro y ambrosías de Demócrito y de otros muchos autores sacros y profanos, con que cobraban, no sólo aliento, pero mucho ser de personas, adelantándose a todos los demás.

Al sublime centro habían llegado de aquellas eminencias, cuando descubrieron una gran casa labrada, más de provecho que de artificio, y aunque muy capaz, nada suntuosa; de profundos cimientos, assegurando con firmes estribos las fuertes paredes; mas no por esso se empinaba, ni poblaba el aire de castillos ni de torres; no brillaban chapiteles, ni andaban rodando las giraldas. Todo era a lo mazizo, de piedras sólidas y cuadradas, muy a macha martillo. Y aunque tenía muchas vistas con ventanas y claraboyas a todas luzes, pero[47] no tenía rexa alguna ni balcón, porque entre hierros, aunque dorados, se suelen forjar los mayores[48] y aun ablandarse los pe-

---

[44] El moral, árbol, es símbolo de la prudencia. Véase nota 52, Crisi XII, Primera Parte.

[45] *Refresco:* «Alimento moderado o reparo que se toma para fortalecerse y continuar en el trabajo o fatiga.» (*Dic. Aut.*)

[46] En aposición a «refresco de saber»: los refrescos eran confortativos de mucho valor para quien los tomara.

[47] Hoy diríamos «sin embargo».

[48] Sobreentendido «yerros», utilizando el equívoco ya conocido.

chos más de bronze. El sitio era muy essento [49], señoreando cuanto hay a todas pa[r]tes y participando de todas luzes, que ninguna aborrece. Lo que más la ilustraba eran dos puertas grandes y siempre patentes [50]: la una al oriente, de donde se viene, y la otra al ocaso, donde se va; y aunque ésta parecía falsa, era la más verdadera y la principal; por aquélla entraban todos y por ésta salían algunos.

Causóles aquí estraña admiración ver cuán mudados salían los passageros y cuán otros de lo que entraban, pues totalmente diferentes de sí mismos. Assí lo confessó uno a la que le dezía: «Yo soy aquélla», respondiéndole: «Yo no soy aquél.» Los que entraban risueños salían muy pensativos; los alegres, melancólicos; ninguno se reía, todo era autoridad. Y assí, los muy ligeros antes, agora procedían graves; los bulliciosos, pausados; los flacos, que en cada ocasión daban de ojos [51], ahora en la cuenta, pisando firme los que antes de pie quebrado [52]; los livianos, muy substanciales. Estaba atónito Andrenio viendo tal novedad y tan impensada mudanza.

—Aguarda —dixo—, aquél que sale hecho un Catón, ¿no era poco ha un chisgarabís?

—El mismo.

—¿Hay tal transformación?

—¿No veis aquél que entraba saltando y bailando a la francesa cómo sale muy tétrico y muy grave a la española? [53] Pues aquel otro sencillo, ¿no notáis qué doblado [54] y qué cauto se muestra?

—Aquí —dixo Andrenio— alguna Circe habita que assí transforma las gentes. ¿Qué tienen que ver con éstas todas las metamorfosis que celebra Ovidio? Mirad aquél que entró

---

[49] *Exento:* «libre, desembarazado». *Pattes,* partes, trae por errata la edición de 1653.

[50] *Patente,* abierta. Véase nota 10, Crisi II, Primera Parte.

[51] *Dar de ojos:* «Caer de ojos en el suelo.» *(Dic. Aut.)*

[52] *Pie quebrado,* es el verso corto que alterna con otros más largos en un poema. Pisar de pie quebrado puede ser, o bien con el pie roto, y por tanto «cojear», o bien con pasos largos y cortos, es decir, «pisar irregularmente».

[53] Porque siempre los franceses han tenido fama de ligeros y los españoles de tétricos y graves.

[54] *Doblado* como opuesto a «sencillo»; es decir, el que era sencillo o simple sale convertido en hombre avisado, imposible de ser engañado.

hecho un Claudio[55] emperador cuál sale hecho un Ulises. Todos se movían antes con ligera facilidad y ahora proceden con maduro juizio. Hasta el color sacan, no sólo alterado, pero mudado.

Y realmente era assí, porque vieron entrar un boquirru-bio[56] y salió luego barbinegro; los colorados, pálidos, convertidas las rosas en retamas; y en una palabra, todos trocados de pies a cabeça, pues ya no movían éstas con ligereza a un lado ni a otro, sino que la tenían tan quieta que parecía haberles echado a cada uno una libra de plomo en ella; los ojos altaneros, muy mesurados; assentaban el pie, no jugando del braço, la capa sobre los hombros, muy a lo chapado[57].

—No es possible sino que aquí hay algún encanto —repitía Andrenio—; aquí algún misterio hay, o essos hombres se han casado, según salen pensativos.

—¿Qué mayor encanto —dixo Argos— que treinta años a cuestas? Ésta es la transformación de la edad. Advertid que en tan poca distancia como hay de la una puerta a la otra, hay treinta leguas de diferencia, no menos que de ser moço a ser hombre. Éste es el passadizo de la juventud a la varonil edad. En aquella primera puerta dexa la locura, la liviandad, la ligereza, la facilidad, la inquietud, la risa, la desatención, el descuido, con la mocedad; y en esta otra cobran el sesso, la gravedad, la severidad, el sossiego, la pausa, la espera, la atención y los cuidados, con la virilidad. Y assí, veréis que aquél que hablaba de tarabilla, agora tan [e]spacio[58] que parece que da audiencia. Pues aquel otro que le iba chapeando[59] el sesso, mirad qué chapado que sale; el otro

---

[55] Porque al emperador romano Claudio se le tachó de imbécil, aunque historiadores posteriores le consideran un buen escritor.

[56] *Boquirrubio,* persona simple. Véase nota 55, Crisi XIII, Primera Parte.

[57] Es decir, no jugaban del brazo o no combatían, sino que eran hombres a lo chapado, de chapa: «... un hombre o una mujer que es persona de prendas, valor, juicio y prudencia» (*Dic. Aut.*).

[58] *Tarabilla:* «Metaphoricamente se llama la persona, que habla mucho, apriessa, sin orden, ni concierto...» (*Dic. Aut.*); «tan aspacio», trae la edición de 1653.

[59] *Chapear.* Remite María Moliner a «chocolotear» o «traquetear»: «Moverse reiteradamente una cosa produciendo ruido»; esto es, con el seso poco sentado.

con sus cascos de corcho [60], qué substancial se muestra. ¿No atendéis a aquél tan medido en sus acciones, tan comedido en sus palabras? Éste era aquel casquilucio. Tené cuenta cuál entra aquél con sus pies de pluma; veréis luego cuál saldrá con pies de plomo. ¿No veis cuántos valencianos entran y qué de aragoneses salen? [61] Al fin, todos muy otros de sí mismos, cuando más vuelven en sí: su andar pausado, su hablar grave, su mirar compuesto y que compone [62], y su proceder concertado, que cada uno parece un Chumacero [63].

Dábales ya priessa Argos que entrassen, y ellos:

—Dinos primero qué casa es ésta tan rara.

—Ésta es —respondió— la aduana general de las edades. Aquí compa[r]ecen [64] todos los passageros de la vida y aquí manifiestan la mercadería que passan; averíguase de dónde vienen y dónde van a parar.

Entraron dentro y hallaron un areópago, porque era presidente el Juizio, un gran sugeto, assistiéndole el Consejo, muy hombre, el Modo, muy bien hablado, el Tiempo, de grande autoridad, el Concierto, de mucha cuenta, el Valor, muy executivo, y assí otros grandes personages. Tenían delante un libro abierto de cuenta y razón, cosa que se le hizo muy nueva a Andrenio, como a todos los de su edad y que passan a ser gente de veras. Llegaron a tiempo que actualmente estaban examinando a unos viandantes de qué tierra venían.

—Con razón —dixo Critilo—, porque della venimos y a ella volvemos.

—Sí —dixo otro—, que sabiendo de dónde venimos, sabremos mejor dónde vamos.

Muchos no atinaban a responder, que los más no saben

---

[60] Es decir, cascos de poco peso o ligero de cascos, como hoy decimos «cabeza de serrín».

[61] Por ser los valencianos ligeros y los aragoneses sensatos.

[62] El mirar compuesto es el mirar mesurado o comedido, según el *Dic. Aut.;* este mirar proporciona en el que lo ve el mismo efecto.

[63] Chumacero y Carrillo (Juan). Jurisconsulto y diplomático español (1580-1660). Cursó leyes hasta doctorarse en el Colegio de San Bartolomé de Salamanca. Fue conde de Guaro, caballero de la Orden militar de Santiago, Magistrado en la Chancillería de Granada y fiscal de la misma; consejero de Castilla en 1631 y miembro de la Real Cámara.

[64] *Compadecen,* dice la edición de 1653, errata que se ve por el sentido.

dar razón de sí mismos. Y assí, preguntándole a uno dónde caminaba, respondió que adonde le llevaba el tiempo, sin cuidarse más que de passar y hazer tiempo.

—Vos le hazéis y él os deshaze —dixo el presidente.

Y remitióle a la reforma de los que hazen número en el mundo. Respondió otro que él passaba adelante por no poder volver atrás. Los más dezían que porque los habían echado, con harto dolor de su coraçón, de los floridos países de su mocedad; que si esso no fuera, toda la vida se estuvieran con gusto dándose verdes[65] de mocedades; y a éstos los remitieron a la reforma de aniñados. Estábase lamentando un príncipe de verse a sí tan adelante y a su antecedente tan atrás[66], porque hasta entonces, divertido con los passatiempos de la mocedad, no había pensado en ser algo; pero aquéllos ya acabados, le daba gran pena ver que le sobraban años y le faltaban empleos; remitiéronle a la reforma de la espera, si no quería reinar por salto[67], que era despeñarse. En busca de la honra, dixeron algunos que iban; muchos tras el interés y muy pocos los que a ser personas, aunque fueron oídos de todos con aplauso y de Critilo con observación.

Llegaron en esto las guardas con una gran tropa de passageros, que los habían cogido descaminados. Mandaron fuessen luego reconocidos por la Atención y el Recato, y que les escudriñassen cuanto llevaban. Topáronle al primero no sé qué libros, y algunos muy metidos en los senos. Leyeron los títulos y dixeron ser todos prohibidos por el Juizio, contra las premáticas[68] de la prudente Gravedad, pues eran de novelas y comedias. Condenáronlos a la reforma de los que sueñan despiertos, y los libros mandaron se les quitassen a hombres que lo son y se relajassen a los pages y donzellas de labor[69]; y generalmente todo género de poesía en lengua vul-

---

[65] *Darse un verde,* holgarse. Véase nota 52, Crisi VII, Primera Parte.

[66] Nótese que es un príncipe heredero: se ve rey, tan adelante, tan en el futuro, y a su antecedente, sin embargo, lo ve rey desde tan atrás, desde hace mucho tiempo. O bien, se lamenta de verse con edad tan adelantada para empezar a reinar, y a su antecesor, aún vivo, con un reinado ya demasiado largo.

[67] *Salto:* «Vale assimismo pillage, robo y botín» (*Dic. Aut.*); es decir, si no quería reinar arrebatando la corona a su antecesor.

[68] Lo mismo que «pragmática», ley o estatuto.

[69] Libros que iban contra la Gravedad y el Juicio, se entiende, que hacen soñar despiertos.

gar, especialmente burlesca y amorosa, letrillas, jácaras, entremeses, follage de primavera, se entregaron a los pisaverdes [70]. Lo que más admiró a todos fue que la misma Gravedad en persona ordenó seriamente que de treinta años arriba ninguno leyesse ni recitasse coplas agenas, mucho menos propias o como suyas, so pena de ser tenidos por ligeros, desatentos o versificantes. Lo que es leer algún poeta sentencioso, heroico, moral y aun satírico en verso grave, se les permitió a algunos de mejor gusto que autoridad, y esto en sus retretes [71], sin testigos, haziendo el descomido de tales niñerías; pero allá a escondidas chupándose los dedos. El que quedó muy corrido fue uno a quien le hallaron un libro de caballerías.

—Trasto viejo —dixo la Atención— de alguna barbería [72]. Afeáronsele mucho y le constriñeron lo restituyesse a los escuderos y boticarios; mas los autores de semejantes disparates, a locos estampados [73]. Replicaron algunos que, para passar el tiempo, se les diesse facultad de leer las obras de algunos otros autores que habían escrito contra estos primeros burlándose de su quimérico trabajo, y respondióles la Cordura que de ningún modo, porque era dar del lodo en el cieno, y había sido querer sacar del mundo una necedad con otra mayor. En lugar de tanto libro inútil (¡Dios se lo perdone al inventor de la estampa!), ripio de tiendas y ocupación de legos, les entregaron algunos Sénecas, Plutarcos, Epictetos y otros que supieron hermanar la utilidad con la dulçura.

Acusaron éstos a otros que no menos ociosos, y más perniciosos, se habían jugado el sol y quedado a la luna [74] di-

---

[70] *Pisaverde:* «El mozuelo presumido de galán, holgazán, y sin empleo ni aplicación, que todo el día se anda passeando.» *(Dic. Aut.)*

[71] Véase la nota 6, Crisi IX, Primera Parte. Obsérvese la ironía jocosa en «descomido» (hecho de vientre), y «chupándose los dedos», que viene a continuación.

[72] Barbero enterado en libros de caballerías era Maese Nicolás, el barbero del *Quijote.* En las barberías y otros sitios, solían pintarse aventuras de caballerías.

[73] *Estampar:* «Significa también señalar.» *(Dic. Aut.)* Es decir, queden sus autores señalados o impresos para siempre como locos.

[74] *Jugar el sol antes que nazca:* «... se da a entender que juega todo quanto tiene o puede adquirir». *(Dic. Aut.)* Completa la frase diciendo que lo ha perdido todo, se ha quedado a la luna de Valencia.

ziendo que para passar el tiempo, como si él no los passasse a ellos y como si el perderlo fuera passarlo: de hecho, le hallaron a uno una baraja. Mandaron al punto quemar las cartas por el peligro del contagio, sabiendo que barajas ocasionan barajas [75] y de todas maneras empeños, barajando la atención, la reputación, la modestia, la gravedad y tal vez la alma. Mas al que se los [76] hallaron, con todos los tahúres, hasta los cuartos [77], que es la cuarta generación, les barajaron las haziendas, las casas, la honra, el sossiego para toda la vida.

En medio desta suspensión y silencio se le oyó silbar a uno, cosa que escandalizó mucho a todos los circunstantes, y más a los españoles. Y averiguada la desatención, hallaron había sido un francés, y condenáronle a nunca estar entre personas. Más les ofendió un sonsonete como de guitarra, instrumento vedado so graves penas de la Cordura; y assí refieren que dixo el Juizio en sintiendo las cuerdas:

—¿Qué locura es ésta? ¿Estamos entre hombres o entre barberos? [78]

Hízose averiguación de quién la tañía y hallaron era un portugués; y cuando creyeron todos le mandarían dar un trato de cuerda [79], oyeron que le rogaban (que a los tales se les ruega) tañesse algún son moderno y lo acompañasse con alguna tonadilla. Con harta dificultad lo recabaron, y con mayor después que cessasse. Gustaron mucho, aun los más serios ministros de la reforma humana, y generalmente se les mandó a todos los que passan de moços a hombres que de allí adelante ninguno tañesse instrumento ni cantasse, pero

---

[75] *Baraja:* «En el lenguaje antiguo castellano significa confusión, riña, pendencia, contienda, qüestión, qual suele haver en las reyertas de unos con otros.» *(Dic. Aut.)*

[76] *Los,* en masculino, refiriéndose a las cartas de la baraja. Este despiste en la sintaxis sólo es aplicable si tenía en la mente «naipes», palabra más propia.

[77] *Cuarto,* lo aclara Gracián, «significa qualquiera de las quatro líneas de los avuelos paternos y maternos». *(Dic. Aut.)* Aunque puede haber juego con «cuartos», dinero.

[78] También los barberos tenían fama de guitarristas y cantadores.

[79] *Trato de cuerda:* «Castigo militar, que se executa atando las manos hacia atrás al reo, colgandole de ellas en una cuerda gruessa de cáñamo, con la qual le suben a lo alto, mediante una garrucha, y luego las sueltan para que baxe de golpe, sin que llegue a tocar al suelo.» *(Dic. Aut.)* Juega el autor con el significado de cuerda, asimismo, de la guitarra.

que bien podían oír tañer y cantar, que es más gusto y más decoro.

Iban con tanto rigor en esto de reconocer los humanos passageros, que llegaron las guardas a desnudar algunos de los sospechosos. Cogiéronle a uno un retrato de una dama, ahorcado [80] de un dogal de nácar. Quedó él tan perdido cuán escandalizados todos los cuerdos, que aun de mirar el retrato no se dignaron sino lo que bastó para dudar cuál era la pintada, ésta o aquélla. Reparó una de las guardas y dixo:

—Éste ya yo le he quitado a otro, y no ha muchos días.

Mandáronlo sacar y hallaron una dozena de ellos.

—Basta [81] —dixo el Presidente— que una loca haze ciento. Recójanlos como moneda falsa, doblones [82] de muchas caras.

Y a él le intimaron que, o menos barbas, o menos figurerías; y que esto de trillar la calle, dar vueltas, comer hierros [83], apuntalar esquinas, deshollinar balcones, lo dexassen para los Adonis boquirrubios [84]. El que causó mucha risa fue uno que llegó con un ramo en la mano, y averiguado que no era médico ni valenciano [85], sino pisaverde, le atropelló la Atención diziéndole era ramo de locura, tablilla de mesón [86], vacío de sesso. Vieron uno que no miraba a los otros y, sin ser tosco, tenía fixos los ojos en el sombrero.

—Pues no será de corrido —dixo la Sagacidad.

Y en sospechas de liviandad, llegaron a reconocerle y le hallaron un espegillo clavado en la copa del sombrero; y por

---

[80] *Ahorcado,* con equívoco, referido al retrato colgado de un dogal de nácar o al hombre que lo lleva colgado al cuello.

[81] *Basta,* sobreentendiendo un infinitivo como «ver», «pensar», «decir», etc.

[82] *Doblones,* moneda falsa, por su doblez. Es idea muy querida de Gracián.

[83] *Comer hierros:* «Hablar un galán con su dama por una reja próxima al piso de la calle.» *(Dic. Acad.)*

[84] *Adonis,* por el mancebo hermoso que fue amante de Venus, significa joven hermoso. *Boquirrubio,* simple; véase nota 55, Crisi XIII, Primera Parte.

[85] Ni médico con hierbas medicinales, ni valenciano enamorado. Nuevamente arremete Gracián contra los valencianos, por ligeros.

[86] *Tablilla de mesón:* «La señal, que se pone a la puerta dél, con que conocen los forasteros que allí se da posada, y hospedage. Llámese assí, porque regularmente se hace de tabla.» *(Diccionario Aut.)*

cosa cierta averiguaron era primo [87] loco, sucessor de Narciso. No se admiraron tanto déstos cuanto de un otro que repetía [88] para Catón en la severidad y aun se emperdigaba [89] para repúblico. Miráronle de pies a cabeça y brujuleáronle una faldilla de un jubón verde: color muy mal visto de la Autoridad [90].

—¡Oh, qué bien merecía otro! [91] —votaron todos.

Pero por no escandalizar el populacho, muy a lo callado le remitieron al Nuncio de Toledo, que le absolviesse de juizio [92]. A otro que debaxo una sotanilla negra traía un calçón acuchillado le condenaron a que terciasse la falda prendiéndola de la pretina, para que todo el mundo viesse su desgarro [93]. Intimaron a otros seriamente que en adelante ninguno llevasse arremangada la falda del sombrero a la copa, si no es yendo a caballo (cuando ninguno es cuerdo) [94], ni decantado [95] el sombrero a un lado de la cabeça, dexando desabri-

---

[87] Jugando con dos significados: «Lo mismo que primero» (*Diccionario Aut.*), significando el más loco, y posiblemente con connotaciones eróticas. (Véase nota 20, Crisi XII, Primera Parte.)

[88] *Repetir:* «Significa en Escuelas sustentar el acto que llaman repetición, para graduarse.» (*Dic. Aut.*) Es decir, se graduaba para ser un Catón.

[89] *Emperdigar:* «Lo mismo que perdigar. Metaphoricamente vale disponer o preparar alguna cosa para algún fin.» (*Dic. Aut.*)

[90] Por ser el verde el color de la galantería y la obscenidad, impropio de la madurez.

[91] Juego con *jubón*. Le vieron un jubón verde, un vestido; pero merecía otro «jubón»: «En estilo jocoso vale los azotes que se dan por justicia en las espaldas.» (*Dic. Aut.*)

[92] Existía en Toledo el hospital más importante para enfermos mentales, llamado de la Visitación de Nuestra Señora o también Hospital del Nuncio.

[93] Entiéndas la frase: a otro que traía un calçón acuchillado, de varios colores, debajo de una sotana negra, con lo que aparentaba seriedad donde no la había, le condenaron a que todo el mundo viera sus desgarros (los acuchillados de colores) y su desgarro, que «vale también arrojo, desvergüenza, descaro» (*Diccionario Aut.*).

[94] «No hai hombre cuerdo a caballo. Phrase con que se da a entender, que con gran dificultad suele obrar y proceder, templada y prudentemente el que se ve metido en la acción.» (*Diccionario Aut.*)

[95] *Decantar:* «Vale también torcer, inclinar, u desviar alguna cosa, apartándola de la línea o ángulo recto en que estaba.» (*Diccionario Aut.*)

gado el sesso del otro; que no se vayan mirando a sí mismos ni por sombra, so pena de mal vistos, ni los pies, que no es bien pavonearse[96]. Plumas y cintas de colores se les vedaron, sino a los soldados bisoños mientras van o vuelven de la campaña; que todos los anillos se entregassen a los médicos y abades: a éstos porque entierran los que aquéllos destierran.

Passaron ya los ministros de aquella gran aduana del Tiempo a la reforma general de todos cuantos passan de pages de la juventud a gentileshombres de la virilidad. Y lo primero que se executó fue desnudarles a todos la librea de la mocedad, el pelo rubio y dorado, y cubrirles de pelo negro, luto en lo melancólico y lo largo[97], pues cerrando las sienes llega a ser pelo en pecho. Ordenáronles seriamente que nunca más peinassen pelo rubio, y menos hazia la boca y los labios[98], color profano[99] y mal visto en adelante, vedándoles todo género de boço y de guedejas rizadas, para escusar las risadas de los cuerdos. Toda color material, que no la formal[100], les prohibieron, no permitiéndoles aún el volverse colorados, sino pálidos, en señal de sus cuidados. Convirtiéronles las rosas de las mexillas en espinas de la barba. De suerte que de pies a cabeça los reformaban. Echábanles a todos un candado en la boca, un ojo en cada mano y otra cara janual, pierna de grulla, pie de buey, oreja de gato, ojos de linze, espalda de camello, nariz de rinoceronte, y de culebra el pellejo[101].

---

[96] *Pavonear*: «hacer ostentación presuntuosa de las prendas, especialmente de la gala y gallardía en el andar» *(Dic. Aut.); por* eso dice ni mirarse los pies. «que nos es», trae la edición de 1653.

[97] Como las «bayetas» de luto de que habla a menudo Gracián: túnicas negras, bastas y largas, y paños que se ponían sobre los túmulos, negros y largos también.

[98] Por lo de «boquirrubio», vano y simple. Véase nota 55, Crisi XIII, Primera Parte.

[99] *Profano*: «Se toma regularmente por excesivo en el fausto y lucimiento...» *(Dic. Aut.),* o sea, color llamativo que no va con la varonil edad.

[100] *Formal,* espiritual, contrapuesto a «material».

[101] Este parágrafo habría que entenderlo así: les ponían a todos un candado en la boca para ser prudentes, un ojo en cada mano para creer sólo aquello que ve o toca, otra cara de Jano para tener una delante y otra atrás como él, pierna de grulla alta y delgada para poder vigilar mejor desde su altura, pie de buey para con su anchura estar bien asentado, oreja de gato pequeña

Hasta el material gusto les reformaban, ordenándoles que en adelante no mostrassen apetecer las cosas dulces, so pena de niños, sino las picantes y agrias y algunas saladas [102]. Y porque a uno le hallaron unos confites, le fue intimado se pusiesse el babador siempre que los hubiesse de comer; y assí, todos se guardaban de trocar el cardo por las pasas y todos comían la ensalada. Cogieron a otro comiendo unas cerezas y volvióse de su color: saltáronle a la cara; mandáronle que las trocasse en guindas. De modo que aquí no está vedada la pimienta, antes se estima más que el azúcar; mercadería muy acreditada, que algunos hasta en el entendimiento la usan, y más si se junta con la naranja. La sal también está muy valida y hay quien la come a puñados, pero sin lo útil no entra en provecho; salan muchos los cuerpos de sus obras porque nunca se corrompan: ni hay tales aromas para embalsamar libros (libres de los gusanos roedores) como los picantes y las sales. Están tan desacreditados los dulces, que aun la misma *Panegiri* de Plinio [103] a cuatro bocados enfada, ni hay hartazgo de zanahorias como unos cuantos sonetos del Petrarca y otros tantos de Boscán; que aun a Tito Livio hay quien le llama tozino gordo, y de nuestro Zurita no falta quien luego se empalaga [104].

—Tenga ya gusto y voto, no siempre viva del ageno: que los más en el mundo gustan de lo que ven gustar a otros,

_____

pero sensible, ojo de lince para tener una vista como la suya, espalda de camello para poder soportar el mucho trabajo que él soporta, nariz de rinoceronte (rinoceronte significa «nariz de cuerno»: ῥίς-ῥινός, nariz; κέρας, cuerno) que al ser tan larga simboliza sagacidad, y pellejo de culebra para poder cambiarlo cuando se ha menester.

[102] Lo dulce de la niñez se sustituye por los sabores de la madurez: lo picante (agudeza), lo agrio (del difícil camino de la virtud) y lo salado (más que gracia, sustancia). Lo que va a continuación lo explica: rechaza los confites por dulces y acepta la ensalada por la sal; rechaza las cerezas por dulces y acepta las guindas por su acidez; rechaza el azúcar y acepta la pimienta por lo picante; y a ello se añade lo agrio de la naranja.

[103] Cayo Cecilio Plinio, llamado «el Joven» (61-113). Escritor latino, sobrino de Plinio el Viejo, cuyas «Cartas» destacan entre todas sus obras. El *Panegírico de Trajano* es la obra señalada.

[104] Jerónimo Zurita y Castro. Historiador español, nacido en Zaragoza (1512-1580). Secretario de la Inquisición y de Felipe II. Cronista de Aragón, a él debemos los *Anales de la Corona de Aragón*.

alaban lo que oyeron alabar; y si les preguntáis en qué está lo bueno de lo que celebran, no saben dezirlo; de modo que viven por otros y se guían por entendimientos agenos. Tenga, pues, juizio propio y tendrá voto en su censura; guste de tratar con hombres, que no todos los que lo parecen lo son; razone más que hable, converse con los varones noticiosos, y podrá tal vez contar algún chiste encaminado a la gustosa enseñanza, pero con tal moderación que no sea tenido por massecuentos [105], el licenciado del chiste y truhán de balde [106]. Podrá tal vez, acompañado de sí mismo, passearse pensando, no hablando. Sea hombre de museo [107], aunque ciña espada, y tenga delecto [108] con los libros, que son amigos manuales; no embuta de borra los estantes, que no está bien un pícaro al lado de un noble ingenio, y si ha de preferir, sean los juiziosos a los ingeniosos. Muestre ser persona en todo, en sus dichos y en sus hechos, procediendo con gravedad apacible, hablando con madurez tratable, obrando con entereza cortés, viviendo con atención en todo y preciándose más de tener buena testa que talle. Advierta que el proporcional Euclides [109] dio el punto a los niños, a los muchachos la línea, a los moços la superficie y a los varones la profundidad y el centro.

Éste fue el aranzel de preceptos de ser hombres, la tarifa de la estimación, los estatutos de ser personas, que en voz ni muy alta ni muy caída les leyó la Atención a instancia del Juizio.

Después, Argos, con un extraordinario licor alambicado de ojos de águilas y de linzes, de coraçones grandes y de celebros [110], les dio un baño tan eficaz, que a más de fortalecer mucho, haziéndolos más impenetrables por la cordura que un

---

[105] *Massecuentos:* Maestro de cuentos. No lo traen los diccionarios, pero el de la Academia registra «masecoral, maese coral», y maese es maestro.

[106] *Truhán de balde:* Divertidor que actúa gratis; truhán es, según el *Dic. Aut.,* el que entiende en divertir y causar risa.

[107] *Museo:* «El lugar destinado para el estudio de las Ciencias, letras humanas y artes liberales» *(Dic. Aut.),* es decir, biblioteca.

[108] *Delecto:* «Orden, elección, separación, deliberación» *(Diccionario Aut.);* es decir, que sepa elegir sus lecturas.

[109] Euclides. Matemático griego del siglo III a. C., importantísimo en el estudio de la geometría; sus *Elementos de Geometría* sólo fueron superados a partir de comienzos del siglo XIX.

[110] *Celebros,* cerebros.

Roldán por el encanto [111], al mismo punto se les fueron abriendo muchos y varios ojos por todo el cuerpo, de cabeça a pies; que habían estado ciegos con las lagañas de la niñez y con las inadvertidas passiones de la mocedad; y todos ellos tan perspicazes y tan despiertos, que ya nada se les passaba por alto: todo lo advertían y lo notaban.

Con esto, les dieron licencia de passar adelante a ser personas, y fueron saliendo todos de sí mismos, lo primero para más volver en sí. Fuelos, no guiando, que de aquí adelante ni se llama médico ni se busca guía [112], sino conduciéndolos Argos a lo más alto de aquel puerto, puerta ya de un otro mundo, donde hizieron alto para lograr la mayor vista que se topa en el viage de toda la vida. Los muchos y maravillosos objetos que desde aquí vieron, todos ellos grandes y plausibles, referirá la siguiente crisi.

---

[111] Se refiere al héroe épico francés y a sus armas y armaduras encantadas.

[112] Por ser personas maduras y formadas que no necesitan ni de cuidados ni de guías.

CRISI SEGUNDA

Los prodigios de Salastano [1]

Tres soles, digo tres Gracias, en fe de su belleza, discreción y garbo (contaba un cortesano verídico, ya prodigio), intentaron entrar en el palacio de un gran príncipe, y aun de todos. Coronába[se] la primera, brillantemente gallarda, de fragantes flores, rubias trenzas, y recamaba su verde ropage de líquidos aljófares, tan risueña, que alegraba un mundo entero; pero en injuria de su gran belleza, la cerraron tan anticipadamente las puertas y ventanas, que aunque se probó a entrar por cien partes, no pudo: que teniéndola por entremetida, hasta los más sutiles resquicios la habían entredicho [2], y assí hubo de passar adelante, convirtiendo su risa en llanto. Fuese acercando la segunda, tan hermosa cuan discreta, y chanzeándose con la primera a lo Zapata [3], la dezía:

—¡Anda tú, que no tienes arte ni la conoces! Verás cómo yo, en fe de mi buen modo, tengo de hallar entrada.

Comencó a introducirse, buscando medios y inventando trazas; pero ninguna la salía, pues al mismo punto que brujuleaban su buena cara, todos se la hazían muy mala. Y ya,

---

[1] *Salastano,* anagrama de Lastanosa, hombre importante en la vida de Gracián.

[2] *Entredecir:* «Prohibir y vedar...» *(Dic. Aut.)*

[3] Aparte de Luis Zapata (1526-1595), hay otros dos escritores con el mismo apellido contemporáneos de Gracián: Antonio Lupián Zapata, historiador muerto en 1667, y Antonio Zapata de Mendoza (1550-1635), cardenal de Toledo y luego virrey de Nápoles.

no solas las puertas y ventanas la cerraban, pero aun los ojos por no verla y los oídos por no sentirla.

—¡Eh, que no tenéis dicha! —dixo la tercera, agradablemente linda—. Atendé cómo yo por la puerta del favor me introduzgo [4] en Palacio, que ya no se entra por otras.

Fuese entremetiendo con mucho agrado; mas aunque a los principios halló cabida, fue engañosa y de apariencia, y al cabo hubo de retirarse mucho más desairada. Estaban tripuladas [5] todas tres, ponderando, como se usa, sus muchos méritos y su poca dicha, cuando llevado de su curiosidad el cortesano, se fue acercando lisongero; y habiéndolas celebrado, significó su deseo de saber quiénes eran, que lo que es el palacio bien conocido lo tenía, como tan pateado.

—Yo soy —dixo la primera— la que voy dando a todos los buenos días, mas ellos se los toman malos y los dan peores; yo, la que hago abrir los ojos, y a todo hombre que recuerde [6]; yo, la deseada de los enfermos y temida de los malos, la madre de la vividora alegría; yo, aquella tan decantada esposa de Titón, que en este punto dexo el camarín de nácar [7].

—Pues, señora Aurora —dixo el cortesano—, ahora no me espanto [8] de que no tengáis cabida en los palacios, donde no hay hora de oro [9], con ser todas tan pesadas. Ahí no hay mañana, todo es tarde: díganlo las esperanzas [10]. Y con ser assí, nada es hoy, todo mañana. Assí que no os canséis, que ahí nunca amanece, aun para vos, por tan clara.

---

[4] *Introduzgo,* introduzco. Forma antigua lo mismo que luzga, plazga, etc.

[5] *Tripular:* «Vale también lo mismo que interpolar o mezclar» *(Dic. Aut.);* entiéndase que mezclaban los razonamientos entre ellas ponderando sus méritos, etc.

[6] *Recordar:* «Metaphoricamente vale despertar el que está dormido.» *(Dic. Aut.)*

[7] Titón. Príncipe troyano, hijo de Laomedonte. Casó con la Aurora, quien obtuvo de los dioses que concediesen a su marido la inmortalidad. Aurora, la diosa del amanecer, hermana del Sol, dejaba el lecho de su amado para anunciar el día.

[8] *Espanto,* asombro. Véase nota 19, Crisi I, Primera Parte.

[9] *Hora de oro* (la del amanecer por el color dorado de la aurora) no hay en los palacios, porque no se madruga.

[10] No hay mañana, sólo tarde, porque los palaciegos hacen vida de tarde; y sólo hay tarde porque las peticiones, como le pasó a Andrenio en la Primera Parte, no acaban de cumplirse: díganlo las esperanzas de los que aguardan que se cumplan.

Volvióse a la segunda, que ya dezía:

—¿Nunca oíste nombrar aquella buena madre de un mal hijo? Pues yo soy, y él es Odio; yo, la que siendo tan buena, todos me quieren mal: cuando niños, me babean, y como no les entro de los dientes adentro, me escupen cuando grandes. Tan esclarecida soy como la misma luz; que si no miente Luciano [11], hija soy, no ya del Tiempo, sino del mismo Dios.

—Pues, señora mía —dixo el cortesano—, si vos sois la Verdad, ¿cómo pretendéis impossibles? ¿Vos en los palacios? ¡Ni de mil leguas! ¿De qué pensáis que sirven tanta afilada cuchilla? Que no asseguran tanto de traiciones, no por cierto, cuanto de... de... [12] Bien podéis por agora, y aun para siempre, desistir de la empresa.

Ya en esto, la tercera, dulcíssimamente linda, robando coraçones, dixo:

—Aquélla soy sin quien no hay felicidad en el mundo, y con quien toda infelicidad se passa. En las demás dichas de la vida se hallan muy divididas las ventajas del bien, pero en mí todas concurren: la honra, el gusto y el provecho. No tengo lugar sino entre los buenos; que entre los malos, como dize Séneca, ni soy verdadera ni constante. Denomínome del amor, y assí, a mí no me han de buscar en el vientre, sino en el coraçón, centro de la benevolencia.

—Ahora digo que eres la Amistad —aclamó el cortesano—, tan dulce tú cuan amarga la Verdad. Pero aunque lisongera, no te conocen los príncipes, que sus amigos todos son del rey y ninguno de Alexandro: assí lo dezía él mismo. Tú hazes de dos uno, y es impossible poder ajustar el amor a la magestad. Paréceme, mis señoras, que todas tres podéis passar adelante: tú, Aurora, a los trabajadores; tú, Amistad, a los semejantes; y tú, Verdad, yo no sé adónde.

Este crítico sucesso les iba contando el noticioso Argos a nuestros dos peregrinos del mundo, y les asseguró habérselo oído ponderar al mismo cortesano:

---

[11] Luciano de Samosata (125-191), escritor satírico griego muy querido de Gracián, autor de obras en prosa y epigramas, *Diálogos de los muertos, Diálogos de los dioses,* etc.

[12] A la pregunta ¿de qué sirve tanta afilada cuchilla en los palacios?, tomando cuchilla no sólo como arma sino también como lengua, según el dicho «lengua afilada», contesta que no sirven para defender de traiciones cuanto para impedir la entrada de la Verdad, ya que con ella está hablando.

—Aquí en este puesto —dezía—, que por esso me he acordado.

Hallábanse ya en lo más eminente de aquel puerto de la varonil edad, corona de la vida, tan superior, que pudieron señorear desde allí toda la humana: espectáculo tan importante cuan agradable, porque descubrían países nunca andados, regiones nunca vistas, como la del Valor y del Saber, las dos grandes provincias de la Virtud y la Honra, los países del Tener y del Poder, con el dilatado reino de la Fortuna y el Mando; estancias todas muy de hombres y que a Andrenio se le hizieron bien estrañas. Mucho les valieron aqu[í] [13] sus cien ojos, que todos los emplearon. Vieron ya muchas personas, que es la mejor vista de cuantas hay, perdóneme hoy la belleza. Pero, cosa rara, que lo que a unos parecía blanco, a otros negro: tal es la variedad de los juizios y gustos; ni hay antojos de colores que assí alteren los ojetos como los afectos.

—Veamos de una [14] cuanto hay —dezía Critilo—, que todo se ha de ver y en lo más raro reparar.

Y començando por lo más lejos, que como digo se descubría no sólo desde el un cabo del mundo al otro, pero desde el primer siglo hasta éste:

—¿Qué insanos edificios son aquellos (hablando con la propiedad mariana) [15] que acullá lejos apenas se divisan y a glorias campean? [16]

—Aquéllas —respondió Argos, que de todo daba razón en desengaños —son las siete maravillas del orbe.

—¿Aquéllas —replicó Andrenio—, maravillas?, ¿cómo es possible? Una estatua que se ve entre ellas ¿pudo serlo?

—¡Oh, sí!, que fue coloso de un sol [17].

---

[13] *a que,* trae la edición de 1653, por errata evidente.

[14] Sobreentendida «una estancia, región o provincia» de las que están contemplando. Podría pensarse en una elipsis de «una vez» pero no concordaría con lo siguiente.

[15] *Mariana:* del Padre Mariana, que gustó de darle un sabor arcaico a su lenguaje, dice Romera-Navarro.

[16] *Campear:* «Vale también sobresalir entre las demás cosas.» (*Dic. Aut.*) «A glorias», es una locución adverbial modal con «a», de la misma estructura que, por ejemplo, «a rebosar», «a manos llenas», etc. «Campean a glorias», sería, pues, «sobresalen gloriosamente».

[17] *Coloso de un sol:* se refiere al Coloso de Rodas, dedicado

—Aunque sea el sol mismo, si es una estatua a mí no me maravilla.

—No fue tan estatua, que no fuesse [18] una bien política atención adorando el sol que sale y levantando estatua al poder que amanece.

—Desde ahora la venero. Aquel otro parece sepulcro: ¿también es maravilla?

—Y bien estraña.

—¿Cómo puede, siendo sepultura de un mortal?

—¡Oh!, que fue de mármoles y jaspes.

—Aunque fuera el mismo Panteón [19].

—No veis que lo erigió una muger a su marido [20].

—¡Oh, qué bueno! A trueque de enterrarle, no digo yo de pórfidos, pero de diamantes, de perlas, si no lágrimas, habría muger que le construyesse pira.

—Sí, pero aquello de ser Mausolo, que dize permanecer sola, convertida en tortolilla, creedme que fue un prodigio de fe [21].

—¡Eh!, dexemos maravillas que caducan —dixo Andrenio—. ¿No hay alguna moderna? ¿No haze ya milagros el mundo?

—Sin duda que assí como dizen que van degenerando los hombres y siendo más pequeños cuanto más va [22] (de suerte que cada siglo merman un dedo, y a este passo vendrán a parar en títeres y figurillas, que ya poco les falta a algunos), sospecho que también los coraçones se les van achicando; y

_____

al dios Helios (sol), que, como se sabe, fue una de las maravillas del mundo.

[18] *Que no fuesse:* hoy diríamos «que no hubiera sido». Es decir, no fue solamente estatua; no hubiera sido en ese caso una dedicación al dios Helios y símbolo del poder.

[19] *Panteón,* con doble significado: enterramiento de varias personas y Panteón, templo de Roma, dedicado al culto de todos los dioses.

[20] Mausolo, rey de Caria, que sucedió a su padre Hecatomnos en 377 a. C. Hízose célebre el monumento funerario, el Mausoleo de Halicarnaso, que le mandó erigir su esposa Artemisa.

[21] Es un prodigio de fe («fe» en dos acepciones: digno de creer y de fidelidad conyugal) el que la mujer estuviera tan enamorada y fuera tan casta (tortolilla: enamorada y, según los místicos, símbolo de castidad) al quedar sola. Obsérvese la curiosa etimología de Gracián: Mausolo, «permanecer sola».

[22] Sobreentiéndase «cuanto más tiempo pasa», según aclara en el paréntesis.

313

assí, se halla tanta falta de aquellos grandes sugetos que conquistaban mundos, que fundaban ciudades, dándolas sus nombres, que era su real *faciebat* [23].

—¿Ya no hay Rómulos, ni Alexandros, ni Constantinos? [24]

—También se hallan algunas maravillas flamantes —respondió Argos—, sino que como se miran de cerca, no parecen [25].

—Antes, habían de verse más, que cuanto más de cerca se miran las cosas mucho mayores parecen.

—¡Oh, no! —dixo Argos—, que la vista de la estimación es muy diferente de la de los ojos en esto del aprecio. Con todo esso, atención a aquellas sublimes agujas que campean en la gran cabeça del orbe.

—Aguarda —dixo Critilo—, ¿aquélla tan señalada es la cabeça del mundo? ¿Cómo puede ser si está entre pies de Europa [26], a pierna tendida de Italia por medio del Mediterráneo, y Nápoles su pie?

—Éssa que te parece a ti andar entre pies de la tierra, es el cielo, la coronada cabeça del mundo y muy señora de todo él, la sacra y triunfante Roma, por su valor, saber, grandeza, mando y religión; corte de personas, oficina de hombres, pues restituyéndolos a todo el mundo, todas las demás ciudades la son colonias de policía [27]. Aquellos empinados obeliscos que en sus plaças magestuosamente se ostentan, son plausibles maravillas modernas. Y advertí [28] una cosa, que con ser tan gigantes, aun no llegan con mucho a la superioridad de prendas de sus santíssimos dueños.

---

[23] *Su real faciebat* (hacía); o sea, ponían sus nombres a las ciudades como en los documentos paleográficos (donaciones u otros escritos notariales), en los que después de la firma del rey se escribía «signum fecit» o «faciebat».

[24] Rómulo, Alejandro Magno y Constantino fueron, efectivamente, fundadores de Roma, Alejandría y Constantinopla.

[25] *Parecen*, tomado en sus dos sentidos: en primer lugar, estas maravillas modernas, como están tan cercanas a nosotros, no parecen maravillas; en segundo lugar, no se muestran a la vista, según entiende Andrenio al decir «Antes, habían de verse más».

[26] *Pies de Europa:* penínsulas ibérica y balcánica.

[27] Si en algo tiene Roma a todas las demás ciudades como colonias, es en el aspecto religioso, y en ese sentido hay que entender «policía»: el orden religioso que se guarda en las ciudades bajo el gobierno de Roma.

[28] *Advertí*, advertid. Véase nota 11, Crisi VI, Primera Parte.

—Ora [29] ¿no me dirás una verdad?: ¿qué pretendieron estos sacros héroes [30] con estas agujas tan excelsas, que aquí algún misterio apuntan digno de su piadosa grandeza?

—¡Oh, sí! —respondió Argos—, lo que pretendieron fue coser la tierra con el cielo, empresa que pareció impossible a los mismos Césares, y éstos la consiguieron. ¿Qué estás mirando tú con tan juizioso reparo?

—Miro —dixo Andrenio— (que en cada provincia hay que notar) aquel murciégalo [31] de ciudades, anfibia corte, que ni bien está en el mar ni bien en tierra y siempre a dos vertientes.

—¡Oh, qué política —exclamó Argos—, qué tan de sus principios le viene, tan fundamentalmente comiença! Y deste su raro modo de estar, celebraba el bravo Duque de Osuna [32] la razón de su estado. Aquélla es la nombrada canal con que el mismo mar saben traer acanalado a su con Venecia [33].

—¿No hay maravillas en España? —dixo Critilo, volviendo la mira a su centro—. ¿Qué ciudad es aquella que tan en punta parece que amenaza al cielo?

—Será Toledo, que a fianças [34] de sus discreciones aspira a taladrar las estrellas, si bien ahora no la tiene [35].

—¿Qué edificio tan raro es aquel que desde el Tajo sube escalando su alcáçar, encaramando cristales?

—Ésse es el tan celebrado artificio de Juanelo [36], una de las maravillas modernas.

—No sé yo por qué —replicó Andrenio—, si al uso de las cosas muy artificiosas tuvo más de gasto que de provecho.

—No discurría assí —dixo Argos—, cuando lo vio, el

---

[29] *Ora,* y su variante «hora», alternaban en el Siglo de Oro con «ahora».

[30] Sacros héroes, son los papas, los Santísimos dueños de los obeliscos.

[31] «Murciégalo, murciélago, ó murceguillo», dice el *Dic. Aut.*

[32] Sobre Téllez Girón, Duque de Osuna, véase nota 51, Crisi VII, Primera Parte.

[33] Calambur: con-Venecia, convenencia.

[34] Entiéndase, bien como fianza por sus discreciones, bien a cambio de sus discreciones. Que Toledo es ciudad donde hay discreción, lo repite siempre Gracián.

[35] Ahora no tiene ya buena estrella por haber dejado de ser capital de España desde Felipe II.

[36] Sobre el artificio de Juanelo en Toledo, véase nota 33, Crisi VII, Primera Parte.

eminentemente discreto cardenal Tribulcio [37], pues dixo que no había habido en el mundo artificio de más utilidad.

—¿Cómo pudo dezir esso quien tan al caso discurría?

—Ahí veréis —dixo Argos—, enseñando a traer el agua a su molino desde sus principios, haziendo venir de un cauze en otro al palacio del Católico Monarca el mismo río de la plata, las pesquerías de las perlas, el uno y otro mar, con la inmensa riqueza de ambas Indias.

—¿Qué palacio será aquél —preguntó Critilo— que entre todos los de la Francia se corona de las flores de oro? [38]

—Gran casa y gran cosa —respondió Argos—. Ésse es el trono real, ésse la más brillante esfera, ésse el primer palacio del Rey Christianíssimo en su gran corte de París, y se llama el Lobero [39].

—¿El Lobero? ¡Qué nombre tan poco cortesano, qué sonsonete tan de grosería! Por cualquier parte que le busquéis la denominación, suena poco y nada bien. Llamárase el jardín de los más fragantes lilios, el quinto cielo de tanto christianíssimo Marte, la popa de los soplos de la fortuna; pero el Lobero no es nombre decente a tanta magestad.

—¡Eh!, que no lo entendéis —dixo Argos—. Creedme que dize más de lo que suena y que encierra gran profundidad. Llámase el Lobero (y no voy con vuestra malicia) porque ahí se les ha armado siempre la trampa a los rebeldes lobos con piel de ovejas; digo, aquellas horribles fieras hugonotas [40].

—¡Oh, qué brillante alcáçar aquel otro —dixo Andrenio—, corona de los demás edificios, fuente del lucimiento, comunicándoles a todos las luzes de su permanente esplendor! ¿Si sería del augusto Ferdinando Tercero [41], aquel gran César que está hoy esparciendo por todo el orbe el resplandor de sus exemplos? También podría ser de aquel tan vale-

---

[37] El Cardenal Tribulcio fue primero militar y luego eclesiástico. A partir de 1642 fue virrey de Aragón; desde 1651 embajador en Roma y cuando murió era gobernador en Milán.

[38] Las flores de lis, de lirio, que forman parte de la corona francesa.

[39] Lobero, el palacio del Louvre.

[40] *Hugonotes,* nombre que se dio a los protestantes franceses que adoptaron el credo calvinista en los siglos XVI y XVII.

[41] Fernando III, emperador de Alemania (1608-1657) y rey de Bohemia, de Hugría y de romanos. Celebró la paz de Westfalia.

osamente religioso monarca Juan Casimiro de Polonia [42], vitorioso primero de sí mismo y triunfante después de tanto monstruo rebelde. ¡Oh, qué claridad de alcáçar y qué rayos está esparciendo a todas partes! Merece serlo del mismo sol.

—Y lo es —respondió Argos—, digo de aquella sola reina entre cuantas hay, la inmortal Virtelia [43]. Mas por allí habéis de encaminaros para bien ir.

—Yo allá voy desde luego —dixo Critilo.

—Y allí veréis —añadió Argos— que aunque es tan magestuoso y brillante, aun no es digno epiciclo de tanta belleza.

Estando en esta divertida fruición de grandezas, vieron venir hazia sí cierta maravilla corriente [44]: era un criado pronto. Y lo que más les admiró fue que dezía bien de su amo. Preguntó, en llegando, cuál era el Argos verdadero, cuando todos por industria lo parecían.

—¿Qué me quieres? —respondió él mismo.

—A ti me envia un caballero cuyo nombre, ya fama, es Salastano, cuya casa es un teatro de prodigios, cuyo discreto empleo es lograr [45] todas las maravillas, no sólo de la naturaleza y arte, pero más las de la fama, no olvidando las de la fortuna. Y con tener hoy atessoradas todas las más plausibles, assí antiguas como modernas, nada le satisfaze hasta tener alguno de tus muchos ojos, para la admiración y para la enseñanza.

—Toma éste de mi mano —dixo Argos— y llévaselo depositado en este cofrecillo de cristal; y dirásle que lo emplee en tocar con ocular mano todas las cosas antes de creerlas.

Partíase tan diligente como gustoso, cuando dixo Andrenio:

—Aguarda, que me ha salteado una curiosa passión de ver essa casa de Salastano y lograr tanto prodigio.

—Y a mí de procurar su amistad —añadió Critilo—, ventajosa felicidad de la vida.

---

[42] Casimiro V, rey de Polonia que abdicó en 1667 e ingresó en un convento de Francia. Murió en 1672.

[43] Poco hay que pensar para relacionar a Virtelia con virtud; nombre formado con el sufijo -elia, como Aurelia, por ejemplo. Personifica, pues, a la Virtud.

[44] *Corriente,* porque venía corriendo, pero paradójico al unirlo con «maravilla».

[45] *Lograr,* disfrutar. Véase nota 13, Crisi II, Primera Parte.

317

—Id —confirmó Argos—, y en tan buena hora, que no os pesará en toda la vida.

Fue el viage peregrino oyéndole referir cosas bien raras

—Solas las que yo le he diligenciado —dezía— pudieran admirar al mismo Plinio, a Gesnero y Aldrovando [46]. Y de xando los materiales portentos de la naturaleza, allí verés en fieles retratos todas las personas insignes de los siglos, assí hombres como mugeres, que de verdad las hay: los sabios y los valerosos, los Césares y las emperatrizes, no ya en oro, que éssa es curiosidad ordinaria, sino en piedras preciosas y en camafeos.

—Éssa —dixo Critilo—, con vuestra licencia, la tengo por una diligencia inútil, porque yo más querría ver retratados sus relevantes espíritus que el material gesto, que comúnmente en los grandes hombres carece de belleza.

—Uno y otro lograréis en caracteres [47] de sus hazañas, en libros de su doctrina, y sus retratos también; que suele dezir mi amo que, después de la noticia de los ánimos, es parte del gusto ver el gesto, que de ordinario suele corresponder con los hechos. Y si por ver un hombre eminente, un Duque de Alba los entendidos, un Lope de Vega los vulgares, caminaban muchas leguas, apreciando las eminencias, aquí se caminan siglos.

—Primor fue siempre de acertada política —ponderó Critilo— eternizar los varones insignes en estatuas, en sellos y en medallas, ya para ideas [48] a los venideros, ya para premio a los passados: véase que fueron hombres y que no son impossibles sus exemplos.

—Al fin —dixo el criado—, háselos entregado la antigüedad a mi amo, que, ya que no los pudo eternizar en sí mismos, se consuela de conservarlos en imágenes. Pero las que muchos celebran y las miran, y aun llegan a tocarlas con las manos, son las mismas cadenillas de Hércules, que proce-

---

[46] Plinio el Viejo (23-79), autor de *Historia Natural,* obra enciclopédica. //. Conrado Gesner (1516-1565), naturalista suizo. //. Ulises Aldrovandi (1522-1605), naturalista italiano, autor de otra enciclopédica *Historia Natural.*

[47] *Carácter:* «Señal, figura o marca, que se imprime, graba o esculpe.» *(Dic. Aut.)* Podemos tomarlos aquí como dibujos o pinturas de sus hazañas, o bien como obra impresa que hable de sus hazañas.

[48] *Idea* en su acepción de «imagen, representación o memoria» *(Dic. Aut.)*

diéndole a él de la lengua, aprisionaban a los demás de los oídos[49]; y quieren dezir las hubo de Antonio Pérez[50].

—Éssa es una gran curiosidad —ponderó Critilo—, garabato para llevarse el mundo tras sí. ¡Oh, gran gracia la de las gentes![51]

—¿Y de qué son? —preguntó Andrenio—; porque de hierro, cierto es que no serán.

—En el sonido parecen de plata y en la estimación de perlas de una muy cortesana elocuencia.

A este modo les fue refiriendo raras curiosidades, cuando descubrieron desde un puesto bien picante[52] en el centro de un gran llano, una ciudad siempre vitoriosa[53].

—Aquel ostentoso edificio con rumbos de palacio —dixo— es la noble casa de Salastano, y éstos que ya gozamos sus jardines.

Fuelos introduciendo por un tan delicioso cuan dilatado parque que coronaban frondosas plantas de Alcides, prometiéndole en sus hojas, por símbolos de los días, eternidades de fama. Començaron a registrar fragantes maravillas, toparon luego con el mismo laberinto de azares, cárcel del secreto, amenaçando riesgos al que le halla y evidentes al que le descubre. Más adelante se veía un estanque, gran espejo del cielo, surcado de canoros cisnes, y aislado en medio dél un florido pe[ñ]ón, ya culto Pindo[54]. Passeábase la vista por aquellas calles entapizadas de rosas y mosquetas, alfombradas de amaranto, la yerba de los héroes, cuya propiedad es inmortalizarlos. Admiraron el lotos, planta también ilustre, que de raíces amargas de la virtud rinde los sabrosos frutos del honor. Gozaron flores a toda variedad, y todas

---

[49] Se refiere a alguno de los doce trabajos de Hércules en los que utilizó cadenas: el furioso jabalí de Erimanto, el toro de Creta, el Can Cerbero, etc.

[50] Antonio Pérez, secretario de Felipe II. Véase nota 31, Crisi I, Segunda Parte.

[51] Gran donaire, con ironía, la de las gentes en el hablar, que aprisionan a los incautos de los oídos, como ha dicho antes el criado.

[52] Entiéndase desde el pico de un elevado lugar.

[53] Huesca lleva en su escudo la frase HUESCA, CIUDAD VENCEDORA.

[54] Pindo, cordillera de Grecia y monte de Tesalia, consagrado a Apolo y a las Musas. El texto de 1653 trae, por errata, «penon» en vez de «peñón».

raras, unas para la vista, otras para el olfato, y otras hermosamente fragantes, acordando misteriosas transformaciones. No registraban cosa que no fuesse rara, hasta las sabandijas tan comunes en otras huertas, aquí eran extraordinarias, porque estaban los camaleones en alcándaras de laureles, dándose hartazgos de vanidad. Volaban sin parar las efímeras[55], traídas del Bósforo, con sus cuatro alas, solicitando la comodidad para siglos, no habiendo de vivir sino un día: viva imagen de la necia codicia. Aquí se oían cantar, y las más vezes gemir, las pintadas avecillas del paraíso con picos de marfil, pero sin pies, porque no le han de hazer en cosa terrena. Sintieron un ruido como de campanilla y al mismo instante apretó a huir el criado, vozeándoles su riesgo en ver el venenoso zeraste, que él mismo zezea[56] para que todo entendido huya de su lascivo aliento.

Entraron con esto dentro de la casa, donde parecía haber desembarcado la de Noé, teatro de prodigios tan a sazón, que estaba actualmente el discreto Salastano haziendo ostentación de maravillas a la curiosidad de ciertos caballeros, de los muchos que frecuentan sus camarines. Hallábase allí don Juan de Balboa, teniente de maesse de campo general, y don Alonso de Mercado[57], capitán de corazas españolas, ambos muy bien hablados, tan alumnos de Minerva como de Belona[58], con otros de su discreción bizarra. Tenía uno en la mano, celebrando con lindo gusto, una redomilla llena de las lágrimas y suspiros de aquel filósofo llorón que más abría

---

[55] Efímera, por la brevedad de vida de este insecto, es el llamado cachipolla, del orden de los arquípteros, de unos dos centímetros de largo, de color ceniciento, con manchas oscuras en las alas y tres filamentos en la parte posterior del cuerpo. Habita en las orillas del agua y apenas vive un día. (Dic. Acad.)

[56] Ceraste o Cerastes: «Serpiente semejante a la víbora de la qual se diferencia en tener dos cuernecillos. Por la cola levanta en alto las escamas, y por el vientre las tiene en tal disposición, que quando va arrastrando por el suelo forman un sonido a manera de silvo» (Dic. Aut.), silbo que es el ceceo con que avisa.

[57] A los capitanes Juan de Balboa y Alonso de Mercado, los debió conocer Gracián en la guerra de Cataluña. No tienen mayor interés para nosotros. Lo mismo podemos decir de Francisco de Araújo, de quien habla más adelante.

[58] Es decir, tan aplicados a los quehaceres de la inteligencia como a los de la guerra. Recuérdese que Minerva es la diosa de la Sabiduría y Belona la de la guerra.

los ojos para llorar que para ver, cuando de todo se lamentaba.

—¡Qué hiziera éste si hubiera alcançado estos nuestros tiempos! —ponderaba don Francisco de Araújo, capitán también de corazas, basta dezir portugués para galante y entendido—. Si él hubiera visto lo que nosotros passado, tal fatalidad de sucessos y tal conjuración de monstruosidades, sin duda que hubiera llenado cien redomas, o se hubiera podrido de todo punto.

—Yo —dixo Balboa— más estimara un otro frasquillo de las carcaxadas de aquel otro socarrón su antípoda, que de todo se reía.

—Esse, señor mío, de la risa —respondió Salastano— yo l[e] [59] gasto, y el otro le guardo.

—¡Oh!, cómo llegamos a buen punto —dixo el criado, presentándoles el nuevo ocular portento— para que se desengañe Critilo, que no acaba de creer haya en el mundo muchas de las cosas raras que ha de ver esta tarde. Suplícote, señor, me desempeñes a excessos [60].

—Pues ¿en qué dudáis? —dixo Salastano, después de haber hecho la salva [61] a su venida—. ¿Qué os puede ya parecer impossible, viendo lo que passa? ¿Qué queda ya que dudar en los ensanches de la fortuna que ya los prodigios de la naturaleza y arte no suponen?

—Yo os confiesso —dixo Critilo— que he tenido siempre por un ingenioso embeleco el basilisco [62], y no soy tan solo que sea necio; porque aquello de matar en viendo parece una exageración repugnante, en que el hecho está desmintiendo el testigo de vista.

—¿En esso ponéis duda? —replicó Salastano—. Pues advertid que esse no le tengo yo por prodigio, sino por un mal cotidiano. ¡Pluguiera al cielo no fuera tanta verdad! Y si no, dezime [63], un médico en viendo un enfermo ¿no le mata?, ¿qué veneno como el de su tinta en un récipe?, ¿qué

---

[59] «La», trae la edición de 1653. Errata evidente ya que se refiere a «Esse».
[60] Otra locución adverbial con «a»: de todo punto. Véase nota 16 de esta Crisi.
[61] *Salva:* «... disparo de armas de fuego en honor de algún personaje» (*Dic. Aut.*). Aquí no hay disparos de salva, pero hay la misma salutación a su venida.
[62] Basilisco. Véase nota 13, Crisi VIII, Primera Parte.
[63] *Decime,* decidme. Véase nota 11, Crisi VI, Primera Parte.

basilisco más criminal y pagado que un Hermócrates, que aun soñado mató a Andrágoras? [64] Dígoos que dexan atrás a los mismos basiliscos, pues aquéllos [65], poniéndoles un cristal delante, ellos se matan a sí mismos; y éstos, poniéndoles un vidrio [66] que traxeron de un enfermo, con sólo mirarle, le echan en la sepultura estando cien leguas distante. «Déxenme ver el processo, dize el abogado, quiero ver el testamento, veamos papeles», y tal es el ver, que acaba con la hazienda y con la substancia del desdichado litigante, que en ir a él ya fue mal aconsejado. Pues ¿qué?, un príncipe, con sólo dezir: «Yo lo veré», ¿no dexa consumido a un pretendiente? ¿No es basilisco mortal una belleza, que si la miráis, mal, y si ella os mira, peor? ¡Con cuántos ha acabado aquel vulgar *veremos,* el pesado *veámonos,* el prolixo *verse ha* y el necio *ya lo tengo visto!* Y todo malmirado ¿no mata? Creedme, señores, que está el mundo lleno de basiliscos del ver y aun del no ver, por no ver y no mirar. Assí estuvieran todos como éste.

Y mostróles uno embalsamado.

—Yo, también —prosiguió Andrenio—, siempre he tenido por un encarecimiento ingenioso el unicornio [67], aquello de que en bañando él su punta, al punto purifica las emponçoñadas aguas: está bien inventado, mas no experimentado.

—Más dificultoso es esso —respondió Salastano—, porque hazer bien, más raro es en el mundo que hazer mal; más usado el matar que el dar vida. Con todo, veneramos algunos destos prodigios salutíferos que con la eficacia de su buen zelo han ahuyentado los pestilenciales venenos y purificado las aguas populosas [68]. Y si no, dezidme, aquel nuestro

---

[64] Cita Romera-Navarro en su edición el epigrama de Marcial de donde proceden estos dos personajes literarios: Andrágoras murió, no porque le tratara personalmente el médico Hermócrates, sino sólo por haberle visto en sueños.

[65] Aquéllos son los basiliscos; éstos, de la línea siguiente, los médicos. Esta colocación tan al contrario de la que pondríamos hoy, la veremos más veces en Gracián y no era entonces rara.

[66] *Vidrio:* «Se llama qualquier pieza, u vaso, formada de él.» (*Dic. Aut.*)

[67] Unicornio. Véase nota 75, Crisi VI, Primera Parte.

[68] Expresión metafórica que no se refiere exactamente a aguas ni venenos, sino, como dice aludiendo a Fernando el Católico, a limpiezas populosas, del pueblo.

inmortal héroe el Rey Católico don Fernando ¿no purificó a España de moros y de judíos, siendo hoy el reino más católico que reconoce la Iglesia? El rey don Felipe el Dichoso, porque bueno, ¿no purgó otra vez a España del veneno de los moriscos en nuestros días? [69] ¿No fueron éstos salutíferos unicornios? Bien es verdad que en otras provincias no se hallan assí frecuentes ni tan eficazes como en ésta; que si esso fuera, no hubiera ya ateísmos donde yo sé, ni heregías donde yo callo, cismas, gentilismos, perfidias, sodomías y otros mil géneros de monstruosidades.

—¡Oh!, señor Salastano —replicó Critilo—, que ya hemos visto algunos déstos en otras partes que han procurado con christianíssimo valor debelar [70] las oficinas del veneno rebelde a Dios y al rey, donde se habían hecho fuertes estas ponzoñosas sabandijas.

—Yo lo confiesso —dixo Salastano—, pero temo no fuesse más por razón de Estado; digo, no tanto por ser rebeldes al cielo cuanto a la tierra. Y si no, dezidme, ¿a qué otros reinos estraños los desterraron? ¿Qué Áfricas poblaron de hereges, como Filipo de moriscos? ¿Qué tributos a millones perdieron, como Fernando? ¿Qué Ginebras han arrasado, qué Moravias despoblado, como hoy día el piados~ Ferdinando? [71]

—No os canséis, que essa pureça de fe —ponderó Balboa—, sin consentir mezcla, sin sufrir un átomo de veneno infiel, creedme que es felicidad de los Estados de la casa de España y de Austria, debida a sus coronados unicornios.

—A cuyo real exemplo —prosiguió Salastano—, vemos sus christianos generales y virreyes limpiar las provincias que gobiernan y los exércitos que conducen del veneno de los vicios. Don Álvaro de Sande [72], tan religioso como valiente, ¿no desterró los juramentos de la católica milicia, condenándolos a infamia? Don Gonzalo de Córdoba ¿no purificó los exércitos de insultos y de torpezas? El Duque de Alburquer-

[69] Después de la expulsión de los árabes por los Reyes Católicos, se expulsó a los moriscos en el reinado de Felipe III.

[70] *Debelar:* «Vencer, destruir, arruinar alguna tropa o exército, expugnar, conquistar, ocupar, reducir alguna plaza, provincia o reino a fuerza de armas, con ruina y desolación. Usase de este verbo con más propiedad para destruir hombres que para conquistar plazas.» *(Dic. Aut.)*

[71] Fernando III, emperador de Alemania (1608-1657), que hemos anotado en esta Crisi.

[72] Don Álvaro de Sande, primer marqués de la Piobera.

que en Cataluña y el Conde de Oropesa [73] en Valencia ¿no libraron aquellos dos reinos, siendo justicieros presidentes, del veneno sanguinario y bandolero? ¿Qué tóxico de vicios no ha ahuyentado deste nuestro reino de Aragón, con su exemplo y con su zelo, el inmortal Conde de Lemos? Llegaos a este camarín, que os quiero franquear los muchos preservativos y contra venenos que yo guardo. En este rico vaso de unicornio han brindado la pureza de la fe los Católicos Reyes de España. Estas arracadas, también de unicornio, traía la señora reina doña Isabel para guardar el oído de la ponzoña de las informaciones malévolas. Con este anillo confortaba su invicto coraçón el emperador Carlos Quinto. En esta caja conficionada de aromas, llegaos y percibid su fragancia, han conservado siempre el buen nombre de su honestidad y recato las señoras reinas de España.

Fueles mostrando otras muchas piezas muy preciosas, haziendo la prueba y confessando todos su virtud eficaz.

—¿Qué dos puñales son aquellos que están en el suelo? —preguntó Araújo—, que aunque van por tierra, no carecen de misterio.

—Éssos fueron —respondió Salastano— los puñales de ambos Brutos.

Y dándoles del pie, sin quererlos tocar con su leal mano:

—Éste —dixo— fue de Junio; y este otro de Marco [74].

—Con razón los tenéis en tan despreciado lugar, que no merecen otro las traiciones, y más contra su rey y señor, aunque sea el monstruo Tarquinado [75].

—Dezís bien —respondió Salastano—, pero no es éssa la razón principal por que los he arrojado en el suelo.

---

[73] Sobre el duque de Alburquerque, véase nota 10, Crisi VIII, Primera Parte. //. Conde de Oropesa, título concedido por Enrique IV a Fernando Álvarez de Toledo. Entre sus sucesores figura don Duarte Fernando Álvarez de Toledo, contemporáneo de Gracián y virrey de Navarra y Valencia. //. Francisco Fernández de Castro, Conde de Lemos (que va a continuación), véase nota 76, Crisi VI, Primera Parte.

[74] Lucio Junio Bruto, que participó en el asesinato de Tarquino el Antiguo (656-578 a. C.), ya que éste le usurpó el trono, habiendo sido preceptor suyo. Marco Junio Bruto fue el que dirigió la conspiración contra César; era sobrino del filósofo Catón.

[75] Tarquino. Aunque puede referirse a varios, fue sin duda Sexto Tarquino el que más mereció el nombre de «monstruo» por la violación de Lucrecia. Era hijo de Tarquino el Soberbio.

—Pues ¿cuál?, que será juiziosa.

—Porque ya no admiran. En otro tiempo, por singulares se podían guardar. Mas ya no suponen [76], no espantan ya; antes, son niñería después que un cuchillo infame en la mano de un verdugo, mandado de la mal ajustada justicia, llegó a la real garganta. Pero no me atrevo yo a referir lo que ellos executar; erizáronseles los cabellos a cuantos lo oyeron, oyen y oirán; único [77], no exemplar, sino monstruo: sólo digo que ya los brutos se han quedado muy atrás.

—Algunas cosas tenéis aquí, señor Salastano, que no merecen estar entre las demás —dixo Critilo—. Mucha desigualdad hay; porque ¿de qué sirve aquel retorcido caracol que allí tenéis?, una alhaja tan vil que anda ya en bocas de villanos para recoger bestias. ¡Eh, sacadle de ahí, que no vale un caracol! [78]

Aquí, suspirando, Salastano dixo:

—¡Oh tiempos, oh costumbres! Éste mismo, ahora tan profanado, en aquel dorado siglo resonaba por todo el orbe en la boca de un Tritón [79] pregonando las hazañas, llamando a ser personas y convocando los hombres a ser héroes. Mas si ésse os parece civil [80] reparo, quiero mostraros el prodigio que yo más estimo: hoy habéis de ver los bizarríssimos airones, los encrespados penachos de la misma fenis [81].

Aquí, sonriéndose todos:

—¿Qué otro ingenioso impossible ésse? —dixeron.

Pero Salastano:

—Ya sé que muchos la niegan y los más la dudan, y que no la habéis de creer; mas yo quedaré satisfecho con mi verdad. Yo, también, a los principios la dudé, y más que en nuestro siglo la hubiesse. Con essa curiosidad, no perdoné ni a diligencia ni a dinero. Y como éste dé alcance a cuanto

---

[76] Sobreentendido, «ya no suponen admiración».

[77] *Único:* entiéndase «algo único», fuera de lo común.

[78] «No vale un caracol u dos caracoles. Phrases en que la voz Caracol equivale a lo mismo que nada, tomado de la poca estimación que tienen los caracoles.» *(Dic. Aut.)*

[79] Tritón. Dios marino, hijo de Neptuno y de Anfítrite, medio hombre y medio pez. Habitaba en el fondo del mar en un palacio de oro y su atributo era una concha que le servía de trompeta.

[80] *Civil,* ruin. Véase nota 39, Crisi IV, Primera Parte.

[81] *Fénix.* Véase nota 75, Crisi VI. Primera Parte.

hay, aun los mismos impossibles, haziendo reales [82] los entes de razón, hallé que verdaderamente la hay y las ha habido, bien que raras y una sola en cada siglo. Y si no, dezidme, ¿cuántos Alexandros Magnos ha habido en el mundo, cuántos Julios en tantos Agostos, qué Theodosios, qué Trajanos? En cada familia, si bien lo censuráis [83], no hallaréis sino una fenis. Y si no, pregunto, ¿cuántos don Hernandos de Toledo ha habido, Duques de Alba?, ¿cuántos Anas de Memoransi?, ¿cuántos Álvaros Bazanes, Marqueses de Santa Cruz? Un solo Marqués del Valle admiramos, un Gran Capitán, Duque de Sessa, aplaudimos, un Vasco de Gama y un Alburquerque celebramos [84]. Hasta de un nombre no oiréis dos famosos: sólo un don Manuel rey de Portugal, un solo Carlos Quinto y un Francisco Primero de Francia. En cada linage no suele haber sino un hombre docto, un valiente y un rico; y éste, yo lo creo, que las riquezas no envegecen. En cada siglo no se ha conocido sino un orador perfecto, confiessa el mismo Tulio, un filósofo, un gran poeta. Una sola fenis ha habido en muchas provincias, como un Carlos en Borgoña, Castrioto en Chipre, Cosme en Florencia y don Alfonso el Magnánimo en Nápoles [85]. Y aunque este nuestro siglo ha

[82] *Reales* con doble sentido, como opuesto a irreales y como moneda.

[83] *Censurar:* «Dar parecer, dictamen o sentencia sobre alguna cosa» *(Dic. Aut.),* es decir, juzgar o emitir juicios.

[84] Ana de Memoransi, gran condestable de Francia en el siglo XVI; participó en Pavía y San Quintín. //. Álvaro de Bazán, marqués de Santa Cruz (1526-1588). Desde muy joven intervino en empresas navales. Desde 1554 fue capitán de la armada contra corsarios y desde 1576 capitán general de las Galeras de España. //. Marqués del Valle de Oaxaca fue nombrado Hernán Cortés cuando sintiéndose postergado por Carlos I acudió a España a reclamar sus derechos. //. Duque de Sessa Aurunga fue nombrado en 1507 en Nápoles el Gran Capitán. //. Vasco de Gama, navegante portugués (1469-1524), primero en doblar el cabo de Buena Esperanza, abriendo así el camino de las Indias por Oriente. //. Alfonso de Alburquerque (1453-1515), navegante portugués que consolidó el poder portugués en la India.

[85] Carlos, Duque de Borgoña (1433-1477), llamado «el Temerario», uno de príncipes más notables de su época. //. Jorge Castrioto, señor de Albania (1404-1467). //. Varios Cosme de Médicis hubo en Florencia, incluidos los duques de Toscana. Puede referirse al hombre de estado llamado «el Viejo» (1389-1464). //. Sobre Alfonso V el Magnánimo, véase nota 5, Crisi VI, Primera Parte.

sido tan pobre de eminencias en la realidad, con todo esso, quiero ostentar las plumas de algunos inmortales fenis. Ésta es (y sacó una bellíssimamente coronada) la pluma de la fama de la reina nuestra señora doña Isabel de Borbón, que siempre lo han sido las Isabeles en España, con excepción de la singularidad[86]. Con esta otra voló a la esfera de la inmortalidad la más preciosa y más fecunda Margarita[87]. Con éstas coronaban sus celadas el Marqués Espínola, Galaso, Picolomini, don Felipe de Silva, y el de Mortara[88]. Con estas otras escribieron Baronio, Belarmino, Barbosa, Lugo y Diana; y con ésta el Marqués Virgilio Malveci[89].

Confessaron todos la enteríssima verdad y convirtieron sus incredulidades en aplausos.

—Todo esso está bien —replicó Critilo—. Sola una cosa yo no puedo acabar de creer, aunque muchos la afirman.

—Y ¿qué es? —preguntó Salastano.

—No hay que tratar[90], que yo no la he de conceder: ¡eh, que no es possible! No os canséis, que no lleva camino.

—¿Es acaso aquel pescadillo tan vil y tan sin jugo, sin

[86] Excepción de la singularidad, porque antes ha dicho «de un nombre no oiréis dos famosos». Aquí hay dos Isabeles famosas, Isabel la Católica e Isabel de Borbón, esposa de Felipe IV, que murió en 1644.

[87] Margarita de Austria, reina de España (1584-1611), esposa de Felipe III, mujer piadosa y amante de los pobres.

[88] Sobre Ambrosio Spínola, véase nota 71, Crisi XI, Primera Parte. //. Matías de Gallas, llamado el Galaso, fue general del Imperio en la Guerra de los Treinta Años. //. Octavio Piccolomini (1599-1656). General de las fuerzas imperiales en la Guerra de los Treinta Años, sobre todo contra Gustavo Adolfo de Suecia. Cooperó con los españoles en los Países Bajos contra los franceses en la época de Felipe IV, quien le hizo duque de Amalfi. //. Felipe da Silva, general portugués del siglo XVII, que mandó en jefe el ejército de Cataluña después de la caída de Olivares. //. Sobre el marqués de Mortara, véase nota 70, Crisi VI, Primera Parte.

[89] César Baronio, cardenal e historiador eclesiástico italiano (1538-1607). //. San Roberto Belarmino, cardenal y teólogo italiano (1542-1621). //. Sobre Agustín de Barbosa, véase nota 28, Crisi XI, Primera Parte. //. Juan de Lugo, cardenal (1583-1660). Antonino Diana, religioso siciliano (1585-1663). //. Virgilio Malvezzi, historiador italiano del siglo XVII, a quien admiraba Gracián.

[90] No hay que tratar, no es posible tratar. Sobreentiéndase «de ella», de la materia que Critilo no puede acabar de creer.

sabor y sin ser, que en fe de su flaqueza ha detenido tantas vezes los navíos de alto bordo, las misas capitanas reales, que iban viento en popa al puerto de su fama? [91] Porque ésse, aquí le tengo yo azezinado.

—No es sino aquel prodigio de la mentira, aquel superlativo embeleco, aquel mayor impossible: el pelícano. Y confiesso que hay basilisco, yo creo el unicornio, yo celebro la fenis; yo passo por todo, pero el pelícano no le puedo tragar.

—Pues ¿en qué reparáis? ¿Por ventura, en el picarse el pecho, alimentando con sus entrañas sus polluelos?

—No, por cierto; ya yo veo que es padre y que el amor obra tales excessos.

—¿Dudáis acaso en que, ahogados de la envidia, los resucite?

—Menos, que si la sangre hierve, obra milagros.

—Pues ¿en qué reparáis?

—Yo os lo diré: en que haya en el mundo quien no sea entremetido, que se halle uno que no guste de hablar, que no mienta, no murmure, no enrede, que viva sin embeleco; esso yo no lo he de creer.

—Pues advertid que esse pájaro solitario, en nuestros días lo vimos en el Retiro entre otras aladas maravillas.

—Si esso es assí —dixo Critilo—, él dexó de ser ermitaño y se puso a entremetido.

—¿Qué arma tan extraordinaria es aquélla? —preguntó, como tan soldado, don Alonso.

—Estorea —respondió Salastano—, y fue de la reina de las amazonas, trofeo de Hércules con el Balteo [92], que pudo entrar en dozena.

—¿Y es preciso —replicó Mercado— creer que hubo amazonas?

—No sólo que las hubo, sino que las hay de hecho y en hechos. ¿Y qué, no lo es hoy la sereníssima señora doña Ana

---

[91] Se refiere a la *rémora:* «Pez acautopterigio que se fija a los objetos flotantes con una especie de ventosa que tiene en la cabeza, al cual los antiguos atribuían el poder de detener las naves.» (*Dic. M. Moliner.*)

[92] Alusión al noveno de los doce trabajos de Hércules, en su lucha contra las amazonas, a cuya reina Hipólita, arrebató el cinturón de oro (balteo). *Estorea,* de éstor, clavija o espiga en la parte delantera de la lanza de la amazona. *Docena* se refiere a los doce trabajos.

de Austria [93], florida reina de Francia, assí como lo fueron siempre todas las señoras Infantas de España que coronaron de felicidades y de sucessión aquel reino? ¿Qué es sino una valerosa amazona la esclarecida reina Polona, Belona digo christiana, siempre al lado de su valeroso Marte en las campañas? Y la excelentíssima Duquesa de Cardona ¿no se portó muy como tal, encarcelada donde había sido virreina? [94] Pero venerando, que no olvidando, tantos plausibles prodigios, quiero que veáis otro género dellos tenidos por increíbles.

Y al mismo punto les fue mostrando con el dedo un hombre de bien en estos tiempos, un oidor sin manos, pero con palmas [95], y lo que más es, su muger; un grande de España desempeñado, un príncipe en esta era dichoso, una reina fea, un príncipe oyendo verdades, un letrado pobre, un poeta rico, una persona real que murió sin que se dixesse que de veneno, un español humilde, un francés grave y quieto, un alemán aguado [96] (y juró Balboa era el Barón de Sabac) [97], un privado no murmurado, un príncipe christiano en paz, un docto premiado, una viuda de Zaragoça flaca [98], un necio descontento, un casamiento sin mentiras [99], un indiano liberal, una muger sin enredo, uno de Calatayud en el limbo, un portugués necio, un real de a ocho en Castilla, Francia pacífica, el setentrión sin hereges, el mar constante, la tierra igual y el mundo mundo [100].

---

[93] Ana de Austria, reina de Francia (1601-1666), hija de Felipe III de España. Casó con Luis XIII de Francia en 1615 y fue madre de Luis XIV. Actuó de regente de 1643 a 1651.

[94] La reina Polona es la mujer de Casimiro V de Polonia (nota 42 de esta Crisi). //. Los duques de Cardona eran Enrique de Aragón (¿-1640), virrey de Cataluña, y Catalina Fernández de Córdoba.

[95] Un *oidor,* ministro de la justicia, sin manos para el soborno, pero con palmas de victoria y de triunfo de la justicia, sin olvidar las palmas de la mano.

[96] Porque normalmente son borrachos.

[97] Barón de Sabac, austríaco al servicio de España en la Guerra de Cataluña.

[98] Porque muerto al marido, es ella la que se beneficia o engorda con la herencia.

[99] Jugando con casamiento (casa-miento) y mentiras.

[100] Es decir, el mundo «limpio». Recuérdese que en latín «mundus» es limpio.

En medio desta folla [101] de maravillas, entró un otro criado que en aquel punto llegaba de muy lejos, y recibióle Salastano con extraordinarias demonstraciones de gusto.

—Seas tan bien llegado como esperado. ¿Hallaste, dime, aquel portento tan dudado?

—Señor, sí.

—¿Y tú le viste?

—Y le hablé.

—¡Que tal preciosidad se halla en la tierra!, ¡que es verdad! Ahora digo, señores, que es nada cuanto habéis visto: ciegue el basilisco, retírese la fenis, enmudezca el pelícano.

Estaban tan atónitos cuan atentos los discretos huéspedes oyendo tales exageraciones, muy deseosos de saber cuál fuesse el objeto de tan grande aplauso.

—Dinos presto lo que viste —instó Salastano—; no nos atormentes con suspensiones.

—Oíd, señores —comenzó el criado—, la más portentosa maravilla de cuantas habéis visto ni oído.

Pero lo que él les refirió diremos fielmente después de haber contado lo que le passó a la Fortuna con los Bragados y Comados [102].

[101] *Folla:* «... junta y mezcla de muchas cosas» *(Dic. Aut.).*

[102] *Bragados* y *comados* son los franceses, de quienes va a hablar al comienzo de la Crisi siguiente. Gallia Comata, toda la Gallia transalpina que se dividía en bélgica, céltica y aquitánica, exceptuando la narbonense que se llamaba Bracata.

CRISI TERCERA

La cárcel de oro y calaboços de plata

Cuentan, y yo lo creo, que una vez, entre otras, tumultuaron los franceses y con la ligereza que suelen se presentaron delante de la Fortuna tragando saliva y vomitando saña.

—¿Qué murmuráis de mí? —dixo ella misma—, ¿que me he vuelto española? Sed vosotros cuerdos, que nunca para mi rueda: por esso lo es[1]; ni a vosotros os para cosa en las manos, todo se os rueda dellas. Será sin duda algún antojo (y por lo envidioso, de larga vista)[2] de la felicidad de España.

—¡Oh madrastra nuestra —respondieron ellos— y madre de los españoles, cómo te sangras en salud![3] ¿Es possible que siendo la Francia la flor de los reinos[4] por haber florecido siempre en todo lo bueno, desde el primer siglo hasta hoy, coronada de reyes santos, sabios y valerosos, silla un

---

[1] Entiéndase la elipsis: «Sed vosotros cuerdos, que nunca lo habéis sido, para mi rueda (la rueda de la Fortuna): por esso lo es» (española, claro, la Fortuna, porque los españoles son cuerdos, como siempre repite Gracián). Véase asimismo el juego de «la rueda» de la Fortuna y el «rueda» del verbo rodar que viene a continuación.

[2] *Antojo:* nuevamente el equívoco de «antojo» (capricho envidioso de España) y «anteojo», de larga vista.

[3] Frase semejante a «curarse en salud», ya que se sangraban para curarse, y «curarse en salud se dice de los que dan satisfacción de alguna cosa, antes de que se les haga cargo de ella» (*Dic. Aut.*).

[4] Alude a las flores de lis del escudo de armas de Francia.

tiempo de los romanos pontífices [5], trono de la tetrarquía [6], teatro de las verdaderas hazañas, escuela de la sabiduría, engaste de la nobleza y centro de toda virtud, méritos todos dignos de los primeros favores y de inmortales premios; es posible que, dexándonos a nosotros con las flores, les des a los españoles los frutos? ¿Qué mucho hagamos estremos de sentimiento contigo, si tú con ellos hazes excessos de favor? Dísteles las unas y las otras Indias, cuando a nosotros una Florida en el nombre, que en la realidad muy seca. Y como cuando tú comienças a perseguir a unos y favorecer a otros, no paras hasta que apuras, has llegado a verificar con ellos los que antes se tenían por entes de quimera, haziendo pláticos [7] los mismos impossibles, como son ríos de plata, montes de oro, golfos de perlas, bosques de aromas, islas de ámbares; y sobre todo, los has hecho señores de aquella verdadera cucaña donde los ríos son de miel, los peñascos de azúcar, los terrones de bizcochos: y con tantos y tan sabrosos dulces, dizen que es el Brasil un paraíso confitado. Todo para ellos y nada para nosotros, ¿cómo se puede tolerar?

—¡No digo yo —exclamó la Fortuna— que vosotros sois unos ingratos, sobre necios! ¿Cómo que no os he dado Indias, esso podéis negar con verdad? Indias os he dado y bien baratas, y aun de mogollón, como dizen, pues sin costaros nada. Y si no, dezidme, ¿qué Indias para Francia como la misma España? Venid acá: lo que los españoles executan con los indios ¿no lo desquitáis vosotros con los españoles? Si ellos los engañan con espegillos, cascabeles y alfileres, sacándoles con cuentas los tesoros sin cuento [8], vosotros con lo mismo, con peines, con estuchitos y con trompas de París [9] ¿no les volvéis a chupar a los españoles toda la plata y todo el oro? Y esto, sin gastos de flotas, sin disparar una

[5] Cuando el papado estuvo en Aviñón en el siglo XIV.
[6] Porque Clodoveo, fundador de la monarquía francesa, en el siglo VI, dividió al morir su reino entre sus cuatro hijos: Thierry, Clodomiro, Childeberto y Clotario.
[7] *Pláticos,* prácticos.
[8] Si cuentas son las bolitas que se ensartan para hacer collares, está claro el sentido de la frase: con collares de bisutería mala los españoles engañaban a los indios cambiándolos por tesoros sin cuento, incontables.
[9] *Trompa de París, o gallega:* birimbao, instrumento músico pequeño que consiste en una barrita de hierro en forma de herradura... *(Dic. Acad.)*

bala, sin derramar una gota de sangre, sin labrar minas, sin penetrar abismos, sin despoblar vuestros reinos, sin atravesar mares. Andá y acabá [10] de conocer esta certíssima verdad y estimadme este favor. Creedme que los españoles son vuestros indios, y aun más desatentos, pues con sus flotas os traen a vuestras casas la plata ya acendrada y ya acuñada, quedándose ellos con el vellón cuando más trasquilados [11].

No pudieron negar esta verdad tan clara. Con todo esso, no parecían quedar satisfechos, antes andaban murmurando allá entre dientes.

—¿Qué es esso? —dixo la Fortuna—. Hablá claro, acabá, dezí.

—Quisiéramos, madama, que esse favor fuera cumplido y que assí como nos has dado el provecho, nos diesses también la honra, para que no traxéssemos a casa la plata sirviendo a los españoles con la vileza que sabemos y la esclavitud que callamos.

—¡Oh, qué lindo —alçó la voz la Fortuna—, bueno por mi vida! Mosiures, honra y doblones no caben en un saco. ¿No sabéis que allá cuando se repartieron los bienes, a los españoles les cupo la honra, a los franceses el provecho, a los ingleses el gusto y a los italianos el mando?

Cuán incurable sea esta hidropesía del oro, intenta ponderar esta crisi después de haberse desempeñado de aquel plausible portento que el criado de Salastano, con gran gusto de todos, refirió desta suerte:

«Partí, señor, en virtud de tu precepto, en busca de aquel raro prodigio: el amigo verdadero. Fui preguntando por él a unos y a otros, y todos me respondían con más risa que palabras; a unos se les hazía nuevo, a otros inaudito, y a todos impossible:

—Amigo fiel y verdadero, ¿y cómo ha de ser [12], y en estos tiempos y en este país?

---

[10] *Andá,* andad; *acabá,* acabad. Véase nota 11, Crisi VI, Primera Parte.

[11] Que España enriqueció a Europa es cosa sabida. Los franceses se quedan con la plata americana y los españoles con el cobre *(Vellón:* «Se llama la moneda de cobre provincial de Castilla.» *Dic. Aut.);* los españoles, cuanto más quedan trasquilados de plata, tanto más tienen de vellón de oveja que no vendían a Europa, lo que nos llevaría al problema de la Mesta.

[12] *Ser,* en su acepción de haber o existir.

Más los estrañaban que el fenis.

—Amigos de la mesa, del coche, de la comedia, de la merienda, de la huelga, del passeo, el día de la boda, en la privanza y en la prosperidad —me respondió Timón el de Luciano [13]—: de éssos bien hallaréis hartos, y más cuando más hartos, que a la hora del comer son sabañones y a la del ayudar son callos [14].

—Amigos, mientras me duró el valimiento, bien tenía yo —dixo un caído—; no tenían número por muchos, ni agora por ninguno.

Passé adelante y díxome un discreto:

—¿Cómo es esso? ¿De modo que buscáis un otro yo? Esse misterio sólo en el cielo se halla.

—Yo he visto cerca de cien vendimias [15] —me respondió uno, y diría verdad, porque parecía del buen tiempo—, y con que toda la vida he buscado un amigo verdadero, no he podido hallar sino medio, y ésse a prueba.

—Allá en tiempo que rabiaban los reyes [16], digo cuando se enojaban, oí contar —dixo una vieja— de un cierto Pílades y Orestes [17] una cosa como éssa. Pero a fe, fijo [18], yo siempre lo he tenido más por conseja que por consejo.

—No os canséis en esso —me juró y votó un soldado español—, porque yo he rodeado y aun rodado todo el mundo,

[13] Timón. Filósofo ateniense llamado «el Misántropo», que vivió en el siglo V a. C. Distinguióse por su taciturnidad y el odio que profesaba al género humano. Luciano de Samosata y luego Shakespeare le hicieron protagonista en sendas obras.

[14] *Comer como un sabañón:* «Phrase familiar que comúnmente se aplica al que come mucho, porque el sabañón pica mucho, y al picar llamamos comer.» *(Dic. Aut.) Tener callos en los oídos* se dice de los que no escuchan cuando se les piden favores. También puede jugar Gracián con «callo» de «callar», es decir, cuando se les pide ayuda, ellos son «callos», no dicen nada. Resumiendo, son aquellos que cuando se les invita no tienen reparo ni medida, y cuando se les pide ayuda son como tumbas.

[15] Por decir que ha vivido cerca de 100 años.

[16] Hoy diríamos en el tiempo de Maricastaña.

[17] Orestes y Pílades. Proverbial ha sido de siempre la amistad entre Orestes, hijo de Agamenón y Clitemnestra, asesino de su madre y del amante de ésta, y Pílades, hijo de Anaxibia y Eutropio, rey de Fócida, que acogió a Orestes en la corte de su padre.

[18] Dice *fijo,* hijo, para dar mayor impresión de ancianidad en la vieja.

y siempre por tierras de mi rey, y con que he visto cosas bien raras, como los gigantes en la tierra del fuego, los pigmeos en el aire, las amazonas en el agua de su río, los que no tienen cabeça, que son muchos, y los de sólo un ojo, y ésse en el estómago, los de un solo pie a lo grullo, sirviéndoles de tejado [19], los sátiros y los faunos, batuecos y chichimecos [20], sabandijas todas que caben en la gran monarquía española, yo no he topado esse gran prodigio que ahora oigo. Sola dexé de ver la isla Atlántida [21], por incógnita: podría ser que allí estuviesse, como otras cien mil cosas buenas que no se hallan.

—Que no está tan lejos como esso —le dixe—; antes me asseguran le he de hallar dentro de España.

—Esso no creeré yo —replicó un crítico—, porque primeramente él no estará donde hincan el clavo por la cabeça, nunca cediendo al ageno dictamen aun del más acertado amigo [22]. Menos donde, de cuatro partes, las cinco son palabras: y amistad es obras, y obras son amores. Pues donde no se dexan falar sino por serviles farautes, tan.poco, que aun de sí mesmos no se dignan aquellos señores fidalgos.

---

[19] *Tejado:* «En la Germanía significa la capa, manteo u sombrero.» *(Dic. Aut.)* Los de un solo pie son los cojos, que ya nos ha dicho que son falsos; su único pie les sirve para tapar su falsedad o para defenderse.

[20] Batueco, natural de las Batuecas, Salamanca. Lugar solitario y poco conocido, dio pábulo a la imaginación popular y se basaron en él varias leyendas. Chichimeco o chichimeca, «indios que habitaban al poniente y norte de Méjico» *(Dic. Acad.).* Los dos vienen a significar gente extraña y llena de misterios.

[21] Atlántida. Isla fabulosa que los antiguos autores situaban generalmente en Marruecos, mientras otros la colocaban más al oeste, y que desapareció por un cataclismo. Es un supuesto continente lleno de misterio.

[22] Como antes ha dicho el criado de Salastano que ha de hallar un amigo en España, este personaje, que lo juzga todo, trata de convencerle que no lo hay en ninguna de las partes de España. Comienza por Aragón, que por cabezones no ceden al dictamen de otros; sigue por Andalucía, que tienen más de palabras que de obras; a continuación con Portugal (entonces española) o Galicia, donde son presuntuosos y no se dejan falar (hablar) a no ser por los farautes (reyes de armas), es decir, gente importante; después pasa a Navarra, tierra corta, véase nota 17, Crisi X, Primera Parte; luego, Valencia, «donde todo se va en flor, sin fruto»; más adelante Cataluña, etc.

En tierra corta, donde todo es poca cosa, yo lo dudo; y hablemos quedo, no nos oigan, que harán punto desto mismo. Pues donde todo se va en flor, sin fruto, es cosa de risa, y allí todos los hidalgos, aunque muchos, corren a lo de Guadalajara[23].

—¿Y en Cataluña, señor mío? —repliqué yo.

—Ahí aún podría ser, que los catalanes saben ser amigos de sus amigos.

—También son malos para enemigos.

—Bien se ve, piénsanlo mucho antes de començar una amistad, pero una vez confirmada, hasta las aras.

—¿Cómo puede ser esso —instó un forastero—, si allí se hereda la enemistad y llega más allá del caducar la vengança, siendo fruta de la tierra la bandolina?[24]

—Y aun por esso —respondió—, que quien no tiene enemigos tampoco suele tener amigos.

Con estas noticias me fui empeñando la Cataluña adentro; corríla toda, que bien poco me faltaba, cuando me sentí atraer el coraçón de los imanes de una agradable estancia, antigua casa, pero no caduca. Fuime entrando por ella como Pedro por ésta[25], y notando a toda observación cuanto veía, que de las alhajas de una casa se colige el genio de su dueño. No encontré en toda ella ni con niños ni con mugeres; hombres sí, y mucho, aunque no muchos, que a prueba me introduxeron allá; criados, pocos, que de los enemigos, los menos[26]. Estaban cubiertas las paredes de retratos, en memoria de los ausentes, alternados con unos grandes espejos, y ninguno de cristal por escusar toda quiebra: de azero sí, y de plata, tan tersos y tan claros como fieles. Todas las ventanas, con sus cortinillas, no tanto defensivo contra el

[23] Es decir, corren como el río Guadalajara, «río de las piedras o de las guijas» (Covarrubias), cuyo curso es irregular.

[24] La referencia es clara al bandolerismo en Cataluña (enemistad, venganza...). Juega Gracián con «bandolina», instrumento musical como el laúd, pero refiriéndose a «bando», el pregón para llamar los bandidos o facción; en una palabra, a «bandolero». O, quizá, tuviera en la mente «vandalismo»; téngase en cuenta que Gracián escribe «vandolina».

[25] Como Pedro por su casa, según el dicho popular. Aduce Romera-Navarro que dice «por esta», la casa de Lastanosa, porque Pedro IV de Aragón la visitaría.

[26] Es proverbial que los criados pueden convertirse en enemigos si son sobornados; por eso dice que cuantos menos criados, menos enemigos.

calor cuanto contra las moscas [27], que aquí no se toleran ni enfadosos ni entremetidos. Penetramos al coraçón de la casa, al último retrete, donde estaba un prodigio triplicado: un hombre compuesto de tres, digo tres que hazían uno, porque tenía tres cabeças, seis braços y seis pies. Luego que me brujuleó, me dixo:

—¿Búscasme a mí o a ti mismo? ¿Vienes al uso de todos, que es buscarse a sí mismos cuando más parece que buscan un amigo? Y si no se advierte antes, se experimenta después que no los trae otro [28] que su provecho o su honra o su deleite.

—¿Quién eres tú —le dixe—, para saber si te busco?; aunque por lo raro ya podría.

—Yo soy —me respondió— el de tres uno, aquel otro yo, idea de la amistad, norma de cómo han de ser los amigos; yo soy el tan nombrado Gerión [29]. Tres somos y un solo coraçón tenemos, que el que tiene amigos buenos y verdaderos, tantos entendimientos logra [30]: sabe por muchos, obra por todos, conoce y discurre con los entendimientos de todos, ve por tantos ojos, oye por tantos oídos, obra por tantas manos y diligencia con tantos pies; tantos passos da en su conveniencia como dan todos los otros; mas entre todos, sólo un querer tenemos, que la amistad es un alma en muchos cuerpos. El que no tiene amigos, no tiene pies ni manos, manco vive, a ciegas camina. Y ¡ay! del solo, que si cayere no tendrá quien le ayude a levantar.

Luego que le oí, exclamé:

—¡Oh gran prodigio de la amistad verdadera, aquella gran felicidad de la vida, empleo digno de la edad varonil, ventaja única del ya hombre! A ti te busco, criado soy de quien tan bien te estima cuan bien te conoce y hoy solicita tu correspondencia, porque dize que sin amigos del genio y del ingenio no vive un entendido, ni se logran las felicidades, que hasta el saber es nada si los demás no saben que tú sabes.

—Agora digo —me respondió el Gerión— que es bueno para amigo Salastano. Buen gusto tiene en tenerlos, que lo demás es envidiarse los bienes con necia infelicidad. ¡Oh,

[27] *Mosca:* «Por analogía llaman al hombre molesto, impertinente y pesado.» *(Dic. Aut.)*

[28] Genérico, «otra cosa», «otro motivo».

[29] Sobre Gerión, véase nota 3, Crisi XII, Primera Parte.

[30] *Lograr,* gozar. Véase nota 13, Crisi II, Primera Parte.

qué bien dezía aquel grande amigo de sus amigos, y que tan bien lo sabía ser, el Duque de Nochera! [31]: "No me habéis de preguntar qué quiero comer hoy, sino con quién", que del convivir se llamó convite.

Desta suerte fue celebrando las excelencias de la amistad; y a lo último:

—Quiero —dixo— que registres mis tesoros, que para los amigos siempre están patentes [32], y aun ellos son los mayores.

Mostróme lo primero la granada de Darío, ponderando que los tesoros del sabio no son los rubíes ni los zafiros, sino los Zópiros [33]:

—Mira bien esta sortija, que el amigo ha de venir como anillo en dedo: ni tan apretado que lastime, ni tan holgado que no ajuste, con riesgo de perderse. Atiende mucho a este diamante, no falso, sí al tope cuando conviene y aun haziendo punta [34]; otras vezes cuadrado y en almohada del consejo [35], con muchos fondos [36] y quilates de fineza, tan firme que ni en el ayunque quiebra expuesto a los golpes de la fortuna, ni con las llamas de la cólera falta [37], ni con el

---

[31] Duque de Nochera. Dice la Dedicatoria de *El Político:* «Al Exmo. SEÑOR Don Francisco María, Carafa, Castrioto, y Gonzaga, Duque de Nochera, Príncipe de Scila, Marqués de Civita Santangel, Conde de Soriano, y de Espultor, Gentil-Hombre de la Cámara de su Magestad, Cavallero de la Orden del Tusón de Oro, Lugarteniente, y Capitán General en los Reynos de Aragón y Navarra.»

[32] *Patente,* abierto. Véase nota 10, Crisi II, Primera Parte.

[33] Darío I, rey de Persia (550-485 a. C.), conquistador de Babilonia, parte del Indo y en Europa de Tracia. Alude aquí Gracián a que mayor tesoro era su amigo Zópiro que los rubíes y los zafiros.

[34] *Al tope:* «term. de Plateros... con que se significa el modo de estar una cosa junta, o pegada con otra, sin unión artificial» *(Dic. Aut.). Hacer punta:* «Contradecir con tesón la opinión de resolución de otros» *(Dic. Aut.),* es decir, el amigo estará muy unido a uno o tendrá el valor de contradecirle, cuando convenga.

[35] Es decir, otras veces descubriendo puntualmente su intención (el *Dic. Acad.* da este significado a «dejar a uno de cuadrado»), y sirviéndole de almohada para el consejo (recuérdese lo de «consultar con la almohada»).

[36] *Fondos:* «En los diamantes son los brillos interiores y profundos y la transparencia que se causa por su fineza y perfección.» *(Dic. Aut.)*

[37] *Faltar:* «Se toma también por consumirse ó acabarse ó fa-

338

unto de la lisonja ni del soborno se ablanda: sólo el veneno de la sospecha le puede hazer mella.

Fue haziendo erudito alarde de preciosíssimos símbolos de la amistad. A lo último, sacó una bugetilla [38] de olor que despedía confortativa fragancia; y cuando yo creí ser alguna quinta essencia de ámbar realçado del almizcle, me dixo:

—No es sino de un rancio néctar, de un vino, aunque viejo más jubilante que jubilado; bueno para amigo, que conforte el coraçón, que le alivie y que le alegre y juntamente sane las morales llagas.

Entregóme al despedirme esta lámina preciosa con este su retrato dedicado a la amigable fineça.»

Miráronle todos con admiración y aun repararon en que aquellos rostros eran sus verdaderos retratos, ocasión de quedar declarada y confirmada la amistad entre todos muy a la enseñança del Gerión: feliz empleo de la varonil edad.

Despidiéronse ya, sin partirse [39], los soldados para sus alojamientos, que en esta vida no hay casa propia. Nuestros dos peregrinos del mundo, no pudiendo hazer alto en el viage del vivir, salieron a proseguirle por la Francia.

Vencieron las asperezas del hipócrita Pirineo, desmentidor de su nombre [40] a tanta nieve, donde muy temprano el invierno tiende sus blancas sábanas y se acuesta. Admiraron con observación aquellas gigantes murallas con que la atenta naturaleza afectó dividir estas dos primeras provincias de la Europa, a España de la Francia, fortificando la una contra la otra con murallas de rigores, dexándolas tan distantes en lo político cuando tan confinantes en lo material. Y agora conocieron con cuánto fundamento de verdad aquel otro cosmógrafo había delineado en un mapa estas dos provincias en los dos estremos del orbe; caso bien reído de todos: de unos por no entendido, y de otros por aplaudido. Al mismo punto que metieron el pie en Francia conocieron sensiblemente la diferencia en todo: en el temple, clima, aire, cielo, y tierra, pero mucho más la total oposición de sus morado-

---

llecer alguna cosa.» (Dic. Aut.) Ayunque o yunque, era normal, como fortunado o afortunado, zaguán o azaguán.

[38] Bujeta: «Pomo para perfumes que se suele traer en la faltriquera.» (Dic. Acad.)

[39] Despidiéronse sin dividirse, es decir, quedando muy unidos.

[40] Porque Pirineo viene del griego πύρ, fuego, teniendo tanta nieve.

res en genios, ingenios, costumbres, inclinaciones, naturales [41], lengua y trages.

—¿Qué te ha parecido de España? —dixo Andrenio—. Murmuremos un rato della aquí donde no nos oyen.

—Y aunque nos oyeran —ponderó Critilo—, son tan galantes los españoles, que no hizieron crimen de nuestra civilidad [42]. No son tan sospechosos como los franceses; más generosos coraçones tienen.

—Pues, dime, ¿qué concepto has hecho de España?

—No malo.

—¿Luego bueno?

—Tampoco.

—Según esso, ni bueno ni malo.

—No digo esso.

—¿Pues qué?

—Agridulce.

—¿No te parece muy seca, y que de ahí les viene a los españoles aquella su sequedad de condición y melancólica gravedad?

—Sí, pero también es sazonada en sus frutos y todas sus cosas son muy substanciales. De tres cosas, dizen, se han de guardar mucho en ella, y más los estrangeros.

—¿De tres solas? ¿Y qué son?

—De sus vinos, que dementan; de sus soles, que abrasan; y de sus femeniles lunas, que enloquezen.

—¿No te parece que es muy montuosa y aun por esso poco fértil?

—Assí es, pero muy sana y templada; que si fuera llana, los veranos fuera inhabitable.

—Está muy despoblada.

—También vale uno de ella por ciento de otras naciones.

—Es poco amena.

—No la faltan vegas muy deliciosas.

—Está aislada entre ambos mares.

—También está defendida y coronada de capazes puertos y muy regalada de pescados.

---

[41] *Natural:* «El genio, índole ó inclinación propia de cada uno.» *(Dic. Aut.)*

[42] *Civilidad,* mezquindad. Véase nota 5, Crisi III, Primera Parte. La mezquindad de Critilo y Andrenio es murmurar de los españoles cuando no están delante.

—Parece que está muy apartada del comercio de las demás provincias [43] y al cabo del mundo.

—Aun había de estarlo más, pues todos la buscan y la chupan lo mejor que tiene: sus generosos vinos Inglaterra, sus finas lanas Holanda, su vidrio Venecia, su açafrán Alemania, sus sedas Nápoles, sus azúcares Génova, sus caballos Francia, y sus patacones [44] todo el mundo.

—Dime, y de sus naturales ¿qué juizio has hecho?

—Ahí hay más que dezir, que tienen tales virtudes como si no tuviessen vicios, y tienen tales vicios como si no tuviessen tan relevantes virtudes.

—No me puedes negar que son los españoles muy bizarros.

—Sí, pero de ahí les nace el ser altivos. Son muy juiziosos, no tan ingeniosos; son valientes, pero tardos; son leones, mas con cuartana [45]; muy generosos, y aun perdidos; parcos en el comer y sobrios en el beber, pero superfluos en el vestir; abraçan todos los estrangeros, pero no estiman los propios; no son muy crecidos de cuerpo, pero de grande ánimo; son poco apassionados por su patria, y trasplantados son mejores; son muy allegados a la razón, pero arrimados a su dictamen; no son muy devotos, pero tenazes de su religión. Y absolutamente es la primer nación de Europa: odiada, porque envidiada.

Más dixeran si no les interrumpiera su vulgar murmuración un otro passagero, que con serlo y tan de priessa, tomaba muy de veras el vivir. Veníase encaminando hazia ellos, y Critilo:

—Éste —dixo— es el primer francés que topamos. Notemos bien su genio, su hablar y su proceder, para saber cómo nos habemos d[e] [46] portar con los otros.

—¿Pues qué, visto uno, estarán vistos todos?

—Sí, que hay genio común en las naciones, y más en ésta. Y la primera treta del trato es no vivir en Roma a lo húngaro [47], como algunos que en todas partes viven al revés.

---

[43] Provincias, claro está, equivale aquí a naciones, como antes ha llamado a Francia y España.

[44] *Patacón:* «Moneda de plata de peso de una onza.» *(Dic. Aut.)*

[45] *Cuartana:* «Especie de calentura, que entra con frío de quatro en quatro días.» *(Dic. Aut.)*

[46] «Do», pone la edición de 1653.

[47] Esto es, en Roma hay que vivir a lo romano, no a lo hún-

La primera pregunta que el francés les hizo, aun antes de saludarlos, viendo que iban de España, fue si había llegado la flota [48]. Respondiéronle que sí, y muy rica. Y cuando creyeron se había de desazonar mucho con la nueva, fue tan al contrario, que començó a dar saltos de placer, haziéndose son a sí mismo. Admirado Andrenio, le preguntó:

—Pues de esso te alegras tú, siendo francés.

Y él:

—¿Por qué no, cuando las más remotas naciones la festejan?

—Pues ¿de qué provecho le es a Francia que enriquezca España y se le aumente su potencia?

—¡Oh, qué bueno está esso! —dixo el mosiur—. ¿No sabéis vosotros que un año que no vino la flota por cierto incidente, no le pudieron hazer guerra al Rey Católico ninguno de sus enemigos? Y ahora, frescamente [49], cuando se ha alterado algo la plata del Pirú, ¿no se han turbado todos los príncipes de la Europa y todos sus reinos con ellos? Creedme que los españoles brindan flotas de oro y plata a la sed de todo el mundo. Y pues venís de España, muchos doblones trairéis.

—No, por cierto —respondió Critilo—; de lo que menos nos habemos curado [50].

—¡Pobres de vosotros, qué perdidos venís! —exclamó el francés—. Basta [51] que aún no sabéis vivir con ir tan adelante, que hay muchos que aun a la vejez no han començado a vivir. ¿No sabéis que el hombre da principio a la vida por el deleite cuando moço, passa al provecho ya hombre y acaba viejo por la honra?

—Venimos —le dixeron— en busca de una reina que, si por gran dicha nuestra la topamos, nos han assegurado que con ella hallaremos cuanto bien se puede desear. Y aun dezía uno que todos los bienes le habían entrado a la par con ella.

----

[48] Que venía de América, se entiende.

[49] *Frescamente* por *recientemente*.

[50] *Curar de* en su acepción de cuidar de, poner cuidado de (*Dic. Acad.*).

[51] Sobreentendiendo un infinitivo como «ver», «pensar», «afirmar»... Véase nota 6, Crisi II, Primera Parte.

—¿Cómo dezís que se nombra?

—Sí, que bien nombrada es: la plausible Sofisbella [52]

—Ya sé quién dezís. Éssa, en otro tiempo, bien estimada era en todo el mundo por su mucha discreción y prendas; mas ya, por pobre, no hay quien haga caso ni casa della: en viéndola sin dote en oro y plata, muchos la tienen por necia y todos por infeliz. Es cosa de cuento todo lo que no es de cuenta. Entended una cosa, que no hay otro saber como el tener, y el que tiene es sabio, es galán, valiente, noble, discreto y poderoso; es príncipe, es rey y será cuanto él quisiere. Lástima me hazéis de veros tan hombres y tan poco personas. Ora venid conmigo, echaremos por el atajo del valer, que aún tendréis remedio.

—¿Dónde nos piensas llevar?

—Donde halléis, hombres, lo que moços desperdiciastes. ¡Cómo se echa de ver que no sabéis vosotros en qué siglo vivís! Vamos andando, que yo os lo diré.

Y preguntó:

—¿En cuál pensáis vivir?, ¿en el del oro o en el de lodo?

—Yo diría —respondió Critilo— que en el de hierro: con tantos [53], todo anda errado en el mundo y todo al revés; si ya no es el de bronce, que es peor, con tanto cañón y bombarda, todo ardiendo en guerras; no se oye otro [54] que sitios, assaltos, batallas, degüellos, que hasta las mismas entrañas parece se han vuelto de bronce.

—No faltará quien diga —respondió Andrenio— que es el siglo de cobre, y no de pague. Mas yo digo que el de lodo, cuando todo lo veo puesto dél: tanta inmundicia de costumbres, todo lo bueno por tierra, la virtud dio en el suelo con su letrero *Aquí yace,* la basura a caballo, los muladares dorados, y al cabo al cabo todo hombre es barro.

—No dezís cosa [55] —replicó el francés—. Assegúroos que no es sino el siglo de oro.

—¡Mira, quién tal creyera!

—Sólo el oro es el estimado, el buscado, el adorado y querido. No se haze caso de otro, todo va a parar en él y

---

[52] *Sofisbella,* símbolo de la Sabiduría, del griego σοφία.

[53] Sobreentendido «yerros», según el juego de palabras ya conocido.

[54] Genérico, «otra cosa».

[55] «... a derechas», sobreentendido.

por él; y assí dice bien, cuando más mal, aquel público maldiciente: *Tuti tiramo a questo diabolo di argento* [56].

Relucía ya, y de muy lejos, uno como palacio grande, pero no magnífico, y tan lindo como un oro. Reparó luego Andrenio y dixo:

—¡Qué rica cosa y casa! Parece una ascua de oro: assí luze y assí quema.

—¿Qué mucho, si lo es? —respondió el mosiur, bailando de contento, que como al dar llaman ellos bailar [57], siempre andan bailando.

—¿Todo el palacio es de oro? —preguntó Critilo.

—Todo, desde el plinto hasta la cima, por dentro y fuera, y cuanto hay en él todo es oro y todo plata.

—Muy sospechoso se me haze —dixo Critilo—, que la riqueza es gran comadre del vicio, y aun se dice vive mal [58] con él. Pero ¿de dónde han podido juntar tanto oro y tanta plata, que parece impossible?

—¿Cómo de dónde? Pues si España no hubiera tenido los desaguaderos de Flandes, las sangrías de Italia, los sumideros de Francia, las sanguisuelas [59] de Génova, ¿no estuvieran todas sus ciudades enladrilladas de oro y muradas de plata? ¿Qué duda hay en esso? A más de que el poderoso dueño que en este palacio mora tiene tal virtud, no sé yo si dada del cielo o tomada de la tierra, que todo cuanto toca, si con la mano izquierda, lo convierte en plata, y si con la derecha en oro.

—¡Eh, mosiur! —dixo Critilo—, que éssa fue una novela, tan antigua como necia, de cierto rey llamado Midas [60],

---

[56] *Tuti tiriamo a questo diabolo di argento:* a todos nos tira este demonio del dinero.

[57] Equívoco con «bailar»: al «dar» los franceses dicen «bailler» (aparte de «donner»), pero además en español «bailar, en la Germanía significa hurtar» *(Dic. Aut.)*.

[58] Si vivir bien es vivir según las reglas cristianas, según el *Dic. Aut.,* convivir mal será lo contrario, ilegalmente, amancebados.

[59] *Sanguijuelas.* Sabido es que gran parte del oro español iba a parar a manos de los banqueros genoveses en pago a las deudas contraídas por las guerras, contra Francia, sobre todo.

[60] Midas. Rey legendario de Frigia, célebre por sus riquezas y por sus orejas de asno. Según la fábula, los dioses le concedieron su deseo de que todo lo que tocase se transformase en oro. Como ocurriera eso también con los alimentos, murió de hambre.

tan sin medida ni tassa en su codicia que al cabo, como suelen todos los ricos, murió de hambre, si enfermó de ahíto.

—¿Cómo que es fábula? —dixo el francés—. No es sino verdad tan cierta como platicada [61] hoy en el mundo. ¿Pues qué, es nuevo convertir un hombre en oro cuanto toca? Con una palmada que da un letrado en un Bártulo [62], cuyo eco resuena allá en el bartolomico del pleiteante, ¿no haze saltar los ciento y los docientos al punto, y no de la dificultad? [63] Advertid que jamás da palmada en vacío, y aunque estudia en Baldo [64], no es de balde su ciencia. Un médico, pulsando, ¿no se haze él de oro y a los otros de tierra? ¿Hay vara de virtudes como la del alguazil y la pluma del escribano, y más de un secretario, que por encantado que esté el tesoro, por más guardado, lo sacan baxo tierra? Las vanas Venus de la belleza, cuando más tocadas y prendidas [65], ¿no convierten en oro la inmundicia de su torpeza? Hombre hay que con sola una pulgarada que da convierte en el oro más pesado el hierro mal pesado [66]. Al tocar de las caxas ¿no anda la milicia más a la rebatiña que al rebato? Las pulgaradas del mercader ¿no convierten en oro la seda y la holanda? Creedme que hay muchos Midas en el mundo: assí los llama él cuando más desmedidos andan [67], que todo se ha de entender al contrario. El interés es el rey de los vicios, a quien todos sirven y le obedecen. Y assí, no os admiréis que yo diga que el príncipe que allí

---

[61] *Platicada,* practicada. Véase nota 28, Crisi I, Segunda Parte.

[62] Bártulo o Bartolo. Jurisconsulto italiano (1313-1357), considerado como jefe de la escuela de los comentaristas. Por extensión se llama así al libro de consulta de los abogados, obra de Bártulo. Obsérvese el juego con «bartolomico», bolsa.

[63] El letrado hace saltar el dinero con una palmada (los ciento y los doscientos) pero no hace saltar los ciento o doscientos puntos de la dificultad.

[64] Baldo de Ubaldis, Pedro. Jurisconsulto italiano (1327-1406). Se le considera como el segundo jefe de la escuela de los comentaristas.

[65] Juego de palabras ya utilizado. Véase nota 77, Crisi XI, Primera Parte.

[66] Se refiere a los mercaderes, que colocando el pulgar sobre la balanza, obligan a que marque más el peso del hierro, con lo que su precio sube al del oro.

[67] Midas son los mercaderes, porque miden tejidos, y desmedidos porque miden mal, con lo que se enriquecen como el rey Midas.

vive convierte en oro cuanto toca; y una de las causas por que yo voy allá es para que me toque también y me haga de oro.

—Mosiur —instó Andrenio—, ¿cómo puede vivir de esse modo?

—Muy bien.

—Pues, dime, ¿no se le convierte en oro el manjar assí como le toca?

—Buen remedio calçarse unos buenos guantes, que muchos hoy comen de ellos y con ellos [68].

—Sí, pero en llegando a la hora el manjar, en comen-çándolo a mascar, ¿no se le ha de volver todo oro, sin poder-lo tragar?

—¡Oh, qué mal discurres! —dixo el francés—. Esse me-lindre fue allá en otro tiempo; no se embarazan tanto ya las gentes. Ya se ha hallado traça cómo hazer el oro potable y comestible, ya dél se conficionan bebidas que confortan el coraçón y alegran grandemente; ni falta quien ha inven-tado el hazer caldo de doblones, y dizen es tan substancial que basta a resucitar un muerto: que esso de alargar la vida es niñería. Demás de que hoy viven millares de miserables de no querer comer: todo lo que no comen ni beben ni visten, dizen que lo convierten en oro; ahorran porque no se aforran [69], mátanse de hambre a sí y a sus familias, y de matarse viven.

Con esto, se fueron acercando y descubrieron a las puertas muchas guardas que, a más de estar armadas todas con espaldares castellanos contra los petos gallegos [70], eran tan inexorables que no dexaban llegar a ninguno ni de cien le-guas; y si alguno porfiaba en querer entrar, arrojábanle un

---

[68] Muchos comían de los guantes, porque eran el «agasajo que se da al artífice después de acabada la obra, demás de lo ajus-tado» (Dic. Aut.), y con ellos porque «echar el guante a algo» es robarlo. Quizá estuviera pensando Gracián en los caballeros que con guantes se dedican a robar elegantemente.

[69] Aforrarse: «Además del sentido literal de abrigarse y arropai-se, metaphóricamente se dice por el que come y bebe bien.» (Dic. Aut.) Aquí valen los dos significados.

[70] Aparte de jugar con «espaldares» y «petos», partes de la armadura, viene a decirnos que los guardias echaban a las espal-das castellanas lo solicitado por los petos gallegos, ya que está en la mente de Gracián el «peto», pecho en gallego, pero sobre-todo de «petere», pedir en latín.

ino! salido de una cara de hierro [71], que no hay bala que assí atraviesse y dexe sin habla al más ossado.

—¿Cómo haremos para entrar? —dixo Andrenio—, que cada guarda déstas parece un Nerón sincopado [72], y aun más cruel.

—No os embarace esso —dixo el francés—, que esta guarda sólo guarda de la juventud; no dexan entrar los moços.

Y assí era, que por ningún caso los dexaban entrar en la hazienda; a todos se les vinculaban [73] hasta ser hombres, pero de treinta años arriba las franqueaban a todo hombre, si ya no fuesse algún jugador, descuidado, gastador o castellano [74], gente toda de la cofadría del hijo pródigo. Mas a los viejos, a los franceses y catalanes, puerta franca, y aun les convidaban con el manejo [75]. Con esto, viéndolos ya tan hombres y tan a la francesa, sin dificultad alguna los dexaron passar. Pero luego hubo otro tope, y mayor: que a más de ser las puertas de bronze y más duras que las entrañas de un rico, de un cómitre, de una madrastra, de un genovés, que es más que todo, estaban cerradas y muy atrancadas con barras catalanas y candados vizcaínos. Y aunque llegaban unos y otros a llamar, nadie respondía ni, a propósito, mucho menos correspondía.

—Mira —dezía uno— que soy tu pariente.

Y respondía el de adentro:

—Más quiero mis dientes que mis parientes. Cuando yo era pobre no tenía parientes ni conocidos, que quien no tiene sangre [76] no tiene consanguíneos, y ahora me nacen como hongos y se pegan como lapa.

—¿No me conoces que soy tu amigo? —gritaba otro.

---

[71] *Cara de hierro* puede significar cara férrea, inexorable o cruel, además de estar cubierta por el yelmo militar.

[72] *Nerón sincopado* es, según abreviaturas paleográficas, «Nōn» (no).

[73] *Vincular:* «Vale también assegurar» *(Dic. Aut.)*, y assegurar las puertas es cerrarlas.

[74] A los castellanos, generosos y no ahorradores, no les dejaban pasar: luego veremos que sí les dejarán pasar a los ahorradores catalanes.

[75] *Manejo,* en su acepción de gobierno y disposición que trae el *Dic. Aut.*

[76] *Sangre* puede significar a veces dinero, como aquí y como ocurre en la frase «chupar alguien la sangre a otro», que significa arruinarle poco a poco.

Y respondíanle:

—En tiempo de higos, higas [77].

Con mucha cortesía rogaba un gentilhombre; y respondía un villano:

—Ahora, que tengo, todos me dizen: «Norabuena estéis, Pedro.»

—¿Pues a tu padre? —dezía un buen viejo.

Y el hijo respondía:

—En esta casa no se tiene ley con nadie.

Al contrario, rogaba a su padre un hijo le dexasse entrar, y él respondía:

—Esso no, mientras yo viva.

Ninguno se ahorra [78] con el otro, ni hermanos con hermanos, ni padres con hijos; pues ¡qué sería suegras con nueras! Oyendo esto, desconfiaron de todo punto de poder entrar. Trataban de tomarse la honra [79], si no el provecho, cuando el francés les dixo:

—¡Qué presto desmayáis! ¿No entraron los que están dentro? Pues no nos faltará traça a nosotros. Dinero no falte, y trampa adelante [80].

Mostróles una valiente maza que estaba pendiente de una dorada cencerra.

—Miradla bien —dixo—, que en ella consiste nuestro remedio. ¿Cúya pensáis que es?

—Si fuera de hierro y con sus puntas azeradas —dixo Critilo—, aun creyera yo era la clava de Hércules.

—¿Cómo de Hércules? —dixo el francés—. Fue juguete aquélla, fue un melindre respeto désta, y todo cuanto el entenado [81] de Juno obró con ella fue niñería.

—¿Cómo hablas assí, mosiur, de una tan famosa y tan celebrada clava?

---

[77] «En tiempo de higos, no hai amigos… en la abundante fortuna se olvidan de los amigos necessitados» (*Dic. Aut.*); *higas*, burla o desprecio, véase nota 36, Crisi XIII, Primera Parte.

[78] *No ahorrarse con nadie, ni con su padre.* «Phrase que se aplica o se dice del que todo lo quiere para sí, o que sigue tenazmente su dictamen sin ceder al de los otros.» (*Dic. Aut.*)

[79] *Tomarse la honra,* marcharse. Véase nota 58, Crisi IX, Primera Parte. Pretendían marcharse con honra, ya que no podían entrar y sacar provecho.

[80] Como diciendo: para que el dinero no falte, pongamos en marcha la traza o el plan para entrar.

[81] Según registra el *Dic. Aut., entenado* es hijastro.

—Dígote que no valió un clavo respeto désta, ni supo Hércules lo que se hizo, ni supo vivir, ni entendió el modo de hazer la guerra.

—¿Cómo no, si con aquélla triunfó de todos los monstruos del mundo, con ser tantos?

—Pues con ésta se vencen los mismos impossibles. Creedme que es mucho más executiva, y sería nunca acabar querer yo relataros los portentos de dificultades que se han allanado con ésta.

—Será encantada —dixo Andrenio—; no es possible otra cosa, obra grande de algún poderoso nigromántico.

—Que no está encantada —dixo el francés—, aunque sí hechiza a todos. Más os digo, que aquélla sólo en la diestra de Hércules valía algo; mas ésta en cualquier mano, aunque sea en la de un enano, de una muger, de un niño, obra prodigios.

—¡Eh, mosiur —dixo Andrenio—, no tanto encarecimiento! ¿Cómo puede ser esso?

—¿Cómo? Yo os lo diré: porque es toda ella de oro mazizo, aquel poderoso metal que todo lo riñe y todo lo rinde. ¿Qué pensáis vosotros, que los reyes hazen la guerra con el bronze de las bombardas, con el hierro de los mosquetes y con el plomo de las balas? Que no, por cierto, sino con *dinari, y dinari e piu dinari* [82]. Mal año para la tizona del Cid y para la encantada de Roldán, respeto de una maza preñada de doblones. Y porque lo veáis, aguardá [83].

Descolgóla y pegó con ella en las puertas un ligeríssimo golpecillo, pero tan eficaz, que al punto se abrieron de par en par, quedando atónitos ambos peregrinos y blasonando el mosiur:

—¡Aunque fueran las de la torre de Danae! Pero son de Dame, que es más [84].

Cuando todo estuvo llano, ya no lo estaba la voluntad de Critilo; antes, dudaba mucho el entrar, porque dudaba el poder salir. Hallaba como prudente grandes dificultades, mas al retintín de un dinero que oyó contar, que por esso se

---

[82] Es decir, con dinero, dinero y mucho dinero.

[83] *Aguardá,* aguardad. Véase nota 19, Crisi VI, Primera Parte.

[84] Dánae, princesa de Argos, a quien tuvo encerrada su padre en una torre para evitar un mal destino, pero Júpiter, en forma de lluvia de oro, la poseyó y de esta unión nació Perseo. Las torres de Dame en Francia son las de Notre Dame, aunque hay equívoco con «dame» de «dar».

llamó moneda, *a monendo*[85], porque todo lo persuade y recaba y a todos convence, se dexó vencer: atrájole el reclamo del oro y de la plata, que no hay armonía de Orfeo que assí arrebate. En estando dentro, se volvieron a cerrar las puertas con otros tantos cerrojos de diamante. Mas, ¡oh espectáculo tan raro como increíble!, donde creyeron hallar un palacio, centro de libertades, hallaron una cárcel llena de prisiones, pues a cuantos entraban los aerrojaban; y es lo bueno, que a título de hazerles muchos favores. Estaban persuadiendo a una hermosa muger que la enriquecían y engalanaban, y echábanla al cuello una cadena de una esclavitud de por vida y aun por muerte, la argolla de un rico collar, las esposas de unos preciosos braçaletes que paran en ajorcas[86], el apretador[87] de sus obligaciones, el esmaltado laço de un ñudo ciego, la gargantilla de un ahogo: ello fue casa y miento[88], y cárcel verdadera. Echáronle a un cortesano unos pesados grillos de oro que no le dexaban mover, y persuadíanle que podía cuanto quería. Los que imaginaron salones, eran calaboços poblados de cautivos voluntarios, y todos ellos cargados de prisiones, argollas y cadenas de oro, pero todos tan contentos como engañados. Toparon entre otros un cierto sugeto rodeado de gatos, poniendo toda su fruición en oírlos maullar[89].

—¿Hay tan mal gusto en el mundo como el tuyo? —dixo Andrenio—. ¿No fueran mejores algunos pajarillos enjaulados que con sus dulces cantos te aliviaran las prisiones? ¡Pe-

---

[85] *a monendo*, de *monere*, advertir, avisar. De aquí, *moneda*, porque avisa porque advierte.

[86] *Ajorcas:* «los cerquillos, o argollas de oro o plata que... se ponen las moras en las muñecas y en la garganta del pie» (*Diccionario Aut.*). Juega Gracián con el sonido: brazaletes que paran en ajorcas, que significan lo mismo, pero ajorcas suena a «ahorcar».

[87] *Apretador:* «Assimismo era una cinta o banda ricamente aderezada y labrada que servía antiguamente de ornamento a las mugeres para recoger el pelo y ceñirse la frente.» (*Dic. Aut.*)

[88] Jugando con «casamiento». Esta frase resume todo lo anterior.

[89] *Gato:* «Se llama también la piel de este animal... en forma de talego o zurrón, para echar y guardar en ella el dinero: y se extiende a significar qualquier bolsa o talego de dinero.» (*Diccionario Aut.*) Está claro entonces que los maullidos eran el sonido de las monedas.

ro gatos, y vivos, y que gustes de oír sus enfadosos maullidos, que a todos los demás atormentan!

—Quita, que no lo entiendes —respondió él—. Para mí es la más regalada música de cuantas hay, éstas las vozes más dulces y más suaves del mundo; ¿qué tienen que ver los gorgeos del pintado gilguerillo, los quiebros del canario, las melodías del dulce ruiseñor, con los maullidos de un gato? Cada vez que los oigo, se regozija mi coraçón y se alboroça mi espíritu. Mal año para Orfeo y su lira, para el gustoso Correa [90] y su destreza. ¿Qué tiene que ver toda la armonía de los instrumentos músicos con el maullido de mis gatos?

—Si fueran muertos —replicó Andrenio—, aún me tentara, ¡pero vivos! [91]

—Sí, vivos, y después muertos; y vuelvo a dezir que no hay más regalada voz en cuantas hay.

—Pues, dinos, ¿qué hallas de suavidad en ella?

—¿Qué? Aquel dezir *mío, mío,* y todo es *mío* y siempre *mío,* y nada para vos; éssa es la voz más dulce para mí de cuant[a]s [92] hay.

Hallaron cosas a este tono bien notables. Mostráronles algunos, y aun los más, que se dezía no tener coraçones ni entrañas, no sólo para con los otros, pero ni aun para consigo mismos; y con todo esso, vivían.

—¿Cómo se sabe —preguntó Andrenio— que estén descoraçonados?

—Muy bien —le respondieron—: en no dar fruto alguno; a más de que, buscándoseles a algunos, se les han hallado enterrados en sepulcros de oro y amortajados en sus talegos.

—¡Desdichada suerte —exclamó Critilo— la de un avaro, que nadie se alegra con su vida ni se entristeze en su muerte! Todos bailan en ella al son de las campanas: la viuda rica con el un ojo llora y con el otro repica; la hija, des-

---

[90] Orfeo, hijo de la musa Calíope, que fue célebre por su gran destreza en tocar la lira que le había regalado Apolo. //. Francisco Correa y Araújo, músico español muerto en 1663, y al que muchos biógrafos han confundido con Francisco Araújo y Araújo, obispo de Segovia. Fue organista de la Iglesia del Salvador de Sevilla. Se conservan de él algunos escritos y composiciones para órgano.

[91] Juega ahora con «gato», no sólo talegos de dinero, que son los gatos muertos, sino como «ladrón ratero» que también da el *Dic. Aut.* como significado de gato, y éstos sí que están vivos.

[92] Por errata, el texto de 1653 pone «quantos».

mintiendo sus ojos hechos fuentes, dize río de las lágrimas que lloro [93]; el hijo, porque hereda; el pariente, porque se va acercando a la herencia; el criado, por la manda y por lo que se desmanda [94]; el médico, por su paga y no por su pago [95]; el sacristán, porque dobla [96]; el mercader, porque vende sus bayetas; el oficial, porque las cose; el pobre, porque las arrastra [97]. Miserable suerte la del miserable: mal si vive y peor si muere.

En un gran salón vieron un grande personage; quedaron espantados [98] de cosa tan nueva y tan estraña en semejantes puestos.

—¿Qué haze aquí este señor? —preguntó Critilo a uno de sus enemigos no escusados [99].

Y él:

—¿Qué? Adorar.

—¿Pues qué, es gentil?

—Lo que menos tiene es de gentil y de hombre [100].

—¿Pues qué adora?

—Dora y adora una arca.

—¿Qué, sería judío? [101]

—En la condición ya podría, pero en la sangre no, que es muy noble, de los ricos hombres de España.

---

[93] Equívoco con «río» de reír y «río» que forman las lágrimas; es decir, se ríe de las lágrimas que llora, o bien llora de risa.

[94] El criado está contento por el legado que recibirá del testamento (manda) y por lo que pueda sacar él por su cuenta.

[95] El médico está contento por la paga que va a cobrar, pero no por el pago que ha hecho al muerto: llevarle a la tumba.

[96] Jugando con el vocablo «doblar», «tocar a muerto» (*Diccionario Acad.*), y doblar su ganancia con el entierro.

[97] Las *bayetas* «que se ponen a los difuntos en el féretro de bayeta negra sobre el ataúd, y en el suelo» (*Dic. Aut.*) incluso para vestido o túnicas, son ganancias para el mercader que las vende, para el oficial sastre que corta y para el pobre que las recibe de regalo.

[98] *Espantados,* asombrados. Véase nota 19, Crisi I, Primera Parte.

[99] *Enemigos no excusados* o que no se pueden evitar son, como ya se ha dicho otras veces, los criados. *Excusar,* «vale también evitar» (*Dic. Aut.*).

[100] Jugando con «gentilhombre».

[101] Pregunta si es judío por dos razones: porque dora y adora el arca del dinero (fama del judío) y por el Arca de la Alianza de los judíos.

—Y con todo esso, ¿no es hidalgo?

—Antes, porque no lo es: es hombre rico [102].

—¿Qué arca es ésta que adora?

—La de su testamento.

—¿Y es de oro?

—Dentro sí, mas por fuera de hierro, pues no sabe qué, ni por qué, ni para qué, ni para quién [103].

Aquí vieron executada aquella exagerada crueldad que cuentan de las víboras (cómo la hembra, al concebir, corta la cabeça al macho, y después los hijuelos vengan la muerte de su padre agujerándola el vientre y rasgándola las entrañas por salir y campear), cuando vieron que la muger, por quedar rica y desahogada, ahoga al marido; luego, el heredero, pareciéndole vive sobrado la madre y él no vive sobrado, la mata a pesares; a él, por heredarle, su otro hermano segundo le despacha: de suerte que unos a otros como víboras crueles se emponçoñan y se matan. El hijo procura la muerte del padre y de la madre, pareciéndole que viven mucho y que él se hará senior antes de llegar a ser señor; el padre teme al hijo, y cuando todos festejan el nacimiento del heredero, él enluta su coraçón, temiéndole como a su más cercano enemigo; pero el abuelo se alegra y dize: «¡Seáis bien venido, oh enemigo de mi enemigo!»

Fueles materia de risa, entre las muchas de pena, lo que le aconteció a uno destos guardadores: que un ladrón de otro ladrón, que hay ladrones de ladrones, con tal sutileza le engañó, que le persuadió se robasse a sí mismo; de modo que le ayudó a quitarse cuanto tenía; él mismo llevó a cuestas toda la ropa, el oro y plata de su casa, trasportándola y escondiéndola donde jamás la vio ni la gozó. Lamentábase después, doblando el sentimiento de ver que él había sido el ladrón de sí mismo, el robador y el robado.

—¡Oh, lo que puede el interés! —ponderaba Critilo—; que le persuada a un desdichado que él se robe, que esconda su dinero, que atesore para ingratos, jugadores y perdidos, y que él ni coma ni beba, ni vista, ni duerma, ni descanse, ni goze de su hazienda ni de su vida: ladrón de sí mismo,

---

[102] Porque los hidalgos, como el escudero del Lazarillo, no solían tener dinero.

[103] El arca es de oro por dentro, ya que el testamento encierra sus riquezas; pero por fuera es de hierro (mejor de yerro), pues no sabe qué ocurrirá con él ni por qué, para qué servirá, ni para quién será; y ahí está su error.

merece muy bien los ciento, contados al revés, y que le destierre el discreto Horacio a par de un Tántalo necio [104].

Habían dado una vuelta entera a todo aquel palacio de calabozos sin haber podido descubrir el coronado necio [105], su dueño, cuando a lo último, imaginándole en algún salón dorado ocupando rico trono a toda magestad, vestido de brocados roçagantes, con su ropón imperial, le hallaron muy al contrario, metido en el más estrecho calaboço, que aun luz no gastaba por no gastarla ni aun de día, por no ser visto para dar ni prestar. Con todo, brujulearon su mala catadura, cara de pocos amigos y menos parientes, aborreciendo por igual deudos y deudas, la barba crecidamente descompuesta, que aun el regalo de quitársela se envidiaba [106]; mostraba unas grandes ojeras de rico trasnochado. Siendo tan horrible en su aspecto, nada se ayudaba con el vestido, que de viejo la metad era ido y la otra se iba aborreciendo todo lo que cuesta [107]. Estaba solo quien de nadie se fiaba, y todos le dexaban estar, rodeado de gatos con almas de doblones, propias de desalmados, que aun muertos no olvidan las mañas del agarro. Parecía en lo crudo un Radamanto [108].

Assí como entraron, con que [109] a nadie puede ver, fue a

---

[104] Ladrón de sí mismo fue Tántalo, hijo de Zeus y favorito de los dioses, que divulgó los secretos de Zeus, por lo que fue desterrado al infierno; allí estaba rodeado de agua y de frutas, como el avaro de sus riquezas, pero que se apartaban automáticamente cuando él intentaba alcanzarlas. El avaro merece los ciento contados al revés (azotes): $100+99+98+97$, etc., es decir, no ya cien, sino cinco mil cincuenta.

[105] Coronado necio por varias razones: 1.ª, porque el avaro es necio; 2.ª, porque el palacio debe tener un señor coronado, que debe ser el mayor (coronado) necio, ya que es señor de todos los necios engañados por las riquezas; 3.ª, porque puede estar rodeado de coronas (monedas).

[106] Por no gastar, ni en comida, envidiaba el cortarse la barba para comerla, que era regalo y no le costaba dinero.

[107] O sea, la mitad del vestido de viejo que era, ya no existía, y la otra mitad, acostumbrada a la avaricia de su dueño, aborrecía todo lo que costara dinero, ya fueran arreglos, ya prendas nuevas.

[108] Radamanto: rey de Licia y legislador de Creta, hijo de Júpiter y de Europa, y hermano de Minos. Casóse con Alcmena, madre de Hércules, y enseñó a éste a manejar el arco. Después de su muerte, los dioses le hicieron rey de los infiernos.

[109] Hoy diríamos «aunque». A nadie puede ver, por la oscu-

abraçarlos, que los quisiera de oro; mas ellos, temiendo tanta preciosidad, se retiraron buscando ya por donde salir de aquella dorada cárcel, palacio de Plutón, que toda casa de avaro es infierno en lo penoso y limbo en lo necio. Con este deseo, apelándose al desengaño de todo vicio, en especial de la tiranía codiciosa, buscaban a toda priessa por donde escapar. Mas como en casa del desdichado se tropieza en los azares, yendo en fuga cayeron en una dissimulada trampa cubierta con las limaduras de oro de la misma cadena, tan apretado laço, que cuanto más forcejaban por librarse más le añudaban. Lamentaba Critilo su inconsiderada ceguera, suspiraba Andrenio su mal vendida libertad. Cómo la consiguieron, contará la otra crisi.

---

ridad del calabozo y porque un avaro no ve a nadie más que a su dinero.

CRISI CUARTA

El museo del Discreto

Solicitaba un entendido [1] por todo un ciudadano emporio, y aun dizen corte, una casa que fuesse de personas; mas en vano, porque aunque entró en muchas curioso, de todas salió desagradado, por hallarlas cuanto más llenas de ricas alhajas tanto más vacías de las preciosas virtudes. Guióle ya su dicha a entrar en una, y aun única, y al punto, volviéndose a sus discretos, les dixo:

—Ya estamos entre personas: esta casa huele a hombres.

—¿En qué lo conoces? —le preguntaron.

Y él:

—¿No veis aquellos vestigios de discreción?

Y mostróles algunos libros que estaban a mano.

—Éstas —ponderaba— son las preciosas alhajas de los entendidos. ¿Qué jardín del Abril, qué Aranjuez del Mayo como una librería selecta? ¿Qué convite más delicioso para el gusto de un discreto como un culto museo [2], donde se recrea el entendimiento, se enriqueze la memoria, se alimenta la voluntad, se dilata el coraçón y el espíritu se satisfaze? No hay lisonja, no hay fullería [3] para un ingenio como un libro nuevo cada día. Las pirámides de Egipto ya acabaron, las

---

[1] Por errata, inversión de la d, el texto de 1653 pone «entenpido».

[2] *Museo,* biblioteca; véase nota 110, Crisi I, Segunda Parte.

[3] *Fullería:* «... astucia, cautela y arte con que se pretende engañar a alguno» *(Dic. Aut.)* El pensamiento de Gracián se repite: la vida del hombre ha de ser una treta contra el Engaño.

torres de Babilonia **cayeron**, el romano coliseo pereció, los palacios dorados de Nerón caducaron, todos los milagros del mundo desaparecieron; y solos permanecen los inmortales escritos de los sabios que entonces florecieron y los insignes varones que celebraron. ¡Oh gran gusto el leer, empleo de personas, que si no las halla, las haze! Poco vale la riqueza sin la sabiduría, y de ordinario andan reñidas: los que más tienen menos saben, y los que más saben menos tienen, que siempre conduce la ignorancia borregos con vellocino de oro [4].

Esto les estaba ponderando, ya para consuelo, ya para enseñanza, a los dos presos en la cárcel del interés, en el brete de su codicia, un hombre, y aun más, pues en vez de braços batía alas, tan volantes que se remontaba a las estrellas y en un instante se hallaba donde quería. Fue cosa notable que cuando a otros, en llegando, les amarraban fuertemente, sin dexarles libertad ni para dar un passo, cargándoles de grillos y de cadenas, a éste al punto que llegó le jubilaron de una que al pie arrastraba y le apesgaba [5] de modo que no le permitía echar un vuelo. Admirado Andrenio, le dixo:

—Hombre o prodigio, ¿quién eres?

Y él prontamente:

—Ayer nada, hoy poco más y mañana menos.

—¿Cómo menos?

—Sí, que a vezes más valiera no haber sido.

—¿De dónde vienes?

—De la nada.

—¿Y dónde vas?

—Al todo [6].

—¿Cómo vienes tan solo?

—Aun la mitad me sobra.

---

[4] Alusión al mito del mismo nombre en que Nefela salva a sus hijos Frixos y Hele, llevándoles por los aires sobre un carnero con alas y que tenía el vellón de oro en vez de lana. Sobre el vellocino de oro se montará el mito de los argonautas.

[5] *Apesgar:* «Hacer una cosa peso, colgando de otra: como quando el hombre va muy cargado, o levanta un gran peso, se dice que le apesga.» (*Dic. Aut.*)

[6] Este «todo» habrá que interpretarlo como Dios. Al igual que Quevedo en sus poemas morales, Gracián ha puesto en su boca el «Ayer nada, hoy poco más y mañana menos», es decir, la vida. Su destino es Dios, pero sólo del alma, por eso dice a continuación que la mitad, el cuerpo, le sobra.

—Ahora digo que eres sabio.

—Sabio no; deseoso de saber, sí.

—Pues ¿con qué ocasión veniste acá?

—Vine a tomar el vuelo, que pudiendo levantarme a las más altas regiones en alas de mi ingenio, la envidiosa pobreza me tenía apesgado.

—Según esso, ¿no piensas en quedarte aquí?

—De ningún modo, que no se permuta bien un adarme de libertad por todo el oro del mundo; antes, en tomando lo preciso de lo precioso, volaré.

—¿Y podrás?

—Siempre que quiera.

—¿Podríasnos librar a nosotros?

—Todo es que queráis.

—¡Pues no habíamos de querer!

—No sé, que es tal el encanto de los mortales, que están con gusto en sus cárceles y muy hallados [7] cuando más perdidos. Ésta, con ser un encanto, es la que más aprisionados les tiene, porque más apassionados.

—¿Cómo es esso de encanto? —dixo Andrenio—. Pues ¿no es éste que vemos tesoro verdadero?

—De ningún modo, sino fantástico.

—Éste que reluze ¿no es oro?

—Dígole lodo.

—¿Y tanta riqueza?

—Vileza.

—¿Éstos no son montones de reales?

—No hay una realidad en todos ellos.

—Pues éstos que tocamos ¿no son doblones?

—Sí, en lo doblado [8].

—¿Y tanto aparador?

—No es sino parador, pues al cabo para en nada. Y porque os desengañéis que todo esto es apariencia, advertid que en boqueando cualquiere, el más rico, el más poderoso, en nombrando «¡Cielo!», en diziendo «¡Dios, valme!», al mismo punto desaparece todo y se convierte en carbones y aun ceniças.

Assí fue, que en diziendo uno «¡Jesús!», dando la última boqueada, se desvaneció toda su pompa como si fuera sueño,

---

[7] *Hallarse:* «Significa estar contento y gustoso en algún lugar.» (*Dic. Aut.*)

[8] *Doblado,* ya hemos visto, significa «falso».

tanto, que despertando los varones de las riquezas y mirándose a las manos, las hallaron vacías: todo paró en sombra y en assombro. Y fue un espectáculo bien horrible ver que los que antes eran estimados por reyes, ahora fueron reídos; los monarcas arrastrando púrpuras, las reinas y las damas rozando galas, los señores recamados, todos se quedaron en blanco, y no por haber dado en él[9]; no ya ocupaban tronos de marfil, sino tumbas de luto; de sus joyas sólo quedó el eco en hoyas y sepulcros; las sedas y damascos fueron ascos; las piedras finas se trocaron en losas frías; las sartas de perlas, en lágrimas; los cabellos tan rizados, ya erizados; los olores, hedores; los perfumes, humos. Todo aquel encanto paró en canto y en responso, y los ecos de la vida en huecos de la muerte; las alegrías fueron pésames, porque no les pesa más[10] la herencia a los que quedan; y toda aquella máquina de viento, en un cerrar y abrir los ojos se resolvió en nada.

Quedaron nuestros dos peregrinos más vivos cuando más muertos[11], pues desengañados. Preguntáronle a su remediador alado dónde estaban, y él les dixo que muy hallados, pues en sí mismos. Propúsoles si le querían seguir al palacio de la discreta Sofisbella, donde él iba y donde hallarían la perfecta libertad[12]. Ellos, que no deseaban otro[13], le rogaron que, pues había sido su libertador, les fuesse guía. Preguntáronle si conocía aquella sabia reina.

—Luego que me vi con alas —respondió—, y vamos caminando, determiné ser suyo. Son pocos los que la buscan y menos los que la hallan. Discurrí por todas las más célebres Universidades sin poder descubrirla, que aunque muchos son sabios en latín, suelen ser grandes necios en romance. Passé por las casas de algunos que el vulgo llama letra-

---

[9] Todos se quedaron en blanco (sin nada) y no por haber dado en el blanco (por haber acertado).

[10] Jugando con «pésames»: las alegrías pararon en pésames por el muerto, pero para los que heredan, el pésa-me fue alegría porque el peso de la herencia pesa-más.

[11] Quedaron más vivos por haberse librado de las prisiones, y más muertos por haber sido desengañados de las riquezas pasajeras del mundo y de la vida.

[12] Sabido es que para muchos la sabiduría es la perfecta libertad. Sobre Sofisbella, véase nota 63, Crisi III, Segunda Parte.

[13] Genérico, «otra cosa».

dos, pero como me veían sin dinero, dezíanme leyes [14]; hablé con muchos tenidos por sabios, mas entre muchos doctores no hallé un docto. Finalmente conocí que iba perdido y me desengañé que de sabiduría y de bondad no hay sino la mitad de la mitad, y aun de todo lo bueno. Mas como voy volando por todas partes, he descubierto un palacio fabricado de cristales, bañado de resplandores, cambiando luzes. Si en alguna estancia se ha de hallar esta gran reina, ha de ser en este centro, porque ya acabó la docta Atenas y pereció la culta Corinto.

Oyóse en esto una confusa vozería, vulgar aplauso de una insolente turba que assomaba. Pararon al punto y repararon en un chabacano monstruo que venía atrancando sendas, seguido de inumerable turba: estraña catadura, la primera metad de hombre y la otra de serpiente; de modo que de medio arriba miraba al cielo, y de medio abaxo iba rastrando por tierra. Conocióle luego el varón alado y previno a sus camaradas le dexassen passar sin hazer caso ni preguntar cosa. Mas Andrenio no pudo contenerse que no preguntasse a uno del gran séquito quién era aquel serpihombre.

—¿Quién ha de ser —le respondió— sino quien sabe más que las culebras? [15] Éste es el sabio de todos, el milagro del vulgo, y éste es el poço de ciencia.

—Tú te engañas y le engañas —replicó el alado—; que no es sino uno que sabe al uso del mundo [16], que todo su saber es estulticia del cielo. Éste es de aquellos que saben para todos y no para sí, pues siempre andan arrastrados; éste el que habla más y sabe menos; y éste es el necio que sabe todas las cosas mal sabidas.

—¿Y dónde os lleva? —preguntó Andrenio.

—¿Dónde? A ser sabios de fortuna.

Estrañó mucho el término y replicóle:

—¿Qué cosa es ser sabio de ventura?

—Uno que sin haber estudiado es tenido por docto, sin cansarse es sabio, sin haberse quemado las cejas trae barba autorizada [17], sin haber sacudido el polvo a los libros levanta

---

[14] Echar leyes a uno o decirle leyes es «condenarlo» (*Dic. Acad.*).

[15] *Saber uno más que las culebras:* «Ser muy sagaz para su provecho.» (*Dic. Acad.*)

[16] Errata en el texto de 1653: «mando».

[17] Que las barbas han sido siempre signo de autoridad es cosa sabida. Recuérdense en la épica, las barbas de Carlomagno o el Cid. Incluso en la época romana.

polvaredas, sin haberse desvelado es muy lucido, sin haber trasnochado ni madrugado ha cobrado buena fama; al fin, él es un oráculo del vulgo y que todos han dado en dezir que sabe sin saberlo. ¿Nunca has oído dezir: «Ventura te dé Dios, hijo...»? [18] Pues éste es el mismo, y nosotros lo pensamos también ser.

Mucho le contentó a Andrenio aquello de saber sin estudiar, letras sin sangre [19], fama sin sudor, atajo sin trabajo, valer de balde. Y atraído del gran séquito que el plausible sabio arrastraba, hasta de carrozas, literas y caballos, ceñándole [20] todos y brindándole con el descanso, volviéndose a sus compañeros les dixo:

—Amigos, vivir un poco más y saber un poco menos.

Y metióse entre sus tropas, que al punto desaparecieron.

—Basta [21] —dixo el varón alado al atónito Critilo— que el verdadero saber es de pocos. Consuélate, que más presto le hallarás tú a él que él a ti, con que tú serás el hallado y él el perdido.

Quisiera ir en busca suya Critilo, mas viendo ya brillar el gran palacio que buscaban, olvidado aun de sí mismo y sin poder apartar los ojos dél, caminó allá embelesado. Campeaba, sin poder esconderse, en una claríssima eminencia, señoreando cuanto hay. Era su arquitectura estremo del artificio y de la belleza, engolfado en luzes y a todas ellas, que para recibirlas bien, a más de ser diáfanas sus paredes y toda su materia transparente, tenía muchas claraboyas, balcones rasgados [22] y ventanas patentes [23]: todo era luz y todo claridad. Cuando llegaron cerca, vieron algunos hombres (que lo eran) que estaban como adorando y besando sus paredes; pero, mirándolo mejor, advirtieron que las lamían y, sacando algunas cortezas, las mascaban y se paladeaban con ellas.

[18] Conforme al refrán que registra el *Dic. Aut.*: «Ventura te dé Dios, hijo, que saber poco te basta.» O sea, el vulgo piensa que más vale la suerte, la fortuna o la ventura que la sabiduría; triunfa el que tiene fortuna o ventura, no el sabio.

[19] Hay que entender la frase como «saber sin esfuerzo». La letra con sangre —con trabajo— entra y nada tiene que ver aquí la violencia contra el discípulo.

[20] *Ceñar*, hacer señas. Véase nota 91, Crisi X, Primera Parte.

[21] Sobreentendido un infinitivo como «pensar», «decir»... Véase nota 6, Crisi II, Primera Parte.

[22] *Rasgado*: «Se aplica también al balcón y ventana grande, que se abre de una vez, sin divissión de postigos.» *(Dic. Aut.)*

[23] *Patente*, abierto. Véase nota 10, Crisi II, Primera Parte.

—¿De qué provecho puede ser esso? —dixo Critilo. Y uno dellos:

—Por lo menos, es de sumo gusto.

Y convidóle con un terrón limpio y transparente que, en llegándole a la boca, conoció era sal y muy sabrosa, y los que imaginaron cristales no lo eran, sino sales gustosíssimas. Estaba la puerta siempre patente, con que [24] no entraban sino personas, y éssas bien raras; vestíanla yedras y coronábanla laureles, con muchas inscripciones ingeniosas por toda la magestuosa fachada. Entraron dentro y admiraron un espacioso patio muy a lo señor, coronado de columnas tan firmes y tan eternas que les asseguró el varón alado podían sustentar el mundo, y algunas de ellas el cielo, siendo cada una un *non plus ultra* de su siglo. Percibieron luego una armonía tan dulce que tiranizaba no sólo los ánimos, pero las mismas cosas inanimadas, atrayendo assí los peñascos y las fieras. Dudaron si sería su autor el mismo Orfeo, y con essa curiosidad fueron entrando por un magestuoso salón y muy capaz, en quien los copos de la nieve en marfiles y las ascuas de oro en piñas maravillosamente se atemperaban para construir su belleza. Aquí los recibieron y aun cortejaron el buen gusto y el buen genio, y con el agrado que suelen los conduxeron a la agradable presencia de un sol humano que parecía muger divina. Estaba animando un tan suave plectro, que les asseguraron no sólo hazía inmortales los vivos, pero que daba vida a los muertos, componía los ánimos, sossegaba los espíritus, aunque tal vez los encendía en el furor bélico, que no hiziera más el mismo Homero. Llegaron ya a saludarla entre fruiciones del verla, pero más de oírla, y ella en honra de sus peregrinos huéspedes hizo alarde de armonía. Estaba rodeada de varios instrumentos, todos ellos muy sonoros, mas suspendiendo los antiguos, aunque tan suaves, fue echando mano de [25] los modernos. El primero que pulsó fue una culta cítara, haziendo estremada armonía, aunque la percibían pocos, que no era para muchos; con todo, notaron en ella una desproporción harto considerable, que aunque sus cuerdas eran de oro finíssimo y muy sutiles, la materia de que se componía, debiendo ser de un marfil terso, de un ébano bruñido, era de haya, y aun

---

[24] Hoy diríamos «aunque».

[25] *de* está repetido en el texto: «mano de de».

más común. Advirtió el reparo la concentuosa [26] ninfa, y con un regalado suspiro les dixo:

—Si en este culto plectro cordobés [27] hubiera correspondido la moral enseñanza a la heroica composición, los assuntos graves a la cultura de su estilo, la materia a la bizarría del verso, a la sutileza de sus conceptos, no digo yo de marfil, pero de un finíssimo diamante merecía formarse su concha.

Tomó ya un italiano rabelejo, tan dulce, que al passar el arco pareció suspender la misma armonía de los cielos, si bien para ser pastoril y tan fido [28] pareció sobradamente conceptuoso. Tenía muy a mano dos laúdes tan igualmente acordes que parecían hermanos.

—Éstos —dixo— son graves por lo aragoneses, puédelos oír el más severo Catón sin nota de liviandad. En el metro tercero son los primeros del mundo, pero en el cuarto, ni aun quintos [29].

Vieron una arquicítara [30] de estremada composición, de maravillosa traza, y aunque estaba baxo de otra, pero [31] en el material artificio ni ésta la cedía, ni aquélla en la invención la excedía; y así, dixo el alma de los instrumentos:

—Si el Ariosto hubiera atendido a las morales alegorías como Homero, de verdad que no le fuera inferior.

Resonaba mucho y embaraçaba a muchos un instrumento que unieron cáñamo y cera. Parecía órgano por lo desigual

---

[26] *Concento* es canto acordado, armonioso *(Dic. Aut.);* luego «concentuosa» es armoniosa.

[27] Se refiere a Góngora cuya cítara, como decía antes, tiene las cuerdas de oro (el estilo) pero la materia de que está compuesta es de madera común (el asunto).

[28] *Fido,* fiel, según el *Dic. Aut.* Pero la alusión más certera es hacia Juan Bautista Guarini, poeta italiano (1537-1612), cuya obra más importante, *Il pastor fido,* es una tragicomedia pastoril en cinco actos.

[29] Los Argensola, aragoneses, «tan igualmente acordes que parecían hermanos», primeros en tercetos y nada buenos en los cuartetos, redondillas, etc. Bartolomé Leonardo de Argensola (1562-1631) y Lupercio Leonardo de Argensola (1559-1613).

[30] *Archicítara,* cítara excelente, la de Ariosto, que está bajo de otra, la de Homero, como se verá a continuación.

[31] Hoy diríamos «sin embargo». Hay, asimismo, colocación invertida de «ésta... aquélla»: ésta es la cítara de Ariosto (de la que habla), y aquélla la de Homero.

y era compuesto de las cañas de Siringa [32] cogidas en la más fértil vega [33]; llenábanse de viento popular, mas ‘con todo este aplauso, no les satisfizo, y dixo entonces la poética belleza:

—Pues sabed que éste, en aquel tiempo desaliñado, fue bien oído y llenó por lo plausible todos los teatros de España.

Descolgó una vihuela, tan de marfil, que afrentaba la misma nieve, pero tan fría, que al punto se le helaron los dedos y hubo de dexarla, diziendo:

—En estas rimas del Petrarca se ven unidos dos estremos, que son su mucha frialdad con el amoroso fuego.

Colgóla junto a otras dos muy sus semejantes, de quienes dixo:

—Éstas más se suspenden [34] que suspenden.

Y en secreto confessóles eran del Dante Alígero y del español Boscán. Pero entre tan graves plectros, vieron unas tejuelas [35] picariles, de que se escandalizaron mucho.

—No las estrañéis —les dixo—, que son muy donosas; con éstas espantaba sus dolores Marica en el hospital.

Tañó con indezible melodía unas folías a una lira conceptuosa que todos celebraron mucho y con razón:

—Bástale —dixo— ser plectro portugués, tiernamente regalado, que él mismo se está diziendo: «El que amo es» [36].

Gustaron no poco de ver una gaita, y aun ella la animó con lindo gusto, aunque descompuso algo qué [37] su gran belleza, y dixo:

---

[32] *Siringa:* especie de zampoña, compuesta de varios tubos de caña que forman escala musical y van sujetos unos al lado de otros. Se llama así por la ninfa Siringa, que, asediada por el dios Pan, se convirtió en un grupo de cañas.

[33] Fértil vega, pastoril unas veces, popular otras, variado y desigual fue, como Gracián mismo dice, Lope de Vega.

[34] Es decir, más se desaprueban o se cuelgan estas vihuelas que causan admiración.

[35] Contrastando con el sonido de los anteriores instrumentos, está el son de las tejuelas: «pedaços de tejas, y suelen hazer con ellas cierto son» (Covarrubias). Estas tejuelas picariles son de Quevedo, como se ve a continuación por la referencia a Marica en el hospital.

[36] Este plectro portugués es el máximo poeta de Portugal: «El q(ue) amo es», el Camoẽs, utilizando la abreviatura paleográfica de «que», q̄, y la grafía portuguesa de Camoens.

[37] Hoy diríamos «un tanto».

—Pues de verdad que fue de una musa princesa, a cuyo son solía bailar Gila en la noche de aquel santo [38].

Grande asco les causó ver una tiorba italiana llena de suciedad y que frescamente parecía haber caído en algún cieno; y sin ossarla tocar, cuanto menos tañer, la recatada ninfa dixo:

—Lástima es que este culto plectro del Marino [39] haya dado en tanta inmundicia lasciva.

Estaba un laúd real artificiosamente fabricado en un puesto escuro; con todo, despedía gran resplandor de sí y de muchas piedras preciosas de que estaba todo él esmaltado.

—Éste —ponderó— solía hazer un tan regalado son, que los mismos reyes se dignaban de escucharle, y aunque no ha salido a luz en estampa, luze tanto, que dél se puede dezir: «El alba es que sale» [40].

Allí vieron un culto instrumento coronado del mismo laurel de Apolo, aunque algunos no lo creían [41]. Oyeron una muy gustosa çampoña, mas por tener cáncer la musa que la tocaba, a cada concento se le equivocaban las vozes [42]. Hazíase bien de sentir un[a] lira, aunque mediana, mas en lo satírico superior, y dábase a entender latinizando [43]. Otro oyeron de feliz arte, mas dudaron si su prosa era verso y si su verso prosa [44]. Vieron en un rincón muchos otros instrumentos que, con ser nuevos y acabados de hazer, estaban ya acabados y cubiertos de polvo. Admirado, Critilo dixo:

---

[38] Piensa Romera-Navarro que se trata de Francisco de Borja, príncipe de Esquilache, y no Gil Vicente.

[39] Juan Bautista Marini o Marino, poeta italiano (1569-1625), conocido sobre todo por su colección de sonetos *Murtoleide* y su obra maestra *Adonis*.

[40] Razones suficientes da Romera-Navarro para pensar que se trata de Antonio Hurtado de Mendoza (1586-1644), secretario de Felipe IV. «El alba es que sale» es un verso suyo.

[41] Fernando de Herrera es el más famoso poeta español coronado de laurel, según lo muestran retratos suyos conservados.

[42] Sobre *concento*, canto acordado, véase nota 26 de esta Crisi. La musa que tiene cáncer es la de Jerónimo de Cáncer y Velasco, poeta y autor dramático, muerto en 1653. Escribió romances, jácaras, entremeses, bailes, etc.

[43] Una lira, aunque mediana (jugando con el nombre) que se daba a entender latinizando como Góngora, no es otro que el conde de Villamediana. El texto pone «una la lira».

[44] De Cervantes se pensó que su prosa era manantial de fantasía y su verso prosaico.

—¿Por qué, ¡oh gran reina del Parnaso!, éstos tan presto los arrimas? [45]

Y ella:

—Porque rimas... todos se arriman a ellas como más fáciles; pocos imitan a Homero y a Virgilio en los graves y heroicos poemas.

—Para mí tengo —dixo Critilo— que Horacio los perdió cuando más los quiso ganar, desanimándolos con sus rigurosos preceptos [46].

—Aun no es esso —respondió la gloria de los cisnes—, que son tan romancistas [47] algunos, que no entienden el arte, sino que para las obras grandes son menester ingenios agigantados. Aquí está el Taso, que es un otro Virgilio christiano, y tanto, que siempre se desempeña con ángeles y con milagros.

Había un vacío en buen lugar, y notándolo, Critilo dixo:

—De aquí algún gran plectro han robado.

—No será esso, sino que estará destinado para algún moderno.

—¿Si sería —dixo Critilo— uno que yo conozco y estimo por bueno, no por ser mi amigo, antes mi amigo por ser bueno? [48]

No pudieron detenerse más, porque la Edad les daba priessa, y assí hubieron de dexar esta primera estancia de un tan culto Parnaso, si en lo fragante paraíso. Llamóles el Tiempo a un otro salón más dilatado, pues no se le veía fin. Introdúxoles en él la Memoria, y aquí hallaron otra bien estremada ninfa que tenía la metad del rostro arrugado, muy de vieja, y la otra metad fresco, muy de joven. Estaba mi-

---

[45] *Arrimar:* «Vale también dexar para siempre, y como abandonar.» *(Dic. Aut.)*

[46] Se refiere Gracián a que nadie pretende hacer poemas largos como Homero y Virgilio y todos siguen los pasos de Horacio, con poemas cortos, cumpliendo las reglas horacianas de su Poética, la Epístola a los Pisones.

[47] *Romancista,* de romance, es «el que no sabe más que Romance», o «el autor que escribe en lengua vulgar» *(Dic. Aut.),* y no sabe latín, mucho menos para seguir los preceptos de Horacio.

[48] Francisco Díez de Sayas y Ortubia. Sacerdote y escritor español (aragonés), muerto en 1680. Asistió a las cortes de 1654 y fue nombrado cronista de Aragón por Felipe IV. Su nombre aparece en el margen de la edición de 1653.

rando a dos hazes, a lo presente y a lo passado, que lo porvenir remitíalo a la providencia. En viéndola, dixo Critilo:

—Ésta es la gustosa Historia.

Mas el varón alado:

—No es sino la maestra de la vida, la vida de la fama, la fama de la verdad y la verdad de los hechos.

Estaba rodeada de varones y mugeres, señalados unos por insignes y otros por ruines, grandes y pequeños, valerosos y cobardes, políticos y temerarios, sabios y ignorantes, héroes y viles, gigantes y enanos, sin olvidar ningún estremo. Tenía en la mano algunas plumas, no muchas, pero tan prodigiosas que con una sola que entregó a uno le hizo volar y remontarse hasta los dos coluros [49]; no sólo daba vida con el licor que destilaban, sino que eternizaba, no dexando envegecer jamás los famosos hechos. Íbalas repartiendo con notable atención, porque a ninguno daba la que él quería, y esto a petición de la Verdad y de la Entereza. Y así, notaron que llegó un gran personage ofreciendo por una gran suma de dinero, y no sólo no se la concedió, sino que le cargó la mano, diziéndole que estos libros para ser buenos han de ser libres, ni se vuela a la eternidad en plumas alquiladas [50]. Replicaron otros se la diesse, que antes sería para más ignominia suya.

—Esso no —respondió la eterna Historia—; no conviene, porque aunque agora sería reída, de aquí a cien años será creída.

Con esta misma atención a ninguno daba pluma que no fuesse después de cincuenta años de muerto, y a todo muerto pluma viva; con lo cual, ni Tiberio el astuto ni Nerón el inhumano pudieron escaparse de lo Cornelio de Tácito [51]. Fue a sacar una buena para que un escritor grande escribiesse de un gran príncipe, y porque la vio algo qué untada de oro

---

[49] *Coluros:* «Cada uno de los dos círculos máximos de la esfera celeste, los cuales passan por los Polos del mundo.» *(Diccionario Acad.)*

[50] Obsérvese la crítica que hace Gracián del soborno o la falsificación de las obras. Asimismo critica cómo algunos quieren volar (con plumas) alquilando las plumas (de escribir) de los demás.

[51] No sólo porque Tácito se llamara Cornelio y fuera historiador de Tiberio y Nerón, sino también porque éstos no pudieron escaparse de «los cuernos» y de que Tácito los descubriera no tácitamente.

la arrojó con desaire, con que [52] había escrito aquella misma otras cosas harto plausiblemente, y dixo:

—Creedme que toda pluma de oro escribe yerros [53].

Solicitaba un otro a grandes diligencias alguna que escribiesse bien dél; informóse la ninfa si era benemérito, averiguó que no; replicó él que para serlo; no se la quiso conceder, aunque alabó su honrado deseo, diziéndole que las palabras agenas no pueden hazer insignes los hombres, sino sus hechos propios, bien executados primero y bien escritos después. Al contrario, un otro famoso varón pidió le mejorasse, porque la que le había dado era llana y sencilla; y consolóle con que sus grandes hechos campeaban más en aquel mal estilo que los de otros, no tales [54], entre mucha elocuencia. Quexáronse algunos célebres modernos de que sus inmortales hechos se passaban en silencio, habiendo habido elogios plausibles del Jovio [55] para otros no tan esclarecidos. Aquí se enojó mucho la noticiosa ninfa, y aun con escandecencia [56] dixo:

—Si vosotros los despreciáis, los perseguís y tal vez los encarceláis a mis dilectíssimos escritores, no haziendo caso dellos, ¿cómo queréis que os celebren? La pluma, príncipes míos, no ha de ser apreciada [57], pero sí preciada.

Daban en rostro las demás naciones a la española el no haberse hallado una pluma latina que con satisfacción la ilustrasse. Respondía que los españoles más atendían a manejar la espada que la pluma, a obrar las hazañas que a placearlas, y que aquello de tanto cacarearlas más parecía de gallinas. No le valió, antes la arguyeron de poco política y muy bárbara, poniéndola por exemplo los romanos, que en todo florecieron, y un César cabal pluma y espada rige. Oyendo

---

[52] Dos construcciones ya conocidas: «algo que», un tanto, y «con que», aunque.

[53] Nuevamente el juego de palabras entre «hierros-yerros», contrastado aquí con «oro».

[54] *No tales,* es decir, no grandes hechos como los suyos.

[55] Pablo Giovio, historiador italiano (1483-1582), al que se le acusó, efectivamente, de hombre venal y de falsear los hechos, por lo que sus obras merecen poco crédito.

[56] *Escandecencia:* «Irritación vehemente, encendimiento en ira o enojo.» *(Dic. Aut.)*

[57] *Apreciar:* «Poner precio y tassa a las cosas» *(Dic. Aut.);* es decir, a la pluma no se le debe poner precio, pero debe ser de mucha estimación (preciada).

esto y viéndose señora del mundo [58], determinó llegar a pedir pluma. Juzgó la reina de los tiempos tenía razón, mas reparó en cuál la daría que la desempeñasse bien después de tanto silencio, y aunque tiene por ley general no dar jamás a provincia alguna escritor natural, so pena de no ser creído, con todo, viéndola tan odiada de todas las demás naciones, se resolvió en darla una pluma propia. Començaron luego a murmurarlo las demás naciones y a mostrar sentimiento, mas la verdadera ninfa las procuró quietar diziendo:

—Dexad, que el Mariana, aunque es español de cuatro cuartos [59], si bien algunos lo han afectado dudar, pero él es tan tétrico y escribirá con tanto rigor que los mismos españoles han de ser los que queden menos contentos de su entereza.

Esto no le fiaron a la Francia, y assí entregó la pluma de sus últimos sucessos y de sus reyes a un italiano; y no contenta aún con esto, le mandó salir de aquel reino y que se fuesse a Italia a escribir libremente; y assí ha historiado tan acertadamente Henrico Catarino, que ha escurecido al Guicciardino [60] y aun causado rezelo a Tácito. Con esto, cada uno llevaba la que menos pensaba y quisiera: las que parecían de unas aves, eran de otras, como la que passó plaça del Conestagio en la unión de Portugal con Castilla, que bien mirada se halló no ser suya, sino del Conde de Portalegre, para deslumbrar [61] la más atenta prudencia. Pidió uno las de la fenis, para escribir della, y encargósele seriamente no las gastasse sino en las de la fama [62]. La que se conoció con toda

---

[58] El sujeto no es la ninfa (la Historia) que lo ha sido en todo el párrafo, sino la nación española, que es la que va a pedir pluma a la Historia.

[59] Español por toda su ascendencia, ya que cuarto es «qualquiera de las quatro líneas de los avuelos paternos y maternos» (*Diccionario Aut.*), a pesar de que algunos lo han dudado.

[60] Arriago Caterino Dávila. Escritor italiano (1576-1631), residente en Francia, donde escribió la *Historia de las guerras civiles de Francia*. //. Francisco Guicciardini, historiador y político italiano (1483-1540), principalmente conocido por su *Historia de Italia*, 1492-1534.

[61] Sobre el Conde le Portalegre, véase nota 73, Crisi XI, Primera Parte. Sobre «deslumbrar», dejar dudoso y confuso, véase nota 1, Crisi V, Primera Parte.

[62] José Pellicer de Ossau Salas y Tovar, escritor y erudito español (1602-1679). Gozó fama de sabio y recibió los títulos de

realidad ser de fenis fue la de aquella princesa, excepción de la hermosura, no ya necia, aunque sí desgraciada, la inestimable Margarita de Valois [63], a quien y al César solos se les permitió escribir con acierto de sí mismos. Pidió un príncipe soldado una pluma, la más bien cortada de todas; por el mismo caso se la dio sin cortar, diziéndole:

—Vuestra misma espada le ha de dar el corte, que si ella cortare bien, la pluma escribirá mejor.

Otro gran príncipe, y aun monarca, pretendió la mejor de todas, por lo menos la más plausible, porque él quería inmortalizarse con ella. Y viendo que realmente la merecía, escogió entre todas y diole una entresacada de las alas de un cuervo. No quedó contento, antes murmuraba que cuando pensó le daría la de alguna águila real que levantasse el vuelo hasta el sol, le daba aquella tan infausta.

—¡Eh, señor, que no lo entendéis! —dixo la Historia—, [que éstas] [64] son de cuervo en el picar, en el adevinar las intenciones, en desentrañar los más profundos secretos. Ésta del Comines [65] es la más plausible de todas.

Trataba un gran personage de mandar quemar una déstas. Desengañáronle no lo intentasse, porque son como las de la fenis, que en el fuego se eternizan, y en prohibiéndolas vuelan por todo el mundo. La que celebró mucho, y por esso la dio a Aragón, fue una cortada de un girasol.

—Ésta —dixo— siempre mirará a los rayos de la verdad [66].

Admiráronse mucho de ver que, habiendo tanta copia de historiadores modernos, no tenía sus plumas la inmortal ninfa en su mano, ni las ostentaba, sino cual y cual, la de Pedro Mateo, del Santoro, Bavia, de el Conde de la Roca,

cronista de Castilla y Aragón. Su nombre aparece en el margen de la edición de 1653.

[63] Sobre Margarita de Valois, y sus *Memorias,* véase nota 7, Crisi XIII, Primera Parte.

[64] El texto de 1653 pone «estas que», que no concuerda con la sintaxis.

[65] Felipe de la Clyte, señor de Comines. Político e historiador francés (1445-1509), fue chambelán de Carlos el Temerario y consejero de Luis XI, y su obra más conocida son las *Memorias.*

[66] Juan Francisco Andrés de Uztarroz. Historiador aragonés (1605-1677). Fue archivero municipal, realizando notables estudios de bibliografía y arqueología. Publicó un *Discurso sobre las medallas desconocidas,* que figura en la obra de Lastanosa. Su nombre aparece en el margen de la edición de 1653.

Fuenmayor [67] y otros. Mas desengañáronse cuando advirtieron eran de simplicíssimas palomas, sin la hiel de Tácito, sin la sal de Curcio, sin el picante de Suetonio, sin la atención de Justino, sin la mordacidad del Platina [68].

—Que no todas las naciones —dezía la gran reina de la verdad— tienen numen para la historia: aquéllos, por ligeros, fingen; estos otros, porque llanos, descaecen; y assí, las más destas plumas modernas son chabacanas, insulsas y en nada eminentes. Veréis muchas maneras de historiadores: unos gramaticales, que no atienden sino al vocablo y a la colocación de las palabras, olvidándose del alma de la historia; otros cuestionarios, todo se les va en disputar y averiguar puntos y tiempos; hay anticuarios, gaceteros y relacioneros, todos materiales y mecánicos, sin fondo de juizio ni altanería de ingenio.

Topó una pluma de caña dulce, distilando néctar, y al punto la sacudió de sí, diziendo:

—Éstas, no tanto eternizan las hazañas, cuanto confitan los desaciertos.

Aborrecía sumamente toda pluma teñida [69], tenida por apassionada, decantándose siempre, ya al lado del odio, ya de la afición. Fue a sacar una y reparó:

—Ésta ya ha salido otra vez, ya la di a otro primero; y si mal no me acuerdo fue a Illescas, a quien le traslada capítulos enteros el Sandoval [70]: basta que yo me he equivocado.

[67] Sobre Pedro Matthieu, véase nota 46, Crisi XIII, Primera Parte. //. Paulo Santorio, historiador del siglo XVI. //. Luis de Bavia. Historiador elegante y castizo escritor español (1555-1628) que continuó la *Historia de los Papas* de Illescas. //. Juan Antonio de Vera Zúñiga y Figueroa, Conde de la Roca, embajador español en el reinado de Felipe IV. //. Antonio de Fuenmayor, historiador eclesiástico del siglo XVI.

[68] Quinto Curcio Rufo, historiador latino, probablemente del siglo I, autor de una *Historia de Alejandro*. //. Marco Juniano Justino: historiador latino del siglo II o III, de cuya Historia Universal sólo se conservan fragmentos. //. Bartolomé del Sacchi o Platina. Literato e historiador italiano (1421-1481), fue bibliotecario vaticano de Sixto IV.

[69] *Teñir*: «Metaphóricamente se toma por dar otro color, o viso a las cosas, dissimulándolas, u desmintiéndolas» (*Dic. Aut.*); pluma teñida sería una pluma parcial.

[70] Gonzalo de Illescas. Escritor y sacerdote español, muerto antes de 1633. Fue beneficiado de Dueñas y escribió la *Historia pontifical y católica*. //. Prudencio de Sandoval. Historiador y prelado español (1560-1621), a quien Felipe III concedió la abadía

Mucho se detuvieron aquí, y aun se estuvieran: tan entretenida es la mansión de la Historia.

Passaron ya, cortejados del Ingenio, por la de la Humanidad. Lograron [71] muchas y fragantes flores, delicias de la Agudeza, que aquí assistía tan aliñada cuan hermosa, leyéndolas en latín Erasmo, el Eborense y otros, y escogiéndolas en romance las florestas españolas, las facecias [72] italianas, las recreaciones del Guicciardino, hechos y dichos modernos del Botero, de solo Rufo seiscientas flores, los gustosos Palmirenos, las librerías del Doni [73], sentencias, dichos y hechos de varios, elogios, teatros, plaças, silvas, oficinas, geroglíficos, empresas, geniales, polianteas y fárragos [74].

No fue menos de admirar la ninfa Anticuaria, de más curiosidad que sutileza. Tenía por estancia un erario enriquecido de estatuas, piedras, inscripciones, sellos, monedas, medallas, insignias, urnas, barros [75], láminas, con todos los libros que tratan desta noticiosa antigüedad, tan acreditada con los eruditos diálogos de don Antonio Agustín, ilustrada de los Golzios, y últimamente enriquecida con las noticias de las monedas antiguas españolas del Lastanosa [76].

---

de San Isidoro. Fue obispo de Tuy, de Pamplona y cronista real.

[71] *Lograr,* gozar. Véase nota 13, Crisi II, Primera Parte.

[72] *Facecia:* «Chiste o cuento gracioso, fingido para la diversión y entretenimiento.» (*Dic. Aut.*)

[73] Desiderio Erasmo, pensador holandés, el más importante de los humanistas del Renacimiento (1467-1536). //. Andreas Rodrígues, el Eborense, escritor portugués del siglo XVII. //. Juan Botero, escritor político italiano y preceptor de los hijos de Víctor Manuel I de Saboya (1540-1617). //. Juan Rufo Gutiérrez, escritor español que vivió probablemente entre 1547 y 1620, autor del poema «La Austríada», sobre Juan de Austria, y de *Las seiscientas apotegmas,* obra muy estimada por Gracián. //. Juan Lorenzo Palmireno, erudito y humanista español (1514-1580), apasionado por el latín y el griego. //. Antonio Francisco Doni. Escritor italiano (1513-1574), viajero incansable por toda Italia. Era clérigo.

[74] Todos estos nombres se refieren a tipos de escritos (sentencias, dichos, elogios, etc.) o a títulos que se solían poner a obras políticas o morales (teatros, plazas, silvas, oficinas, polianteas, etc.).

[75] *Barro:* «Se llama también el vaso que se hace de diferentes hechuras y tamaños de tierra olorosa para beber agua, que por otro nombre se dice Búcaro.» (*Dic. Aut.*)

[76] Antonio Agustín, prelado y escritor español (1517-1586), na-

Al lado déste hallaron otro tan embaraçado de materialidades, que a la primera vista creyeron sería algún obrador mecánico; mas cuando vieron globos celestes y terrestres, esferas, astrolabios, brújulas, dioptras, cilindros, compases y pantómetras[77], conocieron ser los desvanes del entendimiento y el taller de las Matemáticas, sirviendo de alma muchos libros de todas estas artes y aun de las vulgares[78], pero de la noble pintura y arquitectura había tratados superiores.

Fueron registrando todos estos nichos de passo, lo que basta para no ignorar, assí como el de la indagadora Natural Filosofía, levantando mil testimonios a la naturaleza. Servían de estantes a sus curiosos tratados los cuatro elementos, y en cada uno los libros que tratan de sus pobladores, como de las aves, pezes, brutos, plantas, flores, piedras preciosas, minerales; y en el fuego, de sus meteoros, fenómenos y de la artillería. Pero enfadados de tan desabrida materialidad, los sacó de allí el Juizio para meterlos en sí. Veneraron ya una semideidad en lo grave y lo sereno, que en la más profunda estancia y más compuesta estaba entresacando las saludables hojas de algunas plantas para conficionar medicinas y distilar quintas essencias con que curar el ánimo, y en que conocieron luego era la Moral Filosofía. Cortejáronla de propósito, y ella les dio assiento entre sus venerables sugetos. Sacó en primer lugar unas hojas que parecían del díctamo[79], gran contra veneno, y mostró estimarlas mucho, si bien a algunos les parecieron algo secas y aun frías, de más provecho que gusto; pero de verdad muy eficaces. Y asseguró

---

cido en Zaragoza, obispo de Lérida y arzobispo de Tarragona, participó en el Concilio de Trento. Se distinguió como economista, jurisconsulto y arqueólogo. //. Huberto Goltzius, pintor, grabador y arqueólogo holandés (1526-1583), que se dedicó al estudio de monedas y medallas, y Enrico Goltzius, pintor y grabador (1558-1617). //. Vincencio Juan de Lastanosa (1607-1684), amigo de Gracián y mecenas. Escritor y arqueólogo, fue señor de Figueras, gran militar y patriota y gentilhombre de la casa del rey.

[77] *Pantómetra:* «Instrumento mui usado de los Geómetras, llamado también compás de proporción.» *(Dic. Aut.)*

[78] Artes vulgares eran las populares, oficios de manos, como la de la seda, lanar, etc., es decir, las artes mecánicas o artesanías.

[79] *Díctamo:* «Planta, que especialmente se cría en la Isla de Creta o Candía, cuyas hojas son semejantes al Poléo, y no diferentes en el sabor... Es contra veneno y su raíz mata las lombrices.» *(Dic. Aut.)*

haberlas cogido por su mano de los huertos de Séneca. En un plato, que pudo ser fuente de doctrina, puso otras, diziendo:

—Éstas, aunque más desabridas, son divinas.

Allí vieron el ruibarbaro [80] de Epicteto y otras purgativas de todo excesso de humor para aliviar el ánimo. Para apetito y regalo, hizo una ensalada de los diálogos de Luciano, tan sabrosa, que a los más descomidos [81] les abrió el gusto no sólo de comer, pero de rumiar los grandes preceptos de la prudencia. Después déstos, echó mano de unas hojas muy comunes, mas ella las començó a celebrar con exageraciones; estaban admirados los circunstantes, cuando las habían tenido más por pasto de bestias que de personas.

—No tenéis razón —dixo—, que en estas fábulas de Esopo hablan las bestias para que entiendan los hombres.

Y haziendo una guirnalda, se coronó con ellas. Para sacar una quinta essencia general, recogió todas las de Alciato [82], sin desechar una, y aunque las vio imitadas en algunos, pero eran contrahechas y sin la eficaz virtud de la moralidad ingeniosa. De los morales de Plutarco [83] se valía para comunes remedios. Echaban gran fragancia todo género de apo[teg]mas [84] y sentencias; pero, no haziéndose mucho caso de sus recopiladores, mandó fuessen algunos de ellos premiados con estimación por haberles ayudado mucho y aun, como Lucinas [85], haberles dado forma de una aguda donosidad. Topó

---

[80] *Ruibarbo* (del latín rheubarbarum): «Planta herbácea..., hojas radicales, grandes, pecioladas..., flores amarillas o verdes, pequeñas, en espigas..., la raíz se usa muccho en medicina como purgante.» *(Dic. Acad.)*

[81] *Descomidos,* aunque significa normalmente los que han evacuado el vientre, aquí debe tener su significado etimológico, «que no comían».

[82] Andrés Alciati. Jurisconsulto italiano (1492-1550), profesor de universidad (Derecho) en Aviñón y Bourges. Obtuvo altos cargos eclesiásticos. Su obra, *Trattati degli Emblemi*, era muy admirada por Gracián.

[83] Plutarco, biógrafo, moralista y filósofo griego (48-122), inmortal autor de las *Vidas paralelas* y los *Morales*. Fue maestro y amigo de Trajano.

[84] El texto de 1653 trae «apostemas», difícilmente aceptable poniendo detrás «sentencias».

[85] Lucina. Divinidad romana que regía el nacimiento de los niños. También es el sobrenombre de Juno y Diana, como diosas de la luz y los alumbramientos.

unas grandes hojazas, muy estendidas, no de mucha eficacia, y assí dixo:

—Éstas del Petrarca, Justo Lipsio [86] y otros, si tuvieran tanto de intensión como tienen de cantidad, no hubiera precio bastante para ellas.

Acertó a sacar unas de tal calidad, que al mismo punto los circunstantes las apetecieron; y unos las mascaban, otros las molían y estaban todo el día sin parar aplicando el polvo a las narizes.

—Basta —dixo—, que estas hojas de Quevedo son como las del tabaco, de más vicio que provecho, más para reír que aprovechar.

De la *Celestina* y otros tales, aunque ingeniosos, comparó sus hojas a las del peregil, para poder passar sin asco la carnal grossería.

—Estas otras, aunque vulgares, son picantes, y tal señor hay que gasta su renta en ellas. Éstas de Barclayo [87] y otros son como las de la mostaza, que aunque irritan las narizes, dan gusto con su picante.

Al contrario, otras muy dulces, assí en el estilo como en los sentimientos, las remitió más para paladear niños y mugeres que para pasto de hombres. Las empresas del Jovio [88] puso entre las olorosas y fragantes, que con su buen olor recrean el celebro [89]. Ostentó mucho unas hojas, aunque mal aliñadas, y tan feas que les causaron horror; mas la prudente ninfa dixo:

—No se ha de atender al estilo del Infante Don Manuel [90], sino a la estremada moralidad y al artificio con que enseña.

Por buen dexo sacó una alcarchofa y con lindo gusto la fue deshojando, y dixo:

—Estos raguallos [91] del Boquelino son muy apetitosos, pero

---

[86] Justo Lipsio. Uno de los eruditos más famosos del siglo XVI. Arrastrado su espíritu por la revolución religiosa, fue luterano, luego calvinista y abjuró más tarde de herejía.

[87] Sobre John Barclay y su *Satiricón,* véase nota 7, Preliminares, Primera Parte.

[88] Sobre Pablo Giovio, véase la nota 55 de esta Crisi.

[89] *Celebro,* cerebro.

[90] Don Manuel; ha de referirse necesariamente a don Juan Manuel, inmortal autor de *El Conde Lucanor,* y no a su padre el infante don Manuel, que no fue escritor.

[91] *Raguallo,* voz inexistente en español ni trasladada del latín; el préstamo hay que buscarlo en otro idioma, el italiano: *raggua-*

de toda una hoja sólo se come el cabo con su sal y su vinagre.

Muy gustosos y muy cebados se hallaban aquí, sin tratar de dexar jamás estancia tan de hombres. Sola la Conveniencia pudo arrancarlos, que a la puerta de un otro gran salón y muy su semejante, aunque más magestuoso, les estaba convidando y dezía:

—Aquí es donde habéis de hallar la sabiduría más importante, la que enseña a saber vivir.

Entraron por razón de estado [92] y hallaron una coronada ninfa que parecía atender más a la comodidad que a la hermosura, porque dezía ser bien ageno [93], y aun se le oyó dezir tal vez:

—Dadme grossura y os daré hermosura.

A lo que se conocía, todo su cuidado ponía en estar bien acomodada; mas, aunque muy dissimulada y de reboço, la conoció Critilo y dixo:

—Esta, sin más ver, es la Política.

—¡Qué presto la has conocido! No suele ella darse a entender tan fácilmente.

Era su ocupación, que no hay sabiduría ociosa, fabricar coronas, unas de nuevo, otras de remiendo, y perficionábalas mucho. Había de todas materias y formas: de plata, de oro y de cobre, de palo, de robre, de frutos y de flores. Y todas las estaba repartiendo con mucha atención y razón. Ostentó la primera muy artificiosa, sin defeto alguno ni quiebra, pero más para vista que platicada [94]; y dixeron todos era la *República* de Platón, nada a propósito para tiempos de tanta malicia. Al contrario, vieron otras dos, aunque de oro, pero muy descompuestas y de tan mal arte, aunque buena

glio, aviso, que aparece en el título de Boccalini *Ragguagli di Parnaso.* Sobre Boccalini, véase nota 7, Preliminares, Primera Parte.

[92] Equívoco irónico al hablar de la Política. *Razón de estado* significa dos cosas, «la que se considera y atiende para la conservación, aumento y gloria del estado, ya que mira la política de los Príncipes» y «la que uno discurre y atiende para regular sus propias acciones, en algunos casos en que se atraviesan ó su punto, ó sus intereses» (*Dic. Aut.*).

[93] La hermosura es, efectivamente, un bien para otros, para los que la contemplan; en cambio, la comodidad es un bien propio. *Tal vez,* que viene después, por *alguna vez,* según nota 27, Crisi I, Primera Parte.

[94] *Platicada,* practicada.

apariencia, que al punto las arrojó en el suelo y las pisó, diziendo:

—Este *Príncipe* del Maquiavelo y esta *República* del Bodino[95] no pueden parecer entre gentes; no se llamen de razón, pues son tan contrarias a ella. Y advertid cuánto denotan ambas políticas la ruindad destos tiempos, la malignidad destos siglos y cuán acabado está el mundo.

La de Aristóteles fue una buena vieja. A un príncipe, tan católico como prudente, encomendó una toda embutida de perlas y de piedras preciosas: era la *Razón de Estado* de Juan Botero[96]. Estimóla mucho y se le lució bien.

Aquí vieron una cosa harto estraña: que habiendo salido a luz una otra muy perfeta y labrada conforme a las verdaderas reglas de policía christiana, alabándola todos con mucho fundamento, llegó un gran personage mostrando grandes ganas de haberla a su mano; trató de comprar todos los exemplares y dio cuanto le pidieron por ellos; y cuando todos creían nacía de estimación, para presentársela a su príncipe, fue tan al revés, que porque no llegasse a sus manos, mandó hazer un gran fuego y quemar todos los exemplares, esparciendo al aire sus ceniças. Mas, aunque fue en secreto, llegó a noticia de la atenta ninfa, que, como tan política, se las entiende a todo el mundo, y al punto mandó al mismo autor la volviesse a estampar sin que faltasse un tilde, y repartióla por toda Europa, con estimación universal, cuidando que no volviesse ningún exemplar a manos de aquel político contra política.

Sacó del seno una caxa tan preciosa como odorífera y, rogándole todos la abriesse y les mostrasse lo que contenía, dixo:

—Es una riquíssima joya; ésta no sale a luz, con que[97] da tanta: son las instrucciones que dio la experiencia de Carlos Quinto a la gran capacidad de su prudente hijo.

Estaba allí apartada una que aspiraba a eterna, más en la cantidad que en la calidad, obra de tomo[98]. Nadie se atrevía a emprenderla.

---

[95] Juan Bodin. Filósofo francés (1530-1596). Intervino en política y se le considera como el más notable tratadista de Derecho Público de su época.

[96] Sobre Botero, véase nota 73 de esta Crisi.

[97] Hoy diríamos «aunque».

[98] Sobreentendido «de tomo y lomo», de mucho bulto y peso, como ha dicho Gracián.

—Sin duda —dixo Critilo—, que es la de Bobadilla[99], que todos, cansados, la dexan descansar.

—Ésta otra, aunque pequeña, sí que es preciosa —dixo la sagaz ninfa—. No tiene otra falta esta *Política* sino de autor autorizado[100].

. Estaban hazinadas muchas coronas unas sobre otras, que en el poco aliño se conoció su poca estimación. Reconociéronlas y hallaron estaban huecas, sin rastro de substancia.

—Éstas —dixo— son las *Repúblicas* del mundo que no dan razón más que de las cosas superficiales de cada reino. No desentrañan lo recóndito; conténtanse con la corteza.

Conocieron el *Galateo* y otros sus semejantes, y pareciéndoles no era éste su lugar, ella porfió que sí, pues pertenecían a la política de cada uno, a la razón especial de ser personas. Lograron muchas maneras de instruciones de hombres grandes a sus hijos, varios aforismos políticos sacados del Tácito y de otros sus secuazes, si bien había muchos por el suelo. Y dixo:

—Estos son varios discursos de arbitrios en quimeras, que todos son aire y vienen a dar en tierra.

Coronaba todas estas mansiones eternas uno, no ya camarín, sino sacrario, inmortal centro del espíritu, donde presidía el arte de las artes, la que enseña la divina policía, y estaba repartiendo estrellas en libros santos, tratados devotos, obras ascéticas y espirituales.

—Éste —dixo el varón alado—, advierte que no tanto es estante de libros cuanto Atlante de un cielo.

Aquí exclamó Critilo:

—¡Oh fruición del entendimiento! ¡Oh tesoro de la memoria, realce de la voluntad, satisfacción del alma, paraíso de la vida! Gusten unos de jardines, hagan otros banquetes, sigan éstos la caça, cébense aquéllos en el juego, rozen galas, traten de amores, atesoren riquezas, con todo género de gustos y de passatiempos; que para mí no hay gusto como el leer, ni centro como una selecta librería.

Hizo señal de leva el varón alado, mas Critilo:

—Esso no —dixo— sin ver primero en persona la her-

---

[99] Jerónimo Castillo de Bobadilla, abogado y político español (1547-principios del siglo XVII). Estudió en Salamanca, fue erudito en humanidades y antigüedades clásicas y fiscal de la Real chancillería de Valladolid.

[100] Gracián no da el nombre de su autor por ser él mismo. Esa obra pequeña es *El Político*.

mosa Sofisbella, que un tal cielo como éste no puede dexar de tener por dueño al mismo sol. Suplícote, ¡oh conductor alado!, quieras introducirme ante su divina presencia, que ya me la imagino idea de beldades, exemplar de perfecciones, ya me parece que admiro la serenidad de su frente, la perspicacia de sus ojos, la sutileza de sus cabellos, la dulçura de sus labios, la fragancia de su aliento, lo divino de su mirar, lo humano de su reír, el acierto con que discurre, la discreción con que conserva, la sublimidad de su talle, el decoro de su persona, la gravedad de su trato, la magestad de su presencia. Ea, acaba, ¿en qué te detienes?, que cada instante que tardas se me vuelve eternidades de pena.

Cómo se desempeñó el varón alado, cómo logró Critilo su dicha, veremos después de dar noticia de lo que le aconteció a Andrenio en la gran plaça del vulgo.

CRISI QUINTA

Plaça del populacho y corral[1] del Vulgo

Estábase la Fortuna, según cuentan, baxo su soberano dosel, más assistida de sus cortesanos que assistiéndoles, cuando llegaron dos pretendientes de dicha a solicitar sus favores. Suplicó el primero le hiziesse dichoso entre personas, que le diesse cabida con los varones sabios y prudentes. Miráronse unos a otros los curiales y dixeron:

—Éste se alçará con el mundo.

Mas la Fortuna, con semblante mesurado y aun triste, le otorgó la gracia pretendida.

Llegó el segundo y pidió, al contrario, que le hiziesse venturoso con todos los ignorantes y necios. Riéronlo mucho los del cortejo, solemnizando gustosamente una petición tan estraña. Mas la Fortuna, con rostro muy agradable, le concedió la suplicada merced.

Partiéronse ya entrambos tan contentos como agradecidos, abundando cada uno en su sentir. Mas los áulicos[2], como siempre están contemplando el rostro de su príncipe y brujuleándole los afectos, notaron mucho aquel tan estravagante cambiar semblantes de su reina. Reparó también ella en su reparo y muy galante les dixo:

—¿Cuál destos dos pensáis vosotros, ¡oh cortesanos míos!, que ha sido el entendido? Creeréis que el primero. Pues sa-

---

[1] *Corral,* escenario, teatro y sitio de gallinas, conejos, etc. Véase nota 79, Crisi VII, Primera Parte.

[2] *Aulico,* cortesano, «de palacio o de la corte» (*Dic. M. Moliner).*

bed que os engañáis de medio a medio, sabed que fue un necio: no supo lo que pidió, nada valdrá en el mundo. Este segundo sí que supo negociar: éste se alçará con todo.

Admiráronse mucho, y con razón, oyendo tan paradoxo sentir, mas desempeñóse ella diziendo:

—Mirá [3], los sabios son pocos, no hay cuatro en una ciudad; ¡qué digo cuatro!, ni dos en todo un reino. Los ignorantes son los muchos, los necios son los infinitos; y assí, el que los tuviere a ellos de su parte, ésse será señor de un mundo entero.

Sin duda que estos dos fueron Critilo y Andrenio, cuando éste, guiado del Cécrope [4], fue a ser necio con todos. Era increíble el séquito que arrastraba el que todo lo presume y todo lo ignora. Entraron ya en la plaça mayor del universo, pero nada capaz [5], llena de gentes, pero sin persona, a dicho de un sabio que con la antorcha en la mano, al medio día, iba buscando un hombre que lo fuesse y no había podido hallar uno entero [6]: todos lo eran a medias; porque el que tenía cabeça de hombre, tenía cola de serpiente, y las mugeres de pescado; al contrario, el que tenía pies no tenía cabeça. Allí vieron muchos Acteones [7] que luego que cegaron se convertieron en ciervos. Tenían otros cabeças de camellos, gente de cargo y de carga; muchos, de bueyes en lo pesado, que no en lo seguro; no pocos, de lobos, siempre en la fábula del pueblo [8]; pero los más, de estólidos jumentos, muy a lo simple malicioso.

---

[3] *Mirá,* mirad. Véase nota 11, Crisi VI, Primera Parte.

[4] Cécrope. Héroe legendario de los atenienses, hijo de la Tierra, al que atribuían la edificación del primer castillo de Atenas, llamado Cecropia. Se lo figuraban como mitad hombre y mitad serpiente. Es el serpihombre de la Crisi anterior.

[5] Nada capacitada, a pesar de ser la plaza mayor del universo y de ser tan capaz (amplia).

[6] La alusión es clara y no necesitaba dar el nombre: Diógenes el Cínico. De él se cuenta la conocida anécdota que refiere Gracián.

[7] Acteón o Acteo. Cazador intrépido que, habiendo sorprendido a Diana desnuda, fue convertido por ésta en ciervo, y devorado por sus mismos perros.

[8] Según lo dice el pueblo, cabeza de lobo es «cosa que se exhibe u ostenta para atraerse el favor de los demás, a semejanza del que, después de matar un lobo, lleva la cabeza por los lugares vecinos para que le den dinero como gratificación del servicio prestado» *(Dic. Acad.).*

—Rara cosa —dixo Andrenio— que ninguno tiene cabeça de serpiente ni de elefante, ni aun de vulpeja.

—No, amigo —dixo el Filósofo—, que aun en ser bestias no alcançan essa ventaja.

Todos eran hombres a remiendos: y assí, cuál tenía garra de león, y cuál de osso e[l] [9] pie; hablaba uno por boca de ganso, y otro murmuraba con hozico de puerco [10]; éste tenía pies de cabra, y aquél orejas de Midas [11]; algunos tenían ojos de lechuza, y los más de topo [12]; risa de perro quien yo sé, mostrando entonces los dientes [13].

Estaban divididos en varios corrillos hablando, que no razonando, y assí oyeron en uno que estaban peleando: a toda furia ponían sitio a Barcelona y la tomaban en cuatro días por ataques, sin perder dinero ni gente; passaban a Perpiñán mientras duraban las guerras civiles de Francia, restauraban toda España, marchaban a Flandes, que no había para dos días; daban la vuelta a Francia, dividíanla en cuatro potentados, contrarios entre sí, como los elementos; y finalmente venían a parar en ganar la Casa Santa [14].

—¿Quién son éstos —preguntó Andrenio— que tan bizarramente pelean? ¿Si estaría aquí el bravo Picolomini? ¿Es por ventura aquél el Conde de Fuensaldaña, y aquel otro Totavila? [15]

_____

[9] de pone el texto de 1653, por errata.

[10] *Hablar por boca de ganso:* «Es hablar lo que otro le sugiere para que lo diga.» *(Dic. Aut.)* El otro murmuraba manchando todo como un puerco.

[11] Pies de cabra, porque la cabra tira siempre al monte, es decir, que reincidía siempre en los mismos errores; orejas de Midas, porque Midas, que era juez en un concurso de música entre Apolo (lira) y Pan (flauta), concedió a éste el premio, por lo que Apolo convirtió sus orejas en orejas de asno.

[12] Algunos tenían ojos de lechuza, que ve incluso en la oscuridad, y los más de topo, que no ve porque tiene piel sobre ellos.

[13] Mostrando los dientes, al igual que los perros cuando parece que se ríen para significar que rechazaban o se oponían a otro con ira, como registra el *Dic. Aut.*

[14] *Casa Santa:* «Por excelencia se entiende la de Gerusalem... por estar en ella el Santo Sepulchro de Christo.» *(Dic. Aut.)*

[15] Octavio Piccolomini, véase nota 88, Crisi II, Segunda Parte. //. Fuensaldaña perteneció a los Vivero, Vizcondes de Altamira y Señores (Condes desde el siglo XVI) de Fuensaldaña. Se refiere aquí al Conde contemporáneo de Gracián, Alonso Pé-

—Ninguno déstos es soldado —respondió el Sabio—, ni han visto jamás la guerra. ¿No ves tú que son cuatro villanos de una aldea? Sólo aquel que habla más que todos juntos es el que lee las cartas, el que compone los razonamientos, el que le va a los alcances al cura: digo, el barbero.

Impaciente, Andrenio dixo:

—Pues si éstos no saben otro [16] que destripar terrones, ¿por qué tratan de allanar reinos y conquistar provincias?

—¡Eh! —dixo el Cécrope—, que aquí todo se sabe.

—No digas que se sabe —replicó el Sabio—, sino que todo se habla.

Toparon en otro que estaban gobernando el mundo: uno daba arbitrios, otro publicaba premáticas [17], adelantaban los comercios y reformaban los gastos.

—Éstos —dixo Andrenio— serán del parlamento; no pueden ser otro, según hablan.

—Lo que menos tienen —dixo el Sabio— es de consejo. Toda es gente que, habiendo perdido sus casas, tratan de restaurar las repúblicas.

—¡Oh vil canalla! —exclamó Andrenio—. ¿Y de dónde les vino a éstos meterse a gobernar?

—Ahí verás —respondió el serpihombre— que aquí todos dan su voto.

—Y aun su cuero [18] —replicó el Sabio.

Y acercándose a un herrero:

—Advertí —le dixo— que vuestro oficio es herrar bestias: dad alguna en el clavo [19].

Y a un zapatero lo metió en un zapato [20], pues le mandó no saliesse dél.

---

rez de Vivero, tercer conde Fuensaldaña. //. Francisco Tutavila, duque de San Germán (1604-1679). Fue gobernador militar de Tarragona y participante en la Guerra de Cataluña.

[16] Genérico, «otra cosa».

[17] *Premática,* pragmática. Véase nota 68, Crisi I, Segunda Parte.

[18] *Cuero,* piel. Dar su piel es como dar su vida; aunque posiblemente estaba pensando Gracián también en los cueros de vino, recordando la bota de vino, que sonaba como «vota», teniendo tan cerca «voto».

[19] Sobrentiéndase, en el clavo de la herradura, y significando también «acertar». Sobre *Advertí,* advertid, véase nota 11, Crisi VI, Primera Parte.

[20] *Meter a uno en un zapato:* «Phrase que significa atemorizar a alguno, y reñirle de suerte que no se atreva a replicar,

Más adelante estaban otros altercando de linages, cuál sangre era la mejor de España; si el otro era gran soldado de más ventura que valor y que toda su dicha había consistido en no haber tenido enemigo; ni perdonaban a los mismos príncipes, definiendo y calificándolos si tenían más vicios de hombres que prendas de reyes. De modo que todo lo llevaban por un rasero.

—¿Qué te parece? —dixo el Cécrope—. ¿Pudieran discurrir mejor los siete sabios de Grecia? Pues advierte que todos son mecánicos [21], y los más sastres.

—Esso creeré yo, que de sastres [22] siempre hay muchos.

Y Andrenio:

—¿Pues quién los mete a ellos en essos puntos?

—¡Oh, sí!, que es su oficio tomar la medida a cada uno y cortarle de vestir [23]. Y aun todos en el mundo son ya sastres en descoser vidas agenas y dar cuchilladas en la más rica tela de la fama.

Aunque era tan ordinario aquí el ruido y tan común la vozería, sintieron que hablaban más alto allí cerca en una ni bien casa ni mal çahurda, aunque muy enramada, que en habiendo riego hay ramos [24].

—¿Qué estancia o qué estanque es éste? —preguntó Andrenio.

Y el Cécrope, agestándose de misterio:

—Éste es —dixo— el Areópago [25]; aquí se tiene el Consejo de Estado de todo el mundo.

---

o estrecharle, hasta que quede sin libertad de defenderse.» (Dic. Aut.)

[21] Mecánicos: «Se aplica... a los oficios baxos: como zapatero, herrero y otros: y assí se diferencian los oficios en mechanicos y Artes liberales.» (Dic. Aut.)

[22] Lo habrá entendido el lector: «de sastre» y «desastres».

[23] Significando además «Hacer entero juicio de lo que es un sugeto» (Dic. Aut.), el tomar la medida a cada uno, y «... murmurar y decir mal de alguno» (Dic. Aut.), el cortar de vestir, que hoy se dice «cortarle a uno un traje».

[24] Ramo, «por alusión a la costumbre de colgar un manojo de ramas como muestra en las puertas de las tabernas» (Dic. Aut); es decir, donde hay riego (de vino, se entiende), hay también tabernas. Lo confirman Andrenio y el sabio a continuación.

[25] Areópago, antiguo Tribunal superior de Atenas, creo que está aquí como «grupo de personas graves a quienes se atribuye... irónicamente... autoridad para resolver ciertos asuntos» (Dic. Acad.).

—Bueno irá él si por aquí se gobierna. Ésta más parece aberna.

—Assí como lo es —respondió el Sabio—, que como se es suben los humos a las cabeças, todos dan en quererlo er [26].

—Por lo menos —replicó el Cécrope—, no pueden dexar le dar en el blanco.

—Y aun en el tinto [27] —respondió el Sabio.

—Pues de verdad —volvió a instar— que han salido de aquí hombres bien famosos y que dieron harto que dezir le sí.

—¿Quiénes fueron éssos?

—¿Cómo quiénes? ¿Pues no salió de aquí el tundidor le Segovia, el cardador de Valencia, el segador de Barcelona y el carnicero de Nápoles? [28]: que todos salieron a ser cabeças y fueron bien descabeçados.

Escucharon un poco y oyeron que unos en español, otros en francés, en irlandés algunos, y todos en tudesco [29], estaban disputando cuál era más poderoso de sus reyes, cuál tenía más rentas, qué gente podían meter en campo, quién tenía más estados, brindándose a la salud de ellos y a su gusto.

—De aquí, sin duda —dixo Andrenio—, salen tantos como andan rodando por essa gran vulgaridad, dando su voto en

---

[26] Quieren ser cabezas o cabecillas, es decir, gente importante y de mando. No es rara esta aspiración en los borrachos, con humos en la cabeza (que también significa «envanecerse»). Más abajo nos da ejemplos de hombres que quisieron ser «cabezas».

[27] Jugando con «dar en el blanco», acertar, y las clases de vino, blanco y tinto.

[28] El tundidor de Segovia, que fue dirigente en tumultos que iniciaron el levantamiento de los Comuneros de Castilla, fue Antonio Casado. //. El cardador de Valencia fue Juan Lorenzo, primer jefe y primera cabeza de la revolución campesina de las germanías de Valencia contra Carlos V, que murió en 1520. //. Sobre la rebelión de los segadores en Barcelona en 1640, poco hay que decir cuando es símbolo de su autonomía. //. Tomás Aniello, conocido por Masaniello, caudillo popular napolitano (1623-1647), de oficio pescador. Protagonizó una rebelión contra el virrey español en Nápoles. Murió asesinado.

[29] Tudescos son los naturales de la Sajonia inferior en Alemania, que tienen fama de grandes bebedores o borrachos, según explica el *Dic. Acad.* «Todos en tudesco» es lo mismo que todos borrachos.

todo. Yo creí procedía de estar tan acabados los hombres
que andaban ya en cueros; mas ahora veo que todos los cue
ros [30] andan en ellos.

—Assí es —ponderó el Sabio—. No verás otro [31] por ah
sino pellejos rebutidos de poca substancia. Mira aquél: cuan
to más hinchado, más vacío; aquel otro está lleno de vina
gre, a lo ministro [32]; aquellos botillos [33] pequeños son d
agua de azar, que con poco tienen harto, luego se llenan
aquellos muchos son de vino, y por esso en tierra [34]; aquello
otros, los que en siendo de voto, son de bota [35]; muchos está
embutidos de paja, que la merecen [36]; colgados otros por se
de hombres fieros, que hasta del pellejo de un bárbaro está
acullá haziendo un tambor para espantar, muerto, sus con
trarios: tan allá resuena la fiereza déstos.

De la mucha canalla que de adentro redundaba se descom
ponían por allí cerca muchos otros corrillos, y en todos es
taban murmurando del gobierno, y esto siempre y en todo
los reinos, aun en el siglo de oro y de la paz. Era cosa ridícu
la oír los soldados tratar de los Consejos, dar priessa a
despacho, reformar los cohechos, residenciar los oidores [37]
visitar los tribunales. Al contrario, los letrados era cosa gra
ciosa verles pelear, manejar las armas, dar assaltos y toma
plaças; el labrador hablando de los tratos y contratos, el
mercader de la agricultura; el estudiante de los exércitos, y

---

[30] Nuevamente el juego de cueros de vino y cuero de la piel.
[31] Genérico, «otra cosa».
[32] Con mal genio, como un ministro (de justicia o real), ya
que «vinagre, metaphoricamente se llama el sugeto de genio áspero y desapacible» (Dic. Aut.).
[33] Botillo: «El pellejo u odre manual y pequeño... para echar
vino, u otro liquor.» (Dic. Aut.) Dejamos «azar», como escribe
Gracián, por el equívoco entre agua de «azahar» y el «azar»;
significa la frase que los apocados, con un golpecillo de azar se
piensan colmados por la mala fortuna.
[34] Jugando con «vino a tierra», de puro borrachos.
[35] Jugando con las palabras: al decir «voto» le sale «bota»
de vino, y el que es de-voto, lo es de la bota, o de-vota, ya
que B y V ya sonaban igual.
[36] Sólo tienen paja en la cabeza, y la merecen por ser animales o burros.
[37] Residenciar: «Tomar cuenta a alguno de la administración
del empleo que puso a su cargo» (Dic. Aut.); es decir, los soldados querían pedir cuentas a los oídores o ministros de justicia
llevándolos a juicio.

»l soldado de las escuelas; el seglar ponderando las obliga-
›iones del eclesiástico, y el esclesiástico las desatenciones del
·eglar; barajados los estados, metiéndose los del uno en el
›tro, saltando cada uno de su coro y hablando todos de lo
¡ue menos entienden. Estaban unos viejos diziendo mucho
mal de los tiempos presentes y mucho bien de los passados,
¡xagerando la insolencia de los moços, la libertad de las mu-
¡eres, el estrago de las costumbres y la perdición de todo.

—Yo, menos entiendo el mundo —dezía éste —cuanto
más va [38].

—Y yo lo desconozco del todo —dezía aquél—. Otro
mundo es éste del que nosotros hallamos.

Llegóse en esto el Sabio y díxoles volviessen la mira atrás
y viessen otros tantos viejos que estaban diziendo mucho
más mal del tiempo que ellos tanto alababan; y detrás de
aquéllos, otros y otros, encadenándose hasta el primer viejo
su vulgaridad. Media dozena de hombres muy autorizados,
con más barbas que dientes, mucho ocio y poca renta, estaban en otro corro allí cerca tratando de desempeñar las casas de los señores y restituirlas a aquel su antiguo lustre.

—¡Qué casa —dezía uno— la del Duque del Infantado
cuando se hospedó en ella el rey de Francia prisionero!
¡Y lo que Francisco la celebró! [39]

—Pues ¿qué la debía —dixo otro— la del Marqués de
Villena [40] cuando hazía y deshazía?

—Y la del Almirante [41] en tiempo de los Reyes Católicos,
¿púdose imaginar mayor grandeza?

—¿Quién son éstos? —preguntó Andrenio.

—Estos —respondió el hombre sierpe— son hombres de
honor en los palacios: llámanse gentil hombres o escuderos.

---

[38] «... cuanto más avanza» (el tiempo o el mundo).
[39] El duque del Infantado, en la época de Carlos V y Francisco I de Francia, fue Iñigo López de Mendoza, quinto duque,
que más tarde acompañó a Felipe II en su viaje a Inglaterra.
[40] Dos marqueses de Villena hay en el siglo xv, Enrique de
Aragón, escritor y especialista en ciencias como la alquimia, matemáticas, etc. (1384-1434), y Juan Pacheco, favorito de Enrique IV (m. en 1474), intrigante y traidor de Juana la Beltra-
neja después de organizar una conspiración a favor de ella y en
contra de Isabel la Católica.
[41] Fadrique Enríquez, Almirante de Castilla, Conde de Módica
y Melgar muerto en 1537. Se opuso a Carlos I, viviendo su madre Juana la Loca, y aun así fue nombrado regente del reino.

—Y en buen romance —dixo el Sabio— son gente que después de haber perdido la hazienda, están perdiendo el tiempo, y los que habiendo sido la polilla de sus casas vienen a ser la honra de las agenas; que siempre verás que los que no supieron para sí, quieren saber para los otros.

—Nunca pensé ver —ponderaba Andrenio— tanto necio discreto junto, y aquí veo de todos estados y géneros, hasta legos.

—¡Oh, sí! —dixo el Sabio—, que en todas partes hay vulgo, y por atildada que sea una comunidad hay ignorantes en ella que quieren hablar de todo y se meten a juzgar de las cosas sin tener punto de juizio.

Pero lo que estrañó mucho Andrenio fue ver entre tales hezes de la república, en medio de aquella sentina vulgar, algunos hombres lucidos y que se dezía eran grandes personages.

—¿Qué hazen aquí éstos? Señor, que se hallen aquí más esportilleros que en Madrid, más aguadores que en Toledo, más gorrones que en Salamanca, más pescadores que en Valencia, más segadores que en Barcelona, más palenquines que en Sevilla, más cavadores que en Zaragoça, más mochilleros [42] que en Milán, no me espanta [43]; pero gente de porte, el caballero, el título, el señor, ¡no sé qué diga!

—¿Qué piensas tú —dixo el Sabio—, que en yendo uno en litera ya por esso es sabio, en yendo bien vestido es entendido? Tan vulgares hay algunos y tan ignorantes como sus mismos lacayos. Y advierte que aunque sea un príncipe, en no sabiendo las cosas y quererse meter a hablar de ellas, a dar su voto en lo que no sabe ni entiende, al punto se declara hombre vulgar y plebeyo; porque vulgo no es otra cosa que una sinagoga de ignorantes presumidos y que hablan más de las cosas cuanto menos las entienden.

Volvieron los rostros a uno que estaba diziendo:

—Si yo fuera rey...

Y era un mochillero.

—Y si yo fuera papa... —dezía un gorrón.

—¿Qué habíais de hazer vos si fuérades rey?

—¿Qué? Lo primero me había de teñir los bigotes a la española, luego me había de enojar, y ¡voto...!

---

[42] *Mochillero o mochilero:* «El que sirve en el exercito llevando las mochilas.» *(Dic. Aut.)*

[43] *Espantar,* asombrar. Véase nota 19, Crisi I, Primera Parte.

—No, no juréis, que todos éstos que echan votos huelen a cueros [44].

—Digo que había de hazer colgar media dozena [45]; yo sé que oliera la casa a hombre [46] y que mirarían algunos cómo perdían las vitorias y los exércitos, cómo entregaban las fortalezas al enemigo. No me había de llevar encomienda quien no fuesse soldado, y de reputación, pues para ellos se instituyeron, y no déstos de las plumicas, sino un sargento mayor Soto, un Monroy y un Pedro Estélez [47], que se han hallado en cien batallas y en mil sitios. ¡Qué virreyes, qué generales hiziera yo, qué ministros! Todos habían de ser Oñates y Caracenas [48]. ¡Qué embaxadores que no hiziera!

—¡Oh, no me viera yo un mes papa! —dezía el estudiante—. Yo sé que de otra manera irían las cosas: no se había de proveer dignidad ni prebenda sino por oposición, todo por méritos; yo examinara quién venía con más letras que favores, quién traía quemadas las cejas.

Abrióse en esto la portería de un convento y metiéronse a la sopa.

Topaban varias y desvariadas oficinas por toda aquella gran plaça mecánica [49]. Los pasteleros hazían valientes empanadas de perro; ni faltaban aquí tantas moscas como allá mosqui-

---

[44] Nuevamente el juego de «cueros» de vino y más teniendo cerca «voto» que le recuerda «bota» de vino, que sonaba ya igual que «vota».

[45] Ambigüedad intencionada: media docena de hombres o de cueros de vino.

[46] *Oler la casa a hombre:* «Phrase vulgar para dar a entender que alguno quiere hacerse y obedecer en su casa, y por lo regular se dice del que afecta ser hombre de bríos y quiere parecerlo, no siéndolo.» *(Dic. Aut.)*

[47] Francisco de Soto, Alonso de Monroy y Pedro Estériz (o Estélez) fueron valientes soldados que Gracián conoció en Lérida durante la guerra de Cataluña.

[48] Sobre el conde de Oñate, Iñigo Vélez de Guevara, véase nota 6, Crisi VII, Primera Parte. //. El marqués de Caracena, Luis de Benavides Carrillo y Toledo (?-1668), participó en las guerras del siglo XVII en Francia, Saboya, Parma, Turín, Milán, etcétera; general de caballería en Flandes, gobernador de Milán (1648-1656) y de los Países Bajos (1659-1664). Participó también como jefe del ejército en la Guerra de Portugal.

[49] *Mecánica:* «... cosa baxa, soez e indecorosa» *(Dic. Aut.).*

tos [50]; los caldereros siempre tenían calderas que adobar; los olleros alabando lo quebrado; los çapateros a todo hombre buscándole horma de su çapato, y los barberos haziendo las barbas.

—¿Es possible —dixo Andrenio— que entre tanta botica mecánica no topemos una de medicinas?

—Basta que hay hartas barberías [51] —dixo el Cécrope.

—Y hartos en ellas —respondió el Sabio— que como bárbaros hablan de todo; mas lo que ellos saben ¿quién lo ignora?

—Con todo esso —dixo Andrenio—, en una vulgaridad tan común, es mucho que no haya un médico que recete; por lo menos, no habían de faltar a [52] la murmuración civil.

—No hazen falta —replicó el Sabio.

—¿Cómo no?

—Porque, aunque todos los males tienen remedio (hasta la misma locura tiene cura en Zaragoça o en Toledo y en cien partes), pero la necedad no la tiene, ni ha habido jamás hombre que curasse de tonto.

—Con todo esso, veis allí unos que lo parecen.

Venían dándose a las furias de que todos se entremeten en su oficio y quieren curar a todos con un remedio. Y esso sería nada si algunos no se metiessen a quererles dar doctrina a ellos mismos, disputando con el médico los jarabes y las sangrías.

—¡Eh —dezían—, déxense matar sin hablar palabra!

Pero los herreros llevaban brava herrería, y aun todos parecían caldereros [53]. Enfadados los sastres, les dixeron que callassen y dexassen oír, si no entender. Sobre esto armaron una pendencia, aunque no nueva en tales puestos; tratáronse

---

[50] *Moscas:* «llaman al hombre molesto, impertinente y pesado»; *mosquitos:* «... llaman al que acude freqüentemente a la taberna» *(Dic. Aut.).*

[51] Los barberos hacían, como se sabe, muchas veces de cirujanos, dentistas, etc.

[52] Hoy diríamos «para», es decir, no habían de faltar para (curar) la murmuración mezquina. Sobre «civil», mezquino, vil, véase nota 39, Crisi IV, Primera Parte.

[53] *Herrería:* «Metaphoricamente se toma por ruido y vocería desordenada, que hai en una herrería quando se está trabajando» *(Dic. Aut.);* los herreros metían tanto ruido que parecían caldereros, que aún meten más.

muy mal, pero no se maltrataron, y dixéronles los herreros a los sastres, después de encomios solemnes:

—¡Quitá [54] de ahí, que sois gente sin Dios!

—¿Cómo sin Dios? —replicaron ellos enfurecidos—. Si dixérades sin conciencia, passe; pero sin Dios, ¿qué quiere dezir esso?

—Sí —repitieron los herreros—, que no tenéis un dios sastre, como nosotros un herrero, y cuando todos le tienen, los taberneros a Baco, aunque anda en zelos con Tetis [55], los mercaderes a Mercurio, de quien tomaron las trampas con el nombre, los panaderos a Ceres, los soldados a Marte, los boticarios a Esculapio. ¡Mirá qué tales sois vosotros, que ningún dios os quiere!

—¡Andá de ahí —respondieron los sastres—, que sois unos gentiles!

—¡Vosotros sí lo sois, que a todos queréis hazer gentiles hombres! [56]

Llegó en esto el Sabio y metió paz, consolando a los sastres con que ya que no tenían dios, todos los daban al diablo.

—¡Prodigiosa cosa —dixo Andrenio— que, con meter tanto ruido, no tengan habla!

—¿Cómo que no? —replicó el Cécrope—, antes jamás paran de hablar ni tienen otro [57] que palabras.

—Pues yo —replicó Andrenio— no he percibido aún habla que lo sea.

—Tienen razón —dixo el Sabio—, que todas son hablillas y todas falsas.

Corrían actualmente algunas bien desatinadas: que habían de caerse muertos muchos cierto día, y lo señalaban, y hubo quien murió de espanto dos días antes; que había de venir un terremoto y habían de quedar todas las casas por tierra. ¡Pues ver lo que se iba estendiendo un disparate déstos, y los muchos que se lo tragaban y bebían y lo contaban

---

[54] *Quitá,* quitad. Véase nota 11, Crisi VI, Primera Parte. Lo mismo ocurre con «mirá» y «andá» de más abajo.

[55] Tetis, divinidad marina, personificación del agua en su fuerza fecundante; anda celoso Baco, para que no se mezcle con el vino. //. Mercurio, dios del comercio y el robo. //. Ceres, diosa de la agricultura. //. Esculapio, médico excelso y adorado como hijo de Apolo y dios de la medicina.

[56] Nuevamente el juego de «gentil» y «gentilhombre».

[57] Genérico, «otra cosa».

unos a otros! Y si algún cuerdo reparaba, se enfurecían. Sin saber de dónde ni cómo nacía, resucitaba cada año un desatino, sin ser bastante el desengaño fresco, corriendo grasa [58]. Y era de advertir que las cosas importantes y verdaderas luego se les olvidaban, y un disparate lo iban heredando de abuelas a niet[a]s [59] y de tías a sobrinas, haziéndose eterno por tradición.

—No sólo no tienen habla —añadió Andrenio—, pero ni voz.

—¿Cómo que no? —replicó el Cécrope—. Voz tiene el pueblo, y aun dizen que su voz es la de Dios.

—Sí, del dios Baco —respondió el Sabio—; y si no, escuchadla un poco y oiréis todos los impossibles no sólo imaginados, pero aplaudidos: oíd aquel español lo que está contando del Cid, cómo de un papirote derribó una torre y de un soplo un gigante; atendé [60] aquel otro francés lo que refiere, y con qué credulidad, de Roldán y cómo de un revés rebanó caballo y caballero armados; pues yo os assseguro que el portugués no se olvide tan presto de la pala de la vitoriosa forneira [61].

Pretendió entrar en la bestial plaça un gran filósofo y poner tienda de ser personas, feriando algunas verdades bien importantes, aforismos convenientes; pero jamás pudo introducirse ni despachó una tan sola verdad, ni el más mínimo desengaño: con que se hubo de retirar. Al contrario, llegó un embustero sembrando cien mil desatinos, vendiendo pronósticos llenos de disparates (como que se había de perder España otra vez, que había acabado ya la casa otomana); leía profecías de moros y de Nostradamus [62], y al punto se

_____

[58] Entiéndase: o bien corriendo tinta (*grasa:* «cierta massilla que se hace para escribir» *(Dic. Aut.),* y escrito se extendía entre la gente el desatino, o bien corriendo grasa aún de lo reciente que era el desengaño del anterior desatino.

[59] *Nietos* trae el texto de 1653, evidente errata por ser todos los demás femeninos.

[60] *Atendé,* atended. Véase nota 11, Crisi VI, Primera Parte.

[61] La fuente de esta alusión nos la da Romera-Navarro en su edición. Se trata de la batalla de Aljubarrota (1365), en la que Juan I de Castilla fue derrotado por Juan I de Portugal. En ella, una hornera (forneira) luchó, matando a catorce castellanos, con su pala del horno.

[62] Miguel de Nostradamus. Médico y astrólogo francés (1502-1566). Por aquella época creyó poseer el don de adivinar el por-

llenó la tienda de gente y començó a despachar sus embustes con tanto crédito, que no se hablaba de otro [63], y con tal asseveración como si fueran evidencias. De modo que aquí más supone un adevino que Séneca, un embustero que un sabio.

Vieron en esto una monstrimuger, con tanto séquito, que muchos de los passados y los más de los presentes la cortejaban, y todos con las bocas abiertas escuchándola. Era tan gruessa y tan asquerosa, que por do quiera que passaba dexaba el aire tan espeso que le podían cortar. Revolvióle las entrañas al Sabio; començó a dar arcadas.

—¡Qué cosa tan sucia! —dixo Andrenio—. ¿Y quién es ésta?

—Ésta es —dixo el Cécrope— la Minerva de esta Atenas.

—Esta la invencible y aun la crasa —dixo el Filósofo—. Ella puede ser Minerva, mas a fe que es pingüe [64]. Y quien tanto engorda, ¿quién puede ser sino la ignorante satisfacción? Veamos dónde va a parar.

Passó de las vendederas a sentarse en el banco del Cid [65].

—Aquélla —dixo el Cécrope— es la sapiencia de tanto lego. Allí están graduando a todos y calificando los méritos de cada uno; allí se dice el que sabe y el que no sabe, si el argumento fue grande, si el sermón docto, si tan bien discurrido como razonado, si el discurso fue cabal, si magistral la lición.

—¿Y quién son los que juzgan —preguntó Andrenio—, los que dan el grado?

—¡Quiénes han de ser sino un ignorante y otro mayor, uno que ni ha estudiado ni visto libro en su vida, cuando mucho una *Silva de Varia Lición,* y el que más más un *Para Todos!* [66]

---

venir y publicó su famoso *Almanaque.* Inventó además un remedio contra la epidemia que ocurrió en Francia en 1545.

[63] Genérico, «otra cosa».

[64] *Pingüe,* tomado como equívoco, ya que aparte de significar gordo y abundante, como en latín, se hace eco Gracián de la frase latina «pinguis Minerva» que significa inteligencia limitada, poco talento.

[65] Como si dijera que fue a sentarse en un lugar digno e idóneo para administrar gobierno con autoridad.

[66] Obras de Pedro de Mejía (1550-1552), cronista de Carlos V, y de Juan Pérez de Montalbán, poeta dramático y prosista (1602-1638), respectivamente.

—¡Oh! —dixo el Cécrope—, ¿no veis que éstos son los más plausibles personages del mundo? Todos son bachilleres[67]: aquél que veis allí muy grave es el que en la corte anda diziendo chistes, haze cuento de todo, muerde sin sal cuanto hay, saca sátiras, vomita pasquines, el duende de los corrillos; aquel otro es el que todo lo sabía ya, nada le cuentan de nuevo, saca gacetas y se escribe con todo el mundo, y no cabiendo en todo él, se entremete en cualquier parte; aquel licenciado es el que en las Universidades cobra las patentes[68], haze coplas, mantiene los corrillos, soborna votos, habla por todos, y en habiendo conclusiones[69] ni es visto ni oído; aquel soldado nunca falta en las campañas, habla de Flandes, hallóse en el sitio de Ostende[70], conoció al Duque de Alba, acude a la tienda del general, el demonio del medio día, mantiene la conversación, cobra el primero y el día de la pelea se haze invisible.

—Paréceme que todos ellos son zánganos del mundo —ponderó Andrenio—. ¿Y éstos son los que gradúan de valientes y de sabios?

—Y es de modo —respondió el Cécrope— que el que ellos una vez dan por docto, ésse lo es, sepa o no sepa. Ellos hazen teólogos y predicadores, buenos médicos y grandes letrados, y bastan a desacreditar un príncipe: dígalo el rey don Pedro[71]. Mas ¿qué?, si el barbero del lugar no quiere, nada valdrá el sermón más docto, ni será tenido por orador el mismo Tulio[72]. A éstos están esperando que hablen los demás, sin ossar dezir blanco ni negro hasta que éstos se declaran, y al punto gritan: «¡Gran hombre, gran sugeto!» Y dan en alabar a uno sin saber en qué ni por qué; celebran lo que menos entienden y vituperan lo que no conocen, sin más entender ni saber. Por esso, el buen polí-

---

[67] Bachiller, con equívoco, porque «se entiende por el que habla mucho fuera de propósito, y sin fundamento» (*Dic. Aut.*).

[68] *Patente*: «... la contribución que hacen pagar los más antiguos al que entra de nuevo en algún empleo u ocupación. Es común entre los estudiantes en las Universidades, y de ahí se extendió a otras cosas» (*Dic. Aut.*). Hoy diríamos «novatada».

[69] Conclusiones que se defendían en la Universidad. Véase nota 26, Crisi I, Segunda Parte.

[70] La rendición de Ostende (1604), por Ambrosio Espínola fue el final de la guerra en los Países Bajos en tiempo de Felipe III.

[71] Por llamarle «el Cruel» a Pedro I de Castilla.

[72] Tulio y orador no puede ser otro que Marco Tulio Cicerón.

tico suele echar buena esquila que guíe el vulgo a donde él quiere.

—¿Y hay —preguntó Andrenio— quién se paga de tan vulgar aplauso?

—¿Cómo si hay? —respondió el Sabio—, y muchos, hombres vulgares, chabacanos, amigos de la popularidad y que la solicitan con milagrones que llamamos «pasma simples» y «espanta villanos», obras gruessas y plausibles, porque aquí no tienen lugar los primores ni los realces [73]. Páganse mucho otros de la gracia de las gentes, del favor del populacho; pero no hay que fiar en su gracia, que hay gran distancia de sus lenguas a sus manos: ¡qué fue verlos bravear ayer en un motín en Sevilla y enmudecer hoy en un castigo! [74]; ¿qué se hizieron las manos de aquellas lenguas y las obras de aquellas palabras? Son sus ímpetus como los del viento, que cuando más furioso, calma.

Encontraron con unos que estaban durmiendo, y no apriessa, como encargaba el otro a su criado; no movían pie ni mano. Y era tal la vulgaridad, que los despiertos soñaban lo que los otros dormían, imaginando que hazían grandes cosas; y era de modo que no corría otro [75] en toda la plaça sino que estaban peleando y triunfando de los enemigos. Dormía uno a pierna tendida, y dezían ellos estaba desvelándose, estudiando noche y día y quemándose las cejas. De esta suerte publicaban que eran los mayores hombres del mundo y gente de gran gobierno.

—¿Cómo es esto —dixo Andrenio—, hay tamaña vulgaridad?

—Mirá [76] —dixo el Sabio—, aquí si dan en alabar a uno, si una vez cobra buena fama, aunque se eche después a dormir, él ha de ser un gran hombre; aunque ensarte después cien mil disparates, dizen que son sutilezas, y que es la primera cosa del mundo: todo es que den en celebrarle. Y por el contrario, a otros que estarán muy despiertos haziendo cosas grandes, dizen que duermen y que nada valen. ¿Sabes tú lo que le sucedió aquí al mismo Apolo con su

---

[73] Habla de «primores» y «realces» que así se llaman los capítulos de *El Héroe* y *El Discreto* de nuestro autor, obras breves que contrastan con las «gruessas y plausibles».
[74] Después de bravear en un motín, enmudecen en un castigo, que no será otro que el ajusticiamiento de los jefes del motín.
[75] *Otro*, genérico, por «otro rumor o novedad».
[76] *Mirá*, mirad. Véase nota 11, Crisi VI, Primera Parte.

divina lira?: que desafiándole a tañer un zafio gañán [77] con una pastoril zampoña, nunca quiso el culto numen salir, con que [78] se lo rogaron las musas; y el salvajaz [79] le zahería su temor y se jactaba de la vitoria. No hubo remedio: no más de porque había de ser juez el vulgacho, no queriendo arriesgar su gran reputación a un juizio tan sin él. Y por no haber querido hazer otro tanto, fue condenada la dulcíssima filomena [80] en competencia del jumento. Y aun la rosa dizen estuvo a pique de ser vencida de la adelfa, que desde entonces, por su indigno atrevimiento, quedó letal a los suyos. Ni el pavón se atrevió a competir la belleza con el cuervo, ni el diamante con el guijarro, ni el mismo sol con el escarabajo, con tener tan assegurado su partido, por no sugetarse a la censura de un vulgo tan desatinado. Mal señal, dezía un discreto, cuando mis cosas agradan a todos; que lo muy bueno es de pocos, y el que agrada al vulgo, por consiguiente, ha de desagradar a los pocos, que son los entendidos.

Assomó en esto por la plaça, haziéndola [81], un raro ente. Todos le recibieron con plausible novedad. Seguíale la turba diziendo:

—Ahora en este punto llega del Jordán [82]; más tiene ya de cuatrocientos años.

—Mucho es —dezía uno— que no le acompañen exércitos de mugeres, cuando va a desarrugarse.

—¡Oh, no! —dezía otro—. ¿No veis que va en secreto? Pues si esso no fuera, ¡qué fuera! [83]

—Por lo menos, ¿no se pudiera traer por acá una botija

---

[77] Alude a Marsyas, especie de pastor-poeta, a quien, por haber querido disputar la supremacía lírica y vencer con su rústica flauta de cañas la armonía de la lira de Apolo, éste le condenó a ser desollado vivo.

[78] *Con que,* aunque.

[79] *Salvajaz* no existe en castellano. O bien es una errata por «salvaje» o «salvajazo», o bien es inusitada formación graciana.

[80] *Filomena* y *filomela,* es el ruiseñor *(Dic. Acad.),* en lenguaje poético.

[81] *Hacer plaza:* «Phrase que significa hacer lugar, despejando algún sitio, por violencia o por mandato.» *(Dic. Aut.)*

[82] *Jordán:* «Qualquier cosa que remoza o rejuvenece. Es tomada la metaphora de que se decía que los que se bañaban en el río Jordán rejuvenecían.» *(Dic. Aut.)*

[83] Es decir, si no fuera en secreto, ¿qué sería?, ¿cómo no iban a acompañarle ejércitos de mujeres?

de aquella agua?; que yo sé que vendiera cada gota a doblón de oro.

—No tiene él necessidad de dinero, pues cada vez que echa mano a la bolsa topa un patacón [84].

—¡Qué otra felicidad éssa! No sé yo cuál me escogiera de las dos.

—¿Quién es éste? —preguntó Andrenio.

Y el Sabio:

—Este es Juan de Para Siempre, que Juan había de ser [85].

Brollaban [86] déstas donosíssimas vulgaridades, y todas muy creídas, levantando mil testimonios a la naturaleza y aun a la misma possibilidad. Sobre todo, estaban muy acreditados los duendes; había passa [87] de ellos como de hechizadas; no había palacio viejo donde no hubiesse dos por lo menos. Unos los veían vestidos de verde, otros de colorado, y lo más cierto de amarillo; y todos eran tamañicos, y tal vez con su capuchito, inquietando las casas; y nunca se aparecían a la viejas, que no dizen trasgos con trasgos [88]. No moría mercader que no fuesse rodeado de monas y de micos [89]. Había brujas, tantas como viejas, y todas las malcontentas endiabladas; tesoros encantados y escondidos sin cuenta y con cuento, cavando muchos tontos por hallarlos [90]; minas de oro y de plata riquíssimas, pero tapiadas hasta que se acaben las Indias, las cuevas de Salamanca y de Toledo [91]: ¡mal año para quien se atreviera a dudarlas!

Mas he aquí que en un instante se comovió toda aquella

---

[84] *Patacón:* «Moneda de plata de peso de una onza.» (*Dic. Aut.*)

[85] Cuando se quiere dar a entender que uno tiene el genio dócil y es fácil de engañar, es decir, es un bonachón, decimos «es un buen Juan», según el *Dic. Aut.*

[86] *Brollar,* saltar o manar. Véase nota 21, Crisi III, Primera Parte. *Destas,* iguales que éstas.

[87] *Passa,* despliegue, del verbo latino «pandere, passum», desplegar.

[88] Es decir, no conforman o concuerdan las viejas, que son trasgos, con los duendes (trasgos).

[89] Es decir, de burlas, porque de nada le sirven ya las riquezas que ha amontonado o robado.

[90] Tesoros sin cuenta (incontables) y con cuento, o sea, de leyenda, falsos; por eso son tontos los que cavan por hallarlos.

[91] Alusión al oro de las Indias y al que los nigromantes podían conseguir, según leyenda, en las cuevas de Salamanca (recuérdese el entremés de Cervantes) y de Toledo (recuérdese el cuento de don Juan Manuel sobre don Yllán de Toledo).

acorralada necedad, sin saber cómo ni por qué, que es tan ordinario como fácil alborotarse un vulgo, y más si es tan crédulo como el de Valencia, tan bárbaro como el de Barcelona, tan necio como el de Valladolid, tan libre como el de Zaragoça, tan novelero como el de Toledo, tan insolente como el de Lisboa, tan hablador como el de Sevilla, tan sucio como el de Madrid, tan vozinglero como el de Salamanca, tan embustero como el de Córdoba y tan vil como el de Granada. Fue el caso que assomó por una de sus entradas (no la principal, donde todas son comunes [92]) un monstruo, aunque raro muy vulgar: no tenía cabeça y tenía lengua, sin braços y con hombros para la carga, no tenía pecho con llevar tantos [93], ni mano en cosa alguna; dedos sí, para señalar. Era su cuerpo en todo disforme, y como no tenía ojos, daba grandes caídas; era furioso en acometer, y luego se acobardaba. Hízose en un instante señor de la plaça, llenándola toda de tan horrible escuridad que no vieron más el sol de la verdad.

—¿Qué horrible trasgo es éste —preguntó Andrenio—, que assí lo ha eclipsado todo?

—Éste es —respondió el Sabio— el hijo primogénito de la ignorancia, el padre de la mentira, hermano de la necedad, casado con su malicia: éste es el tan nombrado Vulgacho.

Al dezir esto, descolgó el rey de los cécropes de la cinta [94] un retorcido caracol que hurtara a un fauno, y alentándolo de vanidad [95], fue tal su ruido y tan grande el horror que les causó, que agitados todos de un terror fanático, dieron a huir por cosa que no montaba un caracol [96]. No fue possible ponerlos en razón, ni detenerlos, que no se desgalgassen [97]

---

[92] Sobreentendido: «no la principal, porque no la hay donde todas son comunes».

[93] Se trata del Vulgacho, como se dirá después: el vulgacho tiene muchos pechos, pero no tiene valor («Pecho. Metaphoricamente se toma por esfuerzo, valor, constancia.» *Dic. Aut.*).

[94] *Cinta:* «Se suele tomar también por la cintura» (*Dic. Aut.*), donde está el cinturón.

[95] Forzosamente ha de ser «alentándolo de viento», como cuando se sopla un instrumento musical, ya que produjo ruido.

[96] Es lo mismo que «no valía un caracol», donde caracol significa «nada». Véase nota 83, Crisi II, Segunda Parte.

[97] *Desgalgar:* «Arrojar, precipitar, despeñar de lo alto y con violencia alguna cosa; como la piedra, la peña o la gente.» (*Dic. Aut.*)

muchos por las ventanas y balcones más a ciegas que pudieran en la plaça de Madrid. Huían los soldados gritando:

—¡Que nos cortan, que nos cortan! [98]

Començaron algunos a herirse y a matarse más bárbaramente que gentílicos bacanales. Fuele forçoso a Andrenio retirarse a toda fuga, tan arrepentido como desengañado. Echaba mucho menos a Critilo, pero valióle la assistencia de aquel Sabio y la luz que la antorcha de su saber le comunicaba. Dónde fue a parar, dirá la crisi siguiente.

---

[98] *Cortar:* «Vale también atajar, detener, embarazar, impedir el curso o passo a las cosas.» *(Dic. Aut.)*

CRISI SEXTA

Cargos y descargos de la Fortuna

Comparecieron ante el divino trono de luzeros el hombre y la muger a pedir nuevas mercedes: que a Dios y al rey, pedir y volver. Solicitaban su perfección de manos de quien habían recibido el ser. Habló allí el hombre en primer lugar y pidió como quien era, porque viéndose cabeça, suplicó le fuesse otorgada la inestimable prenda de la sabiduría. Pareció bien su petición, y decretósele luego la merced, con tal que pagasse en agradecimientos la media anata[1]. Llegó ya la muger, y atendiendo a que, si no es cabeça, tampoco es pies, sino la cara[2], y suplicó con mucho agrado al Hazedor divino que la dotasse en belleza.

—Fata[3] la gracia —dixo el gran Padre celestial—: serás hermosa, pero con la pensión[4] de tu flaqueza.

Partiéronse muy contentos de la divina presencia, que de ella nadie sale descontento, estimando el hombre por su mayor prenda el entendimiento y la muger la hermosura: él la

---

[1] *Media anata (o annata):* «La mitad de los frutos, o emolumentos que en un año rinde qualquiera Dignidad, Prebenda ó Beneficio Eclesiástico.» *(Dic. Aut.)* Aquí está, por supuesto, en sentido figurado por el don que recibe.

[2] Irónico anduvo aquí Gracián: la mujer no es (o no tiene) ni cabeza ni pies, sino la cara, no sólo por su belleza, sino también por ser costosa.

[3] *Fata,* del italiano *fatta,* hecha.

[4] *Pensión,* significando *carga anual* que trae el *Dic. Aut.,* similar a la renta que exige al hombre, en sentido figurado.

testa y ella el rostro. Llegó esto a oídos de la Fortuna, y dizen quimereó [5] agravios, dando quexas de que no hubiessen hecho caso de la ventura.

—¿Es possible —dezía con profundo sentimiento— que nunca haya él oído dezir: «Ventura te dé Dios, hijo...», ni ella, «Ventura de fea...»? [6] Dexadles y veremos qué hará él con su sabiduría y ella con su lindeza, si no tienen ventura. Sepa, sabio él y linda ella, que de hoy adelante me han de tener por contraria: desde aquí me declaro contra el saber y la belleza. Yo les he de malograr sus prendas: ni él será dichoso, ni ella venturosa.

Desde este día asseguran que los sabios y entendidos quedaron desgraciados, todo les sale mal, todo se les despinta [7]; los necios son los venturosos, los ignorantes favorecidos y premiados. Desde entonces se dixo: «Ventura de fea...» Poco vale el saber, el tener, los amigos y cuanto hay, si no tiene un hombre dicha; y poco le importa ser un sol a la que no tiene estrella.

Esto le ponderaba un enano al melancólico Critilo, desengañándole de su porfía en querer ver en persona la misma Sofisbella, empeño en que le había puesto el varón alado; el cual, sin poderle satisfacer, se le había desaparecido.

—Créeme —dezía el enano— que todo passa en imagen, y aun en imaginación, en esta vida: hasta essa casa del saber toda ella es apariencia. ¿Qué, pensabas tú ver y tocar con las manos la misma sabiduría? Muchos años ha que se huyó al cielo con las demás virtudes en aquella fuga general de Astrea [8]. No han quedado en el mundo sino unos borrones de ella en estos escritos que aquí se eternizan. Bien es verdad que solía estar metida en las profundas mentes de sus sabios, mas ya aun éssos acabaron; no hay otro saber sino

---

[5] *Quimerear,* palabra que no traen los diccionarios, pero cuyo sentido es claro en Gracián que usa tanto *quimera:* «formar, discurrir quimeras».

[6] Conforme al dicho que trae el *Dic. Aut.,* «ventura te dé Dios, hijo, que saber poco te basta» y conforme al conocido refrán «ventura de fea, la guapa la desea».

[7] *Despintar:* «Metaphoricamente significa barajar y desvanecer alguna cosa, haciendo que saliesse al contrario de lo que se esperaba y prometía.» *(Dic. Aut.)*

[8] Astrea. Hijo de Júpiter y de Temis, que formó en el Zodíaco el signo que luego se llamó de la Virgen.

el que se halla en los inmortales caracteres de los libros: ahí la has de buscar y aprender.

—¿Quién, pues, fue —preguntó Critilo— el hombre de tan bizarro gusto que juntó tanto precioso libro y tan selecto? ¿Cúyo es un tan erudito museo?

—Si estuviéramos en Aragón —dixo el pigmeo—, yo creyera ser del Duque de Villahermosa D. Fernando; si en París, del erudito Duque de Orliéns; si en Madrid, del gran Filipo; y si en Constantinopla, del discreto Osmán, conservado entre cristales [9]. Mas, como digo, ven conmigo en busca de la Ventura, que sin ella ni vale el saber ni el tener, y todas las prendas se malogran.

—Quisiera hallar primero —replicó Critilo— aquel mi camarada que te he dicho que echó por la vereda de la Necedad.

—Si por ahí fue —ponderó el enano—, sin duda estará ya en casa de la Dicha, que antes llegan éssos que los sabios; ten por cierto que le hallaremos en aventajado puesto.

—¿Y sabes tú el camino de la Dicha? —preguntó Critilo.

—Ahí consiste la mayor dificultad; que una vez puestos en él, nos llevará al colmo de toda felicidad. Con todo, paréceme que es éste en lo desigual; demás que me dieron por señal essas yedras que arrimadas se empinan y entremetidas medran [10].

Llegó en esto un soldado muy de leva, que es gente que vive apriessa, y preguntó si iba bien para la Ventura.

—¿Cuál buscáis —dixo el enano—, la falsa o la verdadera?

—¿Pues qué, hay Ventura falsa? Nunca tal oí.

—¡Y cómo si la hay, Ventura hipócrita! Antes es la que hoy más corre: tiénese por dichoso uno en ser rico, y es de ordinario un desventurado; cuenta el otro por gran dicha el haber escapado en mil insultos [11] de las manos de la justicia,

---

[9] Sobre el duque de Villahermosa, véase nota 29, Crisi XIII, Primera Parte. //. Sobre el duque de Orléans, nota 51, Crisi XII, Primera Parte. //. En Madrid, Felipe IV. //. Amurates IV, sultán otomano de la dinastía de Osmán (1611-1640). Tomó Bagdad a los persas y reconstituyó su imperio.

[10] *Arrimados* (protegidos) como las hiedras y entremetidos, se empinan y medran muchos humanos a puestos superiores de la sociedad.

[11] *Insulto,* no como lo entendemos hoy, sino «acometimiento

402

y es ésse su mayor castigo [12]; «un ángel fue para mí aquel hombre», dize éste, y no fue sino un demonio que le perdió; tiene aquél por gran suerte el no haber padecido jamás ni un revés de la Fortuna, y no es sino un bofetón de que no le ha tenido por hombre el cielo para fiarle un acto de valor; tal dize «Dios me vino a ver», y no fue sino el mismo Satanás en sus logros; cuenta el otro por gran felicidad el no haber estado en toda su vida indispuesto, y hubiera sido su único remedio para sanar en el ánimo [13]; alábase el lascivo de haber sido siempre venturoso con mugeres, y éssa es su mayor desventura; estima la otra desvanecida por su mayor dicha su buena gracia, y éssa fue su mayor desgracia. Assí que los más de los mortales yerran en este punto, teniendo por felicidad la desdicha: que en errando los principios, todas salen falsas las consecuencias.

Entremetióseles un pretendiente (¡qué otro trasto éste del enfado!), y al punto començó a quexarse y murmurar, y un estudiante a contradezirle: que todos cuantos piensan saber algo, dan en espíritus de contradición. Passaron de una en otra a burlarse del enano.

—Y tú —dixo el estudiante— ¿qué vas a buscar?

—Voy —dixo— a ser gigante.

—¡Bravo aliento! Pero ¿cómo podrá ser esso?

—Muy bien: como quisiere mi señora la Fortuna; que si ella favorece, los pigmeos son gigantes, y si no, los gigantes son pigmeos. Otros más ruines que yo están hoy bien encaramados, que no hay prendas que tengan [14], ni hay sabiduría ni ignorancia, ni valor ni cobardía, ni hermosura ni fealdad, sino ventura o desdicha, tener lunar o estrella [15]: todo es risa lo demás. Al fin, ella se dará maña cómo yo sea grande o lo parezca, que todo es uno.

---

violento o improvisto, para hacer daño» *(Dic. Aut.);* es decir, ha escapado de la justicia en mil delitos.

[12] Intención moral: el que cree escapar de la justicia en esta vida, no escapará en la futura.

[13] Nueva intención moral: el sacrificio de estar indispuesto sería mérito para salvar su alma.

[14] *No hay prendas que tengan* sería el equivalente a nuestro «¡no hay prendas que valgan!», dicho para contradecir una razón que se nos da. De igual forma lo demás: «no hay sabiduría ni ignorancia que valgan», etc.

[15] *Tener lunar* es tener mancha, ya que eso significa, es decir, «mala suerte», ya que tener estrella es tener buena suerte.

—¡Voto a tal —dixo el soldado—, que quiera o no, ella habrá de hazer la razón! [16]

—No tan alto, señor soldado —dixo el estudiante—, más baxo.

—¡Éste es mi baxo, y mucho más he de alçar la voz, aunque sea en la sala de don Fernando Ruiz de Contreras! [17] Peor es acobardarse con la Fortuna: sino [18] mostrarla dientes, que sólo se burla con los sufridos; y assí veréis que unos socarronazos, cuatro bellacones atrevidos se salen con cuanto quieren y se burlan de todo el mundo; ellos son los medrados, que de los hombres de bien no hay quien se acuerde. ¡Juro, voto que hemos de andar a mogicones y que ha de hazerme favor, aunque reviente!

—No sé yo cómo será esso —replicó el licenciado—, que la Fortuna no hay entenderla [19]: tiene bravos reveses. A otros más estirados he oído ponderar que no hay tomarla el tino.

—Yo, por lo menos —dixo el cortesano—, de mis zalemas pienso valerme y mil vezes hazerla el buz.

—¡Buz de arca [20] —dixo el soldado— ha de ser el mío! ¿Yo besarla la mano? Si me hiziere merced, esso bien; y si no, lo dicho, dicho.

—Ya me parece que me la veo —dezía el enano— y que ella no me ve a mí por ser pequeño, que solos son visibles los bien vistos [21].

—Menos me verá a mí —dixo el estudiante—, por ser

---

[16] *Hacer la razón:* «Corresponder en los banquetes, comidas u ocasiones en que se bebe vino, al brindis o salud que otro hace, con igual brindis.» *(Dic. Aut.)* En sentido figurado, como aquí, será «corresponderá a la petición».

[17] Fernando Ruiz Contreras perteneció al Consejo de Guerra, actuando como secretario en la década de 1640.

[18] Hoy diríamos, como oposición a «peor», «mejor es mostrarla dientes», en lugar de la adversativa «sino». *Mostrar los dientes,* oponerse a otro con ira, véase nota 13, Crisi V, Segunda Parte.

[19] *No hay:* es imposible (entenderla). *No hay tomarla el tino,* de la frase siguiente, es el mismo caso.

[20] Juega Gracián con arcabuz. *Buz* significa «gesto halagüeño hecho con los labios, o los hocicos... afectación estudiosa de agradar» *(Dic. Aut.);* es decir, el cortesano quiere ser zalamero y adulador con la Fortuna y el soldado promete que el halago que va a hacerle a la Fortuna será un arcabuzazo (buz de arcabuz).

[21] *Bien visto,* significa también, como se sabe, querido o estimado.

404

obre; que a los deslucidos nadie los puede ver, aunque les
alten al rostro los colores[22].

—¿Cómo os ha de ver —dixo el cortesano—, si es ciega?
—¿Y esso más? —ponderó Critilo—. ¿De cuándo acá ha
·egado?

—No corre otro[23] en la corte.

—Pues ¿cómo podrá repartir los bienes?

—¿Cómo? A ciegas.

—Assí es —dixo el estudiante—, y assí la vio un sabio
·ntronizada en un árbol muy copado, de cuyas ramas, en
vez de frutos, pendían coronas, tiaras, cidaris[24], mitras, ca-
·elos, bastones, hábitos, borlas y otros mil géneros de in-
·ignias, alternados con cuchillos, dogales, remos, grillos y
·orozas. Estaban baxo el árbol confundidos hombres y bru-
·os, un bueno y otro malo, un sabio y un jumento, un lobo
y un cordero, una sierpe y una paloma. Sacudía ella a ciegas,
esgrimiendo su palo, «dé donde diere y Dios te la depare
buena»: caía sobre la cabeça de uno una corona y sobre el
cuello del otro un cuchillo, sin más averiguar que la suerte;
y las más vezes se encontraban[25], pues daba en manos de
uno un bastón, que estuviera mejor un remo[26]; a un docto
le caía una mitra allá en Cerdeña o acá en Jaca[27], y a un
idiota bien cerca: todo a ciegas.

—Y aun a locas —añadió el estudiante.

—¿Cómo es esso? —replicó Critilo.

—Todos lo dizen: que ha enloquecido; y se conoce, pues
no va cosa con concierto.

—¿Y de qué enloqueció?

—Cuéntanse varias cosas. La más constante opinión es
que la Malicia la ha dado bebedizos, y a título de descan-

------

[22] Juego con «deslucido» (carente de lucimiento, o mal vestido, y sin colores) y «colores», que además no puede verlos nadie, aun siendo el rojo de la vergüenza en el rostro.
[23] Genérico, «otro rumor, o noticia».
[24] *Cidaris* eran las diademas de los reyes persas, y podía
significar entre los cristianos, «tiara».
[25] Tómese «encontrarse» como «oponerse»: se oponían, sobreentendido, lo concedido y lo que realmente merecía, como explica a continuación con el bastón y el remo.
[26] Remo en las galeras como castigo, se entiende.
[27] Como mal destino Cerdeña por lo lejos, y Jaca por su poca
importancia. Al idiota le toca buen destino: cerca de donde él
quisiera.

sarla, se la [ha] [28] alçado con el mando, y assí da a sus fa
voridos cuanto quiere: a los ladrones las riquezas, a los so
berbios las honras, a los ambiciosos las dignidades, a lo
menguados las dichas, a las necias la hermosura, a los co
bardes las vitorias, a los ignorantes los aplausos, y a lo
embusteros todo; el más ruin jabalí se come la mejor bello
ta, y assí no van ya por méritos los premios ni por culpa
los castigos; unos yerran y otros lo murmuran: al fin, todo
va a locas, como digo.

—¿Y por qué no a malas también? —añadió el soldado—
pues la hazen fama de ruin, amiga de los jóvenes, siempre
favoreciéndoles, y contraria de los varones ancianos y ma
duros, madrastra de los buenos, envidiosa con los sabios, ti
rana con los insignes, cruel con los afligidos, inconstante
con todos.

—¿Es possible —ponderó Critilo— que de tantos azares
se compone, y con todo esso, la vamos a buscar desde que
nacimos, y más ciegos y más locos nos vamos tras ella?

Ya en esto se descubría un estravagante palacio que por
una parte parecía edificio y por la otra ruina, torres de
viento sobre arena, soberbia máquina sin fundamentos. Y de
todo el que imag[in]aron [29] edificio, no había sino la esca
lera; que en esta gran casa de la Fortuna no hay otro [30] que
subir y caer. Las gradas parecían de vidro, más quebradizas
cuanto más dobles [31], y todas llenas de deslizaderos. No ha
bía barandillas para tenerse, riesgos sí para rodar. El primer
escalón era más dificultoso de subir que una montaña, pero
una vez puestos en él, las demás gradas eran facilíssimas;
al contrario sucedía en las de la otra banda para baxar, pro
cediendo con tal correspondencia que, assí como començaba
uno a subir por esta parte, al punto caía otro por la otra,
aunque más apriessa.

Llegaron cuando actualmente rodaba uno con aplauso uni
versal, porque al punto que començó a tumbar, soltó de las
manos la gran presa que había hecho de oficios y represa de
beneficios: cargos, dignidades, riquezas, encomiendas, títu
los; todo iba rodando allí abaxo; daba aquí un bote una

---

[28] *Ha,* restituido en ediciones posteriores, falta en la de 1653.
[29] En 1653, pone «imagaron», que no existe, por errata.
[30] *No hay otro,* no existe otra cosa o solución.
[31] Significando además, como ya ha hecho otras veces, «falsas».
Vidro, por «vidrio».

ncomienda, y saltaba acullá a manos de un enemigo suyo;
garraba otro de vuelo del oficio, y todos andaban a la reba-
iña, haziendo grande fiesta [32] al trabajo ageno: mas assí se
sa. Solemnizólo mucho Critilo (y riéronlo todos) diziendo:
—¡Qué bravo chasco de la Fortuna! ¡Pues si hubiérades
visto rodar a Alexandro el Magno, aquel verle soltar un
mundo entero y saltar tantas coronas, reinos y provincias co-
no nuezes cuesta abaxo, y coja quien pudiere! Assegúroos
que fue una Babilonia [33].

Acercóse Critilo a la primer grada con sus camaradas, don-
le estaba toda la dificultad del subir, porque aquí assistía el
favor, primer ministro de la Fortuna y muy su confidente.
Éste alargaba la mano a quien se le antojaba para ayudarle
a subir, y esto sin más atendencia que su gusto, que debía
ser muy malo, pues por maravilla daba la mano a ningún
bueno, a ninguno que lo mereciesse. Siempre escogía lo peor:
en viendo un ignorante le llamaba, y dexaba mil sabios.
Y aunque todo el mundo le murmuraba, nada se le daba,
que de sus temeridades tenía hechos callos en el qué dirán.
De una legua columbraba un embustero, y a los hombres
de substancia y de entereza no los podía ver, porque le parecía le notaban sus locuras y abominaban de sus quimeras; pues un adulador, un mentiroso, no ya la mano, entrambos braços le echaba, y para los hombres de veras y
de su palabra era un topo, que jamás topó con un hombre
de verdad. Siempre echaba mano de tales como él. Perdíase
naturalmente por los hombres de tronera, entregándoles cuanto hay, y assí todo lo confundían. Había millares de hombres por aquel suelo aguardando les favoreciesse: pero él,
en viendo un entendido, un varón de prendas, dezía:
—¡Oste puto [34] quien tal le ayudasse! Es muy hombre,
no conviene.

Sugeto, al fin, de bravo capricho, era de modo que acababa con todos los hombres eminentes en gobierno, en ar-

---

[32] «Hazer gran fiesta de vna cosa: reirla mucho y aun encare-
cerla.» *(Cov.)*
[33] *Babilonia:* «Metaphoricamente se toma por confusión, y desorden y en este significado es mui común en nuestra lengua.»
(Dic. Aut.)
[34] *Oste,* oxte: «Aparta, no te acerques, quítate. Úsase de esta
voz con alguna vehemencia y mui comunmente quando tomamos
en las manos alguna cosa que está mui caliente o la probamos;
y es freqüente decir oxte puto.» *(Dic. Aut.)*

mas, en letras, en grandeza y en nobleza: que había mucho
y muy a propósito. Pero ¿qué mucho?, si descubrieron qu
estaba ciego de todas passiones y andaba a ciegas topand
con las paredes del mundo, acabando con todo él.

Ésta, como digo, era la escala para subir a lo alto. N
tenía remedio Critilo por desconocido, ni el cortesano po
conocido, ni el estudiante ni el soldado por merecerlo; sól
el enano tuvo ventura, porque se le hizo pariente, y ass
luego estuvo arriba. Apurábase el soldado de ver que los ga
llinas volaban, y el estudiante de que los bestias corrían
Estando en esta dificultad, assomóse acullá en lo más alt
Andrenio, que por lo vulgar había subido tan arriba y esta
ba muy adelantado en el valer. Conoció a Critilo, que n
fue poco desde tan alto y de donde muchos desconocieron
sus padres y hijos; mas fue llamada de la sangre. Diole lueg
la mano y levantóle, y entre los dos pudieron ayudar a su
bir los demás. Iban trepando por aquellas gradas con hart
facilidad de una en otra, ganada la primera, de un carg
en otro y de un premio en muchos. Notaron una cosa bien
advertida, estando a media escalera, y fue que todos cuantos
miraban de la parte de arriba y que subían delante les pa
recían grandes hombres, unos gigantes, y gritaban:

—¡Qué gran rey el passado! ¡Qué capitán aquel que fue!
¡Qué sabio el que murió!

Y al revés, todos cuantos venían atrás les parecían poca
cosa y unos enanos.

—¡Qué cosa es —dixo Critilo— ir un hombre delante,
aquello de ser primero, o venir detrás! Todos los passados
nos parece que fueron grandes hombres, y todos los presentes
y los que vienen nos parecen nada; que hay gran diferencia
en el mirar a uno como superior o inferior, desde arriba u
desde abaxo.

Llegaron ya a la última grada, donde estaba la Fortuna.
Pero ¡oh cosa rara!, ¡oh prodigio nunca creído, y de que quedaron atónitos y aun pasmados!, digo, cuando vieron una
reina totalmente diversa de lo que habían concebido y muy
otra de lo que todo el mundo publicaba, porque no sólo
no era ciega como se dezía, pero tenía en una cara de cielo
al medio día [35] unos ojos más perspicaces que una águila,

---

[35] Recalca Gracián en los ojos perspicaces y en la cara clara
y radiante (como el mediodía) de la Fortuna que era representada

más penetrantes que un linze; su semblante, aunque grave, muy sereno, sin ceños de madrastra, y toda ella muy compuesta. No estaba sentada, porque siempre de leva [36] y en continuo movimiento. Calçaba ruedecillas por chapines; su vestir era la mitad de luto y la otra mitad de gala. Miráronla y miráronse unos a otros, encogiéndose de hombros y arqueando las cejas, admirados de tal novedad, y aun dudaron si era ella.

—Pues ¿quién había de ser? —respondió la Equidad, que la assistía con unas balanças en la mano.

Oyólo la misma Fortuna, que ya había notado de reojo los ademanes de su espanto [37], y con voz harto agradable les dixo:

—Llegaos acá; dezí [38], ¿de qué os habéis turbado? No reparéis en dezir la verdad, que yo gusto mucho de los audaces.

Estaban todos tan mudos como encogidos. Sólo el soldado, con valentía en el desahogo y desahogo en el hablar, alçando la voz de modo que pudo oírle todo el mundo, dixo:

—Gran señora de los favores, reina poderosa de las dichas, yo te he de dezir hoy las verdades. Todo el mundo, de cabo a cabo, desde la corona a la abarca, está murmurando de ti y de tus procederes. Yo te hablo claro, que los príncipes nunca estáis al cabo de las nuevas, siempre agenos de lo que se dize.

—Ya sé que todos se quexan de mí —dixo ella misma—, pero ¿de qué y por qué? ¿Qué es lo que dizen?

—Mas ¡qué no dizen! —respondió el soldado—. Al fin, yo comienço con tu licencia, si no con tu agrado. Dizen, lo primero, que eres ciega; lo segundo, que eres loca; lo tercero, necia; lo cuarto...

—Aguarda, aguarda. Basta, vete poco a poco —dixo—, que hoy quiero dar satisfación al universo. Protesto, lo primero, que soy hija de buenos, pues de Dios y de su divina providencia, y tan obediente a sus órdenes, que no se mueve una hoja de un árbol ni una paja del suelo sin su sabiduría

_____

como ciega repartiendo los bienes y los males. En lugar de la adversativa «pero», hoy diríamos «antes» o «sino que».
[36] *Leva:* «Partida que hacen los navíos de algún puerto o playa: y por semejança suele decirse de otra qualquier marcha o partida.» *(Dic. Aut.)*
[37] *Espanto,* asombro. Véase nota 19, Crisi I, Primera Parte.
[38] *Dezí,* dezid. Véase nota 11, Crisi VI, Primera Parte.

y dirección. Hijos, es verdad que no los tengo, porque n se heredan ni las dichas ni las desdichas. El mayor carg que me hazen los mortales, y el que yo más siento, es dezi que favorezco a los ruines; que aquello de ser ciega, seré vosotros testigos. Pues yo digo que ellos son los malos y d ruines procederes, que dan las cosas a otros tales como ello El ricazo da su hazienda al assesino, al valentón, al truhár los cientos y los ducientos a la ramera, y traerá desnuda e ángel de una hija y el serafín de una virtuosa consorte: e esto emplean sus grandes rentas. Los poderosos dan los ca gos y se apassionan por los que menos los merecen y possit vamente los desmerecen, favorecen al ignorante, premian a adulador, ayudan al embustero, siempre adelantando los pec res; y del más merecedor, ni memoria, cuanto menos volun tad. El padre se apassiona por el peor hijo y la madre po la hija más loca, el príncipe por el ministro más temeraric el maestro por el discípulo incapaz, el pastor por la oveja ro ñosa, el prelado por el súbdito relajado, el capitán por e soldado más cobarde. Y si no, mirad cuando gobiernan hom bres de entereza y de virtud, como ahora, si son estimado los buenos, si son premiados los sabios. Escoge el otro po amigo al enemigo de su honra, y por confidente al má ruin; con ésse se acompaña, ésse que le gasta la hazienda Creedme que en los mismos hombres está el mal, ellos so los malos y los peores, ellos ensalçan el vicio y desprecian i virtud, que no hay cosa hoy más aborrecida. Favorezcan ello los hombres de bien, que yo no deseo otro [39]. Veis aquí mi manos: miradlas, reconocedlas, que no son mías; ésta es de un príncipe eclesiástico, y esta otra de un seglar; con éstas reparto los bienes, con éstas hago mercedes, con éstas dis penso las felicidades. Ved a quién dan estas manos, a quiér medran, a quién levantan; que yo siempre doy las cosas por manos de los mismos hombres, ni tengo otras. Y para que veáis cuánta verdad es ésta: ¡Hola, hola!, llamadme aquí luego el Dinero, venga la Honra, los Cargos, Premios y Fe licidades; venga acá cuanto vale y se estima en el mundo, comparezcan aquí todos cuantos se nombran bienes míos.

Concurrieron luego todos y començó a alborotarlos cuer damente:

—Venid acá —dezía—, ruin canalla, gente baxa y soez, que vosotros, infames, me tenéis sin honra. Di tú, bellacón,

---

[39] Genérico, «otra cosa».

i tú, Dinero, por qué estás reñido con los hombres de
ien, por qué no vas a casa de los buenos y virtuosos. ¿Es
ossible que me digan que siempre andas con gente ruin, ha-
iendo camarada con los peores del mundo, y me asseguran
ue nunca sales de sus casas? ¿Esto se puede tolerar?

—Señora —respondió el Dinero—, primeramente, todos
os ruines, como son rufianes, farsantes [40], espadachines y rame-
as, jamás tienen un real, ni para en su poder. Y si los
uenos tampoco le tienen, no tengo yo la culpa.

—Pues ¿quién la tiene?

—Ellos mismos.

—¿Ellos, de qué suerte?

—Porque no me saben buscar: ellos no roban, no tram-
ean, no mienten, no estafan, no se dexan cohechar, no de-
uellan al pobre, no chupan la sangre agena, no viven de
mbeleco, no adulan, no son terceros [41], no engañan. ¿Cómo
an de enriquezer ni no me buscan?

—¿Qué, es menester buscarle? Váyase él, pues corre tan-
o, a sus casas mismas y ruégueles y sírvales.

—Señora, ya voy tal vez [42], o por premio o por herencia,
no me saben guardar: luego me echan la puerta afuera
aziendo limosnas, remediando necessidades, más que el Ar-
ipreste de Daroca [43]; pagan luego lo que deben, prestan,
on caritativos, no saben hazer una ruindad, y assí luego me
chan la puerta afuera.

—No es esso echarte a rodar, sino bien alto, pues en el
ielo. Y tú, Honra, ¿qué respondes?

—Lo mismo: que los buenos no son ambiciosos, no pretenden, no se alaban, no se entremeten; antes, se humillan,
se retiran del bullicio, no multiplican cartas, no presentan [44],
y assí, ni me saben buscar, ni a ellos los buscan.

---

[40] *Farsante,* el actor en las farsas y comedias, de donde procede el actual insulto.

[41] *Tercero,* con el significado ya visto otras veces: «Hombre que
media en los amores ilícitos, alcahuete.» *(Dic. Acad.)*

[42] Con el significado que ya hemos dado: «alguna vez». Véase
nota 27, Crisi I, Primera Parte.

[43] Diego Antonio Francés de Urritigoiti (1603-1682), que aquí
aparece como Arcipreste de Daroca, fue más tarde obispo de Barbastro, como refiere Gracián en la Dedicatoria de la Tercera
Parte.

[44] *Presentar:* «Vale assímismo proponer o nombrar algún suje-

—¿Y tú, Hermosura?

—Que tengo muchos enemigos, todos me persiguen cua do más me siguen; quiérenme para el mundo, nadie par el cielo. Siempre ando entre locas y necias; las vanas m plazean [45], me sacan a vistas; las cuerdas me encierran, m esconden, no se dexan ver. Y assí, siempre me topan con gente ruin, a tontas y a locas.

—Habla tú, Ventura.

—Yo, señora, siempre voy con los moços, porque los vie jos no son atrevidos. Los prudentes, como piensan mucho hallan grandes dificultades; los locos son arrojados, los te merarios no reparan, los desesperados no tienen qué perder ¿qué quieres tú que diga?

—¿No veis —exclamó la Fortuna— lo que passa?

Conocieron todos la verdad, y valióle. Sólo el soldad volvió a replicar, y dixo:

—Muchas cosas hay que no dependen de los hombres sino que tú absolutamente las dispensas, las repartes com quieres, y se quexan que con notable desigualdad. Al fin yo no sé cómo se es que todos viven descontentos: las dis cretas porque las hiziste feas, las hermosas porque necias los ricos porque ignorantes, los sabios porque pobres, lo poderosos sin salud, los sanos sin hazienda, los hazendado sin hijos, los pobres cargados dellos, los valientes porque desdichados, los dichosos viven poco, los desdichados son eternos; assí que a nadie tienes contento. No hay ventura cumplida ni contento puro, todos son aguados. Hasta la misma Naturaleza se quexa o se escusa con que en todo te le opones. Siempre andáis las dos de punta, que tenéis escandalizado el mundo: si la una echa por un cabo, la otra por el otro. Por el mismo caso que la Naturaleza favorece a uno, tú le persigues; si ella da prendas, tú las deslues y las malogras, que vemos infinitos perdidos por esto, grandes ingenios sin ventura, valentías prodigiosas sin aplauso, un Gran Capitán retirado, un rey Francisco de Francia preso, un Enrico Cuarto muerto a puñaladas, un Marqués del Valle pleiteando, un rey don Sebastián vencido, un Belisario ciego, un Duque de Alba encarcelado, un don Lope de Hozes abrasado,

---

to para una dignidad o empleo eclesiástico, a fin de que le apruebe el que tiene la jurisdicción principal.» *(Dic. Aut.)*

[45] *Placear,* manifestar públicamente. Véase nota 12, Crisi IX, Primera Parte.

un Infante Cardenal antecogido, un príncipe don Baltasar, sol de España, eclipsado[46]. Dígoos que traéis revuelto el mundo.

—Basta —dixo la Fortuna— que lo que más me habían de estimar los hombres, esso me calumnian. ¡Hola, Equidad!, vengan las balanzas. ¿Veislas, veislas? Pues sabed que no doy cosa que no la pese y contrapese primero, igualando muy bien estas balanzas. Venid acá, necios, inconsiderados: si todo lo diera a los sabios, ¿qué hiziérades vosotros? ¿Habíais de quedar destituidos de todo? ¿Qué había de hazer una muger, si fuera necia y fea y desdichada?: desesperarse. ¿Y quién se pudiera averiguar[47] con una hermosa, si fuera venturosa y entendida? Y si no, hagamos una cosa: traigan acá todas mis dádivas; vengan las lindas: si tan desgraciadas son, truequen con las feas; vengan los discretos: si tan descontentos viven, truequen con los ricos necios, que todo no se puede tener.

Fue luego pesando sus dádivas y disfavores, coronas, cetros, tiaras, riquezas, oro, plata, dignidades y venturas. Y fue tal el contrapeso de cuidados a las honras, de dolores a los gustos, de descréditos a los vicios, de achaques a los deleites, de pensiones[48] a las dignidades, de ocupaciones a los cargos, de desvelos a las riquezas, de trabajos a la salud, de crudezas al regalo, de riesgos a la valentía, de desdoros a la hermosura, de pobreza a las letras, que cada uno dezía:

—Démonos por buenos.

—Estas dos balanzas —proseguía la Fortuna— somos la Naturaleza y yo, que igualamos la sangre: si ella se decanta[49]

---

[46] Se refiere, entre otros, a Francisco I de Francia, prisionero de Carlos V; Enrique IV de Francia, asesinado por un fanático, Ravaillac; Hernán Cortés, Marqués del Valle de Oaxaca; Sebastián, rey de Portugal (1554-1578), muerto en la batalla de Alcazarquivir; Belisario, general bizantino (494-565) del tiempo de Justiniano, que después de muchas victorias, vivió ciego y pidiendo limosna por la ingratitud del emperador; Lope de Hoces y Córdoba, muerto en 1639, abrasado en la nave que mandaba; Fernando de Austria (1609-1642), hijo de Felipe III, cardenal y arzobispo de Toledo, gobernador de Italia y vencedor de Gustavo Adolfo de Suecia; Baltasar Carlos, hijo de Felipe IV (1629-1646), príncipe de Asturias, muerto tempranamente.

[47] *Averiguarse con alguno,* avenirse con él. *(Dic. Acad.)*

[48] *Pensión,* carga, según vimos en la nota 4 de esta Crisi.

[49] *Decantar:* «Vale también torcer, inclinar u desviar alguna cosa.» *(Dic. Aut.)*

a la una parte, yo a la otra; si ella favorece al sabio, yo al necio; si ella a la hermosa, yo a la fea; siempre al contrario, contrapesando los bienes.

—Todo esso está bien —replicó el soldado—, pero ¿por qué no has de ser constante en una cosa, y no andar variando cada día? ¿Para qué es buena tanta mudanza?

—¡Qué más quisieran los dichosos! —respondió la Fortuna—. ¡Bueno, por cierto, que siempre gozassen unos mismos los bienes y que nunca les llegasse su vez a los desdichados! De esso me guardaré yo muy bien. ¡Hola, Tiempo!, ande la rueda, dé una vuelta y otra vuelta, y nunca pare. Abátanse los soberbios y sean ensalçados los humildes, vayan a vezes: sepan unos qué cosa es padecer y los otros gozar. Pues si aun con saber esto y llamarme la Mudable, no se dan por entendidos los poderosos, los entronizados; ninguno se acuerda de mañana, despreciando los inferiores, atropellando los desvalidos, ¿qué hizieran si ellos supieran que no había de haber mudanza? ¡Hola, Tiempo!, ande la rueda. Si aun deste modo son intolerables los ricos, los mandones, ¿qué fuera si se asseguraran echando un clavo a su felicidad? [50] Ésse sí que fuera yerro. ¡Hola, Tiempo!, ande la rueda, y desengáñesse todo el mundo que nada permanece sino la virtud.

No tuvo más qué replicar el soldado; antes, volviéndose al estudiante, le dixo:

—Pues vosotros, los bachilleres, sois los que más satirizáis la Fortuna, ¿cómo calláis ahora? Dezid algo, que en las ocasiones [51] es el tiempo del hablar.

Confessó él que no lo era, sólo venía a pretender un beneficio bobo [52]. Mas la Fortuna:

—Ya sé —dixo— que los sabios son los que hablan más mal de mí, y en esso muestran serlo.

Escandalizáronse todos mucho de oír esto. Y ella:

—Yo me desempeñaré. No es porque ellos assí lo sientan, sino porque lo sienta el vulgo, para tener a raya los soberbios: yo soy el coco de los poderosos, conmigo les hazen miedo. Teman los ricos, tiemblen los afortunados, escarmienten

---

[50] Echar un clavo a una cosa es sujetarla para que no se desprenda o escape.

[51] *Ocasión:* «Significa también peligro ú riesgo.» (*Dic. Aut.*)

[52] Tomando como sinónimos «bobo» y «simple», el beneficio simple es aquel conjunto de derechos o emolumentos del eclesiástico «que no tiene obligación aneja de cura de almas» (*Diccionario Acad.*).

los validos, enfrénense todos. Una cosa os quiero confessar, y es que los verdaderos sabios, que son los prudentes y virtuosos, son muy superiores a las estrellas. Bien es verdad que tengo cuidado no engorden, porque no duerman; que el enjaulado gilguero, en teniendo qué comer, no canta. Y porque veáis que ellos saben ser dichosos, ¡hola!, arrastrad aquella mesa.

Era redonda y capaz de todos los siglos. En medio de ella se ostentaban muchas venturas en bienes, digo, cetros, tiaras, coronas, mitras, bastones, varas, laureles, púrpuras, capelos, tusones [53], hábitos, borlas, oro, plata, joyas, y todas sobre un riquíssimo tapete. Mandó luego llamar todos los pretendientes de ventura, que fueron todos los vivientes: que ¿quién hay que no desee? Coronaron [54] la gran mesa, y teniéndolos assí juntos, les dixo:

—Mortales, todos estos bienes son para vosotros. ¡Alto!, disponéos para conseguirlos, que yo nada quiero repartir por no tener quexosos; cada uno escoja lo que quisiere y coja lo que pudiere.

Hizo señal de agarrar, y al punto començaron todos a porfía a alargar los braços y estirarse para alcançar cada uno lo que deseaba, pero ninguno podía conseguirlo. Estaba ya uno muy cerca de alcançar una mitra, aunque no la merecía tanto como un vicario general, y sea el doctor Sala [55]; anduvo porfiando toda la vida tras ella, mas nunca la pudo assir, y murió con aquel buen deseo. Daba saltos un otro por una llave dorada [56], y aunque se fatigó y fatigó a otros, como tenía dientes se le defendía. Empinábanse algunos al rojo, y al cabo se quedaban en blanco [57]. Anhelaba otro, y aun sudaba

---

[53] *Tusón:* «Los franceses dicen Toyson, y ahora se dice modernamente assí entre nosotros», dice el *Dic. Aut.,* que lo define como «vellón del carnero, o la piel del mismo con su lana»; formaba parte de la insignia de la Orden de Caballería francesa del Toison de Oro.

[54] *Coronaron la mesa,* es decir, la rodearon, como una corona rodea la cabeza.

[55] Diego Jerónimo Sala, oficial y regente en el vicariato general del arzobispado de Zaragoza, fue el que dio licencia para que se publicara esta Segunda Parte.

[56] *Llave dorada:* «La que usaban los gentileshombres con ejercicio o con entrada.» *(Dic. Acad.)*

[57] Aspiraban algunos al rojo (obispado o cardenalato) y se

tras un bastón, mas vino una bala y derribóle a la que [58] le iba a empuñar. Cogían unos la carrera muy de atrás, y a vezes por rodeos y indirectas; daban valientes saltos por alcançar alguna cosa, y quedábanse burlados. Andaba cierto personage, aunque a lo dissimulado, por alcançar una corona; cansábase de ser príncipe de retén, mas quedóse con estas esperanças. Llegó un bravo gigantón, un castillo de huesos, que ya está dicho de carne; no se dignó de mirar a los demás, burlándose de todos.

—Éste sí —dixeron— que se ha de alçar con todo, y más que tiene cien garras.

Alçó el braço, que fue izar una entena, hizo temblar todos los bienes de la Fortuna, mas aunque le alargó mucho y le estiró cuanto pudo y casi casi llegó a rozarse con una corona, no la pudo assir, de que quedó hostigadíssimo, maldiciendo y blasfemando su fortuna. Probábanse, ya por una parte y ya por otra, porfiaban, anhelaban, y al cabo todos se rendían.

—¿No hay algún sabio? —gritó la Fortuna—. Venga un entendido y pruébese.

Salió al punto un hombre muy pequeño de cuerpo, que los largos raras vezes fueron sabios. Riéronse todos en viéndole, y dezían:

—¿Cómo ha de conseguir un enano lo que tantos gigantes no han podido?

Mas él, sin hazer del hazendado [59], sin correr ni correrse, sin matarse ni matar, con linda maña, assiendo del tapete, lo fue tirando hazia sí y trayendo con él todos los bienes juntos. Aquí alçaron todos el aplauso, y la Fortuna dixo:

—Ahora veréis el triunfo del saber.

Hallóse en un punto con todos los bienes en su mano, señor de todos ellos; fuelos tanteando, y habiéndolos sospesado, ni tomó la corona, ni la tiara, ni el capelo, ni la mitra, sino una medianía, teniéndola por única felicidad. Viendo esto el soldado, llegóse a él y rogóle le alcançasse un bastón de aquéllos, y el cortesano un oficio. Preguntóle si querría ser ayuda de cámara, y él dixo:

_____

quedaban en blanco, sin nada (véase nota 95, Crisi VII, Primera Parte).

[58] *A la que,* a la hora en que, en el momento en que.

[59] Según el contexto, «hacendado» no puede significar el que tiene hacienda sino lo mismo que «hacendoso», diligente en las faenas.

—De cámara, no; de mesa, sí.

Mas no se halló tal plaça, que era muerta [60]. Dábale una tenencia de la guarda; tampoco la acetó, por ser oficio de coscorrones, de más ruido que provecho.

—Toma, pues, esta llave capona [61].

—¿Y cómo comeré yo sin dientes? No te canses en buscarme oficio en palacio, que todo es ser moço [62]. Búscame un gobierno allá en Indias, y mejor cuanto más lexos.

Al estudiante le alcançó su beneficio. Para Critilo y Andrenio un espejo de desengaños. Mas ya en esto tocaron a despejar: el Tiempo con su muleta, la Muerte con su guadaña, el Olvido con su pala, la Mudança dando temerarios empellones, el Disfavor puntapiés, la Vengança mogicones. Començaron a rodar unos y otros por una y otra parte, que para el caer no había sino una grada, y éssa deslizadero; todo lo demás era un despeño.

Cómo salieron deste común riesgo nuestros dos peregrinos de la vida, que lo mejor del correr es el parar bien, y lo más dificultoso de la ventura es el buen dexo [63], ésse será el principio de la crisi siguiente.

---

[60] *Plaza muerta:* «Se llama en la Milicia la que los capitanes tienen en sus Compañías sin soldado, aprovechándose del sueldo que éste había de percibir.» *(Dic. Aut.)*

[61] *Llave capona:* «... que equivale a sin ejercicio, se dice de la llave honoraria de Gentilhombre de Cámara del Rey a quien se concede este honor sin exercicio: la qual se llama por este motivo llave capona» *(Dic. Aut.).*

[62] *Mozo:* «Hombre que sirve en las casas o al público en oficios humildes» *(Dic. Acad.);* es decir que todo es ser mozo, es lo mismo que decir todo oficio en palacio es ser criado.

[63] *Dejo:* «Se toma también por el remate y fin de alguna cosa.» *(Dic. Aut.)*

CRISI SÉPTIMA

El hiermo de Hipocrinda [1]

Componían al hombre todas las demás criaturas tributándole perfecciones, pero de prestado; iban a porfía amontonando bienes sobre él, mas todos al quitar [2]: el cielo le dio la alma, la tierra el cuerpo, el fuego el calor, el agua los humores, el aire la respiración, las estrellas ojos, el sol cara [3], la fortuna haberes, la fama honores, el tiempo edades, el mundo casa, los amigos compañía, los padres naturaleza y los maestros la sabiduría. Mas viendo él que todos eran bienes muebles, no raízes, prestados todos y al quitar, dizen que preguntó:

—Pues, ¿qué será mío? Si todo es de prestado, ¿qué me quedará?

Respondiéronle que la virtud. Éssa es bien propio del hombre, nadie se la puede repetir [4]. Todo es nada sin ella y ella lo es todo; los demás bienes son de burlas, ella sola es de veras. Es alma de la alma, vida de la vida, realce de

---

[1] *Hipocrinda:* no es necesario explicar que simboliza a la Hipocresía.

[2] *Al quitar:* «Modo adverb. con que se significa la poca permanencia y duración de alguna cosa.» *(Dic. Aut.)*

[3] No hay ninguna razón por la que diga que el sol proporciona la cara al hombre. Sólo se me ocurre que, como ha dicho «las estrellas ojos» y el sol es el rey de ellas, él le da la cara. O mejor, que al sol se le representa con cara humana, desde la infancia incluso.

[4] *Repetir:* «Volver a pedir a uno lo que es suyo.» *(Dic. Aut.)*

todas las prendas, corona de las perfecciones y perfección de todo el ser; centro es de la felicidad, trono de la honra, gozo de la vida, satisfación de la conciencia, respiración del alma, banquete de las potencias[5], fuente del contento, manantial de la alegría. Es rara porque dificultosa, y donde quiera que se halla es hermosa, y por esso tan estimada. Todos querrían parecer tenerla, pocos de verdad la procuran. Hasta los vicios se cubren con su buena capa y mienten sus apariencias; los más malos querrían ser tenidos por buenos. Todos la querrían en los otros, mas no en sí mismos: pretende éste que aquél le guarde fidelidad en el trato, que no le murmure, ni le mienta, ni le engañe, trate siempre verdad, que en nada le ofenda ni agravie; y él obra todo lo contrario. Con ser tan hermosa, noble y apacible, todo el mundo se ha mancomunado contra ella; y es de modo que la verdadera virtud ya no se ve ni parece, sino la que le parece: cuando pensamos está en alguna parte, topamos con sola su sombra, que es la hipocresía. De suerte que un bueno, un justo, un virtuoso florece como la fenis[6], que por único se lleva la palma.

Esto les iba ponderando a Critilo y Andrenio una agradable donzella, ministra de la Fortuna, de sus más allegadas, que compadecida de verlos en el común riesgo, estando ya para despeñarse, les assió del copete de la ocasión[7] y los detuvo; y dando una voz al Acaso, le mandó echar la puente levadiza, con que los traspuso de la otra parte, de un alto a otro, de la Fortuna a la Virtud, con que se libraron del fatal despeño.

—Ya estáis en salvo —les dixo—, dicha de pocos lograda, pues vistes caer mil a vuestro lado y diez mil a vuestra diestra. Seguid esse camino sin torcer a un lado ni a otro, aunque un ángel os dixesse lo contrario, que él os llevará al palacio de la hermosa Virtelia, aquella gran reina de las felicidades. Presto le divisaréis encumbrado en las coronillas de los montes. Porfiad en el ascenso, aunque sea con violencias, que de los valientes es la corona; y aunque sea

[5] *Potencias:* «Por antonomasia se llaman las tres facultades del alma... que son, entendimiento, voluntad y memoria.» *(Diccionario Aut.)*

[6] Sobre el ave Fénix, que renacía de sus cenizas, hemos dejado ya nota anteriormente.

[7] *Asir o coger la ocasión por el copete:* «Es aprovecharse y valerse de ella en oportunidad y tiempo, sin malograrla.» *(Diccionario Aut.)*

áspera la subida, no desmayéis, poniendo siempre la mira en el fin premiado.

Despidióse con mucho agrado echándoles los braços, volvióse a passar de la otra parte y al mismo punto levantaron la puente.

—¡Oh! —dixo Critilo—, ¡qué cortos hemos andado en no preguntarla quién era! ¿Es possible que no hayamos conocido una tan gran bien hechora?

—Aún estamos a tiempo —dixo Andrenio—, que aún no la habemos perdido ni de vista ni de oída.

Diéronla vozes, y ella volvió un cielo en su cara y dos soles en un cielo esparciendo favorables influencias.

—Perdona, señora —dixo Critilo—, nuestra inadvertencia, no grossería, y assí te favorezca tu reina más que a todas, que nos digas quién eres.

Aquí ella, sonriéndose:

—No lo queráis saber —dixo—, que os pesará.

Pero ellos, más deseosos con esto, porfiaron en saberlo; y assí les dixo:

—Yo soy la hija mayor de la Fortuna, yo la pretendida de todos, yo la buscada, la deseada, la requerida: yo soy la Ventura.

Y al momento se traspuso.

—Juráralo yo —dixo suspirando Critilo— que, en conociéndote, habías de desaparecer. ¡Hase visto más poca suerte en la dicha! Assí acontece a muchos cada día. ¡Oh cuántos, teniendo la dicha entre manos, no la supieron conocer, y después la desearon! Pierde uno los cincuenta, los cien mil de hazienda, y después guarda un real; no estima el otro la consorte casta y prudente que le dio el cielo, y después la suspira muerta y adorada en la segunda; pierde éste el puesto, la dignidad, la paz, el contento, el estado, y después anda mendigando mucho menos.

—Verdaderamente que nos ha sucedido —dixo Andrenio— lo que a un galán apassionado que, no conociendo su dama, la desprecia, y después, perdida la ocasión, pierde el juizio.

—Desta suerte malograron muchos el tiempo, la ocasión, la felicidad, la comodidad, el empleo, el reino, que después lo lamentaron harto; assí sollozaba el rey navarro passando el Pirineo y Rodrigo en el río de su llanto[8]. ¡Pero desdichado, sobre todo, quien pierda el cielo!

---

[8] Se refiere a dos reyes que perdieron sus coronas y sus reinos: Juan Albret, último rey de Navarra, que aunque siguió siendo

Assí se iban lamentando, prosiguiendo su viage, cuando se les hizo encontradizo un hombre venerable por su aspecto, muy autorizado de barba [9], el rostro ya passado y todas sus faciones desterradas [10], hundidos los ojos, la color robada, chupadas las mexillas, la boca despoblada, ahiladas [11] las narizes, la alegría entredicha [12], el cuello de azuzena lánguido, la frente encapotada; su vestido, por lo pío, remendado, colgando de la cinta [13] unas disciplinas, lastimando más los ojos del que las mira que las espaldas del que las afecta; zapatos doblados a remiendos, de más comodidad que gala: al fin, él parecía semilla de ermitaños. Saludólos muy a lo del cielo, para ganar más tierra, y preguntóles para dónde caminaban.

—Vamos —respondió Critilo— en busca de aquella flor de reinas, la hermosa Virtelia, que nos dizen mora aquí en lo alto de un monte, en los confines del cielo. Y si tú eres de su casa y de su familia, como lo pareces, suplícote que nos guíes.

Aquí él, después de una gran tronada de suspiros, prorrumpió en una copiosa lluvia de lágrimas:

—¡Oh, cómo vais engañados —les dixo— y qué lástima que os tengo! Porque essa Virtelia que buscáis, reina es, pero encantada. Vive, aunque más muere, en un monte de dificultades, poblado de fieras, serpientes que empozoñan, dragones que tragan, y sobre todo hay un león en el camino que desgarra a cuantos passan; a más de que la subida es inaccessible, al fin cuesta arriba, llena de malezas y deslizaderos donde los más caen, haziéndose pedaços. Bien pocos son y bien raros los que llegan a lo alto. Y cuando toda essa montaña de rigores hayáis sobrepujado, queda lo más dificultoso, que es su palacio encantado, guardadas sus puer-

---

rey en la Navarra transpirenaica perdió la Navarra española ante Fernando el Católico, y Rodrigo, último rey godo, que perdió su reino ante los árabes en la batalla de Guadalete.

[9] Sobre la autoridad de las barbas, véase nota 17, Crisi IV, Segunda Parte.

[10] *Desterrar:* «Deponer o apartar de sí» *(Dic. Acad.);* es decir, era tan viejo y tenía el rostro tan pasado, que las facciones las tenía depuestas, sin expresión.

[11] *Ahilar* es adelgazarse *(Dic. Acad.);* luego *ahilada* es delgada.

[12] *Entredecir* es prohibir *(Dic. Aut.);* entredicha es prohibida.

[13] *Cinta,* por cintura o cinturón. Véase nota 94, Crisi V, segunda parte.

tas de horribles gigantes que, con mazas azeradas en las manos, defienden la entrada, y son tan espantosos, que sólo el imaginarlos arredra. Verdaderamente me hazéis duelo de veros tan necios que queráis emprender tanto impossible junto. Un consejo os daría yo, y es que echéis por el atajo por donde hoy todos los entendidos y que saben vivir caminan. Porque habéis de saber que aquí más cerca, en lo fácil, en lo llano, mora otra gran reina muy parecida en todo a Virtelia, en el aspecto, en el buen modo, hasta en el andar, que la ha cogido los aires: al fin, un retrato suyo; sólo que no es ella, pero más agradable y más plausible, tan poderosa como ella y que también haze milagros. Para el efecto es la misma, porque, dezidme vosotros ¿qué pretendéis en buscar a Virtelia y tratarla?, ¿que os honre, que os califique, que os abone para conseguir cuanto hay: la dignidad, el mando, la estimación, la felicidad, el contento? Pues sin tanto cansancio, sin costaros nada, a pierna tendida, lo podéis aquí conseguir; no es menester sudar, ni afanar, ni reventar como allá. Dígoos que éste es el camino de los que bien saben, todos los entendidos echan por este atajo; y assí está hoy tan valido en el mundo que no se usa otro modo de vida.

—¿De suerte —preguntó Andrenio, ya vacilando— que essa otra reina que tú dizes es tan poderosa como Virtelia?

—Y que no la debe nada —respondió el Ermitaño—. Lo que es el parecer, tan bueno le tiene y aun mejor, y se precia dello y procura mostrarlo.

—¿Qué, puede tanto?

—Ya os digo que obra prodigios. Otra ventaja más, y no la menos codiciable: que podréis gozar de los contentos, de los gustos desta vida, del regalo, de la comodidad, de la riqueza, juntamente con este modo de virtud; que aquella otra, por ningún caso los consiente. Esta en nada escrupulea, tiene buen estómago, con tal que no haya nota [14] ni se sepa: todo ha de ser en secreto. Aquí veréis juntos aquellos dos impossibles de cielo y tierra juntos, que los sabe lindamente hermanar.

No fue menester más para que se diesse por convencido Andrenio; hízose al punto de su banda, ya le seguía, ya volaban.

—¡Aguarda —dezía Critilo—, que te vas a perder!

---

[14] *Haber nota* es lo mismo que ser notorio, públicamente conocido de todos.

Mas él respondía:

—¡No quiero montes!, ¡quita allá gigantes, leones, guarda!

Iban ya de carrera arrancada, seguíales Critilo vozeando:

—¡Mira que vas engañado!

Y él respondía:

—¡Vivir, vivir!, ¡virtud holgada, bondad al uso!

—Seguidme, seguidme —repetía el falso Ermitaño—, que éste es el atajo del vivir; que lo demás es un morir continuado.

Fuelos introduciendo por un camino encubierto y aun solapado entre arboledas y ensenadas, y al cabo de un laberinto con mil vueltas y revueltas dieron en una gran casa, harto artificiosa, que no fue vista hasta que estuvieron en ella. Parecía convento en el silencio, y todo el mundo en la multitud: todo era callar y obrar, hazer y no dezir, que aun campana no se tañía por no hazer ruido: no se dé campanada [15]. Era tan espaciosa y había tanta anchura, que cabrían en ella más de las tres partes del mundo, y bien holgadas. Estaba entre unos montes que la impedían el sol, coronada de árboles tan crecidos y tan espesos, que la quitaban la luz con sus verduras.

—¡Qué poca luz tiene este convento! —dixo Andrenio.

—Assí conviene —respondió el Ermitaño—, que donde se professa tal virtud no convienen lucimientos.

Estaba la puerta patente [16], y el portero muy sentado, por no cansarse en abrir; tenía calçados unos zuecos de conchas de tartugas [17], desaliñadamente sucio y remendado.

—Éste —dixo Critilo—, a ser hembra, fuera la Pereça.

—¡Oh, no! —dixo el Ermitaño—, no es sino el Sossiego; no nace aquello de dexamiento, sino de pobreza; no es suciedad, sino desprecio del mundo.

Saludóles, dando gracias de su linda vida [18]; intimóles luego sin moverse, con un gancho, un letrero que estaba en-

---

[15] No tañían campana por no hacer ruido o *campanada.* «... ruido que causa en algún pueblo o provincia la acción extraña, escandalosa o ridícula de alguno» (*Dic. Aut.*).

[16] *Patente,* abierta. Véase nota 10, Crisi II, Primera Parte.

[17] *Tartuga,* tortuga. Tomando como proverbial la lentitud de las tortugas, el portero, perezoso hasta abrir la puerta, lleva zuecos de conchas de tortuga.

[18] Dando gracias, entiéndase, al Señor, como hacían los porteros de los Conventos, por su linda vida, es decir, por su lindo modo de vivir.

cima de la puerta y dezía con unas letras góticas: *Silencio.*
Y comentóseles el Ermitaño:

—Quiere dezir que, de aquí adentro, no se dize lo que se
siente, nadie habla claro, todos se entienden por señas: aquí,
callar, y callemos.

Entraron en el claustro, pero muy cerrado, que es lo más
cómodo para todos tiempos. Iban ya encontrando algunos
que en el hábito parecían monges; y era, aunque al uso, bien
estraño: por defuera lo que se veía era de piel de oveja,
mas por dentro, lo que no se parecía [19], era de lobos novicios, que quiere dezir rapazes. Notó Critilo que todos llevaban capa, y buena.

—Es instituto [20] —dixo el Ermitaño—. No se puede deponer jamás, ni hazer cosa que no sea con capa de santidad.

—Yo lo creo —dixo Critilo—, y aun con capa de lastimarse está aquél murmurando de todo, con capa de corregir
se venga el otro, con capa de dissimular permite éste que
todo se relaxe, con capa de necessidad hay quien se regala
y está bien gordo, con capa de justicia es el juez un sanguinario, con capa de zelo todo lo malea el envidioso, con capa
de galantería anda la otra libertada.

—Aguarda —dixo Andrenio—, ¿quién es aquella que passa con capa de agradecimiento?

—¿Quién ha de ser sino la Simonía? Y aquella otra, la
Usura paliada [21]. Con capa de servir a la república y al bien
público se encubre la ambición.

—¿Quién será aquél que toma la capa o el manto para ir
al sermón, a visitar el santuario, y parece el Festejo?

—El mismo.

—¡Oh maldito sacrílego!

—Con capa de ayuno ahorra la avaricia, con capa de gravedad nos quiere desmentir la grosería. Aquél que entra allí
parece que lleva capa de amigo, y realmente lo es, y aun
con la de pariente [22] se introduce el adulterio.

---

[19] *Parecerse:* «Dexarse ver ú ofrecerse a la vista.» *(Dic. Aut.)*

[20] *Instituto:* «Establecimiento, regla, forma y méthodo particular de vida, con firmeza e inmobilidad de estado: como es el de
las Religiones.» *(Dic. Aut.)* Es decir, era norma llevar capa, y
grande, para ocultar sus vicios.

[21] *Paliado:* «Encubierto, dissimulado o pretextado.» *(Dic. Autoridades.)*

[22] Con capa de amigo, porque «amigo» era lo mismo que
«amante» de la mujer; con la de «pariente» (padre, madre, pri-

—Éstos —dixo el Ermitaño— son de los milagros que obra cada día esta superiora, haziendo que los mismos vicios passen plaça de virtudes y que los malos sean tenidos por buenos y aun por mejores; los que son unos demonios, haze que parezcan unos angelitos, y todo con capa de virtud.

—Basta [23] —dixo Critilo— que desde que al mismo Justo le sortearon la capa los malos, ya la tienen por suerte: andan con capa de virtud, queriendo parecer al mismo Dios y a los suyos.

—¿No notáis —dixo el falso Ermitaño y verdadero embustero— qué ceñidos andan todos cuando menos ajustados? [24]

—Sí —dixo Critilo—, pero con cuerda.

—Esso es lo bueno —respondió—, para hazer baxo cuerda cuanto quieren, y todo va baxo manga: no se les ven las manos, tanto es su recato.

—No sea —replicó Critilo— que tiren la piedra y escondan la mano.

—¿No veis aquel bendito qué fuera del mundo anda, qué metido va? [25] Pues no piensa en cosa suya, sino en las agenas, que no tiene cosa propia. No se le ve la cara: no es lo mejor lo descarado. A nadie mira a la cara, y a todos quita el sombrero; anda descalço por no ser sentido, tan enemigo es de buscar ruido.

—¿Quién es el tal? —preguntó Andrenio—. ¿Es professo?

—Sí, con que cada día toma el hábito y es muy bien diciplinado. Dizen que es un arrapa-altares por tener mucho de Dios. Haze una vida extravagante: toda la noche vela, nunca reposa. No tiene cosa ni casa suya, y assí es dueño de todas las agenas; y sin saber cómo ni por dónde, se entra en todas y se haze luego dueño dellas. Es tan caritativo, que a todos ayuda a llevar la ropa, y a cuantos topa las capas; y assí le quieren de modo que, cuando se parte de alguna, todos quedan llorando y nunca se olvidan dél.

---

mo...), como ya vimos, que tenía connotaciones licenciosas. Así se introduce el adulterio.

[23] Con elipsis de un infinitivo como «pensar, ver, decir...». Véase nota 6, Crisi II, Primera Parte.

[24] Entiéndase: qué ceñidos andan (recogidos y ajustados), cuando realmente no son «hombres ajustados». («Vale lo mismo que justo, recto, conforme a la razón.» *Dic. Aut.*)

[25] «Estar mui metido en alguna cosa. Vale estar mui empeñado en su logro y consecución.» *(Dic. Aut.)*

—Éste —dixo Andrenio—, con tantas prendas agenas, más me huele a ladrón que a monge.

—Ahí verás el milagro de nuestra Hipocrinda, que siendo lo que tú dizes, le haze parecer un bendito; tanto, que está ya consultado en un gran cargo, en competencia de otro de casa de Virtelia, y se tiene por cierto que le ha de hurtar la bendición[26]; y cuando no, trata de irse a Aragón, donde muera de viejo.

—¡Qué lucido está aquel otro! —dixo Critilo.

—Es honra de la penitencia —respondió el Ermitaño—, y aunque tan bueno, no puede tenerse en pie ni acierta a dar un passo[27].

—Bien lo creo, que no andará muy derecho.

—Pues sabed que es un hombre muy mortificado: nadie le ha visto comer jamás.

—Esso creeré yo, que a nadie convida, con ninguno parte: todo es predicar ayuno, y no miente, que en habiéndose comido un capón, con verdad dize: «Ay uno»[28].

—Yo juraré por él que en muchos años no se ha visto un pecho de perdiz en la boca.

—¡Y yo también!

—Y tras toda esta austeridad que usa consigo, es muy suave.

—Assí lo entiendo, suave de día y suave[29] de noche; mas ¿cómo está tan lucido?

—Ahí verás la buena conciencia, tiene buen buche, no se ahoga con poco ni se ahíta con cosillas; engorda con la merced de Dios, y assí todos le echan mil bendiciones[30]. Pero entremos en su celda, que es muy devota[31].

---

[26] La bendición de otorgamiento definitivo del cargo al que aspiran, es decir, le ha de hurtar el cargo.

[27] No puede tenerse en pie ni dar un paso por lo lucido (gordo) que está, como ha dicho.

[28] Permítasenos dejar «ay» como está en el texto, en lugar de «hay», que proporciona el calambur «ayuno» (después de harto, claro) y «hay uno».

[29] Después de «hay uno», ayuno, coloca las comilonas que se da este personaje: «su ave de día y su ave de noche», como escribe el texto de 1653.

[30] Me recuerda esta frase a aquellos religiosos de la época, o anteriores, que decían se alimentaban con la gracia de Dios, y estaban rollizos porque tenían el arca llena de alimentos; los demás los tenían por santos.

[31] Vuelve al equívoco: «de-vota» con «bota» de vino. Véase

Recibiólos con mucha caridad y franqueóles una alazena, no tan a secas que no fuesse de regadío, dando fruto de dulces, perniles y otros regalos.

—¿Assí se ayuna? —dixo Critilo.

—Y assí hay una gentil bota —respondió el Ermitaño—. Éstos son los milagros desta casa: que siendo éste antes tenido por un Epicuro, en tomando tan buena capa se ha trocado de modo que compite con un Macario [32]. Y es tanta verdad ésta, que antes de mucho le veréis con una dignidad.

—¿También hay soldados cofadres de la apariencia? —preguntó Andrenio.

—Y son los mejores —respondió el Ermitaño—: tan buenos christianos, que aun al enemigo no le quieren hazer mala cara, con que [33] no lo querrían ver. ¿No ves aquél? Pues en dando un Santiago [34], se mete a peregrino. En su vida no se sabe que haya hecho mal a nadie; no tengan miedo que él beba de la sangre de su contrario. Aquellas plumas que tremola, yo jurara que son más de Santo Domingo de la Calçada que de Santiago [35]. El día de la muestra [36] es soldado, y el de la batalla ermitaño; más haze él con un lançón [37] que otros con una pica; sus armas siempre fueron dobles [38]; desde que tomó capa de valiente es un Ruy Díaz atildado [39].

---

nota 18, Crisi V, Segunda Parte. Ampliando el juego, dice a continuación «una alacena de regadío».

[32] Macario, ermitaño egipcio (301-391), llamado el Viejo y el Grande, discípulo de San Antonio.

[33] Hoy diríamos «aun cuando».

[34] Sobre *dar un Santiago,* «acometer al enemigo», véase nota 71, Crisi XIII, Primera Parte.

[35] Lo explica Romera-Navarro de la siguiente manera: las plumas del soldado son plumas de gallina, porque en la Iglesia de Santo Domingo de la Calzada se ven gallos y gallinas, o porque hay una gallina que se llama «calzada», la que tiene plumas hasta los pies.

[36] *Muestra:* «En la Milicia significa la reseña que se hace de la gente de guerra, para reconocer si está cabal, o para otras cosas.» (*Dic. Aut.*)

[37] *Lanzón:* «Lanza corta y gruessa con un rejón de hierro ancho y grande, de que regularmente usan los que guardan viñas y otras haciendas de campo.» (*Dic. Aut.*)

[38] Con el significado, ya visto, de «falsas» o «engañosas».

[39] «Rui», trae el texto, en lugar de Ruy; y «Rui» atildado, o con tilde, como cuando se omitían algunas letras en la escritura, sobre todo la N, es «Ruĩ», es decir, «ruin».

Es de tan sano coraçón, que siempre le hallarán en el cuartel de la salud [40]; no es nada vanaglorioso, y assí suele dezir que más quiere escudos que armas [41]; en dando un espaldar al enemigo, acude al consejo con un peto [42]. Y assí es tenido por un buen soldado, muy aplaudido, y en competencia de dos Bernardos [43] está consultado en un generalato, y dizen que él será el hombre y los otros se lo jugarán [44]; que aquí más importa el parecer que el ser. Aquel otro es tenido por un poço de sabiduría, más honda que profunda, y él dize que en esso está su gozo [45]. Aquí más valen testos que testa [46]. Nunca se cansa de estudiar, su mayor conceto dize ser el que dél se tiene, y aun todos los agenos nos vende por suyos, que para esso compra los libros. De letras, menos de la mitad basta, y lo demás de fortuna, que el aplauso más ruido haze en vacío. Y al fin, más fácil es y menos cuesta el ser tenido por docto, por valiente y por bueno, que el serlo.

—¿De qué sirven —preguntó Andrenio— tantas estatuas como aquí tenéis?

—¡Oh! —dixo el Ermitaño—, son ídolos de la imaginación, fantasmas de la apariencia: todas están vacías, y hazemos creer que están llenas de substancia y solidez. Métese uno por dentro en la de un sabio y húrtale la voz y las palabras; otro en la de un señor, y a todos manda y todos sin réplica le

---

[40] *Cuartel de la salud:* «Se llama jocosamente al parage defendido del riesgo, adonde se refugian y acogen los soldados que no quieren pelear y arriesgarse.» *(Dic. Aut.)*

[41] Habrá notado el lector que se refiere, en claro juego de palabras, a los escudos «monedas».

[42] Dando un «espaldar» (con el significado de «espalda» y «la armadura de la espalda») al enemigo, acude al consejo «de administración de la justicia» con un «peto» para defenderse, no del enemigo, claro, sino del tribunal (Acepciones del *Dic. Aut.*).

[43] Bernardo del Carpio. Véase nota 56, Crisi X, Primera Parte.

[44] Con doble sentido, ya que hombre «En el juego se dice el que entra la polla, para jugarla sólo contra los otros», y jugar «se usa figuradamente por perder, tomando la causa por el efecto» *(Dic. Aut.)*.

[45] Jugando con el refrán «nuestro gozo en un pozo», explica que su sabiduría es más honda (en el pozo, tanto que no se la ve) que profunda, que es la verdadera sabiduría.

[46] Si textos son «las palabras citadas de un autor» *(Dic. Aut.)*, la frase significa que más vale aparentar sabiduría citando a otros, que tenerla en la cabeza.

obedecen, pensando que habla el poderoso, y no es sino un bergante. Ésta tiene la nariz de cera, que se la tuercen y retuercen como quieren la información y la passión, ya al derecho, ya al siniestro, y ella passa por todo. Mirá [47] bien, repará en aquel ministro de justicia qué zeloso, qué justiciero se muestra; no hay alcalde Ronquillo rancio, ni fresco Quiñones [48], que le llegue; con nadie se ahorra y con todos se viste [49]; a todos les va quitando las ocasiones del mal, para quedarse con ellas; siempre va en busca de ruindades y con esse título entra en todas las casas ruines libremente, desarma los valientes y haze en su casa una armería, destierra los ladrones por quedar él solo, siempre va repitiendo: «¡Justicia!», mas no por su casa. Y todo esto con buen título, y aun colorado [50].

Vieron otros dos que, con nombre de zelosos, eran dos grandíssimos impertinentes: todo lo querían remediar y todo lo inquietaban, sin dexar vivir a nadie, diziendo se perdía el mundo, y ellos eran los más perdidos. A esta traça, iban encontrando raros milagros de la apariencia, estrañas maravillas de la hipocresía, que engañaran a un Ulises [51].

—Cada día acontece —ponderaba el Ermitaño— salir de aquí un sugeto amoldado en esta oficina, instruido en esta escuela, en competencia de otro de aquella de arriba, de la verdadera y sólida virtud, pretendiendo ambos una dignidad, y parecer éste mil vezes mejor, hallar más favor, tener más amigos, y quedarse el otro corrido y aun cansado; porque los más en el mundo no conocen ni examinan lo que cada

---

[47] *Mirá,* mirad. Véase nota 11, Crisi VI, Primera Parte.
[48] Rodrigo Ronquillo, militar muerto en 1545, célebre en las guerras de las comunidades de Castilla y que ha pasado a la posteridad como el Alcalde Ronquillo. //. Fresco porque Juan de Quiñones de Benavente, escritor español muerto hacia 1650, es contemporáneo de Gracián. Quiñones ocupó cargos importantes, entre ellos el de alcalde de la corte.
[49] *No ahorrarse con nadie:* que todo se quiere para sí (véase nota 82, Crisi III, Segunda Parte) y *vestirse:* «Vale también engreirse vanamente de la autoridad ú empleo ú afectar exteriormente dominio y superioridad.» *(Dic. Aut.)*
[50] *Título colorado:* «El que parece fundarse en alguna apariencia de razón y justicia.» *(Dic. Aut.)*
[51] Ulises, héroe homérico, rey de Itaca, protagonista de la Odisea. Dice que engañaran a un Ulises, aun siendo el ingenioso, el fecundo en ardides Ulises, según Homero.

uno es, sino lo que parece. Y creedme que de lexos tanto brilla un claveque como un diamante, pocos conocen las finas virtudes, ni saben distinguirlas de las falsas. Veis allí un hombre más liviano que un bofe [52], y parece en lo exterior más grave que un presidente.

—¿Cómo es esso? —dixo Andrenio—; que querría aprender esta arte de hazer parecer. ¿Cómo se hazen estos plausibles milagros?

—Yo os lo diré. Aquí tenemos variedad de formas para amoldar cualquier sugeto por incapaz que sea y ajustarle de pies a cabeça. Si pretende alguna dignidad, le hazemos luego cargado de espaldas [53]; si casamiento, que ande más derecho que un huso; y aunque sea un chisgarabís, le hazemos que muestre autoridad, que ande a espacio, hable pausado, arquee las cejas, pare [54] gesto de ministro y de misterio, y para subir alto, que hable baxo; ponémosle unos antojos, aunque vea más que un linze, que autorizan grandemente, y más cuando los desenvaina y se los calça en una gran nariz y se pone a mirar de acaballo [55]: haze estremecer los mirados. A más desto, tenemos muchas maneras de tintes que de la noche a la mañana transfiguran las personas de un cuervo en un cisne callado, y que si hablare, sea dulcemente palabras confitadas; si tenía piel de víbora, le damos un baño de paloma, de modo que no muestre la hiel, aunque la tenga, ni se enoje jamás, porque se pierde en un instante de cólera cuanto se ha ganado de crédito de juizio en toda la vida, mucho menos muestre assomo de liviandad ni en el dicho ni en el hecho.

Vieron uno que estaba escupiendo y haziendo grandes ascos.

—¿Qué tiene éste? —preguntó Andrenio.

—Acércate y le oirás dezir mucho más de las mugeres y de sus trages.

---

[52] El bofe, parte de la asadura, o pulmón, «es esponjoso y a manera de fuelle, atrahe y despide el aire... Las dos mitades o partes... se llaman livianos» *(Dic. Aut.).* Atento Gracián siempre al doble sentido, lo del aire o viento siempre le recuerda la vanidad o ligereza de las personas que contrasta con la gravedad que dice después.

[53] *Hacer espaldas:* «... resguardar y encubrir a uno para que consiga su intento» *(Dic. Aut.).*

[54] *Parar:* «Poner a uno en estado diferente del que tenía.» *(Dic. Acad.)*

[55] Juego entre «acaballo» (acabarlo) y «a caballo».

Cerraba los ojos por no verlas.

—Éste sí —dixo el Ermitaño— que es cauto.

—Más valiera casto —replicó Critilo—, que desta suerte abrasan muchos el mundo en fuego de secreta luxuria; introdúcense en las casas como golondrinas, que entran dos y salen seis. Mas ahora que hemos nombrado mugeres, dime, ¿no hay clausura para ellas? Pues, de verdad, que pueden professar de enredo.

—Sí le hay —dixo el Ermitaño—, convento hay, y bien malignante: ¡Dios nos defienda de su multitud! Aquí están, de[sta] parte [56].

Y assomóles a una ventana para que viessen de passo, no de propósito, su proceder. Vieron ya unas muy devotas, aunque no de San Lino ni de San Hilario, que no gustan de devociones al uso: sí de San Alexos y de toda romería [57].

—Aquella que allí se parece [58] —dixo el Ermitaño— es la viuda recatada, que cierra su puerta al Ave María [59]. Mira la donzella qué puesta en pretina [60].

—¡No sea en cinta!

—Aquella otra es una bella casada; tiénela su marido por una santa.

—Y ella le haze fiestas cuando menos de guardar [61].

—A esta otra nunca le faltan joyas.

—Porque ella lo es buena.

—A aquélla la adora su marido.

---

[56] En la edición de 1653 pone «de parte». Pienso que es errata, ya que a continuación les asoma a una ventana para verlas.

[57] No son devotas de San Hilario y San Lino, por lo del lino y el hilar y porque no gastan de devociones al uso, o huso de hilar, que todo sería estar encerradas en casa; pero sí son devotas de San Alejos, o a-lejos, y de toda romería porque así podían pasearse.

[58] *Parecerse*: «Dexarse ver o aparecerse a la vista.» *(Dic. Aut.)*

[59] *Al avemaría*, al atardecer *(Dic. M. Moliner)*. La viuda cierra la puerta quizá para que no vean lo que hace dentro.

[60] *Poner en pretina*, como meter en pretina, es «estrechar y precisar a uno a que execute alguna cosa, a que cumpla con su obligación» *(Dic. Aut.)*. Hoy diríamos «meter en cintura», que cuadra mejor con lo que viene a continuación: «¡No sea en cinta!» (embarazada).

[61] Es decir, ella le es infiel cuando es menos vigilada, jugando con «Fiestas de guardar», por supuesto, ya que es tenida por santa.

—Será porque lo dora [62].

—No gusta de galas, por no gastar la hazienda.

—Y gástale la honra.

—De aquélla dize su marido que metería las manos en un fuego por ella.

—Más valiera que las pusiera en ella y apagara el de su luxuria.

Estaba una riñendo unas criadas pequeñas, porque brujuleó no sé qué ceños; y ella, con mayor [63], dezía:

—¡En esta casa no se consiente ni aun el pensamiento!

Y repetía entre dientes la criada el eco [64].

—Desta otra anda siempre predicando su madre lo que ella no se confiessa [65].

Dezía otra buena madre de su hija:

—¡Es una bienaventurada!

Y era assí, que siempre quisiera estar en gloria [66].

—¿Cómo están tan descoloridas aquéllas? —reparó Andrenio.

Y el Ermitaño:

—Pues no es de malas, sino de puro buenas: son tan mortificadas, que echan tierra en lo que comen.

—No sea barro [67].

—Mira qué zelosas se muestran éstas.

—Más valiera zeladas.

—¿Nunca llegamos —dixo Critilo— a ver esta virtud acomodada, esta prelada suave, esta plática [68] bondad?

—No tardaremos mucho —respondió el Ermitaño—, que

---

[62] Lo dora de oro, sobreentendido, ya que no es mujer honrada y gana dinero comerciando con su cuerpo con el consentimiento del marido.

[63] *Con mayor ceño,* se entiende.

[64] El eco que repite la criada es «miento, miento...» de «pensa-miento».

[65] Lo que la madre predica con su ejemplo de la hija, sin que ella misma lo confiese, es que es una «hija de puta». Lo habrá comprendido el lector.

[66] *Estar en gloria,* es encontrarse muy bien en cierta situación, estado, etc. Cuál sea esa situación o estado lo dejo al juicio del lector, tratándose de la mujer de que se trata.

[67] *Comer tierra o barro* es *estar enterrado. (Dic. Aut.)* Enterrados en vida son las enamoradas, y más las no correspondidas que hasta pierden el color y las ganas de comer.

[68] *Plática,* práctica.

ya entramos en el refitorio, donde estará sin duda haziendo penitencia [69].

Fueron entrando y descubriendo cuerpo y cuerpo, y más cuerpo: al fin, una muger toda carne y nada espíritu. Tenía el gesto estragado (mas no el gusto), desmentidor del regalo; y cuanto más amarillo, dize que tiene mejor color [70]. Hasta el rosario era de palo santo [71], y tenía por estremo (que siempre anda por ellos) una muerte, para darse mejor vida. Estaba sentada, que no podía tenerse en pie, equivocando regüeldos con suspiros, muy rodeada de novicios del mundo, dándoles liciones de saber vivir.

—No me seáis simples —les dezía—, aunque lo podéis mostrar, que es gran ciencia saber mostrar no saber. Sobre todo, os encomiendo el recato y el no escandalizar.

Ponderábales la eficacia de la apariencia.

—Aquí está todo en el bien parecer, que ya en el mundo no se atiende a lo que son las cosas, sino a lo que parecen; porque mirad —dezía—, unas cosas hay que ni son ni lo parecen, y éssa es ya necedad: que aunque no sea de ley, procure parecerlo; otras hay que son y lo parecen, y esso no es mucho; otras que son y no parecen, y éssa es la suma necedad. Pero el gran primor es no ser y parecerlo, esso sí que es saber. Cobrad opinión y conservadla, que es fácil, que los más viven de crédito. No os matéis en estudiar, pero alabaos con arte; todo médico y letrado han de ser de ostentación: mucho vale el pico, que hasta un papagayo, porque le tiene, halla cabida en los palacios y ocupa el mejor balcón. Mirá [72] que os digo que si sabéis vivir, os sabréis acomodar; y sin trabajo alguno, sin que os cueste cosa, sin sudar ni reventar, os he de sacar personas: por lo menos, que lo parezcáis de modo que podáis ladearos con los más verdaderos virtuosos, con el más hombre de bien. Y si no, tomad exemplo en la gente de autoridad y de experiencia, y veréis lo que han aprovechado con mis reglas y en cuán

---

[69] «Hazer penitencia, posada o venta. Phrases cortesanas de que se usa para convidar a alguno a comer.» (*Dic. Aut.*) En cuanto a *refitorio,* refectorio.

[70] Téngase en cuenta que amarillo es el oro.

[71] *Palo santo:* «Árbol de las Indias, especie de Guayaco o Guayacán... Es más oloroso y amargo que el Guayacán» (*Diccionario Aut.*) y se utilizaba en medicina como sudorífico muy activo (*Dic. Acad.*) y en enfermedades no tan santas.

[72] *Mirá,* mirad. Véase nota 11, Crisi VI, Primera Parte.

grande predicamento están hoy en el mundo ocupando los mayores puestos.

Estaba tan admirado Andrenio cuan pagado de tan barata felicidad, de una virtud tan de balde, sin violencias, sin escalar montañas de dificultades, sin pelear con fieras, sin correr agua arriba, sin remar ni sudar. Trataba ya de tomar el hábito de una buena capa para toda libertad y professar de hipócrita, cuando Critilo, volviéndose a su Ermitaño, le preguntó:

—Dime, por tu vida larga, si no buena: con esta virtud fingida ¿podremos nosotros conseguir la felicidad verdadera?

—¡Oh pobre de mí! —respondió el Ermitaño—, en esso hay mucho que dezir: quédese para otra sitiada[73]

---

[73] Es decir, para cuando no tenga otra salida o remedio que responder.

CRISI OCTAVA

Armería del Valor

Estando ya sin virtud el Valor, sin fuerças, sin vigor, sin brío y a punto de espirar, dízese que acudieron allá todas las naciones, instándole hiziesse testamento en su favor y les dexasse sus bienes.

—No tengo otros que a mí mismo —les respondió—. Lo que yo os podré dexar será este mi lastimoso cadáver, este esqueleto de lo que fui. Id llegando, que yo os lo iré repartiendo.

Fueron los primeros los italianos, porque llegaron primeros, y pidieron la testa.

—Yo os la mando —dixo—. Seréis gente de gobierno, mandaréis el mundo a entrambas manos.

Inquietos los franceses, fuéronse entremetiendo, y deseosos de tener mano en todo, pidieron los braços.

—Temo —dixo— que si os lo doy, habéis de inquietar todo el mundo. Seréis activos, gente de braço[1], no pararéis un punto: malos sois para vezinos.

Pero los genoveses, de passo, les quitaron las uñas[2], no dexándoles ni con qué assir ni con qué detener las cosas; pero a los españoles les han dado tan valientes pellizcos en su plata, que no hiziera más una bruja, chupándoles la sangre cuando más dormidos.

---

[1] *Brazo:* «Metaphróricamente significa esfuerzo, poder, valor y ánimo.» *(Dic. Aut.)* El significado de «gente de brazo» es fácilmente deducible.

[2] Sabido es que *uña* es «destreza o suma inclinación a defraudar, o hurtar» *(Dic. Aut.)*

—Iten más, dexo el rostro a los ingleses. Seréis lindos, unos ángeles; mas temo que, como las hermosas, habéis de ser fáciles en hazer cara a un Calvino, a un Lutero y al mismo diablo. Sobre todo, guardáos no os vea la vulpeja, que dirá luego aquello de «hermosa *fachata,* mas sin celebro» [3].

Muy atentos, los venecianos pidieron los carrillos. Riéronse los demás, pero el Valor:

—No lo entendéis —les dixo—. Dexad, que ellos comerán con ambos, y con todos.

Mandó la lengua a los sicilianos, y habiendo duda entre ellos y los neapolitanos, declaró que a las dos Sicilias [4]; a los irlandeses, el hígado; el talle, a los alemanes.

—Seréis hombres de gentil cuerpo, pero mirá [5] que no lo estiméis más que el alma.

La melsa [6] a los polacos, el liviano [7] a los moscovitas, todo el vientre a los flamencos y holandeses:

—Con tal que no sea vuestro dios.

El pecho a los suecos, las piernas a los turcos, que con todos pretenden hazerlas [8], y donde una vez meten el pie, nunca más lo levantan; las entrañas a los persas, gente de buenas entrañas; a los africanos los huesos, que tengan que roer, como quien son [9]; las espaldas a los chinas, el coraçón a los japones, que son los españoles del Asia, y el espinazo a los negros.

Llegaron los últimos los españoles, que habían estado ocupados en sacar huéspedes de su casa que vinieron de allende a echarlos de ella.

------

[3] «Hermosa cabeza, pero sin cerebro», dice la zorra en una famosa fábula de Esopo al ver una máscara de teatro en casa de un actor.

[4] Efectivamente, sicilianos y napolitanos formaron el reino de las Dos Sicilias. Sólo hemos de pensar en el dominio español en dichas tierras.

[5] *Mirá,* mirad. Véase nota 11, Crisi VI, Primera Parte.

[6] *Melsa:* «Metaphóricamente se toma por flema, espacio o lentitud con que se hacen las cosas, porque los que tienen enfermo el bazo son espaciosos.» *(Dic. Aut.)* Es lo mismo que «bazo».

[7] *Liviano,* bofe, pulmón. *(Dic. Acad.)*

[8] *Hacer piernas,* es lo mismo que *echar piernas,* preciarse de lindo. Véase nota 20, Crisi VI, Primera Parte.

[9] Los que roen los huesos son los perros, y perro «metaphóricamente se da este nombre, por ignominia, afrenta y desprecio especialmente a los moros o judíos» *(Dic. Aut.).*

—¿Qué nos dexas a nosotros? —le dixeron.

Y él:

—Tarde llegáis, ya está todo repartido.

—Pues a nosotros —replicaron—, que somos tus primogénitos, ¿qué menos que un mayorazgo nos has de dexar?

—No sé ya qué daros. Si tuviera dos coraçones, vuestro fuera el primero. Pero mirá, lo que podéis hazer es que, pues todas las naciones os han inquietado, revolved contra ellas, y lo que Roma hizo antes, hazed vosotros después: dad contra todas, repelad[10] cuanto pudiéredes, en fe de mi permissión.

No lo dixo a los sordos; hanse dado tan buena maña, que apenas hay nación en el mundo que no la hayan dado su pellizco, y a pocos repelones se hubieran alçado con todo el Valor de pies a cabeça.

Esto les iba exagerando a Critilo y Andrenio, a la salida de Francia por la Picardía, un hombre que lo era, y mucho, pues assí como tienen unos cien ojos para ver y otros cien manos para obrar, éste tenía cien coraçones para sufrir, y todo él era coraçón.

—¿Saldréis —dezía— con cariño de la Francia?

—No, por cierto —le respondieron—, cuando sus mismos naturales la dexan y los estrangeros no la buscan.

—¡Gran provincia! —dixo el de los cien coraçones.

—Sí —respondió Critilo—, si se contentasse con sí misma.

—¡Qué poblada de gentes!

—Pero no de hombres.

—¡Qué fértil!

—Mas no de cosas substanciales.

—¡Qué llana y qué agradable!

—Pero combatida de los vientos, de donde se les origina a sus naturales la ligereza.

—¡Qué industriosa!

—Pero mecánica[11].

—¡Qué laboriosa!

—Pero vulgar, la provincia más popular[12] que se conoce.

---

[10] *Repelar:* «Cercenar, quitar, disminuir.» *(Dic. Acad.)* Aquí, «quitar».

[11] *Mecánica,* baja y soez. Véase nota 80, Crisi VII, Primera Parte.

[12] *Popular,* de pueblo, como *vulgar,* de vulgo; no significa aquí *popular* conocida, sino vulgar.

—¡Qué belicosos y gallardos sus naturales!

—Pero inquietos, los duendes de la Europa en mar y tierra.

—Son un rayo en los primeros acometimientos.

—Y un desmayo en los segundos.

—Son dóciles.

—Sí, pero fáciles.

—Oficiosos.

—Pero despreciables y esclavos de las otras naciones.

—Emprenden mucho.

—Y executan poco y conservan nada; todo lo emprenden y todo lo pierden.

—¡Qué ingeniosos, qué vivos y qué prontos!

—Pero sin fondo.

—No se conocen tontos entre ellos.

—Ni doctos, que nunca passan de una medianía.

—Es gente de gran cortesía.

—Mas de poca fe, que hasta sus mismos Enricos no viven essentos de sus alevosos cuchillos [13].

—Son laboriosos.

—Assí es, al passo que codiciosos.

—No me podéis negar que han tenido grandes reyes.

—Pero los más, de poquíssimo provecho.

—Tienen bizarras entradas para hazerse señores del mundo.

—Pero ¡qué desairadas salidas!; que si entran a laudes, salen a vísperas [14].

—Acuden con sus armas a amparar cuantos se socorren de ellas.

—Es que son los rufianes de las provincias adúlteras [15].

—Son aprovechados.

—Sí, y tanto, que estiman más una onça de plata que un quintal de honra; el primer día son esclavos, pero el segundo

---

[13] Los dos Enricos que murieron asesinados fueron Enrique III, en 1589, a manos del dominico Jacobo Clemente, y Enrique IV, en 1610, a manos del fanático Ravaillac.

[14] *Entran a laudes,* se alaban; por «Tocar a laudes. Vale alabarse mucho a sí mismos» *(Dic. Aut.). Salen a vísperas,* y mal, por la muerte masiva de franceses en las vísperas sicilianas en 1282.

[15] Los franceses apoyaron todas las sublevaciones de territorios españoles contra Felipe IV y Olivares: Países Bajos, Cataluña y Portugal.

amos, el tercero tiranos insufribles: passan de estremo a estremo sin medio, de humanos a insolentíssimos.

—Tienen grandes virtudes.

—Y tan grandes vicios, que no se puede fácilmente averiguar cuál sea el rey. Y al fin, ellos son antípodas de los españoles.

—Pero, dezidme cómo fue aquello del Ermitaño, qué salida dio a la sagaz pregunta de Critilo.

—Confessóme que a la virtud aparente no le corresponde premio sólido ni verdadero, que bien se les puede echar dado falso a los hombres, pero que Dios no es reído [16]. Oyendo esto, hizímonos del ojo [17], y en viendo la nuestra [18], tratamos de colgar el mal hábito de fingidos y saltar las bardas de la vil Hipocresía.

—¡Oh, qué bien hizistes! Porque el gozo del hipócrita no dura un instante entero: es como un punto. Entended una verdad: que de cien leguas se conoce la que es verdadera virtud o falsa; está ya muy despabilada la advertencia: luego le conocen a uno de qué pie se mueve y de cuál cogea. Al passo que el engaño anda metafísico, también la cautela sutil vale a los alcances, y por más capa que tome de bondad, no se le escapa de vicio [19]. La virtud sólida y perfecta es la que puede salir a vistas del cielo y de la tierra, éssa la que vale y dura, que es tenida por clara y por eterna. La bellíssima Virtelia es la que importa buscar, y no parar hasta hallarla, aunque sea passando por picas y por puñales; que ella os encaminará a vuestra Felisinda, en cuya busca toda la vida vais peregrinando.

Animábales mucho a emprender aquel monte de dificultades que tan acobardado tenía a Andrenio.

—¡Ea, acaba! —le dezía—, que essa tu cobarde imagina-

---

[16] *Echar dado falso:* «Lo mismo que engañar» (*Dic. Aut.*), es decir, a los hombres se les puede engañar pero a Dios no puede burlársele.

[17] *Hacer del ojo:* «hacerse uno a otro señas, guiñando el un ojo, para que le entienda, sin conocerse o notarse; significa también estar dos en un mismo parecer y dictamen en alguna cosa» (*Dic. Aut.*).

[18] *La nuestra:* «loc. fam. con que se indica que ha llegado la ocasión favorable a la persona de que se trata» (*Dic. Acad.*).

[19] Esto es, aunque el engaño ande muy ingenioso y entendido, la cautela le alcanza, conociendo que detrás de su capa de bondad está la del vicio.

ción te pinta aquel leonazo del camino muy más bravo de
lo que es. Advierte que muchos tiernos mancebos y delicadas donzellitas le han desquixarado [20].

—¿De qué suerte? —preguntó Andrenio.

—Armándose primero muy bien y peleando mejor después:
que todo lo vence una resolución gallarda.

—¿Qué armas son éssas y dónde las hallaremos?

—Venid conmigo, que yo os llevaré donde las podréis escoger, si no al gusto, al provecho.

Íbanle ya siguiendo y razonando.

—¿Qué importa —dezía— sobren armas, si falta el valor?
Esso más sería llevarlas para el enemigo.

—¿De modo que ya finó el Valor? —preguntó Critilo.

—Sí, ya acabó —respondió él—, ya no hay Hércules en el
mundo que sugeten monstruos, que deshagan tuertos, agravios y tiranías; que las hagan, sí, que las conserven, también,
obrando cien mil monstruosidades cada día. Un solo Caco
había entonces, un embustero solo, un ladrón en toda una
ciudad; y ahora en cada esquina hay el suyo y cada casa es
su cueva: muchos Anteos [21] hijos del siglo, nacidos del polvo de la tierra. ¡Pues arpías agarradoras, hidras de siete cabeças y de siete mil caprichos, jabalís de su torpeza, leones de
su soberbia...! Todo está hirviendo de monstruos adozenados,
sin hallarse ya quien tenga valor para passar las columnas
de la fortaleza [22] y fixarlas en los fines de los humanos intentos, poniendo término a sus quimeras.

—¡Qué poco duró el Valor en el mundo! —dixo Andrenio.

—Poco, que el hombre valiente y aquellas sus camaradas [23] nunca duran mucho.

---

[20] *Desquijarar:* «Rasgar la boca del animal dislocando las quixadas.» *(Dic. Aut.)* Pero como aquí ese animal es un león, «desquijarar leones» es la «phrase con que se expressa que alguno
echa fieros y baladronadas» *(Dic. Aut.).*

[21] Anteo, gigante monstruoso, hijo de la Tierra y de Neptuno.
Poseía la virtud de que si estaba agotado en la lucha, recuperaba sus fuerzas cada vez que tocaba su cuerpo con el suelo, la
Tierra, su madre. Murió ahogado por Hércules.

[22] Columnas alusivas a las de Hércules, una en Ceuta y otra
en Gibraltar, que se levantaron en memoria del Gigante después de separar Europa y África.

[23] El valiente que, como dice luego, muere de veneno es Hércules, envenenado inconscientemente por su esposa Deyanira. Sus
camaradas son las Amazonas contra las que luchó.

440

—¿Y de qué murió?

—De veneno.

—¡Qué lástima! Si fuera en una inmortal, por tan mortal, batalla de Norlinguen, en un sitio de Barcelona[24], passe, que un buen fin toda la vida corona; ¡pero de veneno! ¿hay tal fatalidad? ¿Y en qué se le dieron?

—En unos polvos más letíferos que los de Milán, más pestilentes que los de un royo[25], de un malsín, de un traidor, de una madrastra, de un cuñado y de una suegra.

—Diráslo porque estos valientes siempre acaban levantando polvaredas que paran en lodos de sangre.

—No, sino con toda realidad; digo que la malicia humana se ha adelantado de modo que no dexa qué obrar a los venideros. Ella ha inventado ciertos polvos tan venenosos y tan eficaces, que han sido la peste y la ruina de todos los grandes hombres, y desde que éstos corren, y aun vuelan, no ha quedado hombre de valor en el mundo: con todos los famosos han acabado. No hay que tratar ya de Cides ni de Roldanes, como en otros tiempos. Fuera ahora Hércules juguete, viviera Sansón de milagro. Dígoos que han desterrado del mundo la valentía y la braveza.

—¿Y qué polvos son éssos tan traidores? —preguntó Critilo—. ¿Son acaso de basiliscos[26] molidos, de entrañas de víboras destiladas, de colas de escorpiones, de ojos envidiosos o lascivos, de intenciones torcidas, de voluntades malévolas, de lenguas maldicientes? ¿Hase vuelto a quebrar otra redomilla en Delfos, apestando toda la Asia?[27]

—Aun son peores. Y aunque dizen componerse de aquel alcrebite infernal, del salitre estigio y de carbones alentados a esternudos[23] del demonio, pero yo digo que del coraçón humano, que excede a la intratabilidad de las Furias, a la inexorabilidad de las Parcas[29], a la crueldad de la guerra, a

---

[24] En la batalla de Nördlingen (1634), el Cardenal Infante Fernando de Austria, hermano de Felipe IV, derrotó al invencible ejército sueco de Gustavo Adolfo. //. Ni que decir tiene que el sitio de Barcelona ocurrió durante la guerra de Cataluña.

[25] Admitimos la explicación de Romera-Navarro: alude Gracián a la peste de Milán de 1630, y a los polvos de la «roya», hongo parásito que se forma en los cereales.

[26] Sobre el basilisco, véase nota 13, Crisi VIII, Primera Parte.

[27] Alude al Oráculo de la Pitonisa de Delfos, en el templo de Apolo.

[23] *Esternudos,* estornudos.

[29] Las Furias eran divinidades infernales del remordimiento y

la tiranía de la muerte; que no puede ser otro[30] una invención tan sacrílega, tan execrable, tan impía y tan fatal como es la pólvora, dicha assí porque convierte en polvo el género humano. Ésta ha acabado con los Héctores de Troya, con los Aquiles de Grecia, con los Bernardos de España; ya no hay coraçón, ni valen fuerças, ni aprovecha la destreza: un niño derriba un gigante, un gallina haze tiro a un león y al más valiente el cobarde, con que ya ninguno puede lucir ni campear.

—Antes, ahora —dixo Critilo— he oído ponderar que está más adelantado el valor que antes, porque ¡cuánto más coraçón es menester para meterse un hombre por cien mil bocas de fuego, cuánto más ánimo para esperar un torbellino de bombardas, hecho terrero[31] de rayos! Ésse sí que es valor, que todo lo antiguo fue niñería: ahora está el valor en su punto, que es en un coraçón intrépido; que entonces, en un buen braço, en tener más fuerças que un gañán, en los jarretes[32] de un salvage.

—Engáñase de barra a barra quien tal dize: ¡qué dictamen tan exótico y errado! Pues ésse que él celebra no es valor, ni lo conoce; no es sino temeridad y locura, que es muy diferente.

—Ahora digo —confirmó Andrenio— que ya la guerra es para temerarios, y aun por esso diría aquel gran hombre tan celebrado de prudente en España, en la primera batalla y la última en que se halló, oyendo zumbir las balas: «¿Es possible que desto gustaba mi padre?»[33] Y hanle seguido muchos, confirmándose en su opinión tan segura. Siempre oí dezir que desde que riñeron la Valentía y la Cordura, nunca

---

la reparación moral, y ejecutoras de los castigos a los culpables en esta y la otra vida; las Parcas hilaban, devanaban y cortaban el hilo de la vida de hombre.

[30] Genérico, «otra cosa».

[31] Terrero: «Se toma también por el objeto o blanco que se pone para tirar a él y se usa en sentido metaphórico. Llámase assí, por el sitio donde se pone, que, para que no rechace la bala, se forma regularmente de tierra.» (Dic. Aut.)

[32] Jarrete: «La parte alta y carnuda de la pantorrilla hacia la corba. Algunas veces se toma por la parte superior del brazo.» (Dic. Aut.)

[33] «El Prudente» se llamó por antonomasia a Felipe II, y la batalla a que alude, en que estuvo presente, fue la de San Quintín (1557).

más han hecho paz: aquélla salió de sus casillas a campaña, y ésta se apeló al Juizio.

—No tienes razón —dixo el Valeroso—. ¿Qué hiziera la fortaleza sin la prudencia?; que por esso en la varonil edad está en su sazón, y del valor tomó el renombre de varonil[34]; es en ella valor lo que en la mocedad audacia y en la vejez rezelo: aquí está en un medio muy proporcionado.

Llegaron ya a una gran casa, tan fuerte como capaz. Dieron y tomaron el nombre[35], que aquí se cobra la fama; entraron dentro y vieron un espectáculo de muchas maravillas del valor, de instrumentos prodigiosos de la fortaleza. Era una armería general de todas armas antiguas y modernas, calificadas por la experiencia y a prueba de esforçados braços de los más valientes hombres que siguieron los pendones marciales. Fue gran vista lograr[36] juntos todos los trofeos del valor, espectáculo bien gustoso y gran empleo de la admiración.

—Acercaos —dezía—, reconocé y estimá tanto y tan executivo portento de la fama.

Pero salteóle de pronto un intensíssimo sentimiento a Critilo que le apretó el coraçón hasta exprimirle por los ojos. Reparando en ello el Valeroso, solicitó la causa de su pena. Y él:

—¿Es possible —dixo— que todos estos fatales instrumentos se forjaron contra una tan frágil vida? Si fuera para conservarla, estuviera bien, merecían toda recomendación; pero para ofendella y destruilla, ¿contra una hoja que se la lleva el viento, tantas hojas afiladas ostentan su potencia? ¡Oh infelicidad humana, que hazes trofeo de tu misma miseria!

—Señor, los filos deste alfange cortaron el hilo de la vida a un famoso rey don Sebastián, digno de la vida de cien Néstores; este otro, la del desdichado Ciro, rey de Persia; esta saeta fue la que atravesó el lado al famoso rey D. Sancho de Aragón, y esta otra al de Castilla[37].

---

[34] Aunque sea una salida ingeniosa de Gracián, lo cierto es que poco tiene que ver «varonil» con «valor», lexicalmente hablando.

[35] Según el *Dic. Aut.*, «dar y tomar el nombre» es lo mismo que la contraseña que aún se hace en la milicia.

[36] *Lograr*, gozar. Véase nota 13, Crisi II, Primera Parte.

[37] Don Sebastián de Portugal, muerto en la batalla de Alcazarquivir. //. Sobre Néstor, véase nota 26, Crisi XII, Primera Parte. //. Ciro el Joven (424-401 a. C.) intentó arrebatar el trono

—¡Malditos sean tales instrumentos y execrable su memoria! No los vea yo de mis ojos; passemos adelante.

—Esta tan luciente espada —dixo el Valeroso— fue la celebrada de Jorge Castrioto, y esta otra del Marqués de Pescara [38].

—Déxamelas ver muy a mi gusto.

Y después de bien miradas, dixo:

—No me parecen tan raras como yo pensaba, poco se diferencian de las otras; muchas he visto yo de mejor temple y no de tanta fama.

—Es que no ves los dos braços que las movían, que en ellos consistía la braveza.

Vieron otras dos todas tintas en sangre desde la punta al pomo, muy parecidas.

—Estas dos están de competencia cuál venció más batallas campales.

—¿Y cúyas son?

—Esta es del rey don Jaime el Conquistador, y esta otra del Cid castellano.

—Yo me atengo a la primera, como más provechosa, y quédese el aplauso para la segunda, más fabulosa. ¿Dónde está la de Alexandro Magno, que deseo mucho verla?

—No os canséis en buscarla, que no está aquí.

—¿Cómo no, habiendo conquistado todo un mundo?

—Porque no tuvo valor para vencerse a sí [39], mundo pequeño: sugetó toda la India, mas no su ira. Tampoco hallaréis la de César.

—¿Éssa no, cuando yo creí fuera la primera?

—Tampoco, porque gastó más sus azeros contra los amigos, y segó las cabeças más dignas de vida.

—Algunas hay aquí que, aunque buenas, parecen quedar cortas.

—No dixera esso el Conde de Fuentes, a quien ninguna le

de Persia a su hermano Artajerjes II, apoyado por los griegos, pero murió en la batalla de Cunasa (401), «Retirada de los Diez mil». //. El único Sancho de Aragón fue Sancho Ramírez (1045-1094), que murió en el sitio de Huesca. //. Sancho II de Castilla y León, el Fuerte (1037-1072), asesinado por Bellido Dolfos en el sitio de Zamora.

[38] Jorge Castrioto, Señor de Albania (1404-1467). //. Sobre Fernando de Ávalos, marqués de Pescara, véase nota 68, Crisi VI, Primera Parte.

[39] Por evidente errata, el texto de 1653 trae «assí».

pareció corta con avanzarse, dezía, un passo más al contrario. Estas tres son de los famosos franceses Pepino, Carlo
Magno y Luis Nono [40].

—¿No hay más francesas? —preguntó Critilo.

—No sé yo que haya más.

—¿Pues habiendo habido en Francia tan insignes reyes,
tantos Pares sin par y tan valerosos mariscales? ¿Dónde están las de los dos Birones, la del grande Enrico Cuarto? [41]
¿Cómo no más de tres?

—Porque essas tres solas emplearon su valor contra los
moros; todas las demás contra christianos.

Muy metida en su vaina vieron una, cuando todas las otras
estaban desnudas, ya brillantes, ya sangrientas. Riéronlo mucho, mas el Valeroso:

—De verdad —dixo— que es heroica y llamada por antonomasia *la Grande*.

—¿Cómo no está desnuda?

—Porque el Gran Capitán, su gran dueño, dezía que la
mayor valentía de un hombre consistía en no empeñarse [42]
ni verse obligado a sacarla.

Tenía otra una muy brillante contera de oro fino. Y dixo:

—Ésta fue la que echó a su vitoriosa espada el Marqués
de Leganés [43], derrotando al Invencible vencido.

---

[40] Pedro Enríquez de Acevedo (15?-1610), conde de Fuentes de
Valdepero, era sobrino del Gran duque de Alba. Tomó parte
en 1557 en la campaña del duque de Alba en Nápoles. Capitán
general de Portugal en 1589; tuvo el mando de los ejércitos contra Enrique IV de Francia (1595) y se apoderó de algunas ciudades, como la de Cambray. Luego fue consejero de Estado y
de Guerra, y gobernador del Milanesado (1600-1610). //. Pipino
el Breve, primer rey de Francia de la dinastía carolingia (714-768).
Carlomagno, hijo de Pipino (748-814), fundador del imperio franco o carolingio. //. Luis IX, el Santo (1215-1270), que murió
de la peste sitiando a Túnez.
[41] Se refiere a Armando de Gontaut, barón de Birón (1524-
1592), y a su hijo Carlos de Gontaut, duque de Birón (1562-
1602), mariscales de Francia los dos. //. Sobre Enrique IV de
Francia, véase nota 13, de esta Crisi.
[42] *Empeñarse:* ... «insistir ó porfiar en algún intento, pretensión u dictamen» (*Dic. Aut.*).
[43] Diego Mesía Felípez de Guzmán, marqués de Leganés, muerto en 1655. Tomó parte en las campañas de Italia y Flandes, de
donde fue gobernador; en la de Cataluña desempeñó el cargo
de capitán general y venció al general francés Harcourt (el
Invencible vencido) en la famosa batalla de Lérida.

Deseó Andrenio saber cuál había sido la mejor espada de mundo.

—No es fácil de averiguar —dixo el Valeroso—, pero yo diría que la del Rey Católico don Fernando.

—¿Y por qué no la de un Héctor, de un Aquiles —replicó Critilo—, más célebres y plausibles, tan decantadas de los poetas?

—Yo lo confiesso —respondió—, pero ésta no tan ruidosa fue más provechosa y la que conquistó la mayor monarquía que reconocieron los siglos. Esta hoja del Rey Católico y aquel arnés del rey Filipo el Tercero pueden salir donde quiera que haya armas: aquélla para adquirir, y éste para conservar.

—¿Cuál es esse arnés tan heroico de Filipo?

Mostróles uno todo escamado de doblones y reales de a ocho, alternados y ajustados unos sobre otros como escamas, haziendo una ricamente hermosa vista.

—Éste —dixo el Valeroso— fue el más eficaz, el más defensivo de cuantos hubo en el mundo.

—¿En qué guerra lo vistió su gran dueño, que nunca tuvo ocasión de armarse ni se vio jamás obligado a pelear?

—Antes fue para no pelear, para no tener ocasión [44]. En fe déste, después de la assistencia del cielo, conservó su grande y dichosa monarquía, sin perder una almena; que es mucho más el conservar que el conquistar. Y assí dezía uno de sus mayores ministros: «Quien possee no pleitee, y quien está de ganancia no baraje» [45].

Entre tantos y tan lucientes azeros, campeaba un bastón muy basto, pero muy fuerte. Hízole novedad a Andrenio, y dixo:

—¿Quién metió aquí este ñudoso palo?

—Su fama —respondió el Valeroso—. No fue de algún gañán, como tú piensas, sino de un rey de Aragón llamado el Grande [46], aquél que fue bastón de franceses, porque los abrumó a palos.

----

[44] No sólo «ocasión» como momento histórico, sino como razón o motivo.

[45] *Barajar:* «Reñir, contender, tener pendencias y altercar.» *(Dic. Aut.)*

[46] Pedro III de Aragón, llamado el Grande (1239-1285). Por sus grandes cualidades, su padre, Jaime I el Conquistador, le pedía consejo. Arrebató Sicilia a los franceses después de las «Vísperas sicilianas» y fue proclamado rey de la isla.

Estrañaron mucho ver dos espadas negras [47] y cruzadas entre tantas blancas tan matantes.

—¿De qué sirven aquí éstas —dixo Critilo—, donde todo va de veras?; y aunque fuessen del bravo Carranza y del diestro Narváez [48], no merecen este puesto.

—No son —dixo— sino de dos grandes príncipes y muy poderosos que, después de muchos años de guerra y haberse quebrado las cabeças con harta pérdida de dinero y gente, se quedan como antes, sin haberse ganado el uno al otro un palmo de tierra [49]. De modo que al cabo más fue juego de esgrima que guerra verdadera.

—Aquí echo menos —dixo Andrenio— las de muchos capitanes muy celebrados por haber subido de soldados ordinarios a gran fortuna.

—¡Oh! —dixo el Valeroso—, aquí se hallan y se estiman algunas de éssas: aquélla es del Conde Pedro Navarro, la otra de García de Paredes [50]; allí está la del Capitán de las Nuezes, que fueron más que el ruido de la fama [51]. Y si faltan algunas, es porque fueron más ganchos que estoques; que algunos más han triunfado con los oros que con las espadas [52].

---

[47] «*Espada negra* u de esgrima. Se llama la que es de hierro sin lustre ni corte, y con un botón en la punta, que sirve para el juego de la esgrima.» (*Dic. Aut.*)

[48] Jerónimo Carranza, famoso esgrimidor y preceptista del arte de la espada, sevillano y gobernador de Honduras en 1589. //. Luis Pacheco de Narváez. Maestro de esgrima y escritor español, nacido en Baeza en la segunda mitad del siglo XVI. Se le confió el encargo ·de dar lecciones al rey Felipe IV. Fue durante algún tiempo inspector de tropas en Canarias.

[49] Parece ser una alusión a las guerras entre Carlos I y Francisco I de Francia.

[50] Pedro Navarro (1460-1528), general español de la época de los Reyes Católicos. Estuvo en Italia al servicio del Gran Capitán. Inventó o perfeccionó las minas militares terrestres. Prisionero de los franceses, Francisco I le hizo general de sus ejércitos y tomó el Milanesado. //. Diego García de Paredes (1466-1530). Amigo del Gran Capitán. Estuvo en las últimas campañas de la Reconquista y luego fue a Italia distinguiéndose en la guerra.

[51] Cambiando el refrán «fue más el ruido que las nueces».

[52] Con equívoco ya que *gancho* «en el estilo jocoso y picaresco significa el rufián» (*Dic. Aut.*), y como rufianes han triunfado más con oro que con la espada (jugando también con los naipes «oros» y «espadas»).

—¿Qué se hizo la de Marco Antonio, aquel famoso romano competidor de Augusto?

—Éssa y otras sus iguales andan por essos suelos hechas pedazos a manos tan flacas como femeniles [53]. La de Aníbal la hallaréis en Capua, que habiendo sido de azero, las delicias la ablandaron como de cera.

—¿Qué espada es aquella tan derecha y tan valiente, sin torcer a un lado ni a otro, que parece el fiel a las balanzas de la Equidad?

—Éssa —dixo— siempre hirió por línea recta. Fue del *non plus ultra* de los Césares, Carlos Quinto, que siempre la desenvainó por la razón y justicia. Al contrario, aquellos corvos alfanges del bravo Mahometo, de Solimán y Selim [54], como siempre pelearon contra la fe, justicia, derecho y verdad, ocupando tiránicamente los agenos Estados, por esso están tan torcidos.

—Aguarda, ¿qué espada tan dorada es aquella que tiene por pomo una esmeralda y toda ella está esmaltada de perlas? ¡Qué cosa tan rica! ¿No sabríamos cúya fue?

—Ésta —respondió alçando la voz el Valeroso— fue del tan celebrado después como emulado antes, pero nunca bastantemente ni estimado ni premiado, don Fernando Cortés, Marqués del Valle [55].

—¿Que ésta es? —dixo Andrenio—. ¡Cómo me alegro de verla! ¿Y es de azero?

—¿Pues de qué había de ser?

—Es que yo había oído dezir que era de caña, por haber peleado contra indios que esgrimían espadas de palo y vibraban lanças de caña.

—¡Eh!, que la entereza de la fama siempre venció la emulación, digan lo que quisieren éstos y aquéllos; que ésta con su oro dio azeros a todas las de España, y en virtud de ella han cortado las demás en Flandes y en Lombardía.

Vieron ya una, tan nueva como lucida, atravesando tres coronas y amagando a otras.

---

[53] La espada de Marco Antonio la destrozó Cleopatra, ya que aquél la siguió abandonando la lucha con Augusto.

[54] Los tres sultanes derrotaron tropas cristianas: Mahomet II (1430-1581), conquistador de Constantinopla, Servia, Grecia central, etc.; Solimán II, el Magnífico (1495-1566), se apoderó de Belgrado y Rodas; Selim II (1524-1574) se apoderó de Chipre, aunque fue derrotado en Lepanto.

[55] Hernán Cortés, el conquistador de México.

—¡Qué espada tan heroicamente coronada! —ponderó Critilo—. ¿Y quién es el valeroso y dichoso dueño de ella?

—Quién ha de ser sino el moderno Hércules, hijo del Júpiter de España [56], que va restaurando la monarquía a corona por año.

—¿Qué tridente es aquél que en medio de las aguas está fulminando fuego?

—Es del valeroso Duque de Alburquerque [57], que quiere igualar por la valentía la fama de su gran padre conseguida en Cataluña por gobierno.

—¿Qué arco sería aquel que está hecho pedazos en el suelo, y todos sus arpones botos [58] y despuntados? En lo pequeño parece juguete de algún rapaz, mas en lo fuerte de algún gigante.

—Ésse —respondió— es uno de los más heroicos trofeos del Valor.

—Pues ¿qué gran cosa —replicó Andrenio— rendir un niño y desarmarle? Éssa no la llames hazaña, sino melindre. ¡Miren qué clava de Hércules rompida, qué rayo de Júpiter desmenuzado, qué espada de Pablo de Parada [59] hecha trozos!

—¡Oh, sí!, que es muy orgulloso el rapaz, y cuanto más desnudo más armado, más fuerte cuando más flaco, más cruel cuando llorando, más certero cuando ciego: creedme que es gran triunfo vencer al que a todos vence [60].

—Y, dinos, ¿quién le rindió?

—¿Quién? De mil, uno: aquel fenis de la castidad, un Alfonso, un Filipo, un Luis de Francia [61]. ¿Qué diréis de aquella copa hecha también pedazos, sembrados todos por tierra?

---

[56] El moderno Hércules, como ya dijimos, es don Juan de Austria, bastardo de Felipe IV.

[57] Sobre el Duque de Alburquerque, véase nota 10, Crisi VIII, Primera Parte.

[58] *Boto*: «Lo mismo que romo, y contrario de agudo.» *(Diccionario Aut.)*

[59] Sobre Pablo de Parada, véase nota 1, Preliminares, Primera Parte.

[60] Clara alusión a Cupido.

[61] «El Casto» fue llamado Alfonso II de Castilla y León, considerado como la primera gran figura de la Reconquista (759-842). //. Bueno y piadoso, aunque ajeno a los asuntos de gobierno, fue Felipe III (1578-1621). //. Sobre Luis IX de Francia, el Santo, véase la nota 40 de esta Crisi.

—¿Qué otro blasón ésse —dixo Andrenio—, y más siendo de vidrio? ¡Qué gran cosa! Éssas más son hazañas de pages, de que hazen ciento al día.

—Pues, de verdad —ponderó el Valeroso—, que era bien fuerte el que hazía la guerra con ella y que derribó a muchos: del más bravo no hazía él más caso que de un mosquito.

—¿Qué, estaría hechizada?

—No, sino que hechizaba y les trastornaba a muchos el juizio. No dio Circe más bebedizos que brindó con ésta un viejo[62].

—¿Y en qué transformaba las gentes?

—Los hombres en gimios, y las mugeres en lobas. Él era un raro veneno que apuntaba al cuerpo y hería el alma, al vientre y pegaba en la mente. ¡Oh, cuántos sabios hizo prevaricar! Y es lo bueno que todos los vencidos quedaban muy alegres.

—Pues bien está por tierra la que a tantos derribó, y éste sea el blasón de los españoles[63].

—¿Qué otras armas son aquéllas? —preguntó Critilo—; que se conoce bien su valor en su estimación, pues están conservadas en armarios de oro.

—Éstas —respondió el Valeroso— son las mejores, porque son defensivas.

—¡Qué escudos tan bizarros!

—Y aun los más son escudos[64].

—Este primero parece de cristal.

—Sí, y al punto que se carea con el enemigo le deslumbra y le rinde: es de la razón y verdad, con que el buen emperador Ferdinando Segundo triunfó del orgullo de Gustavo Adolfo[65] y de otros muchos.

---

[62] Circe dio bebedizos a los compañeros de Ulises y los convirtió en cerdos. Tratándose de una copa, el viejo no ha de ser otro que Baco, dios del vino.

[63] Es decir, bien está por tierra la copa de vino que a tantos derribó. Blasón de los españoles es tenerla por tierra, ya que siempre tuvieron fama de sobrios.

[64] De nuevo el juego entre escudos de guerra y los escudos, monedas.

[65] Efectivamente, el rey Gustavo Adolfo (1594-1632), después de haber convertido su ejército en uno de los más importantes de Europa, fue muerto en la batalla de Lützen, en Alemania, siendo emperador Fernando II.

—Estos otros tan cortos y tan lunados ¿de quién son?; que parecen de algún alunado [66] capricho.

—Estos fueron de mugeres.

—¿De mugeres —replicó Andrenio—, y aquí, entre tanta valentía?

—Sí, que las amazonas, sin hombres, fueron más que hombres; y los hombres, entre mugeres, son menos que mugeres. Éste que aquí veis, dizen está encantado, que por más golpes que le den, por más tiros que le hagan, no le hazen mella ni los mismos reveses de la fortuna: y esto, a prueba de la paciencia del mismo don Gonzalo de Córdoba. Repara en aquél tan brillante.

—Parece moderno.

—Y es impenetrable, del sagaz y valeroso Marqués de Mortara [67], que con su mucha espera y valor ha restaurado a Cataluña. Esta rodela azerada, grabada de tantas hazañas y trofeos, fue del primer Conde de Ribagorça [68], cuyo valor prudente pudo hazerse lugar y aun campear al lado de tal padre y de un tal hermano.

Dioles curiosidad de entender una letra que en un escudo dezía: *O con éste o en éste.*

—Essa fue la noble empresa de aquel gran vencedor de reyes [69], en que quiso dezir que, o con el escudo vitorioso, o en él muerto.

Dioles mucho gusto ver en una pintado un grano de pimienta por empresa.

—¿Cómo lo podrá divisar el enemigo? —dixo Andrenio.

—¡Oh, sí! —dixo—, que el famoso general Francisco González Pimienta [70] se avanza tanto al enemigo que le haze ver y aun probar su picante braveza.

---

[66] Véase la paronomasia «lunado, alunado», que según el *Diccionario Acad.* significan respectivamente «que tiene figura o forma de media luna» y «lunático».

[67] Sobre el marqués de Mortara, véase nota 70, Crisi VI, Primera Parte.

[68] Conde de Ribagorza fue don Alonso de Aragón, que vivió entre 1470 y 1520. Hijo natural de Juan II, fue uno de los más sagaces políticos de su tiempo, pues consiguió el reino de Aragón para su padre y el de Castilla para su hermano, el futuro Fernando el Católico. El nombre de Alonso de Aragón aparece en el margen de la edición de 1653.

[69] Se refiere, según Romera-Navarro, al marqués de Pescara, que hizo prisionero a Francisco I.

[70] Francisco Díaz Pimienta, y no González, fue almirante de

Vieron ya uno en forma de coraçón.

—Éste debía ser de algún grande amartelado —dixo Andrenio.

—No fue sino de quien todo es coraçón, hasta el mismo escudo; digo, aquel gran descendiente del Cid, heredero de su ínclito valor, el Duque del Infantado[71].

Había una rodela hecha de una materia bien extraordinaria, ni usada ni conocida.

—Es —dixo— de la oreja de un elefante. Con ésta se armaba de igual valor a su mucha prudencia el Marqués de Caracena[72].

—¡Qué brillante zelada aquélla! —celebró Critilo.

—Sí lo es —dixo el Valeroso— y que zelaba bien con ella sus intentos el rey don Pedro de Aragón, de tal arte, que si su misma camisa llegara a rastrearlos, al punto la abrasara.

—¿Qué casco es aquél, tan capaz y tan fuerte?

—Éste fue para una gran testa, no menos que del Duque de Alba, hombre de superlativo juizio y que no se dexaba vencer, no sólo de los enemigos, pero ni de los suyos, como Pompeyo en dar la batalla al César contra su propio dictamen.

—¿Es, por dicha, aquel relumbrante yelmo el de Mambrino?[73]

—Por lo impenetrable, ya pudiera. Fue de don Felipe de Silva, de cuya gran cabeça dixo el bravo Mariscal de la Mota le daba más cuidado que seguridad sus pies impedidos de la gota. Mira aquel morrión del Marqués Espínola[74] qué defendido está con el guarda naso[75] de su gran sagacidad, que con

---

la Armada y participó en la guerra de Cataluña. Murió en 1652.

[71] Sobre el Duque del Infantado, véase nota 3, Crisi VIII, Primera Parte.

[72] Sobre el Marqués de Caracena, véase nota 48, Crisi V, Segunda Parte.

[73] El yelmo de Mambrino, producto de encantamiento y trofeo de Reinaldos de Montalbán, que recordarán con agrado los lectores del *Quijote*.

[74] Sobre don Felipe da Silva, el mariscal de la Mothe-Houdancourt y Ambrosio Spínola, véanse respectivamente las notas 88, Crisi II, Segunda Parte; 2, Preliminares, Primera Parte; y 71, Crisi XI, Primera Parte.

[75] *Naso* es lo mismo que nariz (*Dic. Aut.*), pero *guarda naso*, guarda nariz, no existe en el Diccionario; la pieza que defendía la nariz era la «visera». Úsalo Gracián quizá por ser nariz grande de gran sagacidad.

la misma verdad deslumbró la atención del vivaz Enrico Cuarto. Todas estas armas son para la cabeça, y más de hombres sagazes que de mancebos audazes: tan importantes, que por esso este archivo es llamado con especialidad el Retrete del Valor [76].

Aquí vieron muchas cartas hechas pedazos, esparcidas por el suelo, y pisados sus caballos y sus reyes.

—Ya me parece —dixo Andrenio— que te oigo exagerar una gran batalla que aquí se dio y la gran vitoria conseguida.

—Por lo menos, no me negarás —replicó el Valeroso— que hubo barajas, que siempre se componen de espadas y oros, y luego andan los palos [77]. ¿No te parece que fue gran valor el de aquél que, cogiendo entre sus dos manos una baraja, toda junta la tronchó de una vez?

—Ésse —respondió Andrenio— más parece efecto de las grandes fuerças de don Gerónimo de Ayanzo [78] que de un heroico valor.

—Por lo menos, sería el día de su mayor ganancia. Y ten por cierto que no hay valor igual como escusar las barajas [79], ni hay mejor salida de los empeños que no empeñarse. ¿Quieres ver la mayor valentía del mundo? Llega y mira essas joyas, essas galas, essa bizarría pisada y hollada en esse duro suelo.

—Éste —replicó Andrenio— parece adreço [80] mugeril; pues ¿qué gran vitoria fue despojar una femenil flaqueza, triunfar de una bellíssima ternura? ¿Qué arneses vemos aquí deshechos, qué yelmos abollados?

—¡Oh, sí! —dixo—, que esto fue triunfar de un mundo entero y retirarse al cielo la más aplaudida belleza de una sereníssima señora Infanta, Sor Margarita de la Cruz, seguida después de Sor Dorotea [81], gloria mayor de Austria, que

---

[76] *Retrete del Valor,* sala del valor, donde se recogían objetos de los guerreros famosos.

[77] Véanse los juegos de palabras: «barajas», con sus espadas y oros, pero también riña, pendencia (véase nota 75, Crisi I, Segunda Parte); «palos», los de la baraja, pero también los de la riña o pendencia.

[78] Gerónimo de Ayanzo debió ser un conocido de Gracián, pero en nada ilustre para la posteridad.

[79] *Barajas,* riña o pendencia, como hemos visto.

[80] *Adrezo:* «Lo mismo que aderezo.» *(Dic. Aut.)*

[81] Sor Margarita de la Cruz, de Austria (1567-1633), hija del

dexando de ser ángeles passaron a ser serafines en la religión de ellos [82]. También son trofeo de un gran valor essas plumas de pavón esparcidas y essos airones de una altanera garça, penachos de su soberbia, ya despojos de una loca vanidad rendida.

· Pero lo que más les satisfizo fue ver hecha pedazos una afilada guadaña.

—¡Éste sí que es triunfo! —exclamaron—: que haya valor en un moro christiano y en una reina María Estuarda [83] para despreciar la misma muerte.

Trataron ya de armarse los dos conquistadores del monte de Virtelia; iban escogiendo armas, valientes espadas de luz y de verdad, que a fuer de eslabones [84] fulminassen rayos, escudos impenetrables de sufrimiento, yelmos de prudencia, arneses de fortaleza invencible. Y, sobre todo, el cuerdamente Valeroso les revistió muchos y generosos coraçones, que no hay mayor compañía en los aprietos. Viéndose Andrenio tan bien armado, dixo:

—Ya no hay que temer.

—Sólo lo malo —le respondió— y lo injusto.

Daba demonstraciones de su gran gozo Critilo.

—Con razón —le dixo— te alegras, pues aunque concurran en un varón todas las demás ventajas de sabiduría, nobleza, gracia de las gentes, riqueza, amistad, inteligencia, si el valor no las acompaña, todas quedan estériles y frustradas. Sin valor, nada vale, todo es sin fruto; poco importa que el consejo dicte, la providencia prevenga, si el valor no executa. Por esso la sabia naturaleza dispuso que el coraçón y el ce-

---

emperador Maximiliano II de Alemania; constituyó los últimos amores de Felipe II que la pretendió por esposa, más ella se retiró al convento de las Descalzas Reales de Madrid. //. Dorotea Ana de Austria fue sobrina de la anterior e hija del emperador Rodolfo II de Alemania.

[82] Orden religiosa de los serafines es la de San Francisco de Asís, ya que «serafín por alusión se llama el sugeto singular, o especial en el amor Divino: y por esto se da este epítheto a San Francisco de Assís» *(Dic. Aut.)*.

[83] María `Estuardo, reina de Escocia y de Francia (1542-1587). Sublevada la nobleza por su matrimonio con Bothwell, acusado de asesinato, se refugió en Inglaterra, donde fue presa por la reina Isabel durante diecinueve años y luego ejecutada.

[84] *Eslabón:* «Se llama también el hierro con parte de acero, con que se saca fuego de un pedernal: y de ordinario sirve para encender la yesca, y después con ella la luz.» *(Dic. Aut.)*

lebro [85], en la formación del hombre, començassen a la par, para que fuessen juntos el pensar y el obrar.

Esto les estaba ponderando, cuando de repente interrumpió su discurso una viva arma que se començó a tocar por todas partes. Acudieron pronto a tomar las armas y a ocupar sus puestos. Lo que fue, y lo que les sucedió, nos dirá la crisi siguiente.

---

[85] *Celebro*, cerebro.

CRISI NONA

Anfiteatro de monstruosidades

Passaba un río (y río de lo que passa) entre márgenes opuestas, coronada de flores la una y de frutos la otra: prado aquélla de deleites, assilo ésta de seguridades. Escondíanse allí entre las rosas las serpientes, entre los claveles los áspides, y bramaban las hambrientas fieras rodeando a quien tragarse. En medio de tan evidentes riesgos estaba descansando un hombre, si lo es un necio, pues pudiendo passar el río y meterse en salvo de la otra parte, se estaba muy descuidado cogiendo flores, coronándose de rosas, y de cuando en cuando volviendo la mira a contemplar el río y ver correr sus cristales. Dábale vozes un cuerdo acordándole su peligro y convidándole a passarse de la otra banda con menos dificultad hoy que mañana. Mas él, muy a lo necio, respondía que estaba esperando acabasse de correr el río para poderle passar sin mojarse.

¡Oh tú, que hazes mofa del fabulosamente necio: advierte que eres el verdadero, tú eres el mismo de quien te ríes, tanta y tan solemne es tu demencia! Pues, instándote que dexes los riesgos del vicio y te acojas a la banda de la virtud, respondes que aguardas acabe de passar la corriente de los males. Si le preguntáis al otro por qué no acaba de ajustarse con la razón, responde que está aguardando passe el arrebatado torrente de sus passiones, que no quiere començar el camino de la virtud hoy, si ha de volver al del vicio mañana. Si le acordáis a la otra sus obligaciones, la afrenta que causa a los propios y la murmuración a los estraños, dize que corre

456

con todas, que assí se usa, que con más edad tendrá más cordura. Consuélase aquél de no estudiar y dize que no piensa cansarse, pues no se premian letras ni se estiman méritos. Escúsase éste de no ser hombre de substancia diziendo que no hay quien lo sea, todo está perdido, que no se usa la virtud: todos engañan, adulan, mienten, roban y viven de artificio; y déxase arrebatar de la corriente de la maldad. El juez se lava las manos de que no haze justicia con que todo está rematado y no sabe por dónde començar. Assí que todos aguardan a que amaine el ímpetu de los vicios para passarse a la banda de la virtud. Mas es tan impossible el cessar los males, el acabarse los escándalos en el mundo mientras haya hombres, como el parar los ríos. Lo acertado es poner el pecho al agua y con denodado valor passar de la otra banda al puerto de una seguridad dichosa.

Peleando estaban ya los dos valerosos guerreros (que no es otro [1] la vida humana que una milicia a la malicia), y a esto les habían tocado arma [2]: trecientos monstruos, causa deste rebato; que con los rayos de la razón descubrieron sus ardides, las atalayas en atenciones avisaron a los fuegos de su zelo, y éste al valor de ambos, que denodadamente los fueron persiguiendo y retirando, tanto, que llevados de su ardor en el alcance, se hallaron a las puertas de un hermosíssimo palacio, primer fábrica del mundo, el más artificioso y bien labrado que jamás vieran, aunque habían admirado tantos. Ocupaba el centro de un ameno prado con ambiciones de paraíso, de aquellos que no perdona el gusto; su materia, aunque tierra, desmentida [3] de los primores del arte, dexaba muy atrás la misma solar esfera: obra, al fin, de grande artífice y fabricada para un príncipe grande.

—¿Si sería éste —dixo Andrenio— el tan alabado alcáçar de Virtelia?; que una cosa tan perfecta no puede ser estancia sino de su grande perfección, que tal suele ser el epiciclo cual la estrella.

—¡Oh, no! —dixo Critilo—, que éste está a los pies del monte y aquél sobre su cabeça; aquél se empina hasta el cielo y éste se roza con el abismo; aquél entre austeridades y éste entre delicias.

---

[1] *Genérico,* «otra cosa».

[2] *Tocar arma:* «Tocar o tañer los instrumentos militares para advertir a los soldados que tomen las armas.» *(Dic. Acad.)*

[3] *Desmentir:* «... dissimular alguna cosa para que no se conozca» *(Dic. Aut.).*

Esto ponderaban, cuando vieron assomar por su magestuosa puerta, al cabo de muchas varas de nariz, un hombrecillo de media [4], que viéndolos admirados, les dixo:

—Yo no sé de qué, pues assí como hay hombres de gran coraçón y de gran pecho, yo lo soy de grandes narizes.

—Toda gran trompa —dixo Critilo— siempre fue para mí señal de grande trampa.

—¿Y por qué no de sagacidad? [5] —replicó él—. Pues advertí [6] que con ésta os he de abrir camino; seguidme.

Lo primero que encontraron en el mismo atrio fue un establo, nada estable, aunque lleno de gente lucida, hombres de mucho porte y de más cuenta [7], muy hallados todos con los brutos, sin asquear el mal olor de tan inmunda estancia.

—¿Qué es esto? —dixo Critilo—. ¿Cómo éstos, que parecen personas, están en tan vil lugar?

—Por su gusto —respondió el Sátiro.

—Pues ¿desto gustan?

—Sí, que los más de los hombres eligen antes vivir en la hedionda pocilga de sus bestiales apetitos que arriba en el salón dorado de la razón.

No se sentía otro [8] dentro que malas vozes y bramidos de fieras, ni se oían sino monstruosidades. Era intolerable la hediondez que despedía.

—¡Oh casa engañosa —exclamó Andrenio—, por fuera toda maravillas, y por dentro monstruosidades!

—Sabed —dixo el Sátiro— que este hermoso palacio se fabricó para la virtud, mas el vicio se ha levantado con él, hale tiranizado. Y assí, de ordinario, veréis que haze su morada en la mayor hermosura y gentileza: el cuerpo más lindo y agraciado, criado para estancia hermosa de la virtud, le toparéis lleno de torpezas; la mayor nobleza, de infamias; la riqueza, de ruindades.

Començaron con esto a rehusar el empeñarse, temiendo el despeño, cuando uno de aquellos monstruos les dixo:

—En esso no reparéis, que aquí siempre hay salida para todo, y yo soy el que a cuantos se empeñan la hallo: a la

---

[4] Entiéndase «de media vara», contrastando con las muchas que medía su nariz.

[5] Vuelve a insistir que la nariz grande es señal de sagacidad.

[6] *Advertí,* advertid. Véase nota 11, Crisi VI, Primera Parte.

[7] *Hombres de cuenta,* de importancia o de categoría, pero también recordando el dicho «pájaro de cuenta», granuja.

[8] *Genérico,* «otra cosa».

donzellita la persuado su deshonra diziéndola que no le faltará una amiga o una piadosa tía de quien fiarse; al assesino, que mate, que ya habrá quien le haga espaldas [9]; al ladrón, que robe; al salteador, que desuelle, que ya se hallará un simple compassivo que interceda por él a la justicia; al tahúr, que juegue, que no faltará un amigo enemigo que le preste. De suerte que por grande que sea el despeño, le pinto fácil el salto; por entrincado que sea el laberinto, le hallo el ovillo de oro [10], y a toda dificultad la solución. Assí que bien podéis entrar: fiaos de mí, que yo os desempeñaré.

Fue a meter el pie Critilo y al punto encontró con un monstruo horrible, porque tenía las orejas de abogado, la lengua de procurador, las manos de escribano, los pies de alguazil.

—¡Escápate —gritó el Sátiro— de todo pleito, aunque sea dexándoles la capa!

Íbanse retirando con rezelo, cuando con mucho agrado se llegó a ellos otro monstruo muy cortés, suplicándoles fuessen servidos de entrar por cortesía, que no serían los primeros que se habían perdido de puro corteses.

—Y si no, preguntadle a aquél, que parece hombre circunspecto y de juizio, cómo se jugó la hazienda, y tras ella la honra y el descanso de su casa.

Y respondióles:

—Señor, rogáronme que hiziesse un cuarto que les faltaba, y deshize todos los de mi casa [11] porque no me tuviessen por grosero: púseme a jugar, piquéme y lastiméme a mí mismo; pensé desquitarme y acabé con todo por cortesía.

—Preguntadle aquel otro, que se pica de entendido, cómo perdió la salud, la honra y la hazienda con la otra loquilla.

Y respondióles que, por no parecer descortés, mantuvo la conversación, de allí passó a la correspondencia, hasta hallarse perdido por cortesía. La otra, porque no la tuviessen por necia, respondió al dicho y luego al billete; el marido, por no parecer grossero, dissimuló con los muchos yentes y vinientes a su casa; el juez, obligado de la intercessión del poderoso, hizo la injusticia.

---

[9] *Hacer espaldas,* proteger. Véase nota 63, Crisi VI, Primera Parte.
[10] Alusión al Laberinto de Creta y a Teseo, que salió de él guiado por el hilo de oro que le dio Ariadna.
[11] Equívoco claro en «cuarto», significando el cuarto jugador en el juego que deshizo todos los cuartos, su hacienda, perdiendo.

—De suerte que son infinitos los que se han perdido en el mundo por cortesía.

Y con esto y mil zalemas que les hizo, les obligó a entrar. Érase un tan espacioso atrio, que tomaba todo un mundo, célebre anfiteatro de monstruosidades, tan grandes como muchas, donde tuvieron más que abominar que admirar, y vieron cosas, aunque muchas vezes vistas, que no se podían ver. Estaba en el primero y último [12] lugar una horrible serpiente, coco de la misma hidra, tan envegecida en el veneno, que la habían nacido alas y se iba convirtiendo en un dragón, inficionando con su aliento el mundo.

—¡Terrible cosa —dixo Critilo—, que de la cola de la culebra nazca el basilisco [13] y de los dexos de la víbora el dragón! ¿Qué monstruosidad es ésta?

—Como déstas se ven en el mundo cada día —respondió el Sátiro—. Veréis que acaba la otra con su deshonestidad propia y comiença la agena; no haze cara ya al vicio, por no tenella [14]; da alas a la otra que comiença a volar y haze sombra a los soles que amanecen. Pierde el tahúr su grande herencia, y pone casa de juego; da naipes, despabila las velas abrasadoras [15], corta tantos para tontos. El farsante para en charlatán y saltimbanco; el acuchillador, en maestro de esgrima; el murmurador, cuando viejo, en testigo falso; el holgazán, en escudero; el malsín, en catedrático del duelo; el infame, en libro verde; y el bebedor, en tabernero, aguándoles el vino a los otros.

Iban dando la vuelta y viendo portentosas fealdades. Fuelo harto ver una muger que de dos ángeles hazía dos demonios, digo, dos rapazas endiabladas; y teniéndolas desolladas, las metió a assar a un gran fuego, y començó a comer dellas sin ningún horror, tragando muy buenos bocados.

---

[12] Entiéndase la antítesis: «en el primero y el peor lugar».

[13] *El basilisco,* animal fabuloso al que se atribuía la facultad de matar con la mirada.

[14] Entiéndase: la que acaba con su deshonestidad propia y comienza la ajena no es sino una celestina o alcahueta, que no hace cara (no admite) ya al vicio porque no tiene cara para él; es decir, perdió la lozanía de su juventud.

[15] *Despabilar:* «significa assímismo despachar brevemente, acabar con presteza alguna cosa: como despabilar la hacienda, la comida, &» (*Dic. Aut.*). *Vela:* «La acción de velar» (*Dic. Aut.*), o velada. Es decir, limpia rápidamente a los jugadores enardecidos de las veladas. Y más al añadir «corta tantos para tontos».

—¡Qué fiereza es ésta tan inhumana! —ponderó Andrenio—. ¿No me dirás quién es ésta que dexa atrás los mismos trogloditas?

—Pues advierte que es su madre.

—¿La misma que las echó a luz?

—Y hoy las escurece. Ésta es la que teniendo dos hijas tan hermosas como viste, las mete en el fuego de su lascivia; dellas come y traga los buenos bocados.

Salióles de través un otro monstruo no menos raro. Era de tan exótica [16] condición, de un humor tan desproporcionado, que si le pegaban con un garrote de encina y le quebraban las costillas o un braço, no hazía sentimiento; pero si le daban con una caña, aunque levemente, sin hazerle ningún daño, era tal su sentimiento que alborotaba el mundo. Llegó uno y diole una penetrante puñalada, y la tuvo por mucha honra; y porque llegó otro y le pegó un ligero espaldarazo con la espada envainada, sin sacarle una gota de sangre, lo sintió de manera que revolvió toda su parentela para la vengança. Pególe uno a puño cerrado un tan fiero mogicón, que le ensangrentó la boca y le derribó los dientes, y no se alteró; y porque otro le assentó la mano estendida, coloreándole el rostro, fue tal su rabia, que hundía el mundo haziendo estremos. ¡Pues qué, si le arrojaban un sombrero! [17]: no sentía tanto que le tirassen un ladrillo y le polvoreassen [18] los sessos. No tenía por afrenta el mentir, el no cumplir su palabra, el engañar, el dezir mil falsedades; y porque uno le dixo *mentís* pensó reventar de cólera y no quiso comer hasta tomar vengança.

—¡Qué raro humor de monstruo éste —celebró Critilo—, entreverado de necedad y locura!

—Assí es —dixo el Sagaz—. ¿Y quién creerá que está hoy muy valido en el mundo?

—Será entre bárbaros.

—No, sino entre cortesanos, entre la gente más ladina [19].

—¿Y no sabríamos quién es?

---

[16] *Exótico:* «Extraño, chocante, extravagante.» *(Dic. Acad.)*

[17] Provocaciones son las que cuenta Gracián, y una de ellas para provocar un duelo era arrojar el sombrero, como si arrojara el guante.

[18] *Polvorear:* aquí, «hacer polvo», aunque su significado sea «echar, esparcir u derramar polvo u polvos sobre alguna cosa» *(Dic. Aut.).*

[19] *Ladino, na:* «El que con viveza o propriedad se explica en

—Éste es el tan sonado Duelo; dígole el descabeçado, tan civil como criminal [20].

Passaron a la otra banda y registraron las monstruosidades de la necedad, que eran otras tantas. Vieron que no osaba comer un camaleón por ahorrar, para que tragasse después el puerco de su heredero; un melancólico pudriéndose del buen humor de los otros; muchos que porfiaban sin estrella; el de todos, sino de sí mismo [21]. Admiráronse de uno que pretendía por muger la que había muerto a su marido, y él quería ser el marivenido [22]; un soldado muriendo en un barranco, muy consolado de no gastar con médicos ni sacristanes; un señor que encomendaba a otros el mandar. Estaba uno encendiendo fuego de canela para assar un rábano [23], un rico pretendiendo y un caduco enamorando. Aquí toparon con el de cien pleitos, y un prelado huyendo dél porque no le metiesse pleito en la mitra. Vieron uno que, habiéndole dicho fuesse a descansar a su casa, se equivocó y se iba a la sepultura. Aquí estaba también el que hazía almohada del chapín de la Fortuna y a su lado el que del cogote de la Ocasión pretendía hazerse la barba [24]; el que llevaba descu-

---

alguna lengua o Idioma» *(Dic. Aut.),* gente culta; pero también «por extensión significa advertido, astuto y sagaz» *(Dic. Aut.).*

[20] *Descabeçado:* «... del hombre de poco juicio se dice que es un descabezado» *(Dic. Aut.). Civil* tiene tres significados: «En el estilo forense es todo aquello que... pertenece a la justicia en orden a interesses particulares, como de hacienda, jurisdicción... a distinción de lo que toca al castigo de los delitos, que se llama Criminal»; «Lo que toca y pertenece al derecho de Ciudad, y de sus moradores o ciudadanos»; y «... desestimable, mezquino, ruin y de baxa condición o procederes» *(Dic. Aut.).* Los tres significados son aplicables al duelo.

[21] Frase elíptica en la que se usa «sino» donde hoy ponemos «excepto». Entiéndase «el que es (o sabe) de todos, excepto de sí mismo».

[22] Obsérvese el juego entre «marido» (-ido, porque le había asesinado su esposa) y «mari-venido».

[23] Quemaba una cosa muy valiosa, «la canela», para asar una insignificancia, «un rábano». Tan incongruente como lo siguiente: que un rico pretenda un puesto cuando lo puede comprar.

[24] Es decir, el que aprovechaba la oportunidad, que es lo que significa «asir la ocasión por el cabello o el copete», para hacerse la barba *(Hacer la barba:* «... vale hacer alguna cosa de que a otro se le siga útil», *Dic. Aut.)* a sí mismo.

biertas las perdizes y no las vendía. Íbase uno a la cárcel por otro. Pero el más aborrecido era un hombre baxo, descortés. Estaba uno parando[25] laços a los raposos viejos y otro passando del dar al pedir; el que compraba caro lo que era suyo[26]; y estaba otro papando lisonjas de sus convidados; el ju[g]lar de las casas agenas y en la suya cantimplora[27]; el que dezía que no es de príncipes el saber; el que todas las cosas hazía con eminencia, sino su empleo. Entraba en el lugar del que vivía de necio el que moría de sabio[28]; el que pudiendo ser sol en su esfera, no era constelación en la agena[29]; el que fundía en balas sus doblones. Estaban dos, el uno jugando bien y siempre perdiendo, y el otro, sin saberse dexar[30], ganando; un presumido con cuatro letras garrofales[31]; y el que conociendo un temerario, le fiaba todo su ser; y sobre todo uno que, viviendo de burlas, se iba al infierno de veras.

Todas estas monstruosidades, y otras más, estaban admirando, cuando arrebató de nuevo su atención un monstruo que, huyendo de un ángel, se iba tras un demonio, ciego y perdido por él.

—¡Ésta sí que es portentosa necedad! —dixeron—. Nada son las passadas.

—Éste es —dixo el Sagaz— un hombre que, teniendo una consorte que le dio Dios discreta, noble, rica, hermosa y virtuosa, anda perdido por otra que le atraçó[32] el diablo, por

---

[25] *Parar,* ponerse. Véase nota 39, Crisi VII, Primera Parte.

[26] Bien puede entenderse que caras le salían sus propias acciones, o que para conseguir lo suyo tenía que gastar en pleitos.

[27] *Jublar* trae la edición de 1653, que no existe. Sí concuerda *juglar* en la frase: el juglar, que entretiene con burlas y donaires, en las casas ajenas, y en la suya es cantimplora (fijándose en *plora,* de llorar).

[28] Es decir, el que moría de sabio, sin preocuparse de lo material, ante los ojos de la gente vivía como un necio.

[29] Es decir, pudo ser un sol en su esfera, pero lo malogró por aspirar a ser constelación en campos ajenos, cosa que tampoco consiguió.

[30] *Sobreentendido,* «sin saberse dejar al contrario», es decir, haciendo lo que fuera antes que perder, incluso trampas.

[31] *Garrofal,* trae Covarrubias por *garrafal,* y cuatro letras enormes son suficientes para definir a un presumido que posee una cultura de pocas letras: ASNO.

[32] *Atrazar:* «Buscar, disponer con maña y arte, valiéndose de

una moça de cántaro, por una vil y asquerosa ramera, por una fea, por una loca insufrible con quien gasta lo que no tiene. Para su muger no saca el honesto vestido y para la amiga la costosa gala; no halla un real para dar limosna y gasta con la ramera a millares; la hija trae desnuda, y la amiga rozando lamas[33]. ¡Oh fiero monstruo, casado con hermosa y amigado con fea! Veréis que unos vicios, aunque destruyen la honra, dexan la hazienda; consumen otros la hazienda, y perdonan la salud; pero éste de la torpeza con todo acaba: honra, hazienda, salud y vida.

Lado por lado, estaban otros dos monstruos tan confinantes cuan diferentes, para que campeassen más los estremos. El primero tenía más malos ojos que un bizco, siempre miraba de mal ojo: si uno callaba, dezía que era un necio, si hablaba, que un bachiller; si se humillaba, apocado, si se mesuraba, altivo; si sufrido, cobarde, y si áspero, furioso; si grave, le tenía por soberbio, si afable, por liviano; si liberal, por pródigo, si detenido, por avaro; si ajustado, por hipócrita, si desahogado, por profano; si modesto, por tosco, si cortés, por ligero: ¡oh maligno mirar! Al contrario, el otro se gloriaba de tener buena vista, todo lo miraba con buenos ojos: con tal estremo de afición, que a la desvergüenza llamaba galantería, a la deshonestidad buen gusto; la mentira dezía que era ingenio; la temeridad, valentía; la vengança, pundonor; la lisonja, cortejo; la murmuración, donaire; la astucia, sagacidad; y el artificio, prudencia.

—¡Qué dos monstruosidades —dixo Andrenio— tan necias! Siempre van los mortales por estremos, nunca hallan el medio de la razón y se llaman racionales. ¿No sabríamos qué dos monstruos son éstos?

—Sí —dixo el Sagaz—, aquella primera es la Mala Intención, que toma de ojo todo lo bueno; esta otra al contrario es la Afición, que siempre va diziendo: «Todo mi amigo es buen hombre.» Éstos son los antojos[34] del mundo, ya no se mira de otro modo. Y assí, tanto se ha de atender a quien alaba, o a quien vitupera, como al alabado o vituperado.

---

traza... Es término baxo, y usado en Aragón.» *(Dic. Aut.)* Es lo mismo que «trazar».

[33] *Lama:* «Se llama assímismo cierta tela de oro, u plata, que oy más comunmente se llama Restaño.» *(Dic. Aut.)*

[34] Nuevamente usando el equívoco entre «anteojos» (lentes) y «antojos».

Ruaba [35] un otro bien monstruoso muy atapado.

—Éste —dixo Andrenio— parece monstruo vergonçante.

—Antes— respondió el Sátiro—, es el de la desvergüenza.

—Pues, una muger sin ella, ¿cómo va atapada, contra su natural inclinación de ser vistas?

—Ahí verás que, cuando más descaradas, esconden la cara.

—¡Eh!, que será recato.

—No es sino correr el velo a sus obligaciones; ayer iba al contrario, tan escotada, que parece que descubriera más, si más pudiera: siempre van por estremos.

Venía ya un monstruo muy humano haziendo reverencia a los mismos lacayos, besando los pies aun a los moços de cozina; llamaba señoría a quien no merecía merced, a todo el mundo con la gorra en la mano, previniendo de una legua la cortesía; a unos se ofrecía por su mayor afecto, a otros por su menor criado.

—¡Qué monstruo tan comedido éste! —ponderaba Andrenio—, ¡qué humano! No he visto monstruo humilde hasta hoy.

—¡Qué bien lo entiendes! —dixo el Sátiro—. No hay otro más soberbio. ¿No ves tú que, cuanto más se abate, quiere subir más alto? Para poder mandar a los amos, se humilla a los criados. Estas reverencias hasta el suelo son botes y rebotes de pelota, que da en tierra para subir al aire de su vanidad.

Al fin, si es que las necedades le tienen, apareció ya la más rara figura, un monstruo por lo viejo decano. Descubría la cabeça toda pelada, sin cabellos de altos pensamientos, ni negros por lo profundo ni blancos por lo cuerdo, sin un pelo de sustancia; movíasele a un lado y a otro, sin consistencia alguna. Los ojos, en otro tiempo tan claros y perspicaces, ahora tan flacos y lagañosos que no veían lo que más importaba, y de lexos poco o nada, para prevenir los males; los oídos, algún día muy oidores, tan sordos y tan atapados que no percibían la voz flaca del pobre, sino la del ricazo, la del poderoso, que hablan alto; la boca, desierta, que no sólo no gritaba con la eficacia que debía, pero ni ossaba hablar, y si algo, entre los dientes, que no tenía; las manos, antes grandes ministras [36] y obradoras de grandes cosas, se veían ga-

---

[35] *Ruar:* «Passar, rodar y correr... por la calle o camino.» (*Diccionario de Aut.*)

[36] *Ministro, a:* «Persona o casa que ejecuta lo que otra persona quiere o dispone.» (*Dic. Acad.*)

fas [37], un gancho en cada dedo, con que de todo se assían y nada soltaban; los humildes y plebeyos pies, tan gotosos y torcidos que no acertaban a dar un passo. De suerte que en todo él no había cosa buena ni parte sana. Él se dolía y todos se quexaban, pero nadie se lastimaba, ninguno trataba de poner remedio. Seguíanle otros tres, altercando entre sí la tiranía universal de los mortales. Traía el primero cara de veneno dulce, y era escollo de marfil, hermosa muerte, despeño deseado, engaño agradable, muger fingida y sirena verdadera, loca, necia, atrevida, cruel, altiva y engañosa; pedía, mandaba, presumía, violentaba, tiranizaba y antojábansele bravos desvaríos.

—¿Qué cosa puede haber en el mundo —dezía— que para mí no sea? Todo cuanto hay, al cabo se viene a reducir a mi gusto: si se hurta, es para mí; si se mata, por mí; si se habla, es de mí; si se desea, es a mí; si se vive, conmigo: de suerte que cuantas monstruosidades hay en el mundo.

—Esso no concederé yo —dixo el mismo, tan bizarro como vano, rico pero necio, altivo pero ruin—. Todo cuanto hay y luze, todo es para mí, todo sirve a mi pompa y ostentación: si el mercader roba, es para vivir en el mundo; si el caballero se empeña, es para cumplir con el mundo; si la muger se engalana, es para parecer en el mundo. Todos los vicios dan treguas, el glotón se ahíta, el deshonesto se enfada, el bebedor duerme, el cruel se cansa, pero la vanidad del mundo nunca dize *basta,* siempre locura y más locura. Y no me enojéis, que lo daré todo al diablo.

—Aquí estoy yo —dixo éste— tomándolo todo, que no hay cosa que no sea mía, por habérmela dado muchas vezes: en enojándose el marido, dize luego: «¡Muger de Bercebú!», y ella responde: «¡Hombre del diablo!» «¡Llévete Satanás!», dize la madre al hijo. Y el amo: «¡Válgante mil diablos!» «¡Válganle a él!», responde el criado. Y hombre hay tan monstruo, que dize: «¡Válgame una legión de demonios!» De suerte que no se hallará cosa en el mundo que no se me haya dado ella a mí o me la hayan dado muchas vezes. Y tú mismo, ¡oh Mundo!, ¿puedes negar que no seas todo mío?

---

[37] *Gafedad:* «Cierto género de lepra... que pone los dedos de las manos encorvados y torcidos, a modo de las garras de las aves de rapiña.» *(Dic. Aut.)* Luego manos gafas son manos encorvadas como las de las aves.

—¿Yo, de qué modo? ¡Maldito seas tú, y qué poca vergüenza que tienes!

—Y aun por esso —replicó él—, que quien no tiene vergüenza todo el mundo es suyo.

Apelaron de su porfía para [38] el monstruo coronado, príncipe de la Babilonia común [39]. Éste, oída su altercación, les dixo:

—¡Ea, acabá [40], dexaos de pesares! Venid, holguémonos, logremos [41] la vida, gozemos de sus gustos, de los olores y ungüentos preciosos, de los banquetes y comidas, de los lascivos deleites. Mirá que se nos passa la flor de la edad; passemos la edad en flor, comamos y bebamos, que mañana moriremos; andémonos de prado en prado, dando verdes [42] a nuestros apetitos. Yo os quiero repartir las jurisdiciones y vassallos para que no estéis pleiteando cada día. Tú, ¡oh Carne!, llevarás tras ti todos los flacos, ociosos, regalones y destemplados, reinarás sobre la hermosura, el ocio y el vino, serás señora de la voluntad. Y tú, ¡oh Mundo!, arrastrarás todos los soberbios, ambiciosos, ricos y potentados, reinarás en la fantasía. Mas tú, Demonio, serás el rey de los metirosos, de los que se pican de entendidos, todo el distrito del ingenio scrá tuyo. Veamos ahora en qué pecan cstos dos peregrinos de la vida —dixo señalando a Critilo y Andrenio—, para que rindan vassallage de monstruosidad, que ni hay bestia sin tacha, ni hombre sin crimen.

Lo que averiguaron de ellos se quedará para la siguiente crisi.

---

[38] *Hoy diríamos:* «Apelaron de su porfía al monstruo coronado.»

[39] El príncipe de la Babilonia común (de la confusión universal, el infierno), que reina sobre el mundo, el demonio y la carne, no es otro que Satanás.

[40] *Acabá,* acabad. Véase nota 11, Crisi VI, Primera Parte.

[41] *Lograr,* gozar. Véase nota 13, Crisi II, Primera Parte.

[42] *Darse un verde:* «Phrase, que vale holgarse u divertirse por algún tiempo.» *(Dic. Aut.)*

CRISI DÉZIMA

Virtelia encantada

Aquel antípoda del cielo, redondo, siempre rodando, jaula de fieras, palacio en el aire, albergue de la iniquidad, casa a toda malicia [1], niño caducando, llegó ya (el Mundo) a tal estremo de inmundo [2], y sus mundanos a tal remate de desvergonzada locura, que se atrevieron con públicos edictos a prohibir toda virtud, y esto so graves penas: que ninguno dixesse verdades, menos de [3] ser tenido por loco; que ninguno hiziesse cortesía, so pena de hombre baxo; que ninguno estudiasse ni supiesse, porque sería llamado el estoico o el filósofo; que ninguno fuesse recatado, so pena de ser tenido por simple. Y assí de todas las demás virtudes. Al contrario, dieron a los vicios campo franco y passaporte general para toda la vida. Pregonóse un tan bárbaro desafuero por las anchuras de la tierra, siendo tan bien recibido hoy como executado ayer, dando una gran campanada [4]. Mas ¡oh caso raro y increíble!: cuando se tuvo por cierto que todas las virtudes habían de dar una extraordinaria demonstración de su sentimiento, fue tan al contrario, que recibieron la nueva con extraordinario aplauso, dándose unas a otras la norabuena y

---

[1] Mejor diríamos «casa de toda malicia», pero Gracián aprovecha una denominación, «casa a la malicia»: «En la corte es el edificio baxo, cuya vivienda o morada se reduce al primer suelo sin quarto principal.» *(Dic. Aut.)* Con ello, el dueño se preserva de la carga de casa de aposento.

[2] *Inmundo,* no limpio, en oposición a «mundo» limpio.

[3] Elipsis: «a menos de».

[4] *Campanada:* «Escándalo o novedad ruidosa.» *(Dic. Acad.)*

ostentando indezible gozo. Al revés, los vicios andaban cabizbaxos y corridos, sin poder dissimular su tristeza.

Admirado un discreto de tan impensados efectos, comunicó su reparo con la Sabiduría, su señora. Y ella:

—No te admires —le dixo— de nuestro especial contento, porque este desafuero vulgar está tan lexos de causarnos algún perjuizio, que antes bien le tenemos por conveniencia. No ha sido agravio, sino favor, ni se nos podía haber hecho mayor bien. Los vicios sí quedan destruidos desta vez, bien pueden esconderse; y assí, con justa causa se entristecen. Éste es el día en que nosotras nos introducimos en todas partes y nos levantamos con el mundo.

—¿Pues en qué lo fundas? —replicó el Curioso.

—Yo te lo diré: porque son de tal condición los mortales, tienen tan estraña inclinación a lo vedado, que en prohibiéndoles alguna cosa, por el mismo caso la apetecen y mueren por conseguirla. No es menester más para que una cosa sea buscada sino que sea prohibida. Y es esto tan probado, que la mayor fealdad vedada es más codiciada que la mayor belleza concedida. Verás que, en vedando el ayuno, se dexarán morir de hambre el mismo Epicuro y Heliogábalo [5]; en prohibiendo el recato, dexará Venus a Chipre y se meterá entre las vestales [6]. Buen ánimo, que ya no habrá embustes, ruines correspondencias, malos procederes, agarros [7] ni traiciones; cerrarse han los públicos teatros y garitos, todo será virtud, volverá el buen tiempo y los hombres hechos [8] a él, las mugeres estarán muy casadas con sus maridos y las donzellas lo serán de honor; obedecerán los vassallos a sus reyes, y ellos mandarán; no se mentirá en la corte ni se murmurá en la aldea; verse ha desagraviado el sexto [9] de todo sexo. Gran felicidad se nos promete: ¡éste sí que será el siglo dorado!

Cuánta verdad fuesse ésta, presto lo experimentaron Critilo y Andrenio, que habiéndose hurtado a los tres competidores de su libertad, mientras aquéllos estaban entre sí com-

---

[5] Por hipérbole: Epicuro pensaba que en el placer estaba la felicidad y Heliogábalo, emperador romano, fue voraz en el comer.

[6] Venus, diosa del amor, se unirá a las vírgenes Vestales en el momento que se prohíba el recato y sólo por el hecho de que se prohíba.

[7] *Agarro*, riña o discusión violenta, lo mismo que hoy decimos «agarrada» y en Hispanoamérica «agarrón».

[8] «Hechos a imagen y semejanza de él», entiéndase.

[9] El sexto mandamiento, que precisamente trata del sexo.

pitiendo, marchaban éstos cuesta arriba al encantado palacio de Virtelia. Hallaron aquel áspero camino, que tan solitario se les habían[10] pintado, lleno de personas corriendo a porfía en busca della. Acudían de todos estados, sexos, edades, naciones y condiciones, hombres y mugeres; no digo ya los pobres, sino los ricos, hasta magnates, que les causó estraña admiración. El primero con quien encontraron a gran dicha fue un varón prodigioso, pues tenía tal propiedad[11] que arrojaba luz de sí siempre que quería, y cuanta era menester, especialmente en medio de las mayores tinieblas. De la suerte que aquellos maravillosos pezes del mar y gusanos de la tierra a quienes la varia naturaleza concedió el don de luz la tienen reconcentrada en sus entrañas cuando no necessitan della, y llegada la ocasión la avivan y sacan fuera, assí este portentoso personage tenía cierta luz interior, gran don del cielo, allá en los más íntimos senos del celebro, que siempre que necessitaba della la sacaba por los ojos y por la boca, fuente perene de luz clarificante. Éste, pues, varón lucido, esparciendo rayos de inteligencia, los començó a guiar a toda felicidad por el camino verdadero. Era muy agria la subida, sobre la dificultad de principio[12]. Dio muestras de cansarse Andrenio y començó a desmayar, y tuvo luego muchos compañeros. Pidió que dexassen aquella empresa para otra ocasión.

—Esso no —dixo el varón de luzes—, por ningún caso; que si ahora no te atreves en lo mejor de la edad, menos podrás después.

—¡Eh! —replicaba un joven—, que nosotros ahora venimos al mundo y començamos a gustar dél. Demos a la edad lo que es suyo, tiempo queda para la virtud.

Al contrario ponderaba un viejo:

—¡Oh, si a mí me cogiera esta áspera subida con los bríos de moço, con qué valor la passara, con qué ánimo la subiera! Ya no me puedo mover, fáltanme las fuerças para todo lo bueno; no hay ya que tratar de ayunar ni hazer penitencia, harto haré de vivir con tanto achaque; no son ya para mí las vigilias.

Dezía el noble:

---

[10] Correcto hubiera sido: «se les había pintado», y no el verbo en plural.

[11] Errata en el texto de 1653: «prodiedad».

[12] Corrigiendo aquello de que los comienzos son difíciles: «era muy agria la subida, además de la dificultad del principio».

—Yo soy delicado, hanme criado con regalo. ¿Yo, ayunar?: bien podrían enterrarme al otro día. No puedo sufrir las costuras del cambray: ¡qué sería el saco de cerdas! [13]

El pobre, por lo contrario, dezía:

—Bien ayuna quien mal come; harto haré en buscar la vida para mí y para mi familia. El ricazo sí que las come holgadas; ésse que ayune, dé limosna, trate de hazer buenas obras.

De suerte que todos echaban la carga de la virtud a otros, pareciéndoles muy fácil en tercera persona, y aun obligación. Pero el guión luciente:

—Nadie se me exima —dezía—, que no hay más de un camino. ¡Ea, que buen día se nos aguarda!

Y echaba un rayo de luz, con que los animaba eficazmente.

Començaron a tocarles arma [14] las horribles fieras pobladoras del monte. Sentíanlas bramar rabiando y murmurando, y tras cada mata les salteaba una, que tiene muchos enemigos lo bueno: los mismos padres, los hermanos, los amigos, los parientes, todos son contrarios de la virtud, y los domésticos los mayores.

—¡Andá [15], que estáis loco! —dezían los amigos—. Dexaos de tanto rezar, de tanta missa y rosario; vamos al passeo, a la comedia.

—Si no vengáis este agravio —dezía un pariente—, no os hemos de tener por tal. Vos afrentáis vuestro linage: ¡eh!, que no cumplís con vuestras obligaciones.

—No ayunes —dezía la madre a la hija—, que estás de mal color, mira que te caes muerta.

De modo que todos cuantos hay son enemigos declarados de la virtud.

Salióles ya al opósito [16] aquel león tan formidable a los

---

[13] Si no puede sufrir las costuras del cambray, «cierta tela de lienzo mui delgada y fina que sirve para hacer sobrepellices, pañuelos, corbatas, puños y otras cosas» *(Dic. Aut.),* ¡cómo va a soportar el saco de cerda! «... vestidura vil y áspera de sayol de que usan los serranos, y gente de campo u otros por hábito de penitencia» *(Dic. Aut.).*

[14] Sobre «tocar arma», véase nota 2, Crisi IX, Segunda Parte.

[15] *Andá,* andad. Véase nota 11, Crisi VI, Primera Parte.

[16] *Al opósito:* «Modo adverbial que vale a contraposición u oposición.» *(Dic. Aut.)* El león (del que ya había dicho en la Crisi VII que se encontraría en el camino del monte de Virtelia) es la Tentación, como dice al margen de la edición de 1653.

cobardes. Arredrábase Andrenio, y gritóle Lucindo [17] echasse mano a la espada de fuego, y al mismo punto que la coronada fiera vio brillar la luz entre los azeros echó a huir; que tal vez piensa hallar uno un león y topa un panal de miel.

—¡Qué presto se retiró! —ponderaba Critilo.

—Son éstas un género de fieras —respondió Lucindo— que, en siendo descubiertas, se acobardan; en siendo conocidas, huyen. Esto es ser persona, dize uno, y no es sino ser un bruto; aquí está el valer y el medrar, y no es sino perderse, que las más vezes entra el viento de la vanidad por los resquicios por donde debiera salir.

Llegaron a un passo de los más dificultosos, donde todos sentían gran repugnancia. Causóle grima a Andrenio, y propúsole a Lucindo:

—¿No pudiera passar otro por mí esta dificultad?

—No eres tú el primero que ha dicho otro tanto. ¡Oh, cuántos malos llegan a los buenos y les dizen que los encomienden a Dios, y ellos se encomiendan al diablo!; piden que ayunen por ellos, y ellos se hartan y embriagan; que se deciplinen y duerman en una tabla, y estánse ellos revolcando en el cieno de sus deleites. ¡Qué bien le respondió a uno déstos aquel moderno apóstol de la Andalucía! [18]: «Señor mío, si yo rezo por vos y ayuno por vos, también me iré al cielo por vos.»

Estando empereçando Andrenio, adelantóse Critilo, y tomando de atrás la corrida, saltó felizmente. Volviósele a mirar y dixo:

—¡Ea, resuélvete!, que harto mayores dificultades se topan en el camino ancho y cuesta abaxo del vicio.

—¿Qué duda tiene esso? —respondió Lucindo—. Y si no, dezime [19], si la virtud mandara los intolerables rigores del vicio, ¿qué dixeran los mundanos, cómo lo exageraran? ¿Qué cosa más dura que prohibirle al avaro sus mismos bienes, mandándole que no coma ni beba, ni se vista, ni goze de una hazienda adquirida con tanto sudor? ¿Qué dixera el mun-

---

[17] *Lucindo,* de luz, o varón de luces, como le llama Gracián.

[18] Juan de Ávila, sacerdote y escritor español (1500-1568). Dispuesto a embarcarse hacia América, quedó en Andalucía como misionero. Por su saber se le llamó «el Maestro», y por su labor, «Apóstol de Andalucía».

[19] *Decime,* decidme. Véase nota 11, Crisi VI, Primera Parte.

dano si esto mandara la ley de Dios? ¿Pues qué, si al deshonesto que estuviesse toda una noche de invierno al yelo y al sereno, rodeado de peligros, por oír cuatro necedades que él llama favores, pudiéndose estar en su cama seguro y descansado?; ¿si al ambicioso que no pare un punto ni descanse, ni sea suyo una hora?; ¿si al vengativo que anduviesse siempre cargado de hierro [20] y de miedo? ¡Qué dixeran desto los mundanos, cómo lo ponderaran! Y ahora, porque se les manda su antojo, sin réplica obedecen.

—¡Ea, Andrenio, anímate! —dezía Critilo—, y advierte que el más mal día deste camino de la virtud es de primavera en cotejo de los caniculares [21] del vicio.

Diéronle la mano, con que pudo vencer la dificultad.

Dos vezes fiero les acometió un tigre en condición y en su mal modo, mas el único remedio fue no alborotarse ni inquietarse, sino esperalle mansamente: a gran cólera, gran sossiego, y a una furia, una espera. Trató Critilo de desenvolver su escudo de cristal, espejo fiel del semblante, y assí como la fiera se vio en él tan feamente descompuesta, espantada de sí misma echó a huir, con harto corrimiento de su necio excesso. De las serpientes, que eran muchas, dragones, víboras y basiliscos, fue singular defensivo el retirarse y huir las ocasiones. A los voraces lobos, con látigos de cotidiana disciplina los pudieron rechazar. Contra los tiros y golpes de toda arma ofensiva, se valieron del célebre escudo encantado, hecho de una pasta real, cuanto más blanda más fuerte, forjado con influxo celeste, de todas maneras impenetrable: y era, sin duda, el de la paciencia.

Llegaron ya a la superioridad de aquella dificultosa montaña, tan eminente, que les pareció estaban en los mismos azaguanes [22] del cielo, convezinos de las estrellas. Dexóse ver bien el deseado palacio de Virtelia campeando en medio de

---

[20] «Cargado» de tres cosas: de pensamientos de venganza, de armas para ejecutarla y del error que encierra la venganza (jugando nuevamente con «hierro», armas, y «yerro»).

[21] *Caniculares:* «Días que dura la canícula, periodo del año en que son más fuertes los calores. En los países del Mediterráneo suele computarse del 23 de julio al 2 de septiembre.» *(Diccionario Acad.)* «El vicio abrasa» es dicho común, por eso Critilo dice que el peor día de la virtud es de primavera comparado con los del vicio.

[22] *Azaguanes,* zaguanes. Hemos visto ya *ayunque* (yunque), *fortunado* (afortunado), etc.

aquella sublime corona [23], teatro [24] insigne de prodigiosas felicidades. Mas cuando se esperó que nuestros agradecidos peregrinos le saludaran con incessables aplausos y le veneraran con afectos de admiración, fue tan al contrario, que antes bien se vieron enmudecer, llevados de una impensada tristeza, nacida de estraña novedad. Y fue, sin duda, que cuando le imaginaron fabricado de preciosos jaspes embutidos de rubíes y esmeraldas, cambiando visos y centelleando a rayos, sus puertas de zafir con clavazón de estrellas, vieron se componía de unas piedras pardas y cenicientas, nada vistosas, antes muy melancólicas.

—¡Qué cosa y qué casa es ésta! —ponderaba Andrenio—. ¿Por ella habemos sudado y reventado? ¡Qué triste apariencia tiene! ¿Qué será allá dentro? ¡Cuánto mejor exterior ostentaba la de los monstruos! Engañados venimos.

Aquí Lucindo, suspirando:

—Sabed —les dixo— que los mortales todo lo peor de la tierra quieren para el cielo: el más trabajado tercio de la vida (allá la achacosa vejez) dedican para la virtud, la hija fea para el convento, el hijo contrahecho sea de iglesia, el real malo a la limosna, el redroxo para el diezmo [25]; y después querrían lo mejor de la gloria. Demás, que juzgáis vosotros el fruto por la corteza. Aquí todo va al revés del mundo: si por fuera está la fealdad, por dentro la belleza; la pobreza en lo exterior, la riqueza en lo interior; lexos la tristeza, la alegría en el centro, que esso es entrar en el gozo del Señor. Estas piedras, tan tristes a la vista, son preciosas a la experiencia, porque todas ellas son beçares [26] ahuyentando ponzoñas; y todo el palacio está compuesto de pítimas [27] y contra venenos, con lo cual no pueden empecerle ni las

---

[23] *Corona:* «La cima de una colina o de otra altura aislada» *(Dic. Acad.),* pero también le da el significado de «reino» de la Virtud o «esplendor», significados que trae el mismo diccionario.

[24] *Teatro,* no en su sentido actual, sino con el significado de escenario.

[25] Para el diezmo (la décima parte de la cosecha que debían pagar los parroquianos a sus iglesias), el redrojo, «aquel fruto o flor tardía, o que echan segunda vez las plantas, que por ser fuera de tiempo no suele llegar a sazón» *(Dic. Aut.).*

[26] *Bezar,* piedra. Véase nota 34, Crisi XIII, Primera Parte.

[27] *Pítima:* «Socrocio que se aplica sobre el corazón.» *(Diccionario Acad.)*

serpientes, ni los dragones, de que está por todas partes sitiado.

Estaban sus puertas patentes[28] noche y día, aunque allí siempre lo es, franqueando la entrada en el cielo a todo el mundo. Pero assistían en ellas dos disformes gigantes, jayanes de la soberbia, enarbolando a los dos hombros sendas clavas muy herradas, sembradas de puntas para hazerla[29]. Estaban amenazando a cuantos intentaban entrar, fulminando en cada golpe una muerte. En viéndolos, dixo Andrenio:

—Todas las dificultades passadas han sido enanas en parangón désta. Basta[30] que hasta ahora habíamos peleado con bestias de brutos apetitos, mas éstos son muy hombres.

—Assí es —dixo Lucindo—, que ésta ya es pelea de personas. Sabed que cuando todo va de vencida, salen de refresco estos monstruos de la altivez, tan llenos de presunción, que hazen desvanecer todos los triunfos de la vida. Pero no hay que desconfiar de la vitoria, que no han de faltar estratagemas para vencerlos. Advertid que de los mayores gigantes triunfan los enanos y de los mayores los pequenos, los menores y aun los mínimos. El modo de hazer la guerra ha de ser muy al revés de lo que se piensa: aquí no vale el hazer piernas[31] ni querer hombrear; no se trata de hazer del hombre, sino humillarse y encogerse, y cuando ellos estuvieren más arrogantes amenazando al cielo, entonces nosotros, transformados en gusanos y cosidos con la tierra, hemos de entrar por entre pies; que assí han entrado los mayores adalides.

Executáronlo tan felizmente, que sin saber cómo ni por dónde, sin ser vistos ni oídos, se hallaron dentro del encantado palacio con realidades de un cielo. Apenas (digo, a glorias)[32] estuvieron dentro, cuando se sintieron embargar todos sus sentidos de bellíssimos empleos en folla[33] de fruición,

---

[28] *Patente,* abierta. Véase nota 10, Crisi II, Primera Parte.

[29] Para hacer punta, se entiende, y hacer punta es «contradecir con tesón la opinión u resolución de otros» *(Dic. Aut.).*

[30] Con elipsis de un infinitivo como «ver», «pensar», «afirmar», etc.

[31] *Hacer piernas,* preciarse de lindo. Véase nota 8, Crisi VIII, Segunda Parte.

[32] Nótese el juego «a-penas», y «a glorias».

[33] *Folla:* «Diversión teatral compuesta de varios pasos de comedia mezclados con trozos de música.» *(Dic. M. Moliner).* Aquí, fundamentalmente, se refiere a la música.

confortando el coraçón y elevando los espíritus: embistióles lo primero una tan suave marea exhalando inundaciones de fragancia, que pareció haberse rasgado de par en par los camarines de la primavera, las estancias de Flora [34], o que se había abierto brecha en el paraíso; oyóse una dulcíssima armonía, alternada de vozes y instrumentos, que pudiera suspender la celestial [35] por media hora. Pero ¡oh cosa estraña!, que no se veía quién gorgeaba ni quién tañía; con ninguno topaban, nadie descubrían.

—Bien parece encantado este palacio —dixo Critilo—. Sin duda que aquí todos son espíritus; no se parecen [36] cuerpos. ¿Dónde estará esta celestial reina?

—Siquiera —dezía Andrenio—, permitiérasenos alguna de sus muchas bellíssimas donzellas: ¿dónde estás, oh Justicia? —dixo en grito.

Y respondióle al punto Eco vaticinante desde un escollo de flores:

—En la casa agena [37].

—¿Y la verdad?

—Con los niños [38].

—¿La castidad?

—Huyendo [39].

—¿La sabiduría?

—En la mitad, y aun... [40]

—¿La providencia?

—Antes.

—¿El arrepentimiento?

---

[34] Flora, diosa romana de los jardines y las flores.

[35] La armonía celestial, basada en la música armoniosa que emitían los astros, es idea de Pitágoras; la concordancia de los sonidos determinaba su equilibrio.

[36] *Parecerse:* «Dejarse ver u ofrecerse a la vista.» (*Dic. Aut.*)

[37] Es decir, que los demás tengan justicia, mas no me la exijan a mí.

[38] «Los niños y los locos dicen las verdades. Refrán que enseña que los niños y los locos, como no son capaces de preocuparse de afectos, passiones, ni dissimulación, dicen la verdad pura y sin disfraz.» (*Dic. Aut.*)

[39] Huyendo de la tentación, entiéndase, se tiene castidad.

[40] En la mitad de lo que parece, y aun ni en esa mitad. Dice el refrán: «De sabiduría y bondad, la mitad de la mitad», aplicado cuando alguien exagera.

—Después [41].
—¿La cortesía?
—En la honra [42].
—¿Y la honra?
—En quien la da [43].
—¿La fidelidad?
—En el pecho de un rey [44].
—¿La amistad?
—No entre idos [45].
—¿El consejo?
—En los viejos.
—¿El valor?
—En los varones.
—¿La ventura?
—En las feas [46].
—¿El callar?
—Con callemos [47].
—¿Y el dar?
—Con el recibir.
—¿La bondad?
—En el buen tiempo [48].
—¿El escarmiento?
—En cabeça agena.
—¿La pobreza?

---

[41] Más vale prevenir que curar: providencia, antes; arrepentimiento, después.

[42] Ya que, hablando de las virtudes, honra es la «reverencia, acatamiento y veneración que se hace a la virtud, autoridad o mayoría de alguna persona» (Dic. Aut.).

[43] La frase recoge un refrán al pie de la letra, tomando «honra» como sinónimo de fama o buen nombre.

[44] Frase atribuida a Francisco I de Francia en la *Agudeza* por el mismo Gracián: «Si la fidelidad se perdiere, se busque en el pecho de un rey.»

[45] La amistad se debilita cuando los amigos viven separados (idos).

[46] Idea repetida por Gracián, que registra el refranero, es que las feas son venturosas y las hermosas desdichadas.

[47] «Callad y callemos, que cada senda tenemos. Refrán que enseña, que quando tenemos que nos encubran, no hemos de dar motivo para que nos echen en la cara nuestros defectos.» (*Diccionario Aut.)*

[48] Es decir, la bondad está siempre en el tiempo próspero o en los momentos oportunos.

—Por puertas [49].
—¿La buena fama?
—Durmiendo [50].
—¿La ossadía?
—En la dicha [51].
—¿La salud?
—En la templança.
—¿La esperança?
—Siempre.
—¿El ayuno?
—En quien mal come.
—¿La cordura?
—Adevinando [52].
—¿El desengaño?
—Tarde.
—¿La vergüenza?
—Si perdida, nunca más hallada.
—¿Y toda virtud?
—En el medio.

—Es dezir —declaró Lucindo—, que nos encaminemos al centro y no andemos como los impíos rodando [53].

Fue acertado, porque en medio de aquel palacio de perfecciones, en una magestuosa cuadra [54], ocupando augusto trono, descubrieron por gran dicha única divina reina, muy más linda y agradable de lo que supieron pensar, dexando muy atrás su adelantada imaginación: que si donde quiera y siempre pareció bien, ¿qué sería en su sazón y su centro? Hazía a todos buena cara, aun a sus mayores enemigos; miraba con buenos ojos, y aun divinos; oía bien y hablaba mejor; y aunque siempre con boca de risa, jamás mostraba dientes [55];

---

[49] *Por puertas:* «Modo adverbial, que significa con tanta necessidad y pobreza, que es necessario pedir limosna.» *(Dic. Aut.)*

[50] Conforme al refrán «cobra buena fama y échate a dormir».

[51] La dicha y la felicidad ayudan a la valentía.

[52] La razón y el juicio se encuentran en el que es capaz de descubrir y conocer las cosas.

[53] *Rodar,* en su significado etimológico de «moverse por la tierra dando vueltas alrededor del exe o centro del mismo cuerpo que se mueve» *(Dic. Aut.).*

[54] *Cuadra,* sala o habitación. Véase nota 17, Crisi XII, Primera Parte.

[55] Se muestran los dientes con la risa (ha dicho «con boca de risa»), pero también cuando se regaña o se resiste con ira, según vimos en nota 9, Crisi VII, Primera Parte.

hablaba por labios de grana palabras de seda, nunca se le oyó echar mala voz. Tenía lindas manos, y aun de reina en lo liberal, y en cuanto las ponía salía todo perfecto; dispuesto talle y muy derecho, y todo su aspecto divinamente humano y humanamente divino. Era su gala conforme a su belleza, y ella era la gala de todo; vestía armiños, que es su color la candidez; enlaçaba en sus cabellos otros tantos rayos de la aurora con cinta de estrellas. Al fin, ella era todo un cielo de beldades, retrato al vivo de la hermosura de su celestial Padre, copiándole sus muchas perfecciones.

Estaba actualmente dando audiencia a los muchos que frecuentaban sus sitiales después de prohibida. Llegó entre otros un padre a pretenderla para su hijo, siendo él muy vicioso, y respondióle que començasse por sí mismo y le fuesse exemplar idea [56]. Venía otra madre en busca de la honestidad para una hija, y contóla lo que le sucedió a la culebra madre con la culebrilla su hija, que, viéndola andar torcida, la riñó mucho y mandó que caminasse derecha: «Madre mía, respondió ella, enseñadme vos a proceder, veamos cómo camináis»; probóse, y viendo que andaba muy más torcida: «En verdad, madre, la dixo, que si las mías son vueltas, que las vuestras son revueltas.» Pidió un eclesiástico la virtud del valor, y a la par un virrey la devoción con muchas ganas de rezar; respondióles a entrambos que procurasse cada uno la virtud competente a su estado:

—Préciesse el juez de justiciero y el eclesiástico de rezador, el príncipe del gobierno, el labrador del trabajo, el padre de familias del cuidado de su casa, el prelado de la limosna y desvelo: cada uno se adelante en la virtud que le compete.

—Según esso —dixo una casada—, a mí bástame la honestidad conyugal; no tengo que cuidar de otras virtudes.

—Esso no —dixo Virtelia—, no basta éssa sola, que os haréis insufrible de soberbia, y más ahora [57]. Poco importa que el otro sea limosnero, si no es casto; que éste sea sabio, si a todos desprecia; que aquél sea gran letrado, si da lugar a los cohechos; que el otro sea gran soldado, si es un impío: son muy hermanas las virtudes y es menester que vayan encadenadas.

---

[56] *Ejemplar idea,* ejemplar imagen o modelo. Véase nota 25, Crisi II, Primera Parte.

[57] *Y más ahora,* y más en estos tiempos. Es decir, no basta sólo con la honestidad conyugal, que como virtud rara en estos tiempos, sería motivo para enorgullecerse.

Llegó una gentil dama galanteando melindres, y dixo que ella también quería ir al cielo, pero que había de ser por el camino de las damas. Hízoseles muy de nuevo a los circunstantes, y preguntóla Virtelia:

—¿Qué camino es ésse?; que hasta hoy yo no he tenido noticia dél.

—¿Pues no está claro —replicó ella— que una muger delicada como yo ha de ir por el del regalo, entre martas y entre felpas, no ayunando ni haziendo penitencia?

—¡Bueno, por cierto! —exclamó la reina de la entereza—. Assí se os concederá reina mía, lo que pedís, como a aquel príncipe que allí entra.

Era un poderoso que, muy a lo grave, tomando assiento, dixo que él quería las virtudes, pero no las ordinarias de la gente común y plebeya, sino muy a lo señor, una virtud allá exquisita; hasta los nombres de los santos conocidos no los quería por comunes, como el de Juan y Pedro, sino tan extravagantes que no se hallen en ningún calendario.

—¡Gran cosa —dezía— el de Gastón! ¡qué bien suena el Perafán! ¡pues un Claquín, Nuño, Sancho y Suero!

Pedía una teología extravagante. Preguntóle Virtelia si quería ir al cielo de los demás. Pensólo y respondió que si no había otro, que sí.

—Pues, señor mío, no hay otra escalera para allá sino la de los diez mandamientos. Por éssos habéis de subir, que yo no he hallado hasta hoy un camino para los ricos y otro para los pobres, uno para las señoras y otro para las criadas: una es la ley y un mismo Dios de todos.

Replicó un moderno Epicuro, gran hombre de su comodidad, diziendo:

—De disciplina abaxo [58], cualquier cosa; de oración, yo no me entiendo; para ayunos, no tengo salud. Ved cómo ha de ser, que yo he de entrar en el cielo.

—Paréceme —respondió Virtelia— que vos queréis entrar calçado y vestido, y no puede ser.

Porfiaba que sí, y que ya se usa una virtud muy acomodada y llevadera, y aun le parecía la más ajustada a la ley de Dios. Preguntóle Virtelia en qué lo fundaba. Y él:

—Porque de essa suerte se cumple a la letra aquello de «assí en la tierra como en el cielo», porque allá no se ayuna,

---

[58] Frase semejante a «de tejas abajo»; es decir, dejando aparte o exceptuando la disciplina, cualquier cosa acepto.

no hay diciplina ni silicio [59], no se trata de penitencia; y assí, yo querría vivir como un bienaventurado.

Enojóse mucho Virtelia, oyendo esto y díxole con escande-cencia [60]:

—¡Oh casi herege!, ¡oh mal entendedor!, ¿dos cielos queríais? No es cosa que se usa. Mirad por vos, que todos estos que pretenden dos cielos suelen tener dos infiernos.

—Yo vengo —dixo uno— en busca del silencio bueno.

Riéronlo todos, diziendo:

—¿Qué callar hay malo?

—¡Oh, sí! —respondió Virtelia—, y muy perjudicial: calla el juez la justicia, calla el padre y no corrige al hijo travieso, calla el predicador y no reprehende los vicios, calla el confessor y no pondera la gravedad de la culpa, calla el malo y no se confiessa ni se enmienda, calla el deudor y niega el crédito, calla el testigo y no se averigua el delito: callan unos y otros y encúbrense los males. De suerte que si al buen callar llaman santo [61], al mal callar llámenle diablo.

—Estoy admirado —dixo Critilo— que ninguno viene en busca de la limosna: ¿qué será de la liberalidad?

—Es que todos se escusan de hazerla: el oficial porque no le pagan; el labrador porque no coge; el caballero, que está empeñado; el príncipe, que no hay mayor pobre que él; el eclesiástico, que buenos pobres son los parientes. ¡Oh engañosa escusa! —ponderaba Virtelia—. Dad al pobre si quiera el desecho, lo que ya no os puede servir: tampoco, que la codicia ha dado en arbitrista [62], y el sombrero traído [63] que se había de dar al pobre, persuade se guarde para brahones [64], la capa raída para contra aforros, el manto deslucido para la criada. De modo que nada dexan para el pobre.

---

[59] *Diciplina y silicio,* disciplina y cilicio. Son formas registradas en el *Dic. Aut.*

[60] *Escandecencia:* «Irritación vehemente, encendimiento en ira o enojo.» (*Dic. Aut.*)

[61] Según el refrán «al buen callar llaman Sancho (o Santo)», que aconseja prudencia en el hablar.

[62] *Arbitrista* porque imagina sistemas, que cree infalibles, para mejorar la economía propia.

[63] *Traído:* «Vale también usado por algún tiempo, a medio gastar, o romper.» (*Dic. Aut.*)

[64] *Brahón:* «Una como rosca, o pestaña de paño, u otra tela, hecha de diferentes pliegues o dobleces, en forma redonda, que se pega en la ropilla, o sayo, sobre el nacimiento de los brazos, junto a los hombros.» (*Dic. Aut.*)

Llegaron unos rematadamente malos y pidieron un extremo de virtud. Tuviéronles todos por necios, diziendo que començassen por lo fácil y fuessen subiendo de virtud en virtud. Mas ella:

—¡Eh, dexadlos que assesten ahora muchos puntos más alto, que ellos baxarán harto después! Y sabed que de mis mayores enemigos suelo yo hazer mis mayores apassionados.

Venía una muger con más años que cabellos, menos dientes y más arrugas, en busca de la Virtud.

—¡Tan tarde! —exclamó Andrenio—. Éstas yo juraría que vienen más porque las echa el mundo que por buscar el cielo.

—Déxala —dixo Virtelia—, y estímesele el no haber abierto escuela de maldad con cátreda de pestilencia. Yo asseguro que, por viejos que sean, que no vengan el tahúr, ni el ambicioso, ni el avaro, ni el bebedor: son bestias alquiladas del vicio, que todas caen muertas en el camino de su ruindad.

Al contrario le sucedió a uno que llegó en busca de la Castidad, ahíto de la torpeza, gran gentilhombre de Venus, idólatra de su hijuelo [65]. Pidió ser admitido en la cofadría de la continencia, pero no fue escuchado, por más que él abominaba de la luxuria, escupiendo y asqueando su inmundicia. Y aunque muchos de los presentes rogaron por él:

—No haré tal —dezía la Honestidad—. No hay que fiar en éstos; bien se ayuna después de harto. Creedme que estos torpes son como los gatos de algalia [66], que en volviéndoseles a llenar el senillo, se revuelcan.

Venían unos al parecer muy puestos en el cielo, pues mirando a él:

—Éstos sí —dixo Andrenio— que con el cuerpo están en la tierra y con el espíritu en el cielo.

—¡Oh, cómo te engañas! —dixo la Sagacidad, gran ministra de Virtelia—. Advierte que hay algunos que cuando más miran al cielo, entonces están más puestos en la tierra. Aquel primero es un mercader que tiene gran cantidad de trigo para vender y anda conjurando las nubes [67] a los ojos de sus ene-

---

[65] Caballeros o servidores de Venus, diosa del amor, e idólatras de su hijuelo Cupido no son otros que los lujuriosos.

[66] *Algalia:* «Sustancia untuosa, de consistencia de miel, blanca, que luego pardea, de olor fuerte y sabor acre. Se saca de la bolsa que cerca del ano tiene el gato de algalia y se emplea en perfumería.» *(Dic. Acad.)*

[67] Jugando con «nubes»: conjura las nubes para que llueva, ya que tiene mucho trigo, pero también conjura las nubes a los

migos. Al contrario, aquel otro es un labrador hidrópico de la lluvia, que jamás se vio harto de agua, y anda conciliando nublados [68]. Éste de aquí es un blasfemo que nunca se acuerda del cielo sino para jurarle. Aquél pide vengança, y el otro es un rondante [69], lechuzo de las tinieblas, que desea la noche más escura para capa de sus ruindades.

Pidió uno si le querían alquilar algunas virtudes, suspiros, torcimiento de cuello, arquear de cejas y otros modillos de modestia. Enojóse mucho Virtelia, diziendo:

—¿Pues qué, es mi palacio casa de negociación?

Escusábase él diziendo que ya muchos y muchas con la virtud ganan la comida, y a título de esso la señora las introduce en el estrado, la otra las assienta a su mesa, el enfermo las llama, el pretendiente se les encomienda, el ministro las consulta, ándanse de casa en casa comiendo y bebiendo y regalándose; de modo que ya la virtud es arbitrio del regalo.

—Quitáosme de ahí —dixo Virtelia—, que essas tales tienen tan poca virtud como los que las llaman mucha simplicidad.

—¿Quién es aquel gran personage, héroe de la virtud, que en toda ocasión de lucimiento le encontramos?: si en casa de la Sabiduría, allí está; si en la del Valor, allí assiste; en todas partes le vemos y admiramos.

—¿No conocéis —dixo Lucindo— al Santíssimo Padre de todos? [70] Veneradle y deprecadle siglos de vida tan heroica.

Estaban aguardando los circunstantes que tratasse de coronar algunos la gran reina de la Equidad y que premiasse sus hazañas, mas fueles respondido que no hay mayor premio que ella misma, que sus braços son la corona de los buenos. Y assí, a nuestros dos peregrinos que estaban encogidos venerando tan magestuoa belleza, los animó Lucindo a que se

---

ojos de sus enemigos para poder engañarles vendiendo. Téngase en cuenta que «nube» es «... aquella telilla blanca que suele formarse dentro del ojo, y le obscurece, impidiendo la vista» (*Dic. Aut.*).

[68] Con doble sentido: en el literal, el labrador, sediento de agua para sus campos, anda conjurando a las nubes para que llueva; en otro sentido, nunca se vio harto de agua porque sólo bebe vino, y así concilia nublados que le impiden ver de borracho que está.

[69] *Rondante,* que anda siempre de ronda nocturna.

[70] Esto es, el Papa. Inocencio X ocupó el solio pontificio de 1644 a 1655.

llegassen cerca y se abraçassen con ella, logrando una ocasión de tanta dicha. Y assí fue, que coronándolos con sus reales braços, los transformó de hombres en ángeles, candidados [71] de la eterna felicidad. Quisieran muchos hazer allí mansión, mas ella les dixo:

—Siempre se ha de passar adelante en la virtud, que el parar es volver atrás.

Suplicáronla, pues, los dos coronados peregrinos les mandasse encaminar a su deseada Felisinda. Ella entonces, llamando cuatro de sus mayores ministras, y teniéndolas delante, dixo señalando la primera:

—Ésta, que es la Justicia, os dirá dónde y cómo la habéis de buscar; esta segunda, que es la Prudencia, os la descubrirá; con la tercera, que es la Fortaleza, la habéis de conseguir; y con la cuarta, que es la Templança, la habéis de lograr [72].

Resonaron en esto armoniosos clarines, folla [73] acorde de instrumentos, alborozando los ánimos y realçando sus nobles espíritus. Despertóse un zéfiro fragante y bañóse todo aquel vistosíssimo teatro de lucimiento. Sintiéronse tirar de las estrellas con fuertes y suaves influxos; fue reforçando el viento y levantándolos a lo alto, tirándoles para sí el cielo a ser coronados de estrellas. Subieron muy altos, tanto que se perdieron de vista. Quien quisiere saber dónde pararon, adelante los ha de buscar.

[71] *Candidado:* «ant. candidato» *(Dic. Acad.).*
[72] *Lograr,* gozar. Véase nota 13, Crisi II, Primera Parte.
[73] *Folla,* mezcla (aquí de instrumentos). Véase nota 101, Crisi II, Segunda Parte.

CRISI UNDÉZIMA

El texado de vidro y Momo tirando piedras

Llegó la Vanidad a tal extremo de quien ella es, que pretendió lugar, y no el postrero, entre las Virtudes. Dio para esto memorial en que representaba ser ella alma de las acciones, vida de las hazañas, aliento de la virtud y alimento del espíritu.

—No vive —dezía— la vida material quien no respira, ni la formal[1] quien no aspira. No hay aura más fragante ni que más vivifique que la fama, que tan bien[2] alienta el alma como el cuerpo, y es su puríssimo elemento el airecillo de la honrilla. No sale obra perfecta sin algo de vanidad, ni se executa acción bien sin esta atención del aplauso: parto suyo son las mayores hazañas y nobles hijos los heroicos hechos. De suerte que sin un grano de vanidad, sin un punto de honrilla, nada está en su punto, y sin estos humillos, nada luze.

No pareció del todo mal la paradoxa, especialmente a algunos de primera impressión y a otros de capricho. Pero la Razón, con todo su maduro parlamento, abominando una pretensión tan atrevida:

—Sabed —dixo— que a todas las passiones se les ha concedido algún ensanche, un desahogo en favor de la violen-

---

[1] *Formal,* espiritual, contrapuesta a material. Si no vive la vida espiritual quien no aspira a más, quiere decir que la vanidad hay que tomarla como aspiración a algo y reconocimiento de los propios méritos.
[2] *También,* en la edición de 1653, que no concuerda con el *como* siguiente.

tada naturaleza: a la Luxuria el matrimonio, a la Ira la corrección, a la Gula el sustento, a la Envidia la emulación, a la Codicia la providencia, a la Pereça la recreación, y assí a todas las otras demasías. Pero a la Soberbia, mirad qué tal es ella, que jamás se la [ha][3] permitido el más mínimo ensanche; no hay que fiar, toda es execrable: ¡vaya fuera, fuera, lexos, lexos! Bien es verdad que el cuidado del buen nombre es una atención loable, porque la buena fama es esmalte de la virtud, premio, que no precio; hase de estimar la honra, pero no afectar. Más precioso es el buen nombre que todas las riquezas; en no estando la virtud en su buen crédito, está fuera de su centro, y quien no está en la gloria de su buena fama, forçoso es que esté condenado al infierno de su infamia, al tormento de la desestimación, más insufrible a más conocimiento. Es la honra sombra de la virtud, que la sigue y no se consigue, huye del que la busca y busca a quien la huye; es efeto del bien obrar, pero no afecto; decorosa, al fin, diadema de la hermosíssima virtud.

Célebre puente, como tan temida, daba passo a la gran ciudad, ilustre corte de la heroica Honoria[4], aquella plausible reina de la estimación, y por esso tan venerada de todos. Era un passo muy peligroso, por estar todo él sembrado de perinquinosos peros en que muchos tropeçaban y los más caían en el río del reír, quedando muy mojados y aun poniéndose de lodo, con mucha risa de la inumerable vulgaridad[5] que estaba a la mira de sus desaires. Era de ponderar la intrepidez con que algunos, confiados, y otros, presumidos, se arrojaban (y los más se despeñaban) anhelando a passar de un extremo de baxeza a otro de ensalçamiento, y tal vez de la mayor deshonra a la mayor grandeza, de lo negro a lo blanco, y aun de lo amarillo a lo rojo[6]; pero todos ellos caían con harta nota[7] suya y risa de los sabidores. Assí le

---

[3] *ha*, falta en la edición de 1653.

[4] *Honoria*, tomado de la divinidad latina «Honor» u «Honos», simboliza al honor y a la honra.

[5] *Vulgaridad*, en la acepción que nos traen los diccionarios de «gente» o «muchedumbre de vulgo», como se ve por el sentido.

[6] Admito la interpretación de Romera-Nvarro: de penitenciado por la Inquisición (por su capotillo amarillo) a cardenal (capelo rojo o púrpura).

[7] *Caer en nota:* «Dar motivo de escándalo o murmuración»

sucedió a uno que pretendió passar de villano a noble, otro
de manchado a limpio, diziendo que tras el sábado se sigue
el domingo [8], pero él fue de guardar; no faltó quien del
mandil a mandarín, y de moço de ciego a don Gonzalo [9], y
una otra muy desvanecida, de la verdura al verdugado [10].
Quería una passar por donzella, mas riéronse de su caída [11],
como otro que quiso ser tenido por un pozo de ciencia y
fue un pozo de cieno.

No había hombre que no tropezasse en su pero y para
cada uno había un sino. «Gran príncipe tal, pero buen hombre [12]; ilustre prelado aquél si fuera tan limosnero como nuestro arçobispo [13]; gran letrado, si no fuera mal intencionado.
¡Qué valiente soldado!, pero gran ladrón; ¡qué honrado caballero éste!, sino que es pobre; ¡qué docto aquél!, si no
fuera soberbio. Fulano santo, pero simple. ¡Qué buen sugeto
aquel otro y qué prudente!, pero es embaraçado [14]: muy bien
entiende las materias, mas no tiene resolución. Diligente ministro, pero no es inteligente. Gran entendimiento, pero ¡qué
mal empleado! ¡Qué gran muger aquélla!, sino que se descuida; ¡qué hermosa dama!, si no fuera necia. Grandes prendas las de tal sugeto, pero ¡qué desdichado! Gran médico,
poco afortunado [15]: todos se le mueren. Lindo ingenio, pero

---

(*Diccionario Acad.*); o también, nota «significa infamia en alguna persona (*Cov.*).

[8] Alusión a judíos y cristianos: el judío, simbolizado por el
sábado, está manchado, no ha sido redimido; el cristiano (el domingo) está limpio, ha sido redimido.

[9] No porque «Don Gonzalo» represente a algún personage en
particular, sino por anhelar pasar de ser un don nadie (mozo
de ciego) a ser un caballero respetado.

[10] *Verdugado:* «Vestidura que las mujeres usaban debajo de
las basquiñas para ahuecarlas» (*Dic. Acad.*); es decir, de mujeres
de mala vida (de la verdura) a encopetadas señoras.

[11] Entiéndase, además, caída en que dejó de ser doncella.

[12] *Buen hombre:* «Se dice por ironía del que es demasiada-
mente sencillo.» (*Dic. Aut.*)

[13] Fray Juan Cebrián. Religioso mercedario y prelado español,
nacido a fines del XVI y muerto en 1662. Fue general de su
Orden, diputado en 1628 por Valencia, obispo de Teruel, arzobispo de Zaragoza, consejero de Estado y lugarteniente y virrey de
Aragón.

[14] Participio de *embarazar:* «detenido, retardado, falto de
soltura, encogido» (*Dic. Acad.*).

[15] «Gran médico, ( ) poco afortunado», sin «pero», que el

sin juizio: no tiene sindéresis.» Assí, que todos tropezaban en su pero; raro era el que se escapaba y único el que passaba sin mojarse. Topaba uno con un pero de un antepassado, y aunque tan passado (nunca maduro), jamás se pudo digerir [16]. Al contrario, otro daba de hozicos en el de sus presentes. Y caían todos en el río de la risa común.

—Bien lo merece —dezía un émulo—: ¿quién le metía al peón en caballería? [17]

—Lástima es —dezía otro— que los de tal cepa no sean puros, siendo tan hombres de bien.

Las mugeres tropezaban en una chinita, en un diamante; terribles peros las perlas para ellas. El airecillo las hazía bambanear y el donaire caer con mucha nota [18]; y es lo bueno que, para levantarse, nadie las daba la mano: sí de mano [19]. De verdad que un gran personage tropezó en una mota [20], quedando muy desairado, y asseguraban fue notable desorden. Toda la puente estava sembrada, de cabo a cabo, destos indigestos peros en que los más de los viandantes tropezaban; y si no en uno, daban de ojos [21] en otro, aun en los passados. Lamentábase un discreto, diziendo:

—Señores, que tropiece uno en el propio y personal, meré-celo, mas en el ageno ¿por qué?; que haya de tropezar un

---

lector puede suplir, ya que nos encontramos en «La puente de los peros» y todas las demás frases llevan «pero» o «sino».

[16] Juega ahora con el doble significado de «pero», el gramatical y el de fruta no madura.

[17] «¿Quién te mete en libro de caballería? Phrase con que se reprehende a alguno el que se introduzca en lo que no le toca.» (Dic. Aut.)

[18] Entiéndase la frase: no ya el viento, «vanidad y jactancia» (Dic. Aut.), sino el más pequeño asomo de vanidad, un airecillo, las hacía bambanear, perder firmeza; ahora bien, cuando se trataba del don-aire caían escandalosamente (con gran escándalo o infamia).

[19] Dar de mano: «Despreciar a alguno o alguna cosa, no hacer caso de él, ni ocuparse en cosa alguna.» (Dic. Aut.)

[20] El texto trae Mota, con mayúscula, con lo que alude al mariscal de la Mota (Felipe de Houdancourt, conde de la Motte, nota 2, Preliminares, Primera Parte) y a algún hecho de la Guerra de Cataluña.

[21] Dar de ojos: «Phrase que significa tropezar en algún inconveniente o precipicio» o «caer de pechos en el suelo.» (Diccionario Aut.)

marido en un cabello de su muger, en un pelillo de su hermana, ¿qué ley es ésta?

Llegó uno jurando a fe de caballero: tan bueno, dezía, como el rey; no faltó quien le arrojó una erre, con que de rey se hizo de reír [22]. A un cierto Ruy le echó un malicioso una tilde [23] y bastó para que rodase. Tropezó otro en un cuarto y quedóse en blanco [24]. Rodábales a algunos la cabeça y quedaban hechos equis [25], por haber desliçado en los brindis. Començó a passar cierta dama muy airosa; hiziéronla unos y otros passo con plausible cortesía, pero al más liviano [26] descuido dio en el lodo con toda su bizarría, que fue barro. Tropezaban las más en piedras preciosas y eran muy despreciadas. Llegó a passar un gran príncipe y muy adulado.

—Éste sí —dixeron todos— que passará sin riesgo, no tiene que temer: los mismos peros le temerán a él.

Mas ¡oh caso trágico!, desliçó en una pluma [27] y tumbó al río, quedando muy mojado. En una aguja de coser tropezó alguno, y en una lezna otro, y era título [28]; en una pluma de gallina [29], un bizarro general. ¿Pues qué, si alguno entraba cogeando y de mal pie?: era cierto el rodar, y en duda de tro-

---

[22] Para mejor entender este juego de «rey+r», «reír», hay que tener en cuenta que el texto original escribe «rei» donde nosotros «rey».

[23] Lo mismo ocurre aquí: el texto pone «Rui» donde nosotros «Ruy», por lo que «Rui» con una tilde es «Ruĩ», esto es, «ruin», según abreviatura paleográfica.

[24] *Cuarto,* ya que habla de nobleza de sangre, es «qualquiera de las quatro líneas de los avuelos paternos y maternos» *(Diccionario Aut.),* es decir, alguien que pretendía algo, pero se demostró que no era noble o limpio de sangre.

[25] *Equis:* «Jocosamente se apropia esta palabra a los borrachos de quienes se dice que están hechos una equis, porque andan con las piernas cruzadas y haciendo la figura de la letra X para no caer.» *(Dic. Aut.)*

[26] La mujer que con un descuido da en el lodo, ha de ser por fuerza deshonesta; así pues, interpretamos «liviano» como «ligero», pero también como «incontinente, deshonesto», acepciones que da el *Dic. Aut.*

[27] Entiéndase también pluma de escribir, no sólo por lo ligero del desliz, ya que se trata de un príncipe muy adulado.

[28] Ser título, es decir, noble, y tropezar en una aguja de coser (de sastre) y en una lezna (instrumento de trabajo del zapatero) es señal que le descubrieron antepasados sastres y zapateros, oficios bajos y de mala reputación entonces.

[29] Recuérdese que «gallina» es lo mismo que «cobarde».

piezo estaba la malicia por la deshonra[30]. Creyó uno le valdría aquí su riqueza, que en todos los demás passos, por peligrosos que sean, suele sacar a su dueño de trabajo; mas al primer passo se desengañó que no vale aquí ni la espuela de oro ni la vira de plata[31].

—¡Cruel passo —dezían todos— el de la honra entre tropiezos de la malicia! ¡Oh, qué delicada es la fama, pues una mota es ya nota![32]

Aquí llegaron nuestros dos peregrinos a serlo, encaminados de Virtelia a Honoria, su gran cara: aunque confinante, tan querida, que la llamaba su gozo y su corona. Deseaban passar a su gran corte, pero temían con razón el azar[33] passo de los peros, y era precisso porque no había otro; estaban pasmados viendo rodar a tantos y temblábales la barba viendo las de sus vezinos tan remojadas. Assomó en esta sazón a querer passar un ciego. Levantaron todos el alarido viéndole començar tentando y tuvieron por cierto había de tumbar al primer passo, mas fue tan al contrario, que el ciego passó muy derecho: valióle el hazerse sordo, porque aunque unos y otros le silbaban y aun le señalaban con el dedo, él, como no veía ni oía, no se cuidaba de dichos agenos, sino de obras propias y passar adelante con gran quietud de ánimo; y assí, sin tropezar ni en un átomo, llegó al cabo de lo que quería con dicha harto envidiada. Al punto dixo Critilo:

—Este ciego ha de ser nuestra guía, que solos los ciegos, sordos y mudos pueden ya vivir en el mundo. Tomemos esta lición, seamos ciegos para los desdoros agenos, mudos para no zaherirlos ni jactarnos, conciliando odio con la murmuración en la recíproca vengança[34]; seamos sordos para no hazer caso de lo que dirán.

Con esta lición pudieron passar; por lo menos, fueron passaderos, con admiración de muchos y imitación de pocos.

---

[30] Recuérdese lo que decía en la Crisi IX de la Primera Parte: «los coxos suelen tropeçar en el camino de la virtud, y aun echarse a rodar, coxeando la voluntad en los afectos».

[31] *Vira:* «Tira... que, para dar fuerza al calzado, se cose entre la suela y la pala.» *(Dic. Acad.)*

[32] *Nota,* escándalo o infamia, como en las notas 7 y 18 de esta Crisi.

[33] *Azar,* usado como adjetivo: aciago, infeliz, infausto.

[34] Entiéndase la frase teniendo en cuenta que «conciliar» significa «atraer»: atrayendo hacia nosotros el odio, como vengança recíproca, de aquellos a quienes murmuramos.

Entraron ya por aquel célebre emporio de la honra, poblado de magestuosos edificios, magníficos palacios, soberbias torres, arcos, pirámides y obeliscos, que cuestan mucho de erigir, pero después eternamente duran. Repararon luego que todos los texados de las casas, hasta de los mismos palacios, eran de vidro tan delicado como sencillo, muy brillantes, pero muy quebradizos; y assí, pocos se veían sanos y casi ninguno entero. Descubrieron presto la causa, y era un hombrecillo tan no nada que aun de ruin jamás se veía harto; tenía cara de pocos amigos y a todos la torcía, mal gesto y peor parecer, los ojos más asquerosos que los de un médico, y sea de la cámara [35], braços de acribador que se queda con la basura, carrillos de catalán, y aun más chupados, que no sólo no come a dos, pero a ninguno [36]. De puro flaco, consumido, aunque todo lo mordía; robado de color y quitándola a todo lo bueno. Su hablar era zumbir de moscón, que en las más lindas manos, despreciando el nácar y la nieve, se assienta en el venino [37]; nariz de sátiro y aun más fisgona, espalda doble, aliento insufrible, señal de entrañas gastadas. Tomaba de ojo [38] todo lo bueno y hincaba el diente en todo lo malo; él mismo se jactaba de tener mala vista y dezía: «¡Maldito lo que veo!» [39], y miraba a todos.

Éste, pues, que por no tener cosa buena en sí, todo lo hallaba malo en los otros, había tomado por gusto el dar disgusto, andábase todo el día (y no santo) tirando peros y piedras y escondiendo la mano, sin perdonar texado. Persuadíase cada uno que su vezino se las tiraba y arrojábale otras tantas: éste creía que le hazía el tiro aquél, y aquél que el otro, sospechando unos de otros y tirándose piedras, y escondiendo todos la mano. En duda, arrojaban muchas por acertar con alguna, y todo era confusión y popular pedrisco, de tal modo, o tan sin él, que no se podía vivir ni había

---

[35] *Médico de cámara:* «El que presta servicio en el palacio de los reyes» *(Dic. Acad.);* pero sobre todo, dice que los ojos eran más asquerosos que los de un médico de la cámara: «cámara se dize el escremento del hombre» (Covarrubias).

[36] *Carrillos de catalán* que no sólo no come a dos carrillos por gula, sino a ninguno; es decir, no come, tal vez por no gastar.

[37] *Venino:* «Grano maligno u diviesso.» *(Dic. Aut.)*

[38] *Tomar de ojo* es frase semejante al actual «tomar (o tener) ojeriza a una cosa», odiar o sentir antipatía.

[39] Con dos significados: como genérico «¡Maldita cosa la que veo!», es decir, nada; y «maldito», de «maldecir».

quien pudiesse parar; venían por el aire volando piedras y tiros, sin saberse de dónde ni por qué. Assí, que no quedaba texado sano, ni honra segura, ni vida inculpable: todo era malas vozes, hablillas, famas echadizas [40], y los duendes de los chismes no paraban.

—Yo no lo creo —dezía uno—, pero esto dizen de fulano.

—Lástima es —dezía otro— que de fulana se diga esto.

Y con esta capa de compassión hazía un tiro que quebraba todo un texado. Pero no faltaba quien, de retorno, les rompía a ellos las cabeças. Y a todo esto, andaba revolviendo el mundo aquel duendecillo universal. Había tomado otro más perjudicial deporte, y era arrojar a los rostros, en vez de piedras, carbones que tiznaban feamente; y assí, andaban casi todos mascarados, haziendo ridículas visiones, uno con un tizne en la frente, otro en la mexilla y tal que le cruzaba la cara, riéndose unos de otros sin mirarse a sí mismos ni advertir cada uno su fealdad, sino la agena. Era de ver, y aun de reír, cómo todos andaban tiznados haziendo burla unos de otros.

—¿No veis —dezía uno— qué mancha tan fea tiene fulano en su linage? ¡Y que osse hablar de los otros!

—¡Pues él —dezía otro—, que no vea su infamia tan notoria y se meta a hablar de las agenas!, ¡que no haya ninguno con honra en su lengua!

—¡Mirá [41] quién habla —saltaba otro—, teniendo la muger que tiene! Cuánto mejor fuera cuidara él de su casa y supiera de dónde sale la gala.

Estando diziendo esto, estaba actualmente otro santiguándose:

—¡Que éste no advierta que tiene él por qué callar, teniendo una hermana cual sabemos!

Pero déste añadía otro:

—¡Harto mejor fuera que se acordara él de su abuelo y quién fue! Siempre lo veréis, que hablan más los que debrían menos.

—¿Hay tal desvergüenza en el mundo, que osse hablar aquél?

—¿Hay tal descoco de muger, que se adelante ella a dezir y quitarla a la otra la palabra de la lengua? [42]

---

[40] *Echadiza:* «Algunas veces se halla usado por supuesto y fingido.» *(Dic. Aut.)*

[41] *Mirá,* mirad. Véase nota 11, Crisi VI, Primera Parte.

[42] La clave de la frase está en «la palabra» que dice esta

Desta suerte andaba el juego y la risa de todo el mundo, que siempre la mitad dél se está riendo de la otra, burlándose unos de otros, y todos mascarados; éstos se fisgaban de aquéllos, y aquéllos déstos, y todo era risa, ignorancia, murmuración, desprecio, presunción y necedad, y triunfaba el ruincillo[43]. Reparaban algunos más advertidos, si no más felices, en que se reían dellos y acudían a una fuente, espejo común en medio de una plaça, a examinarse de rostro en sus cristales y, reconociendo sus tiznes, alargaban la mano al agua, que después de haber avisado del defeto, da el remedio y limpia; pero cuanto más porfiaban en lavarse y alabarse, peores se ponían, pues, enfadados los otros de su afectado desvanecimiento, dezían:

—¿No es éste aquél que vendía y compraba? ¿Pues qué nos viene aquí vendiendo honras?[44]

—Aguarda, ¿no es aquél hijo de aquel otro? Pues, por cuatro reales que tiene, ¿anda tan deslavado[45], no siendo su hidalguía tanto al uso cuanto al aspa?[46]

Lo peor era que la misma agua clara sacaba a luz muchas manchas que estaban ya olvidadas. Y assí, a uno que trató de alabarse de ingenuo le salió una esse, que era dezir: «Ésse es esse»[47].

—Yo lo sé de buena tinta —dezía uno— que fulano es un tal.

Y no era sino harto mala, pues echaba tales borrones. Sentía mucho cierta señora, que blasonaba de la más roja

---

mujer y que se la quita a la otra de la lengua, cuando sería más apropiada para ella: «puta» o «ramera».

[43] El *ruincillo* es el hombrecillo tan nonada, que aun de ruin no se veía harto, del que viene hablando.

[44] Uno que vendía y compraba era un mercader que, según Gracián repite, engaña lo que puede y, por tanto, no es honrado: ¿cómo va a vender honra si no la tiene?

[45] *Deslavado:* «Significa también descarado, de poca vergüenza», dice el *Dic. Aut.,* poniendo como ejemplo este texto de Gracián, aparte de su significado propio de limpio, por encima, sin aclararlo de todo punto.

[46] Clara disemia en «uso», costumbre, y «huso», para hilar; y en «aspa», instrumento de dos palos atravesados para recoger lo hilado y cruz que mandaba poner la Inquisición a los reconciliados con la Iglesia para que se les reconociera. Son acepciones registradas en el *Dic. Aut.*

[47] «La S formada en un clavo, es cifra de la voz Esclavo» *(Dic. Aut.);* luego «ésse es esse» quiere decir «ése es esclavo».

sangre del reino, se le atreviesse la murmuración, y no advertía que la mancha de un descuido sale más en el brocado, como la roncha en la belleza. Estaba otra muy corrida de que siendo ya matrona, la echaban en la cara no sé qué niñería de allá cuando rapaza. Estaba el otro para conseguir una dignidad y salíale al rostro un tizne de no sé qué travesura de su mocedad. Pero el que se sintió mucho fue un príncipe, en cuya esclarecida frente echó un historiador un borrón sacudiendo la pluma. Aquello de haber sido, no podía uno tolerar:

—Que el ser ahora salga a la cara, passe; pero ¡porque allá mi tartarabuelo lo fue!

—¿Qué razón hay que por lo que passó en tiempo del rey que rabió [48] —ponderaba otro— me hagan a mí rabiar?

Lo más acertado era callar y callemos, y no alabarse, porque de los blasones de las armas hazían los otros baldones [49]; y aun desde que dieron en lavarse en la fuente de la presunción y desvanecimiento, les salieron más manchas a la cara. Y unos y otros se daban en rostro con las fealdades de allá de mil años. Y fue de suerte (digo, desdicha) que no quedó rostro sin lunar, ojo sin lagaña, lengua sin pelo, frente sin arruga, mano sin berruga, pie sin callo, espalda sin giba, cuello sin papera, pecho sin tos, nariz sin romadizo, uña sin enemigo [50], niña sin nube [51], cabeça sin remolino, ni pelo sin repelo [52]: en todos había algo que señalasse con el dedo aquel malsín y de que se rezelassen los otros. Y aun todos iban huyendo dél, diziendo a vozes:

—¡Guarda, el ruincillo! ¡guarda, el maldiciente! ¡Oh maldita lengua!

---

[48] «Acordarse, o ser del tiempo del Rey que rabió. Phrase con que se da a entender que una cosa es mui antigua.» *(Dic. Aut.)*

[49] Entiéndase la elipsis: y no alabarse, porque del alabarse de los blasones de las armas (blasonar, alabarse) hacían los otros baldones (oprobios, injurias o palabras afrentosas).

[50] Entiéndase «uña sin enemigo que la muestre a los demás», porque mostrar la uña es «phrase que vale descubrir algún defecto el que estaba bien opinado» *(Dic. Aut.).*

[51] Repite el juego de la Crisi X, tomando «nube» como la telilla que se forma en el ojo y que impide la vista (véase nota 67, Crisi X, Segunda Parte).

[52] *Repelo:* «Se toma también por riña o encuentro ligero.» *(Dic. Aut.)*

Conocieron con esto que era Momo [53], y huyeran también si no les emprendiera él mismo preguntándoles qué buscaban, que parecían estraños en lo perdido. Respondiéronle venían en busca de la buena reina Honoria. Y él, al punto:

—¿Muger y buena, y en esta era?: yo lo dudo. En mi boca, por lo menos, no lo será. Yo las conozco todas, y a todos, y no hallo cosa buena. El buen tiempo ya passó, y con él todo lo bueno. (En boca del viejo, todo lo bueno fue, y todo lo malo es.) Con todo esso, yo os quiero hoy servir de brújula; vamos discurriendo por la ciudad, probemos ventura, que no será poca hallarla, siendo una de aquellas cosas de que piensa estar lleno el mundo, cuando más vacío.

Oyeron que estaba uno persuadiendo a otro perdonasse a su enemigo y se quietasse, y respondía él:

—¿Y la honra?

Dezíanle a otro que dexasse la manceba y el escándalo de tantos años. Y él:

—No sería honra ahora.

A un blasfemo, que no jurasse ni perjurasse, y respondía:

—¿En qué estaría la honra?

A un pródigo, que mirasse a mañana, que no tendría hazienda para cuatro días:

—No es mi honra.

A un poderoso, que no hiziesse sombra [54] al rufián y al assesino:

—No es mi honra.

—Pues, hombres de Barrabás —dixo Momo—, ¿en qué está la honra? ¡No digo yo!

A otro lado oyeron dezir a uno:

—Mirá fulano en qué pone su honra.

Y respondía éste:

—¿Y él, en qué la pone?

—¡Mirá éste, mirá aquél, y miradlos a todos en qué la ponen!

Dezía un linajudo, muy preciado de honrado, que a él le venía muy de atrás, allá de sus antepassados, de cuyas hazañas vivía.

---

[53] Momo, divinidad griega, hijo de la Noche. Era dios de la locura y de la burla, y a causa de sus sarcasmos fue arrojado del Olimpo por los otros dioses.
[54] *Sombra:* «Metaphoricamente vale asylo, favor, y defensa.» (*Dic. Aut.*)

—Essa honra, señor mío —le dixo Momo—, ya no huele bien, rancia está. Tratad de buscar otra más plática[55]. Poco importa la honra antigua, si la infamia es moderna. Y si no os vestís de las ropas de vuestros antepassados porque no son al uso, ni salís un día con la martingala[56] de vuestro abuelo porque se reirían de tal vejedad, no pretendáis tampoco arrear el ánimo de sus honores. Buscad en nuevas hazañas la honra al uso.

No faltó quien les dixo hallarían la honra en la riqueza.

—No puede ser —dixo Momo—, que honra y provecho no caben en esse saco.

Encamináronse a casa de los hombres famosos y plausibles y hallaron se habían echado a dormir. Encontraron un caballero nuevo corriendo[57] ilustre sangre, y al punto dixeron:

—Éste sí que sabrá della.

Halláronle que estaba sudando y reventando más que si llevara un mundo a cuestas; gemía y suspiraba sin cessar.

—¿Qué tiene este hombre? —dixo Andrenio—. ¿De qué trasuda?

—¿No ves —dixo Momo— aquel punto indivisible que carga sobre sus hombros? Pues ésse es el que le abruma.

—¡Mirá ahora —replicó Andrenio— qué Atlante parando[58] espaldas a un cielo!, ¡qué Hércules apuntalando la monarquía de todo el mundo!

—Pues esse puntillo —ponderó Momo— les haze a muchos sudar y tal vez reventar; por conservar aquel punto en que se metió o le metieron, anda toda la vida gimiendo, fáltanle las fuerças, añádense las cargas, crecen los gastos, menguan las haziendas: y el punto no ha de faltar.

—Si la habéis de hallar —les dixo uno— ha de ser en lo que arrastra[59].

---

[55] *Plática,* práctica.

[56] *Martingala:* «Parte del arnés que cubría las entrepiernas.» (*Dic. Aut.*)

[57] Corriendo, no sólo ilustre sangre por sus venas, sino también huyendo, quizá de la deshonra, por lo que dice a continuación del punto de honra.

[58] *Parar,* poner. Véase nota 39, Crisi VII, primera parte.

[59] Teniendo en cuenta que «la» se refiere a la honra, «Lo que arrastra honra. Locución vulgar con que se suele alabar (aunque de ordinario irónicamente) la moda de los vestidos mui largos y cumplidos, que arrastran, aludiendo a las ropas talares que usan los Eclesiásticos y otras personas constituidas en digni-

—Honra que va por tierra, ponerse ha de lodo —dixo Critilo.

—Digo que sí, que lo que arrastra honra.

—Esso no —saltó Momo—. Yo digo al revés, que lo que honra arrastra, y esta negra honrilla trae arrastrados a muchos. ¡Oh, a cuántos traen arrastrados las galas y cadenas de las mugeres, las libreas de los pages, y andan corridos cuando más honrados! Dizen que hazen lo que deben; yo digo al revés, que deben lo que hazen, y dígalo el mercader y el oficial y los criados.

Hallaron otro y otros muchos que estaban echando los bofes y la misma hiel por la boca.

—Peor es esto —dixo Andrenio.

—Pues si en algunos se ha de hallar la honra —dixo Momo—, ha de ser en éstos.

—¿Y por qué?

—Porque revientan de honrados.

—Cara les cuesta la negra de la honrilla.

Y lo peor es que cuando más la piensan conseguir, entonces la alcanzan menos, perdiendo tal vez la vida y cuanto hay.

—No os canséis —dixo uno—, que no la hallaréis en toda la vida, sino en la muerte.

—¿Cómo en la muerte?

—Sí, que aquel día es el de las alabanzas, y tras la muerte le hazen las honras [60].

—¡Oh, qué donosa cosa! —dixo Andrenio—. En un saco de tierra poca honra cabrá. Cara es la honra que cuesta el morir; y si un muerto es tierra y nada, toda su honra será no nada.

—Mucho es —ponderaba Critilo— que ni hallemos a Honoria en su corte, ni la honra en una tan populosa ciudad.

—Honra y en ciudad grande —dixo Momo— muy mal se encuadernan. En otro tiempo aún se hallara la honra en las ciudades, pero ya está desterrada de todas. Assegúroos que todo lo bueno se perdió en ésta el día que echaron della aquel gran personage tan digno de eterna observación y conservación a quien todos respetaban por su gran caudal y go-

---

dad, que en la estimación común cuanto son más largas parece que dan más honra» (*Dic. Aut.*).

[60] Entiéndase «honras fúnebres», ya que es tras la muerte.

bierno: él salía por una puerta, ¡qué lástima!, y todas las ruindades entraban por otra, ¡qué desdicha!

—¿Qué varón fue ésse —preguntaron— de tanta importancia y autoridad?

—Era el gobernador de la ciudad, y aun dizen hijo de la misma reina Honoria. No había Licurgo como él, ni hubo jamás república de Platón tan concertada como ésta; todo el tiempo que él la assistió no se conocían vicios ni se sonaba un escándalo, no paraba malhechor ni ruin, porque todos le temían más que al mismo gobernador de Aragón [61]. Más recabava su respeto que las mismas leyes y más le temían a él que a las dos columnas del suplicio [62]. Pero luego que él faltó se acabó todo lo bueno.

—¿No nos dirías quién fue un personage tan insigne y tan cabal?

—De verdad que era bien nombrado, y me espanto [63] mucho no deis en la cuenta. Éste era el prudente, el atento, el temido ¿Qué dirán?, sugeto bien conocido, que los mismos príncipes le respetavan y aun le temían, diziendo: «¿Qué dirán de un príncipe como yo?, que debiendo ser el espejo que compone todo el mundo, soy el escándalo que lo descompone.» «¿Qué dirán?», dezía el título, «que no cumplo con mis obligaciones, siendo tantas, que degenero de mis antepassados, famosos héroes, que me dexaron tan empeñado en hazañas y yo me empeño en baxezas». «¿Qué dirán de mí?», dezía el juez, «que atropello la justicia, debiéndola yo amparar, y de juez me hago reo: ¡esso no dirán de mí!» Cuando más acosada la casada, acordávase dél y dezía: «¿Qué dirán de mí?, que una matrona como yo, de Penélope me trueco en Elena [64], que pago mal el buen proceder de mi marido con mi mal parecer: ¡esso no, líbreme Dios de tan mal

---

[61] Pedro Pablo Zapata, gobernador de Aragón y más tarde de Cartagena de Indias en los tiempos de la publicación de *El Criticón.* Su nombre aparece en el margen de la edición de 1653.

[62] Dice Covarrubias: «antiguamente colgavan los mal hechores de unos palos con estos dos gajos, entre los cuales se atava la soga... dos maderos hincados en tierra, y otro que encima trava de ambos».

[63] *Espanto,* asombro. Véase nota 19, Crisi I, Primera Parte.

[64] Cambiando, efectivamente, la fidelidad de Penélope hacia su marido Odiseo por la infidelidad de Elena a su marido Menelao, como narra Homero.

gusto!» Hasta la recatada donzellita se conservaba en el jardín de su retiro, diziendo: «Yo, que soy una fragante flor, ¿había de dar tan mal fruto?; ¿yo, siendo una rosa, ser risa del mundo?; ¿yo, ver ni ser vista?; ¿yo, por hablar, dar que dezir?: ¡de esso me guardaré yo muy bien!» «¿Qué dirán?», dezía la viuda, «que a muerto marido, amigo venido, que del riego de mi llanto nace el verde de mis gustos [65], que tan presto trueco el requiem en aleluya». «No dirán tal», dezía el soldado, «que yo me calcé botas de fuina [66]; ¿qué dirán de un español?, que entre galos soy gallina» [67] «¿Qué dirán de un hombre de mis prendas?», dezía el sabio, «que de alumno de Minerva me hago vil esclavo de Venus» [68]. «¿Qué dirán los moços?», dezía el viejo; y «¿qué dirán los viejos?», dezía el moço. «¿Qué dirán los vezinos?», dezía el hombre de bien. Y con esto, todos se recataban. «¿Qué dirían mis émulos?», dezía el cuerdo: «¡qué buen día para ellos y qué mala noche para mí!» «¿Qué dirían los súbditos?», dezía el superior; y «¿qué diría el superior?», dezían los súbditos. Desta suerte todo el mundo le temía y le respetaba, y todo iba, no de concierto, pero muy concertado [69]. Faltó él y faltó todo lo bueno esse mismo día: todo está ya perdido, todo rematado.

—Pues ¿qué se hizo un Catón tan severo, un Licurgo tan regular?

—¿Qué se hizo?; que no pudiéndolo sufrir unos y otros, no pararon hasta echarle. Bárbaro vulgar ostracismo se conjuró contra él, y por ser bueno, le desterraron al uso de hoy. Sabed que con el tiempo, que todo lo trastorna, fue creciendo esta ciudad, aumentándose en gente y confusión, que

---

[65] Muerto el mar-ido, amigo venido, por un lado, y del riego de su llanto nace la holganza (de «darse un verde», holgar) o el verde de la lascivia, por otro.

[66] *Fuina:* «Especie de marta o raposa del tamaño de un gato... Es mui dañina y destruidora de los gallineros y palomares.» *(Dic. Aut.)* No cabe duda que «fuina» suena a fuga o huida.

[67] Equívoco evidente entre «galos» (franceses) y «gallos» para decir que fue un cobarde, significado que trae el *Dic. Aut.* para «gallina», como hoy.

[68] Es decir, de adorador de la diosa del saber se convierte en esclavo de la diosa del amor y la lujuria.

[69] Paradoja: habrá que tomar dos acepciones distintas de «concierto» y «concertado» que significan lo mismo: bajo el poder del «qué dirán» no estaba nadie de acuerdo, pero todo estaba concertado porque le obedecían.

toda gran corte es Babilonia [70]; no se conocían ya unos a otros, achaque de poblaciones grandes; começaron con esto poco a poco a desestimar su gran gobierno, de ahí a no hazer caso dél, luego a atrevérsele. Como todos eran malos, no se espantaban unos de otros, no dezían éstos de aquéllos; cada uno se miraba a sí y enmudecía, metía la mano en el seno y sacábala tan sarnosa, que no se picaba de la agena [71]. No dezían ya ¿qué dirán?, sino ¿qué diré yo dél que no diga él de mí, y mucho más? Desta suerte, mancomunados todos, echaron fuera el *¿Qué dirán?,* y al punto se perdió la vergüenza, faltó la honra, retiróse el recato, huyó el pundonor; ya no se atendía a obligaciones, con que todo se assoló: al otro día, la matrona dio en matrera [72], la donzella de vestal en bestial, el mercader a escuras para dexar a ciegas [73], el juez se hizo parte con el que parte, los sabios con resabios, el soldado quebrado [74], hasta el espejo universal se hizo común [75]. Assí, que ya no hay honra ni se parece. ¡Eh!, no nos cansemos en buscar tarde lo que otros no pudieron hallar ni al medio día [76].

—¿Pues en una ciudad tan famosa? —ponderaba Critilo.

—Trocóse en fumosa —dixo Momo— con tanto humo y tanto hollín, y todo confusión.

—Tú te engañas —replicó en alta voz un otro personage que allí se dexó ver, por ser bien vissible en lo gruesso y bien visto en lo agradable, muy diferente de Momo, y aun su antagonista, en su aspecto, trato, genio, trage, hechos y dichos.

---

[70] *Babilonia:* «Metaphoricamente se toma por confussión y dosorden.» *(Dic. Aut.)*

[71] Es decir, no se ofendía ni se enojaba con la sarna de los demás.

[72] *Matrero, -a:* «Astuto, sagaz, diestro y experimentado en alguna cosa.» *(Dic. Aut.)*

[73] Como ya dijo en otra ocasión (nota 65, Crisi VII, Primera Parte) el mercader vende a oscuras para engañar (dexar a ciegas) al comprador.

[74] Jugando con «soldado», ya que significa militar y participio del verbo «soldar»; de ahí que siga «quebrado», como opuesto a «soldado».

[75] Se refiere al «espejo plático» o «espejo común», del que ha hablado hace poco en esta Crisi, tomando aquí «común» como «vulgar».

[76] Recuérdese lo dicho en la nota 6, Crisi V, Segunda Parte.

—¿Qué sugeto es éste? —preguntó Andrenio a uno de los del séquito, que era tan mucho como popular.

Y respondióle:

—Bien dixiste, sugeto a todos y de todos.

—¡Qué colorado que está!

—Como el que de nada se pudre.

—¡Qué aprovechado!

—Trata de vivir.

—Parece hombre de lindos hígados y mejor melsa [77]. ¿Cómo ha engordado tanto en estos tiempos?

—Come el pan de todos.

—Parece simple.

—Es conveniencia, porque en siendo uno entendido es temido y luego aborrecido.

—No muestra saber de la missa la media.

—Harto sabe, pues sabe dezir amén [78].

—¿Y cómo se llama?

—Tiene muchos nombres, y todos buenos: unos le llaman el buen hombre, otros el buen Juan [79], escolán de amén [80], *manja con tuti* [81] el buen pan, pasta real. Pero su propio nombre en español es *sí, sí,* y en italiano *bono, bono.* Y assí como a Momo se le dio el nombre de *no, no,* que corrompida la ene por ignorancia o malicia, quedó en *mo mo,* assí a éste, de *bono, bono* le quedó el *bo bo* [82], porque todo lo abona y todo lo alaba. Pues, aunque sea la más alta necedad dize: «¡Bueno, bueno!»; al más solemne disparate: «¡Qué

[77] Si «tener malos hígados» es tener índole dañina (*Dic. Acad.*), tener lindos hígados es tenerla buena. «Melsa» es «flema» (*Diccionario Acad.*).

[78] No se entera de nada (no sabe de la misa la media), pero a todo da su asentimiento. Sabido es que «amén» tiene ese significado en español.

[79] «Es un buen Juan. Phrase con que se explica el genio dócil, y fácil de engañar de alguno.» (*Dic. Aut.*)

[80] *Escolán,* escolano: «Cada uno de los niños que en los monasterios de Aragón, Cataluña, Valencia y algunos otros, se educaban para el servicio del culto, y principalmente para el canto.» (*Dic. Acad.*) «Amén» sigue teniendo el significado de antes, con claro equívoco.

[81] *Mangia con tutti,* come con todos.

[82] Antes ha dicho «no no» y «mo mo» y ahora el texto trae «Bobo» que por errata estropea el juego, no sólo por llamarle «bobo», sino porque así hablan tales personas: «bo bo» con balbuceos.

bien!»; a la mayor mentira: «¡Sí, sí!»; al peor desacierto: «¡Está bien!»; a la más calificada bobería: «¡Lindamente!» Desta suerte, vive y bebe con todos, y de todo engorda, que tiene linda renta en la agena bobería.

—Pues si esso es, llamáranle Eco de la necedad. Pero, dime, ¿cómo no le tuvieron por Dios los antiguos, assí como a Momo, y con más razón, por ser más plausible y más agradable?

—Hay mucho que dezir en esso. Sienten unos que, aunque siempre trata de lisongear, como cada uno piensa que se le debe lo que se le dize, ninguno lo agradece; sirve a muchos y ninguno le paga, y morirá comido de lobos. Otros dizen que realmente no es de provecho en el mundo, antes de mucho daño. Lo cierto es que la malicia humana no ha estimado tanto sus simplicidades cuanto temido las quemazones de Momo.

Alborotóse mucho éste luego que le vio; trabóse entre los dos una reñida pendencia. Acudieron todos los apassionados de ambos, haziéndose a dos bandas: los sátrapas [83], los críticos, entendidos, bachilleres, podridos, caprichosos, satíricos y maldicientes se empeñaron por Momo; al contrario, los panarras [84], buenos hombres, amenistas [85], lisonjeros, sencillos y buenas pastas [86] se hizieron a la banda de Bobo. Critilo y Andrenio se estaban a la mira, cuando se llegó a ellos un prodigioso sugeto y les dixo:

—No hay mayor necedad que estárselas oyendo. Si venís en busca de la Honra, seguidme, que yo os guiaré a donde está la honra del mundo entero.

Dónde los llevó y dónde realmente la hallaron, se queda para otra crisi.

---

[83] *Sátrapa:* «Por alusión (a los gobernadores persas) significa el ladino, y que sabe gobernarse con astucia, e inteligencia en el gobierno humano.» *(Dic. Aut.)*

[84] *Panarra:* «Simple, mentecato, dexado y floxo.» *(Dic. Aut.)*

[85] *Amenista* no existe en los diccionarios. Es palabra formada por Gracián, y no precisamente de «ameno» sino de «amén» para definir a los que siempre lo dicen (nota 80).

[86] *Ser de buena pasta:* «Metaphoricamente se toma por demasiada blandura en el genio, sossiego o pausa en el obrar o hablar.» *(Dic. Aut.)*

CRISI DUODÉZIMA

El trono del Mando

Competían las Artes y las Ciencias el soberano título de reina, sol del entendimiento y augusta emperatriz de las letras. Después de haber hecho la salva [1] a la sagrada Teología (verdaderamente divina, pues toda se consagra a conocer a Dios y rastrear sus infinitos atributos), habiéndola sublimado sobre sus cabeças y aun sobre las estrellas, que fuera indecencia adozenarla, prosiguióse la competencia entre todas las demás que se nombran, de las texas abaxo, luzeros de la verdad y nortes seguros del entendimiento. Viéronse luego hazer de parte de ambas Filosofías todos los mayores sugetos, los ingeniosos a la banda de la Natural y los juiziosos de la Moral, señalándose entre todos Platón eternizando divinidades y Séneca sentencias. No fue menos numeroso ni lucido el séquito de la Humanidad [2], gente toda de buen genio; y, entre todos, un discreto de capa y espada [3], habiendo arengado por ella, concluyó diziendo:

—¡Oh plausible Enciclopedia!, que a ti se reduce todo el plático [4] saber, tu mismo nombre de Humanidad dize cuán digna eres del hombre; con razón los entendidos te dieron el

---

[1] Es decir, «salvando a la sagrada Teología», exceptuándola o dejándola aparte por estar muy por encima de todas las demás.

[2] *Humanidad:* «Se llama la erudición y buenas letras: como es la historia, la poesía y otras.» *(Dic. Aut.)*

[3] *Hombre de capa y espada:* «Se entiende el que es seglar, que no professa de propósito alguna facultad.» *(Dic. Aut.)*

[4] *Plático,* práctico.

apellido de las Buenas Letras, que entre todas las artes tú te nombras en pluralidad la Buena.

Pero ya Bártulo y Baldo [5] començaron a alegar por la Jurisprudencia; acotando entre los dos docientos textos con memoriosa ostentación, probaron con evidencia que ella había hallado aquel maravilloso secreto de juntar honra y provecho, levantando los hombres a las mayores dignidades, hasta la suprema.

Riéronse desto Hipócrates y Galeno [6], diziendo:

—Señores míos, aquí no va menos que la vida: ¿qué vale todo sin salud?

Y el complutense Pedro García [7], que desmintió lo vulgar de su renombre [8] con su fama, ponderaba mucho aquel haber encargado el divino sabio el honrar los médicos, no los letrados ni los poetas.

—¡Aquí de la Honra y de la Fama! —blasonaba un historiador—. ¡Esto sí que es dar vida y hazer inmortales las personas!

—¡Eh!, que para el gusto no hay cosa como la Poesía —glossaba un poeta—. Bien concederé yo que la Jurisprudencia se ha alçado con la honra, la Medicina con el provecho; pero lo gustoso, lo deleitable, quédese para los canoros cisnes.

—¿Pues qué, y la Astrología —dezía un matemático—, no ha de tener estrella, cuando se carea con todas y se roça con el mismo sol?

—¡Eh!, que para vivir y para valer —dezía un ateísta, digo un estadista—, a la Política me atengo; ésta es la ciencia de los príncipes, y assí, ella es la princesa de las ciencias.

Desta suerte corría la pretensión a todo discurrir, cuando el gran canceller de las Letras, digno presidente de la docta Academia, oídas las partes y bien ponderadas sus eficacíssi-

---

[5] Sobre Bártulo y Baldo de Ubaldis, véanse respectivamente las notas 62 y 64, Crisi III, Segunda Parte.

[6] Hipócrates, llamado el «Padre de la medicina», médico griego del siglo V a. C. //. Claudio Galeno, médico y filósofo griego (131-210), primer médico de la antigüedad después de Hipócrates.

[7] Pedro García Carrero, médico personal de Felipe III con lo que adquirió un prestigio reconocido. Había sido también catedrático de la Universidad Complutense.

[8] *Renombre,* no es aquí la fama, sino el «apellido u sobrenombre proprio». *(Dic. Aut.)*

mas razones dio muestras de pronunciar sentencia. Calmó en un punto el confuso murmullo y fue tanta la atención cuanta la expectación; allí se vio todo pedante sacar cuello de cigüeña, plantar de grulla, atisbar de mochuelo y parar [9] oreja de liebre. En medio de tan antonina [10] suspensión, que ni una mosca se oía, desabrochando el pecho, el severo presidente sacó del seno un libro enano, no tomo, sino átomo, de pocas más que doze hojas, y levantándole en alto a toda ostentación, dixo:

—Ésta sí que es la corona del saber, ésta la ciencia de ciencias, ésta la brújula de los entendidos.

Estaban todos suspensos, admirándose y mirándose unos a otros, deseosos de saber qué arte fuesse aquélla, que según parecía, no se parecía [11], y dudaban del desempeño. Volvió él segunda vez a exagerar:

—Éste sí que es el plático saber, ésta la arte de todo discreto, la que da pies y manos, y aun haze espaldas [12] a un hombre; ésta la que del polvo de la tierra levanta un pigmeo al trono del mando. Cedan las *Auténticas* del César [13], retírense los *Aforismos* del médico, llamados assí ya por lo desaforado, ya porque echan fuera del mundo a todo viviente [14]. ¡Oh, qué lición ésta del valer y del medrar! Ni la Política, ni la Filosofía, ni todas juntas alcançan lo que ésta con sola una letra.

Crecía a varas el deseo con tanta exageración, y más por estrañarse en la boca de un atento.

—Finalmente —dixo—, este librito de oro fue parto noble de aquel célebre gramático, prodigioso desvelo de Luis Vi-

---

[9] *Parar,* poner. Véase nota 39, Crisi VII, Primera Parte.

[10] «Antonino» o «antoniano» se llama, según el *Dic. Acad.,* al religioso de la Orden de San Antonio Abad, anacoreta, de donde «antonina» puede estar por «silenciosa», por el silencio del anacoreta.

[11] Entiéndase «según parecía, no se parecía a ninguna arte, y dudaban del desempeño», es decir, de lo que decía el gran canciller.

[12] *Hacer espaldas,* proteger. Véase nota 63, Crisi VI, Primera Parte.

[13] *Auténtica:* «Cualquiera de las Constituciones recopiladas de Orden de Justiniano después del Código, y también la parte dispositiva de cada una de ellas, trasladada en los títulos respectivos del mismo Código.» *(Dic. Acad.)* El «César» es Justiniano.

[14] Obsérvese el juego, sin fundamento etimológico, sólo fonético, entre «aforismo», «desaforado» y «fuera».

ves, y se intitula *De conscribendis epistolis:* Arte de escribir [15]...

No pudo acabar de pronunciar *cartas,* porque fue tal la risa de todo aquel erudito teatro, tanta la tempestad de carcajadas, que no pudo en mucho rato tomar la vez ni la voz para desempeñarse. Volvía ya a esconder el librillo en el seno con tal severidad, que bastó a serenarlos, y muy compuesto les dixo:

—Mucho he sentido el veros hoy tan vulgarizantes. Sólo puede ser satisfación el reconoceros desengañados. Advertí [16] que no hay otro saber en el mundo todo como el saber escribir una carta: y quien quisiere mandar, platique [17] aquel importante aforismo: *Qui vult regnare, scribat,* quien quiere reinar, escriba.

Este ponderativo sucesso les refirió un ni persona ni aun hombre, sino sombra de hombre, rara visión, y al cabo nada; porque ni tenía mano en cosa, ni voz, ni espaldas, ni piernas que hazer, ni podía hombrear, ni en toda su vida se vio hecha la barba [18]: tanto que, admirado Andrenio, le preguntó:

—¿Eres o no eres? Y si eres, ¿de qué vives?

—Yo —dixo— soy sombra, y assí, siempre ando a sombra de texado [19]. Y no te espantes, que los más en el mundo no nacieron más de para ser sombras de la pintura, no luzes ni realces; porque un hermano segundo ¿qué otra cosa es sino sombra del mayorazgo?; el que nació para servir, el que imita, el que se dexa llevar, el que no tiene *sí* ni *no,* el que no tiene voto propio, cualquiera que depende, ¿qué son todos sino sombras de otros? Creedme que los más son sombras, que aquéllos las hazen y éstos les siguen. La ventura consiste en arrimarse a buen árbol, para no ser sombra de un espino, de un alcornoque, de un quexigo. Por esso, yo voy en busca de algún gran hombre, para ser sombra suya y poder mandar el mundo.

---

[15] Juan Luis Vives, el gran humanista español (1492-1540) es conocido sobre todo por sus obras *De anima et vita, De institutione feminae christianae* e *Introductio ad sapientiam.*

[16] *Advertí,* advertid. Véase nota 11, Crisi VI, Primera Parte.

[17] *Platique,* practique.

[18] Sobre «tener espaldas», véase nota 63, Crisi VI, Primera Parte; sobre «hacer piernas», nota 20, Crisi VI, Primera Parte; sobre «hacerse la barba», nota 24, Crisi IX, Segunda Parte.

[19] *Andar a sombra de tejado,* ocultarse con recelo. Véase nota 14, Crisi XI, Primera Parte.

—¿Tú —replicó Andrenio—, mandar?

—Sí, pues muchos que fueron menos, y aun nada, han llegado a mandarlo todo. Yo sé que me veréis bien presto entronizado; dexá que lleguemos a la corte, que si ahora soy sombra, algún día seré assombro. Vamos allá, y allí veréis la honra del mundo en el ínclito, justo y valeroso Ferdinando Augusto [20]: él es la honra de nuestro siglo, la otra columna del *non plus ultra* de la fe, trono de la justicia, basa de la fortaleza y centro de toda virtud. Y creedme que no hay otra honra sino la que se apoya en la virtud, que en el vicio no puede haber cosa grande.

Alegráronse mucho ambos peregrinos viendo se acercaban a aquella ciudad, estancia de su buscada prenda y término de su felicidad deseada. Vieron ya campear en la superioridad de la más alta eminencia una imperial ciudad, la primera que los solares rayos coronan. Fuéronse acercando y admirando un número sin cuenta de gentes, anhelando todos en su falda por subir a su corona. Para más satisfacerse ambos peregrinos, preguntaron si era aquélla la corte.

—¿Pues no se da bien a conocer —les respondieron— en la muchedumbre de impertinentes? Ésta es la corte, y aun todas las cortes en ella; éste es el trono del mando, donde todos revientan por subir, y assí llegan reventados, unos a ser primeros, otros a ser segundos, y ninguno a ser postrero.

Vieron que echaban algunos, bien pocos, por el rodeo de los méritos, mas era un acabar de nunca acabar [21]. El más manual, más que el de las letras, del valor y virtud, era el del oro, pero la dificultad consistía en fabricarse escala; que de ordinario los más beneméritos suelen ser los más impossibilitados. Echáronle a uno por favor, más que por elección, una escala de lo alto, y él, en estando arriba, la retiró porque ningún otro subiesse. Al contrario, otro arrojó desde abaxo un gancho de oro y enganchóse en las manos de dos o tres que estaban arriba, con que pudo trepar ligero. Y déstos había raros volatines de la ambición que por maromas de oro

---

[20] Fernando III, emperador de Alemania en esa época. Véase nota 41, Crisi II, Segunda Parte.

[21] Los méritos no valen para ascender; por eso, el que espera ascender por ellos, desfallece al ver que nunca acaba de conseguirlo. En cambio, sí asciende por el dinero, como dice a continuación.

volaban ligeríssimos. Estaba votando [22] uno y blasfemando.
—¿Qué tiene éste? —preguntó Andrenio.
Y respondiéronle:
—Echa votos por los que le han faltado.

Lo que más admiraron fue que, siendo la subida muy resbaladiza y llena de deslizaderos, llegó uno y començó a untarlos con un unto que en lo blanco parecía jabón y en lo brillante plata.
—¡Hay más calificada necedad! —dezían.

Pero el Assombrado [23]:
—Aguardá —dixo—, y veréis el maravilloso efeto [24].

Fuelo harto, pues en virtud desta diligencia pudo subir con ligereza y seguridad, sin amagar [25] el menor vaivén.
—¡Oh gran secreto —exclamó Critilo— untar las manos a otros para que no se le deslizen a él los pies!

Ostentaban algunos prolijas barbas, torrentes de la autoridad, que cuando más afectan ciencia, descubren mayor legalidad [26].
—¿Por qué éstos —preguntó Andrenio— no se hazen la barba? [27]
—¡Oh! —respondió el Assombrado—, porque se la hagan.

Reconocieron uno que parecía necio, y realmente lo era, según aquel constante aforismo: que son tontos todos los que lo parecen y la metad de los que no lo parecen. Y con ser incapaz, había muchos entendidos que le ayudaban a subir y lo diligenciaban por todas las vías possibles, no cessando de acreditarle de hombre de gran testa (contra todo su dictamen), de gran valor y muy cabal para cualquier empleo.
—¿Qué pretenden estos sabios —reparó Critilo— con favorecer a este tonto, procurando con tantas veras entronizarle?
—¡Oh! —dixo el Assombro, ya espanto—, ¿no veis que

---

[22] *Votar:* «Vale también echar juramentos, u blasphemar» (*Dic. Aut.*), esto es, echa votos (¡voto a tal!).

[23] Es decir, el personaje de las sombras. Poco antes se ha definido él: «Yo soy sombra.»

[24] *Aguardá,* aguardad. *Efeto,* efecto.

[25] *Amagar,* amenazar, haber señales de ir a ocurrir algo, en este caso «el menor vaivén».

[26] Ya hemos hablado en otras ocasiones de la barba como signo de autoridad desde la antigüedad, pasando por la Edad Media (el Cid, Carlomagno, etc.).

[27] *Hacer la barba:* «vale hacer alguna cosa de que a otro se le siga útil» (*Dic. Aut.*).

si éste sube una vez al mando, que ellos le han de mandar a él? Es *testa de ferro* [23] en quien afiançan ellos el tenerlo todo a su mano.

¡Oh, lo que valía aquí una onça de pía afición, y un amigo un Perú [29], sobre todo un pariente, aunque sea cuñado! Porque dezían:

—De los tuyos hayas [30].

Mas Critilo, anteviendo tantas y tan inaccessibles dificultades, trataba de retirarse, consolándose a lo çorro de los razimos [31] y diziendo:

—¡Eh, que el mandar, aunque es empleo de hombres, pero [32] no felicidad! Y cierto —ponderaba— que para gobernar locos es menester gran sesso y para regir necios gran saber. Yo renuncio a los cargos por sus cargas.

Y encogiendo los hombros, volvía las espaldas. Detúvole el Assombro con aquella paradoxa sentencia, para unos de vida, y de muerte para otros: que un hombre había de nacer o rey o loco; no hay medio, o César o nada [33].

—¿Qué sabio —dezía— puede vivir sugeto a otro, y más a un necio? Más le vale ser loco, no tanto para no sentir los desprecios cuanto para dar luego en rey de imaginación y mandar de fantasía. Yo, con ser sombra, no me tengo por desahuciado de llegar al mando.

—¿Pues en qué confías? —dixo Andrenio, cuando se oyó una voz que desde lo más alto dezía:

—¡Allá va, allá va!

Estaban todos suspensos en expectación de qué vendría,

---

[23] *Testa de ferro o testaferro,* cabeza de hierro: «Entre los hombres de negocios y comerciantes se llama al sugeto en cuyo nombre se trata, conviene y ajusta el negociado, y el que suena como principal en la escritura, y assiento; aunque en la realidad no lo sea, ni tenga parte alguna en él.» *(Dic. Aut.)*

[29] Un Perú. Se usa en frases como «valer un Perú», aplicadas a personas y a cosas, con el significado de «un tesoro». *(Diccionario M. Moliner.)*

[30] Entiéndase «de los tuyos hayas (tengas) amparo o ayuda».

[31] Alusión a la conocidísima fábula de Esopo de la zorra y las uvas; al no poder alcanzarlas, se consolaba la zorra diciendo que no estaban maduras.

[32] Hoy diríamos «sin embargo».

[33] La frase, que ha llegado hasta nuestros días (recuérdese la novela de Baroja, que toma el título del *aut Caesar, aut nihil* de César Borgia), basada en la frase de Julio César «Aut Caesar, aut nullus».

cuando vieron caer a los pies de la Sombra unas espaldas de hombre, y muy hombre, fuertes hombros y trabadas costillas. Segundó[34] el grito:

—¡Allá van!

Y cayeron dos manos con sus braços tan rollizos, que parecía cada uno un braço de hierro. Desta suerte fueron cayendo todas las prendas de un varón grande. Estaban los circunstantes atónitos de ver el suelo poblado de humanos miembros, mas la Sombra los fue recogiendo todos y revistiéndoselos de uno en uno, con que quedó muy persona, hombre de poder y valer; y el que antes parecía nada, y podía nada, y era tenido en nada, se mostró ahora un tan estirado gigante, que todo lo podía. De modo que uno le hizo espaldas, otro la barba[35], no faltó quien le dio la mano, ni quien le fuesse pies[36], con que pudo hazer piernas[37] y hombrear; hasta entendimiento tuvo quien le diesse. En viéndose hombre, trató de subirse a mayores, y pudo, y aun prestar favor a sus camaradas, a quienes hizo espaldas para su mayor ascenso.

Toparon en la primera grada del medrar una fuente rara donde todos se prevenían para la gran sed de la ambición, y causaba contrarios efectos: uno de los más notables era un olvido tan estraño de todo lo passado, que no sólo se olvidaban de los amigos y conocidos de antes, causándoles increíble pesadumbre ver testigos de su antigua baxeza, pero de sus mismos hermanos, y aun hubo hombre tan bárbaramente soberbio que desconoció el padre que le engendró, borrando de su memoria todas las obligaciones passadas, los beneficios recibidos, favoreciendo hechuras nuevas, queriendo antes ser acreedores que obligados: más estimaban fiar que pagar. Pero ¡qué mucho!, si llegaron los más a olvidarse de sí mismos y de lo que habían sido, de aquellos principios de charcos, en viéndose en alta mar, y de todo cuanto les pudiera acor-

---

[34] *Segundar:* «Vale también ser segundo, o seguirse al primero» *(Dic. Aut.)*, es decir, por segunda vez dio el grito.

[35] Sobre «hacer espaldas» y «hacer la barba», proteger y ser de utilidad a alguien, véanse las notas 63, Crisi VI, Primera Parte, y 24, Crisi IX, Segunda Parte.

[36] «Ser sus pies y sus manos. Phrase con que se da a entender que alguna persona descansa y alivia a otro en sus dependencias y negociados, de modo que sin él fuera mui dificultoso el despacharlos.» *(Dic. Aut.)*

[37] *hacer piernas,* preciarse de lindo. Véase nota 20, Crisi VI, Primera Parte.

dar su basura, obligándoles a deshazer la rueda[38]. Infundía
una ingratitud increíble, una tesura enfadosíssima, una estra-
ñez notable, y al fin, mudaba un entronizado totalmente, dexándole como elevado, que ni él se conocía ni los otros le
acababan de conocer: tanto mudan las honras las costumbres.

Llegaron a lo alto en ocasión que todos andaban turbados
y la corte alborotada, por haber desaparecido uno de los mayores monarcas de la Europa, y habiéndole buscado por cien
partes, no le podían descubrir. Sospechaban algunos se habría perdido en la caça (que no sería el primero), que en casa
de algún villano habría hecho noche, despertando de su gran
sueño y cenando desengaños el que tan ayuno vivía de verdades. Mas llegó el día, y no pareció. Era grande y general el
sentimiento, porque era amado de todos por sus grandes
prendas: príncipe de estrella, que no es poco. No quedó
Yuste, San Dionís, Casa de Campo, bosque ni jardín, donde
no le buscassen, hasta que finalmente le hallaron donde menos pensaban ni pudiera imaginarse, pues en un mercado, entre los ganapanes y esportilleros, vestido como uno dellos,
porteando tercios[39] y alquilando sus hombros por un real.
Quedaron atónitos de verle tan trocado, comiendo un pedaço de pan con más gusto que en su palacio los faisanes. Estuvieron por un gran rato suspensos, sin acertar a dezir palabra, no acabando de creer lo que veían. Quexáronsele con
el debido sentimiento de que hubiesse dexado su real trono
y se hubiesse abatido a un empleo tan soez; mas él les respondió:

—En mi palabra[40], que es menos pesada la mayor carga
déstas, aunque sea de muchas arrobas de plomo, que la que
he dexado; el tercio más cantioso[41] me parece una paja respeto de un mundo a cuestas, y que me lo han agradecido
mis hombros. ¿Qué cama de brocado como este suelo sin cui-

[38] *Hacer la rueda:* «Abanico que forma el pavo real, extendiendo la cola.» (*Dic. M. Moliner.*) Estos que se pavonean (hacen la rueda como el pavón), deshacen su rueda (se hallan corridos) cuando algo les recuerda su bajo origen.
[39] *Tercio:* «Se llama también la mitad de una carga, que se
divide en dos tercios, quando va en fardos.» (*Dic. Aut.*)
[40] *En mi palabra,* frase semejante a la que hoy utilizamos en
señal de aseveración, «palabra de honor».
[41] *Cantioso,* cuantioso, al igual que *cantitativo,* cuantitativo.
(*Dic. Acad.*)

dados, donde he dormido más estas cuatro noches que en toda mi vida?

Suplicábanle volviesse a su grandeza, mas él:

—Dexadme estar —respondió—, que ahora comienço a vivir; ya me gozo y soy rey de mí mismo.

—Pues, señor —volviéronle a hazer instancia—, ¿cómo un príncipe de tan alto genio ha podido humanarse a conversar con tan vil canalla, horrura mayor del vulgo?

—¡Eh!, que no se me ha hecho de nuevo. ¿No andaba yo en el palacio rodeado de truhanes, simples, enanos y lisongeros, peores sabandijas, a dicho de un rey Magnánimo? [42]

Rogáronle unos y otros volviesse al mando, y él por última resolución les dixo:

—Andad, que habiendo probado ya esta vida, gran locura sería volver a la passada.

Trataron de elegir otro (que debía ser en Polonia) [43], y pusieron la mira en uno nada niño y mucho hombre, de gran capacidad y valor, de gran inteligencia y execución, con otras mil prendas magestuosas, assí de hombre como de rey; presentáronle la corona, mas él, tomándola en sus manos y sospesándola, dezía:

—A gran peso, gran pesar: ¿quién podrá sufrir un dolor de cabeça de por vida, tú pesando y yo pensando?

Pidió que, por lo menos, se la sustentasse con dos manos un hombre de valor, porque no cargasse todo el peso sobre su cabeça; mas díxole el venerable presidente del Parlamento:

—Esso, Sire, más sería tener el otro la corona en su mano que vos en la cabeça.

Llegó a vestirse la rica y vistosa púrpura, y hallándola forrada, no en martas de piedad, sino en erizos de pena [44], vestíasela algo holgada. Mas, diziéndole el maestro de ceremonias se la había de ceñir de modo que quedasse bien ajustada, començó a suspirar por un pellico. Pusiéronle el cetro en la mano, y fue tal el peso, que preguntó si era remo, temiendo más tempestades que en el golfo de León; era

---

[42] Sobre Alfonso V el Sabio, el Magnánimo, véase nota 5, Crisi VI, Primera Parte.

[43] Porque, efectivamente, desde mediados del siglo xv el sistema monárquico polaco no era hereditario, sino electivo.

[44] Forrada la púrpura, no de piel blanda de marta (que por ser tan suave se usaba para cosas delicadas), sino de erizos, por la púas que pinchan y hacen daño, aludiendo a las responsabilidades y problemas de ser rey.

cuanto más precioso más pesado, y tenía por remate, no las hojas de una flor, sino los ojos en frutos [45]: un ojo muy vigilante que valía por muchos. Preguntó qué significaba, y el gran canceller le dixo:

—Está haziéndoos del ojo [46] y diziendo: «Sire, ojo a Dios y a los hombres, ojo a la adulación y a la entereza, ojo a conservar la paz y acabar la guerra, ojo al premio de los unos y al apremio de los otros, ojo a los que están lexos y más a los que están cerca, ojo al rico y oreja al pobre, ojo a todo y a todas partes, mirad al cielo y a la tierra, mirad por vos y por vuestros vassal[l]os» [47]. Todo esto y mucho más está avisando este ojo tan despierto. Y advertí [48] que si tiene ojos el cetro, también tiene alma, como lo experimentaréis tirando de la parte inferior.

Executólo y desenvainó un acicalado estoque, que es la justicia el alma del reinar. Leyéronle las leyes y pensiones [49] de su cargo, que dezían: la primera, no ser suyo, sino de todos; no tener hora propia, todas agenas; ser esclavo común [50], no tener amigo personal, no oír verdades (lo que sintió mucho), haber de dar gusto a todos, contentar a Dios y a los hombres, morir en pie y despachando.

—Basta —dixo—, que yo también me acojo al sagrado de la libertad, y desde ahora renuncio una corona, que se llamó assí del coraçón y sus cuidados [51], una púrpura felpada de cambrones, un cetro remo [52] y un trono potro de dar tormento.

Acercósele un monstruo, o ministro, y díxole al oído que tratasse de tomar los cargos y no las cargas.

—Reine —dezía su madre—, aunque me cueste la vida.

---

[45] Es decir, tenía, no las hojas de una flor, sino los ojos puestos en los frutos que debía procurar en su gobierno, como le responde el gran canciller.

[46] *Hacer del ojo:* «Hacer señal con los ojos» *(Dic. M. Moliner),* o sea, guiñar el ojo.

[47] El texto de 1653 trae «vassalos», por errata evidente.

[48] *Advertí,* advertid. Véase nota 11, Crisi VI, Primera Parte.

[49] *Pensión,* carga. Véase nota 4, Crisi VI, Segunda Parte.

[50] *Esclavo común* en el sentido de «servidor de toda la comunidad», que eso ha de ser un rey.

[51] No hay en este juego ingenioso una relación etimológica entre «corona» / «corazón», sino solamente conceptual y convencional del autor.

[52] Porque «Remo. Se llama también qualquier trabajo grande y continuado, en qualquiera línea» *(Dic. Aut.).*

Tocaron a aplauso los coribantes [53], embelesándole con ruidosa pompa, en que salió cortejado de la noble bizarría y aclamado de la populosa vulgaridad. En medio della estaba Andrenio, ponderando la magestuosa felicidad del nuevo príncipe, cuando un estremado varón, llegándose a él, le dixo:

—¿Crees tú que éste que ves es el príncipe que manda?

—¿Cuál, pues, si éste no? —respondió Andrenio.

Y él:

—¡Oh, cómo te engañas de barra a barra!

Y mostrándole un esclavo vil con su argolla al cuello, cadena al pie, arrastrando un grande globo:

—Éste es —le dixo— el que manda el mundo.

Túvolo o por necedad o por chiste y començóle a solemnizar. Mas él se fue desempeñando a [54] toda seriedad:

—Porque, mira —le dixo—, aquella gran bola de hierros ¿qué puede ser sino el mundo, que él le trae al retortero? ¿Ves aquellos eslabones? Pues aquélla es la dependencia: aquél primero es el príncipe, aunque tal vez, sacando bien la cuenta, es el tercero, el quinto, y tal vez el décimo tercio [55]; el segundo es un favorecido; a éste le manda su muger; ella tiene un hijuelo en quien idolatra; el niño está aficionado a un esclavo, que pide al rapaz lo que se le antoja; éste llora a su madre, ella importuna a su esposo, él aconseja al príncipe, que decreta. De suerte que, de eslabón en eslabón, viene el mundo a andar rodando entre los pies de un esclavo errado [56] de sus passiones.

Passó el triunfo, que de todo triunfa el tiempo, y guiándoles el varón de estremos, haziéndolos, llegaron a una gran plaça donde cuatro o seis personages muy ahorrados [57], sin

[53] *Coribante:* «Sacerdote de Cibeles, que en las fiestas de esta diosa danzaba, con movimientos descompuestos y extraordinarios, al son de ciertos instrumentos.» *(Dic. Acad.)*

[54] Hoy diríamos «con».

[55] Romera-Navarro, en su edición, piensa que es una alusión irónica a Luis XIII de Francia, de conocida debilidad de carácter y siempre dominado por alguien.

[56] Con doble significado: «errado», de «yerro» y de «herradura».

[57] *Ahorrado:* con doble significado, «desembarazado» y «libre» *(Dic. Aut.),* es decir, con libertad y haciendo lo que querían, y «aligerados de ropa» porque estaban jugando a la pelota, como los políticos con el mundo.

[58] *No ahorrarse con nadie,* que todo lo quiere para sí (no-

ahorrarse con ninguno y aforrándose de todos [58], estaban jugando a la pelota; éste la arrojaba a aquél, y aquél al otro, hasta que volvía al primero, passando círculo político, que es el más vicioso, rodando siempre entre unos mismos, sin salir jamás de sus manos. Todos los demás estaban mirando, que no hazían otro [59] que ver jugar. Reparó Critilo y dixo:

—Esta parece la pelota del mundo: entre cuero y viento o borra [60].

—Y éste es —respondió el Estremado— el juego del mando, éste el gobierno de todas las comunidades y repúblicas. Unos mismos son los que mandan siempre, sin dexar tocar pelota a los demás, que no hay política que no tenga sus faltas y sus azares [61]. Pero, si me creéis, dexaos de todo mentido mando y seguidme, que yo os prometo mostrar el señorío real, que es el verdadero.

—Aquí hazemos alto —respondió Critilo—. El mayor favor sería guiarnos a casa de aquel ínclito marqués embaxador de España [62], cuya casa es nuestro centro, donde pensamos poner término a nuestra prolixa peregrinación hallando nuestra felicidad deseada.

Lo que les respondió y sucedió aquí, relatará la crisi siguiente.

---

ta 78, Crisi III, Segunda Parte), y *aforrarse:* «Metaphoricamente se dice por el que come y bebe bien» *(Dic. Aut.); de todos,* a costa de todos.

[59] Genérico, «otra cosa».

[60] Con claro juego de palabras: al ser una pelota, está hecha de cuero y llena de viento; el cuero le traslada a pensar en el cuero por antonomasia, el «del macho de cabrío» *(Dic. Aut.);* el macho cabrío le lleva a «borra», «la lanilla o pelo corto que tiene la res, que no se puede esquilar» *(Dic. Aut.);* a esto se añaden los significados metafóricos de «viento», vanidad y jactancia, es decir, nada, y de «borra», que se dice para «notar de inútil alguna cosa» *(Dic. Aut.).*

[61] En la política hay faltas y azares (imprevistos); pero también en el juego de la pelota hay faltas y azares, «esquinas, puertas o ventanas que hai en él, que impiden que la pelota corra regularmente, y burla al jugador que esperaba para volverla» *(Dic. Aut.).*

[62] Sobre el marqués de Castel-Rodrigo embajador en Alemania, véase nota 23, Crisi XII, Primera Parte.

CRISI DEZIMATERCIA

La jaula de todos

Crece el cuerpo hasta los veinte y cinco años y el coraçón hasta los cincuenta, mas el ánimo siempre: gran argumento de su inmortalidad. Es la edad varonil el mejor tercio de la vida, como la que está en el medio; llega ya el hombre a su punto, el espíritu a su sazón, el discurso es substancial, el valor cumplido y el dictamen de la razón muy ajustado a ella; al fin, todo es madurez y cordura. Desde este punto se había de començar a vivir, mas algunos nunca començaron y otros cada día comiençan[1]. Ésta es la reina de las edades; y si no perfecta absolutamente, con menos imperfecciones, pues no ignorante como la niñez, ni loca como la mocedad, ni pesada ni passada como la vejez; que el mismo sol campa[2] de luzes al medio día. Tres libreas de tres diferentes colores da en diversas edades la Naturaleza a sus criados: comiença por el rubio y purpurante en la aurora de la niñez, al salir del sol de la juventud, gala de color y de colores; pero viste de negro y de decencia la barba y el cabello en la edad varonil, señal de profundos pensamientos y de cuidados cuerdos; fenece con el blanco, quedándose en él la vida, que es el buen porte de la virtud, librea de la vejez lo cándido.

Había Andrenio llegado a la cumbre de la varonil edad

---

[1] Está claro que los que nunca comienzan a vivir son los necios; pero otros cada día comienzan y no prosiguen lo comenzado.

[2] *Campar:* «sobresalir entre los demás» (*Dic. Aut.*).

cuando ya Critilo iba descaeciendo cuesta abaxo de la vida y aun rodando de achaque en achaque. Ibales convoyando aquel varón raro, muy de la ocasión, porque, aunque habían topado otros bien prodigiosos en el discurso de tan varia vida (que quien mucho vive, mucho experimenta), mas [3] éste les causó harta novedad, porque crecía y menguaba como él quería, estirábase cuando era menester y iba sacando el cuerpo, alçaba cabeça, levantaba la voz y hombreábase de modo que parecía un gigante, tan descomunal, que hiziera cara al mismo capitán Plaça y aun a Pepo [4]; por otro estremo, cuando a él le parecía, se volvía a encoger y se empequeñecía de modo que parecía un pigmeo en lo poco y un niño en lo tratable. Estaba atónito Andrenio de ver una virtud tan variable.

—No te admires —le dixo él mismo—, que yo, con los que tratan de empinarse y levantarse a mayores, con los que quieren llevar las cosas de mal a mal, también sé hazer piernas [5]; pero, con los que se humillan y llevan las cosas de bien a bien, me allano de modo que de mi condición harán cera, cuando más sincera [6]: que tengo por blasón perdonar a los humildes y contrastar los soberbios.

Este, pues, hombre por estremos, habiéndoles desengañado de que el marqués embaxador que ellos buscaban no assistía ya en la corte imperial, sino en la romana [7], con negocios de extraordinaria grandeza, y habiendo ellos resuelto, después de mucha desazón y sentimiento, proseguir el viaje de su vida hasta conseguir su alejada felicidad y marchar a la astuta Italia, ofrecióles el voluntario gigante su compaña hasta los Alpes canos, distrito ya de la sonada Vexecia [8].

—Y porque me empeñé —dezía— en mostraros el señorío verdadero, sabed que no consiste en mandar a otros, sino a sí mismo. ¿Qué importa sugete uno todo el mundo, si él no

---

[3] Hoy diríamos «sin embargo».

[4] José de Plaza, capitán de Caballería que participó en la guerra de Cataluña. //. *Pepo:* quizá se trate de algún gigante de cuentos infantiles, actualmente desconocido.

[5] *Hacer piernas,* preciarse de lindo. Véase nota 20, Crisi VI, Primera Parte.

[6] Es decir, mi condición será moldeable y sincera con los que se humillan. Obsérvese el juego «cera», «sin-cera».

[7] Se trata del Marqués de Castel-Rodrigo, embajador primero en Alemania y luego en Roma.

[8] *Vejecia,* símbolo de la vejez, de cuyo lexema se forma.

se sugeta a la razón? Y por la mayor parte, los que son señores de más, suelen serlo menos de sí mismos, y tal vez el que más manda más se desmanda. El imperio no es felicidad, sino pensión [9], pero el ser señor de sus apetitos es una inestimable superioridad. Asseguróos que no hay tiranía como la de una passión, y sea cualquiera, ni hay esclavo sugeto al más bárbaro africano como el que se cautiva de un apetito. ¡Cuántas vezes querría dormir a sueño suelto el necio amante!, y dízele su passión: «¡Quita, perro, que no se hizo para ti esse cielo, sino un infierno de estar suspirando toda la noche a los umbrales de la desvanecida belleza!» Quisiera el mísero engañar, si no satisfacer, su hambre canina, y dízele su codicia: «¡Anda, perro, ni una sed de agua, y siempre de dinero!» Suspira el ambicioso por la quietud dichosa, y grítale el deseo de valer: «¡Hola, perro, anda aperreado toda la vida!» ¿Hay Berbería tan bárbara cual ésta? ¡Eh!, que no hay en el mundo señorío como la libertad del corazón: esso sí que es ser señor, príncipe, rey y monarca de sí mismo. Esta sola ventaja os faltaba para llegar al colmo de una inmortal perfección; todo lo demás habíais conseguido, el honroso saber, el acom[o]dado tener, la dulce [a]mistad [10], el importante valor, la ventura deseada, la virtud hermosa, la honra autorizada, y desta vez el mando verdadero. ¿Qué os ha parecido —preguntó el agigantado camarada— de los bravos alemanes?

—Grandes hombres —iba a dezir Critilo, cuando perturbó su definición uno que parecía venir huyendo en lo desalentado y a gritos mal distintos repetía:

—¡Guarda, la fiera! ¡Guarda, la mala bestia!

No dexaron de asustarse, y más cuando oyeron repetir lo mismo a otro y a otros, que todos volvían atrás de espanto.

—¿Es posible —dixo Andrenio— que jamás nos hemos de ver libres de monstruos ni de fieras, que toda la vida ha de ser arma?

Trataban de huir y ponerse en cobro, cuando volviéndose hazia su camarada el Gigante, no le vieron, pero le sintieron metido en uno de sus zapatos, tamañito. Creció su espanto, creyendo fuesse efeto del miedo; mas él, con voz intrépida, les animó diziendo:

---

[9] *Pensión,* carga. Véase nota 4, Crisi VI, Segunda Parte.
[10] El texto de 1653, por evidente errata, trae «acomadado» y «mistad».

—¡No temáis, no, que ésta no es desdicha, sino suerte!

—¿Cómo suerte —gritó uno de los fugitivos—, si está ahí una fiera tan cruel que no perdona al hombre más persona?

—¿Cómo nos guías por aquí? —instó Critilo.

Y él:

—Porque es el camino de más ventajas, el de los grandes hombres, y essa fiera tan temida no es para mí assombro, sino trofeo.

Dábase a las furias, oyendo esto, Andrenio, y preguntóle a uno de los menos asustados:

—¿No me dirías qué fiera es ésta? ¿Vístela tú?

—Y aun he experimentado —respondió—, por desgraciada dicha[11], su fiereza. Éste es un monstruo, tan ruin como despiadado, que sólo se sustenta de hombres muy personas. Cada día le han de echar para su pasto el mejor hombre que se conoce, un héroe, y por el mismo caso que es conocido y nombrado, el sugeto más eminente, ya en armas, ya en letras, ya en gobierno; y, si muger, la más linda, la más bella, y luego la despedaza rosa a rosa, estrella a estrella, y se la traga, que de las feas y fieras como él no haze caso. Todos los famosos hombres peligran: en habiendo un sabio, un entendido, al punto le huele de mil leguas y haze tales estragos, que sus mismos conocidos se le traen, y tal vez sus propios hermanos, que el primer hombre que despedazó, un hermano suyo le conduxo[12]. Es cosa lastimosa ver un gran soldado, cuando más valiente y hazañoso, cómo perece hecho víctima de su vilíssima rabia.

—¿Pues qué, a los valientes se atreve?

—¿Cómo si se atreve? Al mismo Torrecuso, al animoso Cantelmo, al mismo Duque de Feria[13], y otros tan excelentes:

---

[11] La paradoja *por desgraciada dicha* recoge ideas expresadas en frases anteriores: es dicha el ser hombre muy persona, pero desgraciada porque eso le acarrea la persecución de la fiera, la envidia.

[12] El primer hombre despedazado por la envidia fue Abel, a manos de su hermano Caín.

[13] Sobre el marqués de Torrecuso, véase nota 28, Crisi XI, Primera Parte. //. Andrés Cantelmi, general español, duque de Popoli, nacido en Nápoles en 1598 y muerto en Alcubierre (Huesca) en 1645. Cuando Cataluña se levanta en armas, Felipe IV lo nombra virrey de Cataluña y le da el mando de las tropas para sofocar el movimiento. Era descendiente de los antiguos reyes de Escocia. //. Gómez Suárez de Figueroa, duque de Feria (1587-1634), fue embajador en Roma, virrey de Valencia

fiero monstruo de deshazer todo lo bueno. ¡Pues ver cómo lo malea con dientes, con la lengua, hasta con el gestillo, con el modillo y de todas maneras!

—¡Qué buen gusto debe tener! —dixo Critilo.

—Antes no, pues todo lo bueno le sabe mal y no lo puede tragar, aunque muerde lo mejor. Y si tal vez se lo traga, porque lo cree, no lo puede digerir, porque no se le cueze [14]. Tiene malíssimo gusto y peor olfato, oliendo de cien leguas una eminencia, y rabia por deshazerla. Y assí, yo doy vozes: ¡A fuera, lindas! ¡A huir, sabios! ¡Guardaos, valientes! ¡Alerta, príncipe! ¡Que viene, que llega rabiando la apocada [15] bestia! ¡Guarda, guarda!

—¡Eh, aguarda! —dixo el ya enano Gigante—. Por lo menos, no puedes negar que es grande quien assí se ceba en todas las cosas grandes.

—Antes, es muy poca cosa, y aunque no hinca el diente venenoso sino en lo que sobresale, es de todas maneras ruin y revienta cada día. No hay cosa más pestilente que su aliento, como salido de tan fatal boca, mala lengua y peores entrañas. Yo la he visto eclipsar el sol y deslucir las mismas estrellas: los cristales empaña y la plata más brillante desdora. De suerte que, en viendo alguna cosa excelente y rara, la toma de ojo y de tema [16].

—¿No hay un paladín que degüelle essa orca tan perjudicial? —preguntó Andrenio.

—¿Quién la ha de matar? No los pequeños, que no les haze daño, antes los venga y consuela; no los grandes hombres, porque ella acaba con todos: ¿pues quién le ha de emprender?

—¿Es bruto o persona?

y gobernador del Milanesado, desde donde ayudó a los católicos de Suiza contra los grisones.

[14] Entiéndase la frase teniendo en cuenta que «tragarse algo» es «creérselo», «digerir» es «llevar con paciencia» y «Cocérsele a uno el pan o el bollo. Phrase que se dice por el que executa alguna acción, anticipadamente, no teniendo paciencia de aguardar ocasión o tiempo más oportuno», acepciones todas que trae el *Dic. Aut.*

[15] *Apocado:* «Vale por methaphora... encogido de espíritu y miserable.» *(Dic. Aut.)*

[16] *Tomar de ojo,* tener ojeriza (véase nota 38, Crisi XI, Segunda Parte), y «Tema. Se toma también por oposición caprichosa con alguno» *(Dic. Aut.).*

—Algo, aunque poco, tiene de hombre; de muger mucho, y de fiera todo.

Ya en esto, venía para ellos un rayo en monstruo dando crueles dentelladas, espumando veneno.

—¡Aquí el remedio es —gritó el ya Enano, y mucho menos— no sobresalir en cosa, no lucir ni campear, no ostentar prenda alguna!

Assí lo platicaron [17], y la que venía rechinando colmillos y relamiéndose en espumajos de veneno, viéndoles que tan poco sobresalían y que el imaginado gigante era un pigmeo, no dignándose ni aun de mirarles, los despreció dando la vuelta a su poquedad y vileza.

—¿Qué os ha parecido de la monstruosa vieja? —preguntó el ya otra vez Gigante.

Y Critilo:

—Yo dudé si era el Ostracismo moderno, que a todos los insignes varones destierra y querría echar del mundo no más de porque lo son. En oliendo un docto, le haze processo de excelente hombre y le condena a no ser oído; al esclarecido, a deslucido; al valiente le haze cargos, transformándole las proezas en deméritos; al mayor ministro y de mejor gobierno le publica por insufrible; la hermosura mayor, a no ser vista; y al fin, toda eminencia, que vaya fuera y se le quite delante.

—¿Y esso executaban hombres de juizio en Atenas? —replicó Andrenio.

—Y hoy passa en hecho de verdad —le respondió.

—¿Y dónde van a parar tantos buenos?

—¿Dónde? Los valientes a Estremadura y la Mancha, los buenos ingenios a Portugal, los cuerdos a Aragón, los hombres de bien a Castilla, las discretas a Toledo, las hermosas a Granada, los bellos dezidores a Sevilla, los varones eminentes a Córdoba, los generosos a Castilla la Nueva, las mugeres honestas y recatadas a Cataluña [18], y todo lo lucido a parar en la corte.

—A mí me pareció —dixo Andrenio— en aquel mirar de mal ojo, en el torcer de boca, en el hazer gestillos, en el modillo de hablar y en el enfadillo, que era la Envidia.

—La misma —respondió el Gigante—, aunque ella lo niega.

Libres ya de envidiados y envidiosos, llegaron a un passo inevitable donde assistía muy de assiento un varón muy de

---

[17] *Platicaron,* practicaron.
[18] Conceptos todos ya expresados por Gracián.

propósito. Éste era el que tenía en su mano la justa medida de los entendimientos, de cómo han de ser. Y era cosa rara que, llegando cada instante unos y otros a medirse, ninguno se ajustaba de todo punto. Unos se quedaban muy cortos, a tres o a cuatro dedos de necios, ya por esto, ya por lo otro: uno porque, aunque en unas materias discurría, en otras no acertaba; éste era ingenioso, pero cándido; aquél docto, pero rústico; de modo que ninguno venía cabal del todo. Al contrario, otros passaban del coto[19] y eran bachilleres, resabidos, sabiondos y aun casi locos: hablaban unos bien, pero se escuchaban; sabían otros, pero se lo presumían; y todos éstos enfadaban. Assí, que unos por cortos, otros por largos, unos por carta de más, otros de menos, todos perdían: a unos les faltaba un pedazo de entendimiento, y a otros les sobraba. Cual y cual[20], uno entre mil, venía a ser de la medida, y aun quedaba en opiniones. En viendo el juizioso varón que uno no llegaba, o un otro se passaba, los mandaba meter en la gran jaula de todos, llamada assí por los infinitos de que siempre estaba llena; que de loco o simple raro es el que se escapa, los unos porque no llegan, los otros porque se passan, condenándose todos, unos por tontos, otros por locos. Comenzó a vozearles uno de los que ya estaban dentro, y dezía:

—¡Entrad acá, no tenéis que mediros, que todos somos locos, los muchos y los pocos!

Tomáronse la honra[21], que en la tierra de los necios el loco es rey, y guiados de su gran hombre entraron allá. Vieron cómo los más andaban, pero no discurrían[22], cada uno con su tema, y alguno con dos, y tal con cuatro. Había caprichosas setas[23], y cada uno celebraba la suya: el uno de entendido, el otro de dezidor, éste de galán, aquél de bravo, tal de linajudo, y cual de afectado; de enamorados, muchos; de descontentos de todo, algunos; los graciosos, muy des-

---

[19] *Passaban del coto* es frase semejante a «se pasaban de la raya», ya que «coto» es «término, límite» (*Dic. Acad.*).

[20] *Cual y cual,* éste y aquél; es decir, personas muy contadas.

[21] *Tomarse la honra,* aceptar la invitación, de entrar, en este caso.

[22] Nótese el juego: discurrían por algún lugar, ya que andaban, pero no discurrían ninguna cosa con su mente, ya que alguno andaba con cuatro patas, se entiende.

[23] *Seta:* «Por opinión, u doctrina particular, lo mismo que Secta, que es como se dice más comunmente.» (*Dic. Aut.*)

graciados; los dexados [24], muy fríos; los porfiados, insufribles; los singulares, señalados; los valientes, furiosos; los muy voluntarios, fáciles; los encarecedores, desacreditados; los tiesos, enfadosos; los vulgares, desestimados; los juradores, aborrecidos; los descorteses, abominados; los rencillosos, malquistos; los artificiosos, temidos. Admirado Andrenio de ver tan trascendente locura, quiso saber la causa, y dixéronle:

—Advertí [25] que ésta es la semilla que más cunde hoy en la tierra, pues da a ciento por uno, y en partes a mil: cada loco haze ciento, y cada uno déstos otros tantos, y assí en cuatro días se llena una ciudad. Yo he visto llegar hoy una loca a un pueblo y mañana haber ciento imitadoras de sus profanos trages. Y es cosa rara que cien cuerdos no bastan hazer cuerdo un loco y un loco vuelve orates a cien cuerdos. De nada sirven los cuerdos a los locos; éstos sí hazen gran daño aquéllos: es en tanto grado, que ha acontecido poner un loco entre muchos y muy cuerdos, por ver si se remediaría, y como en todo cuanto hablaba y hazía le repugnaban [26], començó a dar gritos, diziendo que le sacassen de entre aquellos locos si no querían que perdiesse el juizio en cuatro días.

Era de ponderar cuáles [27] procedían sin parar un punto ni reparar en cosa, y todos fuera de sí y metidos en otro [28] de lo que eran, y tal vez todo lo contrario: porque el ignorante se imaginaba sabio, con que no estaba en sí, el nonadilla se creía gran hombre, el vil gran caballero, la fea se soñaba hermosa, la vieja niña, el necio muy discreto. De suerte que ninguno está en sí, ni se conoce ninguno en el caso ni en casa [29]. Y era lo bueno que cada uno preguntaba al otro si estaba en su juizio:

—Hombre del diablo, ¿estáis loco?

---

[24] No concuerda aquí «dexados» como abandonados, perezosos. Si antes ha dicho «los graciosos, muy des-graciados», «muy fríos» sólo han de estar, por oposición, los de buen dejo, los simpáticos.

[25] *Advertí*, advertir. Véase nota 11, Crisi VI, Primera Parte.

[26] *Repugnar:* «Vale también contradecir o negar una cosa.» *(Dic. Aut.)*

[27] Hoy hubiéramos dicho «cómo».

[28] Genérico, «otra cosa».

[29] «ni se conoce», reflexivo, es decir, «ni se conoce a sí mismo» en el caso ni en casa, en su juizio, como dice a continuación.

—¿Estamos en casa? [30] —dezía uno.

—¿Estáis conmigo? [31] —dezía otro.

Y a fe estuviera bien apañado si con él. A todos los otros imaginaban sus antípodas y que andaban al revés, persuadiéndose cada uno que él iba derecho y el otro cabeça abaxo, dando de colodrillo por essos cielos, él muy tieso y los otros rodando.

—¡Qué errado [32] anda fulano! —dezía éste.

Y respondía el otro:

—¡Qué calçado por agua va él!

Todos se burlaban, unos de otros: el avaro del deshonesto y éste de aquél, el español del francés y el francés del español.

—Hay locura de todo el mundo —filosofaba Critilo—. ¡Y con cuánta razón se llamó jaula de todos! [33]

Iban discurriendo y toparon los ingleses metidos en una muy alegre jaula.

—¡Qué alegremente se condenan éstos! —dixo Andrenio.

Y respondiéronle estaban allí por vanos:

—Es achaque de la belleza.

Vieron los españoles en otra por maliciosos, los italianos por invencioneros, los alemanes por furiosos, los franceses por cien cosas y los polacos a la otra banda [34]. Había sabandijas de todo elemento: locos del aire los soberbios, del fuego los coléricos, de la tierra los avaros y del agua los Narcisos [35], y éste era simplicíssimo elemento; en el quinto [36] los lisongeros,

---

[30] Tratándose de locos, hay que suplir en la pregunta «¿estamos en casa de los locos?»; o bien, como antes, «¿estamos en nuestro juicio?».

[31] *Estar con uno:* «Estar de acuerdo con él.» (*Dic. Acad.*)

[32] Jugando con la homofonía, «errado» y «herrado» (como las bestias), y más viendo que el otro dice «¡qué calzado...!».

[33] Llama Critilo «jaula de todos» al mundo por estar lleno de locos, ya que jaula «se llama qualquier encierro, formado con enrejados de hierro o madera: como son los encierros en que se tienen assegurados los locos y las fieras» (*Dic. Aut.*).

[34] La otra banda, la de los simples, distinta a la de los locos, como veremos más adelante.

[35] Los diversos tipos de locos están en sentido figurado, ya que «aire» o «viento» es la vanidad, el fuego es símbolo de la cólera, la tierra es de los avaros (porque están apegados a ella, a las riquezas) y el agua de los narcisistas (Narciso miraba su hermosura en el agua de una fuente).

[36] Después de citar los cuatro elementos de la antigüedad,

diziendo que sin él no se puede vivir en la corte ni en el mundo. Topaban estremadas locuras, bravos caprichos. Había dado uno en no hazer bien a nadie, y podía. Preguntóle Andrenio la causa, y respondióle:

—Señor mío, por no morirme luego.

—Antes, no —le replicaron—, que haziendo bien a todos, todos os desearán la vida.

—Engañáisos —respondió él—, que ya el hazer bien sale mal. Y si no, prestá vuestro dinero y veréis lo que passa; los más ingratos son los más beneficiados.

—¡Eh!, que éssos son cuatro ruines, y por ellos no han de perder tantos buenos que lo reconocen y agradecen.

—¿Quién son éstos? —dixo él—, y harémosles un elogio. Al fin, señor, no os canséis, que yo no me quiero morir tan presto, que ya sabéis que quien bien te hará, o se te irá, o se te morirá.

A par déste estava otro gran agorero, y era hombre de porte; en encontrando un bizco, se volvía a casa y no salía en quinze días; que si tuerto, en todo un año. No había remedio que comiesse, melancólico perdido.

—¿Qué tenéis? —le preguntó un amigo—. ¿Qué os ha sucedido?

Y él:

—Un grande azar.

—¿Qué?

—Que se volcó el salero en la messa.

Riólo mucho el otro y díxole:

—Dios os libre no se vuelque la olla, que para mí no hay otro peor agüero que salir ella güera[37].

Hízoles gran novedad ver una jaula llena de hombres tenidos por sabios y muy ingeniosos, y dezía Critilo:

—Señor, que estén aquí los amantes, vaya, que no va sino una letra para amentes; que estén los músicos en su traste[38], bien; ¡pero hombres de entendimiento!

---

aire, fuego, tierra y agua, dice Gracián que en el quinto elemento, como si dijera la quinta esencia de la vida, sin el cual no se puede vivir en el mundo, la adulación, están los lisonjeros.

[37] *Güera*, huera. «Salir huera una cosa. Malograrse, fracasar.» (*Dic. Acad.*) Nótese la paranomasia «güera», «agüero».

[38] *Traste:* «La cuerda atada a trechos en el mastil de la vihuela, u otro instrumento semejante, para distinguir los puntos del diapasón» (*Dic. Aut.*), y la cuerda, claro, sirve para atar.

—¡Oh, sí! —respondía Séneca—, que no hay entendimiento grande sin vena [39].

Trabáronse de palabras, que no de razones, un alemán y un francés; llegaron a términos de perdérselos, y el francés trató al alemán de borracho y éste le llamó loco; diose por muy agraviado el francés, y arremetiendo para él (que siempre procuran ser los agressores, y con esso ganan) juraba le había de sacar la sangre pura, que no fuera poco [40]; y el alemán que le había de hazer saltar los sessos, que no tenía. Púsose de por medio un español, mas aunque echó algunos votos [41], no podía aplacar al francés.

—No tenéis razón —le dixo—, que si él os ha tratado de loco, vos a él de borracho, con que sois iguales.

—No, mosiur —dezía el francés—, más cargado quedo yo: peor es loco que borracho.

—Malo es lo uno y lo otro —replicó el español—, pero la locura es falta y la embriaguez es sobra.

—Assí es —dixo el francés—, pero aquello de ser mentecato de alegría es una gran ventaja, es tacha de gusto.

—¡Eh!, que también un loco, si da en rey o papa, passa una linda vida. Assí que no sé yo de qué os dais por tan sentido.

—Siempre estoy en mis treze —dixo el francés—, que yo hallo gran diferencia de loco a borracho.

—¡Porque el uno es mentecato de secano, y el otro de regadío! [42]

Estaba una muger loca rematada de su hermosura, que las más déstas no tienen un adarme de juizio.

—Ésta sí —dixo Critilo— que volverá locos a ciento.

—Y aun a más —dixo Andrenio.

Y fue assí, que ella estaba loca, y loca su madre con ella, y loco el marido de zelos, y locos cuantos la miraban.

Daba vozes un gran personage y dezía:

_____

[39] Vena de loco, se entiende. Aun hoy, cuando alguno hace una tontería, decimos «le ha dado la vena o una venada». Pero no hay que perder de vista, ya que se trata de hombres de entendimiento, el significado de «vena», como numen poético.

[40] Porque el alemán, con su fama de borracho, la tendría mezclada de alcohol.

[41] _Echar votos,_ echar juramentos. Véase nota 22, Crisi XII, Segunda Parte.

[42] El regadío de vino, como ya ha dicho en otras ocasiones Gracián.

526

—¿A mí, a un hombre como yo, de mi calidad, a un magnate, intentar meterlo aquí? ¡Esso no! Si es por esto y esto, yo tuve mi razón; no se ha de dar cuenta de las acciones a todos. Si es por aquello, engáñanse. ¿Qué saben ellos de las execuciones de los grandes personages, que no las alcançan? ¿Por qué se meten a censurarlas?; que hay historiador, y aun los más, que no tocan [43] en cielo ni en tierra.

Defendíase todo lo possible, mas los superintendentes de la jaula, tratándole muy mal, hasta ajarle, le llevaban muy contra su voluntad, diziendo:

—Aquí no se juzga de la cordura interna, sino de la locura externa. Vaya a la jaula drecho quien hizo tantos tuertos [44].

Llegó Critilo, y viendo era un gran personage bien conocido, díxoles no tenían razón de meterle allí un hombre semejante.

—¡Eh!, sí, señor —dixeron ellos—, que estos hombres grandes hazen siempre locuras de su tamaño, y mayores cuanto mayores.

—Por lo menos —replicó Critilo—, no le pongáis en el común, sino aparte; haya una jaula retirada para los tales.

Riéronlo mucho ellos, y dixeron:

—Señor mío, a quien perdió el mundo entero, todo él sea su jaula.

Al contrario, otro suplicaba con grande instancia le honrassen con una jaula de loco, mas los del gobierno no quisieron; antes, le llevaron a las de los simples, que estaban de la otra banda, y fue porque pretendía mandar: que a todos los pretendientes de mando los metían a un dedo del limbo. Había locos de memoria, que era cosa nueva y nunca vista (que de voluntad y entendimiento, ya es ordinario), y éstos eran los prósperos, los hartos, no acordándose de los hambrientos, los presentes de los ausentes, los de hoy de los de ayer, los que dos vezes tropeçaron en un mismo passo, los que se engolfaron [45] segunda vez, y los que se casaron dos, los engañados entre los bobos, y el que dos vezes, jaula do-

---

[43] *Tocar:* «Saber o conocer una cosa por experiencia.» (*Diccionario Acad.*)

[44] *Drecho,* derecho, contrapuesto a «tuertos», torcidos.

[45] *Engolfarse:* «Metaphóricamente vale meterse en negocios arduos y dificultosos en los quales suele decir haver muchos embarazos, y tales que a veces (como se suele decir comunmente) no se les haya fondo ni pie.» (*Dic. Aut.*)

ble; señalaron pienso a los de «penseque» [46]. Estaban altercando dos cuál había sido el mayor loco del mundo, que el
primero ya se sabe [47]; nombraron muchos y bien solemnes,
antiguos y modernos, en Francia a pares y en España a
nones [48]. Concluyeron la disputa concluyendo el poema del
galán Medoro [49].

Preguntó Andrenio por qué ponían los alegres junto a los
tristes, los consolados a par de los podridos [50], los satisfechos
de los confiados. Respondió uno que para igualar el peso y el
pesar; pero otro, mejor, para que los unos curen con los
otros.

—¿Pues qué, sanan algunos?

—Sí, alguno, y aun ésse por fuerça, como se vio en aquél
que, habiéndole sanado un gran médico, no le quería después
pagar. Citóle ante el juez, que admirado de tal ingratitud,
dudó si había vuelto a estar loco. Respondía que ni con él se
había hecho el concierto, ni le había hecho buena obra, sino
muy mala, en haberle vuelto a su juizio, diziendo que no había tenido mejor vida que cuando estaba loco, pues no sentía
los agravios ni advertía los desprecios, de nada se pudría:
un día se imaginaba rey, otro papa, ya rico, ya valiente y vitorioso, ya en el mundo, ya en el paraíso, y siempre en gloria; pero ahora, sano, de todo se consumía, de todo se pudría, viendo cuál anda todo. Intimóle que pagasse o volviesse
a ser loco, y él escogió esto último.

Llamóles uno con grande instancia que estaba en la jaula
de los descontentos. Començóles a hablar con grande consecuencia, quexándose de que le tenían allí sin causa. Daba
tan buenas razones que les hizo dudar si la tendría, porque
dezía:

---

[46] «Los creíques y penseques equivalen a burreques», aun hoy
dice la gente.

[47] Pienso que se refiere al primer hombre, Adán, que perdió
el paraíso por culpa de la mujer.

[48] Juego intrascendente: después de nombrar a los Pares de
Francia (títulos nobiliarios), dice «nones» de España tan sólo
por el juego de «pares y nones», en el que se sortea algo teniendo en la mano garbanzos u otra cosa en número par o
impar, que hay que acertar.

[49] Clara alusión al romance de Góngora «Angélica y Medoro».

[50] *Pudrir*: «Consumir, molestar, causar suma impaciencia y demasiado sentimiento» *(Dic. Acad.)*; es decir, «podridos» sería
«consumidos por la impaciencia».

—Señores míos, ¿quién puede vivir contento con su suerte? Si es pobre, padece mil miserias; si rico, cuidados; si casado, enfados; si soltero, soledad; si sabio, impaciencias; si ignorante, engaños; si honrado, penas; si vil, injurias; si moço, pasiones; si viejo, achaques; si solo, desamparos; si emparentado, pesares; si superior, murmuraciones; si vassallo, cargas; si retirado, melancolías; si tratable, menosprecios. Pues ¿qué ha de hazer un hombre, y más si es persona?, ¿quién puede vivir contento sino algún tonto? ¿No os parece que tengo razón? Assí tuviesse yo ventura, que entendimiento no me falta.

Aquí se la [51] conocieron, y grande: mal de muchos, vivir tan satisfechos de su entendimiento cuan descontentos de su poca dicha.

—¡Oh, cuántos —dixo Critilo— echan la culpa de la sobra de su locura a la falta de su ventura!

Muy confiado, uno llegó a entretenerse y ver las gavias, mas al punto agarraron dél para revestirle la librea. Defendíase, preguntando que por qué, pues él ni era músico, ni enamorado, ni desvanecido, ni salía fiança por el mismo Creso [52], ni había confiado en hombres ni fiado de mugeres, mucho menos de franceses, ni se había casado por los ojos a lo antiguo ni por los dedos a lo moderno contando el dinero, ni había llevado plumage ni ramo [53], ni se mataba de lo que otros vivían, ni suspiraba de lo que otros daban carcajadas [54], ni por dezir un dicho había perdido un amigo, ni era de alguna de las cuatro naciones [55], y assí que a ningún traste [56] pertenecía. Nada le valió.

—¡Engavíenle! —gritaba el regidor mayor.

Y él:

---

[51] Sobreentendida la última palabra del párrafo anterior, «falta» de juicio, naturalmente.

[52] Creso, último rey de Lidia, famoso por sus riquezas, que cayó prisionero de Ciro en el siglo VI a. C.

[53] *Plumaje:* «Se llama también el penacho de plumas que se pone por adorno... en los morriones y cascos» *(Dic. Aut.);* es decir, no había sido soldado. Pero tampoco era médico, ya que no había llevado nunca ramos medicinales.

[54] Entiéndase «ni era envidioso» como para volverse loco.

[55] Naciones que hemos visto, en la «jaula de los locos», que aparte de los españoles, están los franceses, italianos, alemanes e ingleses.

[56] *Traste,* cuerda. Véase nota 38 de esta Crisi.

—¿Por qué?

—Porque él solo se tiene por cuerdo, y aunque no sea loco, puede ser tenido por tal, como acontece cada día. Y entiendan todos que, por cuerdos que sean, si dan los otros en dezirles: «¡Al loco, al loco!», o le han de sacar de tino u de crédito.

Ponderaba Andrenio que casi todos eran hombres; no había niños ni muchachos.

—Es que aún no se han enamorado —le respondió uno. Mas otro:

—¿Cómo han de perder lo que aún no tienen?

Defendía un físico[57] que por ser húmedos de celebro[58], pero, mejor un filósofo, que por vivir sin penas. Traxeron los esbirros un tudesco, y él dezía que por yerro de cuenta, que su mal no procedía de sequedad de celebro, sino de sobrada humedad, y asseguraba que nunca más en su juizio que cuando estaba borracho. Dixéronle que en qué se fundaba, y él con toda puridad[59] dezía que, cuando estaba de aquel modo, todo cuanto miraba le parecía andar al revés, todo al trocado, lo de arriba abaxo, y como en realidad de verdad assí va el mundo y todas sus cosas, al revés, nunca más acertado iba él ni mejor le conocía que cuando le miraba al revés, pues entonces le veía al drecho[60] y como se había de mirar. Con todo, cayó de su casa[61], y le dixeron que, aunque le veía al revés, no era por andar él drecho; y assí, le metieron entre los alegres.

Donde quiera que se volvían topaban, o locos o mentecatos, todo el mundo lleno de vacío[62].

—Yo creí —dixo Andrenio— que todos los locos cabían en un rincón del mundo y que estaban recogidos allá en su Nuncio[63], y ahora veo que ocupan toda la redondez de la tierra.

---

[57] *Físico:* «Se llamaba mui conmunmente en lo antiguo al Médico» (*Dic. Aut.*).

[58] *Celebro,* cerebro.

[59] *Con toda puridad:* «claramente o sin rodeos» (*Dic. M. Moliner*).

[60] *Drecho,* derecho.

[61] *cayó de su casa,* lo mismo que «se salió de sus casillas», se trastornó, y esa conclusión sacan los demás al no verle derecho, sino borracho.

[62] Es decir, por todas partes, por todo el mundo, no había personas, sino locos o mentecatos sin prendas de personas.

[63] Sobre el Hospital para dementes de Toledo, véase nota 92, Crisi I, Segunda Parte.

—Podíamos responder a esso —dixo uno— lo que el otro en cierta ciudad bien noble y bien florida, que habiéndola passeado con un estrangero y habiéndole mostrado todas las cosas más célebres y más de ver (que eran tan muchas como grandes: soberbios edificios, plaças abundantes, jardines ameníssimos y magníficos templos), reparó el huésped que no le había llevado a una casa de que él gustaba mucho. «¿Cuál es?, que al punto os llevaré allá.» «La casa de los que no están en ella» [64]. «¡Oh, señor!, respondió, aquí no hay casa especial: toda la ciudad lo es.»

De lo que mucho se maravillaba Andrenio era de ver locos de buen entendimiento.

—Éstos —le dixo uno— son los peores, porque no tienen cura. He allí uno que tiene el mayor entendimiento que se conoce; pero entendimiento que menos sirva a su dueño, yo dudo que le haya.

—¡Oh casa de Dios —exclamó Critilo—, poblada de orates! [65]

Mas, al dezir esto, se enferecieron [66] todos y arremetieron contra ellos de todas partes y naciones. Viéronse rodeados en un instante de mentecatos, sin poderse defender dellos ni ponerles en razón. Aquí el Gigante, echando mano a la cinta [67], descolgó una bocina de marfil terso y puro, y aplicándola a la boca, començó a hazer un son tan desapacible para ellos, que todos al punto, volviendo las espaldas, se echaron a huir y se retiraron, aunque no con buen orden. Con esto se vieron libres de su furia, quedándoles el passo desembaraçado. Admirado Andrenio, le preguntó si era acaso aquél el cuerno de Astolfo [68] tan celebrado.

—Primo hermano dél, aunque más moral es éste. Lo que yo puedo dezir es que me lo dio la misma Verdad. Con él me he librado muchas vezes, y de terribles trances, porque como habéis visto, en oyendo cada uno la verdad, luego vuelve las espaldas, unos tras otros se van y me dexan estar.

---

[64] La casa de los locos, de los que no están en su juicio (véanse notas 29 y 30 de esta Crisi).

[65] *Orate:* «La persona desbaratada, sin assiento ni juicio.» (*Diccionario Aut.*)

[66] *Enferecer,* tomando, no la raíz de «furor», como enfurecer, sino la de «ferus, -a, -um».

[67] *Cinta,* cintura, donde está el cinturón. Véase nota 94, Crisi V, Segunda Parte.

[68] Astolfo, conocido personaje del *Orlando Furioso* de Ariosto.

Todos veréis que enmudecen en oyendo que les dizen las verdades y se van más que de passo: en diziéndole al otro desvanecido que advierta que no tiene de qué, que se acuerde de su abuelo, al punto se yela; si le dezís al magnate que no adjetive lo grande con lo vicioso, luego os tuerce el rostro; si le dezís a la otra que no parece tan bien como se pinta, aunque sea un ángel, os para [69] un gesto de un demonio; si le acordáis al rico la limosna y que todos los pobres le echan maldiciones, luego se sacude la capa y os sacude de sí; si al soldado, que lo sea [70] en la conciencia y no la tendrá tan rota, si a Baldo [71] que no sea venal ni admita todas las causas, si al marido que no sea siempre novio [72], si al médico que no se mate por matar, si al juez que no se equivoque [73] con Judas, si a la donzella que no comienza ya bien con el don, ni la dama con el dar [74], si a la bella casada que escuse el vella [75], todos vuelven las espaldas. De modo que en resonando el odioso cuerno de la verdad, veréis que el pariente os niega, el amigo se retira, el señor desfavorece, todo el mundo os dexa, y todos van gritando: «¡A huir, a huir!», por no oír.

Despejado el passo de la vida, fuéronse encaminando a los canos Alpes, distrito de la temida Vejecia. Lo que por allá les sucedió, ofrece referir la tercera parte, en el erizado Invierno de la Vejez.

Parte Tercera: En el Invierno de la Vejez

---

[69] *Parar,* poner. Véase nota 39, Crisi VII, Primera Parte.

[70] *Soldado que sea soldado,* de soldar, y no «quebrado» (véase nota 74, Crisi XI, Segunda Parte).

[71] *Baldo,* por abogado, según el jurisconsulto italiano. Véase nota 64, Crisi III, Segunda Parte.

[72] Porque novio es «no-vio» (lo que pasaba), dice Romera-Navarro.

[73] *Equivocarse una cosa con otra:* «Vale semejarse a ella y parecer una misma, siendo distintas.» *(Dic. Aut.)*

[74] Nótese el juego entre «don» (regalo: doncella comienza con «don» y se ofrece como «don» para dejar de ser doncella), «dama» y «dar» (aludiendo a la mujer derrochadora).

[75] *vella,* verla, haciendo juego con «bella»; la frase sugiere que la bella casada excuse el ser vista, es decir, el dejarse ver.

TERCERA PARTE

En el invierno de la vejez

EL CRITICON,

TERCERA PARTE.

EN
EL INVIERNO DE LA VEJEZ.

POR
LORENZO GRACIAN.

Y LO DEDICA
AL DOCTOR DON
Lorenço Frances de Vrritigoyti,
Dean de la Santa Iglesia
de Siguença.

CON PRIVILEGIO.
En Madrid. *Por Pablo de Val.* Año de 1657.

*A costa de Francisco Lamberto, vendese en su casa
en la Carrera de San Geronimo.*

A D. Lorenzo Francés de Urritigoyti;

digníssimo Deán de la Santa Iglesia de Sigüença

Esta Tercera Parte del discurso [1] de la vida humana, que retrata la vejez, ¿a quién mejor la pudiera yo dirigir que a un señor anciano tan grave, entendido y prudente? Y está tan lexos de ser inadvertencia esta dirección [2], que blasona de industrioso [3] obsequio. Mucho ha que començó v.m. a lograr madurezes. Suelen alterarse los tiempos y entrarse unos en la jurisdición de los otros: el otoño se muda en invierno y la primavera usurpa porción del estío. Assí, en algun[os] [4], la vejez se suele adelantar y tomar gran parte de la varonil, y ésta de la mocedad.

Describe este último de mis Críticos [5] una sazonada vejez sin decrepitud, copiada de la perfecta de v.m. Ésta es la idea [6] de prendas autorizadas bien conocidas, no bastantemente estimadas. Mas desconfiando mi pluma de poder sacar el cumplido retrato de las muchas partes, de los heroicos

---

[1] *Discurso:* «el camino que se hace a una parte y a otra, siguiendo algún rumbo» *(Dic. Aut.).*

[2] *Dirigir:* «Vale también dedicar alguna obra a otro» *(Diccionario Aut.),* luego «dirección» será «dedicatoria».

[3] *Hacer una cosa de industria:* «Hazerla a sabiendas y adrede.» (Covarrubias.)

[4] Errata en la edición de 1657: «algunso».

[5] Entendiendo «Críticos» como conjunto de Crisis, es decir, esta última o tercera parte del *Criticón.*

[6] *Idea,* imagen o modelo. Véase nota 25, Crisi II, Primera Parte.

talentos que en v.m. depositaron con emulación la naturaleza favorable y la industria diligente, he determinado valerme de la traça de aquel ingenioso pintor que, empeñado en retratar una perfección a todas luzes grande y viendo que los mayores esfuerços del pincel no alcançaban a poderla copiar toda junta con los cuatro perfiles (pues si la pintaba del un lado se perdían las perfecciones de los otros), discurrió modo cómo poder expressarla enteramente. Pintó, pues, el aspecto con la debida valentía, y fingió a las espaldas una clara fuente en cuyos cristalinos reflejos se veía la otra parte contraria con toda su graciosa gentileza; puso al un lado un grande y lucido espejo en cuyos fondos se lograba el perfil de la mano derecha, y al otro un brillante coselete donde se representaba el de la izquierda. Y con tan bella invención pudo ofrecer a la vista todo aquel relevante agregado de bellezas: que tal vez la grandeza del objeto suele adelantar la valentía del concepto.

Assí yo, por no perder perfecciones, por no malograr realces, y tantos como en v.m. admiro (unos propios, otros agenos, aunque ninguno estrangero), después de haber copiado lo virtuoso, lo prudente, lo docto, lo entendido, lo apacible, lo generoso, lo plausible, lo noble, lo ilustre que en v.m. luze y no se afecta, quiero carearle con una no fingida, sino verdadera fuente de sus esclarecidos padres, el señor Martín Francés [7], ornamento de su casa, esplendor de esta imperial ciudad de Zaragoça por su virtud, generosidad, cordura y capacidad, que todo en él fue grande, y de una madre exemplo de cristianas y nobles matronas, cuya bondad se conoció bien en el fruto que dio de tantos y tan insignes hijos, que pudo con más razón dezir lo que la otra romana: *Mis galas, mis joyas, mis arreos son mis hijos* [8].

Pondré luego al lado derecho, no un espejo solo, sino cuatro, de cuatro hermanos dedicados todos a Dios en las más iglesias catedrales de España: el ilustríssimo señor don Diego Francés [9], Obispo de Barbastro, espejo de ilustríssimos pre-

---

[7] Martín Francés de Urritigoyti, barón de Montevila, título que hereda su hijo Pablo. Sus datos y los de sus hijos están en Latassa, *Biblioteca nueva de los escritores aragoneses.*

[8] La matrona romana a que se refiere es la madre de los Gracos cuya anécdota nos la cuenta Gracián en el Discurso XVI de la *Agudeza.*

[9] Diego Antonio Francés de Urritigoyti (1603-1682), que fue

lados en lo santo de su vida, en lo vigilante de su zelo, en lo docto de sus estampados escritos y en lo caritativo de sus muchas limosnas; sea el segundo el señor Arcipreste de Valpuesta [10], en la santa iglesia de Burgos, espejo también de prebendados, ya en la cátedra, ya en el púlpito, ya en la silla, assistiendo con exemplar puntualidad al divino culto sin perdonar día, no perdonándole sus achaques una hora de alivio; el tercero (que pudiera ser primero) es el señor Arcediano de Zaragoça [11], aquel gran bienhechor de todos, de nobles con consejos, de pobres con limosnas y assistencias de regidor mayor del Hospital General, de eclesiásticos con exemplos, de sabios con libros que publican las prensas, con las suntuosas iglesias que les ha crigido, con capillas que ha ilustrado y fundado, nacido al fin para bien de todos, y de todas maneras venerable; sea corona religiosa el muy reverendo Padre Fray Tomás Francés [12], antorcha brillante de la religión seráfica, esparciendo rayos, ya de su mucha doctrina en los púlpitos (de que dan testimonio dos cuaresmas que predicó en este Hospital Real de Zaragoça, palenque de los mayores talentos), ya de su mucha teología en tantos años de cátedra, ya de su erudición en sus impressos libros, ya de su prudencia en los cargos y prelacías que ha obtenido, y secretario que fue de dos generales de su orden, doblada prueba de sus muchos méritos.

Al otro lado fixaré un coselete de otros tres hermanos seglares, nobles caballeros: don Martín y don Marcial y don Pablo [13], que también supieron hermanar lo lucido con lo cristiano. Ni son menos de ver los lexos [14] de sobrinos ca-

---

rector de la Universidad de Zaragoza, arcipreste de Daroca y obispo de Barbastro, Teruel y Tarazona.

[10] Juan Bautista Francés de Urritigoyti, arcediano y señor de Valpuesta.

[11] Miguel Antonio Francés de Urritigoyti (principios del XVII-1670). Doctor en Derecho, rector de la Universidad de Zaragoza y arcediano mayor del Salvador de Zaragoza.

[12] Fray Tomás Francés de Urritigoyti (comienzos del XVII-1682), franciscano. Fue provincial de Aragón, secretario general de la Orden y calificador de la Inquisición.

[13] El hijo mayor fue Pablo Francés de Urritigoyti, barón de Montevila, señor de Gesera y del lugar de Buesa.

[14] *Lejos:* «En la pintura se llama lo que está pintado en disminución y representa a la vista estar apartado de la figura principal.» *(Dic. Aut.)*

nónigos y seglares caballeros. Pero lo que yo más suelo celebrar es que todos, por lo cristiano y por lo caballeroso, han sido los más plausibles héroes de su patria y de su siglo.

Con esto queda coronado el retrato de blasones y de prendas, que todas van a parar en v.m. como en su primero centro, a quien el cielo espere y prospere.

De v.m. su más afecto estimador
Lorenço Gracián

Al que leyere

A los grandes hombres nada les satisface sino lo mucho; por esso no depreco [15] yo letores grandes, convido sólo al benigno y gustoso, y le presento este tratado de la senectud con particular novedad. Nadie censura que las cosas no se hagan, pero sí que no se hagan bien; pocos dizen por qué no se hizo esto o aquello, pero sí por qué se ha hecho mal. Confiesso que hubiera sido mayor acierto el no emprender esta obra, pero no lo fuera ya el no acabarla: eche el sello esta tercera parte a las otras.

Muchos borrones toparás, si lo quisieres acertar: haz de todos uno. Para su enmienda te dexo las márgenes desembaraçadas [16], que suelo yo dezir que se introduxeron para que el sabio letor las vaya llenando de lo que olvidó o no supo el autor, para que corrija él lo que erró éste. Sola una cosa quisiera que me estimasses, y sea el haber procurado observar en esta obra aquel magistral precepto de Horacio, en su inmortal Arte de todo discurrir, que dize: *Denique sit quod vis simplex dumtaxat et unum* [17]. Cualquier empleo del discurso y de la invención, sea lo que quisieres, o épica o cómica u oratoria, se ha de procurar que sea una, que haga un cuerpo, y no cada cosa de por sí, que vaya unida, haziendo un todo perfecto.

---

[15] *Deprecar:* «Rogar, pedir, suplicar con instancia o eficacia.» *(Dic. Aut.)*
[16] Las márgenes de las páginas desembarazadas, libres, suprimiendo las anotaciones que puso en las dos partes anteriores.
[17] «En una palabra, que lo que quieras decir sea con sencillez y unidad.»

También he atendido en esta tercera parte huir del ordinario tope de los más autores, cuyas primeras partes suelen ser buenas, las segundas ya flaquean, y las terceras de todo punto descaecen. Yo he afectado lo contrario, no sé si lo habré conseguido: que la segunda fuesse menos mala que la primera, y esta tercera que la segunda.

Dixo un grande lector de una obra grande que sola le hallaba una falta, y era el no ser o tan breve que se pudiera tomar de memoria, o tan larga que nunca se acabara de leer: si no se me permitiere lo último por lo eminente, sea por lo cansado y prolijo. Otras más breves obras te ofrezco, y aunque no puedo lo que franqueaba[18] a sus apassionados el erudito humanista y insigne jurisperito Tiraquelo[19], sí aquello de un librillo en cada un año redituará mi agradecimiento. Vale.

---

[18] *Franquear:* «donar liberalmente y con generosidad alguna cosa a otro» *(Dic. Aut.).*

[19] Andrés Tiragueau, jurisconsulto francés (1480-1558). Francisco I le nombró consejero del Parlamento de París. Sus obras fueron publicadas después de muerto.

PRIMERA CRISI

Honores y horrores de Vejecia

No hay error sin autor, ni necedad sin padrino, y de la mayor el más apassionado [1]: cuantas son las cabeças tantos son los caprichos, que no las llamo ya sentencias. Murmuraban de la atenta Naturaleza los reagudos (entremetiéndose a procuradores del género humano) el haber dado principio a la vida por la niñez:

—La más inútil —dezían— y la menos a propósito de sus cuatro edades: que aunque se comiença a vivir a lo gustoso y lo fácil, pero [2] muy a lo necio. Y si toda ignorancia es peligrosa, ¡cuánto más en los principios! Gentil modo de meter el pie en un mundo, laberinto común, forjado de malicias y mentiras, donde cien atenciones no bastan. ¡Eh!, que no estuvo esto bien dispuesto, llamémonos a engaño y procúrese el remedio.

Llegó presto el descontento humano al consistorio supremo, que oyen mucho las orejas de los reyes. Mandólos comparecer ante su soberano acatamiento y dizen oyó benignamente su querella, concediéndoles que ellos mismos eligiessen la edad que mejor les estuviesse para començar a vivir, con que [3] se hubiesse de acabar por la contraria: de modo que si se daba principio por la alegre primavera de la niñez, el

---

[1] Es decir, y de la mayor necedad es su padrino el más apasionado.

[2] Hoy diríamos «sin embargo».

[3] Hoy diríamos «aunque».

541

dexo había de ser por el triste invierno de la senectud; o al otoño de la varonil edad habían de salir, por el contrario, y si por el sazonado, destemplado estío de la juventud [4]. Dioles tiempo para que lo pensassen y confiriessen [5] entre sí, y que en estando ajustados volviessen con la resolución, que al punto se executaría. Mas aquí fue la confusión de pareceres, aquí el Babel de opiniones, ofreciéndoseles cien mil inconvenientes por todas partes. Proponían unos se començasse a vivir por la mocedad, que de dos estremos, más valdría loco que tonto.

—¡Calificada necedad! —replicaban otros—. No sería esso entrar a vivir, sino a despeñarse; no començar la vida, sino su ruina, cuando [6] no por la puerta de la virtud, sino del vicio; y apoderados éstos una vez de los homenages [7] del alma, ¿quién bastará a desencastillarlos después? Advertid que es un niño planta tierna que, en declinando a la siniestra mano, con facilidad se endereza a la diestra; mas un moço absoluto y disoluto no admite consejos, no sufre preceptos, todo lo atropella y todo lo yerra. Creed que entre dos estremos, más arriesgada corre la locura que la ignorancia.

Sobre la achacosa vejez no tuvieron mucho que altercar, con que [8] no faltó bien la propusiesse porque no quedasse piedra por mover y todo se alterasse.

—¡Eh! —dixeron los menos necios—, que éssa no es edad, sino tempestad, más a propósito para dexar la vida que para començarla, cuyos multiplicados achaques facilitan la muerte y la hazen tolerable. Yazen dormidas las passio-

---

[4] Frase oscura ésta que se refiere al otoño y al estío que, supliendo las elipsis, se interpretaría así: «o al otoño de la varonil edad habían de salir, si se daba principio, por el contrario, y si (se daba principio) por el sazonado (habían de salir al) destemplado estío de la juventud».

[5] *Conferir:* «Vale también tratar, comunicar y consultar algún negocio o materia con otro examinando las razones que hay en pro y en contra, para assegurar el acierto en la resolución.» *(Dic. Aut.)*

[6] Elipsis del verbo «entrar».

[7] *Homenajes,* como las torres que había en las fortalezas: «Después se extendió a llamar Homenages todas las torres que guarnecían la muralla» *(Dic. Aut.);* es decir, aquí sería «torres que defienden el alma».

[8] Hoy diríamos «aunque».

542

nes cuando más despierto el desengaño, cáese el fruto de maduro y aun de passado.

El que llegó a estar más adelantado fue el partido de la edad varonil.

—¡Ésse sí —ponderaban los resabidos— que es gran començar, el medio día de la razón, y a toda luz del juizio! Ventaja única entrar a entero sol en el confuso laberinto de la vida. Éssa es la reina de las edades y lo mejor del vivir. Por ahí començó el primero de los hombres, assí le introduxo en el mundo el soberano Hazedor, ya perfecto, ya consumado, hecho y derecho. ¡Alto!, pídasele al divino Autor sin más altercación esta excelencia.

—Aguardá [9] —les dixo un cuerdo—. ¿Y quién vio jamás començar por lo más dificultoso? Esto ni lo enseña el arte ni lo platica [10] la naturaleza; antes bien, ambas a dos proceden en todas sus obras haziendo ascenso de lo fácil a lo dificultoso, de lo poco a lo mucho, hasta llegar a lo muy perfecto. ¿Quién jamás començó a subir por el reventón de una cuesta? Apenas començaría a vivir el hombre, y bien a penas, cuando se hallaría abrumado de cuidados, ahogado de obligaciones, consumido antes que consumado, empeñado en ser persona, que es lo más difícil de la vida. Y si no son a propósito para començar los achaques de viejo, menos lo serán los afanes de hombre. ¿Quién querrá la vida si sabe lo que es, y quién meterá el pie en el mundo si le conoce? ¡Eh!, dexadle vivir al hombre para sí algún tiempo, que toda es suya la niñez y la mitad de la juventud, ni tiene menores días [11] en toda la carrera de sus años.

De esse modo ha sido tan ventilada la disputa, que aún dura y durará, sin haberse podido convenir jamás ni vuelto con la respuesta al Hazedor soberano, el cual prosigue en que comience el hombre a vivir por la niñez ignorante y acabe por la vejez sabia.

Estaban ya nuestros dos peregrinos del mundo, los andantes de la vida, al pie de los Alpes canos, començando Andrenio a dar en el blanco cuando Critilo en los dexos de cisne [12]. Era la región tan destemplada y tan triste que, entrados en ella, a todos se les heló la sangre.

---

9 *Aguardá,* aguardad. Véase nota 11, Crisi VI, Primera Parte.
10 *Platicar,* practicar.
11 Es decir, y no tiene días más pequeños, más cortos en toda su vida que los de la niñez y la juventud, que pasan volando.
12 Al pie de los Alpes canos (por la nieve), es decir, al pie

—Éstas —dezía Andrenio— más parecen puertas de la muerte que puertos [13] de la vida.

Y era muy de observar que los que antes passaron los Pirineos sudando, ahora los Alpes tosiendo: que lo que en la juventud se suda, en la vejez se tose. Veían blanquear algunos de aquellos cabeços, cuando otros muy pelados, cayéndoseles los dientes de los riscos [14]. No discurrían bulliciosas las venas de los arroyuelos, porque la mucha frialdad los había embargado la risa y el bullicio. De modo que todo estaba helado y casi muerto. Aparecían desnudas las plantas de sus primeras locuras y verdores, y desabrigadas de su vistoso follaje; y si algunas hojas les habían quedado, eran tan nocivas que mataban no pocos al caer [15], aunque dezía la amenazada vieja: «A la de mi naranjo me apelo» [16]. No se veían ya reír las aguas como solían; llorar sí, y aun crugir los carámbanos. No cantaba el ruiseñor enamorado; gemía sí, desengañado.

—¡Qué región tan mal humorada es ésta! —se lamentaba Andrenio.

—¡Y qué malsana! —añadió Critilo—. Trocáronse los fervores de la sangre en horrores de la melancolía, las carcaxadas en ayes: todo es frialdad y tristeza.

Esto iban melancólicamente discurriendo, cuando entre los pocos que llegaban a estampar el pie en aquel polvo de nieve descubrieron uno de tan estraño proceder, que duda-

---

de la vejez, comienza Andrenio a dar en el blanco (a acertar, por la madurez, y a volverse canoso), cuando ya Critilo está blanco como el cisne y como él da sus últimos cantos, al tener cerca la muerte.

[13] *Puerto*. El *Dic. Aut.* registra varias significaciones que pueden valer aquí: «passo o camino que hai entre montañas» (para pasar de la madurez a la vejez), «lugares que están al confín del Reino donde están las Aduanas» (separando las dos edades), y «Metaphoricamente se toma por asylo, amparo o refugio» (*Dic. Aut.*).

[14] Adviértase la alegoría: blanqueaban algunos cabezos («cerro alto», *Dic. Aut.*) lo mismo que encanecen las cabezas; otros eran pelados como las calvas cabezas de los ancianos; se desprendían los peñascos al igual que los dientes de los viejos.

[15] Aludiendo a los verdores de la lujuria: una hoja verde que cayera (o mejor, un viejo que tuviera una caída lujuriosa) bastaría a matar un viejo, por no ser propios de su edad.

[16] Por ser las hojas del naranjo siempre jóvenes, duras, lisas y siempre verdes.

con ambos a la par si iba o si venía, equivocándose con harto fundamento, porque su aspecto no dezía con su passo: traía el rostro hazia ellos y caminaba al contrario. Porfiaba Andrenio que venía y Critilo que iba, que aun de lo que dos están viendo a una misma luz hay diversidad de pareceres. Apretó la curiosidad los azicates a su diligencia, con que le dieron alcance muy en breve y hallaron que realmente tenía dos rostros, con tan dudoso proceder que cuando parecía venir hazia ellos se huía dellos, y cuando le imaginaban más cerca estaba más lexos.

—No os espantéis [17] —dixo él mismo advirtiendo su reparo—, que en este remate de la vida todos discurrimos a dos luzes y andamos a dos hazes [18]; ni se puede vivir de otro modo que a dos caras: con la una nos reímos cuando con la otra regañamos, con la una boca dezimos de sí y con la otra de no, y hazemos nuestro negocio. Y si alguno nos pide la palabra, de que no nos está bien la obra, apelamos del dezir al hazer, de la facilidad del prometer a la impossibilidad del cumplir, de la lengua a las manos [19]: que hay dos leguas de distancia, y catalanas [20]. Estaremos assegurando una cosa a la española y desmintiéndola a la francesa, a fuer de Enrico, que de un rasgo firmó las dos pazes contrarias sin refrescar la pluma ni tomar tinta de nuevo [21]. Hablemos en dos lenguas a la par, y al que dize que no nos entiende, que [22] nosotros nos entendemos. Hay primero y

---

[17] *Espantarse,* asombrarse. Véase nota 19, Crisi I, Primera Parte.

[18] *Haz:* «cara o rostro». *A dos haces:* «con segunda intención» (*Dic. Acad.*).

[19] Entiéndase la frase: «Y si alguno nos pide la palabra (que cumplamos lo prometido), en el caso de que no nos está bien la obra (cuando no nos viene bien ejecutarla), apelamos (recurrimos) del (contra el) dezir al hazer, de la (contra la) facilidad del prometer a la impossibilidad de cumplir, de la (contra la) lengua a las manos.» El refrán de la nota siguiente aclara aún más.

[20] Alusión al refrán «del dicho al hecho hay mucho trecho». Dice leguas catalanas porque eran medidas más largas que las leguas castellanas.

[21] Se refiere, según Romera-Navarro a Enrique III de Francia, que pretendió contentar a hugonotes y católicos.

[22] Elipsis que ya habrá reparado el lector: «y al que dize que no nos entiende, le dezimos que…».

segundo semblante, el uno de cumple y el otro de miento[23]: con el primero contentamos a todos y con el segundo a ninguno. ¡Cuántas vezes lloramos con el que llora y a un mismo tiempo nos estamos riendo de su necedad!; que con el un braço estaba agasajando aquel gran personage que todos conocimos[24] al que llegaba a hablarle, y con la otra mano se la estaba jurando al paje que le había dado entrada. Assí que no os fiéis de caric[i]as[25] ni os paguéis de gustillos. Passad adelante a ver la otra cara, la verdadera, la de hablas; la de después, la de sobras[26]; que si bien reparáis, hallaréis la una frente muy serena y la otra borrascosa. Blasfema esta boca de lo que aquélla aplaude. Si los ojos de la una son açules y de cielo, los de la otra muy negros y de infierno; si aquéllos quietos, estos otros guiñando. Veréis la una faz muy humana cuando la otra muy grave; tan jovial ésta cuan saturnina aquélla[27]. Y, en una palabra, todos en la vejez somos Janos, si en la mocedad fuimos Juanes[28]. Sea ésta la primera lición y la que más encargada nos tiene la célebre tirana deste distrito y la que ella más platica[29].

—¿Qué tirana es éssa? —preguntó assustado Andrenio. Y el Jano:

—¿Nueva se te haze? Pues de verdad que es bien vieja y bien sonada, conocida de todos y ella desconocida[30] con todos. Témenla los nacidos por su crueldad, huyendo deste su caduco imperio, procurando cexar en la vida y echando borrones de mala tinta sobre el papel blanco de las canas;

[23] Jugando con «cumplimiento», dice «uno de cumple y otro de miento».
[24] Posible alusión, según Romera-Navarro, al Conde Duque de Olivares.
[25] La edición de 1657 pone «caricas».
[26] Partiendo del refrán «obras son amores, y no buenas razones», la verdadera cara primera es la de las promesas (hablas) y la segunda no es la de las obras, sino de las «sobras», desechos, o «tú sobras», si reclamas lo prometido.
[27] Hoy diríamos: «tan jovial aquella cuan saturnina ésta»; la colocación de los demostrativos era distinta a la de hoy.
[28] Entiéndase: en la vejez somos Janos, con dos caras, si en la mocedad fuimos de genio dócil y fáciles de engañar (como buenos Juanes. Véase nota 85, Crisi V, Segunda Parte).
[29] *Platicar*, practicar.
[30] *Desconocido*: «Vale también ingrato, u mal correspondiente.» (*Dic. Aut.*)

y si alguno llega por acá, es a empellones del tiempo y muy contra su buen gusto. Mirad aquella hembra qué mala cara haze, y cuanto más va [31], peor, viéndo[s]e [32] ya prendida de más años que alfileres. Aquí cautivan los fieros ministros de la fea Vejecia a todo passagero, sin que se les escape ni el rico, ni el poderoso, ni el galán, ni el valiente; cuando mucho, alguno de los que saben vivir. Tráenlos a todos como por los cabellos, dexándolos tal vez más rotos que una ocasión venturosa [33]. Unos veréis que vienen llorando, otros tosiendo, y todos en un continuo ¡ay! Ni hay que admirar, que es indecible el mal tratamiento que les haze, increíbles las atrocidades que en ellos executa, tratándolos al fin como a cautivos, y ella tirana. Y aun quieren dezir que tiene de bruxa ella, y todas las de su séquito, lo que les falta de hechizeras [34]: chúpales la sangre y las mexillas, hártalos de palos, dándoles más que del pan, y dize que es su sustento [35]. Asseguran ser parienta tan allegada a la muerte, que están en segundo grado; y con todo, no son sanguíneas ni cercanas en sangre, sino en huessos. Más amigas aún que parientas, viven pared en medio, teniendo puerta abierta a todas horas, y assí dizen que el viejo ya come las sopas en la sepultura, que de los moços mueren muchos y de los viejos no escapa ninguno. No os la pinto porque la veréis presto, y por gran dicha.

Y dezía una linda:

—¡Primero me caiga muerta!

Esto le estaba ponderando [a] [36] Andrenio, cuando advirtió que con la otra boca se estaba haziendo lenguas en

---

[31] Entiéndase «cuanto más tiempo pasa». Véase nota 22, Crisi II, Segunda Parte.

[32] «Viéndole» trae el texto de 1657, que no concuerda con la sintaxis.

[33] Con elipsis: «más rotos que si tomaran por los cabellos una ocasión venturosa», teniendo en cuenta que «tomar la ocasión por los cabellos» es aprovechar con avidez una ocasión o coyuntura.

[34] *Hechicera,* no como sinónimo de bruja, sino de «atrayente o seductora».

[35] *Del pan y del palo:* «Phrase proverb. que enseña no se debe usar del excessivo rigor, sino mezclar la suavidad y el agassajo con el castigo.» *(Dic. Aut.)*

[36] «Ponderando Andrenio», sin la «a» trae el texto, lo que no puede ser porque ha estado hablando Jano.

alabança de Vejecia, informando de todo lo contrario a Critilo: celebrábala de sabia, apacible y discreta, estimadora de sus vassallos, assegurando que los premiaba con las primeras dignidades del mundo, procurándoles las mayores honras y concediéndoles grandes privilegios. No acababa de exagerar por superlativos el magnífico agasajo y el buen passaje que les hazía. ¡Oh, con cuánta razón el otro sátiro de Esopo abominaba de semejantes sugetos que con la misma boca ya calientan, ya resfrían, alaban y vituperan una misma cosa!

—¡Líbreme Dios de semejante gente! —dixo Andrenio.

Y el Jano:

—Esto es tener dos bocas, y advierte que ambas dizen verdad: remítome a la experiencia.

Ya en esto vieron discurrir por todas partes, honras y coyunturas, los desapiadados verdugos de Vejecia. Y aunque procedían a traición y a lo de mátalas callando, se hazían después bien de sentir donde quiera que una vez entraban; espiones de la muerte que con unas muletillas dexaban de correr y volaban hazia la sepultura. Iban de camarada de sesenta en setenta [37]; tropa había de ochenta, y éstos eran los peores, que de allí adelante todo era trabajo y dolor. En agarrando alguno, con bien poco assidero le llevaban a la posta de una muletilla a padecer y podrecer. A los que huían, que eran los más, les perseguían fieramente tirándoles piedras, tan certeros, que se las clavaban en las hijadas y riñones [38], y a muchos les derribaban los dientes y las muelas. Resonaban por todas aquellas soledades los ecos de un ¡ay! tras otro. Y ponderaba el Jano para buen consuelo:

—Aquí tantos son los ayes como los ages [39], que el viejo cada día amanece con un achaque nuevo.

Estaban actualmente setenta de aquellos verdugos (peores que los mismos diablos, a dicho del Zapata [40], pues no bastan conjuros para sacarlos) batallando con una abuela que habían cautivado sin más averiguación que serlo; aun-

---

[37] De sesenta en setenta años; los años son los verdugos de Vejecia y, como decía, usan muletas o muletillas.

[38] Alude a la enfermedad de las piedras en el riñón.

[39] *Aje*: «Achaque, enfermedad.» *(Dic. Acad.)*

[40] Antonio Zapata de Mendoza (1550-1635). Fue obispo de Cádiz, arzobispo de Burgos y cardenal arzobispo de Toledo. Se le deben varias obras doctrinales.

que passaba muy de reboço en un manto de humo[41], que en humo del diablo vienen a parar de ordinario los dexos del mundo y carne, venía muy desenvuelta, cuando más envuelta[42]; porfiaba que aún no había salido del cascarón, y ellos con mucha risa dezían:

—¿Pues cómo entraste tan presto en el mascarón?[43]

Ceceaba con enfadoso melindre, y desmentíalo su porfiado toser[44]. Tiráronla del manto, con que la que negaba un achaque manifestó tres o cuatro: cayósele la cabellera y quedó monstruo la que fue prodigio, y la que había atraído tantos, sirena, ahora los ahuyentaba, coco.

Passaba un cierto personage muy a lo estirado, echando piernas[45] que no tenía. Púsoselo a mirar uno de aquellos legañosos linces y reparó en que no llevaba criado, y con linda chança dixo:

—Éste es el de[l] criado.

—¿Cómo, si no le lleva? —replicó otro.

—Y aun por esso. Habéis de saber que la primer noche que entró a servirle, llegando a desnudarle, començó el tal amo a despojar[s]e[46] de vestidos y de miembros: «Toma allá, le dixo, essa cabellera», y quedóse en calavera. Desató[s]e[47] luego dos ristras de dientes, dexando un páramo la boca. Ni pararon aquí los remiendos de su talle; antes, removiendo con dos dedos uno de los ojos, se lo arrancó y entregósele para que lo pusiesse sobre la mesa, donde es-

---

[41] *Humo:* «Cierta tela de seda negra muy delgada y rala de que se hacían mantos y toquillas para el sombrero en señal de luto.» *(Dic. Aut.)*

[42] Es decir, cuanto más tapada por el manto o cubierta, más desenvuelta o con más falta de recato venía.

[43] Lo dicen porque va envuelta, es decir, cubierto el rostro como si fuera una máscara para que no le vean, quizá, las arrugas.

[44] *Cecear:* «Sonar, cerrando los dientes, uniendo a ellos la lengua algo más a los de arriba, como un silvo a lo sordo, que regularmente sirve de seña para llamar, detener o intimar silencio.» *(Dic. Aut.) Toser:* «Significa también fingir o imitar la tos, para llamar a alguno, o hacerle alguna señal.» *(Dic. Aut.)* Es decir, ceceaba mal porque, siendo vieja, no tendría dientes y ello le obligaba a toser. A continuación dice que negaba un achaque: no tener dientes.

[45] *Echar piernas* o *hacer piernas,* preciarse de lindo. Véase nota 20, Crisi VI, Primera Parte.

[46] *Despojarle* dice el texto de 1657.

[47] *Desatóle,* trae la edición de 1657.

taba ya la mitad del tal amo; y el criado, fuera de sí, diciendo: «¿Eres amo o eres fantasma?, ¿qué diablo eres?» Sentóse en esto para que le descalçasse, y habiendo desatado unos correones: «Estira, le dixo, de essa bota»; y fue de modo que se salió con bota y pierna, quedando de todo punto perdido viendo su amo tan acabado. Mas éste, que debía tener mejor humor que humores, viéndole assí turbado: «De poco te espantas, le dixo. Dexa essa pierna y ase de essa cabeça.» Y al mismo punto, como si fuera de tornillo, amagó[48] con ambas manos a retorcer y a tirársela. El moço, no bastándole ya el ánimo, echó a huir con tal espanto, creyendo que venía rodando la cabeça de su amo tras él, que no paró en toda la casa ni en cuatro calles al rededor. Y con todo esto, se agravia de que le tengan por viejo, que todos desean llegar, y en siéndolo no lo quieren parecer: todos lo niegan y con semejantes engaños lo desmienten.

Ya, a los ecos del toser, al asqueroso estruendo del gargajear, alargaron la vista y descubrieron un edificio caduco cuya mitad estaba caída y la otra para caer, amenaçando por momentos su total ruina, palpitándoles los coraçones a las arrimadas yedras de los nepotes[49], validos y dependientes. Era de mármol en lo blanco y frío, y aunque muy apuntalado de Cipiones en vez de Atlantes[50], nada seguro; y con tener fosos abiertos y cerrada[s][51] barbacanas, lo que menos tenía era de fortaleza. Pero ¿qué mucho se estuviesse derruyendo, si se veía lleno de hendrijas y goteras?

—He allí —dixo el Jano— el antiguo palacio de Vejecia.

—Bien se da a conocer —le respondieron— en lo melancólico y desapacible.

—¡Qué desterrada estará de aquí la risa! —dixo Andrenio.

—Sí, que ha días andan reñidas, y tanto, que ni se ven ni se hablan.

---

[48] *Amagar:* «Metaphoricamente significa hacer demostración, o insinuación de hacer, ú decir alguna cosa, que no se quiere hacer, ni decir.» *(Dic. Aut.)*

[49] *Nepote:* «... es como primer ministro o privado» *(Dic. Aut.).*

[50] Jugando con los nombres del general romano Escipión y del dios gigante Atlas, dándoles además los significados de «báculos» (cipiones) y de estatuas antropomorfas que hacen las veces de columnas (atlantes).

[51] El texto de 1657 trae «cerrada».

—Pues, de verdad, que si una vejez es triste, que es mal doblado. No deben faltar la murmuración y la malicia, sus grandes camaradas.

—Assí es, que allí están, y muy de assiento, entre aquellos Matusalenes, sin faltarles jamás que contar y que morder, ya al sol, ya al fuego; y es cosa donosa que, no acertando a pronunciar las palabras, clavan con ellas: los callos se les han baxado de las lenguas a los pies [52].

Ostentábase lo que había quedado del derruido frontispicio muy autorizado y grave, con dos puertas antiguas guardadas de perros viejos, siempre gruñendo, al humor de su dueño; estaban ambas cercanamente distantes; en la una había un portero para no dexar entrar, y en la otra para que entrassen. En llegando cualquiera, le desarmaban, aunque fuesse el mismo Cid, y esto con tanto rigor que al Duque de Alba, el célebre [53], le trocaron la dura espada en una banda de seda. A unos les hazían perder los azeros [54], y a otros los estribos, que los hubo de suplir tal vez con una banda de tafetán el César [55]; y al invent[o]r [56] de los mosquetes, Antonio de Leiva [57], le obligaron a desmontar y meterse en una silla de manos, que solían llevar dos negros; y él, con gran cólera en medio del calor de una batalla, gritaba:

—¡Llevadme, diablos, a tal y tal parte! ¡Demonios, acabad de llevarme allá!

Estaban en aquel punto despojando a cierto general del

[52] *Tener callos en el paladar o en la lengua:* «Se dice de aquellos que están hablando continuamente.» *(Dic. Aut.)* Al ser viejos ya no hablan, pero les salen callos en los pies y no pueden andar.

[53] El más célebre de los duques de Alba fue Fernando Álvarez de Toledo y Pimentel (1507-1582), contemporáneo de Carlos I y Felipe II.

[54] *Acero:* «Metaphoricamente significa esfuerzo, ardimiento, valor y denuedo.» *(Dic. Aut.)*

[55] Sobradamente conocido es que a Carlos V se le llamaba «el César» y que padecía de gota, por lo que le pondrían en las piernas bandas de tafetán, con sustancias aglutinantes, que era la tela que se usaba para las heridas.

[56] La edición de 1657 pone «inventar».

[57] Antonio de Leiva (1480-1536), capitán español. En Pavía, enfermo de gota, se hizo sacar en una silla y entretuvo las tropas italianas del ejército francés que así no participaron en la batalla.

bastón con que había hecho temblar el mundo, dándole en su lugar un báculo, que temblaba con mucha repugnancia suya, porque dezía que aún estaba de provecho.

—¡Para sí! —dezían los soldados.

Al fin, le persuadieron con buenas palabras tratasse de hazer buenas obras, no ya de matar, sino de prevenirse para morir.

Solos les dexaban los cetros y los cayados[58] a los que llegaban con ellos, assegurando eran, cuanto más carcomidos, los más firmes puntales del bien común. A los otros les iban repartiendo báculos, que ellos dezían darles palos, y muchos se vieron llevarlos en el aire[59] sin afirmarse ni tocar en tierra; y discurrió un malicioso era por no hazer ruido ni llamar a la puerta de la otra vida.

Pero para que se vea cuán diferentes son los modos de concebir en el mundo y la variedad de caprichos, vieron no pocos que ellos mismos [s]e[60] venían a dexarse cautivar de Vejecia sin aguardar a que los traxessen sus achacosos ministros. Buscábanse ellos de buena gana la mala[61] y pedían con instancia les diessen báculos, pero por ningún caso se les permitían; menos los admitían dentro de la horrible posada, tan deseada dellos cuan temida de los otros. Admirados los circunstantes de tan recíproca impertinencia, les dezían:

—¿Qué pretendéis con esso?

Y ellos:

—Dexadnos, que nosotros nos entendemos.

Y rogaban a las guardas les dexassen entrar, diziendo:

—Siquiera en lugar [v]uestro[62].

—¡Mirad ahora qué prebenda!

—¡Oh, sí lo es! —respondieron los porteros—, que para

---

[58] *Cayado:* «Se toma también por el báculo de los obispos, por ser los pastores de la Iglesia.» *(Dic. Aut.)*

[59] Adviértase el doble sentido en «darles palos»; «en el aire», por llevarlos con velocidad, por pasar el tiempo aprisa en la vejez.

[60] *Le* trae la edición de 1657.

[61] Entiéndase «mala gana». *Gana:* «En el dialecto de Aragón y Valencia se toma por disposición en la salud: y assí dicen estar de buena o mala gana, por estar bien o mal dispuesto.» *(Diccionario Aut.)*

[62] La edición de 1657 trae «nuestro», por errata evidente.

éssos lo es y acomodada, y aun [63] beneficio, ni otro sino çonço [64]. No los entendéis vosotros: no buscan el báculo por necessidad, sino por comodidad; no para llamar a las puertas de la muerte, sino de más vida, de la autoridad, de la dignidad, de la estimación y del regalo.

En consecuencia desto llegó uno bien luzio de toçuelo pretendiendo ser admitido en el ancianismo y passar plaça de achacoso, y para esto se ayudaba del toser y del quexarse. A éste le retiraron diez leguas lexos, digo diez años atrás, diziendo:

—Éstos, por no trabajar, se hazen viejos antes con antes: añádense años y achaques.

Y realmente era assí, porque se dexó caer uno:

—Si quieres vivir mucho y sano, hazte viejo temprano; esto es, vi[v]e [65] a la italiana.

—Assí que de todo hay en el mundo: unos que siendo viejos quieren parecer moços, y otros que siendo moços quieren parecer viejos.

Assí fue, que tenía ya uno los ochenta (o no los podía tener): porfiaba que ni era viejo ni se tenía por tal. Atendiéronle y notaron que ocupaba uno de los más superiores puestos. Y assí dixo otro:

—A éstos siempre les parece que han vivido poco, y a los que esperan [66], que mucho.

Acusaron a otro que, cuando moço, había afectado el parecer viejo, y cuando viejo, moço; y averiguósse que antes pretendía conseguir cierta dignidad y después conservarse en ella. Porfiaba otro decrépito que él probaría con evidencia no ser viejo, y dezía:

—Las pensiones del viejo son ver poco, andar menos, mandar nada. Yo, al contrario, veo más, pues si antes no vía sino una en cada cosa, ahora se me hazen dos, un hombre me parecen cuatro, y un mosquito un elefante. Camino doblado, pues he de dar cien passos para conseguir cualquier cosa, que antes con uno alcançaba cuanto quería. Pues mando tres y cuatro vezes la cosa, y no se haze; que en otro tiempo, a la primera palabra me obedecían. Experi-

---

[63] En el texto de 1657 trae por errata «a vn».

[64] *Zonzo,* simple, referido a beneficio. Véase nota 52, Crisi VI, Segunda Parte.

[65] Errata en el texto de 1657: «vire».

[66] Sobreentendido «esperan que deje el puesto» para ascender ellos.

mento dobladas fuerças, que si antes desmontaba de un caballo mi persona sola, agora me traigo la silla tras mí. Hágome más de sentir arrastrando el mundo con los pies y haziendo ruido con la tos y con el báculo.

—Todo esso tenéis más de viejo —le dixeron—, pero sírvaos de consuelo.

Fuéronse ya acercando a la palaciega antigualla y descubrieron dos grandes letreros sobre ambas puertas. El de la primera dezía: *Esta es la puerta de los honores.* Y el de la segunda: *Esta es la de los horrores.* Y de verdad lo mostraban, ésta en lo desluzido y aquélla en lo magestuoso. Examinaban los porteros con grande rigor a cuantos llegaban, y en topando alguno que venía de los verdes prados de sus gustos, regoldando a obscenidades, al punto le encaminaban a la puerta de los horrores y le introducían en dolores, assegurando que la mocedad liviana entrega cansado el cuerpo a la vejez.

—Entren los livianos —dezían— por la puerta de la pesadumbre, que no de la gravedad.

Y ellos, sin réplica, obedecían; que se tiene observado que todos estos livianos son gente de pocos hígados. Al contrario, a todos cuantos hallaban venir de las sublimes asperezas de la virtud, del saber y del valor, les abrían de par en par las puertas de los favores; que una misma vejez, para unos es premio y para otros apremio, a unos autoriza, a otros atormenta. En reconociendo a Critilo, los vigilantes porteros le franquearon la entrada de las honras, mas a Andrenio le obligaron a entrar por la de las penas. Tropezó en el mismo umbral y gritáronle:

—¡Guarda de caer, que aquí, u de comida u de caída! [67]

Iban caminando ambos por muy diferentes rumbos, pues apenas entró Andrenio cuando vio y oyó lo que él nunca quisiera, representaciones trágicas, visiones espantosas; pero entre todas, la mayor fue una furia o una fiera, prototipo de monstruos, espectro [68] de fantasmas, idea [69] de trasgos, y

---

[67] Es decir, significando que los ancianos pueden morir, por el mucho comer o por la más pequeña caída.

[68] Por errata evidente el texto trae «tan dentro», que no es compatible con el contexto. Tal errata puede estar por «retrato», «espejo», etc. Proponemos como más acorde «espectro», imagen horrible.

[69] *Idea:* «Se llama también la imagen, representación.» *(Diccionario Aut.)*

lo que es más que todo, una vieja. Ocupaba una silla de costillas pálidas, un tiempo ya marfiles, embaraçando un trono de ecúleos, potros y catastas [70], como presidenta de tormentos donde todos los días son aciagos Martes [71]. Rodeábanla inumerables verdugos, enemigos declarados de la vida y muñidores de la muerte, y ninguno desocupado; todos se empleaban en hazer confessar a los envejezidos delincuentes, a cuestión de tormentos [72], que eran vassallos de aquella tirana reina, y en declarándolo, les cargaban de villanos pechos [73] que les hazían toser y tragar saliva. Y aunque el parage era tan molesto, y las camas tan duras, emperezaban en ellas con mucha flema, y aun flemas [74].

Tenían a uno entre sus garras, dándole muy malos ratos en el potro de sus passadas mocedades, y ya muy pesadas [75], cruel tortura de una prolongada muerte. Y él estaba siempre negativo, meneando a un lado y a otro la cabeça y diziendo a todo de no, que es de viejos el negar, assí como de niños el conceder: en la boca del viejo siempre hallaréis el *no,* y en la del niño el *sí.* Preguntábanle de dónde venía, y él, dos vezes sordo (porque lo afectaba y lo era), todo lo entendía al revés y respondía:

---

[70] *Ecúleo:* «Instrumento o máchina hecha de madera semejante a un caballete con sus ruedas a los cabos, sobre la qual se imponía a los que como reos y malhechores se havían de atormentar.» *(Dic. Aut.) Catasta:* «Especie de potro compuesto de unos maderos atravessados, al modo del aspa de San Andrés. En los extremos de arriba havía unos huecos o agujeros, en donde estaban encaxadas unas garruchas con unas cuerdas, las quales atadas a las muñecas del reo y atados al mismo tiempo los tobillos a los extremos de abaxo con otras cuerdas, le estiraban el cuerpo hasta descoyuntarle los miembros.» *(Dic. Aut.)*

[71] *Martes,* jugando con el dios de la Guerra, Marte, y con el día de la semana, que era «de mal agüero y aziago», según frase del Padre Mariana que trae el *Dic. Aut.*

[72] *Cuestión de tormento:* «En lo forense es la averiguación, inquisición o pesquisa de la verdad en el tormento.» *(Dic. Aut.)*

[73] *Pecho,* con doble significado: el de pecho humano y el de «tributo que pagan al Rey los que no son hijosdalgo» *(Dic. Aut.).*

[74] Habrá observado el lector el juego entre «flema», tranquilidad, cachaza, con la que emperezaban, y «flemas», esputos, que arrojaban por ser viejos.

[75] *Pesadas ya,* las pasadas mocedades porque, como dijo anteriormente: «la mocedad liviana entrega cansado el cuerpo a la vejez».

—¿Que estoy muy viejo? Esso niego.

Y meneaba la cabeça. Daban otro apretón a los c[o]rdeles[76] y volvíanle a preguntar:

—¿A dónde irá?

Y dezía:

—¿Que me muero? No hay tal.

Y sacudía ambas orejas. A sus mismos hijos, si le interrogaban, respondía:

—¿Que os entregue la hazienda? Aún es presto.

Y movía a toda prisa la cabeça.

—Yo dexaré el mando con el mundo.

Defendíase otro diziendo que él se sentía aún moço, pues tenía estómago de francés, cabeça de español y pies de italiano[77]. Trataron de convencerle de todo lo contrario con hartos testigos; replicaba él no ser de vista, y respondíanle:

—Aquí, abuelo, los ausentes son los concluyentes: la vista que os falta, los dientes que se os cayeron, los cabellos que volaron, las fuerças que descaecieron y el brío que se acabó.

Y dio Vejecia sentencia contra él casi de muerte. Escusábase un podrido rancio que no estaba en él la falta, sino en los otros, porque dezía:

—Señores, han dado ahora los hombres en hablar baxo, como a traición, que ni se oyen ni se dan a entender; en mi tiempo todos hablaban alto porque dezían verdad. Hasta los espejos se han falsificado, pues hazían antes unas caras frescas, alegres y coloradas, que era un contento el mirarse. Los usos se van de cada día empeorando, cálçase apretado y corto, vístese estrecho y tan justo que no se puede valer un hombre; las tierras se han deteriorado, que no dan los frutos tan sustanciales y sabrosos como solían ni las viandas tan gustosas; hasta los climas se han mudado en peor, pues siendo este nuestro antes muy sano, de lindos aires, el cielo claro y despejado, ahora es todo lo contrario, enfermizo y tan achacoso que no corren otros[78] que catarros, romadizos, distilaciones, mal de ojos, dolores de cabeça y otros cien ajes. Y lo que yo más siento es que el

---

[76] Por errata trae «cerdeles» el texto de 1657.

[77] Estómago de francés por fama de buenos comedores; cabeza de español por la terquedad o por lo prudente; pies de italiano por la ligereza en la danza.

[78] Genérico, «otra cosa».

servicio está tan maleado que no hazen cosa bien: los criados, malmandados, mentirosos, gasta recados; las criadas, perezosas, desaliñadas, bachilleras, que no hazen cosa a derechas, pues la olla desazonada, la cama dura y mal pareja, la mesa mal compuesta, la casa mal barrida, todo sucio y todo mal. De modo que ya un hombre oye mal, come peor, ni viste, ni duerme, ni puede vivir. Y si se quexa, dizen que está viejo, lleno de manía y caduquez.

Causaba entre risa y lástima ver cuáles llegaban a este passage los que ya se preciaron de galanes y pulidos, los Narcisos y los Adonis, que no se podían mirar sin grande horror; las que ya fueron Floras y aun Elenas, y la misma Venus, verlas ahora descabelladas y sin dientes; que cual suele rústica grossera mano esgrimir el villano azero contra el más copado y frondoso árbol, pompa vistosa de la campaña, alegría del año, bizarro aliño de la primavera, cortándole sus más lozanas ramas, tronchándole sus verdes pimpollos, malográndole sus frescos renuevos, dando con todo en tierra hasta dexarle tronco inútil, fantasma de las flores y esqueleto del prado: tal es el Tiempo, con propiedad tirano, pues que de todo tira; aja y deshoja la mayor belleza, marchita el rosicler de las mexillas, los claveles de los labios, los jazmines de la frente, sacude el menudo aljófar de los dientes que lloró risueña aurora de la mocedad, vuela la frondosa hojarasca del cabello, corta el brío, troncha el garbo, descompone la bizarría, derriba la gentileza, da con todo en tierra.

De un cierto personage se dudaba si realmente era anciano, porque le sobraba tiempo y le faltaba seso, y todos convinieron en que estaba muy verde [79], mas Vejecia:

—Éstos —dixo— son de casta de higueras locas, que nunca llega a madurar el fruto: hazen higa [80] a la prudencia.

Apelábase un calvo, y otro cano, a sus pocos años.

—Esso tiene el vivir aprisa —les respondieron—, que las tempranas mocedades ocasionan anticipadas vejezes: no hubiérades sido tan moços y no estuviérades tan viejos.

—¡Qué pocas canas llegan de la corte! —reparó Andrenio.

Y respondióle Marcial en dos palabras y un verso:

---

[79] Mejor se entendería «era muy verde» el anciano.
[80] *Higa,* burla o desprecio. Véase nota 36, Crisi XIII, Primera Parte.

—Miradlos de noche y hallaréislos cisnes los que todo el día cuervos[81].

Llegó uno cojeando y juraba que no era una gota de mal humor, sino haber tropezado; y díxole otro riendo:

—Guardaos mucho de tales tropiezos, porque cada vez que los dais, si no caéis, avançáis mucho a la sepultura.

No fue mal visto ni maltratado otro que realmente tenía años, y no canas, averiguado el secreto, que era sabérselas quitar con las ocasiones que quitaba[82]. Concediósele gozasse de los privilegios de viejo y de las essenciones de moço, diziendo Vejecia:

—Viva quien sabe vivir.

Al contrario, llegó otro con pocos años y muchas canas, y bien miradas, hallaron que eran verdes o amarillas[83].

—No le han salido ellas —dixo uno—, sino que se las han sacado. Vos, sin duda, venís de alguna comunidad (no digo comodidad) donde hijos de muchas madres bastan a sacar canas a un embrión[84].

Llamaron a una de abuela, y ella enfurecida dixo:

—¡Nieta y muy nieta!

Y Marcial, que acertó a estar allí, o su malicia, dixo:

—Si ella no tiene más años que cabellos, yo juraré que no llegan a cuatro.

Porfiaba otra era suyo el oro de la madexa y la nieve de sus dientes, y ninguno lo creía. Volvió por ella el mismo poeta, como tan cortesano, diziendo:

—Sí, sí, suyos son, pues le cuestan su dinero[85].

Correspondían lastimeros gritos a los insufribles tormentos. Los glotones y bebedores no podían agora passar una

---

[81] Alude al epigrama de Marcial que ataca a los que por el día van con peluca de cabellos negros como el cuervo, para parecer jóvenes, pero por la noche, cuando se la quitan, son tan canosos como el cisne.

[82] *Ocasión* «significa también peligro u riesgo» *(Dic. Aut.).* Entiéndase entonces «con los peligros que quitaba de delante o apartaba».

[83] Es decir, canas no maduras, como los frutos verdes o amarillos.

[84] Veo aquí un ataque a la comunidad religiosa, donde sus miembros, hijos de muchas madres, pueden malograr la existencia de uno, envejecerle.

[85] Refiriéndose a los postizos.

gota [86], y hazíanles beber la toca y aun morder la sábana [87], aunque se notó que raros de los regalones llegaron tan adelante. Era tan general el sentimiento, que los más tenían hechos lágrima del continuo llanto; y, del mal tratamiento de Vejecia, andaban contrechos [88] y agobiados, coxos y desdentados y semiciegos, tratándolos como a villanos, cargándolos de nuevos pechos [89] sobre los viejos.

Encontraron ya los crudos criados con el no bien maduro Andrenio; agarraron dél. Pero antes de dezir lo que con ellos le passó o le hizieron passar, demos una vista a Critilo, que habiendo entrado por la puerta de los honores, había llegado a la mayor estimación. Introduxéronle la Cordura y la Autoridad en un teatro muy capaz y muy señor, pues lleno de seniores y de varones muy capazes. Presidía en magestuoso trono una venerable matrona con todas las circunst[a]ncias [90] de grande. No mostraba semblante fiero, sino muy sereno, no desapacible, sino autorizado, coronada del metal cano [91] por reina de las edades; y como tal, estaba haziendo grandes mercedes a sus cortesanos y concediéndoles singulares privilegios. Estaba en aquella sazón honrando a un grande personage, tan cargado de espaldas como de prudencia, haziéndole todos acatamiento. Y preguntó Critilo a su Jano colateral, que nunca le desamparó, quién era aquel varón de estimaciones.

—Éste es —le respondió— un Atlante político. ¿De qué piensas tú que está assí, tan agobiado? De sostener un mundo entero.

—¿Cómo puede ser —le replicó—, si no se puede tener él a sí mismo?

—Pues advierte que éstos, cuanto más viejos son más firmes, y cuantos más años más fuerças sustentan, más y mejor que los moços, que luego dan con el cargo y con su carga en tierra.

---

[86] *Gota,* con doble significado: gota de líquido y enfermedad.

[87] *Tormento de toca:* «El que consistía en hacer tragar agua a través de una gasa delgada» *(Dic. Acad.),* tormento apropiado para los bebedores; para los comedores se inventa Gracián otro tormento, el morder la sábana.

[88] *Contrecho:* «Lo mismo que lisiado o contrahecho.» *(Diccionario Aut.)*

[89] *Pecho,* tributo. Véase nota 73 de esta Crisi.

[90] «Circunstuncias» en la edición de 1657.

[91] *Metal cano,* metal blanco, la plata.

Vieron otro que llegaba y arrimando su báculo a una montaña de dificultades, la alçaprimaba, no habiendo podido muchos y muy robustos mancebos ni aun moverla.

—Nota —le dixo Jano— lo que puede la maña de un sagaz viejo. ¿No reparas en aquel otro que, estando para caer aquella gran máquina [92] de coronas, llega él y arrima su carcomido báculo y con segura firmeza las sustenta? Las manos le tiemblan al que allí miras, y están temblando dél los exércitos armados; que esso le dixo el trompeta francés a don Felipe de Silva: «No teme mi señor el Mariscal de la Mota [93] essos vuestros pies gotosos, sino essa vuestra testa desembaraçada.»

—¡Qué gafos [94] tiene los dedos aquél que llaman el Rey Viejo!

—Pues te asseguro que están colgados dellos dos mundos [95].

—¡Qué palos sacude aquel coronado ciego aragonés, y cómo que haze pedazos tanta espada y tanta lança rebelde! [96]

Salían al mismo punto seis varones de canas, que cuanto más alto un monte más se cubre de nieve, y le dixo iban despachados de Vejecia [a]l [97] Areópago real, y otros cuatro más a ladear [98] a un gran príncipe que entraba moço a reinar, y viéndole sin barbas le rodeaban de canas.

Allí toparon y conocieron los claríssimos de noche y escuríssimos de secreto, gran profundidad con tanta claridad [99].

—Repara —dixo el Jano— en aquel semiciego: pues más

---

[92] *Máquina:* «Se toma también por muchedumbre y abundancia de alguna cosa.» *(Dic. Aut.)*

[93] Sobre Felipe de Silva, véase nota 88, Crisi II, Segunda Parte. //. Sobre el Conde de la Motte, véase nota 2, Preliminares, Primera Parte.

[94] *Gafo,* contraído. Véase nota 56, Crisi VIII, Primera Parte.

[95] Dos mundos, el viejo, Europa, y el nuevo, América, gobernaban los reyes de España. Entre ellos, ya hemos visto, estaba enfermo de gota Carlos I.

[96] Rey ciego aragonés fue Juan II que, al perder la vista, tuvo que someter, ya viejo, una rebelión en Cataluña y luchar contra Luis XI de Francia por Rosellón y Cerdaña.

[97] El texto de 1657 trae «el», por errata.

[98] *Ladear,* ponerse al lado. Véase nota 27, Crisi V, Primera Parte.

[99] Significando que los ancianos son sagaces en la oscuridad de las cosas, mudos para los secretos, profundos y claros de pensamiento.

descubre él en una ojeada que echa que muchos garçones que se precian de tener buena vista, que al passo que van perdiendo éstos los sentidos van ganando el entendimiento: tienen el coraçón sin passiones y la cabeça sin ignorancias. Aquél que está sentado, porque no puede estar de otro modo, camina medio mundo en un instante, y aun dizen que le trae en pie y con aquel báculo le lleva al retortero: que se hazen mucho de sentir en él cuando los viejos le mandan. Aquel otro asmático y balbuciente dize más en una palabra que otros con ciento. No passes por alto aquel lleno de achaques, que no se le ve parte sana en todo su cuerpo: pues de verdad que tiene el seso muy entero y el juizio muy sano. Aquellos de los malos pies pisan muy firme y, cojeando ellos, hazen assentar el pie a muchos. No son flemas las que arrancan aquellos senadores de sus cerrados pechos, no son sino secretos podridos de callados.

—Una cosa admiro yo mucho —dixo Critilo—, que no se oye aquí vulgo ni se parece.

—¡Oh! ¿no ves tú —le dixo el Jano— que entre viejos no le hay, porque entre ellos no reina la ignorancia? Saben mucho porque han visto y leído mucho.

—¡Qué pausado se mueve aquél!

—Pero ¡qué a priessa va restaurando, viejo, lo que desperdició moço!

—¡Qué magistral conversación la de aquellos rancios que ocupan el banco del Cid![100] Cada uno parece un oráculo.

—Es un gran rato el escucharlos, de gran gusto y enseñança para la juventud.

—¡Qué quietud tan feliz! —ponderaba Critilo.

—Es que assisten aquí —dezía el Jano— el reposo, el assiento, la madurez, con la prudencia, con la gravedad y la entereza. No se oyen aquí jamás desatenciones, mucho menos arrojos ni empeños; no resuena instrumento músico ni bélico, que están prohibidos por la Cordura y el Sossiego.

Trató ya de conduzir el sagaz Jano a su maduro Critilo ante la venerable Vejecia. Llegó él muy de su grado, y assí le recibió ella con mucho agrado. Mas fue mucho de ver que al mismo punto que se postró a sus pies, corrieron de improviso ambas cortinas, que estaban a los dos lados del magestuoso trono, con que a un mismo tiempo se vieron y

---

[100] Sobre el *banco del Cid,* véase nota 65, Crisi V, Segunda Parte.

se conocieron, de la otra parte, Andrenio entre horrores, y desta otra, Critilo entre honores, assistiendo entrambos ante la duplicada presencia de Vejecia, que como tenía dos caras januales [101] podía muy bien presidir a entrambos puestos, premiando en uno y apremiando en otro. Ordenó luego se leyessen en voz alta y clara los nuevos privilegios que, en atenciones de méritos de sus concertadas vidas, se les concedían a éstos; y al contrario, los agravados pechos que se les imponían a aquéllos: a unos cargos, a otros cargas, muy dignos de ser sabidos y escuchados. Quien los quisiere lograr [102], estienda el gusto a la crisi siguiente.

---

[101] Alusión al rey Jano y sus dos caras para ver lo pasado y lo por venir.

[102] *Lograr,* gozar. Véase nota 13, Crisi II, Primera Parte.

CRISI SEGUNDA

El estanco de los Vicios

Llamó acertadamente el filósofo divino [1] al compuesto humano sonoro, animado instrumento, que cuando está bien templado haze maravillosa armonía; mas cuando no, todo es confusión y disonancia. Compónese de muchos y muy diferentes trastes que con dificultad grande se ajustan y con grande facilidad se desconciertan. La lengua dixeron algunos ser la más dificultosa de templar; otros, que la codiciosa mano. Éste dize que los ojos, que nunca se sacian de ver la vanidad; aquél, que las orejas, que jamás se ven hartas de oír lisonjas propias y murmuraciones agenas. Tal dize que la loca fantasía y cuál que el apetito insaciable. No falta quien diga que el profundo coraçón, ni quien sienta que las maleadas entrañas. Mas yo, con licencia de todos éstos, diría que el vientre, y esto en todas las edades: en la niñez por la golosina, en la mocedad por la lascivia, en la varonil edad por la voracidad y en la vejez por la vinolencia. Es el vientre el baxo, y aun el vil, desta humana consonancia; y esto no obstante, no hay otro Dios para algunos. Hizo siempre apóstatas los sabios; no di[g]o [2] cuántos, porque los más, y con menos razón, haze[n] [3] mayor guerra a la razón. Es la embriaguez fuente de todos los males, reclamo de todo vicio, origen de toda monstruosidad,

---

[1] Ya ha llamado otra vez a Platón el divino filósofo.

[2] Por errata, en la edición de 1657 pone «dixo».

[3] La sintaxis nos dice que debe ser «hazen», y no «haze» del texto de 1657.

manantial de toda abominación, procediendo tan anómala[4] que cuando todos los otros vicios caducan y se despiden en la vejez, ella entonces comiença y, sepultados ya, los aviva: con que no hay un vicio solo, sino todos de mancomún; gran comadre de la heregía: dígalo el Septentrión, llamado assí, no tanto por las siete estrellas que le ilustran, cuanto por los siete capitales vicios que le deslucen; amiga de la discordia: vozéenlo ambas Alemanias, siempre turbulentas; camarada de la crueldad: llórelo Inglaterra en sus degollados reyes y reinas; paisana de la ferocidad: publíquelo Suecia, inquietando muy de atrás toda la Europa; compañera inseparable de la luxuria: confiésselo todo el mundo; y finalmente, tercera de toda maldad, muñidora de todo vicio, escollo fatal de la vejez, donde çoçobra el carcomido bagel humano, yéndose a pique cuando había de tomar puerto. El desempeño desta verdad será después de haber referido las severas leyes que mandó promulgar Vejecia por todo el ancianismo, que para unos fueron favores, si rigores para otros.

Subido en lugar eminente, el Secretario intimó desta suerte:

—A nuestros muy amados seniores y hombres buenos, a los beneméritos de la vida y despreciadores de la muerte, ordenamos, mandamos y encargamos:

«Primeramente, que no sólo puedan, sino que deban dezir las verdades, sin escrúpulo de necedades, que si la verdad tiene muchos enemigos, también ellos muchos años y poca vida que perder. Al contrario, se les prohíben severamente las lisonjas activas y positivas, esto es, que ni las digan ni las escuchen, porque desdize mucho de su entereza un tan civil[5] artificio de engañar y una tan vulgar simplicidad de ser engañados.

»Iten que den consejos por oficio, como maestros de prudencia y catedráticos de experiencia; y esto, sin aguardar a que se les pidan, que ya no lo platica[6] la necia presunción. Pero, atento a que suelen ser estériles las palabras sin las obras, se les amonesta que procedan de modo que siempre precedan los exemplos a los consejos. Darán su voto en to-

---

[4] *a no mala* en el texto de 1657.
[5] *Civil:* «... se dice del que es desestimable, mezquino, ruin y de baxa condición y proceder» *(Dic. Aut.).*
[6] *Platicar,* practicar.

do, aunque no les sea demandado, que monta más el de un solo viejo chapado [7] que los de cien moços caprichosos. Dirán mal de lo que parece mal, mucho más de lo que es malo, que esto no es murmurar, sino hazer justicia; y lo que en ellos sería recatado silencio, entre la gente moça passaría por declarada aprobación. Alabarán siempre lo passado, que de verdad lo bueno fue y lo malo es, el bien se acaba y el mal dura. Podrán ser mal contentadizos, por cuanto conocen lo bueno y se les debe lo mejor. Permíteseles el dormirse en medio de la conversación, y aun roncar, cuando no les contentare, que será las más vezes. Corregirán a los moços de continuo, no por condición, sino por obligación, teniéndoles siempre tirante la brida, ya para que no se despeñen en el vicio, ya para que no atollen en la ignorancia. Dáseles licencia para gritar y reñir, porque se ha advertido que luego anda perdida una casa donde no hay un viejo que riña y una suegra que gruña.

»Iten más, se les permite el olvidarse de las cosas, que las más del mundo son para olvidadas. Podrán entrarse libremente por las casas agenas, acercarse al fuego, pedir de beber, alargar la mano al plato, que a canas honradas nunca ha de haber puertas cerradas. Permíteseles el encolerizarse tal vez [8] con moderación, no dañando a la salud, por cuanto el nunca enojarse es de bestias.

»Iten que puedan hablar mucho, porque bien [9]; aun entre los muchos, porque mejor que todos. Súfreseles el repetir los dichos y los cuentos que siete vezes agradan y otras tantas enseñan, hiriendo de casera filosofía. Cuiden de no ser muy liberales, atendiendo a que no les falte la hazienda y les sobre la vida. Escusarse han del no hazer cortesías, no tanto por conservarse, cuanto porque no ven ya las personas como solían y que desconocen los hombres de agora [10]. Harán repetir dos y tres vezes lo que les dizen, para que todos miren cómo y lo que hablan. Háganse dificultosos de creer, como escarmentados de tanto engaño y mentira. No darán cuenta a nadie de lo que hazen, ni ten-

---

[7] *Chapado,* persona de prendas y de juicio. Véase nota 57, Crisi I, Segunda Parte.

[8] *Tal vez,* alguna vez. Véase nota 27, Crisi I, Primera Parte.

[9] Con elipsis: «porque hablan bien».

[10] Es decir, porque ya las personas mayores no ven como solían ver antes, de jóvenes, y eso les desconocen los hombres de ahora.

drán que pedir consejo sino para aprobación. No sufran que otro alguno mande más que ellos en su casa, que sería querer mandar los pies donde hay cabeça. No tendrán obligación de vestir al uso, sino a su comodidad, calçando holgado, por cuanto se ha advertido que todos cuantos calçan muy justo no pisan muy firme.

»Iten más, podrán comer y beber muchas vezes al día poco y bueno, y tratar de su regalo, sin nota de gula, para conservar una vida que vale más que las de cien moços juntas, y podrán dezir lo que el otro: 'yo soy largo en la iglesia y en la mesa, y no me pesa'. Ocuparán los primeros assientos en todo lugar y puesto, aunque lleguen tarde, pues llegaron al mundo primero, y podrán tomárselos cuando los otros se descuidaren en ofrecérselos: que si las canas honran las comunidades, justo es que sean honradas de todos. Mándaseles que en todas sus cosas procedan con espera, y assí podrán ser flemáticos: que no procederá de cansados, sino de pausados y prudentes. No tendrán que ceñir azero los que han de caminar con pies de plomo, pero llevarán báculo, no sólo para su descanso, sino para las correcciones prontas, aunque no gusten los moços de tales besamanos. Podrán ir tosiendo, arrastrando los pies y hiriendo[11] fuerte con los báculos, como gente que haze ruido en el mundo, atento a que todos en la casa se irán recatando dellos, ocultándoles las cosas. Podrán, por el mismo caso, ser amigos de saberlo todo y preguntarlo y, atendiendo también a que si se descuidan en saber los sucessos se irían ayunos de muchas cosas a la otra vida, podrán informarse qué hay de nuevo, qué se dize y qué se haze; demás, que es muy de personas el querer saber lo que en el mundo passa. Escúsese de su seca condición en achaque de su seco temperamento, templando con su austeridad el demasiado bullicio y la necia risa de la gente joven. Que puedan quitarse años, ya por los que les impondrán, ya por los que ellos en su juventud se impusieron. Tendrán licencia para no sufrir y quexarse con razón, viéndose mal assistidos de criados perezosos, enemigos suyos dos vezes, por amos y por viejos: que todos vu[e]lven[12] las espaldas al sol que se pone y la cara hazia el que sale; sobre todo, viéndose odiados de

---

[11] *Herir:* «Significa también golpear, dar con algo en alguna parte: y assí se dice, hirió la piedra, hirió el árbol.» (*Dic. Aut.*)
[12] «Bualven» en el texto.

566

ingratos yernos y de nueras viejas. Haránse estimar y escuchar, diziendo: 'Oíd, moços, a un viejo que cuando era moço los viejos le escuchaban.' Finalmente, se les encarga que no sean chanceros, sino severos, estando siempre de veras atentos a su madurez y entereza.»

Estas leyes en lo público y otras de mayor arte en lo secreto, les fueron intimadas, que ellos aceptaron por obligaciones, aunque otros las calificaron privilegios.

Aquí, volviendo la hoja y teniendo el rostro hazia la contraria banda, esforçando la voz, leyó desta suerte:

—Intimamos a los viejos por fuerça, a los podridos y no maduros, a los caducos y no ancianos, a los que en muchos años han vivido poco:

«Primeramente, que entiendan y se lo persuadan que realmente están viejos, si no en la madurez, en la caduquez; si no en ciencia, en impertinencia; si no en prendas, en achaques.

»Iten más, que assí como a los jóvenes se les prohibe el casar hasta cierta edad, assí también a los viejos se les vede de tal edad en adelante: y esto, en pena de la vida si con muger moça, y si hermosa en costas de la hazienda y de la honra. Que no puedan enamorarse, y mucho menos darlo a entender, ni assentar plaça de galanes, en pena de risa de todos; podrán, empero, passear los cimenterios, donde envió a uno cierta gentil dama como apalabrado con la muerte.

»Iten se les prohíbe el añadirse años en llegando a perderles la vergüença, echando a noventa y a ciento, porque demás de engañar a algunos simples, dan ocasión a que muchos ruines se confíen y sientan largo[13] el enmendar su perversa vida. No vistan de gala los que huelen a mortaja, y entiendan que el traje que para un joven sería decente, para ellos es gaitería[14]. Ni por esso han de andar vestidos de figura[15] con monterillas o sombrerillos chiquitos y puntiagudos, ni con lechuguillas y calças afolladas[16] haziendo

---

[13] Es decir, y piensan que les queda largo tiempo para enmendar su perversa vida.

[14] *Gaitería:* «El vestido de diversos colores que no están bien al que las trae.» (Covarrubias.)

[15] *Figura:* «Por extensión se toma por hombre ridículo, feo y de mala traza.» *(Dic. Aut.)* Es decir, el que no vistan de gala no quiere decir que hagan lo contrario, vestirse de mala facha.

[16] Prendas todas antiguas, que usaría el viejo en su juventud: las monteras, las lechuguillas («cuello o cabezón que se

567

los matachines [17]. Que no quieran ser agora enfadosos los que algún tiempo muy desenfadados, ni como el lobo prediquen ayuno después de hartos. Sobre todo, no sean avaros y miserables, viviendo pobres para morir ricos, y se persuadan que es una necia crueldad contra sí mismos tratarse mal para que se regalen después sus ingratos herederos, vestirse de ropas viejas para guardarles a ellos las nuevas en las arcas.

»Más, los condenamos cada día a nuevos achaques, con retención de los que ya tenían. Que sean sus ayes ecos de sus passados gustos, que si aquéllos dieron al quitar, éstos al durar [18]: y assí como los plazeres fueron bienes muebles [19], los pesares serán males fixos. Que vayan de continuo cabeceando, no tanto para negar los años, cuanto para ceñar [20] a la muerte temblando siempre, ya de su horrible catadura, ya pagando censo de asquerosidades a sus passadas liviandades; y adviertan que viven afiançados, no para gozar del mundo, sino para poblar las sepulturas. Que anden llorando por fuerça los que [r]ieron [21] muy de grado, y sean Heráclitos en la vejez los que Demócritos en la mocedad [22].

---

usaba antiguamente... formaban unas ondas semejantes a las hojas de las lechugas encarrujadas». *Dic. Aut.*) y las calzas afolladas (calzones abombados o huecos).

[17] *Matachín:* «Hombre disfrazado ridículamente con carátula y vestido ajustado al cuerpo desde la cabeza a los pies, hecho de varios colores y alternadas las piezas de que se compone: como un quarto amarillo y otro colorado.» *(Dic. Aut.)*

[18] El orden de «aquéllos... éstos...» no viene dado por la colocación en la frase como hoy, sino con relación al tiempo: «aquéllos» son los pasados gustos y «éstos» los presentes ayes. «Al quitar»: «m. adv. con que se significa la poca permanencia y duración de una cosa» *(Dic. Acad.)*. «Al durar», aunque no lo registran los diccionarios, será lo contrario. Por tanto, la frase debe entenderse como: los pasados gustos fueron pasajeros y los presentes ayes permanentes.

[19] «Dezimos otrosí que cosa mueble es la que ome puede llevar o mandar de una parte a otra, o se mueve ella por sí misma.» *(Covarrubias,* citando las *Partidas.)*

[20] *Ceñar,* hacer señas de desagrado. Véase nota 91, Crisi X, Primera Parte.

[21] Evidente errata en la edición de 1657, «vieron», que no corresponde con el anterior «anden llorando».

[22] Porque, como ya dijo (Crisi V, Primera Parte, nota 28), Heráclito es el filósofo del llanto y Demócrito «el filósofo que se ríe».

»Iten que hayan de llevar en paciencia el burlarse de ellos y de sus cosas los jóvenes, llamándolas caduquezes, manías y vejezes, por cuanto dellos mismos lo aprendieron y desquitan a los passados. No se espanten [23] de ser tratados como niños los que jamás acabaron de ser hombres, ni se quexen de que no hagan caso sus propios hijos de los que no supieron hazer casa. Que los que tienen ya el un pie en la sepultura no tengan el otro en los verdes prados de sus gustos, ni sean verdes en la condición los que tan secos de complisión; y en todo caso, eviten de parecer pisaverdes los amarillos y pisasecos [24]. Finalmente, que procedan como parecen, agoviados, inclinándose a la tierra como a su paradero, cargados de espaldas, mas no de cabeça, pagando pecho [25] en toser a su envejecer.

»Impónenseles todas estas obligaciones, y otras muchas más, acompañadas de maldiciones de su familiares y dobladas de sus nueras.»

Acabado un tan solemne auto, mandó la arrugada reina se fuessen acercando a su caduco trono Critilo y Andrenio, cada cual por su puesto, bien opuesto; y assí, a Critilo le dio la mano, mas a Andrenio se la assentó. Entregó un báculo [26] a Critilo, que pareció cetro, y a Andrenio otro, que fue palo. A aquél le coronó de canas, y a éste le amortajó en ellas; diole a aquél el renombre de senior, y a éste de viejo y, más adelante, de decrépito. Con esto, los despachó para passar a la última jornada de la tragicomedia de su vida, Critilo guiando y Andrenio siguiendo. Volvióse Vejecia hazia el Tiempo, su más confidente ministro, haziéndole señas de despejar; que con ser intolerables sus calaboços, los tuvieran muchos por paraísos, a trueque de no passar adelante y llegar al matadero.

A pocos passos, bien pausados, tropeçaron con un sabandijón de los de a cada esquina, en el vulgo, o a un personaje del enfado, que bien atendido de Andrenio y mejor

---

[23] *Espantar,* asombrar. Véase nota 19, Crisi I, Primera Parte.
[24] *Pisaseco,* formación graciana que se opone a «pisaverde»; si ésta significa «el mozuelo presumido de galán» (*Dic. Aut.*), no hay que pensar mucho para ver el significado de «pisaseco».
[25] *Pecho* con doble sentido: el humano, por el toser, y significando tributo, como vimos en nota 73, Crisi I, Tercera Parte.
[26] El texto de 1657 trae «aun báculo».

entendido de Critilo, hallaron ser de aquellos que tienen la lengua agujerada [27], con flujo de palabras y estitiquez [28] de razones; que hay sugetos peores de aquellos que lo que por una oreja les entra por otra les sale, pues a éstos lo que por ambas orejas les entra por la lengua al mismo punto se les va, con tal facilidad de boca que no les para cosa en el buche, por importante que sea, ni el secreto más recomendado ni la interioridad más reservada, no sabiendo callar ni su mal ni el ageno: singularmente cuando llega a calentárseles la boca con alguna passión de cólera o alegría, sin ser necessario darles el remitivo [29] político de la afectada ignorancia ni el único torcedor de la mañosa contradición. Porque éste no tenía retentivo en cosa, confessando él mismo que no podía más con su estómago ni recabarlo con su lengua [30]. Jamás pudo llegar a retener un secreto medio día, y por esto era llamado comúnmente don Fulano el de la lengua horadada. Todos cuantos querían se supiesse algo y que se fuesse estendiendo a toda prisa, acudían a él como a trompeta sin juizio. ¡Pues qué si le encomendaban el secreto!: reventaba por irlo al punto a hazer público. Desgraciado del que o por desatención o por inadvertencia se le confiaba, que luego le topaba en medio de las plaças a la vergüença y aun hecho cuartos [31]. Al contrario, los que ya le conocían se valían dél para hazerle autor de lo que a ellos no les estaba bien serlo. Y en una palabra, él era faraute [32] universal, lengua de ferro, si

---

[27] *Lengua agujerada* es lo mismo que lengua abierta o suelta.

[28] *Estitiquez:* «Estiptiquez, estreñimiento» (*Dic. Acad.*), es decir, que a pesar de sus muchas palabras, le salen pocas razones.

[29] *Remitivo* no existe en castellano; ahora bien, si «remitir» significa «dejar», «suspender», podríamos darle el significado de «dejo», «suspensión», que cuadra perfectamente. También puede haberlo relacionado con «remedio».

[30] Es decir, no podía sujetar ningún secreto en su interior ni su lengua podría recabar el retentivo, conseguir retenerlo. Téngase en cuenta que «No retener nada en el estómago» significa «ser uno fácil en revelar y decir lo que se le ha comunicado y confiado» (*Dic. Aut.*).

[31] *Hecho cuartos,* hecho pedazos, según la frase «en cuartos» (*Dic. Acad.*).

[32] *Faraute:* «... el bullicioso y entremetido que quiere dar a entender que lo dispone todo» (*Dic. Acad.*).

no testa; no el [33] *bello dezitore,* sino el feo palabrista [34].

Éste, pues, o andaluz por lo locuaz, o valenciano por lo fácil, o chichiliani por lo chacharroni [35], los començó a conducir sin pararle un punto la tarabilla de necedades. ¿Quién podrá contar las que ensartó por todo el discurso de su vida? Nunca escupía porque no le tomassen la vez, ni preguntaba por no dar lugar a que otro le respondiesse: si bien, a los tales se cree que se les convierte toda la saliva en palabras, porque todo cuanto hablan es broma [36].

—Seguidme —les dezía—, que hoy os he de introducir en el palacio mayor del mundo, de muchos oído, de venturosos visto, de todos deseado y de raros hallado. ¿Qué palacio será éste?— [s]e [37] preguntaba él mismo, y después de muchos misterios, ponderaciones y hazañerías, les dixo muy en secreto—: Éste es el de la Alegría.

Hízoles notable armonía [38] y dixeron:

—¡No sea el de la Risa! ¿Quién jamás vio tal cosa ni tal casa de la alegría? Hasta hoy no hemos topado quien nos diesse noticia de semejante palacio, aunque [39] de otros, encantados los más y llenos de soñados tesoros.

—No os espantéis [40] desso —les dixo—, porque el que una vez entra allá, por maravilla sale: bobo sería en dexar el contento y volver a los pesares de por acá.

—¿Y tú? —le replicaron.

---

[33] El texto de 1657 trae «sino testano, el», corregido en ediciones posteriores (como las obras completas de 1664). «Lengua de ferro» (de hierro), para mejor entremeterse; «testa de ferro», «el que presta su nombre en un contrato, pretensión o negocio que en realidad es de otra persona» *(Dic. Acad.).*

[34] *Palabrista:* «Lo mismo que palabrero», registra el *Dic. Aut.,* poniendo este texto graciano y corrigiendo la errata de la nota anterior.

[35] Obsérvese la ironía contra los italianos, pronunciando «chichiliani» por sicilianos, a manera jocosamente italiana, y «chacharroni», grandes embusteros y habladores, que registra el *Diccionario Aut.* bajo «chacharón».

[36] *Broma:* «Se llama también qualquiera cosa pesada, y que es de poca o ninguna estimación» *(Dic. Aut.),* que cuadra perfectamente con el que no para de hablar.

[37] El texto pone «le».

[38] Por haber escuchado los sonidos de la palabra «alegría».

[39] «Aunque nos han dado noticias de otros», sobreentendido.

[40] *Espantar,* asombrar. Véase nota 19, Crisi I, Primera Parte.

—Yo soy excepción. Salgo por no reventar[41], a parlarlo y a conducir allá los venturosos passageros. Vamos, vamos, que allí habéis de ver la misma alegría en persona, que lo es mucho, con su cara redonda a lo de sol; que asseguran durarles a las cariredondas diez años más la hermosura que a las aguileñas y carilargas. De allí amanece la aurora cuando más arrebolada y risueña: todos cuantos moran en aquel serrallo, que allí se vive porque se bebe, andan colorados, lucidos y risueños; gente de lindo humor y de buen gusto, gentilhombres de la boca[42].

—Y aun gentiles —añadía Critilo—. Pero, dinos, ¿para cada día hay su placer y buenas nuevas?

—¡Oh, sí!, porque no se cuidan de las malas, ni las oyen ni las escuchan: está vedado el darlas. Desdichado del paje que en esto se descuida, que al mismo punto se[43] despiden. Todos son buenos ratos, comedias nuevas, para cada día hay su placher[44], y aun dos, y todo al cabo viene a parar en *placheri* y *placheri* y más *placheri*.

—Pues ¿no haze de las suyas la fortuna, y de sus mudanças el tiempo? ¿Siempre está en él llena la luna? ¿No se baraxan los contentos con las penas, las copas con los bastos, los oros con las espadas[45], como por acá?

—De ningún modo, porque allí no hay podridos[46] ni por-

[41] En el palacio de la Alegría «se vive porque se bebe», dice un poco más adelante; luego, éste que sale por no reventar, lo hace porque ya está totalmente bebido y no le cabe más.

[42] *Gentilhombre de boca,* con dos sentidos, el aplicado en el texto a los bebedores y el de «Oficio en la Casa del Rey en classe de Caballeros, el mayor en grado después del Mayordomo de semana. Su legítimo empleo es servir a la mesa del Rey, por lo que se dio el nombre» *(Dic. Aut.).*

[43] Forzado es este pronombre: o bien admitimos que es errata por «le», o bien hay un fallo sintáctico, ya que ha dicho «del paje», en singular, y ahora sería «se despiden los pajes», en plural.

[44] Sigue Gracián con la pronunciación jocosa a la manera italiana. No en vano estamos en el palacio de la Alegría. Tampoco hay que perder de vista que están entrando en Italia.

[45] Con doble sentido: las copas (de vino y de la baraja) con los bastos (de las peleas y de la baraja), los oros (dinero y de la baraja) con las espadas (armas y de la baraja); es decir, los contentos con las penas.

[46] *Podridos,* impacientes, consumidos, molestos (de «pudrir», «consumir, molestar, causar suma impaciencia y demasiado sentimiento» *Dic. Acad.).*

fiados, ni temáticos, desabridos, desaçonados, malcontentos, desesperados, maliciosos, punchoneros [47], zelosos, impertinentes, y lo que es más que todo esso, vezinos. No hay espíritus de tristeza ni de contradición, ni atribulados, ni fatiguillas, ni agonizados [48]. Nunca veréis malas comidas por ningún caso, aunque se hunda el mundo, ni peores cenas: nunca ha de faltar el capón, el perdigón [49], que están muy validos. No se conocen sinsabores ni quemazones; y, en una palabra, todos allí son buenos tragos, que de verdad no hay otra Jauja, ni más cierta cucaña en el mundo que no pillar fastidio de *niente* [50].

—Mucho es esso —ponderaba Critilo—, que tenga raízes el plazer y amarras el contento.

—Dígoos que sí, porque es manantial el gusto; ni se marchita el gozo que nace en tierra de regadío [51]. Y habéis de saber, como lo veréis y aun lo probaréis, que en medio de aquel gran patio de su plazentero alcáçar brota una tan dulce cuan perene fuente, brindándose a todos sin distinción en bellíssimos tazones (unos de oro, los más altos; otros de plata, los del medio; y los más baxos, aunque no los menos gustosos, de cristales transparentes) con donosa figurería [52]: por ellos baxa despeñándose con agradable ruido (¡malos años para la mejor música, aunque sean las melodías de Florián!) [53] un tan sabroso licor, y tan regalado, que asseguran unos viene por secretos condutos de allá de los mismos campos Elisios [54]; otros dizen se distila de aquel divino néctar. Y lo creo, porque a cuantos le beben los vuelve luego unos bienaventurados a lo humano, aunque no falta quien diga ser

---

[47] *Punchonero,* de «punchar. Picar; punzar» *(Dic. Acad.).*

[48] *Agonizado,* de «agonizar. Molestar a alguno con instancias y prisas» *(Dic. Acad.).*

[49] *Capón* significa pollo que se ceba para comerlo y haz de sarmientos, vino *(Dic. Acad.);* y *perdigón* significa perdiz nueva y mozo que malbarata su hacienda o aquel que pierde mucho en el juego. *(Dic. Acad.)*

[50] *Niente,* sabido es que en italiano significa «nada».

[51] Hablando del palacio donde se bebe, el regadío ha de ser de vino.

[52] *Figurería,* palabra muy usada por Gracián, es el «gesto ridículamente afectado» *(Dic. M. Moliner),* o afectación.

[53] Florián Rey, músico de la corte de Felipe IV y director de orquesta.

[54] Campos Elíseos o el Elíseo, paraíso después de la muerte, según la mitología.

vena de Helicona[55], y con harto fundamento, pues Horacio, Marcial, Ariosto y Quevedo, en bebiéndole, hazían versos superiores. Mas, porque todo se diga y no me quede con escrúpulos de estómago, no pocos se persuaden y lo andan mascando entre dientes, que son verídicos y un alegre eficaz veneno[56]. Sea lo que fuere, lo que yo sé es que causa prodigiosos efectos, y todos de consuelo, porque yo vi un día traer no menos que una gran princesa (si[57] dixera lansgravia o palatina)[58] perdida de melancolía, sin saber ella misma de qué ni por qué, que a no ser esso no fuera necia. Habíanle aplicado dos mil remedios, como son galas, regalos, saraos, passeos y comedias, hasta llegar a los más eficaces, cuales son fuentes de oro potable[59], digo de doblones, tabaquillos[60] de joyas, cestillos de perlas; y ella, siempre triste que necia[61], enfadada de todo y enfadando a todos, que ni vivía ni dexaba vivir, de modo que llegó rematada de impertinente. Pues os asseguro que luego que bebió del eficacíssimo néctar, depuesta la ceremoniosa autoridad regia, se pusso a bailar, a reír y cantar, diziendo que se iba hazia las alturas. Reniego, dixe yo, de todos sus sitiales y doseles, y atén-

---

[55] Helicón o Helicona, monte de Grecia consagrado a las Musas, de donde viene o adonde se va a buscar la inspiración poética.

[56] Frase elíptica que hay que sobreentender: lo andan mascando entre dientes (no sólo el sabroso licor, sino también con el significado de «hablar» entre dientes, que trae el *Dic. Aut.*), diré que son verídicos los comentarios sobre estos escritores y que el vino es un alegre eficaz veneno.

[57] *Si* pone el texto, que puede interpretarse, o bien «como si», o bien pensar que hay errata por «se».

[58] *Lansgravia,* de Landgrave, título de honor y dignidad de algunos condes en el primitivo Imperio germano. *Palatinado:* «La dignidad o título de algunos de los Príncipes de Alemania, que llaman Palatinos.» *(Dic. Aut.)*

[59] *Oro potable:* «cierta invención de alquimistas, que persuaden poderse desatar este metal de manera que pueda passar por las vías y venas» (Covarrubias). María Moliner, en su diccionario, dice que se hacía como medicamento.

[60] *Tabaque:* «Cestillo, o canastillo pequeño hecho de mimbres.» *(Dic. Aut.)*

[61] «Triste que necia», uso de la conjunción «que» como en «dale que dale», «erre que erre», en que se repite la misma palabra. La originalidad de Gracián está en utilizarla sin repetir la misma palabra.

gome a un valiente cangilón. Y esso es nada, que yo le vi al más severo Catón, al español más tétrico, dar carcajadas en bebiéndole, que por esso le llamaron los italianos *alegracore* [62].

Encontraban muchos peregrinos con sus esclavinas de cuero [63], que todos se encaminaban allá. Los más eran del tercio viejo, que como el parage era áspero y seco, y ellos venían fatigados y sedientos, encarrilaban en ristra y, muertos de sed, venían como vivos.

—Éste es —dezía su farsante guión— el Jordán de los viejos [64]: aquí se remoçan y se alegran, refrescan la sangre y cobran los perdidos colores.

Mas ya, a los ecos de una gran bulla placentera, licenciaron [65] la vista y descubrieron una casa no sublime, pero bien empinada, propia estación del gusto y palacio del plazer, coronado, en vez de jazmines y laureles, de pámpanos frondosos, y todas sus paredes felpadas de hiedras; que, aunque suelen dezir que echan a perder las casas donde se arriman, yo digo que haze harto más daño una cepa, pues de todo punto las arruina.

—Mirad —les dezía— qué alegre vista de colgaduras naturales. ¿Qué tienen que ver con ellas las más ricas y bordadas del célebre Duque de Medina de las Torres [66], las más finas tapicerías de Flandes, aunque sean dibuxos del Rubens? Creedme que todo lo artificial es sombra con lo natural y no más de un remedo.

—Deliciosa amenidad, por cierto —dezía Andrenio—. Ya no me pesa de haber venido. Y dime, ¿siempre dura, nunca se marchita?

—Dígoos que es perpetua, porque jamás le falta el riego; bien puede secarse Chipre y ahorcarse los pensiles [67]: con que no falta aquí su Babilonia.

[62] *Allegra cuore,* que no necesita traducción.
[63] Jugando con las palabras: esclavina de cuero (pellejo curtido); «cuero», pellejo de vino; «con esclavina de cuero», con traje de borracho, ya que «estar uno hecho un cuero» es estar borracho *(Dic. Acad.).*
[64] *Jordán,* cualquier cosa que rejuvenece. Véase nota 82, Crisi V, Segunda Parte.
[65] *Licenciar,* dar permiso o libertad a alguien o a algo.
[66] Duque de Medina de las Torres fue el yerno del Conde Duque de Olivares Ramiro Núñez de Guzmán, casado con María de Guzmán y Zúñiga.
[67] *Pensil:* «jardín que está como suspenso o colgado en el

Íbanse acercando a la gran puerta, siempre de par en par, assí como la casa de bote en bote, y notaron que assí como a la del furor suelen estar encadenados tigres, a la del valor leones, a la del saber águilas, a la de la prudencia elefantes, en ésta assistían lobos [68] soñolientos y tahonas [69] entretenidas. Resonaban muchos juglares y todos hazían buen son: debían de ser forasteros. Bullían ninfas nada adamadas, pero muy coloradas y fresconas, a la flamenca; blandían vistosos cristales en sus mal seguras manos, llenas del generoso néctar, brindando a porfía a todo sediento passagero, por estar esta casa de recreación en medio del passage de la vida. Llegaban ellos muy secos, cuando más [a]hogados [70] de reumas, apurados de la sed, a apurar los cangilones, que ellos les bailaban delante; bebían sin tassa, como gente sin cuenta [71], y era bien de reír cómo fundaban crédito en hazer la razón [72] cuando más la deshazían. Y si alguno más templado se detenía, començaban a hazerle cocos, bautizando su atención por melindre y figurería, haziéndole muchos brindis con su templança el licor brillante, que de verdad les saltaba a los ojos. Provocábanlos diziendo:

—¡Ea!, que en vuestra edad no la hay [73]: la sequedad de la complexión os escusa. Ésta es la leche de los viejos.

---

aire, como se dice que estaban los que Semíramis formó en Babilonia» *(Dic. Aut.)*. Puede secarse Chipre, que da vino, o ahorcarse (no sólo por estar colgado, sino también por «cortar, cerrar») el riego de los pensiles: aquí siempre habrá otro riego, el del vino, y no faltará su Babilonia («Metaphoricamente se toma por confusión y desorden», *Dic. Aut.*).

[68] Porque «lobo» también «se llama en estilo festivo la embriaguez ó borrachera». *(Dic. Aut.)*

[69] Errata tiene el texto: «tahona» no es aplicable aquí. Se trata, sin duda, de «raposa», ramera, como propone Romera-Navarro, siguiendo la relación de animales y pensando que «entretenida» es «prostituta».

[70] «Ohogados» pone en el texto de 1657. Errata evidente por «ahogados», después de decir, «secos».

[71] *Cuenta,* razón; acepción que registra el *Dic. Aut.*

[72] Después de decir «gente sin razón», añade «hacer la razón»: «Corresponder en los banquetes, comidas u ocasiones en que se bebe vino, al brindis o salud que otro hace, con igual brindis.» *(Dic. Aut.)* Concluye diciendo «cuando más la deshazían», la razón, se entiende, como borrachos.

[73] *La* sustituye a algún nombre escrito anteriormente. El más cercano es «templança» y a él se referirá con toda seguridad.

Y mentían, que no era sino el veneno.

—Vaya otra vez, que el licor es apetecible, pues ningún sainete [74] le falta: él tiene buen color para la hermosura, mejor sabor para el gusto y estremado olor para la fragancia, lisonjeando todos los sentidos. Arrojad el agua tan necia como desabrida, muy preciada de no tener nada de gusto, ni color, ni olor, ni sabor. Éste sí que se precia de todo lo contrario, y lo que más es, que ayuda a la salud y aun es su único remedio, pues asseguraba Mesue [75] no haber hallado confección más eficaz y que más presto acudiesse a remediar el coraçón, ni las bebidas de jazintos y de perlas [76].

Picábanle el gusto cambiando licores y colores, ya el rojo encendido, combinándose con la sangre, ya dorado, passando plaza de oro potable [77], ya de color del sol, hijo ardiente de sus rayos, ya de finos granates y aun de preciosos rubís, en fe de su preciosa simpatía [78]. Contentábanse los cuerdos con una taça sola para satisfacer a la necessidad, que lo demás dezían ser una gran necedad: con esso refrescaban la sangre, confortaban el coraçón y se alentaban para poder proseguir su camino a las derechas. Pero los más no acababan de consolarse con una sola taza, ni aun con dos, sino que en tropa de brutos se metían muy adentro, no parando hasta encontrar con el mayor estanque y allí se arrojaban de bruzes. Déstos fue uno Andrenio, sin que bastasse a detenerle ni el consejo ni el exemplo de Critilo. Tendíanse luego en son de bestias por aquellos suelos, que todo vicio lleva a parar en tierra, assí como toda virtud al cielo.

En el entretanto que dormía Andrenio al ser de hombre, privado de la principal de sus tres vidas [79], quiso Critilo

---

[74] *Sainete:* «Lo que aviva o realza el mérito de una cosa, de suyo agradable.» *(Dic. Acad.)*

[75] Juan Mesue (Abú Zacarías Jaia Ben Masuiah) fue un famoso médico y escritor árabe del siglo IX.

[76] *Bebida de jacintos y de perlas:* «Los boticarios hazen una confección que llaman de jacinto, y dase para confortar y alegrar el coraçon.» *(Cov.)* «Fueron las perlas entre los antiguos geroglífico de las lágrimas, y son de mucho provecho en el uso de la medicina para passiones y enfermedades del coraçón y celebro.» *(Cov.)*

[77] Sobre el «oro potable», véase nota 59 de esta Crisi.

[78] «Sinpatía» pone el texto de 1657; solía Gracián escribir n ante p.

[79] La racional, ya que dormía.

registrar aquel palacio tudesco [80], donde vio cosas de mucho escarnio, que él encomendó al escarmiento. Halló lo primero que la bacanal estancia no se componía de doradas salas, sino de ahumadas çahúrdas, no de cuadras [81] de respeto, sí de ranchos de vileza. Topó uno donde todos se metían a bailar luego que entraban, con tal propensión que, queriendo una dueña entrar con un palo a sacar su criada, con gran priessa se había puesto a bailar: en el mismo punto, depuesto el enojo con [82] el palo, se calçó las castañetas y començó a repicarlas; hizo lo mismo el marido, cuando entraba más colérico a llevar el compás con un garrote. Y todos cuantos metían el pie en aquel gustoso rancho del mesón del mundo, al mismo punto, olvidados de todo, se hazían pieças bailando. Dezían algunos ser burlesco hechizo que había dexado un entretenido passagero que allí había hecho noche, mas Critilo túvolo por borrachera y trató de passar adelante.

Encontró con otro donde todos cuantos allá entraban, al punto enfurecían con tal fiereça que, echando unos mano a los puñales y arrancando otros de las espadas, començaban a herirse como fieras y a matarse como bestias, olvidados de la razón, como gente sin juizio. Aquí vio un gran personage con una muy buena capa de púrpura, y díxole su farsante guía:

—No te admires, que por éste se dixo: «debaxo de una buena capa hay un mal bebedor».

—¿Quién es éste?

—Quien fue señor del mundo, mas este licor lo fue de él [83].

—Retirémonos —dixo Critilo—, que tiene en la mano un sangriento puñal.

—Con ésse mató a su mayor amigo sobre mesa [84].

—¿Y con todo esso, fue aclamado el Magno?

---

[80] *Tudesco,* de la Sajonia, en Alemania; aquí significa «de borrachos». Véase nota 29, Crisi V, Segunda Parte.

[81] *Cuadra,* sala o pieza de la casa. Véase nota 17, Crisi XII, Primera Parte.

[82] *Con,* juntamente con o al mismo tiempo que.

[83] Señor del mundo y aclamado el Magno, como dice seguidamente, fue Alejandro Magno, personaje muy nombrado por Gracián.

[84] Se refiere a Clito, hermano de la nodriza de Alejandro. Fue favorito suyo, pero por duras censuras contra Alejandro, éste le dio muerte.

—Sí, por lo soldado, que no por lo rey.

De otro más moderno, y aun corriendo vi[n]o [85], assegu-raban que no se había embriagado sino sola una vez en su vida, pero que le duró por toda ella, en quien hizieron gran maridage el vino y la heregía.

Aquí les mostraron el mismo taçón que tomó en la mano el octavo de los ingleses Enriques en el trance de su infeliz muerte, en vez del santo crucifixo con que suelen morir los buenos católicos, y echándosele a pechos dixo: «¡Todo lo per-dimos junto, el reino, el cielo y la vida!»

—¿Y todos éssos fueron reyes? —preguntó Critilo.

—Sí, todos, que aunque en España nunca llegó la borra-chera a ser merced, en Francia sí a ser señoría, en Flandes excelencia, en Alemania sereníssima, en Suecia alteza, pero en Inglaterra magestad.

Dezíanle a uno que dexasse el beber, si no quería despe-dirse del ver; mas él, incorregible, respondía:

—Dezidme, estos ojos ¿no se los han de comer los gu-sanos?

—Sí.

—Pues más vale que me los beba yo.

Otro tal respondió:

—Lo que hay que ver, ya lo tengo visto; lo que he de beber, no está bebido. Pues bebamos, aunque nunca veamos. Y catad la diferencia de los licores: estos que están tristes y tan adormecidos cargaron del tinto, estos otros tan alegres y risueños del blanco.

Mas ya en esto habían llegado, no al más reservado re-trete, que aquí no se conocen interioridades [86], sino a la es-tancia mayor de la risa, a la cueva del plazer, donde halla-ron que presidía sobre un eminente trono de cercillos [87] una amplíssima reina, sin género de autoridad, muy grave. Y con estar muy gruessa, dezía no tener más que los pellejos, tan pobre y desamparada cuan en cueros [88]. Parecíase una cuba

---

[85] *Vino,* aunque el texto de 1657 traiga «vivo», que corri-gieron ediciones posteriores. Está hablando del vino y de la borrachera.

[86] No se conocen interioridades, ni hay reservado retrete (ha-bitación retirada), porque, ya se sabe, los borrachos siempre di-cen lo que sienten.

[87] Ya que estamos en la casa del vino, «cercillo» es «zarcillo, arco de cuba» *(Dic. Acad.).*

[88] Jugando con las palabras: no tener más que los pellejos

sobre otra, de fresco y alegre rostro, aunque tenía más de viña que de jardín. Vestía de otoño [89] en vez de primavera, coronada de rubíes arracimados; chispeábanla los ojos, vertiendo centellas líquidas, hidrópicos los labios del suavíssimo néctar; blandía, en vez de palma, en la una mano un verde y frondoso tirso [90] y brindaba con la otra un bernegal [91] de buen tamaño a todos cuantos llegaban, observando con inviolable puntualidad la alternativa en los brindis. Notaron que mudaba semblantes a cada trago, ya festivo, ya lascivo, y ya furioso, verificando el común sentir, que la primera vez es necessidad, la segunda deleite, la tercera vicio, y de ahí adelante brutalidad. En viendo a Critilo, licenció la risa [92] en carcajadas y començó a propinar[l]e [93] con instancia el enojoso licor. Rehusaba Critilo el empeño.

—¡Eh!, que no se puede passar por otro [94] —le dezía, sí, su farsante camarada— en ley de cortesano.

Viose obligado a probarlo, y en gustándole exclamó:

—Éste es el veneno de la razón, éste el tóxico del juizio, éste es el vino. ¡Oh tiempos!, ¡oh costumbres! El vino, antes, en aquel siglo de oro (pues [95] de la verdad y aun de perlas, pues de las virtudes), cuentan que se vendía en las boticas como medicina a par de las drogas del oriente. Recetábanle los médicos entre los cordiales [96]: «Récipe, dezían, una onça de vino y mézclese con una libra de agua.» Y assí se hazían maravillosos efectos. Otros refieren que no se permitía vender sino en los más ocultos rincones de las ciudades, allá lexos en los arrabales, porque no inficionasse las gentes, y

---

(piel) y en cueros (desnuda); pero también «pellejos» y «cueros» de vino.

[89] Vestía de otoño, coronada de racimos de uvas, lo dice con toda ingeniosidad: el otoño es la época de la vendimia.

[90] Hasta el *Dic. Acad.* registra que el «tirso» es una vara enramada, cubierta de hojas de hiedra y parra, que llevaba como cetro Baco, el dios del vino.

[91] *Bernegal:* «Vaso tendido y no alto para beber agua o vino.» *(Dic. Aut.)*

[92] Véase la nota 65 de esta Crisi.

[93] En la edición de 1657 pone «propinarse»; ilógico, porque es ella la que propina (convida con la bebida) a Critilo.

[94] Significando «no hay más remedio que aceptar».

[95] Nótese la elipsis: «en aquel siglo de oro (pues era el siglo de la verdad, etc.)».

[96] *Cordial:* «Usado como substantivo se toma por la bebida que se da a los enfermos.» *(Dic. Aut.)*

se tenía por infamia ver entrar un hombre allá. Mas ya se profanó este buen uso, ya se vende en las muy públicas esquinas y están llenas las ciudades de tabernas; ya no se pide licencia al médico para beberle, habiéndose convertido en tóxico el que fue singular remedio.

—Antes, hoy —le replicó un aprisionado— es medicina universal: díganlo tantos aforismos como corren en su favor.

—¡Eh!, que son de viejas.

—No por esso peores. Él es el común remedio contra el daño que hazen todas las frutas, y assí dizen: *Tras las peras, vino bebas; el melón maduro quiere el vino puro; al higo vino, y al agua higa; el arroz, el pez y el tozino nacen en el agua y mueren en el vino.* La leche, ya se sabe lo que le dixo al vino: *Bien seáis venido, amigo. El vino tras la miel sabe mal, pero haze bien.* Assí que *donde no hay vino y sobra el agua, la salud falta.* En todos tiempos es medicina, como lo dize el texto: *En el verano por el calor y en el invierno por el frío es saludable el vino.* Y otro dize: *Pan de ayer y vino de antaño traen al hombre sano.* No sólo remedia el cuerpo, pero es el mayor consuelo del ánimo, alivio de las penas, que *lo que no va en vino, va en lágrimas y suspiros.* Es aforro de los pobres, que *al desnudo le es abrigo.* Bebida real, cuando *el agua para los bueyes y el vino para los reyes.* Leche de los viejos, pues *cuando el viejo no puede beber, la sepultura le pueden hazer.* Y en él consiste la media de la vida, que *media vida es la candela, y el vino la otra media.* De modo que es medicina de todos los males, porque *sangraos, vezina,* y responde, *el buen vino es medicina,* y con mucha razón, pues son siete los provecho[s]os [97] frutos de ella: purga el vientre, limpia el diente, mata la hambre, apaga la sed, cría buenos colores, alegra el coraçón y concilia el sueño.

—A todos éssos —dixo Critilo— responderé yo con este solo: *Quien es amigo del vino es enemigo de sí mismo.* Y advertid que otros tantos como habéis referido en su favor, pudiera yo dezir en contra, pero baste éste por ahora, con este otro: *El vino con agua es salud de cuerpo y alma.*

—¡Oh! —replicó el apassionado—, ¿no veis que el vino, si le echáis agua, le echáis a perder, especialmente si fuere blanco?

—También, si no se la echáis, os echa él a perder a vos.

_____

[97] El texto de 1657 trae «provechoios».

—Pues ¿qué remedio?

—No beberle.

Otras mucha verdades dixo Critilo contra la embriaguez, de que los circunstantes hizieron cuento[98] y él escarmiento. Reparó Critilo en que assistían pocos españoles al cortejo de la dionisia[99] reina, habiendo sin duda para cada uno cien franceses y cuatrocientos tudescos.

—¡Oh! —dixo el hablador—, ¿no sabes tú lo que passó en los principios desta *bella invenchione*[100] del vino?

—¿Y qué fue?

—Que un recuero atento a su ganancia cargó de la nueva mercadería y dio con ella en Alemania, y como fuesse el precioso licor en toda su generosidad, gustaron mucho dél los tudescos: hízoles valiente impressión, rindiéndolos de todo punto. Passó adelante a la Francia, mas porque no fuessen començados los cueros, acabólos de llenar en la Esquelda[101], con que no iba ya el vino tan fuerte, y assí no hizo más que alegrar los franceses, haziéndoles bailar, silbar y dar algunas cabriolas y rascarse atrás en un corrillo de mesurados españoles, como se vio ya en Barcelona[102]. Quedábale ya muy poco cuando passó a España, y llenóle de agua, de tal suerte que no era ya vino, sino enjaguaduras de bota; con esto, no les hizo efecto a los españoles, antes los dexó muy en sí y tan graves como siempre, con que ellos a todos los demás llaman borrachos. Deste modo han proseguido todas estas naciones en beberle: los tudescos puro, imitándoles los suecos y los ingleses, los franceses ya enjaguan la taça, mas los españoles aguachirle, aunque los demás lo atribuyen a malicia y que lo hazen por no descubrir con la fuerça del vino lo secreto de su coraçón.

—Éssa ha sido sin duda la causa —ponderaba Critilo— de no haber echo pie la heregía en España como en otras provincias, por no haber entrado en ella la borrachera, que son camaradas inseparables: nunca veréis la una sin la otra.

Pero ¡qué cosa, aunque no rara, sí espantosa! Aquella em-

---

[98] *Hieron cuento*, es decir, se lo tomaron a broma.

[99] *Dionisia*, del dios Dionisos o Baco, dios del vino.

[100] *Bella invenzione*, en correcto italiano.

[101] El río Escalda, que recorre los Países Bajos, después de nacer en Francia.

[102] Romera-Navarro cree que es alusión a la retirada de los franceses de Barcelona en 1651.

briaga [103] reina, anegada en abismos de horrores, començó a arrojar de aquella ferviente cuba de su vientre tal tempestad de regüeldos, que inundó toda la bacanal estancia de monstruosidades; porque, bien notado, no eran otro sus bostezos que reclamos de otros tantos monstruos de abominables vicios. Volvía el feroz aspecto a una y otra parte, y en arrojando un regüeldo, saltaba al punto de aquel turbulento estanque del vino una horrible fiera, un infame acroceraunio [104] que aterraba a todo varón cuerdo. Salió de los primeros la Heregía, monstruo primogénito de la Borrachera, confundiendo los reinos y las ciudades, repúblicas y monarquías, causando desobediencias a sus verdaderos señores: pero ¿qué mucho, si primero negaron la fe debida a su Dios y Señor, mezclando lo sagrado con lo profano y trastornando de alto a baxo cuanto hay? Sacaron luego las cabeças a otro regüeldo las Arpías, digo la Murmuración, manchando con su nefando aliento las honras y las famas, la despiadada Avaricia, chupándoles la sangre a los pobres, desollando los súbditos, la Joel Envidia [105], vomitando venenos, inficionando las agenas prendas y disminuyendo las heroicas hazañas. Allí apareció, llamado de un gran bostezo, el Minotauro embustero, la bachillera Esfinge [106], presumiendo de entendida y ignorando de necia. No faltaron las tres infernales Furias, convocadas de otro valiente regüeldo que metió en los infiernos mismos la guerra, la discordia y la crueldad, que bastan a hazer infierno del mismo paraíso; las engañosas Sirenas, brindando vidas y executando muertes; la Scila y la Caribdis [107], aquellos dos viciosos estremos donde chocaron los necios, dando en el uno por huir del otro; allí se vieron los Sátiros y los Faunos, con apariencias de hombres y realidades de bestias.

Assí que en poco rato hizo estanco de vicios de un estanque de monstruos, hijos todos de la violenta Vinolencia.

---

[103] *Embriago, ga:* «Borracho o embriagado. Es voz de poco uso.» *(Dic. Aut.)*

[104] *Acroceraumnio,* en el texto: diablo o quimera. Véase nota 1, Crisi XI, Primera Parte.

[105] Joel, segundo profeta menor del Antiguo Testamento, profetizó la cautividad de Babilonia y el Juicio Final. Fueron profecías desastrosas, por lo que Joel puede significar «desastrosa».

[106] Se refiere a la Esfinge de Tebas que todos los días proponía un enigma y daba muerte y devoraba al que no lo descubría.

[107] Sobre Escila y Caribdis, véase nota 36, Crisi V, Primera Parte.

Y lo que más es de reparar y aun de sentir, que con ser ést[a]s [108] otras tantas fieras y harto feas, a sus beodos amadores les parecieron otras tantas beldades, llamando a las Sirenas lascivas unos ángeles; al furioso y ciego de cólera, Cíclope valiente; a las Arpías, discretas; a las Furias, gallardas; al Minotauro, ingenioso; a la Esfinge, entendida; a los Faunos, galanes; a los Sátiros, cortesanos; y a todo monstruo, un prodigio.

Veníasele acercando a Critilo uno de los más perniciosos, pero él al mismo punto, despavorido, intentó la fuga. Quísole detener el farsante, diziéndole:

—¡Aguarda, no temas, que no te hará mal, sino mucho bien!

—¿Quién es éste? —le preguntó.

Y él:

—Ésta es aquella tan celebrada cuan conocida en todo el mundo, y más en las cortes, sin quien ya no se puede vivir; por lo menos, sin su poquito de ella, por cuanto es empleo de los desocupados y ocupación de los entendidos aquella gran cortesana.

—¿Y cómo la nombran?

Lo que le respondió, y qué monstruo fuesse éste, nos lo dirá la otra crisi.

---

[108] En el texto pone «estes», por errata.

CRISI TERCERA

La Verdad de parto

Enfermó el hombre de achaque de sí mismo: despertósele una fiebre maligna de concupiscencias, adelantándosele cada día los crecimientos de sus desordenadas passiones; sobrevínole un agudo dolor de agravios y sentimientos. Tenía postrado el apetito para todo lo bueno y el pulso con intercadencias en la virtud; abrasábase en lo interior de malos afectos y tenía los estremos[1] fríos para toda obra buena; rabiaba de sed de sus desreglados apetitos, con grande amargura de murmuración, secábasele la lengua para la verdad: síntomas todos mortales. Viéndole en tanto aprieto, dizen que le envió sus médicos el cielo, y también el mundo los suyos, a competencia; y assí, muy diferentes los unos de los otros y muy encontrados en la curación, porque los del cielo en nada condecendían con el gusto del enfermo y los mundanos en todo le complacían: con lo cual, éstos se hizieron tan plausibles cuan aborrecibles aquéllos. Ordenábanle los de arriba muchos y muy buenos remedios, y los de abaxo ninguno diziendo:

—¡Eh!, que tanto es menester haber estudiado para no recetar como para recetar.

Citaban los eternos magistrales textos, y los terrenos ninguno, y dezían:

---

[1] Si «extremo» es «esmero sumo en la execución de las operaciones del ánimo y voluntad» *(Dic. Aut.),* la frase es fácilmente inteligible: sólo tenía esmero para la ejecución de lo malo.

—Más vale testa que testo[2].

—Guarde la boca —dezían unos.

—Coma y beba cuanto apeteciere —los otros.

—Tome un vomitivo de deleites, que le será de mucho provecho.

—No haga tal, que le inquietará las entrañas y le postrará el gusto.

—Denle minorativos de concupiscencia.

—Ni lo piense, sino valientes tiradas de gustos que le vayan refrescando la sangre.

—¡Dieta, dieta! —repetían aquéllos.

—¡Regalo y más regalo! —replicaban éstos, y assentábasele muy bien al enfermo.

—Púrguese —le recetaron los celestiales—, porque vamos a la raíz del mal y a derribar el humor vicioso que predomina.

—Esso no —salían los mundanos—. Tome, sí, cosas suaves con que se entretenga y alegre.

Oyendo tal variedad, dezía el enfermo:

—Aténgome al aforismo que dize: «Si de cuatro médicos, los tres dixessen que te purgues, y uno que no, no te purgues.»

Replicábanle los del cielo:

—También dize otro: «Si de cuatro médicos, los tres te dixeren que no te sangres, y uno solo que sí, sángrate.» Luego te debes sangrar, y de la vena del arca[3], restituyendo lo ageno.

—Esso no —salían los otros—, que sería quitarle las fuerças y aun de todo punto desjarretarle.

Y él, en confirmación, añadía:

—¡Qué poco estiman ellos mi sangre! No saben otro[4] que sangrar la costilla de los çurdos[5].

—No duerma con el mal —encargaban aquéllos.

—Repose y descanse en él —dezían éstos.

Viendo, pues, los del cielo que no se le aplicaba remedio alguno de cuantos ellos ordenaban y que el enfermo iba por la posta caminando a la sepultura, entraron a él y con toda

---

[2] Es decir, más vale cabeza (inteligencia) que libros (estudio).

[3] Arca del dinero, se entiende.

[4] Genérico, «otra cosa».

[5] Utilizando significados figurados: la costilla de los zurdos es lo mismo que la hacienda de los no inteligentes (según acepciones del *Dic. Acad.*).

claridad le dixeron que moría. Ni por éssas se dio por entendido; antes, llamando un criado, le dixo:

—¡Hola!, ¿hanles pagado a estos médicos?

—Señor, no.

—Y aun por esso me dan ya por deshauciado. Pagadles y despedidles.

Lo segundo cumplieron. Fuéronse, con tanto [6], las virtudes; quedáronse los vicios, y él muy en ellos, que presto acabaron con él, aunque no él con ellos: murió el hombre de todos [7] y fue sepultado más abaxo de la tierra.

Ibale ponderando a Critilo este sucesso de cada día un varón de ha mil siglos.

—¡Oh, cómo es verdad —dezía Critilo— que los vicios no sanan, sino que matan, y las virtudes remedian! No se cura la codicia con amontonar riquezas, ni la gula con los manjares, la sensualidad con los bestiales deleites, la sed con las bebidas, la ambición con los cargos y dignidades; antes, se ceban más y cada día se aumentan. De esse achaque le vino a la torpe Vinolencia hazer estanco de vicios: ¡y qué feos, qué abominables! Pero, entre todos, aquél que se me venía acercando y pegándoseme, que no hize poco en rebatirle: ¿cuál de ellos era?

—Es más cortesano cuanto más civil [8]; común cuando más estraño.

—¿Cómo se llamaba el tal monstruo?

—Bien nombrado es y aun aplaudido, entremetido y bien admitido: todo lo anda y todo lo confunde, entra y sale en los palacios, teniendo en las cortes su guarida.

—Menos te entiendo por esso; aún no doy en la cuenta, que hay muchos a esta traça y bulle la corte dellos.

—Pues has de saber que era el capitán de todos, digo la plausible Quimera: ¡oh monstruo al uso!, ¡oh vicio de todos!, ¡oh peste del siglo, necedad a la moda! —exclamó el nuevo camarada.

—Por esso yo —añadió Critilo—, luego que me la vi tan cerca, la conjuré diziendo: «¡Oh monstruo cortesano!, ¿qué me buscas a mí? Anda, vete a tu Babilonia común, donde

---

[6] Hoy diríamos «por tanto», «por consiguiente».

[7] *Hombre de todos* no es frase hecha, sino que en el texto existe una elipsis de un nombre anterior: «de todos los vicios».

[8] *Civil,* lo mismo que cortesano, pero también «desestimable, mezquino, ruin, y de baxa condición y procederes» *(Diccionario Aut.).*

tantos y tontos passan [9] de ti y viven contigo, todo embuste, mentira, engaño, enredo, invenciones y quimeras. Anda, vete a los que se sueñan grandes y son fantasmas, hombres vacíos de sustancia y rebutidos de impertinencia, huecos de sabiduría y atestados de fantasía, todo presunción, locura, fausto, hinchaçón y quimera. Vete a unos aduladores falsos, desvergonçados, lisonjeros, que todo lo alaban y todo lo mienten, y a los simples que se los creen, pagando el humo y el viento, todo mentira, engaño, necedad y quimera. Vete a unos pretendientes engañados y a unos mandarines engañadores, aquéllos pretendiéndolo todo y éstos cumpliendo nada, dando largas, escusas, esperanças bobas, todo cumplimiento y quimera. Vete a unos desdichados arbitristas, inventores de felicidades agenas, traçando de hazer Cresos a los otros cuando ellos son unos Iros [10], discurriendo traças para que los otros coman cuando ellos más ayunan, todo embeleco, devaneo de cabeça, necedad y quimera. Vete a unos caprichosos políticos, amigos de peligrosas novedades, inventores de sutilezas mal fundadas, trastornándolo todo, no sólo no adquiriendo de nuevo ni conservando de viejo, pero perdiendo cuanto hay, dando al traste con un mundo, y aun con dos, todo perdición y quimera. Vete al Babel moderno de los cultos y afectados escritos, y cuyas obras son de tramoya, frases sin concepto, hojas sin fruto, tomos sin lomo, cuerpos sin alma, todo confusión y quimera. Vete a los tribunales, donde no se oyen sino mentiras; en las escuelas, sofisterías; en las lonjas, trampas; y en los palacios, quimeras. Vete a los prometedores falsos, noveleros crédulos, entremetidos desahogados, linajudos desvanecidos, casamenteros mentirosos, pleiteantes necios, sabios aparentes, todo mentira y quimera. Vete a los hombres de hogaño, llenos todos de engaño, mugeres de embeleco: los niños mienten, los viejos engañan, los parientes faltan y los amigos falsean. Vete a todo lo que dexamos atrás de un mundo inmundo, laberinto de enredos, falsedades y quimeras.» Con esto, traté de huir de ella, que fue del mundo todo, y eché por este camino de la verdad, en tan buen punto que tuve dicha de encontrarte.

---

[9] Aún se usa hoy día «pasar» como «vivir».

[10] Creso, rey de Lidia, famoso por sus riquezas. Iro, mendigo de Itaca que aparece en la *Odisea* y que «se señalaba por su vientre glotón» (*Odisea,* XVIII).

—Harto fue —dixo el Acertador, que assí oyó le llamaban— que todo tú pudiesses salir.

—No tan todo —respondió Critilo— que no me dexasse la mitad, pues otro yo allá queda, Andrenio, aun más amigo que hijo, nada suyo y todo ageno, rendido a una brutal vinolencia.

Mas aquí, no pudiendo articular las palabras, prosiguió haziendo estremos.

—Ora bien, no te pudras [11] tú —le dixo— de lo que otros engordan. Quiero, por consolarte y remediarte, que volvamos allá y que experimentes el eficacíssimo contraveneno del vino que conmigo llevo. Es la embriaguez —iba ponderando— el último assalto que dan al hombre los vicios, es el mayor esfuerço que ellos hazen contra la razón. Y assí cuentan que, habiéndose coligado todos estos monstruosos enemigos contra un hombre luego que naciera, embistiéndole ya uno, ya otro, por su orden, para más desordenarle (la voracidad cuando más rapaz, la mancebía cuando mancebo, la avaricia cuando varón y la vanidad cuando viejo), viéndole passar de edad en edad vitorioso y que ya entraba en la vejez triunfando de todos ellos, no pudiéndolo sufrir que assí se les escapasse y hiziesse burla dellos, acudieron a la embriaguez, afiançando en ella su despique [12]. No se engañaron, pues acometiéndole ésta con capa de necessidad, llamando al vino su leche, su abrigo y su consuelo [13], poco a poco y trago a trago se fue entrando y apoderándose dél hasta rendirle de todo punto: hízole cerrar los ojos a la razón, abrir puerta a todo vicio, y de modo que, con lastimosa infelicidad, aquél que toda la vida se había conservado en su virtud y entereza se halló de repente a la vejez glotón, lascivo, iracundo, maldiziente, locuaz, vano, avaro, ridículo, imprudente, y todo esto porque vinolento.

Mas ya habían llegado, no al estanque, sino al cenagal de los vicios. Entraron ambos y hallaron a Andrenio, que aún estaba por tierra, sepultado en sueño y vino. Començaron a llamarle por su nombre, mas él, impaciente, respondía:

—¡Dexadme, que estoy soñando cosas grandes!

---

[11] *Pudrirse:* «Consumirse con suma impaciencia y demasiado sentimiento.» *(Dic. Acad.)*
[12] *Despique:* «Satisfacción o venganza que se toma de alguna ofensa u desprecio que se ha recibido.» *(Dic. Aut.)*
[13] Según había dicho ya en la Crisi anterior.

—No puede ser —dixo el Acertador—, que los hombres grandes sólo tienen sueños grandes.

—¡Eh, dexadme, que estoy viendo cosas prodigiosas!

—No sean monstruosas. ¿Qué puedes ver sin vista?

—Veo —dixo— que el mundo no es ya redondo, cuando todo va a la larga [14]; que la tierra no es ya firme, cuando todo anda rodando; que el cieno es cielo para los más, pues los menos son personas; que todo es aire [15] en el mundo, y assí todo se lo lleva el viento; el agua que fue y el vino que vino; el sol no es solo ni la luna es una [16]; los luzeros sin estrellas [17] y el norte no guía; la luz da enojos y el alba llora cuando ríe [18]; las flores son delirios [19] y los lirios espinan; los derechos andan tuertos y los tuertos a las claras [20]; las paredes oyen cuando las orejas se rascan [21]; los postres son antes y muchos fines sin medios; que el oro no es pesado y las plumas mucho [22]; los mayores alcançan menos y hablan gordo [23] los más flacos y alto los más baxos; no son ladrados los ladrones, con que ninguno tiene cosa suya; los amos son moços y las moças las que mandan; más pueden espaldas que pechos [24], y quien tiene yerr[o], no tiene azeros [25]; los servicios se miran de mal ojo y los proveídos son

[14] *A la larga:* «con tardanza, espacio y lentitud» (*Dic. Aut.*).

[15] *Aire:* «Vanidad o engreimiento.» (*Dic. Acad.*)

[16] Juego fonético: sol/solo, luna/una.

[17] Sin buenas estrellas, sin suerte.

[18] Juego morfológico y léxico: luz en-ojos, y ríe/río de lágrimas.

[19] Juego fonético: flores son de-lirios.

[20] Los derechos o leyes andan torcidos (tuertos) y los tuertos o entuertos andan a las claras (tomando también «tuertos» como faltos de vista).

[21] Es decir, de todo se entera la gente, porque las paredes, según el dicho, no sólo oyen cuando se habla, sino aún más, cuando se rascan las orejas.

[22] Sobreentendiendo «que el oro no es pesado para nadie y las plumas de los notarios pesan mucho a todos».

[23] *Hablar gordo:* «Echar fieros y bravatas, amenzando a uno, tratándole con imperio y superioridad.» (*Dic. Aut.*)

[24] Sobreentendiendo «más valen espaldas protegidas (por un poderoso) que pechos», teniendo en cuenta que «pecho» es «valor, esfuerzo, fortaleza y constancia» (*Dic. Aut.*).

[25] Jugando con «yerro» y «aceros», y teniendo en cuenta que «acero, metaphoricamente significa esfuerzo, ardimiento, valor y denuedo» (*Dic. Aut.*). En el texto de 1657 hay una errata, «yerra».

premiados [26]; la vergüença es corrimiento y los buenos no hazen llorar, sino reír [27]; del mentís se haze caso y del mentir casa [28]; no son sabios los entendidos ni oídos los que hablan claro; el tiempo hecho cuartos y el día enhoramalas [29]; los reloxes quitan dando y de los buenos días se hazen los malos años [30]; tras la tercera va la primera [31] y las desgracias son gracias; las diademas en París y los galanes en Francia.

—¡Calla ya! —le dixo el Acertador—, que sin duda se dixo diablo del que noche y día habla [32].

—Más es cantar mal y porfiar [33]. Digo que todo anda al revés y todo trocado de alto abaxo: los buenos ya valen poco y los muy buenos para nada, y los sin honra son honrados; los bestias hazen del [34] hombre y los hombres hazen la bestia; el que tiene es tenido y el que no tiene es dexado; el de más cabal es sabio, que no el de más caudal [35]; las niñas

---

[26] Los servicios («méritos que se hacen sirviendo a los Príncipes y en la guerra», *Dic. Aut.*) se desprecian, y los proveídos (los que han recibido una dignidad o empleo, se supone sin merecimiento) son los que se llevan los premios.

[27] Es decir, el tener vergüenza (que algunos tienen poca) y el ser buenos, sólo sirven para que se rían de ellos y ellos se ruboricen («corrimiento» es rubor, según el *Dic. Aut.*)

[28] Del «mentís», «voz injuriosa y denigrativa con que se desmiente a una persona» *(Dic. Acad.),* se hace caso, y del «mentir», casa, por lo de «casa-miento».

[29] Juego un poco infantil: si dice que el tiempo está hecho cuartos («pedazos», *Dic. Acad.),* pasando de cuartos (de hora) a horas, dice que el día está hecho en-horas-malas.

[30] Los relojes quitan la vida dando las horas y, siendo sólo días los buenos, son años los malos, con lo que se sale perdiendo.

[31] Es decir, tras los arreglos amorosos que hace la tercera («mujer que media en los amores ilícitos, alcahueta», *Dic. Acad.),* va la mujer principal.

[32] Calambur: diablo/día habla.

[33] *Cantar mal y porfiar:* «Refr. contra los impertinentes, y presumidos de sus cosas que quieren las entiendan todos, como si fueran gustosas y agradables.» *(Dic. Aut.)*

[34] «Hacer, junto con las partículas 'de', o 'se'..., blasonar o hacer ostentación de lo que los nombres significan: como hacer del hombre.» *(Dic. Aut.)*

[35] «Cabal» significaba como nombre «hacienda», lo mismo que «caudal»; «caudal» significa también «capacidad, juicio y entendimiento, adornado y enriquecido de sabiduría» *(Dic. Aut.);* lue-

lloran y las viejas ríen; los leones dan balidos [36] y los ciervos caçan, los gallinas cacarean y no despiertan los gallos [37]; no caben en el mundo los que tienen más lugar y muchos hijos de algo valen nada [38]; muchos por tener antojos [39] no ven, y no se usan los usos [40]; ya no nacen niños ni los moços bien criados; las que valen menos son buenas joyas y los más errados buenas lanças [41]; veo unos desdichados antes de nacidos y otros venturosos después de muertos; hablan a dos luzes [42] los que a escuras y todo a hora es a deshora [43].

Prosiguiera en sus dislates, si el Acertador no tratara de aplicarle el eficaz remedio, que fue echarle en la vasija del vino, no una anguila (como el vulgo ignorante sueña) [44], sino una serpiente sabia, que al punto le hizo volver a ser persona y aborrecer aquel tóxico del juizio y veneno letal de la razón. Sacólos con esto el Acertador de aquel estanco de los vicios y estanque de monstruos al de prodigios. Era éste uno de los raros personages que se encuentran en el vario viage de la vida, de tan estraña habilidad que a todos cuantos encontraban les iba adevinando el sucesso de su

---

go, con ironía, dice que el sabio es el de más hacienda, no el de más entendimiento.

[36] «Validos» o «balidos», jugando con sus sentidos.

[37] Los gallinas son los cobardes, y los gallos los hombres fuertes, valientes (según acepciones del *Dic. Acad.*). Hoy diríamos «y no se despiertan los gallos» (siguen dormidos).

[38] Es decir, no tienen sitio (estimación) en el mundo los que tienen más lugar («Hacerse lugar. Adquirir con sus méritos y virtudes la común estimación y aplauso». *Dic. Aut.*).

[39] De nuevo el juego entre «antojos» (caprichos) y «anteojos» (lentes).

[40] Juego ya conocido entre «uso» y «huso» (de hilar).

[41] Por ironía dice lo de «buenas joyas»; y «por ironía se dice del que no está en opinión de hombre bizarro y de valor» lo de «buenas lanças» (*Dic. Aut.*).

[42] *A dos luces:* «Phrase adverbial, que significa ambiguamente, con confusión.» (*Dic. Aut.*).

[43] «A hora» se podría pensar que está por «ahora», pero no es así, porque Gracián escribía «aora»; sin embargo, juega con las dos formas; «a hora» es lo mismo que «a la hora», «modo adverbial que vale lo mismo que Al punto, inmediatamente» (*Diccionario Aut.*). Si Gracián suprime en el dicho el artículo «la» es por buscar el equívoco «ahora/a hora».

[44] *Anguila:* «... producida su carne en vino, y dándolo después a beber, dizen que haze que lo aborrezcan» (*Cov.*).

vida y el paradexo [45] della. Iban atónitos nuestros peregrinos oyéndole adevinar con tanto acierto. Toparon, de los primeros, uno de muy mal gesto, y al punto dixo:

—Déste no hay que aguardar buen hecho.

Y no se engañó. De un tuerto pronosticó que no haría cosa a buen ojo, y acertó. A un corcovado le ad[e]vinó [46] sus malas inclinaciones, a un coxo los malos passos en que andaba, y a un çurdo sus malas mañas, a un calvo lo pelón [47], y a un ceceoso lo mal hablado. A todo hombre señalado de la naturaleza señalaba él con el dedo, diziéndoles se guardassen. Encontraron ya un grande perdigón [48] que iba perdiendo a toda prisa lo que muy poco a poco se había ganado, y al punto dixo:

—No hizo él la hazienda, no, que quien no la gana no la guarda.

Pero esto es nada: cosas más raras y más recónditas adevinaba como si las viera, y assí, encontrando un coche que traía tan arrastrado a su dueño cuan desvanecida a su ama, dixo:

—¿Veis aquel coche? Pues antes de muchos años será carreta.

Y realmente fue assí. Viendo edificar una cárcel muy suntuosa y fanfarrona, con muchos dorados hierros, que pudiera sustituir un palacio, dixo:

—¿Quién creerá que ha de venir a ser hospital?

Y de verdad lo fue, porque vinieron a parar en ella pobres desvalidos y desdichados. De un cierto personage que tenía muchos y buenos amigos dixo que dançaba muy bien, y acertó, porque todos le alabaron. Al contrario, de otro que tenía cara de pocos amigos:

—Éste no hará cosa bien ni saldrá con lo que emprendiere.

Esto es más: que llegó uno y le preguntó cuánto tiempo viviría; miróle a la cara y dixo que cien años, y que si le bobeara un poco más, dixera que docientos. A otro, inútil

_____

[45] *Paradejo* no existe en los diccionarios. Es voz formada por Gracián partiendo de «dejo» y que significa lo mismo, fin a que llega una cosa.

[46] El texto de 1657 trae «advino» por errata.

[47] *Pelón,* no sólo por no tener pelos, sino también porque «no tiene medios ni caudal» *(Dic. Aut.).*

[48] *Perdigón:* «Llaman en algunas partes al mozo que malbarata su hacienda, desatentado y de poco juicio. Regularmente se dice del que pierde mucho en el juego.» *(Dic. Aut.)*

para todo, asseguró que sacaría de la puja al mismo Matusalén. Pero lo más es que, en viendo a cualquiera, le atinaba la nación; y assí, de un invencionero [49] dixo:

—Éste, sin más ver, es italiano.

De un desvanecido, inglés; de un desmaçalado [50], alemán; de un sencillo, vizcaíno; de un altivo, castellano; de un cuitado, gallego; de un bárbaro, catalán; de un poca cosa, valenciano; de un alborotado alborotador, mallorquín; de un desdichado, sardo; de un toçudo, aragonés; de un crédulo, francés; de un encantado, danao [51]; y assí de todos los otros. No sólo la nación, pero el estado y el empleo adevinaba. Vio un personage muy cortés, siempre con el sombrero en la mano, y dixo:

—¿Quién dirá que éste es hechicero?

Y realmente fue assí, que a todos hechizaba. De un embelesado, que era astrólogo; de un soberbio, cochero; de un descortés, uxier de saleta [52]; de un desarrapado y arrapador, soldado; de un lascivo, viudo; de un peludo, hidalgo. De un hombre de puesto que prometía mucho y a todos daba buenas palabras, dixo:

—Éste contentará a muchos necios.

De otro que no tenía palabra mala, adevinó que no tendría obra buena [53]; y al que mucha miel en la boca, mucha hiel en la bolsa. Vio a uno ir y venir a una casa, y dixo:

—Éste anda por cobrar.

A cierto hombre que dio en dezir verdades, le pronosticó muchos pesares; y al de gran lengua, gran dolor de cabeça. A cada uno le adevinaba su paradero como si lo viera, sin discrepar un tilde: a los liberales, el hospital [54]; a los interessados, el infierno; a los inquietos, la cárcel, y a los revoltosos, el rollo [55]; a los maldicientes, palos, y a los desca-

---

[49] *Invencionero:* «Vale también embustero, ó que dispone u discurre ficciones y engaños.» (*Dic. Aut.*)

[50] *Desmazalado:* «Floxo, caído, dexado.» (*Dic. Aut.*)

[51] *Danao,* danés.

[52] *Ujier de saleta:* «El criado del Rey que assiste en la pieza más afuera de la antecámara, que llaman la Saleta, para cuidar de impedir la entrada a los que no deben entrar.» (*Dic. Aut.*)

[53] No tenía palabra mala, es decir, prometía mucho; pero no tenía tampoco obra buena, o sea, no cumplía las promesas.

[54] *Liberal* significaba solamente «generoso» (*Dic. Aut.*); tanto, que se quedaba sin nada para él y acababa recogido en un hospital, como los pobres.

[55] *Rollo:* «... picota ú horca hecha de piedra» (*Dic. Aut.*).

rados, redomas [56]; a los capeadores, jubones [57], y a los escaladores, la escalera [58]; a las malas, palo santo [59]; a los famosos, clarín; a los sonados, passeo [60]; a los perdidos, pregones [61]; a los entremetidos, desprecios; a los que les prueba la tierra, el mar [62]; a los buenos páxaros, el aire [63]; a los gavilanes, pigüelas [64], y a los lagartos, culebra [65]; a los cuerdos, felicidades; a los sabios, honras, y a los buenos, dichas y premios.

—¡Qué rara habilidad ésta! —ponderaba Andrenio—. No sé qué me diera por tenerla. ¿No me enseñarías esta tu astrología?

—Paréceme a mí —dixo Critilo— que no es menester muchos astrolabios para esto, ni consultar muchas estrellas.

—Assí lo creo —dixo el Adevino—, pero passemos adelante, que yo te ofrezco, ¡oh Andrenio!, de sacarte tan adevino como yo con la experiencia y el tiempo.

—¿Dónde nos llevas?

—Donde todos huyen.

---

[56] Puede entenderse de dos maneras: o bien, «re-doma» (de domar), o bien «redomazo, el golpe injurioso, que se da en la cara con la redoma llena de tinta, en venganza o satisfacción de algún agravio» (Dic. Aut.).

[57] *Jubón:* «En estilo jocoso vale los azotes que se dan por la Justicia en las espaldas.» (Dic. Aut.)

[58] Después de la horca y los azotes de la justicia, la escalera ha de ser la del patíbulo.

[59] Sobre el «palo santo» para la medicina, véase nota 71, Crisi VII, Segunda Parte.

[60] *Paseo* «... la salida o pompa con acompañamiento» (Diccionario Aut.), para los sonados (famosos), y «... la salida y camino que llevan los reos sentenciados por la Justicia» (Diccionario Aut.), para los sonados por algún escándalo, de la frase «hacer una que sea sonada».

[61] Porque «tras cada pregón, azote», frase que registra el Diccionario Aut.

[62] Es decir, a los que les va bien estando apegados a lo terrenal, condena de galeras.

[63] Después de las galeras, la condena para los «buenos pájaros» será estar en el aire colgados de la horca.

[64] *Pihuelas:* «Se llaman por semejanza los grillos con que se aprisionan los reos» (Dic. Aut.), reos que no son otros que los ladrones, ya que los gavilanes son aves de rapiña.

[65] *Lagarto:* «En la Germanía significa el ladrón del campo» (Dic. Aut.). Dar culebra: «Es dar algún chasco pesado, que suele ser con golpes.» (Dic. Aut.)

—Pues si huyen, ¿para qué vamos nosotros?

—Y aun por esso, para huir de todos ellos, aunque primero quería de introduziros en la famosa Italia, la más célebre provincia de la Europa.

—Dizen que es país de personas.

—Y personadas [66] también.

—Estraño dexo ha sido el de Alemania —dezía Andrenio. Y Critilo:

—Sí, cual yo me lo imaginaba.

—¿Qué os ha parecido de aquella tan estendida provincia, la mayor sin duda de Europa? Dezidlo en puridad.

—A mí —respondió Andrenio—, lo que más me ha contentado hasta hoy.

Y Critilo:

—A mí, la que menos.

—Por esso no se vive en el mundo con un solo voto.

—¿Qué te ha agradado a ti más en ella?

—Toda de alto a baxo.

—Querrás dezir Alta y Baxa.

—Esso mismo.

—Sin duda que su nombre fue su definición, llamándose Germania, *a germinando* [67], la que todo lo produze y engendra, siendo fecunda madre de vivientes y de víveres y de todo cuanto se puede imaginar para la vida humana.

—Sí —replicó Critilo—, mucho de extensión y nada de intención, mucha cantidad y poca calidad.

—¡Eh!, que no es una provincia sola —proseguía Andrenio—, sino muchas que hazen una; porque si bien se nota, cada potentado es casi un rey y cada ciudad una corte, cada casa un palacio, cada castillo una ciudadela, y toda ella un compuesto de populosas ciudades, ilustres cortes, suntuosos templos, hermosos edificios y inexpugnables fortalezas.

—Esso mismo hallo yo —dixo Critilo— que la ocasiona su mayor ruina y su total perdición, porque cuantos más potentados, más cabeças, cuantas más cabeças, más caprichos, y cuantos más caprichos, más dissensiones; y como dixo Horacio, lo que los príncipes deliran, los vassallos lo suspiran.

—No me puedes negar —dixo Andrenio— su abundancia y su opulencia. Mira qué abastecida de todo, que si dizen

---

[66] Latinismo graciano: «personatus», enmascarado, falso, engañoso.

[67] Etimología fonética, no real: «a germinando», de germinar.

España la rica, Italia la noble, también Alemania la harta. ¡Qué abundante de granos, de ganados, pescas, caças, frutos y frutas!, ¡qué rica de minerales!, ¡qué vestida de arboledas!, ¡qué adornada de bosques, hermoseada de prados!, ¡qué surcada de caudalosos ríos, y todos navegables! De tal suerte que tiene más ríos Alemania que las otras provincias arroyos, más lagos que las otras fuentes, más palacios que las otras casas y más cortes que las otras ciudades.

—Assí es —dixo Critilo—, yo lo confiesso; mas en esso mismo hallo yo su destruición y que su misma abundancia la arruina, pues no haze otro [68] que ministrar leña al fuego de sus continuas guerras en que se abrasa, sustentando contra sí muchos y numerosos exércitos: lo que no pueden otras provincias, especialmente España, que no sufre ancas [69].

—Pero viniendo ya a sus bellos habitadores —dixo el Acertador—, ¿cómo quedáis con los alemanes?

—Yo muy bien —dixo Andrenio—. Hanme parecido muy lindamente, son de mi genio; engáñanse las demás naciones en llamar a los alemanes los animales, y me atrevo a dezir que son los más grandes hombres de la Europa.

—Sí —dixo Critilo—, pero no los mayores.

—Tiene dos cuerpos de un español cada alemán.

—Sí, pero no medio coraçón.

—¡Qué corpulentos!

—Pero sin alma.

—¡Qué frescos!

—Y aun fríos.

—¡Qué bravos!

—Y aun ferozes.

—¡Qué hermosos!

—Nada bizarros.

—¡Qué altos!

—Nada altivos.

—¡Qué rubios!

—Hasta en la boca [70].

—¡Qué fuerças las suyas!

—Mas sin bríos: son de cuerpos gigantes y de almas enanas.

---

[68] Genérico, «otra cosa».

[69] *No sufre ancas:* «Se dice de las bestias que no consienten que las monten en aquella parte.» (*Dic. Aut.*) Hay que tomarlo, claro, figuradamente.

[70] Llamándoles «boquirrubios», vanos y simples. Véase nota 55, Crisi XIII, Primera Parte.

—Son moderados en el vestir.

—No assí en el comer.

—Son parcos en el regalo de sus camas y menage de sus casas.

—Pero destemplados en el beber.

—¡Eh!, que ésse en ellos no es vicio, sino necessidad: ¿qué había de hazer un corpacho de un alemán sin vino?

—Fuera un cuerpo sin alma: él les da alma y vida.

—Hablan la lengua más antigua de todas.

—Y la más bárbara también.

—Son curiosos de ver mundo.

—Y si no, no serían dél.

—Hay grandes artífices.

—Pero no grandes doctos.

—Hasta en los dedos tienen la sutileza.

—Más valiera en el celebro [71].

—No pueden passar sin ellos los exércitos.

—Assí como ni el cuerpo sin el vientre [72].

—Resplandece su nobleza.

—¡Oxalá su piedad! Pero su infelicidad es que, assí como otras provincias de Europa han sido ilustres madres de insignes patriarcas, de fundadores de las sagradas órdenes, ésta, al contrario, de &c [73].

Estorbóles el proseguir un confuso tropel de gentes que, a todo correr, venían haziendo [74] por aquellos caminos, harto descaminados, al derecho y al través, atropellándose unos a otros, y todos desalentados. Y lo que más admiración les causó fue ver que los mayores hombres eran los primeros en la fuga y que los más grandes alargaban más el passo, y echaban valientes trancos los gigantes, y aun los cojos no eran los postreros. Atónitos nuestros flemáticos peregrinos, començaron a preguntar la causa de una tan fanática retirada, y nadie les respondió: que aun para esso no se daban vagar [75].

—¿Hay tal confusión? ¿Viose semejante locura? —dezían.

---

[71] *Celebro,* cerebro.

[72] Fama de comedores y bebedores han tenido siempre los alemanes.

[73] De herejes, como Lutero, se supone en ese &c o etc.

[74] Elipsis violenta: «venían haciéndolo» (correr).

[75] Como iban tan aprisa, no se paraban (no se daban vagar) ni para responder.

Cuando más admirado uno de su admiración dellos, les dixo:

—O vosotros sois unos grandes sabios o unos grandes necios, en ir contra la corriente de todos.

—Sabios no —le respondieron—, pero sí que lo deseamos ser.

—Pues mirad que no muráis con esse deseo.

Y atrancó cien passos.

—¡A huir, a huir! —venía vozeando otro—, que ya parece que desbucha.

Y passó como un regañón [76].

—¿Quién es ésta que anda de parto? —preguntó Andrenio.

Y el Acertador:

—Poco más o menos, ya yo adevino lo que es.

—¿Qué cosa?

—Yo os lo diré: éstos sin duda vienen huyendo del reino de la Verdad, donde nosotros vamos.

—No le llames reino —replicó uno de los tránsfugas—, sino plaga, y con razón, pues assí lastima; y más hoy que tiene alborotado el mundo, solicitándose la ojeriza universal.

—¿Y qué es la causa? —le preguntaron—. ¿Hay alguna novedad?

—Y bien grande. ¿Esso ignoráis ahora? ¡Qué tarde llegan a vosotros las cosas! ¿No sabéis que la Verdad va de parto estos días?

—¿Cómo de parto?

—Sí, aun con la barriga a la boca, reventando por reventar.

—Pues ¿qué importa que para? —replicó Critilo—. ¿Por esso se inquieta el mundo? Hazed que para en buen hora, y el cielo que la alumbre.

—¿Cómo que qué importa? —levantó la voz el cortesano—. ¡Qué linda flema la vuestra!, mucha Alemania gastáis [77]. Si agora con una verdad sólo no hay quien viva, ni hay hombre que la pueda tolerar, ¿qué será si da en parir otras verdades, y éstas otras, y todas paren? Llenarse ha el mundo de verdades y después buscarán quien le habite: dígoos que se vendrá a despoblar.

—¿Por qué?

—Porque no habrá quien viva: ni el caballero, ni el ofi-

---

[76] *Regañón:* «... el viento septentrional, por lo molesto y desabrido que es» *(Dic. Aut.).*

[77] Repitiendo la frase anterior: «mucha flema gastáis».

cial, ni el mercader, ni el amo, ni el criado; en diziendo verdad, nadie podrá vivir. Dígoos que no vendrán a quedar de cuatro partes la media. Con una verdad que le digan a un hombre tiene para toda la vida: ¿qué será con tantas? Bien pueden cerrar los palacios y alquilar los alcáçares; no quedarán cortes ni cortijos. Con tantica[78] verdad hay hombre que se ahíta y no es possible dixerirla: ¿qué hará con un hartazgo de verdades? Gran buche será menester para cada día su verdad a secas. ¡Bien amargarán!

—¡Eh!, que muchos habrá —dixo Critilo— que no temerán las verdades, antes les vendrán nacidas[79].

—¿Y quién será ésse? Dezidlo, le levantaremos una estatua. ¿Cuál será el confiado que no le puedan estrellar una verdad entre ceja y ceja, y aun darle con muchas por la cara? Y a fe que escuecen mucho y por muchos días. Líbreos Dios de una valiente çurra de verdades, pican que abrasan. Y si no, veamos. Díganle a la otra lo que le dixo don Pedro de Toledo[80]: «Mire que le diré peor que tal»[81], y replicando ella «¿Qué me dirá?» «¡Peor, que vieja!» Plántenle al otro lucifer una verdad en un cedulón[82] y veréis lo que se endiabla. Acuérdenle al más estirado lo que él más olvida[83], al más pintado sus borroncillos; píquenle con la lezna al desvanecido[84]; díganle al otro rico que lo ganó por su pico su abuelo, que vuelva la mira atrás al que se haze tan adelante; acuérdenle lo de los pasteles[85] al que hoy

---

[78] *Tantica:* «Corta, u poca cantidad, u porción.» *(Dic. Aut.)* Hoy podría entenderse lo contrario.

[79] *Nacido:* «Se toma algunas veces por lo que es connatural y proprio de alguna cosa» *(Dic. Aut.);* es decir, las verdades les vendrán a muchos como connaturales o las aceptarán como tales.

[80] Pedro de Toledo y Leiva, marqués de Mancera, que fue virrey del Perú por 1647.

[81] Sobreentendiendo «peor que una tal».

[82] *Poner cedulones:* «Es fijar papeles en los sitios públicos que contengan sátyras contra algunas personas en descrédito o menosprecio de su fama, u de su modo de obrar.» *(Dic. Aut.)*

[83] Lo que él más olvida, como al que viene después, son las manchas de su linaje.

[84] Hablando de linajes y antepasados, el de este envanecido debió ser algún zapatero, pues la lezna es punzón de zapateros.

[85] *Pastel:* «es como una empanadilla hojaldrada que tiene dentro carne picada o pistada... Es refugio de los que no pueden hazer olla, y socorre muchas necessidades» *(Cov.).*

asquea los faisanes, de su cuartana [86] al león y a la fénix de lo gusano [87]. No os admiréis que huigamos de la verdad, que es traviessa y atraviessa el coraçón. Veis allí tendido un gigante de la hinchaçón que le mató un niño y con un alfiler, y hay quien dize se la vendió su abuelo; mas él se tiene la culpa: que hiziera orejas de mercader. Digo, pues, que no hagáis admiraciones de que todos corran de corridos [88].

—¿De qué huyen aquellos soldados? —dezía Andrenio.

—Porque no les digan que huyeron y que son de los de *fugerunt fugerunt* [89].

Venía uno gritando:

—¡Verdad, verdad!, pero no por mi boca, menos por mis orejas.

—Déstos toparéis muchos. Todos querrían les tratassen verdad y ellos no tomarla en la boca.

—Ora, señores —ponderaba Andrenio—, que los trasgos huyan, vayan con Bercebú, nunca acá vuelvan: pero ¿los soles?

—Sí, porque no les den en rostro con sus lunares [90].

Venía por puntos reforçando la voz:

—¡Ya pare! ¡Afuera, que desbucha! ¡A huir, príncipes! ¡A correr, poderosos!

Y a este grito había hombre que tomaba postas. No había monta a caballo como éste; potentado hubo que reventó los seis caballos de la carroça. Pero es de advertir que esto passaba en Italia, donde se teme más una verdad que una bala de un basilisco otomano; que por esso corren tan pocas, le usan raras.

—¿De cuándo acá está preñada esta Verdad —preguntó Andrenio—, que yo la tenía por decrépita, y aun caduca, y ahora sale con parir?

—Días ha que lo está, y aun años, y dizen que del Tiempo [91].

---

[86] Es decir, de su calentura o fiebre al león, que es tan valiente y fuerte.

[87] Porque de las cenizas del ave fénix salía una especie de gusano que se volvía a convertir en ave.

[88] Juego de palabras entre «correr» y «sentir vergüenza».

[89] Es decir, huyen de la Verdad por no oír que huyeron del campo de batalla. *Fugerunt,* en latín, era fórmula en los exorcismos.

[90] Se refiere a los «soles», los hombres ilustres, y a sus faltas y defectos.

[91] Conforme al refrán «para verdades, el tiempo; y para jus-

—Según esso, mucho tendrá que echar a luz.

—Por lo menos, cosas bien raras.

—¿Y todas serán verdades?

—Todas.

—Ahora vendrá bien aquello de noche mala y parir hija [92]. ¿Por qué no pare cada año y no hazer tripa de verdades?

—¡Oh sí, no hay más de desbuchar! Antes, concibe en un siglo para parir en otro.

—Pues serán ya verdades rancias.

—No, a fe, sino eternas. ¿No sabes tú que las verdades son de casta de açarol[l]as [93], que las podridas son las maduras y más suaves, y las crudas las coloradas? Aquéllas que hazen saltar los colores al rostro son intratables, sólo las puede tragar un vizcaíno [94].

—Sin duda que allá en aquellos dorados siglos debía parir esta Verdad cada día.

—Menos, porque no había qué dezir: no concebía, todo se estaba dicho. Mas agora no puede hablar y revienta; vase deteniendo, como la preñada erizo, que cuanto más tarda más siente las punças de los hijuelos y teme más el echarlos a luz. Ora, ¡qué de cosas raras tendrá guardadas en aquellas ensenadas de su notar y advertir! Por esso dezía un atento: casar y callar. ¡Qué hermosos partos!, ¡qué de belleças desbuchará!

—Antes, sospecho yo —dixo Critilo— que han de ser horribles monstruosidades, desaciertos increíbles, valientes desatinos, cosas al fin sin pies ni cabeça; que si fueran aciertos, bulleran panegíricos.

—Sean lo que fueren —dezía el Adevino—, ellas han de salir. Ella no conciba, que si una vez se empreña, o reventar o parir; que, como dixo el mayor de los sabios, ¿quién podrá detener la palabra concebida?

—Dime —preguntó Andrenio—, ¿nunca se ha reçumado,

---

ticias, Dios», que dice, en su primera parte, que a la larga se descubre lo cierto.

[92] *Noche mala y parir hija* (y no hijo) quiere decir resultar algo distinto de lo que se esperaba, aun habiendo puesto los medios oportunos.

[93] *Azarolla*, serba: «Fruto del serbal. Es de figura de pera pequeña, de color encarnado que participa de amarillo, y comestible después de madurar entre paja o colgado.» *(Dic. Aut.)*

[94] Fama de ingenuos (por los colores del rostro) tenían entonces los vizcaínos.

siquiera discurrido, lo que parirá esta Verdad? ¿Será hijo o hija? ¿Qué mienten las comadres, qué adulan los físicos? [95] ¿No corre algún disparate claro de un tan sellado secreto?

—En esto hay mucho que dezir, y más que callar. Luego que se tuvo por cierto este preñado, viérades asustados los interesados, cuidadosos los que se quemaban [96], que fueron casi todos los mortales. Trataron luego de consultar los oráculos sobre el caso. Respondióles el primero que pariría un fiero monstruo, tan aborrecible cuan feo: considerad ahora el mortal susto de los mortales. Acudieron a otro por consuelo, y le hallaron, porque les respondió todo lo contrario, que pariría un pasmo de belleza, un hijo tan lindo cuan amable. Quedaron con esto más confusos, y por sí o por no, intentaron ahogarle; mas en vano, que asseguran es inmortal, y sépalo todo el mundo. Dizen que la Verdad es como el río Guadiana, que aquí se hunde y acullá sale; hoy no osa chistar, parece que anda sepultada, y mañana resucita, un día por rincones y al otro por corrillos y por plaças. Llegará el día del parto y veremos este secreto, saldremos desta suspensión.

—Y tú, que te picas de adivinarlo todo, ¿qué sientes de esto, qué rastreas? ¿No das en quién será este monstruo y este prodigio?

—Sí —dixo él—, por lo menos lo que podrían ser el primero para los necios y el segundo para los cuerdos: yo diría que el primero es...

Pero assomó en éstas un raro ente que venía, no tanto huyendo, cuanto haziendo huir; hazíase no sólo calle, pero plaça [97]; daba desaforados gritos y dezía:

—¿A mí el loco, cuando hago tantos cuerdos? ¿A mí el desatinado, que hago acertar? ¿A mí, a mí el sin juizio, que a muchos doy entendimiento?

—¿Quién es éste? —preguntó Critilo.

Y respondióle:

—Ésse es un hablativo absoluto [98], que ni rige ni es regido: éste es el loco del príncipe tal.

---

[95] *Físico*, médico. Véase nota 57, Crisi XIII, Segunda Parte.

[96] *Quemarse:* «En sentido moral vale padecer la fuerza de alguna passión o afecto.» *(Dic. Aut.)*

[97] *Hacer plaza:* «Phrase que significa hacer lugar, despejando algún sitio, por violencia o por mandato.» *(Dic. Aut.)*

[98] Jugando con la construcción latina de ablativo absoluto y dando también a hablativo el significado de «charlatán».

—¿Cómo es possible —replicó— que un señor tan cuerdo, llamado por antonomasia el Prudente (y no el Séneca de España, como si el otro hubiera sido de Etiopía) [99], cómo es creíble lleve consigo un perenal? [100]

—Y aun por esso, porque él es prudente.

—Pues ¿qué pretende?

—Oír la verdad alguna vez, que ningún otro se la dirá ni la oirá de otra bo[c]a [101]. No os admiréis cuando viéredes los reyes rodeados de locos y de inocentes [102], que no lo hazen sin misterio. No es por divertirle, sino por advertirle, que ya la verdad se oye por boca de ganso [103]. Ora caminemos, que no podemos estar ya muy lexos de la corte.

—Esso de corte, escusadlo —replicó un gran contrario suyo.

—¿Y por qué no?

—Porque si no se oyó jamás verdad en corte, ¿cómo habrá corte de la Verdad? ¿Cómo puede llamarse corte donde no se miente ni se finge, donde no hay mentidero [104], donde no corren cada día cien mentiras como el puño?

—¿Pues qué? —preguntó Andrenio—, ¿no se puede mentir en essa corte?

—¿Cómo, si es de la Verdad?

—¿Ni una mentirilla?

—Ni media.

—¿Ni en su ocasión, que es gran socorro?

—No por cierto.

—¿Ni sustentada por tres días, a la francesa, que vale mucho?

—Ni por uno.

—¡Eh, vaya, que por un cuarto...!

---

[99] El Prudente por antonomasia era Felipe II.

[100] *Perennal:* «Se aplica también al continuamente loco, ú que no tiene intervalos.» *(Dic. Aut.)*

[101] Errata en el texto de 1657, «obra», mal corregido por «bola» en la fe de erratas.

[102] Porque «los niños (inocentes) y los locos dicen las verdades», frase registrada en el *Dic. Aut.*

[103] *Ganso,* aparte de su significado real, habrá que darle el que da el *Dic. Acad.:* «Entre los antiguos, ayo o pedagogo de los niños.»

[104] *Mentidero:* «El sitio o lugar donde se junta la gente ociosa a conversación. Llamóse assí porque regularmente se cuentan en él fabulas y mentiras.» *(Dic. Aut.)*

—Ni por un instante.

—¿Ni una equivocación a lo hipócrita?

—Tampoco.

—¿Ni un dissimular la verdad, que no es mentira? Pero ¿ni dezir todas las verdades?

—Ni aun esso.

—¡Válgate Dios por verdad, y qué puntual que eres! Casi casi voy tratando de huir también. ¿Qué, ni una escusa con el embestidor [105], ni una lisonja con el príncipe, ni un cumplimiento con el cortesano?

—Nada, nada de todo esso; todo liso, todo claro.

—Ahora digo que no entro yo allá. No me atrevo a passar por una tan estrecha religión. ¿Yo, vivir sin el desempeño ordinario?: será impossible. Desde ahora me despido de tal corte, y a fe que no seré solo. No hay embustes: pues digo que no es corte. No hay engañadores ni lisonjas, ni lisonjeros ni encar[e]cedores [106]: pues no habrá cortesanos. No hay caballeros sin palabra ni grandes sin obra: pues digo que ni es corte. No hay casas a la malicia ni calles a la pena [107]: vuelvo a dezir que no puede ser corte. Señores, ¿quién vive en este París, en este Stocolmo? ¿Quién en esta Cracovia? ¿Quién corteja a esta reina? Sola debe andarse como la fénix.

—No falta quien la assista y la corteje —respondió el Acertador—. Porque sabrás ¡oh Andrenio! que cuando los mundanos echaron la Verdad del mundo y metieron en su trono la Mentira, según refiere un amigo de Luciano [108], trató el Supremo Parlamento de volverla a introducir en el mundo a petición de los mismos hombres, a instancias de los mundanos, que no podían vivir sin ella: no podían averiguarse ni con [109] criados ni oficiales, ni con las propias mugeres; todo era mentira, enredo y confusión. Parecía un Babel todo el mundo, sin poderse entender unos a otros: cuando dezían

---

[105] *Embestidor:* «El que pide prestado o por vía de limosna, fingiendo grandes ahogos y empeños, y suponiéndose caballero y hombre que tuvo muchos bienes y empleos.» *(Dic. Aut.)*

[106] «Encarcedores» trae por errata el texto de 1657.

[107] «Casa a la malicia», juego ya empleado (véase nota 1, Crisi X, Segunda Parte). Después de «casas a la (de la) malicia», pone «calles a la (de la) pena».

[108] La fuente del episodio y el amigo de Luciano nos los da Romera-Navarro: Mateo Alemán en su *Guzmán de Alfarache.*

[109] *Averiguarse con,* ajustarse con uno. Véase nota 18, Crisi VI, Primera Parte.

sí, dezían no; y cuando blanco, negro; con que no había cosa cierta ni segura. Todos andaban perdidos y gritando: «¡Vuelva, vuelva la Verdad!» Era dificultosa la empresa y temíase mucho el poder salir della, porque no se hallaba quien quisiesse ser el primero a dezirla: ¿quién dirá la primera verdad? Ofreciéronse grandes premios al que quisiesse dezir la primera y no se hallaba ninguno; no había hombre que quisiesse començar. Buscáronse varios medios, discurriéronse muchos arbitrios, y no aprovechaban. «¡Pues ella se ha de introducir, ella ha de volver a los humanos pechos y a arraigarse en los coraçones! Véase el cómo.» Teníanlo por impossible los políticos, y dezían: «¿Por dónde se ha de començar? Por Italia es cosa de risa, por Francia es cuento, por Inglaterra no hay que tratar, por España, aún aún, pero será dificultoso.» Al fin, después de muchas juntas, se resolvió que la desliessen con mucho açúcar para desmentir su amargura y le echassen mucho ámbar contra la fortaleça que de sí arrojaba; y deste modo dorada y açucarada, en un taçón de oro (no de vidrio, por ningún caso, que se trasluciría) luego la fuessen brindando a todos los mortales diziendo ser más exquisita confección [110], una rara bebida venida de allá de la China, y aun más lexos, más preciosa que el chocolate ni que el cha [111] ni que el sorbete, para que con esso hiziessen vanidad de beberle. Començaron, pues, a mandarla a unos y a otros por su orden. Llegaron a los príncipes los primeros para que con su exemplo se animassen a passarla los demás y se compusiesse el orbe todo, mas ellos de una legua sintieron su amargura (que tienen muy despiertos los sentidos, tanto huelen como oyen) y començaron a dar arcadas; alguno hubo que por una sola gota que passó, començó luego a escupir, que aún le dura. En probándola, dezían todos: «¡Qué cosa tan amarga!»; y respondían los otros: «Es la verdad.» Passaron con tanto a los sabios: «Éstos, sí, dezían, que toda su vida hazen estudio de averiguarla.» Mas ellos, tan presto como la comieron, la arrimaron [112], diziendo

---

[110] Puede el lector suplir el artículo que no está en el texto: «la más exquisita confección».

[111] *Cha:* «Nombre genérico que dan los chinos al té, por lo cual se le ha conservado esta definición en Filipinas y en algunos países hispanoamericanos.» *(Dic. Acad.)*

[112] *Arrimar:* «Vale también dexar para siempre, y como abandonar, y olvidar lo que antes se hacía.» *(Dic. Aut.)*

que tenían harto con la teórica, que no querían la plática [113]:
en especulación, no en execución. «Ora vamos a los varones
ancianos y muchachos, que suelen hazer pasto de ella.» En-
gañáronse, porque en sintiéndola, cerraron los labios y apretaron los dientes, diziendo: «Por mi boca, no; por la del
otro, a la de mi vezino.» Convidaron a los oficiales; menos,
antes dixeron que morirían de hambre en cuatro días si en
la boca la tomassen, especialmente los sastres. Los mercaderes, ni verla, que por esso tienen las tiendas a escuras y
aborrecen sus cajones la luz; los cortesanos, ni oírla. No
se halló muger que la quisiesse probar, y dezía una: «¡Anda
allá!, que muger sin enredo, bolsa sin dinero.» Desta suerte
fueron passando por todos los estados y empleos y no se halló
quien quisiesse arrostrar a la verdad. Viendo esto, se resolvieron de probar con los niños, para que tan temprano la
mamassen con la leche y se hiziessen a ella; y fue menester
buscarlos muy pequeñuelos, porque los grandecillos ya la
conocían y la aborrecían a imitación de sus padres. Fueron
a los locos perenales [114], a los simples solemnes, que todos
la bebieron: los niños, engañados con aquella primera dulçura, los simples porque no dieron en la cuenta, apechuga-
ron con el vaso hasta agotarle, llenaron el buche de verdades, començando al punto a regoldarlas: amargue o no amargue, ellos la dizen; pique o no pique, ellos la estrellan; unos
la hablan, otros la vocean. Ellos no la sepan, que si la saben
no dexarán de dezirla. Assí que los niños y los locos son hoy
los cortesanos de esta reina, ellos los que la assisten y la
cortejan.

Hallábanse ya a la entrada de una ciudad por todas partes
abierta; veíanse sus calles essentas [115], anchas y muy derechas,
sin vueltas, revueltas ni encrucijadas, y todas tenían salida.
Las casas eran de cristal, con puertas abiertas y ventanas
patentes [116]; no había celosías traidoras, ni tejados encubridores. Hasta el cielo estaba muy claro y muy sereno, sin
nieves de emboscadas, y todo el hemisferio [117] muy despejado.

—¡Qué diferente región ésta —ponderaba Critilo— de
todo lo restante del mundo!

---

[113] *Plática,* práctica.
[114] Véase la nota 100 de esta Crisi.
[115] *Exentas,* libres, desembarazadas.
[116] *Patente* abierta. Véase nota 10, Crisi II, Primera Parte.
[117] Evidentemente, «hemisferio» no está aquí por mitad del
globo terráqueo, sino por «firmamento» que es una semiesfera.

—Pero ¡qué corta corte ésta! —dezía Andrenio. —
Y el Acertador:

—Por esso defendía uno que la mayor corte hasta hoy había sido la de Babilonia: perdone la triunfante Roma, con sus seis millones de habitadores, y Panquín [118] en la China, en cuyo centro, puesto en alto un hombre, no descubre sino casas, con ser tan llano su hemisferio.

Estaban ya para entrar, cuando repararon en que muchos, y gente de autoridad, antes de meter el pie hazían una acción bien notable, y era calafatearse muy bien las orejas con algodones; y aun no satisfechos con esto, se ponían ambas manos en ellas y muy apretadas.

—¿Qué significa esto? —preguntó Critilo—. Sin duda que éstos no gustan mucho de la verdad.

—Antes, no hallan otra cosa —respondió el Acertador.

—Pues ¿para qué es esta diligencia?

—Hay un gran misterio en esto —dixo uno de ellos mismos, que lo oyó.

—Y aun una gran malicia —replicó otro—, si es cautela.

—¡No es cautela!

Con que se trabó entre los dos una gran altercación.

—De necios es el porfiar —dezía el primero.

—Y de discretos el disputar —replicó el segundo.

—Digo que la verdad es la cosa más dulce de cuantas hay.

—Y yo digo que la más amarga.

—Los niños son amigos de lo dulce y la dizen: luego dulce es.

—Los príncipes son enemigos de lo que amarga y la escupen: luego amarga es. Loco es el que la dize.

—Y sabio el que la oye.

—No es política tampoco; es embustera [119], es muy pesada.

—También es preciosa como el oro.

—Es desaliñada.

—Achaque de linda.

—Todos la maltratan.

—Ella haze bien a todos.

Desta suerte discurrían por estremos, sin topar el medio, cuando el Acertador se puso en él y les dixo:

—Amigos, menos vozes y más razones, distinguid textos y

---

[118] *Panquín,* Pekín.
[119] La verdad no es política porque no sabe callar lo verdadero· es embustera para quien no quiere enfrentarse con ella.

concordaréis derechos. Advertid que la verdad en la boca es muy dulce, pero en el oído es muy amarga; para dicha no hay cosa más gustosa, pero para oída no hay cosa más desabrida. No está el primor en dezir las verdades, sino en el escucharlas, y assí veréis que la verdad murmurada es todo el entretenimiento de los viejos: en esto gastan días y noches, gustan mucho de dezirla, pero no que se les digan. Y en conclusión, la verdad por activa es muy agradable, pero por passiva la quinta essencia de lo aborrecible: esto es, en murmuración, no en desengaño [120].

Començaron ya a discurrir por aquellas calles, si bien no acertaba Andrenio a dar passo, y de todo temía: en viendo un niño, se ponía a temblar, y en descubriendo un orate, desmayaba. Toparon y oyeron cosas nunca dichas ni oídas, hombres nunca vistos ni conocidos. Aquí hallaron el *sí* sí y el *no* no, que aunque tan viejos nunca los habían topado; aquí el hombre de su palabra, que casi no le conocían: viéndolo estaban y no lo creían, como ni al hombre de verdad y de entereza, el de *andemos claros, vamos con cuenta y razón,* el de la verdad por un moro [121], que todos eran personages prodigiosos.

—Y aun por esso no los hemos encontrado en otras partes —dezía Critilo—, porque están aquí juntos.

Aquí hallaron los hombres sin artificio, las mugeres sin enredo, gente sin tramoya.

—¿Qué hombres son éstos —dezía Critilo— y de dónde han salido, tan opuestos con los que por allá corren? No me harto de verlos, tratarlos y conocerlos; esto sí que es vivir. Éste, cielo es, que no mundo. Ya creo agora todo cuanto me dizen, sin escrúpulo alguno ni temor de engaño, que antes no hazía más que suspender el juizio y tomar un año para creer las cosas. ¿Hay mayor felicidad que vivir entre hombres de bien, de verdad, de conciencia y entereza? ¡Dios me libre de volver a los otros que por allá se usan!

Pero duróle poco el contento, porque yéndose encaminando hazia la Plaça Mayor, donde se lograba [122] el transparente alcáçar de la Verdad triunfante, oyeron antes de llegar allá

---

[120] Es decir, es agradable la verdad por activa (para el que la dice), en murmuración, pero aborrecible por pasiva en el desengaño del que la soporta.
[121] Sobreentendiendo «el de la verdad dicha por un moro», cosa nunca vista dada la falsedad de los moros.
[122] *Lograr,* gozar. Véase nota 13, Crisi II, Primera Parte.

unas descomunales vozes, como salidas de las gargantas de algún gigante, que dezían:

—¡Guarda el monstruo, huye el coco! ¡A huir todo el mundo, que ha parido ya la Verdad el hijo feo, el odioso, el abominable! ¡Que viene, que vuela, que llega!

A esta espantosa voz echaron todos a huir, sin aguardarse unos a otros, a necio el postrero. Hasta el mismo Critilo, ¿quién tal creyera?, llevado del vulgar escándalo, cuando no exemplo, se metió en fuga, por más que el Acertador le procuró detener con razones y con ruegos.

—¿Dónde vas? —le gritaba.

—Donde me llevan.

—¡Mira que huyes de un cielo!

—Pongamos cielo en medio [123].

Quien quisiere saber qué monstruo, qué espantoso fuesse aquel feo hijo de una tan hermosa madre, y dónde fueron a parar nuestros asustados peregrinos, trate de seguirlos hasta la otra crisi.

---

[123] Ha dicho «cielo» el Acertador y Critilo contesta «pongamos Cielo en medio», por la frase «pongamos tierra por medio» (marcharse).

CRISI CUARTA

El Mundo descifrado

Es Europa vistosa cara del mundo, grave en España, linda en Inglaterra, gallarda en Francia, discreta en Italia, fresca en Alemania, riçada [1] en Suecia, apacible en Polonia, adamada [2] en Grecia y ceñuda en Moscovia.

Esto les dezía a nuestros dos fugitivos peregrinos un otro en lo raro, que le habían ganado cuando perdido él a su Adevino.

—Tenéis buen gusto —les dezía—, nacido de un buen capricho, en andaros viendo mundo, y más en sus cortes, que son escuelas de toda discreta gentileza. Seréis hombres tratando con los que lo son, que esso es propiamente ver mundo; porque advertid que va grande diferencia del ver al mirar, que quien no entiende no atiende: poco importa ver mucho con los ojos si con el entendimiento nada, ni vale el ver sin el notar. Discurrió bien quien dixo que el mejor libro del mundo era el mismo mundo, cerrado cuando más abierto; pieles estendidas, esto es, pergaminos escritos llamó el mayor de los sabios a essos cielos, iluminados de luzes en vez de rasgos y de estrellas por letras. Fáciles son de entender essos brillantes caracteres, por más que algunos los llamen dificultosos enigmas. La dificultad la hallo yo en leer y entender lo que está de las tejas abaxo, porque como todo ande en cifra y los humanos coraçones estén tan sellados y inescrutables, assegúroos que el mejor letor se pierde. Y otra

---

[1] *Rizada*, por las dobleces y pliegues del terreno.
[2] *Adamado:* «Fino, elegante.» *(Dic. Acad.)*

cosa, que si no lleváis bien estudiada y bien sabida la contracifra de todo, os habéis de hallar perdidos, sin acertar a leer palabra ni conocer letra, ni un rasgo ni un tilde.

—¿Cómo es esso —replicó Andrenio—, que el mundo todo está cifrado?

—Pues ¿agora recuerdas[3] con esso? ¿Agora te desayunas de una tan importante verdad, después de haberle andado todo? ¡Qué buen concepto habrás hecho de las cosas!

—¿De modo que todas están en cifra?

—Dígote que sí, sin exceptuar un ápice. Y para que lo entiendas, ¿quién piensas tú que era aquel primer hijo de la Verdad de quien todos huían, y vosotros de los primeros?

—¿Quién había de ser —respondió Andrenio— sino un monstruo tan fiero, un trasgo tan aborrecible, que aún me dura el espanto de haberle visto?

—Pues hágote saber que era el Odio, el primogénito de la Verdad: ella le engendra, cuando los otros le conciben, y ella le pare con dolor ageno.

—Aguarda —dixo Critilo—, y aquel otro hijo también de la Verdad tan celebrado de lindo, que no tuvimos suerte de verle ni tratarle, ¿quién era?

—Ésse es el postrero, el que llega tarde. A ésse os quiero yo llevar agora para que le conozcáis y gozéis de su buen trato, discreción y respeto.

—¡Pero que no tuviéssemos suerte de ver la Verdad —se lamentaba Andrenio— ni aun esta vez, estando tan cerca, especialmente en su elemento, que dizen es muy hermosa, no me puedo consolar!

—¿Cómo que no la viste? —replicó el Descifrador, que assí dixo se llamaba—. Ésse es el engaño de muchos, que nunca conocen la verdad en sí mismos, sino en los otros; y assí verás que alcançan lo que le está mal al vezino, al amigo, lo que debieran hazer, y lo dizen y lo hablan; y para sí mismos, ni saben ni entienden. En llegando a sus cosas, desatinan; de modo que en las cosas agenas son unos linces y en las suyas unos topos: saben cómo vive la hija del otro y en qué passos anda la muger del vezino, y de la suya propia están muy agenos. Pero ¿no viste alguna de tantas bellíssimas hembras que por allí discurrían?

—Sí, muchas, y bien lindas.

—Pues todas éssas eran Verdades, cuanto más ancianas

---

[3] *Recordar:* «... despertar el que está dormido» *(Dic. Aut.).*

más hermosas, que el tiempo, que todo lo desluce, a la Verdad la embelleze.

—Sin duda —añadió Critilo— que aquella coronada de álamo, como reina de los tiempos, con hojas blancas de los días y negras de las noches, era la Verdad.

—La misma.

—Yo la besé —dixo Andrenio— la una de sus blancas manos y la sentí tan amarga que aun me dura el sinsabor.

—Pues yo —dixo Critilo— la besé la otra al mismo tiempo y la hallé de azúcar. Más que linda estaba y muy de día[4]; todos los treinta y t[r]es[5] treses de hermosura[6] se los conté uno por uno: ella era blanca en tres cosas, colorada en otras tres, crecida en tres, y assí de los demás. Pero, entre todas estas perfecciones, excedía la de la pequeña y dulce boca, brollador[7] de ámbar.

—Pues a mí —replicó Andrenio— me pareció toda al contrario, y aunque pocas cosas me suelen desagradar, ésta por estremo.

—Paréceme —dixo el Descifrador— que vivís ambos muy opuestos en genio: lo que al uno le agrada, al otro le descontenta.

—A mí —dixo Critilo—, pocas cosas me satisfacen del todo.

—Pues a mí —dixo Andrenio—, pocas dexan de contentarme, porque en todas hallo yo mucho bueno y procuro gozar dellas tales cuales son, mientras no se topan otras mejores. Y éste es mi vivir, al uso de los acomodados.

—Y aun necios —replicó Critilo.

Interpúsose el Descifrador:

—Ya os dixe que todo cuanto hay en el mundo passa en cifra[8]: el bueno, el malo, el ignorante y el sabio. El amigo le toparéis en cifra, y aun el pariente y el hermano, hasta los padres y hijos, que las mugeres y los maridos es cosa cierta, cuanto más los suegros y cuñados: el dote fiado y la suegra

---

[4] *Estaba muy de día,* es decir, con la cara resplandeciente como el mediodía.

[5] La edición de 1657 pone «tes».

[6] Frase ponderativa para significar «el máximo» semejante a las «setenta veces siete» de la Biblia.

[7] *Brollador,* formada de *brollar,* manar. Véase nota 21, Crisi III, Primera Parte.

[8] *Cifra:* «Modo ú arte de escribir, dificultoso de comprehender sus cláusulas, sino es teniendo la clave.» *(Dic. Aut.)*

de contado [9]. Las más de las cosas no son las que se leen; ya no hay entender pan por pan, sino por tierra, ni vino por vino, sino por agua, que hasta los elementos están cifrados en los elementos: ¡qué serán los hombres! Donde pensaréis que hay sustancia, todo es circunstancia, y lo que parece más sólido es más hueco, y toda cosa hueca, vacía. Solas las mugeres parecen lo que son, y son lo que parecen.

—¿Cómo puede ser esso —replicó Andrenio—, si todas ellas, de pies a cabeça, no son otro [10] que una mentirosa lisonja?

—Yo te lo diré: porque las más parecen malas, y realmente que lo son. De modo que es menester ser uno muy buen letor para no leerlo todo al revés, llevando muy manual la contracifra para ver si el que os haze mucha cortesía quiere engañaros, si el que besa la mano querría morderla [11], si el que gasta mejor prosa os haze la copla [12], si el que promete mucho cumplirá nada, si el que ofrece ayudar tira a descuidar para salir él con la pretensión. La lástima es que hay malíssimos letores que entienden C. por B. y fuera mejor D. por C. [13] No están al cabo de las cifras ni las entienden, no han estudiado la materia de intenciones, que es la más dificultosa de cuantas hay. Yo os confiesso ingenuamente que anduve muchos años tan a ciegas como vosotros, hasta que tuve suerte de topar con este nuevo arte de descifrar, que llaman de discurrir los entendidos.

—Pues, dime —preguntó Andrenio—, estos que vamos encontrando ¿no son hombres en todo el mundo?, y aquellas otras ¿no son bestias?

—¡Qué bien lo entiendes! —le respondió en pocas palabras y mucha risa—. ¡Eh!, que no lees cosa a derechas. Advierte que los más que parecen hombres, no lo son, sino dipthongos.

---

[9] Es decir, cuando uno se casa, tiene segura y de contado a la suegra; no así la dote, que puede prometerse y no darse durante tiempo. Es refrán.

[10] Genérico, «otra cosa».

[11] Entiéndase «morderla para sacar tajada o provecho».

[12] «El que te dice la copla, esse te la hace. Refr. que enseña, que con nombre ajeno se suelen decir algunos oprobios o injurias a otros.» *(Dic. Aut.)*

[13] *Ce por be* significa en lenguaje figurado, «menuda, circunstanciadamente» *(Dic. Acad.).* Es decir, entienden muy poco cuando debieran entender el quinientos (D, número romano) por cien (C, número romano).

—¿Qué cosa es dipthongo?

—Una rara mezcla. Dipthongo es un hombre con voz de muger y una muger que habla como hombre; dipthongo es un marido con melindres y la muger con calçones; dipthongo es un niño de sesenta años y uno sin camisa crugiendo seda; dipthongo es un francés inserto en español, que es la peor mezcla de cuantas hay; dipthongo hay de amo y moço.

—¿Cómo puede ser esso?

—Bien mal, un señor en servicio de su mismo criado. Hasta de ángel y de demonio le hay, serafín en la cara y duende en el alma. Dipthongo hay de sol y de luna en la variedad y bellcza; dipthongo toparéis de *sí* y de *no,* y dipthongo es un mongil forrado de verde [14]. Los más son dipthongos en el mundo, unos compuestos de fieras y hombres, otros de hombres y bestias; cuál de político y raposo y cuál de lobo y avaro; de hombre y gallina muchos bravos, de hipogrifos muchas tías [15] y de lobas [16] las sobrinas, de micos y de hombres los pequeños y los agigantados de la gran bestia [17]. Hallaréis los más vacíos de sustancia y rebutidos de impertinencia, que conversar con un necio no es otro [18] que estar toda una tarde sacando pajas de una albarda. Los indoctos afectados son buñuelos sin miel, y los podridos, bizcochos de galera. Aquél tan tiesso cuan enfadoso es dipthongo de hombre y estatua, y déstos toparéis muchos; aquél otro que os parece un Hércules con clava no es sino con rueca, que son muchos los dipthongos afeminados. Los peores son los caricompuestos de virtud y de vicio, que abrasan el mundo (pues no hay mayor enemigo de la verdad que la verisimilitud), assí como los de hipócrita malicia. Veréis hombres

---

[14] *Monjil:* «El hábito o túnica de la Monja», y «el trage de lana que usa la muger que trahe luto» *(Dic. Aut.),* referido a las viudas. Ataca Gracián tanto a la monja como a la viuda que bajo el hábito esconden los pecados de la lujuria (lo «verde»).

[15] *Hipógrifo* es el «animal fabuloso, mitad grifo y mitad caballo» *(Dic. M. Moliner). Tía:* «muger pública y de conducta inmoral» *(Dic. Acad.)*

[16] *Loba,* está por «prostituta»; piénsese en la Celestina y los apelativos de tía, sobrina, prima, etc.

[17] *Gran bestia:* «Por antonomasia se llama el animal, que en su figura parece un mixto de camello y venado, y tan corpulento como un caballo mui abultado.» *(Dic. Aut.)*

[18] Genérico, «otra cosa».

comunes injertos en particulares[19] y mecánicos[20] en nobles. Aunque veáis algunos con vellocino de oro[21], advertid que son borregos, y que los Cornelios son ya Tácitos, y los Lucios, Apuleyos[22]. Pero ¿qué mucho?, si aun en las mismas frutas hay dipthongos, que compraréis peras y comeréis mançanas, y compraréis mançanas y os dirán que son peras. ¿Qué os diré de las paréntesis aquellas que ni hazen ni deshazen en la oración, hombres que ni atan ni desatan?: no sirven sino de embaraçar el mundo. Hazen algunos número de cuarto conde y quinto duque en sus ilustres casas, añadiendo cantidad, no calidad, que hay paréntesis del valor y digressiones de la fama. ¡Oh, cuántos déstos no vinieron a propósito ni a tiempo!

—De verdad —dixo Critilo— que me va contentando este arte de descifrar, y aun digo que no se puede dar un passo sin él.

—¿Cuántas cifras habrá en el mundo? —preguntó Andrenio.

—Infinitas, y muy dificultosas de conocer, mas yo prometo declararos algunas, digo las corrientes, que todas sería impossible. La más universal entre ellas y que ahorca medio mundo es el &c[23].

—Ya la he oído usar algunas vezes —aixo Andrenio—, pero nunca había reparado como agora ni me daba por entendido.

—¡Oh, que dize mucho y se explica poco! ¿No habéis visto estar hablando dos y passar otro?: «—¿Quién es aquél? —¿Quién? Fulano. —No lo entiendo. —¡Oh, válgame Dios!, dize el otro, aquel que &c. —¡Oh, sí, sí, ya lo entiendo!» Pues esso es el &c. «—Y aquella otra ¿quién es? —¿Qué, no la conocéis? Aquélla es la que &c. —Sí, sí, ya doy en la

---

[19] *Particular:* «... extraordinario o pocas veces visto en su línea» *(Dic. Aut.).*

[20] *Mecánico:* «Dícese de las personas que se dedican a oficios que exigen más habilidad manual que intelectual.» *(Dic. Acad.)*

[21] Es decir, vestidos de oro, ricos. Alude al vellocino de oro o toison de oro, piel de carnero robado por los Argonautas.

[22] Sobre el juego de Cornelio y Tácito, véase nota 51, Crisi IV, Segunda Parte. Los Lucios (lúcidos, brillantes) son Apuleyos (asnos), aludiendo a la obra de Lucio Apuleyo *El asno de oro.* (Véase nota 49, Crisi XII, Primera Parte.)

[23] &c etcétera. En cada «etcétera» de los que vienen a continuación el lector suplirá lo que guste: unas veces será una obscenidad, otras una ironía, etc.

cuenta. —Aquél es cuya hermana &c. —No digáis más, que ya estoy al cabo.» Pues esso es el &c. Enfádase uno con otro y dízele: «¡Quite allá, que es un &c! ¡Váyase para una &c!» Entiéndense mil cosas con ella y todas notables. Reparad en aquel monstruo casado con aquel ángel. ¿Pensaréis que es su marido?

—¿Pues qué había de ser?

—¡Oh, qué lindo! Sabed que no lo es.

—¿Pues qué?

—No se puede dezir: ¡es un &c!

—¡Válgate por la cifra, y quién había de dar con ella!

—Aquella otra que se nombra tía, no lo es.

—¿Pues qué?

—&c. La otra por donzella, el primo de la prima[24], el amigo del marido: ¡eh, que no lo son por ningún caso! No son sino &c. El sobrino del tío, que no lo es, sino &c, digo sobrino de su hermano[25]. Hay cien cosas a essa traça que no se pueden explicar de otra manera, y assí echamos un &c cuando queremos que nos entiendan sin acabarnos de declarar. Y os asseguro que siempre dize mucho más de lo que se pudiera expressar. Hombre hay que habla siempre por &c y que llena una carta de ellas; pero si no van preñadas, son sencillas y otras tantas necedades. Por esso conocí yo uno que le llamaron el Licenciado de &c, assí como a otro el Licenciado del chiste. Reparad bien, que os prometo que casi todo el mundo es un &c.

—Gran cifra es ésta —dezía Andrenio—, abreviatura de todo lo malo y lo peor. Dios nos libre de ella y de que caiga sobre nosotros. ¡Qué preñada y qué llena de alusiones! ¡Qué de historias que toca, y todas raras! Yo la repasaré muy bien.

—Pues passemos adelante —dixo el Descifrador—. Otra os quiero enseñar que es más dificultosa, y por no ser tan universal, no es tan común, pero muy importante.

—¿Y cómo la llaman?

—*Qutildeque*[26]. Es menester gran sutileza para entenderla, porque incluye muchas y muy enfadosas impertinencias, y se

---

[24] Volvemos a encontrarnos los nombres de «tía, primo, prima», como en las notas 15 y 16 de esta Crisi.

[25] Aun hoy día se llama «sobrino» al hijo de un cura. Nótese que dice «sobrino de su hermano», es decir, hijo suyo.

[26] Admitimos la interpretación de Romera-Navarro: «qu-tilde-que»; q̃ es «qual»; es decir, la palabra es «qualque», cualquiera.

descifra por ella la necia afectación. ¿No oís aquel que habla con eco, escuchándose las palabras con pocas razones?

—Sí, y aun parece hombre discreto.

—Pues no lo es, sino un afectado, un presumido, y en una palabra, él es un *qutildeque*. Notad aquel otro que se compone y haze los graves y los tiesos [27], aquel otro que se afecta misterios y habla por sacramentos [28], aquel que va vendiendo secretos.

—Parecen grandes hombres.

—Pues no lo son, sino que lo querrían parecer; no son sino figuras en cifra de *qutildeque*. Reparad en aquel atufadillo [29] que se va passeando la mano por el pecho y diziendo: «¡Qué gran hombre se cría aquí, qué prelado, qué presidente!» Pues aquel otro que no le pesa de haber nacido, también es *qutildeque*. El atildado, estáse dicho, el mirlado, el abemolado y que habla con la voz flautada, con tonillo de falsete, el ceremonioso, el espetado, el acartonado, y otros muchos de la categoría del enfado, todos éstos se descifran por la *qutildeque*.

—¡Qué docto se quiere ostentar aquél! —dixo Andrenio—. ¡Qué bien vende lo que sabe!

—Señal que es ciencia comprada y no inventada. Y advierte que no es letrado; más tiene de *qutildeque* que de otras letras. Todos estos atildados afectan parecer algo y al cabo son nada. Y si acertáis a descifrarlos, hallaréis que no son otro [30] que figuras en cifra de *qutildeque*.

—Aguarda. Y aquellos otros —dixo Andrenio—, tan alçados y dispuestos, que parece los puso en çancos la misma naturaleza o que su estrella los aventajó a los demás, y assí los miran por encima del hombro y dizen: «¡Ah de abaxo! ¿quién anda por essos suelos?», éstos sí que serán muy hombres, pues hay tres y cuatro de los otros en cada uno dellos.

—¡Oh, qué mal que lees! —le dixo el Descifrador—. Advierte que lo que menos tienen es de hombres. Nunca verás

---

[27] «Hacer, junto los artículos el, la, lo y algunos nombres significa exercer actualmente lo que los nombres significan, y las más veces representarlo» (*Dic. Aut.*); es decir, representa el grave y el mesurado. (Normalmente los nombres iban en singular.)

[28] *Sacramento:* «Vale también lo mismo que Mysterio.» (*Diccionario Aut.*)

[29] *Atufadillo* es soberbio, porque «tufo» es, en sentido figurado, «soberbia, vanidad o entonamiento» (*Dic. Aut.*).

[30] Genérico, «otra cosa».

que los muy alçados sean realçados, y aunque crecieron tanto no llegaron a ser personas. Lo cierto es que no son letras [31] ni hay qué saber [32] en ellos, según aquel refrán: «Hombre largo, pocas vezes sabio.»

—Pues ¿de qué sirven en el mundo?

—¿De qué? De embaraçar. Estos son una cierta cifra que llaman çancón [33], y es dezir que no se ha de medir uno por las çancas, no por cierto, sino por la testa; que de ordinario, lo que echó en éstos la naturaleza en gambas [34], les quitó de cerbelo [35]; lo que les sobra de cuerpo, les haze falta de alma. Levantan los desproporcionados tercios [36] el cuerpo, mas no el espíritu: quédaseles del cuello abaxo, no passa tan arriba; y assí veréis que por maravilla les llega a la boca, y se les conoce en la poca sustancia con que hablan. Mira qué trancos da aquel çancón que por allí passa, las calles y plaças anexia [37]; y con todo esso, anda mucho y discurre [38] poco.

—¡Oh, lo que abarca aquel otro de suelo! —ponderaba Andrenio.

—Sí, pero cuán poquito de cielo, y aunque tan alto, muy lexos está de tocar con la coronilla en las estrellas. Destos tales çancones toparéis muchos en el mundo; tendréislos en lo que son llevando las contracifra. Por otra parte, veréis que se paga mucho el vulgo de ellos, y más cuanto más corpulentos. Creyendo que consiste en la gordura la sustancia, miden la calidad por la cantidad, y como los ven hombres de fachada, conciben dellos altamente: llena mucho una gentil presencia; por poco que favorezca el espíritu, parece uno doblado, y más si es hombre de puesto. Pero ya digo, por lo común ellos, bien descifrados, no son otro que çancones.

—Según esso —dixo Andrenio—, aquellos otros sus antípodas, aquellos pequeños, y por otro nombre ruincillos (que por maravilla escapan de ahí) [39], aquellos que hazen del hom-

<hr/>

[31] Unos hombres serán «personas de prendas», es decir, «letras», mientras otros serán, como dirá luego, «puntillos» y «tildes» sin llegar a personas.

[32] «no hay qué saber», no hay algo de saber.

[33] *Zancón:* «Que tiene las zancas largas.» *(Dic. Acad.)*

[34] *Gamba:* «Lo mismo que pierna.» *(Dic. Aut.)*

[35] *Cerbelo:* «Lo mismo que Cerebelo.» *(Dic. Aut.)*

[36] *Tercio:* «Por extensión se dice de los miembros fuertes y robustos del hombre.» *(Dic. Aut.)*

[37] *Anexiar,* anexar: «Unir o agregar una cosa a otra.» *(Dic. Acad.)*

[38] Juego de palabras: «discurrir» por un sitio y «reflexionar».

[39] *Escapan de ahí,* es decir, de ser ruincillos.

bre porque no lo son, siquiera por parecerlo, semilla de títeres, moviéndose todos, que ni paran ni dexan parar, amassados con azogue, que todos se mueven, hechos de goznes, gente de polvorín[40], picantes granos; aquel que se estira porque no le cabe el alma en la vaina; el otro gravecillo que afecta el ser persona y nunca sale de personilla, con poco se llena; chimenea baxa y angosta toda es humos: todos éstos sí que serán letras.

—De ningún modo, digo que no lo son[41].

—¿Pues qué?

—Añadiduras de letras, puntillos de íes y tildes de enes. Por esso es menester guardarles los aires, que siempre andan en puntillos y de puntillas; ni hay mucho que fiar ni que confiar de personeta, ni de sus otros consonantes[42]. Son chiquitos y poquitos y menuditos, y assí dize el catalán: *Poca cosa para forsa*[43] Yo conocí un gran ministro que jamás quiso hablar con ningún hombre muy pequeño, ni le escuchaba. Llevan el alma en pena: si andan, no tocan en tierra, porque van de puntillas, y si se sientan, ni tocan ni en cielo ni en tierra. Tienen reconcentrada la malicia, y assí tienen malas entrañuelas; son de casta de sabandijas pequeñas, que todas pican que matan. Al fin, ellos son abreviaturas de hombres y cifra de personillas. Otra cifra me olvidaba que os importará mucho el conocerla, la más platicada[44] y la menos sabida; entiéndense mil cosas en ella y todas muy al contrario de lo que pintan, y por esso se han de leer al revés. ¿No veis aquel del cuello torcido? ¿Pensaréis que tiene muy recta la intención?

—Claro es esso —respondió Andrenio.

—¿Creeréis que es un beato?

—Y con razón.

—Pues sabed que no lo es.

—¿Pues qué?

—Un *alterutrum*[45].

---

[40] *Gente de polvorín,* que se enfada con facilidad.

[41] Confirma lo dicho en la nota 31.

[42] Volvemos a encontrar esa repulsa de Gracián hacia los hombres disminuidos físicamente: personeta (bajito) y sus consonantes, majareta, jorobeta, etc.

[43] *Poca cosa pera força,* en catalán, poco hombre para empresa grande.

[44] *Platicada,* practicada.

[45] *Alterutrum:* «lo uno o lo otro». Aquí será no sólo eso, sino

—¿Qué cosa es *alterutrum?*

—Una gran cifra que abrevia el mundo entero, y todo muy al contrario de lo que parece. Aquel de las grandes melenas ¿bien pensaréis que es un león?

—Yo por tal le tengo.

—En lo rapante[46] ya podría, pero aténgome más a las plumas de gallina que tremola que a las guedejas que ondea. Aquel otro de la barba ancha y autorizada ¿creerás tú que tiene de mente lo que de mentó[n]?[47]

—Téngole por un Bártulo[48] moderno.

—Pues no es sino un *alterutrum,* un semicapro[49] lego, de quien dezía un mecánico[50]: «Pruébeme el señor licenciado que es letrado, que al punto sacaré de la vecindad mi herrería»[51]. ¡Qué brava hazañería haze aquel otro de ministro! Y cuando más zeloso del servicio real, entonces haze el suyo de plata[52], que no es sino un *alterutrum* que, de achaque de gorrón de Salamanca, come hoy lo que entonces ayunó, los veinte mil de renta, cuando se están comiendo de sarna[53] los mayores soldados y los primogénitos de la fama la delinean. Prométoos que está lleno el mundo de estos *alterutrunes,* muy otros de lo que se muestran, que todo passa en representación: para unos comedia, cuando para otros tragedia. El que parece sabio, el que valiente, el entendido, el zeloso, el beato, el cauto más que casto, todos passan en cifra de *alterutrum.* Observadle bien, que si no, a cada passo tropeçaréis en ella; estudiad la contracifra de suerte que no a todo vestido de sayal tengáis por monge, ni el otro porque roze seda dexará de ser mico. Toparéis brutos en doradas salas y bestias que

---

también «ni lo uno ni lo otro», las dos cosas al tiempo, o «unas veces una cosa, otras veces, otra».

[46] *Rapante:* participio activo del verbo «Rapar». «El que rapa o hurta.» *(Dic. Aut.)*

[47] Errata evidente en el texto, «mento». La frase significa ¿creerás tú que tiene la mente tan grande como la barba?

[48] Bártulo, jurisconsulto italiano (1313-1357).

[49] *Semicapro:* «Medio cabra, u cabrón, y medio hombre.» *(Diccionario Aut.)*

[50] *Mecánico,* persona de oficio «bajo y manual». Véase nota 20 de esta Crisi.

[51] Nuevamente el juego de «yerro» y «hierro»: los «yerros» del letrado y los «hierros» del herrero son incompatibles.

[52] Sobreentendido «servicio de plata», o sea, «servicio de mesa».

[53] Es decir, se concomen, se consumen de sarna (de miseria).

volvieron de Roma borregos felpados de oro[54]; al oficial[55] veréis en cifra de caballero, al caballero de título, al título de grande, al grande en la de príncipe. Cubre hoy el pecho con la espada roxa[56] el que ayer con el mandil; lleva el nieto la insignia verde[57] y llevó el abuelo el babador amarillo[58]; jura éste a fe de caballero, y pudiera de gentil. Cuando oigáis a uno prometerlo todo, entended *alterutrum,* que dará nada; y cuando responda el otro a vuestra súplica un *sí, sí,* duplicado, creed *alterutrum,* que dos afirmaciones niegan, assí como dos negaciones afirman; esperad más de un *no, no,* que de un doblado *sí, sí.* Cuando al pagar dize el médico *no, no,* habla en cifra y toma en realidad. Cuando os dixere el otro: «Señor, veámonos», es dezir que no os le pongáis delante. El «yo iré a vuestra casa» es lo mismo que no pondrá los pies en ella. «Aquí está mi casa» es atrancar las puertas. Y cuando el otro dize: «¿Habéis menester algo?», bien descifrado es lo mismo que dezir: «Pues idlo a buscar.» Y cuando dize: «Mirad si se os ofrece alguna cosa,» entonces echa otro ñudo a la bolsa. A esta traça habéis de descifrar los más apretados cumplimientos: «Todo soy vuestro», entended que es muy suyo. «¡Oh, lo que me alegro de veros!», y más de aquí a veinte años. «Mandadme algo», entended que en testamento. Créeselo todo el otro necio, y en llegando la contracifra de la ocasión[59] se halla engañado. Otras muchas hay que llaman de arte mayor: éssas son muy dificultosas, quedarán para otra ocasión.

—Éssas —replicó Critilo, que a todo había callado— me holgara yo saber en primer lugar; porque estas otras que nos has dicho, los niños las aprenden en la cartilla.

—Ahí verás —dixo el Descifrador— que aun començando

---

[54] A pesar de haber estudiado en Roma, vuelven hechos unos borregos, pero cargados de beneficios.

[55] *Oficial:* «El que se ocupa o trabaja en algún oficio.» *(Diccionario Aut.)*

[56] La de la Orden de Santiago: «... la insignia que trahen a los pechos es una espada roxa, en demonstración y señal de estar teñida en sangre de los infieles» *(Dic. Aut.).*

[57] La Orden de San Julián del Pereiro, luego de Alcántara, lleva como distintivo una cruz flordelisada de color verde.

[58] «Refiérese al hábito penitencial de los reos de la Inquisición, el cual era de tela amarilla con el aspa roja de San Andrés.» (Romera-Navarro).

[59] Es decir, la clave que le da la ocasión para ver si es cierto.

tan temprano a estudiarlas, tarde llegan a entenderlas; a los niños los destetan con ellas y los hombres las ignoran. Estudiad por agora éstas y platicad [60] las contracifras, que essas otras yo os ofrezco explicároslas en el arte de discurrir para que haga pareja con la de concebir.

Desta suerte divertidos, se hallaron sin advertir en medio de una gran plaça, emporio célebre de la apariencia y teatro espacioso de la ostentación, del hazer parecer las cosas, muy frecuentado en esta era para ver las humanas tropelías y las tramoyas tan introducidas. Hoy vieron a la una y otra azera varias oficinas, aunque tenidas por mecánicas, nada vulgares, y más [61] para los entendidos y entendedores. En una estaban dorando cosas varias, yerros de necedades, con tal sutileza que passaban plaça de aciertos: doraban albardas, estatuas, terrones, guijarros y maderos, hasta muladares y albañales. Parecían muy bien de luego [62], pero con el tiempo caíaseles el oro y descubríase el lodo.

—Basta [63] —dixo Critilo— que no es todo oro lo que reluce.

—Aquí sí —respondió el Descifrador— que hay que discurrir y bien que descifrar. Creedme que por más que se quieran dorar los desaciertos, ellos son yerros y lo parecerán después. ¡Querernos persuadir que el matar un príncipe, y por su mano, horrible hazaña, a sus nobilíssimos cuñados, por solas vanas sospechas, entristeciendo todo el reino, que fue zelo de justicia!: díganle al que tal escribe que es querer dorar un yerro [64]. ¡Defender que el otro rey no fue cruel ni se ha de llamar assí, sino el justiciero!: díganle al que tal estampa que tiene pequeña mano para tapar la boca a todo el mundo [65]. ¡Dezir que el perseguir los propios hijos y ha-

---

[60] *Platicad,* practicad.

[61] Hoy diríamos «y menos», entendiendo la frase como: «varias oficinas que, aunque son tenidas por mecánicas (bajas, vulgares) no son nada vulgares, y menos aún para los entendidos y entendedores».

[62] *De luego,* lo mismo que «luego», al instante. Se opone a «con el tiempo» que viene a continuación.

[63] «Basta», sobreentendiendo un infinitivo como «pensar» o «afirmar». Véase nota 6, Crisi II, Primera Parte.

[64] Juego de palabras; dorar un hierro y disimular un yerro. Según Romera-Navarro se refiere a Juan II de Portugal, que mató a su primo y cuñado el Duque de Veseo por sospechas.

[65] Clara alusión a Pedro I el Cruel.

zerles guerra, encarcelarlos y q[uit]arles [66] la vida, que fue obligación y no passión! [67]: respóndaseles que por más que lo quieran dorar con capa de justicia, siempre serán yerros. ¡Publicar que el dexamiento y remissión que ocasionó más muertes de grandes y de señores que la misma crueldad, que esso nació de bondad y de clemencia! [68]: dígale al que esso escribe que es querer dorar un yerro. Pero poco importa, que el tiempo deslucirá el oro y sobresaldrá el hierro y triunfará la verdad.

Confitaban en otra varias frutas ásperas, acedas y desabridas, procurando con el artificio desmentir lo insulso y lo amargo. Sacáronles una gran fuente destos dulces, que no sólo no recusaron, pero la lograron [69], diziendo era debido a su vejez; cebóse en ellos Andrenio, celebrándolos mucho, mas el Descifrador, tomando uno en la mano:

—¿Veis —dixo— qué bocado tan regalado éste? ¡Pues si supiéssedes lo que es!

—¿Qué ha de ser —dixo Andrenio— sino un terrón de acúcar de [C]andía? [70]

—Pues sabed que fue un pedaço de una insulsa calabaça, sin el picante moral y sin el agrio satírico. Este otro que cruje entre los dientes era un troncho de lechuga. Mirad lo que puede el artificio y qué de hombres sin sabor y sin saber se disfraçan desta suerte, y tan celebrados por grandes hombres: confitan su agria condición y su aspereza a los principios, açucaran otros el *no* y el mal despacho, enviando al pretendiente, si no despachado, no [71] despechado. Esta otra era una naranja palaciega, tan amarga en la corteza como agria en lo interior; atended qué dulce se vende con el buen modo: ¡quién tal creyera! Éstas eran guindas intratables, y hanlas conficionado de suerte que son regalo. Ésta era flor

---

[66] El texto de 1657 trae «qnirarles».

[67] Clara alusión a Felipe II y su hijo el príncipe Carlos.

' [68] Según Romera-Navarro, se refiere a Enrique III de Francia y a la jornada de San Bartolomé.

[69] *Lograr,* gozar, disfrutar. Véase nota 13, Crisi II, Primera Parte.

[70] Errata en el texto de 1657, «Gandía», corregido en ediciones posteriores por «Candía», nombre de la Isla de Creta, de donde proviene el «azúcar candi» o «cande», el elaborado en grandes cristales.

[71] Lo mismo que «tampoco».

de azar [72], que ya hasta los azares se confitan y son golosina, y hay hombres tan hallados con ellos como Mitrídates con el veneno [73]. Aquel tan apetitoso era un pepino, escándalo de la salud, y aquel otro un almendruco, que hay gustos que se ceban en un poco de madera [74]. De modo que andan unos a cifrar, y otros a descifrar y dar a entender.

Junto a éstos estaban los tintoreros, dando raros colores a los hechos. Usaban de diferentes tintas para teñir del color que querían los sucessos, y assí daban muy bien color a lo más mal hecho y echaban a la buena parte lo mal dicho, haziendo passar negro por blanco y malo por bueno: historiadores de pincel, no de pluma, dando buena o mala cara a todo lo que querían. Trabajaban los contraolores, dándole bueno al mismo cieno y desmintiendo la hediondez de sus costumbres y el mal aliento de la boca con el almizcle y el ámbar.

Solos a los sogueros celebró mucho el Descifrador, por andar al revés de todos [75].

En llegando aquí se sintieron tirar del oído y aun arrebatarles la atención. Miraron a un lado y a otro y vieron sobre un vulgar teatro un valiente *decitore* rodeado de una gran muela [76] de gente, y ellos eran los molidos; teníalos en son de presos aherrojados de las orejas, no con las cadenillas de oro del Tebano [77], sino con bridas de hierro. Éste, pues, con valiente parola, que importa el saberla bornear [78], estaba vendiendo maravillas.

—¡Agora quiero mostraros —les dezía— un alado prodigio, un portento del entender! Huélgome de tratar con per-

---

[72] *Flor de azahar*. Mantenemos la grafía de Gracián por el juego con los azares (imprevistos).

[73] Mitrídates VI el Grande, rey del Ponto (131-63 a. C.), derrotado por Pompeyo. Se había acostumbrado a tomar veneno hasta el punto de que una vez derrotado, quiso envenarse y no le hizo efecto el veneno.

[74] Dice «madera» porque «Madera se llama también la fruta verde y que está por madurar» *(Dic. Aut.),* lo cual ocurre con «almendruco, la almendra verde, que está vestida todavía de aquella primera corteza vellosa» *(Dic. Aut.)*

[75] Porque andan hacia atrás.

[76] *Muela:* «corro» *(Dic. Aut.)*

[77] Sobre las cadenas de Hércules, véase nota 49, Crisi II, Segunda Parte.

[78] *Bornear:* «Mover, volver, tornear» *(Dic. Aut.);* es decir, que importa el saber tornear las palabras para engatusar a los demás.

sonas entendidas, con hombres que lo son; pero también sé decir que el que no tuviere un prodigioso entendimiento, bien puede despedirse desde luego, que no hará concepto de cosas tan altas y sutiles. ¡Alerta, pues, mis entendidos!, que sale una águila de Júpiter que habla y discurre como tal, que se ríe a lo Zoilo y pica a lo Aristarco [79]; no dirá palabra que no encierre un misterio, que no contenga un concepto con cien alusiones a cien cosas: todo cuanto dirá serán profundidades y sentencias.

—Éste —dixo Critilo—, sin duda, será algún rico, algún poderoso, que si él fuera pobre nada valiera cuanto dixera: que se canta bien con voz de plata y se habla mejor con pico de oro.

—¡Ea! —dezía el Charlatán—, tómense la honra [80] los que no fueren águilas en el entender, que no tienen que atender. ¿Qué es esto? ¿Ninguno se va, nadie se mueve?

El caso fue que ninguno se dio por entendido, de desentendido [81], antes, todos, por muy entendedores; todos mostraron estimarse mucho y concebir altamente de sí. Comenzó ya a tirar de una grosera brida y assomó el m[á]s est[ó]lido [82] de los brutos, que aun el nombrarle ofende.

—¡He aquí —exclamó el Embustero— una águila a todas luzes en el pensar, en el discurrir! Y ninguno se atreva a dezir lo contrario, que sería no darse por discreto.

—Sí, ¡juro a tal! —dixo uno—, que yo le veo las alas, y ¡qué altaneras!; yo le cuento las plumas, y ¡qué sutiles que son! ¿No las veis vos? —le dezía [a]l [83] del lado.

—¡Pues no! —respondía él, y muy bien.

Mas otro hombre de verdad y de juizio dezía:

—Juro como hombre de bien que yo no veo que sea águila ni que tenga plumas, sino cuatro pies çompos y una cola muy reverenda.

---

[79] Zoilo, sofista y crítico griego, detractor de Homero, Platón e Isócrates, que vivió en el siglo IV a. C. //. Aristarco, gramático y crítico severísimo, nacido el 160 a. C., que sufrió persecuciones en su vejez.

[80] *Tomarse la honra,* marcharse. Véase nota 58, Crisi IX, Primera Parte.

[81]*Desentendido:* «El que afecta ignorancia.» *(Dic. Aut.)*

[82] En la edición de 1657 viene «el mus estalido». Alguna edición lo cambió por «estallido», que no concuerda. Sí concuerda «estólido», bruto.

[83] El texto de 1657 pone «el», que no concuerda.

—¡Ta, ta!, no digáis esso —le replicó un amigo—, que os echáis a perder, que os tendrán por un gran &c. ¿No advertís lo que los otros dizen y hazen? Pues seguid el corriente.

—¡Juro a tal —proseguía otro varón también de entereza—, que no sólo no es águila, sino antípoda de ella! Digo que es un grande &c.

—Calla, calla —le dio del codo otro amigo—, ¿queréis que todos se rían de vos? No habéis de dezir sino que es águila, aunque sintáis todo lo contrario, que assí hazemos nosotros.

—¿No notáis —gritaba el Charlatán— las sutilezas que dize? No tendrá ingenio quien no las note y observe.

Y al punto saltó un bachiller diziendo:

—¡Qué bien, qué gran pensar! ¡La primera cosa del mundo! ¡Oh, qué sentencia! Déxenmela escribir: lástima es que se les pierda un ápice.

Disparó en esto la portentosa bestia aquel su desapacible canto, bastante a confundir un concejo, con tal torrente de necedades que quedaron todos aturdidos, mirándose unos a otros.

—¡Aquí, aquí, mis entendidos —acudió al punto el ridículo embustero—, aquí de puntillas! ¡Esto sí que es dezir! ¿Hay Apolo como éste? ¿Qué os ha parecido de la delgadeza en el pensar, de la elocuencia en el dezir? ¿Hay más discreción en el mundo?

Mitábanse los circunstantes y ninguno ossaba chistar ni manifestar lo que sentía y lo que de verdad era, porque no le tuviessen por un necio; antes, todos començaron a una voz a celebrarle y aplaudirle.

—A mí —dezía una muy ridícula bachillera— aquel su pico me arrebata, no le perderé día.

—¡Voto a tal —dezía un cuerdo, assí, baxito— que es un asno en todo el mundo!; pero yo me guardaré muy bien de dezirlo.

—¡Pardiez —dezía otro—, que aquello no es razonar, sino rebuznar! Pero mal año para quien tal dixesse. Esto corre por agora, el topo passa por lince, la rana por canario, la gallina passa plaça de león, el grillo de jilguero, el jumento de aguilucho. ¿Qué me va a mí en lo contrario? Sienta yo conmigo y hable yo con todos, y vivamos, que es lo que importa.

Estaba apurado Critilo de ver semejante vulgaridad de unos y artificio de otros.

—¿Hay tal dar en una necedad? —ponderaba.

Y el socarrón del embustero, a sombra de su nariz de buen tamaño, se estaba riendo de todos y solemniçaba aparte, como passo de comedia:

—¡Cómo que te los engaño a todos éstos! ¿Qué más hiziera la encandiladora? [84] Y les hago tragar cien disparates.

Y volvía a gritar:

—¡Ninguno diga que no es assí, que sería calificarse de necio!

Con esto se iba reforçando más el mecánico [85] aplauso. Y hazía lo que todos Andrenio; pero Critilo, no pudiéndolo sufrir, estaba que reventaba, y volviéndose a su mudo Descifrador le dixo:

—¿Hasta cuándo éste ha de abusar de nuestra paciencia y hasta cuándo tú has de callar? ¿Qué desvergonçada vulgaridad es ésta?

—¡Eh!, ten espera —le respondió— hasta que el tiempo lo diga: él volverá por la verdad, como suele. Aguarda que este monstruo vuelva la grupa, y entonces oirás lo que abomi[n]arán [86] dél estos mismos que le admiran.

Sucedió puntualmente que al retirarse el Embustero (aquel su dipthongo de águila y bestia, tan mentida aquélla cuan cierta ésta), al mismo instante començaron unos y otros a hablar claro.

—¡Juro —dezía uno— que no era ingenio, sino un bruto!

—¡Qué brava necedad la nuestra! —dixo otro.

Con que se fueron animando todos y dezían:

—¿Hay tal embuste?

—De verdad que no le oímos dezir cosa que valiesse y le aplaudíamos: al fin, él era un jumento y nosotros merecemos la albarda.

Mas ya en esto volvía a salir el Charlatán prometiendo otro mayor portento:

—¡Agora sí —dezía— que os propongo no menos que un famoso gigante, un prodigio de la fama! ¡Fueron sombra con

---

[84] *Encandiladora:* «La muger anciana, que con promesas y palabras engaña, persuadiendo e induciendo a maldades: y lo mismo que Alcahueta.» *(Dic. Aut.)*

[85] *Mecánico:* «Se toma también por cosa baxa, soez e indecorosa.» *(Dic. Aut.)*

[86] «Abomiraran» en la edición de 1657.

él Encél[a]do y Tifeo![87] Pero también digo que el que le aclamare gigante será de buena ventura, porque le hará grandes honras y amontonará sobre él riquezas, los mil y los diez mil de renta, la dignidad, el cargo, el empleo. Mas el que no le reconociere jayán, desdichado dél: no sólo no alcançará merced alguna, pero le alcançarán rayos y castigos. ¡Alerta todo el mundo, que sale, que se ostenta! ¡Oh, cómo se descuella!

Corrió una cortina y apareció un hombrecillo que aun encima de una grulla no se divisara. Era como del codo a la mano, un nonada, pigmeo en todo, en el ser y en el proceder.

—¿Qué hazéis que no gritáis?; ¿cómo no le aplaudís? Vocead, oradores; cantad, poetas; escribid, ingenios; dezid todos: ¡el famoso, el eminente, el gran hombre!

Estaban todos atónitos y preguntábanse con los ojos: «Señores, ¿qué tiene éste de gigante?, ¿qué le veis de héroe?» Mas ya la runfla[88] de los lisonjeros començó a voz en grito a dezir:

—¡Sí, sí, el gigante, el gigante, el primer hombre del mundo! ¡Qué gran príncipe tal! ¡Qué bravo mariscal aquél! ¡Qué gran ministro fulano!

Llovieron al punto doblones sobre ellos. Componían los autores, no ya historias, sino panegíricos, hasta el mismo Pedro Mateo[89], comíanse los poetas las uñas para hazer pico. No había hombre que se atreviesse a dezir lo contrario; antes, todos, al que más podía, gritaban:

—¡El gigante, el máximo, el mayor! —esperando cada uno un oficio y un beneficio, y dezían en secreto, allá en sus interioridades: —¡Qué bravamente que miento, que no es crecido, sino un enano! Pero ¿qué he de hazer? ¡Mas no sino andaos a dezir lo que sentís y medraréis! Deste modo visto yo y como y bebo y campo[90], y me hago gran hombre, mas que sea él lo que quisiere. Y aunque pese a todo el mundo, él ha de ser gigante.

---

[87] Encélado fue uno de los titanes que lucharon contra los dioses, hijo de Tártaro y de la Tierra. Sobre Tifeo, véase nota 8, Crisi VIII, Primera Parte. La edición de 1657 trae «Enceludo».

[88] *Runfla:* «multitud» (*Dic. Aut.*).

[89] Sobre Pedro Matthieu, véase nota 46, Crisi XIII, Primera Parte.

[90] *Campar:* «Vale también sobresalir entre los demás.» (*Diccionario Aut.*)

Trató Andrenio de seguir el corriente y començó a gritar:

—¡El gigante, el gigante, el gigantazo!

Y al punto granizaron sobre él dones y doblones, y decía:

—¡Esto sí que es saber vivir!

Estaba deshaziéndose Critilo y dezía:

—Yo reventaré si no hablo.

—No hagas tal —le dixo el Descifrador—, que te pierdes. Aguarda a que vuelva las espaldas el tal gigante y verás lo que passa.

Assí fue, que al mismo punto que acabó de hazer su papel de gigante y se retiró al vestuario de las mortajas, començaron todos a dezir:

—¡Qué bobería la nuestra! ¡Eh, que no era gigante, sino un pigmeo, que ni fue cosa ni valió nada!

Y dábanse el como [91] unos a otros.

—¡Qué cosa es —dixo Critilo— hablar de uno en vida o después de muerto! ¡Qué diferente lenguage es el de las ausencias! ¡Qué gran distancia hay del estar sobre las cabeças o baxo los pies!

No pararon aquí los embustes del Sinón [92] moderno; antes, echando por la contraria, sacaba hombres eminentes, gigantes verdaderos, y los vendía por enanos y que no valían cosa, que eran nada y menos que nada. Y todos daban en que sí, y habían de passar por tales, sin que ossassen chistar los hombres de juizio y de censura. Sacó la fénix [93] y dio en dezir que era un escarabajo, y todos que sí, que lo era, y hubo de passar por tal. Pero donde se acabó de apurar Critilo fue cuando le vio sacar un grande espejo y dezir con desvergonçado despejo:

—¡Veis aquí el cristal de las maravillas! ¿Qué tenía que ver con éste el del Faro? [94] Si ya no es el mismo, pues hay tradición que sí y lo atestiguó el célebre don Juan de Espina [95], que le compró en diez mil ducados y le metió al

---

[91] *Como:* «Chasco, zumba o cantaleta. Úsase regularmente con el verbo Dar, diciendo Dar como, ú dar un como» *(Dic. Aut.).*

[92] Sinón, personaje de la Eneida, célebre por sus embustes.

[93] Sobre el ave Fénix, véase nota 75, Crisi VI, Primera Parte.

[94] Isla de la embocadura del Nilo, que dio nombre al faro en ella construido.

[95] Juan de Espina, eclesiástico que murió en Madrid en 1643 y que escribió algunas composiciones poéticas. Su casa debió ser un museo de curiosidades.

lado del ayunque [96] de Vulcano. Aquí os le pongo delante, no tanto para fiscal de vuestras fealdades cuanto para expectáculo de maravillas. Pero es de advertir que el que fuere villano, mal nacido, de mala raza, hombre vil, hijo de ruin madre, el que tuviere alguna mancha en su sangre, el que le hiziere feeza [97] su esposa bella (que las más lindas suelen salir con tales fealdades), aunque él no lo supiera, pues basta que todos le miren como al toro, ni los simples ni los necios, no tienen que llegarse a mirar, porque no verán cosa. ¡Alto, que le descubro, que le careo! ¿Quién mira?, ¿quién ve?

Començaron unos y otros a mirar, y todos a remirar, y ninguno veía cosa. Mas, ¡oh fuerça del embuste!, ¡oh tiranía del artificio!, por no desacreditarse cada uno, porque no le tuviessen por villano, mal nacido, hijo de &c, o tonto o mentecato, començaron a dezir mil necedades de marca.

—¡Yo veo, yo veo! —dezía uno.

—¿Qué ves?

—La misma fénix con sus plumas de oro y su pico de perlas.

—Yo veo —dezía otro— resplandecer el carbunclo [98] en una noche de diziembre.

—Yo oigo —dezía otro— cantar el cisne [99].

—Yo —dixo un filósofo— la armonía de los cielos al moverse [100].

Y se lo creyeron algunos simples. Hombre hubo que dixo veía el mismo ente de razón, tan claro que le podía tocar con las manos.

—Yo veo el punto fíxo de la longitud del orbe [101].

---

[96] *Ayunque,* yunque, el de la fragua de Vulcano.

[97] *Feeza:* «Lo mismo que fealdad.» *(Dic. Aut.)* Ahora bien, la fealdad que le hace su bella esposa es evidente, pues todos le miran como al toro por aquello de los cuernos.

[98] *Carbunclo (de carbunculo):* «Piedra preciosa mui parecida al rubí, que según algunos creen, aunque sea en las tinieblas luce como carbón hecho brasa.» *(Dic. Aut.)*

[99] Sobre el canto del cisne cuando va a morir, véase nota 6, Crisi I, Primera Parte.

[100] Sobre la armonía celeste, véase nota 35, Crisi X, Segunda Parte.

[101] *Punto de longitud:* «Es un punto hasta ahora ignorado, y que si se descubriesse sería de la mayor utilidad para la Náutica: y es aquel de donde se debe empezar a contar la longitud Geográphica en la tierra para saber con certidumbre quanto ca-

—Yo las partes proporcionales [102].

—Y yo las indivisibles —dixo un secuaz de Zenón [103].

—Pues yo la cuadratura del círculo.

—¡Más veo yo! —gritaba otro.

—¿Qué cosa?

—¿Qué cosa? El alma en la palma, por señas, que es sencillíssima [104].

—Nada es todo esso, cuando yo estoy viendo un hombre de bien en este siglo, quien hable verdad, quien tenga conciencia, quien obre con entereza, quien mire más por el bien público que por el privado.

A esta traça dezían cien impossibles. Y con que todos sabían que no sabían, y creían que no veían ni dezían verdad, ninguno ossaba declararse por no ser el primero a romper el yelo. Todos agraviaban la verdad y ayudaban al triunfo de la mentira.

—¿Para cuándo aguardas tú —le dixo Critilo a [s]u [105] Descifrador— essa tu habilidad, si aquí no la sacas? ¡Ea!, acaba ya de descifrarnos este embeleco al uso: dinos, por tu vida, quién es este insigne embustero.

—Éste es... —le respondió.

Mas al pronunciar esta sola palabra, al mismo punto que le vio mover los labios el famoso Tropelista (que en todo aquel rato no había apartado los ojos dél, temiendo se les descifrasse sus embustes y diesse con todo su artificio al traste), començó a echar por la boca espesso humo, habiendo antes engullido grosera estopa, y vomitó tanto que llenó todo aquel claro hemisferio [106] de confusión; y cual suele la xibia, notable pececillo, cuando se ve a riesgo de ser pescado, arrojar gran cantidad de tinta que tiene recogida en sus senillos

mina una embarcación de Levante a Poniente, u de Poniente a Levante.» *(Dic. Aut.)*

[102] Citando este texto de Gracián, dice el *Dic. Aut.:* «Se llaman en la Geometría términos proporcionales aquellos de que se compone una proporción.»

[103] Zenón de Elea, filósofo griego del siglo v a. C., que proponía el absurdo del movimiento por ser el ser uno e inmutable, y por tanto indivisible.

[104] Sencillísima, dice, es la cosa de ver el alma en la palma, como pretenden los quirománticos.

[105] «Tu» trae la edición de 1657.

[106] *Hemisferio,* firmamento. Véase nota 117, Crisi III, Tercera Parte.

y muy guardada para su ocasión, con que enturbia las aguas y escurece los cristales y escapa del peligro, assí éste començó a esparcir tinta de fabulosos escritores, de historiadores manifiestamente mentirosos: tanto, que hubo un autor francés entre éstos que se atrevió a negar la prisión del rey Francisco en Pavía, y diziéndole cómo escribía una tan desvergonçada mentira, respondió:

—¡Eh!, que de aquí a dozientos años tan creído seré yo como ellos. Por lo menos, causaré razón de dudar y pondré la verdad en disputa, que desta suerte se confunden las materias.

No paraba de arrojar tinta de mentiras y fealdades, espeso humo de confusión, llenándolo todo de opiniones y pareceres, con que todos perdieron el tino. Y sin saber a quién seguir ni quién era el que dezía la verdad, sin hallar a quién arrimarse con seguridad, echó cada uno por su vereda de opinar, y quedó el mundo bullendo de sofisterías y caprichos. Pero el que quisiere saber quién fuesse este embustero político, prosiga en leer la crisi siguiente.

CRISI QUINTA

El palacio sin puertas

Varias y grandes son las monstruosidades que se van descubriendo de nuevo cada día en la arriesgada peregrinación de la vida humana. Entre todas, la más portentosa es el estar el Engaño en la entrada del mundo y el Desengaño a la salida: inconveniente tan perjudicial que basta a echar a perder todo el vivir, porque si son fatales los yerros en los principios de las empressas (por ir creciendo siempre y aumentándose cuanto más va [1], hasta llegar en el fin a un exorbitante excesso de perdición), errar pues los principios de la vida ¿qué será sino un irse despeñando con mayor precipitación de cada día, hasta venir a dar al cabo en un irremediable abismo de perdición y desdicha? ¿Quién tal dispuso y desta suerte? ¿Quién assí lo ordenó? Ahora me confirmo en que todo el mundo anda al revés y todo cuanto hay en él es a la trocada. El Desengaño, para bien ir, había de estar en la misma entrada del mundo, en el umbral de la vida, para que al mismo punto que el hombre metiera el pie en ella se le pusiera al lado y le guiara, librándole de tanto lazo y peligro como le está armado; fuera un ayo puntual que siempre le assistiera, sin perderle ni un solo instante de vista; fuera el numen vial [2] que le encaminara por las sendas de la virtud al centro de su felicidad destinada. Pero como, al

---

[1] «Cuanto más tiempo pasa». Véase nota 22, Crisi II, Segunda Parte.

[2] Sobre el dios de los caminos, Mercurio, véase nota 18, Crisi V, Primera Parte.

contrario, topa luego con el Engaño, el primero que le informa de todo al revés, házele desatinar y le conduze por el camino de la mano izquierda[3] al paradero de su perdición.

Assí se lamentaba Critilo, mirando a una y otra parte en busca de su Descifrador, que en aquella confusión universal de humo y de ignorancia le habían perdido. Mas fue su suerte que otro que les estaba oyendo y percibió los estremos de su sentimiento, se fue llegando a ellos y les dixo:

—Razón tenéis de quexaros del desconcierto del mundo, mas no habéis de preguntar quién assí lo ordenó, sino quién lo ha desordenado; no quién lo ha dispuesto, sino quién lo ha descompuesto. Porque habéis de saber que el artífice supremo muy al contrario lo traçó de como hoy está, pues colocó el Desengaño en el mismo umbral del mundo y echó el Engaño acullá lexos donde nunca fuera visto ni oído, donde jamás los hombres le encontraran.

—Pues ¿quién los ha baraxado deste modo? ¿Quién fue aquel tan atrevido hijo de Jafet[4] que assí los ha trastrocado?

—¿Quién? Los mismos hombres, que no han dexado cosa en su lugar: todo lo han revuelto de alto abaxo, con el desconcierto que hoy le vemos y lamentamos. Digo, pues, que estaba el bueno del Desengaño en la primera grada de la vida, en el çaguán desta casa común del orbe, con tal atención que en entrando alguno, al punto se le ponía al lado y començaba a hablarle claro y desengañarle: «Mira, le dezía, que no naciste para el mundo, sino para el cielo; los halagos de los vicios matan y los rigores de las virtudes dan vida; no te fíes en la mocedad, que es de vidro. No tienes de qué desvanecerte», le dezía al presumido, «por tus presentes; vuelve los ojos a tus passados, reconócelos bien a ellos para que no te desconozcas a ti. Advierte», le dezía al tahúr, «que pierdes tres cosas: el precioso tiempo, la hazienda y la conciencia». Avisábala de su fealdad a la resabida y de su necessidad a la bella; a los varones de prendas, de su corta ventura, y a los venturosos, de sus pocos méritos; al sabio, de su desestimación, y de su incapacidad al pode-

---

[3] El camino de la izquierda, el de la perdición o del vicio, es uno de los dos caminos de la vida según Pitágoras. Véase nota 16, Crisi V, Primera Parte.

[4] Jafet, tercero de los hijos de Noé. Sus descendientes poblaron las islas de los Gentiles y por eso se le consideró progenitor de la raza aria o indoeuropea.

roso. Al pavón le acordaba el potro de sus pies [5] y al mismo sol sus eclipses; a unos su principio, a otros su paradero; a los empinados su caída y a los caídos su merecido. Andábase de unos en otros estrellando verdades: dezíale al viejo que tenía todos los sentidos consentidos y al moço que sin sentir, al español que no fuesse tan tardo y al francés que no se moviesse tan de ligero, al villano que no fuesse malicioso y al cortesano adulador. No se ahorraba con [6] ninguno, pues aunque fuera un gran señor, le avisaba que no le caía bien el *vos* con todos, que podría tal vez descuidarse con su príncipe y hablarle del mismo modo, o tan sin él; y a otro, que siempre estaba de chança, le advirtió que podría ser le llamassen el Duque de Bernardina [7]. Traía el espejo cristalino del propio conocimiento muy a mano y plantábasele delante a todos; no gustaba desto el mal carado y menos el mascarado, ni el tuerto ni el boquituerto [8], el cano, el calvo. Dezíale a uno que le bobeaba el gesto, y al otro que tenía ruin fachada. Las feas le hazían malíssima cara y las viejas le paraban [9] arrugado ceño. Hízose con esto mal quisto en cuatro días; y a cuatro verdades, tan aborrecible que no le podían ver. Començaron a darle de mano y aun del pie [10]. Buenos porraços assentó él de verdades, pero también se llevó malos empellones de enfados: éste le arrojaba a aquél y aquél al otro de más allá, hasta venir a dar con él en la vejez, acullá en el remate de la vida; y si pudieran más lejos, aun allí no le dexaran parar. Al contrario, lisonjeados grandemente del Engaño, aquel plausible hechizero, començaron a tirar dél cada uno hazia sí, hasta traerlo al medio de la vida, y de allí, poco a poco, a los principios de ella: con él comiençan, con él prosiguen. A todos les venda los ojos, jugando con ellos a la gallina ciega, que no hay hoy juego más intro-

---

[5] *Potro:* «Metaphóricamente se llama todo aquello que molesta y dessazona gravemente.» *(Dic. Aut.)* Lo que le molesta al pavón, «la más hermosa de las aves», es que tiene las patas ásperas y escamosas y los dedos divididos.

[6] Sobre «no ahorrarse con nadie», seguir sólo su dictamen, véase nota 78, Crisi III, Segunda Parte.

[7] *Bernardinas:* «Lo mismo que Valentonadas, bravatas y palabras jactanciosas, dichas con arrogancia y desenvoltura.» *(Dic. Aut.)*

[8] *Boquituerto,* boquitorcido («tuerto», participio de «torcer»).

[9] *Parar,* poner, véase nota 39, Crisi VII, Primera Parte.

[10] *Dar de mano* y *dar de pie* significan lo mismo, despreciar, apartar de sí, no hacer caso de alguien *(Dic. Aut.).*

ducido. Todos andan desatinados, dando de ojos [11] de vicio en vicio, unos ciegos de amor, otros de codicia, éste de vengança, aquél de su ambición, y todos de sus antojos, hasta que llegan a la vejez, donde topan con el Desengaño. [Él] [12] los halla a ellos, quítales las vendas y abren los ojos cuando ya no hay qué ver, porque con todo acabaron: hazienda, honra, salud y vida, y lo que es peor, con la conciencia. Ésta es la causa de estar hoy el Engaño a la entrada del mundo y el Desengaño a la salida, la mentira al principio, la verdad al fin, aquí la ignorancia y acullá la ya inútil experiencia. Pero lo que más es de ponderar y de sentir: que aun llegando tan tarde el Desengaño, ni es conocido ni estimado, como os ha sucedido a vosotros, que habiendo tratado, conversado y comunicado con él, no le habéis conocido.

—¿Qué dizes, hombre? ¿Nosotros vístole, hablado y comunicado con él? ¿Cuándo y dónde?

—Yo os lo diré. ¿No os acordáis de aquel que todo lo iba descifrando y no se descifró a sí mismo?, ¿aquél que os dio a entender todas las cosas y a él no le conocisteis?

—Sí, y harto que yo le suspiro —dixo Critilo.

—Pues ésse era el Desengaño, el querido hijo de la Verdad por lo hermoso y lo lucido; ésse el que causa los dolores después de haberle sacado a luz.

Aquí hizo estremos de sentimiento Critilo, lamentándose agriamente de que todo lo que más importa no se conoce cuando se tiene ni se estima cuando se goza, y después, passada la ocasión, se suspira y se desea: la verdad, la virtud, la dicha, la sabiduría, la paz y agora el desengaño. Al contrario, Andrenio no sólo no mostró sentimiento, sino positivo gozo, diziendo:

—¡Eh, que ya nos enfadaba y aun tenía muy hartos de tanta verdad a las claras! ¡Qué buen gusto tuvieron los que supieron sacudir de sí al aborrecible entremetido, mosca importuna! Él podía ser hijo de la Verdad, mas a mí me pareció padrastro de la vida. ¡Qué enfado tan continuo, qué cosa tan pesada su desengaño cada día, aquello de desayunarse con un desengaño a secas! No paraba de ir diziendo necedades, a título de verdades: «Tú eres un desatinado», le dezía al uno

---

[11] *Dar de ojos:* «Caer de pechos en el suelo» *(Dic. Aut.);* aquí sería caer en el vicio.

[12] El texto de 1657 trae «dél», por errata, que no concuerda.

sin más ni más, y al otro: «Tú eres un simple», en seco y sin llover [13]. «Tú una necia y tú una fea.» ¡Mira quién le había de esperar, cuando no hay cosa más pesada que una verdad no pensada! Siempre andaba diziendo: «¡Qué mal hiziste, qué mal lo pensaste, qué mala resolución la tuya!» ¡Eh, quitádmelo delante, no le vea más de mis ojos!

—Lo que yo más siento —ponderaba Critilo— fue el perderle cuando más le deseaba, cuando había de descifrarnos al mismo descifrador que estaba leyendo cátedra de embustes en medio la gran plaça de las apariencias.

—Pues ¿qué os pareció de aquella afectación de unos en acreditar las cosas y los sujetos, y la vulgaridad de los otros en creerlo, aquel dar en una opinión tanto necio? Aquélla es la tiranía de la fama hechiza, el monopolio de la alabança. Apodéranse del crédito cuatro o cinco embusteros aduladores y cierran el passo a la verdad con el afectado artificio de que no lo entienden los otros y que es necio el que dize lo contrario. Y assí veréis que los ignorantes se lo beben, los lisongeros lo aplauden y los sabios no osan chistar, con que triunfa Aragne contra Palas, Mar[s]ias contra Apolo [14], y passa la necedad por sutileza y la ignorancia por sabiduría. ¡Oh, cuántos autores hay hoy muy acreditados por esta opinión común, sin haber hombre que se les atreva!; ¡cuántos libros y cuántas obras en gran predicamento que, bien examinados, no merecen el crédito que gozan! Pero yo me guardaré muy bien de poner nota [15] en quien tiene estrella. ¡Cuántos sujetos sin valor y sin saber son celebrados a esta traça, sin haber hombre que osse hablar, sino algún desesperado Bocalini! [16] Si dan en dezir que una es linda, lo ha de ser, aunque sea un trasgo; si dan en que uno es sabio, se saldrá con ello, aunque sea un idiota; si en que es gran pintura, aunque sea un borrón. Y de éstas toparéis mil vulgaridades: tal

---

[13] *A secas y sin llover:* «Phrase familiar, que vale hacer alguna cosa sin preparación, sin aviso ó sin el modo regular.» (*Diccionario Aut.*) Se sobreentiende el verbo «decía».

[14] Aragne, de Lidia, compitió con Palas en el arte de tejer, y Marsias (y no «Martias», que trae la edición de 1657 por errata) compitió con Apolo en la música (véase nota 77, Crisi V, Segunda Parte).

[15] *Nota:* «... reparo que se hace a algún libro o escrito, que por lo regular se suele poner en las márgenes» (*Dic. Aut.*).

[16] Sobre Trajano Boccalini, véase nota 7, Preliminares, Primera Parte.

es la tiranía de la afectada [17] fama, la violencia del dar a entender todo lo contrario de lo que las cosas son. De suerte que hoy todo está en opinión y según como se toman las cosas.

—Pero ¡qué gran arte aquella del descifrar! —ponderaba Critilo—. No sé qué me diera por saberla, que me pareció de las más impor[t]antes [18] para la humana vida.

Sonrióse aquí el nuevo camarada y añadió:

—Otra me atrevo yo a comunicaros, harto más sutil y de mayor maestría.

—¿Qué dizes? —le replicó Critilo—. ¿Otra mayor puede hallarse en el mundo?

—Sí —respondió—, que de cada día se van adelantando las materias y sutilizando las formas: mucho más personas son los de hoy que los de ayer y lo serán mañana.

—¿Cómo puedes dezir esso, cuando todos convienen en que ya todo ha llegado a lo sumo y que está en su mayor pujança, tan adelantadas todas las cosas de naturaleza y arte que no se pueden mejorar?

—Engáñase de medio a medio quien tal dize, cuando todo lo que discurrieron los antiguos es niñería respeto de lo que se piensa hoy, y mucho más será mañana. Nada es cuanto se ha dicho con lo que queda por dezir, y creedme, que todo cuanto hay escrito en todas las artes y ciencias no ha sido más que sacar una gota de agua del océano del saber. ¡Bueno estuviera el mundo, si ya los ingenios hubieran agotado la industria, la invención y la sabiduría! No sólo no han llegado las cosas al colmo de su perfección, pero ni aun a la mitad de lo que pueden subir.

—Dinos por tu vida, assí llegue a ser más rancia que la de Néstor [19], ¿qué arte puede ser essa tuya, qué habilidad, que sobrepuje al ver con cien ojos, al oír con cien orejas, al obrar con cien manos, proceder con dos rostros, doblando la atención a adevinar cuanto ha de ser y al descifrar un mundo entero?

—Todo esso que exageras es niñería, pues no passa de la corteza; es un discurrir de las puertas afuera. Aquello de llegar a escudriñar los senos de los pechos humanos, a descoser las entretelas del coraçón, a dar fondo a la mayor ca-

---

[17] *Afectado:* «Aparente, fingido.» *(Dic. Acad.)*
[18] El texto de 1657 trae «imporrantes».
[19] Sobre Néstor, véase nota 26, Crisi XII, Primera Parte.

pacidad, a medir un celebro [20] por capaz que sea, a sondar
el más profundo interior: esso sí que es algo, éssa sí que es
fullería [21] y que merece la tal habilidad ser estimada y codiciada.

Estaban atónitos ambos peregrinos oyendo tal destreza del
discurrir, cuando pror[r]umpió Andrenio y le dixo:

—¿Quién eres, hombre o prodigio, si ya no eres algún malicioso, algún mal intencionado o algún vezino, que es el que
ve más?

—Nada de esso soy.

—Pues ¿qué eres?, que no te queda ya que ser sino algún
político o un veneciano estadista.

—Yo soy —dixo— el Veedor de todo.

—Explícate, que menos te entiendo.

—¿Nunca habéis oído nombrar los zahoríes?

—Aguarda, ¿aquel disparate vulgar, aquella necedad celebrada?

—¿Cómo necedad? —les replicó—. Zahoríes hay tan ciertos como perspicaces: por señas, que yo soy uno de ellos. Yo
veo claríssimamente los coraçones de todos, aun los más cerrados, como si fuessen de cristal, y lo que por ellos passa,
como si lo tocasse con las manos: que todos para mí llevan
el alma en la palma. Vosotros los que no gozáis de esta
eminencia, asseguróoos que no veis la mitad de las cosas, ni
la centésima parte de lo que hay que ver en el mundo; no
veis sino la superficie, no ahondáis con la vista, y assí os engañáis siete vezes al día: hombres, al fin, superficiales. Pero
a los que descubrimos cuanto passa allá en las ensenadas de
una interioridad, acullá dentro en el fondón de las intenciones, no hay [22] echarnos dado falso. Somos tan tahúres del
discurrir que brujuleamos por el semblante lo más delicado
del pensar; con sólo un ademán tenemos harto.

—¿Qué puedes tú ver —replicó Andrenio— más de lo
que vemos nosotros?

—Sí, y mucho. Yo llego a ver la misma sustancia de las
cosas en una ojeada, y no solos los accidentes y las apariencias, como vosotros; yo conozco luego si hay sustancia en un
sujeto, mido el fondo que tiene, descubro lo que tira y dónde

---

[20] *Celebro,* cerebro.
[21] *Fullería,* arte para engañar. Véase nota 3, Crisi IV, Segunda
Parte.
[22] *No hay,* es imposible.

alcança, hasta dónde se estiende la esfera de su actividad, dónde llega su saber y su entender, cuánto ahonda su prudencia; veo si tiene coraçoncillo, y el que bravos hígados, y si se le han convertido en baço [23]. Pues el seso yo le veo con tanta distinción como si estuviesse en un vidrio, si está en su lugar (que algunos le tienen a un lado) [24], si maduro o verde: en viendo un sujeto conozco lo que pesa y lo que piensa. Otra cosa más, que he topado muchos que no tenían la lengua trabada con el coraçón, ni los ojos unidos con el seso [25], con dependencia dél; otros que no tienen hiel.

—¡Qué linda vida passarán éssos! —dixo Critilo.

—Sí, porque nada sienten, de nada se consumen ni melancoliçan. Pero lo que es más de admirar, que hay algunos que no tienen coraçón.

—Pues ¿cómo pueden vivir?

—Antes, más y mejor, sin cuidados: que coraçón se dixo del curarse [26] y tener cuidados. A los tales nada les da pena, no se les viene a consumir como al célebre Duque de Feria [27], que cuando llegaron a embalsamarle le hallaron el coraçón todo arrugado y consumido, con que [28] le tenía grande. Yo veo si está sano y de qué color, si amarillo de envidia y si negro de malicia; percibo su movimiento y me estoy mirando hazia dónde se inclina. Las más cerradas entrañas están a mis ojos muy patentes y descubro si están gastadas o enteras; la sangre veo en sus venas y advierto el que la tiene limpia, noble y generosa. Lo mismo puedo dezir del estómago: luego conozco qué estómago le hazen a cualquiera los sucessos, si puede digerir las cosas. Y me río las más vezes de los médicos, que estará el mal en las entrañas y ellos aplican los remedios al tobillo, procede el mal de la cabeça y

---

[23] Porque el bazo es «la parte de la assadura que en el animal recoge la cólera» (*Dic. Aut.*), es decir, si se le han convertido los bravos hígados en tranquilidad.

[24] Tener el seso a un lado sería lo mismo que echarlo a un lado o dejarlo de lado, es decir, no utilizarlo.

[25] *Seso:* «Metaphoricamente se toma por juicio, cordura, prudencia o madurez» (*Dic. Aut.*). Alude claro está, a la sinceridad o verdad (lengua-corazón) y a la prudencia (ojos-seso).

[26] Sin relación etimológica con «corazón», «curarse» significando «preocuparse de» o «cuidarse de».

[27] Sobre el Duque de Feria, véase nota 13, Crisi XIII, Segunda Parte.

[28] *Con que,* hoy diríamos «aunque».

recetan el untar los pies. Veo y distingo claríssimamente los humores, y el de cada uno, si está o no de buen humor, observándolo para la hora del despacho y conveniencia; si reina la melancolía, para remitirlo a mejor saçón; si gasta cólera o flema.

—¡Válgate Dios por zahorí —dixo Andrenio—, y lo que penetras!

—Pues aguarda, que esso es nada. Yo veo, yo conozco si uno tiene alma o no.

—Pues ¿hay quien no la tenga?

—Sí, y muchos, y por varios modos.

—¿Y cómo viven?

—En dipthongo de vida y muerte: andan sin alma como cántaros [29] y sin coraçón [30] como hurones. Y en una palabra, de pies a cabeça comprehendo un sugeto, por dentro y fuera le reconozco y le defino, con que [31] a muchos no les hallo definición. ¿Qué os parece de la habilidad?

—Que es cosa grande.

—Mas pregunto —dixo Critilo—, ¿procede de arte o naturaleza?

—Mi industria me cuesta, y advierte que todas estas artes son de calidad que se pegan platicando [32] con quien las tiene.

—Yo la renuncio desde luego —dixo Andrenio—: no trato de ser zahorí.

—¿Por qué no?

—Porque tú no has dicho lo malo que tiene.

—¿Qué le hallas tú de malo?

—¿No es harto aquello de ver los muertos en sus sepulcros, aunque estén metidos entre mármoles o siete estados [33] baxo tierra, aquellas horribles cataduras, hormigueros de sabandijas, visiones de corrupción? ¡Quita allá, y líbreme Dios

---

[29] Jugando con la expresión «alma de cántaro»: «que se dice y apropria al que es de cortíssimo talento, casi del todo incapaz y tonto» (*Dic. Aut.*).

[30] *Sin corazón,* habrá que tomarlo en la acepción de «sin amor», «sin benevolencia».

[31] *Aunque,* como en la anterior nota 28.

[32] *Platicando:* admite las dos acepciones, bien «platicando o conversando», bien «practicando».

[33] *Estado:* «... cierta medida de la estatura regular que tiene un hombre: y de ordinario la profundidad de los pozos u de otra cosa honda, se mide por estados» (*Dic. Aut.*).

de tan trágico espectáculo, aunque sea de un rey! Dígote que no podría comer ni dormir en un mes.

—¡Qué bien lo entiendes! Éssos nosotros no los vemos, que allí no hay qué ver, pues todo paró en tierra, en polvo, en nada. Los vivos son los que a mí me espantan, que los muertos nunca me dieron pena. Los verdaderos muertos que nosotros vemos y huimos son los que andan por su pie.

—Si muertos, ¿cómo andan?

—Ahí verás, que andan entre nosotros y arrojan pestilencial olor de su hedionda fama, de sus gastadas costumbres. Hay muchos, ya podridos, que les huele mal el aliento; otros que tienen roídas las entrañas, hombres sin conciencia, hembras sin vergüença, gente sin alma; muchos que parecen personas y son plaças muertas. Todos éstos sí que me causan a mí grande horror, y tal vez se me espeluçan los cabellos.

—Según esto —replicó Cri[t]ilo [34]—, también debes de ver lo que se cocina en cada casa.

—Sí, y a fe muchos malos guisados: veo maldades emparedadas que se cometen en los más escondidos retretes, fealdades arrinconadas que se echan luego a volar por las ventanas y andan de corrillo en corrillo, corriendo a sus avergonçados dueños. Sobre todo, yo veo si uno tiene dinero, y me río muchas vezes de ver que a algunos los tienen por ricos, por hombres adinerados y poderosos, y yo sé que es su tesoro de duendes [35] y sus baúles como los del Gran Capitán, y aun sus cuentas [36]. A otros veo tenerlos por unos poços de ciencia, y yo llego y miro, y veo que son secos. Pues de bondad, assegúroos que no veo la mitad. Assí que no hay para mi vista cosa reservada ni escondida: los billetes y las cartas, por selladas que estén, las leo y atino lo que contienen y viendo para quién van y de quién vienen.

—Agora no me espanto —dezía Critilo— que oigan las paredes, y más las de palacio, entapiçadas de orejas. Al fin, todo se sabe y se huele.

—¿Qué ves en mí? —le preguntó Andrenio—: ¿hay algo de sustancia?

---

[34] El texto de 1657 pone «Cririlo».

[35] *Tesoro de duende:* «Riqueza imaginaria o que se disipa fácilmente.» *(Dic. Aut.)*

[36] «Las cuentas del Gran Capitán. Por alusión a las que, según la leyenda, le presentó este personaje al rey Fernando el Católico cuando se las pidió de su gestión en Italia, cuentas en que las partidas son exageradas o fantásticas.» *(Dic. M. Moliner.)*

—Esso no diré yo —respondió el Zahorí—, porque aunque todo lo veo, todo lo callo; que quien más sabe suele hablar menos.

Proced[ía]n [37] gustosamente embelesados, viéndole hazer maravillosas experiencias, cuando descubrieron a un lado del camino un estraño edificio que en lo encantado parecía palacio y en lo ruidoso casa de contratación y en lo cerrado brete: no se le veían ventanas ni puertas.

—¿Qué dipthongo de estancia es ésta? —preguntaron.

Y el Zahorí:

—Éste es el escándalo mayor.

Pero al dezir esto salió dél, sin que advirtiesse[n] cómo ni por dónde, un monstruo sobre raro formidable, mezcla de hombre y caballo, de aquellos que los antiguos llamaban centauros. Éste, en dos brincos, estuvo sobre ellos, y formando algunos caracoles [38] se fue arrimando a Andrenio, y assiéndole de un cabello, que para ocasión basta y para afición sobra [39], metióle a las ancas de aquel su semicaballo con alas (que todos los males vuelan) y en un instante dio la vuelta para su laberinto corriente y confusión al uso. Dieron vozes los camaradas, mas en vano, porque dexaba atrás el viento, y del mismo modo que saliera, sin saberse cómo ni por dónde, le metió allá, dexándole muy encastillado en nuevas monstruosidades.

—¿Hay tal violencia? —se lamentaba Critilo—. ¿Qué casa o qué ruina es ésta?

Y el Zahorí, suspirando, le respondió:

—No es edificio, sino desedificación [40] de tanto passagero, casa hecha a cien malicias [41], baxío de la vejez, seminario de embustes, y para dezirlo de una vez, éste es el palacio de Caco y de sus secuazes, que ya no habitan en cuevas.

---

[37] El texto de 1657 trae el verbo en presente, «proceden», que no tiene lugar entre verbos en pasado.

[38] *Formar o hacer caracoles:* «Metaphoricamente es dar vueltas a una parte y otra torciendo el camino.» *(Dic. Aut.)*

[39] Aprovechando la oportunidad sin descuidarse, según la frase proverbial «asir (o coger) la ocasión por los cabellos (o los pelos)».

[40] Jugando con «edificio» y «desedificación», que «metaphoricamente se toma por mal exemplo» *(Dic. Aut.)*. Siendo el palacio de Caco, «desedificación» puede significar «saqueo».

[41] Sobre «casa a la malicia», véase nota 1, Crisi X, Segunda Parte.

Diéronle muchas vueltas sin poder distinguir la frente del envés; rodeáronle todo muchas vezes sin poderle hallar entrada ni salida. Sonaban, y aun tonaban, los de dentro, y asseguraba Critilo que sentía la voz [de] Andrenio, mas no percibía lo que dezía ni descubría por dónde podía haber entrado, afligiéndose en gran manera y desconfiando de poder penetrar allá.

—Ten pecho[42] y espera —le dixo el Zahorí—, y advierte que con gran facilidad hemos de entrar bien presto.

—¿Cómo, si no se le conocen entradas ni salidas, ni un resquicio ni una rendrija?

—Ahí verás el primor de la industria cortesana. ¿No has visto tú entrar a muchos en los palacios sin saberse cómo ni por dónde, y apoderarse de ellos y llegar a mandarlo todo? ¿No viste en Inglaterra introduzirse un hijo de un carnicero a hazer carnicería de sangre noble?[43], ¿en Francia un cierto No[n]es[44] a llevar al retortero los mismos Pares? ¿Nunca has oído preguntar a algunos simples: «Señores, ¿cómo entró aquél en palacio, cómo consiguió el puesto y el empleo, con qué méritos, por qué servicios?» Y todo hombre encoge los hombros, cuando ellos se desencogen y hombrean. Yo tengo de introduzirte en él.

—¿Cómo, no siendo moço vergonçoso[45] ni venturoso?

—Pues tú has de entrar como Pedro por Huesca[46].

—¿Qué Pedro fue ésse?

—El famoso que la ganó.

—¡Eh!, que no veo puerta ni ventana.

—No faltará alguna, que los que no pueden por las principales, entran por las escusadas.

---

[42] *Tener pecho:* «Phrase que vale tener espera o paciencia.» (*Dic. Aut.*)

[43] Se refiere a Oliverio Cronwell, que años antes, 1649, había hecho condenar a muerte al rey Carlos I de Inglaterra y proclamó la República.

[44] Errata en el texto de 1657, «Noues». «Nones» es, siguiendo luego los Pares, juego que ya ha empleado (nota 48, Crisi XIII, Segunda Parte). Dice «un cierto Non-es», es decir, un cualquiera, alguno de los asesinos de los reyes Enrique III y Enrique IV de Francia.

[45] Recuérdese la comedia de Tirso de Molina, *El vergonzoso en Palacio*.

[46] El famoso Pedro que ganó Huesca, como dice seguidamente, a los moros en 1096 fue Pedro I de Aragón (1074-1104).

—Aun éssas no descubro.

—Alto, entra por la de los entremetidos, que son los más. Y realmente fue assí, que entraron allá con gran facilidad entremetiéndose. Luego que se vieron dentro, començaron a discurrir por el embustero palacio, notando cosas bien raras, aunque muy usadas en el mundo: oían a muchos y a ninguno veían, ni sabían con quien hablaban.

—¡Estraño encanto! —ponderaba Critilo.

—Has de saber —le dixo el Zahorí— que en entrando acá, los más se vuelven invisibles, todos los que quieren, y obran sin ser vistos. Verás cada día hazerse malos tiros y esconder la mano, tirar guijarros sin atinar de dónde vienen, y echar voz [47] que son duendes; lo más se obra baxo manga: hazen la copla y no la dizen [48]. Mas como yo tengo en estos ojos un par de viejas en vez de niñas, todo lo descubro, que en esso consiste mucho el ser zahorí. Sígueme, que has de ver bravas tramoyas y raros modos de vivir, no olvidando el descubrir a Andrenio.

Introdúxole en el primer salón, desahogadamente capaz. Tendría cuatrocientos passos de ancho, como dixo aquel otro duque exagerando uno de sus palacios, y riéndose los otros señores que le escuchaban, le preguntaron: «Pues, ¿cuánto tendrá de largo?» Aquí él, queriendo reparar su empeño, respondió: «Tendrá algunos ciento y cincuenta.» Estaba todo él coronado de mesas francesas, con manteles alemanes y viandas españolas, muchas y muy regaladas, sin que viesse ni supiesse de dónde salían ni cómo venían; sólo se veían de cuando en cuando unas blancas y hermosas manos, con sus dedos coronados de anillos, con macetas [49] de diamantes, muchos finos, los más falsos, que por el aire de su donaire servían a las mesas los regalados platos. Íbanse sentando a las mesas los convidados o los comedores; descogían [50] los paños de mesa, mas no desplegaban sus labios; comían y callaban, ya el capón, ya la perdiz, el pavo y el faisán, a

---

[47] *Echar voz:* «Vale publicar y divulgar alguna noticia.» (*Diccionario Aut.*)

[48] «El que te dice la copla, ésse te la hace. Refr. que enseña, que con nombre ageno se suelen decir algunos oprobios o injurias a otros.» (*Dic. Aut.*)

[49] *Macetas de diamantes,* ramilletes de diamantes en los anillos.

[50] *Descoger:* «Desplegar, extender, o soltar lo que está plegado.» (*Dic. Aut.*)

costa de su fénix [51], sin costarles un maravedí, y cuando más una blanca [52], sin meterse en averiguar de dónde salía el regalo, ni quién lo enviaba.

—¿Quién son estos —preguntó Critilo— que comen como unos lobos y callan como unos borregos?

—Éstos —le respondió su veedor Zahorí— son los que de nada tienen asco, los que sufren mucho.

—Pues, ¡moscas [53] en la delicada honra!, ¿qué tienen que sufrir los que están tan regalados?

—Y aun por esso.

—¿De dónde sale tanta abundancia, Zahorí mío?

—De la copia de Amaltea [54]. Pero déxalos, que todo esto es un encanto de mediterráneas sirenas.

Passaron a otra mesa y allí vieron comer a otros muy buenos bocados, lo mejor que llegaba a la plaça o a las despensas, la caça reciente, el pescado fresco y exquisito; y esto sin tener rentas ni juros, aunque sí votos [55].

—Éste sí que es raro encanto —dezía Critilo—, que coman éstos como unos príncipes, siendo unos desdichados, y lo que es más, sin tener hazienda, sin censos, sin conocérseles cosa sobre que llueva Dios, sin trabajar ni cansarse, antes holgándose y passeando todos los días. ¿De dónde sale esto, señor Zahorí?, vos que lo veis todo.

—Aguarda —le respondió— y verás el misterio.

Assomaron en esto unas garras, no de nieve como las primeras, sino de neblí, y todas de rapiña, que traían volando, esto es, por el aire, el pichón y el gazapo. Quedó atónito Critilo y dezía:

---

[51] Fénix, tomado como ave, pero también como lo más exquisito y único en su especie. A costa de su fénix será a costa de su honra, ya que seguidamente nos damos cuenta que se trata de los cornudos.

[52] Blanca, moneda. Dos blancas valían, según el Dic. Aut., un maravedí en el XVII.

[53] Moscas: «Se usa como interjección para quejarse u extrañar alguna cosa que pica o molesta.» (Dic. Aut.) Moscas que pican la honra no son otras que los cuernos.

[54] Siguiendo con los cuernos, la abundancia sale de ser copia de Amaltea, nodriza de Júpiter, representada por una cabra que lo amamantó.

[55] Juro: «... cierta especie de pensión annual que el Rey concede a sus vasallos, consignándola en sus rentas Reales» (Dic. Autoridades). También utiliza «juros» como sinónimo de «votos», juramentos o blasfemias.

—¡Esto sí que es caçar! Ya echan piernas [56] los que uñas, y todo es comer por encanto.

—¿No has oído contar —le dezía el Zahorí— que a algunos les traían de comer los cuervos y los perros? [57]

—Sí, pero eran santos, y éstos son diablos: aquello era por milagro.

—Pues esto es por misterio. Mas esto es niñería respeto de lo que tragan aquellos otros que están acullá más altos. Acerquémonos y verás los prodigios del encanto. Allí hay hombre que come los diez mil y los veinte mil [58] de renta, que cuando llegó a meter la mano en la masa y en la mesa, no traía mas que su capa, y bien raída.

—¡Bravo encanto!

—Pues éssos son migajuelas reales. Mira aquellos otros —y señalóle unos bien señalados—, aquéllos sí que tragan, pues millones enteros.

—¡Qué bravos estómagos! ¡Oh avestruces de plata! [59]

Dexaron ésta y passaron a otra sala que parecía el vestuario, y aquí vieron sobre bufetes moscovitas muchos tabaques indianos con ricas y vistosas galas, lamas de Milán, telas de Nápoles, brocados y bordados, sin saberse quién los cosió, ni de dónde venían. Echábase voz [60] que eran para la casta Penélope, y servían después para la Tais y la Flora [61]; dezíase que para la honesta consorte, y rozábalas la ramera: todo se hazía invisible, todo noche y todo encanto. Había unas grandes fuentes que brindaban hilos de perlas a unas y hazían saltar hilo a hilo las lágrimas a otras, a la muger legítima y a la recatada hija: chorrillos de diamantes, dichos assí con propiedad, porque ya se ha hecho chorrillo del pe-

[56] *Echar piernas,* preciarse de lindo. Véase nota 20, Crisi VI, Primera Parte.

[57] Recuérdese el cuadro de Velázquez «San Antonio Abad y San Pablo» (1635) que representa estas escenas.

[58] Sobreentendiendo «ducados», como ya empleó en otras ocasiones.

[59] Les llama «avestruces de plata» porque comen plata (dinero) y porque el avestruz es un animal que «come de todo quanto le dan, o encuentra, sin tener diferencia ni gusto en uno más que en otro, y lo digiere con facilidad» *(Dic. Aut.).*

[60] *Echar voz,* publicar y divulgar. Véase la nota 47 de esta Crisi.

[61] Contrastando la castidad de Penélope, mujer de Ulises, con Tais, cortesana griega del siglo IV a. C., de quien se enamoró Alejandro, y con Flora, cortesana romana.

dir [62]. Salía la otra transformada de Guinea [63] en una Indi
de rubíes y esmeraldas, sin costarle al marido o al herman
ni aun una palabra [64].

—¿De dónde tanta riqueza, Zahorí mío?

Y él:

—¿De dónde? De essas fuentes, ahí mismo manan, que
por esso se llamaron fuentes, porque son br[o]lladores [65] de
perlas, entre arenas de oro, riéndose de tanto necio.

Llegaban los maridos y vestían muy a lo príncipe: calçá-
banse el sombrero de castor a costa del menos casto; sacaban
ellas las randas al aire de su loca vanidad y todo paraba en
aire. Aquí toparon el caballero del milagro, y no uno solo,
sino muchos de aquellos que visten y comen, passean y campan [66], sin saberse cómo ni de qué.

—¿Qué es esto? —dezía Critilo—. ¿Al que tiene lucida
hazienda, rentas pingües, juros y possessiones le pone grima
el vivir, el poder passar, y éstos que no tienen donde caer
muertos, lucen, campan y triunfan?

—¿No ves tú —respondía el Zahorí— que a éstos nunca
se les apedrean las viñas, jamás se les anieblan las hazas, no
les llevan las avenidas los molinos, no se les mueren los ganados, por maravilla tienen desgracia alguna, y assí viven de
gracia y chança?

Lo que fue mucho de ver: la sala de los presentes, que no
de los passados y aquí notaron los raros modos por donde
venían los sobornos, los varios caminos por do llegaban los
cohechos, la lámina preciosa por devoción, la pieça rica por
cosa de gusto, la vajilla de oro por agradecimiento, el cestillo
de perlas por cortesía [67], la fuente de doblones para alegrar

---

[62] *Chorrillo:* «Se llama también la costumbre de hacer alguna
cosa que disgusta, enfada o molesta a otros: y assí se dice: Tiene
chorrillo de pedir.» *(Dic. Aut.)*

[63] Es decir, una mujer de Guinea, pobre, se transformaba en
una mujer de la India, teniendo en cuenta que India es «abundancia de riqueza» *(Dic. Acad.).*

[64] Fácil es de entender la razón por la que una mujer se convierte en rica y ostentosa sin que a su marido o hermano les
cueste nada.

[65] Errata en el texto de 1657, «brulladores»; «brolladores» es
palabra que ya ha usado, véase nota 7, Crisi VI, Tercera Parte.

[66] *Campar,* con el significado de la frase «campar por sus respetos», hacer lo que a uno le place.

[67] *Cortesía,* regalo, según el *Dic. Acad.*

la sangría [68], vaciando las venas y llenando la bolsa, los perniles para el unto [69], los capones para regalo y los dulces por chuchería.

—Señor Zahorí —dezía Critilo—, ¿cómo es esto, que los presentes antes estaban helados [70] y agora vienen llovidos?

—¡Eh! —le respondía—, ¿no veis que las cargas siguen a los cargos?

Y es de notar que todo venía por el aire y en el aire.

—Raro palacio es éste —censuraba Andrenio [71]—, que sin cansarse los hombres, coman y beban, vistan y luzgan a pie quedo y a manos holgadas: ¡valiente encanto! Y porfiaban algunos que no hay palacios encantados y se burlan y ríen cuando los oyen pintar. De ellos me río yo; aquí los quisiera ver.

—Lo que a mí más me admira —dezía Critilo— es ver cómo se hazen las personas invisibles, no sólo los pequeños y los flacos, que esso no sería mucho, pero los muy grandes y que lo son mucho para escondidos; no sólo los flacos y exprimidos, pero los gordos y los godos [72], que no se dexan ver ni hablar, ni parecen [73].

—En habiendo menester alguno que os importe, no le toparéis, ni hay [74] darle alcance: nunca están en casa. Y assí dezía uno: «¿No come ni duerme este hombre, que a ninguna hora le topo?» Pues ¿qué, si ha de pagar o prestar?: no le hallaréis en todo el año.

Hombre había que se le sentía hablar y se negaba, y él mismo dezía:

—Dezidle que no estoy en casa.

---

[68] *Alegrar la sangría,* hacerle llevadera la enfermedad con el regalo, ya que «sangría» es «el regalo, que se suele hacer por cortesía, o amistad a la persona que se sangra» *(Dic. Aut.).*

[69] *Pernil:* «El anca o muslo del animal. Por antonomasia se entiende del puerco» *(Dic. Aut.);* es decir, los jamones para el soborno (unto).

[70] Es decir, antes los presentes (regalos) estaban helados o inmóviles (no existían), y ahora llueven o se hacen cuantiosamente.

[71] Andrenio, quizá debiera decir Critilo, ya que aquél no está con ellos. Sin embargo, en esta Crisi, ha dicho que Critilo sentía la voz de Andrenio y más adelante dirá «sentían gorgear a Andrenio, mas sin verle».

[72] *Godo y godeño:* «Voz de la Germanía, que significa Rico, o principal.» *(Dic. Aut.)*

[73] *Parecer:* «Aparecer u dexarse ver alguna cosa.» *(Dic. Aut.)*

[74] *Ni hay,* ni es posible.

Las mugeres, entre mantos de humo [75], envolvían mucha confusión y se hazían tan invisibles que sus mismos maridos las desconocían, y los propios hermanos, cuando las encontraban callejeando. Corrían vozes, dexando a muchos muy corridos, y no se sabía quién las echaba ni de dónde salían; antes, dezían todos:

—Esto se dize, no me deis a mí por autor.

Publicábanse libros y libelos, passando de mano en mano sin saberse el original, y había autor que, después de muchos años enterrado, componía libros, y con harto ingenio, cuando no había ya ni memoria dél. Entremetiéronse en los más íntimos retretes, alcobas y camarines, donde toparon varias sombras de trasgos y de duendes, nocturnas visiones, que aunque se dezía no hazían daño, no era pequeño el robar la fama y descalabrar la honra; andaban a escuras buscando los soles [76], los trasgos tras los ángeles, aunque dezía bien uno que las hermosas son diablos con caras de mugeres y las feas son mugeres con caras de diablos. Mas en esto de duendes, los había estremados que arrojaban piedras crueles, tirando al aire y aun al desaire, que abrían una honra de medio a medio. Y era de notar que las más locas acciones se obraban baxo cuerda, sin poder atinar con el intento ni el braço: que fueron siempre muy otros los títulos que se dan a las cosas, de los verdaderos motivos por que se hazían. Caían muchas habas negras [77] que mascaraban [78] mucho a muchos, sin atinar quién las echaba, y tal vez salían de la mano del más confidente; y assí aconsejaba bien el sabio a no comerlas, por ser de perversa digestión y mal alimento.

—Agora verás —le dixo el Zahorí, a vista de tal confusión de invisibilidades— si tuvo razón aquel otro filósofo, aunque se burlaron dél y hizieron fisga los más bachilleres.

—¿Y qué dezía el tal estoico?

—Que no había verdaderos colores en los objetos, que el

---

[75] *Mantos de humo,* mantos de seda negra. Véase nota 41, Crisi I, Tercera Parte.

[76] *Soles,* personas excepcionales, ya sea en la fama, ya sea en la honra, con la paradoja de buscarlos a oscuras.

[77] *Habas:* «Se llaman también ciertas bolillas de madera, unas blancas y otras negras, u de otro color, que sirven para votar en los Cabildos y otras comunidades, cuando lo que se ha de votar es con votos secretos.» (*Dic. Aut.*)

[78] *Mascarar:* «enmascarar» y «manchar la cara, con hollín o carbón especialmente; tiznar» (*Dic. Acad.*).

verde no es verde, ni el colorado colorado, sino que todo
consiste en las diferentes disposiciones de las superficies y
en la luz que las baña.

—¡Rara paradoxa! —dixo Critilo.

Y el Veedor:

—Pues advierte que es la misma verdad, y assí verás cada
día que, de una misma cosa, uno dize blanco y otro negro;
según concibe cada uno o según percibe, assí le da el color
que quiere conforme al afecto, y no al efecto. No son las
cosas más de como se toman, que de lo que hizo admiración
Roma, hizo donaire Grecia. Los más en el mundo son tintoreros y dan el color que les está bien al negocio, a la hazaña, a la empresa y al sucesso. Informa cada uno a su
modo, que según es la afición assí es la afectación; habla
cada uno de la feria según le fue en ella: pintar como querer; que tanto es menester atender a la cosa alabada o vitu-
perada como al que alaba o vitupera. Esta es la causa que de
una hora para otra están las cosas de diferente data[79] y muy
de otro color. Pues ¿qué es menester ya para hazer verbo[80]
de lo que se habla y de lo que se dize y de lo que corre?
Aquí es el mayor encanto; no hay poder averiguar cosa de
cierto. Assí que es menester valerse del arte de discurrir y
aun adivinar, y no porque se hable en otra lengua que la del
mismo país, pero con el artificio del hazer correr la voz y
passar la palabra parece todo algarabía.

Había, al revés, otros que se hazían invisibles a ratos, el
día que más eran menester en el trabajo, en la enfermedad,
en la prisión, en la hora de hazer la fiança. Olían los males
de cien leguas y huían de ellos otras tantas; pero, passada
la borrasca, se aparecían como Santelmos[81]. A la hora del
comer se hazían muy visibles, y más si olían el capón de
leche o de Caspe[82], en la huelga[83], en el merendón, al dar

---

[79] *Data:* «Se suele tomar también por calidad.» *(Dic. Aut.)*

[80] *Hacer verbo,* hacer palabra, está aquí por «sacar conclusiones».

[81] *Santelmo,* salvador, favorecedor en algún apuro. Aparecían
como salvadores cuando había pasado el peligro.

[82] Caspe, municipio de Zaragoza, donde se celebró el llamado
Compromiso de Caspe en 1410, en que fue elegido rey de Aragón Fernando el de Antequera. «Capón de Caspe», aludiendo
quizá a los buenos capones que se comieron allí durante el Compromiso.

[83] *Huelga:* «... placer, regocijo y recreación, que ordinariamente se tiene en el campo, ó en algun sitio ameno» *(Dic. Aut.)*.

barato [84], que no había librarse dellos; al punto se los hallaba un hombre al lado y en todas partes.

—Sin duda —dezía Critilo— que éstos son demonios meridianos, pues todo el día andan assombrados [85] y a la hora del comer se nos comen por pies [86]. Cuando más son menester se ocultan, y cuando menos se aparecen.

Sentían gorgear a Andrenio, mas sin verle, que en entrando allí se había hecho invisible, muy hallado con el encanto cuando más perdido en el común embeleco. Sentía Critilo el no atinar con él, ni percibir de qué color estaba ni en qué passos andaba, porque todos afectaban el negarse al conocimiento ageno, que es tahurería el no jugar a juego descubierto; hasta el hijo se celaba al padre y la muger se recelaba del marido; el amigo no se concedía [87] todo al mayor amigo. Ninguno había que en todo procediesse liso, ni aun con el más confidente. Era muy aborrecida la luz, de unos por lo hipócrita, de otros por lo político, por lo vicioso y maligno. Maleábase [88] Critilo de no poder dar alcance a su buscado Andrenio, descubriendo su nuevo modo de vivir de tramoya.

—¿De qué sirve —le dezía a su camarada perspicaz— el ser zahorí toda la vida, si en la ocasión no nos vale? ¿Qué hazes, si aquí no penetras?

Pero consolóle ofreciéndo[s]e [89] a descubrirle bien presto y aun a dar en tierra con todo aquel encanto embustero. Pero quien quisiere ver el cómo y aprender a desencantar casas y sujetos, que lo habrá tal vez menester y le valdrá mucho, estienda la paciencia, si no el gusto, hasta la otra crisi.

---

[84] «Dar barato, sacar los que juegan del montón común, o del suyo, para dar a los que sirven o assisten al juego.» (Covarrubias.)

[85] *Assombrados,* de asombrar: «Obscurecer, hacer sombra una cosa a otra.» *(Dic. Aut.)*

[86] *Comer por los pies a uno:* «Ocasionarle gastos excesivos; serle muy gravoso.» *(Dic. Acad.)*

[87] Si «conceder» es «dar», «no se concedía todo» significará «no se daba enteramente» o «no se confiaba enteramente».

[88] *Malearse,* no en el sentido actual de «volverse malo», sino en el de «pensar mal» o «desconfiar». Véase nota 31, Crisi VII, Primera Parte.

[89] En la edición de 1657 pone, por errata, «ofreciéndole».

CRISI SEXTA

El Saber reinando

No hay maestro que no pueda ser discípulo, no hay belleza que no pueda ser vencida: el mismo sol reconoce a un escarabajo la ventaja del vivir. Excédenle, pues, al hombre en la perspicacia el lince, en el oído el ciervo, en la agilidad el gamo, en el olfato el perro, en el gusto el ximio [1] y en lo vivaz [2] la fénix. Pero, entre todas estas ventajas, la que él más codició fue aquella del rumiar que en algunos de los brutos se admira y no se imita. «¡Qué gran cosa, dezía, aquello de volver a repassar segunda vez lo que la primera a medio mascar se tragó, aquel desmenuzar de espacio lo que se devoró apriessa!» Juzgaba ésta por una singular conveniencia (y no se engañaba), ya para el gusto, ya para el provecho; contentóle de modo que asseguran llegó a dar súplica al soberano Hazedor representándole que, pues le había hecho uno como epílogo de todas las criadas perfecciones, no le quisiesse privar de ésta, que él la estimaría al passo que la deseaba. Viose la petición humana en el consistorio divino y fuele respondido que aquel don por que suplicaba ya se le había concedido anticipadamente desde que naciera. Quedó confuso con semejante respuesta y replicó cómo podía ser, pues nunca tal cosa había experimentado en sí ni platicado [3]. Volviósele a responder advirtiesse que con mayores realces

---

[1] *Ximio:* «Lo mismo que Simio, mono.» *(Dic. Aut.)*

[2] *Vivaz:* «Que vive mucho tiempo» *(Dic. Acad.),* ya que el ave Fénix renace de sus cenizas.

[3] *Platicado,* practicado.

la lograba, no en rumiar el pasto material de que se sustenta el cuerpo, sino el espiritual de que se alimenta el ánimo; que realçasse más los pensamientos y entendiesse que el saber era su comer y las nobles noticias su alimento; que fuesse sacando de los senos de la memoria las cosas y passándolas al entendimiento; que rumiasse bien lo que sin averiguar ni discurrir había tragado; que repassasse muy de espacio lo que de ligero concibió. Piense, medite, cave, ahonde y pondere, vuelva una y otra vez a repassar y repensar las cosas, consulte lo que ha de dezir y mucho más lo que ha de obrar. Assí que su rumiar ha de ser el repensar, viviendo del reconsejo muy a lo racional y discursivo.

Esto le ponderaba el Zahorí a Critilo cuando más desesperado andaba de poder dar alcance a su dissimulado Andrenio.

—¡Eh, no te apures! —le dezía—, que assí como pensando hallamos la entrada en este encanto, assí repensando hemos de topar la salida.

Discurrió luego en abrir algún resquicio por donde pudiesse entrar un rayo de luz, una vislumbre de verdad. Y al mismo instante ¡oh cosa rara! que començó a rayar la claridad, dio en tierra toda aquella máquina de confusiones: que toda artimaña, en pareciendo [4], desaparece. Deshízose el encanto, cayeron aquellas encubridoras paredes, quedando todo patente y desenmarañado; viéronse las caras unos a otros y las manos tan escondidas a los tiros [5]; constó del [6] modo de proceder de cada uno. Assí que, en amaneciendo la luz del desengaño, anocheció todo artificio. Mas para que se vea cuán hallados están los más con el embuste, especialmente cuando viven dél, al mismo punto que se vieron desencastillados de aquel su Babel común y que habían dado en tierra con aquel su engañoso modo de passar, que ya no llegaban a mesa puesta como solían, con sus manos lavadas y la honra no limpia; luego que començaron a echar menos la gala y la gula, el vestido guisado de buen gusto, sin costarles más que una gorra [7]: enfurecidos contra el que había ocasionado tanta infelicidad, arremetieron contra el Zahorí, descubridor

---

[4] *Parecer:* «Aparecer u dexarse ver alguna cosa.» *(Dic. Aut.)*

[5] *Tiro:* «Significa también hurto» *(Dic. Aut.);* es decir, se vieron las manos tan escondidas para los hurtos.

[6] Hoy diríamos «el».

[7] O sea, sin costarles nada, ya que «de gorra» es a costa ajena.

de su artificio, llamándole enemigo común. Mas él, viéndose en tal aprieto, apretó los pies, digo las alas, y huyóse al sagrado[8] de mirar y callar, voceándoles a los dos camaradas, que ya se habían abraçado y reconocido, tratassen de hazer lo mismo, prosiguiendo el viaje de su vida hazia la corte del Saber coronado, tan encomendada dél, y de todos los sabios aplaudida.

—¡Qué entrada de Italia ésta! —ponderaba Critilo—. ¡Qué de laberintos a esta traça se nos aguardan en ella! Conviene prevenirnos de cautela, assí como hazen los atentos en las entradas de las provincias donde llegan, en España contra las malicias, en Francia contra las vilezas, en Inglaterra las perfidias, en Alemania las groserías y en Italia los embustes.

No les salió vana su presunción, pues a pocos passos dieron en raro bivio[9], dudosa encrucijada, donde se partía el camino en otros dos, con ocasionado riesgo de perderse muy al uso del mundo. Començaron luego a dificultar[10] cuál de las dos sendas tomarían, que parecían estremos. Estaban altercando al principio con encuentro de pareceres, y después de afectos, cuando descubrieron una banda de cándidas palomas por el aire y otra de serpientes por la tierra. Parecieron aquéllas con su manso y sossegado vuelo venir a pacificarlos y mostrarles el verdadero camino con tan fausto agüero, quedando ambos en curiosa expectación de ver por cuál de las dos sendas echarían. Aquí ellas, dexada la de mano derecha, volaron por la siniestra.

—Esto está decidido —dixo Andrenio—, no nos queda que dudar.

—¡Oh sí! —respondió Critilo—. Veamos por dónde se defilan las serpientes, porque advierte que la paloma no tanto guía a la prudencia cuanto a la simplicidad[11].

—Esso no —replicó Andrenio—; antes suelo yo dezir que no hay ave ni más sagaz ni más política que la paloma.

—¿En qué lo fundas?

<hr />

[8] *Sagrado:* «Metaphóricamente significa qualquiera recurso, ó sitio que assegura de algún peligro.» *(Dic. Aut.)*

[9] *Bivio,* camino que se divide en dos. Véase nota 15, Crisi V, Primera Parte.

[10] *Dificultar,* argumentar. Véase nota 22, Crisi IX, Primera Parte.

[11] Según el conocido texto bíblico «prudentes como serpientes y sencillos como palomas».

—En que ella es la que mejor sabe vivir, pues en fe de que no tiene hiel, donde quiera halla cabida; todos la miran con [a]fecto [12] y la acogen con regalo. No sólo no es temida como las de rapiña, ni odiada como la serpiente, sino acariciada de todos, alçándose con el agrado de las gentes. Otra atención suya: que nunca vuela sino a las casas blancas y nuevas y a las torres más lucidas. Pero ¿qué mayor política que aquella de la hembra?; pues, con cuatro caricias que le haze al palomo, le obliga a partirse el trabajo de empollar y sacar los hijuelos, aviniéndose muy bien con el esposo y enseñando a las mugeres bravas y fuertes a templarse y saberse avenir con los maridos. Mas donde ella juega de arte mayor es en lo de sus polluelos, que aunque se los hurten y delante de sus ojos se los maten, no por esso se mata ella ni se mete en guerra por defenderlos; no passa pena alguna, sino que come y vive de ellos. Pues ¿qué diré de aquella especiosa ostentación que suele hazer de sus plumas cambiando visos y brillando argentería? [13] Assí que no hay otra razón de estado como la sinceridad y la mansedumbre de la paloma, y que ella es la mayor estadista.

Vieron en esto que la otra tropa de serpientes se fue defilando por la senda contraria de la mano derecha, con que se aumentó su perplejidad.

—Éstas sí —dezía Critilo— que son maestras de toda sagacidad. Ellas nos muestran el camino de la prudencia; sigámoslas, que sin duda nos llevarán al Saber reinando.

—No haré yo tal —dezía Andrenio—, porque yo no sé que pare en otro todo el saber de las culebras que en ir rastrando toda la vida entre los pies de todos.

Resolviéronse al fin en seguir cada uno su vereda: éste de la astucia de la serpiente, y aquél de la sinceridad de la paloma, con cargo de que el primero que descubriesse la corte del Saber triunfante avisasse al otro y le comunicasse el bien hallado. A poco rato que se perdieron de vista, no de afecto, encontró cada uno con su parage bien diferente, habitado de gentes totalmente opuestas y que vivían muy al revés unos de otros. Hallóse Critilo entre aquellos que llaman los reagudos, gente toda de alerta, hombres de ensenadas, de

---

[12] El texto de 1657 pone «efecto».
[13] *Argentería:* «Metaphoricamente se dice de algunas cosas que tienen semejanza con la bordadura o labor de plata, u de oro.» (*Dic. Aut.*)

reflexas [14] y de segundas intenciones, de trato nada liso, sino doblado. Fuéssele apegando luego un grande narigudo, digo nariagudo [15], no tanto para conducirle cuanto para explorarle, y començó a tentarle el vado y querer sondearle el fondo con rara destreza: hombre, al fin, de atención y de intención. Hízosele amigo de los que llaman hechiços o echadiços [16], afectando agasajos y mostrándosele muy oficioso, con que ambos se miraron con cautela y procedían con resguardo. Lo primero en que reparó Critilo fue que, encontrando muchos que parecían muy personas, ellos no reparaban en él ni le hazían cortesía. Calificóla o por grosería o por insolencia.

—Ni uno ni otro —le respondió el nuevo camarada.

—¿Pues qué?

—Yo te lo diré: que todos éstos son gente de su negocio y no atienden a otro; no hazen caso sino de quien pueden hazer fortuna; no se cuidan sino de quien dependen y toda la cortesía que hurtan a los demás la gastan con éstos. Aquellos del otro lado son hijos deste siglo, y aun por esso tan metidos en él, todos puestos en acomodarse como si se hubiessen de perpetuar acá.

Toparon luego un raro sujeto que, no con[t]entándose [17] con una ojeada, les echó media docena. Y aunque aquí todos andaban muy despiertos, éste les pareció desvelado.

—¿Quién es éste? —preguntó Critilo.

—No sé si te le podré dar a conocer así como quiera, que yo ha años que le trato y aun no le acabo de sondar ni acertaré a definirle. Baste por ahora saber que éste es el Marrajo [18].

—¡Oh, sí! —dixo Critilo—, ya estoy al cabo.

—¿Cómo al cabo?, ni aun al principio; que si con otros para conocerlos es menester comer un almud de sal, con éste doblada, porque él lo es mucho [19].

---

[14] *Refleja:* «Cautela o segunda intención, que se lleva para algún intento.» *(Dic. Aut.)*

[15] *Nariagudo,* corrigiendo a «nariagudo», de nariz grande, pero también sagaz.

[16] *Hechizo* y *echadizo,* significan lo mismo: hechizo, «Artificioso y fingido.» *(Dic. Acad.)*

[17] La edición de 1657 trae «conrentándose».

[18] *Marrajo,* personificación del «cauto, astuto y difícil de engañar», ya que eso significa según el *Dic. Aut.*

[19] *Él lo es mucho,* es decir, mucha sal. Se refiere a Manuel de

Oyeron a otro que venía diziendo:

—La mitad del año con arte y engaño y la otra parte con engaño y arte.

—No tiene razón —glosó Critilo—, porque este aforismo ya yo le he oído condenar, y más entre astutos, donde más se engaña con la misma verdad cuando ninguno cree que algún otro la diga. Éste, sin más ver que su figurilla y su modillo, es Tracillas [20].

—El mismo, y viene hablando muy de lo secreto y profundo con aquel otro su melliço.

—¿Y quién es?

—A éste le llaman el Bobico, y estarán traçando cómo armar alguna çancadilla. Pero de verdad que se las entienden, que basta conocerlos y tenerlos en essa opinión. Y aun por esso viene diziendo aquel otro: «Sí, sí, entre bobos anda el juego.» Con esto no les dexan hazer baça.

Assomó otro de la misma data [21].

—¿Qué papel haze éste?

—Es el tan nombrado Dropo [22] y tan temido.

—¿Y aquél?

—El Zaino [23], otro que tal.

—¿Creerás que no veo alguno déstos que no me asuste? Heles cobrado especial rezelo.

—No me admiro, porque a ninguno llegan a hablar que no le suceda lo mismo. Todos los temen y se previenen.

—Por esso cuentan de la raposa —dixo el Nariagudo— que, volviendo un día muy asustados sus hijuelos a su cueva, diziendo habían visto una espantosa fiera con unos disformes colmillos de marfil: «¡Quita de ahí, no hay que temer!», les dixo, «que ésse es elefante y una gran bestia: no os dé cuidado». Volvieron al otro día huyendo de otra, dezían, con dos agudas puntas en la frente. «¡Eh, que también es nada!», les respondió, «que sois unos simples». «Agora sí que hemos topado otra con las uñas como navajas, hondeando horribles melenas.» «Ésse es el león, pero no hay que hazer caso, que

---

Salinas y Linaza, que fue amigo de Gracián y a quien cita constantemente en la Agudeza. Era canónigo de Huesca.

[20] *Tracillas,* el que se dedica a inventar trazas.

[21] *Data:* «Se suele tomar también por Calidad.» *(Dic. Aut.)*

[22] *Drope:* «hombre despreciable» *(Dic. Acad.);* es el equivalente a *dropo,* haragán, en dialecto aragonés.

[23] *Zaino:* «traidor, cauteloso, o poco seguro en el trato» *(Diccionario Aut.).*

no es tan bravo como le pintáis.» Finalmente, vinieron un día muy contentos por haber visto, dezían, un otro, no animal ni fiera, sino muy diverso de todos los otros, pues desarmado, apacible, manso y risueño. «Ahora sí», les dixo, «que hay que temer. Guardaos dél, hijos míos, huid cien leguas.» «¿Por qué, si no tiene uñas ni puntas ni colmillos?» «Basta que tiene maña: ésse es el hombre. Guardaos, digo otra vez, de su malicia.» Y tú de aquél que passa por allá, a quien todos le señalan con el dedo, a lo cigüeño [24]; es un raro sujeto, de quien dizen es un diablo, y aun peor. Aquél que va a su lado te venderá siete vezes al día. Pues ¡qué otro aquél que va guiñando, llamado por esso el Raposo [25], que lo es en el nombre y en los hechos! Tiene bravas correrías, que toda ésta es gente de artimaña.

—Ora dime, ¿qué será la causa —preguntó Critilo— que cada un[o] [26] anda de por sí, nunca van juntos ni hazen camarada, assí como en cierta plaça donde vi yo passearse muchos ciudadanos y cada uno solo, sin osarse llegar, temiéndose unos a otros?

—¡Oh! —respondió el Nariagudo—, por éstos y éssos se dixo: «Cada lobo por su senda.»

Fue muy de notar el encuentro del codicioso con el tramposo [27], porque urdía éste mil trapaças en un punto y el otro se las passaba todas, aunque las conocía, en atención de su codicia. Y es lo bueno que cada uno dezía del otro: «¡Qué simple éste, cómo que le engaño!»

—¿No reparas en aquel tan ruincillo, digo chicuelo? Pues todo es malicias; nada de cuanto dizes y piensas se le passa por alto. Ni a aquel otro de su tamaño hay echarle dado falso [28].

—Pues dime, ¿quién metió acá a aquél que retira a tonto? [29]

---

[24] «Señalan con el dedo, a lo cigüeño», para hacer burla. Véase nota 13, Crisi VI, Primera Parte.

[25] Porque el raposo o zorro es animal astuto y engañoso (de ahí el que le llame raposo por ir guiñando) que calladamente busca su utilidad.

[26] «Una» en el texto de 1657, clarísima errata.

[27] Según escribía Gracián a menudo, en el texto pone «tranposo».

[28] «Ni a aquel otro de su tamaño es posible engañar.» *Echar dado falso*: «Lo mismo que engañar.» (*Dic. Aut.*)

[29] Según el *Dic. Acad.*, «retirar» es, como intransitivo, lo mismo que «tirar, parecerse, asemejarse una cosa a otra».

Y ya sabes que en pareciéndolo lo son, y aun la mitad de los que no lo parecen.

—Advierte que no lo es, sino que sabe hazerlo. Assí como aquel otro que haze los çonços [30], que no hay peor desentendido que el que no quiere entender.

Dudó Critilo, y aun le preguntó, si acaso estaban en la lonja de Venecia, o en el ayuntamiento de Córdoba, o en la plaça de Calatayud [31], que es más que todo, donde dixo un forastero, hablando con un natural y confessándose vendido o vencido: «Señor mío, por esso dizen que sabe más el mayor necio de Calatayud que el más cuerdo de mi patria: ¿no digo bien?» «No, por cierto», le respondió. «Pues ¿por qué no?» «Porque no hay ningún necio en Calatayud, ni cuerdo en vuestra ciudad.»

—Pero nada has visto —le dixo el camarada—, si no das una vista por la satrapía [32].

Y guióle a ella. Díxole al entrar:

—Aquí, abrir el ojo, y aun ciento, y retirarlos bien.

Toparon un vejazo y otro más. Aquí admiró las bravas tretas, las grandes sutilezas, jugando todos de arte mayor, que todos eran peliagudos y nariagudos, mañosos, sagaces y políticos.

Pero mientras anda aquí Critilo, ya comprado, ya vendido, bien será que demos una vuelta en seguimiento de Andrenio, que va perdido por el contrario parage: que casi todos los mortales andan por estremos y el saber vivir consiste en topar el medio. Hallábase en el país de los buenos hombres: ¡y qué diferentes de aquellos otros! Parecían de otra especie, gente toda pacífica, por quienes nunca se revolvió el mundo ni se alborotó la feria. Encontró de los primeros con Juan de Buen Alma [33]; a medio saludar, que se

_____

[30] *hace los zonzos,* es decir, pasa por poco advertido, finge ser tonto o hace el papel de simple.

[31] ¿Podríamos considerar esto como una alabanza hacia los habitantes de Venecia, Córdoba y Calatayud? Astutos, despiertos y agudos da a entender que son; de ahí a «tramposos» sólo hay un paso.

[32] *Satrapía* no está tomado aquí, claro es, por el territorio gobernado por un sátrapa en la antigua Persia, sino por el lugar donde están los sátrapas, «ladino, y que sabe gobernarse con astucia, e inteligencia en el comercio humano» *(Dic. Aut.).*

[33] «Es un buen Juan. Phrase con que se explica el genio dócil, y fácil de engañar, de alguno.» *(Dic. Aut.)*

le olvidaban las palabras, con todo esso, contraxeron estrecha amistad. Allegóseles un otro que también dixo llamarse Juan, que aquí los más lo eran, y buenos, si allá Pedros revueltos [34].

—¿Quién es aquél que passa riéndose?

—Aquél es de quien dizen que de puro bueno se pierde, y es un perdido. Aquel otro, el *bueno, bueno* [35], y el que de puro bueno vale para nada: gente toda amigable.

—¡Qué poca ceremonia gastan! —ponderó Andrenio—. Aun cortesía no hazen.

—Es que no saben engañar.

Con todo esso, se llegó y les saludó *Boncompaño,* que venía con *Tal sea mi vida* y *Mi alma con la suya* [36]. No se oía un sí ni un no entre ellos; en nada se contradezían, aunque dixeran la mayor paradoxa, ni porfiaban. Y era tal su paz y sossiego que dudó Andrenio si eran hombres de carne y sangre.

—Bien dudas —le respondió el *Hombre de su palabra,* a quien se holgó mucho de ver, como cosa rara, y no era francés—, que los más de ellos son de pasta y buenas pastas [37]. Y en confirmación dello, repara en aquel todo bocadeado [38], don Fulano de Maçapán, que cada uno le da un pellizco. Aquel otro es el canónigo Blandura, que todo lo haze bueno.

Vieron uno todo comido de moscas.

—Aquél es la Buena Miel.

—Qué buena gente toda ésta para superiores, que ya assí los buscan, cabeças de cera que las puedan volver y revolver donde quisieren, y retorcerles las narizes a un lado y a otro.

---

[34] No sólo por ir muy unidos Juan y Pedro (ej. en la liturgia), sino también porque si los Juanes son de genio dócil, los Pedros son lo contrario (recuérdese «como Pedro por su casa», el que se mueve con desenvoltura o impertinencia por algún lugar).

[35] *El bueno, bueno,* es decir, el buen Juan que a todo dice «amén». Véanse notas 79 y 80, Crisi XI, Segunda Parte.

[36] Tres personajes del mismo estilo, es decir, que dependen de otro: el Boncompaño (buen compañero), Tal sea mi vida (fulano es importante para mi bienestar) y Mi alma con la suya.

[37] *Pasta:* «Metaphóricamente se toma por demasiada blandura en el genio, sossiego, ó pausa en el obrar ó hablar.» *(Dic. Aut.)*

[38] *Bocadeado,* partido en bocados, ya que «bocadear» es «partir en bocados una cosa» *(Dic. Acad.).*

Aquí toparon con Buenas Entrañas, que no pensaba mal de nadie, ni tal creía.

—Aquél se passa de bueno y está harto passado; mira a todos como él. Pero ¡qué bueno estuviera el mundo si assí fueran todos!

Venía con él Dexado, y bien dexado de todos.

—¡Qué hombre de tan linda corpulencia aquél!

—Es el celebrado Pachorra, que nada le quita el sueño, ni por acontecimiento alguno le pierde, aunque sea el más trágico: tanto, que despertándole una noche para darle aviso de un estraño sucesso que espantó el mundo: «¡Quitáos de ahí!», dixo a los criados. «¿Y no estaba ahí mañana para dezírmelo? ¿Pensábais que no había de llegar?»

Sobre todo, no se hartaba Andrenio de ver su traje, nada a lo plático [39], sin pliegues, sin aforros y sin alforças. Vio a «don Fulano de Todos», y para nadie y para nada, acompañado de una gran camarada.

—Aquel de la mano derecha es «el primero que llega», y el de la izquierda «el último se le lleva» [40]. Al de más allá «el que le pierde le gana» [41], y al otro «tanto le querría mío como ageno» [42]. Allí viene el que no sabe negar cosa, el que [43] no tiene cosa suya, ni la acción ni la palabra. Aquel otro todo lo otorga, «don Fulano del Sí», antípoda de monseñor *No li po fare* [44], gente toda bien quista y de vivir muchos años.

De tal suerte que preguntó Andrenio si era aquélla la región de los inmortales.

—¿Por qué lo dizes? —le preguntó uno.

—Porque ninguno veo que se mate ni se consuma. Yo no sé de qué mueren éstos.

—No mueren, que ya lo están.

—Antes, yo digo que esso es saber vivir, tener buena com-

---

[39] *Plático,* práctico.

[40] Para designar al tonto que se deja convencer por todos, ya que «el primero que llega, se le lleva», pero también «el último que llega, se le lleva».

[41] Para designar al tonto que se deja engañar por otro y además se muestra agradecido como si le hubiera hecho un favor; es decir, el que busca su perdición, gana además su confianza.

[42] Para designar a otro tan simple que uno, no sólo no lo quisiera como amigo propio, sino ni como ajeno.

[43] En el texto de 1657 se repite: «el que que».

[44] *Non li puó fare,* no lo puede hacer, en italiano.

plissión: hombres sanos, gente de buenos hígados, de buen estómago, y que si otros hazen de las tripas coraçón, éstos al revés, hazen del coraçón tripas y crían buena pança.

Assí, era su trato llano, sin revoltijas: ninguno tenía caracol en la garganta, hablaban sin artificio, llevaban el alma en la palma y aun en palmas; no había aquí engañadores, ni cortesanos, ni cordobeses. Y con passar en Italia, no había ningún italiano, cuando mucho alguno de Bérgamo [45]; de los españoles, algún castellano viejo [46]; de los franceses, algún alvernio [47]; y muchos polacos [48]. Fiábanse de todos sin distinción, y assí todos los engañaban; que ya no se ha de dezir engañabobos, sino buenos, que éssos son los más fáciles de engañar.

—¡Qué lindo temple de tierra éste —dezía Andrenio—, y mejor cielo!

—En otro tiempo habíais de haber venido —le dixo un viejo hecho al buen tiempo—, cuando todos se trataban de *vos* y todos dezían *vos* como el Cid. ¡Entonces sí que estaba este país muy poblado! No, no se había descubierto aún el de la malicia, ni se sabía hubiesse tan mala tierra; siempre se creyó era inhabitable, más que la tórrida zona. Dios se lo perdone a quien la halló: ¡mirad qué India! [49] No se topaba entonces un hombre doblado por maravilla [50], y todo el mundo le conocía, y le señalaban de una legua: todos huían dél como de un tigre. Ahora todo está maleado, todo mudado, hasta los climas, y según van las cosas, dentro de pocos años será Alemania otra Italia y Valladolid otra Córdoba.

Pero aunque estaba allí Andrenio, no vendido, sino hallado en aquella mansión de la bondad y verdad, de la candidez y llaneza, con todo trató dexarla pareciéndole era sobrada sim-

---

[45] Algún buen hombre de Bérgamo, por las «bergamotas», peras muy jugosas y muy buenas de Bérgamo.

[46] Por ser los castellanos buenas gentes, generosas y leales.

[47] Por ser, según Romera-Navarro, la Auvernia una región de gente noble.

[48] Ya lo dijo en la Crisi VII de la Primera Parte: «hombre más sencillo que un polaco».

[49] *India:* «Abundancia y copia de riquezas y preciosidades. Díxose por semejanza a los Reinos de Indias, donde se hallan minas de oro y plata.» *(Dic. Aut.)*

[50] *Por maravilla:* «Phrase adverbial que significa Rara vez, con gran dificultad.» *(Dic. Aut.) Doblado,* falso, como siempre lo emplea Gracián.

plicidad. Y fue cosa notable que ambos a la par, aunque tan distantes, parece que se orejearon [51], pues convinieron en dexar cada uno el estremo por donde había echado, el uno de la astucia, el otro de la sencillez, y poniendo la mira en el medio, descubrieron la corte del Saber prudente y se encaminaron allá. Llegaron a encontrarse en un puesto donde se volvían a unir ambas sendas y a emparejarse los estremos. Aquí pareció estarles esperando un raro personaje, de los portentosos que se encuentran en la jornada de la vida; porque assí como algunos suelen hazerse lenguas, y otros ojos, éste se hazía sesos y todo él se veía hecho de sesos; de modo que tenía cien corduras, cien esperas, cien advertencias y otros tantos entendimientos. En suma, él era castellano en lo sustancial, aragonés en lo cuerdo, portugués en lo juizioso, y todo español en ser hombre de mucha sustancia. Púsoselo a contemplar Andrenio, después de haberse confabulado con Critilo, y dezía assí:

—Señores, que tenga uno sesos en la cabeça, está bien, que es allí el solio del alma; pero lengua de sesos ¿a qué propósito? Si aun siendo de carne, y muy sólida, desliza con riesgo de toda la persona (que sería menos inconveniente tropeçar diez vezes con los pies antes que una con la lengua, que si allí se maltrata el cuerpo con la caída, aquí se descompone toda el alma), ¿qué será de una masa tan fluida y deleznable? ¿Quién la podrá gobernar?

—¡Oh, cómo te engañas! —le respondió el Sesudo, que assí se llamaba—. Antes, ahí conviene tener más seso, para andar con más tiento, que no hay palabra más bien articulada que la que está en el buche.

—Narices de seso ¿quién tal inventó y para qué? —proseguía en su reparo Andrenio—. Los ojos ya podrían, para no mirar a tontas y a locas; pero en las narices ¿de qué puede servir el seso?

—¡Oh, sí, y mucho!

—Pues ¿para qué?

—Para impedir que no se les suba el humo a las narices y lo tizne todo y abrase un mundo. Hasta en los pies ha de haber seso y mucho, y más en los malos passos; que por esso dezía un atento: «Aquí todo el seso ha de ir en el car-

_____

[51] *Orejear*, no en su sentido normal que traen los diccionarios, sino en el sacado de «orejeado», avisado o prevenido. Así, pues, «orejearse» sería «avisarse, prevenirse».

cañal.» Y si los que andan a caballo le llevassen en los pies, no perderían tan fácilmente los estribos; habría siquiera algún cuerdo entronizado. Assí que todo el hombre, para bien ir, habría de ser de sesos: seso en los oídos, para no oír tantas metiras ni escuchar tantas lisonjas, que vuelven locos a los tontos; seso en las manos, para no errar el manejo y atinar aquello en que se ponen; hasta el coraçón ha de ser de sesos, para no dexarse tirar y aun arrastrar de sus afectos; seso y más seso y mucho seso, para ser hombre chapado [52], sesudo y sustancial.

—¡Qué pocos he topado yo de esse modo! —dezía Critilo.

—Antes, oí dezir a uno —ponderó Andrenio— que no había sino una onça de seso en todo el mundo, y que de éssa, la mitad tenía un cierto personage (que no le nombro por no incurrir en odio), y la otra estaba repartida por los demás: ¡mirad qué le cabría a cada uno!

—Engañóse quien tal dixo. Nunca más seso ha habido en el mundo, pues no ha dado ya al traste, con tanta priessa como le han dado.

—Ora dime —instó Andrenio—, ¿de dónde has sacado tú tanto seso, assí te dure, dónde le hallaste?

—¿Dónde? En las oficinas en que se forja y en las boticas donde se vende.

—¿Qué dizes, boticas hay de cordura? Nunca tal he topado, con tanto como he discurrido.

—Pues ¿no te corres tú de saber dónde se vende el vestir y el comer, y no dónde se compra el ser personas? Tiendas hay donde se feria el entendimiento y el juizio. Verdad sea que es menester tenerle para hallarle.

—¿Y a qué precio se vende?

—A aprecio.

—¿De qué modo?

—Teniéndole.

—¿A buen ojo?

—No, sino a peso y medida. Pero vamos, que hoy os he de conducir a las mismas oficinas donde se forjan y se labran los buenos juizios, los valientes entendimientos, a las escuelas de ser personas.

—Y dinos, en essas oficinas que tú dizes, ¿refinan mucho seso cada día?

---

[52] *Chapado,* persona de juicio y prudencia. Véase nota 57, Crisi I, Segunda Parte.

—No va sino por años, y para sola una onça hay que hazer toda una vida.

Fuelos introduciendo en una tan espaciosa cuan especiosa plaça coronada de alternados edificios, unos muy magestuosos, que parecían alcáçares reales, otros muy pobres, como casas de filósofos; hasta pabellones militares, entre patios de escuelas. Quedaron admirados nuestros peregrinos de ver tal variedad de edificios, y después de bien registrados los de una y otra acera, le preguntaron dónde estaban las oficinas del juizio, las tiendas del entendimiento.

—Éssas que veis son: mirad a un lado y a otro.

—¿Cómo es possible, si aquéllos son palacios, donde más presto suele perderse el juizio que cobrarse, y aquellas otras militares tiendas más lo suelen ser de la temeridad que de la cordura? Pues aquellos patios llenos de estudiantes, menos los serán, que entre gente moça no se hallará la prudencia y en cascos verdes no cabe la madurez.

—Pues sabed que éssas son las oficinas donde se funden los buenos caudales, ahí se forjan los grandes hombres, en essos talleres se desbastan de troncos y de estatuas y se labran los mayores sujetos. Mirad bien aquel primer palacio tan suntuoso y augusto; en él se fundieron los mayores hombres de aquel siglo [53], los prudentes senadores, los sabios consejeros, los famosos escritores. Y assí como otros inculcan estatuas mudas entre colunas pesadas para adorno de las vistosas fachadas, aquí veréis gigantes vivos, varones eminentes.

—Assí es —dixo Critilo—, que aquel de la mano derecha parece el sentencioso Horacio y el de la izquierda es el más fecundo que facundo Ovidio, coronándole el superior Virgilio.

—Según esso —dixo Andrenio—, aquél es el palacio del más augusto de los Césares.

—No has de dezir [sino] [54] la oficina heroica de los mayores sujetos de su tiempo. Esse gran emperador les dio entendimiento con sus estimaciones, y ellos a él inmortalidad con sus escritos. Volved la mira a aquel otro, no fabricado de mármoles sin alma, sino de vivas colunas que sostienen

[53] El siglo al que alude es el de Oro en Roma, el de Augusto. Aparte de haber dicho «augusto» en la frase, nos habla luego de Horacio, Ovidio y Virgilio.

[54] El texto de 1657 pone «se vio», que rechazamos por errata.

reinos, escuela cortesana de los mayores entendimientos, y fueron muchos en aquella era.

—Sería grande su dueño.

—Y aun magnánimo, pues el inmortal rey don Alonso [55], por quien se dixo que Aragón era la turquesa de los reyes.

Vieron otro de animadas piedras hablando con lenguas de inscripciones; no se veían tablas rasas de mármol como en otros alcáçares, sino grabadas de sentencias y heroicos dichos.

—¡Oh, gracias al cielo— dixo Critilo— que veo un palacio que huele a personas!

—Fuelo mucho su gran dueño, digo el rey don Juan el Segundo de Portugal [56], volviendo por el crédito de los Juanes. Pero no es menos de admirar aquél que allá se ve alternado de espadas y de plumas, de el rey Francisco el Primero de la Francia, estendiendo a la par ambas reales manos a los sabios y a los valerosos, que no a los farsantes y farfantes. Mas ¿no reparáis en aquél coronado de palmas y de laureles que ocupa el supremo ápice del orbe y de los siglos? Aquél es el inmortal trono del gran pontífice León Dézimo [57], en cuyo seno anidaron las águilas ingeniosas más seguramente que en el del fabuloso Júpiter, aunque fue ingeniosa invención para declarar cuán favorecidos deben ser de los príncipes los varones sabios, águilas en la vista y en el vuelo. Aquel otro es del prudentazo rey de las Españas Felipe el Segundo y escuela primera de la prudente política, donde se forjaron los grandes ministros, los insignes gobernadores, generales y virreyes.

—¿Qué tienda militar es aquella que se haze lugar entre los palacios magníficos? ¿A qué propósito se baraja lo militar con lo cortesano?

—¡Oh, sí! —respondió el varón de sesos—. Porque has de saber que también los militares pabellones son oficinas de los hombres grandes, no menos valerosos que entendidos. Apréndese mucho en ellos: dígalo el Marqués de Grana y Carre-

---

[55] El Magnánimo o el Sabio se llamó a Alfonso V de Aragón. Véase nota 5, Crisi VI, Primera Parte.

[56] Juan II, rey de Portugal (1455-1495), cuyo reinado se señaló por las expediciones de los portugueses a las Indias orientales. Juan II contrarresta la fama de los Juanes, de genio dócil y fáciles de engañar.

[57] Sobre León X, véase nota 28, Crisi XI, Primera Parte.

to [58]. Porque ahí se sabe, no tanto de capricho cuanto de experiencia. Aquélla es la del Gran Capitán, a quien dio lugar entre los reyes el de Francia, diziendo: «Bien puede comer con reyes el que vence reyes» [59]. Fue tan cortesano como valiente, de tan gran braço como ingenio, plausible en dichos y en hechos. Aquella otra es del Duque de Alba, escuela de la prudencia y experiencia, assí como su casa en la paz era el paradero de los grandes hombres, y por esso tan recomendada de Juan de Vega a su hijo cuando le enviaba a la corte [60].

—¿Qué otro modelo de edificios sabios son aquéllos, no suntuosos, pero honrosos?

—Éssos —dixo— no son alojamientos de Marte: albergues sí de Minerva. Éssos son los colegios mayores de las más célebres Universidades de la Europa. Aquellos cuatro son los de Salamanca, aquel otro el de Alcalá [61], y el de más allá San Bernardino de Toledo, Santiago el de Huesca, Santa Bárbara en París, los Albornozes de Bolonia [62] y Santa Cruz de Valladolid: oficinas todas donde se labran los mayores hombres de cada siglo, las colunas que sustentan después los reinos, de quienes se pueblan los consejos reales y los parlamentos supremos [63].

—¿Qué ruinas son aquellas tan lastimosas cuyas descompuestas piedras parecen estar llorando su caída?

—Éssas que agora lloran, en algún tiempo, y siempre de oro, sudaban bálsamo oloroso, y lo que es más, distilaban sudor y tinta: éssos fueron los palacios de los plausibles

---

[58] Sobre el marqués de Grana del Carretto, véase nota 84, Crisi VI, Primera Parte.

[59] Al ejército de Carlos VIII primero y al de Luis XII de Francia después en las campañas de Italia. Al último se refiere la frase.

[60] Sobre Juan de Vega, véase nota 73, Crisi XI, Primera Parte.

[61] Los cuatro colegios mayores de Salamanca eran los de San Bartolomé, Cuenca, Oviedo (San Salvador) y del Arzobispo. El de Alcalá era el de San Ildefonso. Fueron reorganizados posteriormente por Carlos III.

[62] Se trata del Colegio Español de Bolonia, fundado en el siglo XIV por el famoso cardenal español Gil Álvarez Carrillo de Albornoz (1310-1367).

[63] *Parlamento* no tenía el significado actual, sino «Tribunal Supremo donde se tratan y resuelven los negocios más importantes de la Corona y se deciden los pleitos y causas en apelación» *(Dic. Aut.)*.

Duques de Urbino y de Ferrara [64], asilos de Minerva, teatro de las buenas letras, centro de los superiores ingenios.

—¿Qué es la causa —preguntó Critilo— que no se ven anidar ya como solían las águilas en tantos reales asilos?

—No es porque no las haya, sino que no hay un Augusto para cada Virgilio, un Mecenas para cada Horacio, un Nerva para cada Marcial y un Trajano para cada Plinio. Creedme que todo gran hombre gusta de los grandes hombres.

—Mayor reparo es el mío —dixo Andrenio—, y es cuál sea la causa que los príncipes se pagan más y les pagan también a un excelente pintor, a un escultor insigne, y los honran y premian mucho más que a un historiador eminente, que al más divino poeta, que al más excelente escritor. Pues vemos que los pinceles sólo retratan el exterior, pero las plumas el interior, y va la ventaja de uno a otro que del cuerpo al alma. Exprimen aquéllos cuando mucho el talle, el garbo, la gentileza y tal vez la fiereza; pero éstas el entendimiento, el valor, la virtud, la capacidad y las inmortales hazañas. Aquéllos les pueden dar vida por algún tiempo, mientras duraren las tablas o los lienços, ya [65] sean bronces; mas estas otras por todos los venideros siglos, que es inmortaliçarlos. Aquéllos los dan a conocer, digo a ver, a los pocos que llegan a mirar sus retratos; mas éstas a los muchos que leen su escritos, yendo de provincia en provincia, de lengua en lengua, y aun de siglo en siglo.

—¡Oh Andrenio, Andrenio! —le respondió el Prudente—, ¿no ves tú que las pinturas y las estatuas se ven con los ojos, se tocan con las manos, son obras materiales? No sé si me has entendido bastantemente [66].

Vieron ya, en las oficinas del tiempo y del exemplo, formar un grande hombre, copiándole más felizmente de siete héroes que el retrato de Apeles de las siete mayores belleças [67].

---

[64] El ducado de Urbino se creó para el penúltimo descendiente de los Montefeltro italianos, Federico, en el siglo xv. Duques de Ferrara fueron los miembros de la familia italiana Este, entre quienes destaca Alfonso I de Este (1486-1504), marido de Lucrecia Borgia.

[65] *Ya,* con el valor del actual «aun cuando».

[66] Con lo que viene a decir que los príncipes sólo se preocupan en cosas materiales.

[67] Apeles, pintor griego, el más célebre de la antigüedad (siglo iv a. C.)

—¿Quién es éste? —preguntó Andrenio.

Y el Sesudo:

—Éste es un héroe moderno, éste es...

—¡Tate! —le interrumpió Critilo—, no le nombres.

—¿Por qué no? —replicó Andrenio.

—Porque no importa.

—¿Cómo no, habiendo nombrado hasta agora tanto insigne varón, tantos plausibles sujetos?

—De esso estoy arrepentido.

—Pues ¿por qué?

—Porque piensan ellos que el celebrarlos es deuda, y assí no hazen mérito del obsequio; creen que procede de justicia, cuando no es sino muy de gracia. Por lo tanto, anduvo discretamente donoso aquel autor que, en la segunda impressión de sus obras, puso entre las erratas la dedicatoria primera.

Al contrario, en otra oficina atendieron cómo estaban forjando cien hombres de uno, cien reyes de un don Fernando el Católico, y aun le quedaba sustancia para otros tantos. Aquí era donde se fundían los grandes caudales y se formaban las grandes testas, los varones de chàpa[68], los hombres sustanciales. Y notó Andrenio que lo más dificultoso de ajustar eran las narizes.

—Hartas vezes lo he reparado yo —dezía Critilo—, que suele acertar la naturaleza las demás facciones: sacaba unos buenos ojos, con ser de tanto artificio, una frente espaciosa y serena, una boca bien ajustada, pero en llegando a la nariz, se pierde y de ordinario la yerra.

—Es la facción de la prudencia éssa —ponderó el Cuerdo—, tablilla del mesón del alma, señuelo de la sagacidad y providencia.

Resonó en esto un vulgar est[r]uendo[69] de trompetas y atabales.

—¿Qué es esto? —corrían de unas y otras partes preguntando.

—¡Pregón, pregón! —respondían otros.

—¿Qué cosa?

—Un bando que manda echar el coronado Saber por todo su imperio de aciertos.

—¿Y a quién destierran? ¿Acaso al Arrepentimiento, que

---

[68] *Varones de chapa,* personas de juicio y prudencia. Véase nota 57, Crisi I, Segunda Parte.

[69] «estuendo» trae la edición de 1657.

no tiene cabida donde hay cordura, o a [s]u[70] grande enemiga la Propia Satisfación?

—¿Publícase la guerra contra la envidiosa Fortuna?

—Nada de esso es —les respondieron—, sino una crítica reforma de los comunes refranes.

—¿Cómo puede esso ser —replicó Andrenio—, si están hoy tan recibidos que los llaman Evangelios pequeños?

—Recibidos o no, llegaos y oíd lo que el pregonero vocea.

Atendieron curiosos, y después de haber prohibido algunos, oyeron que proseguía assí:

—Iten más, mandamos que ningún cuerdo en adelante diga que *quien tiene enemigos, no duerma;* antes, lo contrario, que se recoja temprano a su casa, se acueste luego y duerma, que se levante tarde y no salga de su casa hasta el sol salido.

»Iten, que nunca más se diga que *quien no sabe de abuelo, no sabe de bueno;* antes bien, que no sabe de malo, pues no sabe que fue un mecánico sombrerero, un carnicero, un tundidor y otras cosas peores. Que ninguno sea ossado dezir que *los casamientos y las riñas, de prisa,* por cuanto no hay cosa que se haya de tomar más de espacio que el irse a matar y casar, y se tiene por constante que los más de los casados, si hoy hubieran de volver, lo pensaran mucho, y como dezía aquél: «Dexádmelo pensar cien años.» También se prohibe el dezir que *más sabe el necio en su casa que el sabio en la agena,* pues el sabio donde quiera sabe y el necio donde quiera ignora. Sobre todo, que ninguno de hoy más se atreva a dezir: *No me den consejos, sino dineros,* que el buen consejo es dineros y vale un tesoro, y al que no tiene buen consejo[71] no le bastará una India, ni aun dos. Entiendan todos que aquel otro refrán que dize: *Aquello se haze presto que se haze bien,* propio de los españoles, es más en favor de moços pereçosos que de amos bien servidos; y assí se ordena, a petición de los franceses, y aun de italianos, que se vuelva del revés y diga en favor de los amos puntuales: *Aquello se haze bien que se haze presto.* Que por ningún acontecimiento se diga que *la voz del pueblo es la de Dios,* sino de la ignorancia, y de ordinario por la boca del vulgo suelen hablar todos los diablos.

---

[70] En el texto pone por errata «tu».

[71] «Consejo», tomado antes como «parecer que se da» y ahora como «dictamen» propio o juicio. En cuanto a «India», abundancia de riquezas, véase la nota 49 de esta Crisi.

»Iten, se suspende en esta era aquel otro: *Honra y provecho no caben en un saco,* viendo que hoy el que no tiene no es tenido [72]. Como una gran blasfemia se veda el dezir: *Ventura te dé Dios, hijo, que el saber poco te basta,* por cuanto de sabiduría nunca hay bastante, y ¿qué mayor ventura que el saber y ser persona? Assí como unos se prohiben del todo, otros se enmiendan en parte. Por lo cual, no se diga que *al buen callar llaman Sancho,* sino santo, y en las mugeres milagroso, si ya no es que por lo Sancho se entienda lo callado del con[s]ejo. ¿Quién tal pudo dezir, *asno de muchos, lobos se lo comen?;* antes, él se los come a ellos, y come como un lobo y come el pan de todos, diziendo: *Yo me albardaré y el pan de todos me comeré,* que ya el ser muy hombre embaraça y el saber bobear es ciencia de ciencias. Fue muy mal dicho *el moço y el gallo, un a[ñ]o* [73], porque si es malo, ni un día, y si bueno, toda la vida.

»Iten, se condenan a descaramiento algunos otros, como dezir: *Preso por mil, preso por mil y quinientas, Al mayor amigo el mayor tiro.* Y aquello de *ándeme yo caliente y ríase la gente* es una muy desvergonçada frialdad; sólo se les permita a las mugeres que andan escotadas el dezir: *Andeme yo fría, y más que todo el mundo se ría.* Otros se mandan moderar, como aquél: *bien haya quien a los suyos parece,* que no se ha de estender a los hijos y nietos de alguaziles, escribanos, alcabaleros, farsantes, venteros y otra *simili* canalla. Otros se interpretan, como aquél: *Donde quiera que vayas, de los tuyos hayas;* antes, se ha de huir de los suyos el que quisiere vivir con quietud, paz y contento, y de sus paisanos el que pretendiere honra y estimación.

»Iten, se destierra por ocioso el *cobra buena fama y échate a dormir,* pues ya, aun antes de cobrarla, se echan a dormir todos. Modérese aquel que dize: *En los nidos de antaño no hay pájaros hogaño:* ¡pluguiera a Dios que el amancebado y el adúltero no se estuvieran en el lecho como el chinche, ni los tahúres en el garito!, ¡quemados que estuvieran los nidos encubridores y las redes de las arañas de las escribanías, atentas a coger la mosca [74] del mal aconsejado pleiteante! Aquello

---

[72] «Tener» en dos sentidos: antes «poseer», ahora «estimar, u apreciar» *(Dic. Aut.).*

[73] «Ano», dice el texto de 1657, por errata en el refrán.

[74] *Mosca:* «Llaman en estilo familiar y festivo el dinero.» *(Dic. Aut.)*

de *Dios me dé contienda con quien me entienda,* sin duda que fue dicho de algún sencillo; los políticos no dizen assí, sino *con quien no me entienda ni atine con mis intentos, ni descubra de una legua mis traças.* El *dormir sobre ello* [75] es una necedad muy pereçosa: no diga sino *velar.*

»Iten, se prohibe como pestilente dicho, *mal de muchos, consuelo de todos;* no dezía en el original sino *de tontos,* y ellos le han adulterado. A instancia de Séneca y otros filósofos morales, sea tenido por un solemne disparate dezir: *Haz bien y no mires a quién;* antes, se ha de mirar mucho a quien no sea el ingrato, al que se te alce con la baraja [76], al que te saque después los ojos con el mismo beneficio, al ruin que se ensanche, al villano que te tome la mano [77], a la hormiga que cobre alas, al pequeño que se suba a mayores, a la serpiente que reciba calor en tu seno y después te emponçoñe. No se diga que *lo que arrastra, honra,* sino al contrario, que lo que honra, arrastra y trae a muchos más arrastrados que sillas.

»Iten, a petición de los hortelanos, no se dirá mal de tu perro, pero sí de tu asno, *que se come las berças y las dexa comer* [78]. Enmiéndese aquel otro: *Con tu mayor no partas peras;* no diga sino *piedras,* que lo demás es dezir que se alce con todo. Tampoco sirve dezir: *Quien todo lo quiere, todo lo pierde,* por cuanto es preciso tirar a todo y aun a más, para salir con algo; dirá, pues, como quien yo sé: *Señor, si todo lo puedo, todo lo quiero.* También es falso aquél de *bien canta Marta después de harta;* antes, ni bien ni mal, que en viéndose hartos, ni canta Marta, ni pelea Marte, sino que se echan a poltrones. *Cada loco, con su tema* es poco: diga con dos, y de aquí a un año con ciento. *Lo que se usa no se escusa,* necedad; esso es lo que se debe escusar, que ya no se usa lo bueno, ni la virtud, ni la verdad, ni la vergüença, ni cosa que comiençe deste modo. *Díselo tú*

, [75] *Dormir sobre ello:* «Es tomar tiempo para deliberar mejor en un negocio, mirándolo despacio.» *(Dic. Aut.)*

[76] *Alzarse:* «En el juego, dejarlo alguno, yéndose con la ganancia, sin esperar a que los otros se puedan desquitar.» *(Diccionario Acad.)*

[77] Tomarle a uno la mano es quitársela, y mano es «dominio, imperio, señorío y mando que se tiene sobre alguna cosa» *(Diccionario Aut.).*

[78] «El perro del hortelano, que ni come las berzas, ni las dexa comer.» *(Dic. Aut.)* En cambio, el burro hace lo contrario.

una vez, que el diablo se lo dirá diez, dicho de otro tal; si malo ¿para qué se lo ha de dezir?; si bueno, nunca se lo dirá el diablo. Engañóse quien dixo que *el paciente es el postrero;* antes, quieren ya ser los primeros en todo y ir delante. Por necedad, se prohibe el dezir *más valen amigos en plaça que dineros en arca,* lo uno porque ¿dónde se halla[r]án [79] verdaderos y fieles?, lo otro porque a quien tiene dineros en arca nunca le faltan amigotes en todas partes. Aquel otro: *Ni para buenos ganar, ni para malos dexar,* sin duda salió de algún gran perdigón [80], pues antes a los buenos se les ha de dexar y a los malos ganar para que sean buenos. *No hay mal que no venga por bien;* una por una [81] el mal va delante, y abrir puerta a un mal es abrirla a ciento, porque el mal va donde más hay.

»Iten, se enmiende aquél: *Donde fueres harás como vieres;* no diga sino *como debes.* Extínguese de todo punto aquel que dize: *Mal le va a la casa donde no hay corona rasa,* antes muy bien, y muy mal donde la hay, porque la hazienda de la Iglesia pierde toda la otra y arrasa la mejor casa [82]. *Por mucho madrugar, no amanece más presto* es dicho de dormilones; entiendan que el trabajar es hazer día y el que madruga goza de día y medio, pero el que tarde se levanta todo el día trota. *Si uno no quiere, dos no barajan* [83], éste no tiene lugar en Valencia, porque allí, aunque uno no quiera empeñarse, le obligan y ha de porfiar aunque reviente cuerdo. No se diga ya que *el dar va con el tomar,* porque no se sigue bien; podríase proponer por enigma y preguntar: «¿Cuál fue primero, el dar o el tomar?» *Quien no sabe pedir, no sabe vivir:* ¡qué engaño!; antes, el pedir es morir para los hombres de bien: no diga sino *quien no sabe sufrir.* Peor es aquél: *Quien tiene argén, tiene todo bien;* no, sino

---

[79] El texto de 1657 trae por errata «hallauan».

[80] *Perdigón,* el que malbarata su hacienda, sobre todo en el juego. Véase nota 48, Crisi III, Tercera Parte.

[81] *Una por una:* «Locución adverbial que vale en todo caso, o con certeza, y seguridad en lo que se dice, o controvierte.» *(Dic. Aut.)*

[82] La corona rasa (rasurada o pelada) es la de los clérigos. Corrige Gracián el refrán: mal va la casa donde hay clérigo, ya que tiene que atender a la Iglesia con su propia hacienda.

[83] *Barajar:* «Reñir, contender, tener pendencias y altercar.» *(Diccionario Aut.)*

todo mal. Como dezir: *Voluntad es vida;* no es sino muerte [84].

»Iten, se prohibe por cosa ridícula el dezir: *Riña de por San Juan, paz para todo el año:* ¿qué más tiene la de por San Juan que la de por San Antón?; y quien tiene mal San Juan ¿qué buena Pascua espera? *Duro es Pedro para cabrero:* peor fuera blando. *Quien se muda, Dios le ayuda,* entiéndese cuando iba de mal en peor, que el mudar de cartas es treta de buenos jugadores cuando dize mal el [j]uego [85]. *El sufrido es bien servido:* no, sino muy mal, y cuanto más peor. *¿Quieres ser papa?, póntelo en la testa:* muchos se lo ponen que no salen de sacristanes; más valdría en *las manos,* con obras y méritos. *Quien tiene lengua, a Roma va,* entiéndese por penitencia de los pecados del hablar. Por ningún caso se diga *darse un buen verde* [86]; no, sino muy malo y muy negro, que al cabo dexa en blanco y el rostro avergonçado y la tez amarilla y los labios cárdenos, vengándose dél todos los demás colores. Tampoco es verdadero dezir: *Quien malas mañas ha, tarde o nunca las pierde,* no, sino muy presto, porque ellas acaban con él y con la vida y con la hazienda y con la honra cuando él no con ellas. Engañóse también el que dixo: *Casarás y amansarás;* antes, al contrario, es menester que ellas amansen para poderse casar, y se tiene observado que ellos se vuelven más bravos, pues preguntando: *¿Por qué no riñe su amo?,* responde: *Porque no es casado.* Mánda[s]e [87] leer al trocado aquel que dize que *los locos dizen las verdades,* esto es, que los que las dizen son tenidos por locos, y aun de esse achaque se han deslumbrado [88] varias vezes algunas verdades bien importantes que pudieran desengañar a muchos. Al que dixo: *En Toledo no te cases, compañero,* pudiérasele preguntar: ¿pues dónde que no suceda lo mismo? Léase e[l] [89] *Toledo* sincopado, con que dirá

---

[84] *Voluntad es vida:* «Phrase, con que se significa, que el gusto propio en hacer las cosas, contribuye mucho al descanso de la vida, aun quando al parecer son contrarias.» *(Dic. Aut.)* Gracián, como moralista, la corrige dando a entender que el hacer el gusto propio es morir.

[85] Evidente errata en la edición de 1657, que pone «fuego».

[86] *Darse un buen verde,* holgarse o divertirse. Véase nota 52, Crisi VII, Primera Parte.

[87] Por errata, la edición de 1657 pone «Mandale».

[88] *Deslumbrarse,* quedarse confuso. Véase nota 1, Crisi V, Primera Parte.

[89] «En» trae la edición de 1657 por errata evidente.

en *todo* el mundo. *El moço vergonçoso, el diablo le metió en palacio:* ya no se ve el tal, sino su contrario, embusteros y aduladores. *Al médico, y al letrado, no le quieras engañado:* antes sí, que de ordinario discurren al revés, y de esse modo acertarán. *No se toman truchas a bragas enjutas:* digo que sí, que los buenos pescadores las toman presentadas [90]. *No hay peor sordo que el que no quiere oír:* otro hay peor, aquel que *por una oreja le entra y por la otra se le va. Allá van leyes donde quieren los reyes:* no digo sino los malos ministros. *A mal passo, passar postrero:* por ningún caso, ni primero ni postrero, sino rodear. *Cuando la barba de tu vezino veas pelar, echa la tuya en remojo:* ¿de qué servirá, sino de que se la pelen más fácilmente y aun se la repelen? *Más da el duro que el desnudo:* una por una [91], ya dio éste hasta la capa, el otro aún se está por ver, y él repite: *Para tener dineros, tenerlos* [92].

»Iten, se ordena que no se diga que *los criados son enemigos no escusados,* sino *muy escusados* y que para cada falta tienen cien escusas; los hijos sí se llamen de essa suerte, o enemigos dulces, que cuando chiquitos hazen reír y cuando grandes llorar. *Grande pie y grande oreja, señal de grande bestia:* mas no, sino un piedecito de un chisgarabís sin asiento ni fundamento; y una grande oreja es alhaja de un príncipe para oírlo todo.

»Iten, ninguno se persuada que *son buenas mangas después de Pascua* [93], y cuanto más anchas peores, si es por Pascua Florida [94]. Tampoco vale dezir: *Quien calla, otorga;* antes, es un político atajo del negar, y cuando uno otorga en su

---

[90] Sátira contra los pescadores fanfarrones. Si el refrán dice que no se pescan las truchas (a mano, se entiende) con las bragas secas, ya que hay que meterse en el agua, Gracián dice que sí, que los buenos pescadores (con ironía) las toman (pescan) una vez presentadas en la mesa.

[91] *Una por una,* con certeza, en todo caso. Véase nota 81 de esta Crisi.

[92] Es decir, para tener dineros, hay que retenerlos y no malgastarlos.

[93] «Buenas son mangas después de Pascua. Refr. con que se expresa que lo que es útil, aunque no se logre quando se desea, a qualquier tiempo es estimable.» *(Dic. Aut.)*

[94] *Tener manga ancha* es no dar importancia a las propias faltas ni a las ajenas, sobre todo una vez acabada la Cuaresma (tiempo de sacrificio), en Pascua de Resurrección o Florida, época primaveral y propicia para deleites.

favor, no se contenta con un *sí,* sino que echa media dozena. Aquello de *a uso de Aragón, a buen servicio mal galardón,* los aragoneses lo entienden por pasiva. *A falta de buenos, han hecho a mi marido jurado:* engáñase, que antes por ser ruin notoriamente, que ya se buscan los peores. *Quien quisiere mula sin tacha, estése sin ella:* bobería, más fácil es quitársela. *El que da presto, da dos vezes,* no está bien entendido: no sólo dos, pero tres y cuatro, porque en dando, luego le vuelven a pedir y él a dar, con que mientras el duro da una vez, el liberal da cuatro.

Desta suerte, fue prosiguiendo el pregonero en prohibir otros muchos que nuestros peregrinos, cansados de tal prolixidad, remitieron al examen de los entendidos, y también porque les dio priessa el Sesudo para que llegassen a la oficina mayor, donde se refinaba el seso y se afinaba la sindéresis: el cómo y dónde, quedarse ha para la otra crisi.

CRISI SÉPTIMA

La hija sin padre[s] [1] *en los desvanes del mundo*

Opinaron algunos sabios que, con ser el hombre la obra más artificiosa y acabada, le faltaban aún muchas cosas para su total perfección. Echóle uno menos la ventanilla en el pecho, otro un ojo en cada mano, éste un candado en la boca, y aquél una amarra en la voluntad. Mas yo diría faltarle una chimenea en la coronilla de la cabeça, y algunos dos, por donde se pudiessen exhalar los muchos humos que continuamente están evaporando del celebro; y esto mucho más en la vejez, que si bien [se] [2] la considera, no hay edad que no tenga su tope, y alguna dos, y la vejez ciento. Es la niñez ignorante, la mocedad desatenta, la edad varonil trabajada y la senectud jactanciosa: siempre está humeando presunciones, evaporando jactancias, cebando estimaciones y solicitando aplausos. Como no hallan por dónde exhalarse estos desapacibles humos, sino por la boca, ocasionan notable enfado a los que les oyen, y mucha risa si son cuerdos.

¿Quién creyera que Andrenio, y mucho menos Critilo, recién caldeados en las oficinas de la cordura, frescamente [3] salidos de darse un baño moral de prudencia y atención,

---

[1] Ponemos «padres» y no «padre» que trae el texto porque así figura en el índice.

[2] En el texto dice «si bien la considera». Al no tener sujeto, hay que pensar que es forma impersonal: o bien «la» está por «se», por errata, o bien quedó sin poner el pronombre «se».

[3] *Frescamente:* «Recientemente, sin haber mediado mucho tiempo.» *(Dic. Aut.)*

había de errar jamás las sendas de la virtud, las veredas de la entereza? Pero assí como dentro de la más fina grana se engendra la polilla que la come y en las entrañas del cedro el gusano que le carcome, assí de la misma sabiduría nace la hinchazón que la desluce, y en lo más profundo de la prudencia la presunción que la desdora.

Iban, pues, ambos peregrinos en compañía del Varón de sesos encaminándose a Roma y acercándose a su deseada Felisinda. No acaba[ba]n [4] de celebrar los prodigios de cordura que habían hallado en los palacios del coronado Saber, aquellos grandes hombres forjados todos de sesos y aquellos otros de quienes se pudiera sacar zumo para otros diez y sustancia para otros veinte: los verdaderos gigantes del valor y del saber, los fundadores de las monarquías, no confundidores, los de cien orejas para las noticias [5] y de cien manos para las execuciones; aquel estraño modo de cozer los sujetos grandes en cincuenta y sesenta otoños de ciencia y experiencia. Aquí vieron formar un gran rey, y cómo le daban los braços del emperador Carlos Quinto, la testa de Felipe Segundo y el coraçón de Felipe Tercero, y el zelo de la religión católica del rey don Felipe Cuarto. Íbales dando las últimas liciones de cordura:

—Advertid —les dezía— que por una de cuatro cosas llega un hombre a saber mucho: o por haber vivido muchos años, o por haber caminado muchas tierras, o por haber leído muchos y buenos libros, que es más fácil, o por haber conversado con amigos sabios y discretos, que es más gustoso.

Por último primor de la cordura les encargó la española espera y la sagacidad italiana; sobre todo, que atendiessen mucho a no errar las principales y mayores acciones de la vida, que son como las llaves del ser y del valer.

—Porque, mirad —les dezía—, que un hombre pierda un diente o una uña, y aunque sea un dedo, poco importa, fácilmente se suple o se dissimula; pero aquello de perder un braço, tener un ojo menos, mancarse de una pierna, éssa sí que es gran tacha: adviértese mucho, que afea toda la persona. Pues assí digo, que un hombre yerre una acción pequeña, no haze mucho al caso, fácilmente se dissimula; pero aquello de errar las mayores acciones de la vida, las

---

[4] En el texto de 1657, «acaban», ilógico presente por errata cuando los demás verbos van en pasado.

[5] *Noticia:* «Ciencia o conocimiento de las cosas.» (*Dic. Aut.*)

principales execuciones, en que va todo el ser, las partes sustanciales, esso sí que monta mucho, que es un cogear la honra, afear la fama, y un deformar toda la vida.

Esto iban repassando, cuando vieron que en medio del camino real estaban batallando dos bravos guerreros, y no sólo contendiendo de palabra, sino muy de obra, haziéndose el uno al otro valientes tiros[6] a toda oposición. Aquí el sesudo guión hizo alto, y por evitar el empeño les pidió licencia de retirarse a sagrado[7] y volverse a su centro, que dixo ser el retrete de la prudencia. Mas ellos, assiendo dél fuertemente, le suplicaron no los dexasse, y menos en aquella ocasión; antes bien, que apresurass[e]n[8] todos tres el passo hazia los dos combatientes para despartirlos y detenerlos.

—No hagáis tal —les dixo—, que el que desparte suele siempre llevar la peor parte.

Porfiaron ambos, encaminándose a la pendencia y llevándole a él assido en medio. Cuando llegaron cerca y creyeron hállarlos muy mal parados, y aun heridos de muerte de sus mismos hierros[9], advirtieron que no les salía gota de sangre ni les faltaba el menor pelo de la cabeça.

—Sin duda que estos guerreros —dixo Andrenio— están encantados y que son otros Orrilos[10], que no pueden morir sino es que les corten un cierto cabello de la cabeça, que suele ser el de la ocasión, o les atraviessen la planta del pie, como fundamento de la vida, según lo discurre el ingenioso Ariosto, no bien entendido hasta hoy: perdónenme sus italianos ingenios.

—Ni es esso, ni essotro —respondió el Sesudo—. Ya yo atino lo que es. Sabed que este primero es uno de aquellos que llaman insensibles, de los que nada les haze mella, nada les empece, ni los mayores reveses de la fortuna ni los tajos de la propia naturaleza, ni los mandobles de la agena malignidad. Aunque todo el mundo se conjure contra ellos, no los

---

[6] *Tiro,* golpe o herida, acepción que recoge María Moliner en su diccionario.

[7] *Retirarse a sagrado* es lo mismo que «acogerse a sagrado»: «... vale huir de alguna dificultad, que no se puede satisfacer» *(Dic. Aut.).*

[8] «Apresurassan» en el texto de 1657.

[9] *Hierros,* con el juego ya conocido: armas y errores.

[10] Orrilo, personaje del «Orlando furioso» de Ariosto que, como dice Gracián, sólo podía morir si le cortaban cierto cabello de la cabeza.

sacará de su passo; no por esso dexan de comer ni pierden el sueño, y dizen que es indolencia y aun magnanimidad.

—¿Y este otro —preguntó Andrenio— de tan gentil corpulencia, tan gruesso y tan hinchado?

—Ésse es —le respondió— de otro género de hombres que llaman fantásticos y entumecidos, que tienen el cuerpo aéreo. No es aquélla verdadera y sólida gordura, sino una hinchaçón fofa, y se conoce en que si los hieren, no les sacan sangre, sino viento, haziendo más caso de la reputación que pierden que de la herida que reciben.

Pero lo más digno de reparo fue que a todo esto no sólo no cessaron de su necia porfía cuando llegaron a ellos los tres passageros, antes renovaron con mayor empeño la pendencia. Arremetieron a la par ambos peregrinos a detenerlos, dexando libre al Varón de sesos, que como tal, en viendo la suya, dexó la agena[11] y se metió en salvo, dexándolos a ellos en el empeño; que siempre falta el seso a lo mejor y la cordura cuando más fue menester. Con harta dificultad pudieron sossegarlos, preguntándoles la ocasión de su debate, a que respondieron ser por ellos. Causóles mayor reparo y aun cuidado.

—¿Cómo por nosotros, si no nos conocéis, ni os conocemos?

Ahí veréis lo poco que han menester para empeñarse dos necios.

—Peleamos por cuál os ha de ganar y conduciros a su región muy opuesta.

—Si por esso es, tratad de deponer los aceros y de informarnos de quiénes sois y adónde pretendéis llevarnos, dexándolo a nuestra elección.

—Yo —dixo el primero, queriéndolo ser en todo— soy el que guío los mortales passajeros a ser inmortales a lo más alto del mundo, a la región de la estimación, a la esfera del lucimiento.

—Gran cosa —dixo Critilo—: a essa parte me atengo.

—¿Y tú, qué intentas? —le preguntó al otro Andrenio.

—Yo soy —respondió— el que en este parage de la vida conduzgo los fatigados viandantes al deseado sossiego, a la quietud y al descanso.

---

[11] *La suya,* ya hemos visto, significa «oportunidad u ocasión propicia». En «la ajena» hay sin duda, que sobreentender la «pendencia» de los dos guerreros.

Hízole grande armonía a Andrenio esto de el descansar, aquello de tender la pierna y dedicarse a la venerable poltronería, y declaróse luego de su banda. Creció con esto la contienda, passando de los dos guerreros a los dos peregrinos, y trabóse más porfiadamente entre los cuatro.

—Yo —dezía Andrenio—, al dulce ocio me consagro: ya es tiempo de descansar. Trabajen los moços que ahora vienen al mundo, suden como nosotros hemos sudado, anhelen y revienten por conseguir los bienes de la industria y la fortuna; que a un viejo, permítasele entregarse ya al dulce ocio y al descanso, atendiendo a su regalo, cuando no haze poco en vivir.

—¿Quién tal dize? —replicó Critilo—. Cuanto más anciano uno es más hombre, y cuanto más hombre debe anhelar más a la honra y a la fama. No se ha de alimentar de la tierra, sino del cielo; no vive ya la vida material y sensual de los moços o los brutos, sino la espiritual y más superior de los viejos y los celestes espíritus. Goze de los frutos de la gloria conseguidos con los afanes de tanta pena, corónese el trabajo de las demás edades con las honras de la senectud.

Todo el precioso día gastaron en su necia altercación, assistiéndoles a cada uno su padrino, a Critilo el Vano y a Andrenio el Poltrón, sin poderse ajustar; antes, estuvieron al canto de dividirse echando por su opinión cada uno. Mas Andrenio, porque no se dixesse que siempre tomaba la contraria y quería salir con la suya, se dobló esta vez, diziendo que se rendía más al gusto de Critilo que al acierto. Començóles a guiar el Fantástico, y a seguirles el Ocioso en fe de que les conduciría después a su parage, no contentándoles el que emprendían, como lo tenía por cierto. A pocos passos descubrieron un empinado monte, con toda propiedad soberbio, y començó a celebrar[l]e el Desvanecido dándo[l]e [12] todos los epítetos [13] de grandeza.

—¡Mirad —dezía— qué excelencia, qué eminencia, qué alteza!

—¿Y dónde te dexas lo sereníssimo? [14] —replicó el Ocioso. Coronaba su frente un extravagante edificio, pues todo él

[12] La edición de 1657 dice por errata «celebrarse» y «dándose».
[13] En el texto se lee «epictetos», corregido en ediciones modernas como las de Cejador.
[14] Epítetos de Grandeza o de tratamiento son eminencia, alteza y serenísimo, aunque aquí éste se emplee con ironía.

se componía de chimeneas, no ya siete solas, sino setecientas, y por todas no paraba de salir espesso humo que en altivos penachos se esparcía al aire, y todos se los llevaba el viento.

—¡Qué perenes voladores aquéllos! —ponderaba Critilo.

—¡Y qué enfadosa estancia! —dezía Andrenio—. ¿Quién puede vivir en ella? De mí digo que ni un cuarto de hora.

—¡Qué bien lo entiendes! —respondió el Jactancioso—. Antes, aquélla es la vivienda propia de los muy personas, de los estimados y aplaudidos.

Había chimeneas de todos modos, unas a la francesa, muy dissimuladas y angostas, otras a la española, muy campanudas y huecas, para que aun en esto se muestre la natural antipatía destas dos naciones opuestas en todo, en el vestir, en el comer, en el andar y hablar, en los genios e ingenios.

—¡Veis allí —les dezía el Vano— el alcáçar más ilustre del orbe!

—¿De qué suerte? —replicó Andrenio.

Y el Ocioso:

—Mejor dixeras el más tiznado, el más curado con tanta humareda.

—Pues ¿hay hoy en el mundo cosa que más valga ni más se busque que el humo?

—¿Qué dizes? ¿Y para qué puede valer sino para tiznar el rostro, hazer llorar los ojos y echar a un cuerdo de su casa y aun del mundo?

—¿Quién tal discurre? No sólo no huyen dél las personas, sino que se andan tras él. Hombre hay que por un poco de humo dará todo el oro de Génova, que no ya de Tíbar[15]; yo le vi dar a unos más de diez mil libras de plata por una onça de humo. Dizen que es hoy el mayor tesoro de algunos príncipes y que les vale una India, pues con él pagan los mayores servicios y con él contentan los más ambiciosos pretendientes.

—¿Cómo es esso que con humo les pagan? ¿Cómo es posible?

—Sí, porque ellos se pagan de él. ¿Nunca has oído dezir que con el humo de España se luce Roma? ¿Sabes tú qué cosa es tener un caballero humos de título y su muger de condesa y de marquesa, y que les llamen señoría?, ¿humos de mariscal, de par de Francia, de grande de España, de pala-

---

[15] *Oro de Tíbar:* «Un oro mui acendrado, que se coge en un rio llamado assí.» (*Dic. Aut.*)

tino de Alemania, de vaivoda [16] de Polonia? ¿Piensas tú que se estiman en poco estas penacheras tremolando al aire de su vanidad? Con este humo de la honrilla se alienta el soldado, se alimenta el letrado, y todos se van tras él. ¿Qué piensas tú que fueron y son todas las insignias que han inventado, ya el premio, ya la ambición, para distinguirse de los demás, las coronas romanas, cívicas o murales, de enzina o grama [17], las cidaris persianas [18], los turbantes africanos, los hábitos españoles [19], las jarreteras inglesas [20] y las bandas blancas? [21] Un poco de humo, ya colorado, ya verde, y de todas maneras y en todas partes plausible.

Íbanse encaramando por aquellas alturas y subidas con buen aire [22] y mucho aliento, cuando se sintió un extraordinario ruido dentro, en el humoso palacio.

—¿Y esto más? —ponderó Andrenio—. ¿Sobre humo, ruido? Parece cosa de herrería. De modo que ya tenemos dos de aquellas tres cosas que basta cada una a echar un cuerdo de sus casillas [23].

---

[16] *Vaivoda:* «Del eslavo vaivod, príncipe. Título que se daba a los soberanos de Moldavia, Valaquia y Transilvania.» *(Enciclopedia Espasa-Calpe.)*

[17] El *Dic. Aut.* da sus definiciones: «Corona Cívica. Era la que se daba a un Ciudadano, quando libraba a otro de las manos del enemigo, que le tenía como rendido. Esta fué de encina.» «Corona mural. La que el Emperador daba al soldado que escalaba primero el muro, y entraba dentro del Lugar donde estaban los enemigos. Esta era de oro.» «Corona obsidional. La que se daba al que hacía levantar el sitio a alguna Ciudad o Plaza cerrada por los enemigos, la qual era de grama, cogida de aquel mismo campo de donde fué echado el enemigo.»

[18] *Cídaris persianas,* diademas de los reyes persas. Véase nota 24, Crisi VI, Segunda Parte.

[19] Los hábitos españoles, claro está, de las Órdenes Militares de Caballería.

[20] *Jarretera:* «Orden de Caballería instituido en Inglaterra, llamado assí por la insignia que se añadió al Orden de San Jorge, que fue una liga.» *(Dic. Aut.)*

[21] Después de hablar de africanos, españoles e ingleses, no podía olvidar a los franceses, cuyos oficiales militares, según el *Diccionario Aut.,* llevan bandas blancas.

[22] Hablando de humos («vanidad, altivez, presunción», *Diccionario Aut.),* dice ahora, «aire» o viento, también «vanidad y jactancia» *(Dic. Aut.).*

[23] Las tres cosas son el humo, la mujer parlera (el ruido) y la gotera, conforme al refrán que anota Romera-Navarro.

—También esso —acudió el Vano— es de las cosas más acreditadas y pretendidas en el mundo.

—¿El ruido estimado? —replicó Andrenio.

—Sí, porque aquí toda es gente ruidosa, todos se pican de hazer ruido en el mundo y que se hable de ellos. Para esto se hazen de sentir y hablan alto, hombres plausibles, hembras famosas, sujetos célebres, que si no es de esse modo, no se haze caso de un hombre en el mundo; que en no llevando el caballo campanillas ni cascabeles, nadie se vuelve a mirarle, el mismo toro le desprecia. Aunque sea el hombre de más importancia, si no es campanudo, no vale dos chochos: por docto, por valiente que sea, en no haziendo ruido, no es conocido, ni tiene aplauso, ni vale nada.

Reforçábase por puntos la vozería, que pareció hundirse el teatro de Babilonia[24].

—¿Qué será esto? —preguntó Critilo—. Aquí alguna grande novedad hay.

—Es que vitorean algún gran sujeto —dixo el Fantástico.

—¿Y quién será el tal? ¿Acaso algún insigne catedrático, algún vitorioso caudillo? —dezía Andrenio.

—¡No tanto como esso! —respondió con mucha risa el Ocioso—. En menos se emplean ya los vítores destos tiempos. No será sino que habrá dicho alguna chancilla de las que se usan algún farfante o habrá recitado de buen aire su papel, y éssa es la celebridad.

—¿Hay tal fruslería? —exclamaron—. ¿De modo qué éstos son los vítores de agora?

—Basta[25] que se celebra hoy más una chança que una hazaña. Todos cuantos vienen de unas partes y otras no traen otro[26] que referirnos sino el cuentecillo, el chiste, la chancilla, y con esso passan y se deslumbran[27] los males; más sonada es una tramoya que una estratagema. Solemnizábanse en otro tiempo las graves sentencias, los heroicos dichos de los príncipes y señores; pero ahora, la frialdad del truhán y el chiste de la cortesana.

Començó a resonar por todas aquellas raridades del aire

---

[24] *Babilonia,* confusión y desorden. Véase nota 33, Crisi VI, Segunda Parte.

[25] Sobreentendiendo un infinitivo como «pensar, afirmar...».

[26] Genérico, «otra cosa» u «otra intención».

[27] *Deslumbrar,* quedar confusos para que no se conozcan. Véase nota 1, Crisi V, Primera Parte.

un bélico clarín, alborozando los espíritus y realçando los ánimos.

—¿Qué es esto? —preguntó Andrenio—. ¿A qué toca este noble instrumento, alma del aire, aliento de la fama? ¿Despierta acaso a dar alguna insigne batalla o a celebrar el triunfo de alguna conseguida vitoria?

—Que no será esso —respondió el Ocioso—. Ya yo adivino lo que es, por la experiencia que tengo: habrá pedido de beber algún cabo [28], algún señorazo de los muchos que aquí yacen.

—¿Qué dizes, hombre? —se impacientó Critilo—. Di que ha executado alguna inmortal hazaña, di que ha triunfado gloriosamente, que toca a beber la sangre de los enemigos; y no digas que brinda el otro en el banquete, que es afrenta vil emplear en acciones tan civiles [29] las sublimes trompas del aplauso, reservadas a la heroica fama.

Estaban ya para entrar, cuando se divirtió Andrenio en mirar la ostentosa pompa del arrogante edificio.

—¿Qué miras? —dixo el Fantástico.

—Miraba —respondió él—, y aun reparaba, que para ser ésta una casa tan magestuosa y un tanto monta [30] de todas las ilustres casas, con tantas y tan soberbias torres que dexan muy abaxo a las de la imperial Zaragoça y ocupan essas regiones del aire, parece que tiene poco fundamento, y ésse flaco y falso.

Rióse aquí mucho el Ocioso, que siempre iba picándoles a la retaguardia. Volvióse Andrenio y en amigable confiança le preguntó si sabía de quién era aquel alcáçar y quién le habitaba.

—Sí —dixo—, y más de lo que quisiera.

—Pues, dinos, assí te vea yo siempre lleno de dexadme estar [31], ¿quién es el que le embaraça, si no le llena?

—Éstos —dixo— son los célebres desvanes de aquella tan nombrada reina, la Hija sin padres.

Causóles mayor admiración.

—Hija y sin padres, ¿cómo puede ser? Contradición en-

---

[28] Cabo o jefe del ejército, se entiende.

[29] *Civil*: «desestimable, mezquino, ruin, y de baxa condición y procederes» *(Dic. Aut.)*.

[30] *Tanto monta*: «Voz que se usa para significar que una cosa es equivalente a otra.» *(Dic. Aut.)*

[31] Tratándose del Ocioso, debe sobreentenderse «lleno de dexadme estar ocioso».

687

vuelve: si es hija, padre ha de tener y madre también, que no viene del aire.

—Antes sí, y dígoos que no tiene ni uno ni otra.

—Pues ¿de quién es hija?

—¿De quién? De la nada, y ella lo piensa ser todo y que todo es poco para ella y que todo se le debe.

—¿Hay tal hembra en el mundo? ¡Y que no la conozcamos nosotros!

—No os admiréis de esso, que os asseguro que ella misma no se conoce, y los que más la tratan menos la entienden, y viven desconocidos de sí mismos y quieren que todos los conozcan. Y si no, preguntadle de qué se desvanece el otro, no ya el que se levantó del polvo de la tierra, el nacido entre las malvas [32], sino el más estirado, el que dize se crió en limpios pañales; a todos cuantos hay, que todos son hijos del barro y nietos de la nada, hermanos de los gusanos, casados con la pudrición: que si hoy son flores, mañana estiércol, ayer maravillas y hoy sombras que aquí parecen y allí desaparecen.

—Según esso —dixo Andrenio—, esta vana reina es o quiere ser la hinchadíssima Soberbia.

—Puntualmente, ella misma, la que siendo hija de la nada, presume ser algo, y mucho, y todo. ¿No reparáis qué huecos, qué entumecidos entran todos cuantos vienen, sin tener de qué ni saberse por qué? Antes bien, teniendo muchas causas de confundirse, que si ellos oyessen lo que los otros dizen, se hundirían siete estados [33] baxo tierra; que, como yo suelo ponderar, las más vezes entra el viento de la presunción por los resquicios por donde había de salir: que hazen muchos vanidad de lo que debieran humiliación. Mas id ya reprimiendo la risa, que hallaréis bien donde emplearla.

Entraron y volviendo la mira a todas partes, no hallaban dónde parar; no se veían en toda aquella gran concavidad ni colunas firmes que la sustentassen, ni salones reales, ni cuadras [34] doradas que la enriqueciessen, como se ven en otros palacios, sino desvanes y más desvanes, huequedades sin

---

[32] «Haber nacido en las malvas. Phrase con que se da a entender, que alguno ha tenido mui baxos principios.» (*Dic. Aut.*)

[33] *Estado,* cierta medida de profundidad. Véase nota 33, Crisi V, Tercera Parte.

[34] *Cuadra,* sala o pieza de una casa. Véase nota 17, Crisi XII, Primera Parte.

sustancia, bóvedas con mucha necedad[35]: todo estaba vacío de importancia y relleno de impertinencia. Encaminólos el Desvanecido al primer desván, tan espacioso y estendido como hueco, y al punto los emprendió un cierto personage diziéndoles:

—Señores míos, cosa sabida es que el señor Conde Claros[36], mi tartarabuelo paterno, casó...

—Aguardad, señor —le dixo Critilo—; mirad no fuesse el Conde Obscuros, cuando no hay cosa más escura que los principios de las prosapias; a Alciato[37] con esso, en su emblema de Proteo, donde pondera cuán obscuros son los cimientos de las casas.

—Por línea recta —dezía otro— probaré yo descender del señor infante don Pelayo.

—Esso creeré yo —dixo Andrenio—, que los más linajudos suelen venir de Pelayo en lo pelón, de Laín en lo calvo y de Rasura en lo raído[38].

Estuvo precioso otro que hazía vanidad de que en seiscientos años no había faltado varón en su casa, por no dezir macho. Riólo mucho Andrenio y díxole:

—Señor mío, esso cualquier pícaro lo tiene. Y si no, veamos, ¿los esportilleros descienden acaso de hombres u de duendes? Desde Adán acá venimos todos de varón en varón, que no de trasgo en trasgo.

—Yo —dezía una muy desvanecida—, en verdad que vengo, y sépalo todo el mundo, de mi señora la infanta doña Toda[39].

—Poco le aprovecha esso, señora doña Calabaça, si vuestra señoría es doña Nada.

---

[35] *Hucquedades sin sustancia* y *bóvedas con mucha necedad,* no sólo porque en su arquitectura hay vacío, sino también por sus moradores que, como veremos, hablan de esa manera.

[36] Claros de Montalbán, legendario personaje del Romancero, galán y enamorado.

[37] Sobre Andrés Alciato, véase nota 82, Crisi IV, Segunda Parte.

[38] *De Pelayo en lo pelón:* «pelón» es el que «no tiene medios ni caudal» *(Dic. Aut.).* Juega asimismo con los apellidos de Laín Calvo y Nuño Rasura (para significar lo mismo que «pelón») antiguos jueces castellanos, elegidos cuando Ordoño II de León hizo matar a los tres condes castellanos.

[39] *Toda* fue el nombre de la Reina de Navarra, esposa de Sancho Garcés I, en el siglo X y también el de una infanta en el siglo IX.

Blasonaban muchos de su casa de solar, y ninguno contradezía [40]. Hombre hubo de tan estraño capricho que enfilaba su ascendencia de Hércules Pinario [41], que esso del Cid y de Bernardo es de ayer. Y le averiguaron, curiosos de enfadados, que no descendía sino de Caco y de su muger doña &c [42].

—¡Que no son hidalguillos los míos —dezía otra impertinentíssima—, sino un muy de los gordos!

Y respondiéronla:

—Y aun de los hinchados.

—¡Qué bravo desván éste! —ponderaba Critilo—. ¿No sabríamos cómo le nombran?

Respondiéronle que aquélla era la sala del aire.

—Y lo creo, que no corre otro en el mundo.

—De la mejor cepa del reino —dezía uno.

—Según esso, no será de blanco ni tinto, sino moscatel [43].

Toparon un grande personage que estaba sacando un grande árbol de su genealogía, que esso de cepas es niñería. Iba ingiriendo ramas de acá y de acullá, y después de haberse enramado mucho, paró todo en hojarascas sin género de fruto.

—Desengáñense —dixo el Jactancioso— que no hay más casa en el mundo que la de Enríquez [44].

—Buena es éssa —respondió el Ocioso—, pero aténgome a la de Manrique [45].

—Sí, es más rica.

Lo que solemniçaron mucho fue ver fixar a muchos grandes escudos de armas a las puertas de sus casas, cuando no había un real dentro. Por esso dezía aquél que no hay otra

---

[40] Es decir, ninguno les llevaba la contraria porque «solar» no sólo significa de linaje noble, sino también terreno para edificar.

[41] Sacerdote de la antigua Roma de dudosa existencia.

[42] *Doña Etc,* por no decir «doña Caca». Hermana, y no mujer, era de Caco e hija de Vulcano. Ella fue quien reveló a Hércules el robo hecho por su hermano.

[43] Tratándose de la sala del aire (vanidad), y haciendo equívoco con el vino, «moscatel» se toma en dos sentidos: vino moscatel y «hombre que fastidia por su falta de noticias e ignorancia» *(Dic. Aut.).*

[44] Sobre Fadrique Enríquez, véase nota 41, Crisi V, Segunda Parte. Su familia era de las más ilustres de España.

[45] La familia de los Manrique fue de ilustre nobleza y de miembros eminentes: Gómez Manrique, Jorge Manrique, Rodrigo Manrique, etc...

sangre que la real, y mis armas son reales [46]. En esto de los escudos de armas había donosas quimeras, porque unos los llenaban de árboles, y pudieran de troncos [47]; otros de fieras, y pudieran de bestias; de torres de viento muchos, y todo era Babilonia [48]. Valía allí un tesoro un cuarto de hierro [49], porque dezían ser vizcaíno, a pesar del búho gallego, frío, infausto y de mal pico [50].

—¿No notáis —dezía el Poltrón— las colas que añaden todos a sus apellidos, Gonçález de Tal, Rodríguez de Cuál, Pérez de Allá y Fernández de Acullá? ¿Es possible que ninguno quiere ser de acá?

Procuraban todos ingerirse en buenos troncos y de buen tamaño, unos a púa, otros a escudete [51]. Jactábanse algunos descender de las casas de los ricos hombres, y era verdad, porque ascendieron primero por los balcones y ventanas [52].

—No se vuelve colorada mi sangre —dezía un gentil hombre.

Y respondióle otro:

—Pues de verdad que ni de carne de donzella [53].

---

[46] Después de jugar en la frase anterior con «escudos» y «reales» (monedas), concluye con que no hay otra sangre que la del cuerpo ni otra arma que el dinero.

[47] *Tronco,* jugando con dos sentidos: «padre común de quien procede alguna familia» (por aquello de los árboles genealógicos) y «hombre insensible, inutil, u despreciable» (*Dic. Aut.*).

[48] *Babilonia,* no sólo por sus muchas torres, sino también por la confusión y el desorden, según vimos en la nota 24.

[49] Tomando *cuarto de hierro* en dos sentidos: el de las armas del escudo y el de moneda, que de cobre valía tres céntimos y que al decir «de hierro» valdría menos. La alusión se dirige a los vizcaínos, y no sólo por sus minas de hierro.

[50] Es decir, a pesar del viento soplón gallego (*búho*: «En la germanía significa el descubridor u soplón», y *gallego*: «Se llama en Castilla al viento Cánuro, porque viene de la parte de Galicia», según el *Dic. Aut.*), que con su mal pico, el del búho, y su frío, podría carcomer el hierro.

[51] *A púa* y *a escudete* son dos clases de injerto, el uno con un trozo de tallo y el otro con un brote o yema. Pero téngase en cuenta que «púa» significa también persona astuta (*a púa,* con astucia), y «escudete», escudo (*a escudete,* con escudos).

[52] Ingenioso: se jactaban algunos de descender de «ricos hombres» (nobleza) pero habían llegado a ser «hombres ricos» robando (ascendiendo por balcones y ventanas).

[53] Parece llamar poco hombre al gentilhombre: éste dice que

—No hay cuarto como el real [54] —concluyó Andrenio—, y más si fuere de a ocho.

—¡Qué cansado salgo —dezía Critilo— del primer desván!

—Pues advierte que aún nos quedan muchos y más enfadosos. Diralo éste.

Era muy ostentoso, porque había en él sitiales, doseles, tronos y troneras [55].

—Aquí habéis de entrar —les dixo el Jactancioso, y ya ceremonioso— haziendo cortesías y çalemas: a tantos passos una inclinación, y a tantos otra, de modo que a cada passo su ceremonia y a cada razón su lisonja, como si entrássedes a la audiencia del rey don Pedro el Cuarto de Aragón, llamado el Ceremonioso por lo puntual y por lo autoriçado en el modo del portarse. Aquí veréis las humanidades afectando divinidades, toparéis adoradas muchas estatuas de insensibilidad.

Vieron ya en un estrado una muy desvanecida hembra que, sin título ni realidad, se hazía servir de rodillas, y muy mal, porque si aun ministrando el page con manos y con pies y con toda la acción del cuerpo, se turba y no acierta a hazer cosa, ¿qué será sirviendo a medias, torciendo el cuerpo, doblando la rodilla, en gran daño de los búcaros y vidrios? Viendo esto, dixo Critilo:

—Mucho me temo que estas rodillas de estrado han de venir a parar en rodillas de cocina.

Y realmente fue assí, que toda aquella fantasía de adoraciones vino a parar en humiliaciones, y toda la afectación de grandeza se trocó en confusión de pobreza. Pero lo que les cayó muy en gusto y aun donaire, fue ver tres casas llenas de pepitoria [56] de familia que con un solo título pretendían todos la señoría, unas por tías, otras por cuñadas, los hijos por herederos, las hijas por damas; de modo que, entre padres y hijos, tíos y cuñados, llegaban a ser ciento. Y assí, dixo una harto entendida que aquella señoría parecía ciento en un

---

su sangre no es roja, ya que es azul; y otro le contesta que no llega ni al color de la carne de la doncella.

[54] *Cuarto* significa aquí moneda (véase nota 49), pero también es cada una de las cuatro líneas de antepasados de abuelos paternos y maternos. *Real* significa moneda, pero también verdadero.

[55] *Tronera:* «persona desbaratada en sus acciones o palabras, y que no lleva méthodo ni orden en ellas» *(Dic. Aut.).*

[56] *Pepitoria:* «Por extensión se llama la junta de pies y manos de los racionales.» *(Dic. Aut.)*

pie [57]. Era de reír oírles hablar hueco y entonado, y con tal afectación que asseguran que un cierto gran señor hizo junta de físicos [58] para ver si podrían darle modo cómo hablar por el cogote, para distinguirse del pueblo, que esso de hablar por la boca era una cosa común y vulgar. Tenían muy medidas las cortesías (¡oxalá las acciones!), contados los passos que habían de dar al entrar y al salir (¡assí tuvieran ajustados los que daban en el vicio!). Todo su cuidado ponían en los cumplimientos (¡oxalá en las costumbres!), todo su estudio en estos puntos, metiendo en ello grandes metafísicas: a quién habían de dar asiento y a quién no, dónde y a qué mano; que si no fuera por esto, no supieran muchos cuál era su mano derecha. Causóle gran risa a Andrenio, haziendo gusto del enfado, ver [a uno] [59] que estaba en pie todo el día, cansado y aun molido, manteniendo la tela [60] de su impertinencia.

—¿Por qué no se sienta este señor —preguntó—, siendo tan amigo de su comodidad?

Y respondiéronle:

—Por no dar asiento a los otros.

—¿Hay tal impertinencia? ¿De modo que porque no se sienten los demás delante dél, él tampoco se sienta delante de ellos?

—Y es lo bueno, que se conciertan los tacaños [61] en darle chasco, yéndose unos y viniendo otros, con que no están en pie media hora y a él le tienen assí todo el día.

—Y aquel otro ¿por qué no se cubre, que se está helando el mundo?

—Porque no se cubran delante dél.

—Éssa sí que es una gran frialdad, pues él, como más delicado, estando todo el día descubierto, recoge un romadizo, con que por hazer del grave vendrá a ser el mocoso.

---

[57] Evidente es la alusión al «ciempiés» o «cientopiés» (según el *Dic. Aut.*) este «ciento en un pie», como habrá ya adivinado el lector.

[58] «... y assí los llamamos physicos en quanto saben la theórica de la medicina, y médicos en quanto con la práctica nos curan» *(Cov.).*

[59] En el texto dice «amo», que puede ser errata por «a uno» o por «uno».

[60] «Tela, la que se arma de tablas para justar, y de allí mantener tela, el que se pone a satisfazer a todos.» *(Cov.)*

[61] *Tacaño,* no tenía entonces el significado actual, sino el de «astuto, pícaro, bellaco» *(Dic. Aut.).*

Si daban silla a alguno, después de bien escrupuleada, y el tal quería acercarse para [no] pregonar lo que pedía secreto, sentía que se la detenía el page por detrás, como diziéndole: *¡Non plus ultra!* Y de verdad que las más vezes será conveniencia, ya para no sentir el mal olor del afeite cuidadoso della, ya del achaque descuidado dél. En esto de las cortesías, acontecía desayunarse cada mañana con un par de enfados, porque había algunos de bravo humor que se iban todo el día de casa en casa, de estrado en estrado, dándoles valientes sustos escaseándoles la señoría, cercenándoles la excelencia; que por esso dixo bien una [62] que la premática [63] de poderles dar señoría o excelencia había sido ciencia para hazerles muchos desaires. Al contrario, otro, cuando les iba a hablar por haberles menester, llevaba consigo un gran saco de borra, y preguntándole para qué aquella prevención, respondió:

—De borra de cumplimientos, de paja de lisonjas y cortesías, cuanto quisieren, a hartar, que me cuesta poco y me vale mucho, y más cuando voy por mi negocio a pedir o pretender: vacío mi saco de señorías y llénole de mercedes.

Pero donde fue ya poco la risa y llegó a irrisión, donde Critilo exclamó diziendo: «¡Oh Demócrito!, ¿y dónde estás?», fue al ver la afectada femenil divinidad, porque si ellos son vanos, ellas desvanecidas más: siempre andan por estremos. «No hay ira», dixo el Sabio, «sobre la de la muger», y podría añadirse «ni soberbia». Sola una tiene desvanecimiento por diez hombres. Bien pueden ser ellos camaleones del viento, pero a fe que son ellas piraustas de la humareda [64]. Estaban endiosadas en tronos de borra, sobre cogines de viento, más huecas que campanas, moviendo aprisa los abanicos, como fuelles de su hinchaçón, papando aire, que no pueden vivir sin él. Si caminaban, era sobre corcho [65]; si dormían, en col-

---

[62] Sobreentendiendo «una señoría» o «una excelencia», es decir, una persona que gozaba de tal título.

[63] *Premática,* pragmática.

[64] Es decir, bien pueden ser los hombres camaleones del viento o vanidad (los camaleones cazan los insectos con su lengua en el aire con tanta rapidez que el vulgo cree que se alimentan de aire), pero las mujeres son piraustas de la humareda, «mariposilla que los antiguos suponían vivía en el fuego y que moría si se apartaba de él» *(Dic. Acad.).* «Humos» también es vanidad.

[65] *Corcho,* el que se ponía en los chapines.

chones de viento o pluma; si comían, açúcar de viento [66]; si vestían, randas al aire, mantos de humo [67], y todo huequedad y vanidad. Más profanas cuando más superiores; adoradas de los serviles criados [68], que desta desvanecida adoración les debieron llamar gentiles hombres, que no de su gallardía. No se comunicaban con todas, sino con otras como ellas:

—Mi prima la duquesa, mi sobrina la marquesa...

—En no siendo princesa, no hay que hablar.

—Traedme la taça del duque, el anís del almirante.

—Visíteme el médico de los príncipes y señores (aunque sea el más matante).

—Recéteme el jarabe del rey (venga o no venga bien, basta ser del rey).

—Llamadme el sastre de la princesa.

Faltóles la paciencia y passaron al desván de la Ciencia, que de verdad hincha mucho, y no hay peor locura que enloquecer de entendido, ni mayor necedad que la que se origina del saber. Toparon aquí raras sabandijas del aire, los preciados de discretos, los bachilleres de estómago [69], los doctos legos, los conceptistas, las cultas resabidas, los miceros [70], los sabiondos y dotorcetes. Pero a todos ellos ganaban en tercio y quinto [71] de desvanecimiento los puros gram[á]ticos [72], gente de brava satisfación; y assí dezía uno que él bastaba a inmortaliçar los hombres con su estilo y hazer emes [73] con su pluma; dezía ser el clarín de la Fama, cuando todos le llamaban el cencerro del orbe.

—¡Ver éstos— ponderaba Critilo—, cuando estampan algún mal librillo, la audacia con que entran, la satisfación con

---

[66] Azúcar de viento, o esponjosa, que se hace con almíbar, clara de huevo y zumo de limón. Hoy se llama azucarillo.

[67] *Mantos de humo,* los de seda negra para el luto. Véase nota 41, Crisi I, Tercera Parte.

[68] Serviles criados, es decir, los enamorados en el amor cortés.

[69] Es decir, los doctos de estómago, pero no de noticias.

[70] *Micer:* «Título antiguo honorífico de la corona de Aragón, que se aplicó también a los letrados en las Islas Baleares.» *(Dic. Acad.)*

[71] *En tercio y quinto:* «con exceso, mucho más que otro». *(Dic. Acad.)*

[72] «Gramíticos» en la edición de 1657.

[73] *M (eme):* «En el castellano significa Magestad, Merced, Maestro.» *(Dic. Aut.)* También con eme empieza otra palabra malsonante.

que hablan! ¡Mal año para Aristóteles con todas sus metafísicas, y a Séneca con sus profundidades! Achaque también
de poetillas intrépidos, cuando desconfía Virgilio y manda
quemar su inmortal *Eneida* [74], y el ingenioso Bocalini comiença en su prólogo rezelando [75]. ¡Pues oír un astrólogo, el desvanecimiento con que habla en un pronostiquillo de seis hojas y seis mil disparates como si fuesse el mejor tomo del
Tostado! [76]

Aquí hallaron los Narcisos del aire, que pareció novedad;
porque los de los cristales, los passados por agua, son ya
vistos, aunque no vistosos. ¡Qué bien glossaban ellos mismos
a todo lo que dezían, y las más vezes era un disparate!

—¿Digo algo? —arqueando las cejas—. ¿No os parece que
dixe bien?

Dictaba uno de estos que se escuchan un memorial para
el rey, y díxole al escribiente, que no llegaba a secretario:

—Escribí [77]: *Señor...*

Y no bien hubo escrito esta sola palabra, cuando le dixo:

—Leed.

Leyó *Señor,* y él, cayéndosele la baba, començó a esclamar:

—¡Qué bien, *Señor...*!; ¡bien, mil vezes bien!

Había muchos déstos que como si echaran preciosidades
por la boca, peores que los que miran en el lienço lo que arrojan por las narizes, a cada palabra hazían pausa solicitando el
aplauso. Y si el oyente, o enfadado o frío, se les escusaba,
ellos mismos le acordaban el descuido:

—¿Qué os parece? ¿No estuvo bien dicho?

Pero los rematados eran algunos oradores que en puesto
tan grave y alto dezían:

—¡Esto sí que es discurrir! ¡Aquí, aquí, ingenios míos, de
puntillas, de puntillas! —cuando menos se tenía lo que dezían, cuando menos subsistía el conceptillo.

Y assí dezía uno déstos:

—Séneca dixo esto, pero más diré yo.

---

[74] La orden de quemar la Eneida la dio Virgilio antes de
morir.

[75] Sobre Boccalini, véase nota 7, Preliminares, Primera Parte.

[76] Alonso o Alfonso Tostado, conocido también por Alonso de
Madrigal (1400-1455). De cultura universal y de obra muy extensa (sus «comentarios» a los libros históricos de la Biblia ocupan 21 volúmenes). Fue obispo de Ávila.

[77] *Escribí,* escribid; véase nota 11, Crisi VI, Primera Parte.

—¿Hay necedad más garrafal? —glosó Andrenio—. ¡Que esto pueda dezir un blanco! [78]

—Dexadlo, que es andaluz —dixo otro—, ya tiene licencia.

—Esto dificultan los sabios —proseguía—; yo daré la solución, yo lo diré, y más y más.

—¡Juro por vida de la Cordura! —exclamó Critilo—, que sueñan todos éstos en opinión de juizio, y que dixo bien aquel gran monarca, habiendo oído a uno déstos: «Traedme quien ore con seso.»

Y a otro semejante le apodó Buñuelo de Viento.

—Lástima es —ponderaba Critilo— que no haya un avisado avisador que tuerça la boca, guiñe el ojo, doble el labio y se ageste de licenciado de Salamanca. Pero ya Momo anda a sombra de tejado [79] y campea en su lugar el Aplauso, cabeceando a lo necio con la simplicíssima Lisonja, aquella hermosa, que bastan a desvanecer al mismo bruto de Apuleyo [80].

—Señores —ponderaba Andrenio—, que a los grandes hombres no les pese de haber nacido, que los entendidos quieran ser conocidos, súfraseles. Pero que el nadilla y el nonadilla quieran parecer algo, y mucho, que el niquilote [81] lo quiera ser todo, que el villanón se ensanche, que el ruincillo se estire, que el que debería esconderse quiera campear, que el que tiene por qué callar blasfeme, ¿cómo nos ha de bastar la paciencia?

—Pues no hay sino tenerla y prestarla —dixo el Jactancioso—, que aquí no hay hombre sin penacho ni hembra sin garçota [82], y muchos con penacheras de tornear de a doze palmos en alto; y los avestruces [83] baten las mayores, porque di-

---

[78] *Blanco:* «Hombre bobo o necio» (*Dic. Acad.*), en la germanía.

[79] *Andar a sombra de tejado,* ocultarse, ir con cuidado y recelo. Véase nota 14, Crisi XI, Primera Parte.

[80] Sobre Apuleyo y su asno de oro, véase nota 49, Crisi XII, Primera Parte.

[81] *Niquilote,* latinismo sarcástico graciano, derivado de «nihil», teniendo en cuenta que podía leerse «niquil», para designar al que no es nada.

[82] *Garzota:* «Vale también plumage ó penacho, que se usa para adorno de los sombreros, morriones o turbantes» (*Dic. Aut.*). Tanto «penacho» como «garzota» nos indican orgullo, soberbia.

[83] Las avestruces baten las mayores plumas o alas por ser las mayores de las aves corredoras conocidas, pero al decir «los avestruces» significa «insulto a una persona falta de amabilidad o insociable» (*Dic. M. Moliner*).

zen les vienen nacidas. Y es de notar que cuando parecían irlos dexando caer, los echan hazia [a]trás[84], haziendo cola de las que fueron crestas[85]. Atended cuáles andan todos los pequeños de puntillas para poder ser vistos, ayúdanse de ponlevíes, ya para hazer ruido, ya para ser mirados. Hombrean aquéllos y alargan el cuello para ser estimados; los otros hazen de los graves, muy hinchados con fuelles de lisonja y desvanecimiento; précianse éstos de muy apersonados y de tener gentil fachada, porque los exprimidos dizen no valer nada, gente de poca sustancia.

—¡Oh, lo que importa la buena corpulencia! —dezía uno de ellos—, que da autoridad, no sólo para con el vulgo, sino para con un senado, que los más son superficiales; suple mucha falta de alma, que un abultado tiene andado mucho para parecer hombre de autoridad. Gran hombre y gran nombre prometen gran persona, que haze mucho ruido lo campanudo y parece gran cosa lo abultado.

—¿Qué hiziera el mundo sin mí? —passaba diziendo un mochillero[86], y no era español.

Mas luego passó otro que lo era y dezía:

—Nosotros nacimos para mandar.

Passeaba un mal gorrón passeando la mano por el pecho y dezía:

—¡Qué arçobispo de Toledo se cría aquí, qué patriarca!

—Yo seré un gran médico —dezía otro—, que tengo buen talle y mejor parola.

No faltaba en Italia soldado español que no fuesse luego don Diego y don Alonso. Y dezía un italiano:

—*Signori,* ¿en España quién guarda la pécora?

—¡Andá! —le respondió uno—, que en España no hay bestias ni hay vulgo como en las demás naciones.

Llegaron actualmente a darle la norabuena a un cierto personage de harto poca monta, de una merced muy moderada, y respondía:

—Pecho hay para todo —dándose en él dos palmadas.

Procedía otro muy a lo fantástico, hinchando los carrillos y soplando.

---

[84] «Tras» en el texto de 1657.

[85] Aludiendo al cambio de moda en los penachos, que se sustituyen por plumas caídas por detrás del sombrero.

[86] *Mochillero,* el que lleva las mochilas. Véase nota 42, Crisi V, Segunda Parte.

—A éste —dixo Andrenio— sin duda que no le cabe el viento y humo en los cascos, cuando se le reçuma por la boca.

Passó en esto otro con un gran tizón en la mano, humeando ambos.

—¿Quién es éste? —preguntaron.

Y respondiéronles:

—Éste es el que pegó fuego al célebre templo de Diana, en efeto, no más de porque se hablasse dél en el mundo.

—¡Oh mentecato! —dixo Critilo—, pues no advirtió que todos le habían de quemar la estatua [87] y que su fama había de ser funesta.

—Que no se le dio a él nada de esso; no pretendió más de que se hablasse dél en el mundo, fuesse bien o mal. ¡Oh, cuántos han hecho otro tanto, abrasando las ciudades y los reinos no más de porque se hablasse de ellos, pereciendo su honra, pero no su infamia! ¡Cuántos y cuántos sacrifican sus vidas al ídolo de la vanidad, más bárbaros que los caribes, exponiéndose a los choques y a los assaltos no más de por andar en las gacetas, embaraçando las cartas novas! [88]

—¡Qué caro [89] ruido! —ponderaba Critilo—. Dígole sonada necedad.

Pero no se admiraron ya de haber visto todos estos imaginarios espacios, con caramanc[h]ones [90] de la loca fantasía, desde el un cabo del mundo al otro, començando por Inglaterra, que es el estremo del desvanecimiento y aun de toda monstruosidad, compitiendo la belleza de sus cuerpos con la fealdad de sus almas. No estrañaron ya el desván de los necios linajudos, ni el de los poderosos altivos por verse en alto, el de los hinchados sabios, de las insufribles hembras, con todos los demás. El que les hizo grande novedad fue uno llamado el desván viejo, lleno de ratones [91] ancianos, muy autoriçados de canas y de calvas.

---

[87] La edición de 1657 pone «estatna».

[88] «Cartanova, en lengua valenciana, las coplas o relación en prosa de algún sucesso nuevo y notable, que los ciegos y los charlatanes y salta en vanco venden por las calles y las plaças.» (Covarrubias.)

[89] Caro: «Gravoso.» (Dic. M. Moliner.)

[90] «Caramanchones» y no «caramanciones» que trae el texto de 1657 y que no existe. Es lo mismo que camaranchón, «desván de la casa... donde se suelen guardar trastos viejos» (Dic. Acad.).

[91] Ratones son los ancianos porque roen o murmuran («mur» era ratón en latín) de todo recordando el pasado, como veremos.

—Basta [92] —dixo Andrenio— que yo siempre creí que el encanecer era un reçumarse el mucho seso, y agora conozco que en los más no es sino quedárseles el juizio en blanco.

Escucharon lo que conversaban y hallaron que todo era jactarse y alabarse.

—En mi tiempo —dezía uno—, cuando yo era, cuando yo hazía y acontecía, entonces sí que había hombres; que agora todos son muñecas.

—Yo conocí, yo traté —dezía otro—, ¿no os acordáis de aquel gran maestro, el otro famoso predicador?; ¿pues aquel gran soldado? ¡Qué grandes hombres había en todo género de cosas! ¡Qué mugeres! Más valía una de entonces que un hombre de agora.

—Desta suerte están todo el día, diziendo mal del siglo presente, que no sé cómo los sufre. Nadie les parece que sabe, sino ellos. A todos los demás tienen por moços y por muchachos, aunque lleguen a los cuarenta, y mientras ellos viven, nunca llegan los otros a ser hombres, ni a tener autoridad ni mando: luego les salen con que ayer vinieron al mundo, que aún se están con la leche en los labios y con el pico amarillo: «Ántes que vos nacierais, antes que vinierais al mundo, ya yo estaba cansado.» Y no miente, que a fe lo son de todas maneras jactanciosos, vanagloriosos, ocupando uno de los más encaramados desvanes.

Finalmente, llegaron a otro tan estremo de fantástico que dexaba muy atrás todos los passados; tenía dos gigantes colunas a la puerta, como *non plus ultra* del desvanecimiento. Negábanles la entrada, y hubiera sido conveniencia, porque después de haber desperdiciado ruegos éstos y conciliado estimaciones aquéllos, al abrir ya la ostentosa puerta, digo puerto de torbellinos de viento, de tempestades de vanidad, les embistió una tal avenida de humos y de fantasías, que dudaron si se habría reventado en el Vesubio algún volcán. Y fue tal el tropel de enfados que, no le pudiendo tolerar, volvieron las espaldas, a lo cuerdo. Pero qué desván de desvanes fuesse el tal, promete dezirlo la siguiente crisi.

---

[92] Sobreentendiendo un infinitivo como «pensar, afirmar», etc.

CRISI OCTAVA

La cueva de la Nada

A todas luzes anduvieron desalumbrados los que dixeron que pudiera estar el mundo mejor traçado de lo que hoy lo está, con las mismas cosas de que se compone. Preguntados del modo, respondían que todo al revés de como hoy le vemos, esto es, que el sol había de estar acá [a]baxo [1], ocupando el centro del universo, y la tierra acullá arriba donde agora está el cielo, en ajustada distancia; porque de essa suerte, los que hoy se experimentan açares, entonces se lograran [2] conveniencias. Fuera siempre día claro, viéramosnos las caras a todas horas y procediéramos con lisura, pues a la luz del medio día. Con esto, no hubiera noches prolijas para desazonados ni largas para enfermos, ni capas de maldad para bellacos; no padeciéramos las desigualdades de los tiempos, las inclemencias del cielo, ni la destemplança de los climas. No hubiera invierno triste y encapotado, con nieves, nieblas y escarchas; no se sonaran los romadizos, ni tosiéramos con los catarros. No conociéramos sabañones en el invierno, ni sarpullido en el verano; no hubiera que emperear por las mañanas, ni que estar todo el día tragando humo a una chimenea, calentándonos por un lado y resfriándonos por el otro. No passáramos el estío sudando, basqueando, dando vuelcos toda la noche por la cama; escapáramonos de una tan intolerable plaga de sabandijas, enemigos ruincillos, mosquitos

---

[1] «Acá baxo» trae el texto de 1657.
[2] *Lograr,* gozar. Véase nota 13, Crisi II, Primera Parte.

que pican y moscas que enfadan. Fuera siempre una primavera alegre y regozijada, no duraran solos quince días las rosas, ni solos dos meses las flores; cantaran todo el año los ruiseñores, y fuera continuo el regalo de las guindas. No conociéramos entonces ni grosseros diziembres, ni julios apicarados con tanto desaliño. Todos fueran verdes abriles y floridos mayos, a uso del paraíso, conduciendo todas estas comodidades a una salud de bronce y a una felicidad de oro. Otra cosa, que fuera cien vezes mayor la tierra, pues todo lo que ahora es cielo, repartida en muchas y mayores provincias, habitadas de cultas y políticas naciones, no informes, sino uniformes, porque no hubiera entonces negros, chichimecos, ni pigmeos, salvages, etc. Otrosí, que no fuera tan seca España, airosa[3] la Francia, húmeda Italia, fría Alemania, aneblada Inglaterra, hórrida Suecia y abrasada la Mauritania. Assí, que toda la tierra fuera un paraíso, y todo el mundo un cielo.

Deste modo discurrían hombres blancos[4] y aun aplaudidos de sabios; pero bien examinado, este modo de echarse a discurrir no tanto puede passar por opinión, cuanto por capricho de entendimientos noveleros, amigos de trastornarlo todo y mudar las cosas cuadradas en redondas, dando materia de risa al sentencioso Venusino[5]. Éstos, por huir de un inconveniente, dieron en muchos y mayores, quitando la variedad, y con ella la hermosura y el gusto, destruyendo de todo punto el orden y concierto de los tiempos, de los años, los días y las horas, la conservación de las plantas, la sazón de los frutos, el sossiego de las noches, el descanso de los vivientes, procediendo a todo esto sin estrella[6], pues las habrían de desterrar todas por ociosas, no hallándolas ocupación ni puesto. Pero, a todos estos desconciertos, ¿qué había de hazer el sol, inmoble y apoltronado en el centro del mundo, contra toda su natural inclinación y obligación, que a fuer de vigilante príncipe pide moverse sin parar, dando una y otra vuelta por toda su luzida monarquía? ¡Eh!, que no es tratable esso. Muévase el sol y camine, amanezca en unas partes y escóndase en otras, véalo todo muy de cerca y toque las cosas con sus rayos, influya con eficacia, caliente con

---

[3] *Airosa,* por el contexto, ha de ser «con vientos».

[4] *Blanco,* bobo o necio. Véase nota 78 de la Crisi anterior.

[5] *Venusino* se llama al natural de Venusa y por antonomasia, como aquí, al poeta latino Horacio.

[6] *Estrella,* suerte, según registra el *Dic. Aut.*

actividad y refresque con templança, y retírese con alternación de tiempos y de efectos; aquí levante vapores, allí conmueva vientos, hoy llueva, mañana nieve, ya cubierto, ya sereno; ande, visite, vivifique, passe y passee de la una India a la otra, déxese ver ya en Flandes, ya en Lombardía, cumpliendo con las obligaciones de universal monarca del orbe: que si el ocio donde quiera es culpable vicio, en el príncipe de los astros sería intolerable monstruosidad.

Deste modo iban altercando el Honroso y el Ocioso; éste que ya los guiaba, y aquél que les seguía.

—Ora, dexaos —dixo Andrenio— de caprichosas cuestiones, y dezidnos qué desván fuesse aquel último y tan estremado.

—Aquél —respondió el Fantástico— es el de los primeros hombres del mundo, de los que ocupan la coronilla de Europa [7] y aun la coronan, y por esso tan altivos; que realmente tienen valor, pero se lo presumen; saben, pero se escuchan; obran, pero blasonan.

—¡Oh, qué capaz me pareció! —dezía Critilo.

—Sí, el más hueco, porque es un agregado de todos los otros. Hazed cuenta que estuvisteis a las mismas puertas de la plausible Lisboa.

—¡Sí, sí! —exclamaron—, el desván de los fidalgos portugueses. Cierto que serían . famosos, si no fuessen fumosos [8]. Pero responden ellos que no puede dexar de haber mucho humo donde hay mucho fuego. Llámanles sebosos vulgarmente [9], pero ellos échanlo a crueles en sus memorables batallas. Tomaron mucho de su fundador Ulises [10], con que no se topa jamás portugués ni bobo ni cobarde.

—Pésame que no entrássedes allá —dixo el Holgón—, porque hubiéradeis visto estremados passages de fantasía; que como en otras partes se fixó el *non plus ultra* del valor, aquí el de la presunción. Allí hubiéradeis topado hidalguías

---

[7] En la Crisi VI de la Primera Parte, llama a España cabeza de Europa; Portugal ha de ser la coronilla. De Lisboa y los portugueses habla seguidamente.

[8] *Fumoso,* lo que despide humo. También sabemos que «humos» es vanidad y soberbia.

[9] *Seboso,* «se aplicaba a los portugueses, aludiendo a cómo se derriten haciendo el amor» *(Dic. M. Moliner).*

[10] Sobre Ulises, fundador de Lisboa, véase nota 7, Crisi X, Primera Parte.

de *a par de Deus*[11], solares de antes de Adán, enamorados perenales[12], poetas atronados, aunque ninguno aturdido[13], músicos de «¡quitá allá, ángeles!»[14], ingenios prodigiosos sin rastro de juizio. Y en una palabra, cuando las demás naciones de España, aun los mismos castellanos, alaban sus cosas con algún rezelo, por excelentes que sean, yendo con tiento en celebrarlas: «Esto vale algo; es assí assí; parece bueno», los portugueses alaban sus cosas a todo hipérbole, a superlativa satisfación: «¡Cosa famosa, cosa grande, la primera del mundo! ¡No se hallará otra como ella en todo el orbe, que esso de Castela[15] es poca cosa!»

—Aguarda —dixo Critilo—, entre éstas y éssas, ¿dónde nos llevas?; que me parece vamos dando gran baxa y passando de estremo a estremo.

—No os[16] dé cuidado —les respondió su flemático Guión—, que os prometo que sin cansaros os habéis de hallar en el más holgado país del mundo, en el de los acomodados y que saben vivir. Assegúroos que son sombra suya los decantados Elisios[17] y que los assombra[18]. Aquí toparéis los hombres de buen gusto, los que viven y gozan.

Mas apenas dexaron el empinado monte, cuando entraron a glorias[19] en un ameno y alegre prado, centro de delicias, estancia del buen tiempo, ya sea la primavera coronada de flores, ya el otoño de frutas. Ostentábanse aquellos suelos cubiertos de alfombras del abril matizadas de flora, recamadas de líquidos aljófares por las bellas niñas de la más ale-

---

[11] Hidalguías iguales a Dios, aludiendo a la tendencia portuguesa a exagerar las cosas. *Deus* es forma portuguesa.
[12] *Perenal* (perennal), loco. Véase nota 100, Crisi III, Tercera Parte.
[13] *Atronado,* significa aturdido, pero si dice «ninguno aturdido», tiene que derivar de trueno, es decir, sonante o tonante.
[14] *Quitad allá, ángeles,* significando que cantan o tocan mejor que los ángeles, según el dicho popular.
[15] Es decir, que Castilla es poca cosa comparada con ella.
[16] «Es» en el texto de 1657, que pudiera cuadrar en la frase, aunque de modo forzado.
[17] Los Campos Elíseos o el paraíso después de la muerte, según la mitología.
[18] *Assombrar:* «Obscurecer, hacer sombra una cosa a otra.» (*Dic. Aut.*)
[19] Jugando una vez más con «a glorias», contentos, contrapuesto al «a-penas» anterior.

gre aurora [20], si bien no se lograba fruto alguno. Començaban a registrar todas aquellas floridas campiñas, alternadas de huertas, parques, florestas y jardines, y de trecho a trecho se levantaban vistosos edificios que parecían casas todas de recreación; porque allí campeaba la Tapada de Portugal [21], Buena Vista de Toledo [22], la Troya de Valencia [23], Comares de Granada [24], Fontanable de Francia [25], el Aranjuez de España, el Pusi[lip]o [26] de Nápoles, Belvede[r] [27] de Roma. Fuéronse empeñando por un passeador [28] espacioso y delicioso, y no tan común que no encontrassen gente de buen porte y de deporte, más lucios [29] que lucidos; y entre muchos personages muy particulares, ninguno conocido. Tomaban todos el viaje muy de espacio.

—*Pian piano* [30] —dezían los italianos.

—No vivir aprisa —repetían los españoles.

—Porque, mirad —glossaba el *bel poltroni* [31]—, todos al cabo de la jornada de la vida llegamos a un mismo paradero: los sagaces tarde y los necios temprano; unos llegan molidos, otros holgados; los sabios mueren, mas los tontos revientan; éstos hechos pedaços y aquéllos muy enteros. Y de verdad,

---

[20] Debajo de este lenguaje metafórico para designar al rocío (lágrimas de las niñas de la aurora) existe intención irónica que apunta a los deleites que no dan fruto alguno.

[21] *La Tapada* era un monte y un parque portugués propiedad del Duque de Braganza (Romera-Navarro).

[22] Quinta o cigarral de Toledo que aparece en la obra de Tirso.

[23] Debió ser otra finca o lugar deleitoso que conocería Gracián.

[24] Refiérese a la zona de la Alhambra donde está situada la torre de Comares y el patio de la Alberca.

[25] Castillo de Fontainebleau, construido por Francisco I, con su gran bosque.

[26] Se refiere al Pausilipo o Posilipo, promontorio de Italia, cerca y al SO. de Nápoles, que está cubierto de villas y jardines.

[27] El Belvedere, en el Vaticano, desde donde se observa un bello panorama de Roma. El texto pone «Belvede».

[28] *Passeador:* «Se toma también por el sitio o lugar donde se passea.» *(Dic. Aut.)*

[29] *Lucio,* jugando con la palabra, ya que significa que reluce y brilla, pero hace nuevamente alusión al asno de oro de Lucio Apuleyo, como en la nota 80 de la Crisi anterior.

[30] *Pian piano* o *pian pianino,* muy despacio, despacito.

[31] Lo pone en plural, quizá por sonarle más a italiano (sería «poltrone»): el elegante perezoso.

que pudiendo llegar algunos años después, que es gran necedad veinte años antes, ni una hora.

—Saber un poco menos y vivir un poco más —iba diziendo uno.

—Y no os envidiéis los buenos ratos —les encargaba otro—, no os queráis sisar los buenos días.

—¡Placheri, placheri y más placheri! [32] —dezía un italiano.

—¡Holgueta, holgueta! [33] —un español.

Encontraban a cada passo estancias de mucho recreo donde no trataban sino de darse un buen verde y dos açules [34], y los que podían gozar de dos primaveras no se contentaban con una. Allí vieron los bailetes franceses, haziéndose pieças los mismos monsiures bailando y silbando, los toros y cañas españolas, los banquetes flamencos, las comedias italianas, las músicas portuguesas, los gallos ingleses [35] y las borracheras septentrionales.

—¡Qué lindo país! —dezía Andrenio—. ¡Y lo que me va contentando! Esto sí que es vivir, y no matarse.

—Pero notad —dixo el Fantástico— toda esta bulla el poco ruido que haze en el mundo.

—¡Y que con tanto juglar, no sean éstos hombres sonados!

—No es gente ruidosa —respondió el Dexado—, no gustan de meter ruido en el mundo.

—Tampoco veo hombre conocido, y con passar tantas carroças llenas de príncipes y señores, no veo que sean nombrados.

—Es que lo dissimulan, y no poco.

Toparon una gran muela [36] de gentes, y no personas. Tenían rodeado un monstruo de gordura, que no se le veían los ojos, pero sí una gran pança colgada al cuello de una banda.

—¡Qué pesado hombre será éste! —dixo Andrenio.

—Pues te asseguro que lo es harto más un flaco, un podrido, un consumido u consumidor, un estrecho, un estru-

---

[32] Adaptando la grafía española a la fonética italiana, «placheri» por «piacere».

[33] *Holgueta u holgura:* «Fiesta y diversión dispuesta en el campo para divertirse entre muchos.» *(Dic. Aut.)*

[34] *Darse un verde con dos azules:* «Phrase vulgar con que se da a entender que uno ha logrado gozar y desfrutar un particular regocijo y contento mui a su placer y sactisfacción.» *(Dic. Aut.)*

[35] Las peleas de gallos, a las que eran aficionados los ingleses.

[36] *Muela:* «... la rueda o corro que se hace con alguna cosa» *(Dic. Aut.).*

jado; que antes, los muy gruessos de ordinario son más llevaderos, digo tolerables.

Estaba dando reglas de *accomodabuntur* [37], hecho un oráculo de la propia *comodité*.

—¿Qué cosa es ésta? —preguntó Critilo.

—Ésta es —le respondieron— la escuela donde se enseña a vivir. Llegaos por vuestra conveniencia y aprenderéis a alargar los años y a estirar la vida.

Llegaban unos y otros a consultarle aforismos de conservarse, y él los daba y los platicaba [38]. Estaba actualmente diziendo:

—*E yo volo videre quanto tempo potrá acampare un bel poltroni* [39].

Y repantigóse en una silla poltrona.

—Sin duda que ésta es la escuela de Epicuro —dixo Andrenio.

—No será —respondió Critilo—, que aquel filósofo no hablaba italiano.

—¿Qué importa, si lo obraba y lo vivía? Sea lo que fuere, éste puede ser maestro de aquel otro.

Llegó uno que platicaba en pachorra y díxole:

—*Messere* [40], ¿qué remedio para tener buenos días y mejores años?

Aquí él, abriendo un geme [41] de boca de los del gigante Goliat, habiendo hecho la salva [42] a carcajadas, le respondió:

—*Bono, bono* [43], sentaos, que mientras pudiereis estar sentado, nunca habéis de estar en pie. Yo os quiero dar [la] mejor regla de todas, la nata del vivir, pero habéismela de pagar en trentines catalanes [44].

—No será possible —respondió.

---

[37] Es decir, reglas de cómo han de vivir cómodamente.

[38] *Platicaba,* practicaba.

[39] Con grafías muy libres: «deseo ver cuánto tiempo vivirá un elegante perezoso».

[40] En italiano, *messere,* mi señor, señor.

[41] *Jeme:* «La distancia, que hai desde la extremidad del dedo pulgar a la del dedo índice, que sirve de medida.» *(Dic. Aut.)*

[42] *Hacer la salva:* «Vale assimismo pedir la venia, permisso, y licencia para hablar.» *(Dic. Aut.)*

[43] *Bono, bono,* bueno, bueno, como diciendo «calma, calma, tranquilos».

[44] *Trentín,* moneda catalana que tenía el valor de treinta reales de plata.

—¿Por qué no?

—Porque no han dexado uno tan solo los monsiures[45].

—Buen remedio sean de los del Duque de Alburquerque[46], que con un par me contento. Ora va de *regola, atenchione:* no pillar fastidio de *nienti*[47].

—¿De nada, *Messere?*

—*Di nienti.*

—¿Aunque se me muera una hija, una hermana?

—De *nienti.*

—¿Ni la muger?

—Menos.

—¿Una tía de quien herede?

—¡Oh, qué cosa aquésta! Aunque se os muera todo un linage entero de madrastras, cuñadas y suegras, hazed los insensibles y dezid que es magnanimidad.

—*Messere* —preguntó otro—, y para tener buenas comidas y mejores cenas ¿cómo haría yo?

—Gastad en buenas ollas [lo que][48] ahorréis de malas nuevas.

—Pues ¿cómo haría yo para no oírlas?

—No escucharlas. Hazed lo que aquel otro avisado, que al criado que se descuidaba en dezir algo que de mil leguas le pudiesse desaçonar o darle pena, al punto lo mandaba despedir de su servicio.

—*Patrono mio caro* —entró otro platicante[49] de acomodado—, todo esso es niñería con lo que yo pretendo. Dezidme, ¿cómo haría yo, aunque me costasse perder media hora de sueño, el no dormir una siesta, para llegar a vivir unos, unos…?

—¿Qué, cien años?

—Más.

—¿Ciento y veinte?

—Poco es esso.

—Pues ¿cuánto queréis vivir?

—Lo que ya hay exemplar, lo que se vivía antiguamente.

---

[45] *Monsiures* está aquí, evidentemente, por franceses, en una nueva alusión a la Guerra de Cataluña.

[46] Sobre el octavo duque de Alburquerque, véase nota 10, Crisi VIII, Primera Parte.

[47] Con mezcla de grafías, dice: «Ahora va de regla, atención: no fastidiarse por nada.»

[48] Errata evidente en la edición de 1657, «que lo».

[49] *Platicante,* practicante.

—¿Qué, novecientos años?

—Sí, sí.

—No tenéis mal gusto.

—¿Cómo haría yo para llegar siquiera a unos ochocientos?

—¿Para llegar dezís? Mas en llegando, ¿qué más tiene que hayan sido mil que ciento?

—Aunque no fuessen sino unos quinientos.

—No puede ser esso —respondió.

—¿Por qué no?

—Porque no se usa.

—Pues, assí como vuelven todos los demás usos, ¿por qué no podría volver éste al cabo de los años mil y aun de los cuatro mil?

—¿No veis vos que los buenos usos nunca más vuelven, ni lo bueno a tener vez?

—Pues, *Messere*, ¿cómo hazían aquellos primeros hombres del tiempo antiguo para vivir tanto?

—¿Qué? Ser buenos hombres, como quien no dize nada. No se pudrían de cosa, porque no había entonces mentiras ni aun en los casamientos [50], ni escusas para no pagar, ni largas para cumplir; no había preguntadores que matan, habladores que muelen, porfiados que atormentan, necios cansados que aporrean; no había quien estorbasse, ni mugeres tigeretas [51], criados reçongones; no mentían los oficiales, ni aun los sastres; no había abogados ni alguaziles; y lo que es más que todo esso, no había médicos. Y con que [52] inventaron mil cosas, Jubal la música, Tubal Caín el hierro [53], no hubo hombre que se aplicasse a ser boticario. Assí que nada había de todo esto: ¡mirá [54] si habían de vivir a ochocientos y a novecientos años los hombres, siendo tan personas! Quitadme vos todos estos topes, que yo os daré luego que vivan a mil y aun a dos mil años; porque cada cosa déstas basta a quitar cien años de vida y hazer que se pudra y se consuma y se mate un hombre en cuatro días. Y digo que aun es milagro que vivan

---

[50] Juego ya conocido con «casa-miento».

[51] «Tijeretas, que porfían necia y tercamente sobre cosas de poca importancia», según registra el *Dic. Aut.*

[52] *Y con que;* hoy diríamos «y aunque».

[53] Jubal y Tubalcaín, hijos de Lamec y Sella y descendientes de Caín; el primero creó la cítara y el órgano, y el segundo fue forjador y poseía unas fuerzas hercúleas, destacando en hazañas guerreras.

[54] *Mirá,* mirad.

tanto, sino que a puro de ser buenos hombres viven algunos, que para éstos es el mundo. Otra cosa os sé dezir, que según van de cada día empeorándose las materias, agotándose los bienes y aumentándose los males, adelantándose los malos usos, temo que se ha de ir acortando la vida, de modo que no lleguen a ceñirse espada los hombres ni aun a atacarse las calças [55].

—Messere —le replicó—, será impossible esso y más en los tiempos que alcançamos, quitar que no haya pleitos, injusticias, falsedades, tiranías, latrocinios, ateísmos acá y heregías acullá. Pues tampoco faltarán guerras que destruyan, hambres que consuman, pestes que acaben y rayos que asuelen.

Íbase ya muy desconsolado éste, cuando le llamó el bel poltroni y le dixo:

—Hora [56], mire vuestra señoría, que no querría que se fuesse triste de mi jovial presencia, yo le daré una recetilla de conservar el individuo que es hoy la más valida en Italia y la más corriente en todo el mundo, y es ésta: cena poco, usa el foco, in testa capelo e poqui pensieri en el cerbelo. Oh la bela cosa! [57]

—¿De modo que me dize vuestra señoría que pocos cuidados?

—Poquisimi.

—Según esso, ¿no me conviene a mí el ser hombre de negocios ni assistir al despacho?

—Por ningún caso.

—¿Ni ministro?

—Menos.

—¿Ni tratar de avíos, llevar cuentas, ser assentista, mayordomo?

—De ningún modo.

—¿Ni estudiar mucho, ni pleitear, ni pretender?

—Nata, nata [58] de todo esso, nunca tabajar de cabeça, y en una palabra, non curare de niente [59].

---

[55] Hombre de calzas atacadas: «... hombre que es recto, muí mirado y reportado en su modo de proceder» (Dic. Aut.).

[56] Hora, lo mismo que ora o ahora.

[57] Con grafías muy libres, dice: «cena poco, usa el vigor; en la cabeza el sombrero y pocos pensamientos en el cerebro. ¡Oh, qué hermosa cosa!».

[58] Ironizando, ya que nata (nada) no es italiano, ni ningún idioma.

[59] Cambiando las grafías, «no preocuparse de nada».

Desta suerte, acudían unos y otros a consultarle *de tuenda valetudine*[60], y a todos respondía muy al caso: a éste, folgueta[61]; a aquél, *vita bona;* y a todos, *andiamo alegremente*[62]. Y a un cierto personage bien grave le encargó mucho aquello de las sesenta ollas al mes[63].

—Paréceme —dixo Critilo— que toda esta ciencia del saber vivir y gozar para en pensar en nada y hazer nada y valer nada. Y como yo trato de ser algo y valer mucho, no se me asienta esta poltronería.

Y con esto, dio prisa en passar adelante, siguiéndole Andrenio con harto dolor de su coraçón, que le ahumaban mucho aquellas liciones y iba repassando su aforismo: «*Non curare de niente,* sino del vientre.» Passaron adelante, y entre varias tropelías[64] del gusto, casas de gula y juego, toparon una gran casa que repetía para[65] palacio con sus empinadas torres, soberbios homenages, y en medio de su magestuosa portada, en el mismo arquitrabe, se leía este letrero: *Aquí yaze el Príncipe de Tal.*

—¿Cómo que yaze? —se escandalizó Andrenio—. Yo le he visto pocas horas ha, y sé que es vivo y que no piensa en morir tan presto.

—Esso creeré yo —le respondió el Honroso—. También es verdad que aquí vivieron muchos héroes antepassados suyos. Pero el que aquí yaze, que no vive, muerto es, y huele tan mal que todos se tapan las narizes cuando sienten la hediondez de sus viciosas costumbres. Ni es él solo el que yaze, sino otros muchos sepultados en vida, amortajados entre algodones y embalsamados entre delicias.

—¿Cómo sabes tú que están muertos? —dixo el Ocioso.

—¿Y cómo sabes tú que están vivos? —replicó el Vano.

—Porque los veo comer.

—¿Pues qué, el comer es vivir?

—¿No les oyes roncar?

---

[60] *De tuenda valetudine,* sobre cómo se ha de velar por la salud.

[61] *Folgueta,* holgueta, conservando la f inicial quizá por sonarle más a italiano. Véase nota 33 de esta Crisi.

[62] *Andiamo allegramente,* vivamos alegremente.

[63] *Sesenta ollas al mes,* esto es, dos diarias, en la comida y en la cena. La olla se refiere al «cocido».

[64] *Tropelía:* «Engaño, embaucamiento.» *(Dic. Acad.)*

[65] *Repetir para,* graduarse para ser, aspirar a ser. Véase nota 88, Crisi I, Segunda Parte.

—Esso es dezir que están muertos desde que nacieron y passan plaça de finados, pues ya llegaron al fin de el ser personas; que si la definición de la vida es el moverse, éstos no tienen acción propia ni obran cosa que valga: ¿qué más muertos los quieres?

Lastimábase Critilo de ver tal crueldad, que enterrassen los hombres vivos, y rióse el Vano de su llanto, dizi[é]ndol[e] [66]:

—Advierte que ellos mismos, por no matarse [67], se sepultan en vida y se vienen por su pie a enterrar en los sepulcros del ocio, en las urnas de la floxedad, quedando cubiertos del polvo del eterno olvido.

—¿Quién será aquel señor que yace en aquel sepulcro de la hedionda lascivia?

—Quien no será más de lo que hasta hoy ha sido. Y de aquel otro, antes se supo que fue muerto que vivo, o fue su nacer el morir. Mirad aquel príncipe: no hizo más ruido que el de su primero llanto cuando entró en el mundo.

—He reparado —dixo Critilo— que no se topa un caballero francés sepultado en vida, habiendo tantos de otras naciones.

—Éssa —dixo el Honroso— es una singular prer[r]ogativa [68] de la nación francesa, que lo bueno se debe aplaudir. Sabed que en aquel belicoso reino, ninguna damisela admitirá para esposo al que no hubiere assistido en algunas campañas; que no los sacan, para el tálamo, del túmulo del ocio. Desprecian los Adonis de la corte por los Martes de la campaña.

—¡Oh, qué buen gusto de madamas! Essa misma reputación introduxo la Católica Reina doña Isabel en su palacio entre sus damas, aunque duró poco, habiendo sido la primera que se sirvió de las hijas de grandes señores.

Estaban llenos aquellos holgaçanes sepulcros, no de muertos vivos, sino de vivos muertos; y no sólo de los mayorazgos de las ilustres casas, sino de segundones, sucessores de retén, de terceros y de cuartos, sin que saliessen a medrar y valer ni en las campañas ni en las Universidades. Todos yacían en las mesas del juego, en el cieno de la torpeça, en el regaço de la ociosidad, única consorte del vicio; y lo que es más, a

---

[66] El texto de 1657 trae «diziondolo».

[67] *Matarse*: «Hacer con grande ansia y ahínco las diligencias para el logro de alguna cosa.» *(Dic. Aut.)*

[68] Ponemos *prerrogativa* aunque el texto pone *prerogativa,* normal entonces.

vista de sus padraços y madro[n]as [69], penándose de que les duela una uña y no haziendo caso de que les duela la honra y la conciencia con tan traidora piedad.

Llegaron después de haber passeado toda aquella dilatada compañía de la ociosidad, los prados del deporte y campo franco de los vicios, a dar vista a una tenebrosa gruta, boquerón funesto de una horrible cueva que yacía al pie de aquella soberbia montaña, en lo más humilde de su falda, antípoda del empinado alcáçar de la estimación honrosa, opuesta a él de todas maneras; porque si aquél se encumbraba a coronarse de estrellas, ésta se abatía a sepultarse en los abismos del olvido; allí todo era empinarse al cielo, aquí rodar por el suelo, que para todo se hallan gustos, más de malos que de buenos; había la distancia de uno a otra que va de un estremo de altivez a otro de abatimiento y vileza. Campeaba más la entrada cuanto más obscura y tenebrosa, que su mismo deslucimiento la hazía más notable. Era muy espaciosa, nada suntuosa, sin género alguno de sinmetría, basta y bruta; y con ser tan fea y tan horrible, embocaba por ella un mundo de cosas: los coches de a tres tiros muy holgados, carroças tiradas de seis pías, y las más vezes remendadas [70], sillas de mano, literas y trineos; pero ningún carro triunfal. Estábaselo mirando Andrenio, poco menos que aturdido; mas Critilo, solicitado de su mucha, aunque no ordinaria, curiosidad, començó a inquirir qué cueva fuesse aquélla. Aquí, el Honroso, sacando un gran suspiro del profundo de su sentimiento, dixo:

—¡Oh cuidados de los hombres! ¡Oh, cuán mucha es la nada! Sabrás, ¡oh Critilo!, que ésta es aquella tan conocida cuan poco celebrada cueva, sepultura de tantos vivos, éste el paradero de las tres partes del mundo: ésta es, y no te escandalizes, la Cueva de la Nada.

—¿Cómo de la nada —replicó Andrenio—, cuando yo veo desaguar en ella la gran corriente del siglo, el torrente del mundo, ciudades populosas, cortes grandes, reinos enteros?

—Pues advierte que después de haber entrado allá todo esso que tú dizes, se queda vacía.

---

[69] *Madroñas* trae por errata el texto de 1657. Después de «padraços» vendrá «madronas», madre que muestra demasiado amor y cariño a sus hijos.

[70] El mismo juego entre «pías» y «remendadas» lo hemos visto en la Crisi VII, Primera Parte, nota 26.

—¡Eh!, mira cuántos van entrando allá.

—Pues no hallarás persona dentro.

—¿Qué se hazen?

—Lo que hizieron.

—¿En qué paran?

—En lo que obraron: fueron nada, obraron nada, y assí vinieron a parar en nada.

Llegó en esto a querer entrar un cierto sujeto, y hablando con ellos les dixo:

—Señores míos, yo lo he probado todo y no he hallado oficio ni empleo como no hazer nada.

Y calóse [71] dentro. Venía encaminándose a ella un otro gran personage, con numerosa comitiva de lacayos y gentiles hombres, a toda prisa de su antojo, sin poderle detener ni los ruegos de sus más fieles criados ni los consejos de sus amigos. Salióle al passo el Honroso y díxole:

—Señor excelentíssimo, sereníssimo (sea lo que fuere), ¿cómo haze esto vuestra excelencia, pudiendo ser un príncipe famoso, el héroe de su casa, el aplauso de su siglo, obrando cosas memorables y hazañosas, llenando su familia de blasones? ¿Por qué se quiere sepultar en vida?

—Quitaos de ahí —le respondió—, que no quiero nada ni se me da nada de todo, mas quiero hazer mi gusto y gozar de mi regalo. ¿Yo, cansarme?, ¿yo, molerme? ¡Bueno, por mi vida! Nada, nada de esso.

Y diziendo y no haziendo, metióse dentro a nunca más ser nombrado. Tras éste venía un moço galancete, más estirado de calças que de hombros [72], y con tanta resolución como dissolución se fue a meter allá. Gritóle el Honroso diziendo:

—¡Señor don Fulano! (una palabra de una obra) [73], pues ¿cómo un hijo de un tan gran padre, que llenó el mundo de sus heroicos aplausos, que floreció tanto en su siglo, assí se quiere marchitar y sepultarse en el ocio y en el vicio?

Mas él, atropellando con todo:

---

[71] *Calar:* «Vale entrarse, meterse, o introducirse en alguna parte.» *(Dic. Aut.)*

[72] *Estirado* significa «grave»; la frase habrá que entenderla como «más grave en los pies que sobre los hombros», es decir, tenía la cabeza a pájaros.

[73] Por lo que dice a continuación, se entenderá que este «don Fulano» lleva un nombre o un título (una palabra) concedido por una hazaña (obra) de su padre.

—No me enfadéis —le dixo—, no me deis consejos. Obraron tanto mis antepassados que no me dexaron qué hazer. No se me da nada de no ser algo.

Y lançóse allá a no ser nunca visto ni oído. Desta suerte, y tan sin dicha, entraban unos y otros, éstos y aquéllos, que se despoblaba el mundo, y nunca se llenaba la infeliz sima de las honras y de las haziendas. Entraban caballeros, títulos, señores y aun príncipes. Y admirados de ver uno muy poderoso, le dixeron:

—¿Y vos, señor, también venís a para[r] [74] acá?

—No vengo —respondió él—, sino que me traen.

—A fe que no es buena escusa.

Entraban hombres de valor a valer nada, floridos ingenios a marchitarse, hombres de prendas a nunca desempeñarse. Passaban del holgarse y del entretenerse a no ser estimados, y del prado [75] a la cueva de la nada, condenados a olvido sempiterno. Tenía ya el un pie en el umbral de la cueva un cierto personage que parecía de importancia, cuando llegó un otro de barbas tan agrias como su condición que parecía persona de gobierno, y tirándole de la capa, le dio un recado de parte de su gran dueño, ofreciéndole una embaxada de las de primera clase y que otros muchos la pretendían; mas él haziendo burla no la quiso acetar, diziendo:

—Yo renuncio todos los cargos con las cargas.

Volvióle a hazer instancia tomasse un bastón de general, y él:

—¡Quita allá!, que no quiero nada, sino a mí mismo y todo entero.

—¿Siquiera un virreinato?

—Nada, nada, déxenme estar en mis gustos y mis gastos.

Y quedóse muy casado con su nada.

—¡Válgate por cueva de la nada —dezía Critilo—, y lo que te sorbes y te tragas!

Estaban dos ruincillos, que no les dieran del pie [76], arrojando a puntillazos allá dentro a muchos hombres grandes,

---

[74] «Para», por errata evidente, pone la edición de 1657.

[75] Los prados del deporte y campo franco de los vicios que, como ha dicho, están antes de llegar a la cueva horrible de la nada.

[76] *Dar de pie,* despreciar y apartar de sí. Véase nota 47, Crisi VIII, Primera Parte.

gentes sin cuento por no ser de cuenta [77], sin darse manos [78] de echar por no tenerlas.

—¡Allá van —dezían— noblezas, hermosuras, gallardías, floridos años, bizarrías, galas, banquetes, passeos, saraos, entretenimientos, al covachón de la nada!

—¿Hay tal monstruosidad? —se lastimaba Critilo—. ¿Y quién es esta vil canalla?

—Aquél es el Ocio y este otro es el Vicio, camaradas inseparables.

Oyeron que estaba un ayo ponderándole a un hijo segundo de una de las mayores casas del reino:

—Mirad, señor, que podéis ser mucho.

—¿Cómo?

—Queriendo.

—¡Eh, que nací tarde!

—Adelantáos con la industria y con el mérito, recompensando con el valor el poco favor de la fortuna, que ésse fue el atajo de el Gran Capitán y algunos otros que se aventajaron a sus venturosos mayorazgos. Pudiendo ser un león en la campaña, ¿queréis ser un lechón en el cenagal de la torpeza? Oíd cómo os llaman los bélicos clarines a emplear las trompas de la fama. Cerrad los oídos a las cómicas sirenas [79], que os quieren echar a pique de valer nada.

Mas él, haziendo chança de las hazañas, respondía:

—¿Yo, balas?, ¿yo, assaltos?, ¿yo, campañas, pudiéndome andar del passeo al juego, de la comedia al sarao? De esso me guardaré yo muy bien.

—Mirad que valdréis nada.

—Que no se me da nada.

Y assí fue, que tampoco se le dio nada y alcançó nada. A quien se le logró la diligencia fue al Honroso, que viendo que un padre verdadero y muy prudente enviaba un hijo suyo, moço de buenas esperanças, a la Universidad de Salamanca para que por el atajo de las letras (que de verdad lo es, assí

---

[77] Es decir, gentes innumerables que no merecían ser tenidos en cuenta, según el dicho popular «lo malo abunda».

[78] Es decir, sin darse manos en señal de felicitación por su acción, por no tenerlas, por no tener tiempo, ya que estaban tan ocupados en arrojar, no con las manos, sino con los pies, a tanta gente.

[79] *Sirena* es la «muger, que canta dulcemente, y con melodía» (*Dic. Aut.*); *cómica* es la perteneciente a la comedia; *cómicas sirenas* serán las actrices de teatro.

como rodeo el de las armas) llegasse a conseguir un gran puesto, él, en vez de ir a cursar, echó por el divertimiento y se encaminaba al paradero ordinario de valer nada; compasivo el Honroso de ver perderse tan voluntariamente un tan buen ingenio, llegóse a él y díxole:

—Señor legista, qué mal parecer habéis tomado, pudiendo estudiar, y velando lucir, y pretendiendo un colegio mayor passar a una chancillería y a un consejo real, que no hay más seguro passadiço que una beca. Olvidando todo esto, queréis malograr el precioso tiempo, hundir la hazienda y frustrar las esperanças de vuestros padres. ¡Cierto que habéis tomado mal consejo!

Valióle este aviso, y aun desengaño, que importa mucho el tener buen entendimiento para abraçar la verdad. Y asseguran que, velando y valiendo, de grada en grada llegó a una presidencia, honrando su casa y su patria. Pero fue éste la fénix entre muchos patos, que lo común es trocar el libro por la baraja, el teatro literario por el cómico corral [80], y el vade [81] por la guitarra, con que el Derecho anda tuerto [82] y aun a ciegas, el Digesto mal digerido [83], yendo a parar en la cueva de la nada, no siendo ni valiendo nada.

—Señores —ponderaba Critilo—, que un hombre común, un plebeyo, trate de entrarse en esta cueva vulgar, passe, no me admiro, que de verdad les cuesta mucho el llegar a valer algo, estáles muy cara la reputación, cuéstales mucho la fama. Pero los hombres de mucha naturaleza, los de buena sangre, los de ilustres casas, que por poco que se ayuden han de venir a valer mucho, y dándoles todos la mano han de venir a tener mano en todo, que éssos se quieran enviciar y anonadar y sepultarse vivos en el covachón de la nada, cierto que es lastimosa infelicidad. Si los otros pelean con balas de plomo, el noble con balas de oro; las letras, que en los demás son plata, en los nobles son oro, y en los señores piedras preciosas. ¡Oh, cuántos, por no cansarse media do-

---

[80] *Cómico corral,* corral de comedias.
[81] *Vade:* «El cartapacio… que llevan los Estudiantes y guardan los papeles, que escriben en las Escuelas. Llámanse también Vademecum.» *(Dic. Aut.)*
[82] Jugando con la palabra «tuerto», participio de torcer (Derecho torcido) y «tuerto» de la vista.
[83] Jugando con «Digesto», colección de las decisiones del Derecho Romano y participio del verbo «digerir».

zena de cursos, anduvieron corridos toda la vida! Por no lograr breve tiempo de trabajo, perdieron siglos de fama.

Pero entre muchos de aquellos viles ministros, sepultureros del vicio, vieron que andaba muy atareada una bellíssima hembra, convirtiendo en açar [84], con manos de jazmín, cuanto tocaba; teníalas de nieve, pues todo lo elevan [85], tanto que, en tocando el mayor hombre, el más prudente, el más sabio, le convertía en estatua de pórfido u de mármol frío. Y no paraba un punto ni un momento de arrojar gente en aquella funesta sima del desprecio; ni era menester traerlos con sogas ni con maromas, que sólo un cabello bastaba. Pero ¿qué mucho, si los llevaba cuesta abajo? Hazía mayor estrago cuanto mayor prodigio era de belleça.

—¿Quién es ésta? —preguntó Andrenio—, que lleva traça de despoblar el mundo.

—¿Es possible que no l[a] [86] conoces? —respondió su gran contrario el Honroso—. ¿Ahora estamos en esso? Ésta es mi mayor antagonista, la misma deidad de Chipre, si no en persona, en sirena; en cuerpo, que no en espíritu [87]. Huid de ella, que no hay otro remedio; que si esso hubiera hecho aquel príncipe que tiene assido con mano de nieve y garra de neblí, no hubiera tan presto descaecido de héroe, que ya andaba en esse predicamento y muy adelante.

—¡Oh, qué lástima— se lamentaba Critilo— que al más empinado cedro, al más copado árbol, al que sobre todos se descollaba, se le fuesse apegando esta inútil yedra, más infructífera cuanto más loçana! Cuando parece que le enlaça, entonces le aprisiona, cuando le adorna le marchita, cuando le presta la pompa de sus hojas le despoja de sus frutos, hasta que de todo punto le desnuda, le seca, le chupa la sustancia, le priva de la vida y le aniquila: ¿qué más? ¡Y a cuántos volviste vanos, cuántos linces cegaste, cuántas águilas abatiste, a cuántos ufanos pavones hiziste abatir la rueda de su

---

[84] Nuevamente el juego entre «azar», desgracia imprevista, y «azahar».

[85] Posiblemente «eleuan» sea una errata por «eleuauan», de acuerdo con los otros tiempos. *Elevar* significa «poner fuera de sí» (*Dic. Acad.*).

[86] Errata evidente en la edición de 1657 al poner «lo».

[87] La deidad de Chipre es Venus; en Chipre tenía el más importante templo dedicado a ella, el de Pafos. Pero no se trata de Venus diosa del amor, sino de la lujuria; del cuerpo, no del espíritu.

más bizarra ostentación! ¡Oh, a cuántos que començaban con bravos azeros [88] ablandaste los pechos! Tú eres, al fin, la aniquiladora común de sabios, santos y valerosos.

A otro lado de la cueva vieron un raro monstruo con visos de persona, haziendo a todo muy mala cara. Tenía estrañas fuerças, pues assiendo con solos dos dedos, como haziendo asco, algunos suntuosos edificios, los arrojaba al centro de la nada.

—¡Allá va —dezía— esse dorado palacio de Nerón, essas termas de Domiciano [89], essos jardines de Heliogábalo, porque todos valieron nada y sirvieron de nada!

No assí los castillos fuertes, las incontrastables ciudadelas que erigieron los valerosos príncipes para llaves de sus reinos y freno de los contrarios; no los famosos templos que eterniçaron los piadosos monarcas, las dos mil iglesias que dedicó a la Madre de Dios el rey don Jaime [90].

—¡Allá van —dezía— essos serrallos de Amurates, esse alcáçar de Sardanápalo! [91]

Pero lo que mayor novedad les hizo fue verle asir las obras del ingenio y con notable desprecio vérselas arrojar allá. Hízole duelo a Critilo verle asir de un libro muy dorado y que amagaba sepultarle en el eterno olvido, y rogóle no lo hiziesse. Mas él, haziendo burla, le dixo:

—¡Eh, vaya allá, pues entre mucha adulación no tiene rastro de verdad ni de sustancia!

—Basta [92] —replicó Critilo— que el dueño de que habla y a quien lo dedica le hará inmortal.

—No podrá —respondió él—, que no hay cosa que más presto caiga que la mentirosa lisonja que no tiene fundamento; antes solicita enfado.

Echóle allá, y tras él otros muchos libros, voceando:

—¡Allá van essas novelas frías, sueños de ingenios enfer-

---

[88] *Aceros,* esfuerzo y valor. Véase nota 41, Crisi VI, Primera Parte.

[89] Posiblemente se trate de un despiste de Gracián o de una errata: las termas conocidas son las de Diocleciano.

[90] Refiérese al gran rey Jaime I el Conquistador.

[91] Con este nombre, el contemporáneo de Gracián es Amurates IV (1611-1640), sultán otomano que proporcionó paz y prosperidad. //. Sardanápalo, rey legendario de Asiria, soberano afeminado y disoluto, del siglo IX a. C.

[92] Sobreentendiendo un infinitivo como «pensar» o «afirmar».

mos, essas comedias silbanas, llenas de impropiedades y faltas de verisimilitud!

Apartó unas y dixo:

—Éstas no, resérvense para inmortales por su mucha propiedad y donoso gracejo.

Miró el título Critilo, creyendo fuessen las de Terencio, y leyó: *Parte Primera de Moreto.*

—Éste es —le dixo— el Terencio de España. ¡Allá van —dezía— essos autores italianos!

Reparó Critilo y díxole:

—¿Qué hazes? Que se escandaliçará el mundo, pues están hoy en tanta reputación las plumas italianas como las espadas españolas.

—¡Eh! —dixo—, que muchos destos italianos, debaxo de rumbosos títulos, no meten realidad ni sustancia. Los más pecan de flojos, no tienen pimienta en lo que escriben, ni han hecho otro [93] muchos de ellos que echar a perder buenos títulos, como el autor de la *Plaça universal* [94]: prometen mucho y dexan burlado al letor, y más si es español.

Alargó la mano hazia otro estante y començó con harto desdén a arrojar libros. Leyó los títulos Critilo y advirtió eran españoles, de que se maravilló no poco, y más cuando conoció eran historiadores, y sin poder contenerse le dixo:

—¿Por qué desprecias essos escritos llenos de inmortales hazañas?

—Y aun éssa es la desdicha —le respondió—, que no corresponde lo que éstos escriben a lo que aquéllos obran. Assegúrote que no ha habido más hechos ni más heroicos que los que han obrado los españoles, pero ningunos más mal escritos por los mismos españoles. Las más destas historias son como tocino gordo, que a dos bocados empalagan. No escriben con la profundidad y garbo político que los historiadores italianos, un Guiciardino, Bentivollo, Catarino de Avila, el Siri y el Birago en sus *Mercurios* [95], secuaces todos de Tácito. Creed-

---

[93] Genérico, «otra cosa».

[94] Tomás Garzoni y su obra *La Piazza universale di tutte le professioni del mondo.*

[95] Sobre Guicciardini, véase nota 60, Crisi IV, Segunda Parte. //. Guido Bentivoglio, prelado y poeta italiano (1579-1644). Fue arzobispo de Rodas y nuncio en Flandes y Francia. Escribió *Histoire des guerres civiles de Flandes* (París, 1620). //. Sobre Caterino Dávila, véase nota 60, Crisi IV, Segunda Parte. //. Vic-

me que no han tenido genio en la historia, assí como ni los franceses en la poesía.

Con todo, de algunos reservaba algunas hojas; mas a otros, todos enteros y aun sin desatarlos, los tiraba de revés hazia la nada, y dezía:

—¡Nada valen, nada!

Pero notó Critilo que por maravilla desechaba obra alguna de autor portugués.

—Éstos —dezía— han sido grandes ingenios, todos son cuerpos con alma.

Alteróse mucho Critilo al verle alargar la mano hazia algunos teólogos, assí escolásticos como morales y expositivos [96], y respondióle a su reparo:

—Mira, los más de éstos ya no hazen otro que trasladar y volver a repetir lo que ya estaba dicho. Tienen bravo cacoetes [97] de estampar y es muy poco lo que añaden de nuevo; poco o nada inventan.

De solos comentarios sobre la primera parte de Santo Tomás le vio echar media dozena, y dezía:

—¡Andad allá!

—¿Qué dezís?

—Lo dicho: y [no] haréis lo hecho [98]. Allá van essos expositivos, secos como esparto, que texen lo que ha mil años que se estampó.

De los legistas arrojaba librerías enteras, y añadió que si le dexaran, los quemara todos, fuera de unos cuantos. De los

---

torio Siri, historiador y monge benedictino, italiano (1608-1685), profesor en Venecia y luego empleado en Francia por Mazarino. Su obra más importante es el *Mercure,* historia desde 1639 al 1649. //. Juan Bautista Birago Avogadro, historiador y jurisconsulto italiano que vivió en Génova a mediados del XVII. Su obra más importante fue *Mercurio verídico,* o sea, *Annali universali d'Europa* (Venecia, 1648).

[96] *Escolástico:* «... el Profesor de Theología, y el que enseña esta facultad: y por esta razón se dice Theología Escolástica la que se enseña en las Escuelas y Universidades, a diferencia de la Positiva o Expositiva» *(Dic. Aut.).*

[97] *Cacoetes,* no existente en castellano. Es del latín *cacoethes, is:* «Mala costumbre; la comezón o prurito de hacer alguna cosa.» *(Dic. Latino-Español Raimundo de Miguel.)*

[98] Evidentemente, la frase es negativa; *y no haréis lo hecho,* no publicaréis algo que repite lo ya dicho.

médicos echaba sin distinción, porque asseguraba que ni tienen modo ni concierto en el escribir.

—Mirad —dezía— qué tanto [99], que aún no saben disponer un índice, y esto habiendo tenido un tan prodigioso maestro como Galeno [100].

Entre tanto que esto le passaba a Critilo, fuesse acercando Andrenio al boquerón de la cueva y puso el pie en el desliçadero de su umbral. Mas al punto arremetió a él el Honroso, diziéndole:

—¿Dónde vas? ¿Es possible que tú también te tientas de ser nada?

—Déxame —le respondió—, que no quiero entrar, sino ver desde aquí lo que por allá passa.

Riólo mucho el Honroso y díxole:

—¿Qué has de ver, si todo en entrando allá es nada?

—Oiré siquiera.

—Menos, porque las cosas que una vez entran, nunca más son vistas ni oídas.

—Llamaré alguno.

—¿De qué suerte?, que ninguno tiene nombre. Y si no, dime, del infinito número de gentes que en tantos siglos han passado ¿qué ha quedado de ellos? Ni aun la memoria de que fueron, ni que hubo tales hombres. Sólo son nombrados los que fueron eminentes en armas o en letras, gobierno y santidad. Y porque lo consideremos más de cerca, dime, en este nuestro siglo, entre tantos millares como hoy embaraçan la redondez de la tierra en tantas provincias y reinos, ¿quiénes son nombrados? Media dozena de hombres valerosos, aun no otros tantos sabios; no se habla sino de dos o tres reyes, un par de reinas, de un santo padre que resucita los Leones y Gregorios [101]. Todo lo demás es número, es broma, no sirven sino de consumir los víveres y aumentar la cuantidad, que no la calidad. Pero ¿qué estás mirando con mayor ahinco, cuando ves nada?

—Miro —dixo— que aun hay menos que nada en el mun-

---

[99] Sobreentendiendo lo anterior: «Qué tan gran modo y concierto en el escribir.»

[100] *Galeno*, primer médico de la antigüedad después de Hipócrates. Era griego y vivió desde el año 131 al 210.

[101] Es decir, algún papa que recuerde la santidad y grandeza de sus antepasados León X, papa de 1513 a 1521, o Gregorio XIII, papa de 1572 a 1585.

do. Dime por tu vida, ¿quién son aquellos que están arrinconados aun en la misma nada?

—¡Oh —le respondió—, mucho hay que dezir de essa nada! Éssos son...

Pero dexémoslos, si te parece, para la siguiente crisi.

CRISI NONA

Felisinda descubierta

Cuentan que un cierto curioso, mas yo le difiniera necio, dio en un raro capricho de ir rodeando el mundo, y aun rodando con él, en busca cuando menos del Contento. Llegaba a una provincia y começaba a preguntar por él a los ricos los primeros, creyendo que ellos le tendrían, cuando la riqueza todo lo alcança y el dinero todo lo consigue; pero engañóse, pues los halló cuidadosos siempre y desvelados. Lo mismo le passó con los poderosos, viviendo penados y desabridos. Fuesse a los sabios y topólos muy melancólicos, quexándose de su corta ventura; a los moços con inquietud, a los viejos sin salud, con que todos de conformidad le respondieron que ni le tenían ni aun le habían visto, pero sí oído a sus antepassados que habitaba en el otro país de más adelante. Passaba luego allá, tomaba lengua de los más noticiosos y respondíanle lo mismo, que allí no, pero que se dezía estar en el que se seguía. Fue passando desta suerte de provincia [1] en provincia, diziéndole en todas: «Aquí no, allá, acullá más adelante.» Subió a la Islandia, de allí a la Groelandia, hasta llegar al Tile [2], que sirve al mundo de tilde, donde oyendo la misma canción que en las otras, abrió los ojos para ver que andaba ciego y conocer su vulgar engaño y aun el de todos los mortales, que desde que nacen van en busca de

---

[1] Como se ve por el contexto, «provincia» está aquí por «nación».

[2] El Everest es la tilde del mundo. Tile es Tilel, comarca de Himalaya septentrional.

Contento sin topar jamás con él, passando de edad en edad, de empleo en empleo, anhelando siempre a conseguirle. Conocen los de el un estado que allí no está, piénsanse que en el otro y llámanles felices, y aquéllos a los otros, viviendo todos en un tan común engaño que aún dura y durará mientras hubiere necios.

Assí les sucedió a nuestros dos peregrinos del mundo, passageros de la vida, que ni en la vana presunción ni en el vil ocio pudieron hallar descanso; y assí, no hizieron su mansión ni el uno en el palacio de la vanidad, ni el otro en la cueva de la nada. En medio el umbral de ella persistía Andrenio solicitando saber quién fuessen aquellos que estaban metidos de medio a medio en la nada.

—Éssos —le respondió el Fantástico— son unos ciertos sujetos que aun son menos que nada.

—¿Cómo puede ser esso? ¿Qué menos pueden ser que nada?

—Muy bien.

—¿Pues qué serán?

—¿Qué? Nonadillas, que aun de la nada no se hartan, y assí les llaman cosillas y figurillas, y ruincillos y nonadillas. Mira, mira aquél cómo anda echando piernas [3] sin tener pies ni cabeça; hombreando el otro sin ser hombre.

—¡Qué cosilla tan ruincilla aquella de allá, acullá!

—Pues a fe que tiene harto malas entrañuelas. Verás hombres de carne momia y momios los que debrían ser los primeros. Mira qué de sombras sin cuerpo y qué de figurillas de sombra y sobra: hallarás títulos sin realidad y muchas cosas de solo título. Mira qué de impersonales personas y qué de estatuas sin estatua. Verás magnates servidos con vaxillas de oro entre costumbres de lodo y a[un] [4] estiércol; muchos nacidos que aun no viven y muertos que no vivieron. Aquellos de acullá eran leones que, en teniendo cama, fueron liebres; y estos otros, nacidos como hongos, sin saberse de dónde ni de qué. Mira hazer los estoicos [5] a muchos epi-

---

[3] *Echar piernas,* preciarse de lindo. Véase nota 20, Crisi VI, Primera Parte.

[4] El texto pone «costumbres de lodo y al estiércol», que no tiene sentido. Sí lo tiene, por el contrario, «de lodo y aun estiércol».

[5] *Hazer los estoicos,* pasar por estoicos. Véase nota 27, Crisi IV, Tercera Parte.

cúreos y la follonería [6] passar por filosofía; mira lexos de aquí la fama y muy cerca la fame [7]. Verás mal vistos los que están en alto y muchos hijos de algo que pararon en nada; verás muchas hermosuras perderse de vista y las más lindas por bellas [8]; verás que no son de gloriosa fama los que de golosa voluntad y venir a morir de hambre los más hartos [9]; verás pedir y tomar a los que no se les da nada [10] y a muchos tenidos por ricos que aun el nombre no es suyo. No hallarás *sí* sin *no,* ni cosa sin un *sino* [11]. Verás que por no hazer caso se pierden las casas y aun los palacios, y por no curarse [12] de lo mucho todo fue nada. Mira muchos cabos que acaban con todo, sino con el enemigo, y por esso nunca se acaban las guerras, porque hay cabos [13]. Verás que todo buen verde fue sin fruto y que las verduras no granan [14]; toparás muchas arrugas en agraz seco [15] y pocas en sazonadas passas; sentirás lo más bien dicho sin dicha y toda gracia en desgracia, grandes ingenios sin genio y sin dotor muchas librerías; oirás locos a gritos, y las menos cuerdas más tocadas [16]. Los que

[6] Con este texto de Gracián define el *Dic. Aut.* «follonería: pereza, floxedad, holgazanería y descuido». Porque el filósofo reflexiona y parece que no hace nada.

[7] *Fame,* que aún se dice en tono jocoso, por «hambre».

[8] Es decir, verás fenecer muchas hermosuras y las más lindas perderse (echarse a perder) por ser bellas.

[9] Concepto ya repetido: vienen a morir de hambre los más hartos, que se han gastado la hacienda en comer.

[10] Sobreentendiendo «a los que no se les da nada por sus pocos méritos».

[11] Es decir, no hallarán cosa sin su contrario, ni cosa sin su «pero», su defecto.

[12] *Curar:* «Se toma también por Cuidar: y en este sentido se usó mucho esta voz en lo antiguo.» *(Dic. Aut.)*

[13] Juego de palabras: los cabos a-caban con todo, pero no con el enemigo, y no acaban las guerras porque hay cabos (enemigos) sueltos.

[14] Con doble juego de palabras: lo verde no da fruto en las plantas y toda holganza (por la frase «darse un verde», nota 52, Crisi VII, Primera Parte) tampoco; las verduras (hortalizas) no granan en frutos y las verduras («obscenidades», *Dic. Acad.)* tampoco.

[15] Jugando con un segundo significado: hallarás muchas arrugas en la uva seca sin madurar, así como viejos (arrugas) no maduros.

[16] Juego de palabras: *Tocadas,* puede referirse a las cuerdas de un instrumento, a las *menos cuerdas tocadas* de locura y también tomada como vestidas, peinadas, maquilladas, etc...

debrían ser Césares son nada, y las más grandes casas sin un cuarto. Verás encogidos los más estirados[17] y a muchos hazer vanidad de lo que es nada. Buscarás hombres y toparás con trasgos, y el que creíste ser de terciopelo es de bayeta. Verás sin ceros los más sinceros[18], y al que no tiene cuentos no ser de cuenta[19]. Ya las dádivas y dones son aire, pues donaire[20]. Verás, finalmente, cuán mucha es la nada y que la nada querría serlo todo.

Mucho más dixera, que tenía mucho que dezir de la nada, a no interrumpirle el Ocioso, que acercándose a Andrenio, intentó a empellones de dexamiento arrojarle dentro de la infeliz cueva y sepultarle en medio del fondón de la nada. Viendo esto el Fantástico, asió de Critilo y comenzó a tirar de él hazia el palacio de la vanidad, llenándole los cascos de viento. Fatales ambos escollos de la vejez, tan por estremo opuestos que en el uno suele peligrar de ociosa y en el otro de vana. Pero fue único remedio darse ambos las manos, con que pudieron templarse y hazer un buen medio entre tan peligrosos estremos. Asieron de la ocasión que, aunque cana, no calva[21], y a pura fuerça de razón y de cordura salieron del evidente riesgo de su pérdida.

Trataron, ya vitoriosos, de encaminarse a triunfar a la siempre augusta Roma, teatro heroico de inmortales hazañas, corona del mundo, reina de las ciudades, esfera de los grandes ingenios, que en todos siglos, aun los mayores, las águilas caudales tuvieron necessidad de volar a ella y darse unos filos de Roma[22] hasta los mismos españoles, Lucano, Quintiliano, ambos Sénecas cordobeses, L[i]ciano[23] y Marcial bilbilitanos;

---

[17] Es decir, verás ser unos cobardes los que demuestran exteriormente más arrogancia.

[18] Esto es, verás sin valor (sin ceros detrás de la unidad) los más sinceros; o lo que es igual, no interesan los que dicen la verdad.

[19] Tampoco son de cuenta, o no se les tiene en cuenta, los que no son soplones.

[20] Es decir, los dones y dádivas son aire, promesas sin fundamento, pues no pasan de ser don-aire, chiste o broma.

[21] Por aquello de «la ocasión la pintan calva» para aprovecharla; corrige Gracián el dicho y dice «cana» por ser ancianos.

[22] Los grandes ingenios, dice Gracián, siempre fueron a Roma a darse unos filos o afilar sus ingenios, ya que Roma era el centro de la cultura.

[23] «Luciano» pone el texto de 1657; todos sabemos, y por

trono del lucimiento, que lo que en ella luce por todo el mundo campea, fénix de las edades, que cuando otras ciudades perecen ella renace y se eterniça, emporio de todo lo bueno, corte de todo el mundo, que todo él cabe en ella; pues el que ve a Madrid ve a sólo Madrid, el que a París no ve sino a París y el que ve a Lisboa ve a Lisboa, pero el que ve a Roma las ve todas juntas y goza de todo el mundo de una vez, término de la tierra y entrada ca[t]ólica [24] del cielo.

Y si ya la veneraron de [le]jos [25], agora la admiraron de cerca. Sellaron sus labios en sus sagrados umbrales antes de estampar sus plantas; introduxéronse con reverencia en aquel *non plus ultra* de la tierra y un tanto monta del cielo. Discurrían mirando y admirando sus novedades, que parecen antiguas, y sus antigüedades, que siempre se hazen nuevas. Reparó en su reparar un mucho hombre que cortesanamente se les fue acercando, o ellos a él para informarse. A pocos lances, que hizo con destreza, conoció que eran peregrinos, y ellos que él era raro, y tanto que pudiera dar liciones de mirar al mismo Argos, de penetrar a un zahorí, de prevenir a un Jano, y de entender al mismo Descifrador [26]. Pero ¿qué mucho?, si era un cortesano viejo de muchos cursos de Roma, español inserto en italiano, que es dezir un prodigio. Era gran hombre de notas y de noticias, con los dos realces de buen ingenio y buen gusto, el cortesano de más buenos ratos que pudieran desear.

—Vosotros —les dixo—, según veo, habéis rodeado mucho y avançado poco, que si de primera instancia hubiérades venido a este epílogo del político mundo, todo lo bueno hubiérades logrado y visto de la primera vez, llegando por el atajo del vivir al colmo del valer. Porque advertid que si otras ciudades son celebradas por oficinas de maravillas mecánicas (en Milán se templan los impenetrables arneses, en Venecia se clarifican los cristales, en Nápoles se texen las ricas telas, en Florencia se labran las piedras preciosas, en Génova se ahuchan los doblones), Roma es oficina de los

---

supuesto Gracián, que Luciano no era español. Se trata de Valerio Liciano, contemporáneo de Marcial.

[24] El texto de 1657 trae «Cacolica».

[25] Por descuido del editor, la edición de 1657 trae «jos».

[26] *Argos,* el de los cien ojos, que siempre tenía abiertos cincuenta; *Jano* el de las dos caras; el *Descifrador,* que hemos visto en la Crisi IV de esta parte.

grandes hombres: aquí se forjan las grandes testas, aquí se sutiliçan los ingenios y aquí se hazen los hombres muy personas.

—Y si son dichosos los que habitan las ciudades grandes —añadió otro—, porque se halla en ellas todo lo bueno y lo mejor, en Roma se vive dos vezes y se goza muchas. Paradero de prodigios y centro de maravillas, aquí hallaréis cuanto pudiéredes desear. Sola una cosa no toparéis en ella.

—Y será, sin duda —replicaron ellos—, la que nosotros venimos a buscar, que ésse suele ser el ordinario chasco de la fortuna.

—¿Qué es lo que buscáis? —les dixo.

Y Critilo:

—Yo una esposa.

Y Andrenio:

—Yo una madre.

—¿Y cómo se nombra?

—Felisinda.

—Dudo que la halléis, por lo que dize de felicidad. Pero ¿dónde tenéis nueva que se alberga?

—En el palacio del embaxador del Rey Católico [27].

—¡Oh, sí, y aun el rey de los embaxadores! Llegáis a ocasión que ya es parte de dicha: allá me encaminaba yo esta tarde, donde concurren los ingenios a gozar del buen rato de una discreta academia. Es el embaxador príncipe de bizarro genio, originado de su grandeza, que assí como otros príncipes ponen su gusto en tener buenos caballos, que al fin son bestias, otros en lebreles, dados a perros, en tablas y en lienços muchos, que son cosas pintadas, en estatuas mudas, en piedras preciosas, que si un día amaneciesse el mundo con juizio se hallarían muchos sin hazienda: este señor gusta de tener cerca de sí hombres entendidos y discretos, de tratar con personas, que cada uno muestra lo que es en los amigos que tiene.

Llegaron ya al genial albergue, entraron en un salón bien aliñado y capaz, teatro de Apolo, estancia de sus galantes Gracias y coro de sus elegantes Musas. Allí apreciaron mucho el ver y conocer los mayores ingenios de nuestros tiempos, hombres tan eminentes que con cada uno se pudiera honrar

---

[27] Embajador por estos años en Roma de Felipe IV, el Rey Católico, fue el séptimo duque del Infantado (véase nota 3, Crisi III, Primera Parte).

un siglo y desvanecerse una nación. Íbaselos nombrando el Cortesano y dándoseles a conocer.

—Aquel que habla el francés en latín es el Barclayo [28], venturoso en aplausos por no haber escrito en lengua vulgar. Aquel otro de la bien inventada invectiva es el que supo más bien dezir mal, el Bocalini [29]. Conoced el Malvezi [30], filosofando en la historia, estadista de sí mismo. Aquel Tácito a las claras es Henrico Caterino [31], mas aquel otro que está embutiendo de borra de memoriales, de cartas y de relaciones la tela de oro de su *Mercurio* es el Siri [32]. Vale a los alcances su antagonista el Birago [33], más floxo y más verídico. Ved el Góngora de Italia, como si él se fuesse, el Aquilino [34]. Aquel elocuentíssimo polianteísta es Agustín Mascardo [35].

Y assí otros singulares ingenios de valiente rumbo y mucho garbo. Fueron ocupando sus puestos y llenándolos también, y después de conciliada, no sólo la atención, pero la expectación, arengó el Marino [36], cumpliendo con el oficio de secretario y dando principio con el más célebre de sus epigramas morales, que comiença:

> *Abre el hombre infeliz, luego que nace,*
> *antes que al sol, los ojos a la pena, etc.*

---

[28] Sobre John Barclay, véase nota 7, Preliminares, Primera Parte.

[29] Sobre Trajano Boccalini, véase nota 7, Preliminares, Primera Parte.

[30] Virgilio Malvezzi, historiador italiano del siglo XVII.

[31] Sobre Caterino Dávila, véase nota 10, Crisi IV, Segunda Parte.

[32] Sobre Victorio Siri, véase nota 95, Crisi VIII, Tercera Parte. «De la tela», dice el texto de 1657.

[33] Sobre Juan Bautista Birago Avogadro, véase nota 95, Crisi VIII, Tercera Parte.

[34] Claudio Achilini, poeta, filósofo, médico, teólogo y jurisconsulto italiano (1574-1640). Poco inspirado fue en la poesía, en la que procuró imitar a Marini. Fue sobre todo profesor de jurisprudencia.

[35] Agustín Mascardi, literato e historiador italiano (1591-1644). Profesor del Colegio de la Sapiencia en Roma, su obra principal es *Dell Arte istorica* (Roma, 1636). A Mascardi le llama «polianteísta», de poliantea, colección o agregado de noticias en materias diferentes y de distinta clase.

[36] Sobre Juan Bautista Marini o Marino, véase nota 39, Crisi IV, Segunda Parte.

Aunque no pudo librarse de la censura de que no concluye al propósito, pues habiendo referido la prolixidad de miserias por toda la vida del hombre, da fin diziendo:

De la cuna a la urna hay sólo un passo.

Acabado de relatar el soneto, prosiguió assí:

—Todos los mortales andan en busca de la felicidad, señal de que ninguno la tiene. Ninguno vive contento con su suerte, ni la que le dio el cielo ni la que él se buscó: el soldado, siempre pobre, alaba las ganancias del mercader y éste, recíprocamente, la fortuna del soldado; el jurisconsulto envidia el trato sencillo y verdadero del rústico y éste la comodidad del cortesano; el casado codicia la libertad del soltero y éste la amable compañía del casado; éstos llaman dichosos a aquéllos y aquéllos al contrario a éstos, sin hallarse uno que viva contento con su fortuna. Cuando moço, piensa el hombre hallar la felicidad en los deleites, y assí se entrega ciegamente a ellos con muy costosa experiencia y tardo desengaño; cuando varón, la imagina en las ganancias y riquezas, y cuando viejo en las honras y dignidades, rodando siempre de un empleo en otro sin hallar en ninguno la verdadera felicidad: donosa ponderación del sentencioso lírico, si bien, aunque levantó la caça, no la dio mate ni halló salida al reparo. Ésta hoy se libra a vuestro bizarro discurrir, siendo el assunto señalado para esta tarde; disputarse ha en qué consista la felicidad humana.

Dicho esto, volvió el rostro hazia el primero, que era el Barclayo, más por acaso que por afectación. Éste, después de haber pedido la venia al príncipe y haber cabeceado a un lado y a otro, discurrió assí:

—De gustos siempre oí dezir que no se ha de disputar, cuando vemos que la una mitad del mundo se está riendo de la otra. Tiene su gusto y su gesto cada uno, y assí yo hago burla de aquellos sabios a lo antiguo que defendían consistir la felicidad uno que en las honras, otro que en las riquezas, éste que en los deleites, aquél que en el mundo, tal que en el saber y cuál que en la salud. Digo que me río de todos estos filósofos cuando veo tan encontrados los gustos, que si el vano anhela por las honras, el sensual haze burla dél y dellas; si el avaro codicia los tesoros, el sabio los desprecia. Assí que diría yo que la felicidad de cada uno no consiste en esto ni en aquello, sino en conseguir y gozar cada uno de lo que gusta.

Fue muy celebrado este dezir y mantúvose buen rato en este aplauso, hasta que el Birago:

—Reparad, señores —les dixo— en que los más de los mortales emplean mal su gusto, pues a vezes en las cosas más viles y indignas de la naturaleza racional; porque si se halla uno que guste de los libros, habrá ciento que de las cartas; si éste de las buenas musas, aquél de las malas sirenas. Y assí, entended que las más vezes no es, no, felicidad conseguir uno su gusto cuando le tiene tan malo. Demás, que por bueno y relevante que sea, de nada se satisfaze, no para en ningún empleo; antes, alcançado uno, luego le enfada y busca otro, siendo la inconstancia evidencia de la no conseguida felicidad. Muchas habrían de ser las felicidades de los señores y príncipes, de quienes dezía uno, y no mal, que todas son ganicas; hoy asquean lo que aplaudieron ayer y mañana acriminarán lo que buscaron hoy: cada día empleo flamante y cada instante obra nueva.

Borró con esto el concepto que habían hecho de la passada opinión y mereció la expectación de todos para la suya, que propuso assí:

—Principio es muy asentado entre los sabios que el bien ha de constar de todas su causas, lleno de todas partes, sin que le falte la menor circunstancia; de modo que para el bien todas que sobren, y para el mal una que falte. Y si esto se requiere para cualquier dicha, ¿qué será para una felicidad entera y consumada? Supuesta esta máxima, saquemos agora las consecuencias. ¿Qué le importa a un poderoso tener todas las comodidades, si le falta la salud para gozarlas? ¿Qué tendrá el avaro con las riquezas, si no tiene ánimo para lograrlas? [37] ¿De qué le sirve al sabio su mucho saber, si no tiene amigos capaces con quien comunicarlo? Digo, pues, que no me contento con poco; todo lo pretendo, y juzgo que lo ha de tener todo el que se hubiere de llamar feliz, para que nada desee. De suerte que la felicidad humana consiste en un agregado de todos los que se llaman bienes, honras, plazeres, riquezas, poder, mando, salud, sabiduría, hermosura, gentileza, dicha y amigos con quien gozarlo.

—¡Esto sí que es dezir! —exclamaron—. No dexa qué discurrir a los demás.

_____

[37] *Lograr,* gozar. Véase nota 13, Crisi II, Primera Parte.

Pero tomó la mano el Siri, intimando [38] la atención, para echar el bollo [39] a la controversia.

—Grandemente —dixo— os ha contentado este montón quimérico de gustos, este agregado fantástico de bienes, pero advertid que es tan fácil de imaginar cuan impossible de conseguir; porque ¿cuál de los mortales pudo jamás llegar a esta felicidad soñada? Rico fue Creso, pero no sabio; sabio fue Diógenes, pero no rico. ¿Quién lo obtuvo todo? Mas doy [40] que lo consiga: el día que no tenga qué desear ha de ser ya infeliz. Y que también hay desdichados de dichosos: suspiran y asquean algunos de hartos, y les va mal porque les va bien. Después de haberse enseñoreado Alexandro de este mundo, suspiraba por los imaginarios que oyó quimerear [41] a un filósofo. Con más facilidad querría yo la felicidad, y assí me calço la opinión del revés y afirmo todo lo contrario. Estoy tan lexos de dezir que consista la felicidad en tenerlo todo, que antes digo que en tener nada, desear nada y despreciarlo todo; y ésta es la única felicidad, con facilidad la de los discretos y sabios. El que más cosas tiene, de más depende, y es más infeliz el que de más cosas necesita, assí como el enfermo más cosas ha menester que el sano. No consiste el remedio del hidrópico cn añadir dc agua, sino cn quitar de sed: lo mismo digo del ambicioso y del avaro. El que se contenta consigo solo es cuerdo y es dichoso. ¿Para qué la taça, donde hay mano con que beber? El que encarcelare su apetito entre un pedaço de pan y un poco de agua, trate de competir de dichoso con el mismo Jove [42], dize Séneca. Y sello mi voto diziendo que la verdadera felicidad no consiste en tenerlo todo, sino en desear nada.

—¡No queda más que oír! —exclamó el común aplauso.

Pero fue también descaeciendo este sentir y callaron todos para que el Malvezi filosofase desta suerte:

—Digo, señores, que este modo de opinar procede más de una melancólica paradoxa que de un acierto político, y que es un querer reducir la noble humana naturaleza a la nada.

---

[38] *Intimar:* «Conminar, exhortar, requerir.» *(Dic. M. Moliner.)*

[39] Aduce Romera-Navarro que *bollo* es palabra italiana por «sello».

[40] *Doy,* concedo.

[41] *Quimerear,* discurrir quimeras. Véase nota 5, Crisi VI, Segunda Parte.

[42] *Jove,* del latín Júpiter, Jovis, era normal en los siglos de Oro para nombrar al rey de los dioses.

Pues desear nada, conseguir nada y goza[r] [43] de nada, ¿qué otra cosa es que aniquilar el gusto, anonadar la vida y reducirlo todo a la nada? No es otra cosa el vivir que un gozar de los bienes y saberlos lograr, tanto los de la naturaleza como del arte, con modo, forma y templança. No hallo yo que pueda ser perficionar al hombre el privarle de todo lo bueno, sino destruirle de todo punto. ¿Para qué son las perfecciones? ¿Para qué los empleos? ¿Para qué crió el sumo Hazedor tanta variedad de cosas con tanta hermosura y perfección? ¿De qué servirá lo honesto, lo útil y deleitable? Si éste [44] nos vedara lo indecente y nos concediera lo lícito, pudiera passar; pero, bueno y malo, llevarlo todo por un rasero, a fe que es bravo capricho. Por lo tanto, diría yo (ya veo que es una académica bizarría, pero en las grandes dificultades, arte es el saberse arrojar), digo, pues, que aquél se puede llamar dichoso y feliz que se lo piensa ser [45]; y al contrario, aquel será infeliz que por tal se tiene, por más felicidades y venturas que le rodeen: quiero dezir que el vivir con gusto es vivir y que solos los gustosos viven. ¿Qué le aprovecha a uno tener muchas y grandes felicidades, si no las conoce, antes las juzga desdichas? Y al contrario, aunque al otro todas le falten, si él vive contento, esso le basta: el gusto es vida y la gustosa vida es la verdadera felicidad.

Arquearon todos las cejas, diziendo:

—Esto ha sido dar en el blanco y apurar del todo la dificultad.

De modo que cada sentencia les parecía la última y que no quedaba ya qué discurrir. Y es cierto se abraçara este dictamen, si no se le opusiera aquel águila, cisne digo, el culto Aquilini, diziendo:

—Aguardad, reparad, señores, en que es de solos necios el vivir contentos de sus cosas, siendo la bienaventurança de los simples la propia y plena satisfacción. «Beato tú», le dixo el célebre Bonarota [46] al que le contentaban sus malos borrones, «cuando a mí nada de cuanto pinto me satisfaze.»

---

[43] Por errata, la edición de 1657 pone «gozan», ilógico después de los dos infinitivos.

[44] *Éste* no se refiere al «sumo Hazedor», sino a este modo de actuar, es decir, no desear nada.

[45] Es decir, se puede llamar dichoso y feliz aquel que piensa que lo es.

[46] Pintor y con el nombre de Bonarota no puede ser otro que Miguel Ángel Buonarotti, el gran artista del Renacimiento.

Assí, que yo siempre me contenté mucho de aquella bella prontitud del Dante (al fin Alígero, por su alado ingenio) [47]; tuvo mucho vivo [48] aquella saçonada respuesta cuando, habiéndose disfraçado en uno de los días carnavales y mandándole buscar el Médicis, su gran patrón y Mecenas, para poderle conocer entre tanta multitud de personados [49], ordenó que los que le buscassen fuessen preguntando a unos y a otros: «¿Quién sabe del bien?», y desatinando todos, cuando llegaron a él y le preguntaron: *Qui* [50] *sà del bene?,* prontamente respondió: *Qui sà del male.* Con que al punto dixeron: «Tú eres el Dante.» ¡Oh gran dezir, aquél sabe del bien que sabe del mal! No gusta de los manjares sino el hambriento, y el sediento de la bebida; dulce le es el sueño a un desvelado, assí como el descanso al molido; aquéllos estiman la abundancia de la paz que passaron por las miserias de la guerra; el que fue pobre sabe ser rico; el que estuvo encarcelado goza de la libertad; el náufrago, del puerto; el desterrado, de su patria; y el que fue infeliz, de la dicha. Veréis a muchos mal hallados con los bienes, porque no probaron de los males. Assí que aquél, diría yo, es feliz que fue primero desdichado.

Contentó mucho este discurso, mas entró a impugnarle el Mascardo, probando no poder ser dicha la que suponía la desdicha ni contento verdadero el que sucedía a la pena.

—Ya el mal va delante y el pesar gana de mano al plazer. No sería éssa felicidad entera, sino a medias, respeto de la desdicha; y de essa suerte, ¿quién quisiera ser feliz? Viniendo, pues, a mi sentir, como yo tenga por máxima con otros muchos que no hay dicha ni desdicha, felicidad o infelicidad, sino prudencia o imprudencia, digo que toda la felicidad humana consiste en tener prudencia, y la desventura en no tenerla. El varón sabio no teme la fortuna, antes es señor de ella y vive sobre los astros, superior a toda dependencia: nada le puede empecer, cuando él mismo no se daña. Y concluyo con que en todo lo que llena la cordura no cabe infelicidad.

---

[47] Recuérdese que el apellido de Dante era Alighieri.
[48] *Mucho (de) vivo* mucho de sutil o ingenioso, que eso significa «vivo» (*Dic. Acad.*).
[49] *Personado,* falso, enmascarado. Véase nota 66, Crisi III, Tercera Parte.
[50] *Chi sá del bene?*», sería lo correcto.

Inclinó todo político la cabeça, haziéndole la salva [51] como a vino de una oreja [52], y todo crítico dixo:

—¡Bueno!

Pero al mismo tiempo se vio sacudirlas ambas [53] al caprichoso Capriata [54], diziendo:

—¿Quién vio jamás contento a un sabio, cuando fue siempre la melancolía manjar de discretos? Y assí veréis que los españoles, que están en opinión de los más detenidos [55] y cuerdos, son llamados de las otras naciones los tétricos y graves, como al contrario, los franceses son alegres y que van siempre brincándose y bailando. Los que más alcançan conocen mejor los males y lo mucho que les falta para ser felizes. Los sabios sienten más las adversidades y, como a tan capazes, les hazen mayor impressión los topes; una gota de açar [56] basta aguarles el mayor contento, y demás de ser poco afortunados, ellos mismos ayudan a su descontento con su mucho entender. Assí que no busquéis la alegría en el rostro del sabio; la risa sí que la hallaréis en el del loco.

Al pronunciar esta palabra, saltó uno muy célebre que gustaba de llevar consigo el cuerdo embaxador para ganso de noticias [57] y aun de verdades. Éste, pues, sin ton y sin son, hablando alto y riendo mucho, dixo:

—De verdad, señor, que estos vuestros sabios son unos grandes necios, pues andan buscando por la tierra la que está en el cielo.

Y dicho esto, que no fue poco, dio las puertas afuera.

---

[51] *Hacer la salva,* aprobar; es el mismo sentido de «salva de aplausos», aplausos de aprobación.

[52] *Vino de una oreja:* «El delicado y generoso.» *(Dic. Acad.)*

[53] Sobreentendiendo «orejas» de la frase anterior, sacudir ambas orejas es mover la cabeza de un lado a otro para desaprobar lo dicho.

[54] Pedro Juan Capriata, jurisconsulto e historiador italiano, muerto en 1560, autor de *Istoria sopra i movimenti d'arme succesi in Italia del anno 1613 fino al 1646.*

[55] *Detenerse:* «Metaphoricamente vale suspenderse, pararse a considerar alguna cosa» *(Dic. Aut.). Detenidos,* por tanto, reflexivos.

[56] Nuevamente el juego entre «azar» y «azahar»: una gota (una pizca) de azar y una gota de agua de azahar.

[57] Recordando la expresión «hablar por boca de ganso: manifestarse de acuerdo con la opinión de otro» *(Dic. M. Moliner).*

—Basta [58] —confessaron todos— que un loco había de topar con la verdad.

Y en confirmación, el Mascardo peroró assí:

—En el cielo, señores, todo es felicidad; en el infierno todo es desdicha. En el mundo, como medio entre estos dos estremos, se participa de entrambos: andan barajados los pesares con los contentos, altérnanse los males con los bienes, mete el pesar el pie donde le levanta el plazer, llegan tras las buenas nuevas las malas; ya en creciente la luna, ya en menguante, gran presidenta de las cosas sublunares, sucede a una ventura una desdicha, y assí la temía Filipo el Macedón después de las tres felices nuevas [59]. Tiempo señaló el sabio para reír y tiempo para llorar. Amanece un día nublado, otro sereno, ya mar en leche y ya en hiel; viene tras una mala guerra una buena paz. Con que no hay contentos puros, sino muy aguados, y assí los beben todos. No tenéis que cansaro[s] [60] en buscar la felicidad en esta vida, milicia sobre el haz de la tierra. No está en ella, y convino assí, porque si aun deste modo, estando todo lleno de pesares, sitiada nuestra vida de miserias, con todo esso no hay poder arrancar los hombres de los pechos desta villana nodri[ç]a [61], despreciando los braços de la celestial madre, que es la reina: ¿qué hizieran si todo fuera contento, gusto, plazer, solaz y felicidad?

Con esto se dieron por entendidos nuestros dos peregrinos Critilo y Andrenio, y con ellos todos los mortales, añadiendo el Cortesano:

—En vano, ¡oh peregrinos del mundo, passageros de la vida!, os cansáis en buscar desde la cuna a la tumba esta vuestra imaginada Felisinda, que el uno llama esposa, el otro madre: ya murió para el mundo y vive para el cielo. Hallarla heis [62] allá, si la supiéredes merecer en la tierra.

Disolvióse la magistral junta, quedando desengañados todos,

---

[58] Con elipsis de un infinitivo como «pensar», «afirmar», etc...

[59] Las tres nuevas fueron: que su general Parmenio había derrotado a los Ilirios, que uno de sus caballos había ganado en los juegos olímpicos y que su esposa había dado a luz al futuro Alejandro Magno (Romera-Navarro, citando a Plutarco).

[60] Por errata, la edición de 1657 trae «cansaron».

[61] Nodrica, en el texto de 1657.

[62] «Hallarlaheis» en la edición de 1657: la habéis de hallar.

al uso del mundo, tarde. Convidóles el Cortesano a ver algo de lo mucho que se logra [63] en Roma.

—Pero lo más que hay que ver —dezían ellos— y la mejor vista es ver tantas personas; que habiendo nosotros peregrinado todo el mundo, podemos assegurar no haber visto otras tantas.

—¿Cómo dezís que habéis andado todo el mundo, no habiendo estado sino en cuatro provincias de la Europa?

—¡Oh!, bien —respondió Critilo— yo te lo diré: porque assí como en una casa no se llaman parte de ella los corrales donde están los brutos, no entran en cuenta los redutos de las bestias, assí lo más del mundo no son sino corrales de hombres incultos, de naciones bárbaras y fieras, sin policía, sin cultura, sin artes y sin noticias, provincias habitadas de monstruos de la heregía, de gentes que no se pueden llamar personas, sino fieras.

—Aguarda —dixo—, agora que tocamos esse punto, vosotros que habéis registrado las más políticas provincias del mundo, ¿qué os ha parecido de la culta Italia?

—Vos lo habéis dicho en essa palabra culta, que es lo mismo que aliñada, cortesana, política y discreta, la perfecta de todas maneras. Porque es de notar que España se está hoy del mismo modo que Dios la crió, sin haberla mejorado en cosa sus moradores, fuera de lo poco que labraron en ella los romanos: los montes se están hoy tan soberbios y zahareños como al principio, los ríos innavegables, corriendo por el mismo camino que les abrió la naturaleza, las campañas se están páramos, sin haber sacado para su riego las azequias, las tierras incultas; de suerte que no ha obrado nada la industria. Al contrario, la Italia está tan otra y tan mejorada que no la conocerían sus primeros pobladores que viniessen, porque los montes están allanados, convertidos en jardines, los ríos navegables, los lagos son vivares de pezes, los mares poblados de famosas ciudades, coronados de muelles y de puertos, las ciudades todas por un parejo hermoseadas de vistosos edificios, templos, palacios y castillos, sus plaças adornadas de brolladores [64] y fuentes, las campañas son Elisios, llenas de jardines; de suerte que hay más que ver y

---

[63] *Lograr,* gozar, disfrutar. Véase nota 13, Crisi II, Primera Parte.

[64] *Brolladores,* de «brollar», manar. Véase nota 21, Crisi III, Primera Parte.

que gozar en sola una ciudad de Italia que en toda una provincia de las otras. Ella es la política madre de las buenas artes, que todas están en su mayor punto y estimación, la política, la poesía, la historia, la filosofía, la retórica, la erudición, la elocuencia, la música, la pintura, la arquitectura, la escultura, y en cada una destas artes se hallan prodigiosos hombres. Por esto, sin duda, dixeron que cuando las diosas se repartieron las provincias del mundo, Juno escogió la España, Belona la Francia, Proserpina a Inglaterra, Ceres a Sicilia, Venus a Chipre y Minerva a Italia [65]. Allí florecen las buenas letras, ayudadas de la más suave, copiosa y elocuente lengua; que aun por esso, en aquella plausible comedia que se representó en Roma de la caída de nuestros primeros padres, se introducían donosamente los personages hablando el Padre Eterno en alemán, Adán en italiano, *lo mio signore,* Eva en francés, *[o]ui, monsiur* [66], y el diablo en español, echando votos y retos. Exceden los italianos a los españoles en los accidentes y a los franceses en la sustancia, ni son tan viles como éstos ni tan altivos como aquéllos, igualan a los españoles en ingenio y sobrepuj[a]n [67] a los franceses en juizio, haziendo un gran medio entre estas dos naciones. Pero si en manos de los italianos hubieran dado las Indias, ¡cómo que las hubieran logrado! Está Italia en medio de las provincias de la Europa, coronada de todas como reina, y trátase como tal, porque Génova la sirve de tesorera, Sicilia de despensera, la Lombardía de copera, Nápoles de maestresala, Florencia de camarera, el Lacio de mayordomo, Venecia de aya, Módena, Mantua, Luca y Parma de meninas, y Roma de dueña.

—Sola una cosa la hallo yo mala —dixo Andrenio.

—¿Sola una? —replicó el Cortesano—. ¿Y cuál es?

Reparaba en dezirla y quisiera que él la adivinara. Con esta atención le iba deteniendo y el otro instando.

—¿Sería acaso el ser tan viciosa, porque esso le viene de ser tan deliciosa?

---

[65] Juno, reina de la luz, escogió España por el ingenio; Belona, diosa de la Guerra, a Francia, por su afición a la guerra; Proserpina y Ceres, diosas de la agricultura, a Inglaterra y a Sicilia; Venus a Chipre por estar allí su templo de Pafos; Minerva, diosa de la Sabiduría, a Italia, por ser centro de la cultura.

[66] El texto de 1657 trae «qui, monsiur», errata evidente, ya que «qui» sólo puede ser pronombre relativo sujeto.

[67] El texto de 1657 trae «sobrepujen».

—No es esso.

—¿Aquello de oler aún a gentil, hasta en los nombres de Cipiones y Pompeyos, Césares y Alexandros, Julios y Lucrecias, y en la vana estimación de las antiguas estatuas, que parecen idolatrar en ellas, el ser tan supersticiosos y agoreros? Porque todo esso les viene de gentil herencia.

—Ni esso.

—¿Pues qué, el estar tan dividida y como hecha gigote[68] en poder de tantos señores y señorcitos, saliéndole estéril toda su política y sirviéndola de nada toda su razón de estado?

—Tampoco es esso.

—¡Válgate Dios! ¿Pues qué será? ¿Es por ventura aquello de ser campo abierto a las naciones estrangeras, palenque de españoles y franceses?

—¡Eh, que no es esso!

—¿Si sería el ser maestra de invenciones y quimeras? Porque esso passó de la Grecia al Lacio juntamente con el imperio.

—Ni esso, ni essotro.

—Pues ¿qué puede ser?, que ya me doy por vencido.

—¿Qué? El haber tantos italianos; que si esso no tuviera, hubiera sido sin oposición el mejor país del mundo. Y véese claro, pues Roma con el concurso de las naciones se viene a templar mucho. Por esso dizen que Roma no es Italia, ni España, ni Francia, sino un agregado de todas. Gran ciudad para vivir, aunque no para morir. Dizen que está llena de santos muertos y de demonios vivos; paradero de peregrinos y de todas las cosas raras, centro de maravillas, milagros y prodigios. De suerte que más se vive en ella en un día que en otras ciudades en un año, porque se goza de todo lo mejor.

—Un secreto ha días deseo saber de la Italia —dixo Critilo.

—¿Qué cosa? —le preguntó el Cortesano.

—Yo te lo diré: cuál sea la causa que siendo los franceses tan fatales para ella, los que la inquietan, la açotan, la pisan, la saquean, cada año la revuelven y son su total ruina, y al contrario, siendo los españoles los que la enriquezen, la honran, la mantienen en paz y quietud, los que la estiman, siendo Atlantes de la iglesia católica romana: con todo esso, se pier-

---

[68] «Hacer gigote alguna cosa. Vale lo mismo que dividirla en piezas pequeñas o menudas.» (*Dic. Aut.*)

den por los franceses, se les va el coraçón tras ellos, los alaban sus escritores, los celebran sus poetas con declarada passión, y a los españoles los aborrecen, los execran y siempre están diziendo mal de ellos.

—¡Oh! —dixo el Cortesano—, has tocado un gran punto: no sé cómo te lo dé a entender. ¿No has visto muchas vezes aborrecer una muger el fiel consorte que la honra y que la estima, que la sustenta, la viste y la engalana, y perderse por un rufián que la da de bofetadas cada día y la acocea, la açota y la roba, la desnuda y la maltrata?

—Sí.

—Pues aplica tú la semejança.

Faltóles antes la luz del día para ver que grandezas y portentos para ser vistos, con que hubieron de dar treguas a su bien lograda curiosidad hasta el siguiente día.

—Mañana —les dixo el Cortesano— os convido a ver, no sola Roma, sino todo el mundo de una vez, desde cierto puesto de donde se señorea. Veréis, no sólo este siglo, esta nuestra era, sino las venideras.

—¿Qué dizes, Cortesano mío? —replicó Andrenio—. ¿Para otro mundo y otro siglo nos emplaças?

—Sí, que habéis de ver cuanto passa y ha de passar.

—¡Gran cosa será y gran día!

Quien quisiere lograrlo, madrugue en la siguiente crisi.

CRISI DÉZIMA

La rueda del Tiempo

Creyeron vanamente algunos de los filósofos antiguos que los siete errantes astros se habían repartido las siete edades del hombre, para assistirle desde el quicio de la vida hasta el umbral de la muerte. Señalábanle a cada edad su planeta, por su orden y supuesto [1], avisando a todo mortal se diesse por entendido, ya del planeta que le presidía, ya del traste de la vida en que andaba. Cúpole, dezían, a la niñez la luna con nombre de Lucina [2], comunicándole con sus influencias sus imperfecciones, esto es, con la humedad la ternura, y con ella la facilidad y variedad, aquel mudarse a cada instante, ya llorando, ya riendo, sin saber de qué se enoja, sin saber con qué se aplaca, de cera a las impressiones, de masa a las aprehensiones [3], passando de las tinieblas de la ignorancia a los crepúsculos de la advertencia. Desde los diez años hasta los veinte, dezían presidirle el planeta Mercurio, influyendo docilidades, con que se va adelantando ya muchacho, al passo que en la edad, en la perfección; comiença [4] a estudiar y a deprender, cursa las escuelas, oye las facultades y va

---

[1] *Supuesto,* de suponer, «significar». Es decir, a cada edad se le señalaba su planeta por su orden y por lo que suponía o significaba para cada una.

[2] Lucina era la divinidad romana que regía el nacimiento de los niños.

[3] Es decir, de impresiones moldeables o fáciles de manejar, y de aprehensiones apiñadas o numerosas.

[4] «Comiençan», en plural y por errata, trae la edición de 1657.

enriqueciendo el ánimo de noticias y de ciencias. Pero descárase Venus [5] a los veinte y reina con grande tiranía hasta los treinta, haziendo cruda guerra a la juventud, a sangre que yerve y a fuego en que se abrasa, y todo esto con bizarra galantería. Amanece a los treinta años el Sol, esparciendo rayos de lucimiento, con que anhela ya el hombre a luzir y valer, emprende con calor los honrosos empleos, las lucidas empresas, y cual sol de su casa y de su patria todo lo ilustra, lo fecunda y lo saçona. Embístele Marte a los cuarenta, infundiéndole valor con calor; revístese de aceros [6], muestra bríos, riñe, venga y pleitea. Entra a los cincuenta mandando Júpiter, influyendo soberanías; ya el hombre es señor de sus acciones, habla con autoridad, obra con señorío, no lleva bien el ser gobernado de otros, antes lo querría mandar todo, toma por sí las resoluciones, executa sus dictámenes, sábese gobernar; y a esta edad, como a tan señora, la coronaron por reina de las otras, llamándola el mejor tercio de la vida. A los sesenta anochece, que no amanece, el melancólico saturnino [7]; con humor y horror de viejo, comunícale su triste condición; y como se va acabando, querría acabar con todos, vive enfadado y enfadando, gruñendo y riñendo, y a lo de perro viejo royendo lo presente y lamiendo lo passado, remiso en sus acciones, tímido en sus execuciones, lánguido en el hablar, tardo en el executar, ineficaz en sus empresas, escaso en su trato, asqueroso en su porte, descuidado en su traxe, destituido de sentidos, falto de potencias, y a todas horas y de todas las cosas quexumbroso. Hasta los setenta es el vivir, y en los poderosos hasta los ochenta, que de ahí adelante todo es trabajo y dolor, no vivir, sino morir. Acabados los diez años de Saturno, vuelve a presidir la Luna y vuelve a niñear y a monear el hombre decrépito y caduco, con que acaba el tiempo en círculo, mordiéndose la cola la serpiente: ingenioso geroglífico de la rueda de la humana vida.

Con esto, entró el Cortesano, no tanto a despertarles, cuanto a darles el buen día y aun el mejor de su vida, muy entre-

---

[5] *Descararse:* «Hablar u obrar con desvergüenza.» (*Dic. Acad.*) Tómese además Venus como lujurias e inclinaciones eróticas.

[6] Marte, dios de la guerra, le viste de aceros («esfuerzo, ardimiento, valor y denuedo», *Dic. Aut.*).

[7] Saturno, dios del tiempo y representado por un viejo. Saturnino se decía de la persona de genio triste y taciturno por influencia de Saturno.

tenido con la máscara del mundo, el baile y mudanças del tiempo, el entremés de la fortuna y la farsa de toda la vida.

—¡Alto! —les dixo—, que tenemos mucho que hablar, pues deste mundo y del otro.

Sacóles de casa, para más meterlos en ella[8], y fuelos conduciendo al más realçado de los siete collados de Roma, tan superior que no sólo pudieron señorear aquella universal corte, pero todo el mundo, con todos los siglos.

—Desde esta eminencia —les dezía— solemos con mucho deporte algunos amigos, tan geniales cuan joviales, registrar todo el mundo y cuanto en él passa, que todo corre la posta[9]. Desde aquí atalayamos las ciudades y los reinos, las monarquías y repúblicas, ponderamos los hechos y los dichos de todos los mortales, y lo que es de más curiosidad, que no sólo vemos lo de hoy y lo de ayer, sino lo de mañana, discurriendo de todo y por todo.

—¡Oh, lo que diera yo —dezía Andrenio— por ver lo que será del mundo de aquí a unos cuantos años, en qué habrán parado los reinos, qué habrá hecho Dios de fulano y de citano, qué habrá sido de tal y de tal personage! Lo venidero, lo venidero querría yo ver, que esso de lo presente y lo passado cualquiera se lo sabe; hartos estamos de oírlo, cuando una vitoria, un buen sucesso lo repiten y lo vuelven a cacarear los franceses en sus gacetas, los españoles en sus relaciones, que matan y enfadan, como lo de la vitoria naval contra Selín[10], que asseguran fue más el gasto que se hizo en salvas y en luminarias que lo que se ganó en ella. Y modernamente dezía un discreto: «Tan enfadado me tienen estos franceses con su socorro de Arras[11] y con tanto repetirlo, que no puedo ver las tapicerías[12] aun en medio del invierno.»

—Pues yo te ofrezco —dixo el Cortesano— mostrarte todo lo venidero como si lo tuviesses aquí delante.

—¡Brava arte mágica sería éssa!

—Antes no, ni es menester, cuando no hay cosa más fácil que saber lo venidero.

---

[8] Juego de palabras, ya que toma casa como «juicio», según ya vimos en nota 30, Crisi XIII, Segunda Parte.

[9] *Correr la posta:* «Caminar con celeridad» *(Dic. Acad.).*

[10] Selim II, sultán otomano vencido en Lepanto (1571).

[11] Alude al socorro que los franceses llevaron a cabo cuando la ciudad de Arras estaba sitiada por los españoles desde 1654.

[12] Encajes y tapicerías producía y produce esta ciudad francesa.

—¿Cómo puede ser esso, si está tan oculto y tan reservado a sola la perspicacia divina?

—Vuelvo a dezir que no hay cosa más fácil ni más segura; porque has de saber que lo mismo que fue, esso es y esso será sin discrepar ni un átomo. Lo que sucedió dozientos años ha, esso mismo estamos viendo agora. Y si no, aguarda.

Y echóse mano a una de las faltriqueras de la faldilla delantera y sacó una caxa de cristales [13], celebrándolos por cosa extraordinaria.

—¿Qué más tendrán éstos que los demás antojos? —dezía Andrenio.

—¡Oh, sí, que alcançan mucho!

—¿Qué, tanto más que el antojo del Galileo? [14]

—Mucho más, pues lo que está por venir, lo que sucederá de aquí a cien años. Éstos los forjaba Archímedes para los amigos entendidos. Tomad y calçáoslos en los ojos del alma, en los interiores.

Y hiziéronlo assí sobre la faición [15] de la prudencia.

—Mirad ahora hazia España: ¿qué veis?

—Veo —dixo Andrenio— que las mismas guerras intestinas de agora dozientos años passan del mismo modo, las rebeliones, las desdichas del un cabo al otro.

—¿Qué ves hazia Inglaterra?

—Que lo que obró un Henrico contra la iglesia, executa después otro peor [16]; que si ya degollaron una reina Estuarda, hoy su nieto Carlos Estuardo [17]. Veo en Francia que matan un Enrico y otro Enrico [18], y que vuelven a brotar las cabeças

---

[13] Toma aquí Gracián «cristales» por «lentes», ya que a continuación los llama «antojos» (*anteojos*).

[14] Galileo Galilei, matemático, físico y astrónomo italiano (1563-1642), a quien se debe, entre otros, los inventos del termómetro y el telescopio.

[15] *Faición,* facción. Facción es cualquiera de las partes del rostro humano. Los lentes se colocan sobre la nariz, siendo ésta, como hemos visto en la Crisi IX de la Primera Parte, el lugar donde reside la prudencia.

[16] Alusión a Enrique VIII y su separación de la Iglesia Católica (1533) y a otro Enrique posterior, que no hay en Inglaterra, pero sí en Francia, Enrique IV (1553-1610), líder de los hugonotes.

[17] María Estuardo, ejecutada en 1587, y Carlos I de Inglaterra, ejecutado en 1649.

[18] Enrique III en 1589 y Enrique IV en 1610.

de la herética hidra [19]. Veo en Suecia que lo que le sucedió a
Gustavo Adolfo en Alemania le va sucediendo por los mismos
filos a su sobrino en la católica Polonia [20].

—¿Y aquí en Roma?

—Que ha vuelto aquel siglo de oro y aquella felicidad
passada de que gozó en tiempo de los Gregorios y los Píos [21].

—Ahí veréis que las cosas las mismas son que fueron, sola
la memoria es la que falta. No acontece cosa que no haya
sido, ni que se pueda dezir nueva baxo del sol.

—¿Quién es aquel vejeçuelo —dixo Critilo— que nunca
para, que todos le siguen y él a nadie espera, ni a reyes
ni a monarcas, haze su hecho y calla? ¿No le ves tú, Andrenio?

—Sí, por señas que lleva unas alforjas al cuello, como ca-
minante.

—¡Oh! —dixo el Cortesano—, ésse es un viejo que sabe
mucho, porque ha visto mucho, y al cabo todo lo dize sin
faltar a la verdad.

—¿Cabe mucho en aquellas alforjas?

—No lo creeréis, cabe una ciudad y muchas, y reinos enteros; unos lleva delante, otros atrás, y cuando se cansa vuelve
las alforjas, la de atrás adelante, y revuelve todo el mundo sin
saber cómo ni por qué, sino por variar. ¿Qué pensáis que es
el passarse el mando, el mudarse el señorío desta provincia
en aquélla, de una nación en la otra? Es que se muda las
alforjas el Tiempo: hoy está aquí el imperio, y mañana acullá,
hoy van delante los que ayer iban detrás; mudóse la vanguardia en retaguardia. Assí veréis que la África, que en otro
tiempo era madre de prodigiosos ingenios, de un Augustino [22],
Tertuliano y Apuleyo, ¿quién tal creyera?, hoy está hecha un
barbarismo, engendradora de alarbes [23]. Y lo que es de mayor
sentimiento, la Grecia, progenitora de los mayores ingenios,

---

[19] La herejía que triunfó en Francia fue la doctrina de Calvino, que siguieron los hugonotes.

[20] Alude a Gustavo II Adolfo (1594-1632), que murió en Alemania en la batalla de Lützen, y a su sobrino Gustavo Carlos X
(1622-1660), que sostuvo una larga y costosa guerra con Polonia,
y después contra una coalición de naciones.

[21] De 1655 a 1667 fue Papa Alejandro VII, que mandó construir la columnata de la plaza de San Pedro.

[22] Augustino no es otro que San Agustín, nacido en Tagaste
(Numidia).

[23] *Alarbe,* árabe. Véase nota 6, Crisi XIII, Primera Parte.

la inventora de las ciencias y las artes, la que daba leyes de discreción a todo el mundo, madre del bien dezir, hoy está hecha un solecismo en poder de los bárbaros traces [24]. Y a esse modo está trocado todo el mundo. La Italia, que mandaba a todas las demás naciones y triunfaba de todas las provincias, hoy sirve a todas: mudóse las alforjas [e]l [25] Tiempo.

Pero lo que fue gran vista y espectáculo de mucho gusto, fue una gran rueda que baxaba por toda la redondez de la tierra, desde el oriente al ocaso de la Ocasión [26]. Veíanse en ella todas cuantas cosas hay, ha habido y habrá en el mundo, con tal disposición que la una mitad se veía clara y essentamente sobre el horizonte y la otra estaba hundida acullá abaxo, que nada de ella se veía; pero iba rodando sin cesar, dando vueltas al modo de una grúa en que se metió el Tiempo, y saltando de la grada de un día en la del otro, la hazía rodar, y con ella todas las cosas; salían unas de nuevo y escondíanse otras de viejo, y volvían a salir al cabo de tiempo. De modo que siempre eran las mismas, sólo que unas passaban, otras habían passado y volvían a tener vez. Hasta las aguas, al cabo de los años mil, volvían a correr por donde solían, aunque no serían por los ojos; que éssas más presto vuelven, que hay mucho que llorar.

—Aquí hay mucho que ver —dixo Critilo.

—Y que notar —el Cortesano—. Bien lo podéis tomar de propósito. Atended cómo va passando todo en la rueda de la vicisitud: unas cosas van, otras vienen; vuelven las monarquías, y revuélvense también, que no hay cosa que tenga estado, todo es subida y declinación.

Veíanse acullá al un cabo de la rueda, y que ya habían passado, unos hombres y unos príncipes parcos, que no pobres, pródigos de su sangre y guardadores de la hazienda; vestían de lana, y la sabían cardar [27], crugían mangas de seda los días de fiesta por gran gala, y todo el año la malla.

---

[24] *Trace,* tracio (*Dic. Acad.*). Es lo mismo que «turco», ya que Tracia se llama la zona de Turquía donde está enclavada Constantinopla.

[25] Más lógico es «el» que «al», que trae el texto de 1657. Es frase que repite más adelante.

[26] Representó Lisipo, el escultor de Alejandro, a la Ocasión con los pies en una rueda y con alas en ellos, para significar lo veloz que pasaba junto a los mortales, según Romera-Navarro.

[27] «Cardar la lana» es frase proverbial que puede significar,

—¿Quiénes son aquellos —preguntó Critilo— que cuanto más llanos mejor parecen?

—Aquéllos fueron —respondió el Cortesano— los que conquistaron los reinos. Nota bien, que allí hallarás un don Jaime de Aragón, un don Fernando el Santo de Castilla y un don Alfonso Enríquez de Portugal [28]. Mira qué pobres de gala y qué ricos de fama; hizieron muy bien su papel, pues llenaron las historias de sus hazañas y metiéronse en el vestuario común de las mortajas, pero no en olvido.

Al mismo tiempo, por la contraria banda de la rueda salían otros, y muy otros, ricos, bizarros y suntuosos, rozando sedas, arrastrando telas y gozando de lo que sus antepassados les ganaron. Pero iban éstos passando también su carrera, y hundíanse al cabo después de hundido todo, y volvían a salir aquellos primeros, volviendo a juego [29] las materias. Y con esta alternación procedían las cosas humanas, al fin temporales.

—¿Hay tal variedad? —ponderaba Andrenio—. ¿Y siempre ha sido desta suerte?

—Siempre —dezía el Cortesano—, y esto en cada provincia, en cada reino. Vuelve la cabeça atrás y mira qué moderados entraron en España los primeros godos, un Ataúlfo, Sisenando, hasta el rey Wamba; sucede al cabo el delicioso Rodrigo y da al traste con la más florida monarquía. Va passando la rueda y vuelve otra vez el valor con la parsimonia en el famoso Pelayo, restáurase poco a poco lo que se perdió tan aprisa. Descaece otra vez, pero resucita en el rey don Fernando el Católico. Y assí se van alternando las ganancias y las pérdidas, las dichas y las desdichas.

—¡Oh, lo que son de ver —dezía Critilo— aquellos primeros vestidos de paño, ya los segundos de brocado, aquéllos cruxiendo azero y éstos seda, arreados aquéllos en el alma y desnudos en el cuerpo, adornados éstos de galas y desnudos de hazañas, faltos de noticias y sobrados de delicias!

Escondíanse unas mugeres y señoras, y aun princesas, con las ruecas en la cinta refilando el uso, y salían otras con

---

ya que se trata de conquistadores de reinos, o bien «quitar poco a poco a uno lo que tiene», o bien «dar de palos o maltratar con golpes» (Dic. Aut.).

[28] Alfonso Enríquez heredó el condado de Portugal hacia 1138 y en fecha incierta tomó el título de rey como Alfonso I. Murió en 1185.

[29] Volviendo a juego, es decir, volviendo a entrar en juego.

abanicos costosos de varillas de diamantes, fuelles de su vanidad; aquéllas con sus manguitos de paño, estas otras de martas nada piadosas y muy suyas [30]; aquéllas exprimidas de talle, estas otras más huecas que campanas, y no obstante esto aquéllas sonaban mejor.

—Por esso digo yo —ponderaba Critilo— que siempre lo passado fue mejor.

Alargaba el cuello Andrenio mirando hazia el oriente de la rueda, y preguntóle el Cortesano:

—¿Qué buscas, qué echas menos?

Y él:

—Miraba si volvía a salir aquel plausible rey don Pedro de Aragón, llamado bastón de franceses, que con ellos solos fue cruel [31]. ¡Oh, cómo que despicaría [32] a España! ¡Qué coscorrones pegaría! ¡Cómo que les abaxaría las crestas a los galos! [33] Pero mudóse las alforjas el Tiempo.

Iba dando sin parar la vuelta la rueda y volteando con ella cuanto hay. Salía una ciudad con sus casas de tierra y los palacios a piedra [y] lodo [34], passeaban sus calles en carros los caballeros, el mismo Nuño Rasura [35]; que las damas, como tan recatadas, ni eran vistas ni oídas: cuando mucho, salían a alguna romería, que no se nombraban las ramerías. Más colorada se volvía entonces una muger de ver un hombre que agora de ver un exército; y es de advertir que entonces no había otro color que el de la vergüença y el blanco de la inocencia. Parecían de otra especie, porque eran muy calladas, no andariegas, honestas, hazendosas; al fin, mugeres para todo y no como agora para nada. Pero daba la vuelta la rueda, hundíase aquella ciudad y al cabo de tiempo volvía a salir otra, digo la misma, pero tan otra que no la conocían.

—¿Qué ciudad es ésta? —preguntó Andrenio.

—La misma —respondió el Cortesano.

---

[30] Rectificando el dicho popular de «marta piadosa», adviértase la elipsis: «nada piadosas de los otros y muy piadosas suyas».

[31] Se refiere a Pedro III. Véase nota 46, Crisi VIII, Segunda Parte. En ambos lugares le califica de «bastón de los franceses».

[32] *Despicar*, vengar o dar satisfacción. Véase nota 12, Crisi III, Tercera Parte.

[33] *Galos*, franceses, pero jugando con «crestas» y «gallos».

[34] *A piedra y lodo*: «Phrase, advb. con que se explica que alguna cosa está cerrada de manera, que dificultosamente se puede abrir.» *(Dic. Aut.)*

[35] Sobre Nuño Rasura, véase nota 38, Crisi VII, Tercera Parte.

749

—¿Cómo puede ser esso, si estas casas de agora son de mármoles y de jaspes, con tanto dorado balcón en vez de los de palo? ¿Qué tienen que ver estas tiendas con aquellas otras de dozientos años atrás? Allí, señor cortesano, no había guantes de ámbar [36], sino de lana; no tahalíes bordados de oro, sino una correa; no sombreros de castor, ni por sueño: cuando mucho, bonetillos o monteras. Manguitos de a ciento de a ocho [37], ¿quién tal dixo?, fuera heregía: no sino de paño, y abanicos de paja, y éssos llevaba la señora y la condesa, que aún no había duquesas, y la misma reina doña Constança [38], y por mucha gala, que costaba cuatro maravedís; y no, como agora, de garapiña [39] y de rapiña francesa. Con un real compraba entonces un hombre sombrero, çapatos, medias, guantes y aun le sobraban algunos maravedises. Las que aquí son telas de oro y brocados, allí eran bureles [40], y por cosa muy preciosa se hallaba algún contray [41] para mantos a las ricas fembras [42] en el día de su boda, que por esso se llamaron de velarse [43]. Las que allí eran carretillas, aquí son coches y carroças; las que angarillas, son sillas de mano tachonadas. Aquí no se ve ruar el carretón de Laíne[z] [44] tirado de sola una bestia, que no había entonces tantas. Las calles hierven de mugeres tan descocadas cuan escotadas, cuando allí si se les veía una muñeca era ya perderse todo y ser ellas unas perdi-

---

[36] *Guantes de ámbar* o perfumados, que ya ha nombrado otras veces.

[37] Manguitos de a cien reales de a ocho.

[38] Constanza, esposa de Fernando IV el Emplazado de Castilla (1295-1312), que a la muerte de su marido tuvo que hacer de regente.

[39] *Garapiña:* «Analógicamente significa un género de texido especial en encaxes y galones.» *(Dic. Aut.)*

[40] *Burel o buriel:* «Significa también, en el más común uso, el paño tosco, basto y burdo de que comúnmente se visten los labradores, pastores y gente pobre.» *(Dic. Aut.)*

[41] *Contray:* «Especie de paño mui fino, que se usaba en lo antiguo.» *(Dic. Aut.)*

[42] *Fembras,* hembras, y no porque en tiempos de Gracián se pusiera F inicial (hacía ya siglo y medio que había desaparecido), sino para dar mayor impresión de antigüedad.

[43] *Velarse,* de velo, por lo fino del contray.

[44] «la Inés» pone el texto de 1657. La opinión de Romera-Navarro de que es una errata por Laínez me parece correcta, por ser impensable en Gracián tal expresión, y sí es pensable un nombre medieval como Laínez.

das. Muchos de estrados y [45] cogines, y no se ve una almohadilla; sin hazer hazienda, antes deshaziéndolas y acabando con las casas.

—Pues te asseguro —dixo el Cortesano— que es la misma ciudad, aunque tan otra de lo que fue, tan mudada, que no la conocerían sus primeros habitantes: mira lo que haze y deshaze el tiempo.

—¡Válgame el cielo! —dixo Critilo—. Y ¿qué dixeran, si volvieran hoy a Roma, los Camilos y Dentatos, si el buen Sancho Minaya a Toledo, si Gracián Ramírez a Madrid, Laín Calvo a Burgos, el Conde Alperche a Zaragoça y Garci Pérez a Sevilla? [46], ¿si passea[r]an [47] por estas calles y las hallaran ocupadas de coches y de carroças, si vieran estas tiendas y esta perdición?

Volteaba la rueda y escondíase el buen Tiempo, y todo lo bueno con él, aquellos hombres buenos y llanos, sin artificio ni embeleco, tan sencillos en el vestido como en el ánimo, sin pliegues en las capas y sin doblezes en el alma, con el pecho desabrochado mostrando el coraçón, la conciencia a ojo [48], con el alma en la palma, y por esso vitoriosa [49]: hombres, al fin, del tiempo antiguo, y con todo esso muy ricos y sobrados, desaliñados y nunca más bien puestos; que cuando los hombres eran más sencillos, asseguran que había más doblones. Escondíanse aquéllos y salían otros, antípodas suyos en todo, embusteros, mentirosos, falsos y faltos, que se corrían de que les llamassen buenos hombres, más pequeños de

---

[45] Repetido «y y», en el texto de 1657.

[46] Camilos y Dentatos, dos familias romanas; en la primera destaca Marco Furio Camilo, general muerto en 365 a. C. //. Alvar Fáñez Minaya, sobrino del Cid, que se destacó en la defensa de Toledo. //. Gracián Ramírez, guerrero legendario español del siglo VIII que, se dice, tomó Magerit (Madrid) a los moros. //. Sobre Laín Calvo, véase nota 38, Crisi VII, Tercera Parte. //. El conde de Alperche, Rotrón, participó en el asedio de Zaragoza en poder de los moros. //. Garci Pérez de Vargas, guerrero español del siglo XIII, de fuerzas hercúleas, que acompañó a Fernando III en la conquista de Sevilla.

[47] «Passeauan» en la edición de 1657. Errata porque antes dice «si volvieran».

[48] *A ojo:* «Modo adverb. que vale lo mismo que sin peso ni medida.» *(Dic. Aut.)* Entiéndase, también, «a ojo de todos».

[49] Tomando «palma» en dos sentidos: primero dice «el alma en la palma» (de la mano, claro), al descubierto; pero después, «y por esso palma victoriosa», tomándola como signo de victoria.

cuerpo y también de alma, y con ser todos palabras, no tenían palabra; mucho de cumplimiento [50] y nada de verdad, mucho de circunstancia y nada de sustancia, gente de poca ciencia y de menos conciencia.

—Éstos —dezía Critilo— yo juraría que no son hombres.

—¿Pues qué?

—Sombras de aquellos que van delante: medio hombres, pues no tienen entereza. ¡Oh, cuándo volverán aquellos primeros, agigantados hijos de la fama!

—Dexad —dezía el Cortesano—, que aún volverán a tener vez.

—Sí, pero qué tarde, si se ha de acabar primero la mala semilla déstos.

De lo que gustaba mucho Andrenio, y tanto que no pudo contener la risa, era de ver rodar los trages y dar vueltas los usos, y más mirando hazia España, donde no hay cosa estable en esto del vestir. A cada tumbo de la rueda se mudaban, y siempre de malo en peor, con mucho gasto y figurería. Un día salían con unos sombreros anchos y baxos que parecían gorras; al otro día, otros amorrionados que parecían capacetes; luego otros pequeños y puntiagudos que parecían alhajas de títeres y hazían bravas figuras. Passaban éstos y sucedían otros chatos y anchos con dos dedos de falda que parecían bacinillas, y aun olían mal; mas al otro día los dexaban y salían con otros tan altos que parecían orinales. Quebrábanse éstos también y sacaban los gaviones [51] con una vara de copa y otra de falda. Ya pequeños, ya tan grandes que se pudieran hazer dos de cada uno de los primeros. Y es lo bueno que los que hazían más ridículas figuras se burlaban de los passados, diziendo que parecían figurillas; mas luego, los que se seguían les llamaban a ellos figurones. Fue de modo que en poco rato que los estuvieron mirando, contaron más de una dozena de formas diferentes de solos sombreros. ¿Qué sería de todo el demás traje? Las capas, ya eran tan largas y prolijas que parecían ir faxados en ellas, ya tan cortas y tan bien criadas que cuando sus amos estaban sentados, ellas se quedaban en pie. Dexo las calças, y[a] afolladas, ya botargas [52]; los çapatos, ya romos, ya puntiagudos.

[50] «Cumplimiento» en su acepción de acción afectada y fingida de cortesía, pero que es «cumpli(r)-miento».

[51] *Gavión:* «Sombrero grande de copa y ala.» *(Dic. Acad.)*

[52] Sobre las calzas afolladas, véase nota 16, Crisi II, Tercera Parte. *Botarga:* «Una parte del trage que se trahía antiguamente,

—¡Qué cosa tan graciosa! —dezía Andrenio—. Señores, ¿quién inventa estos trajes, quién saca estos usos?

—Ahí me digas tú, que hay bien que reír; porque has de saber que llega un gotoso que tiene necessidad de llevar el pie holgado y cálçase un çapato romo y ancho por su comodidad, diziendo: «¿Qué importa que el mundo sea ancho, si mi çapato es estrecho?» Los otros que lo ven, luego lo apetecen, y dan todos en llevar çapatos romos y parecer gotosos y patituertos. Si una muger pequeña hubo menester ayudarse de chapines, añadiendo de corcho lo que le faltaba de persona, luego todas las otras dan en llevarlos, aunque sean más crecidas que la Giralda de Sevilla o la Torre Nueva de Zaragoça [53]. Llega en esto una muy estirada en todo que no necessita dellos, antes la hazen embaraço, dales del pie y gusta de irse en çapato [54]; luego todas las otras la quieren imitar, aunque sean unas enanas, valiéndose de la ocasión para más soltura y para parecer niñas. La otra flamenca dio en ir escotada, vendiendo el alabastro, y quiérenla seguir las de Guinea, feriando el azabache [55], que en unas y otras es una gran frialdad y un trage muy desarrapado. Y es de advertir que el peor y el más deshonesto es el que dura más. Pero para que riáis de buen gusto, mirad aquella ristra de mugeres que van una tras otra en la rueda del Tiempo: la primera lleva aquel desproporcionado tocado que llamaron «almirante» [56] y lo inventó una calva; la otra que se sigue lo trocó por la arandela [57], que hizo brava visión; sucede la otra con el bobo, que fue su más propio traxe [58]; trocólo ya la que viene detrás por el trençado, no mendigando un pelo ageno a su be-

que cubría el muslo y la pierna.» *(Dic. Aut.)* En cuanto a la errata de 1657, es evidente, ya que es una correlación «ya..., ya...», y no «y... ya...».

[53] La Torre Nueva de Zaragoza, levantada en el siglo xv, fue derribada en el siglo xix.

[54] En zapato, es decir, bajo, sin poner los corchos que llevan los chapines.

[55] Es decir, la flamenca (con ironía) ofrece con el escote el alabastro de su piel, y las negras de Guinea el azabache de la suya.

[56] «Almirantes, se empeçaron a llamar ciertos géneros de tocados que en parte imitavan los de las Romanas.» *(Cov.)*

[57] Es decir, pelo recogido en moño en forma de arandela, con un agujero en medio.

[58] «bobo; llaman cierto tocado hueco» *(Cov.)*; y tomándolo literalmente, dice que ése fue su más propio traje.

lleza; la quinta en orden lo dexó para las moças de cántaro y echó el cabello atrás en una crecida cola; la sexta inventó el moño, desmintiendo [59] lo pelado; la séptima se echó un gobelete [60] al toçuelo, echando allá [61] cuanto la pudiessen dezir; la octava va con una trença a la gineta [62], a tuerto y a derecho; la nona con asa de cántaro [63], y pudiera de cantarilla. Desta suerte van variando y desvariando hasta que vuelvan a su primera impertinencia.

Pero lo que fue, no ya de reír, sino de sentir: que siempre se va todo empeorando. Pues es cosa cierta que con lo que gasta hoy una muger, se vestía antes todo un pueblo. Más plata echa hoy en relumbrones una cortesana, que había en toda España antes que se descubrieran las Indias. No conocían las perlas aquellas primeras señoras, pero éranlo ellas en la fineza. Los hombres eran de oro y se vestían de paño; agora son asco y rozan damasco. Y después que hay tantos diamantes, ni hay fineza ni firmeza.

—Hasta en el hablar hay su novedad cada día, pues el lenguage de hoy ha dozientos años parece algarabía. Y si no, leed essos fueros de Aragón, essas *Partidas* de Castilla, que ya no hay quien las entienda. Escuchad un rato aquellos que van passando uno tras otro en la rueda del Tiempo.

Atendieron y oyeron que el primero dezía *fillo,* el segundo *fijo,* el tercero *hijo,* y [el] cuarto ya dezía *gixo* a lo andaluz, y el quinto de otro modo, sino que no lo percibieron.

—¿Qué es esto? —dezía Andrenio—. Señores, ¿en qué ha de parar tanto variar? Pues ¿no era muy buena aquella primera palabra *fillo* y más suave, más conforme a su original, que es el latín?

—Sí.

—Pues ¿por qué la dexaron?

—No más de por mudar, sucediendo lo mismo en las pala-

---

[59] *Desmentir:* «Vale también desvanecer y dissimular alguna cosa para que no se conozca.» *(Dic. Aut.)*

[60] Galicismo graciano: «gobelet», cubilete; es decir, peinado en forma de cubo.

[61] *Echando allá,* es decir, echando al tozuelo, lo mismo que «echando a las espaldas».

[62] *Trenza a la jineta,* es decir, doblada en forma horizontal y luego vertical, ya que «a la jineta» es un estilo de montar a caballo con las piernas dobladas.

[63] *Con asa de cántaro,* es decir, en forma de asa de cántaro, uniendo el final de la trenza con el principio.

bras que en los sombreros. Estos de agora tienen por bárbaros a los de aquel lenguaje, como si los venideros no hubiessen de vengarlos a aquéllos y reírse déstos.

Púsose de puntillas Critilo, desojándose [64] hazia el oriente de la rueda.

—¿Qué atiendes con tanto ahinco? —le preguntó el Cortesano.

—Estoy mirando si vuelven a salir aquellos Quintos tan famosos y plausibles en el mundo, un don Fernando el Quinto, un Carlos Quinto y un Pío Quinto.

—¡Oxalá que esso fuesse y que saliesse un don Felipe el Quinto en España! ¡Y cómo que vendrá nacido! ¡Qué gran rey había de ser copiando en sí todo el valor y el saber de sus passados! Pero lo que noto es que antes vuelven a salir los males que los bienes: tardan éstos lo que se avançan aquéllos.

—¡Oh, sí! —dixo el Cortesano—, detiénense, y mucho, en volver los siglos de oro y adelántanse los de plomo y de hierro. Son las calamidades más ciertas en repetir que las prosperidades. Assí como el mal humor de una terciana y de una cuartana tienen su día fixo, su hora sabida, sin discrepar un punto, y el buen humor, la alegría, el contento no le tienen ni repiten a la hora: las guerras, las rebeliones no discrepan un lustro, las pestes ni un año, las secas [65] no pierden vez, vuelven las hambres, las mortandades, las desdichas por sus passos contados.

—Pues si esso es assí —dixo Andrenio—, ¿no se les podía tomar el pulso a las mudanças y el tino a la vicisitud de la rueda, para prevenir los remedios a los venideros males y saberlos desviar?

—Ya se podría —respondió el Cortesano—, pero como fenecieron aquellos que entonces vivían y suceden otros de nuevo sin recuerdo de los daños, sin experiencia de los inconvenientes, no queda lugar al escarmiento. Vinieron unos noveleros, amigos de mudanças peligrosas, que no probaron de las calamidades de la guerra, atropellaron con la rica y abundante paz, y después murieron suspirando por ella. Con

---

[64] *Desojarse:* «Mirar con ahínco y vehemencia alguna cosa.» *(Dic. Aut.)*

[65] *Seca:* «... una enfermedad causada de una inflamación, o hinchazón de las glándulas, que se hallan en varias partes del cuerpo» *(Dic. Aut.).*

todo, ya hay algunos de bueno y sano juizio, prudentes consejeros, que huelen de lejos las tempestades, las pronostican, las dizen y aun las vozean; pero no son escuchados: que el principio de los males es quitarnos el cielo el inestimable don del consejo. Sacan los cuerdos por discurso cierto las desdichas que amenazan: en viendo en una república la desolación de costumbres, pronostican la disolución de provincias; en reconociendo caída la virtud, atinan la caída de las monarquías. Grítanlo a quien tiene atapados los oídos. Y assí veréis que de tiempo a tiempo se pierde todo para volverse otra vez a ganar todo. Pero buen ánimo, que todas las cosas vuelven a tener día, lo bueno y lo malo, las dichas y las desventuras, las ganancias y las pérdidas, los cautiverios y los triunfos, los buenos y los malos años.

—Sí —dixo Andrenio—, pero ¿qué me importa a mí que hayan de suceder después las felicidades, si a mí me cogen de medio a medio todas las calamidades? Esso es dezir que para mí se hizieron las penas, y para otros los contentos.

—Buen remedio, ser prudente, abrir el ojo y dar ya en la cuenta. ¡Ea, alégrate!, que aún volverá la virtud a ser estimada, la sabiduría a estar muy valida, la verdad amada y todo lo bueno en su triunfo.

—Y cuando será [66] esso —suspiró Critilo— ya estaremos nosotros acabados y aun consumidos. ¡Oh, quién viera aquellos hombres con sus sayos y aquellas mugeres con sus cofias y sus ruecas, que desde que se arrimaron los usos [67], no se usa cosa buena! ¿Cuándo volverá la reina doña Isabel la Católica a enviar recados: «Dezidle a doña Fulana que se venga esta tarde a passarla conmigo y que se traiga su rueca, y a la condesa que venga con su almohadilla»? ¿Cuándo oiremos al otro rey escusarse en las cortes que no había comido gallina, y dezía la verdad, y que una que comió un jueves había sido presentada? [68] Y al otro, que si las mangas del jubón eran de seda, pero el cuerpo de tela. ¡Oh, cuánto me holgaría ver salir aquellos siglos de oro, y no de lodo y basura; aquellos varones de diamantes, y no de claveques [69]; aquellas

[66] Hoy diríamos «sea» (ocurra).

[67] De nuevo el juego «usos/husos»; «arrimar», dejar para siempre y abandonar (*Dic. Aut.*).

[68] *Presentada,* regalada, ya que presentar es «dar voluntariamente» (*Dic. Aut.*).

[69] *Claveque:* «Piedra semejante al diamante, pero de poco valor.» (*Dic. Aut.*)

hembras de margaritas [70], y sin perlas, las Hermelindas y Ximenas, con que [71] no faltan Urracas; aquellos hombres de bien, que ya no sólo no corren [72], pero ni dan un passo, de Tasso lenguage [73], pero de buena lengua, de pocas razones y de mucha razón, de mucha sustancia y poca circunstancia, gente de apoyo y no de tramoya y de sola apariencia, que no hay cosa más contraria a la verdad que la verisimilitud! ¿Qué soldados eran aquellos de acullá, vestidos de pieles y calçados de cuero, que repetían [74] de fieras?

—Éssos eran los almugávares, la milicia del rey don Jaime y de su valeroso hijo [75]; no como los capitanes de agora, vestidos de tafetán, dando cuchilladas de seda [76].

—Aguarda, ¿qué varas eran aquellas tan maçiças y tan firmes?

—Las de la justicia del buen tiempo: gruessas, pero no groseras, que no se torcían a cualquier viento ni se doblaban aunque las cargassen del metal pesado, aunque colgassen de ellas un bolsón de doblones [77].

—¡Qué diferentes —dezía Andrenio— destas otras tan delgadas, al fin juncos, que ceden al soplo del favor y se inclinan por poco que les cuelguen, a un par de capones, a cualquier pluma. ¿Quién es aquel que habla ronco?

—Pues a fe que no es ronca, sino bien clara, su fama. Aquél es [el] plausible alcalde Ronquillo [78], blasón de la justicia.

---

[70] *Margarita:* «Lo mismo que perla. Aplícase regularmente a las más preciosas» *(Dic. Aut.);* es decir, hembras que eran perlas, añadiendo «sin perlas», sin lujos.

[71] Hoy diríamos «aunque».

[72] «No corren por estos tiempos», es decir, no existen ahora.

[73] Es decir, que usan un lenguaje como el de Torcuato Tasso, autor de la *Jerusalén libertada.*

[74] *Repetir (de):* «Imitar.» *(Dic. M. Moliner.)*

[75] Alude a Jaime I el Conquistador, a su hijo Pedro III el Grande y a los soldados catalanes, almugávares o almogávares, que en el siglo XIII participaron en la expansión mediterránea de Aragón.

[76] Ironía del autor: los capitanes dan cuchilladas de seda (débiles) y llevan vestidos de seda acuchillada, es decir, de varios colores.

[77] La justicia del buen tiempo, que no admitía sobornos. La de ahora, dice Andrenio a continuación, cede a cualquier interés.

[78] Sobre el alcalde Ronquillo, véase nota 48, Crisi VII, Segunda Parte.

—¿Y aquel otro que todo lo averigua?

—Ésse es el del proverbio, por quien dezía el Rey Católico a cualquiera escándalo que sucedía: «Vaya y averígüelo Vargas»[79]. Todo lo aclaraba y nada confundía, con que[80] también ha tenido en estos tiempos la justicia sus Quiñones[81].

Cansábanse ya ellos de ver, pero no la rueda de dar vueltas, y a cada tumbo se trastornaba el mundo. Caían las casas más ilustres y levantábanse otras muy obscuras, con que los decendientes de los reyes andaban tras los bueyes, trocándose el cetro en aguijada, y tal vez en un cepillo[82]. Al contrario, los lacayos subían a Belengabores y Taicosamas[83]. Vieron un nieto de un herrador muy puesto a la gineta, y otro muy a caballo, rodeado de pages aquél cuyo abuelo iba tal vez lleno de pajas. Decantábase[84] la rueda y començaban a bambalear las torres y los homenages, caían los alcáçares y empinábanse los aduares, y al cabo de años los nobles eran villanos.

—¿Quién es aquél —dezía Andrenio— que vive en la casa solar de los condes de Tal?

—Un hornero que, haziendo mala harina, hizo muchos ducados; de modo que valen más sus salvados que la harina de muchos nobles.

—¿Y en aquella otra de los duques de Cuál?

—Un otro que vendió mal y las compró bien.

—Pues ¿es possible —ponderaba Critilo— que no se contente ya la desvergonçada vanidad de éstos con levantar sus casas de nuevo, sino que quieren hollar las más antiguas y las que eran de mejor solar?

Salían unos ingenios noveleros con unos discursos viejos, opiniones rancias, pero bien alcoholadas[85] con lindo lenguage,

---

[79] *Averígüelo Vargas:* «Refr. de que se usa familiarmente para expressar que algunas cosas son difíciles de averiguar.» *(Dic. Aut.)* Covarrubias dice que este Vargas (Francisco de) era secretario de Fernando el Católico.

[80] Hoy diríamos «aunque».

[81] Sobre Quiñones de Benavente, véase nota 48, Crisi VII, Segunda Parte.

[82] Después de nombrar la «aguijada», «cepillo» ha de entenderse para limpiar el ganado o las cuadras.

[83] Sobre Bethlen Gábor, véase nota 30, Crisi VIII, Primera Parte. //. Taikosama (1536-1598), que habiendo sido siervo, llegó a emperador del Japón.

[84] *Decantar:* «Vale también torcer, inclinar, ú desviar alguna cosa.» *(Dic. Aut.)*

[85] *Alcoholar:* «Pintar o teñir alguna cosa» *(Dic. Aut.); es decir,

y vendíanlas por invención suya, y de verdad que lo era[86]. Engañaban luego luego[87] a cuatro pedantes; mas llegaban los varones sabios y leídos, y dezían:

—¿Ésta no es la dotrina de aquellos antiguos? En un rincón del Tostado[88] se hallará saçonado y cocido todo lo que éstos blasonan por crudo y valiente pensar. Lo que éstos hazen no es más que sacarlo de aquella letra gótica y estamparlo en la romana, más legible, mudando la cuadrada en redonda, echando un papel blanco y nuevo, y con esto cátalo aquí concepto nuevo. A fe que estos ecos que son de aquella lira, y que este tomo es de toma[89].

Lo mismo que en la cátedra sucedía en el púlpito con notable variedad, que en el breve rato que se assomaron a ver la rueda notaron una dozena de varios modos de orar[90]. Dexaron la sustancial ponderación del sagrado texto y dieron en alegorías frías, metáforas cansadas, haziendo soles y águilas los santos, inares[91] las virtudes, teniendo toda una hora ocupado el auditorio pensando en una ave o una flor. Dexaron esto y dieron en descripciones y pinturillas. Llegó a estar muy valida la humanidad[92], mezclando lo sagrado con lo profano, y començaba el otro afectado su sermón por un lugar de Séneca, como si no hubiera San Pablo: ya con traças, ya sin ellas, ya discursos atados, ya desatados, ya uniendo, ya postillando[93], ya echándolo todo en frasecillas y modillos de dezir, rascando la picaçón de las orejas de cuatro

---

opiniones teñidas con lindo lenguaje que las hacía parecer nuevas.

[86] Tomada ahora «invención» como «ficción, engaño o mentira» (*Dic. Aut.*).

[87] *Luego luego* rapidísimamente, al instante.

[88] Sobre Alonso Tostado, véase nota 76, Crisi VII, Tercera Parte.

[89] Tratando de los que se dedican a copiar a los demás, este «toma», jugando con «tomo», será el verbo «tomar», apropiarse de algo.

[90] *Orar* es «hablar en público» (*Dic. Aut.*); si es desde el púlpito, será «predicar». También se llama orador al «predicador» (*Dic. Aut.*)

[91] *Inares,* palabra inexistente en castellano, pero de fácil etimología latina: *in nares,* para o dentro de las narices; es decir, significaría objetos para ser olidos, aromas, perfumes, etc.

[92] *Humanidad,* erudición y buenas letras. Véase nota 2, Crisi XII, Segunda Parte.

[93] *Postillar* es lo mismo que «apostillar», al igual que «postilla» es «glosa, acotación o apostilla» (*Dic. Acad.*).

impertinentillos bachilleres, dexando la sólida y sustancial doctrina y aquel verdadero modo de predicar del boca de oro [94] y de la ambrosía dulcíssima y del néctar provechoso del gran prelado de Milán [95].

—Cortesano mío —dezía Andrenio—, ¿volverá al mundo otro Alexandro Magno, un Trajano y el gran Teodosio? ¡Gran cosa sería!

—No sé qué me diga —le respondió—, que de uno déstos hay para cien siglos, y mientras sale un Augusto ruedan cuatro Nerones, cinco Calígulas, ocho Heliogábalos, y mientras un Ciro diez Sardanapalos. Sale una vez un Gran Capitán y bullen después cien capitanejos, con que se ha de mudar cada año de gefe. He aquí que para conquistar a todo Nápoles, bastó el gran Gonçalo Fernández, y para Portugal un Duque de Alba, para la una India Fernando Cortés, y para la otra Alburquerque [96]; y hoy para restaurar un palmo de tierra, no han sido bastantes doze cabos [97]. Llevóse de carrera Carlos Octavo a Nápoles [98], y con otra vista que dio el desposeído Fernando, con cuatro naves vacías, lo volvió a cobrar [99]. De un Santiago [100] cogió el Rey Católico a Granada, y su nieto Carlos Quinto toda la Alemania.

—¡Oh señor —replicó Critilo—, no hay qué admirar, que iban los mismos reyes en persona, no en substituto, que hay gran diferencia de pelear el amo o el criado. Assegúroos que no hay batería de cañones reforçados como una oxeada de un rey.

—Tras de una reina doña Blanca [101] —proseguía el Cortesano—, salen cien negras. Mas hoy en otra española vuelve a florecer aquélla y en una católica Cristina de Suecia renace

---

[94] *El boca de oro* es Juan Crisóstomo (344-407), que eso significa en griego su apellido; fue obispo de Antioquía y patriarca de Constantinopla.

[95] Después de decir «ambrosía», el prelado de Milán no ha de ser otro que San Ambrosio (340-397).

[96] Porque Alfonso Alburquerque (1453-1515) consolidó el poder portugués en la India.

[97] Según Romera-Navarro, alude Gracián a Cataluña, en cuya guerra se suceden varios jefes del ejército (cabos).

[98] Entiéndase Carlos VIII de Francia (1470-1498).

[99] Fernando II, rey de Nápoles (1469-1496).

[100] *Dar un Santiago,* embestir de repente al enemigo. Véase nota 71, Crisi XIII, Primera Parte.

[101] Puede referirse, por ser la más significativa, a Doña Blanca de Castilla, madre de San Luis de Francia.

hoy la emperatriz Elena [102]. Más os digo, que vuelve a salir el mismo Alexandro: ya le veo y le reverencio, no gentil, sino muy christiano; no profano, sino santo; no tirano de las provincias, sino padre de todo el mundo, conquistándole para el cielo [103]. Passad un lienço —les dixo— por essos cristales, y si fuere el de la mortaja, mejor, quedarán más limpios del polvo apegadizo de la tierra, y mirad otro rato hazia el cielo.

Realçaron la vista, y en virtud de aquella diáfana perspicacidad divisaron cosas en que jamás habían reparado: vieron una gran multitud de hilos, y muy sutiles, que los iban devanando los celestes tornos y sacándolos de cada uno de los mortales como de un ovillo.

—¡Qué delgado hilan los cielos! —dezía Andrenio.

—Éssos son —respondió el Cortesano— los hilos de nuestras vidas. Notad qué cosa tan delicada y de qué dependemos todos.

Era mucho de ver cuáles andaban los hombres rodando y saltando como si fueran otros tantos ovillos, sin parar un instante, al passo que las celestiales esferas les iban sacando la sustancia y consumiendo la vida hasta dexarlos de todo punto apurados y deshechos, de tal suerte, que no venía a quedar en cada uno sino un pedaço de trapo de una pobre mortaja, que en esto viene a parar todo. De unos tiraban hebras de seda fina; de otros, hilos de oro; y de otros, de cáñamo y estopa.

—Sin duda que aquellos de oro y de plata —dixo Andrenio— serán de los ricos.

—Engáñaste.

—¿De los nobles?

—Tampoco.

—¿De los príncipes?

—No discurres bien.

—¿No son los hilos de las vidas?

—Sí.

—Pues según fueren ellas, assí serán ellos.

---

[102] La reina española a la que alude es Mariana de Austria, esposa de Felipe IV. //. Cristina de Suecia (1626-1689), hija de Gustavo Adolfo, que abdicó en 1654 en favor de su primo Carlos Gustavo. //. Elena, madre del emperador romano Constantino (247-327).

[103] Santo y cristiano, padre de todo mundo al que conquista para el cielo, ha de ser Alejandro VII, papa desde 1655 a 1667.

—Noble hay que sacan dél hilo de estopa, y plebeyo que sacan [dél] [104] hilo de plata y aun de oro.

Allí se acababa uno, acullá otro, faltábale muy poco a éste cuando començaba aquél: que lo que la naturaleza va hilando de la vida, el cielo lo va devanando, y quitándonos los días con sus vueltas; y cuando los mortales andan más diligentes y más solícitos, saltando y brincando, entonces se van más deshaziendo.

—Pero ¡qué a lo callado, qué a las sordas, nos van urdiendo la muerte —ponderaba Critilo— cuando nos van devanando la vida! Engañóse sin duda aquel otro filósofo en dezir que, al moverse essas celestes esferas de essos onze cielos, hazen una suavíssima música, un muy sonoro ruido [105]. Oxalá que esso fuera, que nos despertaran de nuestro sueño, fuera un citarnos a cada instante de remate; no fuera música para entretenernos, sino un recuerdo para desengañarnos.

Miráronse ya a sí mismos y vieron lo poco que les faltaba por devanar, que fue materia de harto desengaño para Critilo, si para Andrenio de melancolía.

—Esto bastará por agora —les dixo el Cortesano—, y baxemos a comer, no diga el otro simple letor: «¿De qué passan estos hombres, que nunca se introducen comiendo ni cenando, sino filosofando?»

Acertaron a passar por una plaça, la de mayor concurso, que sería sin duda la Na[v]ona [106], donde hallaron un numeroso pueblo dividido en enxambres de susurro, aguardando alguno de sus espectáculos vulgares, que el Cortesano al verle realçó con su moral observación y ellos con especial desengaño. Pero qué espanta vulgo fuesse éste, nos lo afiança declarar la siguiente crisi.

---

[104] Ponemos «dél», que no está en el texto de 1657 por correspondencia con el anterior «sacan dél».

[105] Se refiere a Pitágoras y su teoría sobre la armonía celestial. Véase nota 35, Crisi X, Segunda Parte.

[106] «Navona», y no «Narona» que trae el texto de 1657, es aún una de las plazas más importantes de Roma.

CRISI UNDÉZIMA

La suegra de la Vida

Muere el hombre cuando había de começar a vivir, cuando más persona, cuando ya sabio y prudente, lleno de noticias y experiencias, sazonado y hecho, colmado de perfecciones, cuando era de más utilidad y autoridad a su casa y a su patria: assí que nace bestia y muere muy persona. Pero no se ha de dezir que murió agora, sino que acabó de morir, cuando no es otro el vivir que un ir cada día muriendo. ¡Oh ley por todas partes terrible la de la muerte!, única en no tener excepción, en no privilegiar a nadie, y debiera [1] a los grandes hombres, a los eminentes sujetos, a los perfectos príncipes, a los consumados varones, con quienes muere la virtud, la prudencia, la valentía, el saber y tal vez toda una ciudad, un reino entero. Eternos debieran ser los ínclitos héroes, los varones famosos, que les costó tanto llegar a aquel zenit de su grandeza. Pero sucede tan al contrario, que los que importan menos viven más, y los que mucho valen viven menos: son eternos los que no merecían vivir un día y los insignes varones, momentáneos, passaban como lucidos cometas. Plausible resolución fue la del rey Néstor [2], de quien se cuenta que habiendo consultado los oráculos acerca de los plaços de su vida y habiéndole sido respondido que aún había de vivir mil años cabales, dixo él: «Pues no hay que tratar de hazer casa.» Instando sus amigos que, no sólo casa,

---

[1] Sobreentendido «y debiera privilegiar a los grandes hombres».
[2] Sobre Néstor, véase nota 26, Crisi XII, Primera Parte.

pero un palacio, y no sólo uno, sino muchos para todos tiempos y passatiempos, respondió: «¿Para solos mil años de vida queréis que me ponga agora a fabricar casa? ¿Para tan poco tiempo un palacio? ¡Eh!, que bastará una tienda o una barraca donde me aloje de passo, que sería calificada locura tomar el vivir de assiento.»

¡Qué bien viene esto con lo que hoy se platica [3], pues no llegando los hombres a vivir lo más cien años y no teniendo seguro ni un día, emprenden edificios de a mil años, fabrican casas como si se hubiessen de perpetuar sobre la haz de la tierra! De éstos sería uno, sin duda, aquel que d[e]zía [4] que aunque supiera que no había de vivir sino un año, hiziera casa; si un mes, se casara; si una semana, comprara cama y silla; y si un día solo, hiziera olla. ¡Oh! cómo debe reírse destos necios la Muerte, discreta siquiera por lo fea [5], viendo que cuando ellos están levantando grandes casas, ella les está abriendo corta sepultura, según el proverbio: *A casa hecha, sepultura abierta*. En acomodándose uno, ella le desacomoda; acabarse de construir el palacio y acabarse la vida, todo es a un tiempo, trocándose las siete columnas del más soberbio edificio en siete pies de tierra o siete palmos de mármol, vana necedad de muchos; porque ¿qué más tiene el pudrirse entre pórfidos y mármoles que entre terrones?

Sobre esta tan llana verdad venía echando el contrapunto de un singular desengaño el Cortesano discreto con nuestros dos peregrinos en Roma. Llegaron a una gran plaça embaraçada de infinito vulgo, muy puesto en expectación de alguna de sus necias maravillas, que él suele admirar mucho.

—¿Qué querrá ser esto? —preguntó Andrenio.

Y respondiéronle:

—Tened paciencia y tendréis ciencia.

Assí fue, que a poco rato vieron salir bailando y brincando sobre una maroma un monstruo que en la ligereza parecía un pájaro y en la temeridad un loco. Estaban los que le miraban tan pasmados cuanto él intrépido; ellos temblando de verle, y él bailando porque le viessen.

—¡Brava temeridad! —exclamó Andrenio—. Sin duda que éstos primero pierden el juizio y después el miedo. A pie

---

[3] *Platicar*, practicar.
[4] Errata en el texto de 1657, «dizia».
[5] Idea ya repetida por Gracián: las feas son discretas y las hermosas necias.

llano no llevamos segura la vida y éste la mete en precipicios.

—¿De éste te espantas tú? —le dixo el Cortesano.

—Pues ¿de quién, si déste no?

—De ti mismo.

—¿De mí, y por qué?

—Porque es niñería esto respeto de lo que por ti passa. ¿Sabes tú dónde tienes los pies? ¿Sabes por dónde caminas?

—Lo que yo sé es —replicó Andrenio— que no me metiera allí por todo el mundo, y éste por un vil interés se expone a tan grande riesgo.

—¡Qué bueno está esso! —le dixo el Cortesano—. ¡Oh, si tú te viesses andar, no sólo de aquel modo, sino con harto mayor peligro, qué sentirías y qué dirías!

—¿Yo?

—Sí, tú.

—¿Por qué?

—Dime, ¿no caminas cada hora y cada instante sobre el hilo de tu vida, no tan gruesso ni tan firme como una maroma, sino tan delgado como el de una araña, y aun más, y andas saltando y bailando sobre él? Ahí comes, ahí duermes y ahí descansas sin cuidado ni sobresalto alguno. Créeme que todos los mortales somos volatines arriesgados sobre el delgado hilo de una frágil vida, con esta diferencia, que unos caen hoy, otros mañana. Sobre él fabrican los hombres grandes casas y grandes quimeras, levantan torres de viento y fundan todas sus esperanças. Admíranse de ver al otro temerario andar sobre una gruessa y assegurada maroma, y no se espantan de sí mismos, que restriban [6] sobre una, no cuerda [7], sino muy loca confiança de una hebra de seda; menos, sobre un cabello; aún es mucho, sobre un hilo de araña; aún es algo, sobre el de la vida, que aún es menos. De esto sí que debrían andar atónitos, aquí sí que se les habían de erizar los cabellos, y más reconociendo el abismo de infelic[i]dades [8] donde los despeña el grave peso de sus muchos yerros.

—¡Salgamos, salgamos de aquí luego luego [9], al mismo punto! —gritó Andrenio.

—Poco importa —dixo Critilo— dexar la consideración,

[6] *Restribar:* «Estribar o apoyarse con fuerza.» *(Dic. Acad.)*

[7] Juego de palabras: «Cuerda», soga, y «cuerda», opuesta a «loca», según aclara a continuación.

[8] «infelicdades» pone por errata la edición de 1657.

[9] *Luego luego,* inmediatamente.

si no salimos del riesgo; bien podremos olvidarle, mas no evitarle.

Volvieron ya a su posada, llamada el Mesón de la Vida. Aquí les dexó el Cortesano citados para otro gran día, si ya no les faltasse la noche [10], que fue atención precisa. Recibióles con lisonjero agasajo su agradable huéspeda, mostrándose muy cuidadosa en su assistencia y regalo. Convidólos a la cena diziendo:

—Aunque no se vive para comer, se come para vivir.

Cerróse la noche y trataron ellos de cerrar los ojos, passando a ciegas y a escuras la mitad de la vida. Y si dizen que el sueño es un ensayo de la muerte, yo digo que no es sino un olvido de ella. Íbanse ya encaminando al sepulcro del sueño muy descuidados y seguros, cuando llegó a embargárseles [11] uno de los muchos passageros que allí se alojaban. Éste, acercándose a ellos dissimulado, les dio vozes a la sorda [12] diziéndoles:

—¡Oh inconsiderados peregrinos, cómo se os conoce cuán agenos vivís de vuestro mal y cuán ignorantes de vuestro riesgo! Dezidme, ¿cómo, estando presos, tratáis de dormir a sueño suelto? No es tiempo de cerrar los ojos, sino de abrirlos al mayor peligro que os amenaza por instantes.

—Tú debes ser el que sueñas —le respondió Andrenio—. ¿Aquí peligros, en el albergue de la vida, en el mesón del sol, y tan claro y tan risueño?

—Y aun por esso mismo —respondió el Passagero.

—¡Eh!, que no es creíble que para [13] traiciones en tales agrados, que se escondan fierezas entre tales lindezas.

—Pues advertid que aquí donde la veis tan cortesana esta nuestra huéspeda, que es de nación troglodita, hija del más fiero caribe, aquel que se chupa los dedos tras sus propios hijos.

---

[10] Es decir, en el caso de que no les faltara la noche por haber muerto antes de que ella concluyera.

[11] El verbo se refiere al sueño, «llegó a embargársele uno...» (estorbársele), pero Gracián tiene presentes en la cabeza a los dos personajes y pone el pronombre en plural, «embargárseles». Aunque también pudo ser error del impresor.

[12] Paradoja, ya que dar voces a la sorda («sin ruido, sin estrépito; sin sentir», *Dic. Acad.)* es bastante difícil, a no ser que «voces» esté en su significado latino de «palabra».

[13] *Parar,* poner. Véase nota 39, Crisi VII, Primera Parte. Su sujeto viene en la frase siguiente, «esta nuestra huéspeda».

—¡Quita de ahí! —le replicó Andrenio—. ¿Aquí en Roma trogloditas, cómo es possible?

—¿Y es nuevo el concurrir en esta cabeça del orbe de todas sus naciones, los erizados etíopes, los greñudos sicambros, los alarbes, los sabeos y los sármatas [14], aquellos que llevan consigo la fuente, para socorrer la sed, en la picada vena del caballo? Sabed, pues, que esta hermosa y agradable patrona alimenta sus fierezas de nuestras humanidades.

—Es cosa de risa esso —replicó Andrenio—. Lo que yo experimento es que ella no atiende a otro que a nuestro agasajo y regalo.

—¡Oh, qué engaño el vuestro! —exclamó el Passagero—. ¿Nunca habéis visto cebar antes las engañadas aves, para cebarse en ellas después, sacándoles para esto los ojos? Pues assí lo platica [15] esta hechizera común, que no hay Alcina [16] que la iguale. Miradla bien, reconocedla, y veréis que no es tan linda como se pinta; antes la hallaréis corta de faiciones [17] y larga de traiciones, breve de tercios [18] y cumplida de enredos. ¿Es possible que no habéis reparado en estos días que aquí estáis cómo han desaparecido casi todos los passageros que han entrado? ¿Qué se hizo aquel gallardo mancebo que tanto celebrastes de lindo, airoso, galán, rico y discreto? Ya no se ve, ni se oye. ¿Pues aquella otra peregrina de la belleza que tan bien pareció a todos? Ya no parece. Pregunto, ¿qué se haze tanto passagero como aquí va entrando? Unos anochezen y no amanecen, y otros al contrario. Todos, todos, unos empós de otros, van desapareciendo, tan presto el cordero como el carnero, el amo como el criado, el soldado valiente y el cortesano discreto; ni al príncipe le vale su soberanía, ni al sabio su ciencia; no le aprovechan al valentón sus bríos, ni al rico sus tesoros: ninguno trae salvaguardia.

—Ya yo lo había notado —respondió Critilo—, cómo a la

---

[14] Los «sicambros», pueblo de la antigua Germania septentrional que luego pasó a la Galia Bélgica y se unió con los francos; los «alarbes», los árabes; los «sabeos», pueblo de Saba, en la Arabia antigua; los «sármatas», pueblo de Sarmacia, en la Europa antigua. (Son acepciones del *Dic. Acad.*)

[15] *Platicar,* practicar.

[16] Alcina, hechicera del «Orlando furioso» de Ariosto.

[17] *Faiciones,* facciones, cualquiera de las partes del rostro humano.

[18] *Tercios,* miembros del hombre. Véase nota 36, Crisi IV, Tercera Parte.

defilada [19] se nos iban todos desvaneciendo, y os asseguro que me ha ocasionado harto desvelo.

Aquí, arqueando las cejas y encogiéndose de hombros el Passagero:

—Habéis de saber —les dixo— que yo, llevado de mi cuidadoso recelo, traté de escudriñar todos los rincones desta traidora posada, y he descubierto una muy afectada traición contra nuestras descuidadas vidas. Amigos, que estamos vendidos, minada tenemos la salud con pólvora sorda [20], armada nos está una emboscada traidora contra la felicidad más segura. Pero, para que me creáis, seguidme, que lo habéis de ver con vuestros ojos y tocar con essas manos, sin hazer el menor sentimiento, porque seríamos perdidos antes con antes [21].

Y diziendo y haziendo, levantó una losa que estaba baxo de su mismo lecho: de modo que la asechança estaba inmediata a su descanso. Descubrióse un boquerón espantoso y lúgubre, por donde les animó a baxar, yendo él delante; y a la luz de una dissimulada linterna los fue conduziendo a unas profundas cuevas, a unos soterráneos tan inferiores que pudieran ser llamados con mucha razón infiernos. Allí les fue mostrando un expectáculo tan crudo y tan horrendo que pudiera hazer estremecer los huessos y dar diente con diente el solo imaginarlo. Porque allí vieron y conocieron todos aquellos passag[e]ros [22] que habían echado menos, aunque muy desfigurados, tendidos por aquellos suelos. Estuvieron un gran rato sin poder hablar palabra, que aun para alentar les faltó el ánimo, tan muertos ellos como los que yacían.

—¿Hay tal carnicería? —dixo Andrenio, más suspirando que pronunciando—. ¿Hay tal catástrofe de bárbara impiedad? Aquél es sin duda el príncipe que vimos cuatro días ha, tan agraciado y lindo que era las delicias del mundo, tan cortejado

---

[19] *Defilada,* latinismo (de «filum», hilo) por «deshilada». «A la deshilada (defilada). Phrase adverbial, con que se significa el modo de marchar sin orden, con alguna aparente dissimulación.» *(Dic. Aut.)*

[20] *Pólvora sorda:* «Se llama metaphóricamente el sugeto que hace daño a otro, sin estrépito y con gran dissimulo.» *(Dic. Aut.)*

[21] *Antes con antes:* «Phrase con que se significa alguna importuna anticipación, u diligencia fuera de tiempo, é intempestiva.» *(Dic. Aut.)*

[22] Errata en el texto de 1657, «passagaros».

y adorado de todos. Mirad qué solo yaze, dexado y olvidado. Pereció su memoria con el ruido: que no haziéndole, luego es uno olvidado.

—Aquel otro —dezía Critilo— es aquel ruidoso campión conducidor de huestes valerosas. Mirad agora qué desacompañado yaze y solo; el que antes hazía temblar el mundo con su valor, agora nos haze temblar a nosotros con horror, y el que triunfó de tanto enemigo ya es trofeo de tanto gusano.

—Contemplad —les dezía el Passagero— qué fiera y qué fea está aquella tan hermosa. Convirtióse su florido mayo en un erizado diziembre. ¡Cuántos por ver esta cara perdieron el ver la de Dios y gozar del c[i]elo! [23]

—Amigo —dezía Andrenio—, dinos por tu vida quién executa semejantes atrocidades. ¿Son acaso ladrones que por robarles el oro les quitan la preciosa vida? Pero más malicia indica el estar tan desfigurados, medio comidos algunos y aun roídas las entrañas. Aquí alguna cruel Medea se oculta, que assí desmiembra sus hermanos, alguna infernal Meguera [24], que ya poco es troglodita.

—¿No os dezía yo? —ponderaba el Passagero—. ¡Celebrad agora el cortés agasajo de vuestra agradable patrona!

—Pues aún no acabo yo de creer —dixo Andrenio— que una fiereza tan atroz quepa en tal agrado, tal crueldad en tal beldad; ni es possible que una patrona tan humana nos sea tan traidora.

—Señores míos, esto passa en su misma casa, aquí lo estamos viendo y lamentando. Ved agora quién lo executa; por lo menos ella lo consiente. Éste es el dexo [25] de su cortejo, éste el paradero de su agasajo y éste el remate de su hospedage. Mirad qué caro se paga, atended en qué paran las paredes entoldadas de sedas, el servicio de plata, las doradas y mullidas camas, el convite y el regalo.

Esto estaban viendo, y no creyéndolo, cuando de repente se hizo bien de sentir un horrible sonido, un espantoso estruen-

---

[23] La edición de 1657 trae «clelo», por errata.
[24] Medea, maga legendaria, casada con Jasón, al que facilitó los medios para conseguir el vellocino de oro; repudiada por Jasón, mató en venganza a dos hijos que había tenido de él. //. Sobre Meguera o Megera, véase nota 63, Crisi VIII, Primera Parte.
[25] *Dejo:* «el remate y fin de alguna cosa» (*Dic. Aut.*).

do como de muchas campanas, que doblaban[26] el espanto. Correspondíale otro lastimero ruido de suspiros y lamentos. Quisieron nuestros peregrinos echar a huir y meterse en salvo, mas no pudieron, porque ya començaban a entrar de dos en dos funestos enlutados, con sus capuzes tendidos, que no se les divisaba el gesto. Traían antorchas amarillas en las manos, no tanto para alumbrar los muertos cuanto para dar luz de desengaño a los vivos, que la han bien menester. Retiráronse a un rincón los espantados peregrinos sin osar hablar ·palabra, con que dieron más lugar a la atención para ver lo que passaba y oír lo que dezían, aunque muy baxo, dos de aquellos enlutados que les cayeron más cerca.

—¡Qué brava fiereza —dezía el uno— la de esta cruel tirana! Al fin hembra, que todos los mayores males lo son: la hambre, la guerra, la peste, las arpías, las sirenas, las furias y las parcas.

—Sí —respondía el otro—, pero ninguna como ésta, que si las demás persiguen y atormentan, no es con tal excesso. Si una calamidad os quita la hazienda, déxaos la salud; si la otra la salud, déxaos la vida; si ésta os priva de la dignidad, déxaos los amigos para el consuelo; si aquélla os roba la libertad, déxaos la esperança. De modo que ninguna de las desdichas apura del todo; todas operan algo para el consuelo. Ésta sola, peor de cuantas hay, todo lo barre, con todo acaba de una vez, con la hazienda, con la patria, amigos, deudos, hermanos, padres, contento, salud y vida: enemiga mayor del género humano, asesina de todos.

—Bástale —dixo el otro— ser peor que cuñada, peor que madrastra, pues suegra de la vida: ¿qué otro[27] puede ser la Muerte?

Mas al nombrarla, ella como tan ruin, acudió luego. Començaron a entrar los de su séquito, que es grande, unos que la preceden y otros que la siguen. Estaban espantados nuestros peregrinos, callando como unos muertos, y cuando esperaban ver entrar en fúnebre pompa tropas de fantasmas, catervas de visiones, exércitos de trasgos, multitud de larvas[28] y un escuadrón de funestos monstruos, vieron muy al contrario muchos ministros suyos muy colorados, gruessos y lu-

---

[26] Juego de palabras: «doblaban» las campanas y éstas doblaban el espanto.

[27] Genérico, «otra cosa».

[28] *Larva:* «Fantasma, espectro, duende.» *(Dic. Acad.)*

cidos; no sólo no tristes, pero muy risueños y placenteros, cantando y bailando con brava chança y bureo. Fuéronse partiendo por todo aquel teatro soterráneo, con que començaron ya a respirar nuestros peregrinos; y aun habiendo cobrado ánimo, Andrenio se fue acercando a uno de ellos que le pareció de mejor humor y de buen gusto:

—Señor mío —le dixo—, ¿qué buena gente es ésta?

Miróselo él y viéndole algo encogido le dixo:

—Acaba ya de desenvolverte, que aun en el palacio de la Muerte no conviene el ser moço vergonçoso; más vale tener un punto, y aun dos, de entremetido. Sabrás que éste es el cortejo de la reina de todo el mundo, mi señora la Muerte, que ahí cerca viene. Nosotros somos sus más crueles verdugos.

—No lo parecéis —replicó Critilo, desencogiéndose también—, pues veniste de fiesta y de placer, cantando y riendo. Yo siempre creí que los asesinos suyos eran tan fieros como crueles, intratables y ásperos, consumidores y consumidos, de tan mala catadura como ella.

—Éssos —respondió él, doblando la risa— eran los del tiempo antiguo. Ya no se usan, todo está muy trocado. Nosotros la assistimos agora.

—¿Y quién eres tú? —le preguntó Andrenio.

—Yo soy, no lo creeréis, un hartazgo, y aun por esso tan cariharto.

—¿Y aquel otro?

—Es un convitón. Este de mi otro lado es un almuerço, el de más allá un merendón, la otra una fiambrera, aquélla las buenas cenas que han muerto a tantos.

—¿Y aquel adamado y galán?

—Es un mal francés [29].

—¿Y aquellas otras tan lindas?

—Son unas búas [30]; y assí de l[o]s [31] que veis, que ya los más de los mortales se mueren [32] por lo que les mata y apete-

---

[29] No sólo por ser un francés malo, sino sobre todo, por el «mal francés», cnfermedad que hoy llamamos, «sífilis» (Dic. Acad.)

[30] Las «búas» son granos o «bubas»: «Enfermedad bien conocida y contagiosa, llamada también mal Francés, y Gálico, etc.» (Dic. Aut.)

[31] Errata evidente en el texto de 1657, «las». Adviértase que el sentido es «y así de todos los que veis, que ya los más...»

[32] Morir, no sólo en su sentido literal, sino sobre todo en el

cen lo que les acarrea la muerte. Antes moría un hombre de una pesadumbre, de un despecho, de un cansancio; pero ya han dado mucho en la cuenta, no los matan ya pesares ni acaban penas. ¿Quién creerá que aquella tan blanca que está allí es una leche de almendras y que no pocos mueren de ella? Otra cosa te sé dezir, que ya los menos son los que matan los asesinos de la Muerte, y los más los que ellos mismos se matan; ellos se la toman por sus manos. Veis allí los desórdenes, asesinos de la juventud: aquel tan agradable es un jarro de agua fría, aquellos otros tan bellos son los soles de España, los sereníssimos [33] de Italia, las lunas de Valencia [34] los dolores de Francia [35], toda ella linda gente.

No paraban de entrar achaques, y sin saberse por dónde, aunque por todas partes, y dezía Andrenio:

—Hartazgo mío, ¿por dónde entran éstos?

—¿Por dónde? Muerte no venga, que achaque no falta [36]. Pero atended, que entra ya ella misma, si no en persona, en sombra y en huessos.

—¿En qué lo conoces?

—En que comiençan a entrar ya los médicos, que son los inmediatos a ella, los más ciertos ministros, los que la traen infaliblemente.

—No me dexes, Hartazgo mío, que querría dármelo de curiosidad; demás que estoy ya temblando [37] aquel su mal gesto.

—Pues advierte que no le tiene ni malo ni bueno, para proceder más descarada.

—¿Con qué ojos nos mirará?

de «desear con tal ansia alguna cosa, que parece que se ha de acabar la vida si no se consigue» (*Dic. Aut.*).

[33] *Sereno:* «Humor, que desciende sobre la tierra después de puesto el sol» (*Dic. Aut.*); dice «sereníssimos» jugando con el significado del título honorífico.

[34] «A la luna de Valencia», lo decimos cuando ya no hay esperanza de conseguir lo que se deseaba o intentaba.. Adviértase en la sucesión de «sol», «sereno» y «luna».

[35] Los dolores, claro está, del «mal francés», visto hace poco.

[36] «Muerte no venga, que achaque no tenga. Refrán que da a entender, que nunca faltan pretextos y motivos para disculpar las acciones, una vez executadas, aunque no sean buenas.» (*Dic. Aut.*) Además, está presente su significado literal: aunque no venga la muerte, achaques no faltan en los viejos.

[37] *Temblar,* como transitivo: «recelar con demasiado temor» (*Dic. Aut.*), es decir, «temer».

—Con ningunos, que no tiene miramiento.

—¡Qué mala cara nos hará!

—Antes no la haze, sino que la deshaze.

—Hablemos baxo, no nos oiga.

—No hay que temer, que a nadie escucha, ni oye razón ni querella.

Entró finalmente la tan temida reina, ostentando aquel su tan estraño aspecto a media cara; de tal suerte, que era de flores la una mitad y la otra de espinas, la una de carne blanda y la otra de huessos; muy colorada aquélla y fresca, que parecía de cosas entreveradas de jazmines, muy seca y muy marchita ésta; con tal variedad que, al punto que la vieron, dixo Andrenio:

—¡Qué cosa tan fea!

Y Critilo:

—¡Qué cosa tan bella!

—¡Qué monstruo!

—¡Qué prodigio!

—De negro viene vestida.

—No, sino de verde [38].

—Ella parece madrastra.

—No, sino esposa.

—¡Qué desapacible!

—¡Qué agradable!

—¡Qué pobre!

—¡Qué rica!

—¡Qué triste!

—¡Qué risueña!

—Es —dixo el ministro que estaba en medio de ambos— que la miráis por diferentes lados, y assí haze diferentes visos, causando diferentes efectos y afectos. Cada día sucede lo mismo, que a los ricos les parece intolerable y a los pobres llevadera, para los buenos viene vestida de verde y para los malos de negro, para los poderosos no hay cosa más triste, ni para los desdichados más alegre. ¿No habéis visto tal vez un modo de pinturas que si las miráis por un lado os parece un ángel y si por el otro un demonio? Pues assí es la Muerte. Hazeros heis [39] a su mala cara dentro de breve rato, que la más mala no espanta en haziéndose a ella.

---

[38] Verde, opuesto al negro; es decir, el color de la esperanza opuesto al color del luto y la desgracia.

[39] *Hazeros heis,* os haréis, forma de futuro normal en el Siglo de Oro.

—Muchos años serán menester —replicó Andrenio.

Sentóse ya en aquel trono de cadáveres, en una silla de costillas mondas, con braços de canillas secas y descarnadas, sitial de esqueletos, y por cogines calaveras, baxo un deslucido dosel de tres o cuatro mortajas, con goteras [40] de lágrimas y randas [41] al aire de suspiros, como triunfando de soberanías, de bellezas, de valentías, de riquezas, de discreciones y de todo cuanto vale y se estima. Luego que estuvo de assiento, trató de tomar residencia [42] a sus ministros, començando por el valido. Y cuando la imaginaran terrible [fi]era [43], horrenda y espantosa, al fin de residencia, la experimentaron al revés, gustosa, placentera y entretenida y muy de recreo; cuando aguardaban que arrojasse en cada palabra un rayo, oyeron una y otra chança; y en vez de una envenenada saeta en cada razón, començó con lindo humor a entretenerse desta suerte:

—Venid acá, Pesares —dezía—, y no os me alleguéis muy cerca; más allá, más de lejos: ¿cómo os va de matar necios? Y vosotros, Cuidados, ¿cómo os va de asesinar simples? Salid acá, Penas, ¿cómo [os] va de degollar inocentes?

—Muy mal, señora —la respondieron—, que ya todos caen en la cuenta de no caer ni en la cama, cuanto menos en la sepultura. No se usa ya el morir de tontos, todo va a la malicia.

—Apartaos, pues, vosotros mata bobos, y salid acá vosotros mata locos.

Saltó al punto la Guerra con sus assaltos y choques.

—¡Oh amiga mía! —la dixo—, ¿cómo te va de degollar centenares de millares de franceses en España y de españoles en Francia?; que si se sacasse la cuenta de los que han muerto las gacetas francesas y relaciones españolas, llegaría sin duda a dozientos mil españoles cada año y otros tantos franceses, pues no viene relación que no traiga veinte y treinta mil degollados.

---

[40] Significando, no sólo «goteras de lágrimas», sino también «la caída de la tela en los doseles, camas y otras cosas semejantes» (Dic. Aut.)

[41] Randa: «Adorno que se suele poner en vestidos y ropas: y es una especie de encaxe, labrado con aguja y texido.» (Dic. Aut.) Dice «al aire», es decir, no pegado y fijo totalmente al vestido.

[42] Tomar residencia o residenciar, pedir cuentas a alguien de su empleo. Véase nota 37, Crisi V, Segunda Parte.

[43] El texto de 1657 pone «la imaginaran terrible, será» que es errata evidente. Romera-Navarro propone «fiera».

—Es engaño, señora, que no mueren peleando al cabo del año ocho mil de ambas partes. Mienten las relaciones y mucho más las gacetas.

—¿Cómo no, cuando yo veo que de todos cuantos van a la campaña no vuelve ninguno? ¿Qué se hazen?

—¿Qué? Mueren de hambre, señora, de enfermedades, de mal passar, de necessidad, de desnudez y de desdichas.

—¡Eh, que todo es uno para mí! —dixo la Muerte—. ¿Ellos, al cabo, no perecen todos, sea de pelear, sea de no pelear, sea de lo que fuere? ¿Sabéis lo que me parece?: que la campaña es como la casa del juego, que todo el dinero se hunde en ella, ya en barajas[44], ya en baratos[45], en luzes y en refrescos. ¡Oh buen príncipe aquel, y grande amigo mío, que acorralaba veinte mil españoles en una plaça y los hazía perecer todos de hambre sin dexarles echar mano a la espada! Si esso hizieran, no había para començar de toda Francia: que a los españoles no les han faltado sino cabos chocadores[46], no soldados avançadores. ¡Pues aquel otro que hizo perecer más de otros tantos a vista del enemigo, todos de hambre y de desdicha de gefes! Pero quítateme de delante, anda de ahí, Guerra mal nacida y peor exercitada, pues sin pelear, cuando el exército se denominó del exercicio.

—Yo sí, señora, que mato y asuelo y destruyo en estos tiempos todo el mundo.

—¿Quién eres tú?

—¿Pues no me conoces? ¿Ahora sales con esso, cuando yo creí que estaba en tu valimiento?

—No doy en la cuenta.

—Yo soy la Peste que todo lo barro y todo lo ando, passeándome por toda la Europa, sin perdonar la saludable España, afligida de guerras y calamidades; que allá va el mal donde más hay. Y todo esto no basta para castigo de su soberbia.

Saltó al punto un tropel de entremetidos, diziendo:

---

[44] *Barajas,* no sólo en su sentido literal, sino también «significa confussion, riña, pendencia, contienda, qüestión» (*Dic. Aut.*).

[45] *Barato,* en dos acepciones: «La porción de dinero que da graciosamente el tahúr o jugador que gana a los mirones, ó a las personas que le han servido en el juego» (*Dic. Aut.*) y «Vale también lo mismo que... truque, engaño o mohatra» (*Dic. Aut.*).

[46] Es decir, jefes chocadores, y chocador es «el que embiste con ímpetu» (*Dic. Aut.*).

—¿Qué dizes, qué blasonas tú? ¿No sabes que toda esta matança a nosotros se nos debe?

—¿Quiénes sois vosotros?

—¿Quiénes? Los Contagios.

—Pues ¿en qué os diferenciáis de las Pestes?

—¿Cómo en qué? Díganlo los médicos; o si no, dígalo mi compañero, que es más simple que yo.

—Lo que sé es que mientras los ignorantes médicos andan disputando sobre si es peste o es contagio, ya ha perecido más de la mitad de una ciudad; y al cabo, toda su disputa viene a parar en que la que al principio, o por crédito o por incredulidad, se tuvo por contagio, después al echar de las sisas o gabelas fue peste confirmada y aun pestilencia incurable de las bolsas [47]. Al fin, vosotros, Pestes o Contagios, sus alcahuetes, quitáosme de delante, que no hazéis cosa a derechas, pues sólo las habéis con los pobres desdichados y desvalidos, no atreviéndoos a los ricos y poderosos, que todos ellos se os escapan con aquellas tres alas de las tres eles: *luego, lexos* y *largo tiempo,* esto es, luego [48] en el huir, lexos en el vivir y largo tiempo en volver. De modo que no sois sino mata desdichados, aceptadores de personas, y no ministros fieles de la divina justicia.

—Yo sí, señora, que soy el verdugo de los ricos, la que no perdono a los poderosos.

—¿Quién eres tú que pareces la fénix entre los males?

—Yo —dixo— soy la Gota, que no sólo no perdono a los poderosos, pero me encarnizo en los príncipes y los mayores monarcas.

—¡Gentil partida! —dixo la Muerte—. Tú, no sólo no les quitas la vida, pero dizen que se les alargas veinte o treinta años más desde que comienças. Y lo que se ve es que están muy bien hallados contigo, sirviéndoles de arbitrio de su poltronería y de alcahueta de su ocio y su regalo [49]. Sepan que yo tengo de hazer reforma de malos ministros y desterrarlos a todos por inútiles y ociosos donde hay médicos. Y he de començar por aquella gran follona la Cuartana, por quien

---

[47] Es decir, al echar mano o hacer uso de las sisas o gabelas, era ya peste, y así cobran más los médicos que cuando sólo era contagio.

[48] *Luego* con el significado de «al instante, sin dilación, prontamente» (*Dic. Aut.*).

[49] Es decir, porque les sirve para ocultar su pereza y su holganza.

jamás dobla campana, que no sirve sino de hazer regalones los hombres agotando el vino blanco y encareciendo las perdices. Mirad qué cara de hipócrita: ella come bien y bebe mejor, y sin hazerme servicio alguno pide premio, después de muchas ayudas de costa. ¡Hola! mis valientes, los matantes, ¿dónde andáis? Dolores de costado, tabardillos y detenciones de orina, andá luego y acabá [50] con estos ricos, con estos poderosos que se burlan de las pestes y se ríen de la gota y hazen fisga de la cuartana y jaqueca.

Rehusaban ellos la execución del mandato y no se movían.

—¿Qué es esto? —dixo la Muerte—. Parece que teméis la empresa: ¿de cuándo acá?

—Señora —la respondieron—, mándanos matar cien pobres antes que un rico, docientos desdichados antes que un próspero, aunque sea Colona [51]. Porque demás de que son muy dificultosos de asesinar éstos, nos concitamos el odio universal de todos los otros.

—¡Oh, qué bueno está esso! —ponderó la Muerte—. ¿Y agora estamos en esso? Si en esso reparamos, nada valdremos. Ora yo os quiero contar al propósito y al exemplo; y demos este rato de treguas a los mortales, que no hay suspensión de mis flechas como un rato de olvido, cuando la memoria de la muerte toda la vida desaçona. Habéis de saber que cuando yo vine al mundo (hablo de mucho tiempo, allá en mi noviciado), aunque entré con vara alta y como plenipotenciaria de Dios, confiesso que tuve algún horror al matar y que anduve en contemplaciones a los principios si mataré éste, no sino aquél, si el rico, si el poderoso, si la hermosa, no sino la fea, si el moço gallardo, si el viejo. Pero al fin, yo me resolví con harto dolor de mi coraçón, aunque dizen que no le tengo, ni entrañas y que soy dura: ¿qué mucho, si soy toda huessos? Determiné començar por un moço rollizo y bello como un pino de oro, déstos que hazen burla de mis tiros; parecióme que no haría tanta falta en el mundo ni en su casa como un hombre de gobierno hecho y derecho. Encaréle mi arco, que aún no usaba de guadaña ni la conocía;

---

[50] *Andá y acabá,* andad y acabad. Véase nota 11, Crisi VI, Primera Parte.

[51] Próspero Colonna, famoso general italiano, muerto en 1523. Servidor primero de Carlos VIII de Francia y luego de Carlos I, obtuvo grandes triunfos sobre venecianos, franceses, etc. Adviértase que ha dicho «antes que un próspero, aunque sea (Próspero) Colona».

confiesso que me temblaba el braço, que no sé cómo me acerté el tiro, pero al fin él quedó tendido en aquel suelo, y al mismo punto se levantó todo el mundo contra mí clamando y diziendo: «¡Oh cruel!, ¡oh bárbara Muerte! Mirad quién ha asesinado: a un mancebo, el más lindo, que agora començaba a vivir, en lo más florido de su edad. ¡Qué esperanças ha cortado, qué belleza ha malogrado la traidora! Aguardara a que se sazonara, y no cogiera el fruto en agraz y en una edad tan peligrosa. ¡Oh mal lograda [52] juventud!» Llorábanle sus padres, lamentábanse sus amigos, suspiraban muchas apassionadas, hizo duelo a toda una ciudad. De verdad que quedé confusa y aun arrepentida de lo hecho. Estuve algunos días sin osar matar ni parecer, pero, al fin, él passó por muerto para ciento y un año [53]. Viendo esto, traté de mudar de rum[bo] [54], encaré el arco contra un viejo de cien años. «A éste sí», dezía yo, «que no le plañiera nadie, antes todos se holgaran», que a todos los tenía cansados con tanto reñir y dar consejos. A él mismo pienso haber[1]e [55] hecho favor, que vivía muriendo; que si la muerte para los moços es naufragio, para los viejos tomar puerto. Flechéle un catarro que le acabó en dos días. Y cuando creí que nadie me condenara la acción, antes bien todos me la aplaudieran, y aun la agradecieran, sucedió tan al contrario, que todos a una voz començaron a malearla y a dezir mil males de mí, tratándome, si antes de cruel, agora de necia, la que assí mataba un varón tan essencial a la república. «Estos», dezían, «con sus canas honran las comunidades y con sus consejos las mantienen. Agora había de començar a vivir éste, lleno de virtud, hombre de conciencia y de experiencia. Estos agobiados son los puntales del bien común.» Quedé, cuando oí esto, de todo punto acobardada, sin saber a quién llevarme: mal si al moço, peor si al anciano. Tuve mi reconsejo y determiné encarar el arco contra una dama moça y hermosa. «Esta vez sí», dezía, «que he acertado el tiro, que nadie me hará cargo», porque ésta era una desvanecida, traía en continuo desvelo a sus padres y con ojeriza a los agenos, la que volvía locos (digo, más de lo que lo estaban) a los moços, tenía inquieto todo el pueblo; por ella eran las cuchilladas, el ruido de

---

[52] *Lograr,* gozar. Véase nota 13, Crisi II, Primera Parte.

[53] Es decir, el asunto no tuvo arreglo posible, porque él quedó muerto para siempre.

[54] Errata en el texto de 1657, que pone «rumob».

[55] La edición de 1657 pone, por errata, «auerse» (haberse).

noche [56], sin dexar dormir a los vezinos, trayendo sobresaltada la justicia; y para ella es ya favor, cuando fuera vengança el dexarla llegar a vieja y fea. Al fin, yo la encaré unas viruelas que, ayudadas de un fiero garrotillo, en cuatro días la ahogaron. Mas aquí fue el alarido común, aquí la conjuración universal contra mis tiros. No quedó persona que no murmurasse, grandes y pequeños, echándome a centenares las maldiciones. «¿Hay tan mal gusto», dezían, «como el desta muerte? ¿Hay semejante necedad, que una sola hermosa que había en el pueblo éssa se la haya llevado, habiendo cien feas en que pudiera escoger, y nos hubiera hecho lisonja en quitárnoslas de delante?» Concitaban más el odio contra mí sus padres, que llorándola noche y día, dezían: «¡La mejor hija, la que más estimábamos, la más bien vista, que ya se estaba casada! Llevárase la tuerta, la coja, la corcovada; aquéllas serán eternas como vaxilla quebrada.» Impacientes, los amantes me acuchillaran si pudieran. «¿Hay tal crueldad, que no la enterneciessen aquellas dos mitades del sol en sus dos ojos y ni la lisonjeassen aquellos dos floridos meses de sus dos mexillas, aquel oriente de perlas de su boca y aquella madre de soles de su frente, coronada de los rayos de sus rizos? Ello ha sido envidia o tiranía.» Quedé aturdida desta vez, quise hazer el arco mil astillas. Mas no podía dexar de hazer mi oficio: los hombres a vivir y yo a matar. Volví la hoja y maté una fea. «Veamos agora», dezía, «si callará esta gente, si estaréis contentos.» Pero, ¡quién tal creyera!, fue peor, porque començaron a dezir: «¿Hay tal impiedad? ¿Hay tal fiereza? ¡No bastaba que la desfavoreció la naturaleza, sino que la desdicha la persiguiesse! No se diga ya ventura de fea» [57]. Clamaban sus padres: «¡La más querida», dezían, «el gobierno de la casa, que estas otras lindas no tratan sino de engalanarse, mirarse al espejo y que las miren!» «¡Qué entendida», dezían los galanes, «qué discreta!» Asseguróos que no sabía ya qué hazerme. Maté un pobre, pareciéndome le hazía mercedes, según vivía de laceriado [58]. Ni por éssas, antes bien todos contra mí. «Señor», dezían, «que matara un

---

[56] O sea, las rondas de sus enamorados, que no dejaban dormir a los vecinos.
[57] Porque, como ya ha dicho otras veces, las feas son venturosas (véase nota 46, Crisi X, Segunda Parte) y las hermosas desgraciadas.
[58] *Laceriado*, palabra que hace derivar, no de «lacerar» (maltratar), sino de «laceria» (miseria, pobreza, escasez).

ricazo harto de gozar del mundo, passe; ¡pero un pobrecillo que no había visto un día bueno, gran crueldad!» «Calla», dixe, «que yo me enmendaré, yo mataré antes de muchas horas un poderoso.» Y assí lo executé. Mas fue lo mismo que amotinar todo el mundo contra mí, que tenía infinitos parientes, otros tantos amigos, muchos criados y a todos dependientes. Maté un sabio y pensé perderme, porque los otros fulminaron discurso[s] y aun sátiras contra mí. Maté después un gran necio y salióme peor, que tenía muchos camaradas y començaron a darme valientes maçadas [59]. «Señores, ¿en qué ha de parar esto», dezía yo, «qué he de hazer, a quién he de matar?» Determiné consultar primero los tiros con aquellos mismos en quienes se habían de executar y que ellos mismos se escogiessen el modo y el cuándo. Pero fue echarlo más a perder, porque a ninguno le venía bien, ni hallaban el modo ni el día: para holgarse y entretenerse, esso sí, pero para morir, de ningún modo. «Déxame», dezían, «concluir con estas cuentas; agora estoy muy ocupado.» «¡Oh qué mala sazón! Querría acomodar mis hijos, concertar mis cosas.» De modo que no hallaban la ocasión ni cuando moços ni cuando viejos, ni cuando ricos ni cuando pobres: tanto, que llegué a un viejo decrépito y le pregunté si era hora, y respondióme que no, hasta el año siguiente. Y lo mismo dixo otro, que no hay hombre por viejo que esté que no piense que puede vivir otro año. Viendo que ni esto me salía, di en otro arbitrio, y fue de no matar sino a los que me llamassen y me deseassen, para hazer yo crédito y ellos vanidad. Pero no hubo hombre que tal hiziesse. Uno solo me envió a llamar tres o cuatro vezes. Hízeme de rogar, para ver si la misma privación le causaría apetito, y cuando llegué me dixo: «No te he llamado para mí, sino para mi muger.» Mas ella, que tal oyó, enfurecida dixo: «¡Yo me tengo lengua para llamarla cuando la hubiere menester! ¿Quién le mete a él en esso? ¡Mirad qué caritativo marido!» Assí que ninguno me buscaba para sí, sino para otro: las nueras para las suegras, las mugeres para los maridos, los herederos para los que posseían la hazienda, los pretendientes para los que gozaban de los cargos, pegándome bravas burlas, haziéndome todos ir y venir, que no hay mejor deuda ni más mala paga. Al fin, viéndome puesta en semejante confusión con los mortales y

---

[59] *Mazada:* «Se llama también la palabra pesada que lastima.» *(Dic. Aut.).*

que no podía averiguarme con [60] ellos, mal si mato al viejo, peor si al moço, si la fea, si la hermosa, si el pobre, si el rico, si el ignorante, si el sabio: «¡Gente de la maldición!», dezía, «¿a quién he de matar? Concertáos, veamos qué ha de ser. Vosotros sois mortales, yo matante: yo he de hazer mi oficio.» Viendo, pues, que no había otro expediente ni modo de ajustarnos, arrojé el arco y así de la guadaña, cerré los ojos y apreté los puños y comencé a segar todo parejo, verde y seco, crudo y maduro, ya en flor, ya en grano, a roso y a velloso [61], cortando a la par rosas y retamas, dé donde diere. «¡Veamos agora si estaréis contentos!» Con este modo de proceder me hallé bien, que el poco mal espanta y el mucho amansa. Con él me he quedado, así prosigo, y digan lo que dixeren, murmuren cuanto quisieren, que ellos me lo pagarán: digan ellos, que yo haré. Y assí habéis de hazer vosotros.

En confirmación de esto, llamó uno de aquellos sus fieros ministros y diole un apretado orden a un desorden: que fuesse y asesinasse un poderoso que de nada hazía caso. Començó a embaraçarse el verdugo y aun hazerse de pencas [62].

—¿De qué temes? —le dixo—. ¿A éste hallas dificultad en chocar con él?

—No, señora, que éstos el primer día están malos, el segundo mejores, al tercero no es nada, y al cuarto mueren.

—Pues ¿qué? ¿Los muchos remedios que se han de hazer?

—Menos, que antes éssos nos ayudan atropellándose unos a otros, sin dexarles obrar los segundos a los primeros, por lo mal sufrido del enfermo, hecho a su gusto y imperio.

—¿Recelas la muchas plegarias y oraciones que se han de mandar hazer por él?

—Tampoco, que tienen éstos poco obligado al cielo en salud. Y aunque se manden enterrar tal vez con un hábito bendito, no por esso los dexa de conocer el diablo.

—Pues ¿en qué reparas? ¿En el odio que te has de conciliar, por tener muchos parientes y dependentes?

—Esso es lo de menos; antes bien, no hay tiro más acreditado y que mejor nos salga que el que se emplea en uno

---

[60] *Averiguarse con,* ajustarse con, entenderse. Véase nota 18, Crisi VI, Primera Parte.

[61] *A roso y velloso:* «Totalmente, sin excepción, sin consideración ninguna.» *(Dic. Acad.)*

[62] *Hacerse de pencas:* «No consentir fácilmente en lo que se le pide, rehusar lo mismo que desea.» *(Dic. Aut.)*

déstos, porque son los puercos de la casa del mundo, que el día que los matan, ellos gruñen y los demás se ríen, ellos gritan y los demás se alegran; porque aquel día todos tienen qué comer, los parientes heredan, los sacristanes repican, aunque dizen que doblan, los mercaderes venden sus bayetas [63], los sastres las cosen y hurtan, los lacayos las arrastran, páganse las deudas, danse limosnas a los pobres. De suerte que a todos viene bien: lloran de cumplimiento [64] y ríen de contento.

—¿Rezelas el descrédito?

—De ningún modo, porque antes éstos vuelven por nosotros, diziendo todos que él se ha muerto, él se tiene la culpa: era un desreglado [65], no sólo en salud, pero aun enfermo; enjaguá[b]ase [66] cien vezes, variando taças, el día de la mayor fiebre; tenía en un salón doze camas, pegada la una con la otra, y íbase revolcando por todas ellas del un lado al otro y volviendo a deshazer la rueda en el mayor crecimiento [67]. Viven aprisa y assí acaban presto.

—Pues ¿en qué reparáis?

—Yo te lo diré: reparo, señora —y dixo esto con notable sentimiento y aun con lágrimas —en que, con todo lo que matamos, hazemos más riça que provecho, pues no enmiendan sus vidas los mortales ni corrigen sus vicios; antes, se experimenta que hay más pecados después de una gran peste, y aún en medio della, que antes. Luego hallé una ciudad de rameras, y en lugar de una que pereció, acuden cuatro y cinco. Matamos a unos y a otros, y ninguno de los que quedan se da por entendido. Si muere el joven, dize el viejo: «Estos son unos desreglados, fíanse en sus robustezes, atropellan con todo: no hay que espantar. Nosotros sí que vivimos, que nos sabemos conservar: caemos de maduros. De aquí es que mueren más moços que viejos. Toda la dificultad está en passar de los treinta; que de ahí adelante es un hombre eterno.» Al contrario discurren los moços, cuando muere el viejo: «¿Qué

---

[63] *Bayetas,* vestidos de luto. Véase nota 97, Crisi III, Segunda Parte.

[64] Lloran de mentira, por cumplir. Vuelve a aparecer el juego de cumpli-miento.

[65] *Desreglado:* «Falto de regla» o «desordenado y que excede en la comida, bebida u otros vicios» *(Dic. Aut.)*

[66] Errata en la edición de 1657, «enjaguarase», en subjuntivo, estando los demás en indicativo.

[67] Sobreentendiendo «el mayor crecimiento de la fiebre».

se podía esperar déste? Bien logrado [68] va; todos como él. De lo que ha vivido me admiro.» Si muere el rico, se consuela el pobre: «Éstos son voraces, comen bien, cenan mejor hasta reventar, no hazen exercicio, no dixieren, no consumen los malos humores, no trabajan, no sudan como nosotros.» Pero si muere el pobre, dize el rico: «Estos desdichados comen poco y mal alimento, andan desarrapados, duermen por los suelos: ¿qué mucho? Para ellos se hizieron los contagios y faltaron las medicinas.» Si muere el poderoso, luego dizen que de pesares; si el príncipe, de veneno; si el docto, trabajaba de cabeça; si el letrado, tenía muchos negocios; si el estudiante, estudiaba mucho, viviera un poco más y supiera un poco menos; si el soldado, llevaba jugada la vida: ¡como si él la llevasse ganada!; si el sano, fíase en la salud; si el enfermizo, estábase dicho. Desta suerte, todos tratan y piensan vivir ellos lo que los otros dexan. Ninguno escarmienta ni se da por entendido.

—Buen remedio —dixo la Muerte—, matar de todo y por un parejo, moços y viejos, ricos y pobres, sanos y enfermos, para que viendo el rico que no solos mueren los pobres, y el moço que no solos los viejos, escarmienten todos y cada uno tema. Con esso no echarán el perro muerto a la puerta del vezino, ni se apelarán al otro relox [69], como el que está cenando capones en víspera de ayuno. Por esso yo doy bravos saltos de la choça al alcáçar y de la barraca al homenage.

—Señora, yo no sé ya qué hazerme —dixo un mal carado ministro—, no sé de qué valerme contra un cierto sujeto, que ha muchos años que ando tras acabarle, y él bueno que bueno.

—Si esso es, no le acabarás.

—Ni bastan con él pesares, desdichas, malas nuevas, pérdidas grandes, muertes de hijos y parientes: siempre vivo que vivo.

—¿Es italiano? —preguntó la Muerte—. Porque esso sólo le basta, que saben vivir.

—No, señora, que si esso fuera no me cansara.

---

[68] «Mal logrado, el que murió moço. Bien logrado, el que vivió mucho.» *(Cov.)*

[69] Es decir, no pensarán que la desgracia les pasará sólo a los vecinos, y no a ellos, ni apelarán a otro reloj que no sea el real del tiempo, que anda igual para todos.

—¿Es necio? Porque éssos antes matan que mueren.

—No lo creo, que harto sabe quien sabe vivir. El no trata sino de holgarse; no hay fiesta que no goze, passeo en que no se halle, comedia que no vea, prado que no desfrutasse, ni día bueno que no le logre: ¿cómo puede ser necio?

—Sea lo que fuere —concluyó la Muerte—, no hay tal cosa como echarle un médico, o un par para más assegurarlo. Mirad —dezía—, ministros míos, no os canséis, no pongáis estudio en matar los muy sanos y robustos, los valientes, que la misma confiança los engaña. En quien habéis de poner todo el cuidado y conato es en matar un achacoso, un enfermizo, un podrido, uno destos que cenan huevos. Ahí está toda la dificultad, porque éstos cada día acaban y cada día resucitan. Y assí veréis que mientras acaba de acabar uno déstos, mueren ciento de los muy robustos, y llevan traça de acabar con todos.

Despachaba dos esbirros, un Ahíto a matar un pobre y una Inedia a un rico. Replicaron ellos que llevaban encontrados los frenos:

—¡Eh, que no lo entendéis! —les dixo—. ¿No habéis oído, cuando enferma el pobre, dezir a todos que es de hambre, y unos y otros le envían y hazen que comer y le embuten, con que viene a morir de replección? [70] Al contrario al rico, luego dizen que es de ahíto, que todo su mal es de tragar, con que le quitan el comer y viene a morir de hambre.

Iban llegando ministros de la cruda reina de varias partes, y dezíales:

—¿De dónde venís? ¿Dónde habéis andado?

Y respondían las Mutaciones, de Roma; los Letargos, de España; las Apoplexías, de Alemania; las Disenterías, de Francia; los Dolores de costado, de Inglaterra; los Romadizos, de Suecia; los Contagios, de Constantinopla; y la Sarna, de Pamplona.

—Y en la Isla Pestilente [71] ¿quién ha estado?

—Ella es tal, que todos la habemos huído; que dizen se llamó assí más por sus moradores que por sus males.

—Pues alto, id allá todos juntos y no me dexéis estrangero a vida.

---

[70] *Replección,* y no replección, «la llenura que resulta de la abundancia de los humores en el cuerpo, u del excesso del mantenimiento» *(Dic. Aut.).*

[71] La Isla Pestilente es Cerdeña, que tiene un clima insalubre.

—¿Y también los prelados?

—Mejor, que no tienen el vulgar remedio [72].

Esto estaban viendo y oyendo, no en sueños ni por imaginación fantástica, sino muy en desvelo y muy de veras, olvidados de sí mismos, cuando ceñó [73] la Muerte a una Decrepitud y la dixo:

—Llégate ahí y emprende de buen ánimo, que yo acometo cara a cara a los viejos, si a traición a los jóvenes, y acaba ya con essos dos passageros de la vida y su peregrinación tan prolija, que tienen ya enfadado y cansado a todo el mundo. Vinieron a Roma en busca de la Felicidad y habrán encontrado la Desdicha.

—Aquí perecemos sin remedio—, iba a dezir Andrenio, pero helósele la voz en la garganta y aun las lágrimas en los párpados, asiéndose fuertemente de su conducidor peregrino.

—¡Buen ánimo! —le dixo éste—, y mayor en el más apretado trance, que no faltará remedio.

—¿De qué suerte —replicó—, si dizen que para todo le hay sino para la muerte?

—Engañóse quien tal dixo, que también le hay, yo lo sé, y nos ha de valer agora.

—¿Cuál será ésse? —instó Critilo—. ¿Es acaso el valer poco, el servir de nada en el mundo, el ser suegro necio, el desearnos la muerte los otros por la expectativa [74] o el dexarla nosotros por alivio, cargarnos de maldiciones, el ser desdichados?

—Nada, nada de todo esso.

—¿Pues qué será?

—Remedio para no morir.

—Ya muero por saberlo y por probarlo.

—Tiempo tendremos, que el morir de viejos no suele ser tan de repente.

Este único remedio, tan plausible cuan deseado, será el assunto de nuestra última crisi. ·

---

[72] Es decir el remedio del vulgo, que, ya lo ha dicho la Muerte, era el no estar nunca dispuestos a morir por estar ocupados en sus quehaceres.

[73] *Ceñar*, hacer señas de desagrado. Véase nota 91, Crisi X, Primera Parte.

[74] *Expectativa*: «Derecho y acción futura que uno tiene a alguna cosa: como dignidad, empleo, mayorazgo, beneficio, y assí otras cosas que puede heredar, y en que puede suceder, a falta del posseedor.» *(Dic. Aut.)*

CRISI DUODÉZIMA

La isla de la Inmortalidad

Error plausible, desacierto acreditado, fue aquel tan celebrado llanto de Xerxes [1] cuando, subido en una eminencia desde donde pudo dar vista a sus innumerables huestes que agotando los ríos inundaban las campañas, cuando otro no pudiera contener el gozo, él no pudo reprimir el llanto. Admirados sus cortesanos de tan estraño sentimiento, solicitaron la causa, tan escondida cuan impensada. Aquí el rey, ahogando palabras en suspiros, les respondió: «Yo lloro de ver hoy los que mañana no se verán, pues del modo que el viento lleva mis suspiros, assí se llevará los alientos de sus vidas. Prevéngoles las obsequias [2] a los que dentro de pocos años, todos los que hoy cubren la tierra, ella los ha de cubrir a ellos.» Celebran mucho los apreciadores de lo bien dicho este dicho y este hecho. Mas yo ríome de su llanto, porque preguntárale yo al gran monarca del Asia: «Sire, estos hombres, o son insignes o vulgares: si famosos, nunca mueren; si comunes, mas que [3] mueran.» Eternízanse los grandes hombres en la memoria de los venideros, mas los comunes yacen sepultados en el desprecio de los presentes y en el poco reparo de los que vendrán. Assí, que son eternos los héroes y los varones eminentes inmortales. Éste es el único y el eficaz re-

---

[1] Jerjes I, rey de Persia (519-465 a. C.).

[2] *Obsequias:* «lo mismo que Exequias» *(Dic. Aut.).*

[3] «Mas. Con la partícula que, se usa como interjección adversativa de enfado, ú poco aprecio de la acción que se ejecuta» *(Dic. Aut.);* es decir, como diciendo «está bien que mueran».

medio contra la muerte —les ponderaba a Critilo y a Andrenio su Peregrino, tan prodigioso que nunca envejecía, ni le surcaban los años el rostro con arrugas del olvido, ni le amortajaron la cabeça con las canas, repitiendo [4] para inmortal—. Seguidme —les dezía—, que hoy intento trasladaros de la casa de la Muerte al palacio de la Vida, desta región de horrores del silencio a la de los honores de la fama. Dezidme, ¿nunca habéis oído nombrar aquella célebre isla de tan rara y plausible propiedad que ninguno muere ni puede morir si una vez entra en ella? Pues de verdad que es bien nombrada y apetecida.

—Ya yo he oído hablar de ella algunas vezes —dixo Critilo—, pero como de cosa muy allende, acullá en los antípodas: socorro ordinario de lo fabuloso lo lexos, y como dizen las abuelas, de largas vías cercanas mentiras. Por lo cual yo siempre la he tenido por un espanta vulgo [5], remitiéndola a su simple credulidad.

—¿Cómo es esso de *bene trovato?* [6] —replicó el Peregrino—. Isla hay de la Inmortalidad, bien cierta y bien cerca, que no hay cosa más inmediata a la muerte que la inmortalidad: de la una se declina a la otra. Y assí veréis que ningún hombre, por eminente que sea, es estimado en vida; ni lo fue el Ticiano en la pintura, ni el Bonarota [7] en la escultura, ni Góngora en la poesía, ni Quevedo en la prosa. Ninguno parece hasta que desaparece; no son aplaudidos hasta que idos. De modo que lo que para otros es muerte, para los insignes hombres es vida. Assegúroos que yo la he visto y andado, gozándome hartas vezes en ella, y aun tengo por empleo conducir allá los famosos varones.

—Aguarda —dixo Andrenio—, déxame hazer fruición de semejante dicha: ¿de veras que hay tal isla en el mundo y tan cerca, y que en entrando en ella, adiós muerte?

—Dígote que la has de ver.

---

[4] *Repetir para,* graduarse o aspirar a. Véase nota 88, Crisi I, Primera Parte.
[5] *Espantar* es asombrar (véase nota 19, Crisi I, Primera Parte), luego la isla de que habla es para Critilo de poca fiabilidad, aunque asombre al vulgo. La palabra más corriente, que registra el *Dic. Aut.,* es «espantavillanos».
[6] *Bene trovato,* bien inventado o buen invento, aunque no sea verdadero.
[7] Bonarota, Miguel Ángel Buonarroti.

—Aguarda, ¿y que ya no habrá ni el temor de morir, que es aun peor que la misma muerte?

—Tampoco.

—¿Ni el envejezer, que es lo que más sienten las Narcisas?

—Menos, no hay nada de esso.

—¿De modo que no llegan los hombres a estar chochos ni decrépitos, ni a monear aquellos tan prudentazos antes, que es brava lástima verlos después niñear los que eran tan hombres?

—Nada, nada de esso se experimenta en ella. *O la bela cosa!* [8] En entrando allá, digo, fuera canas, fuera toses y callos, adiós corcova, y me pongo tieso, lucido y colorado, y me remoço y me vuelvo de veinte años, aunque mejor será de treinta [9].

—¡Y qué daría por poder hazer otro tanto quien yo me sé! ¡Oh, cuándo me veré en ella, libre de pantuflos y manguitos y muletillas! Y pregunto, ¿hay reloxes por allá?

—No, por cierto, no son menester, que allí no passan días por las personas.

—¡Oh, qué gran cosa! Por sólo esso se puede estar allá, que te asseguro que me muelen y me matan cada cuarto y cada instante. Gran cosa vivir de una tirada y passar sin oír horas, como el que juega por cédulas [10] sin sentir lo que pierde. ¡Qué mal gusto el de los que los llevan en el pecho, sisándose la vida y intimándose de continuo la muerte! Pero, otra cosa, inmortal mío, dime, ¿no se come, no se bebe en essa isla? Porque si no beben, ¿cómo viven? Si no se alimentan, ¿cómo alientan? ¿Qué vida sería éssa? Porque acá vemos que la sabia naturaleza, de los mismos medios para el vivir hizo vida: el comer es vivir, y el gustar. De modo que todas las acciones más necessarias para la vida las hizo más gustosas y apetecibles.

—En esso del comer —respondió el Inmortal—, hay mucho que dezir.

—Y que pensar —añadió Andrenio.

—Dízese que los héroes se sustentan de higadillas de la fénix; los valientes, los Pablos de Parada y los Borros [11], de

---

[8] «¡Oh, qué hermosa cosa!»

[9] Lo dice porque, según él, la mejor edad del hombre es a partir de los treinta.

[10] *Cédula:* «Documento en que se reconoce una deuda» *(Diccionario Acad.),* es decir, pagarés.

[11] Sobre Pablo de Parada, véase nota 1, Preliminares, Primera

médulas de leones. Pero los más noticiosos desto asseguran que se passan, como los del monte Amano [12], del airecillo del aplauso que corre con los soplos de la fama, con aquello de oír dezir: «¡No hay espada como la del señor don Juan de Austria, no hay bastón como el de Caracena, no hay testa como la de Oñate, no hay pico como el de Santillán!» [13] Esto es lo que los sustenta, este aplauso, este dezir: «¡Qué gran virrey el Duque de Monte León! [14] No le ha habido mejor en Aragón. ¡No se ha visto otro embaxador en Roma como el Conde de Sirvela, no hay garnacha [15] como el regente de Aragón don Luis de Exea, no hay mitra como la de Santos en Sigüença, no hay tres bonetes como los tres hermanos, el deán de Sigüença, arcipreste de Valpuesta y el arcediano de Zaragoça!» [16] Este aplauso les quita las canas y las arrugas, y basta hazerlos inmortales. Vale mucho este dezir universal: «¡Qué gran ministro el presidente! ¡Pues el inquisidor general! ¡No hay tiara como la de Alexandro el Máximo [17], el dos vezes santo, no hay cetro como el...!»

—Aguarda —dixo Critilo—, no querría que fuesse esto de hazer los hombres eternos lo de aquel otro del secreto de hazer sólido el vidrio, de quien cuentan que un emperador le hizo hazer pedaços a él porque no cayessen de su estimación el oro y la plata; que si aun desta suerte les dezían los

---

Parte. //. Sobre el Marqués del Borro, véase nota 59, Crisi XIII, Primera Parte.

[12] Amano, monte de Siria.

[13] Sobre el marqués de Caracena, véase nota 48, Crisi V, Segunda Parte. //. Sobre el conde Oñate, véase nota 6, Crisi VII, Primera Parte. //. Alonso de Santillán fue un famoso predicador del reinado de Felipe III.

[14] Héctor Pignatelli, duque de Monteleón, virrey de Aragón durante siete años, 1652-1659.

[15] *Garnacha,* vestidura talar con mangas que usaban consejeros, jueces, etc., «significa también la persona, que viste la garnacha» o «se toma también por la Dignidad o empleo del Consejero ú Ministro que viste la garnacha» *(Dic. Aut.).*

[16] El Conde de Sirvela, Cristóbal de Velasco y de la Cueva, embajador en Roma durante 1644 y 1645. //. Luis de Exea y Talayero fue regente de Aragón. //. Bartolomé Santos, obispo de Sigüenza en la época en que se escribe *El Criticón.* //. Sobre estos tres hermanos, Lorenzo, Juan Bautista y Miguel Antonio Francés de Urritigoiti, véanse los Preliminares de esta Tercera Parte.

[17] Alejandro VII, papa de la Iglesia en este momento.

indios a los españoles: «¿Teniendo el vidrio allá en el otro mundo, venís a buscar el oro en éste?; ¿teniendo cristales, hazéis caso de metales?» ¿Qué dixeran, si no fuera quebradizo, si le experimentaran durable? Por tan dificultoso tengo yo alcançarle solidez a la frágil vida como al delicado vidrio, que para mí, hombre y vidrio todo es uno: a un tris dan un tras, y acábase vidrio y hombre.

—¡Eh, seguidme! —les dezía su Prodigioso—, que hoy mismo habéis de passear por la gran plaça, por el anfiteatro de la inmortalidad.

Fuelos sacando a luz por una secreta mina, passadizo derecho de la muerte a la eternidad, del olvido a la fama. Passaron por el templo del Trabajo, y díxoles:

—Buen ánimo, que cerca estamos del de la Fama.

Sacólos finalmente a la orilla de un mar tan estraño que creyeron estar en el puerto si no de Hostia [18], de víctima de la Muerte, y más cuando vieron sus aguas, tan negras y tan obscuras, que preguntaron si era aquel mar donde desagua el Leteo, el río del olvido [19].

—Es tan al contrario —les respondió—, y está tan lexos de ser el golfo del olvido, que antes es el de la memoria, y perpetua. Sabed que aquí desaguan las corrientes de Helicona [20] los sudores hilo a hilo, y más los odoríferos de Alexandro y de otros ínclitos varones, el llanto de las Heliades [21], los aljófares de Diana, linfas todas de sus bellas Ninfas.

—Pues ¿cómo están tan denegridas?

—Es lo mejor que tienen, porque este color proviene de la preciosa tinta de los famosos escritores que en ella bañan sus plumas. De aquí se dize tomaron jugo la de Homero para cantar de Aquiles, la de Virgilio de Augusto, Plinio de Trajano, Cornelio Tácito de ambos Nerones, Quinto Curcio de Alexandro, Xenofonte de Ciro, Comines del gran Carlos de

---

[18] Ostia, puerto en el Tíber de la antigua Roma; pero lo escribe con hache jugando con su significado de «víctima de un sacrificio».

[19] Leteo, río del Infierno, cuyas aguas tenían que beber las almas de los muertos, olvidándose instantáneamente de todo lo pasado.

[20] Sobre el monte Helicón o Helicona, véase nota 55, Crisi II, Tercera Parte.

[21] Las Helíades, hijas del Sol y Climena, hermana de Faetón. Sus lágrimas por la muerte de su hermano se convertían en ámbar.

Borgoña, Pedro Mateo de Enrico Cuarto, Fuen Mayor de Pío Quinto[22], y Julio César de sí mismo: autores todos validos de la Fama. Y es tal la eficacia deste licor que una sola gota basta a inmortalizar un hombre, pues un solo borrón que echaba en uno de sus versos Marcial pudo hazer inmortales a Partenio y a Liciano (otros leen Liñano)[23], habiendo perecido la fama de otros sus contemporáneos porque el poeta no se acordó de ellos. Yace en medio deste inmenso piélago de la Fama aquella célebre Isla de la Inmortalidad, albergue feliz de los héroes, estancia plausible de los varones famosos.

—Pues, dinos, ¿por dónde y cómo se passa a ella?

—Yo os lo diré, las águilas volando, los cisnes surcando, las fénix de un vuelo, los demás remando y sudando, ansí como nosotros.

Fletó luego una chalupa, hecha de incorruptible cedro, taraceada de ingeniosas inscripciones, con iluminaciones de oro y bermellón, relevada de emblemas y empressas tomadas del [J]o[v]io, del Saavedra, de Alciato y del Solórçano[24]; y dezía el patrón haberse fabricado de tablas que sirvieron de cubiertas a muchos libros, ya de nota, ya de estrella[25]; parecían plumas sus dorados remos, y las velas lienços del antiguo Timantes[26] y del Velázquez moderno. Fuéronse ya engolfando por aquel mar en leche de su elocuencia[27], de cristal

---

[22] Sobre Felipe de la Clyte, Señor de Comines, véase nota 65, Crisi IV, Segunda Parte. //. Sobre Pedro Matthieu, véase nota 46 Crisi XIII, Primera Parte. //. Antonio de Fuenmayor fue un historiador eclesiástico del siglo XVI.

[23] Partenio, efectivamente, sería desconocido si no fuera por los epigramas de Marcial. Era un noble de la Corte de Domiciano. //. Sobre Liciano, véase nota 23, Crisi IX, Tercera Parte.

[24] Sorio, pone el texto de 1657; errata por Jovio, autor muy citado por Gracián: Pablo Giovio (1483-1582), historiador italiano. //. Diego Saavedra Fajardo (1584-1646), escritor y diplomático, célebre por sus *Empresas políticas* y *La República literaria.* //. Sobre Andrés Alciato, véase nota 82, Crisi IV, Segunda Parte. //. Juan de Solórzano Pereira (1575-1653), jurista y autor de libros de emblemas.

[25] *Ya de nota,* para darlos a conocer, ya que nota es la «marca o señal que se pone en alguna cosa para darla a conocer *(Diccionario Aut.); ya de estrella,* para su buena estrella o fortuna.

[26] Timanthes, pintor griego de la época clásica, natural de Atenas.

[27] Es decir, significando la metáfora «elocuencia sosegada»,

791

en lo terso del estilo, de ambrosía en lo suave del concepto y de bálsamo en lo odorífero de sus moralidades. Oíanse cantar regaladamente los cisnes [28], que de verdad cantan los del Parnaso; anidaban seguros los alciones [29] de la Historia, y andaban saltando alrededor del batel con mucha humanidad los delfines. Iban perdiendo tierra y ganando estrellas, y todas favorables, con viento en popa, por irse reforçando siempre más y más los soplos del aplauso. Y para que fuesse el viaje de todas maneras gustoso, iba entreteniéndoles el Inmortal con su saçonada erudición: que no hay rato hoy más entretenido ni más aprovechado que el de un *bel parlar* [30] entre tres o cuatro. Recréase el oído con la suave música, los ojos con las cosas hermosas, el olfato con las flores, el gusto en un convite; pero el entendimiento, con la erudita y discreta conversación entre tres o cuatro amigos entendidos, y no más, porque en passando de ahí, es bulla y confusión. De modo que es la dulce conversación banquete del entendimiento, manjar del alma, des[ah]ogo [31] del coraçón, logro del saber, vida de la amistad y empleo mayor del hombre.

—Sabed —les dezía—, ¡oh mis candidados [32] de la fama, pretendientes de la inmortalidad!, que llegó el hombre a tener, no ya emulación, pero envidia declarada a una de las aves; y no atinaréis tan presto cuál fuesse ésta.

—¿Sería —dixeron— el águila, por su perspicacia, señorío y vuelo?

—No, por cierto, que se abate del sol a una vil sabandija, roçando su grandeza.

---

amén de «mar tranquilo» (el del Leteo), ya que «Estar la mar en leche, Metaphóricamente significa estar uno pacífico y sossegado» *(Dic. Aut.)*. La elocuencia del mar se debe a que es un mar de tinta donde, como ha dicho antes, los escritores mojan sus plumas.

[28] Nuevamente alude al canto del cisne. Véase nota 6, Crisi I, Primera Parte.

[29] *Alción:* «Páxaro pequeño y marino. Sus plumas son de varios colores... pone sus huevos en la arena junto al mar, anunciando la serenidad del tiempo, porque en catorce días que necesita, siete para empollarlos, siete para criar los polluelos, está el mar en bonanza, y se aprovechan desde tiempo los marineros para emprender los viages.» *(Dic. Aut.)*

[30] *Bel parlare,* una agradable conversación.

[31] La edición de 1657 pone «deshaogo».

[32] *Candidados,* candidatos, forma antigua que registra el *Diccionario* M. Moliner.

—¿Sin duda que al pavón, por las atenciones de sus ojos [33] entre tanta bizarría?

—Tampoco, que tiene malos dexos.

—¿Y al cisne, por lo cándido y lo canoro?

—Menos, que es un muy necio callar el de toda la vida.

—¿A la garça, por su bizarra altanería?

—De ningún modo, que aunque remontada, es desvanecida.

—Basta, que sería a la fénix, por lo única en todo.

—Por ningún caso, que demás de ser dudosa, no pudo ser feliz, pues le faltó consorte: si hembra, no tiene macho, y si macho, no tiene hembra.

—¡Válgate por ave! [34] —dixeron—. ¿Y cuál sería, que no queda ya cosa que envidiar?

—Sí, sí queda.

—¡Quién tal creyera!

—No sé cómo me lo diga: no fue sino al cuervo.

—¿Al cuervo? —dixo Andrenio—. ¡Qué mal gusto de hombre!

—No, sino muy bueno y rebueno.

—Pues ¿qué tiene que lo valga? ¿Lo negro, lo feo, lo ofensivo de su voz, lo desaçonado de sus carnes, lo inútil para todo? ¿Qué tiene de bueno?

—¡Oh, sí, una cierta ventaja que empareja todo esso!

—¿Cuál es, que yo no topo con ella?

—¿Parécete que es niñería aquello de vivir trescientos años, y aún aún? [35]

—Sí, algo es esso.

—¿Cómo algo? Y mucho, y no como quiera.

—Sin duda —dixo Critilo— que le viene esso por ser aciago, que todo lo malo dura mucho: los açares [36] nunca se marchitan y todo lo desdichado es eterno.

—Sea lo que fuere, él llegó a lo que no el águila ni el cisne. «¿Es possible», dezía el hombre, «que un pájaro tan

---

[33] El pavón tiene «la cola larga y hermosa, la qual levanta en forma de rueda, y muestra a los rayos del sol, con presunción y vanagloria, unos como ojos pintados en los extremos, de mui agradables colores» (Dic. Aut.).

[34] Expresión de maldición por no saber de qué ave se trata.

[35] «Y aún aún», intensificando el significado mediante la repetición, y aun muchos más.

[36] Nuevamente el juego entre «azar» y «azahar».

civil [37] haya de vivir siglos enteros, y que un héroe, el más sabio, el más valiente, la muger más linda, la más discreta, no lleguen a cumplir uno ni a vivir el tercio?, ¿que haya de ser la vida humana tan corta de días y tan cumplida de miserias?» No pudo contener esta su desazón allá en sus interioridades, a lo sagaz y prudente, sino que la manifestó luego a lo vulgar y llegó a dar quexas al Hazedor supremo. Oyóle las mal fundadas razones de su descontento, escuchóle la prolixa ponderación de su sentimiento, y respondióle: «¿Y quién te ha dicho a ti que no te he concedido yo muy más larga vida que al cuervo y que al roble y que a la palma? ¡Eh, acaba ya de reconocer tu dicha y de estimar tus ventajas! Advierte que está en tu mano el vivir eternamente. Procura tú ser famoso obrando hazañosamente, trabaja por ser insigne, ya en las armas, ya en las letras, en el gobierno; y lo que es sobre todo, sé eminente en la virtud, sé heroico y serás eterno, vive a la fama y serás inmortal. No hagas caso, no, de essa material vida en que los brutos te exceden; estima, sí, la de la honra y de la fama. Y entiende esta verdad, que los insignes hombres nunca mueren.»

Campeaban ya mucho, y de muy lexos dexábanse ver entre brillantes esplendores, unos portentosos edificios, que en divisándolos gritó Andrenio:

—Tierra, tierra!

Y el Inmortal:

—¡Cielo, cielo!

—Aquéllos, sin más ver —dixo Critilo—, son los obeliscos corintios, los romanos coliseos, las babilónicas torres y los alcáçares persianos.

—No son —dixo el Inmortal—; antes bien, calle la bárbara Menfis sus pirámides y no blasone Babilonia sus homenages, porque éstos los exceden a todos.

Cuando estuvieron ya más cerca, que pudieron distinguirlos, conocieron que eran de materia muy tosca y muy común, sin arte ni simmetría, sin molduras ni perfiles, tanto que, passando Andrenio de admirado a [38] ofendido, dixo:

—¡Qué cosa tan baxa y tan vil es ésta!, ¡qué edificios tan indignos de un tan sublime puesto!

—Pues advierte —le respondió el Inmortal— que éstos son los más celebrados del mundo. ¿Qué importa que lo ma-

---

[37] *Civil,* vil, mezquino. Véase nota 39, Crisi IV, Primera Parte.
[38] Por errata, el texto de 1657 trae «ha».

terial sea común, si lo formal de ellos es bien raro? Éstos han sido siempre venerados y plausibles, y con mucho fundamento, cuando los anfiteatros y los coliseos ya cayeron y éstos están en pie; aquéllos acabaron, éstos permanecen y durarán eternamente.

—¿Qué muro viejo y caído es aquél que causa horror el mirarle?

—Aquél es más celebrado y más vistoso que todas las suntuosas fachadas de los palacios más soberbios: aquéllas son las almenas de Tarifa por donde arrojó el puñal don Alonso Pérez de Guzmán [39].

—Y es de notar —ponderó Critilo— que esse Guzmán el Bueno fue en tiempo de don Sancho el Cuarto.

—A par dél campea aquel otro donde la no menos que valerosa matrona, levantando su falda, levantó bandera de gloriosa vitoria; que en una muger, y al ver degollar el hijo, fue valor de singular alabança [40].

—¿Qué cueva es aquella que allí se divisa, aunque tan obscura?

—No es sino muy clara y muy esclarecida: aquélla es la tan nombrada cueva Donga [41] del inmortal infante don Pelayo, más venerada que los dorados alcáçares de muchos de sus antecessores y aun descendientes.

—¿Qué arrasada trinchera es aquélla que allí se admira?

—Dígalo el Conde de Ancurt [42], que se acordará bien, pues ahí perdió el renombre de Invencible y lo ganó el valeroso Duque del Infantado [43], mostrando bien ser nieto del Cid y

---

[39] Guzmán el Bueno, guerrero y noble español, conde de Niebla (1256-1309). Nombrado gobernador de Tarifa por Sancho IV, y cercada la fortaleza por los moros y el infante don Juan, hermano del rey, que tenía en su poder a un hijo de Guzmán, el infante le amenazó con matarlo si no entregaba la plaza; Guzmán arrojó el cuchillo para que lo degollara en lugar de entregar Tarifa. Especifica Gracián que fue en tiempo de Sancho IV, porque había en su tiempo otro Guzmán, no bueno precisamente, el conde-duque de Olivares.

[40] Alude, según Romera-Navarro, a Catalina Sforza, hija del duque de Milán Galeazzo Sforza (1444-1476).

[41] Cueva Donga, Covadonga, donde dio comienzo la Reconquista.

[42] Sobre el conde de Harcourt, véase nota 3, Preliminares, Primera Parte.

[43] Sobre el duque del Infantado, véase nota 3, Crisi VIII, Primera Parte.

heredero de su gran valor. Por aquellas otras tres brechas introduxeron el socorro en Valencianes [44] aquellos tres rayos, tres bravos chocadores, el afortunado señor don Juan de Austria, el único francés en la constancia, el plausible Príncipe de Condé y el Marte de España, Caracena [45].

—¿Cómo no se descuellan aquí —reparó Critilo— las pirámides gitanas [46], tan decantadas y repetidas de los gramáticos pedantes?

—Y aun por esso, porque los reyes que las construyeron no fueron famosos por sus hechos, sino por su vanidad. Y assí veréis que aun sus nombres se ignoran, ni se sabe quiénes fueron: sola queda la memoria de las piedras, pero no de las hazañas de ellos. Tampoco toparéis aquí las doradas casas de Nerón, ni los palacios de Heliogábalo, que cuando más d[o]raban [47] sus soberbios edificios, pavonaban más sus viles hierros.

—Señores —dezía Andrenio—, ¿qué se ha hecho de tanto ostentoso sepulcro con sus necias inscripciones hablando, no con los caminantes materiales, como creyeron algunos simples, sino con los passageros de la vida? ¿Dónde están, que no parecen?

—Éssos sí que fueron obras muertas fundadas en piedras frías. Gastaron muchos grandes tesoros en labrar mármoles y no en famosos hechos: más les importara ahorrar de jaspes y añadir de hazañas. Y assí vemos que no dura la memoria del dueño, sino de su desacierto; alaban los que los miran los primores de las piedras, mas no las prendas, y tal vez preguntan los passageros quién fue el que allí yaze y no saben responderles, quedando en disputa el dueño: eterna necedad querer ser célebres después de muertos a porfía de losas, no habiendo sido vivos a costa de heroicos hechos.

—¿Qué castillos son aquellos tan viejos, antiguallas que caducan de piedras bastas y humildes, roídas del tiempo, indignos de estar a par de los pórfidos costosos?

---

[44] Valenciannes, ciudad de Francia, a orillas del Escalda, en poder de España, fue asediada por los franceses en 1656.

[45] Juan de Austria, el hijo natural de Felipe IV. //. Sobre el príncipe de Condé, véase nota 51, Crisi VII, Primera Parte. //. Sobre el marqués de Caracena, véase nota 58, Crisi V, Segunda Parte.

[46] *Gitana,* egipcia. Véase nota 60, Crisi VII, Primera Parte.

[47] Por errata pone el texto de 1657 «durauan»; es «dorauan» por contraste con los «hierros» que viene a continuación.

—Mucho más preciosos son éstos y de más estimación. Aquél que ves allí, míralo bien, que aún está sudando sangre sus cortinas [48], es el nunca bien celebrado, pero sí bien defendido de los valerosos cruzados caballeros los Medinas, Mirandas, Barraganes, Sanogueras y Guarales [49].

—Según esso, ésse es el Santelmo de Malta [50].

—El mismo, el que [b]asta [51] hazer sombra a todos los anfiteatros del orbe. Todos aquellos otros que allí ves los erigió el inmortal Carlos Quinto para defensa de sus dilatados reinos, digno empleo de sus flotas y millones; que aun el palacio de recreación que levantó en el Pardo, dispuso fuesse en forma de castillo, por no olvidar el valor en el mismo deporte.

En medio de arcos triunfales, estaba una ni bien casa ni bien choza, ladeándose con ellos.

—¿Hay tal desproporción? —exclamó Andrenio—. ¡Que permanezca entre tanta grandeza tal baxeza, entre tanto lucimiento una cosa tan deslucida!

—¡Qué bien lo entiendes! —dixo el Inmortal—. Pues advierte que compite estimaciones con los más empinados edificios, y aun se honran mucho los magestuosos alcáçares de estar a par de ella.

—¿Qué dizes?

—Sí, parece de madera, y lo es más incorruptible que de cedro, más duradera que los bronces.

—¿Y qué cosa es?

—Una media cuba.

Riólo mucho Andrenio, y serenó[l]e [52] el Inmortal diziéndole:

—Trocarás la risa en admiración y en aplauso el desprecio, cuando sepas que es la tan celebrada estancia del filósofo Diógenes, envidiada del mismo Alexandro, que rodeó muchas leguas por verla, cuando el filósofo le dixo: «Apártate, no me quites el sol», sin hazerle más fiesta al conquistador del mundo. Mas él mandó fixar al lado de ella su pabellón militar, como allí se ve.

---

[48] Caso de acusativo griego: «aún está sudando sangre en cuanto a sus cortinas».

[49] Caballeros que defendieron la isla de Malta un siglo antes.

[50] El castillo de San Telmo era el principal de la isla.

[51] El texto de 1657 trae por errata «hasta».

[52] Errata en la edición de 1657, «serenóse», evidente por la sintaxis de la frase.

—Pues ¿por qué no su palacio? —replicó Andrenio.

—Porque no se sabe que le tuviesse ni que le fabricasse. La tienda fue siempre su alcáçar, que para su gran coraçón no bastaban palacios: todo el mundo era su casa, que aun para morir se mandó sacar en medio la gran plaça de Babilonia a vista de sus vitoriosos exércitos.

—Muchos edificios echo yo aquí menos —dixo Critilo— que fueron muy celebrados en el mundo.

—Assí es —respondió el Inmortal—, por cuanto sus dueños tuvieron más de vanos que de hazañosos. Y assí, no hallaréis aquí disparates de jaspe, necedades de bronce, frialdades de mármol: más presto toparéis la puente de palo del César que la de piedra de Trajano [53]. No os canséis en buscar los pensiles, que no se aprecian aquí flores, sino frutos.

—¿Qué trozos de naves son aquellos que están pendientes del templo de la fama?

—Son de las que llevaban el socorro a la fénix de la lealtad, Tortosa. Y aquel prodigio del valor, el Duque de Alburquerque las rindió y desbarató en los mares de Cataluña, hazaña tan dificultosa cuan aplaudida [54]. Y de aquí es que aún le está ceñando [55] Marte a otras gloriosas empressas.

Mas ya había llegado el bien seguro batelejo a besar las argentadas plantas de aquellos inaccessibles peñascos, atlantes de las estrellas, hallando por todas partes muy dificultoso el surgidero. Y deste achaque padecieron naufragio muchos y muy grandes baxeles, y aun carracas [56], a vista del inmortal reino; chocaban en aquellas duras inexorables rocas, donde se hazían pedaços lastimosamente. Perecían porque no parecían. Y muchos que habían navegado con próspero viento de la fama y la fortuna, habiendo començado bien, acabaron mal, estrellándose en el vil acroceraunio [57] de algún vicio; encalla-

---

[53] Alusión al puente de madera del Rubicón, que pasó César al comienzo de la guerra civil, y al puente que construyó Trajano en el Danubio.

[54] Al mando de la caballería en la guerra de Cataluña estaba Francisco Fernández de la Cueva, octavo duque de Alburquerque (1619-1676).

[55] *Ceñar,* hacer señas de desagrado. Véase nota 91, Crisi X, Primera Parte.

[56] *Carraca,* navío grande y lento. Véase nota 23, Crisi IV, Primera Parte.

[57] *Acroceraunio,* monstruo o quimera. Véase nota 1, Crisi XI, Primera Parte.

ban otros en algún baxío de su eterna infamia. Assí le sucedió a un navío inglés, y aun se dixo era la real del octavo de sus Enricos, que habiendo navegado con favorable viento de aplauso y después de haber conseguido el glorioso renombre de Defensor de la Iglesia Católica, chocó con la torpeza y se fue a pique en la heregía con todo aquel su desdichado reino. Siguiéronle casi todos los demás baxeles de su armada, pero el más infeliz fue el de Carlos Estuardo [58], en quien se ostentó la monstruosidad de la heregía, en él muriendo a ciegas, en los suyos degollándole ciegos. De tal suerte que quedó en duda cuál fuesse mayor barbaridad: la de ellos en degollar su rey, sin exemplar [59] de la más bárbara fiereza; en él, de no confessarse católico. Amó la heregía que tantas desdichas le ocasionaba, perdió ambas vidas, perdió ambas coronas, la temporal y la eterna, y pudiendo inmortalizarse fácilmente declarándose católico, murió de todas maneras: de suerte que los hereges le degollaron y los católicos no le aplaudieron. En aquel otro [60] de fiereza se estrelló Nerón, habiendo sido los seis primeros años de su imperio el mejor emperador y los seis últimos el peor. Allí pereció otro príncipe que començó con bríos de un Marte y luego dio en las flaquezas de Venus. Desta suerte dieron al traste muchos famosos escritores que habiendo sacado a luz obras dignas de la eternidad, con el cacoetes [61] del estampar y multiplicar libros se fueron vulgarizando; a otros, sus apassionados, con obras póstumas mal digeridas o impuestas [62], los deslucieron el crédito.

Reconociendo la dificultad de tomar puerto, el noticioso Inmortal, valiéndose de su experiencia, guió el batel de arte que pudieron descubrirle, aunque estaba muy desmentido [63]. Abordaron ya con las mismas gradas de su muerte. Mas aquí

---

[58] Carlos I de Inglaterra (1600-1649), condenado a muerte y ejecutado en White Hall.

[59] *Ejemplar:* «primer modelo de las cosas» *(Dic. Aut.);* es decir, sin haber habido antecedente de reyes degollados.

[60] Sobreentendido «acroceraunio», ya que es idéntica la frase a la anterior «estrellándose en el vil acroceraunio».

[61] *Cacoetes,* comezón. Véase nota 97, Crisi VIII, Tercera Parte.

[62] *Imponer:* «Vale también imputar o atribuir falsamente a otro alguna cosa» *(Dic. Aut.);* en este caso, escritos.

[63] *Desmentir:* «Desvanecer y dissimular alguna cosa para que no se conozca.» *(Dic. Aut.)*

consistió su mayor impossibilidad de surgir [64], porque en la última se levantaba un arco triunfal de maravillosa arquitectura, esmaltado de inscripciones y de empressas, formando una magestuosa entrada, pero muy defendida con puertas de bronce, y éstas con candados de diamantes, para que ninguno pudiesse entrar a su albedrío y sin que lo mereciesse. Y esto, con tal rigor, que daban y tomaban el nombre y aun el renombre, como pudieran en la más recelosa citadela [65]; y aunque algunos se usurpaban grandes renombres o se los apegaban sus lisonjeros, como del Gran Señor, del Emperador del Septentrión, de el Príncipe de Mar y Tierra, y otros semejantes disparates, no por esso tenían segura la entrada en la inmortalidad ni el ser contados entre sus heroicos moradores. Para esto assistía a la puerta un tan exacto cuan absoluto portero, cerrando, y abriendo a quien juzgaba digno de la inmortalidad; y sin su aprobación no había [66] entrar pretendientes. Y es de advertir que no podía aquí nada el soborno, que es cosa bien rara; no había que meterle en la mano el doblón, porque él no era de dos caras [67], nada valía el cohecho, nada alcançaba el favor, tan poderoso en otras partes, no escuchaba intercessiones ni se obraba con él baxo manga, que no la tenía ancha; antes, de una legua conocía a todo hombre; no había echarle dado falso: ¡qué bueno para ministro! Parecía un vicecanciller de Aragón. Todo lo deslindaba y lo apuraba, no se ahorraba con [68] nadie, jamás hizo cosa con escrúpulo, no condescendía ni con señores ni con príncipes ni con reyes, y lo que es más, ni con validos. En prueba de esto, llegó en aquella misma ocasión un grave personage, no ya pidiendo, sino mandando que le abriessen las puertas tan de par en par como al mismo Conde de Fuentes [69]. Miróselo el severo alcaide y a la primera ojeada conoció que no lo merecía, y respondióle:

---

[64] *Surgir:* «Término náutico, vale tomar puerto o echar áncoras en la playa.» *(Cov.)* Aquí el sentido es literal y metafórico.

[65] *Citadela,* italianismo de «cittadella», ciudadela.

[66] *No había,* no podían o no era posible.

[67] Doble sentido en «doblón», como moneda y como «falso» de doblez.

[68] *No ahorrarse con nadie,* quererlo todo para sí. Véase nota 78, Crisi III, Segunda Parte.

[69] Sobre el conde de Fuentes, véase nota 40, Crisi VIII, Segunda Parte.

—No ha lugar.

—¿Cómo que no —replicó él—, habiendo sido yo el Famoso, el Mayor, el Máximo?

Preguntóle quién le había dado aquellos renombres. Respondió que sus amigos. Riólo mucho y dixo:

—Más valiera que vuestros enemigos. ¡Quitá [70] allá, que venís descaminado! ¿Quién os dio a vos, señor, el renombre de Gran Prelado, docto, limosnero y vigilante?

—¿Quién? Mis criados.

—Mejor fuera que vuestras ovejas. ¿Quién os apellidó a vos el Roldán de nuestro siglo, el Invencible, el Chocador?

—Mis aliados, mis dependientes.

—Yo lo creo assí, y vosotros todo [71] os lo bebéis. Andad y borradme essos renombres, essos supuestos blasones, nacidos de la desvergonçada lisonja. Quitá allá, que sois unos necios. ¡Como que se hizo la inmortalidad para tontos y la eterna fama para simples!

—¿Qué portero es éste tan inexorable y rígido? —preguntó Andrenio—. A fe que no es a la moda, inconquistable a los doblones: no ha assistido él en el Lobero [72], no toma zequíes [73], no ha venido él de los serrallos, y apostaré que no ha platicado [74] él con quien yo conocí portero en algún día.

—Éste es —le dixo— el mismo Mérito en persona, hecho y derecho.

—¡Oh gran sujeto! Agora digo que no me espanto [75]; trabajo hemos de tener en la entrada.

Llegaban unos y otros a pretenderla en el reino de la inmortalidad, y pedíales las patentes firmadas del constante trabajo, rubricadas del heroico valor, selladas de la virtud. Y en reconociéndolas desta suerte, se las ponía sobre la cabeça y franqueábales la entrada. La desdicha de otros era que las topaba manchadas del infame vicio, y daba otra vuelta a la llave.

—Esta letra —le dixo a uno— parece de muger.

—Sí, sí.

---

[70] *Quitá,* quitad. Véase nota 11, Crisi VI, Primera Parte.

[71] El texto de 1657, por errata, ya que no concuerda, trae «todos».

[72] El Lobero, como quedó ya dicho, es el Louvre.

[73] *Cequí:* «Moneda de oro entre los árabes, que según Covarrubias, la introduxeron, y usaron en España.» *(Dic. Aut.)*

[74] *Platicar,* practicar.

[75] *Espantar,* asombrar. Véase nota 19, Crisi I, Primera Parte.

—¡Y qué mala cuanto de más linda mano! ¡Quitá allá, qué asquerosa fama! Esta otra no viene firmada, que aun para ello le dolió el braço a la poltronería. A ámbar huele este papel: más valiera a pólvora. Estos escritos no huelen a azeite, no son de lechuça apolínea [76]. Desengáñese todo el mundo que, en no viniendo las certificatorias [77] iluminadas del sudor precioso, ninguno me ha de entrar acá.

Lo que más les admiró fue el ver al mismo rey Francisco el Primero de Francia, que dezían había [78] días estaba en una de aquellas gradas, p[i]diendo [79] con repetidas instancias ser admitido a la inmortalidad entre los famosos héroes y siempre se le negaba. Replicaba él atendiesse a que había obtenido el renombre de Grande y que assí le llamaban, no sólo sus franceses, pero los italianos escritores.

—Sepamos en virtud de qué —dezía el Mérito—. ¿Acaso, sire, porque os visteis vendido en Francia, vencido en Italia y prisionero en España, siempre desgraciado? Paréceme que Pompeyo y vos fuisteis llamados Grandes según aquel enigma: «¿Cuál es la cosa que cuanto más la quitan, más grande se haze?» [80] Pero entrad, siquiera por haber favorecido siempre a los eminentes hombres en todo.

Del rey don Alonso les contaron que le habían puesto en contingencia su renombre de Sabio, diziendo que en España no era mucho, y más en aquel tiempo, cuando no florecían tanto las letras, y que advirtiesse que el ser rey no consiste en ser eminente capitán, jurista o astrólogo, sino en saber gobernar y mandar a los valientes, a los letrados, a los consejeros y a todos, que assí había hecho Felipe Segundo.

—Con todo esso —dixo el Mérito—, es de tanta estimación el saber en los reyes, que aunque no sea sino latín, cuanto más astrología, deben ser admitidos en el reino de la fama.

Y al punto le abrió las puertas. Pero donde gastaron toda la admiración, y más si más tuvieran, fue cuando oyeron que al mayor rey del mundo, pues fundó la mayor monarquía que ha habido ni habrá, al rey Católico don Fernando, nacido en

---

[76] La lechuza, símbolo del saber. Véase nota 24, Crisi II, Primera Parte.

[77] *Certificatoria:* «ant. certificación, documento en que se certifica» *(Dic. Acad.)*

[78] Hoy diríamos «hacía».

[79] «Pudiendo», errata evidente, trae el texto de 1657.

[80] El acertijo es muy conocido: la cosa que cuanto más le quitan más grande se hace es el pozo o el hoyo.

Aragón para Castilla, sus mismos aragoneses no sólo le desfavorecieron, pero le hizieron el mayor contraste para entrar allá por haberlos dexado repetidas vezes por la ancha Castilla. Mas que él respondió con plena satifación diziendo que los mismos aragoneses le habían enseñado el camino, cuando habiendo tantos famosos hombres en Aragón, los dexaron todos y se fueron a buscar su abuelo, el infante de Antequera, allá a Castilla para hazerle su rey [81], apreciando más el coraçón grande de un castellano que los estrechos de los aragoneses, y hoy día todas las mayores casas se trasladan allá, llegando a tal estimación las cosas de Castilla que dize el refrán que el estiércol de Castilla es ámbar en Aragón.

—Mirad que todos mis antepassados están dentro y en gran puesto —dezía uno vanamente confiado—, y assí yo tengo derecho para entrar allá.

—Mejor dixerais obligación y obligaciones; por lo tanto, debiéradeis vos haber cumplido con ellas y obrado de modo que no os quedárades fuera. Entended que acá no se vive de agenos blasones, sino de hazañas propias y muy singulares. Pero ya es común plaga de las ilustres familias que a un gran padre suceda de ordinario un pequeño hijo, y assí veréis que siempre con los gigantes andan envueltos los enanos.

—¿Cómo se puede sufrir que quien es señor de tanto mundo se maleara [82], un gran príncipe de muchos estados y ditados [83] no tenga un rincón en el reino de la fama?

—No hay acá rincones —le respondieron—, ninguno está arrinconado. ¡Eh, señor!, acabá de entender que aquí no se mira la dignidad ni el puesto, sino la personal eminencia: no a los ditados, sino a las prendas; a lo que uno se merece, que no a lo que hereda.

—¿De dónde venís? —gritaba el integérrimo alcaide—. ¿Del valor, del saber? Pues entrad acá. ¿Del ocio y vicio, de las delicias y passatiempos? No venís bien encaminados. ¡Volved, volved a la cueva de la Nada, que aquél es vuestro para-

---

[81] Fernando I, llamado el de Antequera, por haber conquistado dicha plaza (1410), rehusó la corona de Castilla (era hijo de Juan I), pero aceptó la de Aragón en 1412 tras el Compromiso de Caspe.

[82] Es decir, se echara a perder en el olvido.

[83] *Dictado:* «Título de dignidad, honor ó señorío que tienen las personas según sus empleos ú dominios: como Duque, Conde, Marqués, Consejero, &. Usase freqüentemente sin la c, diciendo Ditado.» *(Dic. Aut.)*

dero! No pueden ser inmortales en la muerte los que vivieron como muertos en vida.

Mordíanse, en llegando a esta ocasión, las manos algunos grandes señores al verse excluidos del reino de la fama y que eran admitidos algunos soldados de fortuna, un Julián Romero, un Villamayor y un capitán Calderón [84], honrado de los mismos enemigos.

—¡Y que un duque, un príncipe, se haya de quedar fuera, sin nombre, sin fama, sin aplauso!

Presentaron algunos escritores modernos, en vez de memoriales, grandes cuerpos, pero sin alma. Y no sólo no eran admitidos, pero gritaba el Mérito:

—¡Hola, venga acá media dozena de faquines [85], que para solos sus braços son estos embaraços! Quitá de aquí estos insufribles fárragos escritos, no con tinta fina, sino aguachirle, y assí todo es broma [86] cuanto dizen. Las ocho hojas de Persio duran hoy y se leen, cuando de toda la *Amaçónida* de Mar[s]o [87] no ha quedado más rastro que la censura de Horacio en su inmortal *Arte*. ¡Éste sí que será eterno!

Y mostró un libro pequeño.

—Miradle y leedle, que es la *Corte en aldea* del portugués Lobo; y éstas otras, las obras de Sá de Miranda y las seis hojas de la instrucción que dio Juan de Vega a su hijo, comentada o realçada por el Conde de Portalegre; esta *Vida de don Juan el Segundo de Portugal,* escrita por don Agustín Manuel, digno de mejor fortuna: que los más de estos autores portugueses tienen pimienta en el ingenio [88].

---

[84] Los tres fueron valientes soldados en Flandes y en la guerra de Cataluña; destaca José María Calderón de la Barca, hermano de nuestro dramaturgo.

[85] *Faquín:* «Lo mismo que Mozo del trabajo ú Esportillero, que sirve para llevar cargas.» *(Dic Aut.)*

[86] *Broma:* «Se llama también qualquiera cosa pesada, ya que es de poca ó ninguna estimación.» *(Dic. Aut.)*

[87] «Marto», trae la edición de 1657, por errata. Se trata de Marso, poeta de la época de Augusto.

[88] Francisco Rodrigues Lobo, poeta portugués, que se ahogó en el Tajo en 1636, entre cuyos poemas destacan «El Condestable», «La primavera» y «La corte en la aldea». //. Francisco de Sá de Miranda, poeta portugués (1495-1558), uno de los más brillantes de la escuela de Coimbra y uno de los fundadores del teatro. En su obra sobresalen ocho églogas, y sonetos y elegías. Escribió en portugués y castellano. //. Sobre Juan de Vega y el Conde de Portalegre, véase nota 73, Crisi XI, Primera Parte. //.

Estas vozes las repetía un prodigioso eco que excedía con mucho a aquel tan célebre que está junto a nuestra eterna Bílbilis [89], pues este su nombre no latino está diziendo que fue mucho antes que los romanos, y hoy dura y durará siempre. Repetía aquel eco, no cinco vezes las vozes como éste, sino cien mil, respondiéndose de siglo en siglo y de provincia en provincia, desde la helada Estocolmo hasta la abrasada Ormuz, y no resonaba frialdades como suelen otros ecos, sino heroicas hazañas, dichos sabios y prudentes sentencias. Y a todo lo que no era digno de fama, enmudecía.

Volvieron en esto la atención a las desmesuradas vozes acompañadas de los duros golpes que daba a las puertas inmortales un raro sujeto, que de verdad fue un bravo passo.

—¿Quién eres tú, que hundes más que llamas? —le preguntó el severo alcaide—. ¿Eres español?, ¿eres portugués?, ¿o eres diablo?

—Más que todo esso, pues soy un soldado de fortuna.

—¿Qué papeles traes?

—Sola esta hoja de mi espada.

Y presentósela. Reconocióla el Mérito, y no hallándola tinta en sangre, se la volvió diziendo:

—No ha lugar.

—¡Pues le ha de haber! —dixo enfureciéndose—. ¡No me debéis conocer!

—Y aun por esso, que si fuéradeis conocido, no fuéradeis desechado.

—Yo soy un reciente general.

—¿Reciente?

—Sí, que cada año se mudan de una y de otra parte.

—Mucho es —le replicó— que siendo tan fresco, no vengáis corriendo sangre.

—¡Eh!, que no se usa ya; esso, allá en tiempo de Alexandro y de los reyes de Aragón, cuyas barras son señales de los cinco dedos ensangrentados que passó uno por el campo de su escudo cuando quiso limpiar la vitoriosa mano, saliendo triunfante de una memorable batalla. Quédese esso para un temerario don Sebastián y un desesperado Gustavo Adolfo [90]. Y digo más, que si como éssos fueron reyes, hubieran

---

Agustín Manuel y Vasconcellos, historiador portugués, contemporáneo de Gracián.

[89] Bílbilis era el nombre de Calatayud.

[90] Don Sebastián de Portugal (1554-1578) que murió en la

sido generales, nunca hubieran perecido; cuando mucho, les hubieran muerto los caballos: que hay mucha diferencia de pelear como amo o como criado. Yo he conocido en poco tiempo más de veinte generales en una cierta guerrilla, assí la llamaba el que la inventó, y no he oído dezir que alguno de ellos se sacasse [91] una gota de sangre. Pero dexémonos de disputas y hágase lo que se ha de hazer, que entre soldados no se gastan palabras como entre licenciados. ¡Ea, abrid!

—Esso no haré yo —dezía el Mérito—, que no llegáis con nombre, sino con vozes.

Oyendo esto el tal cabo, echó mano [92] y movió tal ruido que se alborotó todo el reino de los héroes, acudiendo unos y otros a saber lo que era. Llegó de los primeros el bravo macedón [93] y dixo:

—Dexádmele a mí, que yo le meteré en razón y en el puño. Señor jefe —le dixo—, mucho me admiro de que aquí os queráis hazer de sentir, no habiendo hecho ruido en las campañas. Tratad de volver allá y por vuestra fama, obrad media dozena de hazañas, no una sola, que pudo ser ventura, sitiad un par de plaças re[a]les [94], veamos cómo saldréis con ellas; que os puedo assegurar que me cuesta a mí el entrar acá más de cincuenta batallas ganadas, más de dozientas provincias conquistadas, las hazañas no tienen número, aunque muy de cuenta.

—Sin duda —le respondió—, que sois vos el Cid, el de las fábulas. No dixera más el mismo Alexandro.

—Pues él mismo es —le dixeron.

Y cuando se creyó había de quedar aturdido, fue tan al revés, que començó con bravo desenfado a fisgarse dél y dezir:

—¡Mirad agora, y quién habla entre soldados de Flandes, sino el que las hubo contra lanças de marfil en la Persia, de

---

batalla de Alcazarquivir, y Gustavo Adolfo de Suecia (véase nota 65, Crisi VIII, Segunda Parte).

[91] El texto de 1657 trae «sacassen», en plural, cuando su sujeto es singular.

[92] «Echar mano, ó echar mano a la espada. Es arrancarla, empuñándola y desenvainándola para defenderse, ú ofender a otro con ella.» (*Dic. Aut.*) En cuanto a «cabo» se refiere a jefe del ejército.

[93] El «bravo macedón» es, por supuesto, Alejandro Magno, como aclarará después.

[94] La edición de 1657 pone «reles», por errata evidente.

passo en la India, y contra piedras en la Scitia! [95] ¡Viniérase él agora a esperar una carga de mosquetes vizcaínos, una embestida de picas italianas, una roziada de bombardas flamencas! ¡Voto a...! ¡Juro que no conquistara hoy a solo Ostende en toda su vida! [96]

Oyendo esto, el macedón hizo lo que nunca, que fue volver las espaldas. Enmudeció también Ánibal, por temer no le sacasse lo de Capua [97], y el mismo Pompeyo, porque no le dixesse que no supo usar de la vitoria. Desta suerte se retiraron todos los del tercio viejo. Y rogó el Mérito saliesse alguno de los bravos campiones a la moda. Assomóse uno de harto nombre y díxole:

—Señor soldado, si vos tuviérades tan criminal la espada como civil [98] la lengua, no tuviérades dificultad en la entrada. Andad y passaos por los dos templos del Valor y de la Fama, que os prometo que me ha costado el entrar acá el tomar más de veinte plaças por sitio, y aún aún...

Preguntó el soldado quién era, y en sabiéndolo dixo:

—¡Oh, qué lindo! Ya le conozco, y no diga que peleó, sino que mercadeó; no que conquistó las plaças, sino que las compró. ¡A mí, que las vendo!

Oyendo esto, baxó sus orejas el tal general, y aun dizen que las hizo de mercader [99].

—Yo, yo lo entenderé —dixo otro—. Señor crudo, assí como trae las certificatorias de Venus y de Baco, procure otras de Marte; que de mí le puedo assegurar que lo que otros no emprendieron con veinte mil hombres, yo con cuatro mil lo intenté y con pocos más lo execute, saliendo con la más desesperada empressa, y aun me quisieron baraxar [100] la entrada.

—¿No sois vos Fulano? —dixo—. Pues, señor héroe, no

---

[95] Escitia, parte noroeste de Asia, que resistió victoriosamente a Ciro.

[96] La rendición de Ostende por Ambrosio de Espínola supuso el final de la guerra en los Países Bajos en tiempos de Felipe III (1604).

[97] Porque en Capua se dejó llevar el invicto Aníbal de los placeres, lo que contribuyó a su derrota por los romanos.

[98] *Civil*, con juego relacionado a «criminal» y con el significado de «vil, mezquino» (véase nota 5, Crisi III. Primera Parte).

[99] «Orejas de Mercader. Phrase que se usa quando alguno se hace sordo, y no quiere contestar lo que se le dice.» (*Dic. Aut.*)

[100] *Barajar*, cuestionar, discutir. Véase nota 26, Crisi III, Primera Parte.

me espanto [101], que no tuvisteis contrario ni tuvo gente en essa ocasión el enemigo. Y assí no me admiro de lo que hizistes, sino de lo que dexastes de obrar, que pudiérades haber acabado la guerra, no dexando qué hazer a los venideros.

En oyendo esto, hizo lo que los otros. Llegóse uno que no debiera, de más favor que furor, y díxole:

—¡Eh, señor pretendiente!, ¿no veis que es cosa sin exemplar [102] la que intentáis, de querer entrar acá sin méritos? Volved a las campañas, que os juro me salieron a mí los dientes en ellas, y se me cayeron también hallándome en muy importantes jornadas. Y si perdí algunas, también gané otras con mucha reputación.

—Señor mío —le replicó—, grado [103] a los buenos lados [104] que tuvistes; que assí como otros mueren de esse mal [105], vos vivís de esse bien: mientras ellos vivieron vencistes, y ellos muertos se os conoció bien su falta.

Aquí, no pudiéndolo sufrir uno de los más alentados, bravo chocador y que le temió más que a todos juntos el enemigo, con muchos actos positivos de su valor, éste, requiriendo la espada, le dixo desistiesse de la empresa el que había desistido de tantas; que tratasse de retirarse con buen orden el que con tan malo se había siempre retirado; que no pretendiesse la reputación inmortal el que a tantos la había hecho perder.

—Poco a poco —le respondió—. ¿Y no sabe Dios y todo el mundo que todas vuestras facciones [106] fueron temeridades, sin arte y sin consejo, todo arrojos? Y assí os temieron más los enemigos como a un temerario que como a un prudente capitán: al fin, peleasteis de maçada [107].

---

[101] *Espantarse,* asombrarse. Véase nota 19, Crisi I, Primera Parte.

[102] *Ejemplar,* primer modelo, antecedente. Véase nota 59 de esta Crisi.

[103] Covarrubias da «grado» como sinónimo de «gracia» y era normal decir «grado a» por «gracias a».

[104] *Lado:* «Por extensión significa la persona que assiste y acompaña a otra: y assi se dice, Fulano tiene buenos o malos lados.» *(Dic. Aut.)*

[105] Es decir, de malos lados, de malas compañías o auxilios, ya que lados es «con respecto a una persona, otras que la ayudan o protegen» *(Dic. M. Moliner).*

[106] *Facción:* «Acometicimiento de soldados, o execución de alguna empresa militar.» *(Dic. Aut.)*

[107] *Mazada* significa «suerte» en lenguaje de Germanía, según el *Dic. Aut.*

Más dixera aquél y más oyera éste, si el Mérito no le retirara con otros muchos, diziéndoles:

—Apartaos vos, señor, no os estrelle aquello de *fugerunt, fugerunt,* y a vos lo de *pillare* y *pillare* y más *pillare* [108]. Pues a vos, luego os echará en la cara aquello de las espaldas en tal y tal ocasión. Quitaos vos, no os vea con essa casaca tan otra de la de ayer, mudando cada día la suya [109] y aun la agena. Teneos allá, que os glosará a vos aquello de encorralar los españoles y hazerles morir más de hambre que de sangre. Retiraos todos.

Y viendo que no quedaba héroe con héroe y que llegaba a meter escrúpulos en una cosa tan delicada como la fama de tantos y tan insignes varones, vino a partidos [110] con él y pactaron que volviesse al mundo acompañado de un par de famosos escritores que examinassen de nuevo los autores de su renombre, los pregoneros de su fama, los que le habían celebrado de Cid moderno y Marte novel; y que si se hallassen constantes en lo dicho, al punto sería admitido, que assí se había platicado [111] con otros en caso de duda. Admitió el partido, como tan confiado. Llegaron, pues, a un cierto escritor más celebrador que célebre, y preguntándole si eran de aquel general las alabanças que en tal libro, a tantas hojas, había escrito, respondió:

—Sí, suyas son, pues él las ha comprado.

Que assí dixo el Jovio después de haber acabado moros y christianos [112], que por cuanto ellos se lo pagaron bien, él había celebrado mejor. Lo mismo respondió un poeta.

—Ved —dezían— lo que se ha de creer de semejantes elogios y panegíricos. ¡Oh gran cosa la entereza, y qué poco usada!

Haziéndole cargo a otro autor, de los de primera clase, de

---

[108] Sobre la frase «fugerunt, fugerunt», véase nota 89, Crisi III, Tercera Parte. En cuanto a «pillare», del italiano *pligliare,* saquear o robar que es lo que significa el español «pillar».

[109] Es decir, mudando cada día su casaca (o la chaqueta, como diríamos hoy), para significar que hoy está con unos y mañana con otros. Quizá haya que aclarar que el sujeto de «mudando» es «cada día».

[110] *Partido:* «Se usa assímismo por trato, convenio u condiciones, que se proponen para el ajuste de alguna cosa.» (*Diccionario Aut.*) Este diccionario cita como ejemplo este texto de Gracián.

[111] *Platicar,* practicar.

[112] Pablo Giovio, historiador italiano (1483-1582).

haber celebrado a éste, como a otros muchos, se escusó diziendo que no había hallado otros en su siglo a quienes poder alabar. Defendíase otro con dezir:

—Esta diferencia hay entre los que alabamos y los maldicientes: que nosotros lisongeamos a los príncipes con premio, y ellos al vulgo con civil [113] aplauso; pero todos adulamos.

Hasta un abridor de planchas [114] se escusó de haber metido su retrato entre los hombres insignes, diziendo que para hazer número y tener más ganancia; con lo cual quedó el tal jefe confundido, aunque no del todo desengañado.

Observaron con harta admiración que para un togado que entraba allá, y ésse con poco ruido, eran ciento los soldados.

—Es muy plausible —dezía el Inmortal— el rumbo de la milicia: andan entre clarines y atambores; y los togados, muy a la sorda. Y assí veréis que obrará cosas grandes en mucho bien de la república un ministro, un consejero, y no será nombrado ni aun conocido, ni se habla de ellos; pero un general haze mucho ruido con el boato de sus bombardas.

Abriéronse las inmortales puertas para que entrasse un cierto héroe, un primer ministro que en su tiempo no sólo no fue aplaudido, pero positivamente odiado; mas fueron tales y tan exorbitantes las temeridades y desaciertos del que le sucedió, que acreditaron mucho su pacífico proceder y aun le hizieron deseado. Al entrar éste, salió una fragrancia tan extraordinaria, un olor tan celestial, que les confortó las cabeças y les dio alientos para desear y diligenciar la entrada en la inmortal estancia. Quedó por mucho rato bañado de tan suave fragrancia el hemisferio [115], y dezíales su Inmortal:

—¿De dónde pensáis que sale este tan precioso y regalado olor? ¿Acaso de los jardines de Chipre tan nombrados, de los pensiles de Babilonia?, ¿de los guantes de ámbar de los cortesanos, de las caçoletas de los camarines [116], de las lam-

---

[113] *Civil*, vil mezquino. Véase nota 39, Crisi IV, Primera Parte.

[114] *Abridor*: «... se usa de esta voz para expressar y dar a entender el que abre y grava con buril en lámina de metal, ú de madera» *(Dic. Aut.)*, es decir, en planchas. Este oficio lo llamamos hoy «grabador».

[115] *Hemisferio*, firmamento o espacio. Véase nota 117, Crisi III, Tercera Parte.

[116] Según el *Dic. Aut.* se llamaba «cazoleta» a un perfume que se pone, para quemarlo, en un vaso parecido a una cazuela pequeña. Según el mismo *Diccionario*, «camarín» es la sala pequeña retirada donde se guardan alhajas exquisitas, o también que sirve para tocador de las mujeres.

parillas de azeite de jazmín? ¡Que no, por cierto! No sale sino del sudor de los héroes, de la sobaquina de los mosqueteros, del azeite de los desvelados escritores. Y creedme que no fue encarecimiento ni lisonja, sino verdad cierta, que olía bien el sudor de Alexandro Magno.

Pretendieron algunos que bastaba dexar fama de sí en el mundo, aunque nunca fuesse buena, contentándose con que se hablasse de ellos, bien o mal. Pero declaróse que de ningún modo, porque hay grande diferencia de la inmortal fama a la eterna infamia. Y assí gritaba el Mérito:

—¡Desengañ[a]os [117] que aquí no entran sino los varones eminentes cuyos hechos se apoyan en la virtud, porque en el vicio no cabe cosa grande ni digna de eterno aplauso! ¡Venga todo jayán! ¡Fuera todo pigmeo! No hay aquí mediocristas: todo va por estremos.

Reparó Critilo que entrando allá de todas naciones, si bien de algunas pocos, no vieron de una en esta era entrar héroe alguno.

—No es de admirar —dixo el Peregrino—, porque la infame heregía los ha reducido a tal estremo de ciegos y de mal vistos, que no se ven en ellos sino infames traiciones, abominables fierezas, inauditas monstruosidades, llegando a estar hoy sin Dios, sin ley y sin rey.

Pero aunque no hay rincón alguno en esta ilustre estancia, con todo esso repararon, al abrir la una de las dos puertas, que detrás de la otra estaban como corridos algunos célebres varones.

—¿Quiénes son aquellos —preguntó Andrenio— que están como corridos, cubriéndose los rostros con las manos?

—Aquéllos son —les dixeron— no menos que el Cid español, el Roldán francés y el portugués Pereira [118].

—¿Cómo assí, cuando habían de estar con las caras muy essentas [119] en el mejor puesto del lucimiento?

—Es que están corridos de las necedades en aplausos que cuentan de ellos sus nacionales.

Ya en esto se fue acercando el Peregrino y suplicó la entrada para sí y sus dos camaradas. Pidióles el Mérito la pa-

---

[117] La edición de 1657 trae «desengaños».
[118] Nuño Alvares Pereira, el más famoso héroe portugués (1360-1431), que fue de los primeros propulsores de la expansión colonial portuguesa.
[119] *Exentas*, libres desembarazadas, descubiertas.

tente y si venía legaliçada del Valor y autenticada de la Reputación. Púsose a examinarla muy de propósito y començó a arquear las cejas, haziendo ademanes de admirado. Y cuando la vio calificada con tantas rúbricas de la filosofía en el gran teatro del universo, de la razón y sus luzes en el valle de las fieras, de la atención en la entrada del mundo, del propio conocimiento en la anotomía moral del hombre, de la entereza en el mal passo del salteo, de la circunspección en la fuente de los engaños, de la advertencia en el golfo cortesano, del escarmiento en casa de Falsirena, de la sagacidad en las ferias generales, de la cordura en la reforma universal, de la curiosidad en casa de Salastano, de la generosidad en la cárcel del oro, del saber en el museo del discreto, de la singularidad en la plaça del vulgo, de la dicha en las gradas de la fortuna, de la solidez en el yermo de Hipocri[n]da [120], del valor en su arm[er]ía [121], de la virtud en su palacio encantado, de la reputación entre los tejados de vidrio, del señorío en el trono del mando, del juizio en la jaula de todos, de la autoridad entre los horrores y honores de Vejecia, de la templança en el estanco de los vicios, de la verdad pariendo, del desengaño en el mundo descifrado, de la cautela en el palacio sin puerta, del saber reinando, de la humildad en casa de la hija sin padres, del valer mucho en la cueva de la nada, de la felicidad descubierta, de la constancia en la rueda del tiempo, de la vida en la muerte, de la fama en la Isla de la Inmortalidad: les franqueó de par en par el arco de los triunfos a la mansión de la Eternidad.

Lo que allí vieron, lo mucho que lograron [122], quien quisiere saberlo y experimentarlo, tome el rumbo de la virtud insigne, del valor heroico, y llegará a parar al teatro de la fama, al trono de la estimación y al centro de la inmortalidad.

FINIS

CON LICENCIA

En Madrid. Por Pablo de Val
Año de 1657

---

[120] Errata en la edición de 1657, «Hipocriada». Hipocrinda es nombre ya conocido por el lector en la Crisi VII de la Segunda Parte.

[121] «Armonía» trae la edición de 1657. «Armería del Valor» es el título de la Crisi VIII, de la Segunda Parte.

[122] *Lograr,* gozar. Véase nota 13, Crisi II, Primera Parte.

Colección Letras Hispánicas

ÚLTIMOS TÍTULOS PUBLICADOS

DE PRÓXIMA APARICIÓN